GOLDMANN

*Buch*

In der Provinzstadt Angoulême lebt im Jahre 1821, zur Zeit der Restauration, Lucien Chardon, ein ehrgeiziger junger Dichter. Den ersten Zutritt zur großen Welt findet er im Salon von Madame Anaïs de Bargeton, in den ihn der Baron du Châtelet einführt. Um den Vorurteilen des Landadels zu begegnen, nimmt Lucien den Namen seiner Mutter an und nennt sich de Rubempré. Seine Liebe zu Madame de Bargeton führt zum Duell mit Châtelet. Madame de Bargeton geht nach Paris, und Lucien begleitet sie.

Doch in der Hauptstadt fühlt sich Lucien, »der große Mann aus der Provinz«, bald völlig einsam und bedeutungslos. Madame de Bargeton läßt ihn nach kurzer Zeit fallen und wendet sich wieder Châtelet zu. Lucien geht das Geld aus, und vergeblich bietet er einem Verleger einen Roman und einen Band Sonette an. Unter dem Einfluß neugewonnener Freunde wird er Journalist, hat in diesem Beruf großen Erfolg, verdient viel und gewinnt die schöne Coralie, eine Schauspielerin, als Geliebte. Aber seine Ideale sind dahin, und am Ende scheitert er ...

*Autor*

Honoré de Balzac (1799–1850) gilt als einer der größten Schriftsteller Frankreichs. Als Dreißigjähriger faßte er den ehrgeizigen Plan, in einer Serie von Romanen und Erzählungen die Gesellschaft seiner Zeit darzustellen, den Adel, das Bürgertum, die Soldaten und die Geistlichen, die kleinen Leute, die Kurtisanen und die Verbrecher. Der vorliegende Roman, dessen drei Teile zuerst 1837, 1839 und 1843 erschienen, ist Teil dieser – mit über vierzig Bänden unvollendet gebliebenen – Sammlung, der Balzac den Namen »Die menschliche Komödie« gab.

Von den »Ausgewählten Werken« Balzacs, die der Goldmann Verlag in zwölf Taschenbüchern veröffentlicht, sind bisher erschienen:

Das Chagrinleder. Roman (6891)
Eugénie Grandet. Roman (6900)
Die Frau von dreißig Jahren. Roman (8361)

Honoré de
BALZAC

# Verlorene Illusionen

*ROMAN*
*IN DREI TEILEN*

GOLDMANN VERLAG

Ungekürzte Ausgabe
Übertragung aus dem Französischen: Hedwig Lachmann,
bearbeitet von Ernst Sander
Titel des Originals: Illusions perdues

Made in Germany · 1. Auflage · 2/86

Umschlagentwurf: Design Team, München
Farbige Umschlagzeichnung: Boris Sokolow, Hamburg
Druck: Presse-Druck Augsburg
Verlagsnummer: 8385
MV · Herstellung: Gisela Ernst
ISBN 3-442-08385-0

# Inhalt

# Die beiden Dichter

## Vorbemerkung von Ernst Sander

Der Roman ›Verlorene Illusionen‹ (›Illusions perdues‹) stellt, zusammen mit ›Vater Goriot‹ und ›Glanz und Elend der Kurtisanen‹, Werken, denen er inhaltlich eng verbunden ist, das Kernstück der ›Menschlichen Komödie‹ dar. Dabei sind die drei großen Romane in drei verschiedene Abteilungen des Roman- und Novellenzyklus aufgenommen worden. Die ›Verlorenen Illusionen‹ hat Balzac in die ›Szenen aus dem Provinzleben‹ eingeordnet; den ›Vater Goriot‹ in die ›Szenen aus dem Privatleben‹ und ›Glanz und Elend der Kurtisanen‹ in die ›Szenen aus dem Pariser Leben‹.

Der Roman besteht aus drei Teilen. Der erste, ›Die beiden Dichter‹ (›Les deux Poètes‹), soll, nach Balzacs Angabe, von Juli bis November 1836 auf Schloß Saché bei Tours entstanden sein; die Vorrede ist datiert: Paris, 15. Januar 1837. Das Werk war ursprünglich als Novelle angelegt worden, hatte sich indessen im Verlauf der Arbeit zu einem Roman ausgeweitet. Es erschien im Februar 1837 unter dem späteren Titel des Gesamtwerks, ›Illusions perdues‹, im IV. Band der ›Scènes de la Vie de Province‹ (8. Band der ›Études de Moeurs au XIXe Siècle‹). Dieser erste Teil enthält zwei Gedichte, die Balzac bereits 1828 veröffentlicht hatte.

Schon Ende 1836 hatte Balzac eine Fortsetzung unter dem Titel ›Ein großer Mann aus der Provinz in Paris‹ (›Un grand Homme de Province à Paris‹) geplant; er hat jedoch jenen zweiten Teil des Gesamtwerks, den er im Dezember 1838 in seiner Villa Les Jardies begann, erst im Mai 1839 in Paris abgeschlossen. Der zweite Teil erschien in zwei Bänden im Juni 1839 Von den darin enthaltenen Sonetten stammen ›La Marguerite‹ von Mme Émile de Girardin (Delphine Gay) und ›La Tulipe‹ von Théophile Gautier; die übrigen schrieb Charles Lassailly, Balzacs Freund und zeitweiliger Sekretär.

Der dritte Teil, ›Die Leiden des Erfinders‹ (›Les Souffrances de l'Inventeur‹), war bereits in der Vorrede des zweiten Teils (April 1839) angekündigt worden, wurde aber erst drei Jahre später niedergeschrieben. Er erschien erstmalig vom 9. bis 19. Juni 1843 unter dem Titel ›David Séchard ou les Souffrances de l'Inventeur‹ in ›L'État‹, alsdann vom 27. Juli bis 14. August 1843 in ›Le Parisien-l'État‹. Unmittelbar danach erfolgte die Buchveröffentlichung in Band VIII der ›Comédie Humaine‹ (›Scènes de la Vie de Province‹, 4. Band): jener Band vereinigte zum erstenmal alle drei Teile unter dem Titel ›Illusions perdues‹; freilich war der dritte Teil ›Eva und David‹ (›Ève et David‹) betitelt worden, welchen Titel einige ältere deutsche Übersetzungen aufgegriffen haben. Er erschien Ende 1843 oder Anfang 1844 nochmals gesondert unter dem Titel ›David Séchard‹.

Das Gesamtwerk wurde Victor Hugo zugeeignet. Balzac, damals noch ein obskurer Druckereibesitzer, hatte den Dichter 1828 kennengelernt; seit 1829 verkehrte er in dessen Salon und wohnte der Vorlesung der ersten Fassung von Hugos Drama ›Marion de Lorme‹ bei, und ebenso 1830 der berühmten Schlacht um ›Hernani‹. Erst ab 1839, als beide Dichter tatkräftig in der ›Société des Lettres‹ wirkten, wurde der freundschaftliche Verkehr häufiger und herzlicher. Balzac wollte damals für die Académie Française kandidieren, trat aber um Hugos willen zurück (Brief an Mme de Hanska, Dezember 1839; er übersandte ihr als ›Autogramm‹ Hugos Dankesbrief). Hugo hat sich mehrmals, zuletzt 1849, vergebens für Balzacs Wahl eingesetzt. Während Hugos Freundschaft zu Balzac offen, herzlich und unbedingt war, was sein ergreifender Bericht über seinen Besuch bei dem sterbenden Meister sowie seine Grabrede bezeugen, war die Balzacs zu Hugo nie ohne Vorbehalte.

Zu der Zeit, in der diese Geschichte beginnt, waren die Stanhope-Presse[1] und die Walzen zur Verteilung der Druckerschwärze in den kleinen Provinzdruckereien noch nicht zur Anwendung gelangt. Trotz der besonderen Leistungen, die Angoulême zum Pariser Druckereigewerbe in Beziehung bringen, bediente man sich dort nach wie vor der Holzpressen, denen die Sprache den Ausdruck ›ächzende Presse‹ verdankt, der heute gegenstandslos geworden ist.[2] Die rückständigen Druckereien verwendeten dort noch die Lederbälle, die mit der Druckerschwärze bestrichen waren und mit denen einer der Drucker leicht über die Lettern fuhr. Die bewegliche Platte für die mit dem Satz gefüllte Form, worauf der Papierbogen gelegt wird, war noch aus Stein und rechtfertigte somit ihre Bezeichnung ›Marmor‹. Die gefräßigen mechanischen Pressen haben heutzutage diesen Apparat, dem wir trotz seiner Unvollkommenheit die schönen Bücher der Elzevier[3], Plantin[4], Aldo[5] und Didot[6] verdanken, so sehr in Vergessenheit gebracht, daß es angezeigt ist, die alten Werkzeuge, für die Jérôme-Nicolas Séchard eine abergläubische Zuneigung hegte, zu erwähnen; sie spielen in dieser zugleich großen und kleinen Geschichte ihre Rolle.

Dieser Séchard war ein früherer Drucker, den die Setzer in ihrem Jargon einen ›Bären‹ nannten. Das Hin und Her der Bewegung, wie die Drucker vom Schwärzetopf zur Presse und von der Presse zum Schwärzetopf gehen, hat einige Ähnlichkeit mit dem Auf und Ab eines Bären im Zwinger, und so ist offenbar der Spitzname entstanden. Zur Vergeltung gaben die ›Bären‹ den Setzern den Spitznamen ›Affen‹ infolge der unausgesetzten hurtigen Bewegungen, die diese Männer machen, wenn sie die Lettern den hundertzweiundfünfzig kleinen Fächern entnehmen, in denen sie enthalten sind. In der unheilvollen Zeit um 1793 zählte Séchard ungefähr fünfzig Jahre und war verheiratet. Sein Alter und sein Stand als Ehemann befreiten ihn von dem großen Truppenaufgebot, durch das fast alle Handwerker in die Armee geschleppt wurden. Der alte Drucker blieb allein in der Druckerei zurück, deren Besitzer – alias ›Pinsel‹ – vor kurzem gestorben war und eine kinderlose Witwe zurückgelassen hatte. Das Geschäft schien dem Untergang geweiht: der allein zurückgebliebene ›Bär‹ war nicht imstande, sich in einen ›Affen‹ zu verwandeln; denn als Drucker konnte er weder lesen noch schreiben. Ein Volksrepräsentant, der es eilig hatte, die schönen Dekrete des Konvents zu verbreiten, versorgte den Drucker, ohne sich um seine Unfähigkeit zu kümmern, mit der Gerechtigkeit eines Buchdruckermeisters[7] und beschlagnahmte die Druckerei. Nachdem der Bürger Séchard diese gefährliche Urkunde angenommen hatte, entschädigte er die Witwe seines Meisters, indem er ihr die Ersparnisse seiner Frau brachte; damit bezahlte er das Material der Druckerei zur Hälfte seines Wertes. Aber das genügte nicht. Die Verordnungen der Republik mußten unverzüglich gedruckt werden. In dieser schwierigen Lage hatte Jérôme-Nicolas Séchard das Glück, einem Edelmann aus Marseille zu begegnen; jener wollte weder emigrieren, um seiner Ländereien nicht verlustig zu gehen, noch sich öffentlich zeigen, um seinen Kopf nicht zu verlieren, und mußte durch irgendwelche Arbeit sein Brot finden. Der Graf de Maucombe zog also das schlichte Wams eines Provinzfaktors an; er setzte, las und korrigierte eigenhändig die Dekrete, die allen Bürgern, die Adlige bei sich verbargen, die Todesstrafe androhten; der ›Bär‹, der jetzt ein ›Pinsel‹ geworden war, zog sie ab und ließ sie anschlagen; und beide blieben dabei heil und gesund. Als im Jahre 1795 das Ungewitter der Schrekkensherrschaft vorübergezogen war, sah sich Nicolas Séchard genötigt, ein anderes Faktotum zu suchen, das zugleich Setzer, Korrektor und Faktor sein konnte. Ein Abbé, der später unter der Restauration Bischof wurde und der damals zu den Eidverweigerern gehörte, trat an die Stelle des Grafen de Maucombe und blieb bis zu dem Tag, da der Erste Konsul die katholische Religion wiederherstellte. Der Graf und der Bischof trafen einander später auf ein und derselben Bank der Pairskammer. Jérôme-Nicolas Séchard konnte zwar im Jahre 1802 ebensowenig lesen und schreiben wie 1793, aber er hatte genügend auf die hohe Kante gelegt, um sich einen Faktor leisten zu können. Aus dem Gesellen, der sich früher so wenig um seine Zukunft gekümmert hatte, war ein Meister geworden, vor dem seine ›Affen‹ und ›Bären‹ gewaltigen Respekt hatten. Der Geiz beginnt, wo die Armut aufhört An dem Tag, da der Drucker die Möglichkeit vor sich sah, ein vermögender Mann zu werden, entwickelte der Eigennutz in ihm einen praktischen Verstand voller Gier, Argwohn und Scharfsichtigkeit. Seine Praxis strafte die Theorie Lügen. Er hatte gelernt, mit einem flüchtigen Blick den Preis einer Seite und eines Bogens, je nach Type und Schriftgrad, abzuschätzen Er bewies seinen unerfahrenen Kunden, daß es teurer sei, die großen Lettern zu handhaben als die kleinen; wenn es sich dagegen um kleine handelte, sagte er, es sei schwieriger, mit ihnen umzugehen. Da das Setzen derjenige Teil seines Berufs war, von dem er nichts verstand, hatte er eine solche Angst, sich zu irren, daß er nur Geschäfte machte, bei denen ihm ohne weiteres der Löwenanteil zufiel. Wenn seine Setzer gegen Stundenlohn arbeiteten, ließ er sie nie aus den Augen. Wenn er irgendwo einen Fabrikanten in Schwierigkeiten wußte, kaufte er dessen Papiervorräte zu niedrigem Preis und stapelte sie auf. Damals war er bereits Besitzer des Hauses geworden, in dem sich die Druckerei seit unvordenklichen Zeiten befand. Er hatte in jeder Hinsicht Glück; er wurde Witwer und hatte nur einen Sohn; den steckte er in das Lyzeum der Stadt, weniger um ihm einen guten Unterricht zuteil werden zu lassen, als um sich einen Nachfolger heranzuziehen; um ihn länger unter seiner väterlichen Gewalt zu halten, behandelte er ihn streng; in den Ferien ließ er ihn am Setzkasten arbeiten, wobei er ihm sagte, er solle lernen, sein Brot zu verdienen, damit er eines Tages seinen armen Vater entschädigen könne, der sich aufopfere, um ihm eine gute Erziehung zu geben. Als der Abbé ihn verließ, wählte Séchard aus der Zahl seiner vier Setzer den zum Faktor, von dem ihm der künftige Bischof gesagt hatte, er sei zugleich redlich und klug. Auf diese Weise war er imstande, den Augenblick abzuwarten, da sein Sohn das Geschäft übernehmen konnte; es sollte sich alsdann unter jungen und geschickten Händen vergrößern. David Séchard erwarb sich auf dem Lyzeum von Angoulême eine vortreffliche Bildung. Obgleich unser ›Bär‹, der es auch ohne Kenntnisse und Unterricht zu etwas gebracht hatte, die Wissenschaft gründlich verachtete, schickte Vater Séchard den Sohn nach Paris, damit er dort die Buchdruckerkunst in ihrer höchsten Vollendung erlerne; aber er empfahl ihm so dringend, er solle an einem Orte, den er als das Paradies der Handwerker bezeichnete, ein ordentliches Sümmchen zurücklegen und dürfe keinesfalls auf den Geldbeutel des Vaters rechnen, daß der Sohn in jenem Aufenthalt in der Stadt der Weisheit ein sicheres Mittel sehen mußte, seine Ziele zu erreichen. David erlernte in Paris sein Handwerk und vervollständigte seine wissenschaftliche Ausbildung. Der Faktor der Druckereifirma Didot[8] bildete sich zu einem Gelehrten aus. Gegen Ende 1819 verließ David Séchard Paris, ohne daß der Aufenthalt dort seinen Vater, der ihn zurückrief, um ihn an die Spitze des Geschäfts zu stellen, auch nur einen roten Heller gekostet hätte. Nicolas Séchards Druckerei war zu jener Zeit im Besitz des einzigen amtlichen Anzeigenblattes des Départements; und an sie ergingen die Aufträge der Präfektur und der bischöflichen Kanzlei; damit bediente sie drei Kunden, die einem rührigen jungen Menschen zu einem großen Vermögen verhelfen mußten.

Gerade um jene Zeit kauften die Brüder Cointet, ihres Zeichens Papierfabrikanten, die zweite Druckergerechtigkeit der Stadt Angoulême; deren Ausnutzung hatte der alte Séchard bisher unter dem Schutze der kriegerischen Zeitläufte, die während des Kaiserreichs jeden Aufschwung der Industrie erschwerten, verhindern können; deswegen hatte er sie auch nicht an sich gebracht, und sein Geiz war ein Grund für den Ruin der alten

Druckerei. Als der alte Séchard von dem Kauf erfuhr, meinte er vergnügt, den Kampf zwischen seiner Druckerei und den Cointets werde nun sein Sohn durchfechten müssen und nicht er. »Ich wäre in dem Konkurrenzkampf unterlegen«, sagte er sich; »aber ein junger Mann, der bei Didot ausgebildet worden ist, wird schon damit fertig werden.« Der Siebzigjährige sehnte den Augenblick herbei, da er leben könne, wie es ihm behagte. Er verstand zwar wenig von der hohen Kunst der Typographie, aber dafür stand er im Ruf, in einer andern sehr stark zu sein, die die Arbeiter neckisch die ›Saufographie‹ genannt haben; diese Kunst hat der göttliche Verfasser des ›Pantagruel‹[9] sehr geschätzt, ihre Pflege geht aber dank der Verfolgungen der sogenannten Temperenzgesellschaften[10] von Tag zu Tag mehr zurück. Jérôme-Nicolas Séchard war, getreu dem Schicksal, das sein Name (sec = trocken) ihm bestimmt hatte, mit einem unauslöschlichen Durst begnadet. Seine Frau hatte diese Leidenschaft für den Saft der Traube, die übrigens den ›Bären‹ so natürlich ist, daß Châteaubriand[11] sie auch bei den echten Bären Amerikas beobachtet hat, lange Zeit hindurch in den gehörigen Schranken gehalten; aber die Philosophen haben darauf hingewiesen, daß die Gewohnheiten der Jugend im Greisenalter verstärkt wiederkehren. Séchard war eine Bestätigung für dieses psychische Gesetz: je älter er wurde, desto mehr neigte er zur Trunksucht. Seine Leidenschaft hinterließ auf seinem ›Bärengesicht‹ Spuren, die es höchst originell machten: seine Nase hatte den Umfang und die Form eines großen A von riesigen Dimensionen, seine beiden mit unzähligen Äderchen durchzogenen Backen sahen aus wie manche Weinblätter, die voller violetter, purpurner und oft buntgesprenkelter kleiner Buckel sitzen; man konnte an eine ungeheure Trüffel denken, die mit herbstlichem Weinlaub umrankt war. Unter zwei dicken Brauen, die wie zwei schneebedeckte Büsche aussahen, bewahrten seine kleinen grauen Augen, in denen die Schlauheit einer Habgier funkelte, die alles, sogar die Vaterliebe, in ihm ertötet hatte, ihre Intelligenz, auch wenn er betrunken war. Sein kahler Schädel, der noch von grauen, lockigen Haaren umrahmt war, erinnerte an die Franziskanermönche aus den Erzählungen La Fontaines. Er war untersetzt und beleibt, wie es bei alten Lampen, die mehr Öl als

Docht verbrauchen, häufig der Fall ist; denn Ausschweifungen auf irgendeinem Gebiet treiben den Körper in die Richtung, die ihm gemäß ist. Die Trunksucht macht ebenso wie das Studieren den Dicken noch dicker und den Mageren noch magerer. Jérôme-Nicolas Séchard trug seit dreißig Jahren den bekannten munizipalen Dreispitz, der sich noch heutzutage in manchen Provinzen auf dem Kopf des städtischen Tambourmajors findet. Seine Weste und seine Hose waren aus grünlichem Samt. Überdies trug er einen alten braunen Rock, buntgewebte, baumwollene Strümpfe und Schuhe mit silbernen Schnallen. Diese Tracht, in der im reichgewordenen Bürger noch der Handwerksmann zu erkennen war, entsprach seinen Lastern und Gewohnheiten so gut, war so sehr der Ausdruck seines Lebens, daß es schien, als sei dieser Wackere völlig angekleidet zur Welt gekommen; man hätte ihn sich ebensowenig ohne seine Kleidungsstücke vorstellen können wie eine Zwiebel ohne die Häute. Wenn der alte Drucker nicht schon längst seiner blinden Habgier wegen bekannt gewesen wäre, hätte die Art, wie er sein Geschäft übergab, genügt, ihn zu kennzeichnen. Trotz der Kenntnisse, die sein Sohn von der hohen Schule der Didots mitgebracht haben mußte, plante er, mit ihm das gute Geschäft zu machen, das er schon lange überlegt hatte. Freilich, wenn der Vater ein gutes Geschäft machte, war es unausbleiblich, daß der Sohn ein schlechtes machte. Aber für diesen Wackeren gab es in Geschäften weder Sohn noch Vater. Hatte er anfangs in David sein einziges Kind gesehen, so erblickte er später in ihm nur noch den gegebenen Käufer, dessen Interessen den seinen entgegengesetzt waren: er wollte teuer verkaufen, David mußte billig kaufen; sein Sohn war also ein Feind geworden, den es zu besiegen galt. Diese Umwandlung des Gefühls in egoistisches Interesse, die bei wohlerzogenen Leuten gewöhnlich langsam, versteckt und heuchlerisch vor sich geht, vollzog sich bei dem Alten schnell und unverhohlen, und der ›Bär‹ bewies, um wieviel stärker als die kunstgerechte Typographie die schlaue ›Saufographie‹ war. Als sein Sohn anlangte, benahm sich der Ehrenmann ihm gegenüber mit der geschäftstüchtigen Zärtlichkeit, die die Gewandten ihren Opfern bezeigen: er ging mit ihm um wie ein Liebhaber mit seiner Geliebten; er hakte ihn unter, er sagte ihm, wo er die Füße hinsetzen mußte, um sich nicht mit Schmutz zu bespritzen, er hatte ihm das Bett wärmen, Feuer anmachen und ein gutes Abendbrot richten lassen. Nachdem Jérôme-Nicolas Séchard am andern Tag versucht hatte, den Sohn während eines üppigen Abendessens betrunken zu machen, sagte er, der selbst stark bezecht war, zu diesem: »Wollen wir jetzt mal vom Geschäft reden?« Das war so kurios zwischen zwei Rülpsgeräuschen eingeschaltet, daß David ihn bat, das Geschäft bis morgen zu verschieben. Der alte ›Bär‹ verstand es aber zu gut, aus seiner Betrunkenheit Vorteil zu ziehen, als daß er eine so lange vorbereitete Schlacht aufgegeben hätte. Außerdem, sagte er, habe er fünfzig Jahre lang seine eiserne Bagnokugel mit sich geschleppt; jetzt wolle er sie keine Stunde länger am Fuß tragen. Von morgen an solle sein Sohn der ›Pinsel‹ sein.

Hier ist es vielleicht am Platz, ein Wort über die Druckerei zu sagen. Sie lag dort, wo die Rue de Beaulieu auf die Place du Mûrier mündet, und befand sich seit dem Ende der Regierung Ludwigs XIV.[12] in diesem Hause. Ebenfalls seit langer Zeit waren die Räume im Innern für die Ausübung dieses Handwerks eingerichtet. Das Erdgeschoß bildete ein sehr großer Raum, der von der Straße her durch einen alten Lichtschacht und von einem inneren Hof durch ein großes vergittertes Fenster erleuchtet war. Man konnte übrigens durch einen Gang in das Kontor des Meisters gelangen. Nun aber sind in der Provinz die Vorgänge beim Drucken stets ein Gegenstand so lebhafter Neugier, daß die Kunden lieber durch eine Glastür eintraten, die an der Vorderseite von der Straße her zugänglich war, obgleich man dabei einige Stufen hinuntersteigen mußte, da sich der Fußboden der Werkstatt unter dem Straßenniveau befand. Die erstaunten Schaulustigen achteten niemals auf die Unbequemlichkeiten des Zugangs durch die Engpässe dieser Werkstatt. Wenn sie die gebauschten Papierbogen betrachteten, die an Seilen von der Decke herunterhingen, dann drängten sie sich an den reihenweise aufgestellten Setzkästen entlang, oder sie ließen sich von den Eisenstangen, die die Pressen stützten, die Frisur in Unordnung bringen. Wenn sie den flinken Bewegungen eines Setzers folgten, der seine Lettern aus den hundertzweiundfünfzig kleinen Fächern seines Setzkastens zusammensuchte, sein Manuskript überflog, seine Zeile im Winkelhaken noch einmal überlas, während er den Durchschuß einfügte, dann traten sie auf ein Ries[13] aufgeweichten, feuchten, mit Steinen beschwerten Papiers, oder sie blieben mit dem Rock an der Kante einer Bank hängen; alles zum großen Vergnügen der ›Affen‹ und der ›Bären‹. Niemals war jemand ohne Zwischenfall bis zu den beiden großen Käfigen gelangt, die am Ende dieser Höhle lagen und zwei elende, nach der Hofseite zu gelegene Erker bildeten; dort thronten auf der einen Seite der Faktor, auf der andern der Meister. Im Hof waren die Mauern sehr hübsch mit Weinspalieren geziert, die in Anbetracht des Rufs, in dem der Meister stand, ein anregendes Lokalkolorit gaben. Hinten, an die Grenzmauer angebaut, erhob sich ein verfallener Schuppen, wo das Papier befeuchtet und zurechtgeschnitten wurde. Dort befand sich der Ausguß, auf dem vor und nach dem Druck die Formen abgewaschen wurden; es ergoß sich von da ein solcher Absud aus Druckerschwärze und den Abwässern der Haushaltung, daß die Bauern, die an den Markttagen in die Stadt kamen, glaubten, in jenem Hause habe sich der Teufel den Rasierschaum abgewaschen. An diesen Schuppen stieß auf der einen Seite die Küche, auf der andern ein Holzstapel. Der erste Stock des Hauses, über dem nur noch zwei Mansarden waren, enthielt drei Zimmer. Das erste war ebenso lang wie der Hausgang, abzüglich des Raumes, den die alte Holztreppe einnahm, und war von der Straße her durch ein kleines, rechteckiges Fenster und vom Hof her durch ein rundes Fensterchen erleuchtet; es diente zugleich als Flur und als Eßzimmer. Es war schlicht weiß gekalkt und demonstrierte die zynische Einfachheit des Krämergeizes. Die schmutzige Scheibe wurde niemals geputzt; das Mobiliar bestand aus drei schäbigen Stühlen, einem runden Tisch und einer Anrichte, die zwischen zwei Türen stand, von denen die eine in ein Schlafzimmer und die andere in ein Wohnzimmer führte; Fenster und Türen waren braun von Schmutz; meist waren sie von Haufen weißen oder bedruckten Papiers versperrt; oft konnte man den Nachtisch, die Flaschen, die Teller vom Mittagessen Jérôme-Nicolas Séchards auf den Papierballen herumliegen sehen. Das Schlafzimmer, dessen Fenster mit Blei eingefaßt war und das vom Hof aus sein Licht empfing, war mit den alten Tapisserien ausgeschlagen, die man in der Provinz am Fronleichnamstag an den Häusern herunterhängen sieht. Es befanden sich darin ein großes, mit Vorhängen drapiertes Säulenbett, auf dem eine Bettdecke aus rotem Rips lag, ferner zwei wurmstichige Polstersessel, zwei Nußbaumstühle mit Gobelinbezügen, ein alter Sekretär und auf dem Kamin eine Uhr unter einem Glassturz. Dieses Zimmer, in dem eine patriarchalische Behaglichkeit zu spüren und das gänzlich in braunen Tönen gehalten war, hatte noch Monsieur Rouzeau, der Vorgänger und frühere Meister Jérôme-Nicolas Séchards, eingerichtet. Das Wohnzimmer, das die verstorbene Madame Séchard moderner möbliert hatte, wies ein fürchterliches Getäfel von papageienblauer Farbe auf. Die Füllungen waren mit einer Tapete beklebt, auf der man Szenen aus dem Orient erblickte, schokoladenbraun auf weißem Grund. Die Einrichtung bestand aus sechs mit blauem Schafleder gepolsterten Stühlen; die Rücklehnen hatten die Form von Lyren. Die beiden Fenster hatten plumpe Bögen und waren ohne Gardinen; man sah durch sie auf die Place du Mûrier. Auf dem Kamin standen weder Leuchter noch Stutzuhr, und es hing auch kein Spiegel darüber. Madame Séchard war gestorben, ehe sie ihre Verschönerungspläne hatte zu Ende führen können, und der ›Bär‹, der den Nutzen von Verbesserungen, die nichts einbrachten, nicht einsah, hatte sich nicht darum gekümmert. In diesen Raum führte Jérôme-Nicolas Séchard, pede titubante[14], seinen Sohn und zeigte ihm auf dem runden Tisch eine Aufstellung des Inventars seiner Druckerei, die der Faktor unter seiner Leitung gemacht hatte.

»Lies das, mein Junge«, sagte Jérôme-Nicolas Séchard und ließ seine weinseligen Augen vom Papier zum Sohn und vom Sohn zum Papier rollen. »Hier kannst du sehen, was für ein Juwel von Druckerei ich dir übergebe.« – »Drei hölzerne Pressen, von Eisenstangen gestützt, mit gußeiserner Platte . . .« – »Das ist eine Verbesserung, die ich erfunden habe«, unterbrach der alte Séchard seinen Sohn. – »Mit allem Zubehör, Schwärzebehältern und Gestellen usw. eintausendsechshundert Francs.« – »Aber Vater«, sagte David Séchard und ließ das Verzeichnis sinken, »deine Pressen sind Gerümpel, keine hundert Taler wert und nur gut zum Feueranmachen.« – »Gerümpel, Gerümpel!« rief der alte Séchard. »Nimm das Verzeichnis und komm mit 'runter! Du sollst sehen, ob eure Erfindungen, diese elende Schlosserarbeit, so laufen wie diese ausgeprobten, wackeren alten Maschinen Nachher hast du nicht mehr das Herz, brave Pressen zu beschimpfen, die wie Postwagen laufen und die noch dein ganzes Leben lang funktionieren werden, ohne die geringste Reparatur. Gerümpel! Jawohl, Gerümpel, mit dem du dir die Butter aufs Brot verdienen kannst. Gerümpel, das dein Vater zwanzig Jahre lang bedient hat, das ihm dazu verholfen hat, dich zu dem zu machen, was du bist.«

Der Vater torkelte die holprige, abgetretene, unter seinen Schritten zitternde Treppe hinunter, ohne dabei zu stolpern; er machte die Gangtür auf, die in die Werkstatt führte, stürzte sich auf die erste seiner Pressen, die der Schlaukopf zuvor hatte ölen und reinigen lassen; er deutete auf die starken Holzteile, die sein Lehrling gesäubert hatte.

»Ist das nicht eine wunderbare Presse?« fragte er.

Es war gerade eine Vermählungsanzeige zu drucken. Der alte ›Bär‹ ließ den Rost auf die Trommel herunter und die Trommel auf die Platte, die er unter der Presse rollen ließ; er zog den Preßbengel, wickelte die Schnur ab, um die Platte zurückzuführen, und schob die Trommel und den Rost mit einer Gewandtheit zurück, die einem jungen ›Bären‹ Ehre gemacht hätte. Die also bediente Presse gab einen so niedlichen Schrei von sich, daß es klang wie der eines Vogels, der sich an einer Fensterscheibe gestoßen hat und nun rasch davonfliegt.

»Gibt es eine einzige englische Presse, die imstande ist, so zu laufen?« fragte der Vater den erstaunten Sohn.

Der alte Séchard hastete hintereinander zur zweiten und zur dritten Presse und vollzog an jeder nicht minder geschickt das nämliche Manöver. Bei der letzten erblickte sein von Weindunst getrübtes Auge eine Stelle, die der Lehrling übersehen hatte; der Betrunkene fing gehörig zu fluchen an, nahm einen Zipfel seines Überrocks und wischte sie ab wie ein Roßtäuscher, der das Fell eines Pferdes, das zum Verkauf steht, glatt streicht.

»Mit diesen drei Pressen hier kannst du ohne Faktor deine neuntausend Francs jährlich verdienen, David. Als dein künftiger Teilhaber erlaube ich nicht, daß du sie durch diese verfluchten gußeisernen Pressen ersetzt, die die Schrift abnützen.

Du hast in Paris Wunder zu sehen geglaubt, als du die Erfindung dieses verdammten Engländers gesehen hast. Er ist ein Feind Frankreichs, die Gießereien hat er reich machen wollen. Ach! Stanhope-Pressen hast du anschaffen wollen! Ich danke für deine Stanhopes, von denen jede zweitausendfünfhundert Francs kostet, fast doppelt soviel, wie meine drei prächtigen Pressen zusammen wert sind, und dazu zerbrechen sie einem, da sie nicht elastisch sind, auch noch die Lettern. Ich bin nicht gebildet wie du, aber merke dir das eine: das Leben der Stanhope-Pressen ist der Tod der Lettern. Diese drei Pressen hier halten sich gut, die Abzüge werden sauber, und weiter verlangen die Leute im Angoumois nichts. Druck du mit Eisen oder mit Holz, mit Gold oder mit Silber, sie zahlen dir keinen Heller mehr.« – »Item«, las David, »fünfzig Zentner Schrift aus der Gießerei von Vaflard ...« Bei diesem Namen konnte der Schüler der Firma Didot ein Lächeln nicht unterdrücken. – »Lach du nur! Nach zwölf Jahren sind diese Lettern noch wie neu. Das nenne ich mir einen Gießer! Monsieur Vaflard ist ein Ehrenmann, der dauerhafte Ware liefert; und ich für meinen Teil nenne den den besten Gießer, den man am seltensten braucht.« – »Geschätzt auf zehntausend Francs«, las David weiter vor. »Zehntausend Francs, Vater! Aber das sind ja vierzig Sous für das Pfund, und die Firma Didot verkauft ihre Cicero neu für sechsunddreißig Sous das Pfund. Die elenden Schusternägel, die du da hast, sind nur den Gußpreis wert, zehn Sous das Pfund!« – »Du nennst die Halbfett, die Kursiv, die Rundschrift Gillés, des früheren kaiserlichen Druckers, Schusternägel? Das sind Lettern, von denen das Pfund sechs Francs wert ist, Meisterwerke der Schriftgießerei, vor fünf Jahren gekauft, und manche davon sind noch weiß, wie sie aus der Gießerei kamen. Da, sieh!«

Der alte Séchard griff nach einigen Fächern, in denen Schriftgattungen lagen, die niemals benutzt worden waren, und zeigte sie ihm.

»Ich bin kein Gelehrter, ich kann weder lesen noch schreiben, aber so viel verstehe ich, daß ich weiß, die Schriften des Hauses Gillé waren die Väter der englischen Schriften deiner Herren Didot. Da ist eine Rundschrifttype«, sagte er und zeigte auf einen Kasten, dem er ein M entnahm, »eine Cicero-Rundschrift, die noch kein bißchen abgenützt ist«.

David sah ein, daß es unmöglich sei, mit seinem Vater zu diskutieren. Man mußte allem zustimmen oder alles ablehnen, er war zwischen ein Nein und ein Ja gestellt. Der alte ›Bär‹ hatte alles in sein Verzeichnis aufgenommen, sogar die Schnüre und Trockenleinen. Der kleinste Rahmen, die Bretter, die Geschirre, der Waschstein und die Waschbürsten, alles war mit der Genauigkeit eines Geizhalses auf Ziffern gebracht worden. Die Gesamtsumme belief sich auf dreißigtausend Francs, einschließlich des Meisterpatents und der Kundschaft. David überlegte im stillen, ob das Geschäft möglich sei oder nicht. Als der alte Séchard seinen Sohn stumm über den Zahlen brüten sah, wurde er unruhig; denn eine heftige Auseinandersetzung war ihm lieber als eine stille Zustimmung. Bei dieser Art von Geschäften beweist der Streit, daß es sich um einen leistungsfähigen Vertragspartner handelt, der sein Interesse verteidigt. »Wer zu allem topp sagt«, pflegte der alte Séchard zu sagen, »der zahlt nichts.« Er belauerte ängstlich das Nachdenken des Sohnes und zählte dabei die armseligen Utensilien auf, die der Betrieb einer Provinzdruckerei erfordert; er führte David hintereinander vor: eine Satinierpresse und eine Beschneidemaschine, die zu den Arbeiten für die Stadtverwaltung nötig waren, und rühmte ihm, wie nützlich und wie solid gebaut sie seien.

»Die alten Werkzeuge sind immer die besten«, sagte er, »man sollte sie in der Druckerei teurer bezahlen als die neuen, wie es bei den Goldschlägern der Fall ist.«

Entsetzliche Vignetten, die Hymen, Amoretten oder Tote darstellten, die ihren Grabstein hochhoben und dabei ein V oder ein M beschrieben, ungeheuerliche Einfassungen aus Masken für die Theateranzeigen wurden mit Hilfe der weinseligen Beredsamkeit Jérôme-Nicolas' Gegenstände von außerordentlichem Wert. Er erklärte seinem Sohn, die Gewohnheiten der Leute in der Provinz seien so festgewurzelt, daß es verlorne Liebesmüh sein würde, ihnen etwas Schöneres zu geben. Er selber, Jérôme-Nicolas Séchard, habe versucht, ihnen bessere Kalender zu verkaufen als den auf Zuckerpapier gedruckten ›Großen Lütticher‹[15]. Na, und? Der ›Große Lütticher‹ war den schönsten Kalendern vorgezogen worden. David werde bald den Wert dieser alten Scharteken erkennen und sie teurer verkaufen als die kostspieligsten Neuheiten.

»Haha, mein Junge, die Provinz ist die Provinz, und Paris ist Paris. Wenn so ein Kerl aus l'Houmeau zu dir kommt und seine Heiratsanzeige bei dir bestellt und du sie ihm dann ohne einen Amor mit Girlanden druckst, dann hält er sich nicht für verheiratet; er wird sie dir wiederbringen, wenn er nichts weiter darauf sieht als ein M, wie bei deinen Didots, die der Ruhm der Buchdruckerkunst sind, aber deren Erfindungen hundert Jahre brauchen, bis sie sich in der Provinz eingebürgert haben. So liegen die Dinge.«

Vornehme Naturen sind schlechte Geschäftsleute. David war einer der keuschen, zartsinnigen Charaktere, die vor einer Auseinandersetzung zurückschrecken und in dem Augenblick nachgeben, da der Gegner sie etwas empfindlicher trifft. Seine verfeinerten Gefühle und die Herrschaft, die der alte Trunkenbold über ihn ausübte, machten ihn noch ungeeigneter, eine Auseinandersetzung über Geldsachen mit seinem Vater durchzuführen, zumal da er ihm die besten Absichten zuschrieb; denn er führte jetzt Gier und Eigensucht auf die Liebe zurück, die der Drucker für seine Maschinen hegt. Da indessen Jérôme-Nicolas Séchard das Ganze von der Witwe Rouzeau für zehntausend Francs in Assignaten[16] übernommen hatte und da beim jetzigen Zustand der Einrichtung dreißigtausend Francs ein unerhörter Preis waren, rief der Sohn: »Vater, du plünderst mich aus!« – »Was, ich? Der ich dir das Leben gegeben habe . . . ?« fragte der alte Trunkenbold und hob die Hand zur Decke empor. »Ja, David, wie hoch schlägst du denn die Druckereigerechtigkeit an? Überlegst du auch, wieviel das ›Anzeigenblatt‹ wert ist, wo die Zeile zehn Sous kostet? Allein schon das Privileg hat im letzten Monat fünfhundert Francs eingebracht. Junge, schlag doch die Bücher auf, sieh nach, was die öffentlichen Anschläge und die Register der Präfektur einbringen und die Aufträge des Magistrats und der bischöflichen Kanzlei! Du bist ein nichtsnutziger Träumer, der reich werden kann und nicht will. Du feilschst noch um das Pferd, das dich zu einem so schönen Herrensitz tragen kann, wie mein Marsac es ist.«

Dem Inventar war ein Gesellschaftsvertrag zwischen Vater und Sohn beigefügt worden. Der gute Vater vermietete der Firma sein Haus für die Summe von zwölfhundert Francs, obgleich er es nur für sechshundert gekauft hatte, und er behielt sich darin eine der beiden Dachkammern vor. Solange David Séchard die dreißigtausend Francs nicht bezahlt hatte, sollte der Reingewinn geteilt werden; von dem Tage an, da er seinem Vater diese Summe bezahlt hatte, sollte er alleiniger Eigentümer der Druckerei werden. David wußte die Druckereigerechtigkeit, die Kundschaft und die Zeitung zu schätzen, ohne sich um die Pressen zu kümmern; er glaubte, es könne ihm gelingen, die Schuld abzutragen, und so akzeptierte er die Bedingungen. Der Vater, der an Bauernkniffe gewöhnt war und von den weiterblickenden Berechnungen der Pariser nichts wußte, war über einen so schnellen Entschluß erstaunt.

»Sollte mein Sohn Geld haben«, fragte er sich, »oder plant er in diesem Augenblick, mich nicht zu bezahlen?« Als ihm das einfiel, fing er an, ihn auszufragen, ob er Geld mitgebracht habe, er könne es dann ja als Anzahlung übernehmen. Die neugierige Fragerei des Vaters weckte das Mißtrauen des Sohnes. David blieb zugeknöpft bis zum Hals hinauf. Am folgenden Tag ließ der alte Séchard durch seinen Lehrling seine Möbel in die Kammer des zweiten Stocks bringen; er beabsichtigte, sie durch die Bauernwagen, die sonst leer zurückfuhren, auf sein Landgut bringen zu lassen. Er übergab seinem Sohn die drei Zimmer des ersten Stocks völlig leer, gerade wie er ihm die Druckerei übergab, ohne ihm einen Centime zur Bezahlung der Arbeiter einzuhändigen. Als David seinen Vater bat, in seiner Eigenschaft als Teilhaber einen Teil des Betriebskapitals beizusteuern, wollte der alte Drucker davon nichts wissen. Er sagte, er habe sich verpflichtet, seine Druckerei zu übergeben, aber nicht auch noch Geld. Das sei seine Einlage. Als die Logik des Sohns ihn in die Enge brachte, antwortete er ihm, als er die Druckerei der Witwe Rouzeau abgekauft, habe er sich ohne einen Sou aus der Affäre gezogen. Wenn das ihm, einem armen Arbeiter ohne alle Bildung, geglückt sei, müsse es bei einem Schüler Didots noch besser klappen. Überdies habe David Geld verdient, was er der Erziehung zu verdanken habe, die mit dem Schweiß seines alten Vaters bezahlt worden sei, und so könne er es jetzt gut anlegen. »Was hast du mit deinem Wochenlohn gemacht?« fragte er und versuchte damit nochmals die Frage zu erhellen, die das Schweigen seines Sohnes am Tage vorher unentschieden gelassen hatte. - »Aber ich habe doch leben müssen! Mußte ich nicht Bücher kaufen?« antwortete David ärgerlich. - »Ach so, du hast Bücher gekauft! Da wirst du schlechte Geschäfte machen. Leute, die Bücher kaufen, sind kaum geeignet, welche zu drucken«, antwortete der ›Bär‹.

David stand die schrecklichste aller Demütigungen aus, die nämlich, die niedrige Gesinnung seines Vaters zu erleben. Er mußte die Flut gemeiner, weinerlicher, krämerhafter Gründe ertragen, mit denen der alte Geizhals seine Weigerung motivierte. Er sah sich auf sich gestellt, ohne jede Hilfe, und drängte seinen Schmerz in sein Inneres zurück; in seinem Vater erblickte er einen Spekulanten, den er aus philosophischer Neugier bis auf den letzten Grund kennenlernen wollte. Er ließ die Bemerkung fallen, er habe niemals Rechnungslegung über das Vermögen seiner Mutter verlangt. Wenn jenes Vermögen auch nicht ausreichte, um den Preis der Druckerei zu erlegen, so müsse es doch zumindest als Betriebskapital dienen können.

»Das Vermögen deiner Mutter?« fragte der alte Séchard. »Das hat in nichts anderem bestanden als in ihrer Klugheit und ihrer Schönheit.«

Bei dieser Antwort durchschaute David den Vater völlig und erkannte, daß er, wenn er eine Rechnungslegung erhalten wolle, gegen ihn einen unendlich langen, kostspieligen und entehrenden Prozeß würde anstrengen müssen. Der vornehme Jüngling nahm die Last auf sich, obwohl er wußte, wie sie ihn drücken und wie schwer es sein würde, den Verpflichtungen seinem Vater gegenüber nachzukommen.

»Ich muß halt arbeiten«, sagte er sich. »Schließlich, wenn ich zu schuften habe, dem Alten ist es nicht besser gegangen, und überdies werde ich ja für mich selber arbeiten.«

»Ich hinterlasse dir einen Schatz«, sagte der Vater, den das Schweigen des Sohnes beunruhigte.

David fragte, was für ein Schatz das sei.

»Marion«, sagte der Vater.

Marion war ein plumpes Bauernmädchen, das in der Drukkerei unentbehrlich war; sie befeuchtete und beschnitt das Papier, besorgte Gänge und die Küche, sorgte für die Wäsche, lud das Papier von den Wagen ab, kassierte Geld ein und reinigte die Tupfballen. Wenn Marion hätte lesen können, hätte der alte Séchard sie an den Setzkasten gestellt.

Der Vater begab sich zu Fuß nach seinem Landgut. Obgleich er über seinen Verkauf, der sich unter dem Namen Beteiligung versteckte, sehr glücklich war, beunruhigte es ihn jetzt, nach welchem Modus er bezahlt werden würde. Nach den Aufregungen über einen Verkaufsvertrag kommen immer die Sorgen der Bezahlung wegen. Alle Leidenschaften sind in ihrem Kern jesuitisch. Dieser Mann, der alle Bildung für etwas Unnützes ansah, bemühte sich jetzt, an deren Einfluß zu glauben. Er stellte seine dreißigtausend Francs mittels der Ehrbegriffe sicher, die die Bildung in seinem Sohne entwickelt haben mußte. Als wohlerzogener junger Mann würde David Blut schwitzen, um seinen Verpflichtungen nachzukommen, seine Kenntnisse würden ihm Quellen erschließen, er hatte eine noble Gesinnung gezeigt, er würde zahlen! Viele Väter, die so verfahren, glauben väterlich gehandelt zu haben, und zu dieser Überzeugung war schließlich auch der alte Séchard gekommen, als er auf seinem Weingut anlangte. Es war in Marsac gelegen, einem kleinen Dorf, vier Meilen von Angoulême entfernt. Dieses Gut, auf dem der frühere Besitzer ein hübsches Wohnhaus erbaut hatte, hatte sich seit 1809, dem Jahr, in dem der ›Bär‹ es an sich brachte, von Jahr zu Jahr vergrößert. Er vertauschte dort die Sorgen um die Druckerpresse gegen die um die Weinpresse, und er war, wie er gern sagte, seit zu langer Zeit Weinkenner, um sich nicht darauf zu verstehen. Während des ersten Jahres seiner ländlichen Zurückgezogenheit zeigte der alte Séchard eine sorgenvolle Miene zwischen seinen Rebstöcken; denn er war jetzt stets in seinem Weinberg, wie er früher in seiner Werkstatt geweilt hatte. Die unverhofften dreißigtausend Francs berauschten ihn noch mehr als der junge Septembermost; in Gedanken hatte er sie bereits zwischen den Fingern. Je weniger er die Summe im Grunde verdient hatte, desto mehr wünschte er, sie einzustreichen. Daher trieb ihn die Ungeduld oftmals von Marsac nach Angoulême. Er kletterte die

Felsstufen hinauf, auf deren Höhe die Stadt liegt, und begab sich in die Druckerei, um zu sehen, ob der Sohn mit dem Geschäft vorankomme. Die Pressen standen nach wie vor da. Der einzige Lehrling trug seine Papiermütze auf dem Kopf und reinigte die Tupfballen. Der alte ›Bär‹ hörte eine Presse über irgendeiner Todesanzeige greinen, er sah seine alten Lettern wieder, er gewahrte den Sohn und den Faktor und sah, wie beide in ihren Verschlägen ein Buch lasen, das der ›Bär‹ für Korrekturabzüge hielt. Er aß mit David zu Mittag, kehrte dann auf sein Gut in Marsac zurück und grübelte über seine Sorgen nach. Der Geiz besitzt wie die Liebe die Gabe des zweiten Gesichts für kommende Ereignisse, er wittert sie, er nimmt sie voraus. Wenn die Werkstatt wieder hinter ihm lag, wo der Anblick seiner Werkzeuge ihn bestrickte und ihn in die Zeit zurückversetzte, da er sein Vermögen erworben hatte, stellte der alte Winzer bei seinem Sohne beunruhigende Zeichen von Untätigkeit fest. Der Name ›Gebrüder Cointet‹ erschreckte ihn, er sah ihn die Firma ›Séchard & Sohn‹ überflügeln. Kurzum, der alte Mann fühlte das Unglück nahen. Diese Ahnung hatte ihren guten Grund: das Unglück schwebte tatsächlich über der Firma Séchard. Aber die Geizigen haben einen Gott. Durch ein Zusammentreffen von unvorhergesehenen Umständen sorgte dieser Gott dafür, daß der Preis seines wucherischen Verkaufs abzuglos in die Geldtasche des Trunkenbolds kam. Wir wollen jetzt hören, aus welchen Gründen die Druckerei Séchard zurückging, obwohl es den Anschein hatte, sie hätte florieren müssen. David kümmerte sich weder um die religiöse Reaktion, die mit der Restauration in die Regierung einzog, noch um den Liberalismus und bewahrte daher in politischen und religiösen Dingen die schädlichste Neutralität. Das vollzog sich in einer Zeit, in der die Kaufleute der Provinz sich zu einer Meinung bekennen mußten, um Kunden zu haben, denn man mußte zwischen der Kundschaft der Liberalen oder der der Royalisten wählen. Eine Liebesneigung, die im Herzen Davids erwachte, seine wissenschaftlichen Beschäftigungen, sein liebenswerter Charakter, all das ließ in ihm die Gewinngier nicht aufkommen, die nun mal zum rechten Kaufmann gehört und die ihn veranlaßt hätte, über die Unterschiede nachzudenken, die die Industrie der Provinz von der der Hauptstadt scheiden. Die in den Departements so unterschiedlichen Nuancen verschwinden im großen Trubel von Paris. Die Gebrüder Cointet schlossen sich den monarchistischen Meinungen an, sie hielten ostentativ die Fasttage ein, gingen in einem fort in die Kathedrale, verkehrten mit den Priestern und druckten sofort, als das Bedürfnis danach aufkam, religiöse Bücher nach. Die Cointets bekamen auf diese Weise in diesem einträglichen Geschäft das Oberwasser und verleumdeten David Séchard, den sie des Liberalismus und des Atheismus bezichtigen. Wie, so sagten sie, könne man einen Menschen beschäftigen, der einen von den Septembermördern, einen Trunkenbold, einen Bonapartisten, einen alten Geizkragen zum Vater habe, der früher oder später ganze Haufen Gold hinterlassen müsse? Sie selber seien arm, hätten für ihre Familie zu sorgen, während David Junggeselle sei und einmal sehr reich werden würde. Er tue ja auch nur, was ihm behage usw. Unter dem Einfluß dieser Anschuldigungen übertrugen schließlich die Präfektur und die bischöfliche Kanzlei das Privileg ihrer Druckaufträge den Gebrüdern Cointet. Bald riefen die gierigen Gegenspieler, denen die Sorglosigkeit ihres Konkurrenten Mut machte, ein zweites Anzeigenblatt ins Leben. Die alte Druckerei war jetzt lediglich auf die Druckaufträge der Stadt angewiesen, und die Einnahmen aus dem Anzeigenblatt gingen auf die Hälfte zurück. Die Firma Cointet, die an den kirchlichen und religiösen Büchern beträchtliche Summen verdient hatte, schlug nur zu bald Séchard vor, ihr seine Zeitung zu verkaufen, damit sie die Aufträge für die Bekanntmachungen des Departements und die Inserate der Behörden ungeteilt erhielten. Sowie David diese Nachricht seinem Vater mitgeteilt hatte, stürzte der alte Winzer, dem die Fortschritte des Hauses Cointet schon genügend Schrecken eingeflößt hatten, mit der Schnelligkeit eines Raben, der die Leichen auf einem Schlachtfeld gewittert hat, von Marsac auf die Place du Mûrier.

»Überlaß mir die Verhandlungen mit den Cointets, mische dich nicht in diese Angelegenheit«, sagte er zu seinem Sohn.

Der alte Mann hatte bald die Absichten der Cointets erraten, er erschreckte sie durch die Klugheit seiner Bemerkungen. Sein Sohn habe eine Dummheit begangen, die er gerade noch verhindern könne, sagte er.

»Worauf soll unsere Kundschaft sich stützen, wenn er unser Blatt verkauft? Die Advokaten, die Notare, alle Kaufleute in l'Houmeau sind liberal, die Cointets haben den Séchards Schaden zufügen wollen, als sie sie des Liberalismus bezichtigten, sie haben ihnen damit das Rettungsseil zugeworfen, die Annoncen der Liberalen werden den Séchards verbleiben! Das Blatt verkaufen? Ebensogut könnte man die ganze Druckerei und die Druckereigerechtigkeit verkaufen.« Er verlangte nunmehr von den Cointets sechzigtausend Francs für die Druckerei, um seinen Sohn nicht zu ruinieren: er habe seinen Sohn sehr lieb, er schütze seinen Sohn. Der alte Winzer bediente sich des Sohns, wie die Bauern sich ihrer Frauen bedienen: sein Sohn wollte oder wollte nicht, je nach den Zugeständnissen, die er eins nach dem andern den Cointets entriß, und er brachte sie nicht ohne Mühe dazu, daß sie eine Summe von zweiundzwanzigtausend Francs für das ›Journal de la Charente‹ gaben. Aber David mußte sich verpflichten, niemals wieder irgendein Blatt zu drucken, widrigenfalls er dreißigtausend Francs Schadloshaltung zu zahlen hätte. Dieser Verkauf war der Selbstmord der Druckerei Séchard, aber der Winzer beunruhigte sich kein bißchen darüber. Nach dem Diebstahl kommt stets der Mord. Der Ehrenmann hatte im Sinne, jene Summe zur Bezahlung seiner Einlage zu verwenden, und um sie in die Hände zu bekommen, hätte er David noch mit dazu verkauft, zumal da dieser lästige Sohn Anspruch auf die Hälfte dieses unverhofften Gewinns hatte. Zur Entschädigung überließ der edelmütige Vater ihm die Druckerei, wobei aber die Bestimmung, daß der Sohn für die Miete des Hauses die gewissen zwölfhundert Francs zu zahlen hatte, bestehen blieb. Seit dem Verkauf der Zeitung an die Cointets kam der Alte nur noch selten in die Stadt, er schützte sein hohes Alter vor; aber der wahre Grund war das geringe Interesse, das er an einer Druckerei nahm, die ihm nicht mehr gehörte. Dennoch vermochte er die alte Liebe zu seinen Werkzeugen nicht ganz aufzugeben. Wenn seine Geschäfte ihn nach Angoulême führten, wäre die Entscheidung sehr schwer gewesen, was ihn am meisten in sein Haus zog, seine hölzernen Pressen oder sein Sohn, zu dem er lediglich kam, um pro forma seine Miete zu verlangen. Sein früherer Faktor, der jetzt bei den Cointets war, wußte, was er von diesem väterlichen Edelmut zu halten hatte; er sagte, der schlaue Fuchs behalte sich auf diese Weise das Recht vor, sich in die Geschäfte seines Sohnes einzumischen, indem er durch die Aufhäufung der Mietschuld bevorrechtigter Gläubiger werde.

Die Unbekümmertheit David Séchards hatte Ursachen, die für den Charakter des jungen Menschen bezeichnend waren. Einige Tage nach der Übernahme der väterlichen Druckerei hatte er einen seiner Schulfreunde wiedergetroffen, der sich damals im tiefsten Elend befand. Der Freund David Séchards war ein junger Mann von ungefähr einundzwanzig Jahren namens Lucien Chardon; er war der Sohn eines früheren Regimentswundarztes der republikanischen Armeen, der infolge einer Verwundung den Dienst hatte aufgeben müssen. Seine Naturanlage hatte aus Chardons Vater einen Chemiker gemacht, und der Zufall hatte ihn als Apotheker nach Angoulême geführt. Der Tod überraschte ihn inmitten der Vorbereitungen zur Ausbeutung einer großartigen Erfindung, an die er mehrere Jahre wissenschaftlicher Studien gesetzt hatte. Er wollte jede Art Gicht heilen. Die Gicht ist die Krankheit der Reichen, und die Reichen zahlen für die Gesundheit, wenn sie ihrer beraubt sind, einen hohen Preis. Daher hatte der Apotheker dieses Problem aus den vielen ausgewählt, die sich seinem Nachdenken dargeboten hatten. Zwischen Wissenschaft und praktischer Erfahrung stehend, hatte der selige Chardon begriffen, daß allein die Wissenschaft sein Vermögen begründen könne: er hatte also die Ursachen der Krankheit studiert und sein Mittel auf eine gewisse Lebensweise gegründet, die er jedem Temperament anpaßte. Er starb während eines Aufenthalts in Paris, wo er die Approbation der Akademie der Wissenschaften hatte einholen wollen, und büßte auf diese Weise die Frucht seiner Arbeit ein. Der Apotheker hatte, da er ein großes Vermögen erwartete, bei der Erziehung seines Sohnes und seiner Tochter nichts versäumt, und so hatte der Unterhalt seiner Familie alle Erträgnisse der Apotheke verschlungen. So kam es, daß er seine Kinder nicht nur im Elend zurückließ, sondern daß er sie auch zu ihrem Unglück in der Hoffnung auf eine glänzende Zukunft aufgezogen hatte, die mit ihm erlosch. Der berühmte Desplein, der ihn behandelte, sah ihn unter Wutkrämpfen sterben. Die Quelle dieses Ehrgeizes war die leidenschaftliche Liebe, die der ehemalige Wundarzt zu seiner Frau hegte; sie war der letzte Sproß der Familie de Rubempré, und er hatte sie im Jahr 1793 wie durch ein Wunder vor dem Schafott gerettet. Ohne daß das junge Mädchen dieser Lüge hatte zustimmen wollen, hatte er einen Aufschub dadurch erreicht, daß er aussagte, sie sei schwanger. Nachdem er sich so das Recht verschafft hatte, sie zu seiner Frau zu machen, heiratete er sie trotz ihrer beider Armut. Die Kinder besaßen als Erbe nichts als die wunderbare Schönheit der Mutter, die allen Kindern der Liebe eigen ist und die sich oftmals als ein verhängnisvolles Geschenk erweist, wenn es mit Not und Elend verknüpft ist. Das stete Hoffen, das Arbeiten, das Verzweifeln hatten die Schönheit Madame Chardons arg beeinträchtigt, gerade wie die stufenweis steigende Not ihre Lebensart verändert hatte; aber ihr und ihrer Kinder Mut waren ebenso groß wie ihr Unglück. Die arme Witwe verkaufte die Apotheke, die in der Hauptstraße von l'Houmeau, der bedeutendsten Vorstadt Angoulêmes, gelegen war. Der Preis der Apotheke ermöglichte es ihr, dreihundert Francs Leibrente zu erwerben, eine Summe also, die nicht einmal für ihre eigene Existenz ausreichen konnte, aber sie und ihre Tochter fügten sich ohne falsche Scham in ihre Lage und übernahmen Lohnarbeit. Die Mutter widmete sich der Wöchnerinnenpflege, und sie wurde ihrer guten Manieren wegen in den reichen Häusern jeder andern vorgezogen; sie konnte sich dort verpflegen, ohne ihren Kindern zur Last zu fallen, und dabei täglich noch zwanzig Sous verdienen. Um ihrem Sohn die Beschämung zu ersparen, seine Mutter in einer so erniedrigenden Situation zu sehen, hatte sie den Namen Madame Charlotte angenommen. Die Frauen, die ihrer Pflege bedurften, mußten sich an Monsieur Postel wenden, den Nachfolger Monsieur Chardons. Luciens Schwester arbeitete bei einer sehr ehrenwerten und in l'Houmeau geachteten Frau namens Prieur, einer Weißwäscherin ihrer Nachbarin, und verdiente täglich ungefähr fünfzehn Sous. Sie führte die Aufsicht über die Arbeiterinnen und erfreute sich in der Wäscherei einer Art Vorzugsstellung, die sie ein wenig über die Klasse der Wäscherinnen erhob. Die geringen Erträgnisse ihrer Arbeit zusammen mit den dreihundert Francs

Rente der Madame Chardon ergaben etwa achthundert Francs im Jahr, von denen die drei Menschen sich nähren, sich kleiden und ihre Miete bezahlen mußten. Trotz dieser streng eingeschränkten Lebensweise wollte die Summe, die fast völlig von Lucien verbraucht wurde, kaum ausreichen. Madame Chardon und ihre Tochter Eve glaubten an Lucien, wie die Frau Mohammeds an ihren Gatten glaubte; ihre Hingabe an seine Zukunft war grenzenlos. Die arme Familie hauste in l'Houmeau in einer Wohnung, die sie für einen sehr niedrigen Preis bei dem Nachfolger Chardons gemietet hatte und die hinten in einem Hofe über dem Laboratorium gelegen war. Lucien hatte eine elende Mansardenstube inne. Angeregt von seinem für die Naturwissenschaften begeisterten Vater, hatte Lucien sich auf dieses Studium geworfen und war einer der hervorragendsten Schüler des Collège von Angoulême, wo er in der dritten Klasse saß, als Séchard seine Studien eben beendet hatte.

Als der Zufall die beiden Schulgefährten wieder zusammenführte, stand Lucien, der es müde war, aus dem irdenen Becher des Elends zu trinken, im Begriff, einen der verzweifelten Schritte zu tun, zu denen man sich mit zwanzig Jahren entschließt. Vierzig Francs monatlich, die David Lucien großmütig gab, unter dem Anerbieten, ihn zum Faktor auszubilden, obgleich er keineswegs einen brauchte, retteten Lucien aus seiner Verzweiflung. Die Bande dieser solchermaßen erneuerten Schulfreundschaft gestalteten sich infolge der Ähnlichkeit ihres Geschicks und der Verschiedenheit ihrer Charaktere bald enger. Beide hatten den Kopf voll großer Pläne, beide besaßen die außergewöhnliche Intelligenz, die einen Menschen bedeutenden Persönlichkeiten gleichsetzt, und beide sahen sich auf der untersten Stufe der Gesellschaft. Diese Ungerechtigkeit des Schicksals war ein starkes Band. Ferner waren beide von verschiedenen Seiten her zur Poesie gelangt. Obwohl er für die schwierigsten Forschungen der Naturwissenschaft begabt war, drängte es Lucien glühend nach literarischem Ruhm, während David, den sein sinnender Geist zur Poesie bestimmte, seinem Geschmack nach den exakten Wissenschaften zuneigte. Diese Vertauschung der Rollen machte sie zu einer Art von Brüdern im Geiste. Lucien teilte bald David die kühnen Gesichtspunkte bezüglich einer Anwendung der Wissenschaft in der Industrie mit, die er von seinem Vater empfangen hatte, und David zeigte Lucien die neuen Bahnen, die er in der Literatur beschreiten müsse, um sich einen Namen und ein Vermögen zu machen. Die Freundschaft der beiden jungen Leute gestaltete sich innerhalb weniger Tage zu einer der Leidenschaften, wie sie nur in dieser Jugendzeit entstehen. David lernte bald die schöne Eve kennen und verliebte sich nach Art melancholischer und sinnender Geister in sie. Das Et nunc et semper et in saecula saeculorum[17] der Liturgie ist der Wahlspruch jener unbekannten Dichter; ihre Werke sind wunderbare Epen, die zwischen zwei Herzen entstehen und vergehen. Als der Liebende das Geheimnis der Hoffnungen entdeckt hatte, die Luciens Mutter und Schwester auf diese schöne Dichterstirn setzten, als ihre blinde Aufopferung ihm bekannt wurde, fand er es köstlich, sich der Geliebten zu nähern und ihre Opfer und Hoffnungen zu teilen. Wie die Ultras, die noch königlicher als der König sein wollten, übertrieb David den Glauben, den Mutter und Schwester Luciens seinem Genie geweiht hatten, und er verhätschelte ihn wie eine Mutter ihr Kind. In einer der Unterhaltungen, die die ewige Geldnot, die ihnen die Hände band, fortwährend entstehen ließ, überlegten sie, wie alle jungen Leute, die Mittel und Wege, wie man schnell zu Vermögen kommen könne; sie schüttelten vergebens alle Bäume, die schon von früher Gekommenen geplündert worden waren, bis Lucien sich an zwei Ideen erinnerte, die sein Vater geäußert hatte. Chardon hatte davon gesprochen, man könne durch Anwendung eines neuen chemischen Stoffs den Preis des Zuckers auf die Hälfte senken, und ebenso lasse sich der Preis des Papiers herabsetzen, wenn man von Amerika gewisse pflanzliche Stoffe beziehe, ähnlich denen, deren sich die Chinesen bedienten und die wenig kosteten. David, der um die Wichtigkeit der Frage, die schon bei Didot erörtert worden war, wußte, bemächtigte sich dieser Idee, in der er die Grundlage zu einem großen Vermögen erblickte, und betrachtete Lucien als einen Wohltäter, dem er ewig dankbar sein müsse.

Man kann sich denken, wie die Herrschaft dieser Gedanken und das ganze Innenleben der beiden Freunde sie unfähig machten, eine Druckerei zu leiten. Während die Druckerei der Brüder

Cointet, der Drucker und Verleger der bischöflichen Kanzlei, der Eigentümer des ›Courrier de la Charente‹, der von jetzt an das einzige Blatt des Departements war, fünfzehn- bis zwanzigtausend Francs einbrachte, beliefen sich die Einnahmen der Druckerei Séchard kaum auf dreihundert Francs im Monat, wovon das Gehalt des Faktors, der Lohn Marions, die Steuern und die Miete abgezogen werden mußten, so daß David auf hundert Francs im Monat angewiesen war. Tätige und betriebsame Männer hätten neue Lettern angeschafft, eiserne Pressen gekauft, hätten sich bei den Pariser Verlegern Aufträge für Werke verschafft, die sie zu niedrigem Preis gedruckt hätten; aber Meister und Faktor waren völlig von aufreibender Kopfarbeit in Anspruch genommen und begnügten sich mit den Aufträgen, die ihnen ihre letzten Kunden gaben. Die Brüder Cointet waren endlich hinter den Charakter und die Lebensführung Davids gekommen und verleumdeten ihn nicht länger; im Gegenteil riet ihnen eine weise Politik, diese Druckerei ihr Leben fristen und sie in kleinem Umfang bestehen zu lassen, damit sie nicht in die Hände eines gefürchteten Konkurrenten falle; sie schickten ihr sogar von sich aus die sogenannten Stadtaufträge. Auf diese Weise existierte David Séchard, kaufmännisch gesprochen, ohne es zu wissen, nur noch durch eine geschickte Kalkulation seiner Konkurrenten. Die Cointets waren glücklich über das, was sie seine Manie nannten, und verhielten sich ihm gegenüber dem Anschein nach durchaus ehrenhaft und loyal. Aber sie gingen in Wirklichkeit wie die Verwaltung des Postwagenverkehrs[18] vor, die eine künstliche Konkurrenz schafft, um eine wirkliche zu vermeiden.

Das Äußere des Hauses Séchard stimmte mit dem schmutzigen Geiz überein, der im Innern herrschte, wo der alte ›Bär‹ nie etwas hatte reparieren lassen. Regen, Sonne, die Unbilden jeder Jahreszeit hatten der Gangtür das Aussehen eines alten Baumstammes gegeben, so sehr war sie von kleineren und größeren Rissen durchzogen. Die Fassade, die aus unsymmetrisch aufeinandergeschichteten Steinen und Ziegeln errichtet war, schien sich unter dem Gewicht des verwitterten Daches zu biegen, das über und über mit den Hohlziegeln bedeckt war, aus denen alle Dächer im südlichen Frankreich bestehen. An den wurmstichigen

Fenstern befanden sich fest verschließbare, riesige Laden, wie sie das heiße Klima erfordert. Es wäre schwierig gewesen, in ganz Angoulême ein zweites so rissiges Haus wie dieses zu finden; es hielt nur noch durch die Kraft des Mörtels zusammen. Man stelle sich die Werkstatt vor, die vorn und hinten erhellt, in der Mitte aber dunkel war; die mit Plakaten bedeckten Wände waren unten vom Vorbeistreifen der Arbeiter, die sich dort seit dreißig Jahren bewegt hatten, schwarz geworden; die Leinen und Stricke an der Decke, die Papierstöße, die alten Pressen, die angehäuften Steine zum Beschweren des nassen Papiers, die Reihen der Setzkästen und am Ende die beiden Verschläge, wo sich der Meister und der Faktor, jeder auf seiner Seite, aufhielten: dann hat man ein Bild von der Existenz der beiden Freunde.

In den ersten Maitagen des Jahres 1821 standen David und Lucien in dem Augenblick, da gegen zwei Uhr ihre vier oder fünf Arbeiter die Werkstatt verließen, um essen zu gehen, in der Nähe des Hoffensters. Als der Meister sah, daß sein Lehrling die Ladentür, die zur Straße ging, hinter sich geschlossen hatte, führte er Lucien in den Hof, wie wenn der Geruch der Papiere, der Schwärzebehälter, der Pressen und des alten Holzes ihm unerträglich geworden sei. Die beiden setzten sich unter eine Laube, von wo aus sie jeden sehen konnten, der in die Werkstatt kam. Die Sonnenstrahlen, die auf dem Weinlaub des Spaliers spielten, umschmeichelten die beiden Dichter und hüllten sie in ihr Licht wie in einen Glorienschein. Der Gegensatz der beiden jungen Leute, die einander gegenübersaßen, trat nach Charakter und Aussehen mit solcher Entschiedenheit hervor, daß ein Maler, der sie so gesehen, gleich nach seinem Pinsel gegriffen hätte. David hatte Formen, wie sie die Natur denjenigen mit auf den Weg gibt, die zu großen offenen oder geheimen Kämpfen bestimmt sind. Über seiner breiten Brust standen starke Schultern, die zu der Stattlichkeit seines ganzen Körpers paßten. Sein Gesicht, gebräunt, gesund, voll, über einem starken Hals, umgeben von einem Schwall schwarzen Haars, glich beim ersten Anblick dem der Domherrn, die Boileau besingt; aber bei näherer Prüfung entdeckte man in den Falten der aufgeworfenen Lippen, im Grübchen des Kinns, im Schnitt der breiten Nase, deren eine Hälfte wie schiefgedrückt war, und vor allem in den Augen das unauslöschliche Feuer einer tiefen Leidenschaft, die Schärfe des Denkers, die glühende Melancholie eines Geistes, der die ganze Weite und alle Tiefen des Horizonts umfaßte und durchdrang und der selbst der idealsten Genüsse leicht müde wurde, weil er sie klaren Geistes analysierte. Man ahnte in diesem Gesicht das Aufblitzen des Genies, aber man sah auch die Asche um den Vulkan; die Hoffnung erlosch in diesem Antlitz in einer tiefen Empfindung der sozialen Nichtigkeit, in der die niedrige Abstammung und das mangelnde Vermögen so viele bedeutende Menschen festhalten. Neben diesem armen Buchdrucker, den sein der Intelligenz doch so benachbarter Beruf anekelte, diesem Silen, der so schwer auf sich selbst ruhte, der in langen Zügen aus dem Becher der Wissenschaft und der Dichtung trank und sich daran berauschte, um das Elend des Provinzlebens zu vergessen, neben diesem Silen saß Lucien in der anmutigen Haltung, die die Bildhauer dem indischen Bacchus gegeben haben. Sein Gesicht besaß die Linienklarheit der antiken Schönheit: griechische Stirn und Nase, die weiße Farbe und das Samtige einer Frau und Augen, deren tiefe Bläue schwarz wirkte, die voller Liebesschmelz leuchteten und deren Weiß so jugendfrisch war wie bei einem Kinde. Über diesen schönen Augen wölbten sich Brauen, die wie mit einem feinen chinesischen Pinsel gezeichnet waren, und lange kastanienbraune Wimpern beschatteten sie. Die Wangen erglänzten von seidigem Flaum, dessen Farbe mit dem Blond des natürlich gelockten Haars übereinstimmte. Seine weißen Schläfen waren goldig überhaucht. Ein unvergleichlicher Adel prägte sich in seinem kurzen, leicht aufwärts gebogenen Kinn aus. Das Lächeln gefallener Engel schwebte auf seinen Korallenlippen, deren Röte durch das Weiß der Zähne noch gehoben wurde. Er hatte die Hände eines Menschen von vornehmer Geburt, elegante Hände, denen die Männer auf den Wink gehorchen und die die Frauen zu küssen lieben. Lucien war schlank und von mittlerer Größe; wenn man seine Füße sah, konnte man versucht sein, ihn für ein verkleidetes Mädchen zu halten, und zwar um so mehr, als er, wie die meisten durchtriebenen, um nicht zu sagen verschlagenen Männer, Hüften wie die einer Frau hatte. Dieses Merkmal, das selten täuscht, traf bei Lucien zu; die Neigung seines rührigen Geistes führte ihn oft, wenn er den gegenwärtigen Zustand der Gesellschaft analysierte, auf das Gebiet der Verderbtheit, wie sie den Diplomaten eigen ist, die den Erfolg für die Rechtfertigung aller Mittel halten, so schimpflich diese auch sein mögen. Es ist die Schattenseite großer Verstandesbegabung, daß sie alle Dinge begreift, die Laster wie die Tugenden.

Die beiden jungen Leute urteilten um so souveräner über die Gesellschaft, als sie darin eine niedrige Stellung einnahmen; denn die Unbekannten rächen oft die Niedrigkeit ihrer Lage durch das Hochfahrende ihrer Betrachtungsweise. Aber ihre Verzweiflung war auch um so bitterer, weil sie eben dadurch schneller ihrem wahren Geschick entgegengetrieben wurden. Lucien hatte viel gelesen, viel verglichen; David hatte viel gedacht, viel gesonnen. Trotz seines gesunden, bäurischen Aussehens war der Drucker ein melancholischer und kränklicher Geist, er zweifelte an sich selbst; Lucien dagegen besaß einen unternehmenden, aber schwankenden Geist und einen Wagemut, der im Widerspruch stand zu seiner weichen, fast schwächlichen Gestalt von weiblichem Reiz. Lucien war im höchsten Maße der Charakter des Gascogners eigen: er war kühn, tapfer, abenteuerlich, ein Charakter, der das Gute übertrieben gut sieht und das Üble nicht allzu ernst nimmt, der vor keinem Fehltritt zurückschrickt, wenn ein Nutzen dabei herausspringt, und sich nichts aus dem Laster macht, wenn es ihm als Sprungbrett dienen kann. Diese Anlage zum Ehrgeiz wurde damals noch von den schönen Illusionen der Jugend unterdrückt, von der Glut, die ihn die edlen Mittel zu suchen antrieb, wie ruhmbegierige Männer sie vor allen anderen anwenden. Er hatte erst mit seinen Wünschen und noch nicht mit den Widerwärtigkeiten des Lebens zu kämpfen, mit seiner eigenen Kraft und noch nicht mit der Erbärmlichkeit der Menschen, die schwankenden Geistern ein so verhängnisvolles Beispiel gibt. David fühlte sich lebhaft verführt von Luciens blendendem Geist; er bewunderte ihn, ohne sich über seine Irrtümer, die das französische Ungestüm hervorrief, im unklaren zu sein. Dieser schlichte Mann hatte einen schüchternen Charakter, der im Widerspruch zu seiner kräftigen Konstitution stand, aber es mangelte ihm nicht an der Festigkeit nördlicher Menschen. Wenn er Schwierigkeiten sah, nahm er sich vor, sie zu überwinden, ohne zu wanken, und wenn ihm die Festigkeit einer wahrhaft apostolischen Tugend eignete, milderte er sie durch die sanfte Anmut einer unerschöpflichen Nachsicht. In dieser schon nicht mehr jungen Freundschaft liebte einer von beiden wahrhaft vergötternd, und das war David. Und so kommandierte Lucien wie eine Frau, die sich geliebt weiß. David gehorchte freudig. Die körperliche Schönheit des Freundes lieh diesem für David eine Überlegenheit, unter die er sich beugte; sich selber hielt er für schwerfällig und gewöhnlich.

»Dem Ochsen das geduldige Pflügen, dem Vogel das sorglose Leben«, sagte sich der Drucker. »Ich werde der Ochse sein, Lucien der Adler!«

Seit ungefähr drei Jahren hatten die beiden Freunde ihr Schicksal, dessen Zukunft sich, wie sie meinten, so glänzend gestalten sollte, vereinigt. Sie lasen die großen Werke, die seit dem Friedensschluß auf literarischem und wissenschaftlichem Gebiet erschienen waren, die Werke von Schiller, Goethe, Lord Byron, Walter Scott, Jean Paul, Berzelius[19], Davy[20], Cuvier[21], Lamartine[22] usw. Sie wärmten sich an diesen großen Feuern, sie versuchten sich in eigenen Werken, die mißglückten oder die angefangen, aufgegeben und glühend wieder aufgenommen wurden. Sie arbeiteten unaufhörlich, ohne die unerschöpflichen Kräfte der Jugend zu ermüden. Beide waren gleich arm, aber von der Liebe zur Kunst und Wissenschaft verzehrt; und so vergaßen sie ihr gegenwärtiges Elend und beschäftigten sich damit, die Grundlagen ihres künftigen Ruhms zu schaffen.

»Lucien, weißt du, was ich gerade aus Paris bekommen habe?« fragte der Drucker und zog einen Duodezband aus der Tasche. »Höre!«

David las, wie die Dichter zu lesen verstehen, die Idylle von André de Chénier vor, die ›Néère‹ betitelt ist, dann den ›Jungen Kranken‹ und schließlich die Elegie über den Selbstmord, die erstere in antiken Metren und die beiden andern in Jamben.

»Das also ist André de Chénier!« rief Lucien wiederholt aus. »Es ist zum Verzweifeln«, wiederholte er zum drittenmal, als David, der zu erregt war, um weiterzulesen, ihm den Band überließ. – »Ein Dichter, den ein Dichter wieder entdeckt hat!«[23] sagte er beim Anblick der Unterschrift unter der Vorrede.

»Als Chénier«, fing David wieder an, »diesen Band fertig hatte, hielt er ihn für unwert, veröffentlicht zu werden.«

Lucien seinerseits las das epische Stück ›Der Blinde‹ und mehrere Elegien. Als er zu dem Fragment kam: ›Denn wenn sie glücklos sind, wo ist dann Glück auf Erden?‹, ließ er das Buch sinken, und die beiden Freunde weinten, denn beide liebten abgöttisch. Wie von den Fingern einer Fee berührt, waren die Weinranken erglüht, die alten, rissigen, höckrigen, kreuz und quer von häßlichen Sprüngen durchzogenen Mauern des Hauses waren wie mit Säulen, Gewölbbogen, Basreliefs und unzähligen Meisterwerken einer unbekannten Architektur geziert. Die Phantasie hatte ihre Blumen und ihre Rubine auf den kleinen dunklen Hof geschüttet. Die Camille André de Chéniers war für David seine angebetete Eve geworden und für Lucien eine große Dame, der er den Hof machte. In ihrem feierlich wallenden Sternengewand war die Poesie durch die Werkstatt geschritten, wo sonst nur die ›Affen‹ und die ›Bären‹ mit ihren Grimassen hin und her zu huschen pflegten. Es schlug fünf, aber die beiden Freunde verspürten weder Hunger noch Durst; das Leben war ihnen ein goldener Traum, alle Schätze der Erde lagen zu ihren Füßen. Sie gewahrten ein blaues Stückchen Himmel, wie es die Hoffnung denen zeigt, deren Leben schwer und stürmisch ist und denen eine Sirenenstimme zuruft: »Eilet, flieget, durch dieses Stückchen Silber oder Azur sollt ihr dem Elend entrinnen.« In diesem Augenblick öffnete ein Lehrling namens Cérizet, ein Pariser Junge, den David hatte nach Angoulême kommen lassen, die kleine Glastür, die von der Werkstatt in den Hof führte, und zeigte die beiden Freunde einem Unbekannten, der grüßend näher trat.

»Monsieur«, sagte er zu David und zog ein umfangreiches Heft aus der Tasche, »hier habe ich eine Denkschrift, die ich drucken lassen möchte. Bitte kalkulieren Sie, was das kosten wird.« - »Ich bedaure«, antwortete David, ohne das Heft anzusehen, »wir drucken keine so umfangreichen Manuskripte; Sie müssen sich an Cointet wenden.« – »Wir haben aber doch eine sehr hübsche Schrift, die sich eignen könnte«, fiel Lucien ein und nahm das Manuskript in die Hand. »Sie müßten die Freundlichkeit haben, morgen wiederzukommen und uns Ihr Werk zur Berechnung der Druckkosten hier zu lassen.« – »Habe ich nicht die Ehre mit Monsieur Lucien Chardon?« – »Jawohl«, antwortete der Faktor. – »Ich bin glücklich«, sagte der Schriftsteller, »einen jungen Dichter kennenzulernen, dem eine so schöne Zukunft bevorsteht. Madame de Bargeton hat mich geschickt.«

Als Lucien diesen Namen hörte, errötete er und stammelte einige Worte, um seine Dankbarkeit für das Interesse auszudrücken, das ihm Madame de Bargeton entgegenbrachte. David bemerkte das Erröten und die Verlegenheit seines Freundes, den er die Unterhaltung mit dem Landedelmann weiterführen ließ. Dieser war der Verfasser einer Denkschrift über die Seidenraupenzucht, die er aus Eitelkeit gerne gedruckt sehen wollte, damit sie von seinen Kollegen von der Landwirtschaftsvereinigung gelesen werde.

»Wie, Lucien«, rief David aus, als der Herr gegangen war, »liebst du etwa Madame de Bargeton?« – »Wahnsinnig!« – »Aber ihr seid doch durch die Vorurteile der Gesellschaft mehr voneinander getrennt, als wenn sie in Peking lebte und du in Grönland.« – »Der Wille zweier Liebenden überwindet alles«, sagte Lucien und schlug die Augen nieder. – »Du wirst uns vergessen«, erwiderte der schüchterne Liebhaber der schönen Eve. – »Vielleicht habe ich dir im Gegenteil meine Geliebte geopfert«, rief Lucien. – »Wieso?« – »Trotz meiner Liebe, trotz der verschiedenen Interessen, die es ratsam machen, bei ihr zu verkehren, habe ich ihr gesagt, ich käme nie wieder, wenn nicht ein Mann, dessen Begabung größer sei als die meine, dessen Zukunft sich ganz sicher ruhmreich gestalte, wenn nicht mein Bruder und Freund, David Séchard, von ihr empfangen werde. Ich muß zu Hause eine Antwort vorfinden; aber wenn die Antwort ablehnend ist, werde ich, obwohl heute abend alle Adligen eingeladen sind, um mich Gedichte lesen zu hören, keinen Fuß mehr über Madame de Bargetons Schwelle setzen.«

David wischte sich über die Augen und drückte Luciens Hand leidenschaftlich. Es schlug sechs.

»Eve wird unruhig sein; leb wohl!« sagte Lucien plötzlich. Er ging und ließ David in einer Erregung zurück, wie man sie nur in diesem Alter so heftig verspürt, besonders in der Lage, in der sich diese beiden jungen Schwäne befanden, denen das Provinzleben noch nicht die Flügel beschnitten hatte.

»Goldenes Herz!« rief David und folgte Lucien, der die Werkstatt durchschritt, mit den Blicken.

Lucien ging durch die schöne Beaulieu-Promenade, die Rue du Minage und das Peterstor nach l'Houmeau. Er wählte so zwar den längsten Weg, aber er kam dabei an dem Hause der Madame de Bargeton vorbei. Er verspürte unbewußt ein solches Lustgefühl, wenn er unter den Fenstern dieser Frau vorbeiging, daß er seit zwei Monaten nicht mehr durch das Palet-Tor nach l'Houmeau zurückging.

Als er bei den Bäumen von Beaulieu angelangt war, sann er über den Abstand nach, der Angoulême von l'Houmeau trennte. Die Sitten des Landes hatten moralische Schranken errichtet, die viel schwerer zu übersteigen waren als die Stufen, über die Lucien hinabging. Der junge Ehrgeizige, der sich im Hause Bargeton eingeführt hatte und so den Ruhm wie eine fliegende Brücke von der Stadt zur Vorstadt gespannt hatte, befand sich der Entscheidung seiner Geliebten wegen in Unruhe; er glich einem Günstling, der Ungnade fürchtet, nachdem er versucht hat, sein Machtgebiet auszudehnen. Das wird denen unverständlich vorkommen, die die besonderen Sitten in solchen Städten, die in eine Oberstadt und eine Unterstadt eingeteilt sind, noch nicht festgestellt haben; aber es ist um so notwendiger, hier einige Erklärungen über Angoulême zu geben, als sie Madame de Bargeton, eine der wichtigsten Gestalten dieser Geschichte, verständlich machen werden.

Angoulême ist eine alte Stadt, die auf dem Gipfel eines zukkerhutförmigen Felsens erbaut ist; er erhebt sich über die Ebene, in der die Charente dahinfließt. Dieser Felsen grenzt gegen das Périgord zu an eine lange Hügelkette, die er auf der Straße von Paris nach Bordeaux plötzlich abschließt, indem er eine Art Vorgebirge bildet, das von drei malerischen Tälern durchzogen wird. Welche Bedeutung diese Stadt in der Zeit der Religionskriege besaß, wird von ihren Wällen, ihren Toren und von den Resten einer Feste bezeugt, die auf der Kuppe des Felsens aufragt. Seine Lage machte Angoulême ehemals zu einem strategischen Punkt, der den Katholiken und den Calvinisten in gleicher Weise wertvoll war; aber seine frühere Stärke ist der Grund zu seiner jetzigen Schwäche; seine Wälle und der Felsen, der allzu steil abfällt, haben Angoulême verhindert, sich über die Charente hinaus auszudehnen, und haben es so zu einem verhängnisvollen Stillstand verdammt. Um die Zeit, da diese Geschichte sich zutrug, versuchte die Regierung, die Ausdehnung der Stadt gegen das Périgord hin zu fördern, indem sie der Hügelkette entlang das Präfekturgebäude, eine Marineschule und militärische Gebäude errichtete und Straßen anlegte. Aber der Handel war in anderer Richtung vorausgegangen. Seit langer Zeit war der Flecken l'Houmeau wie ein Pilzherd am Fuß des Felsens und an den Ufern des Flusses angewachsen, an dem sich die große Straße von Paris nach Bordeaux entlangzieht. Alle Welt kennt die Berühmtheit der Papiermühlen von Angoulême, die sich seit drei Jahrhunderten an der Charente und ihren Nebenflüssen angesiedelt hatten, wo sie Wassergefälle fanden. Der Staat hatte in Ruelle seine wichtigste Marinegeschützgießerei errichtet. Das Speditionsgeschäft, die Post, die Gasthöfe, die Stellmachereien, die Fuhrgeschäfte, alle Industrien, die von der Landstraße und vom Flusse leben, gruppierten sich unterhalb von Angoulême, um den Schwierigkeiten aus dem Wege zu gehen, die die steilen Zugangsstraßen bildeten. Natürlich verblieben die Gerbereien, die Wäschereien und alle Gewerbe, die Wasser brauchten, an der Charente; ferner waren die Branntweinlager, die Niederlagen für alle möglichen Rohstoffe, die auf dem Flusse hergebracht wurden, kurzum der ganze Durchgangsverkehr an den Ufern der Charente. Die Vorstadt l'Houmeau wurde also eine reiche Industriestadt, ein zweites Angoulême, auf das man in der Oberstadt, in der die Regierung, der Bischofssitz, die Gerichte und die Aristokratie verblieben waren, eifersüchtig war. So war l'Houmeau trotz seiner tätigen und ständig wachsenden Macht nur ein Anhängsel von Angoulême. Oben der Adel und die Behörden, unten der Handel und das Geld: zwei soziale Zonen, die einander allenthalben und ständig feindlich gegenüberstanden; auch ist es schwierig, zu sagen, welche von den beiden Städten ihre Nebenbuhlerin am meisten haßte. Die Restauration hatte seit neun Jahren diesen Stand der Dinge, der unter der Herrschaft des Kaiserreichs ziemlich harmlos gewesen war, verschlimmert. Die meisten Häuser des oberen Angoulême werden entweder von Adelsfamilien oder von Patrizierfamilien bewohnt, die von ihren Einkünften leben und eine Art autochthone Nation bilden, zu der Fremden der Zutritt verwehrt ist. Auch wenn sie schon zweihundert Jahre lang ansässig ist, wird eine aus einer Nachbarprovinz stammende Familie nur mit Mühe und Not - etwa nach einer Verbindung mit einer der eingeborenen Familien - aufgenommen; die Eingeborenen betrachten sie, als sei sie erst gestern ins Land gekommen. Die Präfekten, die Obersteuereinnehmer, die Verwaltungen, die einander seit vierzig Jahren gefolgt sind, haben versucht, die alten Familien, die wie argwöhnische Raben auf ihrem Felsen hocken, zu zivilisieren: die Familien haben zwar die Feste und Gastmähler jener besucht, aber sie bei sich zu empfangen, haben sie hartnäckig abgelehnt. Jene Geschlechter, deren Glieder boshaft, klatschsüchtig, eifersüchtig und geizig sind, heiraten untereinander und bilden ein geschlossenes Korps, um niemanden herein oder hinaus zu lassen; die Schöpfungen des modernen Luxus kennen sie nicht; einen Sohn nach Paris schicken, bedeutet für sie, ihn dem Verderben preisgeben zu wollen. Diese Vorsicht gibt ein Bild von den rückständigen Sitten und Gebräuchen dieser Familien, die in einem verständnislosen Royalismus stecken, die mehr frömmelnd als fromm sind und alle in Unbeweglichkeit verharren wie ihre Stadt und ihr Felsen. Angoulême genießt jedoch in den benachbarten Provinzen einen guten Ruf wegen der hier erteilten Erziehung der Jugendlichen. Die benachbarten Städte schikken ihre Töchter hierher in die Pensionate und Klöster. Man kann sich leicht vorstellen, welchen Einfluß der Kastengeist auf die Gefühle hat, die Angoulême und l'Houmeau voneinander trennen. Der Kaufmannsstand ist reich, der Adel ist im allgemeinen arm. Einer rächt sich am andern mit einer Verachtung, die auf beiden Seiten gleich groß ist. Das Bürgertum von Angoulême macht diesen Streit zu seiner ganz persönlichen Angelegenheit. Der Kaufmann der Oberstadt sagt von einem Handeltreibenden der Vorstadt mit einer unbeschreiblichen Betonung: »Einer aus l'Houmeau!« Die Restauration, die dem Adel in Frankreich wieder eine besondere Stellung einräumen wollte und ihm Hoffnungen machte, die ohne einen allgemeinen Umsturz nicht verwirklicht werden konnten, erweiterte die moralische Kluft, die Angoulême noch mehr als die örtliche Entfernung von l'Houmeau trennte. Die adlige Gesellschaft, die damals mit der Regierung eins war, wurde dort exklusiver als in jeder andern Stadt Frankreichs. Der Einwohner von l'Houmeau hatte Ähnlichkeit mit einem Paria[24]. Daher kam der dumpfe und tiefe Haß, der den Aufstand von 1830 so schrecklich einmütig machte und die Elemente eines dauernden Gesellschaftszustandes in Frankreich zerstörte. Der Dünkel des Hofadels entfremdete dem Thron den Provinzadel, ebenso wie dieser das Bürgertum dadurch abstieß, daß er es in allen seinen Eitelkeiten kränkte. Einer aus l'Houmeau, der Sohn des Apothekers, sollte bei Madame de Bargeton eingeführt werden? Das war beinahe schon eine kleine Revolution. Wer waren ihre Urheber? Lamartine und Victor Hugo, Casimir Delavigne[25] und Canalis, Béranger[26] und Chateaubriand, Villemain[27] und Aignan[28], Soumet[29] und Tissot[30], Etienne[31] und d'Avrigny[32], Benjamin Constant[33] und Lamennais[34], Cousin[35] und Michaud[36], kurz, nicht minder die alten wie die jungen literarischen Berühmtheiten, die Liberalen wie die Royalisten. Madame de Bargeton schätzte Künste und schöne Wissenschaften, das galt in Angoulême als extravaganter Geschmack, eine höchst beklagenswerte Manie; so ist es notwendig, sie zu rechtfertigen, indem wir das Leben dieser Frau skizzieren, die zur Berühmtheit geboren war, durch verhängnisvolle Umstände im Dunklen blieb und deren Einfluß das Schicksal Luciens entschied.

Monsieur de Bargeton war der Urenkel eines Geschworenen von Bordeaux namens Mirault, der unter Ludwig XIII. nach langjährigen treuen Diensten geadelt worden war. Unter Ludwig XIV. wurde sein Sohn, der nun Mirault de Bargeton hieß, Offizier in der königlichen Leibgarde und schloß eine so reiche Ehe, daß sein Sohn unter Ludwig XV. einfach Monsieur de Bargeton hieß. Diesem Bargeton, dem Enkel des Schöffen Mirault, gelang es so trefflich, als vollkommener Edelmann aufzutreten, daß er alle Güter der Familie aufzehrte und ihr Glück vernichtete. Zwei seiner Brüder, Großonkel des jetzigen Bargeton, wurden wieder Kaufleute, so daß man unter den Handeltreibenden Bordeaux' den Namen Mirault finden kann. Da das Gut Bargeton, das als Afterlehen der de La Rochefoucauld im Angoumois lag, und ebenso ein Haus in Angoulême, das man das

Hôtel Bargeton nannte, unveräußerlich waren, erbte der Enkel des ebengenannten Verschwenders de Bargeton diese beiden Besitzungen. Im Jahre 1789 verlor er seine Nutzrechte und verfügte nur noch über ein Einkommen aus dem Grund und Boden, das ungefähr zehntausend Francs Rente betrug. Wäre sein Großvater dem glorreichen Beispiel Bargetons I. und Bargetons II. gefolgt, dann wäre Bargeton V., dem man den Beinamen ›der Stumme‹ geben könnte, Marquis de Bargeton gewesen; er hätte sich mit irgendeiner großen Familie verbunden und wäre, wie so viele andere, Herzog und Pair geworden; so aber war es eine große Ehre für ihn, daß er im Jahre 1805 Mademoiselle Marie Louise Anaïs de Nègrepelisse heiraten konnte, die Tochter eines Edelmanns, der seit langem auf seinem kleinen Adelshof vergessen worden war, obwohl er zum jüngeren Zweig einer der ältesten Familien Südfrankreichs gehörte. Es gab einen Nègrepelisse unter den Geiseln des heiligen Ludwig; aber der Chef des älteren Zweigs trägt den illustren Namen Espard, den er unter Heinrich IV. durch die Heirat mit der Erbin dieser Familie erwarb. Dieser Edelmann, der nachgeborene Sohn aus einem jüngeren Zweig der Familie, lebte auf der Besitzung seiner Frau, einem kleinen Gut in der Nähe von Barbecieux, das er vortrefflich bestellte; er ging selber zum Markt, um sein Korn zu verkaufen, brannte selber seinen Wein und machte sich nichts aus dem Spott, wenn er nur Dukaten aufhäufen und von Zeit zu Zeit seinen Besitz vergrößern konnte. Umstände, die in der Provinz recht selten sind, hatten in Madame de Bargeton Geschmack für die Musik und die Literatur geweckt. Während der Revolution verbarg sich ein Abbé Niollant, der beste Zögling des Abbé Roze[37], in dem Schlößchen Escarbas und brachte dahin die Utensilien mit, die er als Komponist brauchte. Er hatte die Gastfreundschaft des alten Edelmanns dadurch reichlich bezahlt, daß er die Erziehung seiner Tochter Anaïs, kurz Naïs genannt, übernahm, die ohne dieses Abenteuer sich selbst oder, was noch schlimmer gewesen wäre, irgendeiner schlechten Zofe überlassen gewesen wäre. Der Abbé war nicht nur Musiker, er besaß auch ausgebreitete literarische Kenntnisse und konnte italienisch und deutsch. Er unterrichtete also Mademoiselle de Nègrepelisse in diesen beiden Sprachen und im Kontrapunkt;

er erklärte ihr die großen literarischen Werke Frankreichs, Italiens und Deutschlands und ging mit ihr die Musik aller Meister durch. Um den Müßiggang der tiefen Vereinsamung zu bekämpfen, zu der sie beide die politischen Ereignisse verdammten, lehrte er sie Griechisch und Latein und vermittelte ihr gewisse Kenntnisse in den Naturwissenschaften. Da sie keine Mutter mehr hatte, gab es für das junge Mädchen, das schon durch das Landleben sehr zur Unabhängigkeit neigte, kein Gegenwicht gegen diese männliche Erziehung. Der Abbé Niollant war von enthusiastischer, dichterischer Wesensart und besonders bemerkenswert durch eine Geistigkeit, wie sie speziell die Künstler kennzeichnet; diese besitzen ja verschiedene rühmliche Eigenschaften, erheben sich aber vor allem durch die Freiheit des Urteils und durch die Weite des Blicks über die bürgerliche Gedankenwelt. Wenn dieser Geist für die Gesellschaft seine Kühnheiten durch seine Tiefe und Ursprünglichkeit verzeihlich macht, könnte er doch im Privatleben durch die Verirrungen, die er bewirkt, schädlich erscheinen. Es fehlte dem Abbé nicht an Herz, seine Ideen waren daher für ein junges Mädchen ansteckend, bei welchem die allen jungen Menschen angeborene Überspanntheit durch die Einsamkeit des Landlebens verstärkt wurde. Der Abbé Niollant übertrug die Gewagtheit seiner Kritik und die Gewandtheit seines Urteils auf seine Schülerin, ohne daran zu denken, daß diese Eigenschaften, die einem Manne so notwendig sind, bei einer Frau, die zu dem bescheidenen Lose der Mutter bestimmt ist, zu Fehlern werden. Obwohl der Abbé seiner Schülerin unausgesetzt ans Herz legte, um so liebenswürdiger und bescheidener zu werden, je mehr ihr Wissen sich ausbreitete, bekam Mademoiselle de Nègrepelisse eine ausgezeichnete Meinung von sich selbst und eine starke Verachtung gegen die Menschheit. Da sie in ihrer Umgebung nur untergeordnete oder ihr dienende Menschen sah, eignete ihr der Hochmut der großen Dame, aber nicht die gefälligen Manieren einer solchen. In all ihrer Eitelkeit fühlte sie sich durch einen armen Abbé geschmeichelt, der in ihr sich selber bewunderte, wie ein Autor sich in seinem Werk anstaunt, und so hatte sie das Unglück, keine Vergleichsmöglichkeit zu finden, die ihr zu einer besseren Selbsterkenntnis verholfen hätte. Der Mangel an Gesellschaft ist einer der größten Nachteile des Landlebens. Da man nicht genötigt ist, den anderen die kleinen Opfer zu bringen, die Anstand und Toilette nun einmal erfordern, büßt man die Gewohnheit ein, sich anderer wegen Zwang aufzuerlegen. Alles in uns artet dann aus, die Umgangsformen und die geistige Wesensart. Da die Meinungsfreiheit der Mademoiselle de Nègrepelisse nicht durch den Verkehr in der Gesellschaft eingeschränkt wurde, prägte sie sich in ihrem Benehmen, in ihrer Haltung und in ihrem Blick aus; sie trug jene hochfahrende Miene zur Schau, die zunächst originell wirkt, die aber nur Abenteurerinnen gut steht. So mußte diese Erziehung, deren Härten sich in den höheren sozialen Schichten abgeschliffen hätten, sie in Angoulême, sobald ihre Anbeter aufhörten, Verirrungen zu vergöttern, die nur in der Jugend anmutig sind, lächerlich machen. Monsieur de Nègrepelisse seinerseits hätte alle Bücher seiner Tochter hergegeben, um einen kranken Ochsen zu retten; denn er war so geizig, daß er ihr über das Einkommen hinaus, auf das sie Anspruch hatte, nicht zwei Liards bewilligt hätte, auch wenn es sich darum gehandelt hätte, ihr die für ihre Ausbildung nötigste Kleinigkeit zu kaufen. Der Abbé starb im Jahre 1802, vor der Verheiratung seines lieben Kindes, von der er ohne Frage abgeraten hätte. Der alte Edelmann fühlte sich nach dem Tode des Abbés durch seine Tochter sehr behindert. Er war zu schwach, um den Kampf durchhalten zu können, der zwischen seinem Geiz und dem unabhängigen Geist seiner unbeschäftigen Tochter ausbrechen mußte. Wie alle jungen Mädchen, die von der gebahnten Straße, auf der die Frauen bleiben müssen, abgekommen sind, stand für Naïs ihr Urteil über die Ehe fest, und sie kümmerte sich wenig ums Heiraten. Es war ihr widerwärtig, ihre Intelligenz und ihre Person einem der Männer ohne Wert und persönliche Größe unterzuordnen, die sie bei ihrem zurückgezogenen Leben hatte kennenlernen können. Sie wollte befehlen und sollte gehorchen. Wenn ihr die Wahl gestellt worden wäre zwischen dem Gehorsam gegen plumpe Launen, der Unterwerfung unter einen Menschen ohne Verständnis für ihre Neigungen und der Flucht mit einem Geliebten, an dem sie Gefallen gefunden hätte, so hätte sie nicht gezögert. Monsieur de Nègrepelisse war noch Edelmann genug, um sich vor einer unpassenden Verbindung zu fürchten. Wie viele Väter entschloß er sich, seine Tochter weniger um ihretwillen als seiner Bequemlichkeit wegen zu verheiraten. Sie sollte einen nicht allzu klugen Adligen oder Kleinadligen haben, der außerstande wäre, ihm der Mündelabrechnung wegen, die er seiner Tochter ablegen mußte, Schwierigkeiten zu machen; von Verstand und Energie mußte er so unbedeutend sein, daß Naïs ihr Leben nach ihrer Laune einrichten konnte, und er mußte genügend Uneigennützigkeit besitzen, sie ohne Mitgift zu heiraten. Aber wie sollte man einen Schwiegersohn finden, der in gleicher Weise dem Vater und der Tochter gefiel? Ein solcher Mann wäre der Phönix der Schwiegersöhne gewesen. Nach diesen zwei Seiten hin machte sich Monsieur de Nègrepelisse daran, die Männer in der Provinz zu studieren, und Monsieur de Bargeton schien ihm der einzige zu sein, der seinem Programm entsprach. Bargeton, ein von den Liebschaften seiner jungen Jahre leidlich mitgenommener Vierziger, war um seiner bemerkenswerten Geistesschwäche willen bekannt; aber er hatte gerade noch so viel Verstand, um sein Vermögen zu verwalten, und so viel Benehmen, um sich in der Welt von Angoulême bewegen zu können, ohne sich unmöglich oder lächerlich zu machen. Nègrepelisse setzte seiner Tochter ganz rückhaltlos den negativen Wert des Mustergatten, den er ihr vorschlug, auseinander und wies sie auf den Vorteil hin, den sie daraus für ihr eigenes Glück ziehen könne: sie heirate ein Wappen, das schon zweihundert Jahre alt sei; die Bargetons führten drei goldene Hirschköpfe, zwei nebeneinander und einen darunter, auf rotem Grunde, daneben drei schwarze Ochsenköpfe, einer oben, zwei darunter, gefascht[38] mit Azur und sechsfachem Silber, auf dem Azur sechs goldene Muscheln, oben drei, in der Mitte zwei, unten eine. Unter dem Schutz ihres Mannes, der für sie eine Art Anstandsdame sei, könne sie nach Belieben ihr Geschick unter der Deckung einer ehrenhaften Firma lenken und werde dabei unterstützt von den Verbindungen, die Geist und Schönheit ihr in Paris verschaffen würden. Naïs ließ sich von der Aussicht auf eine solche Freiheit verlocken. Bargeton glaubte eine glänzende Partie zu machen, da er der Meinung war, sein Schwiegervater werde ihm bald das Gut hinterlassen, das er mit solcher Liebe immer mehr vergrößert hatte; aber es schien jetzt, als ob es Nègrepelisse beschieden sei, seinem Schwiegersohn die Grabschrift zu verfassen.

Madame de Bargeton war jetzt sechsunddreißig Jahre alt und ihr Mann achtundfünfzig. Diese Ungleichheit fiel noch mehr auf, da Bargeton wie ein Siebziger aussah, während seine Frau ungestraft das junge Mädchen spielen, sich rosa kleiden oder eine Kinderfrisur tragen konnte. Obwohl ihr Vermögen ihr nicht mehr als zwölftausend Francs Rente brachte, zählte es unter die sechs beträchtlichsten Vermögen der alten Stadt, abgesehen von denen der Kaufleute und der Administratoren. Die Notwendigkeit, das Verhältnis zu ihrem Vater zu pflegen, dessen Erbschaft Madame de Bargeton abwarten mußte, um nach Paris gehen zu können, und der so lange darauf warten ließ, daß sein Schwiegersohn vor ihm starb, hatte das Ehepaar gezwungen, in Angoulême zu wohnen; hier mußten die glänzenden Eigenschaften des Geistes und der Reichtum des Herzens, der in Naïs noch ungehoben schlummerte, fruchtlos verlorengehen und sich mit der Zeit in Lächerlichkeiten verwandeln. In der Tat werden die komischen Seiten unseres Wesens zum großen Teil von einem schönen Gemütsleben oder von Tugenden und Eigenschaften, die bis zum äußersten vorgetrieben sind, verursacht. Ein Stolz, den der Umgang in der großen Welt nicht mildert, wird zur Schroffheit, wenn er sich auf Kleinigkeiten erstreckt, während er sich in einem Kreis gehobeneren seelischen Lebens hätte verstärken können. Die Begeisterung, diese höchste aller Tugenden, die Heilige schafft, die verborgene Opfer und leuchtende Dichtungen hervorbringt, wird zur Überspanntheit, wenn sie sich an die Nichtigkeiten der Provinz verschwendet. Fern von dem Mittelpunkt, wo die großen Geister glänzen, wo die Luft erfüllt ist von Gedankenreichtum, wo alles in steter Erneuerung begriffen ist, veraltet die Bildung, und der Geschmack verschlechtert sich wie stagnierendes Wasser. Aus Mangel an Übung nehmen die Leidenschaften ab, gerade weil sie die Bedeutung winziger Dinge übertreiben. Daher rühren Geiz und Klatsch, die das Leben der Provinz verpesten. Nur zu bald gewinnt die Nachahmung des engen Gedankenlebens und der erbärmlichen Manieren auch über die trefflichsten Menschen Gewalt. So gehen Männer, die zu Großem geboren sind, ebenso zugrunde wie Frauen, die entzückend gewesen wären, wenn sie durch den Unterricht, den die große Welt gibt, Schliff und durch überlegene Geister Formung erfahren hätten. Madame de Bargeton griff um jener Kleinigkeit willen zur Leier, ohne das, was nur im Privatleben poetisch ist, vom Allgemeingültigen zu unterscheiden. Man muß nämlich Empfindungen, die nicht verstanden werden, für sich behalten. Gewiß hat ein Sonnenuntergang viel Poetisches, aber macht sich eine Frau nicht lächerlich, wenn sie ihn mit geschwollenen Worten Leuten schildert, die nur materielle Interessen kennen? Es gibt Wonnen, die nur zu zweien genossen werden können, zwischen zwei Dichtern, zwei Herzen. Sie besaß den Fehler, daß sie ungeheure Sätze bildete, die mit pathetischen Worten gespickt waren, Sätze, wie sie die Sprache der Pariser Journalisten so trefflich als ›Butterbrote‹ bezeichnet: sie schneiden täglich ihren Abonnenten sehr schlecht verdauliche zum Frühstück vor, und die schlingen sie hinunter. Sie verschwendete maßlos Superlative, die ihre Unterhaltung schwerfällig machten und die geringsten Dinge ins Riesenhafte wachsen ließen. In dieser Zeit fing sie an, alles zu typisieren, individualisieren, synthetisieren, dramatisieren, superiorisieren, analysieren, poetisieren, prosaisieren, kolossifizieren, angelisieren, neologisieren und tragifizieren; denn man muß für einen Augenblick die Sprache vergewaltigen, um die modernen Verschrobenheiten zu schildern, die manche Frauen betreiben. Ihr Geist entflammte sich überdies genauso wie ihre Sprache. Der Dithyrambus war in ihrem Herzen wie auf ihren Lippen. Um jeden Vorfall bebte sie, fiel in Ohnmacht oder wurde hingerissen um die Aufopferung einer Grauen Schwester und die Hinrichtung der Brüder Faucher[39], um die ›Ipsiboé‹ d'Arlincourts[40] wie für die ›Anaconda‹ von Lewis[41], um die Flucht des La Valette[42] wie um eine ihrer Freundinnen, die mit lauter Stimme Diebe in die Flucht gejagt hatte. Für sie war alles erhaben, außerordentlich, seltsam, göttlich, wunderbar. Sie erregte sich, wurde wütend, verzagte, schwang sich auf, klappte wieder zusammen, betrachtete den Himmel oder die Erde, und ihre Augen füllten sich mit Tränen. Sie verbrauchte ihr Leben in unausgesetztem Bewundern und verzehrte sich in seltsamem Verachten. Sie war begeistert für den Pascha von Janina[43], sie hatte Lust, mit ihm in seinem Serail zu kämpfen, und fand etwas Großes darin, in einen Sack genäht und ins Meer geworfen zu werden. Sie beneidete Lady Esther Stanhope, diesen ›Blaustrumpf der Wüste[44]‹. Sie wünschte sich, eine Schwester vom Orden der heiligen Camilla zu werden und zur Pflege der Kranken nach Barcelona zu gehen[45], um dort am gelben Fieber zu sterben: war das nicht ein großes, edles Los? Kurz, es dürstete sie nach allem, was nicht das seichte, stehende Wasser ihres Daseins war. Sie betete Lord Byron oder Jean-Jacques Rousseau an, wie alle poetischen und dramatischen Persönlichkeiten. Sie hatte Tränen für alles Elend und triumphierte über alle Siege. Sie hatte Mitgefühl mit dem besiegten Napoleon und ebenso mit Mehmed Ali[46], der die Tyrannen Ägyptens niedermetzelte. Kurzum, sie umkleidete die genialen Menschen mit einem Glorienschein und glaubte, sie lebten von Wohlgerüchen und Licht. Viele Leute hielten sie für eine Geisteskranke, deren Irrsinn harmlos war; aber einem guten Beobachter wären diese Dinge als die Trümmer einer wundervollen Liebe erschienen, die ebenso schnell wieder zusammenstürzte, wie sie erbaut worden war, als die Reste eines himmlischen Jerusalem, kurzum, als die Liebe ohne den Liebenden. Und so war es auch. Die Geschichte der achtzehn ersten Jahre der Ehe der Madame de Bargeton ist in wenig Worten erzählt. Eine Zeitlang lebte sie von sich selbst und von fernen Hoffnungen. Dann merkte sie, daß ihr geringes Vermögen ihr nicht erlaubte, wie sie es erstrebte, in Paris zu leben, und so ging sie denn daran, die Personen ihrer Umgebung genauer ins Auge zu fassen, und sie erbebte über ihre Einsamkeit. Es gab in ihrer Nähe keinen Mann, der sie zu einer der Tollheiten hätte bringen können, zu denen die Frauen die Verzweiflung über ein Leben ohne Sinn, ohne Ereignisse, ohne Interessen hinreißt. Sie konnte auf nichts rechnen, nicht einmal auf den Zufall; denn es gibt Lebensläufe, denen das Zufällige ermangelt. Als das Kaiserreich in seinem vollen Glanze strahlte, als Napoleon gen Spanien zog und die Blüte seiner Truppen nach dort warf, erwachten aufs neue die Hoffnungen dieser Frau, die bis dahin immer enttäuscht worden waren. Die Neugier trieb sie natürlich, sich diese Helden anzusehen, die Europa auf einen Satz im Tagesbefehl hin eroberten und die die sagenhaften Heldentaten des Rittertums erneuerten. Die geizigsten und reaktionärsten Städte waren genötigt, der kaiserlichen Garde Feste zu geben, die Bürgermeister und die Präfekten mit feierlichen Ansprachen zum Empfang zu schicken, wie während der Königsherrschaft. Madame de Bargeton nahm an einem Ball teil, den ein Regiment der Stadt gegeben hatte, und verliebte sich in einen Edelmann, einen einfachen Unterleutnant, dem der durchtriebene Napoleon den Marschallstab gezeigt hatte. Diese verhaltene edle, große Liebe, die in Gegensatz zu den Liebesabenteuern stand, die damals so leicht begannen und so schnell wieder endeten, wurde von der Hand des Todes geheiligt. Bei Wagram zerschmetterte eine Kartätschenkugel über dem Herzen des Marquis von Cante-Croix das einzige Bildnis, das von der Schönheit der Madame de Bargeton Kunde gab. Sie beweinte lange Zeit diesen jungen Mann, der, vom Ruhm und von der Liebe angefeuert, in zwei Feldzügen es bis zum Obersten gebracht hatte und dem ein Brief von Naïs teurer war als alle Gunstbeweise des Kaisers. Der Schmerz legte über ihr Gesicht einen Schleier von Traurigkeit. Dieses Gewölk zerstreute sich erst in dem schrecklichen Alter, in dem die Frau anfängt, sehnsüchtig auf ihre schönen Jahre zurückzublicken, die vorübergegangen sind, ohne daß sie sie genossen hat, in dem ihre Rosen zu welken beginnen, in dem die Sehnsucht nach Liebe wiedererwacht und mit ihr das Verlangen, das letzte Lächeln der Jugend noch verweilen zu sehen. Alle ihre überlegenen Eigenschaften taten ihrer Seele weh, als der Frost der Provinz sie überkam. Wie das Hermelin wäre sie vor Ekel gestorben, wenn sie sich durch die Berührung mit Männern beschmutzt hätte, die keinen andern Gedanken hatten, als am Abend nach dem Essen um ein paar Sous zu spielen. Ihr Stolz bewahrte sie vor den traurigen Liebeshändeln der Provinz. Bei der Wahl zwischen der Nichtigkeit der Männer, die sie umgaben, und dem Nichts mußte eine so überlegene Frau das Nichts vorziehen. Ehe und Welt waren so für sie ein Kloster. Sie lebte von der Dichtung, wie die Karmeliterinnen von der Religion. Die Werke der berühmten Ausländer, die bis dahin unbekannt geblieben waren und in den Jahren 1815–1821 veröffentlicht wurden, die großen Schriften der de Bonald[47] und de Maistre[48], dieser beiden kühnen Denker, endlich die weniger großartigen Werke der jungen französischen Literatur, die so kräftig ihre ersten Sprossen trieb, verschönten ihre Einsamkeit, machten aber weder ihren Geist noch ihren Charakter fügsamer. Sie blieb aufrecht und stark wie ein Baum, der vom Blitz getroffen wurde und stehen geblieben ist. Ihre Würde wurde geschraubt, ihre königliche Haltung machte sie preziös und klügelnd. Wie alle, die sich von beliebigen Hofmachern anbeten lassen, saß sie mitsamt ihren Fehlern auf dem Thron. Das war die Vergangenheit der Madame de Bargeton, kurz und kalt erzählt, wie es notwendig war, um ihre Verbindung mit Lucien verständlich zu machen, der seltsam genug bei ihr eingeführt wurde. Während des letzten Winters war eine Persönlichkeit in die Stadt gekommen, die das eintönige Dasein, das Madame de Bargeton führte, belebt hatte. Die Stelle des Direktors der indirekten Steuern war erledigt gewesen, und Monsieur de Barante[49] besetzte sie mit einem Manne, dessen abenteuerliches Schicksal genügend für ihn einnahm, daß weibliche Neugier ihm den Zutritt zur Königin der Stadt verschaffte.

Monsieur du Châtelet, der als einfacher Sixte Châtelet zur Welt gekommen war, aber im Jahre 1806 den guten Einfall gehabt hatte, sich adeln zu lassen, war einer der angenehmen jungen Leute, die unter Napoleon dadurch allen Aushebungen entgingen, daß sie in der Nähe der kaiserlichen Sonne verblieben. Er hatte seine Karriere als Geheimsekretär einer kaiserlichen Prinzessin begonnen. Monsieur du Châtelet war im Besitz aller Unfähigkeiten, die seine Stellung erforderte. Er war ein gut gewachsener, hübscher Mann, ein vortrefflicher Tänzer, geschickter Billardspieler, gewandt in allen Leibesübungen, ein mäßiger Schauspieler bei Liebhaberaufführungen, ein Romanzensänger; er gab ein gutes Publikum für Witze ab, war zu allem bereit, geschmeidig, mißgünstig; er wußte alles und nichts. Er verstand nichts von Musik, konnte aber eine Dame schlecht und recht am Piano begleiten, wenn sie aus Gefälligkeit eine Romanze singen wollte, die sie sich einen Monat lang mit unsäglicher Mühe eingeübt hatte. Er besaß keinerlei Sinn für Poesie und pflegte in Gesellschaft keck um die Erlaubnis zu bitten, zehn Minuten auf und ab gehen zu dürfen, um etwas zu improvisieren, irgendeinen Vierzeiler, der platt wie ein Pfannkuchen war und in dem der Reim den Gedanken ersetzen mußte. Monsieur du Châtelet verfügte auch über das Talent, die Stickerei zu vollenden, deren Blumen von der Prinzessin angefangen worden waren; er hielt mit unbeschreiblicher Grazie die Seidensträhnen, die sie aufspulte, und sagte ihr dabei Nichtigkeiten, in denen die Zote unter einem mehr oder weniger durchlöcherten Schleier versteckt war. Er verstand nichts von Malerei und konnte eine Landschaft kopieren, ein Profil zeichnen oder ein Kostüm entwerfen und kolorieren. Kurz, er hatte all die kleinen Talente, die in einer Zeit, in der die Frauen mehr Einfluß auf die Regierungsgeschäfte gehabt haben, als man glaubt, von so großem Wert für die Karriere waren. Er bezeichnete sich als hochbegabt in der Diplomatie, in der Wissenschaft derer, die keine haben und die tief sind infolge ihrer Leere; diese Wissenschaft ist überdies sehr bequem, da sie sich nämlich durch die Ausübung so hoher Verrichtungen wie der folgenden bestätigt: sie braucht diskrete Menschen und erlaubt daher denen, die nichts wissen, daß sie nichts sagen und sich auf geheimnisvolles Wiegen des Kopfes beschränken; und schließlich gilt der Mann als der begabteste in dieser Wissenschaft, der seinen Kopf über dem Fluß der anscheinend von ihm gelenkten Ereignisse hält, was zu einer Frage des möglichst geringen spezifischen Gewichts wird. Hier wie in den Künsten kommen tausend Mittelmäßigkeiten auf einen Mann von Genie. Trotz seines ordentlichen und außerordentlichen Dienstes bei der Kaiserlichen Hoheit hatte ihn der Einfluß seiner Gönner nicht in den Staatsrat bringen können; er hätte zwar einen ausgezeichneten vortragenden Rat abgegeben, genausogut wie viele andere, aber die Prinzessin fand ihn bei sich selbst besser untergebracht als irgendwo anders. Allein er wurde zum Baron ernannt, ging als außerordentlicher Gesandter nach Kassel[50] und bildete dort in der Tat eine sehr außerordentliche Erscheinung. Mit andern Worten: Napoleon benutzte ihn in kritischer Zeit als diplomatischen Kurier. In dem Augenblick, da das Kaiserreich zusammenbrach, war dem Baron du Châtelet bereits zugesagt, er solle Gesandter in Westfalen bei Jérôme werden. Nachdem ihm also fehlgeschlagen war, was er einen Familienbotschafterposten genannt hatte, überkam ihn Verzweiflung; er machte mit dem General Armand de Montriveau[51] eine Reise nach Ägypten. Durch höchst absonderliche Ereignisse wurde er von seinem Gefährten getrennt und war zwei Jahre lang von Wüste zu Wüste, von Stamm zu Stamm geirrt, war Gefangener der Araber geworden, die ihn sich einander abkauften, ohne den geringsten Nutzen von seinen Talenten zu haben. Endlich erreichte er das Gebiet des Imam von Maskat, während Montriveau sich nach Tanger gewandt hatte; aber er hatte das Glück, in Maskat ein englisches Schiff zu finden, das gerade unter Segel ging, und so konnte er ein Jahr vor seinem Reisegefährten in Paris eintreffen. Sein jüngstes Mißgeschick, einige Verbindungen älteren Datums, Gefälligkeiten, die er Leuten erwies, die gerade in Gunst standen, empfahlen ihn dem Ministerpräsidenten, der ihn für die nächste Direktorenstelle, die frei wurde, bei Monsieur de Barante unterbrachte. Die Rolle, die Monsieur du Châtelet bei der Kaiserlichen Hoheit gespielt hatte, sein Ruf als Mann, der sein Glück zu machen verstand, die seltsamen Ereignisse seiner Reise, die Leiden, die er ausgestanden hatte, alles erregte die Neugierde der Frauen von Angoulême. Der Baron Sixte du Châtelet erkundigte sich nach Bräuchen und Gepflogenheiten der Oberstadt und richtete sein Benehmen danach ein. Er spielte den Kranken, Blasierten, der an nichts mehr Vergnügen findet. Bei jeder Gelegenheit griff er sich an den Kopf, wie wenn seine Leiden ihn keinen Augenblick verließen. Dies kleine Manöver brachte seine Reise in Erinnerung und machte ihn interessant. Er besuchte die höheren Beamten, den General, den Präfekten, den Hauptsteuereinnehmer und den Bischof; aber er zeigte sich überall gemessen, kalt, fast herablassend, wie ein Mann, der nicht am rechten Platz ist und die Freundlichkeit der Mächtigen abwartet. Er ließ seine geselligen Talente erraten, die dadurch gewannen, daß man sie nicht kennenlernte; dann, nachdem er sich begehrt gemacht hatte, ohne die Neugier zu ermüden, nachdem er die Nichtigkeit der Männer durchschaut und die Frauen mehrere Sonntage hintereinander in der Kathedrale klüglich geprüft hatte, erkannte er in Madame de Bargeton die Persönlichkeit, deren näherer Umgang ihm zusagte. Er zählte auf die Musik, um sich die Tore dieses Hauses zu öffnen, das gegen Fremde hermetisch verschlossen war. Er verschaffte sich heimlich eine Messe von Miroir[52] und studierte sie sich am Klavier ein; dann bezauberte er an einem schönen Sonntag, an dem die gesamte gute Gesellschaft von Angoulême in der Messe war, diese Verständnislosen mit seinem Orgelspiel und erweckte aufs neue das Interesse, das sich an seine Person geknüpft hatte, indem er von den Angehörigen des niederen Klerus seinen Namen unter die Leute bringen ließ. Beim Verlassen der Kirche beglückwünschte ihn Madame de Bargeton und bedauerte, keine Gelegenheit zu haben, mit ihm zu musizieren; während dieses Zusammentreffens, das er gesucht hatte, ließ er sich in ganz natürlicher Weise den Zutritt zu ihrem Hause gewähren, den er nicht erlangt haben würde, wenn er darum gebeten hätte. Der geschickte Baron kam zu der Königin von Angoulême, der er kompromittierende Aufmerksamkeiten erwies. Der alte Geck – er war fünfundvierzig Jahre alt – gewahrte in dieser Frau eine ganze, unausgelebte Jugend; in ihr lagen Schätze, die darauf warteten, gehoben zu werden, vielleicht eine reiche Witwe, die zu heiraten man hoffen konnte, schließlich eine Verbindung mit der Familie de Nègrepelisse, die es ihm ermöglichen konnte, in Paris bei der Marquise d'Espard Zutritt zu erlangen, deren Einfluß ihm die politische Laufbahn abermals zu eröffnen vermochte. Trotz der düsteren und üppig ins Kraut schießenden Mistel, die diesen schönen Baum beschädigte, beschloß er, ihm seine Sorgfalt zu widmen, ihn zu beschneiden, zu pflegen und schöne Früchte von ihm zu ernten. Das adlige Angoulême entsetzte sich über die Einführung eines Giaurs in die Kasbah[53], denn der Salon der Madame de Bargeton galt als das Allerheiligste einer Gesellschaft, die sich von jeder unedlen Vermischung frei fühlte. Nur der Bischof verkehrte dort regelmäßig, der Präfekt wurde zwei- oder dreimal im Jahr empfangen; der Generaldirektor für Steuerangelegenheiten hatte keinen Zutritt; Madame de Bargeton besuchte seine Abende, seine Konzerte, aber sie dinierte nie bei ihm. Den Generaldirektor nicht zu empfangen und einem einfachen Direktor für indirekte Steuerangelegenheiten die Tür aufzutun, dieser Umsturz der Hierarchie schien den mißachteten Autoritäten unfaßbar.

Wer sich solche Kleinigkeiten, die man übrigens in jeder Gesellschaftsschicht findet, vorstellen kann, muß verstehen, in welchem Maße das Haus Bargeton der Bürgerschaft Angoulêmes imponierte. Und gar für l'Houmeau glänzte die Großartigkeit dieses kleinen Louvre, die Glorie dieses Hôtel de Rambouillet des Angoumois wie eine fernstrahlende Sonne. Die sich dort versammelten, waren ohne Ausnahme die kläglichsten Köpfe, die armseligsten Geister, die erbärmlichsten Tröpfe auf zwanzig Meilen in der Runde. Die Politik ergoß sich in wortreichen und leidenschaftlichen Trivialitäten; die ›Quotidienne‹[54] schien ihnen lau, Ludwig XVIII. behandelten sie als Jakobiner. Die Frauen waren fast alle dumm, reizlos, schlecht gekleidet; alle hatten sie irgendeine Unvollkommenheit, die ihnen Abbruch tat; nichts an ihnen war vollkommen, die Unterhaltung so wenig wie die Garderobe, der Geist so wenig wie der Körper. Wären nicht seine Pläne mit Madame de Bargeton gewesen, so hätte es Châtelet dort nicht ausgehalten. Trotzdem füllten die Manieren und der Geist der Kaste, das adlige Benehmen, der Stolz des Schloßbesitzers, die Kenntnis der Gesetze der Höflichkeit diese ganze Leere aus. Vornehmheit der Gefühle hatte in Angoulême viel mehr reale Kraft als in der Sphäre der Pariser Größen; es herrschte dort eine Anhänglichkeit an die Bourbonen, die durchaus achtbar war. Diese Gesellschaft konnte, wenn das Bild erlaubt ist, einem Silbergerät von alter Form verglichen werden, das vom Alter geschwärzt, aber gewichtig ist. Die Unbeweglichkeit ihrer politischen Meinungen war fast Treue zu nennen. Der Abstand zwischen ihr und dem Bürgertum, die Schwierigkeit, zu ihr zu gelangen, gaben ihr einen Anstrich von Erhabenheit und die Bedeutung, die der Konvention stets innewohnt. Jeder dieser Adligen hatte für die Einwohner seinen Preis, wie die Kaurimuschel bei den Negern von Bambara das Geld vertritt. Mehrere Damen, denen Châtelet geschmeichelt hatte und die in ihm überlegene Eigenschaften erkannten, die den Männern ihrer Gesellschaft fehlten, beschwichtigten den Aufstand der Eigenliebe: alle hofften sie, die Erbschaft der Kaiserlichen Hoheit anzutreten. Die Fanatiker dachten, man würde den Eindringling zwar bei Madame de Bargeton sehen, aber er würde in keinem andern Haus empfangen werden. Du Châtelet erlitt mehrere Demütigungen, aber er hofierte den Klerus und hielt sich dadurch in seiner Stellung. Alsdann schmeichelte er den Fehlern, die die Provinz in der ›Königin von Angoulême‹ hatte entstehen lassen; er brachte ihr alle neuen Bücher und las ihr die neu erschienenen Gedichte vor. Sie begeisterten sich zusammen an den Werken der jungen Dichterschule, sie aufrichtig, er gelangweilt; er ertrug jedoch diese romantischen Dichter, für die er als Mann des Empire wenig Verständnis besaß. Madame de Bargeton, die über die Wiedergeburt, die man dem Einfluß der bourbonischen Lilien[55] verdankte, entzückt war, liebte Chateaubriand, weil er Victor Hugo ein göttliches Kind genannt hat. Sie war traurig, daß sie das Genie nur aus der Entfernung kannte, und sehnte sich nach Paris, wo die großen Männer lebten. Da glaubte du Châtelet wunder was zu tun, als er ihr mitteilte, es gebe auch in Angoulême ein göttliches Kind, einen jungen Dichter, der, ohne es zu wissen, die neu aufgegangenen Sterne am Pariser literarischen Himmel an Glanz überstrahle. Ein künftiger großer Mann war in l'Houmeau geboren worden! Der Direktor des Lyzeums hatte dem Baron wunderbare Gedichte gezeigt. Es handelte sich um einen Jungen, der arm und bescheiden war, um einen Chatterton[56] ohne intrigante Niedertracht, ohne den wilden Haß gegen die sozial Hochgestellten, der den englischen Dichter stachelte, Pamphlete gegen seine Wohltäter zu schreiben. Madame de Bargeton hatte bisher fünf oder sechs Menschen gehabt, die ihre Neigung zu Kunst und Literatur teilten. Der eine, weil er die Geige kratzte, der andere, weil er das weiße Papier mehr oder weniger mit Tusche verschmierte, ein dritter in seiner Eigenschaft als Vorsitzender der Landwirtschaftsvereinigung, der vierte im Zusammenhang mit einer Baßstimme, mit der er das Se fiato in corpo avete[57] nach Art eines Halali sang; unter diesen grotesken Gestalten kam sie sich vor wie ein Hungriger bei einer Mahlzeit auf der Bühne, wo die Gerichte aus Pappe sind. So war ihre Freude in dem Augenblick, da sie diese Nachricht empfing, nicht zu beschreiben. Sie wollte diesen Dichter, diesen Engel sehen! Sie war närrisch nach ihm, sie war begeistert, stundenlang sprach sie von ihm. Zwei Tage danach hatte unser ehemaliger diplomatischer Kurier mit Hilfe des Lyzeumsdirektors die Einführung Luciens bei Madame de Bargeton vermittelt.

Ihr allein, arme Heloten[58] der Provinz, für die die sozialen Entfernungen schwerer zu durchlaufen sind als für die Pariser – denn für die verkürzen sie sich von Tag zu Tag –, ihr, die ihr so schwer leidet unter den Gittern, hinter denen die verschiedenen Welten der Gesellschaft sich gegenseitig verfluchen und sich Raca[59]! sagen, ihr allein versteht die Erschütterung, die Hirn und Herz Lucien Chardons heimsuchte, als sein ehrwürdiger Direktor ihm sagte, die Tore des Stadtpalais Bargeton sollten sich ihm öffnen! Der Ruhm hatte sie ihm aufgeschlossen! Er sollte in diesem Hause aufgenommen werden, dessen alte Giebel seinen Blick auf sich gelenkt hatten, wenn er abends mit David auf der Beaulieu-Promenade gewesen war, wobei sie sich gesagt hatten, ihre Namen drängen vielleicht niemals zu diesen Ohren, die Wissenschaft und Kunst nur kannten, wenn sie nicht aus niedrigem Stande erwachsen waren. Einzig seine Schwester wurde in das Geheimnis eingeweiht. Als gute Wirtschafterin, als göttliche Seherin nahm Eve einige Goldstücke aus dem Sekretär und kaufte Lucien beim besten Schuhmacher von Angoulême ein Paar feine Schuhe und beim berühmtesten Schneider einen neuen Anzug. Sie versah sein bestes Hemd mit einer Spitzenkrause, die sie selber wusch und fältete. Welche Freude, als sie ihn so gekleidet sah! Wie war sie stolz auf ihren Bruder! Wieviel Ratschläge hatte sie ihm zu geben! Es fielen ihr tausend Kleinigkeiten ein. Durch sein angestrengtes Nachdenken hatte Lucien die Gewohnheit angenommen, wenn er sich hinsetzte, immer gleich den Kopf aufzustützen; er zog sogar manchmal einen Tisch zu sich heran, um sich darauf zu stützen. Eve empfahl ihm dringend, sich in dem aristokratischen Heiligtum keinerlei ungenierte Bewegungen zuschulden kommen zu lassen. Sie begleitete ihn bis zur Porte Saint-Pierre, ging fast bis zur Kathedrale mit und sah ihm nach, wie er in die Rue de Beaulieu einbog, um zur Promenade zu gehen, wo ihn du Châtelet erwartete. Das arme Mädchen blieb in großer Erregung zurück, wie wenn ein wichtiges Ereignis geschehen sei. Lucien bei Madame de Bargeton, das war für Eve das Herannahen des Glücks! Das fromme Kind ahnte nicht, daß, wo der Ehrgeiz beginnt, die naiven Gefühle aufhören. Als Lucien in der Rue de Minage angelangt war, setzten ihn die äußeren Dinge, die ihn umgaben, keineswegs in Erstaunen. Dieser ›Louvre‹, den seine Phantasie so vergrößert hatte, war ein Haus, das aus der mürben Steinart erbaut war, wie sie sich in der Gegend findet, und das von der Zeit wie vergoldet aussah.

Von der Straße her nahm es sich ziemlich düster aus, und im Innern war es sehr einfach: es fand sich der in der Provinz übliche frostig-saubere Hof; eine nüchterne, fast mönchische, wohlerhaltene Architektur. Lucien stieg eine Treppe mit Geländer aus Kastanienholz hinan, deren Stufen nur bis zum ersten Stock aus Stein waren. Er durchschritt ein schäbiges Vorzimmer, einen großen, schlecht erleuchteten Wohnraum und fand die Gebieterin in einem kleinen Salon, der mit geschnitzten Täfelungen im Geschmack des letzten Jahrhunderts bekleidet und grau getüncht war. Die Supraporten[60] bildeten Grisaillen[61]. Ein alter roter Damaststoff, der schlecht dorthin paßte, bekleidete die Füllungen, die altmodisch geformten Möbel waren recht armselig mit rot und weiß karierten Bezügen überdeckt. Der Dichter sah Madame de Bargeton auf dem gesteppten Polster eines Kanapees sitzen, hinter einem runden Tisch mit grüner Decke. Es stand ein altertümlicher Leuchter mit zwei Kerzen darauf, deren Licht durch einen Schirm gedämpft wurde. Die Herrscherin des Hauses stand nicht auf. Sie bog sich sehr anmutig auf ihrem Platz dem Dichter entgegen und lächelte ihm zu, und er fand diese erregende Schlangenbewegung sehr vornehm. Die außerordentliche Schönheit Luciens, die Schüchternheit seines Benehmens, alles an ihm fesselte Madame de Bargeton. Der Poet war bereits die Poesie. Der junge Mann betrachtete mit heimlichen Seitenblicken diese Frau, die ihm in Einklang mit ihrem Ruf zu stehen schien; sie enttäuschte keine der Vorstellungen, die er sich von der großen Dame gemacht hatte. Madame de Bargeton trug nach einer neuen Mode ein Barett mit Puffen aus schwarzem Samt. Dieser Kopfputz erinnerte etwas ans Mittelalter, und das imponierte einem jungen Mann, für den er sozusagen das Ansehen der Frau hob. Dem Barett entquoll ein üppiger rotblonder Haarschwall, dessen schimmernde Locken vom Licht vergoldet wurden. Die edle Dame hatte den blendend weißen Teint, mit dem eine Frau das angeblich Mißliche dieser hochblonden Farbe wieder aufwiegt. Ihre grauen Augen funkelten, ihre Stirn, die schon kleine Fältchen zeigte, thronte weiß und kühn gemeißelt darüber; die Augen waren von perlmutterschimmernden Rändern umgeben, und auf beiden Seiten der Nase ließen zwei blaue Adern das lichte Weiß der zarten Umrahmung noch stärker hervortreten. Die Nase war von einer bourbonischen Krümmung, die den Schwung des ovalen Gesichts noch mehr hervorhob, indem sie gewissermaßen einen glänzenden Punkt bildete, worin das Hinreißende und Königliche der Condé zum Ausdruck kam. Das Haar bedeckte den Nacken nicht völlig. Das leicht zusammengenommene Gewand ließ einen schön geformten Hals sehen, und das Auge erriet darunter eine Brust von schneeiger Weiße. Mit ihren schmalen, gepflegten, aber etwas trockenen Fingern wies Madame de Bargeton dem jungen Dichter mit freundlicher Geste den Stuhl an, der neben ihr stand. Monsieur du Châtelet setzte sich in einen Lehnstuhl. Lucien bemerkte jetzt, daß sie allein waren. Die Unterhaltung Madame de Bargetons machte den Dichter aus l'Houmeau trunken. Die drei Stunden, die er bei ihr verbrachte, waren für Lucien einer der Träume, denen man ewige Dauer wünscht. Er fand, jene Frau sei mehr abgemagert als mager, eine Liebende ohne Liebe, zart trotz ihres starken Geistes; ihre Fehler, die von ihren Manieren noch unterstrichen wurden, gefielen ihm; denn die jungen Leute beginnen damit, daß sie sich in die Überspanntheit verlieben, in diese Täuschung der schönen Seelen. Er merkte nicht, wie welk und an den Backenknochen gerötet die Wangen waren und welch ein wächsernes Aussehen sie vor Sehnsucht, Langeweile und manchen Leiden bekommen hatten. Seine Phantasie bemächtigte sich zunächst der glänzenden Augen, der feinen Locken, in denen das Licht funkelte, ihrer strahlenden Gesichtsfarbe, und das waren Lichtpunkte, zu denen es ihn zog wie den Schmetterling zu brennenden Kerzen. Überdies sprach ihre Seele viel zu sehr zu seiner, als daß er das Frauliche hätte beurteilen können. Der Schwung dieser weiblichen Begeisterung, der große Zug dieser nicht mehr ganz neuen Phrasen, die Madame de Bargeton seit langer Zeit wiederholte, die ihm jedoch originell schienen, bezauberten ihn um so mehr, als er alles schön finden wollte. Er hatte keine Gedichte zum Vorlesen mitgebracht, doch es war auch nicht die Rede davon: er hatte seine Verse vergessen, um das Recht zum Wiederkommen zu haben. Madame de Bargeton hatte sicherlich nicht davon gesprochen, um ihn zu veranlassen, ihr an einem andern Tag etwas vorzulesen. War das nicht ein erstes Einverständnis? Sixte du Châtelet war unzufrieden mit diesem Empfang. Zu spät witterte er in diesem schönen jungen Menschen einen Nebenbuhler. Er führte ihn bis zur Ecke der ersten Treppe unterhalb Beaulieus, in der Absicht, ihn mittels seiner Diplomatie zu besiegen. Lucien war nicht wenig erstaunt, als er vernahm, wie der Direktor des indirekten Steuerwesens sich rühmte, ihn eingeführt zu haben, und ihm aus diesem Grunde Ratschläge gab.

Möge es Gott gefallen, daß Lucien besser behandelt werde als er, sagte Châtelet. Der Hof sei weniger anmaßend als diese Gesellschaft von Dummköpfen. Man empfange dort tödliche Wunden, man erdulde furchtbare Demütigungen. Die Revolution von 1789 müsse von neuem anfangen, wenn diese Leute nicht anders würden. Er für seinen Teil gehe nur noch in dieses Haus, weil ihm Madame de Bargeton gut gefalle. Das sei die einzige Frau in Angoulême, die etwas tauge. Er habe ihr aus Langeweile den Hof gemacht und sich schrecklich in sie verliebt. Er werde sie bald besitzen, seine Liebe werde erwidert, alles künde es ihm an. Die Unterwerfung dieser stolzen Königin sei die einzige Rache, die er an dieser dummen Sippe von Krautjunkern nehme.

Châtelet sprach von seiner Leidenschaft im Ton eines Mannes, der imstande wäre, einen Nebenbuhler zu töten, wenn er auf einen stieße. Der alte verliebte Narr fiel mit seinem ganzen Gewicht über den Dichter her und versuchte ihn mit seiner Bedeutung zu erdrücken und ihm Angst einzuflößen. Er machte sich wichtig, indem er die Gefahren seines Abenteuers übertrieb; er imponierte zwar der Phantasie des Dichters, konnte jedoch den Liebenden nicht schrecken. Seit jenem Abend war Lucien trotz des alten Gecken, dessen Drohungen und dessen Auftretens als kleinbürgerlicher Raufbold immer wieder zu Madame de Bargeton gegangen. Zunächst geschah das mit der Zurückhaltung eines Mannes, der aus l'Houmeau stammte; dann aber gewöhnte er sich bald an das, was ihm zuerst wie eine ungeheure Gunst erschienen war, und er kam immer öfter zu Besuch. Der Apothekerssohn wurde von den Leuten dieser Gesellschaft als eine einmalige Erscheinung hingenommen, die keine weiteren Folgen haben konnte. Wenn anfangs manche Edelleute oder Frauen, die zu Naïs zu Besuch kamen, Lucien dort trafen, bezeigten sie ihm all die niederschmetternde Höflichkeit, die

die gute Gesellschaft anwendet, wenn sie mit den Leuten zusammen ist, die nicht ihrem Stand angehören. Lucien fand diese Welt zunächst sehr liebenswürdig; aber später verstand er die Stimmung, aus der diese erheuchelte Höflichkeit hervorging. Bald gewahrte er bei einigen eine Art Protektionsmiene, die seine Galle erregte und ihn in den haßerfüllten republikanischen Ideen bestärkte, die oft in solcherlei künftigen Patriziern während der ersten Zeit ihres Umgangs mit der großen Gesellschaft aufsteigen. Aber wieviel Leiden hätte er nicht um Naïs' willen erduldet! So hörte er sie in diesem Kreise nennen; denn wenn die Intimen jener Kaste unter sich waren, benannten Männer wie Frauen einander wie die spanischen Granden und die Auslese der Wiener Gesellschaft mit ihren Kosenamen. Das war die neueste Nuance, die von der Aristokratie des Angoumois angenommen worden war, damit sie sich von den gewöhnlichen Menschen unterschied.

Naïs wurde geliebt, wie jeder Jüngling die erste Frau liebt, die ihm schmeichelt, denn Naïs sagte Lucien eine große Zukunft, einen herrlichen Ruhm voraus. Madame de Bargeton setzte ihre ganze Geschicklichkeit ein, um ihren Dichter an sich zu fesseln: nicht nur pries sie ihn über alles Maß, sondern sie stellte ihn als einen armen Jungen ohne Vermögen hin, dem sie eine Stellung verschaffen wolle; sie machte ihn kleiner, als er war, um ihn bei sich zu behalten; sie machte ihren Vorleser, ihren Sekretär aus ihm; aber sie liebte ihn mehr, als sie geglaubt hatte, daß sie nach dem schrecklichen Unglück, das sie betroffen, noch lieben könne. Sie behandelte sich im geheimen sehr schlecht, sie sagte sich, es sei ein Wahnsinn, einen zwanzigjährigen jungen Menschen zu lieben, den schon allein seine soziale Stellung so weit von ihr entfernte. Diese Skrupel brachten sie oft dazu, ihre Vertraulichkeiten plötzlich, wie aus einer Laune heraus, mit Anwandlungen von Hochmut abwechseln zu lassen. Sie war stolz und gönnerhaft, und dann wieder zärtlich und schmeichlerisch. Lucien, den zuerst der hohe Rang dieser Frau eingeschüchtert, hatte also alle Qualen, alle Hoffnungen, alle Verzweiflungen auszustehen, die die erste Liebe zur Folter machen und sie mit der Gewalt einander ablösender Schläge des Schmerzes und der Freude im Herzen befestigen. Zwei Monate hindurch sah er in ihr eine Wohltäterin, die sich mütterlich seiner annehmen würde. Aber dann begannen die Vertraulichkeiten. Madame de Bargeton nannte ihren Dichter »lieber Lucien«, dann einfach »Lieber«. Der Dichter wurde kühn und nannte die große Dame »Naïs«. Als sie hörte, wie er ihr diesen Namen gab, bekam sie einen der Zornanfälle, die für einen jungen Menschen so irreführend sind; sie warf ihm vor, daß er ihr denselben Namen gebe wie alle Welt. Die stolze Nègrepelisse erlaubte dem schönen Jüngling, ihr den Namen zu geben, der noch ungenutzt war, sie wollte für ihn »Louise« heißen. Lucien fühlte sich im siebenten Himmel der Liebe. Eines Abends war er bei ihr eingetreten, als Louise gerade ein Miniaturporträt betrachtete, das sie schnell wegsteckte. Er wollte es sehen. Um die Verzweiflung eines ersten Eifersuchtsanfalles zu beruhigen, zeigte ihm Louise das Porträt des jungen Cante-Croix und erzählte nicht ohne Tränen die schmerzliche Geschichte ihrer keuschen und so grausam getöteten Liebe. Sann sie auf eine Untreue gegen ihren Toten, oder dachte sie daran, Lucien aus diesem Porträt einen Nebenbuhler zu schaffen? Lucien war zu jung, um seine Geliebte analysieren zu können; er geriet in ehrliche Verzweiflung, denn sie eröffnete das Gefecht, in dem die Frauen in mehr oder weniger gewitzt verschanzte Skrupel Breschen schießen. Ihre Diskussionen über die Pflichten, die Sitte, die Religion gleichen befestigten Plätzen, die sie im Sturm genommen zu sehen wünschen. Der unschuldige Lucien bedurfte dieser Koketterien nicht, er hätte den Krieg ganz natürlich geführt.

»Ich will nicht sterben, für Sie leben will ich«, sagte Lucien eines Abends. Er war kühn geworden und wollte mit Monsieur de Cante-Croix ein Ende machen. Dabei warf er Louise einen Blick zu, aus dem eine Leidenschaft sprach, die zu einem Entschluß gelangt ist.

Sie war erschrocken über die Fortschritte, die diese neue Liebe in ihr und in ihrem Dichter gemacht hatte, und fragte ihn nach den Versen, die er ihr für die erste Seite ihres Albums versprochen hatte; er hatte mit ihrer Niederschrift immer gezögert, und so griff sie, um abzulenken, nach diesem Thema, um mit ihm zu streiten. Wie wurde ihr aber, als sie die beiden folgenden

Stanzen las, die sie natürlich schöner fand als die besten von Canalis, dem Dichter der Aristokratie?

Nicht von der Muse zauberisch berührt
Wird jede Hand sein, die den Pinsel führt
Und meine Seiten schmückt;
Doch oft wird meiner schönen Herrin Stift
Mir anvertrauen, was sie schmerzlich trifft
Und was sie still beglückt.

Wenn sie mein gelb gewordenes Papier
Dereinst um die Geschicke fragt, die ihr
Die Zukunft noch verhüllt,
Dann mag die Liebe sehn, daß, treu bewahrt,
Ihr die Erinnerung an diese Fahrt
Noch sanft das Herz erfüllt.

»Habe wirklich ich Ihnen diese Verse eingegeben?« fragte sie.

Dieser Zweifel, den ihr die Koketterie einer Frau eingab, der es Vergnügen machte, mit dem Feuer zu spielen, ließ Lucien Tränen in die Augen treten; sie beruhigte ihn, indem sie zum erstenmal seine Stirn küßte. Lucien war entschieden ein großer Mann, den sie bilden wollte; es kam ihr in den Sinn, ihn Italienisch und Deutsch zu lehren und ihm bessere Manieren beizubringen; daraus ergaben sich Vorwände, ihn immer bei sich zu haben, ihren langweiligen Hofmachern zum Trotz. Wie interessant war ihr Leben abermals geworden! Sie wandte sich für ihren Dichter wieder der Musik zu, sie weihte ihn in die Welt der Töne ein, sie spielte ihm einige schöne Stücke von Beethoven vor und entzückte ihn; glücklich über seine Freude, sagte sie, als sie ihn fast außer sich sah, heuchlerisch zu ihm: »Ist es mit diesem Glück nicht genug?« Der arme Dichter beging die Dummheit, »ja« zu antworten.

Endlich waren die Dinge so weit gediehen, daß Louise Lucien eine Woche zuvor zum Abendessen bei sich gehabt hatte, zu dritt mit Monsieur de Bargeton. Trotz dieser Vorsichtsmaßregel erfuhr die ganze Stadt davon und hielt es für so absolut unbegreiflich, daß jeder sich fragte, ob es denn wahr sein könne. Es gab einen schrecklichen Aufruhr. Manchem schien die Gesellschaft vor dem Umsturz zu stehen. Andere riefen: »Da sieht man, wohin die liberalen Lehren führen!« Der eifersüchtige du Châtelet hatte inzwischen ausgekundschaftet, daß die Madame Charlotte, die die Wöchnerinnen pflegte, Madame Chardon sei, »die Mutter des Chateaubriand von l'Houmeau«, wie er sagte. Dieser Ausdruck galt für einen guten Witz. Madame de Chandour war die erste, die zu Madame de Bargeton eilte.

»Wissen Sie, liebste Naïs, wovon ganz Angoulême spricht?« fragte sie sie. »Dies Dichterlein hat Madame Charlotte zur Mutter, die vor zwei Monaten meine Schwiegertochter im Wochenbett gepflegt hat.« – »Meine Liebe«, sagte Madame de Bargeton mit königlicher Miene, »was ist daran Außerordentliches? Ist sie nicht die Witwe eines Apothekers? Ein trauriges Geschick für eine Mademoiselle de Rubempré! Nehmen wir mal an, wir ständen ohne einen Sou da, was täten wir dann, um zu leben? Wie wollten Sie Ihre Kinder ernähren?«

Die Kaltblütigkeit der Madame de Bargeton unterdrückte alles Gezeter des Adels. Große Seelen sind stets imstande, aus der Not eine Tugend zu machen. Außerdem besitzt die Beharrlichkeit, mit der man da Gutes tut, wo es einem als verdächtig angerechnet wird, einen unbesieglichen Reiz. Die Unschuld besitzt das Pikante des Lasters. Am Abend füllte sich der Salon der Madame de Bargeton mit ihren Freunden; sie kamen, ihr Vorhaltungen zu machen. Sie ließ die ganze Schärfe ihres Witzes spielen; sie sagte, wenn die Herren Edelleute keine Molière, Racine, Rousseau, Voltaire, Massillon[62], Beaumarchais, Diderot sein könnten, dann müßte man wohl oder übel die Tapezierer, die Uhrmacher, die Messerschmiede empfangen, deren Söhne große Männer würden. Sie sagte, das Genie sei immer von Adel. Sie schalt die Krautjunker, daß sie ihre wahren Interessen so schlecht verständen. Kurz, sie sagte viele Dummheiten, die weniger albernen Menschen ein Licht aufgesteckt hätten, in diesem Kreise aber für originell galten. Sie beschwor also das Gewitter mit Hilfe von Kanonenschüssen. Als Lucien, den sie eingeladen hatte, zum erstenmal in den alten, verschossenen Salon eintrat, wo an vier Tischen Whist gespielt wurde, empfing sie ihn aufs herzlichste und stellte ihn in der Haltung einer Königin vor, die

Gehorsam verlangt. Sie nannte den Steuerdirektor ›Monsieur Châtelet‹ und ließ ihn fast versteinern, als sie ihm auf diese Weise zu verstehen gab, sie wisse, auf wie illegalem Weg die Partikel vor seinem Namen entstanden war. Lucien wurde an jenem Abend gewaltsam in die Gesellschaft der Madame de Bargeton eingeführt; aber er wurde dort wie ein Giftstoff aufgenommen, den jeder mit Hilfe der Gegengifte der Unverschämtheit wieder auszutreiben sich vornahm. Trotz dieses Triumphs verlor Naïs an Einfluß: es gab Abtrünnige, die den Versuch machten, zu emigrieren. Auf Monsieur Châtelets Rat hin entschloß sich Amélie, das war Madame de Chandour, einen Gegenaltar zu errichten, indem sie an jedem Mittwoch bei sich empfing. Madame de Bargeton öffnete ihren Salon allabendlich, und die Leute, die zu ihr kamen, waren solche Gewohnheitsmenschen, waren so sehr daran gewöhnt, sich an denselben Spieltischen zu versammeln, am selben Tricktrackbrett zu spielen, dieselben Menschen und Leuchter zu sehen, ihre Mäntel, ihre Überschuhe, ihre Hüte im selben Vorraum zu lassen, daß sie die Treppenstufen ebensosehr liebten wie die Herrin des Hauses. »Alle haben sich den Stieglitz im heiligen Hain gefallen lassen«, bemerkte Alexandre de Brébian witzig. Schließlich beruhigte der Präsident der Landwirtschaftsvereinigung den Aufruhr durch eine meisterhafte Bemerkung.

»Vor der Revolution«, sagte er, »empfingen die größten Herren Duclos[63], Grimm[64], Crébillon[65], lauter Leute, die, wie dieser kleine Dichter aus l'Houmeau, sonst nichts weiter zu bedeuten hatten; aber sie empfingen niemals die Erheber der ›Taille‹[66], und was ist schließlich Châtelet weiter?«

Du Châtelet zahlte für Chardon die Zeche, jeder behandelte ihn fortan kühl. Als er merkte, daß er es auszubaden hatte, ging der Steuerdirektor, der seit dem Augenblick, da sie ihn Châtelet genannt, sich geschworen hatte, er wolle Madame de Bargeton besitzen, auf ihre Absichten ein; er kam dem jungen Dichter zu Hilfe und erklärte sich für seinen Freund. Dieser große Diplomat, dessen sich der Kaiser zu seinem Unglück beraubt hatte, schmeichelte Lucien und beteuerte ihm seine Freundschaft. Um den Dichter zu lancieren, gab er ein Diner, an dem der Präfekt, der Generaldirektor der Steuern, der Oberst des Regiments, das in Angoulême in Garnison lag, der Direktor der Marineschule, der Gerichtspräsident, kurz, alle Spitzen der Behörden teilnahmen. Der arme Dichter wurde so großartig gefeiert, daß jeder andere als ein junger Mensch von zweiundzwanzig Jahren gegen die Lobsprüche, mit denen er hinters Licht geführt wurde, mißtrauisch geworden wäre. Beim Nachtisch veranlaßte Châtelet seinen Nebenbuhler, seine Ode ›Der sterbende Sardanapal‹ vorzutragen, die zur Zeit seine beste Dichtung war. Als er fertig war, klatschte der Lyzeumsdirektor, ein phlegmatischer Mensch, in die Hände und sagte, Jean-Baptiste Rousseau habe nichts Besseres zustande gebracht. Der Baron Sixte Châtelet dachte, der kleine Reimschmied werde früher oder später in der Treibhausluft dieser Lobpreisungen zugrunde gehen, oder er werde sich im Rausche seines vorzeitigen Ruhmes Frechheiten erlauben, die ihn wieder in das Dunkel schleuderten, aus dem er gekommen war. Bis zum Ausscheiden dieses Genies schien er seine Ansprüche zu den Füßen der Frau de Bargeton zu opfern; aber er hatte mit der Geschicklichkeit eines Roués seinen Plan festgelegt, verfolgte mit der Aufmerksamkeit eines Strategen die weitere Entwicklung des Verhältnisses der beiden Liebenden und lauerte auf die Gelegenheit, Lucien den Garaus zu machen. Es erhob sich damals in Angoulême und der Nachbarschaft ein dunkles Gerücht, das von dem Vorhandensein eines großen Mannes im Angoumois wissen wollte. Madame de Bargeton wurde für die sorgsame Pflege, die sie dem heranwachsenden Genie widmete, allgemein gelobt. Nachdem sie auf solcherlei Weise einige Zustimmung gefunden, wollte sie auch die allgemeine Billigung ernten. Sie erließ im ganzen Departement Einladungen zu einer Abendunterhaltung mit Gefrorenem, Kuchen und Tee. Das war eine große Neuerung in einer Stadt, wo Tee noch lediglich als Mittel gegen Verdauungsstörungen beim Apotheker gekauft wurde. Die Blüte der Aristokratie war geladen worden, um ein großes Werk anzuhören, das Lucien vorlesen sollte. Louise hatte ihrem Freund die Schwierigkeiten, die sie zu überwinden hatte, verhehlt; aber sie ließ einige Worte von der Verschwörung fallen, die die Gesellschaft gegen ihn angezettelt habe, denn sie wollte nicht, daß ihm die Gefahren der Laufbahn eines genialen Mannes unbekannt blieben, auf der es Hindernisse gibt, die nur ungewöhnliche Tapferkeit zu überwinden vermag. Sie machte aus diesem Sieg eine Nutzanwendung. In anmutigen Gebärden wies sie ihn darauf hin, wie der Sieg mit unaufhörlichen Martern erkauft werden müsse, sie sprach ihm von dem Scheiterhaufen der Märtyrer, auf den man steigen müsse, sie strich ihm ihre schönsten ›Butterbrote‹ und belegte sie mit den prunkvollsten Worten. Das Wortgebäude, das sie vor ihm auftürmte, nahm sich aus wie die Einschiebsel, die den Roman ›Corinne‹[67] verunstalten. Louise fand sich in ihren Improvisationen so groß, daß sie den Benjamin, der sie ihr eingab, noch mehr liebte; sie gab ihm den Rat, seinen Vater kecklich zu verleugnen und den Adelsnamen ›de Rubempré‹ anzunehmen, ohne sich um das Geschrei zu kümmern, dem bei dieser Namensänderung schwerlich auszuweichen sei; der König würde sie übrigens legitimieren. Sie sei mit der Marquise d'Espard, einer geborenen de Blamont-Chauvry, verschwägert, die von großem Einfluß bei Hofe sei, und sie nehme es auf sich, diese Gunst zu erlangen. Bei diesen Worten, ›der König, die Marquise d'Espard, der Hof‹, drehte es sich Lucien wie ein Feuerwerk vor den Augen, und die Notwendigkeit dieser Umtaufe galt ihm als erwiesen.

»Lieber Junge«, sagte Louise mit zärtlichem Spott zu ihm, »je eher es geschieht, um so schneller wird es anerkannt.«

Sie erklärte ihm der Reihe nach die übereinandergelagerten Schichten der Gesellschaft und ließ den Dichter die Sprossen zählen, die er durch diesen geschickten Entschluß plötzlich übersprang. Im Handumdrehen brachte sie Lucien dazu, daß er seine schimärischen demokratischen Gleichheitsideen von 1793 aufgab. Sie erweckte in ihm den Durst, sich auszuzeichnen, den die kühle Vernunft Davids besänftigt hatte; sie zeigte ihm die hohe Gesellschaft als die einzige Bühne, auf der er auftreten dürfe. Der haßerfüllte Liberale wurde ein geheimer Monarchist. Lucien fand Geschmack am aristokratischen Luxus und am Ruhm. Er schwor, er wolle seiner Dame eine Krone zu Füßen legen, auch wenn sie blutig sein sollte; er würde sie um jeden Preis erobern, quibuscunque viis[68]. Um seinen Mut zu beweisen, erzählte er Louise von seinen gegenwärtigen Nöten, die er bisher vor ihr geheimgehalten hatte, da die undefinierbare Scham, die mit den ersten Gefühlen verknüpft ist, es dem jungen Menschen verwehrte, seine innere Größe zur Schau zu stellen; doch wünschte er sehr, daß seine Seele in ihrem Inkognito gewürdigt werde. Er schilderte den Druck eines Elends, das mit Stolz ertragen wurde, seine Arbeiten bei David, seine dem Studium geweihten Nächte. Diese junge Glut erinnerte Madame de Bargeton, deren Blick traurig wurde, an den sechsundzwanzigjährigen Obersten. Als Lucien sah, wie seine stolze Herrin von Schwäche übermannt wurde, ergriff er eine Hand, die sie ihm überließ, und küßte sie mit dem Feuer des Dichters, des Jünglings, des Liebenden. Louise ging so weit, dem Apothekerssohn zu erlauben, ihre Stirn in die Hände zu nehmen und seine zitternden Lippen darauf zu drücken.

»Kind! Kind! Wenn man uns sähe, würde ich recht lächerlich wirken«, sagte sie, als sie aus ihrer ekstatischen Betäubung erwachte.

An diesem Abend richtete der Geist der Madame de Bargeton in dem, was sie Luciens Vorurteile nannte, große Verheerungen an. Wenn man sie hörte, hatten geniale Menschen keine Geschwister und keine Eltern; die großen Werke, die sie schaffen müßten, erlegten ihnen einen scheinbaren Egoismus auf und zwängen sie, alles ihrer Größe zu opfern. Wenn die Familie im Anfang unter schweren Kontributionen leide, die ein gigantisches Hirn von ihnen eintriebe, so erhalte sie später hundertfach den Preis der Opfer aller Art wieder, die für die ersten Kämpfe eines königlichen Menschen gegen Feinde aller Art erforderlich seien, und teile die Früchte des Sieges. Das Genie sei nur sich selbst unterworfen, es sei der alleinige Richter seiner Mittel, denn es allein kenne das Ende: es müsse sich also über die Gesetze stellen, da es dazu berufen sei, sie zu erneuern; wer sich überdies seines Jahrhunderts bemächtige, könne alles nehmen und alles wagen, denn alles gehöre ihm. Sie erinnerte ihn an die Lebensanfänge von Bernard Palissy[69], Ludwig XI., Fox, Napoleon, Columbus, Cäsar, an alle berühmten, wagemutigen Spieler, die zuerst von Schulden aufgefressen wurden oder unglücklich, unverstanden waren, für Narren, schlechte Söhne, schlechte Väter, schlechte Brüder gehalten wurden, aber die später den Stolz der Familie, des Landes, der Welt bildeten. Diese Erwägungen stimmten gut zu der geheimen Lasterhaftigkeit Luciens und förderten die Verderbnis seines Herzens; denn in der Glut seiner

Begehrlichkeit bewilligte er sich die Mittel a priori. Aber nicht zum Ziele zu kommen, war ein soziales Majestätsverbrechen. Hatte nicht ein Besiegter alle Bürgertugenden ermordet, auf denen die Gesellschaft beruht, die mit Entrüstung jeden auf ihren Ruinen sitzenden Marius[70] verjagt? Lucien, der nicht wußte, daß er zwischen dem schmählichen Zuchthaus und den Palmen des Genies schwebte, stand hoch oben auf dem Sinai der Propheten, ohne zu seinen Füßen das Tote Meer, das grausige Leichentuch Gomorras, zu sehen.

Louise befreite Herz und Geist ihres Dichters so vortrefflich von den Gängelbändern, an denen ihn das Provinzleben bisher festgehalten hatte, daß Lucien es unternahm, Madame de Bargeton auf die Probe zu stellen, um herauszubekommen, ob er, ohne sich der Schande einer Zurückweisung auszusetzen, diese stolze Beute erobern könne. Die angekündigte Abendunterhaltung gab ihm Gelegenheit, diese Probe anzustellen. Der Ehrgeiz mischte sich in seine Liebe. Er liebte und wollte hochkommen, ein Doppelwunsch, wie er bei jungen Leuten sehr natürlich ist, die ein nach Befriedigung lechzendes Herz haben und der Not entrinnen wollen. Die Gesellschaft, die heutzutage alle ihre Kinder an denselben Tisch lädt, erweckt ihren Ehrgeiz schon am Morgen des Lebens. Sie nimmt der Jugend ihre Anmut und vergiftet die meisten ihrer edelmütigen Gefühle, indem sie sie mit Berechnung vermengt. Die Poesie möchte, daß es anders sei; aber die Tatsachen strafen zu oft die Dichtung, an die man glauben möchte, Lügen, als daß man sich erlauben könnte, einen jungen Mann anders darzustellen, als er im neunzehnten Jahrhundert nun einmal ist. Die Berechnung, die Lucien anstellte, schien ihm einem edlen Gefühl zu dienen, nämlich seiner Freundschaft für David.

Lucien schrieb seiner Louise einen langen Brief, denn er war mit der Feder kühner als mit dem gesprochenen Wort. Auf zwölf Blättern, die er dreimal abschrieb, erzählte er von dem Genie seines Vaters, seinen gescheiterten Hoffnungen und dem schrecklichen Elend, dem er preisgegeben war. Er schilderte seine liebe Schwester als einen Engel, David als einen Cuvier[71] der Zukunft, der, ehe er ein großer Mann wurde, ihm Vater, Bruder und Freund war; er schrieb, daß er sich unwürdig glaube, von Louise, auf die er so stolz sei, geliebt zu werden, wenn er sie nicht bitte, für David dasselbe zu tun, was sie für ihn tue. Er verzichte lieber auf alles, als daß er David Séchard verrate; er wolle, daß David bei seinem Erfolg zugegen sei. Er schrieb einen der tollen Briefe, in denen junge Menschen jeder Weigerung die Pistole entgegenhalten, in denen sich die Willkür des Kindes und die unsinnige Logik der schönen Seelen äußert; die naiven Erklärungen werden mit den gewählten Worten zum Ausdruck gebracht, wie sie dem Herzen entschlüpfen, ohne daß der Schreiber es weiß, und wie sie die Frauen so sehr zu schätzen wissen. Lucien hatte diesen Brief der Zofe übergeben und war dann in die Druckerei gegangen, um den Tag mit Korrekturenlesen zu verbringen, diese und jene Arbeiten zu überwachen und allerlei Kleinigkeiten zu ordnen; zu David hatte er nichts gesagt. In den Tagen, da das Herz noch jung ist, bringen junge Menschen diese göttliche Verschwiegenheit auf. Überdies fing Lucien vielleicht an, die Axt des Phokion[72] zu fürchten, die David handhabte; vielleicht fürchtete er auch die Klarheit seines Blicks, der bis in den Grund der Seele drang. Nachdem sie zusammen Chénier gelesen hatten, war sein Geheimnis ihm aus dem Herzen über die Lippen gesprungen. Ein Vorwurf hatte es herausgebracht, den er empfand wie den Finger, den ein Chirurg auf eine Wunde legt.

Jetzt stelle man sich die Gedanken vor, die Lucien bestürmen mußten, als er von Angoulême nach l'Houmeau hinabging. Ob sich die große Dame geärgert hatte? Ob sie David empfangen würde? Ob der Ehrgeizige nicht wieder in sein Loch in l'Houmeau zurückgestoßen würde? Obwohl Lucien, bevor er Louise auf die Stirn geküßt, den Abstand, der eine Königin von ihrem Günstling trennt, zur Genüge hatte ermessen können, sagte er sich nicht, daß David den Raum, zu dem er fünf Monate gebraucht hatte, nicht innerhalb eines Augenblicks durchschreiten könne. Er wußte nicht, wie absolut der gegen die kleinen Leute obwaltende Ostrazismus[73] war; und es war ihm daher unbekannt, daß ein zweiter Versuch dieser Art Madame de Bargetons Verderben sein mußte. Des Verbrechens angeklagt und überführt, sich mit dem Pöbel eingelassen zu haben, wäre Louise gezwungen gewesen, die Stadt zu verlassen, wo ihre Kaste sie gemieden hätte, wie man im Mittelalter einen Aussätzigen floh.

Die Horde der hohen Aristokratie und sogar die Geistlichkeit würden Naïs gegen jeden verteidigt haben, wenn sie einen Fehltritt begangen hätte; aber das Verbrechen, schlechte Gesellschaft bei sich zu empfangen, wäre ihr nie verziehen worden; denn wenn man die Fehler der Machthaber entschuldigt, so verdammt man sie doch nach ihrer Abdankung. Und David zu empfangen, wäre dasselbe gewesen wie abzudanken. Wenngleich Lucien diese Seite der Frage übersehen hatte, ließ ihn doch sein aristokratischer Instinkt mancherlei andere Schwierigkeiten ahnen, die ihn schreckten. Der Adel der Gefühle verleiht nicht notwendigerweise auch den Adel der Manieren. Racine wirkte wie der adligste Höfling, Corneille indessen sah aus wie ein Viehhändler. Descartes hatte das Benehmen eines wohlhabenden holländischen Kaufmanns. Die Besucher von la Brède hielten oft Montesquieu, wenn sie ihn mit seinem Rechen über der Schulter und der Nachtmütze auf dem Kopf trafen, für einen gewöhnlichen Gärtner. Wenn höfische Gewandtheit nicht eine Gabe hoher Geburt ist, ein Wissen, das mit der Muttermilch eingesogen oder im Blute vererbt ist, ist sie eine Selbstzucht, die der Zufall durch eine gewisse Eleganz der Formen, durch eine feine Besonderheit in den Zügen, durch einen gewissen Ton in der Stimme unterstützen muß. All diese wichtigen kleinen Dinge fehlten David, während die Natur seinen Freund Lucien damit begabt hatte, der von Mutterseite her adliger Abstammung war. Lucien hatte sogar den hochgewölbten Fuß des Franken, während David Séchard die flachen Füße des Kelten und den gebeugten Nacken seines Vaters, des Buchdruckers, hatte. Lucien klangen bereits die Spottreden in den Ohren, die auf David niederprasselten; ihm war, als sehe er das Lächeln, das Madame de Bargeton unterdrückte. Kurzum, ohne sich geradezu seines Bruders zu schämen, nahm er sich vor, in Zukunft nicht mehr ohne weiteres auf seine erste Regung zu hören und sie erst zu prüfen. Nach der Stunde der Poesie und der Opferwilligkeit, nach einer Lektüre, die den beiden Freunden gerade den literarischen Himmel, von einer neuen Sonne beleuchtet, gezeigt hatte, schlug jetzt für Lucien die Stunde der Politik und der Berechnung. Als er in l'Houmeau angelangt war, bereute er seinen Brief, er wünschte, ihn wieder zurückfordern zu können, denn in ihm stieg eine Ahnung von den unerbittlichen Gesetzen der Welt auf. Er wußte, wie sehr das Glück, das er erlangt hatte, den Ehrgeiz begünstigte, und es kam ihn schwer an, seinen Fuß von der ersten Sprosse der Leiter zurückzuziehen, auf der er zur Größe emporsteigen wollte. Dann erwachten in seiner Erinnerung die Bilder seines einfachen und ruhigen, mit den schönsten Blumen des Empfindens geschmückten Lebens; der geniale David, der ihn so edel unterstützt hatte, der ihm, wenn es nottäte, sein Leben opfern würde; seine Mutter, die in ihrer niedrigen Lage nicht aufhörte, die große Dame zu sein, die von ihm glaubte, er sei ebenso gut wie geistvoll; seine Schwester, die in ihrem stillen Dulden, ihrer reinen Kindlichkeit und ihrer Unschuld so anmutig war; seine Hoffnungen, die noch kein Sturmwind entblättert hatte: all dessen gedachte er. Er sagte sich jetzt, es wäre schöner, sich mit den Schwertstreichen des Erfolgs durch die geschlossenen Heerhaufen des aristokratischen oder bürgerlichen Lagers hindurchzuhauen, als durch die Gunst einer Frau ans Ziel zu gelangen. Früher oder später mußte sein Geist doch leuchten und berühmt werden, wie der so vieler Männer, die seine Vorgännger waren und die die Gesellschaft besiegt hatten; dann würden die Frauen ihn lieben! Das Beispiel Napoleons, das im neunzehnten Jahrhundert durch das Verlangen, das es mittelmäßigen Menschen einflößt, so verhängnisvoll ist, erhob sich vor Lucien; er machte sich seine Berechnungen zum Vorwurf und schlug sie in den Wind. Es entsprach Luciens Charakter, mit gleicher Leichtigkeit vom Bösen zum Guten und vom Guten zum Bösen überzuwechseln. Statt der Neigung, die der Mann der Wissenschaft für seine stille Zurückgezogenheit haben sollte, empfand Lucien seit einem Monat eine Art Schamgefühl, wenn er den Laden sah, an dem in gelben Lettern auf grünem Grund zu lesen stand:

Postel, Apotheker.
Chardon Nachfolger.

Der Name seines Vaters, der so an einer Stelle geschrieben stand, an der alle Wagen vorbeifuhren, tat ihm in den Augen weh. Wenn er am Abend seine Tür öffnete, die mit einem kleinen, recht geschmacklosen Gitterwerk geziert war, um nach Beaulieu unter die elegantesten jungen Leute der Oberstadt zu gehen und Madame de Bargeton den Arm zu reichen, hatte er das Mißverhältnis zwischen dieser Wohnung und seinen Glücksaussichten oft bitter beklagt.

»Madame de Bargeton lieben, sie vielleicht bald besitzen und in diesem Rattenloch hausen!« sagte er sich, als er durch den Hausgang den kleinen Hof betrat, in dem mehrere Bündel gekochter Kräuter an den Mauern aufgehängt waren, in dem der Lehrling die Kochkessel des Laboratoriums scheuerte, in dem Postel, seine Apothekerschürze vorgebunden und eine Retorte in der Hand, ein chemisches Präparat untersuchte, wobei er aber den Laden nicht aus den Augen ließ; auch wenn er sein Präparat noch so aufmerksam ansah, spitzte er das Ohr nach der Klingel hin. Der Geruch nach Kamillen, Pfefferminz und verschiedenen andern destillierten Pflanzen erfüllte den Hof und das bescheidene Gemach, zu dem man auf einer steilen Treppe emporstieg, die statt des Geländers zwei Stricke hatte. Oben war nur ein Mansardenzimmer, und das bewohnte Lucien.

»Guten Tag! mein Junge«, begrüßte ihn Postel, der unverfälschte Typus des Provinzkrämers. »Was macht die liebe Gesundheit? Ich führe gerade ein Experiment über die Melasse durch; aber um herauszufinden, was ich suche, dazu wäre dein Vater nötig. Das war ein Prachtkerl! Wenn ich sein Geheimmittel gegen die Gicht wüßte, könnten wir heute alle beide in der Equipage fahren!«

Es verging keine Woche, in der der ebenso dumme wie gutmütige Apotheker Lucien nicht einen Dolchstich versetzte, indem er ihm gegenüber die verhängnisvolle Verschwiegenheit erwähnte, die sein Vater über seine Entdeckung bewahrt hatte.

»Ja, es ist ein großes Unglück«, antwortete Lucien kurz. Er fing an, den früheren Schüler seines Vaters furchtbar ordinär zu finden, den er früher so oft gesegnet hatte; denn mehr als einmal hatte der wackere Postel die Witwe und die Kinder seines früheren Meisters unterstützt.

»Was gibt's denn?« fragte Postel und stellte seine Retorte auf den Laboratoriumstisch. – »Ist ein Brief für mich gekommen?« – »Ja, einer, der wie Balsam duftet! Er liegt im Kontor, auf meinem Pult.« Der Brief von Madame de Bargeton mitten unter den Apothekerflaschen! Lucien stürzte in den Laden.

»Beeil dich, Lucien, dein Essen wartet seit einer Stunde, es wird kalt«, rief eine angenehme Stimme in sanftem Ton durch ein halbgeöffnetes Fenster. Lucien hörte nicht mehr.

»Ihr Bruder hat den Rappel, Mademoiselle«, sagte Postel und hob die Nase hoch.

Dieser Junggeselle, der einige Ähnlichkeit mit einem Branntweinfäßchen hatte, auf das die Phantasie eines Malers ein plumpes, gerötetes und blatternarbiges Gesicht gesetzt hätte, nahm, als er Eve erblickte, eine feierliche und liebenswürdige Miene an, die erkennen ließ, daß er mit der Absicht umging, die Tochter seines Vorgängers zu heiraten, ohne daß er mit dem Zwiespalt fertig werden konnte, den Liebe und Geschäftsinteresse in seinem Herzen ausfochten. Daher sagte er häufig zu Lucien lächelnd die Worte, die er auch jetzt zu ihm sagte, als der junge Mann wieder bei ihm vorbeikam: »Sie ist ganz reizend, deine Schwester! Du bist auch nicht übel! Euer Vater hat alles gut gemacht!«

Eve war groß, bräunlich und hatte schwarzes Haar und blaue Augen. Obwohl sie Andeutungen eines männlichen Charakters besaß, war sie sanft, zart und hingebungsvoll. Ihre Unschuld, ihr kindliches Wesen, ihr ruhiges Sichfügen in ein Leben der Arbeit, ihre Klugheit, die frei von aller Bosheit war, hatten David Séchard bestricken müssen. So war denn auch vom ersten Beisammensein der beiden an eine stille, schlichte Liebe zwischen ihnen entstanden, sozusagen eine deutsche Liebe, ohne leidenschaftlichen Überschwang und stürmische Erklärungen. Jeder der beiden hatte im geheimen an den andern gedacht, als habe ein eifersüchtiger Gatte sie getrennt, für den dieses Gefühl eine Kränkung gewesen wäre. Beide verbargen ihr Gefühl vor Lucien, dem sie vielleicht irgendeinen Schaden anzutun fürchteten. David hatte Angst, er könne Eve nicht gefallen, und sie wiederum überließ sich all der Verzagtheit, die die Not mit sich bringt. Eine richtige Arbeiterin wäre kühn gewesen; aber ein wohlerzogenes Mädchen, das in eine üble Lage gekommen ist, paßt sich dem Unglück an. Eve, deren Wesen bescheiden, die aber in Wirklichkeit stolz war, wollte es nicht auf den Sohn eines Mannes absehen, der für reich galt. In diesem Augenblick schätzten die Leute, die um den wachsenden Wert des Grundbesitzes wußten, das Gut Marsac auf mehr denn achtzigtausend Francs, die Ländereien ungerechnet, die der alte Séchard, der viel Ersparnisse und glückliche Ernten hatte und im Verkauf geschickt war, sicherlich noch dazukaufen würde, wenn er die rechten Gelegenheiten abpaßte. David war vielleicht der einzige Mensch, der nichts von dem Vermögen seines Vaters ahnte. Für ihn war Marsac ein heruntergekommenes Anwesen, das sein Vater im Jahre 1810 für fünfzehn- oder sechzehntausend Francs gekauft hatte; er besuchte es einmal im Jahr zur Zeit der Weinlese, wo der Vater dann mit ihm durch die Weinberge ging und ihm von den reichen Ernten erzählte, die der Drucker nie zu sehen bekam und um die er sich sehr wenig kümmerte. Die Liebe eines an die Einsamkeit gewöhnten Gelehrten, dessen Gefühle sich dadurch noch steigerten, daß er sich die Schwierigkeiten übertrieben groß vorstellte, hätte ermutigt werden müssen, denn für David war Eve ein stolzeres Mädchen, als es eine große Dame für einen armen Kommis ist. Er war in der Nähe seiner Verehrten linkisch und unruhig, hatte es ebenso eilig, wieder fortzugehen wie hinzukommen, und hielt seine Gefühle zurück, anstatt sie auszudrücken. Oft am Abend ersann er einen Vorwand, um Lucien noch sprechen zu müssen, und stieg von der Place du Mûrier durchs Palet-Tor nach l'Houmeau hinab; aber wenn er an der grünen Tür mit dem eisernen Gitter angelangt war, packte ihn die Furcht, er komme zu spät oder er falle Eve, die sich vielleicht schon hingelegt hatte, lästig, und er ergriff die Flucht. Obschon diese große Liebe nur an kleinen Zeichen zu erkennen war, hatte Eve sie wohl bemerkt; ohne deswegen hochmütig zu werden, fühlte sie sich geschmeichelt, Gegenstand jener tiefen Verehrung zu sein, die sich in den Blicken, den Worten, dem Benehmen Davids bekundete. Aber vor allem gefiel ihr an ihm seine fanatische Freundschaft zu Lucien; er hätte kein besseres Mittel finden können, Eve zu gefallen. Wollte man deutlich machen, worin sich die stummen Wonnen dieser Liebe von einer lebhaften, lauten Leidenschaft unterschieden, so müßte man sie den Feldblumen im Gegensatz zu den auffallenden Gartenblumen vergleichen. Es waren sanfte, zarte Blicke, wie die blauen Lotosblumen, die auf dem Wasser schwimmen, flüchtige Liebeszeichen, wie der schwache Duft der Heckenrose, sanfte Traurigkeit, wie der Samt des Mooses; Blüten zweier schönen Seelen, die aus einem reichen, fruchtbaren, unwandelbaren Boden erwachsen. Eve hatte schon öfter die verborgene Kraft, die unter diesen schwachen Äußerungen schlummerte, erraten. Sie war David für alles, was er nicht wagte, so dankbar, daß der geringste Zwischenfall eine innigere Verbindung ihrer Seelen herbeiführen konnte.

Eve hatte Lucien schon die Tür aufgemacht, und er ließ sich schweigend an einem kleinen Tisch ohne Tischtuch nieder, auf dem sein Gedeck lag. Der arme kleine Haushalt besaß lediglich drei silberne Bestecke, die Eve sämtlich für den geliebten Bruder benutzte.

»Was liest du denn da?« fragte sie, als sie eine Platte auf den Tisch gestellt, die sie eben vom Feuer genommen hatte. Zugleich löschte sie mit dem Dämpfer die Flamme ihres kleinen, tragbaren Kochapparates.

Lucien antwortete nicht. Eve nahm einen Teller, der ein zierliches Ornament von Weinblättern aufwies, und stellte ihn mit einer Schale voll Rahm auf den Tisch.

»Hier, Lucien, ich habe Erdbeeren für dich.«

Lucien war so in seine Lektüre vertieft, daß er nicht hinhörte. Eve setzte sich neben ihn, ohne im geringsten ärgerlich zu sein; denn es macht einer Schwester Freude, von ihrem Bruder zwanglos behandelt zu werden.

»Aber was hast du denn?« rief sie, als sie in den Augen des Bruders Tränen schimmern sah. »Nichts, nichts, Eve«, sagte er. Er legte den Arm um sie, zog sie an sich und küßte sie mit plötzlicher Zärtlichkeit auf Stirn und Haar und dann auf den Nakken. »Du verbirgst etwas vor mir?« – »Sie liebt mich!« – »Ich wußte wohl, daß du nicht mich geküßt hast«, sagte die arme Schwester schmollend und wurde rot. »Wir werden alle glücklich sein«, rief Lucien und aß dabei hastig seine Suppe. »Wir?« wiederholte Eve und fügte dann in derselben Ahnung, die sich Davids bemächtigt hatte, hinzu: »Du wirst uns nicht mehr so liebhaben!« – »Wie kannst du das glauben? Du kennst mich doch!«

Eve drückte ihm die Hand. Dann stellte sie den leeren Teller und die braune irdene Suppenschüssel beiseite und trug ihm das Gericht auf, das sie für ihn bereitet hatte. Anstatt zu essen, las

Lucien den Brief der Madame de Bargeton noch einmal; die zurückhaltende Eve verlangte ihn nicht zu sehen, so viel Achtung hatte sie vor ihrem Bruder: wenn er ihr ihn mitteilen wollte, mußte sie warten, und wenn er nicht wollte, konnte sie es dann verlangen? Sie wartete. Der Brief lautete:

»Lieber! Warum sollte ich Ihrem Freund und Schulgefährten die Unterstützung versagen, die ich Ihnen geliehen habe? In meinen Augen sind die Talente gleichberechtigt; aber Sie kennen die Vorurteile der Menschen nicht, die meinen Umgang bilden. Wir werden es nicht durchsetzen, daß der Adel des Geistes von der Aristokratie der Dummheit anerkannt wird. Wenn ich es nicht vermag, ihnen Monsieur David Séchard aufzuzwingen, bringe ich Ihnen gern diese Armseligen zum Opfer. Das wird wie eine antike Hekatombe[74] sein. Aber, lieber Freund, Sie wollen doch gewiß nicht, daß ich jemanden empfange, dessen Geist oder Manieren mir nicht gefallen könnten. Ihre Schmeicheleien haben mich gelehrt, wie leicht die Freundschaft blind ist! Sind Sie mir böse, wenn ich an meine Einwilligung eine Bedingung knüpfe? Ich will Ihren Freund zuvor bei mir sehen, einen Eindruck von ihm bekommen und durch eigenes Urteil im Interesse Ihrer Zukunft feststellen, ob Sie sich nicht täuschen. Ist das nicht eine der mütterlichen Sorgen, die für Sie, lieber Dichter, haben muß

Louise de Nègrepelisse?«

Lucien wußte nicht, mit welcher Kunst in der großen Welt das Ja gehandhabt wird, wenn man nein sagen will, und umgekehrt. Dieser Brief war ein Triumph für ihn. David würde zu Madame de Bargeton gehen und dort die Majestät des Genies glänzen lassen. In dem Rausch, in den ihn ein Sieg versetzte, der ihn an die Macht seines Einflusses auf die Menschen glauben ließ, nahm er eine so stolze Haltung an, so viel Hoffnungen spiegelten sich auf seinem vor freudiger Erregung strahlenden Gesicht, daß die Schwester sich nicht enthalten konnte, ihm zu sagen, er sei schön.

»Wenn sie Geist hat, muß sie dich wohl lieben, diese Frau! Und heute abend wird sie sich grämen, denn alle Frauen werden sich um dich reißen. Du wirst wundervoll aussehen, wenn du deinen ›Johannes auf Patmos‹ vorliest. Ich wollte, ich wäre eine

Maus, damit ich heimlich dabeisein könnte! Komm, ich habe deinen Anzug im Zimmer unserer Mutter bereitgelegt.«

Dieses Zimmer sprach von verschämter Armut. Es befand sich ein Nußbaumbett darin, über dem weiße Vorhänge angebracht waren und neben dem ein schäbiger grüner Teppich lag. Ferner vervollständigten die Einrichtung eine Kommode, über der ein Spiegel hing, und Stühle aus Nußbaumholz. Auf dem Kamin erinnerte eine Stutzuhr an die Tage früheren Wohlstands. Am Fenster hingen weiße Gardinen. Die Wände hatten graue Tapeten mit grauen Blumen. Der Fliesenboden, den Eve gesäubert und blank gerieben hatte, glänzte vor Sauberkeit. In der Mitte des Zimmers stand ein Tischchen, und auf diesem auf einem roten Tablett, das mit goldenen Röschen verziert war, drei Tassen und eine Zuckerdose aus Limoges-Porzellan. Eve schlief in einer anstoßenden Kammer mit einem schmalen Bett, einem alten Lehnstuhl und einem Nähtischchen nah am Fenster. Die Enge dieser Kajüte machte es nötig, daß die Glastür immer offenstand, um Luft hineinzulassen. Ungeachtet der Not, von der alle diese Dinge deutlich genug redeten, zeugten sie von der Bescheidenheit eines arbeitsamen Lebens. Für solche, die die Mutter und ihre beiden Kinder kannten, war es ein Bild rührender Harmonie.

Lucien legte gerade seine Krawatte an, als in dem kleinen Hof der Schritt Davids vernehmlich wurde, und schon trat auch der Buchdrucker mit dem Schritt und der Haltung eines Menschen ein, der es eilig hat.

»Holla, David«, rief unser Ehrgeiziger, »wir siegen! Sie liebt mich! Du sollst zu ihr kommen.«

»Nein«, sagte der Buchdrucker mit verlegenem Gesicht, »ich muß dir für diesen Freundschaftsbeweis danken; aber ich habe inzwischen reiflich darüber nachgedacht. Mein Leben, Lucien, ist festgelegt. Ich bin David Séchard, königlicher Buchdrucker in Angoulême, und mein Name steht an allen Mauern unten an den Plakaten zu lesen. Für die Menschen dieser Kaste bin ich ein Handwerker, ein Kaufmann, wenn du willst, jedenfalls ein Gewerbetreibender, der seinen Laden in der Rue de Beaulieu, Ecke Place du Mûrier hat. Noch besitze ich weder das Vermögen eines Keller noch die Berühmtheit eines Desplein, zweier Vertreter der Macht, die die Adligen zwar noch nicht gelten lassen wollen, die aber besteht; diese bedeutet freilich – darin stimme ich mit ihnen überein – nichts ohne die Lebensgewandtheit und die Manieren des Edelmanns. Womit wollte ich diese plötzliche Erhöhung rechtfertigen? Ich würde mich bei den Bürgern wie bei den Adligen zum Gespött machen. Du bist in einer ganz andern Lage. Ein Faktor ist zu nichts verpflichtet. Du arbeitest, um Kenntnisse zu erlangen, die zum Gelingen deiner Pläne unentbehrlich sind; du kannst deine gegenwärtige Beschäftigung mit deiner Zukunft erklären. Übrigens kannst du morgen etwas anderes anfangen, Jura oder Diplomatie studieren, oder zur Verwaltung übergehen. Kurz und gut, du hast keinen bestimmten Beruf und bist noch nicht festgelegt. Genieße deine soziale Jungfräulichkeit, gehe allein deines Weges und strecke die Hand nach den Ehren aus, die dir winken! Genieße froh alle Freuden, sogar die, die die Eitelkeit einem verschafft. Sei glücklich, ich will deine Erfolge mitgenießen, du sollst mein zweites Ich sein. Ja, in Gedanken werde ich dein Schicksal mitleben. Für dich die Feste, der Glanz der Welt und die rasche Schwungkraft ihrer Liebschaften; für mich das ernste, arbeitsame Leben des Kaufmanns und die geduldige Beschäftigung mit der Wissenschaft. Du wirst unsere Aristokratie sein«, sagte er und blickte dabei Eve an. »Wenn du straucheln solltest, über einen Verrat trauerst, flüchte dich an unser Herz, da findest du unwandelbare Liebe. Wenn der Schutz, die Gunst, der gute Wille der Menschen sich auf zwei verteilen sollten, könnten sie müde werden, und wir würden einander gegenseitig schaden. Geh voran, du kannst mich ja nachschleppen, wenn es nötig ist. Ich beneide dich nicht, im Gegenteil, ich weihe mich dir. Was du für mich getan hast, indem du die Gefahr auf dich nahmst, deine Wohltäterin, vielleicht deine Geliebte zu verlieren, ehe du mich verließest, mich verleugnetest: diese schlichte, große Tat, Lucien, müßte mich für ewig an dich binden, wenn wir nicht schon wie zwei Brüder wären. Du brauchst keine Gewissensbisse zu haben und nicht zu besorgen, daß du das bessere Teil erwählt habest. Diese Teilung à la Montgomery[75] sagt mir zu. Und schließlich, auch wenn du mir einigen Kummer zufügen solltest, wer weiß, ob ich nicht ewig dein Schuldner bliebe?« Bei diesen Worten warf er einen überaus schüchternen Blick auf Eve, der die Augen voller Tränen standen, denn sie verstand alles. – »Schließlich«, sagte er zu dem verdutzten Lucien, »bist du hübsch, bist gut gewachsen, verstehst, deine Kleider zu tragen, du siehst in deinem blauen Frack mit den gelben Knöpfen, mit einer ganz einfachen Nankinghose wie ein Edelmann aus; ich dagegen stünde in dieser vornehmen Welt wie ein Handwerker da, ich wäre linkisch, verlegen, redete dummes Zeug oder gar nichts. Du kannst, um dich dem Vorurteil der Titel und Namen zu fügen, den Namen deiner Mutter annehmen, kannst dich ›Lucien de Rubempré‹ nennen lassen; ich bin und bleibe immer David Séchard. In der Welt, in die du gehst, ist dir alles dienlich und mir alles von Nachteil. Du bist dazu geschaffen, ans Ziel zu gelangen. Die Frauen werden dein Engelsgesicht vergöttern. Nicht wahr, Eve?«

Lucien fiel David um den Hals und küßte ihn. Diese Bescheidenheit machte vielen Schwierigkeiten ein Ende. Wie sollte er nicht diesem Manne gegenüber seine Zärtlichkeit verdoppeln, der aus Freundschaft auf dieselben Gedanken gekommen war, zu denen ihn der Ehrgeiz geführt hatte? Der Ehrgeizige und der Liebende in ihm spürten ebene Bahn vor sich, und in das Herz des Jünglings und des Freundes zog Freude ein. Es war einer der seltenen Augenblicke im Menschenleben, wo alle Kräfte sanft angespannt sind, alle Saiten vibrieren und einen vollen Ton erklingen lassen. Aber diese Klugheit einer schönen Seele verstärkte in Lucien noch die Tendenz, die den Menschen dazu bringt, alles auf sich zu beziehen. Wir sagen alle mehr oder weniger wie Ludwig XIV.: »Der Staat bin ich!« Die hingebende Zärtlichkeit von Mutter und Schwester, die Aufopferung Davids, die Gewohnheit, sich als Gegenstand der geheimen Bemühungen dieser drei Menschen zu sehen, erweckten in ihm die Fehler des Schoßkindes; sie erzeugten in ihm jenen Egoismus, der den Edlen verzehrt und dem Madame de Bargeton schmeichelte, indem sie Lucien dazu verleitete, seine Verpflichtungen gegen seine Mutter, seine Schwester und David zu vergessen. Es war noch nicht soweit; aber mußte er nicht befürchten, er werde, wenn er den Kreis seines Ehrgeizes erweiterte, gezwungen sein, nur an sich zu denken, um über Wasser zu bleiben?

Nach diesem rührenden Auftritt sagte David zu Lucien, sein

Gedicht ›Johannes auf Patmos‹ sei vielleicht zu biblisch, um in einer Gesellschaft vorgelesen zu werden, der die Poesie der Apokalypse schwerlich vertraut sei. Lucien, der vor dem schwierigsten Publikum der Charente auftreten sollte, schien unruhig zu werden. David riet ihm, den ›André de Chénier‹ mitzunehmen und ein zweifelhaftes Vergnügen durch ein sicheres zu ersetzen. Lucien las vorzüglich, er würde ohne Frage Beifall finden und zugleich eine Bescheidenheit bekunden, die ihm ohne Zweifel nützlich sein werde. Wie die meisten jungen Leute, liehen sie der großen Welt ihren eigenen Verstand und ihre Vorzüge. Wenn die Jugend, die noch nicht Schiffbruch erlitten hat, gegen die Fehler der andern unduldsam ist, so schenkt sie der Umwelt doch auch ihr wundervolles Vertrauen. Man muß in der Tat viel Erfahrung im Leben hinter sich gebracht haben, ehe man erkennt, daß nach einem schönen Wort Raffaels ›verstehen‹ ›gleichstellen‹ heißt. Im allgemeinen ist Sinn und Verständnis für Poesie in Frankreich selten; dort trocknet der Witz die Quelle heiliger Begeisterungstränen schnell aus; niemand will sich die Mühe geben, das Erhabene zu verstehen und ihm auf den Grund zu gehen, um dessen Unendlichkeit zu gewahren. Lucien sollte seine erste Erfahrung über die Verständnislosigkeit und Kälte der großen Welt machen! Er ging zu Davids Wohnung und nahm von dort den Gedichtband mit.

Als die beiden Liebenden allein waren, kam David in eine Verlegenheit, wie er sie nie im Leben empfunden hatte. Er war in tausend Ängsten, hoffte, sie werde ihn loben, und fürchtete es gleichzeitig; er wünschte zu fliehen, denn auch die Scham hat ihre Koketterie! Der arme Liebende wagte kein Wort zu sagen, das hätte klingen können, als erwarte er einen Dank; er fand alle Worte peinlich und verblieb stumm in der Haltung eines Verbrechers. Eve, die die Qualen seiner Schüchternheit ahnte, gefiel sich darin, dieses Schweigen zu genießen; als jedoch David seinen Hut hin und her drehte und Miene machte, fortzugehen, lächelte sie.

»Monsieur David«, sagte sie zu ihm, »da Sie den Abend nicht bei Madame de Bargeton verbringen, könnten wir ihn gemeinsam verleben. Das Wetter ist schön; wollen wir am Ufer der Charente spazierengehen? Wir können von Lucien plaudern.«

David verspürte das Verlangen, dem entzückenden Mädchen zu Füßen zu fallen. Eve hatte in den Klang ihrer Stimme eine Belohnung gelegt, die alle seine Hoffnungen überstieg; sie hatte durch die Freundlichkeit ihrer Worte die Schwierigkeit der Situation gelöst; ihr Vorschlag war mehr als ein Lob, er war die erste Liebesgunst.

»Nur«, sagte sie, auf eine Bewegung Davids hin, »lassen Sie mir ein Weilchen zum Umkleiden.«

David, der nie im Leben gewußt hatte, was eine Melodie sei, sang, als er die Treppe hinunterging, leise vor sich hin, was dem wackeren Postel auffiel und ihn zu argwöhnischen Gedanken über die Beziehungen zwischen Eve und dem Buchdrucker brachte.

Die geringsten Umstände im Verlauf jener Abendgesellschaft übten starke Wirkung auf Lucien aus, dessen Eigenheit es war, den ersten Eindrücken zu folgen. Wie alle unerfahrenen Liebhaber, kam er so früh, daß Louise noch nicht im Salon war. Nur Monsieur de Bargeton war da. Lucien hatte schon ein paar von den kleinen Erbärmlichkeiten erlernt, mit denen der Liebhaber einer verheirateten Frau sein Glück erkauft und die den Frauen vermelden, wieviel sie verlangen können; aber noch nie war er mit Monsieur de Bargeton unter vier Augen beisammen gewesen.

Dieser Edelmann war einer der kleinen Geister, die sich behutsam zwischen der harmlosen Nichtigkeit, die noch versteht, und der hochmütigen Dummheit bewegen, die nichts annehmen und nichts herausgeben will. Er war von seinen Pflichten gegen Welt und Gesellschaft durchdrungen und bemühte sich, angenehm zu sein, und so bildete das Lächeln eines Tänzers seine einzige Sprache. Ob er zufrieden oder unzufrieden war, er lächelte. Er lächelte bei einer Unglücksbotschaft wie bei der Nachricht von einem glücklichen Geschehnis. Dieses Lächeln war durch den Ausdruck, den ihm Bargeton gab, für alles tauglich. Wenn eine direkte Zustimmung unumgänglich war, unterstrich er sein Lächeln durch ein freundliches Lachen, und nur im äußersten Notfall äußerte er ein Wort. Ein Zusammensein unter vier Augen war die einzige Verlegenheit, die sein vegetatives Leben störte; er war dann gezwungen, in der Unendlichkeit seiner inneren Leere nach etwas zu suchen. Meist zog er sich dadurch aus der Klemme, daß er die naiven Gewohnheiten seiner Kindheit wieder aufnahm: er dachte laut, weihte seinen Partner in die geringsten Kleinigkeiten seines Lebens ein, teilte ihm seine Bedürfnisse, seine kleinen Stimmungen mit, die er bereits für Ideen hielt. Er sprach weder vom Regen noch vom schönen Wetter; er machte keinen Gebrauch von den Gemeinplätzen der Unterhaltung, die die Zuflucht der Schwachköpfe sind; er redete dann vielmehr von intimeren Angelegenheiten des Lebens.

»Aus Gefälligkeit gegen meine Frau habe ich heute mittag Kalbfleisch gegessen; sie ißt es gern, und nun habe ich Magenschmerzen«, sagte er wohl. »Ich weiß das, ich kriege sie immer davon; woher das wohl kommt?« Oder auch: »Ich klingele jetzt und lasse mir ein Glas Zuckerwasser kommen; wollen Sie auch eins?« Oder auch: »Ich reite morgen aus und besuche meinen Schwiegervater.«

Diese kleinen Sätze, die keine Diskussion erlaubten, entlockten dem Partner ein Nein oder ein Ja, und die Unterhaltung verlor sich vollends in Plattheiten. Monsieur de Bargeton flehte alsdann seinen Besucher um Hilfe an, indem er seine Stumpfnase, die eines alten Mopses, zur Seite drehte und ihn mit seinen großen, glasigen Augen auf eine Weise ansah, die bedeuten sollte: »Wie meinten Sie?« Langweilige Menschen, die es eilig haben, von sich selbst zu reden, waren ihm die liebsten; er hörte ihnen mit biederer, zarter Aufmerksamkeit zu, und das machte ihn ihnen so wertvoll, daß die Schwätzer von Angoulême ihm geheimen Verstand zuschrieben und behaupteten, er werde falsch beurteilt. Daher gingen diese Leute auch, wenn ihnen niemand mehr zuhören wollte, zu Bargeton, um bei ihm ihre Geschichten oder ihre Betrachtungen zu vollenden, und konnten dann auf sein zustimmendes Lächeln rechnen. Da der Salon seiner Frau immer sehr besucht war, fühlte er sich im allgemeinen wohl darin. Er beschäftigte sich mit den kleinsten Einzelheiten: er achtete darauf, wer hereinkam, grüßte den Ankömmling lächelnd und führte ihn seiner Frau zu; er lauerte auf die Fortgehenden, gab ihnen das Geleit und empfing ihre Abschiedsworte mit seinem ewigen Lächeln. Wenn die Unterhaltung belebt war und er jeden beschäftigt sah, blieb der glückliche Stumme auf seinen langen Beinen, wie ein Storch auf seinen Stelzen, aufgepflanzt stehen; er setzte dann eine Miene auf, als höre er einem politischen Gespräch zu; oder er sah einem Spieler in die Karten, ohne etwas davon zu verstehen, da er kein Spiel kannte; oder er ging auf und ab, sog dabei seinen Tabakrauch ein und schnaufte und verdaute. Anaïs war der schönste Teil seines Lebens, sie vermittelte ihm unendliche Freuden. Wenn sie ihre Rolle als Herrin des Hauses spielte, streckte er sich in einem Lehnstuhl aus und bewunderte sie; denn sie sprach ja für ihn. Dann wollte er sich das Vergnügen machen, den Sinn ihrer schwülstigen Sätze zu verstehen; und da er sie oft erst lange, nachdem sie ausgesprochen waren, verstand, gestattete er sich häufig ein Lächeln, das wirkte wie Granaten, die sich in die Erde gebohrt haben und mit Verzögerung platzen. Die Verehrung, die er ihr entgegenbrachte, ging übrigens bis zur Anbetung. Genügt eine Anbetung irgendwelcher Art nicht für ein Lebensglück? Als eine Frau von Geist und Edelmut hatte Anaïs ihren Vorteil nicht mißbraucht. Sie erkannte in ihrem Mann die lenkbare Natur eines Kindes, das nichts anderes verlangt, als beherrscht zu werden. Sie sorgte für ihn, wie man für einen Mantel sorgt: sie hielt ihn sauber, bürstete ihn, verwahrte ihn und ging gut mit ihm um; und da sich Bargeton gut behandelt, gebürstet und gepflegt fühlte, hatte er für seine Frau eine hündische Liebe gefaßt. Es ist so leicht, ein Glück zu verschenken, das nichts kostet! Madame de Bargeton wußte, daß ihr Mann an nichts als einer guten Tafel Freude hatte, und ließ ihm also ausgezeichnete Mahlzeiten vorsetzen; sie hatte Mitleid mit ihm; niemals hatte sie über ihn gejammert, und manche Leute, die ihren schweigenden Stolz nicht verstanden, schrieben Bargeton heimliche Vorzüge zu. Sie hatte ihn überdies an militärische Disziplin gewöhnt, und der Gehorsam dieses Mannes gegen die Wünsche seiner Frau war unbedingt. Sagte sie zu ihm: »Mach Monsieur Soundso oder Madame Soundso einen Besuch«, so ging er hin, wie ein Soldat auf Posten zieht. Auch stand er stets stramm vor ihr.

Es war gegenwärtig davon die Rede, diesen Stummen zum Abgeordneten zu ernennen. Lucien besuchte das Haus noch nicht lange genug, um durchschaut zu haben, was hinter diesem unvorstellbaren Charakter steckte. Bargeton, der in seinem Lehnstuhl lag und alles zu sehen und alles zu verstehen schien, der mit einer solchen Würde zu schweigen verstand, machte ihm einen höchst imponierenden Eindruck. Anstatt ihn als Prellstein zu nehmen, machte Lucien infolge der Neigung, die phantasievolle Menschen dazu bringt, alles vergrößert zu sehen und allen Gestalten eine Seele zu leihen, aus diesem Edelmann eine furchtbare Sphinx und hielt es für notwendig, ihm zu schmeicheln.

»Ich bin der erste«, sagte er und verneigte sich etwas ehrerbietiger, als der Wackere es von andern gewöhnt war. »Das ist ganz natürlich«, antwortete Monsieur de Bargeton. Lucien nahm diese Bemerkung als spitzes Wort eines eifersüchtigen Ehemannes, wurde rot, schaute in den Spiegel und suchte sich Haltung zu geben.

»Sie wohnen in l'Houmeau«, sagte Bargeton; »die Leute, die weit weg wohnen, kommen immer früher als die, die in der Nähe wohnen.« – »Woran liegt das wohl?« fragte Lucien und setzte eine recht freundliche Miene auf. – »Ich weiß nicht«, antwortete Bargeton, der in seine Starrheit zurückgesunken war. – »Sie wollen es sich nur nicht richtig überlegen«, fing Lucien wieder an. »Ein Mann, der imstande ist, eine solche Bemerkung zu machen, muß auch die Ursache finden.« – »Ach«, stieß Bargeton hervor, »die letzten Ursachen! Ha, ha!«

Lucien zermarterte sich das Hirn, um der Unterhaltung weiterzuhelfen, die abermals ins Stocken geraten war.

»Ihre Frau Gemahlin kleidet sich wohl noch an?« fragte er und wurde zugleich wütend über die Dummheit dieser Frage. – »Ja, sie kleidet sich noch an«, antwortete der Gatte mit ruhiger Natürlichkeit.

Lucien hob die Augen, um die beiden vorspringenden Balken zu betrachten, die in Grau gemalt waren, vermochte aber auf keine Bemerkung zu kommen, durch die er die Unterhaltung hätte fortsetzen können. Doch nicht ohne ein Erschrecken sah er, daß der kleine Kronleuchter mit den alten Kristallgehängen nicht mehr in Gaze eingehüllt war und daß Kerzen darauf steckten. Die Möbelüberzüge waren entfernt worden, und das rote indische Seidenzeug zeigte seine verblichenen Blumen.

Diese Zurüstungen deuteten auf einen außerordentlichen Abend. Dem Dichter kamen Zweifel über die Schicklichkeit seines Anzuges, denn er war in Stiefeln. Mit der dumpfen Starrheit der Furcht betrachtete er eine japanische Vase, die auf einem mit geschnitzten Girlanden verzierten Louis-Quinze-Tischchen stand. Dann bekam er es mit der Angst, er könne diesem Gatten mißfallen, wenn er ihm nicht den Hof mache, und er beschloß, herauszubekommen, ob der Biedere ein Steckenpferd habe, dem man schmeicheln könne.

»Sie verlassen selten die Stadt?« fragte er Bargeton und trat wieder zu ihm. – »Selten.«

Wieder trat Schweigen ein. Bargeton belauerte wie eine argwöhnische Katze die geringsten Bewegungen Luciens, der ihn in seiner Ruhe zu stören drohte. Beide hatten Angst voreinander.

»Sollte er meiner häufigen Besuche wegen Verdacht geschöpft haben?« dachte Lucien. »Er verhält sich recht ablehnend gegen mich!«

Zum Glück für Lucien, den die unruhigen Blicke störten, mit denen Bargeton ihn, auf und ab gehend, verfolgte, trat der alte Diener, der sich in eine Livree gesteckt hatte, herein und meldete du Châtelet an. Der Baron trat ungezwungen ein, grüßte seinen Freund Bargeton und nickte Lucien mit einer leichten Kopfbewegung zu, wie sie damals Mode war, die unser Dichter indessen als feine Unverschämtheit empfand. Sixte du Châtelet trug eine Hose von blendender Weiße mit verborgenen Stegen, die sie in den Falten hielten. Er trug erlesene Schuhe und feingewebte Strümpfe. Über seiner weißen Weste hing das schwarze Band seiner Lorgnette. Seinem schwarzen Frack schließlich war der Pariser Schnitt anzumerken. Er war ganz der Geck, den sein Vorleben erwarten ließ; aber sein Alter hatte ihm bereits ein rundes Bäuchlein gegeben, das ziemlich schwer in den Grenzen der Eleganz zu halten war. Er färbte sich Haar und Backenbart, die infolge der Leiden auf seiner Reise weiß geworden waren, und das gab ihm ein steifes Aussehen. Sein Teint, der früher sehr zart gewesen war, hatte die Kupferfarbe der Leute angenommen, die aus Westindien zurückgekehrt sind; aber seine Haltung offenbarte dennoch, obwohl sie durch sein prätentiöses Wesen, das er nicht ablegte, lächerlich wirkte, den angenehmen Geheimsekretär einer Kaiserlichen Hoheit. Er hob seine Lorgnette an die Augen, besah sich die Nankinghose, die Stiefel, die Weste, den in Angoulême verfertigten blauen Frack Luciens; kurzum, er musterte seinen Nebenbuhler von Kopf bis Fuß; dann steckte er kaltblütig die Lorgnette wieder in die Westentasche, wie wenn er hätte sagen wollen: »Ich bin zufrieden.« Lucien, der sich schon durch die Eleganz des Steuerbeamten niedergedrückt fühlte, dachte, er werde seine Revanche haben, wenn die Gesellschaft sein von der Dichtung beseeltes Antlitz sehe; aber nichtsdestoweniger litt er heftig und fühlte sich in ein nicht geringeres Unbehagen versetzt als vorher durch die vermeintliche Feindseligkeit Bargetons. Es schien, als werfe der Baron das ganze Gewicht seines Reichtums auf Lucien, um dessen Elend möglichst zu demütigen. Bargeton, der darauf gerechnet hatte, nichts mehr sagen zu brauchen, war bestürzt über das Schweigen, das die beiden Nebenbuhler, die einander beständig prüfend musterten, bewahrten; aber er hatte, wenn er sich am Ende seiner Bemühungen sah, immer noch eine Frage, die er sich aufbewahrte wie eine Birne für den Durst, und er hielt es für nötig, sie jetzt loszulassen. Er nahm eine geflissentliche Miene an und fragte Châtelet:

»Nun, mein Lieber, was gibt es Neues? Wird von etwas gesprochen?« – »Aber«, antwortete boshaft der Steuerdirektor, »das Neue, das ist doch Monsieur Chardon. Wenden Sie sich an ihn. – Haben Sie uns ein hübsches Gedicht mitgebracht?« fragte der angreiferische Baron und strich sich eine Locke über der Schläfe zurecht, die ihm in Unordnung zu sein schien. – »Um zu wissen, ob es mir gelungen ist, hätte ich Sie zu Rate ziehen müssen«, antwortete Lucien; »Sie haben die Poesie schon vor mir betrieben.« – »Bah! Ein paar hübsche Vaudevilles, die ich aus Gefälligkeit machte, Gelegenheitsgedichte, Romanzen, denen die Musik erst Wert gab, meine große Epistel an eine Schwester Bonapartes – des Undankbaren –, das verleiht keinen Anspruch auf Unsterblichkeit.«

In diesem Augenblick trat Madame de Bargeton im ganzen Glanze einer erlesenen Toilette herein. Sie trug einen hebräischen Turban, der mit einer orientalischen Agraffe verziert war. Eine Gazeschärpe, unter der die Kameen einer Halskette schimmerten, war anmutig um ihren Hals geschlungen. Ihr kurzärmeliges Gewand aus bemaltem Musselin erlaubte ihr, mehrere Armbänder zu zeigen, die an ihren schönen weißen Armen aufgereiht waren. Dieser theatralische Aufzug entzückte Lucien. Monsieur du Châtelet richtete an diese Königin galant einige widerwärtig übertriebene Komplimente, und sie lächelte vor Freude, so glücklich war sie, in Luciens Anwesenheit gepriesen zu werden. Sie tauschte mit ihrem lieben Dichter nur einen Blick und antwortete dem Steuerdirektor mit einer Höflichkeit, die diesen bestürzte, weil sie ihn von jeder Intimität ausschloß.

Inzwischen trafen nach und nach die Gäste ein. Es kamen zunächst der Bischof und sein Generalvikar, zwei würdige, feierliche Gestalten, die einen starken Gegensatz bildeten. Seine Gnaden war groß und mager, der Vikar kurz und dick. Beide hatten glänzende Augen, aber der Bischof war blaß, und sein Stellvertreter hatte ein Gesicht, das von der blühendsten Gesundheit gerötet war. Beide taten nur spärliche Gesten und Bewegungen. Sie traten behutsam auf; ihre Zurückhaltung und ihr Schweigen schüchterten ein; sie galten für sehr geistvoll.

Den beiden Priestern folgten Madame de Chandour und ihr Gatte. Das waren ungewöhnliche Wesen, und wer die Provinz nicht kennt, möchte versucht sein, sie für Phantasiegebilde zu halten. Der Gatte Amélies, der Frau, die sich zur Gegnerin der Madame de Bargeton aufgeworfen hatte, Monsieur de Chandour, den man kurz Stanislas nannte, war mit fünfundvierzig Jahren noch schlank, spielte sich als Jüngling auf und hatte ein Gesicht, das wie ein Sieb aussah. Seine Krawatte war immer so geknüpft, daß sie zwei drohend hervorstehende Enden hatte, von denen das eine hoch hinauf bis zum rechten Ohr ging, das andere sich in die Tiefe bis zu dem roten Band seines Ordenskreuzes neigte. Seine Frackschöße waren breit. Seine tief ausgeschnittene Weste ließ eine aufgeblähte, gestärkte Hemdbrust sehen, die mit geschmacklos überladenen goldenen Knöpfen geschlossen war. Kurzum, sein ganzer Anzug sah so exzentrisch aus, daß er die größte Ähnlichkeit mit einer Karikatur besaß und die Fremden, die ihn sahen, sich des Lächelns nicht erwehren konnten. Stanislas betrachtete sich fortwährend von oben bis unten mit einer Art Selbstzufriedenheit, zählte seine Westenknöpfe, verfolgte die

Wellenlinien seiner enganliegenden Hose und liebkoste seine Beine mit einem Blick, der zärtlich an den Spitzen seiner Stiefel hängenblieb. Wenn er aufgehört hatte, sich so zu mustern, suchten seine Augen einen Spiegel; er prüfte, ob seine Frisur in Ordnung war, lugte forschend mit glücklichen Augen nach den Frauen aus, wobei er einen Finger in die Westentasche steckte, sich zurückbog und sich im Dreiviertelprofil zeigte. Diese Hahnenkampfstellung sicherte ihm in dieser aristokratischen Gesellschaft, deren Lieblingsgeck er war, den Erfolg. Meist waren seine Gespräche mit verblümten Zoten gespickt, wie sie im achtzehnten Jahrhundert beliebt gewesen waren. Diese abscheuliche Art, sich zu unterhalten, verschaffte ihm bei den Frauen einigen Erfolg: er brachte sie zum Lachen. Monsieur du Châtelet schuf ihm seit einiger Zeit Unruhe. Beunruhigt durch die Mißachtung, die ihnen durch diesen Gecken von der Steuerverwaltung widerfuhr, gereizt durch seine Affektiertheit, mit der er vorgab, daß es unmöglich sei, ihn aus seinem Marasmus[76] zu reißen, und aufgestachelt durch seinen Ton eines blasierten Sultans, bemühten sich die Frauen nämlich noch lebhafter um ihn als bei seiner Ankunft, seitdem Madame de Bargeton sich in den Byron von Angoulême verliebt hatte. Amélie war eine kleine Frau im Stil der Schmierenkomödiantin, dicklich, weiß, mit schwarzem Haar; sie übertrieb alles, sprach sehr laut, bewegte in einem fort den Kopf, auf dem sie im Sommer Federn, im Winter Blumen trug, im Kreise hin und her, als wolle sie mit ihm radschlagen; sie sprach gut, aber sie konnte keinen Satz vollenden, ohne ihn mit dem Keuchen eines Asthmas zu begleiten, das sie nicht eingestehen wollte.

Monsieur de Saintot, Astolphe genannt, der Präsident der Landwirtschaftsvereinigung, ein großer, schwerer Mann mit gerötetem Gesicht, wurde von seiner Frau hereingeschleppt, die große Ähnlichkeit mit einem vertrockneten Farnkraut hatte; sie wurde Lili genannt, was aus Elise abgekürzt war. Dieser Name, der auf etwas Kindliches schließen ließ, stach grell gegen ihren Charakter und ihre Manieren ab; sie war nämlich eine feierliche, überaus fromme Frau, beim Spiel sehr schwer zu behandeln und zänkisch. Astolphe galt als großer Gelehrter. Er war zwar dumm wie ein Karpfen, aber er hatte trotzdem für ein landwirtschaftliches Lexikon die Artikel ›Zucker‹ und ›Branntwein‹ geschrieben, die er aus alten Zeitungsartikeln und Büchern, in denen von den beiden Produkten die Rede war, zusammengestohlen hatte. Das ganze Département glaubte ihn mit einer Abhandlung über die moderne Bodenbestellung beschäftigt. Obwohl er sich den ganzen Vormittag in seinem Arbeitszimmer einschloß, hatte er seit zwölf Jahren noch keine zwei Seiten geschrieben. Wenn ihn jemand besuchte, ließ er sich überraschen, damit man sah, wie er Papier vollschrieb, eine verlegte Notiz suchte oder seine Feder schnitt; dabei verbrachte er die ganze Zeit, die er in seinem Arbeitszimmer weilte, mit Albernheiten: er las lang und breit die Zeitung, er schnitt mit seinem Federmesser an Pfropfen herum, zeichnete groteskes Zeug auf seine Schreibunterlage, blätterte im Cicero, um sich eilig einen Satz oder ganze Stellen zu notieren, die man auf die Tagesereignisse anwenden konnte; am Abend bemühte er sich dann, die Unterhaltung auf einen Gegenstand zu bringen, der ihm die Bemerkung erlaubte: »Es findet sich bei Cicero eine Stelle, die für das, was sich in unsern Tagen ereignet, geschrieben zu sein scheint.« Er zitierte dann zum großen Erstaunen seiner Zuhörer seine Stelle, und sie sagten wieder einmal untereinander: »Wahrhaftig, Astolphe ist ein Abgrund von Gelehrsamkeit.« Dieser merkwürdige Vorfall sprach sich dann in der ganzen Stadt herum, und so blieb sie bei ihren schmeichelhaften Meinungen über Monsieur de Saintot.

Nach diesem Paar kam Monsieur de Bartas, Adrien genannt. Er sang ersten Baß und tat sich riesig viel auf sein musikalisches Talent zugute. Der Ehrgeiz hatte ihn auf den Gesang gebracht: er hatte damit angefangen, sich als Sänger zu bewundern, dann hatte er begonnen, über Musik zu sprechen, und schließlich hatte er sich mit nichts anderem mehr beschäftigt. Die Musik war bei ihm eine Art Monomanie geworden; er taute nur auf, wenn er von Musik sprach; er litt während einer Abendgesellschaft Qualen, bis er gebeten wurde, er möge doch singen. Erst wenn er eine seiner Arien gebrüllt hatte, fing er an zu leben. Er warf sich in die Brust, er reckte sich auf, wenn er Komplimente entgegennahm, er spielte den Bescheidenen, ging aber trotzdem von Gruppe zu Gruppe, um sich loben zu lassen; und wenn schließlich gar nichts mehr zu sagen war, kam er wieder auf die Musik zu sprechen, indem er ein Gespräch über die Schwierigkeiten seiner Arie anschnitt oder den Komponisten rühmte.

Monsieur Alexandre de Brébian, der ›Heros der Tusche‹, ein Zeichner, der die Zimmer seiner Freunde mit abgeschmackten Malereien bedeckte und jedes Album des Départements verschmierte, begleitete Monsieur de Bartas. Jeder der beiden gab der Frau des andern den Arm. Wenn man der chronique scandaleuse glauben wollte, bestand diese Vertauschung auf allen Gebieten. Die beiden Damen, Lolotte – Madame Charlotte de Brébian – und Fifine – Madame Joséphine de Bartas –, die sich beide mit nichts weiter beschäftigten als mit einem Busentuch, einem Bänderbesatz oder mit der Zusammenstellung einiger nicht zusammenpassender Farben, wurden von der Sehnsucht verzehrt, für Pariserinnen gehalten zu werden, und vernachlässigten ihr Haus, wo alles drunter und drüber ging. Wenn die beiden Damen, die wie Puppen in allzu sparsam bemessene Kleider eingezwängt waren, eine bizarre Farbenzusammenstellung zur Schau trugen, gestatteten sich ihre Gatten in ihrer Eigenschaft als Künstler eine provinzielle Nachlässigkeit, die sie sehenswert machte. Ihre abgetragenen Fräcke gaben ihnen das Aussehen von Statisten, die in kleinen Theatern Leute aus der feinen Gesellschaft darstellen, die an einer Hochzeit teilnehmen.

Unter den Gestalten, die im Salon landeten, war eine der originellsten der Graf de Senonches, der in der aristokratischen Gesellschaft kurz Jacques genannt wurde, ein großer Jäger, hochmütig, trocken, mit sonnverbranntem Gesicht, liebenswürdig wie ein Affe, mißtrauisch wie ein Venezianer, eifersüchtig wie ein Maure und sehr befreundet mit Monsieur du Hautoy, der Francis genannt wurde und sein Hausfreund war.

Madame de Senonches – Zéphirine – war hochgewachsen und schön, hatte aber infolge eines Leberleidens ein stark gerötetes Gesicht; sie machte den Eindruck einer Frau, die große Ansprüche stellt. Ihre feine Taille, ihre zarte Gestalt erlaubten ihr ein schmachtendes Wesen, das affektiert wirkte, aber nur der Ausdruck der immer befriedigten Leidenschaften und Launen einer Frau war, die geliebt wurde.

Francis war ein sehr vornehmer Herr, der sein Konsulat in Valencia und seine diplomatischen Hoffnungen aufgegeben hatte, um in Angoulême bei seiner Zéphirine zu sein, die auch Zizine genannt wurde. Der frühere Konsul kümmerte sich um den Haushalt, nahm sich der Erziehung der Kinder an, unterrichtete sie in fremden Sprachen und verwaltete das Vermögen des Ehepaares de Senonches mit großer Hingabe. Die Adligen, die Beamten und die Bürger von Angoulême hatten lange über die völlige Eintracht dieser Haushaltung zu dritt geredet; aber auf die Dauer erschien diese mysteriöse Dreieinigkeit in der Ehe so selten und reizend, daß es Monsieur du Hautoy als überaus unmoralisch ausgelegt worden wäre, wenn er Miene gemacht hätte, zu heiraten. Überdies fing man an, hinter der außergewöhnlichen Neigung der Madame de Senonches für ein Patenkind, das Mademoiselle de la Haye hieß und ihr als Gesellschafterin diente, aufregende Geheimnisse zu wittern; und trotz einiger offenbarer Unstimmigkeiten in den Daten wurde eine frappierende Ähnlichkeit zwischen Françoise de la Haye und Francis du Hautoy festgestellt. Wenn Jacques in der Gegend jagte, fragte ihn jeder, wie es Francis gehe, und er erzählte von den kleinen Unpäßlichkeiten seines freiwilligen Verwalters, noch bevor er von seiner Frau sprach. Diese Blindheit mutete bei einem eifersüchtigen Mann so seltsam an, daß seine besten Freunde sich ein Vergnügen daraus machten, ihn seine Rolle spielen zu lassen; und diejenigen, die das Geheimnis noch nicht kannten, bereiteten sie auf ihn vor, um sie zu amüsieren. Monsieur du Hautoy war ein gezierter Dandy, dessen auf die eigene Person gerichtete Sorgfalt sich ins Affige und Kindische gekehrt hatte. Er beschäfigte sich mit seinem Husten, seinem Schlaf, seiner Verdauung und seinem Essen. Zéphirine hatte ihren Hausgenossen dahin gebracht, daß er den Mann mit der schwachen Gesundheit spielte: sie hüllte ihn in Watte, wickelte ihm ein Tuch um den Kopf und gab ihm Tränklein zu trinken; sie nudelte ihn mit ausgesuchten Mahlzeiten wie das Schoßhündchen einer Marquise; sie verordnete ihm oder verbot ihm diese und jene Speise; sie stickte ihm Westen, Krawatten und Taschentücher; sie hatte ihn schließlich daran gewöhnt, so hübsche Sachen zu tragen, daß er von ihr in eine Art japanischen Götzen verwandelt worden war. Ihrer beider Einverständnis war übrigens denkbar vollkommen: Zizine sah bei jedem Satz Francis an, und Francis schien seine Ideen von Zizines Augen abzulesen. Sie tadelten gemeinsam, sie lächelten gemeinsam und schienen sich zuvor miteinander zu beraten, auch wenn es lediglich galt, jemandem guten Tag zu sagen.

Der reichste Grundbesitzer der Gegend, ein Mann, der von allen beneidet wurde, der Marquis de Pimentel, sowie seine Frau, die zusammen vierzigtausend Francs Rente hatten und den Winter in Paris verbrachten, kamen vom Lande mit dem Kutschwagen, zusammen mit ihren Nachbarn, dem Baron und der Baronin de Rastignac. Sie wurden von der Tante der Baronin und ihren Töchtern begleitet, zwei reizenden jungen Mädchen, die gut erzogen und infolge ihrer Armut mit der Einfachheit gekleidet waren, die die natürliche Schönheit auf so vollkommene Weise zur Geltung bringt. Diese Leute, die sicherlich die Elite der Abendgesellschaft bildeten, wurden mit frostigem Schweigen und einem Gemisch aus Achtung und Neid empfangen, zumal als man die auszeichnende Art wahrnahm, mit der sie von Madame de Bargeton begrüßt wurden. Jene beiden Familien gehörten zu der kleinen Zahl von Menschen, die sich in der Provinz über dem Klatsch halten, in keiner Gesellschaft aufgehen, in stiller Zurückgezogenheit leben und eine imponierende Würde bezeigen. Monsieur de Pimentel und Monsieur de Rastignac wurden mit ihren Titeln angeredet. Keinerlei Vertraulichkeit bezog ihre Frauen oder ihre Töchter in die vornehme Sippe von Angoulême ein; sie standen dem Hofadel zu nahe, um sich auf die Abgeschmacktheiten der Provinz einzulassen.

Als die letzten erschienen der Präfekt und der General, gefolgt von dem Landedelmann, der am Morgen David seine Denkschrift über die Seidenraupen gebracht hatte. Er war ohne Frage irgendein ländlicher Bürgermeister, der ein schönes Anwesen sein eigen nannte; aber seine Haltung und sein Anzug verrieten, daß er ganz und gar nicht an den Verkehr in der Gesellschaft gewöhnt war: er fühlte sich unbehaglich in seinen Kleidern, er wußte nicht, wo er die Hände lassen sollte; wenn er mit jemandem sprach, ging er im Kreise um ihn herum; er stand auf und setzte sich wieder hin, wenn er auf eine Anrede antwortete; er schien immer geneigt, beim Servieren helfen zu wollen; er war der Reihe nach unterwürfig, unruhig, düster, hatte es eilig, über jeden Scherz zu lachen, hörte angestrengt zu wie ein Untergebener, und manchmal setzte er eine tückische Miene auf, wenn er glaubte, man mache sich über ihn lustig. Mehrmals am Abend versuchte er, da ihm seine Denkschrift im Kopfe herumging, von Seidenraupen zu sprechen; aber zum Unglück war Monsieur de Séverac auf Monsieur de Bartas gestoßen, der ihm zur Antwort von Musik sprach, und auf Monsieur de Saintot, der ihm Cicero zitierte. Im weiteren Verlauf des Abends hatte sich der arme Dorfbürgermeister schließlich an eine Witwe und ihre Tochter herangemacht, Madame und Mademoiselle du Brossard, die nicht die zwei uninteressantesten Personen in dieser Gesellschaft waren. Ein einziges Wort sagt alles: sie waren ebenso arm wie adlig. Ihre Kleidung verriet so sehr den peinlichen Versuch, vornehm und geschmückt zu erscheinen, daß sie die verschämte Armut offenbarte. Madame du Brossard rühmte sehr ungeschickt und bei jeder Gelegenheit ihre Tochter, ein großes, starkes, siebenundzwanzigjähriges Mädchen, das als gute Klavierspielerin galt; waren heiratsfähige Männer da, dann sollte die Tochter alle ihre verschiedenen Neigungen teilen, und in ihrem Wunsche, die liebe Camille unter die Haube zu bringen, hatte sie an einem und demselben Abend behauptet, Camille liebe das unruhige Leben der Garnisonen und das stille Leben der Gutsbesitzer, die ihre Äcker bestellen. Alle beide bezeigten die gezierte, sauersüße Würde der Menschen, denen Mitleid zu bekunden alle Welt sich zum Vergnügen macht, für die man sich aus Egoismus interessiert und die den leeren Trostworten auf den Grund gekommen sind, mit denen die Gesellschaft freudig die Unglücklichen abspeist. Monsieur de Séverac war neunundfünfzig Jahre alt und ein kinderloser Witwer; Mutter und Tochter hörten also mit andächtigem Entzücken den eingehenden Schilderungen zu, die er von seiner Seidenraupenzucht gab.

»Meine Tochter ist von je tierfreundlich gewesen«, sagte die Mutter. »Und da auch die Seide, die diese Tierchen machen, uns Frauen interessiert, möchte ich Sie bitten, daß wir nach Séverac kommen dürfen, damit ich meiner Camille zeige, wie sie gewonnen wird. Camille hat soviel Verstand, daß sie sofort alles begreifen wird, was Sie ihr sagen. Sie hat sogar einmal den umgekehrten Grund des Quadrats der Entfernung verstanden!«

Dieser Satz machte der Unterhaltung zwischen Monsieur de

Séverac und Madame du Brossard nach Luciens Vorlesung ein glorreiches Ende.

Einige vertraute Gäste des Hauses mischten sich ungezwungen in die Gesellschaft; desgleichen zwei oder drei schüchterne und schweigsame, lächerlich aufgeputzte Muttersöhnchen, die glücklich waren, zu diesem literarischen Abend eingeladen worden zu sein; der Kühnste unter ihnen schwang sich soweit auf, sich ausgiebig mit Mademoiselle de la Haye zu unterhalten. Alle Damen setzten sich feierlich in einen Kreis, hinter dem die Männer standen. Diese Ansammlung bizarrer Gestalten in seltsamen Gewandungen und mit verzogenen Gesichtern kam Lucien sehr imponierend vor. Sein Herz schlug heftig, als er sah, wie sich alle Blicke auf ihn richteten. So dreist er auch war, diese erste Probe zu bestehen wurde ihm nicht leicht, trotz der Ermutigungen seiner Geliebten, die beim Empfang der Berühmtheiten des Angoumois die ganze Pracht ihrer Verbeugungen und ihre gezierteste Grazie entfaltet hatte. Das Unbehagen, dem er anheimgefallen war, wurde durch einen Umstand verstärkt, der leicht vorauszusehen war, der aber einen jungen, noch wenig mit der Taktik der Welt vertrauten Menschen scheu machen mußte. Lucien, der ganz Auge und Ohr war, hörte sich von Louise, Monsieur de Bargeton, dem Bischof und einigen Freundlichen, die der Herrin des Hauses einen Gefallen tun wollten, Monsieur de Rubempré nennen, aber Monsieur Chardon von der Mehrheit dieses gefürchteten Publikums. Durch die forschenden Blicke der Neugierigen eingeschüchtert, ahnte er, daß sie ihn mit seinem bürgerlichen Namen benannten, wenn sie nur die Lippen bewegten; er hörte bereits die Urteile, die man im voraus mit der in der Provinz gewohnten Freiheit, die oft der Unhöflichkeit sehr nahe kommt, über ihn fällte. Diese unerwarteten fortgesetzten Nadelstiche versetzten ihn in eine noch peinlichere Stimmung. Er wartete ungeduldig auf den Augenblick, da er mit seiner Vorlesung beginnen konnte, um dann eine Haltung annehmen zu können, die der Qual seines Innern ein Ende machte; aber Jacques erzählte Madame de Pimentel seine letzte Jagdgeschichte; Adrien unterhielt sich mit Mademoiselle Laure de Rastignac über Rossini, den neuen musikalischen Stern; Astolphe, der die Beschreibung eines neuen Pfluges in der Zeitung gefunden und auswendig gelernt hatte, sprach darüber mit dem Baron. Lucien, der arme Dichter, wußte nicht, daß außer Madame de Bargeton keiner der Anwesenden so viel Geist besaß, Poesie zu verstehen. Alle diese Leute, die ein sehr beschränktes Gefühlsleben hatten, waren hergekommen, weil sie sich über die Art des Schauspiels, das sie erwartete, täuschten. Es gibt Worte, die gleich den Trompeten, den Zimbeln, der großen Trommel der Marktschreier stets das Publikum anlocken. Worte wie Schönheit, Ruhm, Poesie bergen eine Zauberkraft, die selbst plumpe Köpfe verführt. Als alle da waren, als die Unterhaltungen aufgehört hatten, nicht ohne tausend Winke, die Monsieur de Bargeton – seine Frau schickte ihn wie einen Kirchenschweizer, der seinen Stock auf den Steinboden stößt, überall hin – den Unterbrechenden gegeben hatte, ließ sich Lucien an dem runden Tisch in der Nähe Madame de Bargetons nieder und verspürte eine heftige Erschütterung. Er kündete mit bebender Stimme an, er wolle die Erwartung niemandes täuschen und werde daher die vor kurzem neu entdeckten Meisterwerke eines großen, unbekannten Dichters vorlesen. Obwohl die Gedichte Andrés de Chénier schon 1819 veröffentlicht waren, hatte in Angoulême noch niemand von André de Chénier gehört. Alle wollten in dieser Ankündigung einen raffinierten, von Madame de Bargeton gefundenen Schachzug erblicken, der die Eigenliebe des Dichters schonen und auch die Zuhörer jedes Zwangs entbinden sollte. Lucien las zuerst den ›Jungen Kranken‹, der mit schmeichelhaftem Murmeln aufgenommen wurde; dann den ›Blinden‹, und dies Gedicht fanden diese mittelmäßigen Köpfe ein bißchen lang. Während seiner Vorlesung stand Lucien Höllenqualen aus, die nur von großen Künstlern oder von denen, die durch Begeisterung und hohes Verständnis ihnen gleichkommen, völlig begriffen werden können. Um mit der Stimme wiedergegeben und um verstanden zu werden, erfordert die Poesie eine heilige Aufmerksamkeit. Es muß zwischen dem Lesenden und der Zuhörerschaft eine innige Verbindung entstehen, ohne die die elektrische Übertragung der Gefühle nicht stattfindet. Wo dieser enge Zusammenhang der Seelen fehlt, geht es dem Dichter wie einem Engel, der versucht, inmitten des Hohngelächters der Hölle einen himmlischen Gesang anzustimmen. In der Sphäre nun aber, in der sich ihr Talent bewegt, besitzen die geistigen Menschen den allseitigen Blick der Schnecke, den Geruchssinn des Hundes und das Ohr des Maulwurfs; sie sehen, fühlen und hören alles um sich herum. Der Musiker und der Dichter wissen ebenso rasch, ob sie bewundert werden oder unverstanden bleiben, wie eine Pflanze in einer freundlichen oder feindlichen Atmosphäre, je nachdem, verdorrt oder Leben trinkt. Auf Grund der Gesetze dieser besonderen Akustik klang in Luciens Ohr das Murmeln der Männer, die nur um ihrer Frauen willen hergekommen waren und sich von ihren Geschäften unterhielten, gerade wie er das ansteckende Gähnen einiger heftig aufgerissener Kinnbacken bemerkte, deren deutlich sichtbare Zahnreihen ihn verhöhnten. Als er wie die Taube der Sintflut eine freundliche Stelle suchte, auf der sein Blick verweilen konnte, traf er auf die ungeduldigen Blicke von Leuten, die offenbar gemeint hatten, sie könnten diese Zusammenkunft benutzen, um sich über diese und jene positiven Interessen auszusprechen. Mit Ausnahme von Laure de Rastignac, zwei oder drei jungen Leuten und dem Bischof langweilten sich alle Teilnehmer. Die für Poesie Verständnis haben, suchen nämlich tatsächlich in der Seele den Keim zur Entfaltung zu bringen, den der Dichter in seine Verse gelegt hat; aber diese eisigen Zuhörer waren weit entfernt, der Seele des Dichters nachzustreben; sie vernahmen nicht einmal seine besonderen Betonungen. Lucien empfand also eine so tiefe Entmutigung, daß kalter Schweiß sein Hemd feuchtete. Ein feuriger Blick, den ihm Louise zuwarf, gegen die er sich umgewandt hatte, gab ihm den Mut, zu Ende zu lesen; aber sein Dichterherz blutete aus tausend Wunden.

»Finden Sie das sehr amüsant, Fifine?« fragte die trockene Lili ihre Nachbarin, die vielleicht starken Toback erwartet hatte. – »Fragen Sie mich lieber nicht, meine Liebe: mir fallen die Augen zu, wenn ich vorlesen höre.« – »Ich hoffe«, sagte Francis, »Naïs wird uns nicht oft Verse zu Abend vorsetzen. Wenn ich nach dem Essen vorlesen höre, stört die Aufmerksamkeit, die ich anwenden muß, meine Verdauung.« – »Armes Tierchen«, sagte Zéphirine leise, »trink ein Glas Zuckerwasser.« – »Sehr gut deklamiert«, sagte Alexandre, »aber Whist ist mir lieber.«

Nach dieser Bemerkung, die infolge der englischen Bedeutung des Worts[77] für witzig galt, behaupteten einige Spielerinnen, der

Vorleser müsse sich jetzt ein bißchen ausruhen. Unter diesem Vorwand verdrückten sich einige Paare heimlich ins Boudoir. Lucien, den die reizende Laure de Rastignac und der Bischof baten, weiterzulesen, erweckte dank dem konterrevolutionären Schwung der ›Jamben‹ wieder die Aufmerksamkeit. Einige, die von der Wärme des Vortrags hingerissen wurden, klatschten Beifall, ohne die Verse zu verstehen. Diese Art Menschen sind durch lautes Reden zu beeinflussen, wie grobe Gaumen durch starke Getränke gereizt werden. Später, als Gefrorenes gereicht wurde, veranlaßte Zéphirine Francis, in das Buch zu sehen, und tuschelte ihrer Nachbarin Amélie dann zu, die Verse, die Lucien gelesen habe, seien gedruckt.

»Aber«, antwortete Amélie, der die Freude über diesen Einfall anzusehen war, »das ist doch ganz einfach. Schließlich arbeitet Monsieur de Rubempré bei einem Drucker. Das ist gerade so«, sagte sie und warf dabei Lolotte einen Blick zu, »wie wenn eine hübsche Frau ihre Kleider selber näht.« – »Er hat seine Gedichte selber gedruckt«, sagten die Frauen untereinander. – »Warum nennt er sich denn ›de‹ Rubempré?« fragte Jacques. »Wenn ein Adliger Handwerksarbeit verrichtet, muß er seinen Namen aufgeben.« – »Er hat den seinen ja auch tatsächlich aufgegeben; der war nämlich bürgerlich«, sagte Zizine, »und hat dafür den seiner Mutter angenommen; die ist von Adel.« – »Da seine Verse« – in der Provinz sagt man Werse – »gedruckt sind, hätten wir sie auch selber lesen können«, sagte Astolphe.

Dieser dumme Einfall machte die Sache noch verwickelter, bis Sixte du Châtelet sich herabließ, der ungebildeten Gesellschaft mitzuteilen, die Ankündigung sei keine vorsichtige Redewendung gewesen, und die schönen Gedichte seien in der Tat von einem royalistischen Bruder des Revolutionärs Marie Joseph Chénier verfaßt. Die Gesellschaft von Angoulême, mit Ausnahme des Bischofs, der Madame de Rastignac und ihrer beiden Töchter, die von dieser großen Poesie ergriffen waren, hielt sich für mystifiziert und ärgerte sich über diesen Hineinfall. Ein dumpfes Murren erhob sich, aber Lucien hörte es nicht. Er war von dieser verhaßten Welt durch den Rausch, den eine innere Melodie in ihm erzeugte, weit getrennt und bemühte sich, jene Melodie zu wiederholen. Die Gestalten sah er nur wie durch einen Nebelschleier. Er las die düstere Elegie über den Selbstmord, jene im alten Stil, in der eine göttliche Melancholie webt, und schließlich die, in der der Vers vorkommt: ›Dein Lied ist süß, es klingt mir oft im Ohr.‹ Endlich schloß er mit der sanften Idylle mit dem Titel ›Néère‹.

Madame de Bargeton war in eine köstliche Träumerei versunken. Sie saß da, eine Hand in ihren Locken, die sie, ohne es zu gewahren, durcheinandergebracht hatte, die andere herunterhängend, mit blicklosen Augen, allein inmitten ihres Salons. Zum erstenmal in ihrem Leben fühlte sie sich in die Sphäre versetzt, die ihre eigentliche war. Da ist es verständlich, wie gräßlich sie durch Amélie herausgerissen wurde, die den Auftrag übernommen hatte, ihr die Wünsche des Publikums mitzuteilen.

»Naïs, wir waren gekommen, um Gedichte von Monsieur Chardon zu hören, und Sie bedenken uns mit gedruckten Versen. Obwohl die Sachen sehr hübsch sind, würden die Damen aus Heimatliebe doch das einheimische Gewächs vorziehen.« – »Finden Sie nicht, daß die französische Sprache sich schlecht für Lyrik eignet?« fragte Astolphe den Steuerdirektor. »Ich finde die Prosa Ciceros tausendmal poetischer.« – »Die wahre französische Poesie ist die leichte Gattung, das Chanson«, antwortete Châtelet. – »Das Chanson beweist, daß unsere Sprache sehr musikalisch ist«, sagte Adrien. – »Ich wäre neugierig auf die Verse, die Naïs erobert haben«, sagte Zéphirine; »aber nach der Art, wie sie den Wunsch Amélies aufnimmt, scheint sie nicht geneigt, uns davon eine Probe zu geben.« – »Sie ist es sich selbst schuldig, uns die Gedichte kennenlernen zu lassen«, antwortete Francis, »denn das Genie dieses Kerlchens ist ihre Rechtfertigung.« – »Sie sind doch Diplomat gewesen, Sie müssen es durchsetzen«, sagte Amélie zu Monsieur du Châtelet. – »Nichts leichter als das«, antwortete der Baron.

Der frühere Privatsekretär war an solcherlei kleine Manöver gewöhnt und suchte den Bischof auf, um ihn vorzuschieben. Da der Bischof die Bitte aussprach, konnte Naïs nicht anders, als Lucien um ein Stück bitten, das er auswendig wisse. Der schnelle Erfolg des Barons bei dieser Unterhandlung trug ihm ein schmachtendes Lächeln von Amélie ein. – »Wirklich, dieser Baron ist ein feiner Kopf«, sagte sie zu Lolotte.

Lolotte hatte die bittersüße Bemerkung Amélies über die Frauen, die ihre Kleider selber schneidern, noch nicht vergessen. – »Seit wann erkennen Sie die Barone der Kaiserzeit an?« gab sie lächelnd zur Antwort.

Lucien hatte versucht, seine Geliebte in einer Ode zu vergöttlichen, und sie ihr mit einem Titel gewidmet, wie ihn junge Leute sich ausdenken, wenn sie vom Gymnasium abgehen. Diese Ode, die von all der Liebe, die er im Herzen spürte, reizend umschmeichelt und verschönt war, dünkte ihn das einzige Werk, das würdig sei, es mit Chéniers Dichtungen aufzunehmen. Er blickte mit einem leidlich albernen Gesicht Madame de Bargeton an und sagte: »›An Sie!‹« Dann gab er sich eine stolze Haltung und ließ dieses hochtrabende Stück über die Versammlung abrollen, denn seine Autoreneitelkeit fühlte sich hinter dem Rock der Madame de Bargeton geborgen. In diesem Augenblick verriet Naïs den Frauenaugen ihr Geheimnis. Obwohl sie gewöhnt war, diese Gesellschaft mit der ganzen Höhe ihres Geistes zu beherrschen, konnte sie sich nicht enthalten, für Lucien zu zittern. Sie verlor ihre Haltung, ihre Blicke flehten fast um Nachsicht; dann war sie genötigt, mit gesenkten Augen dazusitzen und ihre Beglücktheit bei den folgenden Strophen zu verbergen:

### AN SIE

Dem Born von Glanz und Helle, ewig klar,
Wo Lobgesänge zu der Harfe Ton
Erklingen von der frommen Engelschar,
Die sich versammelt um Jehovas Thron –

Entschwebt, den Himmeln lassend seinen Kranz,
Sein Sternenkleid und seinen Silberstab,
Ein Cherub oftmals, dessen Haar den Glanz
Auf seiner Stirn verhüllt, und steigt herab.

Er sah von Gott, wie Menschen wohlzutun:
Er hilft dem Genius tragen sein Geschick,
Er läßt den Greis bei Kindeskindern ruhn,
Und er erheitert des Verzagten Blick.

Der späten Reue leiht er noch sein Ohr,
Erlöst das Mutterherz von Bangigkeit
Und rechnet Gott die frommen Seufzer vor,
Die mitleidsvolle Brust dem Elend weiht.

Von jenen schönen Abgesandten weilt
Ein einziger bei uns, den liebebang
Die Erde festhält, daß er nicht enteilt;
Doch zieht nach oben ihn der Heimatdrang.

Nicht seiner Stirne leuchtend weißer Schein,
Nicht alles Göttliche der Wesensart,
Nicht seines Auges Feuer tief und rein
Hat seinen Ursprung mir geoffenbart;

Doch von dem Glanz verführt, vermaß mein Herz
Sich, seiner heiligen Natur zu nahn,
Und mußte spüren, daß er mit dem Erz
Des fürchterlichen Engels angetan.

Oh, hütet, hütet euch, daß nimmermehr
Den Seraph er erschaut, der heimwärts flieht,
Und nicht das Wort vernimmt von Wiederkehr,
Das durch die Abendluft melodisch zieht!

Ihr säh't sie sonst mit brüderlichem Flug
Die Nacht zerteilend wie ein Wolkenzug
Eingehn ins Sternentor,
Und auf die Leuchtspur ihrer Füße weist
Der Lotse, bangend, was es wohl verheißt,
Wie auf ein Meteor.

»Verstehen Sie, was er eigentlich meint?« fragte Amélie Monsieur du Châtelet und warf ihm einen koketten Blick zu. – »Das sind Verse, wie wir sie im Gymnasium mehr oder weniger alle gemacht haben«, antwortete der Baron mit gelangweiltem Gesicht, da er bemüht war, seine Rolle als ein Kunstrichter, den nichts in Erstaunen setzt, beizubehalten. »Früher fühlten wir uns in den Ossianischen Nebeln[78] wohl. Da war die Rede von Malvina[79], Fingal[80], wolkigen Erscheinungen, Kriegern, die aus ihren Gräbern emporstiegen und Sterne über ihrem Haupt hatten. Heutzutage wird dieser dichterische Plunder durch Jehova, Sistren[81], Engel, Fittiche der Seraphim ersetzt, durch die ganze Garderobe des mit Worten wie: ungeheuer, unendlich, Einsamkeit, Geist neu hergerichteten Paradieses. Da wird ein Aufwand getrieben mit großen Wassern, Worten Gottes; es ist eine Art christlicher Pantheismus, der mit mühsam zusammengesuchten exotischen Reimen wie: Babel und Schnabel, Kaaba und Saba usw., ausgeschmückt wird. Kurz, der Breitengrad ist ein anderer geworden: früher waren wir im Norden, jetzt sind wir im Osten; aber die Finsternis ist noch ebenso dicht.« – »Wenn die Ode auch dunkel ist«, sagte Zéphirine, »die Erklärung scheint nicht schwer zu sein.« – »Und die Rüstung des Erzengels ist ein recht leichtes Musselinkleid«, sagte Francis.

Die Höflichkeit verlangte zwar, daß man um Madame de Bargetons willen die Ode entzückend fand; allein die Frauen, die sich ärgerten, daß nicht auch sie einen Dichter in ihren Diensten hatten, der sie zu Engeln machte, erhoben sich wie gelangweilt und sagten mit eisiger Miene: »Sehr nett! Hübsch! Recht gut!«

»Wenn Sie mich lieben, sagen Sie weder dem Verfasser noch seinem Engel etwas Schmeichelhaftes«, sagte Lolotte mit despotischer Miene, der er gehorchen mußte, zu ihrem guten Adrien. – »Schließlich sind es Phrasen«, sagte Zéphirine zu Francis, »und die Liebe ist eine Poesie ohne Worte.« – »Zizine, da hast du etwas gesagt, das ich mir auch schon gedacht habe; aber ich hätte es nicht so fein ausdrücken können«, gab Stanislas zurück und musterte sich dabei von Kopf bis Fuß mit einem zärtlichen Blick. – »Ich weiß nicht, was ich gäbe«, sagte Amélie zu Châtelet, »wenn ich den Hochmut dieser Naïs gedemütigt sehen könnte; sie läßt sich als Erzengel hinstellen, als ob sie mehr wäre als wir, und sie zwingt uns, mit dem Sohn eines Apothekers und einer Wochenpflegerin beisammen zu sein, dessen Schwester eine Grisette ist und der bei einem Drucker arbeitet.« – »Da sein Vater«, sagte Jacques, »Biskuits gegen Würmer[82] verkaufte, hätte er den Sohn davon essen lassen sollen.« – »Da setzt der Sohn das Handwerk seines Vaters fort; denn was er uns vorgesetzt hat, scheint mir eine Apothekerware zu sein«, sagte Stanislas und nahm eine herausfordernde Haltung an. »Ich muß sagen, mir schmeckt was anderes besser.«

In einem Augenblick waren alle darüber einig, Lucien mit irgendeinem Wort aus dem Schatz ihrer Aristokratenironie zu demütigen. Lili, die fromme Frau, hielt es um der Barmherzigkeit willen für notwendig, zu sagen, Naïs müsse schleunigst aufgeklärt werden; sie sei nahe daran, eine große Torheit zu begehen. Francis, der Diplomat, übernahm es, diese dumme Verschwörung zu lenken, für die sich alle diese kleinen Geister wie für die Lösung des Knotens eines Dramas interessierten und in der sie ein Abenteuer erblickten, von dem man am nächsten Tag erzählen konnte. Der frühere Konsul, der keine Lust hatte, sich mit einem jungen Dichter duellieren zu müssen, der über ein beleidigendes Wort im Dabeisein seiner Geliebten sicherlich in Wut geraten würde, sah ein, daß man Lucien mit einem geweihten Strahl treffen müsse, gegen den keine Rache möglich sei. Er folgte dem Beispiel, das ihm der geschickte Châtelet gegeben, als es sich darum gehandelt hatte, Lucien dazu zu bringen, eines seiner eigenen Gedichte vorzutragen. Er ging zum Bischof und plauderte mit ihm. Er tat, als teilte er die Begeisterung, in die die Ode Luciens Seine bischöflichen Gnaden versetzt hatte; dann mystifizierte er ihn, indem er ihn glauben ließ, die Mutter Luciens sei eine geistig bedeutende Frau von übergroßer Bescheidenheit und liefere ihrem Sohn die Themen zu all seinen Gedichten. Es würde, sagte er, Lucien die größte Freude bereiten, wenn seine Mutter, die er anbete, nach Verdienst gewürdigt werde. Nachdem dem Bischof diese Idee eingepfropft worden war, überließ sich Francis den Zufällen des Gesprächs, um das verletzende Wort, das er durch den Bischof sagen lassen wollte, in die Wege zu leiten. Als Francis und der Bischof wieder in den Kreis traten, in dessen Mitte Lucien stand, verdoppelte sich die Aufmerksamkeit unter denen, die ihm schon in kleinen Zügen Schierling zu trinken gegeben hatten. Der arme Dichter, dem die Gepflogenheiten des Salons völlig fremd waren, konnte sich nicht helfen; er blickte immer nur Madame de Bargeton an und antwortete dumm auf die dummen Fragen, die ihm gestellt wurden. Er kannte die Namen und Titel der meisten Anwesenden nicht und wußte nicht, was für ein Gespräch er mit Frauen führen sollte, die ihm Albernheiten sagten, deren er sich schämte. Er fühlte sich überdies von diesen Gottheiten des Angoumois um tausend Meilen getrennt, wenn er hörte, wie sie ihn bald mit Monsieur Chardon und bald mit Monsieur de Rubempré anredeten, während sie sich untereinander Lolotte, Adrien, Astolphe, Lili und Fifine nannten. Seine Verlegenheit stieg aufs äußerste, als er Lili für einen Männernamen gehalten und den brutalen Senonches mit »Monsieur Lili« angeredet hatte. Der Nimrod unterbrach Lucien mit einem erstaunten »Monsieur Lülü?«, und Madame de Bargeton wurde rot bis über beide Ohren.

»Man muß vor Liebe blind sein, wenn man dies Jüngelchen hierher und in unsere Gesellschaft bringt!« sagte Monsieur de Senonches halblaut. »Frau Marquise«, fragte Zéphirine Madame de Pimentel leise, aber so, daß es gehört wurde, »fällt Ihnen nicht eine große Ähnlichkeit zwischen Monsieur Chardon und Monsieur de Cante-Croix auf?« – »Eine ideale Ähnlichkeit«, antwortete Madame de Pimentel lächelnd. – »Der Ruhm birgt eine Kraft der Verführung in sich, die man nicht zu leugnen braucht«, sagte Madame de Bargeton zur Marquise. »Es gibt Frauen, die die Größe lieben, wie andere die Kleinheit«, fügte sie hinzu und richtete dabei ihre Augen auf Francis.

Zéphirine verstand nicht, denn sie fand ihren Konsul sehr groß; aber die Marquise schlug sich auf Naïs' Seite und fing zu lachen an.

»Sie sind sehr glücklich«, sagte Monsieur de Pimentel zu Lucien und machte sich dabei ein Vergnügen daraus, ihn zur Abwechslung einmal »de Rubempré« zu nennen, nachdem er vorher Chardon zu ihm gesagt hatte; »Sie können sich niemals langweilen.« – »Arbeiten Sie schnell?« fragte ihn Lolotte mit einem Gesicht, mit dem sie einen Tischler gefragt hätte: »Brauchen Sie lange dazu, einen Kasten zu machen?«

Lucien war von diesem Keulenschlag wie betäubt; aber er hob den Kopf wieder, als er Madame de Bargeton lächelnd antworten hörte:

»Meine Liebe, die Poesie wächst in Monsieur de Rubemprés Kopf nicht wie das Unkraut in unsern Höfen.« – »Meine Gnädigste«, sagte der Bischof zu Lolotte, »wir können nicht genug

Achtung vor edlen Geistern haben, denen Gott einen seiner Strahlen geschenkt hat. Ja, die Poesie ist etwas Heiliges. Wer Poesie sagt, sagt Leiden. Wie viele stille Nächte haben die Strophen nicht gekostet, die Sie bewundern! Wir wollen den Dichter, der fast immer ein unglückliches Leben führt und für den Gott ohne Zweifel im Himmel unter seinen Propheten einen Platz bereithält, liebevoll aufnehmen. Dieser junge Mann ist ein Dichter«, fügte er hinzu und legte seine Hand auf Luciens Kopf; »sehen Sie nicht etwas wie ein Verhängnis auf dieser schönen Stirn?«

Lucien war glücklich, so edel verteidigt zu werden, und warf dem Bischof einen schmelzenden Blick zu. Er ahnte nicht, daß der würdige Prälat sein Henker werden sollte.

Madame de Bargeton bedachte den feindlichen Kreis mit triumphierenden Blicken; sie senkten sich wie ebenso viele Dolche in die Herzen ihrer Nebenbuhlerinnen, deren Wut sich verdoppelte.

»Ach, Bischöfliche Gnaden«, antwortete der Dichter und hoffte, diese Dummköpfe mit seinem goldenen Zepter zu treffen, »das gewöhnliche Volk hat weder Ihren Geist noch Ihre fromme Liebe. Man weiß nichts von unsern Schmerzen, niemand kennt unser Mühen. Der Bergmann hat nicht soviel Arbeit, das Gold im Schacht zu gewinnen, als wir, wenn wir den Eingeweiden der undankbarsten aller Sprachen unsere Bilder entreißen wollen. Wenn es das Ziel der Poesie ist, die Ideen bis zu dem Punkt herauszuarbeiten, wo jedermann sie wahrnehmen und empfinden kann, dann muß der Dichter unaufhörlich die Leiter der menschlichen Begabungen auf- und absteigen, um ihnen allen Genüge zu tun; er muß die Logik und das Gefühl, zwei feindliche Gewalten, unter den lebhaftesten Farben verbergen; er muß eine ganze Welt von Gedanken in ein Wort einschließen, ganze Philosophien in ein Bild zusammenziehen; kurz, seine Verse sind Samenkörner, deren Blüten in den Herzen aufsprießen müssen, indem sie darin die Furchen aufsuchen, die die persönlichen Erlebnisse und Gefühle gegraben haben. Muß man nicht alles empfunden haben, um alles wiedergeben zu können? Und heißt nicht lebhaft empfinden soviel wie leiden? Darum entstehen die Dichtungen erst nach mühsamen Reisen durch die weiten Gefilde des Gedankens und der Gesellschaft. Sind es nicht unsterbliche Mühen, denen wir Gestalten verdanken, deren Leben wirklicher geworden ist als das von Menschen, die wahrhaft gelebt haben, Gestalten wie die Clarissa von Richardson, die Camille von Chénier, die Delia des Tibull, die Angelica des Ariost, die Francesca des Dante, der Alceste von Molière, der Figaro von Beaumarchais, die Rebekka von Walter Scott, der Don Quijote von Cervantes?« – »Und was werden Sie uns so schaffen?« fragte Châtelet. – »Solche Schöpfungen vorher ankündigen«, antwortete Lucien, »hieße das nicht, sich ein Patent als Genie ausstellen? Und überdies, diese himmlischen Schöpfungen verlangen eine lange Erfahrung in der Welt, ein Studium der Leidenschaften und der menschlichen Interessen, die mir noch fehlen müssen; aber ich fange an«, sagte er bitter und warf einen Rächerblick auf den Kreis. »Der Geist trägt sein Kind lange bei sich, bis ...« – »Sie werden eine schwere Niederkunft haben«, unterbrach ihn Monsieur du Hautoy. – »Ihre treffliche Mutter kann Ihnen beistehen«, sagte der Bischof.

Dieses so geschickt vorbereitete Wort, diese Rache, auf die man gewartet hatte, ließ in allen Augen einen Strahl der Freude aufleuchten. Auf alle Lippen kam ein Lächeln der aristokratischen Genugtuung, das durch die Albernheit Bargetons, der nachträglich zu lachen anfing, verstärkt wurde.

»Bischöfliche Gnaden, Sie sprechen in diesem Augenblick ein wenig zu geistlich für uns, die Damen hier verstehen Sie nicht«, sagte Madame de Bargeton und ließ durch dieses einzige Wort das Lächeln verschwinden; alle blickten sie erstaunt an. »Ein Dichter, der alle seine Eingebungen in der Bibel findet, hat in der Kirche eine wahre Mutter. Monsieur de Rubempré, sprechen Sie uns Ihren ›Johannes auf Patmos‹ oder ›Das Gastmahl des Belsazar‹; Bischöfliche Gnaden werden da sehen, daß Rom nach wie vor die Magna Parens[83] des Vergil ist.«

Die Frauen tauschten ein Lächeln aus, als sie Naïs diese beiden lateinischen Worte aussprechen hörten.

Am Lebensbeginn können auch die stolzesten und tapfersten Charaktere nicht immer der Entmutigung entgehen. Jener Streich hatte Lucien zuerst in tiefste Tiefen untergetaucht; aber er war mit dem Fuß auf den Grund gestoßen, wieder nach oben gekommen und hatte sich geschworen, über diese Welt Herr zu werden. Wie der Stier, der von tausend Pfeilen getroffen ist, stand er wütend auf, gehorchte der Stimme seiner Louise und deklamierte ›Johannes auf Patmos‹; aber die meisten Spieltische hatten ihre Spieler an sich gelockt; sie fielen in ihre gewohnten Gleise zurück, wo sie ein Vergnügen fanden, das ihnen die Poesie nicht gespendet hatte. Die Rache ihrer gereizten Eigenliebe wäre auch unvollkommen geblieben, wenn sie nicht dieser heimischen Poesie Mißachtung bezeigt und nicht von Lucien und Madame de Bargeton abgefallen wäre. Jeder schien etwas anderes zu tun zu haben: einer mußte mit dem Präfekten über eine Kreisstraße sprechen, eine andere begann davon zu reden, man könne in die Unterhaltung des Abends einige Abwechslung bringen und ein wenig Musik machen. Die vornehme Gesellschaft von Angoulême, die sich auf dem Gebiet der Poesie nur unzulänglich beschlagen fühlte, war besonders neugierig, die Meinung der Rastignacs und der Pimentels über Lucien zu erfahren, und diese und jene begaben sich zu ihnen. Der gewaltige Einfluß, den diese beiden Familien im Département ausübten, wurde in großen Augenblicken immer anerkannt; jeder beneidete sie und jeder machte ihnen den Hof, denn alle sahen voraus, daß sie ihre Protektion einmal nötig haben könnten.

»Wie finden Sie unsern Dichter und seine Poesie?« fragte Jacques die Marquise, bei der er oft zur Jagd gewesen war. – »Aber für Provinzverse ist das gar nicht übel«, sagte sie lächelnd; »überdies kann ein so schöner Dichter nichts schlecht machen.«

Jeder fand dieses Urteil entzückend und wiederholte es, wobei sie mehr Bosheit hineinlegten, als die Marquise beabsichtigt hatte. Jetzt wurde Châtelet gebeten, Monsieur de Bartas zu begleiten, der die große Arie des Figaro[84] verhunzte. Nachdem die Musik einmal Einlaß gefunden hatte, mußte man sich die Ritterromanze von Châtelet vorsingen lassen, die Chateaubriand[85] in der Kaiserzeit verfaßt hatte. Dann kamen die Stücke zu vier Händen, die auf Verlangen der Madame du Brossard, die das Talent ihrer lieben Camille für Monsieur de Séverac leuchten lassen wollte, von jungen Mädchen vorgetragen wurden.

Madame de Bargeton war über die Geringschätzung verletzt,

die die ganze Gesellschaft ihrem Dichter gegenüber bekundete, und setzte Verachtung gegen Verachtung: sie ging, solange musiziert wurde, in ihr Boudoir. Ihr folgte der Bischof, den sein Generalvikar über die tiefe Ironie seines unfreiwilligen Witzes aufgeklärt hatte und der sie wieder gutmachen wollte. Mademoiselle de Rastignac schlich sich ohne Wissen ihrer Mutter, von der Poesie angezogen, ebenfalls ins Boudoir. Louise konnte, als sie sich auf das Kanapee setzte, zu dem sie Lucien geführt hatte, ohne gehört oder gesehen zu werden, ihm ins Ohr flüstern: »Lieber Engel, sie haben dich nicht verstanden! Aber ›dein Lied ist süß, es klingt mir noch im Ohr‹.«

Lucien war von dieser Schmeichelei getröstet und vergaß für einen Augenblick seine Schmerzen.

»Es gibt keinen billigen Ruhm«, sprach Madame de Bargeton, ergriff seine Hand und drückte sie. »Leiden Sie, leiden Sie, mein Freund, dann werden Sie groß, Ihre Schmerzen sind der Preis Ihrer Unsterblichkeit. Ich wollte, ich hätte die Mühsal eines Kampfes zu überstehen. Gott behüte Sie vor einem schlaffen, kampflosen Leben, in dem die Adlerschwingen nicht Raum genug finden! Ich beneide Sie um Ihre Leiden, denn Sie leben doch wenigstens! Sie werden Ihre Kräfte zur Geltung bringen, Sie erhoffen den Sieg: Ihr Kampf wird glorreich sein. Wenn Sie in dem herrlichen Reich angelangt sind, wo die großen Geister thronen, dann erinnern Sie sich der Armen, die vom Schicksal enterbt sind, deren Geist unter dem Druck moralischer Stickluft zunichte wird und die zugrunde gehen mit dem beständigen Wissen um das Leben, ohne daß sie doch hätten leben können; die scharfe, durchdringende Augen gehabt und doch nichts gesehen haben, einen feinen Geruchssinn, ohne einen Duft empfunden zu haben als von übelriechenden Blüten. Besingen Sie alsdann in Ihrer Dichtung die Pflanze, die inmitten eines Waldes verdorrt, erstickt von Lianen, von wuchernden Schmarotzerpflanzen, ohne daß die Sonne sie gekost hätte; die stirbt, ohne geblüht zu haben! Wäre das nicht ein Gedicht von grausiger Melancholie, ein ganz und gar phantastisches Thema? Was für ein himmlisches Motiv, das Bild eines jungen Mädchens, das unter dem Himmel Asiens geboren wurde, oder einer Tochter der Wüste, die in irgendein kaltes Land des Okzidents verpflanzt wurde und nach ihrer geliebten Sonne ruft, die an Schmerzen stirbt, die keiner versteht und die in gleicher Weise von der Kälte und von der Liebe vernichtet wird! Das wäre das Sinnbild so manchen Menschendaseins.« – »Sie würden auf diese Weise die Seele schildern, die sich des Himmels erinnert«, sagte der Bischof; »übrigens muß dieses Gedicht früher einmal geschaffen worden sein, ich habe mit Freude ein Fragment davon im Hohenliede gefunden.« – »Das müssen Sie schreiben«, sagte Laure de Rastignac und brachte mit diesen Worten einen naiven Glauben an Luciens Genie zum Ausdruck. – »Es fehlt Frankreich ein großes religiöses Gedicht«, sagte der Bischof. »Glauben Sie mir, auf den Mann von Talent, der für die Religion arbeitet, warten Ruhm und Reichtum.« – »Er wird es gestalten, Bischöfliche Gnaden«, entgegnete Madame de Bargeton emphatisch. »Sehen Sie nicht, wie die Idee dieses Gedichts schon wie ein flammendes Morgenrot in seinen Augen aufleuchtet?«

»Naïs behandelt uns schlecht«, sagte Fifine; »was macht sie denn?« – »Hören Sie nicht?« entgegnete Stanislas; »sie reitet auf ihren großen Worten herum, die nicht Kopf noch Schwanz haben.«

Amélie, Fifine, Adrien und Francis erschienen in der Tür des Boudoirs. Sie hatten sich Madame de Rastignac angeschlossen, die ihre Tochter suchte, da sie wegfahren wollte.

»Naïs«, sagten die beiden Frauen, die sich freuten, daß sie die Abgeschiedenheit des Boudoirs störten, »es wäre sehr liebenswürdig, wenn Sie uns etwas vorspielten.« – »Liebste«, antwortete Madame de Bargeton, »Monsieur de Rubempré will uns seinen ›Johannes auf Patmos‹ rezitieren, ein herrliches biblisches Gedicht.« – »Biblisch?« wiederholte Fifine erstaunt.

Amélie und Fifine kehrten in den Salon zurück und nahmen dieses Wort als neuen Stoff für den Spott mit nach dort. Lucien entschuldigte sich, er könne das Gedicht nicht rezitieren, da er es nicht auswendig wisse. Als er wieder erschien, erregte er nicht mehr das geringste Interesse. Alle plauderten oder spielten. Der Dichter war seines Strahlenglanzes beraubt worden; die Gutsbesitzer sahen in ihm nichts, was irgend nützlich sein konnte; die Prätentiösen fürchteten ihn als eine Macht, die gegen ihre Unwissenheit feindlich auftrat; die Frauen, die auf Madame de Bargeton, die Beatrice dieses neuen Dante, wie der Generalvikar sie genannt hatte, eifersüchtig waren, warfen ihm Blicke voll kalter Verachtung zu.

»Das ist also die große Welt!« sagte sich Lucien, als er über die Treppen von Beaulieu nach l'Houmeau hinabstieg; denn es gibt im Leben Augenblicke, da man den längeren Weg vorzieht, um sich im Gehen seinen Gedanken zu überlassen. Lucien war nicht entmutigt, im Gegenteil, die Wut des Ehrgeizigen, der eine Niederlage erlitten hat, lieh ihm neue Kräfte. Wie alle Leute, die von ihrem Instinkt in eine höhere Sphäre geführt werden, wo sie anlangen, ehe sie sich dort halten können, gelobte er sich, alles zu opfern, um in der hohen Gesellschaft festen Fuß zu fassen. Unterwegs zog er sich die Giftpfeile, die auf ihn abgeschossen worden waren, einen nach dem andern aus, sprach laut mit sich selbst, fand große Worte gegen die Dummköpfe, mit denen er zu tun gehabt, kluge Antworten auf die dummen Fragen, die man ihm gestellt hatte, und war verzweifelt über seinen Treppenwitz. Als er auf der Straße nach Bordeaux angekommen war, die sich über den Ufern der Charente am Fuß des Berges hinschlängelt, glaubte er im Mondschein Eve und David in der Nähe einer Fabrik auf einem Balken am Ufer sitzen zu sehen und stieg auf einem Fußpfad zu ihnen hinab.

Während Lucien zu seiner Folter bei Madame de Bargeton geeilt war, hatte seine Schwester ein Kleid aus gestreiftem rosa Perkal, ihren genähten Strohhut und einen kleinen Seidenschal angetan. In diesem einfachen Aufzug nahm sie sich aus, als sei sie geschmückt, wie es allen Frauen geht, deren angeborene Hoheit durch das geringste Beiwerk gesteigert wird. Daher war David überaus eingeschüchtert, als sie jetzt so verändert, nicht wie bisher in ihrem einfachen Arbeitsgewand, vor ihn hintrat. Der Drucker hatte sich zwar vorgenommen, von sich zu sprechen, fand aber nichts mehr zu sagen, als er der schönen Eve den Arm reichte und sie zusammen durch l'Houmeau gingen. Es gibt in der Liebe häufig eine solche respektvolle Furcht, die jener gleicht, in die die Herrlichkeit Gottes die Gläubigen versetzt. Schweigend überschritten die beiden Liebenden die St.-Anna-Brücke, um an das linke Ufer der Charente zu gelangen. Eve, der das Schweigen peinlich war, blieb mitten auf der Brücke stehen und betrachtete den Fluß, der von dieser Stelle bis zu dem Platz, wo die Pulvermühle erbaut war, ein breite, ruhige Fläche bildet, über die jetzt die untergehende Sonne einen fröhlichen Lichtstreifen warf.

»Welch schöner Abend!« sagte sie, nach einem Gesprächsstoff suchend; »die Luft ist zugleich lau und frisch. Die Blumen duften, der Himmel ist wunderbar.« – »Alles spricht zum Herzen«, antwortete David, der mit Hilfe von Analogien auf das Thema seiner Liebe zu kommen hoffte. »Liebende finden unendliche Lust darin, in den Bildern einer Landschaft, in der durchsichtigen Luft, in den Düften des Bodens die Poesie zu finden, die ihre Seele erfüllt. Die Natur redet für sie.« – »Und sie löst ihnen auch die Zunge«, sagte Eve lachend. »Sie waren, als wir durch l'Houmeau gingen, so schweigsam. Ich war ganz verlegen . . .« – »Ich fand Sie so schön, daß ich ganz beklommen war«, antwortete David naiv. – »Da bin ich also jetzt weniger schön?« fragte sie. – »Nein, aber ich bin so glücklich, allein mit Ihnen spazierenzugehen . . .«

Er unterbrach sich, da ihm die Stimme versagte, und blickte nach den Hügeln hinüber, über die sich die Straße nach Saintes hinabzieht.

»Wenn Sie an diesem Spaziergang Freude haben, bin ich froh, denn ich fühlte mich verpflichtet, Ihnen für den Abend, den Sie mir geopfert haben, einen andern zu schenken. Als Sie es zurückwiesen, zu Madame de Bargeton zu gehen, waren Sie ebenso edelmütig wie Lucien, als er es auf sich nahm, sie mit seiner Bitte zu erzürnen.« – »Nicht edelmütig, sondern klug«, antwortete David. »Da wir allein sind und nur den Himmel über uns haben, ohne andere Zeugen als das Schilf und die Büsche am Ufer der Charente, müssen Sie mir erlauben, liebe Eve, Ihnen etwas von den Sorgen zu sagen, die mir der Weg macht, den Lucien jetzt betreten hat. Nach dem, was ich Ihnen eben gesagt habe, werden Ihnen meine Befürchtungen hoffentlich als übergroße Freundschaftssorge erscheinen. Sie und Ihre Mutter haben alles getan, um ihn über die Lage, in der Sie sich befinden, hinauszuheben; aber haben Sie ihn nicht, als Sie so seinen Ehrgeiz anfachten, unbedachterweise auf einen Weg gebracht, auf dem große Leiden seiner warten? Wie wird er sich in der Welt halten können, in die seine Neigung ihn hineintreibt? Ich kenne ihn! Er hat einen Charakter, der eine mühelose Ernte vorzieht. Die Pflichten der Gesellschaft werden ihm seine Zeit stehlen, und die Zeit ist das einzige Kapital der Menschen, deren ganzes Vermögen in ihrem Geist besteht; er liebt es, zu glänzen; die Welt wird seine Begierden reizen; keine Summe wird groß genug für sie sein; er wird Geld ausgeben und keins verdienen; schließlich haben Sie ihn daran gewöhnt, sich für einen großen Mann zu halten; aber die Welt verlangt weithin sichtbare Erfolge, ehe sie Größe irgendwelcher Art anerkennt. Literarische Erfolge jedoch werden nur in der Einsamkeit und durch schwere Arbeit errungen. Was wird Madame de Bargeton Ihrem Bruder zum Ersatz für die vielen Tage geben, die er ihr zu Füßen liegt? Lucien ist zu stolz, um etwas von ihr anzunehmen, und wir wissen, er ist noch zu arm, um dauernd in dieser Gesellschaft zu leben, die in zwiefachem Sinne kostspielig ist. Früher oder später wird diese Frau unsern lieben Bruder verlassen, nachdem sie ihm die Lust zur Arbeit genommen hat, nachdem sie in ihm den Hang zum Luxus, die Verachtung unseres schlichten Lebens, die Genußsucht, seinen Hang zum Nichtstun, der die Gefahr aller Dichter ist, ausgebildet hat. Ja wirklich, ich zittere, daß jene große Dame sich mit Lucien nur wie mit einem Spielball ein Vergnügen macht: entweder liebt sie ihn aufrichtig und bringt ihn dazu, daß er alles vergißt, oder sie liebt ihn nicht und macht ihn unglücklich; er ist nämlich wahnsinnig in sie verliebt.« – »Mir erstarrt das Herz zu Eis, wenn Sie so reden«, sagte Eve und blieb am Wehr der Charente stehen. »Aber solange meine Mutter die Kraft hat, ihrem schweren Beruf nachzugehen, und solange ich lebe, wird der Ertrag unserer Arbeit vielleicht für Luciens Ausgaben genügen und es ihm möglich machen, den Augenblick abzuwarten, da sein Glück beginnt. Mir wird der Mut nicht ausgehen, denn der Gedanke, daß ich für einen geliebten Menschen arbeite«, fuhr Eve lebhafter fort, »nimmt der Arbeit alle Bitterkeit und alles Verdrießliche. Ich bin glücklich, wenn ich bedenke, für wen ich mir soviel Mühe mache, wenn es überhaupt Mühe ist. Ja, keine Angst, wir werden Geld genug verdienen, damit Lucien in die große Welt gehen kann. Dort ist für ihn das Glück.« – »Und sein Verderben dazu«, erwiderte David. »Hören Sie mich an, liebe Eve. Das langsame Werden der Geisteswerke erfordert, daß man über ein beträchtliches Vermögen verfügt oder den erhabenen Zynismus besitzt, der zu einem Leben voll Arbeit gehört. Glauben Sie mir! Lucien hat einen solchen Abscheu vor den Entbehrungen, die das Elend mit sich bringt, er hat den Duft der Festgelage, den Weihrauch des Erfolgs schon so sehr genossen, seine Eigenliebe ist in dem Boudoir der Madame de Bargeton so sehr gewachsen, daß er eher alles versuchen wird, als jetzt noch Schiffbruch zu erleiden; und die Erträge Ihrer Arbeit werden für seine Bedürfnisse nie hinreichen.« – »Sie sind also nur ein falscher Freund!« rief Eve verzweifelt; »sonst würden Sie uns nicht so den Mut nehmen.« – »Eve! Eve!« antwortete David, »ich wollte, ich wäre Luciens Bruder! Sie allein können mir diesen Namen geben, der es ihm erlaubt, alles von mir anzunehmen, und der mir das Recht gäbe, mich ihm mit der heiligen Liebe zu widmen, die Sie in Ihre Opfertaten legen, und dennoch dabei die kühle Ruhe der Überlegung zu bewahren. Eve, teures, geliebtes Kind, sorgen Sie dafür, daß Lucien einen Schatz hat, aus dem er schöpfen kann, ohne sich zu schämen! Ist die Börse eines Bruders nicht so gut wie seine eigene? Wenn Sie alle Gedanken kennten, zu denen Luciens neue Lage mich geführt hat! Wenn er zu Madame de Bargeton gehen will, darf der arme Junge nicht mehr mein Faktor sein, er darf nicht mehr in l'Houmeau wohnen, Sie dürfen nicht länger Arbeiterin bleiben, Ihre Mutter darf ihrem Beruf nicht mehr nachgehen. Wenn Sie einwilligen, meine Frau zu werden, dann wird alles in Ordnung kommen: Lucien kann so lange bei mir im ersten Stock wohnen, bis ich für ihn über dem Schuppen im Hof ein Gelaß gebaut habe, sofern mein Vater nicht einen zweiten Stock errichten will. Wir würden ihm so ein sorgenloses Leben, ein Leben der Unabhängigkeit schaffen. Mein Verlangen, Lucien zu helfen, wird mir neuen Mut geben, ein Vermögen zu erringen, welchen Mut ich nicht aufbrächte, wenn es sich nur um mich selber handelte; aber es hängt von Ihnen ab, mir das Recht zu all diesen Opfern zu geben. Vielleicht geht er eines Tages nach Paris; denn dort ist der einzige Schauplatz, auf dem er sich zeigen darf, auf dem seine Talente gewürdigt und belohnt werden. Das Pariser Leben ist teuer, und wir drei werden gerade ausreichen, um ihn dort über Wasser zu halten. Und brauchen nicht überdies Sie und Ihre Mutter einen Beistand? Liebe Eve, heiraten Sie mich aus Liebe zu Lucien. Vielleicht lieben Sie mich später, wenn Sie die Anstrengungen sehen, die ich unternehme, um ihm zu dienen und Sie glücklich zu machen. Wir sind beide bescheiden in unsern Ansprüchen ans Leben, wir brauchen nicht viel; das Glück Luciens wird der Angelpunkt unseres Daseins sein, und sein Herz der Schatz, dem wir Glück, Gefühl und Sinn, dem wir alles weihen!« – »Das Herkommen trennt uns«, sagte Eve, die gerührt gewahrte, wie seine große Liebe sich klein machte. »Sie sind reich, und ich bin arm. Man muß sehr lieben, um über eine solche Schranke hinwegzukommen.« – »Sie lieben mich also noch nicht genug«, rief David wie außer sich. – »Aber Ihr Vater würde vielleicht Einspruch erheben ...« – »Dann ist's gut«, antwortete David; »wenn nur mein Vater im Wege steht, werden Sie meine Frau. Eve, liebe Eve, jetzt in diesem Augenblick machen Sie mir das Leben wieder leichter ertragbar. Ach, mir war das Herz sehr schwer von Gefühlen, die ich gar nicht ausdrücken konnte. Sagen Sie mir nur, daß Sie mich ein bißchen liebhaben, dann finde ich schon den Mut, Ihnen alles zu sagen.« – »Wirklich«, sagte sie, »Sie machen mich ganz beschämt; aber da wir uns unsere Gefühle anvertrauen, muß ich Ihnen sagen, daß ich nie im Leben an einen andern gedacht habe als an Sie. Ich habe in Ihnen einen der Männer erblickt, auf die die Frau, die ihnen angehört, stolz sein kann, und ich hätte für mich, eine arme Arbeiterin ohne Aussichten, nie etwas so Großes erhofft.« – »Genug, genug«, sagte er und setzte sich auf das Geländer des Wehrs, zu dem sie zurückgekehrt waren, denn sie waren wie närrisch immer auf derselben Stelle hin und her gegangen. – »Was haben Sie?« fragte sie und legte zum erstenmal in den Ton ihrer Worte die anmutige Sorge, die die Frauen für einen Menschen bezeigen, der der ihre ist. – »Nur Gutes«, antwortete er. »Wenn der Geist ein ganzes Leben voller Glück vor sich liegen sieht, ist er wie geblendet, und die Seele ist überwältigt. Warum bin ich der glücklichste Mensch?« fragte er fast melancholisch. »Aber ich weiß ja doch, warum.«

Eve sah David mit einer koketten und zweifelnden Miene an, die von ihm eine Erklärung verlangte.

»Liebste Eve, ich empfange mehr, als ich gebe. Und ich liebe Sie immer mehr, als Sie mich, weil ich mehr Grund habe, Sie zu lieben: Sie sind ein Engel, und ich bin ein Mensch.« – »Ich kann mich nicht so gut ausdrücken«, antwortete Eve lächelnd. »Ich liebe Sie recht sehr . . .« – »Ebensosehr wie Lucien?« unterbrach er sie. – »Genug, um Ihre Frau zu werden, um mich Ihnen zu weihen und zu versuchen, Ihnen in dem Leben, das wir zusammen führen wollen und das zu Anfang recht schwierig sein wird, keinen Kummer zu bereiten.« – »Haben Sie bemerkt, liebste Eve, daß ich Sie vom ersten Tag an, als ich Sie sah, geliebt habe?« – »Was wäre das für eine Frau, die nicht weiß, wenn sie geliebt wird?« fragte sie. – »Lassen Sie mich also die Bedenken, die Ihnen mein angebliches Vermögen macht, zerstreuen. Ich bin arm, liebe Eve. Jawohl, es hat meinem Vater beliebt, mich zu ruinieren; er hat auf meine Arbeit spekuliert; er hat es gemacht wie viele sogenannte Wohltäter mit ihren Schuldnern. Wenn ich reich werde, dann nur um Ihretwillen. Das ist nicht das Wort eines Liebenden, sondern die Überlegung eines Denkenden. Ich muß Sie in meine Fehler einweihen; sie sind für einen Menschen, der die Verpflichtung hat, ein vermögender Mann zu werden, recht groß. Mein Charakter, meine Gewohnheiten, die Tätigkeiten, die mir zusagen, machen mich ungeeignet zu allem, was Handel und Spekulation heißt; dabei könnten wir doch aber nur durch irgendeinen industriellen Betrieb reich werden. Wenn ich auch vielleicht imstande bin, eine Goldmine zu entdecken, so bin ich doch seltsam ungeschickt darin, sie auszubeuten. Sie aber, die aus Liebe zu Ihrem Bruder sich zu den kleinsten Verrichtungen herabgelassen haben, die das Talent der Sparsamkeit, die geduldige Aufmerksamkeit des wahren Kaufmanns besitzen, Sie werden die Ernte einbringen, die ich säen will. Unsere Lage, denn seit langem fühle ich mich zu Ihrer Familie gehörig, bedrückt mir so sehr das Herz, daß ich Tage und Nächte darauf verwandt habe, eine Möglichkeit ausfindig zu machen, zu Vermögen zu gelangen. Meine Kenntnisse in der Chemie und die Beobachtung der Bedürfnisse des Handels haben mich auf den Weg zu einer sehr aussichtsreichen Erfindung geführt. Ich kann Ihnen noch nichts davon sagen, ich sehe zu viele Schwierigkeiten voraus. Wir werden vielleicht ein paar dürftige Jahre hinter uns bringen müssen; aber ich werde schließlich das industrielle Verfahren entdecken, nach dem nicht ich allein forsche und das uns, wenn ich als erster darauf komme, ein großes Vermögen einbringt. Ich habe zu Lucien nichts gesagt, denn sein heftiger Charakter würde alles verderben; er würde meine Hoffnungen zu Wirklichkeiten ummünzen, würde in großem Stil leben und sich vielleicht in Schulden stürzen. Bewahren Sie also mein Geheimnis. Einzig Ihre liebe, sanfte Nähe wird mich während dieser langen Zeit der Prüfungen trösten können, gerade wie das Verlangen, Sie reich zu machen, Sie und Lucien, mir Beständigkeit und zähe Ausdauer verleihen wird...« – »Ich habe mir schon gedacht«, unterbrach ihn Eve, »daß Sie, wie mein armer Vater, einer der Erfinder sind, die eine Frau brauchen, die für Sie sorgt.« – »Sie lieben mich also? Oh, sagen Sie es mir ohne Scheu, sagen Sie es mir, der ich schon allein in Ihrem Namen ein Symbol Ihrer Liebe gefunden habe. Eva war die einzige Frau, die es vormals auf der Welt gab, und was für Adam wörtlich wahr gewesen ist, trifft moralisch für mich zu. O Gott! Lieben Sie mich?« – »Ja«, sagte sie und dehnte diese kurze Silbe so, als sie sie aussprach, als wolle sie damit die Größe ihres Gefühls zum Ausdruck bringen. – »Wir wollen uns hier hinsetzen«, sagte er und führte Eve an der Hand zu einem langen Balken, der unterhalb des Räderwerks einer Papiermühle lag. »Lassen Sie mich die Abendluft atmen, das Quaken der Frösche hören, die Strahlen des Mondes sehen, die im Wasser zittern, lassen Sie mich die Natur in mich aufnehmen, wo ich in allen Dingen mein Glück lese, die mir zum erstenmal in ihrem Glanze erscheint, erhellt von der Liebe, von Ihnen verschönt. Eve, Geliebte, dies ist der erste Augenblick ungemischter Freude, den das Schicksal mir schenkt! Ich glaube nicht, daß Lucien so glücklich ist, wie ich es bin.«

David ließ auf die feuchte, zitternde Hand Eves, die er in der seinen hielt, eine Träne fallen.

»Darf ich das Geheimnis nicht wissen?« fragte Eve mit schmeichelnder Stimme. – »Sie haben ein Anrecht darauf, denn Ihr Vater hat sich mit derselben Frage beschäftigt; sie wird von großer Bedeutung werden. Hören Sie den Zusammenhang. Der Sturz des Kaiserreichs wird das Tragen baumwollener Wäsche fast allgemein machen, weil dieser Stoff im Vergleich zur Leinwand sehr billig ist. Bis jetzt ist das Papier aus Lumpen, aus Hanf und Flachs hergestellt worden; aber diese Bestandteile sind teuer, und der hohe Preis verzögert den großen Aufschwung, den die französische Presse notwendigerweise nehmen muß. Nun aber läßt sich das zur Verfügung stehende Quantum Lumpen nicht steigern. Die Lumpen sind das Ergebnis des Verbrauchs an Leinwand, und die Bevölkerung eines Landes liefert davon nur eine ganz bestimmte Menge. Diese Menge kann nur anwachsen durch eine Bevölkerungszunahme. Um eine spürbare Vermehrung seiner Bevölkerung zu erwirken, braucht ein Land ein Vierteljahrhundert und große Revolutionen in den Sitten, im Handel oder in der Landwirtschaft. Wenn also die Bedürfnisse der Papierfabrikation das Quantum Lumpen, das Frankreich produziert, übersteigen, sagen wir ums Doppelte oder ums Dreifache, so muß man, wenn der Papierpreis niedrig bleiben soll, in die Papierfabrikation zu den Lumpen hinzu einen neuen Rohstoff einführen. Diese Beweisführung beruht auf einer Tatsache, die hier bei uns vor sich geht. Die Papiermühlen von Angoulême, die letzten, in denen Papiere aus leinenen Lumpen hergestellt werden, werden es erleben, wie die Baumwolle in erschreckend steigendem Maße in das ›Halbzeug‹ eindringen wird.«

Auf eine Frage der jungen Arbeiterin, die nicht wußte, was dieses Wort ›Halbzeug‹ bedeuten sollte, gab ihr David Aufklärungen über die Papierfabrikation, die in einem Werke, dessen stoffliche Existenz dem Papier und der Druckerpresse zu verdanken ist, nicht unangebracht sind; aber diese lange Parenthese in einem Gespräch zwischen einem Liebenden und einer Geliebten gewinnt ohne Zweifel, wenn sie hier gekürzt wiedergegeben wird.

Das Papier, ein Produkt, das nicht weniger wunderbar ist als das Druckverfahren, dem es zur Grundlage dient, existierte seit langem in China; durch die unterirdischen Kanäle des Handels gelangte es nach Kleinasien, wo nach einigen Überlieferungen bereits um das Jahr 750 ein Papier benutzt wurde, das aus kleingebrochener und zu Brei gemachter Baumwolle hergestellt worden war. Die Notwendigkeit, einen Ersatz für das Pergament zu finden, dessen Preis außerordentlich hoch war, führte durch eine

Nachahmung des Bombyxpapiers – so wurde das orientalische Baumwollpapier genannt – zur Erfindung des Hadernpapiers; diese Erfindung wurde nach einer Nachricht im Jahre 1170 in Basel von griechischen Flüchtlingen, nach einer andern Nachricht im Jahre 1301 in Padua von einem Italiener namens Pax gemacht. So vervollkommnete sich das Papier langsam, und ohne daß wir viel davon wissen; aber fest steht, daß schon unter Karl VI. in Paris der Papierbrei (das sogenannte ›Halbzeug‹) für Kartenspiele hergestellt wurde. Als die unsterblichen Fust[86], Coster[87] und Gutenberg[88] die Buchdruckerkunst erfunden hatten, paßten Handwerker, die, wie so viele große Künstler jener Epoche, unbekannt blieben, die Papierfabrikation den Bedürfnissen des Buchdruckers an. In diesem so kraftvollen, unbefangenen fünfzehnten Jahrhundert trugen die Namen der verschiedenen Papierformate ebenso wie die Namen, die den Schriftgattungen gegeben wurden, den natürlichen Stempel der Zeit. So bekamen das Traubenpapier, das Jesuspapier, das Colombierpapier, das Topfpapier, das Schildpapier, das Muschelpapier, das Kronenpapier ihre Namen von der Traube, vom Bild des Heilands, vom Topf, vom Schild, kurz, von dem Wasserzeichen in der Mitte des Bogens, wie man später unter Napoleon einen Adler als Wasserzeichen benutzte, weswegen das Papier in großem Landkartenformat grand aigle (großer Adler) genannt wird. Ebenso nannte man die Schriftgattungen Cicero, Augustin, gros canon (großer Kanon) nach liturgischen Büchern, theologischen Werken und den Abhandlungen Ciceros, bei denen diese Schriften zum erstenmal verwendet wurden. Was man in Frankreich Italique nennt (die Kursivschrift), wurde von den Aldi in Venedig erfunden: daher der Name. Vor der Erfindung des mechanisch hergestellten Papiers, dessen Länge ohne Grenzen ist, waren die größten Formate Grand Jésus und Grand-Colombier; und das letztere diente kaum zu etwas anderem als zu Atlanten und Stichen. Im Grunde waren die Dimensionen des Druckpapiers vom Umfang der Preßplatte abhängig. Zu der Zeit, da David berichtete, wäre die Existenz des fortlaufenden Papiers in Frankreich als Schimäre erschienen, obwohl schon Denis Robert d'Essonne gegen 1799 zu seiner Herstellung eine Maschine erfunden hatte, die später Didot-Saint-Léger zu verbessern versucht hat. Das Velinpapier, das Ambroise Didot erfunden hat, stammt erst aus dem Jahre 1780. Dieser rasche Überblick zeigt unwiderlegbar, daß alle großen Errungenschaften der Industrie und der Kenntnisse mit außerordentlicher Langsamkeit und durch unmerkliche Häufungen genau wie ein geologischer oder sonst ein Naturprozeß vor sich gegangen sind. Um zu ihrer Vollkommenheit zu gelangen, hat die Schrift – vielleicht auch die Sprache – dieselben Tastversuche unternehmen müssen wie die Buchdruckerkunst und die Papierfabrikation.

»Lumpensammler suchen in ganz Europa die Lumpen, die alte Leinwand zusammen und kaufen die Überbleibsel jeder Art von Geweben«, sagte der Buchdrucker zum Schluß seiner Darlegung. »Diese Abfälle, Lumpen oder Hadern, die entsprechend dem Gewebe sortiert werden müssen, werden bei den Lumpenhändlern en gros aufgestapelt, und diese versorgen die Papiermühlen. Um Ihnen einen Begriff von diesem Handel zu geben, will ich Ihnen sagen, daß im Jahre 1814 der Bankier Cardon, der Eigentümer der Bütten von Buges und Langlée – wo Léorier de l'Isle sich schon 1776 an der Lösung des Problems versucht hat, mit dem sich Ihr Vater beschäftigte –, einen Prozeß mit einem gewissen Proust hatte; in seine Rechnung über zehn Millionen Pfund gelieferter Lumpen hatte sich ein Gewichtsirrtum von zwei Millionen eingeschlichen; es handelte sich bei diesem Prozeß um Beträge von annähernd vier Millionen Francs. Der Fabrikant wäscht seine Lumpen und verwandelt sie in einen hellen Brei, der – genau wie eine Köchin ihre Sauce durch ein Sieb gehen läßt – durch einen eisernen, die ›Form‹ genannten Rahmen durchgetrieben wird; dieser besteht innen aus einem Metall, in dessen Mitte sich das Filigran befindet, das dem Papier den Namen mitgibt. Von der Größe dieser Form nun also hängt die Papiergröße ab. Als ich bei Didot tätig war, beschäftigte man sich schon mit dieser Frage, und man beschäftigt sich noch immer damit, denn die Verbesserung, die Ihr Vater gesucht hat, ist eine der gebieterischen Notwendigkeiten unserer Zeit. Hören Sie die Gründe. Obgleich die Dauerhaftigkeit des Leinenfadens im Vergleich mit der Baumwolle schließlich die Leinwand billiger macht, geben die Armen, da es sich für sie immer darum handelt, ob sie ihrer Tasche eine bestimmte Summe entnehmen können, lieber weniger als mehr aus und erleiden auf Grund des Vae victis![89] riesige Verluste. Die Bürgerklasse verfährt genauso wie die Armen. Daher wird die Leinwand immer seltener. In England, wo die Baumwolle bei vier Fünfteln der Bevölkerung die Leinwand verdrängt hat, wird bereits nur noch Papier aus Baumwolle fabriziert. Dieses Papier, das zunächst den Nachteil hat, daß es leicht brüchig wird und reißt, löst sich so schnell im Wasser auf, daß ein Buch aus Baumwollpapier nur eine Viertelstunde darin bleiben müßte, um zu Brei zu werden, während ein altes Buch noch nicht ruiniert wäre, wenn es zwei Stunden darin bliebe. Man ließe das alte Buch einfach trocknen, und obwohl es vergilbt und verwischt wäre, könnte man den Text noch lesen, und das Werk wäre nicht zerstört. Wir nähern uns einer Zeit, da die Vermögen sich ausgleichen und also kleiner werden, da alle ärmer werden; wir werden billigere Wäsche und billigere Bücher benötigen, genauso wie man damit beginnt, kleine Bilder zu verlangen, weil man keinen Raum mehr hat, um große zu hängen. Die Hemden und die Bücher werden nicht mehr dauerhaft, das ist es. Die soliden Erzeugnisse verschwinden allenthalben. Also ist das Problem, das es zu lösen gilt, von der größten Bedeutung für die Literatur, die Wissenschaft und die Politik. Es gab eines Tages in meinem Arbeitszimmer eine lebhafte Diskussion über die Bestandteile, die man in China zur Herstellung des Papiers verwendet. Dort hat, dank den Rohstoffen, die Papierfabrikation von Anfang an eine Vollendung erreicht, die bei uns unbekannt ist. Man beschäftigte sich damals mit dem Chinapapier, das durch seine Leichtigkeit und Reinheit dem unsern sehr überlegen ist, denn diese wertvollen Eigenschaften benehmen ihm nicht die Festigkeit, und so dünn es auch ist: es ist in keiner Weise durchsichtig. Ein sehr kenntnisreicher Korrektor – in Paris trifft man unter den Korrektoren Gelehrte: Fourier[90] und Pierre Leroux[91] sind in diesem Augenblick Korrektoren bei Lachevardière[92]! ... – also, der Graf von Saint-Simon[93], der damals gerade Korrektor war, trat während dieser Diskussion zu uns. Er sagte uns, daß nach Kämpfer[94] und du Halde[95] die Brussonatia den Chinesen den Stoff zu ihrem Papier geliefert habe, das, wie das unsere übrigens auch, ganz und gar pflanzlicher Herkunft sei. Ein anderer Korrektor behauptete, das

Chinapapier werde hauptsächlich aus einem tierischen Stoff, nämlich der Seide, hergestellt, die es in China ja im Überfluß gibt. Es wurde in meiner Anwesenheit eine Wette abgeschlossen. Da die Firma Didot die Druckerei des Instituts ist, war es natürlich, daß die Debatte Mitgliedern dieser gelehrten Versammlung zur Entscheidung vorgelegt wurde. Marcel[96], der frühere Direktor der kaiserlichen Druckerei, wurde zum Schiedsrichter ernannt und verwies die beiden Korrektoren an den Abbé Grozier[97], den Bibliothekar am Arsenal. Nach dem Urteil des Abbé Grozier verloren die Korrektoren alle beide ihre Wette. Das Chinapapier wird weder aus Seide noch aus der Brussonatia hergestellt; sein Brei entstammt den zerriebenen Fasern des Bambus. Der Abbé Grozier besaß ein chinesisches Buch, ein zugleich ikonographisches und technologisches Werk, in dem sich zahlreiche Abbildungen befanden, die die Herstellung des Papiers in allen ihren Phasen darstellten, und er zeigte uns eine Wiedergabe von Bambusschäften, wie sie haufenweise in der Ecke einer Papierwerkstatt lagen, die vortrefflich gezeichnet war. Als Lucien mir sagte, Ihr Vater hätte vermöge einer Art Intuition, wie sie den begabten Menschen eigen ist, etwas von einem Mittel geahnt, durch das man die Lumpen durch einen überaus verbreiteten pflanzlichen Stoff ersetzen könne, der unmittelbar der Bodenproduktion entnommen zu werden vermöchte, wie es die Chinesen machen, wenn sie sich faserhaltiger Schäfte oder Halme bedienen, da habe ich alle Versuche, die meine Vorgänger angestellt hatten, zusammengestellt und mich endlich darangemacht, die Frage zu studieren. Der Bambus ist eine Art Schilfrohr: naturgemäß dachte ich an die Schilfrohre unserer Heimat. Die Handarbeit spielt in China keine Rolle, ein Tagelohn beträgt dort drei Sous: daher können die Chinesen ihr Papier, wenn es aus der Form kommt, Bogen für Bogen zwischen heiße Tafeln aus weißem Porzellan bringen, mittels derer sie es pressen und ihm den Glanz, die Leichtigkeit, die Festigkeit, die Seidenglätte geben, die es zum ersten Papier der Welt machen. Nun also gilt es, das chinesische Verfahren durch eine Maschine zu ersetzen. Durch Maschinen gelingt es, das Problem der Billigkeit zu lösen, die in China durch den niedrigen Lohn für Handarbeit erzielt wird. Wenn es uns gelänge, zu niedrigem Preis Papier von einer ähnlichen Qualität wie das Chinapapier herzustellen, dann verringerten wir das Gewicht und die Dicke der Bücher um mehr als die Hälfte. Ein gebundener Voltaire, der auf unsern Velinpapieren zweieinhalb Zentner wiegt, würde auf Chinapapier kaum einen halben wiegen. Und das wäre sicher eine große Errungenschaft. Die Raumfrage wird bestimmt in einer Epoche, in der die allgemeine Verkleinerung der Dinge und der Menschen sich auf alles, auch auf ihre Wohnungen erstreckt, für die Bibliotheken immer schwerer zu lösen sein. In Paris werden die großen Paläste, die großen Wohnungen früher oder später eingerissen; es gibt bald keine Vermögen mehr, die mit den Bauten unserer Väter in Einklang stehen. Welche Schande für unsere Zeit, daß sie Bücher herstellt, die nicht von Dauer sind! Noch zehn Jahre, und das holländische Bütten, d. h. das aus Leinenlumpen hergestellte, wird völlig unmöglich sein. Nun aber hat mir Ihr Bruder die Idee mitgeteilt, die Ihr Vater gehabt hat, gewisse faserhaltige Pflanzen für die Herstellung von Papier zu verwenden; Sie sehen, wenn ich durchdringe, haben Sie Anspruch auf . . .«

In diesem Augenblick trat Lucien auf seine Schwester zu und unterbrach David mitten in seinem edelmütigen Anerbieten.

»Ich weiß nicht«, sagte er, »ob ihr diesen Abend schön gefunden habt, für mich war er eine grausame Enttäuschung.« – »Armer Lucien, was ist dir denn zugestoßen?« fragte Eve, als sie die erregte Miene des Bruders sah.

Der gereizte Dichter berichtete von seinen Ängsten und warf die Gedankenwogen, die ihn bestürmten, über ihre teilnehmenden Herzen. Eve und David hörten Lucien schweigend zu; traurig ließen sie diesen Strom von Schmerzen seinen Lauf nehmen, der so viel Größe und so viel Kleinheit offenbarte.

»Monsieur de Bargeton«, sagte Lucien abschließend, »ist ein alter Mann, der ohne Frage bald irgendeiner Verdauungsstörung erliegen dürfte; alsdann werde ich diese stolze Welt beherrschen; dann heirate ich nämlich Madame de Bargeton! Ich habe heute abend in ihren Augen eine Liebe gelesen, die nicht hinter der meinen zurückbleibt. Ja, sie hat meine Wunden mitempfunden, sie hat meine Qualen besänftigt; sie ist so groß und edel, wie sie schön und anmutig ist! Nein, sie wird mich niemals verraten!«

»Ist es nicht an der Zeit, ihm eine ruhige Existenz zu schaffen?« fragte David leise seine Eve.

Eve drückte schweigend Davids Arm; er verstand, was sie meinte, und beeilte sich, Lucien von den Plänen zu erzählen, die er geschmiedet hatte. Die beiden Liebenden waren ebenso mit sich selber beschäftigt, wie Lucien es war, und so kam es, daß Eve und David, die es nach einer sofortigen Zustimmung zu ihrem Glück verlangte, die Bewegung der Überraschung nicht bemerkten, die dem Liebhaber der Madame de Bargeton entschlüpfte, als er von der beabsichtigten Verehelichung seiner Schwester und Davids hörte. Lucien, der davon geträumt hatte, daß er seiner Schwester einen vornehmen Gatten verschaffen würde, wenn er in die Höhe gekommen wäre, um seinen Ehrgeiz mit den Möglichkeiten zu stützen, die eine mächtige Familie ihm brächte, war sehr herabgestimmt, seinen Erfolgen in der Welt durch diesen Bund ein neues Hindernis sich entgegenstellen zu sehen.

»Madame de Bargeton kann einwilligen, Madame de Rubempré zu werden, aber niemals wird sie die Schwägerin David Séchards sein wollen!« Dieser Satz vermag auf das genaueste die Gedanken zu bezeichnen, die das Herz Luciens folterten. – »Louise hat recht, Menschen, die eine Zukunft haben, werden niemals von ihrer Familie verstanden«, dachte er bitter.

Wäre ihm dieser Herzensbund in einem Augenblick mitgeteilt worden, da er nicht gerade in der Phantasie damit beschäftigt gewesen wäre, Monsieur de Bargeton umzubringen, so hätte er ohne Frage seine lebhafteste Freude bezeigt. Er hätte an seine gegenwärtige Lage gedacht, hätte das Los eines Mädchens in Betracht gezogen, das schön und vermögenslos war, das Los Eve Chardons, und hätte diese Ehe für ein unverhofftes Glück gehalten. Aber er weilte in einem der goldenen Träume, in denen die Jünglinge auf hohem ›Wenn‹ alle Hürden nehmen. Eben noch hatte er sich als den Herrscher der Gesellschaft gesehen; und nun war es dem Dichter schmerzlich, so schnell wieder in die Wirklichkeit zurückzufallen. Eve und David dachten, ihr Bruder sei von so viel Edelmut erschüttert und schweige deswegen. Für diese beiden schönen Seelen bewies eine stumme Zustimmung die wahre Freundschaft. Der Buchdrucker fing an, mit sanfter und herzlicher Beredsamkeit das Glück auszumalen, das sie alle vier erwartete. Ohne sich von den Einwürfen Eves stören zu lassen, richtete er sein erstes Stockwerk mit der Verschwendung eines Liebenden ein; er baute mit gläubiger Zuversicht das zweite Stockwerk für Lucien und das Geschoß über dem Schuppen für Madame Chardon, der er allen liebevollen Eifer kindlicher Fürsorge erweisen wollte. Kurzum, er machte die Familie so glücklich und seinen Bruder so unabhängig, daß Lucien von Davids Stimme und Eves Zärtlichkeiten bezaubert wurde und im Dunkel der Bäume auf dem Weg entlang der ruhig fließenden, schimmernden Charente unter dem Sternengewölbe und in der lauen Nachtluft die schmerzende Dornenkrone vergaß, die die Gesellschaft ihm aufs Haupt gedrückt hatte. Monsieur de Rubempré erkannte endlich David wieder. Die Beweglichkeit seines Wesens führte ihn bald zurück in das reine, arbeitsame, bürgerliche Leben, das er geführt hatte; es dünkte ihn verschönt und sorgenlos. Der Lärm der aristokratischen Welt rückte immer ferner. Und schließlich drückte unser Ehrgeiziger, als er das Pflaster von l'Houmeau betreten hatte, die Hand seines Bruders und gab dem Bunde der glücklichen Liebenden seine Zustimmung.

»Vorausgesetzt, daß dein Vater nicht gegen diese Ehe ist!« sagte er zu David. – »Du weißt ja, wie wenig er sich um mich kümmert! Der alte Herr lebt für sich; aber ich will ihn morgen in Marsac besuchen, und wenn es nur wäre, um ihn dazu zu bringen, daß er den Umbau in die Wege leitet, den wir brauchen.«

David begleitete Bruder und Schwester zu Madame Chardon, die er mit der Dringlichkeit eines Mannes, der es eilig hat, um Eves Hand bat. Die Mutter nahm die Hand der Tochter, legte sie freudig in die Davids, und der Liebende faßte Mut und küßte seine schöne Verlobte, die ihm errötend zulächelte, auf die Stirn.

»So sehen die Verlobungen armer Leute aus«, sagte die Mutter und hob die Augen zum Himmel, wie um den Segen Gottes herabzuflehen. – »Du hast Mut, mein Sohn«, wandte sie sich an David, »denn wir sind im Elend, und ich fürchte, daß es ansteckend ist.« – »Wir werden reich und glücklich sein«, sagte David ernst. »Zunächst werden Sie Ihren Beruf als Krankenpflegerin aufgeben und mit Ihrer Tochter und Lucien nach Angoulême ziehen.«

Die drei Kinder beeilten sich nun, der erstaunten Mutter ihren reizenden Plan zu erzählen, und sie überließen sich einer von den begeisterten Familienplaudereien, bei denen man im voraus alle Ernten einbringt und alle Freuden vorwegnimmt. David mußte schließlich vor die Tür gesetzt werden; ihm wäre es am liebsten gewesen, dieser Abend hätte kein Ende genommen. Es schlug ein Uhr, als Lucien seinen künftigen Schwager bis zum Palet-Tor zurückbegleitete. Der wackere Postel, den diese ungewöhnliche Lebhaftigkeit unruhig gemacht hatte, stand hinter seiner Jalousie; er hatte das Fenster geöffnet und sagte sich, als er zu dieser Stunde bei Eve Licht sah: »Was ist nur bei Chardons los?« – »Jungchen«, rief er, als er Lucien zurückkommen sah, »was ist denn mit euch? Braucht ihr mich vielleicht?« – »Nein«, antwortete der Dichter; »aber da Sie unser Freund sind, kann ich es Ihnen sagen: meine Mutter hat David Séchard die Hand meiner Schwester versprochen.«

Statt jeder Antwort schloß Postel jäh sein Fenster; er bereute verzweifelt, daß er nicht um Mademoiselle Chardon angehalten habe.

David ging nicht nach Angoulême zurück. Er schlug die Landstraße nach Marsac ein. Er schlenderte langsam zu seinem Vater hinaus und gelangte an die an das Haus grenzenden Weinberge in dem Augenblick, da die Sonne aufging. Unser Liebender gewahrte den Kopf des alten ›Bären‹ über eine Hecke hinweg unter einem Mandelbaum.

»Guten Morgen, Vater!« sagte David zu ihm. – »Was! du, Junge? Wie kommst du zu dieser Stunde auf die Landstraße? Komm hier herein«, sagte der Winzer und wies dem Sohn eine kleine Gittertür. »Meine Reben haben alle geblüht, keine hat Frost abbekommen! Es gibt dies Jahr mehr als zwanzig Ohm auf den Morgen. Aber wie das auch gedüngt worden ist!« – »Vater, ich muß was Wichtiges mit dir besprechen.« – »Na, und was machen unsere Pressen? Du mußt doch klotziges Geld verdienen.« – »Später vielleicht, Vater, aber im Augenblick bin ich alles andre als reich.« – »Sie tadeln mich hier alle, daß ich so viel dünge«, entgegnete der Vater. »Die Bourgeois, d. h. der Herr Marquis, der Herr Graf, der Herr Soundso behaupten, ich nähme dem Wein die Qualität. Nun hör mal zu! Diese Herren ernten sieben, manchmal auch acht Stückfässer auf den Morgen und verkaufen sie zu sechzig Francs das Stück, das macht also in den guten Jahren höchstens vierhundert Francs auf den Morgen. Ich ernte zwanzig Stück und verkaufe sie zu dreißig Francs, in Summa sechshundert Francs. Wer ist nun der Dummkopf? Qualität! Qualität! Was liegt mir an der Qualität! Die können sie meinetwegen für sich behalten, ihre Qualität, die Herren Marquis! Für mich sind die Taler die Qualität! Was sagst du dazu . . .?« – »Vater, ich heirate. Ich wollte dich bitten . . .« – »Mich bitten? Was? Kommt nicht in Frage, mein Junge. Heirate, das soll mir recht sein; aber geben kann ich dir nichts, ich habe keinen Sou. Die Gebühren haben mich ruiniert! Seit zwei Jahren habe ich Gebühren, Steuern, Auflagen aller Art zu zahlen; die Regierung nimmt einem alles; der größere Teil der Einkünfte fließt in den Säckel der Regierung! Seit zwei Jahren haben wir armen Winzer nichts verdient. Dieses Jahr läßt sich nicht übel an, aber meine verfluchten Ohmfässer kosten allein schon elf Francs das Stück. Die Ernte schluckt der Böttcher. Warum willst du vor dem Herbsten heiraten?« – »Vater, ich hatte nur um deine Zustimmung bitten wollen.« – »Ach so, das ist ganz was anderes! Ich bin nicht neugierig, aber wen heiratest du eigentlich?« – »Eve Chardon.« – »Was ist denn das für eine? Wovon lebt sie?« – »Sie ist die Tochter des verstorbenen Monsieur Chardon, des Apothekers von l'Houmeau.« – »Du heiratest eine Tochter aus l'Houmeau, du, ein Bürgersmann, du, der Königliche Buchdrucker in Angoulême? Das kommt bei der Bildung 'raus! Darum läßt man seine Kinder aufs Gymnasium gehen! So! Dann ist sie also sehr reich, mein Junge?« fragte der alte Winzer und trat mit schmeichelnder Miene näher an den Sohn heran; »denn wenn du eine Tochter aus l'Houmeau heiratest, muß sie Hunderte und Tausende haben! Schön! Du kannst mir meine Miete bezahlen. Weißt du, mein Junge, daß du mir jetzt zweieinviertel Jahr lang die Miete schuldig bist? Das macht zweitausendsiebenhundert Francs, und die kämen mir sehr gelegen, damit ich den Böttcher bezahlen kann. Von jedem andern als meinem Sohn hätte ich das Recht, Zinsen zu verlangen, denn schließlich, Geschäft ist Geschäft; aber ich erlasse sie dir. Also, wieviel hat sie?« – »Sie hat soviel, wie meine Mutter hatte.«

Der alte Winzer wollte ausrufen: »Dann hat sie also nur zehntausend Francs!« Aber da fiel ihm ein, daß er seinem Sohn keine Abrechnung geleistet hatte, und er rief:

»Dann hat sie also nichts!« – »Das Vermögen meiner Mutter war ihre Klugheit und ihre Schönheit.« – »Geh auf den Markt damit und sieh zu, was du dafür bekommst! Heiliges Donnerwetter! Was haben die Väter für ein Pech mit ihren Kindern! David, als ich geheiratet habe, waren mein ganzes Vermögen eine papierene Zipfelmütze auf dem Kopf und meine beiden Arme; ich war ein armer ›Bär‹; aber mit der schönen Druckerei, die ich dir geschenkt habe, mit deinem Fleiß und deinen Kenntnissen mußt du eine Städterin heiraten, die dreißig-, vierzigtausend Francs hat! Gib deine Liebschaft auf, und laß mich dich verheiraten! Eine Meile von hier wohnt eine zweiunddreißigjährige Witwe, eine Müllersfrau, die für hunderttausend Francs Land in bester Sonnenlage hat; das ist 'ne Sache für dich. Du kannst ihren Grund und Boden mit Marsac vereinigen, sie grenzen aneinander! Ach! Was für einen schönen Besitz hätten wir dann, und wie würde ich ihn verwalten! Es heißt, sie wolle sich mit Courtois, ihrem ersten Gesellen, verheiraten. Du bist mehr wert als er! Ich würde die Mühle leiten, während sie in Angoulême die Dame spielen könnte.« – »Vater, ich bin verlobt ...« – »David, du verstehst nichts vom Geschäft; ich sehe, du ruinierst dich. Jawohl, wenn du dich mit diesem Mädchen aus l'Houmeau verheiratest, behandle ich dich wie jeden andern und verlange, daß du mir meine Miete bezahlst; mir ahnt nämlich nichts Gutes. O meine armen Pressen, meine Pressen! Es kostet ein Heidengeld, euch zu ölen, euch instand zu halten und euch arbeiten zu lassen. Nur ein gutes Jahr kann mich darüber trösten.« – »Vater, mir scheint, bis jetzt hab ich dir wenig Kummer gemacht ...« – »Und mir sehr wenig Miete bezahlt«, antwortete der Winzer. – »Ich wollte dich außer deiner Zustimmung zu meiner Heirat bitten, mir einen zweiten Stock auf das Haus setzen und über dem Schuppen noch ein Gelaß bauen zu lassen.« – »Prost Mahlzeit, ich habe keinen Sou, das weißt du ganz genau. Überdies wäre das gerade, als wollte ich das Geld aus dem Fenster werfen; denn was würde mir das einbringen? Aha! Du stehst früh am Morgen auf, um Bauereien von mir zu verlangen, die einen König ruinieren könnten. Obwohl du David getauft worden bist, habe ich nicht die Schätze des Königs Salomo. Du bist ja verrückt! Ganz sicher hat man mir das Kind in der Wiege vertauscht. – Da sieh mal, was die für Trauben bringen wird!« unterbrach er sich und zeigte David eine Rebe. »Das sind Kinder, die die Hoffnung ihrer Eltern nicht enttäuschen: man gibt ihnen Dung, und dann tragen sie. Aber dich habe ich aufs Gymnasium geschickt, enorme Summen habe ich ausgegeben, um dich zu einem gebildeten Menschen zu machen, ich habe dich zu Didot geschickt, damit du was lernst, und was ist das Ende vom Lied? Du bringst mir eine Schwiegertochter aus l'Houmeau, ein Mädchen, das keinen Sou Mitgift hat! Hätte ich dich nicht die Schule besuchen lassen, wärst du unter meinen Augen geblieben, so führtest du dich nach meinem Wunsch auf und nähmest jetzt eine Müllerin mit hunderttausend Francs zur Frau, die Mühle gar nicht mitgerechnet. Dient dein bißchen Verstand zu nichts weiter, als daß du glaubst, ich würde dich für deine Gefühlsduseleien belohnen und dir Paläste bauen ...? Man könnte tatsächlich meinen, das Haus, in dem du wohnst, habe seit zweihundert Jahren nur Schweine beherbergt, und dein Mädchen aus l'Houmeau könne sich dort nicht ins Bett legen. Das ist denn doch! Ist sie etwa die Königin von Frankreich?« – »Schon gut, Vater, ich lasse den zweiten Stock auf meine Kosten bauen, und damit bereichert der Sohn den Vater. Das ist zwar die verkehrte Welt, aber das kommt eben manchmal vor.« – »Was, mein Junge, du hast Geld zum Bauen, und um die Miete zu bezahlen hast du keins? Spitzbube! Führst du etwa deinen Vater hinters Licht?«

Diese Frage war schwer zu beantworten, und der Alte war begeistert, seinen Sohn in eine Verlegenheit gebracht zu haben, die es ihm möglich machte, ihm nichts zu geben und dabei dennoch nicht unväterlich zu erscheinen. Daher konnte David von seinem Vater lediglich die schlichte Zustimmung zu seiner Heirat und die Erlaubnis erlangen, auf eigene Kosten im väterlichen Hause sämtliche Umbauten vornehmen zu lassen, die ihm nötig schienen. Der alte ›Bär‹, dieses Musterbild eines konservativen Vaters, war so gnädig gegen seinen Sohn, daß er die Miete noch stundete und ihm nicht die Ersparnisse nahm, die er unklugerweise hatte durchblicken lassen. David kehrte traurig heim: er hatte eingesehen, daß er im Unglück nicht auf den Beistand seines Vaters rechnen könne.

In ganz Angoulême war von nichts anderem die Rede als von dem Ausspruch des Bischofs und der Antwort der Madame de Bargeton. Die kleinsten Vorfälle wurden so entstellt, übertrieben und ausgeschmückt, daß unser Dichter als der Held des Tages dastand. Aus der oberen Gesellschaftsschicht, in der dieses Unwetter des Klatsches und der Lästerungen tobte, fielen auch einige Tropfen für das Bürgertum ab. Als Lucien durch Beaulieu ging, um Madame de Bargeton zu besuchen, fiel ihm die neidische Aufmerksamkeit auf, mit der ein paar junge Leute ihn musterten, und er erhaschte ein paar Sätze, die ihn stolz machten.

»Ein Glückspilz«, sagte ein Anwaltsschreiber namens Petit-Claud, ein früherer Schulkamerad Luciens, dem gegenüber er gern eine gewisse Gönnermiene aufgesetzt hatte und der häßlich war. – »Ja, gewiß, er ist hübsch, er hat Talent, und Madame de Bargeton ist verliebt in ihn«, antwortete ein junger Herr, der bei der Vorlesung dabeigewesen war.

Er hatte ungeduldig der Stunde entgegengesehen, zu der er Louise allein treffen konnte; es verlangte ihn, von dieser Frau, die die Richterin über all seine Schicksale geworden war, die Zustimmung zur Verheiratung seiner Schwester zu erhalten. Nach dem gestrigen Abend sei Louise vielleicht zärtlicher gestimmt, dachte er, und jene Zärtlichkeit könnte eine glückliche Stunde zur Folge haben. Er hatte sich nicht getäuscht: Madame de Bargeton empfing ihn mit einem Gefühlsüberschwang, der diesem Neuling in der Liebe als eine ergreifende Steigerung ihrer Leidenschaft erschien. Sie überließ ihr schönes, goldenes Haar, ihre Hände, ihren Kopf den feurigen Küssen des Dichters, der am Abend vorher so viel hatte leiden müssen.

»Wenn du dein Gesicht gesehen hättest, während du lasest«, sagte sie – denn sie waren am Vorabend übereingekommen, ›du‹ zueinander zu sagen; sie verwandten diese Zärtlichkeit in dem Augenblick, da Louise auf dem Kanapee mit ihrer weißen Hand die Schweißtropfen weggewischt hatte, die im voraus Perlen auf die Stirn setzten, auf die sie eine Krone drücken wollte. »Es sprühten Funken aus deinen schönen Augen! Ich sah die goldenen Ketten an deinem Munde, die die Herzen an die Lippen des

Dichters fesseln. Du mußt mir den ganzen Chénier vorlesen, er ist der Dichter der Liebenden. Du sollst nicht mehr leiden, ich will es nicht! Ja, lieber Engel, ich will dir eine Oase schaffen, wo du dein ganzes Dichterdasein verbringen kannst, wie es dir beliebt, bald tätig, bald lässig, müßig, arbeitsam oder sinnend; aber vergiß nie, daß du deine Lorbeeren mir verdankst, daß das für mich die edle Entschädigung für die Leiden ist, die mir schwerlich erspart bleiben werden. Armer Liebster, diese Welt wird mich so wenig schonen wie dich; sie rächt sich für alles Glück, an dem sie nicht teilhat. Ja, sie werden immer eifersüchtig auf mich sein; hast du es nicht gestern gesehen, sind nicht diese blutgierigen Schmeißfliegen schnell genug herangeflogen, um sich mit den Stichen vollzusaugen, die sie dir beibrachten? Aber ich war glücklich, ich habe gelebt! Wie lange haben die Saiten meines Herzens nicht mehr solch einen vollen Klang gegeben!«

Tränen rannen über Louises Wangen; Lucien ergriff ihre Hand und drückte statt aller Antwort einen langen Kuß darauf. So wurde der Eitelkeit dieses Dichters von dieser Frau auf die gleiche Weise geschmeichelt, wie es seine Mutter, seine Schwester und David getan hatten. Alle Menschen seiner Umgebung fuhren fort, das nur in der Phantasie bestehende Postament zu erhöhen, auf das er sich gesetzt hatte. Von aller Welt, von seinen Freunden wie von der Wut seiner Feinde, in seinen ehrgeizigen Vorstellungen bestärkt, wandelte er in einer Luft einher, die von Wahngebilden erfüllt war. Die Phantasie junger Menschen ist naturgemäß so sehr mitschuldig an solchen Lobeserhebungen und Ideen; alles beeilt sich so sehr, einem schönen, zukunftsreichen jungen Menschen zu dienen, daß es mehr als einer bitteren und erkältenden Lektion bedarf, um solches Blendwerk zu verscheuchen.

»Meine schöne Louise, du willst also meine Beatrice sein, aber eine Beatrice, die sich lieben läßt?«

Sie hob ihre schönen Augen, die sie gesenkt gehalten hatte, auf und sagte mit einem himmlischen Lächeln, das ihre Worte Lügen strafte:

»Wenn du es verdienst ... später! Bist du nicht glücklich? Ein Herz sein eigen nennen, alles sagen können, im sicheren Gefühl, verstanden zu werden – ist das nicht Glück?« – »Ja«, antwortete er und verzog das Gesicht wie ein nicht völlig befriedigter Liebhaber. – »Kind!« sagte sie scherzend. »Aber hatten Sie mir nicht etwas zu sagen? Du warst mit etwas beschäftigt, als du hereinkamst, mein Lucien.«

Lucien vertraute seiner Geliebten schüchtern die Liebe Davids zu seiner Schwester, die seiner Schwester zu David an und sprach von der beabsichtigten Heirat.

»Armer Lucien«, sagte sie, »er hat Angst, er könnte geschlagen oder gescholten werden, wie wenn er selber sich verheiraten wollte! Aber was ist daran Schlimmes?« fügte sie hinzu und fuhr mit den Händen durch Luciens Haar. »Was kümmert mich deine Familie, in der du doch eine Ausnahme bist? Wenn mein Vater seine Magd heiratete, würdest du dir das zu Herzen nehmen? Lieber Junge, Liebende sind füreinander allein ihre ganze Familie. Interessiert mich etwas anderes auf Erden als mein Lucien? Werde groß, erobere dir Ruhm, das allein geht uns an!«

Diese egoistische Antwort machte Lucien zum glücklichsten Menschen der Welt. In dem Augenblick, da er die tollen Gründe hörte, mit denen Louise ihm bewies, daß sie und er allein auf der Welt seien, trat Monsieur de Bargeton ein. Lucien runzelte die Stirn und schien verlegen; Louise machte ihm ein Zeichen und bat ihn, bei ihnen zum Essen zu bleiben. Sie sagte, es wäre schön, wenn er ihr André Chénier läse, bis die Spieler und die gewohnten Besucher kämen.

»Sie werden nicht bloß ihr ein Vergnügen damit machen«, sagte Bargeton, »sondern auch mir. Nichts ist für mich bekömmlicher, als wenn ich nach dem Essen vorlesen höre.«

Lucien blieb, von Bargeton und von Louise mit Auszeichnung behandelt, von den Lakaien mit dem Respekt bedient, den sie für die bevorzugten Freunde des Hauses an den Tag legten, im Stadtpalais Bargeton. Mehr und mehr betrachtete er den Genuß eines Vermögens, dessen Nutznießung ihm gestattet war, als sein eigen. Als der Salon voller Menschen war, fühlte er sich der Dummheit Bargetons und der Liebe Louises so sicher, daß er eine herrische Miene annahm, zu der ihn seine schöne Geliebte nur ermutigte. Er genoß die Freuden der Despotie, die Naïs für ihn erobert hatte und die sie gern mit ihm teilte. Kurzum, er versuchte an jenem Abend die Rolle eines Kleinstadtheros zu spielen. Einige unter den Anwesenden dachten, als sie die neue Haltung Luciens wahrnahmen, er sei, wie man sich über so etwas in alten Zeiten ausgedrückt hätte, mit Madame de Bargeton schon ganz und gar einig. Amélie, die mit Monsieur du Châtelet gekommen war, sprach in einer Ecke des Salons, in der sich die Eifersüchtigen und Neidischen gesammelt hatten, von diesem großen Unglück als einer sicheren Sache.

»Machen Sie Naïs nicht für die Eitelkeit eines jungen Menschen verantwortlich, den es mit Stolz erfüllt, daß er sich in einer Welt befindet, in die er niemals zu gelangen hoffte«, sagte Châtelet. »Sehen Sie nicht, daß dieser Chardon die anmutigen Phrasen einer Weltdame für ein gewisses Entgegenkommen hält? Er kennt noch nicht den Unterschied zwischen der Verschwiegenheit der wahren Leidenschaft und der Beredsamkeit der Protektion, die seine Schönheit, seine Jugend und sein Talent verdienen! Die Frauen wären sehr zu bedauern, wenn sie für alle Wünsche verantwortlich wären, die sie uns einflößen. Er ist sicher verliebt, aber Naïs ...«

»O Naïs«, erwiderte die boshafte Amélie, »Naïs ist sehr glücklich über diese Leidenschaft. In ihrem Alter hat die Liebe eines jungen Mannes so viel Verführerisches! Man wird dabei wieder jung, man verwandelt sich in ein junges Mädchen, man nimmt wieder dessen Manieren, sein ängstlich-verlegenes Wesen an, und man bedenkt nicht die Lächerlichkeit ... Sehen Sie nur an, der Sohn eines Apothekers spielt sich bei Madame de Bargeton als Herr und Meister auf!« – »Die Liebe kennt nicht solche Schranken«, trällerte Adrien.

Am nächsten Tag gab es kein einziges Haus in Angoulême, in dem nicht von der großen Intimität zwischen Monsieur Chardon, alias de Rubempré, und Madame de Bargeton gesprochen worden wäre, die beiden, die kaum ein paar Küsse getauscht hatten, wurden von der Gesellschaft schon des sträflichsten Glückes bezichtigt. Madame de Bargeton trug jetzt die Bürde ihrer Stellung als Königin von Angoulême. Zu den närrischsten Gepflogenheiten der Gesellschaft gehören ihre launenhaften Urteile und ihre verrückten Forderungen. Es gibt Menschen, denen alles erlaubt ist: sie können die unvernünftigsten Dinge tun, ihnen steht alles und jedes wohl an; alle eifern, ihr Tun und Lassen zu rechtfertigen. Aber es gibt auch andere, gegen die die Welt unglaublich streng ist: sie müssen alles recht machen, dürfen sich nie täuschen, nie einen Fehler begehen, und nicht einmal eine Dummheit; man könnte sie für bewunderte Statuen halten, die man von ihrem Postament nimmt, sowie der Frost ihnen einen Finger oder die Nase beschädigt hat; man sieht ihnen nichts Menschliches nach, sie sind verpflichtet, immer göttlich und vollkommen zu sein. Ein einziger Blick, den Madame de Bargeton Lucien zuwarf, galt ebensoviel wie die zwölf Jahre Liebesglück zwischen Zizine und Francis. Ein Händedruck zwischen den beiden Liebenden zog alle Blitzstrahlen der Charente auf sie herab.

David hatte aus Paris geheime Ersparnisse mitgebracht, die er für die Kosten, die die Hochzeit erforderte, und für den Aufbau des zweiten Stockwerks des väterlichen Hauses bestimmte. Dieses Haus vergrößern, hieß doch schließlich: für sich selber arbeiten. Früher oder später mußte es ihm anheimfallen; sein Vater war achtundsiebzig Jahre alt. Der Buchdrucker ließ also die Wohnung Luciens aus Fachwerk errichten, um die alten Mauern des rissigen Hauses nicht zu überlasten. Es machte ihm Freude, die Wohnung im ersten Stock, wo die schöne Eve ihr Leben verbringen sollte, anheimelnd zu möblieren und auszuschmücken. Es war für die beiden Freunde eine Zeit ungetrübter Heiterkeit und Freude. Lucien war wohl der erbärmlichen Verhältnisse des Provinzdaseins müde und hatte die schmutzige Knickrigkeit satt, die aus einem Hundertsousstück eine riesige Summe machte, aber er ertrug dennoch, ohne zu jammern, die sorglichen Berechnungen, die die Armut mit sich bringt, und ihre Entbehrungen. Seine düstere Melancholie war dem strahlenden Ausdruck der Hoffnung gewichen. Er sah über seinem Haupte einen Stern strahlen; er träumte von einem schönen Dasein und pflanzte sein Glück auf dem Grabe Bargetons auf, der von Zeit zu Zeit mit schweren Verdauungsstörungen zu tun hatte und an der glücklichen Manie litt, die Unbehaglichkeiten nach dem Mittagessen für eine Krankheit zu halten, die man mit denen nach dem Abendessen kurieren müsse.

Anfang September war Lucien kein Faktor mehr, er war Monsieur de Rubempré und wohnte, im Vergleich mit der elenden

Dachkammer, in der der kleine Chardon in l'Houmeau gehaust hatte, geradezu prächtig; er war nicht mehr einer aus l'Houmeau, er wohnte jetzt in der Oberstadt Angoulême und aß nahezu viermal wöchentlich bei Madame de Bargeton zu Abend. Der Bischof hatte Gefallen an ihm gefunden, und er durfte im Bischofspalast verkehren. Seiner Beschäftigung nach gehörte er zu den höchstgestellten Personen. Schließlich würde er eines Tages unter die Berühmtheiten Frankreichs aufgenommen werden. Freilich, wenn er seinen hübschen Salon, sein reizendes Schlafzimmer und sein sehr geschmackvolles Studierzimmer anschaute, konnte er sich darüber hinwegtrösten, daß er von den so schwer verdienten Löhnen seiner Schwester und seiner Mutter monatlich dreißig Francs für sich nahm; denn er sah den Tag kommen, wo der historische Roman ›Der Bogenschütze Karls IX.‹, an dem er seit zwei Jahren schrieb, und ein Band Gedichte, der ›Die Margueriten‹ heißen sollte, seinen Namen in der literarischen Welt bekannt machen und ihm soviel Geld einbringen würden, daß er der Mutter, der Schwester und David das geschuldete Geld zurückzahlen konnte. Er fühlte sich gewachsen, er hörte bereits den künftigen Widerhall seines Namens erschallen, und so nahm er diese Opfer mit vornehmer Ruhe entgegen: er belächelte seine Not, er genoß gewissermaßen seine letzte Notzeit. Eve und David hatten das Glück ihres Bruders dem eigenen vorangestellt; die Hochzeit verzögerte sich noch, weil die Handwerker mit den Möbeln, dem Anstrich, den Tapeten für den ersten Stock noch nicht fertig waren; denn alles, was Lucien betraf, war zuerst erledigt worden. Wer Lucien kannte, konnte sich über diese Aufopferung nicht wundern: er war so bezaubernd! Sein Benehmen war so schmeichlerisch! Er drückte seine Ungeduld und seine Wünsche auf so reizende Weise aus! Seine Sache war stets gewonnen, ehe er noch den Mund auftat. Diese verhängnisvolle Gabe verdirbt mehr junge Leute, als sie ihnen zum Heil ausschlägt. Viele von diesen großen Kindern gewöhnen sich an die Zuvorkommenheit, die einem angenehmen jugendlichen Äußern entgegengebracht wird; sie freuen sich über den egoistischen Schutz, den die Welt jemandem gewährt, der ihr gefällt, wie man ja auch dem Bettler, der zum Gefühl spricht und es rührt, ein Almosen gibt; sie genießen diese Gunst, anstatt sie nützlich zu verwenden. Sie täuschen sich über den Sinn und die Veränderlichkeit der sozialen Beziehungen und glauben immer, daß ihnen dies trügerische Lächeln stets aufs neue zuteil werden müsse; aber der Augenblick, da die Welt sie wie alte Kokotten und unbrauchbare Lumpen an der Tür eines Salons und an einem Grenzpfahl verläßt, findet sie nackt, kahl, ausgeplündert, ohne Geld und ohne Glück. Eve hatte übrigens jenen Aufschub gewünscht; sie wollte alles, was für einen jungen Haushalt notwendig ist, mit größtmöglicher Sparsamkeit anschaffen. Was hätten zwei Liebende einem Bruder abschlagen können, der wohl, wenn er seine Schwester arbeiten sah, mit einem Ton, der von Herzen kam, sagte: »Ich wollte, ich könnte nähen!« Und außerdem war der ernste, beobachtende David mitschuldig an dieser Opferwilligkeit. Dennoch betrachtete er seit dem Triumph Luciens bei Madame de Bargeton die Umwandlung, die sich in ihm vollzog, mit ängstlichen Blicken; er fürchtete, Lucien könne lernen, die Bürgersitten zu verachten. In dem Wunsch, seinen Bruder auf die Probe zu stellen, stellte David ihn einigemal vor die Wahl zwischen den patriarchalischen Freuden des Familienlebens und den Vergnügungen der großen Welt, und wenn es dann geschah, daß Lucien ihnen seine eitlen Genüsse preisgab, hatte er wohl ausgerufen: »Man wird ihn uns nicht verderben!« Dann und wann unternahmen die drei Freunde und Madame Chardon miteinander Ausflüge, wie man sie in der Provinz macht: sie gingen in den Wäldern spazieren, die in der Nähe Angoulêmes am Ufer der Charente sich erstrecken; sie picknickten im Grünen mit dem Mundvorrat, den Davids Lehrling zu einer bestimmten Stunde an eine verabredete Stelle gebracht hatte; dann kehrten sie abends ein wenig ermüdet heim und hatten noch keine drei Francs ausgegeben. Bei großen Gelegenheiten aßen sie in einem ländlichen Gasthaus zu Mittag, das die Mitte hielt zwischen einer Provinzkneipe und einer Pariser Schenke, und brachten es bis zu hundert Sous, die zwischen David und den Chardons geteilt wurden. David rechnete es Lucien sehr hoch an, daß er bei diesen ländlichen Festen die Genüsse vergaß, die er bei Madame de Bargeton und den üppigen Diners der höheren Kreise zu finden gewohnt war; denn jeder wollte jetzt den großen Mann von Angoulême feiern.

Unter solchen Umständen und in einem Augenblick, da fast alles für den künftigen Haushalt bereit war – David war nach Marsac gefahren, um seinen Vater zu bewegen, der Hochzeit beizuwohnen, da er hoffte, der Alte werde, wenn ihm seine Schwiegertochter gefalle, zu den beträchtlichen Kosten des Umbaus etwas beitragen –, ereignete sich eine der Begebenheiten, die in einer Kleinstadt allen Dingen ein anderes Gesicht geben. Lucien und Louise hatten in Châtelet einen geheimen Spitzel, der mit der Hartnäckigkeit seines Hasses, dem sich Leidenschaft und Habgier gesellten, auf die Gelegenheit lauerte, einen Skandal herbeizuführen. Sixte wollte Madame de Bargeton zwingen, sich um Luciens willen so zu kompromittieren, daß sie das werden mußte, was man als ›verloren‹ bezeichnet. Er spielte die Rolle eines schlichten Vertrauten der Madame de Bargeton; aber er zollte Lucien nur in der Rue du Minage Bewunderung; überall anderswo riß er ihn herunter. Es war ihm allmählich gelungen, auch tagsüber Zutritt zu Naïs zu erlangen; sie hegte gegen ihren alten Anbeter kein Mißtrauen mehr; er jedoch mutmaßte über den Umgang der beiden Liebenden zuviel. Ihre Liebe blieb zur großen Verzweiflung Louises und Luciens platonisch. Es gibt nämlich, wenn man es so ausdrücken will, Liebesverhältnisse, die sich gut oder schlecht anlassen. Zwei Menschen werfen sich auf die Taktik des Gefühlsaustausches, sprechen, anstatt zu handeln, und kämpfen in offener Feldschlacht, anstatt eine Belagerung vorzunehmen. So werden sie oft einander dadurch überdrüssig, daß sie ihre Sehnsucht ins Leere verpuffen lassen. Die beiden Liebenden sind dann so weit, daß sie Zeit finden, nachzudenken und einander kritisch zu betrachten. Oft kehren auf diese Weise Leidenschaften, die mit fliegenden Fahnen und in strahlendem Schmuck, mit einer Glut, die alles über den Haufen rennen wollte, ins Feld gezogen waren, schließlich ohne Sieg, beschämt, entwaffnet, ärgerlich über ihren leeren Lärm, nach Hause zurück. Dieses Verhängnis findet manchmal in der Schüchternheit der Jugend und dem Hinzögern seine Erklärung, zu dem Frauen, die Anfängerinnen sind, neigen; denn diese Art gegenseitigen Betrugs unterläuft weder den erfahrenen Praktikern noch den Koketten, die mit der Leidenschaft umzugehen wissen.

Das Provinzleben steht überdies der Befriedigung der Liebe seltsam feindlich gegenüber und begünstigt in der Leidenschaft die nationalen Auseinandersetzungen; und ebenso stürzen die Hindernisse, die es dem intimen Verkehr, der die Liebenden so sehr verbindet, entgegensetzt, die glühenden Seelen in Zwiespalt. Jenes Leben ist auf eine so peinliche Spionage gegründet, auf eine so große Durchsichtigkeit der Häuser; es erlaubt sowenig eine Vertraulichkeit, die beschwichtigt, ohne die Tugenden zu verletzen; die reinsten Beziehungen werden so sinnlos bezichtigt, daß viele Frauen als entehrt gelten, obwohl sie unschuldig sind. Manche unter ihnen werden dann ungehalten, daß sie nicht sämtliche Wonnen eines Fehltritts genießen, dessen schlimme Folgen sie ausnahmslos tragen müssen. Die Gesellschaft, die ohne irgendeine ernsthafte Prüfung die offenkundigen Tatsachen tadelt oder kritisiert, die langen, geheimen Kämpfen ein Ende setzen, ist also ursprünglich mitschuldig an dergleichen Skandalen; aber die meisten Menschen, die gegen die angeblichen Skandale zetern, an denen zu Unrecht verleumdete Frauen schuld sein sollen, haben nie an die Ursachen gedacht, die sie schließlich zu einer Lösung in aller Öffentlichkeit treiben. Madame de Bargeton sollte in diese bizarre Lage geraten, in die so viele Frauen gekommen sind, die erst Verlorene wurden, nachdem sie ungerecht beschuldigt worden waren.

Zu Beginn einer Leidenschaft schrecken unerfahrene Menschen vor den Hindernissen zurück; und die Hindernisse, die unsere beiden Liebenden vorfanden, glichen sehr den Fesseln, mit denen die Liliputaner den Gulliver geknebelt hatten. Es waren gehäufte Nichtigkeiten, die jede Bewegung unmöglich und die heftigsten Wünsche zunichte machten. So mußte zum Beispiel Madame de Bargeton immer gewärtig sein, Besuche zu empfangen. Hätte sie für die Stunden, da Lucien kam, ihre Tür verschlossen gehalten, so wäre bereits alles aus gewesen, und es wäre ebensogut gewesen, wenn sie mit ihm auf und davon gegangen wäre. Sie empfing ihn in dem Boudoir, an das er schon so gewöhnt war, daß er sich darin als Herr und Meister vorkam; aber die Türen blieben gewissenhaft offen. Alles ging völlig tugendhaft vor sich. Monsieur de Bargeton ging in voller Harmlosigkeit hin und her, ohne sich einfallen zu lassen, seine Frau könne mit Lucien allein sein wollen. Wäre er das einzige Hindernis gewesen, so hätte ihn Naïs sehr gut wegschicken oder anderweitig beschäftigen können; aber sie wurde von Besuchern überlaufen, und es wurden ihrer desto mehr, je stärker die Neugier sich angestachelt fühlte. Die Menschen in der Provinz sind Spielverderber aus natürlicher Anlage; es macht ihnen Freude, sich anbahnenden Liebesverhältnissen in den Weg zu treten. Die Dienstboten gingen und kamen im Hause, ohne daß man sie gerufen hatte und ohne vorher an die Tür zu klopfen; es waren das alte Gewohnheiten, wie eine Frau, die nichts zu verbergen brauchte, sie gebilligt hatte. Wäre an diesen Gepflogenheiten im Hause etwas geändert worden, so hätte das genausoviel besagt, als eine Liebe einzugestehen, an der ganz Angoulême vorerst noch zweifelte. Madame de Bargeton konnte den Fuß nicht über ihre Schwelle setzen, ohne daß die ganze Stadt wußte, wohin sie ging. Mit Lucien allein außerhalb der Stadt spazierenzugehen, hätte einen entscheidenden Schritt bedeutet: es wäre weniger gefährlich gewesen, sich mit ihm bei sich zu Hause einzuschließen. Wenn Lucien nach Mitternacht, nachdem die Gäste gegangen waren, bei Madame de Bargeton geblieben wäre, so hätte es am nächsten Tage ein Gerede darüber gegeben. So lebte Madame de Bargeton innerhalb und außerhalb des Hauses immer in der Öffentlichkeit. Diese Einzelheiten geben ein Bild von der ganzen Provinz: die Fehltritte sind da entweder offenkundig oder unmöglich.

Louise erkannte, wie alle Frauen, die von einer Leidenschaft hingerissen sind, in der sie sich nicht auskennen, nacheinander sämtliche Schwierigkeiten ihrer Lage; sie schreckte davor zurück. Ihre Angst wirkte jetzt auf die Auseinandersetzungen ein, die so oft die schönsten Stunden in Anspruch nehmen, in denen zwei Liebende allein beisammen sind. Madame de Bargeton besaß keinen Landsitz, auf den sie ihren geliebten Dichter mitnehmen konnte, wie es manche Frauen machen, die sich unter einem geschickt erfundenen Vorwand auf dem Lande begraben. Sie war es müde, gewissermaßen unter öffentlicher Kontrolle zu leben; sie fühlte sich aufgerieben von der Tyrannei, deren Joch so hart war, daß ihre Annehmlichkeiten nicht mehr zählten, und sie dachte an l'Escarbas. Sie erwog, ihren alten Vater dort zu besuchen, so wütend war sie über diese elenden Hindernisse.

Châtelet glaubte nicht an so viel Unschuld. Er lauerte auf die Stunden, in denen Lucien zu Madame de Bargeton kam, und begab sich ein paar Augenblicke später ebenfalls zu ihr. Stets ließ er sich von Monsieur de Chandour begleiten, der der indiskreteste Mensch dieses Kreises war. Ihn ließ er immer zuerst eintreten, in der Hoffnung auf eine Überraschung. Er versteifte sich darauf, daß ihm ein Zufall zu Hilfe kommen werde. Seine Rolle und das Gelingen seines Plans waren um so schwieriger, als er neutral bleiben mußte, um alle die Spieler des Dramas, das er aufführen wollte, zu lenken. Um Lucien, dem er schmeichelte, und um Madame de Bargeton, die nicht ohne Scharfblick war, sorglos zu machen sowie um sich eine Haltung zu geben, hatte er sich an die eifersüchtige Amélie angeschlossen. Um Louise und Lucien besser ausspionieren zu können, war es ihm seit ein paar Tagen gelungen, zwischen sich und Monsieur de Chandour eine Meinungsverschiedenheit über die beiden Liebenden zu entfachen. Châtelet behauptete, Madame de Bargeton mache sich über Lucien lustig, sie sei zu stolz und von zu guter Herkunft, um sich zu einem Apothekerssohn herabzulassen. Diese Rolle des Ungläubigen gehörte zu dem Plan, den er geschmiedet hatte; denn er wünschte, als der Verteidiger der Madame de Bargeton zu gelten. Stanislas blieb dabei, Lucien sei kein unglücklicher Liebhaber. Amélie verschärfte die Auseinandersetzung, indem sie den Wunsch aussprach, die Wahrheit zu erfahren. Jeder führte seine Gründe an. Wie es in kleinen Städten geschieht, traten oft einige intime Freunde des Hauses Chandour gerade während eines Gesprächs ein, in dem Châtelet und Stanislas um die Wette ihre Meinung mit ausgezeichneten Argumenten vertraten. Es ergab sich wie von selbst, daß jeder der beiden Gegner Bundesgenossen suchte und etwa seinen Nachbarn fragte: »Und Sie, was ist Ihre Meinung?« Diese Kontroverse bewirkte es, daß Madame de Bargeton und Lucien nicht aus den Augen gelassen wurden. Eines Tages endlich bemerkte Châtelet, daß, wenn Chandour und er Madame de Bargeton besuchten und Lucien da war, niemals irgendein Anzeichen für verdächtige Beziehungen vorhanden sei: die Tür zum Boudoir war stets offen, die

Leute kamen und gingen; nichts Geheimnisvolles kündete von den reizenden Verbrechen der Liebe. Stanislas, dem es an einem gewissen Quantum Dummheit nicht fehlte, versprach, er wolle sich am nächsten Tag auf den Zehenspitzen heranschleichen, und die perfide Amélie bestärkte ihn energisch in diesem Vorsatz.

Dieser nächste Tag war für Lucien einer von denen, wo junge Menschen sich die Haare ausraufen und sich geloben, der törichten Zeit des Schmachtens endlich ein Ende zu machen. Er hatte sich an seine Lage gewöhnt. Der Dichter, der in dem geheiligten Boudoir der Königin von Angoulême kaum gewagt hatte, sich auf einen Stuhl zu setzen, hatte sich in einen drängenden Liebhaber verwandelt. Sechs Monate hatten genügt, daß er sich Louise ebenbürtig fühlte, und er wollte jetzt ihr Herr und Meister sein. Als er von zu Hause wegging, versprach er sich, sehr unvernünftig zu sein, alles daranzusetzen, alle Mittel einer flammenden Beredsamkeit anzuwenden; er wollte sagen, er habe keinen Kopf mehr, er sei unfähig, einen Gedanken zu fassen oder eine Zeile zu schreiben. Manche Frauen haben schreckliche Angst vor festen Entschlüssen, was ihrem Zartgefühl Ehre macht; sie wollen dem Sinnentaumel nachgeben, aber nicht der Vereinbarung. Niemand will einen Genuß, zu dem er gezwungen wird. Madame de Bargeton gewahrte auf Luciens Stirn, in seinen Augen, seiner ganzen Physiognomie und seinem Auftreten das aufgeregte Wesen, das einen festen Entschluß verrät: sie nahm sich vor, ihn zu vereiteln, ein wenig aus Widerspruchsgeist, aber auch aus einer edlen Auffassung der Liebe. Als überspannte Frau war sie gewöhnt, den Wert ihrer Person zu überschätzen. In ihren Augen war sie eine Fürstin, eine Beatrice, eine Laure[98]. Sie setzte sich, wie man es im Mittelalter tat, unter den Baldachin des Dichterturniers, und Lucien durfte sie erst nach etlichen Siegen verdienen; er mußte erst das ›himmlische Kind‹[99], Lamartine, Walter Scott und Byron überwinden. Die edle Dame betrachtete ihre Liebe als ein erhabenes Prinzip: die Wünsche, die sie Lucien einflößte, sollten ihn antreiben, sich Ruhm zu erwerben. Diese weibliche Donquichotterie ist ein Gefühl, das der Liebe eine achtenswerte Weihe leiht; sie macht sie nutzbringend, groß und ehrenvoll. Sie hatte es sich in den Kopf gesetzt, im Leben Luciens sieben oder acht Jahre lang die Rolle der Dulcinea[100] zu spielen, und wollte, wie viele Frauen der Provinz, ihre Person durch eine Art Dienstbarkeit, durch eine Zeit der standhaften Treue erkaufen lassen, die es ihr ermöglicht hätte, den Freund von Grund auf kennenzulernen.

Als Lucien den Kampf mit einer der prahlerischen Übertreibungen begonnen hatte, über die die Frauen, die noch frei über sich verfügen können, lachen und die nur die Frauen, die sich hingegeben haben, betrüben, setzte Louise eine würdige Miene auf und begann eine ihrer langen, mit pomphaften Worten gespickten Reden.

»Halten Sie so Ihr Versprechen, Lucien?« fragte sie schließlich. »Sie dürfen eine so holde Gegenwart nicht mit Gewissensbissen belasten, die später mein Leben vergiften würden. Verderben Sie nicht die Zukunft! Und, ich sage es mit Stolz, verderben Sie nicht die Gegenwart! Gehört Ihnen nicht mein ganzes Herz? Was fehlt Ihnen denn noch? Läßt sich wirklich Ihre Liebe von den Sinnen beeinflussen, während es das schönste Vorrecht einer geliebten Frau ist, ihnen Ruhe zu gebieten? Wofür halten Sie mich denn? Bin ich nicht mehr Ihre Beatrice? Wenn ich für Sie nicht etwas mehr als nur eine Frau bin, dann bin ich weniger als eine Frau.« – »Zu einem Mann, den Sie nicht lieben, würden Sie nichts anderes sagen«, rief Lucien wütend. – »Wenn Sie keine Empfindung für die wahrhafte Liebe besitzen, die all mein Denken beseelt, werden Sie nie meiner würdig sein.« – »Sie setzen Zweifel in meine Liebe, um der Antwort enthoben zu sein«, sagte Lucien und warf sich ihr schluchzend zu Füßen.

Der arme Junge weinte allen Ernstes, da er sich auf so lange Zeit vor das Tor des Paradieses verbannt sah. Es waren Tränen eines Dichters, der sich in seiner Macht gedemütigt glaubte, Tränen eines Kindes, das außer sich gerät, weil man ihm ein begehrtes Spielzeug verweigert.

»Sie haben mich nie geliebt!« rief er. – »Sie glauben nicht, was Sie da sagen«, antwortete sie, geschmeichelt über dieses Ungestüm. – »So beweisen Sie mir doch, daß Sie mir gehören«, rief Lucien, dem die Haare wild ums Gesicht hingen.

In diesem Augenblick war Stanislas geräuschlos hinzugetreten und erblickte Lucien halb am Boden liegend, mit Tränen in den Augen und den Kopf auf Louises Knie. Von diesem hinreichend verdächtigen Anblick zufriedengestellt, drehte er sich jäh nach du Châtelet um, der an der Tür des Salons stehengeblieben war. Madame de Bargeton stürzte hinaus, aber sie erreichte die beiden Spione nicht mehr, die sich, wie jemand, der ungelegen kommt, schleunigst zurückgezogen hatten.

»Wer war denn hier?« fragte sie ihre Dienerschaft. »Die Herren de Chandour und du Châtelet«, antwortete Gentil, ihr alter Kammerdiener.

Bleich und bebend kehrte sie in ihr Boudoir zurück.

»Wenn sie Sie so gesehen haben, bin ich verloren«, sagte sie zu Lucien. – »Um so besser!« rief der Dichter.

Sie lächelte bei diesem selbstsüchtigen Ausruf, in dem soviel Liebe lag. In der Provinz wird ein solches Abenteuer schlimmer durch die Art, wie es weitererzählt wird. Binnen kurzem wußte alle Welt, Lucien sei ertappt worden, wie er vor Naïs auf den Knien gelegen habe. Monsieur de Chandour war glücklich über die Wichtigkeit, die ihm dieser Vorfall verlieh, und beeilte sich zunächst, das große Ereignis im Klub und dann von Haus zu Haus zu erzählen. Châtelet legte Wert darauf, überall zu sagen, er habe nichts gesehen; aber gerade dadurch, daß er sich so abseits stellte, reizte er Stanislas zum Sprechen, brachte er ihn dazu, die Einzelheiten zu übertreiben; und Stanislas, der sich dabei geistreich vorkam, fügte bei jedem Wiedererzählen neue Details hinzu. Am Abend strömte die ganze Gesellschaft zu Amélie, denn die übertriebensten Versionen zirkulierten zu jener Tageszeit bereits in den Adelskreisen Angoulêmes, wo jeder Erzähler Stanislas' Beispiel gefolgt war. Damen wie Herren waren ungeduldig, die Wahrheit zu erfahren. Zu den Frauen, die am meisten die Hände zusammenschlugen und von Skandal und Unzucht zeterten, gehörten vor allem Amélie, Zéphirine, Fifine und Lolotte, die alle, mehr oder weniger, unerlaubter Freuden schuldig waren. Das grausame Thema wurde in allen Tonarten variiert.

»Ja«, sagte eine, »die arme Naïs! Nicht wahr? Ich glaube es nicht, ein ganzes Leben ohne Makel zeugt für sie; sie ist viel zu stolz, um etwas anderes zu sein als die Gönnerin dieses Chardon. Aber wenn es so ist, dann bedaure ich sie von ganzem Herzen.« – »Sie ist um so mehr zu bedauern, als sie sich schrecklich lächerlich macht; sie könnte doch die Mutter dieses Monsieur Lülü sein, wie ihn Jacques genannt hat. Dieser Dichterling ist höchstens zweiundzwanzig Jahre alt, und Naïs hat, unter uns gesagt, gute vierzig hinter sich.« – »Ich für mein Teil«, sagte Châtelet, »finde, daß gerade die Situation, in der Monsieur de Rubempré betroffen wurde, Naïs' Unschuld beweist. Man fällt nicht auf die Knie, um zu begehren, was man schon gehabt hat.« – »Je nachdem!« sagte Francis mit einem ausgelassenen Schmunzeln, das ihm von Zéphirine einen mißbilligenden Blick eintrug. – »Aber sagen Sie uns doch, wie die Sache sich verhält?« wurde Stanislas gefragt, und es bildete sich in einer Ecke des Salons eine Art Geheimkomitee.

Stanislas hatte gerade eine kleine Geschichte zum besten gegeben, die voller verblümter Unanständigkeiten war, und sie mit Gesten und Stellungen begleitet, die den Vorfall als etwas ungemein Anrüchiges hinstellten.

»Unglaublich!« wurde immer wieder gesagt. – »Am hellen Mittag?« fragte eine. – »Naïs wäre die letzte gewesen, der ich so was zugetraut hätte.« – »Was wird sie jetzt tun?«

Dann unendliche Kommentare und Vermutungen ...! Du Châtelet verteidigte Madame de Bargeton; aber er verteidigte sie so ungeschickt, daß er das Feuer des Klatsches schürte, anstatt es zu löschen. Lili, die untröstlich über den Sturz des schönen Engels vom Olymp Angoumois' war, begab sich tränenden Auges in den bischöflichen Palast, um die Nachricht dort weiter zu verbreiten. Als bereits die ganze Stadt von dem Gerücht erfüllt war, begab sich der glückliche Châtelet zu Madame de Bargeton, wo heute abend, o weh!, nur ein einziger Whisttisch besetzt war. Er bat Naïs in diplomatisch leisem Ton, mit ihr in ihrem Boudoir plaudern zu dürfen. Sie setzten sich beide auf das kleine Kanapee.

»Sie wissen ohne Zweifel«, sagte Châtelet mit gedämpfter Stimme, »womit ganz Angoulême sich beschäftigt ...?« – »Nein«, antwortete sie. – »Ich bin«, begann er, »zu sehr Ihr Freund, um Sie darüber im unklaren zu lassen. Ich muß Sie einweihen, damit Sie die Verleumdungen zum Schweigen bringen, die ohne Frage von Amélie erfunden worden sind; sie ist ja vermessen genug, sich für Ihre Rivalin zu halten. Ich hatte Sie heute morgen zusammen mit dem Affen, dem Stanislas, besuchen wollen. Er ging einige Schritte vor mir, und als er hier angelangt war« – dabei deutete er auf die Boudoirtür –, »behauptet er, habe er Sie mit Monsieur de Rubempré in einer Situation gesehen, die ihm nicht erlaubte, einzutreten; er kam ganz verwirrt zu mir zurück und zog mich mit sich, ohne mir Zeit zu lassen, zur Besinnung zu kommen; wir waren schon in Beaulieu, als er mir endlich den Grund seiner Flucht mitteilte. Hätte ich eine Ahnung gehabt, wäre ich nicht von hier gewichen, sondern hätte diese Sache zu Ihren Gunsten aufgeklärt; aber nachdem wir fortgegangen waren, noch einmal zurückzukehren, das hätte nichts mehr bewiesen. Jetzt aber, ob nun Stanislas falsch gesehen hat oder nicht, muß er unrecht haben. Liebe Naïs, lassen Sie nicht Ihr Leben, Ihre Ehre, Ihre Zukunft von einem Dummkopf gefährden; bringen Sie ihn sofort zum Schweigen. Sie wissen ja, in welcher Lage ich mich hier befinde. Ich bin auf alle Welt angewiesen, aber ich bin gänzlich Ihnen ergeben. Verfügen Sie über ein Leben, das Ihnen gehört. Wenn Sie auch meine Wünsche zurückgewiesen haben, ist dennoch mein Herz immer Ihr Eigentum, und bei jeder Gelegenheit werde ich Ihnen beweisen, wie sehr ich Sie liebe. Jawohl, ich will wie ein treuer Diener über Sie wachen, ohne Hoffnung auf Belohnung, lediglich um der Freude willen, die ich daran finde, Ihnen, auch ohne Ihr Wissen, zu dienen. Ich habe diesen Morgen überall gesagt, daß ich an der Salontür war und nichts gesehen hätte. Wenn Sie gefragt werden, wer Sie von den Reden, die über Sie im Umlauf sind, unterrichtet habe, dann nennen Sie meinen Namen. Ich wäre sehr glücklich, Ihr erkorener Verteidiger zu sein; aber unter uns gesagt: Monsieur de Bargeton ist der einzige, der von Stanislas Rechenschaft verlangen kann. – Vielleicht hat der kleine Rubempré eine Torheit begangen; aber die Ehre einer Dame darf nicht von einem beliebigen Tollkopf abhängen, der sich ihr zu Füßen wirft. Das habe ich überall gesagt.«

Naïs dankte Châtelet mit einem Neigen des Kopfes und blieb in Nachdenken versunken. Sie war des Provinzlebens bis zum Ekel überdrüssig. Bei Châtelets erstem Wort hatte sie Paris ins Auge gefaßt. Madame de Bargetons Schweigen setzte ihren klugen Anbeter in Verlegenheit.

»Verfügen Sie über mich«, sagte er, »ich wiederhole es Ihnen.« –

»Danke«, antwortete sie. – »Was gedenken Sie zu tun?« – »Ich werde sehen.« Langes Schweigen. – »Lieben Sie denn diesen kleinen Rubempré so sehr?«

Sie lächelte hochmütig, kreuzte die Arme und betrachtete die Vorhänge ihres Boudoirs. Châtelet ging, ohne dieses stolze Frauenherz enträtselt haben zu können. Als Lucien und die vier getreuen alten Herren, die zu ihrer Kartenpartie hergekommen waren, ohne sich über diese zweifelhaften Lästerreden aufzuregen, wieder gegangen waren, wandte sich Madame de Bargeton an ihren Mann. Er war gerade im Begriff gewesen, sich schlafen zu legen, und hatte schon den Mund geöffnet, um seiner Frau gute Nacht zu wünschen.

»Komm mit mir hier hinein, mein Lieber, ich habe mit dir zu sprechen«, sagte sie mit einer gewissen Feierlichkeit. Bargeton folgte seiner Frau ins Boudoir. »Höre«, sagte sie zu ihm, »ich habe vielleicht falsch gehandelt, in meine Sorge und Gönnerschaft für Monsieur de Rubempré eine Wärme zu legen, die die dummen Menschen in dieser Stadt ebenso schlecht verstanden, wie er selber. Heute morgen hat sich Lucien mir zu Füßen geworfen und angefangen, mir eine Liebeserklärung zu machen. Stanislas ist in dem Augenblick hereingekommen, als ich den kindischen Jungen zum Aufstehen zwang. In Mißachtung der Pflichten, die die Wohlerzogenheit einem Edelmann gegen eine Frau in jeder Lage auferlegt, hat er behauptet, er habe mich in einer zweideutigen Situation mit dem jungen Menschen überrascht, den ich übrigens behandelt habe, wie er es verdient. Wenn dieser junge Hitzkopf die Verleumdungen kennte, zu denen seine Torheit Veranlassung gegeben hat, würde er, ich kenne ihn, Stanislas beleidigen und ihn zwingen, ihn zum Duell zu fordern. Dieser Schritt käme einem öffentlichen Eingeständnis seiner Liebe gleich. Ich brauche dir nicht erst zu sagen, daß deine Frau makellos ist; aber du dürftest der Ansicht sein, es liege für dich und für mich etwas Entehrendes darin, wenn Monsieur de Rubempré sich zu ihrem Verteidiger aufwirft. Geh also jetzt sofort zu Stanislas und verlange von ihm Genugtuung für die beschimpfenden Reden, die er über mich geführt hat; vergiß nicht: du darfst nicht dulden, daß die Sache beigelegt wird, ohne daß er in Gegenwart zahlreicher und gewichtiger Zeugen alles zurücknimmt.

Du gewinnst auf diese Weise die Achtung aller Ehrenmänner; du benimmst dich als Mann von Geist und Mut, und du hast Anspruch auf meine Achtung. Ich werde Gentil nach l'Escarbas reiten lassen; mein Vater soll dein Zeuge sein. Trotz seines Alters weiß ich, daß er der Mann ist, einen Popanz zu Boden zu zwingen, der den guten Ruf einer Nègrepelisse anzutasten gewagt hat. Du hast die Wahl der Waffen, schlage dich auf Pistolen, du bist ja ein guter Schütze.« – »Ich gehe hin«, antwortete Bargeton und nahm Stock und Hut. – »Schön, mein Freund«, sagte seine Frau; »so liebe ich die Männer; du bist ein wahrer Edelmann.«

Sie bot ihm die Stirn zum Kuß dar, und der alte Herr küßte sie glücklich und stolz. Seine Frau, die eine Art mütterliches Gefühl für dieses große Kind hegte, konnte eine Träne nicht unterdrücken, als sie hörte, wie das Portal sich hinter ihm schloß.

»Wie er mich liebt!« mußte sie denken. »Der arme Mann hängt am Leben, und dennoch würde er es ohne Besinnen für mich hingeben.«

Monsieur de Bargeton beunruhigte sich nicht groß darüber, daß er sich am nächsten Tage mit einem Manne duellieren, daß er, ohne mit der Wimper zu zucken, die Mündung einer Pistole auf sich gerichtet sehen sollte; nein, nur eine einzige Erwägung brachte ihn so in Verwirrung, daß er zitterte, als er zu Monsieur de Chandour ging. »Was soll ich ihm bloß sagen?« dachte er; »Naïs hätte mir recht gut einen Hinweis geben können!« Und er zermarterte sich das Hirn, um ein paar Sätze, die nicht lächerlich wären, zusammenzubringen.

Aber Menschen, die, wie Bargeton, in einem Schweigen leben, das ihnen die Enge ihres Geistes und ihr beschränkter Gesichtskreis auferlegen, bekunden in den großen Augenblicken des Lebens eine vollendete Feierlichkeit. Da sie wenig reden, entschlüpfen ihnen natürlich wenig Dummheiten; außerdem denken sie viel über das nach, was sie sagen müssen, und ihr außerordentliches Mißtrauen gegen sich selbst bringt sie dazu, ihre Reden so gut vorzubereiten, daß sie sich vermöge eines Vorgangs, der Ähnlichkeit mit dem hat, der Bileams Eselin[101] die Zunge löste, ganz wunderbar ausdrücken. Und so benahm sich Bargeton wie ein überlegener Mann. Er rechtfertigte die Meinung derer, die ihn für einen Philosophen aus der Schule des Pythagoras hielten. Er trat um elf Uhr abends bei Stanislas ein und fand eine zahlreiche Gesellschaft vor. Er grüßte Amélie schweigend und hielt allen sein nichtssagendes Lächeln entgegen, das unter den jetzigen Umständen den Eindruck tiefer Ironie machte. Es trat ein großes Schweigen ein, wie in der Natur beim Herannahen eines Gewitters. Châtelet, der zurückgekehrt war, sah mit einem bedeutsamen Blick nacheinander Bargeton und Stanislas an, dem der beleidigte Gatte sich höflich näherte.

Châtelet verstand den Sinn eines Besuchs, den der alte Herr zu einer Stunde machte, da er sonst zu Bett lag: Naïs hatte offenbar diesen schwachen Arm in Bewegung gesetzt; und da seine Stellung bei Amélie ihm das Recht gab, sich in die Angelegenheiten des Hauses einzumischen, erhob er sich, nahm Bargeton beiseite und fragte ihn:

»Sie wollen mit Stanislas sprechen?« – »Ja«, antwortete der Gute, glücklich, einen Vermittler gefunden zu haben, der vielleicht das Wort für ihn führte. – »Gut, gehen Sie in Amélies Schlafzimmer«, entgegnete ihm der Steuerdirektor. Er war froh über dieses Duell, das Madame de Bargeton zur Witwe machen konnte und es ihr dann dennoch verbot, Lucien, der die Veranlassung zu dem Duell gewesen war, zu heiraten. – »Stanislas«, sagte Châtelet zu Chandour, »Bargeton kommt, um Sie der Reden wegen, die Sie über Naïs geführt haben, zur Rechenschaft zu ziehen. Gehen Sie ins Zimmer Ihrer Frau und benehmen Sie sich beide als Edelleute. Machen Sie keinen Lärm, seien Sie recht höflich zueinander, bezeigen Sie die ganze Kälte britischer Würde.«

Im nächsten Augenblick traten Stanislas und Châtelet zu Bargeton.

»Monsieur«, sagte der beleidigte Gatte, »Sie behaupten, Sie hätten meine Frau mit Monsieur de Rubempré in einer zweideutigen Situation getroffen?« – »Mit Monsieur Chardon«, erwiderte Stanislas ironisch, der Bargeton für keinen hervorragenden Kopf hielt. – »Gleichviel«, entgegnete der Gatte; »wenn Sie diese Behauptung nicht vor der Gesellschaft, die in diesem Augenblick bei Ihnen versammelt ist, zurücknehmen, ersuche ich Sie, sich einen Zeugen zu wählen. Mein Schwiegervater, Monsieur de

Nègrepelisse, wird Sie um vier Uhr morgens aufsuchen. Inzwischen kann jeder von uns seine Anordnungen treffen, denn die Sache kann nur auf die Weise aus der Welt geschafft werden, die ich eben andeutete. Ich wähle Pistolen, ich bin der Beleidigte.«

Bargeton hatte unterwegs diese kleine Rede hin und her überlegt. Sie war die längste seines Lebens, er sprach sie leidenschaftslos und mit dem ruhigsten Gesicht von der Welt. Stanislas wurde blaß und fragte sich: »Was habe ich denn schließlich gesehen?«

Aber zwischen der Schande, seine Worte vor der ganzen Stadt in Anwesenheit dieses Schweigsamen, der keinen Spaß zu verstehen schien, zurückzunehmen, und der Furcht, der gräßlichen Furcht, die ihm mit ihren heißen Händen den Hals zuschnürte, wählte er die entferntere Gefahr.

»Gut. Bis morgen also«, sagte er zu Bargeton und dachte, die Sache könne inzwischen noch beigelegt werden.

Die drei Herren begaben sich wieder in den Salon zurück, und alle blickten ihnen forschend ins Gesicht: Châtelet lächelte, Bargeton sah genauso aus, wie wenn er bei sich daheim wäre; aber Stanislas war leichenblaß. Bei diesem Anblick errieten einige Damen den Gegenstand der Aussprache. Die Worte »sie duellieren sich!« gingen von Mund zu Mund. Die Hälfte der Gesellschaft dachte, Stanislas müsse unrecht haben; seine Blässe und die ganze Art seiner Haltung kündeten eine Lüge an; die andere Hälfte bewunderte die Haltung Bargetons. Châtelet spielte den Feierlichen und Geheimnisvollen. Bargeton blieb einige Augenblicke stehen und erforschte die Mienen der Anwesenden; dann ging er.

»Haben Sie Pistolen?« fragte Châtelet leise Stanislas, der von Kopf bis Fuß bebte.

Amélie durchschaute alles und wurde ohnmächtig; die Damen bemühten sich um sie und trugen sie in ihr Schlafzimmer Ein schrecklicher Lärm entstand, alle sprachen zu gleicher Zeit. Die Herren blieben im Salon und erklärten einstimmig, Bargeton sei im Recht.

»Hätten Sie dem Guten zugetraut, daß er sich so wacker hielte?« fragte Monsieur de Saintot. – »Aber«, erwiderte der unbarmherzige Jacques, »in seiner Jugend war er einer der besten Schützen. Mein Vater hat mir oft von den Leistungen Bargetons erzählt.« – »Bah! Sie stellen sie zwanzig Schritt voneinander auf, und sie verfehlen sich, wenn Sie Kavalleriepistolen nehmen«, sagte Francis zu Châtelet.

Als alle sich verabschiedet hatten, beruhigte Châtelet Stanislas und seine Frau und erklärte ihnen, alles werde gut gehen; bei einem Duell zwischen einem Sechzigjährigen und einem Sechsunddreißigjährigen sei der letztere im Vorteil.

Als am nächsten Morgen Lucien mit David, der ohne seinen Vater von Marsac zurückgekehrt war, beim Frühstück saß, trat Madame Chardon ganz aufgeregt herein.

»Lucien, weißt du denn das Neueste? Es wird schon auf dem Markte davon gesprochen. Monsieur de Bargeton hat Monsieur de Chandour heute morgen um fünf auf Tulloyes Wiese (der Name regt zu einem Wortspiel an[102]) beinah totgeschossen. Monsieur de Chandour soll gestern gesagt haben, er habe dich mit Madame de Bargeton überrascht.« – »Stimmt gar nicht!« rief Lucien, »Madame de Bargeton ist unschuldig.« – »Ein Landmann, den ich die Einzelheiten erzählten hörte, hat von seinem Wagen aus alles mit angesehen. Monsieur de Nègrepelisse war schon um drei Uhr morgens hereingekommen, um Monsieur de Bargeton zu sekundieren; er hat zu Monsieur de Chandour gesagt, er werde seinen Schwiegersohn rächen, wenn ihm ein Unglück zustoße. Ein Kavallerieoffizier hat seine Pistolen hergeliehen; Monsieur de Nègrepelisse hat sie verschiedenemal probiert. Monsieur du Châtelet hat sich diesem Ausprobieren der Pistolen widersetzen wollen; aber der Offizier, der zum Unparteiischen gewählt worden war, hat gesagt: wenn man sich nicht mit bloßen Kindereien abgeben wolle, müsse man Waffen nehmen, die funktionierten. Die Zeugen haben die beiden Gegner fünfundzwanzig Schritt voneinander aufgestellt. Monsieur de Bargeton, der sich benommen, als handele es sich um einen Spaziergang, hat als erster geschossen und Monsieur de Chandour in den Hals getroffen. Der ist umgefallen, ohne zurückschießen zu können. Der Chirurg vom Krankenhaus hat vorhin erklärt, Monsieur de Chandour werde für den Rest seines Lebens einen schiefen Hals behalten. Ich wollte dir gleich den Ausgang des Duells melden, damit du nicht zu Madame de Bargeton gehst und dich nicht in Angoulême sehen läßt, denn manche Freunde von Monsieur de Chandour könnten dich provozieren.«

In diesem Augenblick trat Gentil, Bargetons Kammerdiener, ein, dem der Druckerlehrling den Weg gezeigt hatte, und übergab Lucien einen Brief Louises:

»Lieber Freund! Sie haben sicher schon den Ausgang des Duells zwischen Chandour und meinem Mann erfahren. Wir empfangen heute niemanden. Seien Sie klug, zeigen Sie sich nicht in der Stadt. Ich verlange es im Namen der Gefühle, die Sie für mich hegen. Finden Sie nicht, daß dieser traurige Tag am besten ausgefüllt würde, wenn Sie zu Ihrer Beatrice kämen? Ihr Leben ist durch diesen Vorfall ganz verändert, und sie hat Ihnen tausend Dinge zu sagen.«

»Glücklicherweise«, sagte David, »ist meine Hochzeit auf übermorgen festgesetzt; so bist du leicht in der Lage, weniger oft zu Madame de Bargeton zu gehen.« – »Lieber David«, erwiderte Lucien, »sie bittet mich, heute zu ihr zu kommen; ich glaube, ich muß ihr gehorchen; sie weiß wohl besser als wir, wie ich mich in dieser Situation verhalten muß.« – »Und hier ist also alles in Ordnung?« fragte Madame Chardon. – »Sehen Sie selber«, rief David, glücklich, die Umwandlung zeigen zu können, die mit der Wohnung im ersten Stock, wo alles frisch und neu war, vor sich gegangen war. – Dort waltete schon der wohltuende Geist eines jungen Haushalts, wo der Orangenblütenkranz und der Brautschleier die Krönung des Lebens zu zweit sind, wo der Frühling der Liebe sich in den Dingen widerspiegelt und wo alles blank, sauber und mit Blumen geschmückt ist.

»Eve wird wie eine Prinzessin wohnen«, sagte die Mutter; »aber du hast zuviel Geld ausgegeben, du hast Unklugheiten begangen!«

David lächelte, ohne zu antworten, denn Madame Chardon hatte an eine geheime Wunde gerührt, die dem armen Liebhaber grausame Schmerzen bereitete: seine Voranschläge waren durch die Ausführung so sehr übertroffen worden, daß es ihm unmöglich war, das Gelaß über dem Schuppen zu bauen. Die Schwiegermutter konnte das Heim, das er ihr geben wollte, noch lange nicht beziehen. Großmütige Menschen empfinden die lebhaftesten Schmerzen, wenn sie jene Art von Versprechen nicht halten können, die gewissermaßen die kleinen Eitelkeiten der Zärtlichkeit sind. David verbarg seine Verlegenheit sorglich, um Luciens

Herz zu schonen, der sich durch die Opfer, die für ihn gebracht worden waren, leicht hätte bedrückt fühlen können.

»Eve und ihre Freundinnen haben ebenfalls schön gearbeitet«, sagte Madame Chardon. »Die Aussteuer, die Hauswäsche, alles ist fertig. Die jungen Mädchen haben sie so lieb, daß sie ihr, ohne etwas davon zu sagen, die Matratzen mit weißem Barchent überzogen und mit rosa Litzen verziert haben. Das ist ganz reizend! Man bekommt Lust, zu heiraten.«

Mutter und Tochter hatten ihre sämtlichen Ersparnisse dazu verwendet, Davids Haushalt mit Dingen zu versorgen, an die junge Männer niemals denken. Da sie wußten, wieviel Luxus er entfaltete, denn es war die Rede von einem Porzellanservice gewesen, das er in Limoges bestellt hatte, hatten sie versucht, die Dinge, die sie anschafften, mit denen, die David gekauft, in Einklang zu bringen. Dieser kleine Wettkampf zwischen Liebe und Großmut mußte dazu führen, daß die beiden Gatten im Anfang ihrer Ehe inmitten aller Zeichen eines bürgerlichen Wohlstands, der in einer zurückgebliebenen Stadt, wie es damals Angoulême war, für Luxus gelten mußte, Entbehrungen litten. In dem Augenblick, da Lucien seine Mutter und David in das Schlafzimmer hineingehen sah, um sich an der blauen und weißen Wandbespannung und den hübschen Möbeln zu erfreuen, schlich er zu Madame de Bargeton. Er traf Naïs beim Frühstück mit ihrem Mann, dem der Morgenspaziergang Appetit gemacht hatte und der aß, ohne sich um das Vorgefallene auch nur im geringsten zu kümmern. Monsieur de Nègrepelisse, der alte Landedelmann, eine imposante Gestalt, ein Überrest des alten französischen Adels, war bei seiner Tochter. Als Gentil Monsieur de Rubempré gemeldet hatte, warf ihm der weißhaarige Alte den forschenden Blick eines Vaters zu, der den Mann, den seine Tochter ausgezeichnet hat, auf der Stelle durchschauen will. Die ungewöhnliche Schönheit Luciens berührte ihn so stark, daß er einen billigenden Blick nicht zurückhalten konnte; aber er schien in dem Verhältnis seiner Tochter zu dem jungen Mann eher eine flüchtige Liebschaft, eine Laune zu sehen denn einen dauernden Liebesbund. Man hatte zu Ende gefrühstückt, Louise konnte aufstehen und ihren Vater und ihren Mann allein lassen. Sie gab Lucien ein Zeichen, ihr zu folgen.

»Lieber Freund«, sagte sie, und ihre Stimme klang zugleich traurig und freudig, »ich reise nach Paris, und mein Vater nimmt meinen Mann mit nach l'Escarbas; dort wird er während meiner Abwesenheit bleiben. Madame d'Espard, eine geborene Blamont-Chauvry, mit der wir durch die d'Espards, die ältere Linie der Familie Nègrepelisse, verwandt sind, ist jetzt an sich und durch ihre Verwandten sehr einflußreich. Wenn sie sich bereitfindet, sich um uns zu kümmern, werde ich mir viel Mühe mit ihr geben: sie kann uns durch ihren Einfluß eine Stellung für Bargeton verschaffen. Meine Bemühungen können es zustande bringen, daß der Hof den Wunsch ausspricht, ihn als Abgeordneten der Charente zu sehen, und das wird dazu helfen, daß er hier als Kandidat aufgestellt wird. Ist er Abgeordneter, so kann das später meine Schritte in Paris begünstigen. Du, mein lieber Junge, hast mir den Gedanken an diese Veränderung in meinem Leben eingegeben. Das Duell von heute morgen zwingt mich, mein Haus für einige Zeit zu schließen; denn es wird Leute geben, die gegen uns für die Chandours Partei nehmen. In unserer Stellung und in einer kleinen Stadt tut eine Abwesenheit immer not, um der Gehässigkeit Zeit zu lassen, sich zu legen. Entweder habe ich nun Erfolg und sehe Angoulême nie wieder, oder ich habe keinen Erfolg und warte in Paris den Augenblick ab, von dem an ich die Sommer in l'Escarbas und die Winter in Paris verbringen kann. Das ist das einzige Leben für eine Frau von Rang; ich habe schon allzu lange damit gezögert. Ein Tag genügt für all unsere Vorbereitungen; ich reise morgen abend, und du begleitest mich, nicht wahr? Du fährst voraus. Zwischen Mansle und Ruffec nehme ich dich in meinen Wagen, und dann sind wir bald in Paris. Dort, Liebster, ist der rechte Boden für hervorragende Menschen. Man fühlt sich nur unter seinesgleichen wohl; sonst leidet man überall. Überdies ist Paris, die Hauptstadt der geistigen Welt, die Bühne für deine Erfolge; durcheile also schnell den Raum, der dich davon trennt. Laß deine Ideen nicht in der Provinz ranzig werden, nimm so schnell wie möglich die Verbindung zu den großen Männern auf, die das neunzehnte Jahrhundert repräsentieren. Du mußt dem Hof und den Machthabern näher kommen. Weder Auszeichnungen noch Würden suchen ein Talent auf, das in einer Kleinstadt dahinsiecht. Nenne mir doch die Werke der Literatur, die der Provinz entstammen! Sieh dagegen, wie der göttliche, der arme Jean-Jacques[103] unwiderstehlich von dieser geistigen Sonne angezogen wurde, die den Ruhm schafft, indem sie die Geister durch die Reibung der Rivalitäten entzündet. Mußt du dich nicht beeilen, deinen Platz in der Dichterplejade einzunehmen, die jede Epoche hervorbringt? Du glaubst nicht, wie nützlich es einem jungen Talent ist, wenn es von der vornehmen Gesellschaft ins rechte Licht gesetzt wird. Ich will durchsetzen, daß du bei Madame d'Espard empfangen wirst; der Zutritt zu ihrem Salon ist nicht leicht zu erlangen; du findest dort alle großen Persönlichkeiten, die Minister, die Gesandten, die großen Redner der Kammer, die einflußreichsten Pairs, reiche und berühmte Leute. Du müßtest recht ungeschickt sein, wenn du nicht ihr Interesse zu erregen vermöchtest, wo du doch schön, jung und voller Geist bist. Die großen Talente sind nicht kleinlich, sie leihen dir ihren Beistand. Wenn man sieht, wie hoch du gestellt bist, werden deine Werke ungeheuer an Wert gewinnen. Das große Problem, das sich Künstlern stellt, besteht darin, zu erreichen, daß sie weithin sichtbar sind. Du findest dort also tausend Gelegenheiten, dein Glück zu machen; du hast Aussicht auf Sinekuren, auf eine Pension aus der Privatschatulle. Die Bourbonen begünstigen so gern die schönen Wissenschaften und Künste! Sei also zu gleicher Zeit ein religiöser und royalistischer Dichter. Das ist nicht nur an sich etwas Löbliches, du wirst auch dabei reich werden. Vergibt etwa die Opposition oder der Liberalismus Stellen und Belohnungen, lassen sie die Schriftsteller zu Vermögen kommen? Schlage also den rechten Weg ein und geh dahin, wo alle Männer von Geist zu finden sind. Du kennst mein Geheimnis, bewahre das tiefste Schweigen und rüste dich, mir zu folgen. – Willst du nicht?« fügte sie hinzu, weil sie sich über die schweigsame Haltung ihres Geliebten wunderte.

Lucien war geblendet durch die plötzliche Aussicht auf Paris. Als er diese verlockenden Worte vernahm, war ihm, als habe er sich bisher nur seines halben Gehirns bedient; jetzt eben erst schien er die andre Hälfte zu entdecken; alle seine Ideen wuchsen, er kam sich in Angoulême vor wie ein Frosch, der auf dem Grunde eines Sumpfes unter einem Stein gelebt hat. Paris in seinem Glanz, Paris, das in der Provinz jeder Phantasie als Eldorado erscheint, trat vor ihn in seinem Goldgewand hin, auf dem Haupt das Königsdiadem, die Arme allen Talenten aufgetan. Die Berühmtheiten würden ihn brüderlich umarmen. Dort war alles Freude und Sonnenschein für das Genie. Dort gab es keine neidischen Krautjunker, die verletzende Worte sprachen, um den Schriftsteller zu demütigen, und keine alberne Gleichgültigkeit gegen die Poesie. Dort entsprossen die Werke der Dichter; dort wurden sie bezahlt und gelangten zu Ruhm. Die Buchhändler würden kaum die ersten Seiten seines ›Bogenschützen Karls IX.‹ gelesen haben, und schon würden sie ihren Kassenschrank öffnen und ihn fragen: »Wieviel wollen Sie?« Überdies sah er ein, daß Madame de Bargeton nach einer Reise, bei der sie die Umstände so nah wie zwei Gatten zusammengebracht hatten, ganz die Seine würde, daß sie zusammen lebten.

Auf die Frage: »Willst du nicht?« antwortete er mit einer Träne, schlang seinen Arm um Louise, drückte sie ans Herz und preßte unzählige Küsse auf ihren Hals. Dann hielt er plötzlich inne, wie von einer Erinnerung getroffen, und rief aus: »Mein Gott, meine Schwester heiratet übermorgen!«

Dieser Ausruf war der letzte Atemzug der reinen, vornehmen Kindlichkeit in ihm. Die mächtigen Bande, die die jungen Herzen mit ihrer Familie, ihrem ersten Freund, mit allen ursprünglichen Gefühlen verknüpfen, sollten einen furchtbaren Schlag erhalten.

»Wie?« rief die hochmütige Nègrepelisse, »was hat die Verheiratung Ihrer Schwester mit dem großen Schritt unserer Liebe zu tun? Liegt Ihnen so viel daran, bei dieser Kleinbürger- und Handwerkerhochzeit die Koryphäe zu sein, daß Sie mir dergleichen noble Freuden nicht zum Opfer bringen können? Ein schönes Opfer!« sagte sie verächtlich. »Ich habe heute morgen meinen Mann um Ihretwillen in einen Zweikampf geschickt! Gehen Sie, verlassen Sie mich! Ich habe mich in Ihnen getäuscht.«

Sie sank fast ohnmächtig auf ihr Kanapee. Lucien stürzte zu ihr hin, bat um Verzeihung und verwünschte seine Familie, David und die Schwester.

»Ich hatte so fest an Sie geglaubt«, klagte sie. »Monsieur de Cante-Croix hatte eine Mutter, die er vergötterte; aber um einen Brief von mir zu bekommen, in dem ich ihm sagte: ›Ich bin mit

Ihnen zufrieden!‹, ist er im Schlachtgetümmel gefallen. Und Sie können, wenn es sich darum handelt, mit mir zu reisen, nicht einmal auf ein Hochzeitsmahl verzichten?«

Lucien wollte sich umbringen, und seine Verzweiflung war so aufrichtig, so tief, daß Louise ihm verzieh. Aber sie ließ ihn spüren, daß er diesen Fehler wieder gutmachen müsse.

»Geh also«, sagte sie endlich, »sei verschwiegen, und finde dich morgen um Mitternacht hundert Schritte hinter Mansle ein.«

Lucien spürte kaum den Boden unter den Füßen, als er zu David zurückging; seine Hoffnungen verfolgten ihn, wie die Furien den Orest, denn er gewahrte tausend Schwierigkeiten, die sich in der schrecklichen Frage konzentrierten: »Woher Geld nehmen?« Er hatte solche Angst vor dem Scharfblick Davids, daß er sich in sein hübsches Arbeitszimmer einschloß, um sich von der Betäubung zu erholen, in die ihn seine neue Lage versetzt hatte. Er sollte also diese Wohnung verlassen, die mit so viel Kosten für ihn hergerichtet worden war. Alle für ihn gebrachten Opfer sollten unnütz sein. Es fiel ihm ein, daß seine Mutter dort wohnen könne; auf diese Weise würde David den geplanten kostspieligen Umbau im Hof sparen. Sein Fortgehen kam also seiner Familie zugute; er ersann tausend zwingende Gründe, die für seine Flucht sprachen; denn es gibt nichts Jesuitischeres als einen Wunsch. Er lief sofort nach l'Houmeau zu seiner Schwester, um ihr von seiner Schicksalswende zu sagen und sich mit ihr zu beraten. Als er vor Postels Laden angelangt war, fiel ihm ein, er könne, wenn sich keine andere Möglichkeit finde, bei dem Nachfolger seines Vaters die Summe leihen, die für einen Aufenthalt in Paris während eines Jahres erforderlich war.

»Wenn ich mit Louise zusammen lebe, wird ein Taler täglich für mich ein ganzes Vermögen bedeuten, und das macht doch nur tausend Francs im Jahr«, sagte er sich. »Und in sechs Monaten bin ich reich.«

Eve und ihre Mutter hörten sich, nachdem sie tiefste Geheimhaltung gelobt hatten, Luciens Bekenntnisse an. Beide weinten bei der Erzählung unseres Ehrgeizigen; als er den Grund dieses Kummers erfahren wollte, sagten sie ihm, alles, was sie besäßen, sei von der Haus- und Tischwäsche, von Eves Aussteuer, von einer Menge Anschaffungen verschlungen worden, an die David nicht gedacht habe; sie seien froh, das alles besorgt zu haben; denn für David bedeuteten die Dinge, die Eve mitbringe, soviel wie eine Mitgift von zehntausend Francs. Lucien teilte jetzt seine Darlehnsidee mit, und Madame Chardon nahm es auf sich, Postel um tausend Francs für ein Jahr zu bitten.

»Aber Lucien«, sagte Eve bekümmert, »dann wirst du ja nicht bei meiner Hochzeit sein? O komm zurück, ich warte einfach ein paar Tage! In vierzehn Tagen, wenn du sie hinbegleitet hast, wird sie schon erlauben, daß du wieder herkommst! Sie schenkt dich uns sicherlich für acht Tage, uns, die wir dich für sie aufgezogen haben! Es wäre ein schlechter Anfang unserer Ehe, wenn du nicht dabei wärst ... Aber«, unterbrach sie sich plötzlich, »wirst du an tausend Francs genug haben? Dein Anzug kleidet dich himmlisch, aber du hast nur den einen! Du hast nur zwei feine Hemden, die sechs andern sind aus grober Leinwand. Du hast nur drei Batistkrawatten, die drei andern sind aus gewöhnlichem Jakonett; und deine Taschentücher sind auch nicht schön. Wirst du in Paris eine Schwester finden, die dir an dem Tag, da du sie brauchst, deine Wäsche bereithält? Du wirst sie noch sehr vermissen. Du hast nur die eine Nankinghose, die in diesem Jahr gemacht worden ist; die aus dem vorigen Jahre ist dir zu knapp; du mußt dich also in Paris neu einkleiden, und die Pariser Preise sind nicht die von Angoulême. Du hast nur zwei anständige Westen, die andern habe ich schon mehrmals geflickt. Weißt du, ich rate dir: nimm zweitausend Francs mit.«

David, der in diesem Augenblick hereinkam, schien die letzten Worte gehört zu haben; er blickte Bruder und Schwester schweigend an.

»Verbergt mir nichts«, sagte er schließlich. – »Denke«, rief Eve, »er reist mit ihr fort.« – »Postel«, sagte Madame Chardon, die hereintrat, ohne David zu sehen, »ist bereit, dir die tausend Francs zu leihen, aber nur auf ein halbes Jahr, und er will einen Wechsel von dir, den dein Schwager akzeptiert; er sagt nämlich, du bötest ihm keine Garantie.«

Die Mutter blickte sich um, sah ihren Schwiegersohn, und die vier Menschen verharrten in tiefem Schweigen. Die Familie Chardon fühlte, wie sehr sie David ausgenützt hatte. Alle schämten sich. Eine Träne rollte aus den Augen des Buchdruckers.

»Du nimmst also nicht an meiner Hochzeit teil?« fragte er, »du bleibst nicht bei uns? Und da habe ich nun alles verschwendet, was ich besaß! Ach Lucien, eben bringe ich Eve ihren armseligen Brautschmuck; ich wußte nicht«, sagte er, trocknete sich die Augen und zog ein paar Etuis aus der Tasche, »daß ich bedauern müßte, ihn gekauft zu haben.«

Er stellte mehrere mit Saffian überzogene Kästchen auf den Tisch vor den Platz seiner Schwiegermutter.

»Warum denkst du so viel an mich?« fragte Eve mit dem Lächeln eines Engels, das in Widerspruch zu ihren Worten stand. »Liebe Mama«, sagte der Drucker, »sag Postel, ich willigte ein, meine Unterschrift zu geben; denn ich sehe auf deinem Gesicht, Lucien, daß du entschlossen bist, abzureisen.«

Lucien nickte kraftlos und traurig und sagte nach einer kleinen Pause: »Urteilt nicht falsch über mich, ihr lieben Menschen.« Er langte nach Eve und David, zog sie zu sich heran, drückte sie an sich, küßte sie und sprach: »Wartet ab, was daraus entsteht; ihr werdet sehen, wie lieb ich euch habe. David, wozu wäre unser hoher Gedankenflug dienlich, wenn er uns nicht erlaubte, gleichgültig gegen die kleinen Zeremonien zu sein, mit denen die Gesetze unsere Gefühle umwickeln? Wird nicht trotz der Entfernung meine Seele hier sein? Vereinigt uns nicht der Gedanke? Würden je die Verleger hierher kommen und sich meinen ›Bogenschützen Karls IX.‹ und meine ›Margueriten‹ bei mir abholen? Früher oder später mußte ich doch einmal tun, was ich jetzt tue. Aber konnte ich jemals günstigere Bedingungen finden? Hängt nicht mein ganzes Glück davon ab, daß ich bei meinem ersten Auftreten in Paris zu dem Salon der Marquise d'Espard Zutritt habe?« – »Er hat recht«, sagte Eve. »Hast du selber mir nicht gesagt, er müsse bald nach Paris?«

David nahm Eve bei der Hand, führte sie in den engen Raum, in dem sie seit sieben Jahren geschlafen hatte, und sagte ihr ins Ohr: »Er braucht zweitausend Francs, sagtest du, Liebste? Postel leiht ihm tausend.«

Eve sah ihren Verlobten mit einem ängstlichen Blick an, der all ihren Kummer ausdrückte.

»Hör, meine angebetete Eve! Unser Leben hat einen schlechten Anfang. Ja, meine Ausgaben haben alles verschlungen, was ich besessen hatte. Es bleiben mir nur zweitausend Francs, und die Hälfte ist unentbehrlich, damit die Druckerei weitergeführt werden kann. Wenn ich deinem Bruder tausend Francs gebe, dann gebe ich ihm unser Brot, dann gefährde ich unsere Existenz. Wäre ich allein, so wüßte ich, was ich täte; aber wir sind zwei. Entscheide.«

Eve warf sich, außer sich, dem Geliebten in die Arme, küßte ihn zärtlich und flüsterte ihm, von Tränen überströmt, zu: »Tu, wie wenn du allein wärst; ich werde arbeiten, um die Summe wieder zu verdienen.«

Trotz des glühendsten Kusses, den Verlobte je getauscht haben, war Eve, als David sie allein ließ und zu Lucien trat, sehr niedergeschlagen.

»Sei ohne Sorge«, sagte David zu Lucien, »du sollst deine zweitausend Francs haben.« – »Geht zu Postel«, sagte Madame Chardon, »ihr müßt beide den Wechsel unterschreiben.«

Als die beiden Freunde wieder heraufkamen, überraschten sie Eve und ihre Mutter auf den Knien; sie beteten zu Gott. Obwohl sie wußten, wieviel Hoffnungen die Rückkehr erfüllen würde, empfanden sie in diesem Augenblick den Verlust, den dieser Abschied für sie bedeutete; sie meinten, das Glück der Zukunft sei zu teuer mit einem Fernsein erkauft, das ihr Leben zerbrach und sie mit tausend Ängsten über Luciens Schicksal erfüllte.

»Wenn du jemals diese Stunde vergäßest«, flüsterte David Lucien zu, »wärst du der niedrigste aller Menschen.«

Der Buchdrucker hielt ohne Zweifel diese ernsten Worte für nötig; der Einfluß der Madame de Bargeton ängstigte ihn nicht weniger als die unheilvolle Unbeständigkeit von Luciens Charakter, die ihn ebenso auf den schlimmen wie auf den rechten Weg bringen konnte. Eve hatte Luciens Bündel schnell geschnürt. Dieser Fernando Cortez[104] der Literatur nahm wenig mit sich. Er behielt seinen besten Überrock, seine beste Weste und eins seiner zwei besten Hemden an. Seine ganze Wäsche, der bewußte Anzug, seine Siebensachen und seine Manuskripte bildeten ein so kleines Paket, daß David vorschlug, er wolle es, damit es den Augen der Madame de Bargeton verborgen bleibe, mit der Eilpost an seinen Geschäftsfreund, einen Papierhändler, schicken und ihm schreiben, er solle es Lucien aushändigen.

Trotz der Vorsichtsmaßregeln, die Madame de Bargeton zur Geheimhaltung ihrer Abreise unternahm, erfuhr Châtelet davon und wollte wissen, ob sie die Reise allein oder in Begleitung Luciens mache; er schickte seinen Diener nach Ruffec, mit dem Auftrag, sich die Insassen aller Wagen, die auf der Post die Pferde wechselten, genau anzusehen. »Wenn sie ihren Dichter mitnimmt«, dachte er, »gehört sie mir.«

Lucien reiste am nächsten Morgen bei Tagesanbruch ab. Er wurde von David begleitet, der sich ein Kabriolett und ein Pferd verschafft hatte, wobei er sagte, er hätte geschäftliche Dinge mit seinem Vater zu erledigen, was unter den jetzigen Umständen recht wahrscheinlich war. Die beiden Freunde begaben sich nach Marsac und verbrachten dort einen Teil des Tages bei dem alten ›Bären‹; am Abend fuhren sie dann bis über Mansle hinaus, um Madame de Bargeton zu erwarten. Sie kam gegen Morgen an. Als Lucien die alte sechzigjährige Kalesche sah, die er so oft in der Remise betrachtet hatte, fühlte er sich bewegt wie noch selten im Leben. Er warf sich David in die Arme, der zu ihm sagte: »Gott gebe, daß das zu deinem Besten ist.« Der Drucker bestieg wieder sein schäbiges Kabriolett und fuhr mit gepreßtem Herzen ab; er hatte ängstliche Vorgefühle bezüglich des Schicksals, das Lucien in Paris erwartete.

## Anmerkungen

Von Ernst Sander

1 Charles, Earl of Stanhope (1753–1816), vielseitiger englischer Techniker und Erfinder auf dem Gebiet des Maschinenbaus. Die Stanhope-Presse ist eine Vorläuferin der Tiegeldruckpresse.

2 Nämlich nach Einführung der Pressefreiheit.

3 Berühmte holländische Drucker-Dynastie des 16. und 17. Jhdts.

4 Christophe Plantin (1520–1589), französischer Drucker in Antwerpen.

5 Nachkommen des Aldo Manuce, berühmte italienische Druckerfamilie; ihre Erzeugnisse werden ›Aldinen‹ genannt.

6 Berühmte französische Druckerfamilie, die von François Didot (1689–1757) abstammt. Pierre Didot (1760–1853) veröffentlichte während der Revolution 1789 Folio-Ausgaben von Vergil, Horaz, La Fontaine und Racine. Firmin Didot (1764–1836) ist der Erfinder der Stereotypie.

7 Bis 1789 war die Zulassung zum Druckergewerbe, die sog. Drukkereigerechtigkeit, ein von der Zustimmung der Regierung abhängiges Privileg. Trotz ihrer liberalen Ideen schränkte auch die Revolution die Gewerbefreiheit der Drucker ein.

8 Siehe Anmerkung 6.

9 Berühmter derbkomischer Roman von François Rabelais (um 1494–1553).

10 Mäßigkeitsvereine; von englisch: temperance, Mäßigkeit.

11 Der französische Dichter François René de Chateaubriand (1768–1848) bereiste 1791 Nordamerika und gab in seinem Buch ›Voyage en Amérique‹ (1826) eine Schilderung des Landes.

12 Ludwig XIV. starb 1715.

13 Papiermaß; fünfhundert Bogen.

14 Lateinisch: unsicheren Schrittes.

15 Der ›Große Lütticher‹ ist der berühmte ›Almanach de Liège‹, ein seit 1636 jährlich erscheinender Volkskalender, dem, da er immerfort verbessert wurde, keins der zahlreichen Konkurrenzunternehmen gewachsen war. Der Umschlag bestand stets aus dunkelblauem Papier, ähnlich dem, in das ehemals die Zuckerhüte gewickelt wurden: daher des alten Séchard Anspielung auf das ›Zuckerpapier‹. Der Kalender ist am ehesten dem deutschen ›Lahrer hinkenden Boten‹ zu vergleichen.

16 Das rasch entwertete Papiergeld der Revolution.

17 Lateinisch: Jetzt und immerdar und von Ewigkeit zu Ewigkeit.

18 Das erste Privileg für den Postwagenverkehr gab Heinrich III. Die ›Messageries royales‹, die 1809 eingerichtet wurden, waren kein staatliches Unternehmen, behielten indessen, obwohl der Wettbewerb frei war, praktisch das Monopol bis 1826, dem Gründungsjahr der ›Messageries générales‹ und vieler anderer Privatunternehmen. Balzac schreibt darüber in der Einleitung des kleinen Romans ›Ein Lebensbeginn‹, der den ›Szenen aus dem Privatleben‹ zugeordnet ist.

19 Johann Jakob Freiherr von Berzelius (1779–1848), schwedischer Chemiker, bestimmte viele Atomgewichte, klassifizierte die Mineralien und reformierte die Analyse.

20 Sir Humphry Davy (1778–1829), englischer Chemiker, stellte durch Elektrolyse die Alkalimetalle dar, förderte die theoretische Chemie, erfand 1815 die Sicherheitslampe für Kohlenbergwerke.

21 Georges-Léopold-Chrétien-Frédéric-Dagobert Baron de Cuvier (1769–1832), von Balzac hochverehrter und häufig genannter Naturwissenschaftler, gab der Zoologie eine neue Richtung und erhob die vergleichende Anatomie zur Wissenschaft.

22 Marie-Louis-Alphonse de Lamartine (1790–1869), französischer Dichter und Politiker.

23 Die Werke André de Chéniers, des als eines der letzten Opfer der Schreckensherrschaft 1794 hingerichteten großen Dichters, wurden erst 1819 durch Henri de Latouche (1785–1851) herausgegeben. Balzac schmeichelt Latouche über Gebühr, indem er ihn als Dichter bezeichnet, während er in Wahrheit nur ein geschickter und bisweilen verdächtiger Publizist war; die Veröffentlichung von Chéniers Nachlaß ist sein einziges literarisches Verdienst.

24 Die Paria sind eine niedrige Kaste in Indien; im übertragenen Sinne: Ausgestoßener.

25 Casimir Delavigne (1793–1843), französischer Dichter.

26 Pierre-Jean de Béranger (1780–1857), volkstümlicher Liederdichter, von Balzac häufig erwähnt.

27 Abel-François Villemain (1790–1870), Professor, Schriftsteller und Politiker, Mitglied der Akademie und Abgeordneter während der Restauration, Pair von Frankreich und Unterrichtsminister während der Juli-Monarchie. Veröffentlichte zahlreiche historische und literaturkritische Werke.

28 Étienne Aignan (1773–1824), Mitglied der Akademie, Autor mehrerer Tragödien und einer Versübersetzung der ›Ilias‹.

29 Alexandre Soumet (1788–1845), während der Restauration königlicher Bibliothekar in Saint-Cloud und Rambouillet, Tragiker.

30 Pierre-François Tissot (1768–1854), in seinen revolutionären Grundsätzen ebenso radikal wie in seinen Taten gemäßigt. Nahm an der Revolution teil, trat aber nie in den Vordergrund. Wurde 1813 der Nachfolger Delilles auf dem Lehrstuhl für lateinische Dichtung. Die Restauration setzte ihn ab, die Juli-Monarchie berief ihn aufs neue. Er veröffentlichte, außer Artikeln in liberalen Zeitungen, Studien über Vergil und eine ›Geschichte der französischen Revolution‹.

31 Guillaume Étienne (1777–1845), gewandter, fruchtbarer Schriftsteller, erst Dramatiker, dann populärer politischer Journalist. Die Restauration stieß ihn aus dem Institut und der Ehrenlegion aus und trieb ihn dadurch in die Opposition. Er ist der Entdecker Louis-Adolphe Thiers'.

32 Charles-Joseph Loeillard d'Avrigny (1760–1823), Autor von Vaudevilles und einer Tragödie ›Jeanne d'Arc à Rouen‹.

33 Henri-Benjamin Constant de Rebecque (1767–1830), politischer Schriftsteller und Dichter, Freund der Madame de Staël, von Napoleon 1815 zum Staatsrat ernannt, 1819 Abgeordneter, bekämpfte die Reaktion, stimmte jedoch für die Thronerhebung Louis-Philippes. Außer politischen und historischen Werken schrieb er den Roman ›Adolphe‹ (1815) und bearbeitete Schillers ›Wallenstein‹.

34 Hugues-Félicité-Robert de Lamennais (1782–1854), Schriftsteller, 1816 zum Priester geweiht, anfangs Verteidiger des Katholizismus und des Königtums, nach der Juli-Revolution Verteidiger von Revolution und Demokratie. Seine Schriften wurden zum Teil von Börne ins Deutsche übersetzt.

35 Victor Cousin (1792–1867), französischer Philosoph und Politiker, Haupt der spiritualistisch-eklektischen Schule, Verfasser eines Werks ›Vom Wahren, Schönen und Guten‹, Herausgeber der Schriften Abälards, Initiator einer Platon-Ausgabe.

36 Joseph-François Michaud (1767–1839), Publizist und Historiker, Autor einer Geschichte der Kreuzzüge und einer seinen Namen tragenden ›Biographie universelle‹.

37 Der Abbé Nicolas Roze (1745–1819), erst Kapellmeister in Angers, dann in Paris an der Kirche des Innocents. Seit 1779 Profes-

sor der Musik und Bibliothekar des Conservatoire. Er schrieb mehrere Werke über Kirchenmusik.

38 faschen = verbinden.

39 Die Zwillingsbrüder Cäsar und Constantin Faucher (1759–1815), Generäle des Kaiserreichs, schlossen sich während der Hundert Tage Napoleon an und wurden während der ›Weißen Schreckensherrschaft‹ erschossen.

40 Einer der Romane des Vicomte Charles-Victor-Prévôt d'Arlincourt (nicht d'Harlincourt, wie Balzac schreibt) (1789–1856), legitimistischer Schriftsteller, Autor schwülstiger historischer Romane. ›Ipsiboé‹ erschien erst im Februar 1823, so daß Mme de Bargeton nicht schon 1821 bei der Lektüre ohnmächtig werden konnte.

41 Novelle aus den 1822 in französischer Übersetzung erschienenen ›Romantic Tales‹ von Matthew Gregory Lewis (1775–1818).

42 Antoine-Marie Chamans, Graf de La Valette (1769–1830), nach den Hundert Tagen zum Tode verurteilt, aber durch seine Frau gerettet, die mit ihm im Gefängnis die Kleider tauschte. Es scheint, als habe Ludwig XVIII. die Flucht des Grafen heimlich begünstigt.

43 Der Pascha Ali von Tebelen (1741–1822) bemächtigte sich Albaniens und war berüchtigt um seiner Grausamkeit willen. Die Soldaten des Sultans Mahmud nahmen ihn gefangen; er wurde erdrosselt.

44 Lady Esther Stanhope (1776–1839), originelle, selbstsüchtige, exzentrische Persönlichkeit von stolzem, despotischem Charakter, führte, von Vater und Stiefmutter schon früh vernachlässigt, als Zwanzigjährige den Haushalt ihres Onkels, des Ministers Pitt, dessen Sekretärin und Beraterin sie war. Nach dem Tode Pitts verabscheute sie England und reiste 1810 in den Orient, um sich schließlich in Syrien niederzulassen. Dort gewann sie einen Einfluß, der ihr eine halb politische, halb moralische Oberherrschaft verschaffte, die sie mit asiatischer Grausamkeit, untermischt mit Prophetie und Hexenkünsten, ausübte. Sie ließ keinen Europäer zu sich; nur Lamartine konnte unter Mühen durchsetzen, von ihr empfangen zu werden. Sie machte sich durch ihre Übertreibungen ihre eingeborenen Nachbarn zu Feinden; England schnitt ihr die Lebensmittelzufuhr ab; sie starb mit 63 Jahren verlassen und im tiefsten Elend.

45 Jene entsetzliche Epidemie herrschte 1820.

46 Mehmed-Ali (1769–1849), Vizekönig von Ägypten, geboren im gleichen Jahr wie Napoleon zu Kawalla (Rumelien), metzelte 1811 in Kairo die Mamelucken nieder. Er führte zwei Kriege gegen die Pforte (1832 und 1839), in denen sein Sohn Ibrahim sein Generalstabschef war. Er führte in Ägypten bedeutsame Reformen durch. Der Sultan erkannte ihn als erblichen Vizekönig an. Ein Gemälde von Horace Vernet (1789–1863) wurde im Salon von 1829 ausgestellt und sogleich für das Luxembourg angekauft. Es stellt, mit den Fakten sehr frei schaltend (Mehmed-Ali ist dabei, während er sich in Wirklichkeit in seinem Palast verschanzt hielt), das berühmte Massaker dar, das am 1. März 1811 auf Mehmed-Alis Befehl durchgeführt wurde, und zwar in dem von Felsen eingeschlossenen Hohlweg, der von der Zitadelle zum Tor El-Azab führt. Die Mamelucken waren eine ursprünglich aus Sklaven (im 13. Jahrhundert) gebildete Miliztruppe des Paschas von Ägypten und hatten sich zu einem zügellosen, rebellischen Korps entwickelt, das 1251 aus seiner Mitte Moos Ibegh zum Sultan von Ägypten erhob und dem Lande zwei Dynastien gab. Selim I. stürzte 1517 ihr Reich und setzte einen türkischen Pascha über Ägypten, und über die einzelnen Provinzen 24 Mamelucken-Beys. Diese waren seit der Mitte des 18. Jahrhunderts die unumschränkten Herrscher des Landes; sie wurden 1798 von Napoleon besiegt und dezimiert. Mehmed-Ali stürzte sie gänzlich und vernichtete sie.

47 Vicomte Louis de Bonald (1754–1840), politischer Schriftsteller, glühender Verteidiger der Monarchie und des Katholizismus.

48 Joseph de Maistre (1753–1821), religiöser und politischer Philosoph, glänzender Verteidiger der politischen und religiösen Autorität.

49 Baron Guillaume-Prosper de Barante (1782–1866), französischer Historiker, Publizist und Staatsmann, Autor einer vorzüglichen ›Histoire des ducs de Bourgogne‹.

50 Kassel war damals die Hauptstadt des neugeschaffenen Königreichs Westfalen, das Napoleons jüngster Bruder Jérôme regierte.

51 Von Balzac erfundene Gestalt.

52 Diesen Namen führen mehrere Organisten und Komponisten aus dem Artois.

53 Redensart: Ein Ungläubiger in dem Palast des mohammedanischen Herrschers.

54 1792 zur Bekämpfung der Revolution gegründete Zeitung, die bis 1815 sich mehrfach tarnen oder gar verschwinden mußte. Wäh-

rend der Restauration setzte sie sich für ultraroyalistische Anschauungen ein. Seit 1822 vertrat sie die Rechtsopposition und hatte vor allem in der Provinz Erfolg, zumal in kirchlichen Kreisen. Während der Juli-Monarchie kämpfte sie unter begabten Redakteuren für die Rückkehr der Legitimität.

55 Bildlich für die Rückkehr der Bourbonen auf den französischen Thron.

56 Thomas Chatterton (1752–1770), hochbegabter, junger englischer Dichter, der sich in ein erträumtes Mittelalter einspann und Gedichte im Stil des 15. Jahrhunderts in gotischen Buchstaben auf altes Pergament schrieb, von denen er behauptete, sie stammten von einem von ihm erfundenen Mönch und Dichter Thomas Rowley. Die ›Fälschungen‹ wurden auch von Kennern begeistert aufgenommen, und Chatterton versuchte, sich Sir Horace Walpole als Gönner zu gewinnen. Da wurde die Fälschung entdeckt, und Chatterton, der vergeblich versucht hatte, in London durch literarische Brotarbeit sein Leben zu fristen, beging mit 17 Jahren Selbstmord. Die Nachwelt bedauerte ihn als tragisches Genie, da in den ›Fälschungen‹ eine echte dichterische Begabung und Originalität erkannt wurde. Keats widmete ihm seinen ›Endymion‹, Alfred de Vigny schrieb über ihn eine vielgespielte Tragödie (1835), Ernst Penzoldt einen Roman (1928). Balzacs Urteil über Chatterton ist ungerecht.

57 Italienisch: So ihr Atem im Körper habt.

58 Die unterste, rechtlose Kaste in Sparta waren die Heloten.

59 Syrisches Wort, Ausdruck des Mißfallens, im Matthäus-Evangelium gebraucht; im Französischen Fluch: crier raca à quelqu'un.

60 Wandfelder über den Türen, die in den Wohnräumen des Barocks und Rokokos mit Gemälden bedeckt waren.

61 Gemälde, die in mehreren Abstufungen eine einzige Farbe enthalten; besonders häufig grau in grau.

62 Jean-Baptiste Massillon (1663–1742), Prediger von sanfter, eindringlicher Beredsamkeit, hervorragender Stilist.

63 Charles Pinot-Duclos (1704–1772), Historiograph von Frankreich und Mitglied der Akademie, geistvoller Schriftsteller.

64 Frédéric-Melchior Baron de Grimm (1723–1807), berühmter Literat und Kritiker deutscher Abstammung, schon in jungen Jahren nach Frankreich gekommen, förderte den jungen Mozart, schloß sich erst Rousseau an, mit dem er sich überwarf, dann den Enzyklopädisten. Er war Sekretär des Herzogs von Orléans, als

er, hierin der Nachfolger Raynals, der literarische Korrespondent der Zarin Katharina II., der Königin von Schweden, des Königs von Polen und der Herzogin von Sachsen-Coburg-Gotha wurde. Freund der Mme d'Épinay. Seine ›Correspondance littéraire‹ ist von höchstem Interesse.

65 Prosper Jolyot de Crébillon (1707–1777), Autor leichtfertiger, geistvoller Romane (›L'Écumoire‹, ›Le Sopha‹); deswegen von Mme de Pompadour, deren Erzieher sein Vater, der gleichnamige Tragödiendichter, gewesen war, verbannt; er war ein blendender Stilist, wurde später königlicher Zensor und lebte anständig und moralisch. Er war mit Lady Stafford vermählt und führte mit ihr eine vorbildliche Ehe.

66 Die ›Taille‹ war eine Einkommens- und Vermögenssteuer, die von reichen Bürgerlichen auf ihren Grundbesitz und ihre Einnahmen erhoben wurde.

67 Roman der Mme de Staël (1807).

68 Lateinisch: ganz gleich auf welchem Weg.

69 Bernard Palissy (um 1510–um 1590), berühmter Keramiker, Schriftsteller und Gelehrter. Bevor er zur Meisterschaft als Keramiker und Emailleur gelangte, verbrannte er in seinem Brennofen sein gesamtes Mobiliar, ja, die Fußböden seines Hauses. Seine Werke finden sich in allen großen Museen. 1589 kam er als Hugenotte in die Bastille, wo er wahrscheinlich starb.

70 Gaius Marius (156–86 v. Chr.), römischer Feldherr, wurde in einem Bürgerkrieg, in dem er die Interessen der Volkspartei vertrat, von Sulla, dem Führer der Senatspartei, besiegt.

71 Georges Cuvier (1769–1832), Naturwissenschaftler, von Balzac hochverehrt und häufig genannt.

72 Der griechische Redner Demosthenes (384–322 v. Chr.) nannte Phokion, seinen Rivalen und politischen Gegner, ›die Axt seiner Reden‹.

73 Griechisch ostrakismos, Scherbengericht, eine Art Volksabstimmung, mit deren Hilfe man in Athen unliebsame Bürger auf 10 Jahre in die Verbannung schickte; hier im übertragenen Sinne gebraucht.

74 Ein Opfer von 100 Stieren, das anläßlich der Hekatombäen, einem religiösen Fest im alten Attika, dem Gott Apollon dargebracht wurde.

75 Gabriel Montgomery (Balzac schreibt: Montgommery) (1530 bis 1574), Sohn Jacques' de Lorges, Hauptmann der Schotten-

garde Heinrichs II., hatte das Unglück, den König 1559 im Turnier tödlich zu verwunden. Vor seinem Tode erklärte Heinrich ihn für schuldlos. Dennoch floh Montgomery, die Rache Catharinas von Medici fürchtend, nach England, wurde Protestant und führte 1573 eine englische Flotte nach La Rochelle, um die belagerte Stadt zu unterstützen. 1574 wurde er bei Domfront gefangengenommen und auf Befehl Catharinas enthauptet.

76 Durch Krankheit oder Strapazen eingetretene körperliche Entkräftung.

77 Whist: englisch für ›pst! still!‹

78 Ossian, ein greiser, erblindeter Sänger, ist eine dominierende Gestalt des südirischen Sagenkreises. Im 18. Jahrhundert weckte der englische Dichter Macpherson durch seine romantisch-empfindsamen Dichtungen, die er fälschlich als Übersetzungen aus den gälischen Sagen ausgab, das Interesse für die altirischen Heldensagen. Das gesteigerte Landschaftsgefühl und die romantische Schwermut kamen den Empfindungen der Zeitgenossen sehr entgegen; speziell in Deutschland war der Erfolg der Dichtungen Macphersons sehr bedeutend (Herder, Goethe, Lenz).

79 Irischer Frauenname.

80 Irischer Sagenheld.

81 Sistrum: ein angeblich von der Göttin Isis erfundenes Klapperinstrument im alten Ägypten.

82 Unübersetzbares Wortspiel mit vers = Verse und vers = Würmer.

83 Große Mutter.

84 Wahrscheinlich ist die Cavatine ›Largo al factotum‹ aus Rossinis ›Barbier von Sevilla‹ gemeint, dessen Uraufführung in Rom 1816, dessen Pariser Erstaufführung am 26. Oktober 1819 stattgefunden hatte; Stendhal schätzte jene Cavatine über alles.

85 Ein Gedicht, das Chateaubriand in ›Le Dernier des Abencérages‹ dem Lautrec in den Mund legt; es beginnt mit den Versen:

Combien j'ai douce souvenance
Du joli lieu de ma naissance...

86 Johann Fust aus Mainz († 1466), stiller Teilhaber von Gutenberg und Schöffer bei deren ersten Buchdruckversuchen, deren Ergebnis die 42zeilige Bibel von 1462 war, das erste, dieses Namens würdige, gedruckte Buch.

87 Laurenz Janszon Coster († um 1444), galt eine Zeitlang als der erste, der mit beweglichen Holzlettern zu drucken versuchte; diese

Angabe ist nach neueren Forschungen ins Reich der Mythen zu verweisen.

88 Johann Gensfleisch zum Gutenberg (um 1398–1468), Erfinder der Buchdruckerkunst (vgl. Anmerkung 86).

89 Lateinisch: Wehe den Besiegten; hier im übertragenen Sinne (Wehe den Armen) gebraucht.

90 Charles Fourier (1772–1837), Philosoph und Soziologe, anfangs Makler in Lyon und Marseille, gewann aus der Praxis die erste Anregung zu seiner Lehre, deren Grundprinzip die Organisation der Arbeit durch Gemeinschaften (Phalanster) ist. Die praktische Durchführung scheiterte gänzlich. Was er im Fortspinnen seiner Theorien über den planetarischen und menschlichen Fortschritt schreibt, sind abstruse Phantasien.

91 Pierre Leroux (1798–1871), darf als Erfinder der Setzmaschine angesprochen werden. Seit 1831 bekannte er sich zum Saint-Simonismus. Er arbeitete zusammen mit Jean Reynaud an der ›Encyclopédie nouvelle‹ (1838), mit George Sand an der ›Revue indépendante‹ (1841) und gründete zur Verbreitung seiner Ideen 1845 die ›Revue sociale‹. Er war eine der Triebfedern der Revolution von 1848; während der Republik war er Abgeordneter, mußte jedoch nach dem Staatsstreich vom 2. Dezember ins Exil gehen.

92 Alexandre Lachevardière, 1823–1836 Drucker in Paris.

93 Claude-Henri, Graf de Saint-Simon (1760–1825), ein Verwandter des Herzogs von Saint-Simon, des Autors der berühmten ›Mémoires‹, war der Stifter des nach ihm benannten (vgl. Anmerkung 91) sozialistischen Systems, das eine moralische, intellektuelle und physische Verbesserung des Loses der Armen durch Einführung des rein individuellen Besitzes, Aufhebung des Erbrechts und Übergabe hinterlassener Vermögen an den Staat erstrebte. Sein Nachfolger Enfantin fügte die Saint-Simonistische Religion hinzu: Heiligung und Gottesdienst durch Arbeit und Vergnügen. Seine Lehren über die Emanzipation des Fleisches und Gemeinschaft der Frauen führte 1832 zum Einschreiten der Polizei und zur Auflösung der Sekte.

94 Engelbert Kämpfer (1651–1716), deutscher Arzt und Naturforscher, durchreiste nahezu ganz Asien und machte botanische und naturwissenschaftliche Studie. Balzac hat hier vor allem Kämpfers Schrift ›Icones selectae plantarum quas in Japonica collegit‹ (London, 1791) im Auge.

95 Jean-Baptiste du Halde (1674–1743), französischer Jesuit, Geograph, Autor einer ›Description de la Chine‹ (Paris, 1735).

96 Jean-Joseph Marcel (1776–1854), Orientalist, nahm am ägyptischen Feldzug teil und mußte die von Napoleon verlangten Aufrufe in arabischer Sprache publizieren. 1804, nach seiner Rückkehr nach Frankreich, wurde er Direktor der Kaiserlichen Druckerei, arbeitete an der ›Description de l'Égypte‹ mit, begründete die ›Société asiatique‹ und war schließlich Professor des Hebräischen am Collège de France.

97 Abbé Jean-Baptiste Grozier (1743–1823), ehemaliger Jesuit, 1818 zum Administrator der ›Bibliothèque de l'Arsenal‹ ernannt, schrieb eine ›Description de la Chine‹ (1777–1784). Sein Nachfolger als Leiter der Bibliothek wurde Charles Nodier.

98 Laure de Noves oder de Sade (1308–1348), inspirierte Petrarca zu Gedichten, die den Dichter und seine Geliebte unsterblich machten.

99 So bezeichnete Lamartine den jungen Victor Hugo.

100 Die angebetete Geliebte Don Quijotes, der zu Ehren der Ritter seine Heldentaten vollbrachte.

101 Der mesopotamische Prophet Bileam (Balaam) besaß angeblich eine redende Eselin, die ihn davor warnte, die Israeliten zu verfolgen.

102 Französisch tuer: töten, erschießen.

103 Jean-Jacques Rousseau.

104 Fernando Cortez (1485–1547), spanischer Abenteurer, eroberte Mexiko.

# Ein großer Mann aus der Provinz in Paris

Vorbemerkung von Ernst Sander

Balzac hat für die Trilogie ›Verlorene Illusionen‹ (›Illusions perdues‹) bereits 1836 eine Fortsetzung zum ersten Teil ›Die beiden Dichter‹ (›Les deux Poètes‹) geplant. Er hat jedoch diesen zweiten Teil, den er im Dezember 1838 in seiner Villa Les Jardies begann, erst im Mai 1839 in Paris unter dem Titel ›Ein großer Mann aus der Provinz in Paris‹ (›Un grand Homme de Province à Paris‹) abgeschlossen. Der zweite Teil erschien in zwei Bänden im Juni 1839. Von den darin enthaltenen Sonetten stammen ›La Marguerite‹ von Mme Émile de Girardin (Delphine Gay) und ›La Tulipe‹ von Théophile Gautier; die übrigen schrieb Charles Lassailly, Balzacs Freund und zeitweiliger Sekretär.

Weder Lucien noch Madame de Bargeton, noch Gentil, noch Albertine, die Zofe, haben je von den Vorfällen auf dieser Reise gesprochen; aber es darf angenommen werden, daß die ununterbrochene Anwesenheit der Dienerschaft sie für einen Liebhaber, der alle Wonnen einer Entführung erwartet hatte, sehr verdrießlich gestaltete. Lucien, der zum erstenmal in seinem Leben eine Reise machte, war fassungslos, als er fast die ganze Summe, die er für ein Jahr seines Lebens bestimmt hatte, auf der Straße von Angoulême nach Paris hinschwinden sah. Wie alle Menschen, die die Reize der Kindlichkeit mit der Kraft des Talents vereinigen, besaß er den Fehler, daß er beim Anblick von Dingen, die für ihn neu waren, seine naive Verwunderung nicht unterdrückte. Ein Mann muß seine Frau gut studieren und darf seine Gefühle und Gedanken nicht gleich im Entstehen sehen lassen. Eine Geliebte, die Zärtlichkeit und Größe in sich vereint, lächelt über Kindereien und versteht sie; aber wenn sie nur ein bißchen Eitelkeit hat, verzeiht sie ihrem Geliebten nicht, wenn er sich kindisch, nichtig oder kleinlich zeigt. Viele Frauen übertreiben den Kultus mit ihrem Geliebten so sehr, daß sie immer einen Gott in ihm finden wollen; während diejenigen, die einen Mann um seiner selbst willen und nicht in erster Linie in bezug auf sich lieben, seine kleinen Züge ebenso verehren wie seine Größe. Lucien hatte noch nicht gemerkt, daß bei Madame de Bargeton die Liebe auf die Eitelkeit gepfropft war. Er beging den Fehler, das Lächeln nicht zu beachten, das Louise während dieser Reise manchmal nicht zu unterdrücken vermochte, wenn er sich das possierliche Benehmen einer jungen, zum erstenmal aus ihrem Loch kommenden Ratte erlaubte, anstatt sich zurückzuhalten.

Die Reisenden stiegen vor Tagesanbruch im Hotel du Gaillard-Bois in der Rue de l'Echelle ab. Die beiden Liebenden waren so ermüdet, daß vor allem Louise sich hinlegen wollte. Sie versäumte aber nicht, Lucien vorher anzuempfehlen, er solle sich ein Zimmer über dem ihren nehmen. Lucien schlief bis vier Uhr nachmittags. Madame de Bargeton ließ ihn zum Abendessen wecken; als er hörte, wie spät es schon sei, zog er sich schnell an und fand Louise in einer der elenden Kammern, die die Schande von Paris sind; trotz aller angeblichen Eleganz gibt es hier kein einziges Hotel, in dem ein reicher Reisender sich wie zu Hause fühlen kann. Obwohl Lucien sich von seinem plötzlichen Erwachen noch benommen fühlte, erkannte er seine Louise in diesem kalten, sonnenlosen Zimmer nicht wieder. Die Vorhänge waren verblichen, der Fußboden in schlechtem Zustand, die Möbel unansehnlich, abgeschmackt, entweder alt oder Gelegenheitskäufe. Es gibt Frauen, die, wenn sie einmal von den Gestalten, den Dingen, den Räumen, die ihnen als Umrahmung dienen, getrennt sind, nicht mehr dasselbe Aussehen und nicht mehr denselben Wert haben. Die lebendigen Physiognomien besitzen eine Art Atmosphäre, die zu ihnen gehört, wie das Helldunkel der flämischen Gemälde ein notwendiges Zubehör des Lebens der Gestalten ist, die das Genie der Maler hineingestellt hat. Fast mit allen Menschen aus der Provinz verhält es sich so. Überdies wirkte Madame de Bargeton würdevoller und nachdenklicher, als sie es in einem Augenblick hätte sein dürfen, da ein schrankenloses Glück beginnen sollte. Lucien hatte zunächst keinen Grund zu Klagen: Gentil und Albertine bedienten sie. Das Essen war weder reichlich noch von der Güte, die für das Provinzleben bezeichnend ist. Die Gerichte, die aus einem benachbarten Restaurant kamen, waren von der Gewinnsucht karg bemessen und recht armselig; sie rochen nach Zuteilung. Paris ist in diesen kleinen Dingen, zu denen die Leute mit geringem Vermögen verurteilt sind, recht häßlich. Lucien wartete auf das Ende der Mahlzeit, um an Louise eine Frage zu richten; ihre Veränderung war ihm unerklärlich. Er täuschte sich nicht: ein ernstes Ereignis – denn Überlegungen sind Ereignisse des inneren Lebens – war während seines Schlafes eingetreten.

Gegen zwei Uhr nachmittags war Sixte du Châtelet im Hotel erschienen, hatte Albertine wecken lassen, den Wunsch ausgesprochen, ihre Herrin zu sprechen, und hatte dann nochmals vorgesprochen, nachdem er Madame de Bargeton kaum Zeit gelassen hatte, sich anzukleiden. Anaïs, deren Neugier durch dieses seltsame Auftauchen du Châtelets erregt worden war – glaubte sie doch, ihr Schlupfwinkel sei niemandem bekannt –, hatte ihn gegen drei Uhr empfangen.

»Ich bin Ihnen gefolgt, auf die Gefahr hin, von meinen Vorgesetzten einen Rüffel zu bekommen«, begrüßte er sie, »denn ich hatte vorausgesehen, wie es mit Ihnen steht. Aber auch wenn ich meine Stellung verliere, ist es besser, als daß Sie sich zugrunde richten!« – »Was soll das heißen?« rief Madame de Bargeton. – »Ich sehe, Sie lieben Lucien«, fuhr er mit einer Miene fort, in der sich Zärtlichkeit und Resignation mischten; »denn man muß wohl einen Mann lieben, wenn man an gar nichts denkt, wenn man alle Schicklichkeit außer acht läßt; wenn Sie so etwas tun, die Sie so gut wissen, was sich schickt! Glauben Sie denn, liebe, angebetete Naïs, daß Sie bei Madame d'Espard oder in irgendeinem Pariser Salon empfangen werden, wenn sich herumgesprochen hat, daß Sie mit einem jungen Herrn aus Angoulême so gut wie geflüchtet sind? Und dazu noch nach dem Duell Ihres Mannes mit Monsieur de Chandour! Der Aufenthalt Ihres Mannes in l'Escarbas mutet an wie eine Trennung. In einem solchen Falle pflegen sich Männer von Stand für ihre

Frauen zu schlagen und lassen sie dann laufen. Lieben Sie Monsieur de Rubempré, so protegieren Sie ihn, machen Sie, was Sie wollen, aber wohnen Sie nicht zusammen! Wenn hier irgend jemand erführe, daß Sie im selben Wagen gereist sind, kämen Sie auf den Index der Gesellschaft, in der Sie sich bewegen wollen. Überdies, Naïs, bringen Sie einem jungen Mann, den Sie noch mit niemandem verglichen haben, der noch keine Probe abgelegt hat, der Sie hier vielleicht um irgendeiner Pariserin willen, die er für seinen Ehrgeiz dienlicher hält, vergißt – bringen Sie ihm kein solches Opfer. Ich will dem, den Sie lieben, nicht schaden, aber Sie müssen mir gestatten, Ihre Interessen wichtiger als die seinen zu nehmen und Ihnen zu sagen: Erforschen Sie ihn, überlegen Sie sich die ganze Bedeutung Ihres Schritts. Wenn Sie alle Türen geschlossen finden, wenn die Frauen sich weigern, Sie zu empfangen, dann sollen Sie wenigstens ein so großes Opfer nicht zu bedauern haben; Sie sollen wissen, daß der, dem Sie es bringen, es auch verdient und würdigt. Madame d'Espard ist um so prüder und strenger, als sie selber von ihrem Mann getrennt lebt, ohne daß die Welt in das Geheimnis des Zwists der beiden hätte dringen können; aber die Navarreins, die Blamont-Chauvrys, die Lenoncourts, alle ihre Verwandten stehen auf ihrer Seite; die prüdesten Frauen verkehren bei ihr und empfangen sie respektvoll, so daß der Marquis d'Espard ins Unrecht gesetzt scheint. Schon beim ersten Besuch, den Sie ihr machen, werden Sie merken, wie richtig meine Ratschläge sind. Ohne Frage, ich kann es Ihnen voraussagen, ich kenne Paris: kaum sind Sie bei der Marquise eingetreten, da kommen Ihnen verzweifelte Gedanken, sie könne erfahren, daß Sie im Hotel du Gaillard-Bois mit dem Sohn eines Apothekers abgestiegen seien, möge er sich de Rubempré nennen oder nicht. Sie müssen sich hier auf Rivalinnen gefaßt machen, die auf ganz andere Art verschlagen und schlau sind als Amélie; die werden schnell herausbekommen, wer Sie sind, wo Sie sind, woher Sie stammen, was Sie treiben. Sie haben auf das Inkognito gerechnet; aber Sie gehören zu den Menschen, für die es kein Inkognito gibt. Werden Sie nicht überall auf Angoulême stoßen? Da sind die Abgeordneten der Charente, die zur Kammereröffnung kommen; da ist der General, der in Paris auf Urlaub weilt; aber es genügt ja, daß ein einziger Mensch aus Angoulême Sie sieht, damit Ihr Leben eine befremdliche Wendung nimmt: Sie sind plötzlich nur noch die Geliebte Luciens. Wenn Sie mich zu irgend etwas brauchen, was es auch sei, ich bin bei dem Generalsteuerdirektor, Rue du Faubourg St. Honoré, zwei Schritte von dem Hause Madame d'Espards, zu finden. Ich kenne die Marschallin de Carigliano, Madame de Sérisy und den Präsidenten des Staatsrats gut genug, um Sie dort einzuführen; aber Sie lernen ja bei Madame d'Espard so viele Leute kennen, daß Sie mich nicht brauchen. Statt daß Sie wünschen müßten, in diesem oder jenem Salon zu verkehren, werden Sie in allen Salons erwünscht sein.«

Châtelet konnte sprechen, ohne daß Madame de Bargeton ihn unterbrach; sie war von der Richtigkeit seiner Bemerkungen erschüttert. Die Königin von Angoulême hatte tatsächlich auf das Inkognito gerechnet.

»Sie haben recht, lieber Freund«, sagte sie, »aber was tun?« – »Gestatten Sie mir«, antwortete Châtelet, »Ihnen eine angemessene möblierte Wohnung zu suchen; Sie können dann ein billigeres Leben als in den Gasthöfen führen und sind bei sich zu Hause; und wenn Sie meinem Rat folgen, bringen Sie dort schon die heutige Nacht zu.« – »Aber wie haben Sie denn meine Adresse erfahren?« fragte sie. – »Ihr Wagen war leicht zu erkennen, und überdies bin ich Ihnen gefolgt. In Sèvres sagte der Postillion, der Sie gefahren hat, dem meinem Ihre Adresse. Wollen Sie mir gestatten, Ihnen eine Wohnung zu besorgen? Ich werde Ihnen bald Nachricht zukommen lassen, wo ich Sie untergebracht habe.« – »Gut, tun Sie das«, erwiderte sie.

Diese Äußerung schien nichts und war alles. Der Baron du Châtelet hatte zu einer Frau von Welt die Sprache der Welt gesprochen. Er war in der ganzen Eleganz eines Parisers aufgetreten; ein hübsches Kabriolett mit einem schmucken Pferd davor hatte ihn hergebracht. Zufällig trat Madame de Bargeton ans Fenster, um über ihre Lage nachzudenken, und sah den alten Stutzer wegfahren. Eine kurze Weile danach bot sich Lucien, der plötzlich geweckt worden war und sich eilig angezogen hatte, in seiner Nankinghose vom vorigen Jahre und seinem kümmerlichen Rock ihrem Blick dar. Er war zwar schön; aber er war lächerlich gekleidet. Man stecke den Apollo von Belvedere oder den Antinous[1] in die Gewandung eines Wasserträgers: wer wird dann die göttliche Schöpfung eines griechischen oder römischen Meißels erkennen? Die Augen vergleichen, ehe das Herz das rasche, mechanische Urteil richtiggestellt hat. Der Gegensatz zwischen Lucien und Châtelet war zu heftig, als daß er nicht Louises Augen betroffen gemacht hätte. Als gegen sechs das Abendessen zu Ende war, winkte Madame de Bargeton Lucien zu sich auf ein schäbiges Kanapee aus rotem, gelbgeblümtem Kaliko, auf das sie sich gesetzt hatte.

»Lieber Lucien«, sagte sie, »meinst du nicht, falls wir eine Torheit begangen haben, die uns beide in gleicher Weise in tödliche Gefahr bringt, daß es vernünftig wäre, sie wieder gutzumachen? Lieber Junge, wir dürfen in Paris nicht zusammen wohnen, und wir dürfen den Verdacht nicht aufkommen lassen, wir seien zusammen hergekommen. Deine Zukunft hängt sehr von meiner Stellung ab, und ich darf sie in keiner Weise aufs Spiel setzen. Ich werde mir also noch heute abend ein paar Schritte von hier eine Wohnung nehmen; du aber bleibst in diesem Hotel wohnen, und wir können einander alle Tage sehen, ohne daß jemand etwas dabei finden kann.«

Louise erklärte Lucien, der sie mit großen Augen ansah, die Spielregeln der großen Welt. Er wußte zwar nicht, daß Frauen, die ihre Torheiten korrigieren, damit auch ihre Liebe korrigieren, aber er merkte, daß er nicht mehr der Lucien von Angoulême sei. Louise sprach zu ihm nur von sich, von ihren Interessen, von ihrem Ruf, von der Welt; und um ihren Egoismus zu entschuldigen, versuchte sie, ihn glauben zu machen, es handele sich dabei um ihn. Er besaß kein Recht auf Louise, die so schnell wieder zu Madame de Bargeton geworden war; und was schlimmer war: er hatte keine Macht über sie. So konnte er den schweren Tränen nicht wehren, die ihm aus den Augen stürzten.

»Wenn ich dein Ruhm bin, so bist du für mich noch mehr: du bist meine einzige Hoffnung und meine ganze Zukunft. Ich hatte gedacht, daß du, wie du meine Erfolge teilst, auch mein Unglück teilen würdest, und nun sollen wir uns jetzt schon trennen!« – »Du tadelst mein Verhalten«, versetzte sie, »du liebst mich nicht.« – Lucien sah sie so schmerzlich an, daß sie nicht umhin konnte, hinzuzufügen: »Lieber Junge, ich bleibe, wenn du willst.

Dann gehen wir zugrunde und stehen ohne jeden Beistand da. Aber wenn wir beide in gleicher Weise im Elend und beide von der Gesellschaft verstoßen sind; wenn der Mißerfolg – denn man muß alles ins Auge fassen – uns bis nach l'Escarbas zurückgetrieben hat, dann erinnere dich, mein Lieber, daß ich dieses Ende vorausgesehen und dir vorgeschlagen habe, den Gesetzen der Gesellschaft entsprechend ans Ziel zu gelangen und ihnen zu gehorchen.« – »Louise«, antwortete er und umarmte sie, »es erschreckt mich, daß du so klug bist. Vergiß nicht, daß ich ein Kind bin, daß ich mich ganz und völlig deinem lieben Willen überlassen habe. Ich wollte über Menschen und Dinge aus eigener Kraft siegen; aber wenn ich mit deiner Hilfe schneller ans Ziel kommen kann als allein, dann wird es mich glücklich machen, dir all mein Glück zu verdanken. Verzeih! Ich habe zuviel auf dich gesetzt, um nicht alles fürchten zu müssen. Für mich ist Trennung die Vorläuferin des Verlassenwerdens; und verlassen zu werden ist der Tod.« – »Aber, lieber Junge, die Welt verlangt wenig von dir«, erwiderte sie. »Es handelt sich nur darum, daß du die Nacht hier zubringst; du kannst den ganzen Tag über bei mir sein, ohne daß jemand etwas daran aussetzen dürfte.«

Einige Liebkosungen beruhigten Lucien vollends. Eine Stunde später brachte Gentil ein paar Zeilen von Châtelet, der Madame de Bargeton mitteilte, er habe ihr in der Rue Neuve-du-Luxembourg[2] eine Wohnung gemietet. Sie ließ sich die Lage dieser Straße erklären, die ganz in der Nähe der Rue de l'Echelle gelegen war, und sagte zu Lucien: »Wir sind Nachbarn.« Zwei Stunden später bestieg sie einen Wagen, den ihr Châtelet geschickt hatte, und fuhr in ihre neue Wohnung. Es war eine von denen, in die die Tapezierer Möbel stellen, um sie alsdann an wohlhabende Abgeordnete oder an hohe Persönlichkeiten zu vermieten, die für kurze Zeit nach Paris gekommen sind; sie war prunkvoll eingerichtet, aber unbequem. Lucien kehrte gegen elf Uhr in sein kleines Hotel zurück; er hatte von Paris bislang nichts gesehen als den Teil der Rue St. Honoré zwischen der Rue Neuve-du-Luxembourg und der Rue de l'Echelle. Er legte sich in seiner elenden kleinen Kammer schlafen; unwillkürlich mußte er sie mit dem prächtigen Gemach Louises vergleichen. Kaum hatte er Madame de Bargeton verlassen, als der Baron du Châtelet anlangte. Er kam in strahlender Balltoilette von einer Gesellschaft beim Außenminister zurück. Er wollte Madame de Bargeton über alle seine Abmachungen Rechenschaft ablegen. Louise war unruhig; all dieser Luxus ängstigte sie. Die Provinzgewohnheiten hatten schließlich auch über sie Macht gewonnen; sie war in ihren Ausgaben genau geworden; sie war so auf Sparsamkeit erpicht, daß sie in Paris als geizig gelten konnte. Sie hatte etwa zwanzigtausend Francs in Form eines Wechsels auf den Generalsteuereinnehmer mitgebracht und diese Summe zur Deckung ihrer Ausgaben während der nächsten vier Jahre bestimmt. Jetzt fürchtete sie bereits, es sei nicht genug, und sie würde Schulden machen müssen. Châtelet teilte ihr mit, ihre Wohnung koste sie nur sechshundert Francs im Monat.

»Was ist daran Schlimmes?« fragte er, als er das Zusammenzucken bemerkte, das diese Mitteilung bei Naïs hervorrief. »Sie haben einen Wagen für fünfhundert Francs im Monat zur Verfügung; das macht im ganzen fünfzig Louis. Außerdem haben Sie nur noch auf Ihre Toilette bedacht zu sein. Wenn Sie aus Ihrem Mann einen Generalsteuerdirektor machen oder ihm eine Stellung im Hofstaat des Königs verschaffen wollen, dürfen Sie nicht wie eine arme Frau aussehen. Hier wird nur den Reichen gegeben. Es ist sehr gut, daß Sie Gentil zur Begleitung und Albertine als Zofe haben; denn die Bedienten in Paris ruinieren einen. Essen werden Sie selten zu Hause, sobald Sie eingeführt worden sind.«

Madame de Bargeton und der Baron plauderten von Paris. Châtelet erzählte die Tagesneuigkeiten, die tausend Nichtigkeiten, die man wissen muß, wenn man für einen Pariser gelten will. Er gab alsdann Naïs Ratschläge über die Geschäfte, in denen sie kaufen sollte: er nannte ihr die Herbault[3] für die Barette, Juliette für die Hüte und Häubchen; er gab ihr die Adresse der Schneiderin, die Victorine[4] ersetzen sollte; kurzum, er machte ihr die Notwendigkeit begreiflich, sich zu ›entangoulêmieren‹. Dann verabschiedete er sich nach dem letzten guten Einfall, auf den er noch glücklich gekommen war.

»Morgen«, sagte er nachlässig, »bekomme ich höchstwahrscheinlich eine Loge in einem Theater; ich werde Sie und Monsieur de Rubempré abholen; Sie gestatten mir doch wohl, Sie beide in Paris einzuführen.«

»Er hat einen großzügigeren Charakter, als ich dachte«, sagte sich Madame de Bargeton, als sie vernahm, daß er auch Lucien einladen wolle.

Im Juni wissen die Minister nicht, was sie mit ihren Theaterlogen anfangen sollen; die regierungstreuen Abgeordneten und deren Auftraggeber sind in den Weinbergen beschäftigt oder besorgen ihre Ernte; ihre anspruchsvollsten Bekannten sind auf dem Lande oder verreist; daher sehen die schönsten Logen der Pariser Theater um jene Zeit ziemlich bunt gemischte Gäste, die die Habitués nie zu Gesicht bekommen und die dem Publikum das Aussehen eines abgenutzten Wandteppichs leihen. Châtelet hatte bereits bedacht, daß er infolge dieses Umstandes ohne große Kosten Naïs die Vergnügungen verschaffen könne, nach denen die Provinzler am gierigsten sind. Als am nächsten Tag Lucien zum erstenmal in die neue Wohnung ging, traf er Louise nicht daheim. Madame de Bargeton war ausgegangen, um einige unumgängliche Einkäufe zu tätigen. Sie mußte mit den würdigen, berühmten Autoritäten, die Châtelet ihr genannt hatte, in Sachen der Frauentoilette Rats pflegen; sie hatte nämlich der Marquise d'Espard ihre Ankunft mitgeteilt. Obwohl Madame de Bargeton das Selbstvertrauen besaß, das eine lange Jahre hindurch innegehabte gebietende Stellung mit sich bringt, hatte sie seltsamerweise Angst, sie könne als Provinzlerin wirken. Ihr Taktgefühl sagte ihr, wie sehr die Beziehungen zwischen Frauen von den ersten Eindrücken abhängen; und obwohl sie sich befähigt wußte, sehr schnell auf das Niveau überlegener Frauen wie der Madame d'Espard zu gelangen, fühlte sie dennoch, daß sie bei ihrem ersten Auftreten Wohlwollen brauche, und wollte es an keinem Faktor des Erfolges fehlen lassen. Daher war sie Châtelet überaus dankbar, daß er ihr die Mittel angegeben hatte, sich mit der vornehmen Welt von Paris in Einklang zu bringen. Durch einen seltsamen Zufall befand sich die Marquise in einer Lage, die es ihr als sehr erwünscht erscheinen ließ, jemandem aus der Familie ihres Gatten eine Gefälligkeit zu erweisen. Ohne ersichtlichen Grund hatte sich der Marquis d'Espard von der Welt zurückgezogen; er kümmerte sich weder um seine Geschäfte noch um die Politik, noch um seine Familie, noch um seine Frau. Die Marquise, die auf diese Weise ihre eigene Herrin geworden war, verspürte das Verlangen, nach wie vor die Billigung der Gesellschaft zu genießen; daher war sie glücklich, unter diesen Umständen den Marquis dadurch zu ersetzen, daß sie die Protektion seiner Familie übernahm. Sie wollte sich dieser Gönnerschaft ostentativ unterziehen, um das Unrecht ihres Gatten noch zu betonen. Am gleichen Tage noch schrieb sie an Madame de Bargeton, geborene Nègrepelisse, eines jener reizenden Briefchen, deren Form so hübsch ist, daß man Zeit braucht, um hinter ihren Mangel an Inhalt zu gelangen:

Sie sei glücklich über einen Umstand, der eine Frau ihrer Familie ihr näherbringe, von der sie bereits gehört habe und die sie kennenzulernen wünsche; denn die freundschaftlichen Beziehungen in Paris seien nicht so fest gegründet, daß einen nicht danach verlangen müsse, einen Menschen mehr auf Erden zu haben, den man lieben könne; und wenn sich das nicht ergebe, so sei es nur eine Illusion mehr, die man mit den übrigen zu bestatten habe. Sie stelle sich ihrer Kusine völlig zur Verfügung und hätte sie schon aufgesucht, wenn nicht ein Unwohlsein sie daheim festhielte; aber sie sei ihr bereits sehr verbunden, daß sie an sie gedacht habe.

Während seines ersten Schlenderganges über die Boulevards und durch die Rue de la Paix beschäftigte sich Lucien, wie alle Ankömmlinge, weit mehr mit den Dingen als mit den Menschen. In Paris lenkt die Massenhaftigkeit zuallererst die Aufmerksamkeit auf sich: der Luxus der Läden, die Höhe der Häuser, das Wagengerassel, die unablässig sich bekundenden Gegensätze zwischen der größten Üppigkeit und dem tiefsten Elend packen vor allem. Lucien als Phantasiemensch war wie benommen von der Menge, in der er ein Fremdling war; und er verspürte eine Art ungeheurer Verkleinerung seiner selbst. Menschen, die in der Provinz eine Art Ansehen genießen und dort bei jedem Schritt auf einen Beweis ihrer Wichtigkeit stoßen, können sich nicht an diesen völligen und jähen Verlust ihres Wertes gewöhnen. In der Heimat etwas sein und in Paris nichts sein, das sind zwei so verschiedene Zustände, daß sie eines Übergangs bedürfen; und wer zu unvermittelt von einem zum andern überwechselt, kommt sich wie ausgelöscht vor. Für einen jungen Dichter, der ein Echo für all seine Gefühle, einen Vertrauten für all seine Gedanken, eine Seele gefunden hatte, mit der er seine leisesten Stimmungen teilen konnte, mußte Paris eine grauenerregende Wüste sein. Lucien hatte seinen schönen blauen Anzug noch nicht abgeholt, so daß er durch die Ärmlichkeit, um nicht zu sagen die Schäbigkeit seiner Kleidung geniert war, als er sich zu der Stunde, wo Madame de Bargeton zurück sein sollte, zu ihr begab; er traf bei ihr den Baron du Châtelet, der sie beide in den Rocher-de-Cancale[5] zum Abendessen fuhr. Lucien, der von dem Wirbel des Pariser Lebens wie betäubt war, wußte Louise nichts zu sagen, zumal da sie zu dritt im Wagen saßen; aber er drückte ihr die Hand, und sie erwiderte freundschaftlich alle Gedanken, die er auf diese Weise zum Ausdruck brachte. Nach dem Essen führte Châtelet seine beiden Gäste ins Vaudeville[6]. Lucien empfand beim Anblick Châtelets eine geheime Verstimmung; er verfluchte den Zufall, der den Baron nach Paris gebracht hatte. Der Steuerdirektor gab als Grund seiner Reise seinen Ehrgeiz an: er hoffe, zum Generalsekretär einer Behörde ernannt zu werden und als Bearbeiter der Bittschriften in den Staatsrat zu kommen; er wolle sehen, wie es mit den Versprechungen stehe, die ihm gemacht worden seien; denn ein Mann wie er könne nicht Steuerdirektor bleiben; er wolle lieber gar nichts sein, Abgeordneter werden, in den diplomatischen Dienst zurückkehren. Er wirkte hier als ein Größerer; Lucien mußte in dem alten Gecken die Überlegenheit des Mannes von Welt anerkennen, der dem Pariser Leben gewachsen war; vor allem beschämte es ihn, ihm ein Vergnügen zu verdanken. Wo der Dichter unruhig und geniert war, benahm sich der frühere Privatsekretär wie ein Fisch im Wasser. Er lächelte über das Zögern, das Staunen, die Fragen, die kleinen Irrtümer, zu denen der Mangel an Gewohnheit seinen Nebenbuhler verleitete, wie die alten Seebären sich über die Grünhörner lustig machen, die noch nicht seefest sind. Das Vergnügen, das Lucien empfand, als er zum erstenmal in Paris im Theater war, wog die Verstimmung auf, in die ihn sein Unbehagen versetzte. Dieser Abend war dadurch bemerkenswert, daß er ihm, ohne daß er sich dessen bewußt wurde, eine beträchtliche

Menge seiner Ideen über das Provinzleben raubte. Der Kreis erweiterte sich, die Gesellschaft nahm andere Dimensionen an. Einige hübsche Pariserinnen, die elegant und frisch gekleidet waren, gaben ihm Gelegenheit zu der Wahrnehmung, wie altmodisch, wenn auch anspruchsvoll, Madame de Bargetons Toilette war; weder die Stoffe noch der Schnitt noch die Farben waren mehr in Mode. Die Haartracht, die ihn in Angoulême so bezaubert hatte, schien ihm nun im Vergleich mit den feinen Kunstwerken, die er bei jeder zweiten Frau sah, bedenklich geschmacklos. – »Wird sie so bleiben?« fragte er sich, ohne zu ahnen, daß der Tag dazu verwendet worden war, eine Umwandlung vorzubereiten. In der Provinz gibt es keine Auswahl und keine Möglichkeit zu Vergleichen; der gewohnte Anblick verleiht den Physiognomien einen konventionelle Schönheit. Eine Frau, die in der Provinz als hübsch gilt, findet, wenn sie nach Paris verpflanzt wird, nicht die geringste Beachtung; sie ist nämlich nur schön im Sinne des Sprichworts: ›Unter den Blinden ist der Einäugige König.‹ Luciens Augen vollzogen den Vergleich, den Madame de Bargeton am Vortage zwischen ihm und Châtelet angestellt hatte. Ihrerseits überließ Madame de Bargeton sich seltsamen Gedankengängen über ihren Geliebten. Der arme Dichter war zwar auffallend schön, besaß jedoch nicht die Spur von Haltung. Sein Rock, dessen Ärmel zu kurz waren, seine abscheulichen Provinzhandschuhe, seine Weste, die zu eng war, ließen ihn neben den jungen Leuten im ersten Rang als recht lächerlich erscheinen. Madame de Bargeton fand, er mache eine klägliche Figur. Châtelet, der zurückhaltend um sie bemüht war, der liebevoll für sie sorgte und damit eine tiefe Leidenschaft verriet, Châtelet, der elegant und ungezwungen auftrat, wie jemand, der wieder in sein Element gekommen ist, eroberte innerhalb zweier Tage den ganzen Boden zurück, den er in einem halben Jahr verloren hatte. Man gibt zwar gewöhnlich nicht zu, daß die Gefühle sich plötzlich ändern; aber es steht fest, daß zwei Liebende sich oftmals schneller trennen, als sie einander gefunden haben. Es bereitete sich bei Madame de Bargeton und bei Lucien eine gegenseitige Ernüchterung vor, deren Ursache Paris war. Das Leben nahm in den Augen des Dichters größere Dimensionen an, wie die Gesellschaft für Louise ein neues Gesicht bekam. Für ihn wie für sie bedurfte es nur eines Zwischenfalls, damit das Band zerschnitten wurde, das sie vereinigte. Dieser Beilhieb, der für Lucien entsetzlich war, ließ nicht lange auf sich warten. Madame de Bargeton brachte den Dichter in sein Hotel und kehrte in Gesellschaft du Châtelets zu sich nach Hause zurück, was dem armen Liebhaber äußerst mißfiel.

»Was werden sie über mich sprechen?« dachte er, als er die Treppe zu seiner tristen Kammer hinaufstieg.

»Der arme Junge ist bemerkenswert langweilig«, sagte Châtelet, als der Wagenschlag wieder geschlossen war. – »So ist es mit allen, die eine Welt von Gedanken im Herzen und im Hirn bergen. Die Menschen, die in den Kunstwerken, mit denen sie sich lange herumtragen, so viel zu durchdenken haben, bezeigen eine gewisse Verachtung gegen die Konversation, die doch ein Handel ist, bei dem der Geist in kleine Münze umgewechselt wird«, sagte die stolze Nègrepelisse, die noch den Mut aufbrachte, Lucien zu verteidigen, weniger um Luciens als um ihrer selbst willen. – »Ich gebe das gern zu«, sagte der Baron, »allein wir leben mit Menschen und nicht mit Büchern. Hören Sie, liebe Naïs, ich sehe, es besteht noch nichts zwischen Ihnen und ihm; ich bin entzückt darüber. Wenn Sie sich entschließen, in Ihr Leben eine Anteilnahme einzuführen, die Ihnen bis jetzt gefehlt hat, dann bitte ich herzlich, lassen Sie sie nicht diesem angeblichen Genie zuteil werden. Wenn Sie sich täuschten! Wenn Sie in ein paar Tagen, in denen Sie Gelegenheit haben, ihn mit wirklichen Talenten, mit ernstlich hervorragenden Männern zu vergleichen, die Sie kennenlernen werden, wenn Sie dann merkten, meine liebe schöne Sirene, daß Sie nicht einen großen Sänger auf Ihre reizende Schulter genommen und zum Hafen getragen haben, sondern einen kleinen Affen ohne Manieren, ohne Bedeutung, einen dummen Prahlhans, der in l'Houmeau Geist haben kann, aber in Paris zu einem recht gewöhnlichen jungen Mann wird! Schließlich werden hier jede Woche Gedichtbücher veröffentlicht, deren schlechtestes noch so gut ist wie die ganze Dichterei des Monsieur Chardon. Ich bitte Sie, warten Sie, vergleichen Sie! Morgen, Freitag, wird in der Oper gespielt«, fügte er hinzu, als er sah, daß der Wagen in die Rue Neuve-du-Luxembourg einbog; »Madame d'Espard verfügt über die Loge der ersten Kammerherrn des Königs[7] und wird Sie sicherlich mitnehmen. Ich will Sie in Ihrem Glanze sehen und werde in die Loge der Madame de Sérisy kommen. Man gibt ›Die Danaïden‹.«[8] – »Adieu«, sagte sie.

Am anderen Tag versuchte Madame de Bargeton, sich eine Vormittagstoilette zusammenzustellen, die für den Besuch bei ihrer Kusine, Madame d'Espard, geeignet wäre. Es war ziemlich kühl, und sie fand in ihren altmodischen Sachen aus Angoulême nichts als ein Kleid aus grünem Samt, das sehr extravagant garniert war. Lucien seinerseits empfand die Notwendigkeit, den bewußten blauen Frack abzuholen; er hegte gegen seinen kümmerlichen Gehrock Abscheu und wollte sich immer gut angezogen zeigen, weil er meinte, er könne der Marquise d'Espard begegnen oder ohne weitere Umstände mit zu ihr genommen werden. Er nahm eine Droschke, um sein Gepäck sofort zu holen. Innerhalb zweier Stunden gab er drei oder vier Francs aus, was ihm über die Geldverhältnisse des Pariser Lebens zu denken gab. Nachdem er sich aufs eleganteste ausstaffiert hatte, ging er nach der Rue Neuve-du-Luxembourg, wo er auf der Schwelle Gentil in Gesellschaft eines Leibjägers antraf, der einen großartigen Federhut trug.

»Ich hatte gerade zu Ihnen gehen wollen; Madame hat mir diesen Brief hier für Sie übergeben«, sagte Gentil, der sich auf die Ausdrucksweise, in der man in Paris den Respekt bezeigt, nicht verstand und an die biederen Umgangsformen der Provinz gewöhnt war.

Der Leibjäger hielt den Dichter für einen Bedienten. Lucien machte den Brief auf und las, daß Madame de Bargeton den Tag bei der Marquise d'Espard verbringe und abends in die Oper gehe; aber sie bat Lucien, er möge sich dort einfinden, ihre Kusine gestatte ihr gern, dem jungen Dichter einen Platz in ihrer Loge einzuräumen; die Marquise mache sich ein Vergnügen daraus, ihm diesen Genuß zu verschaffen.

»Sie liebt mich also! Meine Angst ist töricht«, sagte sich Lucien; »sie stellt mich noch heute abend ihrer Kusine vor.«

Er wußte vor Freude nicht aus noch ein und wollte die Zeit bis zu diesem glücklichen Abend fröhlich verbringen. Er ging nach den Tuilerien und gedachte dort bis zu der Stunde, wo er bei Véry[9] zu Abend essen wollte, spazierenzugehen. Lucien ging also tänzelnd, hüpfend, leichtfüßig über die Terrasse des Feuillants und betrachtete die Spaziergänger, die hübschen Frauen mit ihren Anbetern, die Stutzer, die Arm in Arm gingen und den Vorübergehenden zublinzelten. Wie anders war diese Terrasse als Beaulieu! Die Vögel in der prächtigen Volière[10] waren viel reizender als die von Angoulême! Da war all die Farbenpracht, die die Vogelarten Indiens oder Amerikas vor den grauen Farben der europäischen Vögel auszeichnet. Lucien verbrachte zwei grausame Stunden in den Tuilerien; er nahm eine strenge Selbstprüfung vor und hielt Gericht über sich. Zunächst gewahrte er bei keinem der eleganten jungen Leute einen Gehrock. Wenn er einen Mann mit einem Gehrock sah, war es ein Greis, der nicht mehr in Betracht kam, irgendein armer Teufel, ein Vorstadtrentier oder ein Büroschreiber. Nachdem er festgestellt hatte, daß es in Paris einen Anzug für den Vormittag und einen für den Abend gab, erkannte unser Dichter, dessen Stimmungen so lebhaft, dessen Blicke so scharf waren, die Häßlichkeit des Plunders, den er am Leibe trug, die Mängel, die seinen Gehrock zu etwas Lächerlichem machten: sein Schnitt war altmodisch, sein Blau unecht, sein Kragen entsetzlich plump; die Vorderschöße waren im Lauf der Zeit zipflig geworden, die Knöpfe abgegriffen, die Falten wiesen peinliche weiße Stellen auf. Ferner war seine Weste zu kurz und der Schnitt auf so groteske Weise provinzmäßig, daß er, um sie zu verstecken, schnell seinen Rock zuknöpfte. Schließlich sah er nur bei gewöhnlichen Leuten Nankinghosen. Leute von Stand trugen köstliche Phantasiestoffe oder das immer tadellose Weiß! Überdies wurden nur Hosen mit Stegen getragen, und die seine stieß sehr übel mit seinen Stiefelabsätzen zusammen, gegen die die Ränder des eingeschrumpften Stoffs eine heftige Abneigung bekundeten. Er trug eine weiße Krawatte, deren Enden seine Schwester bestickt hatte; sie hatte ähnliche bei Monsieur du Hautoy und Monsieur de Chandour gesehen und sich beeilt, ihrem Bruder eine ebensolche anzufertigen. Nun trug nicht nur niemand, abgesehen von ehrwürdigen Leuten, einigen alten Finanzmännern oder gestrengen Beamten, am Vormittag eine weiße Binde; der arme Lucien mußte überdies noch jenseits des Gitters auf dem Trottoir der Rue de Rivoli den Laufburschen eines Krämers mit einem Korb auf dem Kopf entdecken, an dem der Angoulêmer genau dieselben bestickten Schlipsenden sah, die vermutlich irgendeine angebetete Grisette gemacht hatte. Bei diesem Anblick verspürte Lucien einen Stich ins Herz, in dieses vorerst noch unzulänglich erklärte Organ, in das sich unsere Reizbarkeit flüchtet und zu dem die Menschen, seit es Empfindungen gibt, bei übergroßen Freuden wie Schmerzen die Hand führen. Man mache diesem Bericht nicht den Vorwurf der Knabenhaftigkeit! Gewiß liegt darin für die Reichen, die diese Art Schmerzen nie gekannt haben, etwas Armseliges und Unglaubliches; aber die Nöte der Armen verdienen nicht weniger Aufmerksamkeit als die Krisen, die das Leben der Mächtigen und Bevorzugten der Erde umwälzen. Gibt es übrigens nicht gleichviel Leiden auf beiden Seiten? Der Schmerz steigert alles. Kurzum, man ändere die Ausdrücke: an Stelle eines mehr oder weniger schönen Gewandes setze man ein Ordensband, eine Auszeichnung, einen Titel. Haben diese dem Anschein nach kleinen Dinge nicht über glänzende Existenzen Qualen verhängt? Die Frage der Kleidung ist überdies von größter Bedeutung bei Menschen, die den Anschein erregen wollen, als hätten sie, was sie nicht haben; denn das ist oft das beste Mittel, es später zu besitzen. Lucien brach der kalte Schweiß aus, als er daran dachte, daß er so gekleidet am Abend vor der Marquise d'Espard erscheinen sollte, vor einer Verwandten des ersten Kammerherrn des Königs, vor einer Dame, bei der Berühmtheiten aller Art, die erlesensten Persönlichkeiten verkehrten.

»Ich sehe aus wie ein Apothekerjunge, wie ein richtiger Ladenschwengel«, sagte er sich wütend, als er die zierlichen, koketten, eleganten jungen Leute aus dem Faubourg Saint-Germain vorbeigehen sah; sie hatten samt und sonders eine Art und ein Benehmen, das sie durch ihre schlanke Erscheinung, durch ihre edle Haltung, durch ihren Gesichtsschnitt einander ähnlich machte; und dennoch waren sie, durch den Rahmen, den sich jeder ausgesucht hatte, um sich zur Geltung zu bringen, untereinander völlig verschieden. Alle ließen sie ihre Vorzüge leuchten, wie denn die jungen Männer in Paris ebenso wie die Frauen sich darauf verstehen, sich in Szene zu setzen. Lucien hatte von seiner Mutter die erlesenen körperlichen Qualitäten ererbt, deren Vorzüge er vor Augen hatte; aber dieses Gold lag noch im Muttergestein, war noch nicht herausgeschmolzen. Sein Haar war schlecht geschnitten; anstatt seiner hochgewachsenen Gestalt durch geschmeidiges Fischbein einen Halt zu geben, fühlte er sich in einen gräßlichen Hemdkragen eingezwängt; seine Krawatte saß locker, und so hing ihm der Kopf traurig herunter. Welche Frau hätte in dem gemeinen Schuhzeug, das er aus Angoulême mitgebracht hatte, seine hübschen Füße vermutet? Welcher junge Mann hätte ihn um seine hübsche Taille beneidet? Sie war in dem blauen Sack versteckt, den er bislang für einen Rock gehalten hatte. Er sah köstliche Knöpfe auf Hemden, die in weißem Glanz schimmerten – das seine war gelblich. Alle diese eleganten Adligen trugen wunderbare Handschuhe – er dagegen hatte Handschuhe wie ein Gendarm an! Da schwang einer einen Spazierstock mit einem kostbaren Knauf; da trug einer Manschetten am Hemd, die mit zierlichen Goldknöpfen geschlossen waren; ein anderer unterhielt sich mit einer Dame und spielte dabei mit einer reizenden Reitpeitsche, und die weiten Falten seiner Hose, an der kleine Spritzerchen waren, seine klirrenden Sporen, sein enganliegender Rock wiesen darauf hin, daß er im Begriff sei, wieder eins der beiden Pferde zu besteigen, die von einem liliputgroßen Reitknecht gehalten wurden. Ein anderer zog aus der Westentasche eine Uhr, die flach wie eine Münze war, und schaute wie ein Mann darauf, der zu einem Rendezvous zu früh oder zu spät gekommen ist. Als Lucien diese liebenswürdigen Kleinigkeiten wahrnahm, an die er nie gedacht hatte, stieg vor ihm die Welt des notwendigen Überflüssigen auf; er zitterte bei dem Gedanken, daß man ein riesiges Kapital brauche, um den Beruf eines gutaussehenden jungen Herrn ausüben zu können! Je länger er diese jungen Leute, die so glücklich und ungezwungen anmuteten, betrachtete, desto mehr kam ihm sein befremdliches Aussehen zum Bewußtsein, das Aussehen eines Menschen, der nicht weiß, wohin der Weg führt, auf dem er sich befindet; der nicht weiß, wo das Palais Royal liegt, wenn er davor steht, und der einen Vorübergehenden fragt, wo der Louvre sei, und die Antwort erhält: »Sie brauchen bloß reinzugehn.« Lucien sah sich von dieser Welt durch einen Abgrund getrennt. Er überlegte, auf welche Weise er hinüberkommen könne, denn er wollte dieser schlanken, feinen Pariser Jugend gleichen. Alle diese Stadtedelleute grüßten Damen, die himmlisch angezogen und himmlisch schön waren, Damen, für die Lucien sich gern um den Preis eines einzigen Kusses hätte in Stücke hauen lassen, wie der Page der Gräfin Königsmarck[11]. In den Tiefen seiner Erinnerung erschien ihm Louise, mit diesen Herrscherinnen verglichen, wie eine alte Frau. Er begegnete mehreren dieser Frauen, von denen in der Geschichte des neunzehnten Jahrhunderts berichtet werden wird und deren Geist, Schönheit und Liebschaften nicht weniger Ruhm genießen werden als die der Königinnen der alten Zeit. Er sah ein herrliches Mädchen vorübergehen, Mademoiselle des Touches, die unter dem Namen Camille Maupin bekannt war, eine bedeutende Schriftstellerin, deren Schönheit ebenso groß war wie die Überlegenheit ihres Geistes. Die Spaziergänger und die Frauen flüsterten einander ihren Namen zu.

»Ah!« sagte er sich, »da wandelt die Poesie in Person.«

Was war Madame de Bargeton neben diesem Engel, der in Jugend, Hoffnung und Zukunft strahlte, mit dem sanften Lächeln und den schwarzen Augen, die weit wie der Himmel und glühend wie die Sonne waren? Sie plauderte lachend mit Madame Firmiani, einer der reizendsten Pariser Frauen.

Zwar rief in ihm eine Stimme: »Der Geist ist der Hebel, mit dem man die Welt bewegt«; aber eine andere Stimme rief ihm zu, der Stützpunkt des Geistes sei das Geld. Er wollte nicht länger auf diesem Schauplatz seines Zusammenbruchs und seiner Niederlage verweilen. Er fragte nach dem Weg zum Palais Royal, da er in seinem Viertel noch nicht ortskundig war, und ging dorthin. Er trat bei Véry ein und bestellte, um die Annehmlichkeiten von Paris kennenzulernen, ein Abendessen, das ihn in seiner Verzweiflung tröstete. Eine Flasche Bordeaux, Ostender Austern, Fisch, Rebhuhn, Makkaroni und Obst waren das Nonplusultra seiner Wünsche. Er genoß diese kleine Üppigkeit und dachte, er wolle heute abend bei der Marquise d'Espard eine Probe seines Geistes ablegen und die Kläglichkeit seines komischen Aufzugs durch die Entfaltung seiner geistigen Reichtümer ausgleichen. Er wurde durch die Rechnung aus seinen Träumen gerissen; sie beraubte ihn der fünfzig Francs, mit denen er in Paris sehr weit zu kommen geglaubt hatte. Jenes Abendessen kostete ihn so viel, wie er in einem Monat in Angoulême gebraucht hätte. Er schloß also mit großem Respekt die Tür zu diesem Palast hinter sich und nahm sich vor, ihn nie wieder zu betreten.

»Eve hatte recht«, sagte er sich, als er nach Hause ging, um Geld zu sich zu stecken, »die Pariser Preise sind nicht die Preise von l'Houmeau.«

Unterwegs warf er bewundernde Blicke in die Schaufenster der Schneider, und als er an die Toiletten dachte, die er am Vormittag gesehen hatte, rief er aus: »Nein, ich will nicht so als Vogelscheuche vor Madame d'Espard erscheinen!« Mit der Schnelligkeit eines Hirschs lief er in sein Hotel, stieg in seine Kammer hinauf, nahm hundert Taler und begab sich wieder ins Palais Royal, um sich von Kopf bis zu Fuß neu einzukleiden. Er hatte dort Schuhmacher, Wäschegeschäfte, Westenschneider, Friseure gesehen; kurz, die Eleganz, die er sich anschaffen wollte, war über zehn Läden verteilt. Der erste Schneider, bei dem er eintrat, ließ ihn so viele Fräcke anprobieren, wie er wollte, und versicherte ihm, sie seien sämtlich hochmodern. Als Lucien hinausging, war er im Besitz eines grünen Fracks, einer weißen Hose und einer Phantasieweste, und dafür hatte er zweihundert Francs ausgegeben. Bald hatte er ein Paar sehr elegante Stiefel gefunden, die ihm gut saßen. Nachdem er alles, was er brauchte, eingekauft hatte, ließ er den Friseur zu sich ins Hotel kommen, in das alle Lieferanten ihre Waren brachten. Um sieben Uhr abends stieg er in eine Droschke und fuhr, frisiert wie der Johannesknabe in einer Prozession, mit eleganter Weste und feinem Schlips, in die Oper. Er fühlte sich in der Schale, in der er zum erstenmal steckte, ein wenig beengt. Wie Madame de Bargeton ihm geraten hatte, fragte er nach der Loge der ersten Kammerherrn. Beim Anblick eines Mannes, dessen geborgte Eleganz ihn nicht einem ersten Kammerherrn, sondern einem Hochzeitsbitter ähnlich machte, ersuchte ihn der Logenschließer, sein Billett vorzuzeigen.

»Ich habe keins.« – »Dann können Sie nicht hinein«, wurde ihm trocken geantwortet. – »Aber ich gehöre zur Gesellschaft der Madame d'Espard«, sagte er. – »Wir sind nicht verpflichtet, das zu wissen«, meinte der Angestellte und konnte sich nicht enthalten, mit seinen Kollegen ein unmerkliches Lächeln auszutauschen.

In diesem Augenblick hielt ein Wagen unter dem Säulengang. Ein Leibjäger, den Lucien nicht wiedererkannte, klappte den Wagentritt herunter, und zwei Damen in großer Toilette stiegen aus. Lucien, der von dem Logenschließer keine unverschämte Bemerkung, er solle Platz machen, hören wollte, trat zurück.

»Die Dame war die Marquise d'Espard, die Sie zu kennen behaupten«, sagte der Logenschließer ironisch zu Lucien.

Lucien war sehr verdutzt, und zwar um so mehr, als Madame de Bargeton tat, als ob sie ihn in seinem neuen Gefieder nicht erkenne; aber als er auf sie zutrat, lächelte sie ihm zu und sagte: »Das trifft sich vortrefflich; kommen Sie.«

Die Logenschließer waren wieder gravitätisch geworden. Lucien folgte Madame de Bargeton, die gleich auf der breiten Treppe der Oper der Kusine ihren Rubempré vorstellte. Die Kammerherrnloge befindet sich in einem der Flügel hinten im Zuschauerraum; man sieht von dort aus nach allen Seiten und wird von allen Seiten gesehen. Lucien setzte sich hinter Madame de Bargeton auf einen Stuhl und war froh, daß er im Dunkel saß.

»Monsieur de Rubempré«, sagte die Marquise sehr freundlich, »Sie sind zum erstenmal in der Oper; Sie müssen alles mit einem Blick überschauen. Nehmen Sie diesen Platz, setzen Sie sich ganz nach vorn, wir erlauben es Ihnen.«

Lucien gehorchte. Der erste Akt der Oper näherte sich dem Ende.

»Sie haben Ihre Zeit gut angewendet«, flüsterte ihm Louise in der ersten Überraschung über die Veränderung, die mit Lucien vorgegangen war, ins Ohr.

Louise war dieselbe geblieben. Die Gegenwart einer Modedame, der Marquise d'Espard, dieser ›Madame de Bargeton von Paris‹, schadete ihr sehr. Die glänzende Pariserin ließ die Unvollkommenheiten der Provinzdame so deutlich hervortreten, daß Lucien auf doppelte Weise, von den vornehmen Schönen dieses pompösen Theatersaals und von dieser außergewöhnlichen Frau, auf den Gegensatz hingewiesen wurde; er sah endlich die arme Anaïs de Nègrepelisse so, wie sie wirklich war und wie die Pariser sie sahen: eine große, magere Frau mit rotem Teint, die verblüht war, fuchsblondes Haar hatte, deren Figur eckig und steif war, die eine gezierte und bombastische, völlig provinzielle Art zu sprechen hatte, und die vor allem schlecht gekleidet war! Wirklich, die Knitterfalten eines altmodischen Pariser Kleides zeugen noch von Geschmack; man kann etwas damit anfangen; man ahnt, was es einmal war. Aber ein altmodisches Provinzkleid ist unmöglich, ist lächerlich. Das Kleid und seine Trägerin ließen jedwede Anmut und Jugendlichkeit vermissen; der Samt war wie der Teint alt und fleckig. Lucien schämte sich, dieses Fischbeingestell geliebt zu haben, und nahm sich vor, den ersten Tugendanfall seiner Louise wahrzunehmen, um sie zu verlassen. Mit seinen vortrefflichen Augen sah er die Lorgnetten sich den Aristokratenlogen zuwenden. Sicherlich richteten die elegantesten Damen prüfende Blicke auf Madame de Bargeton; denn sie lächelten alle, wenn sie miteinander tuschelten. Sofern Madame d'Espard aus den Bewegungen und dem Lächeln der Damen die Ursache ihrer ironischen Bemerkungen erriet, war sie vollkommen unempfindlich dagegen. Zunächst mußte jeder in ihrer Gefährtin die arme Verwandte aus der Provinz erkennen, durch die jede Pariser Familie in Verlegenheit gebracht werden kann. Alsdann hatte ihr die Kusine etwas ängstlich von Fragen der Toilette gesprochen, und sie hatte sie beruhigt, da sie überzeugt war, daß Anaïs, wenn sie erst einmal richtig angezogen wäre, bald die Pariser Manieren erlernen würde. Es fehlte Madame de Bargeton zwar an Übung, aber sie besaß den angeborenen Stolz einer Adligen und jenes Undefinierbare, das man als Rasse bezeichnen kann. Am kommenden Montag würde es also schon ein anderes Aussehen haben. Überdies wußte die Marquise, daß das Publikum, wenn es erst erführe, daß diese Frau ihre Kusine sei, seine Spöttereien einstellen und eine neue Überprüfung abwarten würde, ehe es sein Urteil fällte. Lucien ahnte nicht, was für Veränderungen ein Schal um Louises Hals, ein hübsches Kleid, eine elegante Frisur und die Ratschläge der Madame d'Espard an ihr hervorbringen könnten. Als sie die Treppe hinaufgingen, hatte die Marquise ihrer Kusine bereits gesagt, sie solle ihr Taschentuch nicht offen in der Hand tragen. Der gute oder schlechte Ton hängt von tausend

Kleinigkeiten solcherlei Art ab, die eine geistvolle Frau ebenso schnell begreift, wie gewisse Frauen sie niemals lernen. Madame de Bargeton, die eifrig und voll guten Willens war, besaß mehr als genug Verstand, um zu merken, worin sie Fehler beging. So war Madame d'Espard gewiß, daß sie mit ihrer Schülerin Ehre einlegen werde, und unterzog sich gern ihrer Ausbildung. Es hatte sich überdies zwischen den beiden Frauen ein Bündnis ergeben, das durch ihre beiderseitigen Interessen gefestigt wurde. Madame de Bargeton hatte dieser Göttin des Tages vom ersten Augenblick an einen wahren Kult gewidmet; ihre Manieren, ihr Geist und ihre ganze Umgebung hatten sie verführt, geblendet und bezaubert. Sie hatte in Madame d'Espard die geheime Macht der ehrgeizigen großen Dame erkannt und sich gesagt, sie werde ans Ziel gelangen, wenn sie sich zum Trabanten dieses Gestirns mache; sie hatte ihr also rückhaltlos Bewunderung gezollt. Die Marquise war für diese naive Unterordnung nicht unempfänglich gewesen; sie nahm Anteil an ihrer Kusine und fand sie arm und hilfsbedürftig; es war ihr lieb, eine Schülerin zu haben, und sie war zufrieden, in Madame de Bargeton eine Art Hofdame zu besitzen, eine Sklavin, die ihr Lob sänge. Ein solcher Schatz war unter den Frauen von Paris noch seltener als ein begeisterter Kritiker in der Zunft der Literaten. Indessen war die Neugier des Publikums allzu offensichtlich, als daß die Neuangekommene sie nicht bemerkt hätte, und Madame d'Espard war höflich genug, sie in bezug auf diese Unruhe auf eine falsche Spur zu leiten.

»Wenn Besuch zu uns kommt«, sagte sie zu ihr, »erfahren wir vielleicht, welchem Umstand wir die Ehre dieses Interesses seitens jener Damen verdanken.« – »Ich vermute, mein altes Samtkleid und mein Angoulêmer Aussehen amüsiert die Pariserinnen«, sagte Madame de Bargeton lachend. – »Nein, es gilt nicht Ihnen; es muß da etwas sein, das ich mir nicht erklären kann«, fügte sie hinzu und schaute zu dem Dichter hin, den sie zum erstenmal richtig ansah und seltsam gekleidet fand. »Da ist Monsieur du Châtelet«, sagte in diesem Augenblick Lucien und zeigte mit dem Finger nach der Loge der Madame de Sérisy, die der alte, wie ein Jüngling herausgeputzte Geck eben betrat.

Bei diesem Deuten mit dem Finger biß sich Madame de Bargeton vor Ärger auf die Lippen; denn die Marquise konnte einen Blick und ein Lächeln der Verwunderung nicht zurückhalten; beides schien geringschätzig zu fragen: »Woher kommt dieser junge Mann eigentlich?« Louise fühlte sich in ihrer Liebe gedemütigt, und dieses Gefühl ist das peinlichste, das es für eine Französin gibt; sie kann es ihrem Geliebten nie verzeihen. In dieser Welt, wo Kleinigkeiten von großer Bedeutung sind, können eine Bewegung oder ein Wort einen Anfänger ruinieren. Das Hauptverdienst der guten Manieren und des guten Tons der vornehmen Gesellschaft besteht darin, daß sie ein harmonisches Ganzes bilden, in dem alles so festgefügt ist, daß nichts stört. Sogar Menschen, die infolge von Unkenntnis oder infolge irgendeiner Gedankenlosigkeit die Gesetze dieser Wissenschaft nicht befolgen, begreifen, daß auf diesem Gebiet eine einzige Dissonanz, wie in der Musik, eine völlige Verneinung der Kunst an sich ist; denn wenn sie überhaupt bestehen soll, müssen alle ihre Bedingungen, auch in der geringsten Kleinigkeit, durchgeführt werden.

»Wer ist der Herr?« fragte die Marquise und blickte zu Châtelet hin. »Kennen Sie denn Madame de Sérisy schon?« – »Ach! das ist die berühmte Madame de Sérisy, die so viele Abenteuer gehabt hat und dennoch überall empfangen wird?« – »Eine unerhörte Sache, meine Liebe«, antwortete die Marquise, »eine erklärliche, aber noch nicht erklärte Sache! Die einflußreichsten Männer sind ihre Freunde, und warum? Niemand wagt dies Geheimnis zu ergründen. – Der Herr ist wohl der Löwe von Angoulême?« – »Es ist der Baron du Châtelet«, sagte Anaïs, die ihrem Anbeter aus Eitelkeit in Paris den Titel gab, den sie ihm sonst abstritt, »ein Mann, der viel von sich hat reden machen. Er war der Reisegefährte Montriveaus.« – »Ach so!« sagte die Marquise. »Wenn ich diesen Namen höre, muß ich immer an die arme Herzogin von Langeais denken, die verschwunden ist wie eine Sternschnuppe. – Dort«, fuhr sie fort und zeigte nach einer Loge, »sind Monsieur de Rastignac und Madame de Nucingen. Sie ist die Frau eines Heereslieferanten, eines Bankiers, eines Spekulanten, eines Trödlers en gros, der sich der vornehmen Welt von Paris mit Hilfe seines Vermögens aufgedrängt hat; es heißt, er mache sich wenig Skrupel über die Mittel, es zu vergrößern; er gibt sich die größte Mühe, seine Treue für die Bourbonen zu beweisen; er hat schon versucht, bei mir Zutritt zu erlangen. Seine Frau hat sich jedenfalls gedacht, wenn sie die Loge der Madame de Langeais nähme, bekäme sie auch deren Anmut, Geist und Erfolg! Immer die alte Fabel von dem häßlichen Vogel, der sich mit Pfauenfedern schmückt!« – »Wie bringen es Monsieur und Madame de Rastignac, von denen wir wissen, daß sie keine tausend Taler Einkommen haben, fertig, daß ihr Sohn in Paris leben kann?« fragte Lucien Madame de Bargeton, verwundert über die Eleganz und den Luxus, den die Kleidung des jungen Mannes bezeigte. – »Da sieht man, daß Sie aus Angoulême kommen«, antwortete die Marquise ziemlich ironisch, ohne ihr Opernglas von den Augen zu nehmen.

Lucien begriff nicht; er überließ sich ganz dem Anblick der Logen und bemühte sich, die Urteile zu erraten, die dort über Madame de Bargeton gefällt wurden, sowie die Neugier, deren Gegenstand er selber war. Louise ihrerseits war höchlich erstaunt, daß Luciens Schönheit einen so geringen Eindruck auf die Marquise zu machen schien. – »Er ist also nicht so schön, wie ich glaubte«, sagte sie sich.

Von da bis zu der Meinung, er sei auch weniger begabt, war es nur noch ein Schritt. Der Vorhang war gefallen. Châtelet, der der Herzogin von Carigliano, deren Loge neben der der Madame d'Espard lag, einen Besuch machte, grüßte von dort aus Madame de Bargeton, die mit einem Neigen des Kopfes dankte. Eine Frau von Welt sieht alles, und so bemerkte die Marquise die auffallend vornehme Erscheinung Châtelets. In diesem Augenblick betraten nacheinander vier Leute die Loge der Marquise, vier Pariser Berühmtheiten.

Der erste war Monsieur de Marsay. Dieser Mann war berühmt durch die Leidenschaften, die er entfachte; er fiel besonders durch eine mädchenhafte, weichliche, weibische Schönheit auf; sie wurde indessen durch einen festen, ruhigen Blick ausgeglichen, der falsch und stechend wie der eines Tigers war; er wurde geliebt und gefürchtet. Lucien war ebenso schön; aber bei ihm war der Blick so sanft, sein blaues Auge war so hell, daß man ihn nicht der Kraft und Stärke für fähig hielt, durch die sich die Frauen so sehr angezogen fühlen. Überdies brachte den

Dichter noch nichts zur Geltung, während Marsay über Lebendigkeit des Geistes, Siegesgewißheit und eine seiner Natur entsprechende Kleidung verfügte, lauter Eigenschaften, die alle seine Rivalen ausstachen. So ist es verständlich, wie Lucien neben ihm wirken mußte, der steif, stutzerhaft aufgeputzt, hölzern und neu wie seine Kleider war! Marsay hatte durch den Geist, mit dem er sie aussprach, und durch die anmutigen Manieren, mit denen er sie begleitete, das Recht erobert, Keckheiten zu sagen. Der Empfang, der ihm seitens der Marquise wurde, belehrte Madame de Bargeton schnell über die Macht dieses Menschen. Der zweite war der eine der beiden Vandenesses, und zwar derjenige, der die Skandalaffäre mit Lady Dudley gehabt hatte, ein sanfter, verständiger, bescheidener junger Mann, der durch Eigenschaften Erfolg hatte, die denen de Marsays völlig entgegengesetzt waren, und den die Kusine der Marquise, Madame de Mortsauf, ihr warm empfohlen hatte. Der dritte war der General de Montriveau, der am Untergang der Herzogin von Langeais die Schuld trug. Der vierte war Monsieur de Canalis, einer der berühmtesten Dichter jener Zeit, ein junger Mann in den Anfängen seines Ruhms; er war stolzer auf seinen Adel als auf sein Talent. Er spielte den Courmacher der Madame d'Espard, um seine Leidenschaft für die Herzogin von Chaulieu zu tarnen. Man konnte trotz seines anmutigen Wesens, das nicht ohne Geziertheit war, den brennenden Ehrgeiz spüren, der ihn später in die Wirbel des politischen Lebens stürzen sollte. Seine beinahe zierbengelhafte Hübschheit, sein schmeichlerisches Lächeln verhüllten nur schlecht einen tiefen Egoismus und das unaufhörliche Rechnen seiner damals noch unsicheren Existenz; aber der Umstand, daß er sich Madame de Chaulieu, eine Frau von über vierzig Jahren, erkoren hatte, trug ihm bereits Belohnungen seitens des Hofs, den Beifall des Faubourg Saint-Germain und Beschimpfungen seitens der Liberalen ein, die ihn einen Sakristeidichter nannten.

Als Madame de Bargeton diese vier bemerkenswerten Gestalten erblickte, wurde ihr die geringe Aufmerksamkeit der Marquise für Lucien klar. Als dann die Unterhaltung begann, als jeder dieser feinen, kultivierten Geister sich durch Wendungen ins rechte Licht setzte und mehr Witz und mehr Tiefe bezeigte als alles, was Anaïs während eines ganzen Monats in der Provinz vernommen hatte, als insbesondere der große Dichter in seiner suggestiven Art ein paar Worte sagte, in denen das Positive des ganzen Zeitalters lag, aber noch vergoldet von der Poesie, da begriff Louise, was ihr Châtelet am Vortage gesagt hatte: Lucien war nichts mehr. Jeder betrachtete den armen Unbekannten mit so grausamer Gleichgültigkeit, er stand so völlig wie ein Ausländer da, der die Landessprache nicht verstand, daß die Marquise Mitleid mit ihm empfand.

»Gestatten Sie«, sagte sie zu Canalis, »daß ich Ihnen Monsieur de Rubempré vorstelle. Sie haben in der literarischen Welt eine so hohe Stellung inne, daß Sie einen Anfänger gewiß freundlich aufnehmen. Monsieur de Rubempré kommt von Angoulême und ist wohl Ihrer Fürsprache bei denen bedürftig, die hier helfen, das Genie zur Geltung zu bringen. Es fehlt ihm leider noch an Feinden, die ihn mit ihren Angriffen berühmt machen könnten. Wäre es nicht ziemlich originell, den Versuch zu machen, ihn durch die Freundschaft zu dem gelangen zu lassen, was Ihnen durch den Haß zuteil wird?«

Die vier Herren musterten Lucien, solange die Marquise sprach. Marsay nahm seine Lorgnette, als er den Ankömmling anschaute, obwohl er nur zwei Schritte von ihm entfernt war; sein Blick wanderte von Lucien zu Madame de Bargeton und von ihr zu ihm; man gewahrte in seinen Mienen die boshaften Gedanken, mit denen er sie einander zugesellte, und beide waren recht peinlich berührt; er prüfte sie wie zwei absonderliche Tiere und lächelte. Dieses Lächeln war ein Dolchstoß für unsern großen Mann aus der Provinz. Félix de Vandenesse machte ein mitleidiges Gesicht; Montriveau warf auf Lucien einen Blick, mit dem er ihn bis auf die Knochen durchdrang.

»Madame«, sagte Canalis und verbeugte sich, »ich gehorche Ihnen, obwohl unser persönliches Interesse uns befiehlt, unsere Nebenbuhler nicht zu fördern; aber Sie haben uns ans Wunderbare gewöhnt.« – »Gut, machen Sie mir also die Freude und kommen Sie Montag mit Monsieur de Rubempré zu mir zum Abendessen; dabei können Sie dann gemütlicher über literarische Dinge miteinander plaudern als hier; ich will versuchen, einige der Literaturtyrannen und Berühmtheiten aufzutreiben, die Verfasserin von ›Ourika‹[12] und einige wohlmeinende junge Dichter.« – »Frau Marquise«, sagte de Marsay, »wenn Sie den Herrn seines Geistes wegen unter Ihre Obhut nehmen, will ich mich seiner um seiner Schönheit willen annehmen; ich will ihm Ratschläge erteilen, die den glücklichsten Dandy von ganz Paris aus ihm machen. Später kann er dann dichten, soviel er will.«

Madame de Bargeton dankte ihrer Kusine mit einem dankbaren Blick.

»Ich wußte nicht, daß Sie auf Männer von Geist eifersüchtig sind«, sagte Montriveau zu Marsay; »das Glück tötet die Dichter.« – »Wollen Sie etwa deswegen heiraten?« fragte der Dandy Canalis, um zu sehen, ob Madame d'Espard sich von diesem Wort getroffen fühlen würde.

Canalis zuckte die Achseln, und Madame d'Espard, die Nichte der Herzogin von Chaulieu, lachte.

Lucien, der sich in seinen Kleidern wie eine ägyptische Mumie in ihrer Hülle vorkam, schämte sich, weil er nichts zu antworten wußte. Endlich sagte er mit seiner zarten Stimme zur Marquise: »Ihre Güte verurteilt mich dazu, nur Erfolge zu haben.«

In diesem Augenblick trat Châtelet ein, der die Gelegenheit beim Schopfe nahm, durch Montriveau, einen der Könige der Pariser Gesellschaft, gewaltsam bei der Marquise festen Fuß zu fassen. Er begrüßte Madame de Bargeton und bat Madame d'Espard, ihm zu verzeihen, daß er so geradezu in ihre Loge eindringe, er habe seinen Reisegefährten schon lange nicht mehr zu Gesicht bekommen. Montriveau und er sähen einander zum erstenmal wieder, seit sie mitten in der Wüste voneinander Abschied genommen hätten.

»Sich in der Wüste zu trennen und in der Oper wiederzufinden!« sagte Lucien. – »Eine wahrhaft theatralische Wiedersehensszene«, sagte Canalis.

Montriveau stellte den Baron du Châtelet der Marquise vor, und diese nahm den früheren Privatsekretär der Kaiserlichen Hoheit sehr freundlich auf, da sie ihn schon in drei Logen hatte verkehren sehen, da Madame de Sérisy nur Leute von einiger Bedeutung um sich duldete und da er schließlich der Reisegefährte Montriveaus war. Diese letzte Auszeichnung war von so großem Wert, daß Madame de Bargeton an dem Ton, den Blikken und dem ganzen Verhalten der vier großen Männer merkte, daß diese Châtelet unbestritten als einen ihresgleichen anerkannten. Das sultanhafte Benehmen Châtelets in der Provinz hatte für Naïs mit einem Male seine Erklärung gefunden. Endlich bemerkte Châtelet auch Lucien und bedachte ihn mit einem kurzen, trocknen, kalten Gruß, einem Gruß, durch den ein Mann den andern in Mißkredit bringt und den Leuten von Welt die untergeordnete Rolle andeutet, die der andere in der Gesellschaft einnimmt. Er machte bei diesem Gruß eine hämische Miene, die zu sagen schien: »Wie kommt denn der hierher?« Châtelet wurde gut verstanden, denn Monsieur de Marsay beugte sich zu Montriveau und flüsterte ihm, so daß es der Baron hören mußte, ins Ohr: »Fragen Sie ihn doch, wer dieser kuriose Jüngling ist, der wie eine Gliederpuppe im Schaufenster eines Schneiders aussieht.«

Châtelet flüsterte ein paar Augenblicke mit seinem Reisegefährten; es konnte aussehen, als erneuerten sie ihre Bekanntschaft, aber zweifellos vierteilte er seinen Nebenbuhler. Lucien war von dem schlagfertigen Witz, von der Raffinesse, die diese Männer in ihre Antworten legten, überrascht; er war wie benommen von dem, was man das Treffende, die Ausdruckssicherheit nennt, und ganz besonders von der Zwanglosigkeit der Rede und der Gefälligkeit der Manieren. Er fand die verschwenderische Art und den Luxus an den Dingen, der ihn erschreckt hatte, jetzt in den Ideen wieder. Er fragte sich, durch welches Geheimnis diese Menschen ohne Besinnen treffende Antworten fänden, die ihm selbst nur nach langem Nachdenken eingefallen wären. Und ferner besaßen jene fünf Weltmänner das gefällige Wesen nicht nur in ihren Worten, sondern ebenso in ihrer Kleidung: sie trugen nichts Neues und nichts Altes. Es war nichts Auffallendes an ihnen, und dennoch zog alles den Blick an. Ihr Luxus von heute war der von gestern und würde morgen der nämliche sein. Lucien wurde sich bewußt, daß er wie jemand aussah, der sich zum erstenmal im Leben angezogen hat.

»Mein Lieber«, sagte Marsay zu Félix de Vandenesse, »dieser kleine Rastignac steigt wie ein Papierdrachen in die Höhe! Augenblicklich ist er bei der Marquise de Listomère; er macht Fortschritte, er betrachtet uns durch das Opernglas! Er kennt wohl den Herrn?« fügte der Dandy hinzu und wandte sich zu Lucien, ohne ihn anzusehen. »Es wäre unwahrscheinlich«, erwiderte Madame de Bargeton, »wenn der Name des großen Mannes, auf den wir stolz sind, nicht bis zu ihm gedrungen wäre: seine Schwester war jüngst dabei, als Monsieur de Rubempré uns sehr schöne Gedichte vorlas.«

Félix de Vandenesse und de Marsay verabschiedeten sich von der Marquise und begaben sich in die Loge der Madame de Listomère; sie war die Schwester der Brüder Vandenesse. Der zweite Akt begann! Madame d'Espard, ihre Kusine und Lucien blieben allein. Die einen begaben sich zu den Damen, die neugierig waren, zu wissen, wer Madame de Bargeton sei, und erklärten ihnen die Sache; die andern erzählten von der Ankunft des Dichters und machten sich über seine Kleidung lustig. Canalis begab sich wieder in die Loge der Herzogin von Chaulieu und kam nicht zurück. Lucien war glücklich über die Ablenkung durch die Vorgänge auf der Bühne. Die Befürchtungen der Madame de Bargeton in bezug auf Lucien wurden durch die Beachtung gesteigert, die ihre Kusine dem Baron du Châtelet bezeigt hatte und die von ganz anderer Art war als ihre gönnerhafte Höflichkeit gegenüber Lucien. Während des zweiten Akts blieb die Loge der Madame de Listomère voller Leute, und es schien dort ein lebhaftes Gespräch im Gange zu sein, in dem es sich um Madame de Bargeton und Lucien handelte. Der junge Rastignac war offenbar der amüsante Plauderer dieser Loge; er rief das typische Pariser Lachen hervor, das sich jeden Tag einen neuen Gegenstand aussucht und es eilig hat, jedes Thema sofort zu erschöpfen und im Handumdrehen etwas Altes und Abgetanes daraus zu machen. Madame d'Espard war etwas unruhig, aber sie wußte, daß man die, die von einer Bosheit getroffen werden, nicht lange im unklaren darüber läßt, und wartete das Ende des Akts ab. Wenn die Gedanken und Gefühle sich der eigenen Person zugewendet haben, wie es bei Lucien und Madame de Bargeton der Fall war, dann geschehen in kurzer Zeit seltsame Dinge; die moralischen Umwälzungen vollziehen sich auf Grund von Gesetzen, deren Wirkung überaus rasch einsetzt.

Vor Louises Gedächtnis standen die klugen, politischen Worte, die Châtelet ihr auf der Rückfahrt vom Vaudeville in bezug auf Lucien gesagt hatte. Jeder Satz war eine Prophezeiung, und Lucien ließ es sich angelegen sein, sie alle zu erfüllen. Der arme Junge, dessen Geschick ein wenig dem Jean-Jacques Rousseaus glich, verlor seine Illusionen über Madame de Bargeton, wie sie die ihren über ihn verlor, und er ähnelte Rousseau auch insofern, als er von Madame d'Espard bezaubert war und sich auf der Stelle ein wenig in sie verliebte. Junge Menschen oder Männer, die an das Gefühlsleben ihrer Jugend zurückdenken, werden zugeben, daß diese plötzliche Leidenschaft überaus naheliegend und natürlich war. Die reizenden Umgangsformen, die gewählte Sprache, die weiche Stimme, die ganze vornehme, hochgestellte, beneidete zarte Frau, diese Königin erschien dem Dichter, wie Madame de Bargeton ihm in Angoulême erschienen war. Die Beweglichkeit seines Charakters trieb ihn sofort an, sich diese hohe Gönnerschaft zu wünschen; das sicherste Mittel dazu war, die Frau zu besitzen, dann hätte er alles gehabt! Es war ihm in Angoulême geglückt, warum also nicht auch in Paris? Unwillkürlich und trotz der Anziehungskraft der Oper, die etwas völlig Neues für ihn war, wandte sich sein Blick, wie magnetisch von dieser prächtigen Célimène[13] angezogen, ohne Unterlaß ihr zu, und je mehr er sie ansah, desto größeren Gefallen fand er dabei! Madame de Bargeton fing einen dieser funkelnden Blicke Luciens auf; sie beobachtete ihn und sah, daß er mehr mit der Marquise als mit den Vorgängen auf der Bühne beschäftigt war. Sie hätte sich gut und gern damit abgefunden, wenn er sich um der fünfzig Töchter des Danaos[14] willen nicht um sie gekümmert hätte, aber als ein Blick, der brennender, leidenschaftlicher und deutlicher war als die andern, ihr klarmachte, was in Luciens Herzen vorging, wurde sie eifersüchtig, freilich weniger im Hinblick auf die Zukunft als auf die Vergangenheit. – »Mich hat er nie so angesehen«, dachte sie. »Mein Gott, Châtelet hat recht.« – Jetzt erkannte sie den Irrtum ihrer Liebe. Wenn eine Frau dahin gelangt, ihre Schwäche zu bereuen, fährt sie wie mit einem Schwamm über ihr Leben, um alles darin auszulöschen. Obwohl jeder Blick Luciens sie in Wut versetzte, blieb sie ruhig. Monsieur de Marsay kam im Zwischenakt wieder in die Loge und brachte Monsieur de Listomère mit. Der ernste Mann und der junge Stutzer hatten der stolzen Marquise bald mitgeteilt, daß der Hochzeitsbitter im Sonntagsstaat, der leider Zutritt in ihre Loge gefunden habe, ebensowenig den Namen de Rubempré zu führen berechtigt sei, wie ein Jude einen Taufnamen habe. Lucien sei der Sohn eines Apothekers namens Chardon. Rastignac, der über die Angelegenheiten in Angoulême gut auf dem laufenden war, hatte schon zwei Logen auf Kosten der Mumie, die die Marquise als ihre Kusine bezeichnete, zum Lachen gebracht. Er meinte, es sei sehr vorsichtig von dieser Dame, daß sie immer einen Apotheker mit sich führe; dem liege es wahrscheinlich ob, durch allerlei Spezereien ihr künstliches Leben zu erhalten. Kurz, de Marsay erzählte einige der tausend Späße, die die Pariser jederzeit machen und die ebenso schnell vergessen wie hingesagt sind, aber hinter denen diesmal Châtelet, der Maschinist dieser karthagischen List, steckte.

»Meine Liebe«, sagte Madame d'Espard hinter ihrem Fächer zu Madame de Bargeton, »bitte sagen Sie mir, ob Ihr Schützling wirklich de Rubempré heißt!« – »Er hat den Namen seiner Mutter angenommen«, sagte Anaïs verlegen. – »Aber wie ist denn der Name seines Vaters?« – »Chardon.« – »Und was war dieser Chardon?« – »Apotheker.« – »Ich habe damit gerechnet, liebe Freundin, daß sich ganz Paris unmöglich über eine Frau lustig machen könne, der ich meinen Schutz angedeihen lasse. Ich habe keine Lust, mich der Situation auszusetzen, daß Spaßvögel in meine Loge kommen, die darüber entzückt sind, mich mit dem Sohn eines Apothekers beisammen zu sehen; wenn Sie derselben Ansicht sind, gehen wir beide weg, und zwar auf der Stelle.«

Madame d'Espard nahm eine recht verächtliche Miene an, ohne daß Lucien ahnte, womit er diese Änderung in ihrem Ausdruck verschuldet habe. Er dachte, seine Weste sei geschmacklos, was stimmte; sein Rock habe einen übertriebenen Schnitt, was ebenfalls stimmte. Mit geheimer Bitterkeit sah er ein, daß er sich von einem geschickten Schneider noch einmal einkleiden lassen müsse, und nahm sich vor, morgen zum berühmtesten Schneider zu gehen, um es kommenden Montag mit den Herren, die er bei der Marquise antreffen würde, aufnehmen zu können. Obwohl er ganz in Gedanken vertieft war, wandte er den Blick nicht von der Bühne ab, auf der der dritte Akt gespielt wurde. Er betrachtete den Prunk des einzigartigen Schauspiels und überließ sich dabei seinen Träumereien über Madame d'Espard. Er war verzweifelt über die plötzliche Kälte, die in seltsamem Gegensatz zu den glühenden Erwägungen stand, mit denen er, unbekümmert um die ungeheuren Schwierigkeiten, die er gewahrte und besiegen wollte, auf diese neue Liebe losstürmte. Er entriß sich seiner tiefen Versunkenheit, um den Blick abermals auf seine neue Göttin zu richten; doch als er den Kopf wandte, fand er sich allein; er hatte ein leichtes Geräusch gehört, die Tür hatte sich gerade geschlossen, und Madame d'Espard hatte ihre Kusine entführt. Lucien war über dieses plötzliche Fortgehen im höchsten Grade überrascht, aber weil er es unerklärlich fand, dachte er nicht lange darüber nach.

Als die beiden Damen in ihren Wagen gestiegen waren, der durch die Rue de Richelieu nach dem Faubourg Saint-Honoré fuhr, sagte die Marquise mit schlecht verhohlenem Zorn: »Liebes Kind, was denken Sie sich eigentlich? Warten Sie doch ab, bis der Apotheker wirklich berühmt ist, bevor Sie sich für ihn interessieren. Die Herzogin von Chaulieu verleugnet sogar jetzt noch Canalis, der berühmt und sogar von Adel ist. Der junge Mann ist doch weder Ihr Sohn noch Ihr Geliebter, nicht wahr?« fragte die hochmütige Frau und warf der Kusine einen forschenden und unverhüllten Blick zu.

›Welches Glück für mich‹, dachte Madame de Bargeton, ›daß ich dies Kerlchen mir nicht habe zu nahe kommen lassen und daß ich ihm nichts gewährt habe!‹

»Also gut«, fuhr die Marquise fort, die den Augenausdruck ihrer Kusine als Antwort genommen hatte, »lassen Sie es dabei bewenden, ich rate Ihnen gut; sich einen berühmten alten Namen beizulegen ...! das ist eine Kühnheit, die die Gesellschaft sich nicht gefallen läßt. Meinetwegen mag es der Name seiner Mutter sein; aber bedenken Sie doch, meine Liebe, daß einzig dem König das Recht zusteht, durch einen besonderen Erlaß den Namen Rubempré dem Sohn einer Frau, die diesem Geschlecht entstammt, beizulegen; wenn sie unter ihrem Stand geheiratet hat, wäre das eine ganz ungewöhnliche Gunst, und um sie zu erlangen, braucht man ein kolossales Vermögen, muß man Dienste geleistet haben und bedarf sehr hoher Protektion. Das Äußere eines Krämers im Sonntagsstaat beweist, daß der junge Mann weder reich noch von Adel ist; sein Gesicht ist hübsch, aber er scheint mir sehr dumm zu sein; kurz und gut: er ist nicht gebildet. Wie kommt es, daß Sie ihn protegieren?«

Madame de Bargeton, die Lucien verleugnete, wie Lucien im stillen sie verleugnet hatte, bekam schreckliche Angst, ihre Kusine könnte die Wahrheit über ihrer beider gemeinsame Reise erfahren.

»Liebe Kusine, es tut mir furchtbar leid, daß ich Sie kompromittiert habe.« – »Mich kompromittiert man nicht«, sagte Madame d'Espard lächelnd; »ich denke nur an Sie.« – »Aber Sie haben ihn auf Montag zum Abendessen geladen.« – »Ich werde krank sein«, erwiderte die Marquise lebhaft. »Sie werden ihm das mitteilen, und ich werde meinem Portier seine beiden Namen nennen und die nötigen Anweisungen geben.«

Lucien nahm wahr, daß im Zwischenakt alle ins Foyer gingen, und es kam ihm der Gedanke, ebenfalls dort auf und ab zu wandeln. Zunächst grüßte ihn niemand von den Herren, die in Madame d'Espards Loge gekommen waren, und keiner beachtete ihn, was unserm Dichter aus der Provinz sehr sonderbar vorkam. Dann sah ihn Châtelet, an den er sich klammern wollte, nur von der Seite an und schnitt ihn fortwährend. Er mußte sich, als er die Herren sah, die im Foyer hin und her gingen, eingestehen, daß seine Kleidung recht lächerlich sei, und so setzte er sich wieder in die Ecke seiner Loge. Dort war er bis zum Ende der Vorstellung ununterbrochen durch das prächtige Schauspiel des Balletts im fünften Akt, der durch die Darstellung der Unterwelt so berühmt ist, dann durch den glänzenden Zuschauerraum, in dem sein Blick von Loge zu Loge schweifte, und schließlich durch seine eigenen Gedanken in Anspruch genommen, die angesichts der Pariser Gesellschaft recht eindringlich waren. – »Das ist also mein Reich«, sagte er sich, »das ist die Welt, die ich erobern muß!«

Er ging zu Fuß nach Hause und überdachte alles, was die großen Männer, die bei Madame d'Espard ihre Aufwartung gemacht, gesagt hatten; ihr Benehmen, ihre Handbewegungen, die Art, zu kommen und zu gehen, alles kehrte mit erstaunlicher Treue in sein Gedächtnis zurück. Am nächsten Tag gegen Mittag war es sein erstes Geschäft, zu Staub[15] zu gehen, dem damals berühmtesten Schneider. Mit Geld und guten Worten setzte er es durch, daß sein Anzug für den bedeutungsvollen Montag fertig werden sollte. Staub verstieg sich so weit, ihm für diesen entscheidenden Tag einen köstlichen Rock, eine Weste und eine Hose zu versprechen. Lucien bestellte sich bei einer Wäschenäherin Hemden, Taschentücher, eine ganze kleine Aussteuer, und ließ sich bei einem berühmten Schuhmacher Maß für Schuhe und Stiefel nehmen. Er kaufte bei Verdier[16] einen hübschen Spazierstock, Handschuhe und Hemdknöpfe bei Madame Irlande[17]; kurz, er versuchte, sich auf die Höhe der Dandys zu bringen. Als er alle seine Wünsche erfüllt hatte, begab er sich nach der Rue Neuve-du-Luxembourg und erfuhr, daß Louise ausgegangen sei.

»Sie speist bei der Frau Marquise d'Espard und wird spät nach Hause kommen«, teilte ihm Albertine mit.

Lucien aß in einem Restaurant des Palais Royal für vierzig Sous zu Abend und legte sich beizeiten zu Bett. Am Sonntag ging er schon um elf Uhr zu Louise; sie war noch nicht aufgestanden. Um zwei Uhr sprach er abermals vor.

»Madame empfängt noch nicht«, sagte Albertine zu ihm, »aber sie hat mir ein Briefchen für Sie gegeben.« – »Sie empfängt noch nicht?« wiederholte Lucien. »Aber ich bin doch nicht dieser oder jener ...« – »Ich weiß nicht«, sagte Albertine und machte ein recht impertinentes Gesicht.

Lucien, der weniger über Albertines Antwort erstaunt war, als daß er von Madame de Bargeton einen Brief bekam, nahm das Billett und las auf der Straße die folgenden entmutigenden Zeilen:

›Madame d'Espard fühlt sich nicht wohl; sie kann Sie am Montag nicht empfangen; mir geht es auch nicht gut, aber ich will mich dennoch ankleiden und ihr Gesellschaft leisten. Ich bedaure dies kleine Mißgeschick sehr; aber ich bin Ihres Talents sicher, und Sie werden sich ohne Schwindelkünste durchsetzen.‹

»Und keine Unterschrift«, sagte sich Lucien, der in den Tuilerien angelangt war, ohne daß er gemerkt hätte, daß er weitergegangen war. Die Gabe des zweiten Gesichts, die Menschen von Talent besitzen, ließ ihn die Katastrophe ahnen, die dieses frostige Billett ankündigte. Er ging in Gedanken verloren weiter, immer geradeaus, und betrachtete die Bauten der Place Louis XV. Es war schönes Wetter. Prächtige Equipagen fuhren ohne Unterlaß an ihm vorbei in Richtung der großen Allee der Champs-Elysées. Er folgte der Menge der Spaziergänger und sah nun die drei- oder viertausend Wagen, die an einem schönen Sonntag an diesem Ort zusammenströmen und ein Longchamp improvisieren. Von der Pracht der Pferde, der Toiletten und Livreen geblendet, ging er immer weiter und kam zum Triumphbogen, der damals erst begonnen worden war[18]. Er kehrte um. Wie wurde ihm aber, als er Madame d'Espard und Madame de Bargeton in einer Kutsche mit prachtvollem Gespann auf sich zukommen sah, hinter der die Federn des Leibjägers flatterten; dessen grüne, goldgestickte Livree hatte ihn zuerst auf sie aufmerksam gemacht. Die Wagenreihe kam ins Stokken, und Lucien konnte deutlich sehen, was für eine Umwandlung sich mit Louise vollzogen hatte. Kaum war sie wiederzuerkennen: die Farben ihrer Toilette waren so gewählt, daß ihr Teint zur rechten Geltung kam; ihr Kleid war entzückend; ihr Haar war anmutig frisiert und stand ihr gut zu Gesicht; ihr Hut war von erlesenem Geschmack und konnte sich sogar neben dem der Marquise d'Espard sehen lassen, die in der Mode tonangebend war. Es gibt eine undefinierbare Art, einen Hut zu tragen: man setze ihn ein wenig nach hinten, und man sieht keck aus; man setze ihn zu sehr nach vorn, dann sieht man verschmitzt aus; sitzt er zur Seite, bekommt man ein burschikoses Aussehen; und die Damen von Welt setzen ihre Hüte, wie sie wollen, und sehen immer gut aus. Madame de Bargeton hatte dieses seltsame Problem sofort gelöst. Ein hübscher Gürtel stand gut zu ihrer schlanken Taille. Sie hatte sich die Handbewegungen und das Benehmen ihrer Kusine angeeignet; sie saß wie diese da und spielte mit einem eleganten Riechfläschchen, das mit einer dünnen Kette an einem der Finger der rechten Hand befestigt war, und zeigte so ihre zarte, schön behandschuhte Hand, ohne daß es so aussah, als wolle sie sie zeigen. Kurzum, sie hatte sich

Madame d'Espard ähnlich gemacht, ohne sie nachzuäffen; sie war die würdige Kusine der Marquise, die auf ihre Schülerin stolz zu sein schien. Die Damen und Herren, die auf der Allee spazierengingen, sahen nach dem glänzenden Wagen hin, der die beiden Wappenschilder der d'Espard und der Blamont-Chauvry trug. Lucien war erstaunt über die große Zahl von Leuten, die die beiden Kusinen grüßten; er wußte nicht, daß ganz Paris, das aus zwanzig Salons besteht, das Verwandtschaftsverhältnis der Madame de Bargeton und der Marquise d'Espard bereits kannte. Junge Herren zu Pferde, unter denen Lucien Marsay und Rastignac bemerkte, schlossen sich der Kutsche an, um die beiden Kusinen in den Bois zu geleiten. Lucien konnte leicht an den Gesten der beiden Stutzer sehen, daß sie Madame de Bargeton über ihre Metamorphose Komplimente sagten. Madame d'Espard strahlte vor Heiterkeit und Gesundheit: ihre Unpäßlichkeit war also nur ein Vorwand gewesen, um Lucien nicht empfangen zu brauchen, und sie dachte nicht daran, ihr Abendessen auf einen andern Tag zu verlegen. Der aufgebrachte Dichter näherte sich der Kutsche, ging langsam und grüßte die Damen, als er gerade vor ihnen stand: Madame de Bargeton wollte ihn nicht sehen; die Marquise betrachtete ihn durch ihr Lorgnon und erwiderte seinen Gruß nicht. Die Ablehnung seitens der Pariser Aristokratie war anders geartet als die der Herrenschicht von Angoulême: die Krautjunker hatten sich zwar bemüht, Lucien zu verletzen, hatten aber zugleich seine Macht anerkannt und ihn für einen Menschen genommen, während er für die Marquise d'Espard nicht einmal existierte. Dies war kein Urteil, sondern eine Rechtsverweigerung. Den armen Dichter überlief ein tödlicher Kälteschauer, als de Marsay ihn lorgnettierte; der Pariser Löwe ließ sein Lorgnon auf eine sonderbare Weise herunterfallen, so daß es Lucien vorkam, als sei es das Beil der Guillotine. Die Kutsche fuhr vorbei. Wut und Rachsucht bemächtigten sich des Verachteten: wenn Madame de Bargeton vor ihm gestanden hätte, würde er sie erwürgt haben; in seiner Phantasie war er Fouquier-Tinville[19], um die Wonne auszukosten, Madame d'Espard aufs Schafott zu schicken; er verspürte ein Gelüst, de Marsay mit einer der ausgesuchten Foltern zu bestrafen, wie die Wilden sie erfunden haben. Er sah

Canalis vorüberreiten, elegant, wie es der gefälligste aller Dichter sein mußte, und immer mit der Hand am Hute zur Begrüßung der schönsten Frauen.

»Mein Gott! Gold, Gold um jeden Preis!« sagte sich Lucien, »das Gold ist die einzige Macht, vor der diese Welt kniet.« – »Nein!« rief ihm sein Gewissen zu, »sondern der Ruhm, und der Ruhm ist Arbeit! Arbeit! heißt Davids Parole.« – »Mein Gott! warum bin ich hier? Aber ich werde triumphieren, ich will durch diese Allee im eigenen Wagen fahren, und ein Leibjäger wird hinten stehen. Ich will Frauen haben wie diese Marquise d'Espard!« – Als er diese zornigen Worte hervorstieß, saß er bei Hurbain[20] und aß für vierzig Sous zu Abend. Am nächsten Tag um neun Uhr morgens ging er zu Louise, um sie ihrer Grausamkeit wegen zur Rede zu stellen; Madame de Bargeton war nicht nur für ihn nicht zu sprechen, sondern der Portier ließ ihn nicht einmal die Treppe hinaufgehen; er blieb auf der Straße und lauerte bis Mittag. Um zwölf kam Châtelet aus dem Haus, sah den Dichter von der Seite an und schnitt ihn. Lucien, der aufs äußerste gereizt war, ging seinem Nebenbuhler nach; als Châtelet merkte, daß er verfolgt wurde, drehte er sich um und grüßte ihn, in der offenbaren Absicht, nach dieser Höflichkeit weiterzugehen.

»Bitte, Monsieur du Châtelet«, sagte Lucien, »gestatten Sie mir eine Sekunde, ich habe nur zwei Worte zu sagen. Sie haben mir Freundschaft bezeigt, ich berufe mich darauf, um eine ganz kleine Gefälligkeit von Ihnen zu erbitten. Sie kommen von Madame de Bargeton: sagen Sie mir, warum ich bei ihr und der Marquise d'Espard in Ungnade gefallen bin.« – »Monsieur Chardon«, sagte Châtelet mit geheuchelter Gutmütigkeit, »wissen Sie, warum die Damen Sie in der Oper verlassen haben?« – »Nein«, erwiderte der arme Dichter. – »Nun, gleich bei Ihrem ersten Auftreten hat Ihnen Monsieur de Rastignac einen schlechten Dienst erwiesen. Der junge Dandy wurde über Sie befragt und hat kurz und bündig erklärt, daß Sie Chardon und nicht de Rubempré heißen, daß Ihre Mutter Wöchnerinnen pflegt; daß Ihr Vater Apotheker in l'Houmeau, der Vorstadt Angoulêmes, war; daß Ihre Schwester ein reizendes Mädchen ist, ausgezeichnet Hemden plättet und im Begriff steht, einen Buchdrucker in

Angoulême namens Séchard zu heiraten. So ist die Welt! Wer sich zur Schau stellt, über den wird geredet. Monsieur de Marsay kam herüber und lachte mit der Marquis d'Espard auf Ihre Kosten, und die beiden Damen sind sofort geflohen, weil sie glaubten, in Ihrer Nähe kompromittiert zu werden. Machen Sie keinen Versuch, den Zutritt bei ihnen zu erzwingen, Madame de Bargeton würde von ihrer Kusine nicht mehr empfangen werden, wenn sie fortführe, mit Ihnen zu verkehren. Sie haben Geist und Talent; versuchen Sie, sich zu rächen. Die Welt verachtet Sie, verachten Sie die Welt. Flüchten Sie in eine Mansarde, schaffen Sie dort Meisterwerke, erlangen Sie irgendeine Macht, und Sie werden die Welt zu Ihren Füßen sehen; Sie geben ihr alsdann die Wunden an derselben Stelle zurück, wo Sie sie empfangen haben. Je mehr Madame de Bargeton Ihnen Freundschaft bezeigt hat, desto ferner wird sie sich Ihnen jetzt halten. So geht es mit den weiblichen Gefühlen. Aber es handelt sich in diesem Augenblick nicht darum, Anaïs' Freundschaft zurückzuerobern; es handelt sich vielmehr darum, sie nicht zur Feindin zu haben, und ich will Ihnen das Mittel sagen. Sie hat Ihnen geschrieben, geben Sie ihr alle ihre Briefe zurück, sie wird für solch ein vornehmes Verhalten erkenntlich sein; wenn Sie sie später brauchen, wird sie Ihnen nicht feindlich gesinnt sein. Ich für mein Teil habe eine so hohe Meinung von Ihrer Zukunft, daß ich Sie überall in Schutz genommen habe und daß Sie mich schon jetzt, wenn ich irgend etwas für Sie tun kann, bereit finden, Ihnen zu helfen.«

Lucien war so niedergeschmettert, so blaß und verstört, daß er dem alten Gecken, den die Pariser Luft wieder verjüngt hatte, den trocken höflichen Gruß nicht erwiderte, mit dem er ihn stehenließ. Er kehrte in sein Hotel zurück, wo er Staub in Person antraf, der angeblich gekommen war, um ihm seinen Anzug anzuprobieren, in Wahrheit aber, um von der Wirtin des Gaillard-Bois zu erfahren, wie es mit der Zahlungsfähigkeit seines unbekannten Kunden stehe. Lucien war mit der Post angekommen, Madame de Bargeton hatte ihn am letzten Donnerstag im Wagen ins Vaudeville gefahren. Diese Auskunft war gut. Staub nannte Lucien »Herr Graf« und zeigte ihm, mit welchem Talent er seine entzückenden Formen zur Geltung gebracht hatte.

»Ein junger Herr, der so angezogen ist«, sagte er zu ihm, »braucht nur in den Tuilerien spazierenzugehen; dann kann er nach vierzehn Tagen eine reiche Engländerin heiraten.«

Dieser Scherz eines deutschen Schneiders und die Vollendung des neuen Anzugs, die Feinheit des Tuchs, die Anmut, die er an sich selbst feststellte, als er in den Spiegel sah: diese kleinen Dinge befreiten Lucien ein wenig von seiner Niedergeschlagenheit. Er tröstete sich mit dem Gedanken, Paris sei die Residenz des Zufalls, und einen Augenblick lang glaubte er an den Zufall. Hatte er nicht einen Gedichtband und einen herrlichen Roman, den ›Bogenschützen Karls IX.‹, im Manuskript? Er glaubte an sein Schicksal. Staub versprach den Rock und die übrigen Kleidungsstücke für den morgigen Tag. Am nächsten Tag kamen der Schuhmacher, die Wäschenäherin und der Schneider, alle mit ihren Rechnungen bewaffnet. Lucien verstand sich nicht darauf, sie loszuwerden; er stand noch unter dem Bann der Provinzgewohnheiten und bezahlte sie; aber nachdem er das getan hatte, blieben ihm von den zweitausend Francs, die er mit nach Paris gebracht hatte, noch ganze dreihundertsechzig: dabei war er erst seit einer Woche da! Trotzdem kleidete er sich an und ging aus, um auf der Terrasse des Feuillants spazierenzugehen. Er nahm dort eine kleine Rache. Er war so vorzüglich gekleidet, so anmutig, so schön, daß mehrere Frauen ihn ansahen, und zwei oder drei waren über sein gutes Aussehen so betroffen, daß sie sich nach ihm umschauten. Lucien studierte den Gang und das Benehmen der jungen Herren und nahm einen Kursus in guten Manieren, während er dabei immer an seine dreihundertsechzig Francs dachte. Als er am Abend allein in seiner Kammer war, faßte er den Entschluß, mit dem Problem seines Aufenthaltes im Hotel du Gaillard-Bois, wo er im Glauben, er spare, mittags nur die einfachsten Gerichte gegessen hatte, zu Rande zu kommen. Er sagte, er wolle ausziehen, verlangte seine Rechnung und erfuhr, daß er hundert Francs schuldig sei. Am nächsten Tag begab er sich ins Quartier latin, das David ihm der Billigkeit wegen empfohlen hatte. Nach langem Suchen fand er schließlich in der Rue de Cluny[21], in der Nähe der Sorbonne, ein elendes Hotel garni, wo er ein Zimmer zu dem Preis, den er anlegen wollte, mietete. Er bezahlte sofort seine Wirtin vom

Gaillard-Bois und zog noch am selben Tage in die Rue de Cluny. Sein Umzug kostete ihn nur eine Droschkenfahrt.

Nachdem er von seinem ärmlichen Zimmer Besitz ergriffen hatte, suchte er alle Briefe der Madame de Bargeton zusammen, machte ein Päckchen daraus, legte es auf den Tisch und überblickte, bevor er ihr schrieb, in Gedanken diese verhängnisvolle Woche. Er dachte nicht daran, daß er zuerst rücksichtslos seine Geliebte verleugnet hatte, ohne sich darum zu kümmern, was aus seiner Louise in Paris werden würde; er sah nicht sein Unrecht: er sah seine gegenwärtige Lage; er klagte Madame de Bargeton an: sie hatte versprochen, ihn berühmt zu machen, und hatte ihn verstoßen. Er wurde wütend und stolz und schrieb in seinem krampfhaften Zorn den folgenden Brief:

»Madame! Was würden Sie von einer Frau sagen, der ein armer, schüchterner Junge gefallen hat, einer, der noch den ganzen edlen Glauben besitzt, den der Mensch später Illusionen nennt; von einer Frau, die die Reize der Koketterie, die Klugheit ihres Geistes und den schönsten Schein der mütterlichen Liebe anwenden würde, dieses Kind zu verführen? Die zärtlichsten Versprechungen, die Luftschlösser, die ihn entzücken, kosten sie nichts; sie entführt ihn, sie bemächtigt sich seiner, sie schilt ihn seines geringen Vertrauens wegen, sie schmeichelt ihm; und wenn nun jener Junge seine Familie verläßt und ihr blind folgt, dann führt sie ihn an den Rand eines ungeheuren Meers, heißt ihn lächelnd ein gebrechliches Boot besteigen und überläßt ihn allein und ohne Beistand den furchtbaren Wogen; dann lacht sie ihn auf dem Felsen, auf dem sie in Sicherheit ist, aus und wünscht ihm gute Reise. Diese Frau sind Sie; dieses Kind bin ich. In den Händen dieses Kindes befindet sich ein Andenken, das Ihre verbrecherische Gunst und Ihre Hingabe verraten könnte. Sie müßten vielleicht erröten, wenn Sie dem Kind, das den Wellen preisgegeben ist, wieder begegneten und daran dächten, daß Sie es auf Ihrem Schoß gehabt haben. Wenn Sie diesen Brief lesen, wird das Andenken in Ihrem Besitz sein. Es steht Ihnen frei, alles zu vergessen. Nach den schönen Hoffnungen, die Ihre Hand mir am Himmel gewiesen hat, finde ich die Wirklichkeit des Elends im Schmutz von Paris. Während Sie glänzend und angebetet auf den Höhen der vornehmen Welt sich ergehen, bis zu deren Schwelle Sie mich führten, werde ich in der elenden Dachstube, in die Sie mich verbannt haben, mit den Zähnen klappern. Aber vielleicht packt Sie die Reue mitten in den Festen und Vergnügungen, vielleicht denken Sie dann an das Kind, das Sie in den Abgrund gestürzt haben. Nun, Madame, denken Sie ohne Reue an das Kind! Aus der Tiefe seines Elends heraus reicht Ihnen dieses Kind das Letzte, was ihm geblieben ist: seine Verzeihung, mit einem letzten Blick. Ja, Madame, dank Ihnen besitze ich nichts sonst. Nichts! Ist das nicht der Stoff, aus dem die Welt gemacht worden ist? Das Genie muß Gott nachahmen: ich will mit seiner Güte beginnen, ohne zu wissen, ob ich je seine Macht haben werde. Sie brauchten nur dann zu zittern, wenn ich ein schlechter Mensch würde; Sie wären an meinen Lastern mitschuldig. Ach, ich bedaure Sie, daß Sie zu dem Ruhm, dem ich jetzt, geleitet von der Arbeit, zusteuern will, nichts mehr beitragen können.«

Nachdem Lucien diesen pathetischen Brief geschrieben hatte, der voll der düsteren Würde war, wie sie ein einundzwanzigjähriger Künstler oft in übertriebenem Maße besitzt, trugen ihn seine Gedanken zu seiner Familie: er sah die hübsche Wohnung vor sich, die David ihm auf Kosten eines Teils seines Vermögens eingerichtet hatte; die stillen, bescheidenen bürgerlichen Freuden, die er genossen hatte, tauchten vor ihm auf; die Gestalten der Mutter, der Schwester und Davids umstanden ihn; er sah noch einmal die Tränen, die sie bei seiner Abreise vergossen hatten, und er weinte selber, denn er war allein in Paris, ohne Freunde, ohne Beschützer.

Einige Tage später schrieb Lucien an seine Schwester folgenden Brief:

»Meine liebe Eve! Die Schwestern haben das traurige Vorrecht, mit ihren Brüdern, die sich der Kunst geweiht haben, mehr Kummer als Freuden zu teilen, und ich fange an, zu fürchten, daß ich Dir sehr zur Last falle. Habe ich Euch alle, die Ihr Euch für mich aufgeopfert habt, nicht schon zur Genüge ausgenutzt? Die Erinnerung an meine so ganz von den Freuden des Familienlebens ausgefüllte Vergangenheit hat mich in der Verlassenheit meines jetzigen Lebens aufrecht gehalten. Bin ich doch mit der Geschwindigkeit eines Adlers, der zu seinem Horst fliegt, durch den weiten Raum geeilt, der uns trennt, um in eine Sphäre wahrer Liebe zu gelangen, nachdem ich den ersten Jammer und die ersten Enttäuschungen der Pariser Welt gekostet habe. Haben Eure Kerzen geflackert? Sind die Scheite aus Eurem Kamin gesprungen? Hat es Euch im Ohr geklungen? Hat meine Mutter gesagt: ›Lucien denkt an uns‹? Hat David geantwortet: ›Er kämpft mit Menschen und Dingen‹? Liebe Eve, ich schreibe diesen Brief für Dich allein. Dir allein getraue ich mich das Gute und das Böse, das mir zustoßen wird, zu gestehen; ich weiß, ich werde über das eine wie über das andere erröten, denn hier ist das Gute so selten, wie das Böse es sein sollte. Du sollst viel in wenig Worten erfahren: Madame de Bargeton hat sich meiner geschämt, hat mich am neunten Tage nach meiner Ankunft verleugnet, verstoßen, mir den Laufpaß gegeben. Sie hat mich gesehen und hat den Kopf abgewandt, und ich habe, um ihr in die Welt folgen zu können, in der sie mich hochbringen wollte, siebzehnhundertundsechzig von den zweitausend Francs, die ich aus Angoulême mitbrachte und so schwer aufgetrieben habe, ausgegeben. Wofür? wirst Du fragen. Arme Schwester! Paris ist ein absonderlicher Schlund: man kann dort für achtzehn Sous zu Mittag essen, und das einfachste Diner eines feinen Restaurants kostet fünfzig Francs; Du bekommst Westen und Hosen für vier Francs und vierzig Sous: die Modeschneider machen sie Dir nicht unter hundert Francs. Man zahlt einen Sou, um über die Rinnsteine der Straßen hinüberzukommen, wenn es regnet. Allein schon die kleinste Wagenfahrt kostet zweiunddreißig Sous. Nachdem ich zuerst im eleganten Viertel gewohnt habe, bin ich jetzt im Hotel de Cluny in der Rue de Cluny, einer der ärmlichsten und düstersten Gassen von Paris; sie liegt zwischen drei Kirchen und den alten Baulichkeiten der Sorbonne. Ich bewohne ein möbliertes Zimmer im vierten Stock dieses Hotels, und obwohl es recht schmutzig und kahl ist, zahle ich immer noch fünfzehn Francs im Monat. Ich habe zum Frühstück für einen Sou Milch und ein kleines Brot für zwei Sous, aber ich esse sehr gut für zweiundzwanzig Sous in der Kneipe eines gewissen Flicoteaux, die an der Place de la Sorbonne liegt. Bis zum Winter werden meine Ausgaben sechzig Francs im Monat, alles inbegriffen, nicht übersteigen, so hoffe ich wenigstens. Auf diese Weise werden meine zweihundertvierzig Francs die ersten vier Monate ausreichen. Bis dahin habe ich sicherlich den ›Bogenschützen Karls IX.‹ und die ›Margueriten‹ verkauft. Mach Dir also um meinetwillen keine Sorgen. Die Gegenwart ist kalt, ärmlich und lieblos, aber die Zukunft wird heiter, reich und glänzend sein. Die meisten großen Männer sind durch Wechselfälle hindurchgegangen, wie sie mich drücken, aber nicht unterkriegen sollen. Plautus[22], ein großer Komödiendichter, war Müllersknecht, Machiavelli schrieb seinen ›Fürsten‹ nachts, nachdem er den Tag mitten unter Arbeitern zugebracht hatte. Der große Cervantes, der in der Schlacht von Lepanto mitfocht, zum Sieg dieses großen Tages beitrug und dabei einen Arm verlor, wurde von den Skribenten seiner Zeit ein ›alter plebejischer Krüppel‹ genannt und konnte den zweiten Teil seines herrlichen ›Don Quijote‹ erst zehn Jahre nach dem ersten herausgeben, weil er keinen Verleger fand. So schlimm ist es heute nicht mehr. Kummer und Elend können nur die unbekannten Talente treffen; aber wenn sie sich durchgesetzt haben, werden die Schriftsteller reich, und auch ich werde reich werden. Ich lebe übrigens ganz in Gedankenwelten; ich verbringe den halben Tag in der Bibliothek Sainte-Geneviève, wo ich mir die Bildung erwerbe, die mir fehlt, denn ohne sie werde ich nicht vorwärtskommen. Heute bin ich also beinah glücklich. In ein paar Tagen habe ich mich sehr erfreulich in meine Lage hineingefunden. Ich widme mich vom frühen Morgen an meiner Arbeit, die mir Freude macht; für die Notdurft des Lebens ist gesorgt; ich denke viel, ich studiere, ich sehe nichts, was mich jetzt noch verwunden könnte, nachdem ich der großen Welt entsagt habe, in der meine Eitelkeit jeden Augenblick gekränkt werden konnte. Die berühmten Männer eines Zeitalters müssen in der Einsamkeit leben. Sind sie nicht wie die Vögel des Waldes? Sie singen, sie bezaubern die Natur, und niemand darf sie gewahren. So will auch ich tun, wenn ich nur die ehrgeizigen Entwürfe meines Geistes verwirklichen kann. Ich traure Madame de Bargeton nicht nach. Eine Frau, die sich so benimmt, verdient nicht, daß man ihrer gedenkt. Ich bedaure auch nicht, Angoulême verlassen zu haben. Jene Frau hat gut daran getan, daß sie mich nach Paris lockte und mich hier meiner eigenen Kraft überließ. Paris ist die rechte Stätte für Schriftsteller, Denker, Dichter. Hier allein gedeiht der Ruhm, und ich kenne die schönen Früchte, die er heutzutage hervorbringt. Hier allein können die Schriftsteller in den Museen und Sammlungen die lebendigen Werke der Geister der Vergangenheit finden, die die Phantasie erwärmen und anregen. Hier allein bieten die riesigen Bibliotheken, die immer geöffnet sind, dem Geiste Nahrung und Belehrung. Kurzum, in Paris liegt in der Luft und in den geringsten Kleinigkeiten ein Geist, der eingeatmet wird und sich in den literarischen Schöpfungen niederschlägt. Man lernt in einer halben Stunde durch ein Kaffeehausgespräch oder im Theater mehr, als in der Provinz in zehn Jahren. Wahrhaftig, hier ist alles Schauspiel und dient der Vergleichung und Belehrung. Über die Maßen billig, unglaublich teuer: das ist Paris. Hier findet jede Biene ihre Wabe, jede Seele eignet sich an, was zu ihr gehört. Ich habe also in diesem Augenblick manches zu leiden, aber nichts zu bereuen. Im Gegenteil, eine schöne Zukunft tut sich vor mir auf und erquickt mein Herz, das für einen Augenblick im Schmerz untergetaucht war. Leb wohl, liebe Schwester. Erwarte nicht, regelmäßig Briefe von mir zu bekommen: es ist eine der Eigentümlichkeiten von Paris, daß man wahrhaftig nicht weiß, wie die Zeit vergeht. Das Leben verläuft hier erschreckend geschwind. Ich küsse die Mutter, David und Dich zärtlicher denn je.«

Der Name Flicoteaux hat sich manchem Gedächtnis eingeprägt. Die meisten Studenten, die in den ersten zwölf Jahren der Restauration im Quartier latin gewohnt haben, wissen von diesem Tempel des Hungers und Elends. Das Mittagessen bestand aus drei Gängen und kostete mit einer kleinen Karaffe Wein oder einer Flasche Bier achtzehn Sous, und mit einer ganzen Flasche Wein zweiundzwanzig Sous. Was diesen Freund der Jugend sicherlich gehindert hat, ein großes Vermögen zu erwerben, war ein Artikel seines Programms, der in großen Buchstaben auf seinen Plakaten zu lesen war und also lautete: ›Brot kostet nichts!‹, was natürlich den Wirt sehr viel kostete. Viele

Berühmtheiten haben Flicoteaux zum Nährvater gehabt. Gewiß hat das Herz mehr als eines berühmten Mannes die Freuden von tausend unsagbaren Erinnerungen ausgekostet, wenn er die Front dieses Hauses mit den kleinen Fenstern an der Place de la Sorbonne und der Rue Neuve-de-Richelieu wiedersah, die Flicoteaux II. und Flicoteaux III. noch bis zu den Julitagen im alten Stand gelassen hatten: sie wies nach wie vor die braune Farbe auf, das ganze alte, respektable Aussehen, das eine tiefe Verachtung gegen eine schwindelhafte Außenseite an den Tag legte, während heutzutage fast alle Restaurateure aus ihrem Haus diese Art Annonce für die Augen auf Kosten des Magens machen. An Stelle des Haufens ausgestopften Wildbrets, das dazu bestimmt ist, nicht gekocht zu werden, an Stelle der absonderlichen Fische, die das Wort des Hanswurstes bewahrheiten: ›Ich habe einen schönen Karpfen gesehen, in acht Tagen will ich ihn kaufen‹, an Stelle der Gerichte, die einem den Magen verderben, an Stelle von Frühgemüsen, die besser als Spätgemüse bezeichnet würden, Dinge, wie sie in anlockenden Schaufenstern zum Genuß von Unteroffizieren und ihren Schätzchen aufgebaut sind, stellte der wackere Flicoteaux Schüsseln aus, die mannigfach geflickt waren und auf denen Haufen von gekochten Pflaumen das Auge des Hungrigen erquickten, der sich darauf verlassen konnte, daß das Wort Dessert, mit dem auf anderen Speisekarten so viel Mißbrauch getrieben wird, keine leere Redensart ist. Die Sechspfundbrote, die in vier Stücke geschnitten auf den Tischen lagen, beruhigten hinsichtlich des versprochenen Gratisbrotes. So beschaffen war der Luxus dieses Wirtshauses, das von Molière zu seiner Zeit gefeiert worden wäre, so drollig und bezeichnend ist der Witz, der in dem Namen Flicoteaux steckt[23]. Flicoteaux existiert nach wie vor, er lebt so lange, wie die Studenten leben wollen. Man ißt sich dort satt, nicht mehr und nicht weniger; aber man ißt dort, wie man arbeitet, mit einer Energie, die melancholisch oder vergnügt ist, je nach Charakter oder Umständen. Dieses berühmte Wirtshaus bestand damals aus zwei langen, niedrigen rechteckigen Räumen, von denen der eine sein Licht von der Place de la Sorbonne, der andere von der Rue Neuve-de-Richelieu her empfing; in beiden standen Tische, die aus irgendeinem Klosterrefektorium zu stammen schienen, denn ihre Länge hatte etwas Mönchisches an sich, und auf den Gedecken lagen die Servietten der Abonnenten, die in numerierten Ringen aus metallisch glänzendem Moiré steckten. Flicoteaux I. wechselte seine Tischtücher nur alle Sonntage, aber Flicoteaux II. hat sie, wie es heißt, zweimal in der Woche gewechselt, seit die Konkurrenz seine Dynastie bedroht hat. Dieses Restaurant ist ein Arbeitsraum mit den dazugehörigen Werkzeugen, nicht aber ein Festsaal mit seiner Eleganz und seinen Vergnügungen; jeder geht rasch wieder hinaus. Alles ist in schneller Bewegung. Die Kellner eilen hin und her und können nicht herumstehen; sie sind alle beschäftigt, alle notwendig. Die Gerichte bieten wenig Abwechslung. Es gibt dort ewig Kartoffeln, und wenn es in ganz Irland keine Kartoffeln gäbe, und wenn sie nirgendwo mehr aufzutreiben wären: bei Flicoteaux fände man sie. Sie werden dort seit dreißig Jahren in dem blonden Ton, den Tizian so geliebt hat, auf den Tisch gestellt, sind mit gehackten Kräutern überstreut und besitzen eine Eigenschaft, um die sie die Frauen beneiden könnten: so wie sie im Jahre 1814 ausgesehen haben, werden sie auch noch im Jahre 1840 aussehen. Hammelkoteletts oder Beefsteaks sind auf der Karte dieses Wirtshauses, was bei Véry Birkhähne oder Störe sind, nämlich außerordentliche Gerichte, die man schon vormittags bestellen muß. Das Weibchen des Rindes überwiegt, und sein Sohn ist dort unter allen möglichen Verkleidungen zu treffen. Wenn die Merlane und die Makrelen massenweise gefangen werden, sind sie auch bei Flicoteaux in Mengen zu treffen. Alles richtet sich dort nach den Launen der Jahreszeiten und nach den wechselnden Erträgnissen der Landwirtschaft in Frankreich. Man kann dort Dinge lernen, von denen die Reichen, die Müßiggänger, die Leute, die sich nicht um die Phasen der Natur kümmern, keine Ahnung haben. Der Student, der im Quartier latin haust, hat dagegen die genaueste Kenntnis der Jahreszeiten: er weiß, wann die Bohnen und die Erbsen kommen, wann die ›Halle‹[24] von Kohl überquillt, er weiß, welcher Salat gerade im Überfluß vorhanden ist, und ob es wenig rote Rüben gibt. Eine alte Verleumdung, die auch in dem Augenblick, da Lucien hinging, noch nicht verstummt war, brachte das Auftreten von Beefsteaks in Verbindung mit der Sterblichkeit der Pferde.

Wenige Pariser Restaurants bieten ein so schönes Bild. Es finden sich dort einzig Jugend und Zuversicht, fröhlich ertragene Not, obschon manchmal auch leidenschaftliche und düstere, ernste und besorgte Mienen nicht fehlen. Die Kleidung wird im allgemeinen vernachlässigt. Jedoch sieht man auch Stammgäste, die gut gekleidet kommen. Sie alle wissen, was dieser außergewöhnliche Aufzug zu bedeuten hat: die Geliebte wird erwartet, man will ins Theater gehen oder einen Besuch in den höheren Sphären machen. Es haben sich dort, so heißt es, Freundschaften zwischen einigen Studierenden geschlossen, die später berühmt geworden sind, wie man es übrigens auch in dieser Geschichte sehen wird. Trotzdem bekunden, mit Ausnahme der jungen Landsleute, die zusammen am selben Tisch sitzen, die Essenden im allgemeinen einen Ernst, der schwer zu durchbrechen ist, vielleicht infolge des gut christlich getauften Weins, der sich jeder Ausgelassenheit widersetzt. Wer bei Flicoteaux verkehrt hat, kann sich an einige düstere und geheimnisvolle Personen erinnern, die in den Dunstkreis des äußersten Elends eingehüllt waren, wohl zwei Jahre dort aßen und dann wieder verschwanden, ohne daß sogar die neugierigen Stammgäste etwas über diese dunklen Pariser Existenzen erfahren hätten. Die Freundschaften, die bei Flicoteaux begannen, wurden in den benachbarten Cafés bei der Flamme eines gewürzten Punsches oder bei der Wärme einer kleinen Tasse Kaffee, der mit irgendeinem Schnaps gewürzt wurde, besiegelt.

Während der ersten Tage seines Aufenthalts im Hotel de Cluny bezeigte Lucien, wie jeder Neuling, ein schüchternes und gesetztes Benehmen. Nach dem traurigen Scheitern des vornehmen Lebens, das sein Geld verschlungen hatte, stürzte er sich in die Arbeit, und zwar mit jener ersten Hitze, die von den Schwierigkeiten und den Vergnügungen so schnell verscheucht wird; mit ihnen lockt Paris die höchsten und niedrigsten Existenzen an, und sie können nur mit der wilden Energie des wahren Talents oder der düsteren Entschlossenheit des Ehrgeizes bezwungen werden. Lucien begab sich schon gegen halb fünf Uhr zu Flicoteaux, nachdem er nämlich bemerkt hatte, daß es vorteilhafter sei, als einer der ersten einzutreffen; es gab dann noch mehr Abwechslung unter den Gerichten, und man konnte sich aussuchen, was man am liebsten aß. Wie jedes poetische Gemüt hatte er seinen Lieblingsplatz, und seine Wahl war nicht übel. Gleich am ersten Tag, als er bei Flicoteaux zu verkehren begann, hatte er in der Nähe der Kasse einen Tisch gesehen, an dem die Physiognomien der Essenden und ebenso die Bruchstücke von Gesprächen, die er aufschnappte, ihn Literaten vermuten ließen. Überdies sagte ihm sein Instinkt, daß er, wenn er sich in die Nähe der Kasse setzte, in irgendeine Art Beziehung zu den Geschäftsführern des Restaurants kommen werde. Mit der Zeit würde sich eine Bekanntschaft anbahnen, und er erlangte dann am Tage des finanziellen Zusammenbruchs möglicherweise den nötigen Kredit. Er hatte sich also an einen kleinen viereckigen Tisch neben der Kasse gesetzt, wo er nur zwei Gedecke mit weißen Servietten ohne Ring sah, die vermutlich für Laufkundschaft bestimmt waren. Lucien gegenüber saß ein magerer, blasser junger Mann, der wahrscheinlich ebenso arm wie er selber war und dessen schon welkes, schönes Gesicht von entschwundenen Hoffnungen sprach, die auf seiner Stirn Falten und in seiner Seele Furchen hinterlassen hatten, in denen kein Saatkorn mehr sprießen wollte. Lucien fühlte sich durch diese Anzeichen von Poesie und durch eine unwiderstehliche Sympathie zu dem Unbekannten hingezogen.

Jener junge Mann, der erste, mit dem der aus Angoulême stammende Dichter nach einer Woche kleiner Gefälligkeiten und gelegentlicher Worte und Bemerkungen, die sie austauschten, ins Plaudern kommen konnte, hieß Etienne Lousteau. Wie Lucien kam Etienne aus der Provinz, aus einer kleinen Stadt des Berry, und wohnte seit zwei Jahren in Paris. Seine lebhaften Bewegungen, sein leuchtender Blick, seine gelegentlich schroffe Redeweise zeugten davon, daß er mit dem literarischen Leben eine bittere Bekanntschaft geschlossen hatte. Etienne war mit seiner Tragödie in der Tasche von Sancerre nach Paris gekommen; das nämliche hatte ihn angezogen, was Lucien nicht ruhen ließ: Ruhm, Macht und Geld. Der junge Mann, der anfangs einige Tage hintereinander zum Essen erschienen war, kam dann nur noch hin und wieder. Als Lucien seinen Dichter, der fünf oder sechs Tage lang nicht erschienen war, einmal wieder vorfand, hoffte er, ihn am nächsten Tag wiederzusehen; aber da war sein Platz von einem

Unbekannten besetzt. Wenn junge Leute sich am Vortage gesehen haben, wirkt das Feuer der Unterhaltung noch am nächsten Tage nach; jene Pausen nun aber nötigten Lucien, das Eis jedesmal von neuem zu brechen, und das verzögerte die Intimität, die während der ersten Woche nur geringe Fortschritte machte. Lucien fragte die Dame an der Kasse und erfuhr, sein künftiger Freund sei Redakteur eines Blättchens, für das er Artikel über neue Bücher schreibe sowie Kritiken über Stücke, die im Ambigu-Comique[25], in der Gaîté[26], im Panorama-Dramatique[27] aufgeführt würden. Der junge Mann wurde in Luciens Augen mit einem Schlage zu einer gewichtigen Persönlichkeit, und er nahm sich vor, die Unterhaltung mit ihm etwas freundschaftlicher zu gestalten und dieses oder jenes Opfer zu bringen, um zu einem etwas intimeren Verhältnis zu gelangen, das für einen Anfänger bedeutsam sein konnte. Der Journalist blieb vierzehn Tage weg. Lucien wußte noch nicht, daß Etienne nur bei Flicoteaux aß, wenn er kein Geld hatte, und daß dieser Umstand ihm das düstere, enttäuschte Aussehen und die Kälte gab, der Lucien mit einschmeichelndem Lächeln und freundlichen Worten begegnen wollte. Dennoch mußte diese Verbindung reiflich überlegt werden, denn jener unbekannte Journalist schien ein kostspieliges Leben zu führen, bei dem etliche Gläschen Schnaps, Tassen Kaffee, Punschbowlen, Theatervorstellungen und Soupers eine Rolle spielten. In den ersten Tagen seines Aufenthalts im Quartier latin benahm sich Lucien wie ein armer junger Mensch, den seine erste Bekanntschaft mit dem Pariser Leben betäubt hat. Daher wagte Lucien, nachdem er die Preise der Gerichte studiert und seine Börse gewogen hatte, es nicht, die Gewohnheiten Etiennes anzunehmen, da er fürchtete, er könne abermals in die Fehler verfallen, die er immer noch bereute. Nach wie vor stand er unter dem Bann der frommen Provinzgefühle; seine beiden Schutzengel David und Eve stellten sich beim kleinsten schlimmen Gedanken vor ihn hin und erinnerten ihn an die Hoffnungen, die in ihn gesetzt wurden, an das Glück, das er seiner alten Mutter schuldig war, und an die reichen Verheißungen seines Geistes. Er verbrachte seine Vormittage in der Bibliothek Sainte-Geneviève mit geschichtlichen Studien. Seine ersten Forschungen hatten ihn auf schreckliche Irrtümer in seinem Roman ›Der Bogenschütze Karls IX.‹ aufmerksam gemacht. Wurde die Bibliothek geschlossen, so ging er in sein feuchtes, kaltes Zimmer, um sein Werk zu korrigieren; er strich ganze Kapitel und fügte neue hinzu. Nachdem er bei Flicoteaux gegessen hatte, begab er sich in die Passage du Commerce, las im Lesekabinett von Blosse[28] Neuerscheinungen der Literatur, Zeitungen, Zeitschriften und Gedichtbücher, um über den Stand der geistigen Strömungen auf dem laufenden zu sein, und kehrte gegen Mitternacht in sein elendes Hotel zurück, ohne Holz oder Licht gebraucht zu haben. Diese Lektüre brachte in seinem Geiste einen solchen Umschwung hervor, daß er seine Sammlung Sonette über die Blumen, seine geliebten ›Margueriten‹, wieder vornahm und sie so radikal umarbeitete, daß von den ursprünglichen Versen keine hundert stehen blieben. So führte also Lucien anfangs das unschuldige, reine Leben der jungen Menschen, die arm aus der Provinz kommen, die es bei Flicoteaux im Vergleich zu dem im Vaterhause Üblichen üppig finden, die sich auf Spaziergängen auf den Parkwegen des Luxembourg erholen, wo sie mit scheuen Blicken und schwerem Herzen zu den schönen Frauen hinsehen; das Leben der Jünglinge, die das Quartier latin nicht verlassen und in heiligem Eifer sich der Arbeit widmen und auf ihre Zukunft bedacht sind. Aber Lucien, als zum Dichter geboren, fühlte bald maßlose Wünsche in sich aufsteigen und brachte keine Kraft mehr gegen die Verlockungen der Theateranzeigen auf; das Théâtre-Français, das Vaudeville[29], Les Variétés[30], die Opéra-Comique[31], wo er einen Stehplatz im Parterre nahm, verschlangen ihm an die sechzig Francs. Welcher Student konnte dem Glück widerstehen, Talma[32] in seinen großen Rollen zu sehen? Das Theater, die erste Liebe jedes Dichtergeistes, bezauberte Lucien. Die Schauspieler und Schauspielerinnen dünkten ihn verehrungswürdige Persönlichkeiten; er glaubte nicht an die Möglichkeit, die Rampe überschreiten und sie für traulichen Verkehr kennenlernen zu können. Die Urheber seiner Genüsse galten ihm als wunderbare Wesen, die von den Zeitungen wie die großen Staatsangelegenheiten behandelt wurden. Dramatischer Dichter sein, aufgeführt werden, was war das für ein gehätschelter Traum! Wenige Kühne, wie Casimir Delavigne[33], hatten ihn verwirklicht! Diese fruchtbaren Gedanken, diese Augenblicke des Glaubens an sich wurden von Anfällen der Verzweiflung abgelöst, und so verblieb Lucien, trotz des dumpfen Grollens mancher heißen Wünsche, auf den frommen Bahnen der Arbeit und der Sparsamkeit. Aus übergroßer Vorsicht verbot er es sich, ins Palais-Royal, diese Stätte der Verderbnis, zu gehen, wo er an einem einzigen Tage bei Véry fünfzig Francs und fast fünfhundert Francs für seine Garderobe vergeudet hatte. Daher gestattete er sich, wenn er der Versuchung nachgab, Fleury[34], Talma, die beiden Baptistes[35] oder Michot[36] zu sehen, nur einen Platz auf der dunklen Galerie, für den man sich von halb sechs Uhr an anstellen mußte, wenn man nicht, wie die Nachzügler, an der Kasse einen Platz für zehn Sous kaufen wollte. Oft, wenn ein Student zwei Stunden gewartet hatte, wurden in das Ohr des armen Enttäuschten die Worte gerufen: »Eintrittskarten ausverkauft!« Nach der Aufführung ging Lucien mit gesenktem Kopf nach Hause und ließ seine Blicke nicht auf der Straße umherschweifen, auf der es jetzt von lebendigen Verführungen wimmelte. Vielleicht stieß ihm das eine oder andere der überaus einfachen Abenteuer zu, die in der schüchternen Phantasie der jungen Leute eine so ungeheure Rolle spielen. Als Lucien eines Tages über den Tiefstand seiner Kasse erschreckt war und seine Taler zählte, trat ihm der kalte Schweiß auf die Stirn, und es drängte sich ihm die Notwendigkeit auf, sich nach einem Verleger oder nach irgendwelcher bezahlten Brotarbeit umzusehen. Der junge Journalist, den er im stillen zu seinem Freund ernannt hatte, kam nicht mehr zu Flicoteaux. Lucien wartete auf einen Zufall, der sich nicht einstellen wollte. In Paris gibt es nur für die Leute, die über einen großen Bekanntenkreis verfügen, Zufälle; die Zahl der Beziehungen vergrößert für sie die Aussichten auf Erfolg jeder Art, und auch der Zufall hält es mit den großen Bataillonen. Da Lucien noch die Vorsicht der Leute aus der Provinz besaß, wollte er nicht den Augenblick abwarten, da er nur noch ein paar Taler besaß: er beschloß, einen Angriff auf die Verleger zu unternehmen.

An einem ziemlich kühlen Septembermorgen durchschritt er mit seinen beiden Manuskripten unter dem Arm die Rue de la Harpe. Er ging bis zum Quai des Augustins und schlenderte langsam und zögernd am Ufer hin, betrachtete abwechselnd das Wasser der Seine und die Läden der Buchhändler, als ob ein guter

Geist ihm rate, sich lieber ins Wasser als in die Literatur zu stürzen. Nach qualvollem Zögern, nach einer eingehenden Prüfung der mehr oder weniger angenehmen, heiteren oder mürrischen Gesichter, die er durch die Scheiben oder an den Ladentüren sah, faßte er ein Haus ins Auge, vor dem eilige Gehilfen Bücher einpackten. Man war beim Expedieren, die Wände waren mit Ankündigungen bedeckt.

ZU VERKAUFEN:

›Der Einsame‹ von Vicomte d'Arlincourt[37], dritte Auflage. – ›Léonide‹ von Victor Ducange[38], fünf Bände in Duodez, Luxusausgabe. Preis zwölf Francs. – ›Moralische Schlußfolgerungen‹ von Kératry[39].

»Die sind glücklich!« rief Lucien.

Dieses Plakat, eine neue und originelle Schöpfung des berühmten Ladvocat[40], prangte damals zum erstenmal an den Wänden. Bald hatten die Nachahmer dieser Art Ankündigung, die eine der Quellen der öffentlichen Einnahmen wurde, Paris mit Plakaten in allen Farben überklebt. Lucien, dessen Herz schwer und bedrückt war, der noch vor kurzem in Angoulême so groß gewesen und jetzt in Paris so klein war, drückte sich endlich an den Häusern hin und nahm all seinen Mut zusammen, um in diesen Laden einzutreten, der von Gehilfen, Kunden, Buchhändlern – ›und vielleicht Autoren!‹ dachte Lucien – wimmelte.

»Ich möchte Monsieur Vidal oder Monsieur Porchon sprechen«, sagte er zu einem Angestellten.

Er hatte auf dem Schild in großen Buchstaben gelesen: »Vidal & Porchon, Kommissionsbuchhändler für Frankreich und das Ausland«.

»Die Herren sind beide beschäftigt«, antwortete ihm ein Gehilfe. – »Dann warte ich.«

Man ließ den Dichter im Laden stehen, und er stöberte an den Bücherballen herum; zwei Stunden lang beschäftigte er sich damit, die Titel anzusehen, in den Büchern zu blättern und hier und da eine Seite zu lesen. Schließlich lehnte er sich an das Fenster eines Verschlags, das mit kleinen grünen Vorhängen verhüllt war und hinter dem sich seiner Vermutung nach Vidal oder Porchon aufhielten. Da hörte er das folgende Gespräch:

»Wollen Sie mir fünfhundert Exemplare abnehmen? Ich lasse sie Ihnen zu fünf Francs und gebe Ihnen 13/12.« – »Auf welchen Preis kämen sie denn?« – »Auf mindestens sechzehn Sous.« – »Vier Francs vier Sous!« sagte Vidal oder Porchon zu dem, der seine Bücher anbot. – »Ja!« antwortete der Verkäufer. – »In Rechnung?« fragte der Käufer. – »Alter Witzbold! und in anderthalb Jahren möchten Sie dann bezahlen und mir Wechsel auf ein Jahr geben?« – »Nein, sofortige Zahlung«, antwortete Vidal oder Porchon. – »Mit welchem Ziel? Dreiviertel Jahr?« fragte der Buchhändler oder der Autor, der ohne Zweifel ein Buch anbot. – »Nein, mein Lieber, auf ein Jahr!« antwortete der eine der beiden Kommissionsbuchhändler.

Es trat einen Augenblick Schweigen ein.

»Sie schneiden mir den Hals ab!« rief der Unbekannte. – »Aber werden wir denn in einem Jahr fünfhundert Exemplare von ›Léonide‹ unterbringen können?« erwiderte der Kommissionär dem Verleger Victor Ducanges. »Wenn die Bücher so gingen, wie es die Verleger möchten, wären wir Millionäre, lieber Freund; aber sie gehen, wie das Publikum will. Die Romane Walter Scotts werden für achtzehn Sous den Band verkauft, bei Abnahme von drei Bänden das Stück für zwölf Sous, und Sie wollen, daß ich Ihre Schmöker teurer verkaufe? Wenn Sie wollen, daß ich mich für Ihre Romane interessiere, müssen Sie mir besondere Vorteile einräumen. – Vidal!«

Ein starker Mann kam hinter der Kasse hervor und ging mit der Feder hinter dem Ohr in den Verschlag.

»Wieviel Ducange hast du auf deiner letzten Reise angebracht?« fragte ihn Porchon. – »Ich habe zweihundert ›Kleiner Greis von Calais‹[41] abgesetzt; aber ich habe dafür zwei andere Werke halb verschenken müssen, auf die man uns keinen so großen Rabatt gegeben hatte und die nette Krebse geworden sind.«

Später hat Lucien erfahren, daß die Buchhändler die Bezeichnung ›Krebse‹ den Büchern geben, die in der tiefen Einsamkeit ihrer Lagerräume auf den Regalen einstauben.

»Du weißt übrigens«, fing Vidal wieder an, »daß Picard[42] sich ans Romanschreiben machen will. Es werden uns zwanzig Prozent Rabatt auf den Buchhändlerpreis versprochen, um den Erfolg zu sichern.« – »Also gut, auf ein Jahr«, fing nun der Verleger in jämmerlichem Ton wieder an. Die letzte vertrauliche Mitteilung, die Vidal Porchon gemacht hatte, hatte ihn niedergeschmettert. – »Abgemacht?« fragte Porchon kurz und bündig den Unbekannten. – »Ja.«

Der Verleger ging. Lucien hörte, wie Porchon zu Vidal sagte: »Wir haben dreihundert Bestellungen darauf; wir wollen die Bezahlung hinauszögern, wir verkaufen ›Léonide‹ für hundert Sous das Exemplar mit Bezahlung innerhalb von sechs Monaten und . . .« – »Und«, sagte Vidal, »dann haben wir fünfzehnhundert Francs verdient.« – »Oh, ich habe ihm angesehen, daß er in der Klemme ist.« – »Er ruiniert sich! Er zahlt Ducange für zweitausend Exemplare viertausend Francs.«

Lucien öffnete die kleine Tür zu diesem Verschlag und stellte Vidal.

»Meine Herren«, sagte er zu den beiden Kompagnons, »ich habe die Ehre, Sie zu begrüßen.«

Die Buchhändler dankten kaum.

»Ich bin der Verfasser eines Romans aus der französischen Geschichte, nach Art Walter Scotts; der Titel ist: ›Der Bogenschütze Karls IX.‹ Ich möchte Ihnen vorschlagen, ihn zu erwerben.«

Porchon warf einen ausdruckslosen Blick auf Lucien und legte die Feder auf das Pult. Vidal sah unsern Dichter barsch an und antwortete ihm: »Werter Herr, wir sind keine Verleger, wir sind Kommissionäre. Wenn wir Bücher auf eigene Rechnung publizieren, machen wir solche Geschäfte nur mit berühmten Namen. Wir kaufen übrigens nur ernsthafte Bücher, Geschichtswerke, Kompendien.« – »Aber mein Buch ist sehr ernsthaft; es handelt sich darum, den Kampf der Katholiken, die zum Absolutismus hielten, mit den Protestanten, die die Republik einführen wollten, richtig zu beleuchten.« – »Monsieur Vidal!« rief ein Gehilfe.

Vidal schlüpfte hinaus.

»Ihr Buch kann meinetwegen ein Meisterwerk sein«, erwiderte Porchon mit einer ziemlich unhöflichen Handbewegung, »aber wir machen unser Geschäft nur mit gedruckten Büchern. Sie müssen zu Leuten gehen, die Manuskripte kaufen: Papa Doguereau, Rue du Coq, beim Louvre, ist zum Beispiel einer von denen, die in Romanen machen. Wenn Sie eher den Mund aufgetan hätten, hätte ich Sie mit Pollet bekannt machen können; das ist ein Konkurrent von Doguereau und den Buchhändlern in den Galeries de Bois.« – »Ich habe auch noch einen Band Gedichte . . .« – »Monsieur Porchon!« wurde gerufen. – »Gedichte!« rief Porchon zornig. »Wofür halten Sie mich eigentlich?« Er lachte ihm ins Gesicht und verschwand im Hintergrund seines Ladens.

Lucien wurde, als er über den Pont Neuf ging, von tausend Gedanken bestürmt. Was er von dem Kaufmannsrotwelsch verstanden, hatte ihm gesagt, daß für diese Buchhändler die Bücher dasselbe seien, was baumwollene Mützen für Mützenhändler sind, nämlich eine Ware, die man teuer verkauft und billig einkauft. »Ich habe mich an die falsche Adresse gewandt«, sagte er sich, aber er war doch niedergeschlagen über das brutale und materialistische Aussehen, das die Literatur bekommen hatte. In der Rue du Coq hielt er vor einem bescheidenen Laden inne, an dem er oft vorbeigegangen war. Auf dem Schild waren in gelben Lettern auf grünem Grund die Worte zu lesen: ›Doguereau, Buchhändler‹. Er erinnerte sich, diese Worte auf dem Titelblatt verschiedener Romane gelesen zu haben, die er im Lesekabinett von Blosse durchgeblättert hatte. Er trat nicht ohne das innere Zaudern ein, das alle Phantasiemenschen empfinden, wenn sie die Gewißheit haben, vor einem Kampf zu stehen. In dem Laden traf er einen absonderlichen alten Herrn an, eins der Buchhändleroriginale aus der Kaiserzeit. Doguereau trug einen schwarzen Frack mit langen viereckigen Schößen, während es damals modern war, Fräcke in Form von Schellfischschwänzen anzuziehen. Seine buntkarierte Weste war aus gewöhnlichem Stoff; aus ihrer Uhrtasche hingen eine Stahlkette und ein kupferner Schlüssel auf seine bauschige schwarze Kniehose herunter. Die Uhr schien dick wie eine Zwiebel zu sein. Diese Tracht wurde durch dicke, eisengraue Wollstrümpfe und Schuhe mit silbernen Schnallen vervollständigt. Der alte Mann trug den grauhaarigen Kopf unbedeckt, das Haar war in recht poetischer Unordnung. Papa Doguereau, wie ihn Porchon genannt hatte, sah, was den Rock, die Kniehose und die Schuhe betraf, wie ein Professor, und durch die Weste, die Uhr und die Strümpfe wie ein Kaufmann aus. Seine Physiognomie strafte diese absonderliche Verbrüderung nicht Lügen. er hatte das pedantische, doktrinäre, vergrübelte Gesicht eines Gelehrten und die lebhaften Augen, den mißtrauischen Mund, die unbestimmte Unruhe des Buchhändlers.

»Monsieur Doguereau?« fragte Lucien. – »So heiße ich . . .« – »Ich habe einen Roman geschrieben«, sagte Lucien. – »Sie sind recht jung«, antwortete der Buchhändler. – »Mein Alter tut nichts zur Sache.« – »Da haben Sie recht«, sagte der alte Buchhändler und langte nach dem Manuskript. »Ei der Teufel! ›Der Bogenschütze Karls IX.‹, ein guter Titel! Also, junger Mann, sagen Sie mir in zwei Worten, um was es sich handelt.« – »Es ist ein historisches Werk nach der Art Walter Scotts. Der Kampf zwischen den Protestanten und Katholiken wird darin als Kampf zweier Regierungsformen dargestellt; der Thron war damals ernsthaft bedroht. Ich habe Partei für die Katholiken ergriffen.« – »Na ja, junger Mann, das ist schon 'ne Sache. Schön! Ich werde Ihr Werk lesen, ich verspreche es Ihnen. Ein Roman in der Art der Radcliffe[43] wäre mir lieber gewesen; aber wenn Sie geschickt arbeiten, wenn Sie ein bißchen Stil, Erfindung, Ideen haben und über die Kunst, Spannung zu erregen, verfügen, bin ich Ihnen gern zu Diensten. Woran fehlt es uns . . .? An guten Manuskripten!« – »Wann kann ich wiederkommen?« – »Ich fahre heute abend aufs Land, werde übermorgen zurück sein, habe bis dahin Ihr Werk gelesen, und wenn es mir gefällt, können wir noch am selben Tag verhandeln.«

Als Lucien ihn so zugänglich fand, hatte er den unglücklichen Einfall, das Manuskript der ›Margueriten‹ hervorzuziehen.

»Monsieur Doguereau, ich habe hier auch noch einen Band Gedichte . . .« – »Oh! Sie sind Lyriker! Dann will ich von Ihrem Roman nichts mehr wissen«, sagte der alte Herr und hielt ihm das Manuskript hin. »Die Verseschmiede versagen, wenn sie Prosa schreiben wollen. In der Prosa gibt es keine Flickwörter, da muß man unbedingt was sagen.« – »Aber Walter Scott hat doch auch Gedichte geschrieben . . .« – »Da haben Sie recht«, sagte Doguereau, der schon wieder besänftigt war und zudem auch merkte, wie schlecht es dem jungen Mann ging. Er behielt das Manuskript. »Wo wohnen Sie? Ich komme zu Ihnen.«

Lucien gab seine Adresse an, ohne bei dem alten Herrn den geringsten Hintergedanken zu vermuten. Er merkte nicht, daß es sich um einen Buchhändler der alten Schule handelte, um einen Mann aus der Zeit, da die Buchhändler den Wunsch hegten, Voltaire und Montesquieu in einer Dachkammer einschließen zu können und sie fast Hungers sterben zu lassen.

»Mein Rückweg führt mich zufällig durchs Quartier latin«, sagte der alte Verleger zu ihm, nachdem er die Adresse gelesen hatte.

»Ein wackerer Mann«, dachte Lucien, als er sich von dem Buchhändler verabschiedet hatte. »Ich habe also jemanden gefunden, der es mit der Jugend gut meint, einen Kenner, der etwas versteht. Ich lasse es mir nicht nehmen, ich habe von jeher zu David gesagt, das Talent setze sich in Paris leicht durch.«

Lucien ging glücklich und heiter nach Hause. Er träumte von Ruhm. Er dachte nicht mehr an die unheimlichen Worte, die ihm im Kontor von Vidal & Porchon ins Ohr gedrungen waren; er sah sich bereits im Besitz von mindestens zwölfhundert Francs. Für zwölfhundert Francs konnte er ein Jahr in Paris leben. Ein Jahr, in dem er neue Werke schreiben konnte. Wie viele Pläne baute er auf diese Hoffnung! Welch süßen Träumen gab er sich hin, als er ein Leben vor sich sah, das sich auf Arbeit gründete. Er schuf sich ein Heim, das er sich einrichtete, und es hätte wenig gefehlt, daß er nicht jetzt schon einige Anschaffungen gemacht hätte. Er zügelte seine Ungeduld nur durch unausgesetztes Lesen im Lesekabinett von Blosse. Zwei Tage später kam der alte Doguereau, der von dem Stil, mit dem Lucien in seinem Erstlingswerk verschwenderisch umgegangen war, überrascht, von der Übertriebenheit der Charaktere, die im Geiste der Zeit lag, in der die Handlung spielte, entzückt und von der wilden Phantasie, mit der ein junger Autor immer seinen ersten Plan entwirft – er war nicht verwöhnt, der Papa Doguereau –, frappiert war, er kam also in das Hotel, in dem sein Walter Scott in spe wohnte. Er war entschlossen, den ›Bogenschützen Karls IX.‹ für tausend Francs ein für allemal zu erwerben und Lucien durch einen Vertrag für künftige Werke an sich zu binden. Als der alte Fuchs das Hotel sah, überlegte er sich die Sache. – »Ein junger Mann, der hier wohnt, macht nur bescheidene Ansprüche, er liebt das Studium und die Arbeit; ich brauche ihm nur achthundert Francs zu geben.« – Die Wirtin, die er nach Monsieur Lucien de Rubempré fragte, antwortete ihm: »Im vierten Stock.« Der Buchhändler reckte die Nase in die Höhe und nahm über dem vierten Stock nur noch den Himmel wahr. – »Der junge Mann«, dachte er sich, »ist ein hübscher Junge, er ist sogar schön; wenn er zuviel Geld verdient, wird er liederlich und arbeitet nicht mehr. In unser beider Interesse werde ich ihm sechshundert Francs anbieten; aber in barem Geld, keine Wechsel.« – Er stieg die Treppe hinauf und klopfte an Luciens Tür. Lucien öffnete. Die Kammer war zum Verzweifeln kahl. Auf dem Tisch sah er eine Schale Milch und ein kleines Zweisousbrot. Diese Armut des Genies blieb nicht ohne Eindruck auf den wackeren Doguereau.

»Möge er diese einfachen Sitten, diese frugalen Gewohnheiten, diese bescheidenen Bedürfnisse beibehalten«, dachte er. – »Freut mich, Sie daheim zu finden«, sagte er zu Lucien. »Sieh, sieh! ganz wie Jean-Jacques[44]; mit dem haben Sie mehr als eine Ähnlichkeit. In solchen Räumen brennt das Feuer des Genies, da werden die guten Bücher geschrieben. So sollten die Herren Schriftsteller leben, anstatt in den Kaffeehäusern und den Restaurants zu schlemmen, ihre Zeit, ihr Talent und unser Geld zu vergeuden.« Er setzte sich. – »Junger Herr, Ihr Roman ist nicht übel. Ich war Lehrer der Rhetorik, ich kenne die französische Geschichte; es sind famose Stellen in Ihrem Buch. Kurz und gut, Sie haben eine Zukunft.« – »Oh, Monsieur . . .« – »Ja, ja, ich sage es Ihnen ja, wir können Geschäfte zusammen machen; ich kaufe Ihnen den Roman ab . . .«

Luciens Herz blühte auf, er bebte vor Freude, er sollte in die literarische Welt eintreten, sollte endlich gedruckt werden.

»Ich kaufe ihn Ihnen für vierhundert Francs ab«, sagte Doguereau in honigsüßem Tone. Dabei blickte er Lucien auf eine Weise an, die zeigen sollte, daß es sich um einen großmütigen Vorschlag handelte. – »Für den Band?« fragte Lucien. – »Für den ganzen Roman«, erwiderte Doguereau, ohne sich über die Überraschung Luciens zu wundern. »Aber«, fügte er hinzu, »in barem Geld. Sie verpflichten sich, mir sechs Jahre lang jährlich zwei solche zu liefern. Wenn der erste in einem halben Jahr vergriffen ist, zahle ich Ihnen für die folgenden sechshundert Francs. So bekommen Sie also, zwei im Jahr gerechnet, hundert Francs im Monat, haben ein gesichertes Leben und sind glücklich.

Ich habe Autoren, denen ich nur dreihundert Francs für den Roman zahle. Für eine Übersetzung aus dem Englischen gebe ich zweihundert Francs. In früheren Zeiten wäre das ein unerhörter Preis gewesen.« – »Wir können uns nicht verständigen; bitte, geben Sie mir mein Manuskript wieder«, sagte Lucien wie zu Eis erstarrt. – »Hier!« sagte der alte Verleger. »Sie verstehen nichts vom Geschäft. Ein Verleger, der den ersten Roman eines Autors publiziert, riskiert sechzehnhundert Francs für Druck und Papier. Es ist leichter, einen Roman zu schreiben, als eine solche Summe aufzutreiben. Ich habe hundert Romanmanuskripte zu Hause, aber ich habe keine hundertsechzigtausend Francs in der Kasse. Leider habe ich solch eine Summe in den zwanzig Jahren, seit ich Buchhändler bin, nicht verdient. Man wird nicht reich, wenn man Romane druckt. Vidal & Porchon nehmen sie uns nur zu Bedingungen ab, die von Tag zu Tag drückender werden. Sie riskieren Ihre Zeit, aber ich muß zweitausend Francs daranwagen. Wenn es kein Geschäft wird – denn Sie wissen ja, habent sua fata libelli[45] –, verliere ich zweitausend Francs; Sie aber brauchen nichts weiter zu tun, als eine Ode gegen die Dummheit des Publikums zu veröffentlichen. Denken Sie über das nach, was ich die Ehre habe Ihnen zu sagen; Sie werden dann wieder zu mir kommen. – Sie kommen wieder!« wiederholte der Buchhändler nachdrücklich und beantwortete damit eine hochmütige Handbewegung, die Lucien nicht hatte zurückhalten können. »Sie werden nicht nur keinen Verleger finden, der zweitausend Francs für einen unbekannten jungen Mann riskieren will, Sie finden nicht einmal einen Gehilfen, der sich die Mühe nimmt, Ihr Geschreibsel zu lesen. Ich jedoch habe es gelesen und kann Ihnen mehrere Sprachschnitzer nachweisen. Sie haben ›bemerken‹ gesagt, wo es heißen müßte: ›zu bedenken geben‹, und haben ›trotz‹ mit dem Dativ geschrieben: ›trotz‹ regiert den Genetiv.« Lucien schien sehr geknickt. – »Wenn ich Sie wiedersehe, haben Sie hundert Francs verloren«, fügte Doguereau hinzu, »ich gebe Ihnen dann nur noch hundert Taler.« Er stand auf und grüßte, aber auf der Schwelle sagte er noch: »Wenn Sie nicht Talent und Zukunft hätten, wenn ich mich nicht für fleißige junge Leute interessierte, hätte ich Ihnen keine so guten Vorschläge gemacht. Hundert Francs im Monat! Vergessen

Sie es nicht. Schließlich ist ein Roman in der Schublade nicht wie ein Pferd im Stall. Er frißt zwar kein Brot; aber er gibt auch keins!« – Lucien nahm sein Manuskript, warf es zu Boden und rief: »Ich verbrenne es lieber!« – »Sie sind eben ein Dichter!« erwiderte der Alte.

Lucien schlang sein langes Weißbrot hinunter, trank seine Milch aus und ging fort. Sein Zimmer war nicht groß genug; er hätte sich darin um sich selber gedreht wie ein Löwe in seinem Käfig im Jardin-des-Plantes. In der Bibliothek Sainte-Geneviève, in die Lucien gehen wollte, hatte er immer in derselben Ecke einen jungen Mann von ungefähr fünfundzwanzig Jahren sitzen sehen, der mit einer Hingabe und einem Eifer arbeitete, die sich durch nichts ablenken und stören ließen und an denen die richtigen Literaten erkannt werden. Der junge Mann kam sicherlich schon seit langem hin, die Angestellten und sogar der Bibliothekar erwiesen ihm Gefälligkeiten; der Bibliothekar erlaubte ihm, Bücher mitzunehmen, die der unbekannte Studierende, in dem Lucien einen Bruder im Elend und in der Hoffnung auf die Zukunft erkannte, am nächsten Tag wiederbrachte. Jener fleißige Arbeiter war klein, mager und blaß; seine klare Stirn war unter dichtem schwarzem Haar, das wirr hineinhing, fast verborgen; er hatte schöne Hände und lenkte den Blick auch der Gleichgültigen durch eine unbestimmte Ähnlichkeit auf sich, die er mit dem Porträt Bonapartes auf einem Stich nach Robert Lefebvre[46] hatte. Dieser Stich ist ein ganzes Gedicht voll glühender Melancholie, verhaltenem Ehrgeiz, versteckter Energie. Man betrachte ihn gut: es findet sich darin Genie und Zurückhaltung, Zartheit und Größe. Die Augen sind geistvoll, wie Frauenaugen. Der Blick durchdringt den Raum und verlangt nach Schwierigkeiten, die zu besiegen sind. Auch wenn der Name Bonaparte nicht darunterstünde, würde man ihn lange anschauen. Der junge Mann, der diesem Stich so auffallend glich, trug für gewöhnlich eine lange Hose zu Schuhen mit plumpen Sohlen, einen Rock aus grobem Tuch, eine schwarze Binde, eine graue Weste mit weißen Tupfen, die bis oben zugeknöpft war, und einen billigen Hut. Seine Verachtung gegen alles Unnütze bei der Toilette war unverkennbar. Diesen geheimnisvollen Unbekannten, der das Siegel auf der Stirne trug, das der Genius seinen Sklaven aufdrückt, traf Lucien am häufigsten von allen Stammgästen bei Flicoteaux; er aß dort, um zu leben, ohne sich um die Gerichte, mit denen er vertraut schien, zu kümmern, und trank dazu Wasser. In der Bibliothek wie bei Flicoteaux bezeigte er in allem eine Würde, die ihn unzugänglich machte und die zweifellos von dem Bewußtsein herrührte, daß er mit etwas Großem beschäftigt sei. Sein Blick war nachdenklich. Auf seiner schönen, edel geschnittenen Stirn wohnte Besinnlichkeit. Seine lebhaften schwarzen Augen, die gut und schnell sahen, sprachen von der Gewohnheit, den Dingen auf den Grund zu gehen. Er war sparsam in seinen Handbewegungen und bewahrte immer eine ernste Haltung. Lucien empfand unwillkürlich Respekt vor ihm. Schon mehrere Male hatten sie einander, wenn sie sich auf dem Wege zu oder von der Bibliothek oder dem Restaurant trafen, angeblickt, als ob sie gern miteinander gesprochen hätten, aber beide hatten es nicht gewagt. Der schweigsame junge Mann setzte sich immer in den hinteren Teil des Saals, dessen Fenster nach der Place de la Sorbonne gingen, und auf diese Weise hatte Lucien keine Gelegenheit, ihm näherzutreten, obwohl er sich zu diesem jungen Studierenden, an dem sich die undefinierbaren Anzeichen der Überlegenheit geltend machten, hingezogen fühlte. Beide waren, wie sie später entdeckten, keusche, schüchterne Naturen, die sich der Scheu und Zagheit überließen, die für Einsame eine notwendige und sogar angenehme Stimmung sind. Hätten sie einander nicht gerade im Augenblick des Unheils, das Lucien zugestoßen war, unvermutet getroffen, so wären sie vielleicht nie in Verbindung getreten. Als Lucien nämlich in die Rue des Grès einbog, sah er den jungen Unbekannten, der von Sainte-Geneviève zurückkam.

»Die Bibliothek ist geschlossen, ich weiß nicht, warum«, sagte er zu ihm.

In diesem Augenblick hatte Lucien Tränen in den Augen, und er dankte dem Unbekannten mit einer der Gesten, die beredter sind als die Sprache und die von Jüngling zu Jüngling sogleich die Herzen öffnen. Sie gingen zusammen die Rue des Grès hinunter und wandten sich nach der Rue de la Harpe.

»Ich will jetzt im Luxembourg spazierengehen«, sagte Lucien; »wenn man einmal das Haus verlassen hat, ist es nicht leicht, zum Arbeiten heimzugehen.« – »Man ist nicht mehr in seinem rechten Gedankengang«, bemerkte der Unbekannte. »Sie scheinen Kummer zu haben?« – »Ich habe eben ein seltsames Erlebnis gehabt«, sagte Lucien.

Er erzählte von seinem Besuch auf dem Kai und bei dem alten Buchhändler und von den Vorschlägen, die dieser ihm gemacht hatte; er nannte seinen Namen und fügte einige Worte über seine Lage hinzu. Seit ungefähr einem Monat habe er sechzig Francs zur Bestreitung seines Lebensunterhalts ausgegeben, dreißig Francs im Hotel, zwanzig Francs fürs Theater und zehn Francs fürs Lesekabinett, im ganzen hundertzwanzig Francs, und jetzt besitze er nur noch hundertzwanzig Francs.

»Ihre Geschichte«, sagte der Unbekannte zu ihm, »ist die meine und die von tausend jungen Leuten von den zwölfhundert, die jährlich aus der Provinz nach Paris kommen. Wir sind noch nicht die Unglücklichsten. Sehen Sie das Theater da?« fragte er und wies auf den Giebel des ›Odéon‹[47]. »Eines Tages zog in eins der Häuser, die auf dem Platz stehen, ein talentvoller Mann ein, der im tiefsten Elend war; er war, das ist eine Steigerung des Unglücks, die wir beide nicht kennen, verheiratet mit einer Frau, die er liebte; er besaß – man weiß nicht, soll man das ein Glück oder ein Unglück nennen – zwei Kinder; die Schulden fraßen ihn auf, aber er vertraute seiner Feder. Er reicht dem ›Odéon‹ ein fünfaktiges Lustspiel ein; es wird angenommen, es erlangt eine gute Besetzung, die Schauspieler studieren es ein, und der Direktor beschleunigt die Proben. Diese fünf Glücksfälle bilden fünf Dramen, die noch schwieriger darzustellen als fünf Akte zu schreiben sind. Der arme Schriftsteller – er wohnt auf einem Dachboden, den Sie von hier aus sehen können – erschöpft seine letzten Mittel, um während der Einstudierung seines Stücks leben zu können; seine Frau trägt ihre Kleider aufs Leihhaus, die Familie nährt sich nur von Brot. Am Tag der letzten Probe, einen Tag vor der Aufführung, schuldeten sie dem Wirt, dem Bäcker, der Milchfrau, dem Portier fünfzig Francs. Der Dichter hatte nur das unumgänglich Notwendige behalten: einen Rock, ein Hemd, eine Hose, eine Weste und Stiefel. Er war des Erfolgs sicher, küßte seine Frau und sagte ihr, sie stünden jetzt unmittelbar vor dem Ende ihres Elends.

›Endlich steht uns nichts mehr entgegen‹, ruft er aus. – ›Es brennt‹, sagt die Frau, ›sieh nur, das ‚Odéon' brennt!‹ Tatsächlich, das ›Odéon‹ stand in Flammen. Sie dürfen nicht klagen, Monsieur. Sie haben Kleider, Sie haben weder Frau noch Kinder, Sie haben für hundertzwanzig Francs Zufall in der Tasche und sind keinem Menschen etwas schuldig. Das Stück ist später im ›Théâtre Louvois‹[48] hundertfünfzigmal aufgeführt worden. Der König hat dem Verfasser eine Pension bewilligt. Buffon[49] hat gesagt: ›Genie ist Geduld.‹ Die Geduld ist in der Tat das, was beim Menschen am meisten der Methode gleicht, die die Natur in ihren Schöpfungen anwendet. Was ist die Kunst? Nichts als konzentrierte Natur.«

Die beiden jungen Leute gingen jetzt mit großen Schritten im Luxembourg auf und ab. Lucien erfuhr bald den seither berühmt gewordenen Namen des jungen Mannes, der sich bemühte, ihn zu trösten. Es war Daniel d'Arthez, der heute einer der berühmtesten Schriftsteller unserer Zeit ist, einer der seltenen Menschen, die nach dem schönen Wort eines Dichters in sich »ein schönes Talent und einen schönen Charakter« vereinigen.

»Man gelangt nicht billig dazu, ein großer Mann zu werden«, sagte Daniel mit seiner sanften Stimme. »Das Genie begießt seine Werke mit seinen Tränen. Das Talent ist auf geistigem Gebiet ein Geschöpf, das, wie alle lebendigen Wesen, eine Kindheit hat, die von Krankheiten nicht verschont bleibt. Die Gesellschaft stößt die unvollkommenen Talente zurück, wie die Natur die schwachen oder mißgebildeten Geschöpfe vernichtet. Wer sich über die Menschen erheben will, muß sich zu einem Kampf rüsten, darf vor keiner Schwierigkeit zurückschrecken. Ein großer Schriftsteller ist ein Märtyrer, der nicht sterben kann. Damit ist alles gesagt. Sie haben das Siegel des Genies auf der Stirn«, sagte d'Arthez zu Lucien und umfaßte ihn mit einem Blick. »Wenn Sie nicht in der Brust den Willen tragen, wenn Sie nicht die himmlische Geduld besitzen, wenn Sie nicht in dem Augenblick, da die Launen des Geschicks Sie weit vom Ziel wegschleudern, wie die Schildkröten, die, wo immer sie auch sein mögen, den Weg zu ihrem geliebten Meere einschlagen, gleich wieder unverzagt nach Ihrer Unendlichkeit streben, dann geben Sie den Kampf besser gleich heute auf.« – »Sie machen sich also auf Leiden gefaßt?« fragte Lucien. – »Auf Prüfungen aller Art, auf Verleumdung, Verrat, die Ungerechtigkeit meiner Rivalen, auf die Unverschämtheiten, die Schliche, die Geldgier der Händler«, antwortete der junge Mann resigniert. »Wenn unser Werk gut ist, was liegt an einer ersten Niederlage?« – »Wollen Sie das meine lesen und mir Ihr Urteil sagen?« fragte Lucien. – »Gern«, antwortete d'Arthez. »Ich wohne Rue des Quatre-Vents[50], in einem Hause, wo einer der berühmtesten Männer, einer der trefflichsten Geister unserer Zeit, eine Leuchte der Wissenschaft, Desplein, der größte Chirurg, den wir kennen, sein erstes Martyrium durchgemacht und sich mit den ersten Schwierigkeiten des Lebens und des Ruhms in Paris hat herumschlagen müssen. Diese Erinnerung gibt mir jeden Abend die Dosis Mut, die ich jeden Morgen brauche. Ich wohne in dem Zimmer, wo er oft, wie Rousseau, aber ohne eine Thérèse[51], Brot und Kirschen gegessen hat. Kommen Sie in einer Stunde; dann bin ich daheim.«

Die beiden Dichter verabschiedeten sich mit einem Händedruck voll unausgesprochener melancholischer Herzlichkeit. Lucien ging nach Hause, um sein Manuskript zu holen. Daniel d'Arthez trug seine Uhr aufs Leihhaus, um zwei Bündel Holz kaufen zu können, damit sein neuer Freund eine geheizte Stube vorfand, denn es war kalt. Lucien war pünktlich. Das Haus, in dem Daniel wohnte, war noch armseliger als sein Hotel. Man mußte zunächst durch einen düsteren Gang hindurch, an dessen Ende eine dunkle Treppe nach oben führte. Daniels Zimmer lag im fünften Stock; es hatte zwei kleine Fenster, zwischen denen ein Regal aus schwarzem Holz voller Kartons stand, die mit Etiketten beklebt waren. Ein armseliges Bett aus angestrichenem Holz, ähnlich den Pritschen in Alumnaten, ein aus zweiter Hand gekaufter Nachttisch und zwei Lehnstühle mit Roßhaarpolster standen im hinteren Teil dieses Zimmers, dessen schottische Tapete vom Rauch und von der Zeit geschwärzt war. Ein großer, mit vielen Papieren bedeckter Tisch stand zwischen dem Kamin und den beiden Fenstern. Dem Kamin gegenüber befand sich eine elende Mahagonikommode. Ein irgendwo aufgetriebener Teppich lag über den Fußbodenfliesen. Dieser notwendige Luxus ersparte das Heizen. Ein gewöhnlicher Schreibtischstuhl, dessen rotlederner Überzug vom vielen Sitzen blank geworden war, und sechs schäbige Stühle vervollständigten die Einrichtung. Auf dem Kamin bemerkte Lucien einen alten Armleuchter mit Lichtschirm, auf dem vier Wachskerzen steckten. Als Lucien fragte, warum es Wachskerzen seien, da er sonst in allen Dingen die Spuren äußerster Armut wahrnahm, erwiderte ihm d'Arthez, der Geruch der Unschlittkerzen sei ihm unerträglich. Dieser Umstand sprach von großer Sensibilität. Die Vorlesung dauerte sieben Stunden. Daniel hörte, ohne ein Wort zu sagen oder eine Bemerkung zu machen, andächtig zu – ein Zeichen guten Tons, wie er sich bei Schriftstellern nur selten findet.

»Nun?« fragte Lucien und legte das Manuskript auf den Kaminsims. – »Sie sind auf einem schönen und guten Weg«, antwortete der junge Mann ernst; »aber Ihr Werk muß gefeilt werden. Wenn Sie kein Nachäffer Walter Scotts sein wollen, müssen Sie sich eine andere Technik schaffen: Sie haben ihn nachgeahmt. Sie beginnen wie er mit langen Gesprächen, um Ihre Gestalten einzuführen; wenn sie geplaudert haben, gehen Sie zur Milieuschilderung und zur Handlung über. Das Gegeneinanderwirken der Kräfte, das jedem Werk, das dramatisch wirken soll, so notwendig ist, kommt bei Ihnen an letzter Stelle. Grade umgekehrt müssen Sie es machen. Ersetzen Sie diese weitschweifigen Gespräche, die bei Scott prächtig, aber bei Ihnen farblos sind, durch Beschreibungen, für die unsere Sprache so trefflich geeignet ist. Der Dialog sollte bei Ihnen die erwartete Konsequenz sein, die Ihre Vorbereitungen krönt. Setzen Sie sofort mit der Handlung ein. Fassen Sie Ihren Stoff bald von der Seite und bald von hinten an; mit einem Wort: Ihre Darstellung muß mannigfaltiger werden, und Sie dürfen nicht immer in derselben Manier verharren. Dann nämlich können Sie etwas Neues geben, obwohl Sie die Form des dialogisierten Dramas des Schotten auf die französische Geschichte anwenden. Walter Scott ist ohne Leidenschaft, er kennt sie nicht, oder vielleicht wird sie ihm von den heuchlerischen Sitten seines Landes verboten. Für ihn ist die Frau die verkörperte Pflicht. Seine Heldinnen sind, mit seltenen Ausnahmen, immer dieselben; er hat, wie die Maler sagen, für sie nur ein einziges Modell gehabt. Sie stammen alle von Clarissa Harlowe[52] ab; er hat sie alle auf einen Nenner gebracht und konnte so nur Exemplare des nämlichen Typus hinstellen, die durch ein mehr oder weniger lebhaftes Kolorit variiert sind. Die Frau trägt durch die Leidenschaft die Unordnung in die Gesellschaft. Die Leidenschaft hat unendlich viele Abstufungen. Schildern Sie doch die Leidenschaften, dann erschließen sich Ihnen die unversiegbaren Quellen, deren sich dieser große Geist beraubt hat, um in allen Familien des prüden England gelesen zu werden. In Frankreich finden Sie in der leidenschaftlichsten Periode unserer Geschichte die reizenden Sünden und die glänzenden Sitten des Katholizismus im Gegensatz zu den düsteren Gestalten des Calvinismus. Die Regierung eines jeden Königs von Karl dem Großen an erfordert mindestens einen Roman und manchmal vier oder fünf, wie zum Beispiel die Ludwigs XIV., Heinrichs IV. und Franz' I. Auf diese Weise schreiben Sie eine pittoreske Geschichte Frankreichs, in der Sie die Möbel, die Häuser, die Einrichtungen, das Privatleben schildern und dabei den Geist der Zeit darstellen, anstatt daß sie bekannte Tatsachen peinlich genau nacherzählen. Sie haben ein Mittel, originell zu sein, indem Sie nämlich mit den herkömmlichen Irrtümern aufräumen, durch die die meisten unserer Könige entstellt geschildert werden. Wagen sie es in Ihrem ersten Werk, die große, prächtige Gestalt der Katharina von Medici, die Sie den über sie noch im Umlauf befindlichen Vorurteilen geopfert haben, wiederherzustellen. Schildern Sie endlich Karl IX., wie er war, und nicht, wie die protestantischen Schriftsteller ihn dargestellt haben. Nach zehn Jahren ausdauernder Arbeit werden Ihnen Ruhm und Glück blühen.«

Es war neun Uhr geworden. Lucien bezeigte sich ebenso edelmütig, wie es ohne sein Wissen sein künftiger Freund am Vormittag gewesen war, und bot ihm an, mit ihm bei Edon[53] zu essen, wo er zwölf Francs ausgab. Während jenes Abendessens vertraute Daniel Lucien das Geheimnis seiner Hoffnungen und seiner Studien an. D'Arthez erkannte kein außerordentliches Talent an, das nicht ein tiefes metaphysisches Wissen besaß. Er machte jetzt gerade Exzerpte aus allen philosophischen Schätzen der alten und neuen Zeit, um sie sich anzueignen. Er wollte, wie Molière, ein tiefer Philosoph sein, ehe er Komödien schrieb. Er studierte die geschriebene und die lebendige Welt, die Welt des Denkens und der Tatsachen. Er hatte gelehrte Naturforscher, junge Mediziner, politische Schriftsteller und Künstler zu Freunden, eine Gesellschaft von eifrigen, ernsthaften jungen Männern voller Zukunft. Er lebte von gewissenhaften und schlecht bezahlten Artikeln für biographische, enzyklopädische oder naturwissenschaftliche Lexika, von denen er nur so viele schrieb, wie nötig waren, um sein Leben zu fristen und denken zu können. D'Arthez arbeitete an einer Dichtung, die er lediglich begonnen hatte, um die Möglichkeiten der Sprache zu ergründen. Dieses Buch, das noch unvollendet war und das er nach Laune vornahm oder liegen ließ, wollte er für Tage großer Not aufsparen. Es war ein psychologisches Werk von großer Tragweite, in Form eines Romans. Obwohl Daniel sehr bescheiden von sich und seinem Schaffen sprach, schien er für Lucien ein Riese zu sein. Als sie um elf Uhr das Restaurant verließen, hatte Lucien für diese Tugend ohne Pathos, für diesen Charakter, der gar nicht wußte, wie erhaben er war, lebhafte Freundschaft gefaßt. Der Dichter mäkelte nicht an den Ratschlägen Daniels, er befolgte sie buchstäblich. Dies schöne Talent, das bereits durch Nachdenken und durch eine einsiedlerische, nicht für die Öffentlichkeit, sondern nur für sich selbst bestimmte Kritik gereift war, hatte ihm plötzlich das Tor zu den herrlichsten Phantasieschlössern eröffnet. Die Lippen des Provinzlers waren mit glühender Kohle berührt worden, und das Wort des Pariser Schaffenden fand in dem Hirn des Dichters aus Angoulême einen gut vorbereiteten Boden. Lucien machte sich daran, sein Werk von Grund aus umzuarbeiten.

Unser großer Mann aus der Provinz war glücklich, in der Wüste Paris ein Herz und ein edles Gemüt gefunden zu haben, das mit seinem harmonierte; er tat, was alle jungen Leute tun, die nach Freundschaft dürsten: er klammerte sich wie eine chronische Krankheit an d'Arthez, er holte ihn ab, um mit ihm zur Bibliothek zu gehen, ging mit ihm an schönen Tagen im Luxembourg spazieren, aß mit ihm bei Flicoteaux und begleitete ihn dann jeden Abend bis zu seiner armseligen Wohnung; kurzum, er drängte sich an ihn, wie ein Soldat in den eisigen Steppen Rußlands sich an seinen Nebenmann gedrängt hat. Während der ersten Tage seiner Bekanntschaft mit Daniel bemerkte Lucien, nicht ohne Kummer, eine gewisse Verlegenheit, die durch seine

Anwesenheit verursacht wurde, wenn die Intimen beisammen saßen. Die Unterhaltungen dieser überlegenen Männer, von denen ihm d'Arthez bestimmt und begeistert gesprochen hatte, hielten sich in den Schranken einer Zurückhaltung, die zu den deutlichen Bekundungen ihrer lebhaften Freundschaft nicht recht stimmen wollte. Lucien ging dann unauffällig fort, nicht ohne eine Art Schmerz über sein Ausgeschlossensein und auch über die unbefriedigte Neugier, die jene Unbekannten in ihm erregten; denn alle redeten einander lediglich mit ihren Vornamen an. Alle trugen wie d'Arthez auf der Stirn das Zeichen einer besonderen Begabung. Nach geheimen Kämpfen, die Daniel, ohne daß Lucien es wußte, zu seinen Gunsten zu führen hatte, wurde er endlich für würdig befunden, in diese Gemeinschaft großer Geister aufgenommen zu werden. Lucien war fortan in der Lage, jenen Männern näherzutreten, die durch die lebhaftesten Sympathien, durch den Ernst ihres geistigen Daseins miteinander verbunden waren und die sich fast jeden Abend bei d'Arthez versammelten. Alle ahnten in diesem den großen Schriftsteller: sie betrachteten ihn als ihr Oberhaupt, seit sie einen der außerordentlichsten Geister dieser Zeit, ein mystisches Genie, ihren ehemaligen Führer, verloren hatten; jener war aus Gründen, die nicht hierher gehören, in seine Provinz zurückgekehrt; Lucien hörte oft von ihm unter dem Namen Louis[54] reden. Es dürfte verständlich sein, daß diese bedeutenden Menschen das Interesse und die Neugier eines Dichters erregen mußten, zumal wenn man sich an diejenigen unter ihnen erinnert, die seither, wie d'Arthez, den Vollglanz ihres Ruhmes erreicht haben; denn mehrere von ihnen gingen unter.

Unter denen, die noch leben, befand sich Horace Bianchon, der damals Assistenzarzt am Hôtel-Dieu[55] war und seitdem eine der Leuchten der Pariser medizinischen Schule und zu bekannt geworden ist, als daß es nötig wäre, seine Person zu schildern oder von seinem Charakter und der Natur seines Geistes des längeren zu sprechen. Dann kam Léon Giraud, der tiefe Philosoph, der kühne Theoretiker, der alle Systeme aufrührt, sie untersucht, zum Ausdruck bringt, formuliert und zu Füßen seines Idols, der Menschheit, niederlegt: immer groß, selbst in seinen Irrtümern, die durch seinen guten Glauben geadelt werden. Dieser unermüdliche Forscher, dieser gewissenhafte Gelehrte ist das Haupt einer moralischen und politischen Schule geworden, über deren Verdienst die Zeit allein urteilen kann. Wenn seine Überzeugungen ihm ein Schicksal in Regionen bereiteten, die denen seiner Kameraden fremd blieben, so ist er nichtsdestoweniger ihr treuer Freund geblieben. Die Kunst war durch Joseph Bridau, einen der besten Maler der jungen Schule, vertreten. Wenn das geheime Unglück nicht wäre, zu dem ihn eine zu eindrucksfähige Natur verdammt, hätte Joseph, dessen letztes Wort übrigens noch nicht gesprochen ist, ein Fortsetzer der großen Meister der italienischen Schule werden können: er verfügt über das Zeichentalent der Römer und den Farbenausdruck der Venezianer; aber die Liebe tötet ihn; sie durchbohrt nicht nur sein Herz, die Liebe verwirrt auch seinen Geist, bringt sein Leben in Unordnung und veranlaßt ihn zu den absonderlichsten Seitensprüngen. Wenn seine jeweilige Geliebte ihn zu glücklich oder zu elend macht, schickt Joseph entweder Skizzen zur Ausstellung, auf denen die Farbe die Zeichnung belastet, oder Bilder, die er unter der Last der eingebildeten Schmerzen vollenden wollte und auf denen ihn die Zeichnung so vorwiegend beschäftigt hat, daß die Farbe, über die er willkürlich verfügt, kaum zu erkennen ist. Er täuscht fortwährend sowohl das Publikum als auch seine Freunde. Hoffmann[56] hätte ihn um seiner witzigen Einfälle willen, die er, kühn genug, in seiner Kunst zum Ausdruck bringt, seiner Launen und seiner Phantasie wegen vergöttert. Wenn er ganz er selber ist, erntet er Bewunderung, genießt sie und ist dann verwundert, wenn er für die mißglückten Werke kein Lob erhält, da die Augen seiner Seele in ihnen alles sehen, was für das Auge des Publikums nicht vorhanden ist. Er ist im höchsten Maße grillenhaft, und seine Freunde haben ihn ein fertiges Bild vernichten sehen, auf dem er die Luft zu deutlich gemalt fand. – »Zu vollendet«, sagte er, »zu schülerhaft!« – Immer originell und manchmal wundervoll, wie er ist, wirkt sich in ihm das ganze Glück und das ganze Unglück nervöser Naturen aus, bei denen der Vollkommenheitsdrang in Krankheit ausartet. Sein Geist ist der Bruder von Sternes[57] Geist, obwohl er sich nicht literarisch betätigt. Seine Worte, seine Einfälle sind über die Maßen köstlich. Er ist beredt und weiß zu lieben, aber nie ohne Launen, die er gleichermaßen in das Empfindungsleben wie in sein Schaffen trägt. Er war dem Freundeskreis gerade um der Eigenschaften willen lieb, die die bürgerliche Welt als seine Fehler bezeichnet hätte. Schließlich war noch Fulgence Ridal da, einer der Schriftsteller unserer Zeit, die einen ausgesprochenen Sinn für Komik haben, ein Dichter, der sich um den Ruhm nicht kümmerte und auf das Theater nur seine vulgärsten Produkte brachte, während er die entzückendsten Szenen in der Geheimkammer seines Hirns für sich selber oder für seine Freunde bewahrte; der vom Publikum nur so viel Geld verlangte, wie er für seine Unabhängigkeit brauchte, und der keinen Strich mehr schreiben wollte, sobald er es hätte. Er war faul und fruchtbar wie Rossini, war, wie die großen komischen Dichter, wie Molière und Rabelais, gezwungen, alle Dinge von beiden Seiten zu betrachten; er war Skeptiker, konnte lachen und lachte über alles. Fulgence Ridal ist ein großer praktischer Philosoph. Seine Weltweisheit, seine Beobachtungsgabe, seine Verachtung des Ruhms, den er ein Possenspiel nennt, haben sein Herz durchaus nicht ausgedörrt. Er ist ebenso tätig für einen andern, wie er gegen seine eigenen Interessen gleichgültig ist, und wenn er sich in Bewegung setzt, geschieht es für einen Freund. Er straft sein eines Rabelais würdiges Aussehen nicht Lügen, ist durchaus kein Verächter von gutem Essen und Trinken, läuft ihm aber nicht nach; er ist zugleich melancholisch und heiter; seine Freunde nennen ihn den Regimentshund, und nichts schildert ihn treffender als dieser Spitzname. Drei andere, die mindestens ebenso bedeutend waren wie diese vier Freunde, deren Profil hier gezeichnet worden ist, mußten einer nach dem andern zugrunde gehen. Zuerst Meyraux, der starb, nachdem er den berühmten Streit zwischen Cuvier[58] und Geoffroy Saint-Hilaire[59] erregt hatte, die große Frage, die die wissenschaftliche Welt zwischen diese beiden ebenbürtigen Gegner teilen sollte. Meyraux starb einige Monate früher als der Mann (= Cuvier, Anmerkung des Übersetzers), der für eine sich beschränkende und analytische Wissenschaft gegen jenen Pantheisten eintrat, der noch lebt und den Deutschland verehrt[60]. Meyraux war der Freund jenes Louis, den bald ein allzu früher Tod der wissenschaftlichen Welt entreißen sollte. Diesen beiden Männern, die beide vom Tod gezeichnet waren und heutzutage trotz der außerordentlichen Spannweite ihres Wissens und ihres Geistes unbekannt sind, muß man Michel Chrestien hinzufügen, einen geistesstarken Republikaner, der von der Föderation Europas träumte und im Jahre 1830 in der geistigen Bewegung der Saint-Simonisten[61] eine große Rolle spielte. Michel Chrestien war ein Politiker von der Kraft eines Saint-Just und Danton, aber dabei schlicht und zart wie ein junges Mädchen, voller Illusionen und voller Liebe; er besaß eine melodische Stimme, die Mozart, Weber[62] oder Rossini entzückt hätte, und hatte eine bezaubernde Art voll Poesie, Liebe und Hoffnungsfreudigkeit, gewisse Lieder Bérangers[63] zu singen. Dabei war er arm wie Lucien, wie Daniel, wie alle seine Freunde und fristete sein Leben mit der Unbekümmertheit eines Diogenes. Er verfertigte Register für große Werke, Prospekte für die Verleger und war im übrigen über seine Anschauungen und Theorien so verschwiegen wie ein Grab über die Geheimnisse des Todes. Dieser fröhliche Vagabund des Geistes, dieser begabte Politiker, der vielleicht das Antlitz der Welt umgestaltet hätte, fiel als einfacher Soldat im Kloster Saint-Merri[64]. Die Kugel irgendeines Krämers tötete da eines der edelsten Geschöpfe, die je auf französischem Boden lebten. Michel Chrestien starb nicht für seine eigenen Anschauungen. Sein Föderationsgedanke bedrohte die europäische Aristokratie weit mehr, als es die republikanische Propaganda tat; sie war rationeller und weniger toll als die schauderhaften Ideen von unbegrenzter Freiheit, die die jungen Toren verkünden, die sich als Erben des Konvents gebärden. Dieser edle Plebejer wurde von allen, die ihn kannten, betrauert; es lebt keiner von ihnen, der nicht oft an diesen unbekannten großen Politiker zurückdenkt.

Diese neun Männer bildeten zusammen einen Kreis, in dem Achtung und Freundschaft Frieden zwischen den entgegengesetztesten Meinungen und Theorien geboten. Daniel d'Arthez, ein Edelmann aus der Pikardie, vertrat mit der gleichen Überzeugung den Monarchismus, wie Michel Chrestien seinen europäischen Föderalismus; Fulgence Ridal machte sich über die philosophischen Theorien von Léon Giraud lustig, der seinerseits d'Arthez das Ende des Christentums und der Familie voraussagte. Michel Chrestien, der an die Religion Christi, des göttlichen Gesetzgebers und Predigers der Gleichheit, glaubte, verteidigte die Unsterblichkeit der Seele gegen das Seziermesser Bianchons, der ein scharfer Kritiker par excellence war. Sie diskutierten, aber sie stritten nie. Sie besaßen keinerlei Eitelkeit, da sie selber ihre einzigen Zuhörer waren. Sie teilten einander ihre Arbeiten mit und erteilten sich mit der wundervollen Loyalität der Jugend gute Ratschläge. Handelte es sich um eine ernsthafte Angelegenheit, so vertrat der Gegner seine Meinung nicht weiter, sondern ging auf die Gedanken seines Freundes ein und war um so mehr bereit, ihm zu helfen, als er in einer Sache oder bei einem Werke, das abseits seiner eigenen Ideen lag, unparteiisch sein konnte. Fast allen war ein sanfter, duldsamer Geist gemeinsam, zwei Eigenschaften, die für ihre Überlegenheit zeugten; der Neid, diese schreckliche Zuflucht unserer getäuschten Hoffnungen, unserer verkümmerten Talente, unserer Mißerfolge, unserer gekränkten Eitelkeit, war ihnen unbekannt. Überdies ging jeder seinen eigenen Weg. Daher fühlten sich auch alle, die, wie Lucien, in ihre Gesellschaft aufgenommen wurden, wohl bei ihnen. Das wahre Talent ist immer gutmütig und treuherzig, offen, ohne Pedanterie; ein Epigramm von ihm schmeichelt dem Geist und trifft nie die Eigenliebe. War erst einmal die Scheu, die der Respekt verursachte, überwunden, so verbrachte man entzückende Stunden mit diesen erlesenen jungen Leuten. Der trauliche Verkehr verminderte nie die Gewißheit, die jeder von seinem Wert besaß, jeder empfand die tiefste Achtung vor seinem Gefährten; kurzum, da jeder sich imstande fühlte, bald der Gebende, bald der Nehmende zu sein, nahmen sie ohne alle Umstände voneinander an. Die Unterhaltungen waren immer reizvoll und nie ermüdend und erstreckten sich auf die mannigfaltigsten Gegenstände. Die feingeschliffenen Worte waren leicht wie Pfeile, schwirrten schnell und drangen tief ein. Die große äußere Not und jener Glanz des geistigen Reichtums standen in einem seltsamen Gegensatz. Niemand in diesem Kreis dachte anders an die Wirklichkeiten des Lebens, als um heiteren Scherz damit zu treiben. An einem Tag, da vor der Zeit Kälte eingetreten war, waren fünf Freunde von d'Arthez, als sie zu ihm kamen, auf denselben Gedanken gekommen; alle fünf brachten unter ihren Mänteln Holz mit – wie bei den Picknicks, wo jeder ein Gericht mitbringen soll und alle eine Pastete bringen. Es eignete ihnen samt und sonders jene Schönheit des Geistes, die auf die äußeren Formen einwirkt und die nicht weniger als das Arbeiten und die Nachtwachen den jungen Gesichtern einen himmlischen Glanz verleiht; sie hatten jene ein wenig gequälten Züge, die von der Reinheit des Lebens und vom Feuer des Gedankens herrühren. Sie alle hatten echte hohe Dichterstirnen. Ihre lebhaften, glänzenden Augen zeugten für ein fleckenloses Leben. Die Leiden des Elends wurden von allen so heiter ertragen und mit einer solchen Bereitschaft angenommen, daß sie nichts an dem Frohsinn änderten, der den Gesichtern junger Menschen, die noch von gefährlichen Lastern frei sind, eigen ist. Sie hatten sich in keinen der erbärmlichen Kompromisse eingelassen, die infolge schlecht ertragener Not, dem Wunsch, gleichviel durch welches Mittel ans Ziel zu gelangen, und der gefälligen Nachsicht, mit der die Literaten Verrat und Schlechtigkeit hinnehmen oder verzeihen, so viele Menschen verderben. Was Freundschaften unauflöslich macht und ihren Reiz verdoppelt, ist ein Gefühl, das der Liebe fehlt: nämlich die Sicherheit. Jene jungen Leute waren sich ihrer selbst gewiß: der Feind des einen wurde der Feind aller; sie hätten ihre wichtigsten Interessen verleugnet, um ihrer heiligen Herzensgemeinschaft zu dienen. Keiner von ihnen war einer Erbärmlichkeit fähig, und jeder konnte jeglicher Anschuldigung ein gewaltiges Nein entgegensetzen und den andern zuversichtlich verteidigen. Sie besaßen den gleichen Herzensadel und die gleiche Kraft in allem, was das Gefühl betraf, und so konnten sie auf dem Gebiete der Wissenschaft und der Intelligenz alles denken und einander alles sagen; daher rührte die Unschuld ihres Verkehrs miteinander, die Heiterkeit ihrer Rede. Sie waren sicher, einer den anderen zu verstehen, und so konnte ihr Geist nach Belieben abschweifen; so machten sie auch keinerlei Umstände miteinander, vertrauten sich ihre Schmerzen und Freuden an und dachten und litten aus vollem Herzen. Die bezaubernde Zartheit, die aus der ›Fabel von den beiden Freunden‹[65] einen Schatz für große Seelen macht, war ihnen etwas Selbstverständliches. Ihre Strenge, wenn es sich darum handelte, ob ein Neuling in ihren Kreis zugelassen werden sollte, ist begreiflich: sie hatten zu sehr das Bewußtsein ihrer Größe und ihres Glücks, als daß sie es durch die Zulassung neuer, unbekannter Elemente hätten stören lassen wollen.

Dieser Bund des Gefühls und der gemeinsamen Interessen dauerte ohne Störung oder Irrung zwanzig Jahre hindurch. Einzig der Tod, der ihnen Louis Lambert, Meyraux und Michel Chrestien nahm, konnte diese edle Plejade verkleinern. Als im Jahre 1832 dieser Letztgenannte sein Ende fand, begaben sich Horace Bianchon, Daniel d'Arthez, Léon Giraud, Joseph Bridau und Fulgence Ridal trotz der Gefahr, die dieser Gang heraufbeschwor, nach Saint-Merri, um dort seinen Leichnam zu holen und ihm ohne Rücksicht auf die bedrohliche politische Lage die letzten Ehren zu erweisen. Sie bestatteten die geliebten Überreste nachts auf dem Friedhof Père-Lachaise. Horace Bianchon überwand, was diese Angelegenheit betrifft, alle Schwierigkeiten und wich vor keiner zurück; er suchte die Minister auf und verleugnete seine alte Freundschaft für den verstorbenen Föderalisten nicht. Es war eine rührende Szene, und sie ist unaustilgbar im Gedächtnis der wenigen Freunde eingegraben, die ihr zusammen mit den fünf berühmten Männern beigewohnt haben. Wer sich auf den gepflegten Friedhof begibt, findet dort ein Grab, das für alle Zeit erworben wurde. Aus dem Rasen erhebt sich ein schwarzes Holzkreuz, auf dem in roten Lettern der Name Michel Chrestien steht. Es ist das einzige Denkmal dieser Art auf diesem vornehmen Friedhof. Die fünf Freunde waren der Meinung, man müsse diesem schlichten Menschen mit solcher Einfachheit huldigen. –

In jener kalten Mansarde verwirklichten sich also die schönsten Träume des Herzens. Da kamen Brüder zusammen, die sich alle auf den verschiedenen Gebieten der Wissenschaft auszeichneten, belehrten einander gegenseitig voll guten Willens und sagten sich alles, sogar ihre schlechten Gedanken. Alle besaßen ein umfangreiches Wissen, und alle waren im Schmelzofen des Elends erprobt. Nachdem Lucien einmal unter diese erlesenen Männer aufgenommen und von ihnen als ebenbürtig anerkannt worden war, vertrat er unter ihnen die Poesie und die Schönheit. Er pflegte Sonette vorzulesen, die bewundert wurden. Man bat ihn um ein Sonett, wie man Michel Chrestien aufforderte, ein Lied zu singen. So fand Lucien in der Wüste Paris in der Rue des Quatre-Vents eine Oase.

Anfang Oktober hatte Lucien sein letztes Geld dazu verwandt, sich etwas Holz zu verschaffen, und nun stand er inmitten der eifrigsten Arbeit an der Umgestaltung seines Werks mittellos da. Daniel d'Arthez heizte mit Torf und ertrug heldenhaft seine Not: er klagte nicht, er hielt Ordnung wie eine alte Jungfer und glich einem Geizigen, so vortrefflich verstand er sich aufs Einteilen. Dieser Mut feuerte Lucien an, der als Neuling in diesem Kreis eine unüberwindliche Abneigung hegte, von seinem Elend zu sprechen. Eines Morgens ging er in die Rue du Coq, um Doguereau seinen ›Bogenschützen Karls IX.‹ zu verkaufen, traf ihn aber nicht an. Lucien wußte nicht, wieviel Nachsicht große Geister besitzen. Jeder seiner Freunde hatte Verständnis für die Schwächen, die den Dichtern eigen sind; sie wußten um die Depressionen, die dem Aufschwung einer Seele zu folgen pflegen, welche durch die Betrachtung der Natur und deren dichterische Neugestaltung überreizt ist. Jene Männer, die in ihrem eigenen Ungemach so stark waren, bezeigten sich sehr mild angesichts der Schmerzen Luciens. Sie hatten seinen Geldmangel bemerkt. Der Zirkel krönte also seine schönen Abende, die mit Plaudereien, mit tiefen Betrachtungen, mit Poesie und trauten Bekenntnissen, mit Flügen in die Gefilde des Geistes, in die Zukunft der Völker, in die Gebiete der Geschichte angefüllt waren, mit einem Zug, der bewies, wie schlecht Lucien seine neuen Freunde gekannt hatte.

»Lucien, lieber Freund«, sagte Daniel zu ihm, »du bist gestern nicht zu Flicoteaux zum Essen gekommen, und wir wissen warum.« Lucien konnte die Tränen, die ihm über die Wangen rollten, nicht zurückhalten. »Es hat dir an Vertrauen zu uns gefehlt«, sagte Michel Chrestien zu ihm; »wir werden ein Kreuz auf den Kamin machen, und wenn wir zu zehnt sind ...« – »Wir haben alle«, unterbrach Bianchon, »irgendeine unerwartete Tätigkeit gefunden: ich habe für Desplein einen reichen Kranken gepflegt; d'Arthez hat einen Artikel für die Revue Encyclopédique[66] geschrieben; Chrestien wollte eines Abends in den Champs-Elysées mit einem Taschentuch und vier Kerzen als

Bänkelsänger auftreten, aber er hat eine Broschüre für jemanden zu schreiben bekommen, der Politiker werden will, und hat ihm für sechshundert Francs Machiavelli geliefert; Léon Giraud hat bei seinem Verleger fünfzig Francs Vorschuß bekommen; Joseph hat Skizzen verkauft, und Fulgence hat am Montag sein Stück aufführen lassen und hat ein volles Haus gehabt.« – »Hier sind zweihundert Francs«,sagte Daniel, »nimm sie, und tu's nicht wieder.« – »Jetzt tut er gar, als wolle er uns auch noch um den Hals fallen, als ob wir etwas Besonderes getan hätten«, sagte Chrestien.

Damit begreiflich wird, welche Wonnen Lucien im Kreise dieser lebendigen Enzyklopädie hervorragender Geister empfand, unter diesen jungen Männern, von denen jeder eine besondere Eigenart besaß, die er aus seiner besonderen wissenschaftlichen Tätigkeit zog, dürfte es genügen, die Antworten mitzuteilen, die Lucien am Tag darauf auf einen Brief bekam, den er an seine Familie geschrieben hatte; es war ein Meisterstück an Sensibilität und gutem Willen gewesen, ein schrecklicher Aufschrei, den ihm seine Not entpreßt hatte:

David Séchard an Lucien

»Lieber Lucien! Beiliegend findest Du einen Wechsel auf Deine Order, nach neunzig Tagen zahlbar, über zweihundert Francs. Du kannst ihn bei dem Papierhändler Monsieur Métivier, unserm Geschäftsfreund in Paris in der Rue Serpente, einlösen. Lieber Lucien, wir haben absolut nichts. Meine Frau hat die Leitung der Druckerei übernommen und entledigt sich ihrer Aufgabe mit einer solchen Hingabe, Geduld und Energie, daß ich den Himmel segnen muß, der mir einen solchen Engel geschenkt hat. Sie selber hat festgestellt, daß es unmöglich für uns ist, Dir den geringsten Beistand zu leisten. Aber, lieber Freund, ich sehe Dich auf einem so guten Wege, Du wirst dabei von so großen, edlen Seelen begleitet, daß Du, unterstützt von solchen fast göttlichen Geistern wie Daniel d'Arthez, Michel Chrestien und Léon Giraud, beraten von Bianchon, Meyraux und Ridal, die wir alle aus Deinem lieben Brief kennengelernt haben, Dein schönes Ziel sicher erreichen wirst. Ohne daß es Eve weiß, habe ich also diesen Wechsel unterschrieben, den ich am Tage der Fälligkeit irgendwie hoffe einlösen zu können. Weiche nicht von Deinem Wege ab: er ist rauh, aber er wird Dich zum Ruhm geleiten. Ich würde lieber tausend Übel erleiden, als daß ich denken müßte, Du seiest in dem Morast von Paris versunken, in den ich so viele habe geraten sehen. Behalte den Mut weiterhin, die anrüchigen Stätten, die bösen Menschen, die Leichtsinnigen und gewisse Literaten zu meiden, die ich während meines Pariser Aufenthalts ihrem wahren Wesen nach kennengelernt habe. Kurz, sei der würdige Jünger der erhabenen Geister, die Du meinem Herzen nahegebracht hast. Dein Verhalten wird bald seinen Lohn finden. Leb wohl, geliebter Bruder; Du hast mir das Herz erquickt, ich hatte von Dir nicht so viel Mut erwartet. David.«

Eve Séchard an Lucien

»Mein Lieber! Dein Brief hat uns alle zum Weinen gebracht. Die edlen Herzen, zu denen Dich Dein guter Engel geleitet hat, sollen es wissen: eine Mutter, eine arme junge Frau beten abends und morgens für sie; und wenn die glühendsten Gebete bis zu Gottes Thron zu dringen vermögen, dann wird es ihnen allen wohlergehen. Ja, lieber Bruder, ihre Namen sind in mein Herz eingegraben. Oh! ich werde sie eines Tages kennenlernen. Ich werde, und müßte ich zu Fuß gehen, ihnen für ihre Freundschaft zu Dir danken, die wie ein Balsam auf meine Wunden war. Hier, mein Lieber, arbeiten wir als arme Handwerker. Mein Mann, dieser unbekannte große Mann, den ich jeden Tag mehr liebe, weil ich immer neue Schätze in seinem Herzen entdecke, kümmert sich kaum noch um seine Druckerei, und ich ahne warum: Deine und unsere Not und die unserer Mutter würgen an ihm. Unser geliebter David wird, wie Prometheus, von einem Geier zerfleischt, von einem bitteren Kummer mit scharfem Schnabel. An sich selber denkt der Edle fast gar nicht; er hofft auf ein großes Vermögen. Er verbringt den ganzen Tag damit, Experimente über die Herstellung von Papier zu machen; er hat mich gebeten, an seiner Stelle das Geschäft weiterzuführen, wobei er mich unterstützt, soweit es seine Beschäftigung zuläßt. Leider, muß ich sagen, bin ich guter Hoffnung. Dieses Ereignis, das mich überglücklich gemacht hätte, stimmt mich traurig in der Lage, in der wir uns befinden. Meine arme Mutter ist wieder jung geworden; sie hat neue Kräfte für die Ausübung ihres anstrengenden Berufs als Krankenpflegerin gefunden. Wenn wir keine Geldsorgen hätten, wären wir glücklich. Der alte Séchard will seinem Sohn keinen Liard geben; David war zu ihm gegangen, um eine Kleinigkeit bei ihm zu borgen, um Dir helfen zu können, denn Dein Brief hatte ihn ganz verzweifelt gemacht. ›Ich kenne Lucien, er wird den Kopf verlieren und Dummheiten machen‹, sagte er. Ich habe sehr mit ihm gescholten. – ›Mein Bruder sollte irgendeine Verfehlung begehen ...?‹ habe ich ihm geantwortet. ›Lucien weiß, daß ich darüber vor Kummer stürbe.‹ Mutter und ich haben, ohne daß David es ahnt, einige Sachen versetzt; Mutter löst sie wieder ein, sobald sie etwas Geld eingenommen hat. Wir haben auf diese Weise also hundert Francs beschaffen können, die ich Dir zuschicke. Sei nicht böse darüber, daß ich auf Deinen ersten Brief nicht geantwortet habe. Unsere Lage war so, daß ich die Nächte durchwachen mußte; ich habe wie ein Mann gearbeitet. Ich habe gar nicht gewußt, daß ich so viel Kraft besitze. Madame de Bargeton ist eine herz- und seelenlose Frau; auch wenn sie Dich nicht mehr liebte, war sie es sich schuldig, Dich zu schützen und Dir beizustehen, nachdem sie Dich aus unsern Armen gerissen und Dich in diesen entsetzlichen Ozean Paris geworfen hat, wo es des Segens Gottes bedarf, um inmitten der furchtbaren Wogen von Menschen und Interessen auf wahre Freundschaft zu stoßen. Du brauchst ihr nicht nachzutrauern. Ich hatte gewünscht, daß Du ein hingebendes weibliches Wesen, eine, die mir gleicht, für Dich fändest; aber nun ich weiß, daß Du Freunde hast, die uns ersetzen, bin ich ruhig. Entfalte Deine Schwingen, mein Schöner, Großer, Geliebter! Du sollst unser Ruhm werden, wie Du jetzt unsere Liebe bist.

Eve.«

»Mein geliebtes Kind! Nach dem, was Dir Deine Schwester geschrieben hat, kann ich Dich nur segnen und Dir versichern, daß meine Gebete und meine Gedanken zum Nachteil derer, die ich um mich sehe, nur Dir geweiht sind; denn es gibt Herzen, in denen nur die Abwesenden herrschen, und so ist es mit dem Herzen

Deiner Mutter.«

So konnte also Lucien zwei Tage später seinen Freunden das Darlehen, das sie ihm so liebreich dargeboten hatten, zurückgeben. Nie vielleicht war ihm das Leben schöner erschienen; aber die Regung seiner Eigenliebe entging den scharfen Blicken und dem sensiblen Wesen seiner Freunde nicht.

»Man könnte meinen, du habest Angst, uns etwas schuldig zu sein«, rief Fulgence. – »Oh, die Freude, die er bezeigt, ist in meinen Augen eine ernste Sache«, sagte Michel Chrestien; »sie bestätigt, was ich schon beobachtet habe: Lucien ist eitel.« – »Er ist ein Dichter«, sagte d'Arthez. – »Wollt ihr mir eines Gefühles wegen böse sein, das doch so natürlich ist?« – »Wir müssen ihm zugute halten, daß er es uns nicht verborgen hat«, sagte Léon Giraud, »noch ist er freimütig; aber ich fürchte, später wird er Angst vor uns haben.« – »Warum denn?« fragte Lucien. – »Wir lesen in deinem Herzen«, antwortete Joseph Bridau. – »Es lebt in dir«, sagte Michel Chrestien zu ihm, »ein teuflischer Geist, mit dessen Hilfe du vor dir selbst Dinge rechtfertigen wirst, die unsern Prinzipien ganz entgegengesetzt sind. Du wirst ein Sophist sein, nicht in deinen Ideen, aber in den Handlungen.« – »Das fürchte auch ich«, sagte d'Arthez. »Lucien, du wirst in deinem Innern herrliche Erwägungen anstellen, in denen du als großer Mann dastehst, und ihr Ergebnis wird ein Tun sein, das zu tadeln ist ... Du wirst nie in Einklang mit dir selbst sein.« – »Worauf stützt ihr eure Anklage?« fragte Lucien. – »Deine Eitelkeit, lieber Dichter, ist so groß, daß du sie sogar in deine Freundschaft hineinbringst«, rief Fulgence. »Alle Eitelkeit dieser Art verrät einen schrecklichen Egoismus und tötet die Freundschaft.« – »O mein Gott!« rief Lucien, »wißt ihr denn nicht, wie lieb ich euch habe?« – »Wenn du uns liebhättest, wie wir uns untereinander, hättest du dich dann mit solchem Pathos beeilt, uns zurückzuerstatten, was wir dir mit soviel Freude gegeben haben?« – »Hier wird nicht geliehen, hier wird gegeben«, sagte Joseph Bridau ungehobelt zu ihm. – »Halte uns nicht für grausam, lieber Junge«, sagte Michel Chrestien, »wir sind lediglich Menschen, die in die Zukunft schauen. Wir haben Angst, du könntest eines Tages die Freuden einer kleinen Rache den Freuden unserer reinen Freundschaft vorziehen. Lies den ›Tasso‹ von Goethe, das größte Werk dieses schönen Geistes, da erfährst du, daß der

Dichter die glänzenden Stoffe, die Feste, die Triumphe, den schönen Schein liebt: sei du ein Tasso ohne dessen Narrheit. Die Welt und ihre Vergnügungen rufen dich! Bleibe hier ... Übertrage alles, was du an nichtigen Dingen begehrst, in den Bereich der Ideen. Muß es schon eine Narrheit sein, dann laß deine Handlungen tugendhaft und deine Ideen frevlerisch sein, anstatt, wie es dir d'Arthez voraussagte, gut zu denken und schlecht zu handeln.« Lucien ließ den Kopf hängen: seine Freunde hatten recht. »Ich gestehe, ich bin nicht so stark wie ihr«, sagte er und warf ihnen einen bezaubernden Blick zu. »Ich habe nicht Hüften und Schultern, um in Paris zu bestehen, um tapfer zu kämpfen. Die Natur hat uns verschiedene Temperamente und Fähigkeiten gegeben, und ihr kennt besser als sonst jemand die Kehrseite der Laster und Tugenden. Ich bin schon müde, ich gestehe es euch.« – »Wir wollen dich stützen«, sagte d'Arthez, »gerade dazu hat man treue Freunde.« – »Die Hilfe, die ich erhalten habe, reicht nicht weit, und wir sind samt und sonders gleich arm; ich werde bald wieder in Not sein. Chrestien, der sich dem ersten besten verdingen muß, hat keinen Einfluß auf Verleger. Bianchon hat nichts mit solcherlei Geschäften zu tun. D'Arthez kennt nur wissenschaftliche Verleger oder Fachverleger, die mit den Verlegern von Romanneuerscheinungen nichts zu tun haben. Horace, Fulgence Ridal und Bridau arbeiten auf einem Gebiet, das sie meilenweit vom Buchhandel fernhält. Ich muß einen Entschluß fassen.« – »Faß doch den unsern«, sagte Bianchon, »leiden und aushalten! Tapfer leiden und unermüdlich arbeiten.« – »Aber was für euch nur Leiden ist, ist für mich der Tod«, rief Lucien lebhaft. – »Ehe der Hahn dreimal kräht«, sagte Léon Giraud lächelnd, »hat dieser Mensch die Sache der Arbeit an die der Faulheit und der Laster von Paris verraten.« – »Wie weit habt ihr es mit der Arbeit gebracht?« fragte Lucien lachend. – »Wenn man von Paris nach Italien reist, findet man Rom nicht auf halbem Wege«, sagte Joseph Bridau. »Für dich müßten die Erbsen fertig zubereitet und in Butter gedämpft wachsen.« – »Das tun sie nur für die Erstgeborenen der Pairs von Frankreich«, sagte Michel Chrestien. »Wir andern säen sie, begießen sie, und sie schmecken uns desto besser.«

Die Unterhaltung wurde scherzhaft und wechselte das Thema.

Die Freunde mit dem scharfen Geist und dem zarten Empfinden bemühten sich, Lucien den kleinen Streit vergessen zu lassen. Er wußte von jetzt an, wie schwer es sein würde, sie zu täuschen. Er geriet bald in eine innere Verzweiflung, die er sorgsam vor den Freunden verbarg, da er sie für unversöhnliche und strenge Richter hielt. Sein südländischer Geist, der die Skala der Gefühle so leicht durcheilte, brachte ihn zu den entgegengesetztesten Entschlüssen.

Mehrere Male sprach er davon, es mit dem Journalismus zu versuchen, und immer sagten Freunde: »Hüte dich davor!« – »Das wäre das Grab des schönen, anmutigen Lucien, den wir gern haben und kennen«, sagte d'Arthez. – »Du könntest dem unaufhörlichen Wechsel von Vergnügen und Arbeit im Dasein des Journalisten nicht widerstehen; und widerstehen ist die Grundlage aller Tugend. Du wärst so entzückt, Macht auszuüben über Werke des Geistes, Rechtsgewalt über ihr Leben und ihren Tod zu haben, daß du innerhalb zweier Monate durch und durch Journalist wärst. Journalist sein heißt: in der Republik der Geister Prokonsul werden. Wer alles sagen darf, gelangt dazu, alles zu tun! Diese Maxime stammt von Napoleon, und sie versteht sich von selbst.« – »Werdet ihr mir denn dann nicht mehr zur Seite stehen?« fragte Lucien. – »Nein, nicht mehr«, rief Fulgence. »Wenn du Journalist bist, denkst du ebensowenig mehr an uns, wie eine glänzende und berühmte Opernsängerin in ihrem seidengefütterten Wagen an ihr Dorf, ihre Holzschuhe und ihre Kühe denkt. Du besitzt nur zu sehr die Eigenschaften des Journalisten: nämlich den Glanz und die Schnelligkeit des Denkens. Du wirst niemals einen witzigen Einfall unterdrücken, gleichviel, ob du einen Freund damit verletztest. Ich sehe die Journalisten in den Foyers der Theater, sie sind mir grauenhaft. Der Journalismus ist eine Hölle, ein Abgrund von Ungerechtigkeit, Lüge und Verrat, den man nur durchschreiten und aus dem man nur dann hervorsteigen kann, wenn man wie Dante vom göttlichen Lorbeer Vergils geschützt wird.«

Je mehr der Freundeskreis Lucien von diesem Weg abbringen wollte, um so mehr verlockte ihn sein Begehren, die Gefahr kennenzulernen und es mit ihr aufzunehmen; er fing an zu erwägen: Wäre es nicht lächerlich, sich noch einmal vom Mangel überraschen zu lassen, ohne etwas dagegen getan zu haben? Angesichts des Mißerfolgs seiner Schritte zur Unterbringung seines ersten Romans hatte Lucien wenig Neigung, einen zweiten zu schreiben. Wovon sollte er überdies in der Zeit, während er ihn schrieb, leben? Seinen Vorrat an Geduld hatte er in dem einen Monat der Entbehrungen erschöpft. Konnte er nicht in vornehmer Weise tun, was die Journalisten gewissenlos und würdelos taten? Seine Freunde beleidigten ihn mit ihrem Mißtrauen, er wollte ihnen seine Seelenstärke beweisen. Vielleicht konnte er ihnen eines Tages nützlich sein, konnte er der Herold ihres Ruhms werden.

»Was ist überhaupt eine Freundschaft, die davor zurückschreckt, mit dem Freund durch dick und dünn zu gehen?« fragte er eines Abends Michel Chrestien, den er zusammen mit Léon Giraud nach Hause begleitet hatte. – »Wir schrecken vor nichts zurück«, antwortete Michel Chrestien. »Wenn du das Unglück hättest, deine Geliebte ermordet zu haben, würde ich dir helfen, die Spuren des Verbrechens zu verwischen, und könnte dich dabei noch achten; aber wenn du ein Spitzel würdest, würde ich dich mit Schaudern fliehen, denn dann wärst du ein systematischer Feigling und Halunke. Da hast du mit zwei Worten den Journalismus. Die Freundschaft verzeiht den Irrtum, die unüberlegte Aufwallung der Leidenschaft; gegenüber dem Vorsatz, mit seiner Seele, seinem Geist und seinem Denken Handel zu treiben, muß sie unversöhnlich sein.« – »Kann ich nicht Journalist werden, bis ich meinen Gedichtband und meinen Roman verkauft habe, und dann sofort der Zeitung den Rücken kehren?« – »Das könnte Machiavelli tun, aber nicht Lucien de Rubempré«, sagte Léon Giraud. – »Gut!« rief Lucien, »ich will euch beweisen, daß ich es ebensogut wie Machiavelli kann.« – »Oh!« rief Michel und griff nach Léons Hand, »jetzt ist er verloren. – Lucien«, fuhr er fort, »du hast dreihundert Francs, also so viel, daß du drei Monate bequem davon leben kannst; also arbeite, schreib einen zweiten Roman, d'Arthez und Fulgence werden dir beim Entwurf helfen; du wirst in die Höhe kommen, du wirst ein guter Romanautor. Ich will mich in eins dieser Lupanare[67] des Denkens begeben und drei Monate lang Journalist sein; ich will deine Bücher bei einem Verleger unterbringen; ich brauche dazu ja nur seine Neuerscheinungen zu verreißen; ich werde Artikel schreiben, ich werde auch dir welche verschaffen; wir wollen einen Erfolg organisieren; du wirst ein großer Mann und bleibst unser Lucien.« – »Du verachtest mich also so sehr, daß du glaubst, ich ginge zugrunde, wo du mit heiler Haut davonkommst?« fragte der Dichter. – »Verzeih ihm, mein Gott, er ist ein Kind!« rief Michel Chrestien.

Lucien hatte, nachdem sein Geist an den bei d'Arthez verbrachten Abenden in Bewegung gekommen war, die witzigen Plaudereien und die Artikel der kleinen Zeitungen studiert. Er war überzeugt, den geistvollsten Redakteuren mindestens ebenbürtig zu sein; heimlich versuchte er sich in dieser Gedankengymnastik und verließ eines Morgens mit dem triumphierenden Vorsatz das Haus, sich bei irgendeinem Regimentskommandeur dieser leichten Truppen der Presse anwerben zu lassen. Er warf sich in seinen besten Anzug und ging. Auf dem Weg über die Brücken hing er dem Gedanken nach, Schriftsteller und Journalisten, kurz, seine künftigen Brüder besäßen doch sicherlich ein wenig mehr Freundlichkeit und Uneigennützigkeit, als die beiden Arten von Buchhändlern, an denen seine Hoffnungen gescheitert waren. Er würde auf Sympathien stoßen, auf gute und freundliche Geneigtheit, ähnlich der, die er in dem Kreis der Rue des Quatre-Vents gefunden hatte. Die erregten Stimmungen des Vorgefühls und der Ahnung, denen sich die Phantasiemenschen so gern überlassen, überkamen ihn; alles, was er gehört und bekämpft hatte, stürmte auf ihn ein. So langte er in der Rue Saint-Fiacre[68] beim Boulevard Montmartre vor dem Hause an, wo sich die Geschäftsräume der kleinen Zeitung befanden. Als er davorstand, empfand er ein heftiges Beben, wie ein Jüngling, der in ein schlechtes Haus gehen will. Trotzdem stieg er die Treppe zu den Geschäftsräumen hinauf, die im ersten Stock lagen. In dem ersten Zimmer, das durch eine zur Hälfte aus Brettern und zur Hälfte aus einem bis zur Decke reichenden Gitterwerk bestehende Scheidewand in zwei gleiche Teile getrennt war, traf er einen einarmigen Invaliden, der mit seiner ihm verbliebenen Hand ein paar Stapel Papier auf dem Kopf hielt und zwischen den Zähnen eine Anzahl Streifen von Stempelmarken hatte. Dieser arme Mann, dessen Gesicht gelb und voll roter Pickel war, was ihm den Spitznamen ›Kürbis‹ eingetragen hatte, wies ihm hinter dem Gitter den Zerberus der Zeitung. Es war ein pensionierter Offizier mit einem Orden. Unter seiner Nase hing ein mächtig großer Schnurrbart, er trug eine schwarzseidene Mütze auf dem Kopf und steckte – wie eine Schildkröte in ihrem Panzer – in einem weiten blauen Rock.

»Von welchem Tag an wollen Sie abonnieren?« fragte ihn der frühere Offizier des Kaiserreichs. – »Ich komme nicht wegen eines Abonnements«, erwiderte Lucien. Unser Dichter bemerkte erst jetzt über der Tür, die der, durch die er eingetreten war, gegenüberlag, ein Schild, auf dem die Worte standen: ›Redaktion‹, und darunter: ›Kein Zutritt für das Publikum‹.

»Also dann sicher eine Beschwerde?« fing der Soldat Napoleons wieder an. »Ja, gewiß, wir sind hart mit Mariette[69] umgesprungen. Was soll ich machen? Ich weiß nicht mal, warum. Aber wenn Sie Rechenschaft verlangen, stehe ich zur Verfügung«, fügte er hinzu und blickte nach dem Degen und den Pistolen, die als Wahrzeichen des Rittertums unserer Zeit als dekoratives Schmuckstück an der Wand hingen. – »Das beabsichtige ich noch weniger. Ich möchte den Chefredakteur sprechen.« – »Vor vier Uhr ist nie jemand da.«

»Hören Sie mal, Papa Giroudeau, es sind elf Spalten, und die machen, wenn jede zu hundert Sous gerechnet wird, fünfundfünfzig Francs; vierzig habe ich bekommen: Sie sind mir also, wie ich Ihnen sagte, noch fünfzehn schuldig ...«

Diese Worte stieß ein Mensch mit einem kleinen schlauen Gesicht hervor, das aussah wie das Weiße eines schlechtgekochten Eies; darin lagen zwei Augen, die lichtblau waren, aber vor Bosheit funkelten. Es gehörte einem schlanken jungen Mann, der hinter dem undurchsichtigen Körper des alten Offiziers gestanden hatte. Diese Stimme machte Lucien schaudern; sie klang wie das Miauen der Katzen und das erstickte kurze Aufheulen der Hyäne.

»Ja, mein kleiner Rekrut«, antwortete der pensionierte Offizier, »aber Sie zählen die Titel und die Zwischenräume mit, und ich habe Auftrag von Finot, alle Zeilen zusammenzuaddieren und sie durch die Zahl der Zeilen, die jede Spalte haben soll, zu dividieren. Nachdem ich diese Henkersarbeit an Ihrem Beitrag vorgenommen habe, kommen drei Spalten weniger heraus.« – »Er zahlt die Zwischenräume nicht, dieser Araber! Und dabei zahlt er sie seinem Sozius für dessen Arbeiten fortwährend. Ich gehe zu Etienne Lousteau, zu Vernou . . .« – »Ich darf nicht über die Instruktion hinausgehen, mein Lieber«, sagte der Offizier. »Was? wegen fünfzehn Francs toben Sie gegen Ihren Brotgeber, und dabei schreiben Sie Ihre Artikel so leicht, wie ich eine Zigarre rauche! Spendieren Sie Ihren Freunden einfach eine Punschbowle weniger, oder gewinnen Sie eine Partie Billard mehr, und alles ist in Ordnung!« – »Finot macht Ersparnisse, die ihn teuer zu stehen kommen werden«, antwortete der Mitarbeiter und ging fort. – »Sollte man nicht meinen, er sei Voltaire oder Rousseau?« sagte der Kassierer zu sich selbst und sah dabei unsern Dichter an. – »Ich komme um vier Uhr wieder«, sagte Lucien.

Während der Auseinandersetzung hatte Lucien die Bildnisse Benjamin Constants[70], des Generals Foy[71], siebzehn berühmter Redner der liberalen Partei und dazwischen wieder Karikaturen gegen die Regierung gesehen. Aber hauptsächlich hatte er den Blick gegen die Tür gerichtet, die zum Allerheiligsten führte; hier wurde das witzige Blatt verfaßt, das ihn alle Tage amüsierte und sich des Rechts erfreute, die Könige und die ernstesten Ereignisse lächerlich zu machen, kurzum, mit einem guten Witz alles in der Welt als fragwürdig hinzustellen. Er schlenderte auf den Boulevards umher, und dieses Vergnügen, das ihm ganz neu war, fesselte ihn so, daß er die Uhren in den Uhrmacherläden vier Uhr anzeigen sah, ohne zu merken, daß er noch nichts gegessen habe. Der Dichter kehrte schnell wieder nach der Rue Saint-Fiacre zurück, stieg die Treppe hinauf, öffnete die Tür, fand den alten Offizier nicht wieder vor, wohingegen der Invalide über seinem Stempelpapier saß und an einer Brotkruste nagte. Er saß mit resigniertem Gesicht auf seinem Posten hier bei der Zeitung, wie früher im Dienst, und verstand jetzt ebensowenig, was um ihn her vorging, wie er früher die Gründe zu den vom Kaiser befohlenen Eilmärschen verstanden hatte. Lucien kam auf den kühnen Gedanken, den bedrohlichen Wächter zu täuschen; er behielt den Hut auf dem Kopf, durchschritt das Zimmer und öffnete, als gehöre er zum Hause, die Tür zum Allerheiligsten. Er sah sich schnell im Redaktionszimmer um und gewahrte einen runden, mit grünem Tuch überzogenen Tisch und sechs Stühle aus Birkenholz mit Sitzen aus noch neuem Strohgeflecht. Der gestrichene Fußboden dieses Zimmers war nicht gebohnert, aber er war sauber, was anzeigte, daß er wenig benutzt wurde. Über dem Kamin hing ein Spiegel; den Kaminsims zierten eine kleinbürgerlich aussehende, verstaubte Stutzuhr und zwei Leuchter mit nachlässig hineingesteckten Kerzen; Visitenkarten waren umhergestreut. Auf dem Tisch lagen alte Zeitungen unordentlich um ein Tintenfaß herum, in dem die Tinte eingetrocknet war und wie Lack aussah; Federkiele umgaben es wie Sonnenstrahlen. Auf elenden Papierfetzen sah er Artikel, die mit unleserlicher und fast hieroglyphischer Schrift geschrieben waren; die Papiere waren oben von den Setzern der Druckerei eingerissen: so wurden die bereits gesetzten Artikel gekennzeichnet. Dann bewunderte er hier und da Karikaturen, die recht witzig auf graues Papier gezeichnet waren, von Leuten, die ohne Zweifel versucht hatten, die Zeit totzuschlagen, indem sie etwas anderes totschlugen. Auf der billigen grünen Tapete sah er, mit Stecknadeln befestigt, neun verschiedene Federzeichnungen, Karikaturen gegen den ›Einsiedler‹[72], ein Buch, das damals in ganz Europa einen unerhörten Erfolg gehabt hatte und dessen die Journalisten überdrüssig zu sein schienen: ›Der Einsiedler erscheint in der Provinz und berückt die Frauen.‹ – ›Der Einsiedler wird in einem Schloß gelesen.‹ – ›Wirkung des Einsiedlers auf die Haustiere.‹ – ›Der Einsiedler wird den Wilden gebracht und erlangt den glänzendsten Erfolg.‹ – ›Der Einsiedler wird ins Chinesische übersetzt und vom Verfasser in Peking dem Kaiser überreicht.‹ – ›Auf dem Mont-Sauvage, Elodie wird vergewaltigt.‹ – Diese Karikatur dünkte Lucien schamlos, aber sie brachte ihn zum Lachen. – ›Der Einsiedler wird von den Zeitungen in feierlicher Prozession unter einem Baldachin umhergetragen.‹ – ›Der Einsiedler bringt eine Druckpresse zum Explodieren und verletzt die ‚Bären‘[73]!‹ – ›Von hinten gelesen, versetzt der Einsiedler die Mitglieder der Akademie durch hervorragende Schönheiten in Entzücken.‹ – Lucien sah auf einem Zeitungsstreifband eine Zeichnung, die einen Mitarbeiter mit ausgestrecktem Hut darstellte, und darunter stand: ›Finot, meine hundert Francs!‹ Unter diesen Worten befand sich die Unterschrift eines Mannes, der sehr bekannt geworden ist, aber niemals berühmt werden wird. Zwischen dem Kamin und dem Fenster standen ein Sekretärschreibtisch, ein Mahagonilehnstuhl und ein Papierkorb; vor dem Kamin lag ein länglicher Teppich; alles war von einer dicken Staubschicht bedeckt. An den Fenstern waren nur kleine Gardinen. Auf der Sekretärplatte lagen ungefähr zwanzig Werke, die während des Tages eingegangen waren: Stiche, Noten, Karikaturen auf die Charte, ein Exemplar der neunten Auflage des ›Einsiedlers‹, der noch immer zu vielen Scherzen Anlaß gab, und ein Dutzend versiegelte Briefe. Als Lucien dieses sonderbare Inventar lange genug betrachtet und allerlei hin und her überlegt hatte, ging er, als es fünf Uhr schlug, wieder zu dem Invaliden hinaus, um ihn zu fragen, wie lange es noch dauern könne. ›Kürbis‹ war mit seiner Brotkruste fertig geworden und wartete mit der Geduld einer Schildwache auf den ordengeschmückten pensionierten Offizier, der vielleicht auf dem Boulevard spazierenging. In diesem Augenblick erschien eine weibliche Gestalt in der Tür; man hatte schon vorher das Rauschen ihres Kleides auf der Treppe und den leichten Tritt einer Frau, der so gut zu erkennen ist, gehört. Sie war recht hübsch.

»Monsieur«, sagte sie zu Lucien, »ich weiß, warum Sie die Hüte von Mademoiselle Virginie so sehr loben, und ich will zunächst auf ein Jahr abonnieren; aber sagen Sie mir Ihre Bedingungen . . .« – »Mademoiselle, ich gehöre nicht zur Zeitung!« – »Ein Abonnement vom ersten Oktober an?« fragte der Invalide. – »Was wünscht die Dame?« fragte der alte Offizier, der eben eintrat.

Er konferierte mit der hübschen Modistin. Als Lucien, den das Warten ungeduldig machte, wieder in das erste Zimmer ging, hörte er den letzten Satz des Gesprächs:

»Aber gewiß doch, es wird mir sehr angenehm sein. Mademoiselle Florentine kann jederzeit in meinen Laden kommen und auswählen, was sie wünscht. Ich reserviere die Bänder. Also abgemacht: Sie erwähnen diese Virginie nicht mehr, diese Pfuscherin, die nicht imstande ist, eine Form zu erfinden; ich aber, wissen Sie, ich erfinde!«

Lucien hörte eine Anzahl Taler in die Kasse fallen. Dann fing der Offizier an, sein Geld durchzuzählen.

»Sagen Sie mal, ich warte jetzt seit einer Stunde«, sagte der Dichter mit recht ärgerlichem Gesicht. – »Sie sind noch nicht gekommen?« fragte der Veteran aus den napoleonischen Kriegen und tat aus Höflichkeit, als ob er entsetzt sei; »das wundert mich nicht, ich habe sie schon seit einiger Zeit nicht mehr gesehen. Sie müssen bedenken, wir sind in der Mitte des Monats! Diese Schlauberger kommen nur, wenn ausgezahlt wird, vom Neunundzwanzigsten bis zum Dreißigsten.« – »Und Monsieur Finot?« fragte Lucien, der den Namen des Chefredakteurs behalten hatte. – »Der ist bei sich daheim, in der Rue Feydeau. Kürbis, alter Junge, bring ihm alles, was gekommen ist, wenn du die Manuskripte in die Druckerei trägst.« – »Ja, wo wird denn nun eigentlich die Zeitung gemacht?« fragte Lucien wie im Selbstgespräch. – »Die Zeitung?« wiederholte der Angestellte, der zugleich von ›Kürbis‹ den Rest des Geldes in Empfang nahm, das er beim Kauf der Stempelmarken herausbekommen hatte, »die Zeitung? . . . hm, hm! – Alter, sei morgen um sechs Uhr in der Druckerei und sieh zu, daß die Austräger schnell auf die Straße kommen – Die Zeitung, mein lieber Herr, wird auf der Straße gemacht, in der Wohnung der Mitarbeiter, in der Druckerei, zwischen elf und zwölf Uhr nachts. Als wir noch den Kaiser hatten, gab es diese Budiken für verschmiertes Papier noch nicht. Ach, der hätte euch das mit vier Mann und einem Korporal ausgetrieben und sich nicht, wie die Heutigen, mit Phrasen dumm machen lassen. Aber genug davon. Wenn mein Neffe dabei auf seine Kosten kommt und man für den Sohn des ›Andern‹ schreibt – hm, hm! Sie wissen schon –, so ist das schließlich kein Fehler. Aber mir scheint, die Abonnenten rücken hier nicht in geschlossenen Kolonnen an, ich werde den Posten aufgeben.« – »Sie scheinen mit der Redaktion des Blattes Bescheid zu wissen?« – »Nur in finanzieller Beziehung, hm, hm!« sagte der Offizier und räusperte sich kräftig. »Je nach dem Talent hundert Sous bis herunter zu drei Francs für die Spalte von fünfzig Zeilen à fünfzig Buchstaben, ohne Zwischenräume, da haben Sie's. Die Redakteure, das sind sonderbare Käuze, so Jüngelchen, die ich nicht einmal als Trainsoldaten hätte haben mögen! Die denken, weil sie Krähenfüße auf weißes Papier kritzeln können, könnten sie einen alten Dragonerrittmeister der Kaiserlichen Garde, einen pensionierten Schwadronschef, der mit Napoleon in allen Hauptstädten Europas eingezogen ist, über die Schulter ansehen . . .«

Der Soldat Napoleons bürstete seinen blauen Rock aus und bekundete deutlich die Absicht, fortzugehen. Lucien faßte den Mut, rund heraus von seiner Absicht zu reden.

»Ich bin gekommen, weil ich Redakteur werden möchte«, sagte er, »und ich schwöre Ihnen, daß ich vor einem Rittmeister der Kaiserlichen Garde, vor allen Männern von Erz hohe Achtung habe . . .« – »Gut gesagt, junger Zivilist«, erwiderte der Offizier und stupste Lucien auf den Bauch, »aber in welche Redakteurklasse wollen Sie eintreten?« fügte der Haudegen hinzu und stieg rücksichtlos vor Lucien die Treppe hinunter. Er blieb nur stehen, um beim Portier seine Zigarette anzuzünden. »Wenn Abonnenten kommen, empfangen Sie sie und notieren sich die Adresse, Mutter Chollet. – Immer Abonnenten, ich kenne nichts weiter als Abonnenten«, fuhr er, zu Lucien gewandt, fort. »Finot ist mein Neffe, der einzige in der Familie, der was für mich getan hat. Wer also mit Finot Streit anfangen will, findet den alten Giroudeau, Rittmeister bei den Gardedragonern, der als schlichter Reiter in der Sambre-et-Meuse-Armee begonnen hat und fünf Jahre Fechtmeister bei den ersten Husaren in der italienischen Armee gewesen ist! Eins, zwei, und der Kerl, der sich beschwert hat, ist eine Leiche!« fügte er hinzu und vollführte eine Handbewegung, wie wenn er einen Ausfall machte. »Also, mein Junge, es gibt verschiedene Gattungen von Redakteuren: der eine redigiert und bekommt sein Gehalt, ein anderer redigiert und bekommt nichts, das nennen wir einen Volontär; endlich ist da der Redakteur, der überhaupt nichts redigiert, und der ist nicht der Dümmste; er macht keine Fehler, der Herr, er gibt sich für einen Schriftsteller aus, gehört zum Blatt, zahlt uns Diners, bummelt in die Theater, hält eine Schauspielerin aus und ist sehr glücklich. Was wollen Sie werden?« – »Aber doch selbstverständlich ein Redakteur, der ordentlich arbeitet und demnach auch ordentlich bezahlt wird.« – »Na, sehen Sie, Sie sind wie alle Rekruten, die gleich Marschall von Frankreich werden wollen! Glauben Sie dem alten Giroudeau, in Gliedern links schwenkt marsch, immer langsam voran, überlegen Sie sich die Sache und lesen Sie lieber Nägel aus dem Rinnstein auf, wie der wackere Kerl da, der gedient hat; man sieht's an seiner Haltung. – Ist das nicht eine Schande, daß ein alter Soldat, der tausendmal vor den Kanonenmündungen gestanden hat, in Paris Nägel sammeln muß? Großer Gott, du bist doch ein trauriger Kerl, du hast mich zum Kaiser erhoben! – Sehen Sie, mein Junge, das Individuum, das Sie heute morgen gesehen haben, hat in diesem Monat ganze vierzig Francs verdient. Wird es Ihnen besser gehen? Und Finot sagt, er sei der witzigste von allen seinen Mitarbeitern.« – »Ist Ihnen, als Sie in die Sambre-et-Meuse-Armee eintraten, gesagt worden, die Sache sei gefährlich?« – »Donner und Doria!« – »Na also?« – »Na also, gehen Sie zu meinem Neffen Finot; der ist ein wakkerer Kerl, der anständigste Bursche, den Sie treffen können, sofern Sie ihn treffen, denn er tummelt sich wie ein Fisch. Sehen Sie, bei seinem Beruf spielt das Schreiben keine Rolle; er muß lediglich dafür sorgen, daß die andern was schreiben. Es scheint, die Halunken scharmutzieren lieber mit Schauspielerinnen, als daß sie Papier vollschmieren. Oh, das sind kuriose Käuze! Habe die Ehre!«

Der Kassierer setzte seinen furchtbaren, mit Blei ausgefüllten Spazierstock in Bewegung, einen der Schützer des ›Germanicus[74]‹, und ließ Lucien auf dem Boulevard zurück. Er war über diesen Anblick einer Redaktion ebenso verblüfft wie damals über die endgültigen Ergebnisse der Literatur bei Vidal & Porchon. Lucien lief zehnmal zu Andoche Finot, dem Chefredakteur des Blattes, nach der Rue Feydeau, ohne ihn ein einziges Mal anzutreffen. Am frühen Morgen war Finot noch nicht nach Hause gekommen. Mittags war er unterwegs: er esse, wurde gesagt, in dem und dem Café. Lucien ging in jenes Café und fragte die Büfettdame nach Überwindung höchsten Widerwillens nach Finot: er war gerade fortgegangen. Schließlich wurde Lucien der Sache müde; er hielt Finot für eine apokryphe, märchenhafte Gestalt und fand es einfacher, bei Flicoteaux Etienne Lousteau abzuwarten. Dieser junge Journalist würde ihm höchstwahrscheinlich das Geheimnis erklären, das über dem Blatt, mit dem er verbunden war, waltete.

Seit dem gesegneten Tag, an dem Lucien Daniel d'Arthez kennengelernt, hatte er bei Flicoteaux den Platz gewechselt: die beiden Freunde saßen beim Essen stets nebeneinander und plauderten mit leiser Stimme von hoher Literatur, von Gegenständen, die man behandeln könnte, von der Technik, mit der sie dargestellt werden müßten, wie man den Anfang und die Schürzung des Knotens zu gestalten hätte. Gegenwärtig war Daniel d'Arthez damit beschäftigt, das Manuskript des ›Bogenschützen Karls IX.‹ zu korrigieren; er änderte ganze Kapitel, schrieb die schönen Stellen, die jetzt darin sind, und fügte die prächtige Vorrede hinzu, die vielleicht das Beste an dem Buche ist und so viel Klarheit in die junge Literatur gebracht hat. Eines Tages, als Lucien neben Daniel saß, der auf ihn gewartet hatte und seine Hand in der seinen hielt, sah er Etienne Lousteau eben zur Tür hereinkommen. Lucien ließ unvermittelt die Hand Daniels los und sagte zu dem Kellner, er wolle auf seinem alten Platz neben dem Büfett essen. D'Arthez warf Lucien einen mild erschrockenen Blick zu, in dem die Verzeihung schon neben dem Vorwurf lag. Das traf den Dichter so stark, daß er wieder nach der Hand Daniels langte und sie ihm noch einmal drückte. »Es handelt sich für mich um etwas sehr Wichtiges; ich spreche noch mit dir darüber«, sagte er zu ihm.

Lucien war im gleichen Augenblick auf seinem alten Platz, als Lousteau sich setzte; er grüßte zuerst. Die Unterhaltung war bald im Gang und kam so schnell vorwärts, daß Lucien das Manuskript seiner ›Margueriten‹ holen ging, während Lousteau weiteraß. Er hatte die Erlaubnis erlangt, dem Journalisten seine Sonette vorlegen zu dürfen, und er glaubte damit rechnen zu können, daß jener ihm bei der Suche nach einem Verleger und beim Eintritt in die Zeitung wohlwollend helfen würde. Als Lucien wiederkam, sah er im hinteren Winkel des Restaurants Daniel traurig mit aufgestütztem Kopf dasitzen und spürte seinen melancholischen Blick; aber die Angst vor der Not und der Ehrgeiz trieben ihn vorwärts; er tat, als sehe er seinen brüderlichen Freund nicht, und schloß sich Lousteau an. Gegen Abend setzten sich der Journalist und der Neuling unter die Bäume, in dem Teil des Luxembourg, der von der großen Allee beim Observatorium zur Rue de l'Ouest führt. Diese Straße war damals eine lange Pfütze, die an Brettern und morastigen Stellen vorbeiführte, und Häuser gab es dort nur in der Gegend der Rue de Vaugirard. Die Straße war so wenig besucht, daß ein Liebespärchen zu der Stunde, da Paris bei Tische sitzt, sich dort streiten und das Unterpfand der Versöhnung geben konnte, ohne fürchten zu müssen, gesehen zu werden. Der einzige Störenfried konnte der Veteran sein, der an dem kleinen Tor der Rue de l'Ouest Posten stand, sofern sich der ehrwürdige Soldat etwa einfallen ließ, die Zahl der Schritte, mit denen er immer hin und her geht, zu vergrößern. In dieser Allee, auf einer Bank zwischen zwei Linden, hörte Etienne sich die Sonette an, die Lucien als Proben aus den ›Margueriten‹ ausgewählt hatte. Etienne Lousteau, der nach zwei Jahren Lehrlingszeit als Journalist den Fuß im Steigbügel und unter den berühmten Männern der Zeit einige Freunde hatte, war in Luciens Augen eine gewichtige Persönlichkeit. Deswegen hielt es unser Provinzdichter, während er in dem Manuskript der ›Margueriten‹ blätterte, für nötig, eine Art Vorrede zu halten.

»Das Sonett ist eine der schwierigsten Dichtungsformen. Man hat diese kleinen Gedichte recht vernachlässigt. Niemand in Frankreich hat es mit Petrarca aufnehmen können, dessen Sprache viel geschmeidiger als die unsere ist und Gedankenspiele zuläßt, die unser Positivismus – verzeihen Sie dieses Wort – zurückweist. Ich hielt es also für originell, zuerst mit einer Sammlung von Sonetten herauszukommen. Victor Hugo hat die Ode gewählt, Canalis vertritt die leichte Gattung, Béranger hat das Monopol für das Lied, Casimir Delavigne hat die Tragödie und Lamartine die Gedankendichtung in Besitz.« – »Gehören Sie zur klassischen oder zur romantischen Richtung?« fragte ihn Lousteau.

Die erstaunte Miene Luciens verriet eine so völlige Unkenntnis von dem Stand der Dinge in der Republik der schönen Literatur, daß Lousteau es für nötig hielt, ihn aufzuklären.

»Mein Lieber, Sie kommen mitten in eine erbitterte Schlacht. Sie müssen sich schnell entscheiden. Die Literatur ist nämlich in verschiedene Zonen eingeteilt; aber unsere großen Männer sind in zwei Lager auseinandergefallen. Die Royalisten sind Romantiker, die Liberalen sind Klassiker. Die Meinungsverschiedenheit auf literarischem Gebiete kommt zu der politischen Meinungsverschiedenheit hinzu, und es ergibt sich daraus ein Krieg, der zwischen den aufsteigenden und den entthronten Berühmtheiten mit allen Waffen geführt wird, mit Strömen von Tinte, mit Witzworten, die wie Dolchstiche wirken, mit bissigen Verleumdungen, mit beleidigenden Spitznamen. Grotesk und seltsam ist es dabei, daß die romantischen Royalisten literarische Freiheit und die Aufhebung aller Gesetze verlangen, die unserer Literatur konventionelle Formen geben, während die Liberalen die drei Einheiten[75], den Alexandriner und das klassische Thema beibehalten wollen. Die literarischen Anschauungen widerstreiten also in jedem Lager den politischen. Wenn Sie Eklektiker sind, gewinnen Sie niemanden für sich. Auf welche Seite schlagen Sie sich?« – »Welche ist die stärkere?« – »Die liberalen Zeitungen haben weit mehr Abonnenten als die royalistischen und dem Ministerium ergebenen; trotzdem dringt Canalis durch, obwohl er monarchisch und religiös ist, obwohl er vom Hof und von der Geistlichkeit protegiert wird. – Bah! Sonett, das ist Literatur aus der Zeit vor Boileau«, sagte Etienne, als er sah, wie es Lucien erschreckte, daß er zwischen zwei Bannern wählen sollte. »Seien Sie Romantiker; die Romantiker sind junge Leute, und die Klassiker sind ›Perücken‹: die Romantiker werden siegen.«

Das Wort ›Perücke‹ war die letzte Bezeichnung, die die Journalisten der Romantiker gefunden hatten, um die Klassiker lächerlich zu machen.

»›Das Maßliebchen‹[76]«, sagte Lucien und wählte damit das erste der beiden Sonette, die den Titel der Sammlung erklärten und als Einführung dienten:

Maßliebchen, mit den Farben so gewählt,
Ihr blüht nicht nur zu unsrer Augenweide;
Ein Wissen kündet ihr mit eurem Kleide
Von Liebesheimlichkeit, die uns verhehlt.

Das goldne Innere, das euch beseelt,
Von Silber eingefaßt, ist wie Geschmeide,
Daran der Spitzen Purpurrot vom Leide,
Wie es dem Sieg beschieden ist, erzählt.

Ist es, weil ihr an jenem Tag ersprossen,
Da Jesus, als er auferstand, ergossen
Des Himmels Seligkeit in unsre Brust –

Daß euch der Herbst noch einmal sieht erglänzen?
Im Herzen weckend, Sinnbild kurzer Lust,
Die Blütezeit von unsern zwanzig Lenzen.

Lucien war über die völlige Unbeweglichkeit Lousteaus, während er dieses Sonett hörte, tief betroffen; er kannte noch nicht die entmutigende Unerschütterlichkeit, die von der Gewohnheit zu kritisieren herkommt und die der Prosa, der Dramen und der Verse überdrüssige Journalisten stets bezeigen. Der Dichter, der an Äußerungen des Beifalls gewöhnt war, schluckte seine Enttäuschung hinunter; er las das Sonett, das Madame de Bargeton und einige seiner Freunde aus dem ›Kreis‹ am liebsten gehabt hatten. ›Das wird ihm vielleicht ein Wort entlocken‹, dachte er.

*Zweites Sonett*

Die Marguerite

Ich bin die Marguerite, und man pries
Als schönste Blume mich im Wiesenflor;
Der Sucher, der von vielen mich erkor,
Als Zierde immer mich willkommen hieß.

Doch eine unheilvolle Gabe wies
Mir ein Verhängnis, ungeahnt zuvor:
Die Wahrheit dankt mir der verliebte Tor,
Und ich muß sterben, wenn ich sie verhieß.

Um meine Ruhe ist es nun geschehn;
Die Zukunft in zwei Worten zu gestehn,
Fall' ich der Liebe Wißbegier zum Raub.

Von meinem weißen Strahlenkranze trennt
Man Blatt um Blatt und tritt mich in den Staub
Verächtlich, wenn man mein Geheimnis kennt.

Als er fertig war, sah der Dichter seinen Aristarch[77] an; Etienne Lousteau sah die Bäume an.

»Nun?« fragte Lucien. – »Nun, nur weiter, mein Lieber, höre ich etwa nicht zu? In Paris ist es schon ein Lob, wenn man zuhört, ohne ein Wort zu sagen.« – »Haben Sie genug?« fragte Lucien zaghaft. – »Weiter, weiter«, antwortete der Journalist kurz und bündig.

Lucien las das folgende Sonett; aber er las es in verzweifelter Stimmung, und die unerschütterliche Kaltblütigkeit Lousteaus nahm seinem Vortrag alle Wärme. Wäre er im literarischen Leben bewanderter gewesen, so hätte er gewußt, daß bei den Schriftstellern Schweigen und Grobheit bei solcherlei Gelegenheiten Eifersucht auf ein schönes Werk verraten, ebenso wie Bewunderung von der Belustigung zeugt, die ein mäßiges Werk ihnen einflößt, weil es ihrer Eigenliebe nicht weh tut.

*Dreißigstes Sonett*

Die Kamelie

Aus jeder Blume redet die Natur:
Die Rose spricht von Liebe immerdar,
Des Veilchens Duft ist wie der Seele Spur,
Die Lilie leuchtet hoheitsvoll und klar.

Doch die Kamelie, Tochter der Kultur,
Duftlos und ohne Majestät, obzwar
Sie glänzt, scheint ein Symbol des Schmachtens nur
Der Jungfrauschaft, noch kalt und unfruchtbar.

Doch im Theater seh' ich von Balkonen
Gern der Kamelien keusche Blütenkronen
In ihrem alabasterfarbnen Blaß

Das Haar der schönen jungen Frauen schmücken,
Die uns so eigen und so zart berücken,
Wie Marmorstatuen von Phidias.

»Was halten Sie von meinen armen Sonetten?« fragte Lucien jetzt unumwunden. – »Wollen Sie die Wahrheit hören?« erwiderte Lousteau. – »Ich bin jung genug, um sie zu schätzen, und ich hege viel zu sehr den Wunsch, mich durchzusetzen, um sie nicht vernehmen zu können, ohne mich zu ärgern, aber auch nicht, ohne zu verzweifeln«, antwortete Lucien. – »Also, mein Lieber: die geschraubten Ausdrücke des ersten Sonetts zeigen, daß es sich um ein Gedicht handelt, das Sie noch in Angoulême geschrieben haben und das Ihnen ohne Zweifel so schwer gefallen ist, daß Sie nur ungern darauf verzichten möchten; das zweite und das dritte schmecken schon nach Paris; aber lesen Sie mir noch eins!« fügte er mit einer Handbewegung hinzu, die Lucien entzückend schien.

Durch diese Aufforderung bekam Lucien neuen Mut, und er las mit gesteigerter Zuversicht das Sonett, das d'Arthez und Bridau, vielleicht seines Kolorits wegen, am liebsten hatten.

*Fünfzigstes Sonett*

Die Tulpe

Man kennt mich: Holland ist mein Vaterland,
Und meine Zwiebel gilt dem geiz'gen Vlamen
Oftmals noch höher als ein Diamant,
Vertraut er meiner Art und meinem Namen.

Von Haltung bin ich stolz; denn mein Gewand
Zieren gemalte Wappen, wie bei Damen
Von vornherein Geburt und hoher Stand:
Röte, die Purpur oder Gold umrahmen.

Der Himmelsgärtner wob ein Kleid mir ganz
Aus Sonnenstrahlengold und hat noch Glanz
Dazu vom Königspurpur abgestreift.

Ich überstrahle alles um mich her;
Nur, ach! der Duft fehlt meinem Kelche, der
Wie eine Chinavase schön geschweift.

»Nun?« fragte Lucien nach einem Augenblick des Schweigens, der ihm über die Maßen lang vorkam. – »Mein Lieber«, sagte Etienne Lousteau ernst und sah dabei nach den Spitzen der Stiefel, die Lucien aus Angoulême mitgebracht hatte und immer noch trug, »ich rate Ihnen, schwärzen Sie Ihre Stiefel mit Ihrer Tinte, damit Sie die Wichse sparen; machen Sie aus Ihren Federn Zahnstocher, damit es den Anschein hat, als ob Sie gut zu Abend gegessen hätten, wenn Sie von Flicoteaux kommen und in der schönen Allee dieses Parks spazierengehen; und suchen Sie sich irgendeine Stellung. Werden Sie Schreiber bei einem Gerichtsvollzieher, wenn Sie ein Herz haben; Kommis, wenn Sie Blei im Kreuz haben; oder Soldat, wenn Sie Militärmusik mögen. Sie haben das Zeug zu drei Dichtern in sich; aber ehe Sie durchgedrungen sind, können Sie sechsmal verhungert sein, falls Sie damit rechnen, von den Erzeugnissen Ihrer Poesie leben zu können. Nach den allzu jugendlichen Reden, die Sie führen, haben Sie die Absicht, aus Ihrem Tintenfaß Geld herauszuschlagen. Ich sage nichts gegen Ihre Gedichte, sie sind weit besser als all die Gedichtbände, die haufenweise in den Regalen der Buchhändler lagern. Diese eleganten Ladenhüter, die ihres Velinpapiers wegen ein bißchen teurer verkauft werden als die andern, lassen sich fast alle an den Ufern der Seine nieder, wo Sie ihre Gesänge studieren können, wenn Sie eines Tages eine lehrreiche Wallfahrt über die Kais von Paris von der Auslage des alten Jérôme an der Notre-Dame-Brücke bis zum Pont-Royal machen wollen[78]. Sie finden da all die ›Poetischen Versuche‹, die ›Inspirationen‹, die ›Höhenflüge‹, die ›Hymnen‹, die ›Gesänge‹, die ›Balladen‹, die ›Oden‹, kurz alles, was in sieben Jahren ausgebrütet worden ist, Musenkinder, die mit Staub überzogen, die von den Droschken mit Kot bespritzt und von allen Vorbeigehenden, die das Titelblatt sehen wollen, zerfetzt sind. Sie kennen keinen Menschen, Sie haben zu keiner Zeitung Beziehungen: Ihre ›Margueriten‹ werden keusch in der Knospe bleiben, wie Sie sie da in der Hand halten, sie werden niemals in der Sonne der Öffentlichkeit aufsprießen, sie werden nie mit breiten Rändern und mit Blumenornamenten versehen erscheinen, wie sie der berühmte Dauriat, der Verleger der Berühmten, herausgibt. Sie armer Junge, ich bin wie Sie mit dem Herzen voller Hoffnungen hierher gekommen, auch mich hat die Liebe zur Kunst getrieben, auch mich hat es unersättlich nach dem Ruhm gedürstet: ich habe lediglich die Wirklichkeiten des Handwerks, die Schwierigkeiten des Buchhandels und das Positive des Elends gefunden. Meine wilde Begeisterung, die sich jetzt gelegt hat, und meine erste Glut hatten mir die Maschinerie der Welt verborgen; ich habe sie inzwischen kennengelernt; ich bin von allen Rädern wundgestoßen worden, bin über die Kolben gestolpert, habe mich am Öl schmutzig gemacht, habe das

Klirren der Ketten und das Sausen der Schwungräder gehört. Sie werden wie ich die Erfahrung machen, daß sich unter all den schönen Dingen, von denen Sie träumen, Menschen, Leidenschaften und Notwendigkeiten regen und bewegen. Sie werden sich notgedrungen auf schreckliche Kämpfe einlassen müssen, bei denen ein Werk dem andern, ein Mensch dem andern, eine Partei der andern gegenübersteht, bei denen es gilt, sich systematisch zu schlagen, um nicht von den Seinen im Stich gelassen zu werden. Diese niedrigen Kämpfe ernüchtern die Seele, machen das Herz schlecht und ermüden ohne allen Nutzen; denn all Ihr Bemühen dient oft nur dazu, einen Menschen zum Ruhm zu bringen, den Sie hassen, ein Talent zweiten Ranges, das Ihnen zum Trotz als Genie hingestellt wird. Das literarische Leben hat seine Kulissen. Das Parterre klatscht Beifall, gleichviel ob der Erfolg mit List erschlichen oder wahrhaft verdient ist; die Mittel, die immer häßlich sind, die geschminkten Statisten, die Claqueure und die Herrschaften mit den Freibilletts, all das halten die Kulissen verborgen. Sie sind noch im Parterre; es ist noch Zeit, verzichten Sie, bevor Sie einen Fuß auf die erste Stufe zu dem Thron setzen, den so viele Ehrgeizige einander streitig machen, und Sie entehren sich nicht, wie ich es tue, um das Leben zu fristen.« In den Augen Lousteaus standen Tränen. »Wissen Sie, wie ich lebe?« fuhr er fort, und eine Art Wut lag in seiner Stimme. »Das bißchen Geld, das mir meine Familie geben konnte, war bald verzehrt. Ich stand mittellos da, nachdem ich beim Théâtre-Français ein Stück angebracht hatte. Im Théâtre-Français genügt die Protektion eines Prinzen oder eines königlichen Kammerherrn nicht, um eine günstige Besetzung zu erlangen: die Schauspieler geben nur denen nach, die ihrer Eigenliebe drohen. Wenn Sie die Macht haben, es durchzusetzen, daß von dem ersten Liebhaber geschrieben wird, er leide an Asthma, von der ersten Liebhaberin, sie habe irgendwo eine Fistel, von der Soubrette, sie rieche aus dem Mund, dann werden Sie aufgeführt. Ich weiß nicht, ob ich heute in zwei Jahren, so wie ich da vor Ihnen stehe, imstande sein werde, eine solche Macht zu erlangen: man braucht zu viele Freunde. Wo, wie und wodurch mein Brot verdienen? Diese Frage mußte ich mir stellen, als der Hunger näher und näher an mich heranrückte. Nach vielen Versuchen, nachdem ich für Doguereau einen anonymen Roman geschrieben hatte, für den er mir zweihundert Francs zahlte – er hat nicht viel daran verdient –, stand für mich fest, daß einzig und allein der Journalismus mir Brot geben könne. Aber wie war es möglich, in die Redaktionen einzudringen? Ich will Ihnen nicht von meinen vergeblichen Schritten und Bittgängen erzählen, auch nicht von dem halben Jahr, das ich als Volontär arbeiten, als ich mir sagen lassen mußte, ich verscheuche die Abonnenten, während ich sie im Gegenteil anlockte. Reden wir nicht von diesen Schändlichkeiten. Heute bespreche ich die Aufführungen der Boulevardtheater fast umsonst in dem Blatt, das Finot gehört, diesem ungeschlachten Kerl, der noch zwei- oder dreimal im Monat im Café Voltaire[79] zu Mittag ißt – aber gehen Sie nicht hin! Finot ist Chefredakteur. Wissen Sie, wovon ich lebe? Ich verkaufe die Billette, die mir die Theaterdirektoren schenken, damit sie in der Zeitung mit Samtpfötchen angefaßt werden, die Bücher, die mir die Verleger schicken und die ich besprechen soll. Endlich treibe ich, nachdem sich Finot seinen Anteil eingesteckt hat, mit den Naturalien Handel, die die Industrie uns liefert, für oder gegen die Finot mir erlaubt Artikel zu schreiben. Eine ›Arznei gegen Blähungen‹, die ›Sultaninpasta‹, ein ›Kopföl‹[80], die ›brasilianische Mixtur‹ zahlen für ein scherzhaftes Artikelchen zwanzig oder dreißig Francs. Ich bin genötigt, den Verleger anzukläffen, der dem Blatt wenig Exemplare zur Verfügung stellt: die Zeitung nimmt zwei, die Finot verkauft, und ich bekomme zwei, die ich ebenfalls verkaufe; und wenn ein Verleger ein Meisterwerk herausbrächte und mit den Rezensionsexemplaren geizte, würde er totgeschlagen. Das ist gemein, aber ich lebe von diesem Handwerk und hundert andere wie ich ebenfalls! Glauben Sie aber nicht, die politische Welt wäre besser als die literarische; alles in diesen beiden Welten ist Korruption; jeder Mensch, der damit zu tun hat, korrumpiert oder wird korrumpiert. Wenn es sich um ein Verlagsunternehmen handelt, das einigermaßen bedeutend ist, dann bezahlt mich der Verleger, aus Furcht, angegriffen zu werden. Daher richten sich meine Einnahmen nach den Rezensionen. Wenn die Rezensionen wie die Pilze aus der Erde wachsen, dann ergießt sich das Geld in Strömen in meinen Beutel, und ich halte meine Freunde frei. Ist im Buchhandel nichts los, dann esse ich bei

Flicoteaux. Die Schauspielerinnen zahlen auch für das Lob, aber die geschicktesten bezahlen die Kritiker; was sie am meisten fürchten, ist das Totgeschwiegenwerden. Daher ist eine Kritik, die geeignet ist, an anderer Stelle bekämpft zu werden, mehr wert und wird höher bezahlt als ein trockenes Lob, das am nächsten Tag vergessen ist. Die Polemik, mein Lieber, ist das Piedestal der Berühmtheiten. Mit diesem Gewerbe, das die Ideen und das Ansehen der Gewerbetreibenden, der Literaten und Schauspieler angreift, verdiene ich monatlich fünfzig Taler, kann ich einen Roman für fünfhundert Francs verkaufen und fange an, ein gefürchteter Mann zu werden. Wenn ich nicht mehr auf Kosten eines Drogisten, der sich als Lord aufspielt, bei Florine lebe, sondern mich selber einrichten kann; wenn ich zu einer großen Zeitung komme und dort das Feuilleton redigiere, dann, mein Lieber, wird von Stund an Florine eine große Schauspielerin; und was ich selber alles werden kann, weiß ich nicht: Minister oder ein ehrlicher Mann; es ist noch alles möglich.« (Er hob den gesenkten Kopf und warf einen schrecklichen Blick voller Verzweiflung und Anklage gegen die Wipfel der Bäume.) »Und von mir ist eine schöne Tragödie angenommen worden! Und unter meinen Papieren liegt eine Dichtung, die umkommen wird! Und ich war gut! Mein Herz war rein! Jetzt habe ich eine Schauspielerin vom Panorama-Dramatique zur Geliebten, und früher träumte ich von den vornehmsten Frauen der großen Welt, die meine Geliebten sein sollten! Und wenn ein Verleger meinem Blatt ein Rezensionsexemplar verweigert, dann mache ich ein Buch schlecht, das ich schön finde.«

Lucien war zu Tränen gerührt und drückte Etienne die Hand.

»Außerhalb der literarischen Welt«, sagte der Journalist, stand auf und wandte sich der großen Allee zu, die zum Observatorium führt, in der die beiden Dichter, wie, um besser atmen zu können, auf und ab gingen, »außerhalb der literarischen Welt gibt es keinen Menschen, der die schreckliche Odyssee kennt, auf der man zu dem gelangt, was man, je nach den Talenten, als Beliebtheit, Mode, Ansehen, Renommee, Berühmtheit, Popularität bezeichnen muß. Das alles sind verschiedene Stufen, die zum echten, zum ganz großen Ruhm führen und ihn nie ersetzen können. Dieses glänzende geistige Phänomen setzt sich aus tausend Zufällen zusammen, die so oft wechseln, daß es keine zwei Männer gibt, die sich auf demselben Weg durchgesetzt haben. Canalis und Nathan sind zwei untereinander unähnliche Beispiele, die sich nie wiederholen werden. D'Arthez, der sich halb tot arbeitet, wird durch einen andern Zufall berühmt werden. Diese so ersehnte Berühmtheit ist fast immer eine gekrönte Prostituierte. Jawohl, für die niedrigen Literaturgattungen ist sie die arme Hure, die an den Straßenecken friert; für die Literatur zweiten Ranges ist sie die ausgehaltene Nutte, die aus den Puffs des Journalismus stammt und der ich als Zuhälter diene; für die vornehme Literatur ist sie die übermütige, glänzende Kurtisane, die ihr eigenes Haus hat, dem Staat Steuern zahlt, die großen Herren empfängt, sie gut und schlecht behandelt, die ihre eigene livrierte Dienerschaft und ihren Wagen hat und ihre wütenden Gläubiger warten lassen kann. Ach! auch für mich war sie einst, wie jetzt für Sie, ein Engel mit bunten Flügeln, in weißem Gewande, in der einen Hand einen Palmzweig, in der andern ein Flammenschwert tragend; auch für mich stammte sie einst gleichzeitig von dem mythischen Wesen, das in der Tiefe eines Brunnens lebt, und von dem tugendhaften armen Mädchen, das verstoßen in der Vorstadt wohnt; auch für mich war sie einst nur zu erlangen im Schimmer der Tugend, durch die Anstrengungen eines edlen Muts; auch für mich flog sie einst als Heilige, Unbefleckte zum Himmel zurück, oder sie starb beschimpft, zertreten, gewaltsam niedergeworfen, vergessen auf dem Armenkarren; aber diese Menschen mit dem erzenen Reif ums Hirn, mit Herzen, die unter den Schneelasten der Erfahrung noch warm schlagen, sind an der Stätte, die Sie da zu unsern Füßen sehen, selten.« Dabei zeigte er auf die große Stadt, die im Abendrot dalag. Sein ›Kreis‹ erschien plötzlich wie eine Vision vor Luciens Augen und erschütterte ihn; allein er wurde von Lousteau mitgerissen, der in seiner furchtbaren Klage fortfuhr:

»Sie sind selten und dünn gesät in dieser Gärgrube, selten, wie die wahren Liebenden in der liebessüchtigen Welt; selten, wie die ehrlich erworbenen Vermögen in der Finanzwelt; selten, wie ein anständiger Mensch im Journalismus. Der erste, der mir seine Erfahrungen mitgeteilt und der mir dasselbe gesagt hat, was ich jetzt Ihnen sage, hat vergebens geredet, wie ich ganz sicher vergebens zu Ihnen rede. Es ist immer dieselbe Glut, die in jedem Jahr eine gleiche, wenn nicht wachsende Zahl unschuldiger, unreifer Ehrgeiziger aus der Provinz hierher treibt; die sich dann erhobenen Hauptes und stolzen Herzens daran machen, die Dame Mode zu erringen, diese neue Prinzessin Turandot aus Tausendundeinem Tag, deren Prinz Kalaf jeder von ihnen sein möchte. Aber keiner löst das Rätsel. Alle fallen sie in die Grube des Elends, in den Schmutz der Zeitung, in die Sümpfe der Bücherfabrikation. Wie Bettler suchen sie alles mögliche zusammen: biographische Artikel, Klatschnotizen, Pariser Neuigkeiten aus den Zeitungen oder Stoff für Bücher, die logisch denkende Händler mit bedrucktem Papier bei ihnen bestellen, Händler, die einen Schmarren, der in vierzehn Tagen abgesetzt wird, lieber haben als ein Meisterwerk, das sich langsam verkauft. Diese Raupen, die zugrunde gehen, ehe sie Schmetterlinge werden, leben von der Verleumdung und der Infamie und sind bereit, auf den Befehl eines Paschas vom ›Constitutionnel‹[81], der ›Quotidienne‹[82] oder den ›Débats‹[83], auf einen Wink der Verleger, auf das Ersuchen eines neidischen Kollegen, oft bloß gegen ein Abendessen, ein werdendes Talent herunterzureißen oder zu rühmen. Wer die Hindernisse sämtlich überstiegen hat, vergißt den Jammer seiner Anfänge. Ich, der ich hier mit Ihnen spreche, habe ein halbes Jahr lang Artikel geschrieben und habe all meinen Geist hineingelegt, und für wen? Für einen Schurken, der sie für seine ausgab und der auf diese Probe hin Feuilletonredakteur geworden ist; er hat mich nicht als Mitarbeiter angenommen; er hat mir noch keine hundert Sous gezahlt, und wenn ich ihn sehe, bin ich gezwungen, ihm die Hand zu reichen.« – »Und warum?« fragte Lucien stolz. – »Es könnte der Fall eintreten, daß ich zehn Zeilen in seinem Feuilleton unterbringen müßte«, antwortete Lousteau kalt. »Denn, mein Lieber, in der Literatur ist das Geheimnis des Glücks nicht die Arbeit, sondern es handelt sich darum, die Arbeit anderer auszubeuten. Die Zeitungsbesitzer sind Unternehmer, wir sind Handlanger. Je mittelmäßiger ein Mensch ist, um so schneller gelangt er ans Ziel; er kann lebendige Kröten verschlucken, sich mit allem zufriedengeben, den kleinen, niedrigen Gelüsten der literarischen Despoten schmeicheln, wie einer, der als Anfänger aus Limoges kam,

Hector Merlin, der bereits in einer Zeitung des rechten Flügels der Mitte politische Artikel schreibt und an unserer kleinen Zeitung mitarbeitet; ich habe mitangesehen, wie er einem Chefredakteur den Hut aufhob, der ihm heruntergefallen war. Dieser Bursche wird sich, während sich die andern Ehrgeizigen voller Neid gegenseitig bekämpfen, zwischen ihnen durchschlängeln, wird keinem etwas zuleide tun und ans Ziel gelangen. Sie tun mir leid. Ich sehe mich in Ihnen, wie ich gewesen bin, und ich bin sicher, in einem Jahr oder zweien sind Sie, was ich jetzt bin. Sie glauben an geheime Eifersucht, an irgendein persönliches Interesse bei diesen bitteren Ratschlägen; aber sie sind von der Verzweiflung eines Verdammten eingegeben, der nicht mehr aus der Hölle herauskommt. Niemand wagt zu sagen, was ich Ihnen mit dem Schmerz eines Menschen, der im Herzen getroffen ist, und wie ein zweiter Hiob auf dem Misthaufen zurufe: ›Siehe meine Schwären!‹« – »Gleichviel, ob auf diesem Felde oder auf einem andern, ich muß kämpfen«, sagte Lucien. – »So hören Sie es denn!« erwiderte Lousteau, »dieser Kampf wird pausenlos sein, wenn Sie Talent haben; denn Ihre beste Chance wäre, keins zu haben. Ihr strenges Gewissen, das heute rein ist, wird sich vor denen beugen, in deren Händen Ihr Erfolg ruht, die Ihnen mit ein paar Zeilen zum Leben verhelfen könnten, sie aber nicht schreiben wollen; denn, glauben Sie mir, der beliebte Schriftsteller ist anmaßender und härter gegen die Anfänger als der brutalste Verleger. Wo der Verleger nur einen Verlust fürchtet, erblickt der Schriftsteller einen Rivalen: der eine komplimentiert Sie hinaus, der andere schlägt Sie zu Boden. Sie armer Junge! Sie wollen schöne Werke schreiben und schöpfen aus Ihrem Herzen die Zärtlichkeit, das Mark, die Energie, lassen das alles durch Ihre Feder gehen und breiten es als Leidenschaft, als Empfindung, als schöne Sätze aus! Ja, Sie schreiben, statt zu handeln, Sie siegen, statt zu kämpfen, Sie lieben, Sie hassen, Sie leben in Ihren Büchern; aber wenn Sie Ihren ganzen Reichtum in Ihren Stil gelegt, wenn Sie Ihr Gold und Ihren Purpur für Ihre Gestalten verschwendet haben, wenn Sie in Lumpen durch die Pariser Straßen gehen und beglückt darüber sind, daß Sie mit den Standesamtsregistern gewetteifert und Geschöpfe namens Adolphe[84], Corinne[85], Clarissa[86], René[87] oder

Manon[88] in die Welt gesetzt haben; wenn Sie mit dieser Schöpfung Ihr Leben und Ihren Magen verdorben haben, dann müssen Sie erleben, wie sie von den Journalisten verleumdet, verraten, verkauft und in die Lagunen des Totschweigens verstoßen, wie sie von Ihren besten Freunden begraben wird. Können Sie den Tag erwarten, wo Ihre Schöpfung, wer weiß von wem? wann? wie? wiedererweckt wird? Es gibt ein prächtiges Buch: der pianto[89] der Ungläubigen, ›Obermann‹[90], das einsam und verlassen in der Wüste der Buchhändlermagazine schlummert und das die Buchhändler darum spöttisch einen Ladenhüter nennen: wann wird für dieses Buch ein Ostern anbrechen? Niemand weiß es! Suchen Sie vor allem einmal einen Verleger, der den Mut hat, Ihre ›Margueriten‹ zu drucken. Ich rede gar nicht vom Honorar, das er Ihnen zahlen soll, ich rede nur vom Druck. Da werden Sie seltsame Dinge erleben.«

Diese rauhe Tirade, die von Lousteau je nach der Stimmung, die sie gerade zum Ausdruck brachte, mit mannigfacher Betonung gesprochen wurde, rollte wie eine Lawine über Luciens Herz und durchdrang es mit eisiger Kälte. Er blieb eine Zeitlang starr und stumm stehen. Endlich taute sein Herz, als würde es von der furchtbaren Poesie der Schwierigkeiten gereizt, wieder auf. Er drückte Lousteaus Hand und rief ihm zu: »Ich werde siegen!«

»Schön!« sagte der Journalist. »Wieder mal ein Christ, der in die Arena steigt, um von den Bestien gefressen zu werden. – Heute abend, mein Lieber, ist eine Premiere im Panorama-Dramatique, sie fängt erst um acht Uhr an, es ist jetzt sechs; ziehen Sie Ihren besten Anzug an, machen Sie sich fein. Holen Sie mich ab. Ich wohne Rue de La Harpe über dem Café Servel, im vierten Stock. Wir gehen zuerst zu Dauriat. Sie bleiben dabei, nicht wahr? Gut, ich werde Sie heute abend mit einem der Könige des Verlagsbuchhandels und mit ein paar Journalisten bekannt machen. Nach der Vorstellung soupieren wir mit ein paar Freunden bei meiner Geliebten, denn was wir bei Flicoteaux gegessen haben, zählt nicht als Mahlzeit mit. Sie treffen dort Finot, den Chefredakteur und Besitzer meines Blattes. Sie kennen das Wort Minettes vom ›Vaudeville‹: ›Die Zeit ist eine bessere Fastenspeise‹? Schön; der Zufall soll für uns auch eine bessere Fastenspeise sein, wir müssen es mit ihm versuchen.« – »Ich werde diesen Tag nie vergessen«, sagte Lucien. – »Wappnen Sie sich mit Ihrem Manuskript, und machen Sie sich fein, weniger für Florine als für den Verleger.«

Die kameradschaftliche Gutmütigkeit, die dem leidenschaftlichen Aufschrei des Dichters, der den literarischen Krieg geschildert hatte, gefolgt war, rührte Lucien ebenso lebhaft, wie er jüngst an derselben Stelle von den ernsten, frommen Worten d'Arthez' ergriffen worden war. Der unerfahrene junge Mann war von der Aussicht auf den bevorstehenden Kampf, den er mit den Menschen aufnehmen wollte, erregt und hatte keine Ahnung von dem wirklichen Aussehen des moralischen Elends, das ihm der Journalist vorausgesagt hatte. Er wußte nicht, daß er vor zwei verschiedenen Wegen stand, zwischen zwei Systemen, die der ›Kreis‹ und der Journalismus vertraten. Der eine der beiden Wege war lang, ehrenhaft, sicher; der andere voller Klippen und Gefahren, voll schmutziger Pfützen, in denen sein Gewissen besudelt werden sollte. Sein Charakter bestimmte ihn dazu, den kürzesten, scheinbar angenehmsten Weg einzuschlagen, zu den entscheidenden und schnellen Mitteln zu greifen. Er gewahrte in diesem Augenblick keinen Unterschied zwischen der edlen Freundschaft eines d'Arthez und der leichtsinnigen Kameradschaft Lousteaus. Sein beweglicher Geist erblickte in der Zeitung eine Waffe, die ihm zur Verfügung stand; er fühlte in sich die Kraft und die Geschicklichkeit, sie zu handhaben; er wollte nach ihr greifen. Er war entzückt über die Anerbietungen seines neuen Freundes, dessen Hand auf die seine mit einer Nonchalance klopfte, die ihm reizend vorkam; wie hätte er auch wissen können, daß in der Armee der Presse jeder Freunde braucht, wie die Generale Soldaten brauchen! Lousteau, der seine Entschlossenheit bemerkte, preßte ihn zum Kollegen, in der Hoffnung, sich ihn zu verpflichten. Der Journalist verhielt sich zu seinem ersten Freund, wie Lucien zu diesem ersten Beschützer: der eine wollte Korporal werden, der andere Soldat sein. Der Neuling ging fröhlich zurück in sein Hotel, wo er eine ebenso sorgfältige Toilette machte wie an dem Unglückstag, da er in der Loge der Marquise d'Espard in der Großen Oper hatte paradieren wollen; aber seine Kleider standen ihm schon besser, er war inzwischen hineingewachsen. Er zog seine schöne, enganliegende helle Hose an, seine eleganten Stiefel, die ihn vierzig Francs gekostet hatten, und seinen Gesellschaftsrock. Er ließ sein feines, üppiges blondes Haar frisieren, parfümieren und sich Locken brennen. Auf seiner Stirn strahlte die Kühnheit, die er aus dem Gefühl seines Werts und seiner Zukunft schöpfte. Er ließ seine Mädchenhände sorgfältig behandeln; ihre mandelförmigen Nägel wurden blank und rosig. Von einem schwarzseidenen Kragen hob sich die weiße Rundung seines Kinns anmutig ab. Nie war ein hübscherer Jüngling vom Hügel des Quartier latin hinabgestiegen: er war schön wie ein griechischer Gott. Er nahm eine Droschke und war um ein Viertel vor sieben Uhr vor der Tür des Hauses, in dem sich das Café Servel befand. Die Portiersfrau sagte ihm, er müsse in den vierten Stock hinaufklettern, und gab ihm eine ziemlich verwickelte Beschreibung. Mit diesen Auskünften bewaffnet, fand er nicht ohne Mühe am Ende eines langen, dunklen Gangs eine offene Tür und sah das typische Zimmer des Quartier latin. Das Elend der jungen Leute, das in der Rue de Cluny, bei d'Arthez, bei Chrestien, mit einem Wort: überall herrschte, war ihm auch hierher gefolgt. Aber überall prägt es sich in einer Weise aus, die dem Charakter des Dulders entspricht. Hier war das Elend düster. Ein Bett aus Nußbaumholz ohne Vorhänge, neben dem ein elender, nach dem Trödlerladen aussehender Teppichfetzen lag; an den Fenstern Gardinen, die vom Rauch eines schlecht ziehenden Kamins und vom Zigarrenrauch geschwärzt waren; auf dem Kamin eine Carcellampe[91], ein Geschenk Florines, das dem Leihhaus noch nicht verfallen war; ferner eine wurmstichige Mahagonikommode, ein Tisch, auf dem Papiere und zwei oder drei struppige Federkiele herumlagen, an Büchern nur das, was gestern oder heute eingegangen war: so sah das Mobiliar dieses Zimmers aus, in dem es keinerlei Wertgegenstände gab, wohl aber eine häßliche Sammlung von schlechtem Schuhzeug und von alten ausgefransten Socken, die in einer Ecke herumlagen; in einer anderen Ecke Zigarrenstummel, schmutzige Taschentücher, zwei Hemden und drei Schlipse. Kurz, es war ein Literatenbiwak mit nicht vorhandener Möblierung und von der absonderlichsten Kahlheit, die man sich denken kann. Auf dem mit am Vormittag gelesenen Büchern beladenen Nachttisch schimmerte eine rote Fumade-Rolle[92]. Auf dem Kaminsims lagen ein Rasiermesser, ein paar Pistolen und eine Zigarrenkiste umher. An der Wand sah Lucien zwei gekreuzte Floretts unter einer Fechtmaske. Drei Stühle und zwei Sessel, die für das schlechteste Hotel garni dieser Straße kaum noch gut gewesen wären, vervollständigten die Einrichtung. Dieses Zimmer, das zugleich schmutzig und öde war, sprach von einem Leben ohne Ruhe und ohne Würde: es wurde darin geschlafen und hastig gearbeitet; man sah ihm an, daß es ungern bewohnt und schnell wieder verlassen wurde. Welcher Unterschied zwischen dieser zynischen Unordnung und dem sauberen, gesitteten Elend bei d'Arthez . . . ! Lucien vernahm nicht die heimliche Stimme dieses Gedankens, denn Etienne rief ihm einen Scherz zu, um die Nacktheit des Lasters zu maskieren.

»Da sehen Sie meine Hundehütte; meine großen Empfangsräume liegen in der Rue de Bondy, in der neuen Wohnung, die unser Drogist für Florine eingerichtet hat. Wir wollen sie heute abend einweihen.«

Etienne Lousteau trug eine schwarze Hose, blankgewichste Stiefel, einen Rock, der bis zum Hals zugeknöpft war; sein Hemd, das Florine ihm wohl wenden sollte, war unter einem Samtkragen verborgen, und er bürstete seinen Hut, um ihm das Aussehen eines neuen zu geben.

»Gehen wir!« sagte Lucien. – »Noch nicht; ich muß Geld haben und warte auf einen Buchhändler; vielleicht wird heute abend gespielt, und ich habe keinen Liard; und außerdem brauche ich Handschuhe.«

In diesem Augenblick hörten die beiden neuen Freunde Männerschritte auf dem Flur.

»Das ist er«, sagte Lousteau. »Mein Lieber, Sie werden jetzt sehen, welche Gestalt die Vorsehung annimmt, wenn sie sich den Dichtern zeigt. Bevor Sie Dauriat, den berühmten Buchhändler, in seinem Glanze sehen, sollen Sie den Buchhändler vom Quai des Augustins zu Gesicht bekommen, den Buchhändler, der dem Journalisten als Bankier dient, den literarischen Alteisentrödler, den Normannen, der gestern noch mit Salat handelte. – Sind Sie endlich da, Sie alter Tatar!« rief Lousteau. –

»Ich komme schon«, erscholl eine Stimme, die rissig klang wie eine zersprungene Glocke. – »Mit Geld?« – »Geld? Geld gibt es keins mehr im Buchhandel«, antwortete ein junger Mann, der hereintrat und dabei Lucien neugierig ansah. – »Zunächst sind Sie mir fünfzig Francs schuldig«, sagte Lousteau; »dann sind da zwei Exemplare einer ›Reise nach Ägypten‹, die sehr gerühmt wird; es sind eine Menge Stahlstiche drin, sie lassen sich leicht verkaufen: Finot ist damit für zwei Artikel bezahlt worden, die ich schreiben muß. Ferner zwei von den letzten Romanen von Victor Ducange, einem berühmten Autor aus dem Marais[93]. Des weiteren zwei Exemplare vom zweiten Buch eines Anfängers, Paul de Kock[94], der im selben Genre arbeitet. Weiter zwei ›Isolde von Dôle‹, ein hübsches Buch für die Provinz. Im ganzen, billig gerechnet, hundert Francs. Sie sind mir also hundert Francs schuldig, Freundchen Barbet.«

Barbet sah die Bücher an und prüfte sorgfältig den Schnitt und die Umschläge.

»Oh! sie sind tadellos erhalten«, rief Lousteau; »die ›Reise‹ ist nicht aufgeschnitten, und der Paul de Kock und der Ducange auch nicht, und ebensowenig das da auf dem Kamin, ›Betrachtungen über die Symbolik‹, die bekommen Sie als Zugabe; der Mythus ist so langweilig, daß ich es verschenke, damit ich nicht sehe, wie Tausende von Milben herauskrabbeln.« – »Ja«, sagte Lucien, »wie wollen Sie denn Ihre Artikel schreiben?«

Barbet bedachte Lucien mit einem höchst erstaunten Blick und sah dann grinsend Etienne an. »Man sieht, der Herr hat nicht das Unglück, von der Literatur zu sein.« – »Nein, Barbet, nein. Der Herr ist ein Dichter, ein großer Dichter, der Canalis, Béranger und Delavigne in die Tasche stecken wird. Er wird es weit bringen, vorausgesetzt, daß er sich nicht ins Wasser stürzt; aber dann brächte er es auch noch bis Saint-Cloud.« – »Wenn ich dem Herrn einen Rat geben darf, möchte ich sagen, das Versemachen lieber aufzugeben und sich auf die Prosa zu verlegen. Die Antiquare am Kai machen sich nichts mehr aus Versen.«

Barbet hatte einen schäbigen Überrock an, der mit einem einzigen Knopf zugeknöpft war; sein Kragen war fettig, er behielt den Hut auf dem Kopf, er trug Schuhe; unter seiner halboffenen

Weste war ein anständiges grobes Hemd aus starker Leinwand zu sehen. Seinem runden Gesicht, aus dem zwei habgierige Augen hervorstachen, fehlte es nicht an Gutmütigkeit; aber er hatte in seinem Blick die Unsicherheit und Unruhe von Menschen, die daran gewöhnt sind, daß man Geld von ihnen verlangt, und die welches haben. Er war zugleich rundlich und behende, seine Raffiniertheit wurde durch ein Bäuchlein getarnt. Nachdem er Gehilfe gewesen war, hatte er sich vor zwei Jahren selbständig gemacht, hatte auf dem Kai ein elendes Lädchen gemietet, und von da aus besorgte er seine Gänge zu den Journalisten, den Autoren, den Buchdruckern, denen er zu niedrigem Preis die Bücher abkaufte, die sie geschenkt bekommen hatten; auf diese Weise verdiente er jeden Tag einige zehn oder zwanzig Francs. Er hatte beträchtliche Ersparnisse gemacht, witterte die Bedürftigkeit eines jeden, spürte immer gute Geschäfte auf und diskontierte den Schriftstellern, wenn sie in Verlegenheit waren, zu fünfzehn oder zwanzig Prozent die Wechsel der Verleger, denen er dann am nächsten Tag zu herabgesetzten Preisen ein paar gute Bücher abkaufte, die begehrt waren; zur Zahlung gab er ihnen dann statt Geld ihre eigenen Wechsel. Er hatte die Schule hinter sich gebracht, und die Erfahrung hatte ihn gelehrt, Gedichtbüchern und modernen Romanen sorglich aus dem Wege zu gehen. Er bevorzugte die kleinen Sammelwerke, die Sachbücher, deren ganze Auflage nicht mehr als tausend Francs kostete und die er nach seinem Belieben ausbeuten konnte, wie z. B. ›Die französische Geschichte für Kinder‹, ›Die Buchhaltung in zwanzig Lektionen‹, ›Die Botanik für junge Mädchen‹. Zwei oder drei gute Bücher hatte er sich entgehen lassen, nachdem er die Autoren zwanzigmal zu sich hatte kommen lassen, ohne sich entschließen zu können, ihnen ihr Manuskript abzukaufen. Wenn man ihm seine Feigheit vorwarf, zeigte er den Bericht eines berühmten Prozesses vor, dessen Text ihn nichts kostete, da er ihn den Zeitungen entnommen hatte, und der ihm zwei- oder dreitausend Francs eingebracht hatte. Barbet war der Typ des furchtsamen Buchhändlers, der von Nüssen und Brot lebt, der wenig Wechsel unterschreibt, der in den Rechnungen, die er bekommt, eifrig nach kleinen Vorteilen sucht und Abzüge macht, der selber seine Bücher austrägt, man weiß nicht wohin, sie aber unterbringt und sich bezahlen läßt. Er war der Schrecken der Buchdrucker, die nicht wußten, was sie mit ihm anfangen sollten: er zog bei der Bezahlung Rabatt ab und drückte die Preise, wenn er merkte, daß der Drucker das Geld brauchte; danach gab er dann denen, die er geschröpft hatte, keine Aufträge mehr, weil er fürchtete, sie könnten ihn begaunern.

»Na, wie wird's mit unserm Geschäft?« fragte Lousteau.

»Ja, Bester«, sagte Barbet vertraulich, »ich habe in meinem Laden sechstausend unverkaufte Bände. Wissen Sie, ein alter Buchhändler hat einmal gesagt: ›Was tu' ich mit Büchern? Sie bringen nichts zu Buch.‹ Der Buchhandel steht schlecht da.« – »Wenn Sie in seinen Laden gingen, mein lieber Lucien«, sagte Etienne, »fänden Sie auf einem eichenen Schreibtisch, den er aus der Konkursmasse irgendeines bankerotten Weinhändlers erstanden hat, eine Kerze, die nicht geputzt ist, weil sie dann weniger schnell herunterbrennt. Bei dieser fragwürdigen Beleuchtung würden Sie leere Regale sehen. Dieses Nichts wird von einem kleinen Kerl in blauem Kittel gehütet, der sich in die Hände haucht, von einem Fuß auf den andern tritt, um warm zu werden, oder in einem fort die Arme übereinanderschlägt, wie ein Kutscher auf seinem Bock. Sehen Sie her! Er hat nicht mehr Bücher, als Sie hier sehen. Niemand würde vermuten, was für Geschäfte er macht.« – »Hier haben Sie einen Wechsel über hundert Francs auf drei Monate«, sagte Barbet, der ein Lächeln nicht unterdrücken konnte, als er ein gestempeltes Papier aus der Tasche zog, »und ich nehme Ihre Schmöker mit. Wissen Sie, ich kann kein bares Geld mehr geben, der Absatz ist zu schlecht. Ich hatte gemeint, Sie brauchten mich; aber ich hatte keinen Sou und habe Ihnen zu Gefallen einen Wechsel unterschrieben; ich gebe nämlich meine Unterschrift nicht gern.« – »Sie wollen also auch noch Dank und meine Hochachtung!« sagte Lousteau. – »Obwohl man seine Wechsel nicht mit Gefühlen einlöst, akzeptiere ich trotzdem Ihre Hochachtung«, sagte Barbet. – »Aber ich brauche Handschuhe, und die Parfümeriegeschäfte werden so niederträchtig sein, daß sie Ihren Wechsel nicht annehmen«, fuhr Lousteau fort. »Halt, da ist ein prachtvoller Kupferstich, da, in der obersten Schublade der Kommode; er ist achtzig Francs wert, er ist avant la lettre[95], aber trotzdem schon ›beschriftet‹;

ich habe nämlich bereits einen ziemlich spaßigen Artikel darüber geschrieben: ›Hippokrates weist die Geschenke des Artaxerxes zurück!‹[96] Das gab Stoff zu Bissigkeiten. Na, ist das nicht ein schönes Blatt? Es paßt für alle Ärzte, die die übertriebenen Geschenke der Pariser Satrapen zurückweisen. Unter dem Stich liegen auch noch so etwa dreißig Romanzen. Nehmen Sie den ganzen Krempel und geben Sie mir vierzig Francs.« – »Vierzig Francs!« jammerte der Buchhändler und gackerte auf wie ein erschrockenes Huhn; »höchstens zwanzig. Und die kann ich auch noch verlieren«, fügte er hinzu. – »Wo sind die zwanzig Francs?« fragte Lousteau. – »Wahrhaftig, ich weiß nicht, ob ich sie bei mir habe«, sagte Barbet und suchte in seinen Taschen. »Da sind sie. Sie plündern mich aus, Sie haben eine Macht über mich . . .« – »Schon gut, wir müssen gehen«, sagte Lousteau, nahm Luciens Manuskript und schmierte zwischen Bindfaden und Papier mit der Feder etwas Tinte. – »Haben Sie noch etwas?« fragte Barbet. – »Nichts, Sie kleiner Shylock. Ich will dir zu einem glänzenden Geschäft verhelfen – (an dem du tausend Taler verlieren sollst, zur Strafe, weil du mich so bestiehlst)«, sagte Etienne halblaut zu Lucien. – »Und Ihre Artikel?« fragte Lucien, als sie dem Palais Royal zusteuerten. – »Sie haben keine Ahnung, wie so etwas hingepfuscht wird. In der ›Reise nach Ägypten‹ habe ich geblättert und hier und da Stellen gelesen, ohne den Band aufzuschneiden; ich habe elf Sprachschnitzer darin entdeckt. Also schreibe ich einfach eine Spalte des Inhalts, der Verfasser verstehe vielleicht die Sprache der Enten, die auf den Obelisken genannten ägyptischen Steinblöcken ausgehauen sind, aber er beherrsche keinesfalls seine eigene Sprache, und das werde ich ihm beweisen. Ich werde sagen, er hätte sich, anstatt uns von Naturgeschichte und Altertümern zu reden, lieber mit der Zukunft Ägyptens beschäftigen sollen, mit dem Fortschritt der Zivilisation, mit den Mitteln, Ägypten für Frankreich zu gewinnen, das es einmal erobert und wieder verloren hat und jetzt noch durch moralische Einflüsse an sich bringen kann. Dazu eine patriotische Rodomontade, das Ganze gespickt mit Tiraden über Marseille, die Levante, unsern Handel.« – »Aber wenn er das getan hätte, was würden Sie dann schreiben?« – »Dann schriebe ich, er hätte, anstatt uns mit Politik zu langweilen, sich mit der

Kunst beschäftigen und uns das Land in bezug auf seine malerische und landschaftliche Seite schildern müssen. Bei dieser Gelegenheit wird der Kritiker sentimental. Wir sind überschwemmt mit Politik, sagt er, sie langweilt uns, man findet sie überall. Ich verkünde meine Sehnsucht nach den reizenden Reisebeschreibungen, in denen uns die Schwierigkeiten der Seefahrt, das Reizvolle des Auslaufens, die Freuden beim Passieren des Äquators geschildert werden, kurz, alles, was die wissen wollen, die nie eine Reise machen. Man macht sich, ohne sie zu blamieren, über die Reisenden lustig, die einen vorbeihuschenden Vogel, einen fliegenden Fisch, einen Fischzug, die festgestellten geographischen Orte, die bezeichneten Untiefen als große Ereignisse feiern. Man verlangt wissenschaftliche Tatsachen, von denen niemand etwas versteht und die darum wie alles, was tief, geheimnisvoll und unbegreiflich ist, einen besonderen Zauber ausüben. Der Abonnent lacht, er ist zufrieden. Was nun aber die Romane angeht, so gibt es in der Welt niemanden, der so viel Romane verschlingt wie Florine; sie erzählt mir den Inhalt, und nach dem, was sie mir sagt, pinsele ich meinen Artikel. Wenn sie von dem, was sie die Schriftstellerphrasen nennt, gelangweilt worden ist, kommt mir das Buch beachtenswert vor, und ich lasse den Verleger um ein weiteres Exemplar ersuchen; der freut sich, daß er einen günstigen Artikel haben soll, und schickt es nur zu gern.« – »Mein Gott! aber die Kritik, die heilige Kritik!« rief Lucien, der noch erfüllt von den Anschauungen seines ›Kreises‹ war. – »Mein Lieber«, sagte Lousteau, »die Kritik ist eine Bürste, die man bei leichten Stoffen nicht verwenden darf, weil sie da alles wegschabt. Hören Sie, wir wollen nicht länger von unserm schmierigen Handwerk reden. Sehen Sie den Tintenstrich hier?« fragte er und zeigte ihm das Manuskript der ›Margueriten‹. »Ich habe mit ein bißchen Tinte Ihren Bindfaden mit dem Papier verbunden. Wenn Dauriat Ihr Manuskript liest, wird es ihm sicher unmöglich sein, die Schnur wieder genauso anzubringen. Ihr Manuskript ist also so gut wie versiegelt. Das ist nicht unnütz für die Erfahrung, die Sie machen wollen. Und dabei vergessen Sie nicht, daß Sie nicht allein und ohne Gönner zu diesem Verleger kommen, wie die Jüngelchen, die zu zehn Verlegern gehen, ehe sie einen finden, der ihnen einen Stuhl anbietet . . .«

Lucien hatte die Richtigkeit dieser Bemerkung schon kennengelernt. Lousteau bezahlte den Kutscher, indem er ihm drei Francs gab, zur nicht geringen Verblüffung Luciens, der über die Verschwendung erstaunt war, die einer solchen Notlage folgte. Danach gingen die beiden Freunde in die Galeries-de-Bois, in denen sich damals die ›Nouveautés‹ genannte Verlagsbuchhandlung befand. Zu jener Zeit bildeten die Galeries-de-Bois eine der bemerkenswertesten Sehenswürdigkeiten von Paris. Es ist nicht überflüssig, diesen anrüchigen Basar zu schildern; er hat sechsunddreißig Jahre lang im Pariser Leben eine so große Rolle gespielt, daß es wenige über vierzig Jahre alte Leute gibt, denen diese Beschreibung, die unsern jungen Leuten unglaublich erscheinen muß, nicht Vergnügen machen wird. An der Stelle der kalten, hohen und breiten Galerie d'Orleans, die eine Art Gewächshaus ohne Blumen ist, standen Baracken oder, um genauer zu sein, Bretterhütten; sie hatten eine schlechte Bedachung und waren klein; auf den Hof und den Garten hinaus blickten elende, Luken gleiche Fenster, wie man sie kläglicher kaum in den schmutzigsten Kneipen außerhalb der Pariser Stadtzollschranken findet. Drei Reihen Buden bildeten zwei Galerien, die ungefähr zwölf Fuß hoch waren. Die in der Mitte gelegenen Buden öffneten sich nach beiden Galerien, deren Atmosphäre ihnen eine verpestete Luft lieferte und deren Dach durch die immer schmutzigen Scheiben nur wenig Licht hindurchließ. Es strömten so viele Menschen in diese Galerien, daß die engen Zellen, von denen manche nur sechs Fuß breit und acht bis zehn Fuß lang waren, bis zu tausend Talern Miete kosteten. Die Buden waren durch kleine grüne Gitter geschützt, vielleicht um die Menge daran zu hindern, durch ihr Gedränge die elenden dünnen Gipswände einzudrücken, die die Läden nach hinten abschlossen. Dort also befand sich ein Raum von zwei oder drei Fuß, auf dem die absonderlichsten Erzeugnisse einer der Wissenschaft unbekannten Botanik wuchsen, und dazwischen befanden sich die Erzeugnisse verschiedener, nicht weniger blühender Industrien. Altpapier krönte einen Rosenstock, so daß die Blüten der Rhetorik von den verkümmerten Blüten dieses schlecht gepflegten und, wenn überhaupt, dann mit stinkenden Abfällen gedüngten Gartens umduftet waren. In den Zweigen blühten Bänder in allen Farben oder Reklamezettel. Die Abfälle der Mode erstickten das Pflanzenleben: man konnte eine aus Bändern geknüpfte Schleife auf einem Tuff Grün finden, und es konnte einem geschehen, daß man eine Dahlie zu bewundern glaubte, bis man bei näherem Zugreifen merkte, daß es eine seidene Schleife war. An diesem phantastischen Palais war auf beiden Seiten, nach dem Hof und nach dem Garten zu, alles Absonderliche zu finden, was der Pariser Schmutz hervorgebracht hat: der Maueranstrich war heruntergespült, der Verputz ausgeflickt, es gab bizarre Schilder zu lesen. Nach dem Garten und dem Hof zu beschmutzte das Pariser Publikum ausgiebig die kleinen grünen Laubengänge in der abscheulichsten Weise. Ein ekelhafter, widerwärtiger Streifen auf beiden Seiten schien also geruchsempfindlichen Leuten zu verbieten, sich den Galerien zu nähern; aber sie wichen ebensowenig vor diesen Schrecknissen zurück, wie die Prinzen im Märchen vor den Drachen und den Hindernissen, die ein böser Geist zwischen sie und die Prinzessinnen stellt. Durch diese Galerien führte, wie auch heute noch, ein Durchgang, zu dem man, wie jetzt, durch die beiden Säulenhallen gelangte, die vor der Revolution begonnen und aus Mangel an Geld nicht fertiggestellt worden waren. Die schöne steinerne Galerie, die zum Théâtre-Français führt, bildete damals eine enge Passage, die unverhältnismäßig hoch und so schlecht gedeckt war, daß es oft hineinregnete. Man nannte sie die Galerie-Vitrée, die Glasgalerie, um sie von den Galeries-de-Bois, den Holzgalerien, zu unterscheiden. Die Dächer dieser Schmutzlöcher waren übrigens alle in so schlechtem Zustand, daß das Haus Orléans einen Prozeß mit einem berühmten Kaschmir- und Seidenstoffhändler hatte, dem in einer Nacht hochwertige Waren verdorben waren. Der Kaufmann gewann den Prozeß. An manchen Stellen diente ein geteertes Zelttuch als Dach. Der Boden der Glasgalerie, in der Chevet[97] den Grund zu seinem Vermögen legte, und der der Holzgalerien war der natürliche Boden von Paris, vermehrt um den künstlichen Boden, den die Stiefel und Schuhe des Publikums hineinbrachten. Zu jeder Zeit stießen die Füße an Berge und Täler von hartgewordenem Straßenkot, den die Kaufleute unaufhörlich hinausfegten, und Fremde mußten sich erst daran gewöhnen, wenn sie dort gingen.

Diese widerwärtige Anhäufung von Kotstücken, die Fenster, die durch Regen und Staub verdreckt waren, die niedrigen, außen mit Lumpen verkleideten Hütten, der Schmutz des begonnenen Mauerwerks, der ganze Komplex, der wie ein Zigeunerlager aussah, Jahrmarktsbuden, provisorische Gerüste, mit denen in Paris die nie zu Ende geführten Bauten umgeben werden, dieses Zerrbild paßte ausgezeichnet zu den unterschiedlichen Geschäften, die haufenweise unter diesem schamlosen, frechen Schirmdach betrieben wurden. Inmitten des ausgelassenen Treibens und der tollen Lustigkeit sind dort in der Zeit zwischen der Revolution von 1789 und der Revolution von 1830 die wichtigsten Dinge vor sich gegangen. Zwanzig Jahre lang war die Börse auf der gegenüberliegenden Seite der Straße im Parterre des Palais untergebracht. So wurden dort die öffentliche Meinung und der Ruf gemacht und vernichtet, ebenso wie die politischen und die Geldgeschäfte. Man gab sich vor und nach der Börse in diesen Galerien ein Stelldichein. Das Paris der Bankiers und der Großkaufleute füllte oft den ganzen Hof des Palais Royal und strömte, wenn es regnete, unter dieses Obdach. Es lag an der Anlage dieses Baues – der, man weiß nicht wie, an diesem Ort entstanden war –, daß er außerordentlich dröhnte. Er hallte nur so wider vom Gelächter. Wenn es am einen Ende einen Streit gab, wußte man am andern, um was es sich handelte. Es gab da nur Buchhändler, Poesie, Politik und Prosa, Modistinnen und schließlich auch Freudenmädchen, die auch nur abends kamen. Da blühten der Klatsch und die Literatur, junger und alter Ruhm, die Intrigen der Journalisten und die Lügen der Verleger. Dort wurden dem Publikum, das sich darauf versteifte, sie nur an dieser Stätte zu erwerben, die Neuerscheinungen verkauft. Dort sind an einem einzigen Abend mehrere tausend Exemplare eines Pamphlets von Paul-Louis Courier[98] oder ›Das Abenteuer einer Königstochter‹ verkauft worden, Schriften, die den ersten Schlag darstellten, den das Haus Orléans gegen die Verfassung Ludwigs XVIII. führte. Zu der Zeit, da Lucien dort umherwandelte, hatten einige Buden ziemlich elegante Schaufenster; aber diese Buden gehörten zu den Reihen, die auf den Garten oder den Hof hinausgingen. Bis zu dem Tag, an dem dieser seltsame Baukomplex unter dem

Hammer des Architekten Fontaine[99] zertrümmert wurde, waren die zwischen den beiden Galerien gelegenen Buden ganz offen und wurden, wie die Jahrmarktsbuden in der Provinz, von Pfeilern gestützt; so konnte man über die Waren oder die Glastüren hinweg auf beide Galerien sehen. Da es unmöglich war, dort zu heizen, gebrauchten die Kaufleute nur Fußwärmer und hatten von sich aus eine Feuerwehr gebildet; denn eine Unvorsichtigkeit konnte in einer Viertelstunde diese Ansammlung von Brettern, die von der Sonne ausgetrocknet und mit Gaze, Musselin und Papier angefüllt war, in Flammen aufgehen lassen. Die Buden der Modistinnen steckten voller unbeschreiblicher Hüte, die weniger zum Verkauf als zur Schaustellung dazusein schienen, zu Hunderten auf eisernen Bratspießen, die oben in Pilze ausliefen, hingen und die Galerien mit ihren tausend Farben beflaggten. Zwanzig Jahre hindurch haben sich alle Vorbeigehenden gefragt, auf welchen Köpfen wohl diese eingestaubten Hüte ihre Laufbahn vollenden würden. Putzmacherinnen, die im allgemeinen häßlich, aber keck waren, riefen die Frauen mit zudringlichen Worten an, entsprechend der Gewohnheit und in der Ausdrucksweise der Markthalle. Eine Grisette, deren Zunge ebenso lose war, wie ihre Augen herausfordernd, stand auf einem Hocker und rief den Passanten unaufhörlich zu: »Wollen Sie nicht einen hübschen Hut kaufen, Madame? – Lassen Sie sich etwas anbieten, Monsieur?« Ihr reicher, malerischer Wortschatz wurde durch ihren Tonfall, ihre Blicke und ihre kritischen Bemerkungen über die Vorübergehenden noch variiert. Die Buchhändler und die Modistinnen lebten in gutem Einvernehmen. In der Passage, die so stolz den Namen Glasgalerie führte, waren die sonderbarsten Gewerbe vertreten. Dort hatten sich Bauchredner, Marktschreier aller Art niedergelassen, die Buden, in denen man nichts sieht, und die, in denen einem die ganze Welt gezeigt wird. Dort hat sich zum erstenmal ein Mann etabliert, der dann auf allen Märkten zu sehen war und dabei sieben- oder achthunderttausend Francs verdient hat. Er hatte als Wahrzeichen eine Sonne, die sich in einem schwarzen Rahmen drehte, um den in roter Schrift die leuchtenden Worte standen: »Hier ist zu sehen, was Gott nicht sehen kann. Preis zwei Sous.« Der Ausrufer ließ nie eine Person allein hinein, und nie mehr als zwei. War man drin, so stand man mit der Nase dicht vor einem großen Spiegel. Plötzlich erschallte eine Stimme, die den Berliner Hoffmann[100] in Schrecken gesetzt hätte, denn sie klang wie ein Automat, dessen Feder abschnurrt: »Meine Herren, Sie sehen hier, was bis in alle Ewigkeit Gott nicht sehen kann, nämlich Ihr Ebenbild. Gott hat kein Ebenbild!« Die Leute gingen dann beschämt hinaus, ohne ihre Torheit einzugestehen. Aus allen kleinen Türen hörte man ähnliche Stimmen, die Kosmoramen[101], Ansichten von Konstantinopel, Marionettentheater, schachspielende Automaten, Hunde, die die schönste Frau der Gesellschaft herausfinden konnten, anpriesen. Der Bauchredner Fitz-James ist hier im Café Borel aufgetreten, bevor er nach Montmartre ging, sich den Studenten des Polytechnikums anschloß und im Krieg fiel[102]. Es gab dort Obst- und Blumenfrauen und einen berühmten Schneider, dessen Uniformstickereien am Abend wie Sonnen glänzten. Am Vormittag bis gegen zwei Uhr nachmittags war es in den Holzgalerien still, düster und öde. Die Handeltreibenden plauderten miteinander, als ob sie bei sich zu Hause seien. Das Stelldichein, das sich die Bevölkerung von Paris dort gab, begann erst gegen drei Uhr, zur Börsenzeit. Sowie die Menge kam, machten sich die jungen Leute, die es nach Literatur dürstete und die kein Geld hatten, bei den Ständen der Buchhändler an das kostenlose Lesen. Die Gehilfen, die über die ausgestellten Bücher zu wachen hatten, waren freundlich genug, die armen Kerle die Seiten umdrehen zu lassen. Ein Duodezband von zweihundert Seiten, wie Smarra[103], Peter Schlemihl[104], Jean Sbogar[105], Jocko[106], war in zwei Sitzungen verschlungen. Zu jener Zeit gab es noch keine Lesekabinette; wenn man ein Buch lesen wollte, mußte man es kaufen; daher wurden damals die Romane in Auflagen verkauft, deren Höhe heutzutage märchenhaft anmutet. Es lag also in diesem Almosen, das man der jungen, gierigen und armen Intelligenz schenkte, etwas echt Französisches. Das Poetische dieses schrecklichen Basars machte sich mit dem Anbruch der Dunkelheit bemerkbar. Von allen umliegenden Straßen kam eine große Zahl von Freudenmädchen, die hier unentgeltlich auf und ab gehen durften. Aus allen Ecken und Winkeln von Paris eilten sie herbei, um ›im Palais zu arbeiten‹. Die Galeries-de-Pierre, die ›Steingalerien‹, gehörten privilegierten Häusern, die für das Recht, wie Prinzessinnen gekleidete Geschöpfe zwischen dem oder jenem Säulenbogen und auf dem entsprechenden Platz im Garten auszustellen, bezahlen mußten; dagegen waren die Holzgalerien für die Prostitution ein öffentliches Gebiet, das ›Palais‹ par excellence – unter diesem Ausdruck verstand man damals den Tempel der Prostitution. Jede Frau konnte hinkommen, in Begleitung ihres Opfers wieder gehen und es hinführen, wohin sie wollte. Jene Frauen lockten also am Abend eine so beträchtliche Menschenmenge in die Holzgalerien, daß man wie in der Prozession oder auf einem Maskenball Schritt für Schritt gehen mußte. Diese Langsamkeit, die keinen Menschen störte, diente der Besichtigung. Die Frauen trugen eine Kleidung, die es heute nicht mehr gibt. Die Art, wie sie bis zur Mitte des Rückens und auch vorn sehr tief ausgeschnitten waren, ihre unglaublichen Haartrachten, mit denen jede den Blick auf sich lenken wollte – die eine mit der hohen Haube der Frauen von Caux, die andere auf spanische Art, die dritte mit Locken wie ein Pudel, die vierte glatt gescheitelt –, ihre weißbestrumpften Beine, die sie bei jeder Gelegenheit, aber nie zur Unzeit zeigten: diese ganze verruchte Poesie ist verlorengegangen. Die Frechheit der Fragen und Antworten, der ganz öffentliche Zynismus, der zu dem Ort paßte, existiert nicht mehr, weder auf einem Maskenball noch auf den berühmten Bällen, die heutzutage abgehalten werden. Es war schrecklich und lustig. Die leuchtende Haut der Schultern und des Halses schimmerte zwischen den fast immer dunklen Anzügen der Männer hervor und brachte die prächtigsten Gegensätze zustande. Das Durcheinander der Stimmen und das Geräusch der vielen Tritte klang schon in der Mitte des Gartens wie ein dumpfer Lärm, wie ein Baß, der die Begleitung abgab für das Lachen der Mädchen oder das Geschrei bei irgendeinem Zwist. Angesehene Persönlichkeiten, hervorragende Männer wurden dort von Menschen mit Galgengesichtern gestreift. Diese monströsen Menschenansammlungen übten sogar auf die kühlsten Naturen einen unwiderstehlichen Reiz aus. Und so ist denn auch ganz Paris bis zum letzten Augenblick hingegangen; es ist auf den Holzbrettern auf und ab spaziert, die der Architekt über die Keller hatte legen lassen, solange er daran baute. Der Untergang dieser abscheulichen hölzernen Anlage ist laut und einmütig beklagt worden[107].

Der Buchhändler Ladvocat hatte sich seit einigen Tagen in dem Winkel der Passage, der diese Galerien in der Mitte teilte, vor Dauriat niedergelassen, diesem heute vergessenen kühnen jungen Mann, der den Weg gangbar machte, auf dem seitdem sein Konkurrent zu großem Vermögen gekommen ist. Die Bude Dauriats befand sich in einer der Reihen, die auf den Garten hinaus gingen, die Ladvocats dagegen öffnete sich nach dem Hof. Die Bude Dauriats war in zwei Teile geteilt, davon einer als Buchhandelslager, der andere als Kontor diente. Lucien, der zum erstenmal zur Abendzeit hinkam, war über den Anblick erstaunt, dem weder die Provinzler noch die jungen Leute zu widerstehen vermochten. Er verlor bald seinen Begleiter.

»Wenn du so schön wärst wie der junge Mann da, zahlte ich dir noch was drauf«, sagte eine Hure zu einem alten Mann und deutete dabei auf Lucien.

Lucien wurde rot wie ein junges Mädchen und folgte dem Strom in einem Zustand von Starrheit und Aufregung, der schwer zu beschreiben ist. Die Blicke der Frauen forderten ihn heraus, die weiße Rundung der Schultern, die verlockenden Halsausschnitte blendeten ihn; er – dieses Unschuldslamm! – klammerte sich an sein Manuskript und drückte es an sich, damit es ihm nicht gestohlen würde.

»Was soll das?« rief er, als er einen Arm nach seinem greifen fühlte und glaubte, irgendein Schriftsteller habe ihm seine Gedichte stehlen wollen. Er erblickte seinen Freund Lousteau, der zu ihm sagte: »Ich dachte mir, daß Sie hier vorbeikommen müßten.« Der Dichter stand an der Ladentür, und Lousteau führte ihn hinein; der Laden war voller Menschen, die den Pascha der Buchhandlung sprechen wollten. Drucker, Papierlieferanten und Zeichner standen um Gehilfen herum und befragten sie über die laufenden Geschäfte oder standen in Gedanken.

»Halt, da ist Finot, der Chefredakteur meines Blattes; er plaudert mit einem talentvollen jungen Mann, Félicien Vernou, einem kleinen Lümmel, der tückisch ist wie eine geheime Krankheit.« – »Na«, sagte Finot, der mit Vernou auf Lousteau zutrat, »du hast eine Premiere. Ich habe über die Loge verfügt.« –

»Hast du sie Braulard verkauft?« – »Was macht das? Du bekommst schon noch einen Platz. Was willst du dir von Dauriat geben lassen? Ach, daß ich's nicht vergesse! Es ist vereinbart, daß wir Paul de Kock stark loben, Dauriat hat zweihundert Exemplare genommen, und Victor Ducange lehnt es ab, einen Roman für ihn zu schreiben. Dauriat sagt, er wolle einen neuen Autor im selben Genre kreieren. Du mußt also Paul de Kock über Ducange stellen.« – »Aber ich habe mit Ducange zusammen ein Stück in der Gaîté«, sagte Lousteau. – »Was macht das? Du sagst ihm, der Artikel sei von mir, und er sei sehr scharf gewesen, du aber habest ihn gemildert, dann ist er dir Dank schuldig.« – »Könntest du mir nicht diesen kleinen Wechsel über hundert Francs von Dauriats Kassierer diskontieren lassen?« fragte Etienne Finot. »Du weißt, wir veranstalten ein Abendessen zur Einweihung von Florines neuer Wohnung.« – »Richtig, ja, du willst uns bewirten«, sagte Finot und schnitt ein Gesicht, als ob er sich erst besinnen müsse. »Ach, Gabusson«, sagte er, nahm Barbets Wechsel und überreichte ihn dem Kassierer, »geben Sie dem Herrn für mich neunzig Francs. – Giriere den Wechsel, alter Junge.«

Lousteau nahm die Feder des Kassierers, während dieser das Geld aufzählte, und schrieb seinen Namen auf den Wechsel. Lucien war ganz Auge und Ohr und verlor keine Silbe von diesem Gespräch.

»Das ist noch nicht alles, mein Lieber«, fuhr Etienne fort, »ich sage nicht danke, wir gehen ohnehin miteinander durch dick und dünn. Ich muß den Herrn hier mit Dauriat bekannt machen, und du mußt ihn dazu bringen, daß er uns anhört.« – »Um was handelt es sich?« fragte Finot. – »Um eine Gedichtsammlung«, antwortete Lucien. – »Oh!« sagte Finot und trat zurück. – »Der Herr«, sagte Vernou mit einem Blick auf Lucien, »hat noch nicht lange mit Verlegern zu tun, sonst hätte er sein Manuskript im entlegensten Winkel seiner Wohnung vergraben.«

In diesem Augenblick trat ein gutaussehender junger Mann, Emile Blondet, herein, der im ›Journal des Débats‹ mit aufsehenerregenden Artikeln debütiert hatte, gab Finot und Lousteau die Hand und grüßte Vernou oberflächlich.

»Komm mit uns zum Mitternachtssouper bei Florine«, sagte

Lousteau zu ihm. – »Ich mache mit«, antwortete der junge Mann; »aber wer kommt denn außerdem?« – »Oh!« erwiderte Lousteau, »der Drogist Matifat, Bruel, der Dramatiker, der Florine zu ihrem Debüt eine Rolle gegeben hat; ein altes Kerlchen, Papa Cardot, und sein Schwiegersohn Camusot; ferner Finot . . .« – »Bist du mit deinem Drogisten zufrieden?« – »Er wird uns schwerlich Drogen vorsetzen«, antwortete Lucien. – »Der Herr ist sehr geistreich«, sagte Emile Blondet ganz ernst und sah Lucien an. »Kommt er ebenfalls, Lousteau?« – »Ja.« – »Dann gibt es sicher viel zu lachen.«

Lucien war bis über beide Ohren errötet.

»Dauert es noch lange, Dauriat?« fragte Blondet und klopfte an die Scheibe, hinter der Dauriat an seinem Schreibtisch saß. – »Ich stehe dir gleich zur Verfügung, lieber Freund.« – »Gut«, sagte Lousteau zu seinem Schützling. »Der junge Mann, der fast Ihres Alters ist, ist an den ›Débats‹. Er ist einer der Fürsten der Kritik: er ist gefürchtet, Dauriat wird ihm schmeicheln, und dann können wir dem Pascha der Vignetten und der Druckerschwärze von unserm Geschäft sprechen; sonst kämen wir um elf Uhr noch nicht an die Reihe. Die Zahl der Wartenden wird immer größer.«

Lucien und Lousteau traten jetzt nahe an Blondet, Finot und Vernou heran und bildeten unmittelbar vor dem Eingang zu Dauriats Kontor eine geschlossene Gruppe.

»Womit ist er beschäftigt?« fragte Blondet Gabusson, den ersten Gehilfen, der aufstand, um ihn zu begrüßen. – »Er kauft eine Wochenschrift, die er wieder in Schwung bringen will, um sie dem Einfluß der ›Minerve‹[108], die allzu ausschließlich Eymery[109] dient, und dem ›Conservateur‹[110], der zu blind zu den Romantikern hält, entgegenzustellen.« – »Wird er gut zahlen?« – »Wie immer . . . zuviel!« erwiderte der Kassierer.

In diesem Augenblick kam ein junger Mann herein, von dem eben ein vorzüglicher Roman erschienen war, der schnellen Absatz und den schönsten Erfolg gefunden hatte, ein Roman, dessen zweite Auflage eben für Dauriat gedruckt wurde. Der junge Mann war eine außergewöhnliche und bizarre Erscheinung, die auf der Stelle die Künstlernatur verriet; er fiel Lucien sehr auf.

»Das ist Nathan«, flüsterte Lousteau unserm Provinzdichter ins Ohr.

Nathan trat trotz des Ausdrucks wilden Stolzes in seinem damals noch ganz jugendlichen Gesicht an die Journalisten mit gezogenem Hut heran und stand fast demütig vor Blondet, den er bis jetzt nur vom Sehen kannte. Blondet und Finot behielten ihre Hüte auf dem Kopf.

»Ich bin glücklich über die Gelegenheit, die mir der Zufall verschafft ...« – »Er ist so verwirrt, daß er einen Pleonasmus macht«, sagte Félicien zu Lousteau. – »... Ihnen meine Dankbarkeit für den schönen Artikel auszusprechen, den Sie so freundlich waren im ›Journal des Débats‹ über mich zu schreiben. Mein Buch verdankt Ihnen die Hälfte seines Erfolgs.« – »Nein, mein Lieber, nein«, sagte Blondet mit einer Miene, in der die Gönnerschaft sich mit Biederkeit tarnte. »Hol' mich der Teufel! Sie haben Talent, und ich freue mich sehr, Ihre Bekanntschaft zu machen.« – »Da Ihr Artikel schon erschienen ist, kann es nicht den Anschein erwecken, als wollte ich dem Mächtigen schmeicheln; wir können also ungeniert miteinander reden. Wollen Sie mir die Ehre und das Vergnügen machen, morgen mit mir zu Abend zu essen? Finot kommt ebenfalls. – Lousteau, alter Freund, du sagst nicht nein«, fügte Nathan hinzu und schüttelte Etienne die Hand. »Ah, Sie sind auf einem schönen Wege«, sagte er wieder zu Blondet, »Sie sind der Erbe von Dussault[111], Fiévée[112] und Geoffroy[113]! Hoffmann[114] hat über Sie mit Claude Vignon[115], seinem Schüler, der mein Freund ist, gesprochen und hat zu ihm gesagt, er könne ruhig sterben, da für die Existenz des ›Journal des Débats‹ gesorgt sei. Sie bekommen doch sicher riesige Honorare?« – »Hunderts Francs für die Spalte«, sagte Blondet. »Der Preis ist nicht hoch, wenn man genötigt ist, Bücher zu besprechen, davon hundert zu lesen, bis man eins findet, mit dem man sich beschäftigen kann wie mit dem Ihren. Auf Ehre, Ihr Werk hat mir Freude gemacht.« – »Und ihm fünfzehnhundert Francs eingebracht«, sagte Lousteau zu Lucien. – »Beschäftigen Sie sich auch mit Politik?« fing Nathan wieder an. – »O ja, hie und da«, erwiderte Blondet.

Lucien, der sich hier wie ein Embryo vorkam, hatte das Buch Nathans bewundert; er verehrte den Verfasser wie einen Gott und war aufs höchste verblüfft über diese Kriecherei vor einem Kritiker, dessen Name und Bedeutung ihm unbekannt waren. – »Werde ich mich je so benehmen? Muß man denn seine ganze Würde aufgeben?« fragte er sich. – »Setz doch deinen Hut auf, Nathan! Du hast ein schönes Buch geschrieben und der Kritiker nur einen Artikel.« Diese Gedanken peitschten ihm das Blut durch die Adern. Er sah in jedem Augenblick schüchterne junge Leute, Schriftsteller, die Geld brauchten, hereinkommen, die nach Dauriat fragten, aber, wenn sie die Bude voll sahen, daran verzweifelten, zu ihm vorzudringen, und beim Hinausgehen sagten: »Ich komme wieder.« Zwei oder drei Politiker plauderten in einer Gruppe, bei der politische Berühmtheiten standen, von der Einberufung der Kammern und von öffentlichen Angelegenheiten. Die Wochenschrift, über deren Ankauf Dauriat verhandelte, hatte das Recht, Politik zu treiben. In jener Zeit waren die amtlichen Zeitungen selten geworden. Das Recht, eine Zeitung herauszugeben, war ein so begehrtes Privileg wie der Besitz eines Theaters. Einer der einflußreichsten Aktionäre des ›Constitutionnel‹ befand sich in der Politikergruppe. Lousteau entledigte sich seines Amtes als Cicerone aufs trefflichste. So wuchs Dauriat in Luciens Geist von Satz zu Satz; er sah in diesem Laden Politik und Literatur vereint. Beim Anblick eines hervorragenden Dichters, der in diesem Laden die Muse an einen Journalisten verkuppelte, der die Kunst demütigte, wie die Frau in diesen fluchwürdigen Galerien gedemütigt und prostituiert wurde, empfing unser Provinzler eine furchtbare Lehre. Geld! das war die Lösung jedes Rätsels. Lucien fühlte sich allein, unbekannt und nur durch den Faden einer zweifelhaften Freundschaft mit dem Erfolg und dem Glück verknüpft. Er klagte seine wirklichen Freunde an, sie hätten ihm die Welt in falschem Licht gezeigt, sie hätten ihn gehindert, sich mit der Feder in der Hand in dieses Getümmel zu stürzen. – »Ich wäre schon Blondet!« rief es in seinem Innern. Lousteau, der droben auf dem Luxembourg wie ein verwundeter Adler gejammert hatte, der ihm so groß erschienen war, hatte nur noch winzige Ausmaße. Der Modebuchhändler hier, der all diese Existenzen ermöglichte, schien ihm der wichtige Mann zu sein. Der Dichter empfand, als er so mit seinem Manuskript in der Hand dastand, ein quälendes Gefühl, das beinahe Furcht war. In der Mitte des Ladens sah er auf Sockeln von wie Marmor bemaltem Holz Büsten von Byron, von Goethe und von Canalis; von letzterem hoffte Dauriat einen Band zu bekommen, und er sollte an dem Tag, da er diesen Laden beträte, mit eigenen Augen sehen, wie hoch ihn der Buchhändler einschätzte. Unwillkürlich sank für Lucien sein eigener Wert; sein Mut verließ ihn, er gewahrte, wie groß der Einfluß dieses Dauriat auf sein Geschick sein mußte, und erwartete ungeduldig, daß er erscheine.

»Na, Kinder«, sagte ein kleiner, stämmiger, dicker Mann, dessen Gesicht aussah wie das eines römischen Prokonsuls, wenngleich er in seinen Mienen eine gewisse Gutmütigkeit zur Schau trug, wodurch sich oberflächliche Leute leicht täuschen konnten, »seht in mir den Besitzer der einzigen Wochenschrift, die verkäuflich war und die zweitausend Abonnenten hat.« – »Aufschneider! Die Stempelbehörde weiß nur von siebenhundert, und auch das ist meines Dafürhaltens eine recht hübsche Zahl«, sagte Blondet. – »Mein heiligstes Ehrenwort, es sind zwölfhundert. Ich habe zweitausend gesagt«, fügte er leise hinzu, »weil die Papierhändler und Buchdrucker hier sind. Ich hätte dich für taktvoller gehalten, Freundchen«, fuhr er laut fort. – »Nehmen Sie Teilhaber?« fragte Finot. – »Je nachdem«, erwiderte Dauriat. »Willst du dich zu einem Drittel mit vierzigtausend Francs beteiligen?« – »Könnte schon sein, wenn Ihnen als Mitarbeiter Emile Blondet hier, Claude Vignon, Scribe[116], Théodore Leclerq[117], Félicien Vernou[118], Jay[119], Jouy[120], Lousteau...« – »Und warum nicht Lucien de Rubempré?« unterbrach unser Provinzdichter kühn diese Worte Finots. – »Und Nathan genehm sind«, sagte Finot, ohne darauf zu achten. – »Und warum nicht jeder, der Maulaffen feilhält?« fragte der Buchhändler und wandte sich stirnrunzelnd an den Verfasser der ›Margueriten‹. »Mit wem habe ich die Ehre?« fragte er und blickte dabei Lucien impertinent an. – »Einen Augenblick, Dauriat«, antwortete Lousteau. »Ich habe den Herrn zu Ihnen gebracht. Während Finot sich Ihren Vorschlag überlegt, hören Sie mir bitte mal zu.«

Lucien spürte, wie ihm das Hemd auf dem Rücken schweißnaß wurde, als er die kalte mißvergnügte Miene des gefürchteten Verlegerpadischahs sah, der Finot duzte, während Finot zu ihm »Sie« sagte, der den gefürchteten Blondet »Freundchen« nannte, der mit königlicher Gebärde Nathan die Hand hingestreckt und ihm vertraulich zugenickt hatte.

»Was Neues, Jungchen?« rief Dauriat; »aber du weißt doch, ich habe elfhundert Manuskripte! – Ja, ihr Herren«, rief er, »elfhundert Manuskripte sind mir angeboten worden, fragen Sie Gabusson! Ich muß mir schließlich ein eigenes Büro für die Verwaltung der eingelaufenen Manuskripte anschaffen und mir Personal halten, das sie liest und prüft; es müssen Sitzungen abgehalten werden, für die ich Präsenzgelder zu zahlen habe, in denen über Wert und Unwert abgestimmt wird, und ein ständiger Sekretär muß mir Bericht erstatten. Das Ganze wird gewissermaßen eine Filiale der Akademie, und die Akademiker werden in den Holzgalerien besser bezahlt werden als im Institut.« – »Das ist eine Idee«, sagte Blondet. – »Eine schlechte Idee«, erwiderte Dauriat. »Es ist nicht mein Geschäft, mich mit den Elaboraten von Leuten abzugeben, die zur Literatur gehen, weil es bei ihnen weder zum Kapitalisten noch zum Schuhmacher, Feldwebel, Bedienten, Verwalter oder Gerichtsvollzieher langt! Hier soll nur hereinkommen, dessen Ruhm fertig ist. Werdet berühmt, und ihr findet bei mir Ströme von Gold. Da habe ich in den letzten zwei Jahren drei große Männer gemacht, und was habe ich nun? Drei Undankbare! Nathan will für die zweite Auflage seines Buches sechstausend Francs haben, und dabei hat es mich dreitausend Francs für Artikel gekostet und hat mir keine tausend eingebracht. Für die beiden Artikel von Blondet habe ich tausend Francs bezahlt und ein Diner gegeben, das mich fünfhundert Francs gekostet hat . . .« – »Aber, verehrter Herr, wenn alle Buchhändler dasselbe sagten wie Sie, wie könnte man dann ein Erstlingswerk herausgeben?« fragte Lucien, in dessen Augen Blondet sehr an Wert verlor, als er hörte, welche Summe Dauriat für die Artikel in den ›Débats‹ gezahlt hatte. – »Das geht mich nichts an«, antwortete Dauriat und schleuderte dem schönen Lucien, der ihn freundlich ansah, einen mörderischen Blick zu. »Ich verlege nicht zu meinem Vergnügen Bücher; ich will nicht zweitausend Francs riskieren, um zweitausend zu gewinnen; ich will in der Literatur spekulieren; ich veröffentliche vierzig Bände in zehntausend Exemplaren, wie es Panckoucke[121] und die Baudouins[122] machen. Meine Macht und die Artikel, die ich mir verschaffe, bringen ein Geschäft von hunderttausend Talern in derselben Zeit zustande, die man dazu braucht, einen Band für zweitausend Francs zu verkaufen. Es macht ebensoviel Arbeit, einen neuen Namen, einen Autor und sein Buch durchzudrükken, wie solche Sammelwerke wie ›Das Theater des Auslands‹[123], ›Siege und Eroberungen‹[124] oder die ›Memoiren über die Revolution‹[125] herauszugeben, die ein Vermögen bedeuten. Ich bin nicht da, um das Sprungbrett für künftige Berühmtheiten zu sein, sondern um das Geld zu verdienen und den berühmten Männern davon abzugeben. Ein Manuskript, das ich für hunderttausend Francs kaufe, ist billiger als eins, dessen unbekannter Verfasser sechshundert Francs von mir verlangt. Wenn ich auch nicht ganz und gar ein Mäzen bin, habe ich doch Anspruch auf den Dank der Literatur; ich habe den Preis der Manuskripte schon auf mehr als das Doppelte in die Höhe getrieben. Ich sage Ihnen das alles nur, weil Sie der Freund Lousteaus sind, mein Jungchen«, sagte Dauriat zu dem Dichter und klopfte ihm mit empörender Vertraulichkeit auf die Schulter. »Wollte ich mit allen Schriftstellern, die mich zu ihrem Verleger haben möchten, lang und breit plaudern, dann müßte ich meinen Laden zumachen, denn dann vertäte ich meine ganze Zeit mit Gesprächen, die überaus angenehm wären, aber viel zu teuer. Ich bin noch nicht reich genug, um die Monologe jeder Eigenliebe anhören zu können. Das leiste ich mir bloß im Theater, in den klassischen Tragödien.«

Die kostbare Toilette dieses schrecklichen Dauriat unterstützte die grausame Logik seiner Worte in den Augen unseres Provinzdichters.

»Was bringt er denn?« wandte sich Dauriat an Lousteau.

»Ein wundervolles Gedichtbuch.«

Als Dauriat das hörte, wandte er sich mit einer Gebärde, die Talmas würdig gewesen wäre, an Gabusson: »Freund Gabusson, wer von heute an kommt, um mir Manuskripte anzubieten . . . – ihr andern, hört ihr, was ich sage?« wandte er sich an drei Gehilfen, die hinter den Bücherstößen hervorkamen, als sie die zornige Stimme ihres Herrn hörten, der seine Nägel und seine wohlgepflegte Hand betrachtete – »wer mir Manuskripte bringen will, wird gefragt, ob es Verse sind oder Prosa. Sind es Verse, dann wird er sofort weggeschickt. Wer Verse macht, soll meinem Laden die Ferse zeigen. Verse sind Würmer, die den Buchhandel auffressen[126].« – »Bravo! Das hat Dauriat gut gesagt«, riefen die Journalisten. – »Wahrhaftig!« rief der Buchhändler und ging, Luciens Manuskript in der Hand, mit großen Schritten im Laden auf und ab; »ihr Herren wißt nicht, was die Erfolge Lord Byrons, Lamartines, Victor Hugos, Casimir Delavignes, Canalis' und Bérangers für Unheil angerichtet haben. Ihr Ruhm hat uns eine Invasion der Barbaren eingebracht. Ich bin sicher, es gibt in diesem Augenblick im Verlagsbuchhandel tausend Manuskripte mit Versen, die alle den ›Korsar‹ und den ›Lara‹ nachahmen, lauter abgebrochene Geschichten, ohne Kopf und Schwanz. Die jungen Leute wollen durchaus originell sein und schreiben Strophen, die kein Mensch versteht, beschreibende Gedichte, in denen die junge Richtung neu zu sein glaubt, während sie nichts weiter bringt als Delille[127]! Seit zwei Jahren vermehren sich die Lyriker wie die Maikäfer. Ich habe im letzten Jahr zwanzigtausend Francs an ihnen verloren! Fragen Sie Gabusson! Es kann in der Welt unsterbliche Dichter geben, ich kenne darunter sogar Milchgesichter, die sich noch nicht zu rasieren brauchen«, sagte er zu Lucien; »aber, junger Mann, für den Buchhandel gibt es nur vier Dichter: Béranger, Casimir Delavigne, Lamartine und Victor Hugo; denn Canalis . . . das ist ein Dichter, der mit Artikeln hochgebracht worden ist.«

Lucien fühlte nicht den Mut in sich, sich in die Brust zu werfen und vor diesen einflußreichen Männern, die laut auflachten, seinen Stolz herauszukehren. Er merkte, daß er sich lächerlich machen würde; aber er verspürte ein heftiges Gelüst, dem Verleger an die Gurgel zu springen, seine Krawatte, die so abscheulich schön geknotet war, zu zerzausen, die goldene Kette, die auf seiner Weste glänzte, zu zerreißen, seine Uhr zu Boden zu werfen und zu zertreten. Die gereizte Eigenliebe öffnete der Rachsucht die Tür, und er schwor diesem Buchhändler, dem er zulächelte, einen tödlichen Haß.

»Die Poesie ist wie die Sonne, die die ewigen Wälder wachsen läßt und die auch die Mücken, die Schnaken und die Moskitos erzeugt«, sagte Blondet. »Es gibt keine Tugend, die nicht durch ein Laster ergänzt würde. Die Literatur erzeugt die Buchhändler.« – »Und die Journalisten«, rief Lousteau.

Dauriat lachte laut auf.

»Was ist das da nun eigentlich?« fragte er und zeigte auf das Manuskript. – »Eine Sammlung Sonette, hinter denen Petrarca zurückstehen muß«, erwiderte Lousteau. – »Wie meinst du das?« fragte Dauriat. – »Wie alle Welt«, sagte Lousteau, der auf allen Lippen ein leichtes Lächeln sah.

Lucien durfte nicht losbrechen, aber er schwitzte in seinem Harnisch.

»Gut, ich will es lesen«, sagte Dauriat und vollführte eine königliche Gebärde, die die ganze Bedeutung dieses Versprechens andeuten sollte. »Wenn deine Sonette auf der Höhe des neunzehnten Jahrhunderts stehen, mein Junge, dann mache ich aus dir einen großen Dichter.« – »Wenn er so geistvoll wie schön ist, laufen Sie keine große Gefahr«, sagte einer der berühmtesten Kammerredner[128], der mit einem Redakteur des ›Constitutionnel‹ und dem Herausgeber der ›Minerve‹[129] plauderte. – »Herr General«, antwortete Dauriat, »Ruhm heißt für zwölftausend Francs Artikel und für tausend Taler Abendessen, fragen Sie den Verfasser des ›Einsiedler‹[130]. Wenn Benjamin Constant über diesen jungen Dichter einen Artikel schreiben will, schließe ich sofort mit ihm ab.«

Bei dem Wort ›General‹, und als er den berühmten Benjamin Constant nennen hörte, kam der Laden unserm Provinzler beinahe wie der Olymp vor.

»Lousteau, ich habe mit dir zu reden«, sagte Finot; »aber ich sehe dich ja im Theater wieder. – Dauriat, ich mache das Geschäft, aber ich habe Bedingungen. Lassen Sie uns in Ihr Kontor gehen.« – »Komm, Jungchen«, sagte Dauriat und ließ Finot vor sich eintreten; dabei machte er zu zehn Personen hin, die wartend dastanden, eine Handbewegung, die zeigen sollte, daß er keine Zeit habe. Als er schon beinah in der Tür verschwunden war, hielt der ungeduldige Lucien ihn fest.

»Sie behalten mein Manuskript; wann erhalte ich Antwort?« – »Ja, Dichterlein, komm doch in drei oder vier Tagen wieder; wir werden sehen.«

Lucien wurde von Lousteau fortgezogen, der ihm nicht die

Zeit ließ, Vernou oder Blondet oder Raoul Nathan oder den General Foy oder Benjamin Constant zu grüßen, dessen Buch über die Hundert Tage eben erschienen war. Lucien hatte kaum Zeit, den blonden, feinen Kopf, das längliche Gesicht, die funkelnden Augen, den schöngeformten Mund des Mannes zu sehen, der zwanzig Jahre lang der Potemkin der Madame de Staël[131] gewesen war und der die Bourbonen bekämpfte, wie er Napoleon bekämpft hatte, und der, von seinem Sieg niedergeschmettert, sterben sollte.

»Was für ein Laden!« rief Lucien, als er neben Lousteau in einem Einspänner saß. – »Zum Panorama-Dramatique, aber schnell! Du bekommst dreißig Sous für die Fahrt«, rief Etienne dem Kutscher zu. – »Dauriat ist ein Kerl, der jährlich für anderthalb Millionen Francs Bücher verkauft, er ist so 'ne Art Literaturminister«, antwortete Lousteau, dessen Eigenliebe angenehm gekitzelt war und der sich als Lucien überlegen zeigen wollte. »Seine Habgier ist ebenso groß wie die Barbets[132], aber sie geht ins Große. Dauriat hat Manieren, er kann großmütig sein, aber er ist eitel; sein Geist setzt sich aus allem zusammen, was er um sich sagen hört; sein Laden ist ein berühmter Ort, den man häufig aufsuchen muß. Man kann sich dort mit den hervorragendsten Männern der Zeit unterhalten. Ein junger Mann lernt dort innerhalb einer Stunde mehr, als wenn er zehn Jahre über Büchern schwitzte, mein Lieber. Man diskutiert dort über Artikel, man findet Stoffe, man knüpft Verbindungen mit berühmten oder einflußreichen Leuten an, die einem nützlich werden können. Wer sich heutzutage durchsetzen will, muß Beziehungen haben. Alles ist Zufall, Sie sehen es. Das Gefährlichste ist, Geist zu haben und ganz allein in seinem Winkel zu hokken.« – »Aber wie impertinent er ist!« sagte Lucien. – »Bah! wir alle machen uns über Dauriat lustig«, antwortete Etienne. »Wenn man ihn braucht, trampelt er einem auf dem Bauch herum; braucht er das ›Journal des Débats‹, dann läßt Emile Blondet ihn tanzen wie einen Kreisel. Oh, wenn Sie in die Literatur kommen, werden Sie von der Art noch viele sehen! Und was habe ich Ihnen gesagt?« – »Ja, Sie hatten recht«, antwortete Lucien. »Ich habe in diesem Laden noch Grausameres ausgestanden, als ich nach Ihrer Prophezeiung erwartete.« – »Und warum wollen Sie überhaupt etwas ausstehen? Was uns unser Leben kostet, der Stoff, der in langen Nächten der Arbeit unser Hirn zermürbt hat, all dieses Wandern in den Gefilden der Gedanken, das mit unserm Herzblut geschaffene Werk wird für die Verleger ein gutes oder schlechtes Geschäft. Die Buchhändler verkaufen Ihr Buch oder verkaufen es nicht. Das ist für sie das ganze Problem. Ein Buch bedeutet ihnen riskiertes Kapital. Je besser das Buch ist, um so weniger Aussichten hat es, verkauft zu werden. Jeder hervorragende Mann erhebt sich über die Massen, sein Erfolg steht also im geraden Verhältnis zu der Zeit, die nötig ist, um das Werk zur Geltung zu bringen. Kein Buchhändler will warten, das Buch von heute muß morgen verkauft sein. Auf Grund dieses Systems lehnen die Verleger die gehaltvollen Bücher ab, die der hohen Anerkennung bedürfen und sie nur langsam finden.« – »D'Arthez hat recht«, rief Lucien. – »Sie kennen d'Arthez?« fragte Lousteau. »Ich kenne nichts Gefährlicheres als die einsamen Geister, die wie dieser Mann denken, sie könnten die Welt zu sich heraufziehen. Sie verleihen den jungen Phantasten einen fanatischen Glauben, der der starken Kraft, die wir zuerst in uns fühlen, schmeichelt, und so verhindern diese Verfechter des Nachruhms die jungen Leute, sich in dem Alter zu rühren, wo es möglich und nützlich ist, sich zu regen. Ich bin für Mohammeds System, der, nachdem er dem Berg vergebens befohlen hatte, zu ihm zu kommen, ausgerufen hat: ›Wenn du nicht zu mir kommst, gehe ich zu dir!‹ «

Dieser Ausfall, in dem die Berechnung einen so einschneidenden Ausdruck gefunden hatte, bewirkte lediglich, daß Lucien zwischen dem System der geduldig ertragenen Armut, das sein ›Kreis‹ predigte, und der Lehre des Kampfes, die Lousteau ihm auseinandersetzte, schwankte. Daher blieb der Dichter aus Angoulême bis zum Boulevard du Temple schweigsam.

Das Panorama-Dramatique, an dessen Stätte heute ein Wohnhaus steht, war ein reizendes Theater, das gegenüber der Rue Charlot auf dem Boulevard du Temple gelegen war. Zwei Direktionen gingen darin zugrunde, ohne einen einzigen Erfolg davongetragen zu haben, obwohl Vignol, einer der Schauspieler, die sich in die Erbschaft Potiers[133] geteilt haben, und ebenso Florine, die fünf Jahre später eine so berühmte Schauspielerin wurde, dort zuerst aufgetreten sind. Die Theater sind wie die Menschen dem Schicksal unterworfen. Das Panorama-Dramatique mußte die Konkurrenz mit dem Ambigu, der Gaîté, der Porte-Saint-Martin und den Vaudevilletheatern aufnehmen; gegen deren Manöver, die Einschränkungen der ihm erteilten Konzession und den Mangel an guten Stücken konnte es sich nicht halten. Die dramatischen Schriftsteller wollten nicht um eines Theaters willen, dessen Aussichten zweifelhaft waren, mit den bestehenden Theatern brechen. Indessen rechnete die Direktion auf das neue Stück, eine Art komischen Melodramas, das ein junger Dramatiker namens Du Bruel, der früher mit verschiedenen berühmten Männern zusammengearbeitet hatte, wie er behauptete, diesmal allein verfaßt hatte. Jenes Stück war für das erste Auftreten Florines verfaßt worden, die bis dahin Statistin in der Gaîté gewesen war und seit einem Jahr kleine Rollen gespielt hatte, in denen sie aufgefallen war, ohne es jedoch zu erreichen, daß sie als Schauspielerin engagiert wurde, so daß das Panorama sie dem Konkurrenzunternehmen weggenommen hatte. Coralie, eine andere Schauspielerin, sollte ebenfalls in dem Stück zum erstenmal auftreten. Als die beiden Freunde anlangten, war Lucien erstaunt über ein Beispiel von der Macht der Presse, das er da sehen sollte.

»Der Herr gehört zu mir«, sagte Etienne zu dem Kontrolleur, der sich bis zum Boden verneigte. »Sie werden sehr schwer Plätze finden«, sagte der Oberkontrolleur. »Nur in der Direktionsloge ist noch etwas frei.«

Etienne und Lucien irrten eine Zeitlang in den Gängen umher und verhandelten mit den Schließerinnen.

»Wir wollen hineingehen. Dann sprechen wir mit dem Direktor, und er nimmt uns mit in seine Loge. Überdies stelle ich Sie Florine, der Heldin des Abends, vor.«

Auf ein Zeichen Lousteaus nahm der Orchesterportier einen kleinen Schlüssel und öffnete eine kleine Tür in einer dicken Mauer. Lucien folgte seinem Freund und kam plötzlich aus dem hellerleuchteten Korridor in die schwarze Höhle, die in nahezu allen Theatern die Verbindung zwischen dem Zuschauerraum und der Bühne herstellt. Dann stieg unser Dichter aus der Provinz einige feuchte Stufen hinauf und sah das seltsamste Schauspiel vor sich. Die Enge der Kulissenstützen, die Höhe des Bühnenraums, die Rampenlichter, die, aus der Nähe gesehen, abscheulichen Dekorationen, die geschminkten Schauspieler, ihre grotesken und aus groben Stoffen verfertigten Kostüme, die Bühnenarbeiter mit fettigen Röcken die herunterbaumelnden Schnüre, der Regisseur, der mit dem Hut auf dem Kopf hin und her ging, die Statistinnen, die herumsaßen, die hängenden Hintergründe, die Feuerwehrleute, dieses Sammelsurium von närrischen, traurigen, schmutzigen, schrecklichen, schimmernden Dingen glich so wenig dem, was Lucien von seinem Theaterplatz aus gesehen hatte, daß sein Staunen grenzenlos war. Ein braves, grobgebautes Melodrama namens ›Bertram‹[134] war beinahe zu Ende, ein Stück, das nach einer Tragödie von Maturin[135] verfaßt war, die Nodier, Lord Byron und Walter Scott außerordentlich schätzten, aber die es in Paris zu keinem Erfolg gebracht hatte.

»Lassen Sie meinen Arm nicht los, wenn Sie nicht in eine Versenkung fallen, oder einen Wald auf den Kopf bekommen, oder einen Palast umstürzen, oder an einer Hütte hängenbleiben wollen«, sagte Etienne zu Lucien. »Ist Florine in ihrer Garderobe, Herzchen?« fragte er eine Schauspielerin, die den Schauspielern auf der Bühne zuhörte, weil sie jeden Augenblick auftreten mußte. – »Ja, Liebster. Ich danke dir für das, was du über mich gesagt hast. Das ist um so freundlicher von dir, als Florine bei uns debütiert.« – »Paß auf, gleich kommt dein Stichwort, Kleine«, sagte Lousteau zu ihr. »Los, hoch das Pfötchen! Sag recht schön: ›Halt ein, Unseliger!‹ Die Kasse beträgt nämlich heute zweitausend Francs.«

Der verdutzte Lucien sah, wie die Schauspielerin sich zusammennahm, und hörte dann ihren Schrei: »Halt ein, Unseliger!«, daß er vor Schreck fast erstarrte. Es war nicht mehr dieselbe Frau.

»Das ist also das Theater«, sagte er zu Lousteau. – »Ganz wie der Laden in den Galeries-de-Bois und wie ein Literaturblatt: es wird überall mit Wasser gekocht«, antwortete ihm sein neuer Freund.

Nathan erschien.

»Für wen sind Sie denn hier?« fragte ihn Lousteau. – »Ich mache doch, bis ich was Besseres finde, die kleinen Theaternotizen in der ›Gazette‹ «, erwiderte Nathan. – »Na, soupieren Sie doch heute abend mit uns, und behandeln Sie dafür Florine gut«, sagte Lousteau zu ihm. – »Ganz zu Ihren Diensten«, antwortete Nathan. – »Sie wissen, sie wohnt jetzt Rue de Bondy.« – »Wer ist denn der hübsche junge Mann, den du bei dir hast, Lousteauchen?« fragte die Schauspielerin, die von der Bühne wieder in die Kulissen kam. – »Ach, Liebste, ein großer Dichter, ein Mann, der einmal berühmt wird. Da Sie beim Souper beisammen sein werden, Monsieur Nathan, stelle ich Ihnen Monsieur Lucien de Rubempré vor.« – »Sie tragen einen schönen Namen«, sagte Raoul zu Lucien. – »Lucien! Dies ist Monsieur Raoul Nathan«, sagte Etienne zu seinem neuen Freund. – »Wahrhaftig, Monsieur Nathan, ich habe vor zwei Tagen Ihr Buch gelesen, und ich begreife nicht, daß man, wenn man solch ein Buch und Ihren Gedichtband geschrieben hat, so demütig vor einem Journalisten stehen kann.« – »Wir wollen Ihr erstes Buch abwarten«, antwortete Nathan und lächelte. – »Siehe da, siehe da! Die Ultras und die Liberalen reichen einander also die Hand?« rief Vernou, als er dies Trio beisammen sah. – »Am Vormittag vertrete ich die Meinungen meines Blattes; aber am Abend denke ich, was ich will: bei Nacht sind alle Journalisten blau.« – »Etienne«, sagte Félicien zu Lousteau, »Finot ist mit mir gekommen, er sucht dich. Und . . . da ist er schon.« – »Das ist denn doch! Gibt es wirklich keinen Platz mehr?« fragte Finot. – »Sie haben immer einen in unsern Herzen«, sagte die Schauspielerin zu ihm und lächelte ihn holdselig an. »Ei, ei, kleine Florville, du bist also schon von deiner Liebe kuriert. Es hieß, du seiest von einem russischen Fürsten entführt worden.« – »Entführt man die Frauen heutzutage?« erwiderte die Florville, die Schauspielerin, die eben »Halt ein, Unglückseliger!« gerufen hatte. »Wir sind zehn Tage in Saint-Mandé geblieben, mein Fürst hat dafür der Direktion eine Entschädigung bezahlt. Der Direktor«, fuhr die Florville lachend fort, »sollte Gott bitten, viele russische Fürsten kommen zu lassen; ihre Entschädigungssummen füllten ihm ohne Ausgaben die Kasse.« – »Und du, Kleine«, sagte Finot zu einer hübschen Bäuerin, die ihnen zuhörte, »wo hast du denn die Diamanten gestohlen, die du an den Ohren trägst? Hast du dir einen indischen Fürsten geangelt?« – »Nein, aber einen englischen Stiefelwichsefabrikanten, der schon wieder abgehauen ist! Nicht jede hat wie Florine und Coralie Millionäre, die sich zu Hause langweilen: sind die etwa nicht gut dran?« – »Du verpaßt dein Stichwort, Florville«, rief Lousteau, »die Wichse deiner Freundin steigt dir in den Kopf.« – »Wenn du Erfolg haben willst«, sagte Nathan zu ihr, »dann darfst du nicht wie eine Furie schreien: ›Er ist gerettet!‹ Du mußt vielmehr ganz schlicht hereinkommen, bis an die Rampe treten und dann mit so 'ner gewissen Bruststimme sagen: ›Er ist gerettet‹, genauso wie die Pasta[136] ihr ›O Patria!‹ im ›Tancred‹[137] sagt. – Geh doch!« rief er ihr zu und stieß sie vorwärts. – »Zu spät, sie verpaßt ihr Stichwort«, sagte Vernou. – »Was hat sie gemacht? Das Publikum klatscht aus Leibeskräften«, sagte Lousteau. – »Sie hat sich auf die Knie geworfen und dabei ihre Brüste sehen lassen«, sagte die ›Witwe‹ des Stiefelwichsefabrikanten, »das ist ihr großes Hilfsmittel.« – »Der Direktor gibt uns seine Loge, du triffst mich da wieder«, sagte Finot zu Etienne.

Lousteau führte jetzt Lucien hinter der Bühne durch das Labyrinth der Kulissen, der Korridore und der Treppen bis in den dritten Stock in ein kleines Zimmer. Nathan und Félicien Vernou hatten sich ihnen angeschlossen.

»Guten Tag oder vielmehr guten Abend, meine Herren«, sagte Florine. – »Mein Lieber«, fuhr sie fort und wandte sich dabei einem stämmigen kleinen Mann zu, der sich in einen Winkel drückte, »diese Herren gebieten über mein Schicksal, meine Zukunft liegt in ihren Händen; aber ich hoffe, wenn Monsieur Lousteau nichts vergessen hat, liegen sie morgen früh unter unserm Tisch ...« – »Was höre ich? Sie werden Blondet von den ›Débats‹ bei sich sehen«, fragte Etienne sie, »den richtigen Blondet, Blondet in Person, kurzum: Blondet!« – »O Lousteauchen, ich muß dich küssen«, sagte sie und fiel ihm um den Hals.

Bei dieser Kundgebung nahm Matifat, das war der dicke Mann, eine ernsthafte Miene an. Florine war sechzehn Jahre alt und mager. Ihre Schönheit, die vielversprechend war wie eine Knospe, konnte nur den Künstlern gefallen, denen eine Skizze lieber ist als ein fertiges Bild. Diese liebreizende Schauspielerin hatte in ihren Zügen bereits die ganze Zartheit, die ihr Wesen ausmacht, und glich damals Goethes Mignon. Matifat, ein reicher Drogist aus der Rue des Lombards, hatte gemeint, eine kleine Boulevardschauspielerin könne nicht viel kosten; aber in elf Monaten hatte er für Florine sechzigtausend Francs ausgegeben. Nichts kam Lucien erstaunlicher vor als dieser ehrbare, biedere Kaufmann, der wie ein antiker Thermengott in diesem Verschlag von zehn Fuß im Geviert in seiner Ecke saß. Die Kammer war übrigens hübsch tapeziert und mit einem großen Stehspiegel, einem Diwan, zwei Stühlen, einem Teppich, einem Kamin und mehreren Schränken versehen. Eine Zofe kleidete gerade die Schauspielerin als Spanierin an. Das Stück war ein Imbroglio[138], in dem Florine die Rolle einer Gräfin spielte.

»Dieses Geschöpf ist in fünf Jahren die schönste Schauspielerin von ganz Paris«, sagte Nathan zu Félicien. – »Unberufen, ihr Lieben«, sagte Florine und wandte sich wieder den drei Journalisten zu, »seid morgen recht nett gegen mich; zunächst habe ich für heute nacht Wagen bestellt, denn ihr sollt mir bezecht werden wie zu Fastnacht. Matifat hat Weine aufgetrieben, oh! Weine, die Ludwigs XVIII. würdig wären, und er hat den Koch des preußischen Gesandten engagiert.« – »Wir sind schon beim bloßen Anblick des Herrn auf Ungewöhnliches gefaßt«, sagte Nathan. – »Aber er weiß doch, daß er die gefährlichsten Männer von Paris zu Gast hat«, erwiderte Florine.

Matifat richtete einen unruhigen Blick auf Lucien; die große Schönheit des Jünglings erregte seine Eifersucht.

»Da ist jemand, den ich nicht kenne«, sagte Florine und faßte Lucien ins Auge. »Wer von euch hat den Apollo von Belvedere aus Florenz[139] mitgebracht? Der Herr ist reizend wie eine Gestalt von Girodet[140].« – »Mademoiselle«, sagte Lousteau, »der Herr ist ein Dichter aus der Provinz, den ich vergessen habe Ihnen vorzustellen. Sie sind heute abend so schön, daß es unmöglich ist, an die kindische, philiströse Höflichkeit zu denken.«

»Ist er reich, daß er Gedichte schreibt?« fragte Florine. – »Arm wie Hiob«, antwortete Lucien. – »Recht verlockend für uns«, sagte die Schauspielerin.

Du Bruel, der Autor des Stücks, ein kleiner, schlanker junger Herr im Gehrock, der gleichzeitig wie ein Bürokrat, Grundbesitzer und Börsenmakler aussah, kam plötzlich herein.

»Florinechen, Sie können doch hoffentlich Ihre Rolle? Bleiben Sie ja nicht stecken! Bringen Sie die Szene des zweiten Akts gut heraus, beißend, scharf! Sprechen Sie die Stelle: ›Ich liebe Sie nicht!‹, wie wir besprochen haben.« – »Warum übernehmen Sie Rollen, in denen solche Sätze vorkommen?« fragte Matifat Florine.

Diese Bemerkung des Drogisten wurde mit allgemeinem Lachen begrüßt.

»Was macht Ihnen das aus?« antwortete sie; »ich sage es doch nicht zu Ihnen, Sie dummer Kerl! – Er macht mein Glück mit seinen Albernheiten«, fügte sie, zu den Schriftstellern gewendet, hinzu. »So wahr ich ein anständiges Mädchen bin, ich würde ihm viel zahlen für jede Dummheit, wenn mich das nicht ruinierte.« – »Ja, aber wenn Sie das sagen, sehen Sie mich an, wie wenn Sie Ihre Rolle lernten, und das macht mir Angst«, antwortete der Drogist. – »Gut, dann sehe ich mein Lousteauchen an«, erwiderte sie.

In den Korridoren ertönte eine Glocke.

»Ihr müßt jetzt alle fortgehen«, sagte Florine, »ich muß meine Rolle überlesen und versuchen, sie zu verstehen.«

Lucien und Lousteau waren die letzten, die hinausgingen. Lousteau küßte Florine auf die Schulter, und Lucien hörte, wie die Schauspielerin sagte:

»Heute abend unmöglich. Der alte Esel hat zu seiner Frau gesagt, er gehe aufs Land.« – »Finden Sie sie nett?« fragte Etienne Lucien. – »Aber, mein Bester, dieser Matifat . . .«, rief Lucien. – »Lieber Junge, Sie kennen das Pariser Leben noch nicht«, antwortete ihm Lousteau. »Es gibt Notwendigkeiten, denen man sich fügen muß! Es ist geradeso, wie wenn Sie eine verheiratete Frau liebten. Man schickt sich darein.«

Etienne und Lucien gingen in eine Proszeniumsloge im Parterre, wo sie den Theaterdirektor und Finot vorfanden. Ihnen gegenüber in einer Loge saß Matifat mit einem seiner Freunde namens Camusot, einem Seidenhändler, der Coralie begönnerte; in ihrer Gesellschaft befand sich noch ein würdiger alter Herr, sein Schwiegervater. Die drei wackeren Bürgersleute putzten ihre Operngläser und schauten ins Parkett, dessen unruhiges Hin und Her sie lebhaft zu interessieren schien. In den Logen sah man das absonderliche Premierenpublikum: Journalisten und ihre

Freundinnen, ausgehaltene Frauen und ihre Liebhaber, ein paar alte Stammgäste, die auf Premieren versessen waren, und Damen aus der vornehmen Gesellschaft, die diese Art Aufregungen liebten. In einer Loge des ersten Rangs saß mit seiner Familie der Generaldirektor, der Du Bruel in einer Finanzverwaltung untergebracht hatte, in der der Vaudeville-Verfasser die Bezüge einer Sinekure genoß. Lucien fiel seit dem Mittagessen von einem Erstaunen ins andere. Das literarische Leben, das ihm seit zwei Monaten so ärmlich und so entbehrungsvoll erschienen, das in Lousteaus Zimmer so gräßlich, in den Galeries-de-Bois so gedemütigt und zugleich so frech aufgetreten war, zeigte sich ihm jetzt in seltsamer Herrlichkeit und absonderlicher Gestalt. Diese Mischung von Erhabenem und Niedrigem, von Kompromissen mit dem Gewissen, von Überlegenheit und Erbärmlichkeit, von Preisgabe und Genuß, von Größe und Knechtschaft stumpfte ihn ab, wie einen, der einem unerhörten Schauspiel zusieht.

»Glauben Sie, daß Du Bruels Stück Ihnen was einbringt?« fragte Finot den Direktor. – »Das Stück ist ein Intrigenstück, in dem Du Bruel uns als Beaumarchais kommen wollte. Das Boulevardpublikum mag diese Gattung nicht, es will mit Gefühlserregungen und Leidenschaften vollgepfropft werden. Der Witz ist bei ihm nicht beliebt. Alles hängt heute abend von Florine und Coralie ab, die entzückend schön und anmutig sind. Die beiden Mädchen haben sehr kurze Röcke an, sie haben einen spanischen Tanz zu tanzen, sie können das Publikum fortreißen. Diese Vorstellung ist ein Glücksspiel. Wenn die Zeitungen mir im Falle des Erfolgs ein paar gute Artikel schreiben, kann ich hunderttausend Taler verdienen.« – »Wissen Sie, ich sehe schon, es wird nur ein Achtungserfolg«, sagte Finot. – »Von den drei benachbarten Theatern ist eine Kabale angezettelt worden; es wird auf alle Fälle gepfiffen werden; aber ich habe dafür gesorgt, daß diese bösen Absichten zunichte werden. Ich habe den Claqueurs, die gegen mich hierher geschickt worden sind, mehr bezahlt, und sie werden sich bei ihrem Pfeifen ungeschickt anstellen. Zwei Kaufleute haben, um Coralie und Florine einen Triumph zu verschaffen, hundert Eintrittskarten gekauft; sie haben sie solchen Bekannten gegeben, die imstande sind, mit der Intrige fertigzuwerden. Die zweimal bezahlte Kabale wird zurückgewiesen, und solch ein Vorgang bringt das Publikum immer in gute Stimmung.« – »Zweihundert Karten! Was für prächtige Kerle«, rief Finot. – »O ja, wenn ich noch zwei hübsche Schauspielerinnen hätte, die so üppig ausgehalten würden wie Florine und Coralie, wäre ich ein gemachter Mann.«

Seit zwei Stunden war in Luciens Ohren das Geld der Schlüssel zu allem. Im Theater, im Buchhandel und im Journalismus war nicht von Kunst und nicht von Ruhm die Rede. Die ewigen Hammerschläge des großen Prägstocks der Münze, die ihm fortwährend auf den Kopf und aufs Herz fielen, zermarterten ihm Sinn und Gemüt. Während das Orchester die Ouvertüre spielte, konnte er sich nicht enthalten, dem Beifallklatschen und dem Zischen des Parterres, das schon in Aufruhr war, die Szenen ruhiger und reiner Poesie entgegenzuhalten, die er bei David in der Druckerei genossen hatte, wenn sie beide die Wunder der Kunst, die edlen Siege des Geistes, den Ruhm mit den weißen Fittichen vor Augen gesehen hatten. Er gedachte der Abende im ›Kreis‹, und Tränen traten ihm in die Augen.

»Was haben Sie?« fragte ihn Etienne Lousteau. – »Ich sehe die Poesie in einer Pfütze«, antwortete er. – »Ach, lieber Freund, Sie haben noch Illusionen.« – »Aber muß man sich denn vor plumpen Kerlen wie Matifat und Camusot beugen und vor ihnen kriechen, wie sich die Schauspielerinnen vor den Journalisten beugen und wie wir vor den Verlegern?« – »Mein Lieber«, flüsterte ihm Etienne zu und wies auf Finot, »haben Sie nicht gesehen, wie dieser vierschrötige Kerl, der keinen Geist und kein Talent hat, aber geldgierig ist, um jeden Preis zu Vermögen kommen will und über Geschäftsgewandtheit verfügt, mir in Dauriats Laden vierzig Prozent abgenommen und dabei noch eine Miene gemacht hat, als ob ich ihm zu Dank verpflichtet sei . . .? Und dieser Mann hat Briefe, in denen mehrere angehende Genies für hundert Francs vor ihm auf den Knien liegen.«

Luciens Herz krampfte sich vor Ekel zusammen; er mußte an die Zeichnung denken: »Finot, meine hundert Francs!«, die er auf der grünen Tapete der Redaktion gesehen hatte.

»Lieber sterben«, sagte er. – »Lieber leben«, erwiderte Etienne.

Der Vorhang hob sich, und der Direktor stand auf und ging hinter die Kulissen, um einige Anordnungen zu treffen.

»Mein Lieber«, sagte Finot jetzt zu Etienne, »Dauriat hat mir sein Wort gegeben, ich bin mit einem Drittel Miteigentümer des Wochenblattes. Der Vertrag lautet, daß ich dreißigtausend Francs bar einzahle unter der Bedingung, daß ich Chefredakteur und Herausgeber werde. Das ist ein großartiges Geschäft. Blondet hat mir gesagt, daß man gesetzliche Einschränkungen gegen die Presse vorbereitet; nur die schon bestehenden Blätter bleiben am Leben. In einem halben Jahr ist zur Gründung eines neuen Blattes eine Million erforderlich. Ich habe also abgeschlossen, ohne über mehr als zehntausend Francs zu verfügen. Höre, wenn du es dahin bringst, daß Matifat die Hälfte meines Anteils, ein Sechstel also, für dreißigtausend Francs kauft, gebe ich dir die Chefredaktion meines Kleinen Journals mit zweihundertfünfzig Francs Gehalt im Monat. Du wirst mein Strohmann. Ich will immer auch ferner die Redaktion leiten und dort alle meine Interessen wahrnehmen können; es soll nur nicht so aussehen, als hätte ich etwas damit zu tun. Alle Artikel werden dir mit hundert Sous die Spalte bezahlt; auf diese Weise kannst du einen Überschuß von fünfzehn Francs pro Tag erzielen; denn du zahlst für die Spalte nur drei Francs und hast überdies noch den Vorteil durch die unbezahlten Mitarbeiter. Das macht also noch weitere vierhundertfünfzig Francs im Monat. Aber ich will völlig ungehindert nach meinem Belieben in dem Blatt die Menschen und die Vorgänge angreifen oder verteidigen; dabei kannst du getrost Haß und Freundschaft pflegen, soweit das meiner Politik nicht in die Quere kommt. Vielleicht bin ich regierungsfreundlich oder Ultra, das weiß ich noch nicht; aber unter der Hand will ich meine liberalen Beziehungen beibehalten. Ich bin ganz offen zu dir, du bist ein guter Kerl. Vielleicht überlasse ich dir die Kammerberichte in dem Blatt, für das ich sie mache; ich kann sie schwerlich beibehalten. Sorge also dafür, daß Florine das Geschäftchen zustande bringt, aber sie muß ihrem Drogisten tüchtig zusetzen! Ich habe nur eine Frist von vierundzwanzig Stunden, in denen ich zurücktreten kann, wenn ich nicht zu zahlen vermag. Dauriat hat das andere Drittel für dreißigtausend Francs seinem Drucker und seinem Papierlieferanten verkauft. Er für sein Teil hat sein Drittel umsonst und gewinnt dabei noch zehntausend Francs, weil das Ganze ihn nur fünfzigtausend kostet; aber in einem Jahr wird die Revue den Hof zweihunderttausend Francs kosten, wenn er, wie man munkelt, den guten Einfall hat, die Zeitungen aufzukaufen und zu amortisieren.« – »Du hast Glück«, rief Lousteau. – »Wenn du die Zeiten des Elends durchgemacht hättest, die ich kennengelernt habe, würdest du dies Wort nicht gebrauchen. Aber siehst du, auch jetzt noch gibt es für mich ein Unglück, gegen das es kein Mittel gibt: Ich bin der Sohn eines Hutmachers, der nach wie vor in der Rue du Coq[141] seine Hüte verkauft. Nur eine Revolution könnte mir helfen; und in Ermangelung einer sozialen Umwälzung muß ich Millionen haben. Ich weiß nicht, ob von diesen beiden Möglichkeiten die Revolution nicht das Leichtere ist. Wenn ich den Namen deines Freundes führte, wäre ich fein heraus. Still, da kommt der Direktor. Adieu!« sagte Finot und stand auf. »Ich gehe in die Oper, morgen habe ich vielleicht ein Duell: ich schreibe einen zermalmenden Artikel gegen zwei Tänzerinnen, deren Freunde Generale sind, und zeichne ihn mit einem F. Ich greife die Oper an, und zwar nicht mit Samtpfötchen.« – »Was Sie sagen!« meinte der Direktor. – »Jawohl, jeder knausert mit mir«, antwortete Finot, »der eine nimmt mir meine Logen weg, der andere lehnt es ab, mir fünfzig Abonnements abzunehmen. Ich habe der Oper mein Ultimatum gestellt: jetzt will ich hundert Abonnements und vier Logen im Monat. Wenn sie drauf eingehen, hat mein Blatt achthundert Abonnenten, die das Journal beziehen, und tausend zahlende. Ich kenne die Mittel und Wege, noch weitere zweihundert Abonnements zu bekommen: im Januar haben wir zwölfhundert ...« – »Sie ruinieren uns«, sagte der Direktor. – »Ja, ausgerechnet Sie haben zu jammern, Sie mit Ihren zehn Abonnements. Ich habe Ihnen zwei gute Artikel im ›Constitutionnel‹ verschafft.« – »Oh, ich mache Ihnen keine Vorwürfe«, rief der Direktor. – »Bis morgen abend, Lousteau«, sagte Finot. »Du gibst mir im Théâtre-Français Antwort, da ist eine Premiere, und alldieweil ich den Artikel nicht schreiben kann, nimmst du meine Loge für die Zeitung. Lieber du als ein anderer: du hast dich für mich abgequält, ich bin dankbar. Félicien Vernou schlägt mir vor, ihm ein Jahr lang kein Gehalt zu zahlen, und bietet mir zwanzigtausend Francs für eine Drittelbeteiligung an der Zeitung an;

aber ich will der unumschränkte Herr des Blattes bleiben. Adieu!« – »Er heißt nicht umsonst Finot, der Schlaumeier«, sagte Lucien zu Lousteau. – »Oh, das ist ein Ausgekochter, der wird seinen Weg machen«, antwortete ihm Etienne, ohne sich darum zu kümmern, ob der pfiffige Mann, der gerade die Logentür schloß, ihn hören konnte oder nicht. – »Der . . .?« sagte der Direktor; »der wird Millionär, wird allgemeines Ansehen genießen, wird vielleicht sogar Freunde haben . . .« – »Mein Gott«, sagte Lucien, »was für eine Räuberhöhle! Und Sie wollen dies entzückende Mädchen zu solch einem Geschäft benutzen?« sagte er und wies auf Florine, die ihnen Blicke zuwarf. – »Und es wird ihr gelingen. Sie wissen nicht, wie aufopfernd und wie geschickt diese lieben Geschöpfe sind«, erwiderte Lousteau. – »Sie machen alle ihre Fehler wieder gut, sie tilgen alle ihre Fehltritte durch die Stärke ihrer Liebe«, fügte der Direktor hinzu. »Die Leidenschaft einer Schauspielerin ist etwas sehr Schönes, besonders, weil sie in einem so grellen Gegensatz zu ihrer Umgebung steht.« – »Es ist, wie wenn man im Kot einen Diamanten so köstlicher Art fände, daß er wert wäre, die stolzeste Krone zu zieren«, fuhr Lousteau fort. – »Aber«, warf der Direktor ein, »Coralie ist zerstreut. Unser Freund macht Coralie in sich verliebt und merkt es gar nicht; sie versäumt alle ihre Stichworte; sie ist nicht mehr bei der Sache; sie hat jetzt schon zum zweitenmal den Souffleur überhört. Lieber Herr, ich bitte Sie, setzen Sie sich hier in die Ecke«, sagte er zu Lucien. »Wenn Coralie tatsächlich in Sie verliebt ist, werde ich ihr sagen, Sie seien fortgegangen.« – »Unsinn«, rief Lousteau; »sagen Sie ihr, der Herr werde an unserm Souper teilnehmen, und sie könne dann mit ihm machen, was sie wolle; passen Sie auf, sie spielt dann wie die Mars[142].«

Der Direktor ging.

»Lieber Freund«, sagte Lucien zu Etienne, »Sie machen sich also kein Gewissen daraus, für die Hälfte eines Objekts, das Finot eben für dreißigtausend Francs gekauft hat, Mademoiselle Florine von diesem Drogisten die nämliche Summe verlangen zu lassen?«

Lousteau ließ Lucien nicht Zeit, seine Bemerkung zu vollenden.

»Wo stammen Sie eigentlich her, Menschenskind? Dieser Drogist ist kein Mensch, er ist bloß ein Geldschrank, den die Liebe öffnet.« – »Aber Ihr Gewissen?« – »Tja, mein Lieber, sehen Sie, das Gewissen ist eine Art Stock, mit dem jeder seinen Nächsten prügelt, den er aber für sich selber nie benutzt. Was zum Teufel ist mit Ihnen los? Der Zufall vollbringt für Sie an einem Tag das Wunder, auf das ich zwei Jahre lang gewartet habe, und Sie haben nichts Besseres zu tun, als über die Mittel zu diskutieren? Sie scheinen Geist zu haben, Sie besitzen die ideelle Unabhängigkeit, die den intellektuellen Abenteurern in der Welt, in der wir leben, notwendig ist, und Sie plappern von Gewissensbedenken, wie eine Nonne, die sich anklagt, sie habe ihr Ei mit Gier gegessen ...? Wenn Florine Glück hat, werde ich Chefredakteur, habe zweihundertfünfzig Francs Fixum; ich nehme die großen Theater, Vernou lasse ich die Vaudevilletheater, und Sie setzen den Fuß in den Steigbügel und werden mein Nachfolger für die Boulevardtheater. Sie bekommen dann drei Francs für die Spalte und schreiben jeden Tag eine, das macht im Monat dreißig, und die bringen Ihnen neunzig Francs ein. Sie können dann Rezensionsexemplare im Wert von sechzig Francs an Barbet[143] verkaufen; ferner können Sie monatlich von Ihren Theatern je zehn Billette verlangen, im ganzen vierzig Billette, die Sie für vierzig Francs an den Barbet der Theater verhökern müssen; mit dem Mann werde ich Sie in Verbindung bringen. Das macht also für Sie zweihundert Francs den Monat. Sie können, wenn Sie sich Finot nützlich machen und ein hervorragendes Talent entfalten, in seiner neuen Wochenschrift einen Artikel für hundert Francs unterbringen; denn dort unterzeichnet man die Artikel mit seinem Namen, und man kann nicht kneifen, wie im Kleinen Journal. Dann haben Sie hundert Taler im Monat. Mein Lieber, es gibt sehr talentvolle Leute, wie zum Beispiel den armen d'Arthez, der alle Tage bei Flicoteaux ißt, bei denen es zehn Jahre dauert, ehe sie hundert Taler verdienen. Sie verschaffen sich mit Ihrer Feder viertausend Francs jährlich, ohne die Einnahmen aus dem Buchverlag zu rechnen, wenn Sie Bücher veröffentlichen. Ein Unterpräfekt hat bloß ein Gehalt von tausend Talern und mopst sich in den kleinen Provinznestern schrecklich. Ich rede gar nicht von dem Vergnügen, daß Sie ins Theater gehen können, ohne zu zahlen; denn dieses Vergnügen wird bald zur Plage; aber Sie haben in vier Theatern den Zutritt hinter die Kulissen. Wenn Sie zwei Monate zurückhaltend und geistvoll sind, werden Sie mit Einladungen überschüttet und können fortwährend mit den Schauspielerinnen soupieren; ihre Liebhaber machen Ihnen den Hof; Sie essen bei Flicoteaux nur noch dann, wenn Sie keine dreißig Sous in der Tasche und keine Einladung zum Essen haben. Heute nachmittag um fünf im Luxembourg wußten Sie nicht aus noch ein, und jetzt haben Sie die Aussicht, eine der hundert privilegierten Persönlichkeiten zu werden, die für Frankreich die Meinung bilden. Wenn wir Glück haben, können Sie in drei Tagen mit dreißig kleinen, witzigen Sätzen, von denen täglich drei gedruckt werden, einem Menschen das Leben zur Qual machen; Sie können sich bei allen Schauspielerinnen Ihrer Theater Liebesrenten verschaffen; Sie können ein gutes Stück zu Fall bringen und ganz Paris dazu antreiben, in ein schlechtes zu laufen. Wenn Dauriat ablehnt, die ›Margueriten‹ ohne Honorar zu drucken, können Sie es zuwege bringen, daß er demütig und unterwürfig zu Ihnen kommt und sie Ihnen für zweitausend Francs abkauft. Wenn Sie Talent haben und gegen ihn in drei verschiedenen Zeitungen mit drei Artikeln losziehen, die irgendeine seiner Spekulationen oder ein Buch, auf das er baut, zu vernichten drohen, dann werden Sie sehen, wie er wie eine Schlingpflanze bis zu Ihrer Mansarde hinaufklettert und nicht mehr vom Fleck weicht. Und Ihr Roman schließlich! Die Buchhändler, die Sie jetzt alle mehr oder weniger höflich zur Tür hinausweisen würden, werden dann vor Ihrer Tür warten, bis sie Zutritt finden, und das Manuskript, das der alte Doguereau auf vierhundert Francs schätzte, wird bis zu viertausend Francs in die Höhe getrieben werden! Das ist der Nutzen, den das Journalistengewerbe bringt. Daher versperren wir allen Neulingen den Zutritt zu den Zeitungen; um dort einzudringen, bedarf es nicht bloß eines großen Talents, sondern auch eines großen Glücks. Und Sie wollen sich gegen Ihr Glück wehren ...? Sehen Sie, wenn wir uns nicht heute bei Flicoteaux getroffen hätten, könnten Sie noch drei Jahre lang warten oder wie d'Arthez in einer Dachkammer verhungern. Bis d'Arthez so gelehrt wie Bayle[144] und ein so großer Schriftsteller wie Rousseau geworden ist, haben wir unser Glück gemacht und werden Herren über sein Glück und seinen Ruhm sein. Finot wird Abgeordneter und Besitzer einer großen Zeitung werden; und wir werden, was wir sein wollen: Pairs von Frankreich oder Schuldgefangene in Sainte-Pélagie.« – »Und Finot wird seine große Zeitung den Ministern verkaufen, die ihm das meiste Geld zahlen, wie er seine Lobartikel an Madame Bastienne verkauft und Mademoiselle Virginie schlecht macht und beweist, daß die Hüte der ersteren schöner sind als die, die das Blatt zuerst gepriesen hatte!« rief Lucien, der sich an die Szene erinnerte, deren Zeuge er gewesen war. – »Sie sind ein dummer Kerl«, antwortete Lousteau trokken. »Finot ist noch vor drei Jahren mit zerrissenen Stiefeln herumgelaufen, hat bei Tabar[145] für achtzehn Sous zu Mittag gegessen, für zehn Francs einen Prospekt heruntergesudelt, und wie sein Rock ihm auf dem Leib gesessen hat, das war ein so unerforschliches Geheimnis wie das der unbefleckten Empfängnis. Und heute ist Finot alleiniger Besitzer seines Blattes, das hunderttausend Francs wert ist; mit den bezahlten, aber nicht effektiven Abonnements, mit den wirklichen Abonnements und den indirekten Kontributionen, die sein Onkel erhebt, verdient er jährlich zwanzigtausend Francs; er gibt täglich die üppigsten Diners der Welt, er hat seit einem Monat ein eigenes Kabriolett; und morgen steht er nun endlich an der Spitze einer Wochenschrift und hat ein Sechstel der Eigentumsrechte umsonst, hat fünfhundert Francs monatliches Gehalt, und die wird er um tausend Francs für unentgeltliche Mitarbeit, die seine Teilhaber ihm bezahlen müssen, erhöhen. Sie werden der erste sein, der überglücklich ist, Finot drei Artikel umsonst zu geben, wenn er einwilligt, Ihnen fünfzig Francs für den Bogen zu zahlen. Wenn Sie einmal in einer ähnlichen Stellung sein sollten, können Sie über Finot urteilen: man kann nur von seinesgleichen gerichtet werden. Haben Sie nicht eine großartige Zukunft vor sich, wenn Sie sich in Haß und Liebe blind nach den jeweiligen Umständen richten; wenn Sie angreifen, weil Finot Ihnen sagt: ›Faß!‹; wenn Sie loben, weil er Ihnen sagt: ›Lobe!‹ Wenn Sie gegen jemanden Rache zu üben haben, dann brauchen Sie mir nur zu sagen: ›Lousteau, der Mann muß erledigt werden!‹ und wir rücken jeden Morgen in unser Blatt ein Sätzchen ein, mit Hilfe dessen Sie Ihren Freund oder Ihren Feind aufs Rad flechten können. Und dann bringen Sie Ihr Opfer durch einen großen Artikel im Wochenblatt noch einmal um. Und schließlich, wenn es für Sie eine große Sache ist, läßt Finot, dem Sie sich inzwischen unentbehrlich gemacht haben, Sie in einer großen Zeitung, die zehn- oder zwölftausend Abonnenten hat, einen letzten Keulenschlag führen.« – »Sie glauben also, Florine wird ihren Drogisten dazu bringen können, das Geschäft zu machen?« fragte Lucien, der von den Aussichten geblendet war. – »Selbstverständlich glaube ich das! Gleich ist Pause; ich werde ihr zwei Worte sagen, die Sache wird heute nacht in Ordnung gebracht. Wenn Florine begriffen hat, um was es sich handelt, besitzt sie meinen ganzen Geist und ihren dazu.« – »Und da sitzt nun dieser wackere Kaufmann mit offenem Munde und bewundert Florine, ohne zu ahnen, daß ihm dreißigtausend Francs aus der Tasche geholt werden sollen!« – »Schon wieder eine Dummheit! Werden sie ihm etwa gestohlen?« rief Lousteau. »Aber, mein Lieber, wenn der Minister das Blatt kauft, dann bekommt der Drogist innerhalb eines halben Jahrs vielleicht fünfzigtausend Francs für seine dreißigtausend. Und ferner wird Matifat nicht an das Blatt denken, sondern an Florines Weiterkommen. Wenn man erfährt, daß Matifat und Camusot – denn die beiden sollen sich in das Geschäft teilen – eine Zeitschrift besitzen, dann bringen alle Blätter freundliche Artikel über Florine und Coralie. Florine wird berühmt werden; vielleicht bekommt sie an einem andern Theater ein Engagement für zwölftausend Francs. Und schließlich spart Matifat die tausend Francs, die ihn allmonatlich die Geschenke und die Diners für die Journalisten kosten würden. Sie verstehen nichts von den Menschen und nichts vom Geschäft.« – »Der arme Mann!« sagte Lucien; »er hofft auf eine genußreiche Nacht.« – »Und«, fuhr Lousteau fort, »wird mit tausend Gründen gefoltert, bis er Florine die Quittung für das Sechstel gezeigt hat, das er Finot abkaufen muß. Und am nächsten Tage bin ich Chefredakteur und verdiene tausend Francs im Monat. Die Zeit meines Elends ist zu Ende!«

Lousteau ging und ließ Lucien wie betäubt zurück, tief in Gedanken versunken über die harte Wirklichkeit des Daseins. Er hatte in den Galeries-de-Bois die Schliche des Buchhandels und die Küche des Ruhms kennengelernt; er war hinter den Kulissen des Theaters gewesen, und jetzt gewahrte er, wie es im Innern der Menschen aussah; er durchschaute das Räderspiel des Pariser Lebens, den Mechanismus aller Dinge. Er hatte Lousteau, als er Florine auf der Bühne bewunderte, um sein Glück beneidet. Er hatte bereits ein paar Augenblicke lang Matifat vergessen. Das dauerte vielleicht fünf Minuten; aber er wußte nicht, wie lange. Ihn dünkte es eine Ewigkeit. Glühende Gedanken entflammten seine Seele, wie seine Sinne vom Anblick dieser Schauspielerinnen zum Auflodern gebracht worden waren: ihre Augen waren verführerisch gewesen, und die Schminke hatte sie noch heller blitzen lassen; die Brüste hatten ihm entgegengeleuchtet; sie waren in wollüstige Baskengewänder mit unzüchtigem Faltenwurf gekleidet gewesen, hatten kurze Röckchen angehabt, ihre Beine gezeigt, die in roten Strümpfen mit grünen Zwickeln steckten, und Schuhe getragen, die ein ganzes Parterre in Erregung versetzen konnten. Zwei Sünden näherten sich ihm auf parallelen Linien, wie zwei Wasserflächen, die sich in einer Überschwemmung vereinigen wollen. Sie überfluteten den Dichter, der, den Kopf aufgestützt, den Arm auf dem roten Samt der Brüstung, mit herunterhängender Hand in der Ecke seiner Loge saß, die Augen starr auf den Vorhang gerichtet. Er war um so empfänglicher für die Verlockungen dieses Lebens, in dem leuchtende Blitze mit dunklen Wolken wechselten, weil es für ihn nach der tiefen Nacht seines arbeitsamen, zurückgezogenen, eintönigen Lebens wie ein Feuerwerk aufflammte. Plötzlich durchrieselte ein verliebt leuchtender Blick das Loch im Theatervorhang und wurde von den unachtsam vor sich hinblickenden Augen Luciens bemerkt. Der Dichter erwachte aus seiner Erstarrung und erkannte das Auge Coralies, das verzehrend nach ihm hinblickte; er senkte den Kopf und sah zu Camusot hin, der gerade die gegenüberliegende Loge betrat. Dieser Liebhaber war ein guter, dicker, fetter Seidenhändler aus der Rue des Bourdonnais, Handelsrichter, Vater von vier Kindern und zum zweitenmal verheiratet. Er hatte ein Jahreseinkommen von achtzigtausend Francs; aber er war bereits sechsundfünfzig Jahre alt, hatte den Kopf voll grauen Haars. das aussah wie eine Nachtmütze, und das scheinheilige Gesicht eines Mannes, der sein Alter genoß und das Leben nicht ohne seinen Anteil an gründlichen Vergnügungen verlassen wollte, nachdem er die tausendundein Verdrießlichkeiten des Kaufmannslebens durchgemacht hatte. Seine Stirn, die die Farbe frischer Butter hatte, seine blühenden, an ein Mönchlein erinnernden Wangen schienen nicht breit und üppig genug, um das Erblühen höchsten Jubels fassen zu können: Camusot war ohne seine Frau gekommen und hörte den stürmischen Beifall, der Coralie galt. In Coralie verkörperte sich die ganze Eitelkeit dieses Bourgeois; er spielte bei ihr den großen Herrn der guten alten Zeit. In diesem Augenblick glaubte er sich die Hälfte des Erfolgs der Schauspielerin zuschreiben zu dürfen, und er glaubte es um so mehr, als er ihn bezahlt hatte. Sein Verhalten wurde durch die Gegenwart seines Schwiegervaters sanktioniert, eines kleinen alten Herrn mit gepudertem Haar und schalkhaften Augen, der aber dennoch sehr würdig aussah. Abermals erwachte Luciens Widerwille; er mußte an die reine, ekstatische Liebe denken, die er ein Jahr lang für Madame de Bargeton empfunden hatte. Sogleich entfaltete die Dichterliebe ihre weißen Fittiche, tausend Erinnerungen tauchten aus blauen Fernen auf und bestürmten den großen Mann aus Angoulême, der wiederum in Träumerei versank. Der Vorhang hob sich. Coralie und Florine standen auf der Bühne.

»Meine Liebe, er denkt an dich so wenig wie an den Großmogul«, sagte Florine halblaut, während Coralie eine Replik gab.

Lucien konnte das Lachen nicht zurückhalten und sah Coralie an. Diese Frau, eine der reizendsten und entzückendsten Schauspielerinnen von Paris, die Rivalin der Madame Perrin[146] und der Mademoiselle Fleuriet[147], denen sie ähnlich war und deren Schicksal auch das ihre sein sollte, war der Typus der Mädchen, die in voller Bewußtheit die Männer zu bezaubern vermögen. Coralie hatte den prächtigen Typus des jüdischen Gesichtsschnitts, das lange Oval, einen Teint wie blondes Elfenbein, einen granatroten Mund, ein zartgeschwungenes Kinn, das dem Rand eines Kelches glich. Unter den Lidern, die ein jettschwarzer Augapfel verbrannte, und unter den aufwärts gebogenen Wimpern ahnte man den schmachtenden Blick, aus dem wohl manchmal die Glut der Wüste funkelte. Jene Augen waren von einem olivenfarbenen Kreis umschattet, und über ihnen wölbten sich dichte Brauen.

Auf der braunen Stirn, über der das glattgescheitelte, ebenholzschwarze Haar lag, auf dem jetzt die Lichter glänzten wie auf einer Lackschicht, ruhte dem Anschein nach eine prächtige Gedankenfülle, die an Genie glauben ließ. Aber wie viele Schauspielerinnen war Coralie trotz ihrer Kulissenironie geistlos; trotz ihrer Boudoirerfahrungen fehlte es ihr an Bildung, und sie hatte nur den Geist der Sinnlichkeit und die Güte der Liebe ergebener Frauen. Konnte man sich übrigens um Moral kümmern, wenn sie den Blick mit ihren runden, glatten Armen, mit ihren spindelförmigen Fingern, ihren leuchtenden Schultern, ihren Brüsten, die an die Brüste erinnerten, von denen das Hohelied singt, mit ihrem graziös beweglichen und gebogenen Nacken, ihren bewundernswert eleganten Beinen, die jetzt in roter Seide steckten, blendete? Diese Schönheiten einer wahrhaft orientalischen Poesie wurden noch durch die in unsern Theatern herkömmliche spanische Tracht gehoben. Coralie war die Wonne aller Zuschauer, alle Augen hingen an ihrer Taille, die entzückend von dem Baskengewand umschlossen war, und kamen nicht los von ihrer andalusischen Kruppe, die dem Rock ein laszives Wogen mitteilte. Es gab einen Augenblick, da Lucien, als er dieses Geschöpf sah, das nur für ihn spielte und sich um Camusot so wenig kümmerte wie ein Halbwüchsiger auf der Galerie um eine weggeworfene Apfelschale, die Sinnenliebe über die reine Liebe stellte, den Genuß über die Sehnsucht; der Dämon der Wollust gab ihm wilde Gedanken ein. »Ich weiß nichts von der Liebe, die sich in köstlichem Essen, in Wein, in materiellen Genüssen wälzt«, sagte er sich. »Ich habe bisher mehr im Denken als in der Wirklichkeit gelebt. Ein Mann, der alles schildern will, muß alles kennen. Heute steht mir mein erstes üppiges Mahl, meine erste Orgie in einer seltsamen Welt bevor; warum soll ich nicht einmal die berühmten Wonnen kosten, in die sich die großen Herren des vorigen Jahrhunderts mit unreinen Frauen stürzten? Geschähe es auch nur darum, sie in die schönen Gefilde der wahren Liebe hinüberzuführen: muß man nicht die Freuden, die Vollkommenheiten, die Leidenschaft, die Mannigfaltigkeit, die Raffinessen der Liebe bei Kurtisanen und Schauspielerinnen erlernen? Ist das nicht schließlich die Poesie der Sinne? Vor zwei Monaten schienen mir diese Frauen Göttinnen, die von unüberwindlichen Drachen behütet wurden; hier nun aber ist eine, deren Schönheit die Florines übertrifft, um die ich Lousteau beneidet hatte: warum soll ich nicht ihre Laune wahrnehmen, wenn vornehmste Herren solchen Frauen eine Nacht mit ihren reichsten Schätzen bezahlen? Wenn Botschafter den Fuß in diese Höhlen setzen, kümmern sie sich nicht um das, was vorher war und nachher sein wird. Ich wäre ein Narr, wenn ich empfindlicher wäre als Fürsten, zumal da ich noch keine Frau liebe.«

Lucien dachte nicht mehr an Camusot. Nachdem er Lousteau gegenüber den tiefsten Abscheu gegen die widerwärtigste aller Teilhaberschaften ausgesprochen hatte, strauchelte er in demselben Graben; die Begierde erwachte in ihm, der Jesuitismus[148] der Leidenschaft riß ihn fort.

»Coralie ist versessen auf Sie«, sagte der hereintretende Lousteau zu ihm. »Ihre Schönheit, die der der berühmtesten Marmorstatuen Griechenlands ebenbürtig ist, richtet hinter den Kulissen eine unerhörte Verheerung an. Sie sind gut dran, mein Lieber. Mit achtzehn Jahren kann Coralie innerhalb einiger Tage sechzigtausend Francs jährlich für ihre Schönheit ergattern. Sie ist noch ein durch und durch anständiges Mädchen. Ihre Mutter hat sie vor drei Jahren für sechzigtausend Francs verkauft; sie hat bislang nur Kummer geerntet und dürstet nun nach dem Glück. Aus purer Verzweiflung ist sie zum Theater gegangen; sie hat Monsieur de Marsay, der sie als erster besessen hat, verabscheut; und als sie jener Galeere entrann – denn der König unserer Dandys hat sie bald freigegeben –, fand sie unsern guten Camusot, den sie schwerlich liebt; aber er ist wie ein Vater zu ihr, sie duldet ihn und läßt sich lieben. Sie hat schon die großartigsten Angebote zurückgewiesen und hält sich an Camusot, der sie wenigstens nicht quält. Sie sind also ihre erste Liebe. Oh, es war ihr wie ein Pistolenschuß mitten ins Herz, als sie Sie sah, und Florine ist zu ihr in ihre Garderobe gegangen, um ihr gut zuzureden; sie sitzt nämlich da und weint über Ihre Kälte. Das Stück fällt durch, Coralie kann ihre Rolle nicht mehr, und mit dem Engagement ans Gymnase, das Camusot ihr verschaffen wollte, ist es aus!« – »Ach . . .! Das arme Mädchen!« sagte Lucien. All seine Eitelkeit fühlte sich von diesen Worten geschmeichelt, und sein Herz war gebläht von Selbstgefühl. »Mein Lieber, mir widerfahren an einem einzigen Abend mehr Ereignisse als in den ersten achtzehn Jahren meines Lebens.«

Und Lucien erzählte von seiner Liebschaft mit Madame de Bargeton und von seinem Haß gegen den Baron du Châtelet.

»Warten Sie mal, unserm Blatt fehlt es gerade an Angriffsstoff, wir werden ihm eins versetzen. Dieser Baron ist ein Geck aus der Kaiserzeit, er ist regierungstreu, er kommt uns gelegen; ich habe ihn häufig in der Oper gesehen. Ihre große Dame habe ich deutlich vor Augen; sie ist oft in der Loge der Marquise d'Espard. Der Baron macht Ihrer früheren Geliebten, die übrigens eine recht dürre Person ist, den Hof. Passen Sie mal auf! Finot schickt mir eben die Nachricht, daß das Blatt kein Manuskript mehr hat; einer unserer Mitarbeiter, ein Schlingel, der kleine Hector Merlin, spielt uns einen Streich, weil ihm die halben Zeilen nicht bezahlt werden Finot sudelt in seiner Verzweiflung einen Artikel gegen die Oper zusammen. Also, mein Lieber, schreiben Sie das Referat über das Stück hier; hören Sie zu, passen Sie auf. Ich will in das Büro des Direktors gehen und mir drei Spalten über Ihren Feind und die schöne Dame, die Sie verstoßen hat, einfallen lassen. Die beiden werden morgen keinen guten Tag haben ...« – »So also kommt das Blatt zustande?« fragte Lucien. – »Immer nur so«, antwortete Lousteau. »Ich bin seit zehn Monaten Mitarbeiter, und das Blatt hat um acht Uhr abends noch nie Manuskripte gehabt.«

Das in Satz gehende Manuskript wird im Jargon der Drucker als Kopie bezeichnet, wahrscheinlich, weil die Journalisten verpflichtet sind, lediglich eine Reinschrift oder Abschrift ihrer Arbeit einzureichen. Vielleicht handelt es sich bei dem Ausdruck aber auch um eine ironische Übersetzung des lateinischen Wortes copia (Überfluß); denn daran mangelt es stets ...!

»Es wird immer geplant, aber nie durchgesetzt, einige Nummern im voraus fertig zu machen. Jetzt ist es zehn Uhr, und es ist noch keine Zeile da. Ich will, damit die Nummer glänzend wird, Vernou und Nathan bitten, uns so etwa zwanzig Bosheiten gegen die Abgeordneten, den Kanzler ›Cruzoe‹[149], die Minister und, wenn's not tut, gegen unsere Freunde zur Verfügung zu stellen. In solcher Lage wäre man fähig, den eigenen Vater zu ermorden. Man ist wie ein Seeräuber, der seine Kanonen mit den

Talern, die er erbeutet hat, ladet, um sich vor dem Tod zu retten. Schreiben Sie einen recht geistvollen Artikel; dann haben Sie bei Finot einen großen Stein im Brett: er ist dankbar aus Berechnung. Das ist die beste und solideste Dankbarkeit!« – »Was für Menschen sind die Journalisten!« rief Lucien. »Wie? Man soll sich an einen Tisch setzen und geistreich sein . . .?« – »Gerade wie man eine Lampe anzündet . . . solange sie noch Öl hat.«

In dem Augenblick, da Lousteau die Logentür öffnete, traten der Direktor und Du Bruel ein.

»Verehrter Herr«, sagte der Autor des Stücks zu Lucien, »gestatten Sie mir, daß ich in Ihrem Namen Coralie sage, Sie würden nach dem Souper mit ihr gehen; mein Stück fällt sonst durch. Das arme Mädchen weiß nicht mehr, was sie sagt und was sie tut: sie weint, wenn sie lachen soll, und sie lacht, wenn sie weinen müßte. Es ist schon gezischt worden. Sie können das Stück noch retten. Übrigens ist das Vergnügen, das Sie erwartet, ja kein Unglück.« – »Verehrter Herr, es gehört nicht zu meinen Gewohnheiten, Nebenbuhler zu haben«, antwortete Lucien. – »Um Gottes willen, übermitteln Sie ihr diese Worte nicht«, rief der Direktor dem Schriftsteller zu, »Coralie ist imstande, Camusot zum Fenster hinauszuwerfen und sich ganz und gar zugrunde zu richten. Dieser wackere Inhaber des ›Cocon-d'Or‹ gibt Coralie monatlich zweitausend Francs und zahlt ihr sämtliche Kostüme und die Claqueure.« – »Da Ihr Versprechen mich zu nichts verpflichtet, retten Sie Ihr Stück«, sagte Lucien mit der Miene eines Sultans. – »Aber Sie dürfen nicht ein Gesicht machen, als ob Sie das reizende Kind zurückstoßen wollten«, sagte Du Bruel flehend. – »Gut, ich soll den Bericht über Ihr Stück schreiben und soll Ihrer jungen Debütantin ein freundliches Gesicht machen. Meinetwegen!« rief der Dichter.

Der Autor ging. Vorher aber hatte er noch Coralie ein Zeichen gemacht; von dem Augenblick an spielte sie wundervoll. Bouffé, der die Rolle eines alten Alkalden übernommen hatte, in der er zum erstenmal sein Talent, Alte zu spielen, enthüllte, konnte inmitten donnernden Beifalls verkünden:

»Meine Herren, das Stück, das wir die Ehre hatten vor Ihnen zu spielen, ist von Raoul und de Cursy verfaßt worden.« – »Sieh mal an, Nathan hat mitgearbeitet«, sagte Lousteau; »jetzt wundere ich mich nicht mehr, daß er hier ist.« – »Coralie! Coralie!« rief das Parterre, das sich erhoben hatte. Aus der Loge, in der die beiden Kaufleute saßen, erscholl eine Donnerstimme, die rief: »Und Florine!« »Florine und Coralie!« wiederholten nunmehr ein paar Stimmen. Der Vorhang ging wieder in die Höhe, Bouffé kam mit den beiden Schauspielerinnen nach vorn, denen Matifat und Camusot jeder einen Kranz zuwarfen; Coralie hob ihren auf und reichte ihn Lucien. Für Lucien waren diese beiden Stunden im Theater wie ein Traum gewesen. Die Kulissen, so abscheulich sie aussahen, hatten das Werk der Bezauberung begonnen. Der noch naive Dichter hatte dort die Luft der Unordnung und der Wollust geatmet. In diesen schmutzigen Gängen, die mit Apparaten und Maschinen voll standen und in denen ölstarrende Lampen blakten, herrscht eine Art Pest, die die Seele verzehrt. Das Leben ist dort nicht mehr heilig und nicht mehr wirklich. Man lacht dort über alles Ernsthafte, und das Unmögliche scheint wahr zu sein. Das alles war für Lucien wie ein Narkotikum, und Coralie tauchte ihn vollends in eine fröhliche Trunkenheit. Der Kronleuchter erlosch. Es waren nur noch die Logenschließerinnen im Zuschauerraum, die die kleinen Bänke wegräumten und die Logen schlossen und dabei ein eigentümliches Geräusch vollführten. Die Rampe, deren Lichter wie eine einzige Kerze erloschen, verbreitete einen entsetzlichen Geruch. Der Vorhang ging wieder hoch. Eine Laterne kam vom Schnürboden herab. Die Feuerwehrleute begannen mit den diensthabenden Aufsehern ihre Runde. Auf die feenhafte Szene, auf das Bild der Logen, die mit schönen Frauen gefüllt gewesen waren, auf die blendenden Lichter, auf die glänzende Magie der neuen Dekorationen und Kostüme folgten jetzt Kälte, Dunkel, gähnende Leere. Es war häßlich. Lucien stand in einem unsagbaren Staunen da.

»Na, kommst du mit, mein Junge?« fragte Lousteau von der Bühne her. »Spring von der Loge hierher.«

Mit einem Satz war Lucien auf der Bühne. Kaum erkannte er Florine und Coralie, die sich umgekleidet hatten und in ihre Mäntel und wohlfeile Decken gehüllt waren. Auf dem Kopf trugen sie Hüte mit schwarzen Schleiern; ihr Aussehen erinnerte an Schmetterlinge, die in ihre Puppen zurückgekehrt waren.

»Wollen Sie mir die Ehre erweisen, mir Ihren Arm zu geben?«

wandte sich Coralie zitternd an ihn. – »Gern«, sagte Lucien, der das Herz der Schauspielerin wie das eines Vogels, den man in die Hand nimmt, gegen das seine pochen spürte.

Die Schauspielerin schmiegte sich eng an den Dichter und tat es mit der Wollust einer Katze, die sich weich und warm am Bein ihres Herrn reibt.

»Wir werden also jetzt zusammen soupieren«, sagte sie zu ihm.

Alle vier verließen das Theater und sahen an der Hintertür, die für die Schauspieler bestimmt war und auf die Rue des Fossés-du-Temple hinausging, zwei Droschken halten. Coralie ließ Lucien in den Wagen steigen, in dem sich bereits Camusot und sein Schwiegervater, der alte Cardot, befanden. Sie bot Du Bruel ebenfalls einen Platz an. Der Direktor fuhr mit Florine, Matifat und Lousteau.

»Infame Droschken sind das!« sagte Coralie. – »Warum haben Sie keine Equipage?« erwiderte Du Bruel. – »Warum?« rief sie schlecht gelaunt. »Ich will es nicht vor Monsieur Cardot sagen, der sicherlich auf seinen Schwiegersohn Einfluß gehabt hat. Würden Sie es für möglich halten, daß Cardot, dieser kleine alte Kerl, Florentine nur fünfhundert Francs im Monat gibt, gerade genug, daß sie ihre Miete, ihr bißchen Essen und ihre Überschuhe bezahlen kann? Der alte Marquis de Rochegude, der ein Jahreseinkommen von sechshunderttausend Francs hat, bietet mir seit zwei Monaten ein Coupé an. Aber ich bin eine Künstlerin und keine Nutte.« – »Übermorgen werden Sie einen Wagen haben«, sagte Camusot gravitätisch; »aber Sie hatten mich nie darum gebeten.« – »Muß man um so was erst bitten? Läßt man eine Frau, die man liebt, im Kot herumpatschen und Gefahr laufen, sich durchs Zufußgehen die Beine zu brechen? Nur die Ritter von der Elle mögen den Schmutz am Saum eines Kleides.«

Während sie diese Worte so ärgerlich sagte, daß Camusot sich schmerzlich getroffen fühlte, hatte Coralie Luciens Bein gefunden und preßte es zwischen ihren Beinen; sie hatte seine Hand ergriffen und gedrückt. Sie schwieg jetzt und schien einer der unsagbaren Freuden ganz hingegeben, die diese armen Geschöpfe für all ihren vergangenen Kummer und ihr Unglück entschädigen und in ihrer Seele eine Poesie entzünden, die andern Frauen, in deren Leben es zum Glück diese heftigen Gegensätze nicht gibt, unbekannt bleibt.

»Sie haben am Schluß so gut gespielt wie die Mars«, sagte Du Bruel zu Coralie. – »Ja«, sagte Camusot, »Mademoiselle hat wohl anfangs etwas gehabt, das sie störte; aber von der Mitte des zweiten Akts an war sie hinreißend. Ihr Erfolg, Monsieur, ist zur Hälfte ihr zu verdanken.« – »Und Mademoiselles Erfolg zur Hälfte mir«, sagte Du Bruel. – »Ihr streitet euch um des Kaisers Bart«, sagte sie mit schmachtender Stimme.

Die Schauspielerin benutzte einen Augenblick, da es völlig dunkel war, um Luciens Hand an ihre Lippen zu ziehen und sie zu küssen. Die Hand wurde feucht von ihren Tränen. Lucien war jetzt bis ins Mark erregt. Die demütige Hingabe der liebenden Kurtisanen trägt Wonnen in sich, die sie zu Engeln machen.

»Sie schreiben die Kritik«, sagte Du Bruel zu Lucien, »da können Sie einen schönen Absatz über unsere liebe Coralie einfügen.« – »Oh, tun Sie uns diesen kleinen Gefallen!« sagte Camusot mit der Stimme eines Mannes, der vor Lucien auf den Knien lag; »Sie finden in mir einen Diener, der Ihnen jederzeit zur Verfügung steht.« – »Aber laßt doch dem Herrn seine Unabhängigkeit!« rief die Schauspielerin wütend, »er soll schreiben, was er will. Papa Camusot, kaufen Sie mir Wagen und keine Lobreden.« – »Die werden Sie sehr billig haben«, sagte Lucien höflich. »Ich habe nie etwas für Zeitungen geschrieben, ich kenne ihre Gebräuche nicht, Sie sollen die Jungfernschaft meiner Feder haben ...« – »Das wird lustig«, sagte Du Bruel. – »Hier sind wir in der Rue de Bondy«, sagte der kleine Papa Cardot, den der Ausfall Coralies niedergeschmettert hatte. – »Wenn ich die Erstlinge deiner Feder bekomme, bekommst du die meines Herzens«, sagte Coralie in der kurzen Sekunde, da sie mit Lucien allein im Wagen war.

Coralie begab sich zu Florine in deren Schlafzimmer, um dort die Toilette anzuziehen, die sie hergeschickt hatte. Lucien wußte nichts von dem Luxus, den die lebenslustigen, reichen Kaufleute bei den Schauspielerinnen oder ihren Freundinnen entfalten. Obwohl Matifat, der über kein so beträchtliches Vermögen verfügte wie sein Freund Camusot, die Sache recht kläglich durchgeführt hatte, war Lucien doch überrascht, als er ein künstlerisch eingerichtetes Eßzimmer erblickte, dessen Wände grüner, mit goldenen Nägeln befestigter Samt bedeckte; der Raum war von schönen Lampen erleuchtet; überall waren Schalen mit Blumen aufgestellt, und an das Eßzimmer stieß ein Salon, der mit gelber, von braunen Verzierungen unterbrochener Seide ausgeschlagen war; in ihm standen die feinen Möbel, wie sie damals modern waren, hing ein Kronleuchter von Thomire[150], lag ein Teppich mit persischen Mustern. Die Standuhr, die Kandelaber, der Kamin zeugten von gutem Geschmack. Matifat hatte alles von Grindot, einem jungen Architekten, der ihm ein Haus gebaut hatte, einrichten lassen, und dieser kannte die Bestimmung der Wohnung und hatte sich besondere Mühe damit gegeben. Doch berührte Matifat, der immer Kaufmann blieb, die geringsten Kleinigkeiten nur mit großer Vorsicht; er schien immer die Ziffer der Rechnungen gegenwärtig zu haben und betrachtete diese Herrlichkeiten wie Kleinode, die unvorsichtigerweise aus dem Schmuckkästchen genommen worden sind.

»Ich werde dennoch genötigt sein, so etwas auch für Florentine einzurichten«; diesen Gedanken las man in den Augen des alten Cardot.

Lucien begriff jetzt, warum der Zustand der Kammer, in der Lousteau wohnte, dem Journalisten nicht viel Sorge machte. Er war der heimliche König dieser Herrlichkeiten und freute sich an all den schönen Dingen. So benahm er sich denn auch, als er vor dem Kamin stand und mit dem Direktor plauderte, der Du Bruel gratuliert hatte, als ob er der Hausherr sei.

»Manuskript! Manuskript!« rief Finot, der hereintrat. »Es liegt nichts im Redaktionskasten. Die Setzer haben meinen Artikel und werden bald damit fertig sein.« – »Wir bekommen welches«, sagte Etienne. »In Florines Boudoir gibt es einen Tisch und Feuer. Wenn Monsieur Matifat uns Papier und Tinte verschafft, schreiben wir die ganze Zeitung, während Florine und Coralie sich umkleiden.«

Cardot, Camusot und Matifat machten sich eilends daran, Federn, Federmesser und alles, was die beiden Schriftsteller brauchten, zu holen. In diesem Augenblick stürzte Tullia, eine der hübschesten Tänzerinnen der Zeit, in den Salon.

»Lieber Junge«, sagte sie zu Finot, »deine zehn Abonnements

werden dir bewilligt; sie kosten die Direktion nichts, sie sind schon untergebracht, beim Chor, dem Orchester und dem Ballettkorps. Dein Blatt ist so witzig, daß niemand sich beschweren wird. Du bekommst auch deine Logen. Hier ist der Preis für das erste Vierteljahr«, sagte sie und überreichte ihm zwei Banknoten. »Also verreiß mich nicht.« – »Ich bin erledigt«, rief Finot, »ich habe keinen Leitartikel mehr für die Nummer, denn mein infames Geschimpfe muß nun wegbleiben . . .« – »Wie schön du dich bewegst, meine göttliche Laïs«, rief Blondet, der der Tänzerin mit Nathan, Vernou und Claude Vignon, die mit ihm gekommen waren, gefolgt war. »Du bleibst bei uns zum Souper, liebes Kind, oder ich lasse dich zerdrücken wie einen Schmetterling, der du ja bist. Als Tänzerin wirst du hier, was das Talent betrifft, keine Rivalität erregen; und was die Schönheit angeht, seid ihr alle zu gescheit, um öffentlich eifersüchtig zu sein.« – »Du lieber Himmel! Ihr Freunde, Du Bruel, Nathan, Blondet, rettet mich!« rief Finot, »ich brauche fünf Spalten.« – »Ich schreibe zwei über das Stück«, sagte Lucien. – »Ich habe Stoff für eine«, sagte Lousteau. – »Also Nathan, Vernou, Du Bruel, macht mir die kleinen Scherze für den Rest. Der gute Blondet kann mir die beiden kleinen Spalten auf der ersten Seite füllen. Ich laufe zur Druckerei. Zum Glück bist du ja mit deinem Wagen hergekommen, Tullia.« – »Ja, aber der Herzog sitzt mit einem deutschen Gesandten darin«, sagte sie. – »Dann müssen wir also auch den Herzog und den Gesandten einladen«, sagte Nathan. – »Ein Deutscher zecht wacker und hört zu; wir wollen ihm so viele Kühnheiten sagen, daß er darüber seinem Hof berichtet«, rief Blondet. – »Wer unter uns allen ist reputierlich genug, um hinunterzugehen und ihn einzuladen?« fragte Finot. »Geh du. Du Bruel, du bist Beamter, führe den Herzog von Rhétoré und den Gesandten herauf. Gib Tullia den Arm. Gott, ist Tullia heute abend schön!« – »Dann sind wir dreizehn«, sagte Matifat erblassend. – »Nein, vierzehn«, rief Florentine, die eben eintrat, »ich will auf Mylord Cardot (Mai Lohrt Kerdott) aufpassen.« – »Überdies«, sagte Lousteau, »hat Blondet Claude Vignon mitgebracht.« – »Den habe ich zum Trinken mitgebracht«, sagte Blondet und nahm ein Tintenfaß. – »Und ihr«, sagte er zu Nathan und Vernou, »müßt für die sechsundfünfzig Flaschen

Wein, die wir trinken werden, euern Geist spenden. Bringt vor allem Du Bruel auf den Damm, der ist Vaudevillist, der ist gewohnt, bissige Pointen zu machen, bearbeitet ihn, bis er etwas Gutes sagt.«

Lucien war von dem Wunsch erfüllt, vor so bedeutenden Personen sein Probestück abzulegen, und er schrieb auf dem runden Tisch in Florines Boudoir beim Glanz der rosa Kerzen, die Matifat angesteckt hatte, seinen ersten Artikel:

»PANORAMA-DRAMATIQUE

Erstaufführung von ›Der Alkalde in der Klemme‹, Imbroglio in drei Akten. – Eine neue Darstellerin: Mademoiselle Florine. – Mademoiselle Coralie. – Bouffé.

Man kommt, man geht, man spricht, geht auf und ab, sucht etwas und findet nichts, alles ist durcheinander. Der Alkalde hat seine Tochter verloren und findet seine Mütze; aber die Mütze paßt ihm nicht, es muß die Mütze eines Diebs sein. Wo ist der Dieb? Man kommt, man geht, man spricht, man geht hin und her, man sucht von neuem. Der Alkalde findet schließlich einen Mann ohne seine Tochter und seine Tochter ohne einen Mann, was befriedigend für den Beamten, aber nicht für das Publikum ist. Es tritt wieder Ruhe ein, der Alkalde will den Mann befragen. Der alte Alkalde setzt sich in einen großen Alkaldensessel und bringt seine Alkaldenärmel in Ordnung. Spanien ist das einzige Land, in dem es Alkalden gibt, die in großen Ärmeln stekken, in dem man um den Hals der Alkalden die Krausen sieht, die auf den Pariser Theatern die Hälfte ihres Berufs sind. Dieser Alkalde, der mit den kleinen Schritten eines engbrüstigen Alten so viel hin und her getrippelt ist, wird von Bouffé gespielt. Bouffé, der Nachfolger Potiers, ist ein junger Schauspieler, der die alten Männer so gut mimt, daß er die ältesten der alten Männer zum Lachen gebracht hat. In dieser kahlen Stirn, in dieser meckernden Stimme, in diesen spindeldürren Beinen, die am Leib eines Géronte[151] baumeln, verwirklicht sich ein Geschlecht von hundert alten Männern. Dieser junge Schauspieler ist so alt, daß er erschreckt; man hat Angst, seine Greisenhaftigkeit könnte sich wie eine ansteckende Krankheit verbreiten. Und was für ein prachtvoller Alkalde! Wie reizend ist das unruhige Lächeln! Welch wichtigtuerische Albernheit! Was für eine stumpfsinnige Würde! Welche richterliche Unsicherheit! Wie gut weiß dieser Mann, daß alles abwechselnd falsch und wahr werden kann! Wie verdient er, Minister eines konstitutionellen Königs zu sein! Auf jede Frage des Alkalden gibt der Unbekannte eine Frage zurück; Bouffé antwortet so, daß der Alkalde, der von der Antwort gefragt wird, mit seinen Fragen alles aufklärt. Diese unbeschreiblich komische Szene, die molièrischen Geist atmet, entzückte den ganzen Zuschauerraum. Alle auf der Bühne schienen einig zu sein; nur ich bin nicht imstande zu sagen, was klar und was dunkel ist: da war die Tochter des Alkalden, und sie wurde von einer richtigen Andalusierin dargestellt, von einer Spanierin mit spanischen Augen, mit spanischem Teint, mit spanischer Taille, mit spanischem Schritt, kurzum von einer Spanierin von Kopf bis zu Fuß, mit ihrem Dolch im Strumpfband, ihrer Liebe im Herzen, ihrem Kreuz an einem Bande über der Brust. Am Ende des Akts fragte mich jemand, wie die Aufführung sei, und ich antwortete: ›Sie hat rote Strümpfe mit grünen Zwickeln, einen winzig kleinen Fuß in Lackschuhen und das schönste Bein Andalusiens!‹ Oh, diese Tochter des Alkalden, sie läßt uns Liebesworte in den Mund strömen, sie flößt schreckliche Gelüste ein, man ist versucht, auf die Bühne zu springen und ihr seine Hütte und sein Herz oder dreißigtausend Francs Einkommen und seine Feder anzubieten. Diese Andalusierin ist die schönste Schauspielerin von Paris: Coralie, da man sie mit ihrem Namen nennen muß, ist imstande, Gräfin oder Grisette zu werden. Man weiß nicht, in welcher Gestalt sie mehr gefiele. Sie wird sein, was sie will, sie ist zu allem geschaffen; ist das nicht das Beste, was man von einer Boulevardschauspielerin sagen kann?

Im zweiten Akt trat eine Spanierin aus Paris auf, mit einem Gesicht wie aus einer Kamee geschnitten und mit mörderischen Augen. Ich fragte, woher sie stamme, und man antwortete mir, sie komme aus der Kulisse und heiße Florine; aber ich konnte wahrlich nicht daran glauben, so viel Feuer hatte sie in ihren Bewegungen, so viel Glut in ihren Liebesbezeigungen. Diese Nebenbuhlerin der Tochter des Alkalden ist die Gemahlin eines vornehmen Herrn, der in den Mantel Almavivas gekleidet ist, aus dem man Stoff für hundert vornehme Herren des Boulevards machen könnte. Florine hatte keine roten Strümpfe mit grünen Zwickeln und keine Lackschuhe, aber sie besaß eine Mantille, einen Schleier, den sie mit der Anmut der großen Dame trug! Bewunderungswürdig zeigte sie, wie die Tigerin zur Katze werden kann. Ich bemerkte an den spitzen Worten, die diese beiden Spanierinnen einander sagten, daß es sich um irgendein Eifersuchtsdrama handelte. Als sich dann alles gütlich schlichten wollte, brachte die Dummheit des Alkalden neue Verwirrungen. Diese ganze Welt der Fackeln, der Reichen, der Diener, der Figaros, der Herren, der Alkalden, der Mädchen und Frauen begann abermals zu suchen, zu gehen, zu kommen, sich hin und her zu drehen. Die Intrige verwickelte sich von neuem, und ich ließ sie sich verwickeln, denn diese beiden Frauen, die eifersüchtige Florine und die glückliche Coralie, haben mich von neuem in die Falten ihrer Baskenröckchen, ihrer Mantille gewickelt und haben mir ihre kleinen Füße ins Auge gestoßen.

Ich konnte bis zum dritten Akt gelangen, ohne ein Unglück anzurichten, ohne das Einschreiten des Polizeikommissars nötig gemacht oder die Zuschauer in Aufruhr gebracht zu haben; und ich glaube von jetzt an an die Macht der öffentlichen und religiösen Moral, mit der man sich in der Abgeordnetenkammer so viel beschäftigt, daß man glauben sollte, es gebe keine Moral mehr in Frankreich. Ich verstand so viel, daß es sich um einen Mann handelt, der zwei Frauen liebt, ohne wiedergeliebt zu werden – oder der von ihnen geliebt wird, ohne sie zu lieben –, der die Alkalden nicht liebt oder den sie nicht lieben; der aber – so viel ist sicher – ein wackerer Herr ist, der irgend jemanden liebt, sich selbst oder im schlimmsten Fall Gott, denn er wird Mönch. Wer mehr davon wissen will, gehe ins Panorama-Dramatique. Man weiß jetzt zur Genüge, daß man ein erstes Mal hingehen muß, um sich an den sieghaften roten Strümpfen mit grünen Zwickeln, an dem vielversprechenden kleinen Fuß, an den Augen, aus denen ein Sonnenstrahl hervorbricht, an all den feinen Dingen dieser als Andalusierin verkleideten Pariserin und der als Pariserin kostümierten Andalusierin zu weiden; und dann ein zweites Mal, um das Stück zu genießen, das durch die Gestalt des alten Mannes zum Totlachen und durch die Gestalt des verliebten Señors zum

Weinen ist. Das Stück hatte auf beiderlei Art Erfolg! Der Verfasser, der, wie man sagt, einen unserer großen Dichter zum Mitarbeiter hat, durfte, an jeder Hand ein verliebtes Mädchen, für den Beifall danken: sein begeistertes Parterre ist vor Vergnügen beinahe umgekommen. Die Beine der beiden Mädchen schienen witziger zu sein als der Autor. Trotzdem fand man, als die beiden Rivalinnen gegangen waren, den Dialog geistvoll und damit die Vortrefflichkeit des Stücks zur Genüge bewiesen. Der Verfasser wurde inmitten eines Beifallssturms gerufen, der den Erbauer des Saals unruhig machte; aber der Dramatiker, der an die heftigen Bewegungen des trunkenen Vesuvs, der unter dem Kronleuchter brodelt, gewöhnt ist, zitterte nicht: es ist Monsieur de Cursy. Die beiden Schauspielerinnen tanzten den berühmten Bolero von Sevilla, der ehemals vor den ehrwürdigen Vätern des Konzils Gnade gefunden hat und den die Zensur trotz der gefährlichen Keckheit der Stellungen erlaubt hat. Dieser Bolero allein genügt, um alle alten Herren anzulocken, die nicht wissen, was sie mit dem Rest an Liebe, der ihnen geblieben ist, machen sollen, und ich bin mitleidsvoll genug, ihnen zu raten, ihr Opernglas gut zu putzen.«

Während Lucien diese Theaterkritik schrieb, die im Journalismus durch ihre neue und originelle Art Aufsehen erregte, schrieb Lousteau ein Artikelchen, betitelt ›Der Exgeck‹, das folgendermaßen begann:

»Der Geck der Kaiserzeit ist immer ein langer, magerer, wohlkonservierter Mann, der ein Korsett und das Kreuz der Ehrenlegion trägt. Er heißt so ähnlich wie Potelet, und um in die heutige Aristokratie zu passen, hat sich der kaiserliche Baron von sich aus ein ›du‹ verehrt: er ist du Potelet, auf die Gefahr hin, im Falle der Revolution wieder ein schlichter Potelet zu werden. Da er übrigens wie seine Name ein Mann aus zwei Teilen ist, macht er im Faubourg Saint-Germain den Hof, nachdem er der ruhmreiche, nützliche und angenehme Schleppenträger der Schwester eines Mannes gewesen ist, den die Scham mich zu nennen verhindert. Wenn du Potelet seinen Dienst bei der Kaiserlichen Hoheit verleugnet, dann singt er doch noch die Romanzen seiner innig verehrten Wohltäterin . . .«

Der Artikel war ein Gewebe aus recht albernen persönlichen Anspielungen, wie sie zu jener Zeit gemacht wurden; denn diese Gattung wurde seitdem, besonders durch den ›Figaro‹, erstaunlich vervollkommnet. Lousteau zog zwischen der Madame de Bargeton, der der Baron du Châtelet den Hof machte, und einem Fischbein eine spaßhafte Parallele, die belustigte, ohne daß man die beiden Personen, die aufs Korn genommen wurden, zu kennen brauchte. Châtelet wurde mit einem Reiher verglichen. Die Liebschaften dieses Reihers, der das Fischbein nicht hinunterschlucken konnte, das in drei Stücke brach, als er es fallen ließ, reizten unwiderstehlich zum Lachen. Dieser Spaß, der auf mehrere Artikel verteilt war, verursachte bekanntlich gewaltigen Aufruhr im Faubourg Saint-Germain und war einer von den tausendundein Gründen für die Härten des Pressegesetzes. Eine Stunde später kamen Blondet, Lousteau und Lucien wieder in den Salon, in dem die Gäste, der Herzog, der Gesandte, die vier Frauen, die drei Kaufleute, der Theaterdirektor und Finot, miteinander plauderten. Ein Lehrling mit einer Papiermütze auf dem Kopf war inzwischen schon gekommen, um das Manuskript für das Blatt abzuholen.

»Die Setzer wollen weggehen, wenn ich ihnen nichts bringe«, sagte er. – »Hier hast du zehn Francs, sie sollen warten«, sagte Finot. – »Wenn ich ihnen die gebe, treiben sie Saufographie, und dann ist's aus mit der Nummer.« – »Der Verstand dieses Jungen erschreckt mich«, sagte Finot.

In dem Augenblick, da der Gesandte dem kleinen Kerl eine glänzende Zukunft prophezeite, kamen die drei Schriftsteller herein. Blondet las einen überaus geistvollen Artikel gegen die Romantiker vor. Der Artikel Lousteaus reizte zum Lachen. Der Herzog von Rhétoré riet, um das Faubourg Saint-Germain nicht zu sehr zu verschnupfen, ein indirektes Lob für Madame d'Espard einzufügen.

»Und nun lesen Sie uns, was Sie geschrieben haben«, sagte Finot zu Lucien.

Als Lucien, der vor Angst zitterte, fertig gelesen hatte, erhob sich im Salon lauter Beifall; die Schauspielerinnen umarmten den neugebackenen Journalisten, die drei Kaufleute drückten ihn an sich, daß er fast erstickte. Du Bruel schüttelte ihm die Hand und hatte eine Träne im Auge, der Direktor endlich lud ihn zum Abendessen ein.

»Es gibt keine Kinder mehr«, sagte Blondet. »Da Chateaubriand den Ausdruck ›himmlisches Kind‹ schon für Victor Hugo geprägt hat, bin ich genötigt, Ihnen ganz schlicht zu sagen, daß Sie ein Mann sind, der Geist, Gemüt und Stil besitzt.« – »Der Herr gehört zu unserm Blatt«, sagte Finot, dankte Etienne und warf ihm den scharfen Blick des Ausbeuters zu. – »Was für Witze haben Sie gemacht?« fragte Lousteau Blondet und Du Bruel. – »Hier haben Sie die von Du Bruel«, sagte Nathan:

»Der Herr Vicomte Démosthène[152] sagte gestern, als er sah, wie sehr der Vicomte d'A . . .[153] das Publikum beschäftigt: ›Vielleicht werde ich jetzt in Ruhe gelassen.‹

Eine Dame sagte zu einem Ultra, der von der Rede Pasquiers[154] tadelnd sagte, sie setze das System von Decazes[155] fort: ›Ja, aber er hat sehr monarchische Waden.‹«

»Wenn es auf diese Weise anfängt, brauchen Sie nicht weiterzulesen; dann ist alles gut«, sagte Finot. »Bring ihnen das, lauf!« sagte er zu dem Lehrling. »Das Blatt sieht ein bißchen kunterbunt aus, aber es ist unsere beste Nummer«, wandte er sich zu der Schriftstellergruppe, von der Lucien bereits mit hinterhältigen Blicken gemustert wurde.

»Der Bursche hat Geist«, sagte Blondet. – »Sein Artikel ist gut«, sagte Claude Vignon. – »Zu Tisch!« rief Matifat.

Der Herzog reichte Florine den Arm, Coralie nahm den Luciens, und die Tänzerin hatte auf der einen Seite Blondet, auf der andern den deutschen Gesandten.

»Ich begreife nicht, warum Sie Madame de Bargeton und den Baron du Châtelet angreifen; er soll doch zum Präfekten der Charente und zum Vortragenden Rat ernannt worden sein.« – »Madame de Bargeton hat Lucien vor die Tür gesetzt wie einen Halunken«, erwiderte Lousteau. – »Einen so schönen jungen Mann!« sagte der Gesandte.

Das Souper wurde auf neuem Silbergeschirr, auf Porzellan von Sèvres und Damastgedecken serviert, und alles machte einen großartigen Eindruck. Chevet hatte das Essen geliefert, die Weine waren vom berühmtesten Händler des Quai Saint Bernard, einem Freunde Camusots, Matifats und Cardots, ausgesucht worden. Lucien, der zum erstenmal den Pariser Luxus in Funktion sah, geriet also von einer Überraschung in die andere und verbarg als Mann, der nach dem Wort Blondets Geist, Gemüt und Stil besaß, sein Erstaunen.

Coralie hatte, als sie durch den Salon ging, Florine zugeflüstert: »Mach mir Camusot so betrunken, daß er die Nacht hier zubringen muß.« – »Du hast dir also deinen Journalisten gekapert«, erwiderte Florine und wandte damit ein Wort aus der besonderen Sprache dieser Mädchen an. – »Nein, ich liebe ihn«, antwortete Coralie und vollführte eine entzückende kleine Bewegung mit den Schultern.

Diese Worte hatten in Luciens Ohr Widerhall gefunden; die fünfte Todsünde hatte sie dorthin getragen. Coralie war wundervoll gekleidet, und ihre Toilette hob klüglich ihre besonderen Reize hervor; denn jede Frau besitzt Vollkommenheiten, die nur ihr eigentümlich sind. Ihr Kleid hatte wie das Florines den Vorzug, aus einem entzückenden Stoff, der noch nicht bekannt war, gefertigt zu sein, nämlich aus Seidenmusselin. Camusot in seiner Eigenschaft als Besitzer des ›Cocon d'Or‹ war es gelungen, diesen Stoff als erster aus Lyon zu erhalten. So steigerten die Liebe und die Toilette, die Schminke und der Duft der Frau die Reize der glücklichen Coralie. Eine Lust, die uns erwartet, die uns nicht entgehen kann, übt auf junge Leute außerordentlichen Zauber aus. Es könnte sein, daß die Gewißheit den ganzen Reiz bildet, den die Freudenhäuser für sie haben; vielleicht ist die Gewißheit das Geheimnis der langen Treue? Die reine, aufrichtige Liebe, verbunden mit einem der jähen, leidenschaftlichen Anfälle, die diese armen Geschöpfe anstacheln, und auch ihre Bewunderung für die Schönheit Luciens gaben Coralie den Geist des Herzens.

»Ich würde dich auch lieben, wenn du krank und häßlich wärst!« sagte sie Lucien ins Ohr, als zu Tisch gegangen wurde.

Was für ein Ausspruch für einen Dichter! Camusot verschwand für Lucien, er sah ihn nicht mehr, wenn er Coralie ansah. Konnte sich ein junger Mann, der ganz aus Genußfreude und Sinnenlust bestand, der das eintönige Provinzleben satt hatte, der von den Abgründen von Paris angelockt wurde, der vom Elend ermüdet, von seiner zwangsläufigen Keuschheit gequält, von seinem Mönchsleben in der Rue de Cluny, von seinen Arbeiten, die zu nichts führten, matt geworden war, konnte er sich diesem glänzenden Gelage entziehen? Lucien war mit einem Fuß bei Coralie im Bett, mit dem andern vom Vogelleim der Presse eingefangen, zu der er so viele Male gelaufen war, ohne hingelangen zu können. Wie oft war er vergebens nach der Rue du Sentier gegangen, und nun fand er die Presse bei Tisch sitzend, zechend, aufgeräumt und guter Dinge. Er sollte für alle seine Leiden durch einen Artikel gerächt werden, der schon am nächsten Morgen zwei Herzen durchbohren würde, Herzen, die er bis jetzt die Wut und den Schmerz noch nicht hatte entgelten lassen, mit denen sie ihn überschüttet hatten. Er sah Lousteau an und dachte sich: ›Das ist ein Freund‹, ohne zu ahnen, daß Lousteau ihn jetzt schon als seinen gefährlichen Rivalen zu fürchten begann. Lucien hatte den Fehler begangen, auf der Stelle seinen ganzen Geist zu zeigen: ein matter Artikel wäre besser gewesen. Blondet besänftigte den Neid, der an Lousteau nagen wollte, indem er zu Finot sagte, man müsse mit dem Talent handelseinig werden, wenn es von solcher Stärke sei. Dieses Urteil war für Lousteaus Verhalten maßgebend; er beschloß, Luciens Freund zu bleiben und sich mit Finot darüber zu verständigen, wie der gefährliche Neuling auszubeuten und in Abhängigkeit zu halten sei. Dieser Entschluß wurde in aller Schnelligkeit zwischen den beiden Männern mit zwei Sätzen, die sie einander zuflüsterten, gefaßt und in seiner ganzen Tragweite verstanden. – »Er hat Talent.« – »Er wird Ansprüche stellen.« – »Oh!« – »Gut.«

»Ich soupiere niemals ohne ein gewisses Angstgefühl mit französischen Journalisten«, sagte der deutsche Diplomat mit ruhiger, würdiger Gutmütigkeit zu Blondet, den er bei der Gräfin de Montcomet kennengelernt hatte. »Es gibt einen Ausspruch von Blücher, den zu verwirklichen Ihre Aufgabe ist.« – »Was für einen Ausspruch?« fragte Nathan. – »Als Blücher mit Sacken[156] im Jahre 1814 – verzeihen Sie, meine Herren, daß ich Sie an diesen für Sie verhängnisvollen Tag erinnere – auf den Höhen von Montmartre anlangte, sagte Sacken, der ein brutaler Patron war: ›Jetzt werden wir also Paris niederbrennen!‹ – ›Tun Sie das nicht, es ist ohnehin Frankreichs Todesursache!‹ antwortete Blücher und wies mit der Hand auf dies große Krebsgeschwür, das sie glühend und dunstig im Tal der Seine zu ihren Füßen liegen sahen. – Ich danke Gott, daß es in meinem Lande keine Zeitungen mehr gibt«[157], fuhr der Gesandte nach einer Pause fort. »Ich habe mich noch nicht von dem Schrecken erholt, den mir der kleine Setzerlehrling mit der Papiermütze auf dem Kopf eingeflößt hat, der mit zehn Jahren die Überlegungskraft eines alten Diplomaten besitzt. Ich muß sagen, ich habe heute abend den Eindruck, daß ich mit Löwen und Panthern zu Nacht speise, die mir die Ehre erweisen, ihre Tatzen in Samt zu hüllen.« – »Es ist klar«, sagte Blondet, »daß wir imstande sind, ganz Europa zu verkünden und es zu beweisen, daß Eure Exzellenz heute abend eine Schlange ausgespien haben, daß Sie beinahe Mademoiselle Tullia, die hübscheste unserer Tänzerinnen, von ihr haben beißen lassen, und wir könnten, daran anschließend, Kommentare über Eva, die Bibel, die Erbsünde und die Todsünde folgen lassen. Aber beruhigen Sie sich, Sie sind unser Gast.« – »Das wäre drollig«, sagte Finot. – »Wir könnten wissenschaftliche Abhandlungen über alle Schlangen drucken lassen, die man im menschlichen Herzen und im menschlichen Corpus findet, und dann auf das diplomatische Korps zu sprechen kommen«, sagte Lousteau. – »Wir könnten behaupten und zeigen, es sei irgendeine Schlange in diesem Glas mit in Schnaps eingelegten Kirschen«, sagte Vernou. – »Sie würden es am Ende selber glauben«, sagte Vignon zu dem Diplomaten. – »Meine Herren, erwecken Sie nicht Ihre schlummernden Klauen!« rief der Herzog von Rhétoré. – »Der Einfluß, die Macht der Zeitungen stehen vorerst noch am Morgen ihrer Existenz«, sagte Finot; »der Journalismus steckt noch in den Kinderschuhen, er wird wachsen. Binnen zehn Jahren ist alles der öffentlichen Meinung unterworfen. Der Gedanke wird alles beleuchten, er wird . . .« – »Alles beflecken«, unterbrach ihn Blondet. – »Das ist ein Wort!« sagte Claude Vignon. – »Er wird Könige machen«, sagte Lousteau. – »Und die Monarchien stürzen«, sagte der Diplomat. – »Zugegeben«, sagte Blondet, »wenn es keine Presse gäbe, sollte man sie nicht erfinden; aber sie ist nun mal da, und wir leben davon.« – »Sie werden daran sterben«, sagte der Diplomat. »Sehen Sie denn nicht, daß die Massen, vorausgesetzt, daß Sie ihnen wirklich Aufklärung bringen, eine höhere Bildung erlangen und die Machtstellung des Individuums beeinträchtigen werden; daß Sie dadurch, daß Sie in die unteren Klassen das Denken aussäen, die Revolution ernten und daß Sie selber ihre ersten Opfer sein werden? Was alles wird in Paris in die Brüche gehen, wenn es zu einem Aufstand kommt?« – »Die Laternen«, sagte Nathan; »aber wir sind zu bescheiden, um Angst zu haben, wir werden bloß Sprünge bekommen.« – »Ihr seid ein geistig zu hochstehendes Volk, als daß Ihr irgendeiner Regierung erlaubtet, am Ruder zu bleiben«, sagte der Gesandte. »Wenn das nicht wäre, würden Sie mit Ihren Federn aufs neue mit der Eroberung Europas beginnen, das Ihr Degen nicht hat behaupten können.« – »Die Presse ist ein Übel«, sagte Claude Vignon. »Man könnte sich dieses Übels bedienen, aber die Regierung will es bekämpfen. Es kommt also unbedingt zum Kampf. Wer wird unterliegen? Das ist die Frage.« – »Die Regierung!« sagte Blondet, »ich höre nicht auf, es zu sagen. In Frankreich ist der Geist stärker als alles, und die Presse verfügt außer über den Geist aller talentvollen Menschen noch über die Heuchelei Tartüffes.« – »Blondet, Blondet«, sagte Finot, »du gehst zu weit! Es sind Abonnenten hier.« – »Du bist der Besitzer einer dieser Giftbuden, da mußt du natürlich Angst haben; aber ich pfeife auf all eure Budiken, obwohl ich davon lebe!« – »Blondet hat recht«, sagte Claude Vignon. »Die Presse, die ein Heiligtum hätte sein sollen, ist ein Mittel für die Parteien geworden, aus einem Mittel ist sie ein Geschäft geworden; und wie alle Geschäftsunternehmungen ist sie ohne Treu und ohne Ehrlichkeit. Jede Zeitung ist, wie es Blondet sagt, eine Bude, in der man dem Publikum Worte von der Farbe verkauft, die es haben will. Gäbe es eine Zeitung für Bucklige, dann würde sie morgens und abends die Schönheit, Güte und Notwendigkeit der Buckligen beweisen. Eine Zeitung ist nicht mehr dazu da, die Meinungen zu klären, sondern ihnen zu schmeicheln. Daher werden alle Zeitungen nach einiger Zeit zu etwas Erbärmlichem, Heuchlerischem, Infamem, Lügnerischem, Mörderischem; sie werden die Ideen, die Systeme, die Menschen töten und werden gerade dadurch blühen und gedeihen. Sie werden allen Leuten von Vernunft zum Nutzen gereichen: das Böse wird begangen, ohne daß jemand daran schuldig ist. Wir alle, ich, Vignon, du, Lousteau, du, Blondet, du, Finot werden als plutarchische Gestalten wie Aristides, Platon, Cato dastehen; wir werden alle unschuldig sein, wir werden uns samt und sonders die Hände von jeder Ruchlosigkeit weißwaschen. Napoleon hat für diese moralische oder, wenn Sie lieber wollen, unmoralische Erscheinung den Grund aufgezeigt; er hat darüber ein prachtvolles Wort gesagt, auf das ihn seine Studien über den Konvent gebracht haben: ›Für Kollektivverbrechen ist niemand haftbar.‹ Die Zeitung kann sich das abscheulichste Benehmen gestatten; niemand glaubt, sich persönlich damit schmutzig zu machen.« – »Aber die Regierung wird Repressivgesetze erlassen«, sagte Du Bruel; »sie bereitet schon welche vor.« – »Pah!« sagte Nathan, »was kann das Gesetz gegen den französischen Geist ausrichten, gegen dieses schärfste Scheidewasser, das es gibt?« – »Ideen können nur durch Ideen unwirksam gemacht werden«, fuhr Vignon fort. »Die Schreckensherrschaft, der Despotismus können den französischen Geist, dessen Sprache sich so vorzüglich zur Anspielung, zum Doppelsinn eignet, nur vorübergehend ersticken. Je mehr das Gesetz unterdrücken will, desto mehr wird der Geist hervorbrechen, wie der Dampf aus dem Ventil einer Dampfmaschine. Der König tut nur Gutes: wenn die Presse gegen ihn ist, so hat eben der Minister alles angerichtet, und umgekehrt. Wenn die Presse eine niederträchtige Verleumdung erfindet, so ist sie ihr berichtet worden. Kommt jemand und beklagt sich, so macht sie die große Freiheit als Entschuldigung geltend. Wird sie vors Gericht gezogen, dann beklagt sie sich, daß ihr keine Berichtigung geschickt worden sei; aber wenn man ihr eine schickt, dann lehnt sie sie lachend ab und spricht von ihrem Vergehen wie von einer Kleinigkeit, die nicht der Rede wert sei. Schließlich verhöhnt sie ihr Opfer, wenn es Recht bekommt. Wird sie bestraft, hat sie zuviel Geldbußen zu zahlen, dann denunziert sie den, der Klage gegen sie erhoben hat, als einen Feind der Freiheit, des Landes und der Aufklärung. Sie wird sagen, Herr Soundso sei ein Dieb, und wird dafür Worte wählen, als sei er der ehrlichste Mann des Königreichs. Auf diese Weise werden ihre Verbrechen zu Bagatellen, ihre Angreifer zu Scheusalen! Und nach einiger Zeit glauben die Leute, die sie alle Tage lesen, alles, was sie will. Fortan ist nichts mehr, was ihr mißfällt, patriotisch, und sie hat nie unrecht. Sie bedient sich der Religion gegen die Religion, der Verfassung gegen den König; sie verhöhnt die Behörden, wenn die

Behörden sie ärgern; sie lobt sie, wenn sie den Volksleidenschaften schmeicheln. Um Abonnenten zu ergattern, erfindet sie die rührendsten Märchen und führt Possenspicle auf wie Bobèche[158]. Die Presse würde eher dem Publikum den eigenen Vater gargekocht mit dem Salz ihrer Scherze servieren, als darauf verzichten, es unausgesetzt zu interessieren und zu amüsieren. Sie ist wie ein Schauspieler, der die Asche seines Sohnes in die Urne tut, um wirklich weinen zu können; sie ist die Mätresse, die ihrem Freunde alles opfert.« – »Kurzum: sie ist die Folioausgabe des Volkes«, rief Blondet dazwischen. – »Des heuchlerischen, unedelmütigen Volkes«, erwiderte Vignon. »Es kommt dahin, daß die Zeitung das Talent aus ihrer Mitte verbannen wird, wie Athen den Aristides verbannt hat. Wir werden es erleben, wie die Zeitungen, die anfangs von Ehrenmännern geleitet werden, später unter die Herrschaft der Mittelmäßigen fallen, die die Geduld und die Nachgiebigkeit des Gummielastikums haben, Eigenschaften, die den wahren Talenten fehlen; oder sie gelangen an die Krämer, die das Geld haben, sich Schreibfedern zu kaufen. Wir erleben das schon jetzt. Aber in zehn Jahren wird der erste beste Halbwüchsige, der vom Gymnasium kommt, sich für einen großen Mann halten, wird in die Spalten einer Zeitung steigen, um seine Vorgänger zu ohrfeigen, wird sie an den Füßen herunterzerren, um ihren Platz zu bekommen. Napoleon hatte nur zu recht, als er der Presse einen Maulkorb anlegte. Ich möchte wetten, daß die Oppositionsblätter, wenn sie ihre Richtung an die Regierung brächten, diese selbe Regierung in dem Augenblick, da sie ihnen irgend etwas verweigerte, mit den nämlichen Gründen und den nämlichen Artikeln, die sie jetzt gegen die Regierung des Königs schreiben, wütend bekämpfen würden. Je mehr Konzessionen man den Journalisten macht, um so anspruchsvoller werden die Zeitungen. Heute sind die Journalisten Parvenüs; aber ihnen werden ausgehungerte, arme Journalisten folgen. Die Wunde ist unheilbar, sie wird immer bösartiger, immer fressender; und das Übel wird immer größer, je mehr es geduldet wird, bis zu dem Tag, da über die Zeitungen durch ihre Üppigkeit und Massenhaftigkeit die Verwirrung hereinbricht, wie in Babylon. Wir alle, die wir hier sind, wissen, daß die Zeitungen in der Undankbarkeit weiter gehen werden als die Könige, daß sie in Spekulationen und Berechnungen weiter gehen als der schmutzigste Kaufmann, daß sie unsere Intelligenzen zugrunde richten werden, indem sie jeden Morgen ihren Hirnfusel verkaufen; aber wir schreiben alle für sie, wie die Leute, die eine Quecksilbermine ausbeuten, obwohl sie wissen, daß sie daran sterben. Da hinten sitzt nun, neben Coralie, ein junger Mann ... Wie heißt er? Lucien! Er ist schön, er ist ein Dichter und, was für ihn mehr wert ist, er hat Witz, Einfälle, Geist; was wird nun aus ihm? Er tritt in eines der Gedankenbordelle ein, die man Zeitung nennt, dort vergeudet er seine schönsten Ideen, dort dörrt er sein Hirn aus, dort befleckt er seine Seele, dort begeht er die anonymen Niederträchtigkeiten, die im Gedankenkrieg an die Stelle der Feldzugspläne, Plünderungen, Brandstiftungen, Hinterhalte in den Kriegen der Kondottieri getreten sind. Wenn er, wie tausend andere, ein schönes Talent zum Nutzen der Aktionäre vergeudet hat, dann lassen ihn diese Gifthändler Hungers sterben, wenn er Durst hat, und vor Durst sterben, wenn er Hunger hat.« – »Danke«, sagte Finot. – »Aber, mein Gott«, sagte Claude Vignon, »ich wußte das, ich sitze im Zuchthaus, und die Ankunft eines neuen Sträflings macht mir Vergnügen. Wir, Blondet und ich, haben mehr Geist als die und die Herren, die mit unserm Talent spekulieren, und wir werden trotzdem immer von ihnen ausgebeutet werden. Wir haben unter unserm Verstand ein Herz; die brutalen Eigenschaften des Ausbeuters fehlen uns. Wir sind faul, ergeben uns der Betrachtung, dem Grübeln, der Kritik: also wird man unser Hirn austrinken und uns schlechtes Benehmen vorwerfen!« – »Ich dachte, Ihr würdet lustiger sein«, rief Florine.« – »Florine hat recht«, sagte Blondet; »überlassen wir die Heilung der öffentlichen Krankheiten den Kurpfuschern, die dazu da sind: den Staatsmännern. Wie Charlet[159] sagt: ›Ich soll auf die Weinlese spucken? Niemals!‹« – »Wißt Ihr, wie Vignon mir vorkommt?« sagte Lousteau, indem er auf Lucien wies. »Wie eine der dicken Huren aus der Rue du Pélican[160], die zu einem Gymnasiasten sagt: ›Hau ab, Jungchen, solch ein junges Bürschlein sollte noch nicht hierherkommen ...‹«

Dieser Einfall brachte alle zum Lachen, aber Coralie gefiel er besonders. Die Kaufleute hörten zu und vergaßen dabei das Essen und Trinken nicht.

»Was ist das für eine Nation, die soviel Gutes und soviel Schlimmes birgt!« sagte der Gesandte zum Herzog von Rhétoré. »Meine Herren, Sie sind Verschwender, die sich nicht ruinieren können.«

So fehlte es, dank dem gesegneten Zufall, Lucien an keiner Warnung vor dem Abgrund, in den er stürzen sollte. D'Arthez hatte dem Dichter den edlen Weg der Arbeit gewiesen und zugleich die Empfindungen in ihm erweckt, vor denen alle Hindernisse hinschwinden. Lousteau selber hatte aus egoistischen Gedanken heraus versucht, ihn vom Journalismus fernzuhalten, indem er ihm diesen und die Literatur überhaupt in ihrem wahren Lichte zeigte. Lucien hatte nicht an soviel geheime Verderbnis glauben wollen; aber jetzt endlich hörte er, wie die Journalisten von ihrem Elend redeten; er sah sie am Werk, sah, wie sie ihrer Nährmutter die Eingeweide bloßlegten, um die Zukunft vorauszusagen. Er hatte an diesem Abend die Dinge gesehen, wie sie sind. Aber er wurde beim Anblick des Herzens der Pariser Korruption, die Blücher so gut charakterisiert hatte, nicht von Entsetzen ergriffen; er gab sich wie berauscht dem Genuß dieser geistvollen Gesellschaft hin. Diese ungewöhnlichen Menschen in der Damaszenerrüstung ihrer Laster und mit dem schimmernden Helm ihrer Analyse hielt er den schweren, ernsten Menschen des ›Kreises‹ für überlegen. Und überdies schlürfte er zum erstenmal die Wonnen des Reichtums; der Zauber des Luxus umschmeichelte ihn, das gute Essen übte seine Macht auf ihn aus; seine wählerischen Instinkte erwachten, er trank zum erstenmal erlesene Weine, er lernte die köstlichen Gerichte der feinen Küche kennen, er sah inmitten der Journalisten einen Gesandten, einen Herzog, eine Tänzerin und bewunderte deren despotische Macht; er verspürte ein heftiges Gelüst, diese Welt von Königen zu beherrschen, er fühlte die Kraft in sich, sie zu besiegen. Und schließlich hatte er Coralie, die er bereits mit ein paar Sätzen glücklich gemacht hatte, im Glanz der festlichen Kerzen, durch den Rauch der Gerichte und den Nebel der Trunkenheit hindurch näher angesehen, und sie dünkte ihn himmlisch; die Liebe machte sie so schön! Dies Mädchen war überdies die schönste Pariser Schauspielerin. Sein ›Kreis‹, jene hohe Versammlung der edelsten Intelligenz, mußte unter einer so starken, so völligen Versuchung den kürzeren ziehen. Die spezifische Schriftstellereitelkeit war bei Lucien von Kennern gekitzelt, er war von seinen künftigen Rivalen gelobt worden. Der Erfolg seines Artikels und die Eroberung Coralies waren zwei Triumphe, die auch einem weniger jungen Menschen den Kopf verdreht hätten. Während dieser Debatte hatten alle bemerkenswert gut gegessen und tüchtig getrunken. Lousteau, Camusots Nachbar, goß diesem zwei- oder dreimal Kirschwasser in den Wein, ohne daß jemand darauf achtete, und reizte seine Eigenliebe, um ihn zum Trinken zu veranlassen. Dieses Manöver gelang so gut, daß der Kaufmann es nicht bemerkte; er hielt sich in seiner Art für ebenso boshaft wie die Journalisten. Die bitteren Späße begannen, als die Leckereien des Nachtisches und die Südweine gereicht wurden. Der Diplomat gab als ein Mann von viel Geist in dem Augenblick, da die Torheiten laut wurden, welche bei diesen geistvollen Männern die grotesken Szenen einleiteten, die gewöhnlich den Abschluß solcher Orgien bilden, dem Herzog und der Tänzerin ein Zeichen; alle drei verschwanden. Sowie Camusot vollends den Kopf verloren hatte, flohen Coralie und Lucien, die sich während des ganzen Soupers wie ein fünfzehnjähriges Liebespaar benommen hatten, die Treppe hinunter und fuhren mit einer Droschke davon. Da Camusot unter dem Tisch lag, glaubte Matifat, er sei zusammen mit der Schauspielerin weggegangen; er ließ seine Gäste rauchen, lachen, trinken, streiten und folgte Florine, als sie schlafen ging. Der Tag überraschte die Kämpfer oder vielmehr Blondet allein, der ein unüberwindlicher Trinker und der einzige war, der noch sprechen konnte; er schlug den Verschlafenen einen Toast auf die rosenfingrige Eos vor.

Lucien war an die Pariser Orgien nicht gewöhnt; er hatte seinen Verstand noch beisammen, als er die Treppe hinabstieg, aber die frische Luft brachte seine greuliche Betrunkenheit vollends zum Ausbruch. Coralie und ihre Zofe mußten den Dichter in den ersten Stock des schönen Hauses in der Rue de Vendôme hinauftragen, in dem die Schauspielerin wohnte. Auf der Treppe wurde es Lucien sehr übel, und er mußte sich übergeben.

»Schnell! Bérénice«, rief Coralie, »Tee! mach Tee!« – »Es ist nichts, es ist nur die frische Luft«, sagte Lucien, »und ich habe noch nie soviel getrunken.« – »Armer Junge! Er ist unschuldig wie ein Lamm«, sagte Bérénice, eine plumpe Normannin, die ebenso häßlich war wie Coralie schön.

Endlich war Lucien, ohne daß er etwas davon gemerkt hätte, in Coralies Bett untergebracht. Die Schauspielerin hatte, mit Unterstützung Bérénices, ihren Dichter mit der Sorgfalt und Liebe einer Mutter für ihr kleines Kind ausgezogen. Dabei hatte er fortwährend gesagt: »Es ist nichts, es ist die Luft. Danke, Mama.« – »Wie niedlich er Mama sagt«, rief Coralie und küßte ihn auf sein Haar. – »Wie schön muß es sein, einen solchen Engel zu lieben, Mademoiselle! Wo haben Sie ihn aufgefischt? Ich hätte nicht gedacht, daß es einen Mann geben könnte, der so hübsch ist wie Sie schön«, sagte Bérénice.

Lucien wollte schlafen, er wußte nicht, wo er war, und sah nichts; Coralie ließ ihn mehrere Tassen Tee trinken; dann überließ sie ihn dem Schlaf.

»Die Portiersfrau hat uns doch hoffentlich nicht gesehen, und auch sonst niemand?« fragte Coralie. – »Nein, ich habe Sie erwartet.« – »Victoire weiß nichts?« – »Kein Gedanke dran«, sagte Bérénice.

Zehn Stunden später, gegen Mittag, erwachte Lucien. Coralie saß neben ihm, sie hatte ihn im Schlaf betrachtet. Der Dichter begriff. Die Schauspielerin hatte noch ihr schönes, aber abscheulich verschmutztes Kleid an, aus dem sie eine Reliquie zu machen gedachte. Lucien erkannte die Aufopferung, die Zartheit der wahren Liebe, die ihrer Belohnung wartete: er schaute Coralie an. Coralie war im Handumdrehen entkleidet und schlang sich wie eine Ringelnatter um Lucien. Um fünf Uhr schlummerte der Dichter, von himmlischer Wollust gewiegt; er hatte das Zimmer der Schauspielerin nur flüchtig wahrgenommen, ein entzückendes Werk des Luxus, ganz in Weiß und Rosa, eine Welt von Wundern und koketten Zierlichkeiten, die weit überstiegen, was Lucien bereits bei Florine bewundert hatte. Coralie war schon aufgestanden. Sie mußte um sieben Uhr im Theater sein, um ihre Rolle als Andalusierin zu spielen. Abermals hatte sie ihren Dichter betrachtet, der im Genuß eingeschlafen war; sie war wie trunken und konnte sich nicht trennen von dieser edlen Liebe, die die Sinne mit dem Herzen und das Herz mit den Sinnen verband, um beides zu entzücken. Das himmlische Gefühl, darin man im Irdischen zu zweit ist, um mit allen Sinnen zu empfinden, und ein einziges Wesen im Himmel, um zu lieben, war ihre Absolution. Was hätte übrigens die übermenschliche Schönheit Luciens nicht entschuldigt? Die Schauspielerin kniete vor dem Bett, war glücklich über ihre eigene Liebe und fühlte sich geweiht. Diese Wonnen wurden durch Bérénice gestört.

»Camusot ist da! Er weiß, daß Sie hier sind!« rief sie.

Lucien richtete sich auf, in seiner angeborenen Vornehmheit dachte er sofort daran, daß er Coralie nicht schaden dürfe. Bérénice hob einen Vorhang. Lucien trat in ein entzückendes Ankleidekabinett, in das Bérénice und ihre Herrin mit unerhörter Schnelligkeit seine Kleider brachten. Als der Kaufmann hereinkam, fiel Coralies Blick auf Luciens Stiefel: Bérénice hatte sie vor den Kamin gestellt, um sie zu wärmen, nachdem sie sie heimlich geputzt hatte. Die Dienerin und ihre Herrin hatten diese verräterischen Stiefel vergessen. Bérénice ging, nachdem sie mit ihrer Herrin unruhige Blicke gewechselt hatte. Coralie setzte sich aufs Sofa und bat Camusot, sich's auf einem Schaukelstuhl ihr gegenüber bequem zu machen. Der Wackere, der Coralie anbetete, schaute auf die Stiefel und wagte nicht, die Augen zu seiner Geliebten zu erheben.

›Soll ich um dieses Paars Stiefel willen böse werden und Coralie verlassen? Das wäre schlimm, solch einer Kleinigkeit wegen. Stiefel gibt es überall. Die hier stünden besser auf dem Regal eines Schuhmachers oder gingen an den Füßen eines Mannes auf den Boulevards spazieren. Hier aber sagen sie auch ohne Füße mancherlei, was nichts mit Treue zu tun hat. Allerdings bin ich fünfzig Jahre alt: ich muß blind sein wie Amor.‹

Für diesen feigen Monolog gab es keine Entschuldigung. Die Stiefel waren nicht Halbschuhe, wie sie heutzutage getragen werden und die schließlich ein zerstreuter Mensch nicht zu sehen brauchte; es waren, wie es damals die Mode mit sich brachte, ein Paar hohe, sehr elegante Stiefel mit Quasten, denen man es ansah, daß sie gewohnt waren, aus weiten, meistens hellen Hosen hervorzuleuchten, und alles spiegelte sich in ihnen wie in einem Spiegel. So mußten die Stiefel dem wackeren Seidenhändler in die Augen springen, und, so dürfen wir hinzufügen, auch das Herz mußte ihm bei diesem Anblick brechen.

»Was haben Sie?« fragte ihn Coralie. – »Nichts«, gab er zur Antwort. – »Klingeln Sie!« sagte Coralie, die über Camusots Feigheit lächeln mußte. – »Bérénice«, sagte sie zu der Normannin, als diese eintrat, »holen Sie mir doch einen Anzieher, damit ich diese verdammten Stiefel noch einmal probiere. Vergessen Sie nicht, sie heute abend in meine Garderobe zu bringen.« – »Was . . .? Das wären Ihre Stiefel . . .?« fragte Camusot und atmete erleichtert auf. – »Ja, was dachten Sie denn?« fragte sie hochmütig. »Sie dummer Kerl, glauben Sie's etwa nicht . . .? – Ja, freilich, er denkt sich was«, sagte sie zu Bérénice. – »Ich habe in dem Stück von Dingsda eine Hosenrolle, und ich war noch nie als Mann angezogen. Der Theaterschuhmacher hat mir die Stiefel da gebracht, ich soll mich darin im Gehen üben, bis ich das Paar bekomme, zu dem er mir Maß genommen hat; er hat sie mir angezogen, aber ich habe solche Schmerzen gehabt, daß ich sie auszog, und trotzdem muß ich sie wieder anziehen.« – »Ziehen Sie sie nicht an, wenn sie Sie drücken«, sagte Camusot, den die Stiefel so bedrückt hatten. »Das wäre das beste«, sagte Bérénice; »wozu soll sich Mademoiselle so quälen wie vorhin; geweint hat sie, Monsieur Camusot! Und wenn ich ein Mann wäre, dürfte eine Frau, die ich liebe, nie weinen! Es wäre besser, wenn sie welche aus feinem Saffianleder trüge. Aber die Direktion ist so knickerig! Sie sollten ihr welche bestellen . . .« – »Ja, gewiß«, sagte der Kaufmann. – »Sie wollen gehen?« fragte er Coralie. – »Im Augenblick; ich bin erst um sechs Uhr hereingekommen, nachdem ich Sie überall gesucht hatte; ich habe um Ihretwillen sieben Stunden lang meine Droschke behalten. So kümmern Sie sich um mich! Sie vergessen mich über den Weinflaschen. Ich habe mich in acht nehmen müssen, nun ich jetzt jeden Abend, solange der ›Alkalde‹ volle Häuser macht, spielen muß. Nach der Kritik des jungen Herrn darf ich nicht schlecht spielen.« – »Er sieht sehr gut aus, dieser halbe Knabe«, sagte Camusot. – »Finden Sie? Ich mag diese Art Männer nicht; sie wirken zu weiblich; und dergleichen kann nicht so lieben wie ihr alten dummen Kaufleute. Ihr habt soviel Verdruß im Leben!« – »Bleibt Monsieur zum Essen hier?« fragte Bérénice. – »Nein, ich habe gar keinen Appetit heute.« – »Sie waren hübsch bezecht gestern. Hören Sie, Papa Camusot: Männer, die trinken, kann ich nicht leiden . . .« – »Du mußt dem jungen Herrn was schenken«, sagte der Kaufmann. – »Ach ja, ich bezahle sie lieber auf diese Weise, als daß ich es wie Florine mache. Also, Sie schlechter Mensch, den ich nun mal lieb habe, gehen Sie jetzt, oder schenken Sie mir einen Wagen, damit ich nicht noch mehr Zeit verliere.« – »Sie sollen ihn morgen haben, wenn Sie mit Ihrem Direktor im Rocher-de-Cancale[161] zu Abend essen. Am Sonntag wird das neue Stück nicht gespielt.« – »Kommen Sie, ich gehe jetzt essen«, sagte Coralie und zog Camusot mit sich fort.

Eine Stunde später wurde Lucien von Bérénice befreit. Bérénice war eine Jugendgefährtin Coralies und ein Geschöpf, das so schlau und verschmitzt war wie ihr Körper umfangreich.

»Bleiben Sie hier. Coralie wird allein zurückkommen. Sie will sogar Camusot den Laufpaß geben, wenn er Sie stört«, sagte Bérénice zu Lucien; »aber, Sie Lieblingskind ihres Herzens, Sie sind zu gut, um sie zu ruinieren. Sie hat mir gesagt, sie sei entschlossen, alles aufzugeben, aus diesem Paradies fortzugehen und mit Ihnen in Ihrer Mansarde zu leben. Oh, die Eifersüchtigen, die Neidhammel haben ihr schon gesagt, daß Sie keinen Sou besitzen und daß Sie im Quartier latin wohnen! Ich würde mit euch beiden gehen, wissen Sie, ich würde euch den Haushalt führen. Aber ich habe das arme Kind getröstet. Nicht wahr, Monsieur, Sie sind zu gescheit, um solchen Unsinn zu machen? Ach, Sie werden schon sehen, daß der andere, der Dicke, nur den fühllosen Leib hat, und daß Sie der Geliebte, der Gott sind, dem man die Seele schenkt. Wenn Sie wüßten, wie meine Coralie reizend ist, wenn ich ihr die Rollen abhöre! Ein Herzenskind, ein geliebtes! Sie hat verdient, daß Gott ihr einen seiner Engel schickte; sie war des Lebens überdrüssig. Sie ist bei ihrer Mutter so unglücklich gewesen; denn die hat sie geschlagen und verkauft! Ja, Monsieur, eine Mutter, und ihr eigenes Kind! Wenn ich eine Tochter hätte, würde ich für sie sorgen wie für meine kleine Coralie; zu der bin ich wie eine Mutter. Jetzt hat sie zum erstenmal gute Zeit, zum erstenmal hat sie richtigen Beifall gehabt. Es scheint, auf das hin, was Sie geschrieben haben, ist eine famose Claque auf die Beine gebracht worden. Während Sie schliefen, war Braulard hier und hat mit ihr gearbeitet.« – »Wer, Braulard?« fragte Lucien, der diesen Namen schon gehört zu haben meinte. – »Der Chef der Claque, der mit ihr die Stellen der Rolle besprochen hat, wo das Klatschen einsetzen soll. Florine nennt sich zwar ihre Freundin, aber sie könnte ihr einen Streich spielen und alles für sich nehmen wollen. Der ganze Boulevard redet nur von Ihrer Kritik. Ist das nicht ein Bett für die Liebesstunden eines Prinzen ...?« fragte sie und breitete eine Spitzendecke über das Bett.

Sie zündete die Kerzen an. Bei ihrem Licht glaubte der geblendete Lucien sich in der Tat in einem Schloß aus dem ›Cabinet des Fées[162]. Die reichsten Seidenstoffe des ›Cocon d'Or‹ waren von Camusot als Wandverkleidung und für die Drapierung der Fenster ausgewählt worden. Der Dichter schritt auf einem eines Königs würdigen Teppich einher; das reichgeschnitzte Palisanderholz der Möbel flimmerte in Lichtreflexen. Auf dem weißen Marmorkamin standen die kostbarsten Nippsachen. Der Bettvorleger war aus Schwanenfedern, die mit Marderfell eingefaßt waren; Pantoffeln aus schwarzem Samt, mit roter Seide gefüttert, standen darauf und sprachen von den Liebesgenüssen, die den Dichter der ›Margueriten‹ erwarteten. Eine entzückende Lampe hing von der mit Seide bespannten Decke. Überall standen in wunderbaren Jardinieren erlesene Blumen, reizendes weißes Heidekraut und Kamelien, die nicht dufteten. Überall waren Sinnbilder der Unschuld wahrzunehmen. Niemand hätte geglaubt, daß hier eine Schauspielerin und Theatersitten herrschten. Bérénice bemerkte Luciens Sprachlosigkeit.

»Hübsch, nicht wahr?« sagte sie mit einschmeichelnder Stimme. »Ließe es sich hier nicht besser lieben als auf einem Dachboden? Sie müssen ihr ihren dummen Einfall ausreden«, fuhr sie fort und stellte vor Lucien einen prächtigen kleinen Tisch hin, auf dem Gerichte standen, die sie heimlich vom Essen ihrer Herrin weggenommen hatte, damit die Köchin nichts von der Anwesenheit eines Geliebten merkte.

Lucien speiste vortrefflich; Bérénice trug ihm die Gerichte auf getriebenem Silbergeschirr auf, und er aß von gemalten Tellern, von denen jeder einen Louisdor gekostet hatte. Dieser Luxus wirkte auf seine Seele, wie eine Straßendirne mit ihrer nackten Haut und ihren strammanliegenden weißen Strümpfen auf einen Gymnasiasten wirkt.

»Ist dieser Camusot glücklich!« rief er. – »Glücklich?« erwiderte Bérénice. »Ach, der gäbe gern sein Vermögen, um an Ihrer Stelle zu sein und seine alten, grauen Haare gegen Ihre blonden einzutauschen.«

Sie forderte Lucien, dem sie den köstlichsten Wein gab, wie er in Bordeaux für die reichsten Engländer gekeltert wird, auf, sich hinzulegen und, bis Coralie wiederkomme, ein Schläfchen zu machen, und Lucien verspürte tatsächlich Lust, sich in dies prächtige Bett zu legen. Bérénice, die diesen Wunsch in den Augen des Dichters gelesen hatte, war um ihrer Herrin willen glücklich darüber. Um halb elf erwachte Lucien unter einem liebestrunkenen Blick. Coralie stand vor ihm im verführerischsten Nachtgewand. Lucien hatte geschlafen; er war noch von Liebe berauscht. Bérénice zog sich zurück und fragte: »Um wieviel Uhr soll ich morgen wecken?« – »Um elf; du bringst uns das Frühstück ans Bett. Ich bin vor zwei für niemanden zu sprechen.«

Um zwei Uhr am nächsten Tag waren die Schauspielerin und ihr Geliebter angekleidet und erweckten den Anschein, als ob der Dichter seiner Schutzbefohlenen einen Besuch mache. Coralie hatte Lucien gebadet, gekämmt, frisiert und angekleidet; sie hatte ihm bei Colliau[163] ein Dutzend schöne Hemden, ein Dutzend Halsbinden, ein Dutzend Taschentücher holen lassen, und ferner ein Dutzend Paar Handschuhe in einem Kästchen aus Zedernholz. Als sie das Rasseln eines Wagens vor ihrem Hause hörte, eilte sie mit Lucien ans Fenster. Sie sahen, wie Camusot einem prächtigen Coupé entstieg.

»Ich hätte nie gedacht«, sagte sie, »daß man einen Mann und den Luxus so hassen könnte ...« – »Ich bin zu arm, um zugeben zu können, daß du dich zugrunde richtest«, sagte Lucien und beugte sich damit unter das Kaudinische Joch[164]. – »Mein armes Katerchen«, sagte sie und drückte Lucien ans Herz, »du liebst mich also? – Ich hatte Monsieur gebeten«, sagte sie zu Camusot, »heute vormittag zu mir zu kommen. Ich dachte, wir könnten auf den Champs-Elysées spazierenfahren, um den Wagen auszuprobieren.« – »Fahrt allein hin«, sagte Camusot traurig, »ich kann nicht mit euch zu Abend essen; meine Frau hat heute Namenstag, das hatte ich vergessen.« – »Armer Musot, wie wirst du dich langweilen!« sagte sie und fiel dem Kaufmann um den Hals.

Sie war trunken vor Glück bei dem Gedanken, daß sie den schönen Wagen allein mit Lucien einweihen, daß sie allein mit ihm in den Bois fahren würde; und in ihrer Freude machte sie den Eindruck, als liebe sie Camusot; sie erwies ihm tausend Zärtlichkeiten.

»Ich wollte, ich könnte Ihnen jeden Tag einen Wagen schenken!« sagte der arme Mann. – »Kommen Sie, Monsieur de Rubempré, es ist zwei Uhr«, sagte die Schauspielerin zu Lucien, dessen peinliche Gefühle sie erriet und den sie mit einer anbetungswürdigen Geste tröstete.

Coralie hüpfte die Treppe hinab und zog Lucien mit sich. Der Kaufmann folgte ihnen mit dem schleppenden Gang einer Robbe, ohne sie einholen zu können. Der Dichter erlebte die berauschendste Freude: Coralie, die das Glück strahlend schön machte, trug eine überaus geschmackvolle, elegante Toilette und wurde von entzückten Blicken gemustert. Das Paris der Champs-Elysées bewunderte die beiden Liebenden. In einer Allee des Bois de Boulogne begegnete ihr Coupé der Kutsche der Marquise d'Espard und der Madame de Bargeton, die Lucien mit erstaunten Mienen ansahen und denen er den verächtlichen Blick des Dichters zuwarf, der seinen Ruhm vorausfühlt und seiner Macht gewiß ist. Der Augenblick, in dem er mit einem Blick jenen beiden Damen die Rachegedanken zuschleudern konnte, die um ihretwillen so lange an seinem Herzen genagt hatten, war einer der schönsten seines Lebens und vielleicht für sein Schicksal entscheidend. Lucien war abermals von den Furien des Stolzes besessen: er wollte wieder in der großen Welt erscheinen und dort eine glänzende Rache nehmen; alle die gesellschaftlichen Nichtigkeiten, die kaum erst unter den Füßen des auf Arbeit Erpichten, des Angehörigen des ›Kreises‹ zertreten waren, ergriffen von neuem von seiner Seele Besitz. Er verstand jetzt die ganze Tragweite des Angriffs, der von Lousteau für ihn unternommen worden war. Lousteau hatte seinen Leidenschaften gedient, während der ›Kreis‹, dieser Kollektivmentor, die Absicht zu haben schien, sie zugunsten von langweiligen Tugenden und von Arbeiten, die Lucien langsam unnütz fand, matt zu setzen. Arbeiten! Ist das nicht der Tod für die Seelen, die es nach Genuß hungert? Wie leicht gleiten eben deswegen die Schriftsteller ins far niente[165], in Wohlleben und die Genüsse eines schwelgerischen Lebens, wie es die Schauspielerinnen und die leichten Frauen führen! Lucien spürte eine unwiderstehliche Lust, das Leben dieser beiden tollen Tage fortzusetzen. Das Diner im Rocher-de-Cancale war vortrefflich. Sämtliche Gäste Florines waren da, außer dem Gesandten, dem Herzog, der Tänzerin und Camusot; an ihrer Stelle waren zwei berühmte Schauspieler und Hector Merlin mit seiner Geliebten zugegen. Diese war eine entzückende Frau und ließ sich Madame du Val-Noble nennen; sie war die Schönste und Eleganteste unter den Frauen, denen man heutzutage den dezenten Namen ›Loretten‹ gegeben hat und die damals in Paris eine Welt für sich jenseits der vornehmen Gesellschaft bildeten. Lucien, der seit achtundvierzig Stunden in einem Paradies lebte, erfuhr vom Erfolg seiner Theaterkritik. Der Dichter, der sich gefeiert und beneidet sah, fand die volle Sicherheit des Auftretens: sein Geist sprühte, er war der Lucien de Rubempré, der mehrere Monate lang in der Literatur und der Welt der Künstler glänzen sollte. Finot, der eine unbestreitbare Fähigkeit besaß, das Talent zu erwittern, und der es aufspürte, wie ein Menschenfresser den Geruch frischen Fleisches in der Nase hat, umschmeichelte Lucien und versuchte ihn für das Journalistengeschwader anzuwerben, dessen Befehlshaber er war. Lucien biß auf diese Schmeicheleien an. Coralie durchschaute die List dieses Ausbeuters des Geistes und wollte Lucien vor ihm warnen.

»Verpflichte dich nicht, Lieber«, sagte sie zu ihrem Dichter, »warte; sie wollen dich ausnutzen; wir sprechen heute abend darüber.« – »Pah!« antwortete ihr Lucien, »ich fühle mich stark genug; ich kann ebenso bösartig und ebenso gerissen sein wie sie.«

Finot, der sich wohl der Halbzeilen wegen mit Hector Merlin nicht überworfen hatte, machte Merlin und Lucien bekannt. Coralie und Madame du Val-Noble begrüßten einander zärtlich und wetteiferten an Freundlichkeit und Zuvorkommenheit. Madame du Val-Noble lud Lucien und Coralie zum Abendessen ein. Hector Merlin, der gefährlichste unter allen Journalisten, die an diesem Essen teilnahmen, war ein kleiner, dürrer Mann mit zusammengekniffenen Lippen, der einen maßlosen Ehrgeiz und eine grenzenlose Eifersucht in sich trug; der über alles Schlimme, was um ihn her vorging, glücklich war und der die Spaltungen, die er bewerkstelligte, sich zunutze machte. Er besaß viel Geist, aber wenig Willenskraft, ersetzte jedoch den Willen durch den Instinkt, der die Parvenüs an die Orte führt, wo Gold und Macht winken. Lucien und er mißfielen einander. Die Erklärung hierfür ist nicht schwer. Merlin hatte das Unglück, mit lauter Stimme auf Lucien einzureden, wenn Lucien leise für sich dachte. Beim Nachtisch schienen die Bande rührendster Freundschaft diese Männer zu vereinigen, von denen jeder sich dem andern überlegen glaubte. Lucien, der Neuling, war der Gegenstand ihrer Zuvorkommenheit. Man redete ohne Rückhalt miteinander; nur Hector Merlin lachte nicht. Lucien fragte ihn nach dem Grund seiner Zurückhaltung.

»Wie ich sehe, treten Sie in die Welt der Literatur und des Journalismus mit Illusionen ein. Sie glauben an Freunde. Wir alle sind Freunde oder Feinde, je nach den Umständen. Wir treffen uns selber zuerst mit der Waffe, die nur dazu dienen sollte, die andern zu treffen, Sie werden binnen kurzem merken, daß Sie es mit schönen Gefühlen zu nichts bringen. Wenn Sie gut sind, sorgen Sie dafür, daß Sie schlecht werden. Werden Sie bissig aus Berechnung. Wenn Ihnen noch keiner dieses oberste Gesetz verkündet hat, so vertraue ich es Ihnen an, und damit habe ich Ihnen kein kleines Geschenk gemacht. Wenn Sie geliebt werden wollen, gehen Sie nie von Ihrer Geliebten, ohne sie ein bißchen zum Weinen gebracht zu haben; wollen Sie in der Literatur Ihr Glück machen, so verletzen Sie immer alle Welt, sogar Ihre Freunde, so bringen Sie die Eigenliebe zum Weinen: alle Welt wird dann zärtlich zu Ihnen sein.«

Hector Merlin war glücklich, als er an Luciens Miene sah, daß sein Wort in den Neuling eindrang, wie eine Dolchklinge in ein Herz. Es wurde gespielt. Lucien verlor sein ganzes Geld. Coralie nahm ihn mit sich heim, und die Wonnen der Liebe ließen ihn die furchtbaren Aufregungen des Spiels vergessen, denen er später zum Opfer fallen sollte. Als er am nächsten Tag von ihr gegangen und im Quartier latin angekommen war, fand er in seiner Börse die Geldsumme, die er verloren hatte. Diese Aufmerksamkeit bedrückte ihn anfangs; er wollte umkehren und der Schauspielerin das ihn demütigende Geschenk wiedergeben; aber er war bereits in der Rue de La Harpe, und so setzte er denn seinen Weg nach dem Hotel de Cluny fort. Während des Gehens beschäftigte er sich mit Coralie und ihrer Sorge für ihn und sah darin einen Beweis der mütterlichen Liebe, die mit der Leidenschaft dieser Art Frauen verbunden ist. Bei ihnen birgt die Leidenschaft alle Empfindungen in sich. Beim weiteren Nachdenken fand Lucien schließlich einen Grund, das Geschenk anzunehmen, indem er sich sagte: »Ich liebe sie, wir wollen wie Mann und Frau zusammen leben, und ich will sie niemals verlassen!« Wenn man nicht gerade Diogenes ist, sind einem wohl Luciens Gefühle begreiflich, als er die schmutzige, übelriechende Treppe seines Hauses hinaufging, als seine Tür knarrte, als er den unsauberen Fußboden und den armseligen Kamin seines kahlen, ärmlichen Zimmers wiedersah. Auf dem Tisch fand er das Manuskript seines Romans und folgende Zeilen von Daniel d'Arthez vor:

»Unsere Freunde sind mit Ihrem Werk fast völlig zufrieden, lieber Dichter. Sie können es, sagen sie, mit viel Vertrauen Ihren Freunden und Ihren Feinden vorlegen. Wir haben Ihren reizenden Bericht über das Panorama-dramatique gelesen, und Sie müssen bei den Literaten ebensoviel Neid erregen wie Bedauern bei uns.

Daniel.«

»Bedauern! Was meint er damit?« rief der von dem höflichen Ton des Briefchens überraschte Lucien.

War er denn für den ›Kreis‹ ein Fremder geworden? Nachdem er von den köstlichen Früchten gekostet, die die Eva der Kulissenwelt ihm gereicht hatte, lag ihm nur um so mehr an der Achtung und Zuneigung seiner Freunde aus der Rue des Quatre-Vents. Er blieb ein paar Augenblicke in Sinnen versunken; er dachte über sein gegenwärtiges Leben in diesem Zimmer und seine Zukunft in dem Coralies nach. Während seine Gedanken zwischen Ehre und Schande hin und her schwankten, setzte er sich, um zu prüfen, in welchem Zustande ihm die Freunde sein Werk zurückgaben. Wie groß war sein Staunen! Von Kapitel zu Kapitel hatte die geschickte Feder dieser noch unbekannten großen Männer hingebungsvoll seine Kümmerlichkeiten in Schätze verwandelt. Ein reicher, gedrängter, kraftvoller Dialog war an die Stelle seiner Gespräche getreten, die, wie er jetzt einsah, im Vergleich mit diesen Reden, in denen der Geist der Zeit atmete, nur Geschwätz gewesen waren. Scine recht schwächlich hingestellten Charakterzeichnungen kamen jetzt kräftig betont und farbig heraus; alle schlossen sich durch physiologische Bemerkungen, die ohne Frage Bianchon zu verdanken waren, an absonderliche Phänomene des Menschenlebens an und waren voller Leben. Seine wortreichen Schilderungen waren gehaltvoll und lebendig geworden. Er hatte den Freunden ein armselig gekleidetes Kind gegeben und empfing von ihnen ein entzückendes, erwachsenes Mädchen in weißem Gewand und mit rosafarbenem Gürtel zurück, ein köstliches Geschöpf. Die Seelengröße der Freunde überwältigte ihn; er empfand die Bedeutung der Lehre, die er empfing; er bewunderte die Korrekturen, die ihn mehr über Literatur und Kunst lehrten als die vier Jahre, in denen er gelesen, verglichen und studiert hatte, und er saß, als es schon völlig dunkel geworden war, noch immer mit Tränen in den Augen über seinem Manuskript. Die Verbesserung einer verunglückten Zeichnung, ein meisterhafter Zug im lebendigen Stoff sagen immer mehr als alle Theorien und Betrachtungen.

»Was für Freunde sind das! Was für Herzen! Wie glücklich bin ich dran!« rief er aus, als er das Manuskript wieder zusammenschnürte.

Hingerissen von der natürlichen Begeisterung, die allen poetischen und beweglichen Menschen eigen ist, eilte er zu Daniel. Als er die Treppe hinaufging, hatte er indessen die Empfindung, daß er dieser Herzen, die nichts vom Pfade der Ehre ablenken konnte, nicht mehr so würdig wie vormals sei. Eine Stimme sagte ihm, daß Daniel, wenn er Coralie geliebt hätte, Camusot nicht mit in Kauf genommen haben würde. Er wußte auch um die tiefe Verachtung, die der ›Kreis‹ gegen die Journalisten hegte, und er fühlte sich bereits ein wenig als Journalist. Er fand seine Freunde, außer Meyraux, der eben weggegangen war, in einer Verzweiflung, die sich auf allen Gesichtern abzeichnete.

»Was habt ihr denn?« fragte Lucien. – »Wir erfuhren eben etwas Furchtbares: der größte Geist unserer Zeit, unser geliebtester Freund, der zwei Jahre lang unsere Leuchte gewesen ist...« – »Louis Lambert?« sagte Lucien. – »... befindet sich in einem Zustand des Starrkrampfs, der keine Hoffnung mehr läßt«, sagte Bianchon. – »Er stirbt, sein Leib wird nichts davon spüren, und sein Kopf wird im Himmel sein«, fügte Michel Chrestien feierlich hinzu. – »Er stirbt, wie er gelebt hat«, sagte d'Arthez. – »Die Liebe kam wie eine Feuersbrunst über das unermeßliche Reich seines Geistes und hat es entzündet«, sagte Léon Giraud. – »Ja«, sagte Joseph Bridau, »sie hat ihn so sehr entrückt, daß wir ihn aus dem Auge verlieren.« – »Nur wir sind zu beklagen«, sagte Fulgence Ridal. – »Vielleicht erholt er sich wieder«, rief Lucien. – »Nach dem, was uns Meyraux gesagt hat, ist keine Heilung möglich«, erwiderte Bianchon. »Sein Kopf ist der Schauplatz von Phänomenen, auf die die Medizin keinen Einfluß hat.« – »Es gibt doch aber Heilmittel«, sagte d'Arthez. – »Ja«, antwortete Bianchon, »er ist nur kataleptisch, wir könnten ihn blödsinnig machen.« – »Warum kann man dem Geist des Bösen keinen anderen Kopf statt des seinen anbieten! Ich gäbe den meinen her«, rief Michel Chrestien. – »Und was würde dann aus der europäischen Föderation?« fragte d'Arthez. – »Ja, das stimmt«, erwiderte Michel Chrestien, »man gehört der Menschheit mehr als einem einzelnen Menschen.« – »Ich kam mit vollem Herzen hierher, um euch allen zu danken«, begann Lucien. »Ihr habt meine schlechte Legierung in Dukatengold verwandelt.« – »Dank! Wofür hältst du uns eigentlich?« sagte Bianchon. – »Die Sache hat uns Freude gemacht«, fügte Fulgence hinzu. – »Und nun sind Sie also Journalist geworden?« fragte ihn Léon Giraud. »Die Kunde von Ihrem Debüt ist schon bis ins Quartier latin gedrungen.« – »Noch bin ich es nicht«, antwortete Lucien. – »Um so besser!« sagte Michel Chrestien. – »Ich habe es euch ja gesagt«, rief d'Arthez, »Lucien gehört zu den Herzen, die den Preis eines reinen Gewissens kennen. Ist es nicht eine stärkende Wegzehrung, wenn man abends seinen Kopf aufs Kissen legen und sich sagen kann: Ich habe nicht über die Taten anderer gerichtet, ich habe niemandem Leid zugefügt; mein Witz hat nicht wie ein Dolch die Seele eines Unschuldigen zerstochen; meine Späße haben kein Glück zerstört, haben nicht einmal das Philisterbehagen aufgeschreckt, haben den Genius nicht ungerecht verfolgt; ich habe die billigen Triumphe der boshaften Spitzigkeiten verschmäht; kurzum, ich habe nie meine Überzeugungen verleugnet?« – »Aber«, sagte Lucien, »ich glaube man kann so sein und dennoch für eine Zeitung arbeiten. Wenn ich nichts als dieses Existenzmittel hätte, müßte ich schon Journalist werden.« – »Oh! oh! oh!« rief Fulgence und stieg bei jedem dieser Ausrufe einen Ton höher, »wir strecken die Waffen!« – »Er wird Journalist werden«, sagte Léon Giraud bekümmert. »Ach, Lucien! wenn du es mit uns gemeinsam sein wolltest; wir planen, ein Blatt herauszugeben, in dem die Wahrheit und die Gerechtigkeit nie verletzt werden, in dem wir Lehren verbreiten, die der Menschheit nützlich sind, vielleicht ...« Lucien unterbrach Léon und sagte mit machiavellistischem Lächeln: »Ihr werdet keinen einzigen Abonnenten bekommen.« – »Wir werden fünfhundert haben, die fünfhunderttausend wert sind«, versetzte Michel Chrestien. – »Ihr werdet ein großes Kapital brauchen«, fuhr Lucien fort. – »Nein«, sagte d'Arthez, »aber Hingebung.« – »Man sollte meinen, wir wären hier in einem Friseurladen«, rief Michel Chrestien und schnüffelte mit einer komischen Bewegung an Luciens Kopf. »Du bist in einem prächtigen Wagen gesehen worden, der von einem köstlichen Paar Pferde gezogen wurde, und neben dir saß Coralie, die aussieht wie die Geliebte eines Fürsten.« – »Und«, fragte Lucien, »was ist Schlimmes daran?« – »Du sagst das, als ob Schlimmes daran sei«, rief ihm Bianchon entgegen. – »Ich hätte Lucien eine Beatrice gewünscht«, sagte d'Arthez, »eine edle Frau, die ihn im Leben gestützt hätte ...« – »Aber, Daniel, gleicht die Liebe nicht überall sich selbst?« fragte der Dichter. – »Oh!« rief der Republikaner, »darin bin ich Aristokrat. Ich könnte keine Frau lieben, die ein Schauspieler vor dem Publikum auf die Wange küßt, die in den Kulissen geduzt wird, die sich vor einem Parterre erniedrigt und ihm zulächelt, vor ihm tanzt, die Röcke hochhebt und sich als Mann kleidet, um zu zeigen, was ich allein sehen will. Oder, wenn ich schon eine solche Frau liebte, müßte sie wenigstens das Theater verlassen; dann würde ich sie durch meine Liebe reinigen.« – »Und wenn sie das Theater nicht verlassen könnte?« – »Dann käme ich vor Kummer, vor Eifersucht, vor tausend Leiden um. Man kann die Liebe nicht aus dem Herzen reißen, wie man einen Zahn zieht.«

Lucien wurde düster und nachdenklich. ›Wenn sie hören, daß

ich Camusot in Kauf nehme, werden sie mich verachten‹, sagte er sich.

»Weißt du«, sagte der wilde Republikaner in schrecklich gutmütigem Ton zu ihm, »du könntest ein großer Schriftsteller werden, aber du wirst nie etwas anderes sein als ein kleiner Possenreißer.«

Er nahm seinen Hut und ging.

»Michel Chrestien ist hart«, sagte der Dichter. – »Hart und heilsam wie die Zange des Zahnarztes«, erwiderte Bianchon. »Michel sieht deine Zukunft voraus, und vielleicht weint er in diesem Augenblick auf der Straße um dich.«

D'Arthez blieb milde und trostreich; er versuchte, Lucien wieder aufzurichten. Als der Dichter nach einer Stunde den ›Kreis‹ verließ, peinigte ihn sein Gewissen und rief ihm zu: ›Du wirst Journalist!‹, wie die Hexe Macbeth zurief: ›Du wirst König!‹ Auf der Straße blickte er noch einmal nach den Fenstern des geduldigen d'Arthez hinauf, die von einem schwachen Licht erleuchtet waren, und begab sich traurigen Herzens und gequälter Seele heim. Eine Art Vorahnung sagte ihm, daß seine wahren Freunde ihn zum letztenmal ans Herz gedrückt hatten. Als er über die Place de la Sorbonne ging und in die Rue de Cluny einbog, erblickte er Coralies Equipage. Die Schauspielerin war vom Boulevard du Temple bis zur Sorbonne gefahren, um ihren Dichter auf einen Augenblick zu besuchen und ihm rasch guten Abend zu sagen. Lucien fand seine Geliebte ganz in Tränen über den Anblick, den seine Dachkammer bot; sie wollte arm sein wie ihr Geliebter, sie weinte, während sie die Hemden, Handschuhe, Halsbinden und Taschentücher in seine elende Hotelkommode verstaute. Ihre Verzweiflung war so aufrichtig und so groß, sie sprach von so viel Liebe, daß Lucien, dem man es zum Vorwurf gemacht hatte, daß er eine Schauspielerin liebe, in Coralie eine Heilige erblickte, die bereit war, das härene Hemd der Armut zu tragen. Um kommen zu können, hatte das anbetungswürdige Geschöpf einen Vorwand beim Schopf ergriffen; sie machte ihrem Freund die Mitteilung, daß das Trio Camusot, Coralie und Lucien sich bei dem Trio Matifat, Florine und Lousteau für ihr Souper revanchieren müsse, und fragte Lucien, ob er dazu jemanden einladen wolle, der ihm nützlich sein könne;

Lucien antwortete, er werde darüber mit Lousteau sprechen. Die Schauspielerin ging nach einigen Augenblicken wieder fort, ohne Lucien zu sagen, daß Camusot sie unten erwarte. Am nächsten Morgen begab sich Lucien schon um acht Uhr zu Etienne, fand ihn nicht vor und eilte zu Florine. Der Journalist und die Schauspielerin empfingen ihren Freund in dem hübschen Schlafzimmer, in dem sie sich wie ein Ehepaar häuslich niedergelassen hatten, und sie setzten sich dort zu dritt an ein üppiges Frühstück.

»Lieber Junge«, sagte Lousteau zu ihm, während sie tafelten, und nachdem Lucien ihm von dem Souper erzählt hatte, das Coralie geben wollte, »ich rate dir, mit mir Félicien Vernou zu besuchen, ihn einzuladen und dich ihm so eng anzuschließen, wie das bei einem so absonderlichen Menschen möglich ist. Félicien wird dir vielleicht den Zugang zu der politischen Zeitung verschaffen, deren Feuilleton er betreut, und vielleicht bringst du es dahin, daß du auch in diesem Blatt über dem Strich so viel große Artikel, wie du willst, unterbringen kannst. Die Zeitung gehört wie die unsere der liberalen Partei; du mußt Liberaler sein; das ist die Partei, die jetzt volkstümlich ist; und überdies, wenn du dich später mal auf die Seite der Regierung schlagen wolltest, hättest du mehr Vorteile, wenn sie dich zuvor fürchten gelernt haben. Haben dich Hector Merlin und seine Madame du Val-Noble nicht mit Coralie zum Abendessen geladen? Bei denen verkehren ein paar große Tiere, junge Stutzer und Millionäre.« – »Freilich«, erwiderte Lucien, »und du und Florine werden ebenfalls dort sein.«

Lucien und Lousteau hatten am Freitag in ihrer Bezechtheit und während ihres Essens am Montag angefangen, einander zu duzen.

»Also gut, wir treffen Merlin in der Zeitung, er schließt sich eng an Finot an; du tust gut daran, nett zu ihm zu sein. Lade ihn mit seiner Geliebten zu deinem Souper ein; er wird dir vielleicht binnen kurzem nützlich sein, denn gehässige Menschen brauchen alle Welt, und er wird zu dir halten, um im Notfall deine Feder zur Verfügung zu haben.«

»Ihr Debüt hat so viel Aufsehen erregt, daß Sie auf kein Hindernis stoßen werden«, sagte Florine zu Lucien; »eilen Sie sich und machen Sie es sich zunutze; sonst werden Sie schnell vergessen.« – »Das Geschäft«, fing Lousteau wieder an, »das große Geschäft ist endgültig abgeschlossen! Finot, dieser talentlose Bursche, ist Herausgeber und Chefredakteur von Dauriats Wochenblatt, ist Besitzer eines Sechstels, das ihn nichts kostet, und bezieht monatlich sechshundert Francs. Ich, mein Lieber, bin seit heute morgen Chefredakteur unseres Blättchens. Alles ging, wie ich es jüngst voraussagte: Florine war großartig, sie sticht den Fürsten Talleyrand aus.« – »Wir packen die Männer bei ihrer Lust«, sagte Florine, »die Diplomaten packen sie nur bei der Selbstsucht; die Diplomaten sehen nur, wie sie sich zieren, und wir sehen, wie sie Dummheiten begehen; wir sind also die Stärkeren.« – »Als er abschloß«, sagte Lousteau, »hat Matifat den einzigen Witz gemacht, den er je in seinem Drogistendasein aussprechen wird: ›Dies Geschäft‹, sagte er, ›fällt nicht aus dem Rahmen meiner kaufmännischen Tätigkeit!‹«

»Ich habe Florine im Verdacht, daß sie ihm das souffliert hat«, rief Lucien. – »Also, mein Lieber«, fuhr Lousteau fort, »du hast den Fuß im Steigbügel.« – »Sie sind ein Glückskind«, meinte Florine. »Wie viele junge Leute müssen in Paris jahrelang drucksen, ohne einen einzigen Artikel in einer Zeitung unterzubringen! Sie werden Erfolg haben wie Emile Blondet. Binnen einem halben Jahr sehe ich Sie als gemachten Mann!« – Dabei lächelte sie ihn mit leichtem Spott an. – »Bin ich nicht seit drei Jahren in Paris«, sagte Lousteau, »und erst seit gestern gibt mir Finot für die Chefredaktion dreihundert Francs festes Gehalt monatlich, zahlt mir für die Spalte hundert Sous und in seinem Wochenblatt hundert Francs für den Bogen?« – »Nun, Sie sagen ja gar nichts?« rief Florine und sah Lucien an. – »Wir wollen abwarten«, antwortete Lucien. – »Mein Lieber«, versetzte Lousteau mit gekränkter Miene, »ich habe alles für dich arrangiert, wie wenn du mein Bruder wärst; aber für Finot kann ich nicht einstehen. Innerhalb der nächsten beiden Tage wird Finot von sechzig Halunken bestürmt werden, die ihm Vorschläge machen und einander unterbieten. Ich habe für dich zugesagt; wenn du willst, kannst du ihm absagen. – Du hast keine Ahnung von deinem Glück«, fing der Journalist nach einer Pause wieder an. »Du wirst zu einer Clique gehören, deren Verbündete ihre Feinde in mehreren Blättern angreifen und sich wechselseitig unterstützen.« – »Wir wollen zunächst Félicien Vernou aufsuchen«, erwiderte Lucien, der es eilig hatte, sich bei diesen gefürchteten Raubvögeln anzubiedern.

Lousteau ließ einen Wagen holen, und die beiden Freunde fuhren nach der Rue Mandar, in der Vernou im zweiten Stock eines Hauses mit möblierten Zimmern wohnte. Lucien war sehr erstaunt, diesen schroffen, hochmütigen und stolzen Kritiker in einem Eßzimmer von letzter Vulgarität vorzufinden, das eine höchst geschmacklose Tapete mit Ziegelmuster und regelmäßigen Schwammflecken hatte. An den Wänden hingen Bilder in Aquatinta[166] in vergoldeten Rahmen. Er saß mit einer Frau am Tisch, die allzu häßlich war, um nicht legitim zu sein; zwei kleine Kinder hockten auf sehr hohen Stühlen mit einer Vorrichtung, die das Herausfallen hinderte. Man sah Félicien an, daß es ihm nicht recht war, in einem Schlafrock überrascht zu werden, der aus den Resten eines Kattunkleides seiner Frau zurechtgeschneidert worden war.

»Hast du schon gefrühstückt, Lousteau?« fragte er und bot Lucien einen Stuhl an. – »Wir kommen von Florine«, erwiderte Etienne, »und haben dort gefrühstückt.«

Lucien mußte immer wieder Madame Vernou ansehen, die wie eine biedere, beleibte Köchin aussah, ziemlich sauber, aber über die Maßen gewöhnlich. Madame Vernou trug ein Tuch über einer Haube, deren Bänder so fest gebunden waren, daß die Backen wulstig hervorquollen. Ihr Morgenrock hatte keinen Gürtel, war am Hals mit einem Knopf geschlossen, fiel in großen Falten herunter und saß ihr so schlecht, daß man bei ihrem Anblick an einen Grenzpfahl denken mußte. Sie war sehr kränklich, ihre Backen hatten eine fast violette Tönung, und die Finger saßen an ihren Händen wie Würste. Beim Anblick dieser Frau wurde es Lucien mit einemmal klar, warum Vernou im Verkehr mit der Gesellschaft ein so niedergedrücktes Wesen zeigte. Er litt unter seiner Ehe, brachte nicht die Kraft auf, Frau und Kinder zu verlassen, war aber Dichter genug, um unablässig unter den bestehenden Zuständen zu leiden; so ärgerte er sich über jeden Erfolg, den ein anderer hatte; er mußte mit allem unzufrieden werden, weil er unzufrieden mit sich selbst war. Lucien verstand den bitteren Ausdruck, der die neidische Miene dieses

Mannes vereiste, die Schärfe seiner Repliken, die Herbheit seiner Ausdrucksweise, die immer spitzig war und wie ein Stilett zustieß.

»Wir wollen in mein Arbeitszimmer gehen«, sagte Félicien und stand auf, »es handelt sich doch wohl um literarische Angelegenheiten.« – »Ja und nein«, versetzte Lousteau. »Alter Freund, es handelt sich um ein Souper.« – »Ich wollte Sie«, sagte Lucien, »im Namen Coralies bitten . . .«

Hier hob Madame Vernou den Kopf.

». . . heute in acht Tagen mit uns zu soupieren«, fuhr Lucien fort. »Sie finden bei ihr die Gesellschaft, die Sie bei Florine getroffen haben, und dazu noch Madame du Val-Noble, Merlin und einige andere. Wir werden spielen.« – »Aber, Liebster, an dem Tag müssen wir doch zu Madame Mahoudau gehen«, sagte die Frau. – »Ja, und was macht das?« fragte Vernou. – »Wenn wir nicht hingingen, wäre sie ärgerlich, und du brauchst sie, da sie dir deine Verlegerwechsel diskontiert.« – »Mein Lieber, diese Frau begreift nicht, daß ein Souper, das um zwölf Uhr nachts beginnt, einen nicht hindert, in eine Gesellschaft zu gehen, die um elf aufhört. Und ich arbeite Seite an Seite mit ihr!« fügte er hinzu. – »Sie haben so viel Phantasie«, antwortete Lucien und machte sich mit diesem einen Ausspruch Vernou zum Todfeind. – »Also«, fing Lousteau wieder an, »du kommst hin; aber damit noch nicht genug. Monsieur de Rubempré wird einer der Unseren; tritt also bei deiner Zeitung kräftig für ihn ein; sage, daß er befähigt ist, in der hohen Literatur etwas zu leisten, damit er mindestens zwei Artikel im Monat unterbringen kann.« – »Ja, wenn er einer der Unseren sein will und unsere Feinde angreift, wie wir die seinen, und für unsere Freunde eintritt, will ich heute abend in der Oper von ihm sprechen«, erwiderte Vernou. – »Gut denn, also bis morgen, mein Junge«, sagte Lousteau und drückte Vernous Hand mit allen Zeichen der lebhaftesten Freundschaft. »Wann erscheint dein Buch?« – »Ja«, sagte der Familienvater, »das hängt von Dauriat ab; ich bin fertig.« – »Bist du zufrieden . . .?« – »Ja und nein . . .« – »Wir werden tüchtig nachhelfen, es muß Erfolg haben«, sagte Lousteau, stand auf und verbeugte sich vor der Frau seines Kollegen.

Dieser plötzliche Aufbruch war des Geschreis der beiden Kinder wegen notwendig geworden, die sich zankten und einander mit den Löffeln ins Gesicht schlugen, wobei sie sich mit Suppe beschmierten.

»Lieber Junge, du hast eben eine Frau kennengelernt«, sagte Etienne zu Lucien, »die, ohne es zu wissen, in der Literatur wahre Verheerungen anrichtet. Der arme Vernou verzeiht uns seine Frau nicht. Man müßte ihn, wohlverstanden im öffentlichen Interesse, von ihr befreien. Dann würden wir uns nämlich eine Sintflut wilder Artikel und verhöhnender Notizen gegen alles, was Erfolg und Glück hat, ersparen. Was soll aus einem werden, wenn man eine solche Frau hat und diese zwei gräßlichen Gören dazu? Du hast den Rigaudin[167] in ›La Maison en loterie‹, dem Stück von Picard[168], gesehen . . . genau wie Rigaudin wird Vernou sich nicht duellieren, sondern die andern dazu bringen; er ist imstande, sich ein Auge auszustechen, wenn dadurch sein bester Freund seine beiden Augen verliert; er wird über Leichen schreiten, bei jedem Unglück lächeln, die Fürsten, die Herzöge, die Marquis, die Adligen angreifen, weil er ein Kleinbürger ist; er wird berühmte Männer, die Junggesellen sind, angreifen, weil er seine Frau hat, und wird immer Moral predigen und sich für die häuslichen Freuden und für die Bürgerpflichten ins Zeug legen. Kurzum, dieser moralische Kritiker wird gegen niemanden sanft sein, nicht einmal gegen die Kinder. Er lebt in der Rue Mandar, zwischen einer Frau, die den Mamamouchi des ›Bourgeois gentilhomme‹ spielen könnte, und zwei kleinen Vernous, die häßlich wie Grindköpfe sind; er macht sich über den Faubourg Saint-Germain lustig, wo er niemals Zutritt erlangt, und läßt die Herzoginnen reden, wie seine Frau spricht. Das ist einer, der gegen die Jesuiten loszieht, den Hof beschimpft, ihm nachsagt, er wolle die Feudalrechte und das Erstgeburtsrecht wiederherstellen, und der einen Kreuzzug für die Gleichheit predigt, und zwar einzig darum, weil er fühlt, daß er mit keinem Menschen auf gleichem Fuß steht. Wäre er unverheiratet, verkehrte in der guten Gesellschaft, hätte die Allüren der royalistischen Dichter, die eine Pension aus der Schatulle beziehen, und trüge das Kreuz der Ehrenlegion, so wäre er ein Optimist. Der Journalismus weist viele Existenzen dieser Art auf; er ist eine große Wurfmaschine, die von einer Zusammenballung kleinen Hasses in Tätigkeit gesetzt wird. Hast du jetzt Lust, dich zu verheiraten? Vernou hat kein Herz mehr, die Galle hat alles aufgefressen. Daher ist er das Urbild des Journalisten, ein zweihändiger Tiger, der alles zerreißt, wie wenn seine Schreibfedern tollwütig wären.« – »Er ist ein Weiberfeind«, sagte Lucien. »Hat er Talent?« – »Er hat Witz, er ist ein typischer Artikelschreiber. Vernou macht Artikel und wird immer nur Artikel schreiben, nichts als Artikel. Und wenn er noch so fleißig arbeitet, wird er auf seine Prosa nie ein Buch pfropfen können. Félicien ist außerstande, ein Werk zu konzipieren, seine Stoffmassen richtig zu gliedern, die Gestalten harmonisch in einen Plan einzuordnen, der einen Anfang, einen Knoten und einen Höhepunkt hat; er hat Ideen, aber keine Ahnung von den Tatsachen; seine Helden sind philosophische oder liberale Utopien, sein Stil schließlich ist von gesuchter Originalität, seine geschwollene Sprache müßte in sich zusammenfallen, wenn die Kritik nur mit der Nadel hineinstäche. Daher fürchtet er die Presse ganz ungemein, wie alle, welche die Mätzchen und Flausen des Lobes brauchen, um sich über Wasser zu halten.« – »Was für einen famosen Artikel hast du da verfaßt!« rief Lucien. – »Artikel dieser Art, mein Junge, darf man einander nur sagen, aber sie beileibe nicht schreiben.« – »Du wirst Chefredakteur«, erwiderte Lucien. – »Wo soll ich dich absetzen?« fragte ihn Lousteau. – »Bei Coralie.« – »Ah! wir sind verliebt«, sagte Lousteau. »Ganz falsch! Mach aus Coralie, was ich aus Florine mache, eine Haushälterin; aber die Freiheit über alles!« – »Du könntest Heilige der Verdammnis überantworten«, rief Lucien und lachte. – »Man verdammt böse Geister nicht«, erwiderte Lousteau.

Die leichte, funkelnde Ausdrucksweise seines neuen Freundes, die Art, wie er das Leben behandelte, seine Paradoxe, denen die unverfälschten Maximen des Pariser Machiavellismus beigemischt waren, übten, ohne daß er es merkte, ihre Wirkung auf Lucien aus. In der Theorie erkannte unser Dichter die Gefahr dieser Gedanken; aber in der Praxis fand er sie nützlich. Als die beiden Freunde beim Boulevard du Temple angelangt waren, verabredeten sie, daß sie sich zwischen vier und fünf Uhr auf der Redaktion treffen wollten, wo sie sicherlich Hector Merlin vorfinden würden. Lucien war tatsächlich eine Beute der aufrichtigen

Liebe der Kurtisanen geworden, die ihre Enterhaken an den zartesten Stellen der Seele einschlagen, sich mit unglaublicher Schmiegsamkeit allen Wünschen anpassen und die verweichlichenden Gewohnheiten begünstigen, in denen ihre Stärke wurzelt. Ihn dürstete bereits nach den Pariser Genüssen; er hatte eine Schwäche für das leichte, üppige, prächtige Leben, das ihm die Schauspielerin in ihrem Heim bereitete. Er traf Coralie und Camusot außer sich vor Freude an. Das Gymnase hatte ihr für Ostern einen Engagementsvertrag angeboten, dessen im einzelnen formulierte Bedingungen Coralies kühnste Hoffnungen übertrafen.

»Diesen Triumph verdanken wir Ihnen«, sagte Camusot. – »O gewiß! Ohne ihn wäre der ›Alkalde‹ durchgefallen«, rief Coralie. »Es wäre keine Rezension geschrieben worden, und ich wäre noch weitere sechs Jahre bei diesem Boulevardtheater.«

Sie fiel ihm in Camusots Dabeisein um den Hals. Der Überschwang der Schauspielerin hatte in seiner Plötzlichkeit etwas Weiches, in all seiner Leidenschaftlichkeit etwas Sanftes: sie liebte! Wie alle Menschen, wenn sie großen Schmerz empfinden, senkte Camusot den Blick zu Boden, und er gewahrte am Rand von Luciens Stiefeln die farbige Naht, wie sie von den berühmten Schuhmachern angebracht wird, die sich in dunklem Gelb von dem leuchtenden Schwarz des Schafts abhob. Die originelle Farbe dieses Fadens hatte ihn bereits während seines Monologs über die rätselhafte Anwesenheit eines Paars Herrenstiefel vor Coralies Kamin beschäftigt. Er hatte auf dem weißen, zarten Leder des Futters in schwarzen Lettern die Adresse eines damals berühmten Schuhmachers gelesen: »Gay, Rue de La Michodière«.

»Sie tragen sehr schöne Stiefel«, sagte er zu Lucien. – »Es ist alles schön an ihm«, erwiderte Coralie. – »Ich möchte mir gern bei Ihrem Schuhmacher meine Stiefel anfertigen lassen.« – »Oh!« rief Coralie, »das ist so recht Rue des Bourdonnais, jemanden nach der Adresse eines Handwerkers zu fragen! Wollen Sie Schuhwerk wie ein Jüngling tragen? Damit würden Sie sich hübsch ausnehmen! Behalten Sie doch Ihre Stulpenstiefel, wie sie sich für einen gesetzten Mann gehören, der Frau, Kinder und eine Geliebte hat.« – »Trotzdem würde mir der junge Herr einen großen Gefallen tun, wenn er einen seiner Stiefel ausziehen wollte«, sagte Camusot hartnäckig. – »Ich könnte sie ohne Stiefelhaken nicht wieder anziehen«, sagte Lucien und wurde rot. – »Bérénice kann welche holen. Sie werden schon greifbar sein«, antwortete Camusot mit ingrimmig spöttischer Miene. – »Papa Camusot«, sagte Coralie und warf ihm einen Blick der bösartigsten Verachtung zu, »haben Sie doch den Mut zu Ihrer Feigheit! Sagen Sie doch alles, was Sie denken. Finden Sie, die Stiefel des Herrn sähen gerade so aus wie meine? – Ich verbiete Ihnen, Ihre Stiefel auszuziehen«, sagte sie zu Lucien. »Ja, Monsieur Camusot, jawohl, die Stiefel sind genau die gleichen wie die, die neulich vor meinem Kamin standen, und sie gehörten dem Herrn, der hier im Nebenzimmer versteckt war und hier die Nacht zugebracht hat. Nicht wahr, das denken Sie? Denken Sie es, ich will es! Es ist die reine Wahrheit. Ich betrüge Sie. Und was weiter? Es beliebt mir so!«

Sie setzte sich, ohne Zorn und mit der ruhigsten Miene von der Welt, und sah Camusot und Lucien an, die es ihrerseits nicht wagten, einander anzusehen.

»Ich glaube nicht, was Sie wollen, daß ich glaube«, sagte Camusot; »scherzen Sie nicht, ich habe unrecht.« – »Entweder bin ich eine schamlose Schlampe, die sich im Handumdrehen in den jungen Herrn verknallt hat, oder ich bin ein armes, unglückliches Geschöpf, das zum erstenmal die wahre Liebe verspürt hat, nach der alle Frauen lechzen. In beiden Fällen muß man mir den Laufpaß geben oder mich nehmen, wie ich bin«, sagte sie und vollführte dabei eine königliche Gebärde, mit der sie den Kaufmann vernichtete. – »Sollte es wahr sein?« fragte Camusot; an Luciens Haltung, die den Glauben an eine Täuschung nicht aufkommen ließ, merkte er, daß Coralie nicht scherzte. – »Ich liebe Mademoiselle«, sagte Lucien.

Als Coralie diese Erklärung hörte, die mit bewegter Stimme gegeben worden war, warf sie sich ihrem Dichter um den Hals, schloß ihn in ihre Arme und wandte dem Seidenhändler den Kopf zu, wie um ihm die wundervolle Liebesgruppe zu zeigen, die sie mit Lucien bildete.

»Armer Musot, nimm alles zurück, was du mir geschenkt hast, ich will nichts von dir; ich liebe diesen Jungen wahnsinnig, nicht seines Geistes, sondern seiner Schönheit wegen. Ich will lieber mit ihm elend sein, als daß mir deine Millionen zur Verfügung stehen.«

Camusot sank in einen Sessel, nahm den Kopf zwischen die Hände und blieb stumm sitzen.

»Wollen Sie, daß wir weggehen?« fragte sie ihn mit unglaublicher Grausamkeit.

Lucien lief es kalt über den Rücken, als er sich auf diese Weise mit einer Frau, und dazu einer Schauspielerin, und einem Haushalt belastet sah.

»Bleib hier, behalte alles, Coralie«, sagte der Kaufmann mit schwacher, schmerzlicher Stimme, die aus der Seele kam, »ich will nichts zurücknehmen. Freilich stecken hier in den Möbeln sechzigtausend Francs, aber ich kann den Gedanken nicht ertragen, daß meine Coralie ins Elend gehen soll. Und doch wirst du bald genug darin stecken. Soviel Talent der Herr auch haben mag, er kann dir keine Existenz bieten. Das ist nun mal das Los, das uns alte Männer erwartet! Coralie, laß mir das Recht, dich dann und wann einmal zu besuchen! Du könntest meiner bedürfen. Außerdem, muß ich gestehen, wäre es mir unmöglich, ohne dich zu leben.«

Die Sanftmut dieses armen Menschen, der in dem Augenblick, da er der Glücklichste zu sein glaubte, um sein ganzes Glück gebracht worden war, rührte Lucien tief, nicht jedoch Coralie.

»Komm, armer Musot, komm, sooft du willst«, sagte sie, »wenn ich dich nicht zu betrügen brauche, kann ich dich ehrlicher liebhaben.«

Camusot schien zufrieden, daß er nicht aus seinem irdischen Paradies verjagt wurde, wo ihm freilich Leiden bevorstanden; er hoffte indessen, später wieder in alle Rechte eingesetzt zu werden, da er auf die Zufälle des Pariser Lebens und auf die Verführungen baute, denen Lucien ausgesetzt sein würde. Der alte, durchtriebene Kaufmann meinte, früher oder später würde sich ein so schöner junger Mann Treulosigkeiten erlauben; und um ihm aufzulauern und ihn vor Coralie in ein schlechtes Licht zu setzen, wollte er beider Freund bleiben. Die Feigheit der echten Leidenschaft erschreckte Lucien. Camusot lud sie zu Véry im Palais Royal zum Abendessen ein, was angenommen wurde.

»Was für ein Glück!« rief Coralie, als Camusot weg war; »nichts mehr von der Dachkammer im Quartier latin, du bleibst hier, wir verlassen einander nicht; du nimmst, um den Schein zu wahren, eine kleine Wohnung in der Rue Charlot, und dann: frisch auf!«

Sie fing an, ihren spanischen Tanz zu tanzen, mit einer Wildheit, in der eine zügellose Leidenschaft lag.

»Ich kann, wenn ich tüchtig arbeite, fünfhundert Francs im Monat verdienen«, sagte Lucien. – »Genausoviel habe ich am Theater, ohne die Gratifikationen zu rechnen. Camusot wird mir nach wie vor die Kleider liefern, er liebt mich! Mit fünfzehnhundert Francs im Monat können wir leben wie Krösus[169].« – »Und die Pferde, der Kutscher und der Bediente?« fragte Bérénice. – »Ich mache einfach Schulden«, rief Coralie.

Sie fing wieder an, mit Lucien eine Gigue zu tanzen.

»Jetzt heißt es also Finots Vorschläge annehmen«, rief Lucien. – »Nur zu«, sagte Coralie, »ich ziehe mich an, fahre dich zu deiner Zeitung und warte im Wagen auf dem Boulevard auf dich.«

Lucien setzte sich auf ein Sofa, sah der Schauspielerin beim Umkleiden zu und überließ sich sehr ernsten Gedanken. Es wäre ihm lieber gewesen, von Coralie zu lassen, als in die Verpflichtungen einer solchen Ehe geworfen zu werden; aber er sah sie so schön, so wohlgestalt und anmutig, daß er von den pittoresken Aussichten auf ein solches Bohemeleben angezogen wurde und dem Schicksal den Handschuh hinwarf. Bérénice erhielt den Auftrag, den Umzug und die neue Einrichtung Luciens zu überwachen. Dann zog die schöne, triumphierende, glückliche Coralie ihren geliebten Dichter mit sich fort und fuhr mit ihm zusammen durch ganz Paris nach der Rue Saint-Fiacre. Lucien stieg schnell die Treppe hinauf und benahm sich in dem Büro der Zeitung wie einer, der Bescheid weiß und dazu gehört. ›Kürbis‹ mit seiner Papiermütze auf dem Kopf und der alte Giroudeau sagten ihm mit der alten gewohnten Heuchelei, es sei niemand da.

»Aber die Redakteure müssen sich doch irgendwo treffen, um die Zeitung zu machen«, entgegnete er. – »Wahrscheinlich; aber die Redaktion geht mich nichts an«, sagte der Rittmeister der

Kaiserlichen Garde und machte sich wieder an die Überprüfung seiner Zahlenreihen, wobei er sein ewiges Gebrumm ertönen ließ.

In diesem Augenblick trat durch einen – soll man sagen glücklichen oder unglücklichen? – Zufall Finot herein, um Giroudeau seinen vorgeblichen Rücktritt mitzuteilen und ihm ans Herz zu legen, auf seine Interessen achtzugeben.

»Der Herr wird nicht diplomatisch behandelt, er gehört zur Zeitung«, sagte Finot zu seinem Onkel und drückte Lucien die Hand. – »Ach so! der Herr gehört zur Zeitung!« rief Giroudeau, überrascht über die freundliche Begrüßung, die Lucien seitens seines Neffen zuteil wurde. »Na, Sie haben nicht viel Mühe gehabt anzukommen.« – »Ich will gleich ein bißchen vorbauen, damit Sie nicht von Etienne begaunert werden«, sagte Finot und blickte Lucien durchtrieben an. »Der Herr bekommt drei Francs pro Spalte für alles, was er schreibt, auch für die Theaterberichte.« – »Solche Bedingungen hast du noch nie jemandem bewilligt«, sagte Giroudeau und warf Lucien einen erstaunten Blick zu. – »Er bekommt die vier Boulevardtheater; du paßt auf, daß ihm seine Logen nicht stibitzt werden und daß er ordnungsgemäß seine Billette erhält. Ich rate Ihnen trotzdem, sie sich direkt schicken zu lassen«, wandte er sich an Lucien. »Der Herr verpflichtet sich, außer seinen Kritiken ein Jahr lang zehn Artikel Vermischtes von ungefähr je zwei Spalten für fünfzig Francs monatlich zu liefern – Das ist Ihnen doch recht?« – »Ja«, sagte Lucien, den die Umstände in der Hand hatten. – »Onkel«, sagte Finot zu dem Kassierer, »setz den Vertrag auf. Wir unterschreiben ihn, wenn wir gehen.« – »Wer ist denn der Herr?« fragte Giroudeau, der sich erhoben hatte und seine schwarzseidene Mütze zog. – »Lucien de Rubempré, der Verfasser des Berichts über den ›Alkalden‹«, erwiderte Finot. – »Junger Mann«, rief der alte Soldat und tippte Lucien auf die Stirn, »da drin haben Sie Goldminen. Ich verstehe nichts von Literatur, aber Ihren Artikel habe ich gelesen, und er hat mir Spaß gemacht. Sapristi, es ist so etwas Lustiges drin! Und ich habe gleich gesagt: das bringt uns Abonnenten! Und so ist es auch gekommen. Wir haben fünfzig Nummern verkauft.« – »Ist mein Vertrag mit Etienne Lousteau in zwei Abschriften zum Unterzeichnen fertig?« fragte Finot seinen Onkel. – »Ja«, antwortete

Giroudeau. – »Setz auf den, den ich mit dem Herrn mache, das gestrige Datum, damit Lousteau sich an die Abmachungen halten muß!« – Finot nahm den Arm seines neuen Mitarbeiters, und diese scheinbare Kollegialität erfreute den Dichter; er ließ sich so zur Treppe führen, wobei Finot ihm sagte: »Sie haben auf diese Weise eine gesicherte Position. Ich will Sie selber meinen Redakteuren und Mitarbeitern vorstellen. Lousteau kann Sie heute abend bei den Theatern einführen. Sie können hundertfünfzig Francs monatlich an unserm Blättchen verdienen; Lousteau wird es leiten; bemühen Sie sich also, sich gut mit ihm zu stellen. Er wird es mir ja übelnehmen, daß ich ihm in Ihrer Sache die Hände gebunden habe, aber Sie haben Talent, und ich möchte nicht, daß Sie den Launen eines Chefredakteurs ausgesetzt sind. Unter uns gesagt, Sie können mir bis zu zwei Bogen monatlich für meine Wochenschrift schreiben; dafür zahle ich Ihnen zweihundert Francs. Sprechen Sie mit niemandem über diese Abmachung, alle möglichen Neidhammel könnten sich über das Glück eines Anfängers ärgern und mir deswegen böse sein. Machen Sie aus Ihren zwei Bogen vier Artikel, unterzeichnen Sie zwei davon mit Ihrem Namen und zwei mit einem Pseudonym, damit es nicht aussieht, als ob Sie anderen das Brot wegnähmen. Sie verdanken Ihre Stellung Blondet und Vignon, die beide meinen, Sie hätten eine Zukunft. Also, werden Sie mir nicht liederlich. Trauen Sie vor allem Ihren Freunden nicht. Wir beide wollen immer gut miteinander auskommen. Wie du mir, so ich dir. Sie haben für vierzig Francs Logen und Billette zu verkaufen und für sechzig Francs Bücher zu verkloppen. Das und Ihre Mitarbeit bringt Ihnen vierhundertfünfzig Francs monatlich. Wenn Sie nur ein bißchen Witz haben, bekommen Sie überdies noch mindestens zweihundert Francs von den Verlegern, die Ihnen Artikel und Waschzettel bezahlen. Aber Sie halten zu mir, nicht wahr? Ich kann mich auf Sie verlassen?«

Lucien drückte mit überschwenglicher Freude Finot die Hand.

»Es darf nicht so aussehen, als ob wir uns geeinigt hätten«, flüsterte ihm Finot zu und öffnete dann die Tür einer Dachkammer im fünften Stock des Hauses; sie lag am Ende eines langen Flurs.

Lucien gewahrte jetzt Lousteau, Félicien Vernou, Hector

Merlin und zwei andere Redakteure, die er noch nicht kannte. Sie saßen alle um einen Tisch herum, auf dem eine grüne Decke lag, vor einem guten Feuer, auf Stühlen oder Lehnsesseln, und rauchten und lachten. Der Tisch war mit Papieren bedeckt, es stand ein einziges Tintenfaß darauf, in dem richtige Tinte war, und Federn lagen umher, die ziemlich schlecht waren, aber von den Redakteuren tatsächlich benutzt wurden. Der neugebackene Journalist merkte, daß hier das große Werk vollbracht wurde.

»Meine Herren«, sagte Finot, »Zweck unserer Zusammenkunft ist die Einführung unseres lieben Lousteau in die Stellung des Chefredakteurs der Zeitung, die zu verlassen ich genötigt bin. Aber obwohl meine Anschauungen notwendigerweise eine Wandlung erfahren haben, damit ich Chefredakteur der Zeitschrift werden kann, deren Ziele Sie kennen, sind meine Überzeugungen die alten, und wir bleiben Freunde. Ich gehöre ganz Ihnen, wie Sie mir gehören sollen. Die Umstände wechseln, die Prinzipien sind fest. Die Prinzipien sind der Angelpunkt, um den sich die Zeiger des politischen Barometers drehen.« – Alle Redakteure brachen in Lachen aus. – »Von wem hast du nur diese schönen Redewendungen?« fragte Lousteau. – »Von Blondet«, erwiderte Finot. – »Wind, Regen, Sturm, schönes Wetter, beständig«, sagte Merlin, »wir wollen das alles zusammen durchmachen.« – »Na«, erwiderte Finot, »lassen wir jetzt lieber die Bildersprache und reden wir deutlich: wer von euch mir Artikel anzubieten hat, kann sich auf Finot verlassen. Der Herr«, fuhr er fort und stellte Lucien vor, »gehört zu euch. – Ich habe einen Vertrag mit ihm geschlossen, Lousteau.«

Alle gratulierten Finot zu seinem Aufstieg und seinen neuen Aufgaben.

»Jetzt sitzt du hoch zu Roß, über uns und den andern«, sagte einer der beiden Redakteure, die Lucien nicht kannte. »Du wirst zum Janus ...« – »Hoffentlich nicht zum Janot[170].« – »Dürfen wir denen, die wir nicht leiden können, eins auswischen?« – »Soviel ihr wollt«, sagte Finot. – »Ah, was mir einfällt«, sagte Lousteau, »das Blatt darf keinen Rückzieher machen. Monsieur Châtelet ist böse geworden; wir dürfen ihn die ganze Woche nicht in Ruhe lassen.« – »Was ist denn geschehen?« fragte Lucien. – »Er ist hergekommen und hat Rechenschaft verlangt«, antwortete Vernou. »Der Exgeck des Kaiserreichs hat den alten Giroudeau angetroffen, der vollkommen kaltblütig Philippe Bridau als den Verfasser des Artikels genannt hat, und Philippe hat den Baron gefragt, welche Zeit und welche Waffen ihm genehm seien. So steht die Sache jetzt. Wir sind damit beschäftigt, dem Baron in der morgigen Nummer unsere Entschuldigungen auszusprechen. Jeder Satz ist ein Dolchstoß.« – »Packt ihn nur tüchtig an. Dann kommt er auch noch zu mir«, versetzte Finot. »Ich werde so tun, als spränge ich ihm bei, indem ich euch zur Ruhe verweise; er hält zur Regierung, und wir hängen ihm da etwas auf, die Stellung eines Hilfslehrers oder einen Tabakverschleiß. Wir sind glücklich, daß er ein leidenschaftlicher Spieler geworden ist. Wer von euch will in meinem neuen Blatt einen Leitartikel über Nathan schreiben?« – »Geben Sie ihn Lucien«, sagte Lousteau. »Hector und Vernou schreiben ohnehin schon Artikel in ihren Blättern . . .« – »Auf Wiedersehen, meine Herren, bei Barbin treffen wir uns unter vier Augen wieder«, sagte Finot lachend.

Jetzt wurden Lucien ein paar Komplimente über seinen Eintritt in die gefürchtete Gilde der Journalisten gemacht, und Lousteau erklärte ihn als einen Mann, auf den man sich verlassen könne.

»Meine Herren, Lucien ladet Sie alle miteinander ein, bei seiner Geliebten, der schönen Coralie, zu soupieren.« – »Coralie kommt ans ›Gymnase‹«, sagte Lucien zu Etienne. – »Also, meine Herren, Sie wissen doch, wir setzen uns selbstverständlich für Coralie ein? Bringen Sie in Ihren sämtlichen Blättern ein paar Zeilen über ihr Engagement und verbreiten Sie sich über ihr Talent. Sie können von dem Takt und dem Spürsinn der Direktion des ›Gymnase‹ sprechen; können wir ihr auch Geist zuschreiben?« – »Ja, das können wir«, erwiderte Merlin; »Frédéric hat mit Scribe[171] zusammen ein Stück geschrieben.« – »Oh, dann ist der Direktor des ›Gymnase‹ der weitestblickende und scharfsinnigste aller Spekulanten«, sagte Vernou. – »Was mir grade einfällt: schreiben Sie Ihre Artikel über Nathans Buch erst, wenn wir uns beraten haben. Ich sage Ihnen noch, warum«, begann Lousteau. »Wir müssen unserm neuen Kollegen die Wege ebnen. Lucien hat zwei Bücher unterzubringen, eine Sonettensammlung und einen Roman. Bei der heiligen Zeitungsnotiz! er muß auf drei Monate Sicht ein großer Dichter werden. Wir wollen uns seiner ›Margueriten‹ bedienen, um auf dem Markt der Oden, Balladen, Meditationen und der ganzen romantischen Poesie eine furchtbare Baisse anzurichten.« – »Das wäre erheiternd, wenn die Sonette nichts taugten«, versetzte Vernou. »Was halten Sie von Ihren Sonetten, Lucien?« – »Ja, sagen Sie uns, wie finden Sie sie?« fragte einer der unbekannten Redakteure. – »Meine Herren, sie sind gut, mein Ehrenwort darauf«, sagte Lousteau. – »Mir soll's recht sein«, sagte Vernou. »Ich schmeiße sie diesen Sakristeipoeten, die mich anöden, zwischen die Beine.« – »Wenn Dauriat heute abend die ›Margueriten‹ ablehnt, hauen wir ihm Artikel über Artikel gegen Nathan hinter die Ohren.« – »Und was wird Nathan dazu sagen?« rief Lucien.

Die fünf Redakteure brachen in Lachen aus.

»Er wird entzückt sein«, sagte Vernou. »Sie sollen schon sehen, wie wir die Sache drehen.« – »Gehört der Herr denn wirklich zu uns?« fragte einer der beiden Redakteure, die Lucien nicht kannte. »Ja, ja, Frédéric, nur keine Faxen. – Du siehst, Lucien«, sagte Etienne zu dem Neuling, »wie wir zu dir stehen. Du wirst dich, wenn sich dir Gelegenheit dazu bietet, revanchieren. Wir alle haben Nathan sehr gern, und dennoch wollen wir ihn angreifen. Jetzt müssen wir das Reich Alexanders unter uns aufteilen. – Frédéric, willst du das Théâtre-Français und das Odéon?« – »Wenn es den Herren recht ist«, erwiderte Frédéric.

Alle nickten, aber Lucien sah neidische Blicke.

»Ich behalte die Große Oper, die Italienische Oper[172] und die Opéra-Comique«, sagte Vernou. – »Schön, Hector nimmt die Vaudeville-Theater«, fuhr Lousteau fort. – »Und ich soll also kein Theater haben?« rief der andere Redakteur, den Lucien nicht kannte. – »Na, dann kann dir ja Hector die Variétés lassen und Lucien die Porte Saint-Martin«, versetzte Etienne. »Laß ihm die Porte Saint-Martin, er ist hinter Fanny Beaupré her«, sagte er zu Lucien; »du nimmst dafür den Cirque-Olympique. Ich habe Bobino[173], die Funambules[174] und Madame Saqui[175] ... Was haben wir morgen für die Zeitung?« – »Nichts.« – »Nichts?«

– »Nichts!« – »Meine Herren, geben Sie sich für meine erste Nummer ein bißchen Mühe und lassen Sie Ihren Geist glänzen. Der Baron du Châtelet und sein Stockfisch halten keine acht Tage vor. Der Verfasser des ›Einsiedlers‹ zieht ebenfalls nicht mehr.« – »Sosthène = Demosthène auch nicht«, sagte Vernou, »alle Welt hat ihn uns weggenommen.« – »Oh, wir brauchen neue Leichen«, rief Frédéric. »Meine Herren, wie wär's, wenn wir den tugendhaften Männern der Rechten ein paar lächerliche Züge andichteten? Wenn wir zum Beispiel sagten, Monsieur de Bonald[176] habe Schweißfüße?« rief Lousteau. – »Wir wollen eine Serie mit Porträts von regierungstreuen Rednern anfangen«, meinte Hector Merlin. – »Tu das, Kleiner«, antwortete Lousteau. »Du kennst sie, da sie von deiner Partei sind, da kannst du diesen und jenen Privathaß befriedigen. Nimm Beugnot[177], Syrieys de Mayrinhac[178] und andere aufs Korn. Die Artikel können im voraus fertig gemacht werden. Dann kommen wir nicht in Verlegenheit.« – »Wie wär's, wenn wir einige Weigerungen, den oder jenen in geweihter Erde zu bestatten[179], erfänden, mit mehr oder weniger erschwerenden Umständen?« – »Wir wollen lieber nicht auf den Spuren der großen konstitutionellen Blätter wandeln; die haben ganze Mappen voller Pfaffen, die bloß ›Enten‹ sind«, erwiderte Vernou. – »Enten?« fragte Lucien. – »Wir nennen eine ›Ente‹«, antwortete ihm Hector, »eine Tatsache, die so aussieht, als sei sie wahr, die man jedoch erfindet, um die Nachrichten aus Paris aufzufrischen, wenn sie ein bißchen matt geworden sind. Die ›Ente‹ ist eine Erfindung von Franklin[180], der den Blitzableiter, die ›Ente‹ und die Republik erfunden hat. Dieser Journalist hat die Enzyklopädisten mit seinen ›Enten‹ von jenseits des Meeres so gut getäuscht, daß Raynal in seiner ›Philosophischen Geschichte Indiens‹[181] zwei dieser ›Enten‹ als authentische Tatsachen mitgeteilt hat.« – »Das wußte ich nicht«, sagte Vernou. »Welche beiden ›Enten‹ sind denn das?« – »Die Geschichte von dem Engländer, der seine Befreierin, eine Negerin, verkauft, nachdem er sie vorher zur Mutter gemacht hat, um mehr Geld für sie herauszuschlagen. Und dann die prächtige Verteidigungsrede der jungen Schwangeren, die ihren Prozeß gewinnt. Als Franklin nach Paris kam, gestand er Necker seine ›Enten‹ ein, was die französischen Philosophen in große Verwirrung brachte. Und so hat die Neue Welt zweimal die Alte hinters Licht geführt.« – »Die Zeitung stellt alles als wahr hin«, sagte Lousteau, »was wahrscheinlich ist. Davon gehen wir aus.« – »Die Justiz verfährt nicht anders«, meinte Vernou. – »Also heute abend um neun Uhr sind wir wieder hier«, sagte Merlin.

Alle standen auf, schüttelten einander die Hände, und die Sitzung wurde unter Bezeigungen der rührendsten Freundschaft aufgehoben.

»Was hast du bloß mit Finot angestellt«, fragte Etienne Lucien, als sie die Treppe hinabgingen, »daß er einen Vertrag mit dir geschlossen hat? Du bist der einzige, an den er sich fest gebunden hat.« – »Ich? Nichts; er hat es mir vorgeschlagen«, versetzte Lucien. – »Na, gut. Wenn du mit ihm einig bist, soll es mir recht sein, wir beide werden dann nur desto stärker sein.«

Im Erdgeschoß trafen Etienne und Lucien Finot, der Lousteau in das offizielle Redaktionszimmer beiseite zog.

»Unterzeichnen Sie Ihren Vertrag, damit der neue Chefredakteur glaubt, die Abmachung datiere von gestern«, sagte Giroudeau und überreichte Lucien zwei Blatt Stempelpapier.

Während Lucien den Vertrag durchlas, hörte er zwischen Etienne und Finot eine ziemlich lebhafte Auseinandersetzung über die Naturalzuwendungen, die das Blatt erhielt. Etienne verlangte seinen Anteil an diesen Steuern, die Giroudeau erhob. Es war zwischen Finot und Lousteau wohl zu einer Einigung gekommen; denn die beiden Freunde traten einträchtig wieder heraus.

»Um acht Uhr in den Galeries-de-Bois bei Dauriat«, sagte Etienne zu Lucien.

Ein junger Mann trat mit der schüchternen und verlegenen Miene ein, die Lucien selber noch vor kurzem zur Schau getragen hatte, und bot seine Mitarbeit an. Lucien sah mit geheimem Vergnügen, wie Giroudeau dem Neuling gegenüber dieselben Scherze anwandte, durch die der alte Offizier auch ihn getäuscht hatte; sein Beteiligtsein ließ ihn die Notwendigkeit dieses Verfahrens völlig begreifen, das zwischen Anfängern und der Dachkammer, in der nur die Auserwählten Einlaß fanden, fast unübersteigbare Schranken errichtete.

»Die Redakteure bekommen ohnehin nur wenig Geld«, sagte

er zu Giroudeau. – »Wenn ihr mehr wäret, bekäme jeder von euch weniger«, versetzte der Hauptmann. »Also!«

Der pensionierte Offizier schwenkte seinen Stock mit dem Bleiknopf, ging mit seinem üblichen Gebrumm hinaus und schnitt ein äußerst verdutztes Gesicht, als er Lucien in die schöne Equipage steigen sah, die auf dem Boulevard auf ihn gewartet hatte. – »Jetzt seid ihr die Offiziere und wir die Zivilisten«, sagte der Soldat zu ihm.

»Mein Ehrenwort, diese jungen Leute scheinen mir die besten Kerle der Welt zu sein«, sagte Lucien zu Coralie. »Ich bin also jetzt Journalist und habe die Gewißheit, monatlich sechshundert Francs zu verdienen, wenn ich arbeite wie ein Pferd; aber ich werde meine beiden Bücher unterbringen und werde andere schreiben; meine Freunde wollen den Erfolg für mich organisieren! Ich sage also wie du, Coralie: mit vollen Segeln in See!« – »Es wird schon alles gut gehen, mein Jungchen; sei aber ja nicht so gut, wie du schön bist, sonst ruinierst du dich. Sei schlecht zu den Menschen, das ist das richtige Verhalten.«

Coralie und Lucien fuhren im Bois de Boulogne spazieren und begegneten dort der Marquise d'Espard, Madame de Bargeton und dem Baron du Châtelet. Madame de Bargeton richtete einen verführerischen Blick auf Lucien; er konnte als ein Gruß gelten. – Camusot hatte das erlesenste Abendessen der Welt bestellt. Coralie, die sich von ihm befreit fühlte, behandelte den armen Seidenhändler so liebenswürdig, daß er sich nicht erinnerte, sie während der vierzehn Monate ihrer Beziehungen so reizend und anziehend gesehen zu haben.

»Gut«, sagte er sich, »bleiben wir bei ihr, trotzdem!«

Camusot schlug Coralie heimlich eine Eintragung von sechstausend Pfund Rente in das Staatsschuldbuch vor, wovon seine Frau nichts erfahren sollte, wenn sie unter der Bedingung seine Geliebte bleiben wolle, daß er sich ihre Liebschaft mit Lucien gefallen lasse.

»Einen Engel wie ihn betrügen ...? Aber sieh ihn dir doch an, und sieh dann dich an!« sagte sie und deutete auf den Dichter, dem Camusot einen leichten Schwips beigebracht hatte.

Camusot beschloß, darauf zu warten, daß ihm das Elend die Frau wiedergebe, die ihm das Elend ausgeliefert hatte.

»Dann werde ich also fortan nur dein Freund sein«, sagte er und küßte sie auf die Stirn.

Lucien verließ Coralie und Camusot und begab sich in die Galeries-de-Bois. Welche Veränderung hatte seine Einweihung in die Mysterien der Presse in seinem Kopf hervorgebracht! Er mischte sich ohne Furcht unter die Menge, die in den Galerien wogte, setzte eine herausfordernde Miene auf, weil er eine Geliebte hatte, und trat ungeniert bei Dauriat ein, weil er Journalist war. Er fand dort eine große Gesellschaft vor und gab Blondet, Nathan, Finot, der ganzen Literatur, mit der er sich seit einer Woche verbrüdert hatte, die Hand; er hielt sich für eine Persönlichkeit und glaubte sich seinen Kameraden überlegen; der kleine Rausch tat ihm treffliche Dienste, er war geistreich und bewies, daß er mit den Wölfen heulen könne. Dennoch empfing Lucien nicht die verschwiegenen, stummen oder ausgesprochenen Zustimmungen, auf die er gerechnet hatte; er verspürte zum erstenmal eine Regung von Eifersucht unter diesen Leuten, die nicht so sehr die Angst stachelte als die Neugierde, zu erfahren, welchen Platz seine neue Größe einnehmen und wieviel bei der allgemeinen Teilung der Erträge der Presse auf sie kommen würde. Finot, der in Lucien eine Mine zum Ausbeuten erblickte, und Lousteau, der Rechte auf ihn zu besitzen glaubte, waren die einzigen, die der Dichter lächeln sah. Lousteau, der schon das Gebaren eines Chefredakteurs angenommen hatte, klopfte energisch an das Fenster von Dauriats Arbeitszimmer.

»Einen Augenblick, lieber Freund«, antwortete der Buchhändler, der ihn erkannte, und hob den Kopf über die grünen Vorhänge.

Der Augenblick dauerte eine Stunde, nach deren Verlauf Lucien und sein Freund in das Allerheiligste eintraten.

»Na, haben Sie sich die Sache mit meinem Freund durch den Kopf gehen lassen?« fragte der neue Chefredakteur. – »Gewiß«, erwiderte Dauriat mit der Haltung eines Sultans. »Ich habe die Sammlung durchgesehen und sie einem Mann von Geschmack, einem guten Beurteiler, zu lesen gegeben; ich bilde mir nämlich nicht ein, davon allzuviel zu verstehen. Ich kaufe den Ruhm lieber fix und fertig, wie jener Engländer die Liebe. – Sie sind ein ebenso großer Dichter, wie Sie hübsch sind, mein Junge«, sagte Dauriat. »So wahr ich ein ehrlicher Mann, ich sage nicht, Verleger bin, beachten Sie das! Ihre Sonette sind prachtvoll, man merkt ihnen die Arbeit nicht an; das ist ja auch natürlich, wenn man Inspiration und Schwung hat. Kurzum, Sie verstehen zu reimen, was eine der guten Eigenschaften der neuen Schule ist. Ihre ›Margueriten‹ sind ein schönes Buch, aber kein Geschäft, und ich kann mich nur mit großen Unternehmungen befassen. Aus Gewissenhaftigkeit kann ich Ihre Sonette nicht übernehmen; es wäre mir unmöglich, sie zu lancieren, man kommt nicht auf die Kosten, wenn man da einen Erfolg in Szene setzt. Im übrigen werden Sie nicht mit der Lyrik fortfahren, dies hier bleibt ein vereinzeltes Buch. Sie sind jung, junger Mann! Sie bringen mir den ewigen ersten Gedichtband, den alle Leute von der Feder schreiben, wenn sie das Gymnasium hinter sich haben, ein Buch, das ihnen zuerst am Herzen liegt und über das sie sich späterhin lustig machen. Ihr Freund Lousteau dürfte in seinen alten Strümpfen ebenfalls noch Lyrik versteckt haben. – Hast du nicht noch eine Dichtung liegen, an die du geglaubt hast, Lousteau?« fragte Dauriat und warf Etienne einen schlauen Blick der Verständigung zu. – »Wie könnte ich denn sonst Prosa schreiben?« sagte Lousteau. – »Na, sehen Sie wohl, er hat mir nie was davon gesagt; unser Freund kennt sich im Buchhandel und im Geschäftsleben aus«, fing Dauriat wieder an. »Für mich«, sagte er schöntuerisch zu Lucien, »handelt es sich nicht darum, zu wissen, ob Sie ein großer Dichter sind; Sie haben viel, sehr viel Talent; wenn ich mit dem Buchhandel grade anfinge, würde ich den Fehler begehen, Sie zu verlegen. Aber heute würden mir zuallererst meine Kommanditisten und Geldgeber den Brotbeutel höher hängen; ich habe im vorigen Jahr zwanzigtausend Francs verloren, und das hat genügt, ihnen die Lust an der Lyrik zu verleiden; und sie sind meine Herren und Meister. Doch das ist noch immer nicht der Hauptpunkt. Ich gebe zu, daß Sie ein großer Dichter sind; aber werden Sie auch viel schaffen? Werden Sie regelmäßig Sonette ausbrüten? Werden Sie es auf zehn Bände bringen? Werden Sie ein Geschäft sein? Keineswegs, denn Sie werden ein vorzüglicher Prosaschriftsteller werden; Sie haben zuviel Geist, um ihn an Flickwörter zu verschwenden. Sie können bei den Zeitungen jährlich dreißigtausend Francs verdienen und werden sie nicht gegen die dreitausend Francs vertauschen, die Sie mühselig aus Ihren Hemistichien, Strophen und anderen Drechseleien gewinnen würden!« – »Sie wissen doch, Dauriat, daß der Herr zum Blatt gehört?« fragte Lousteau. – »Ja«, antwortete Dauriat, »ich habe seinen Artikel gelesen, und, wohlverstanden, ich lehne die ›Margueriten‹ in seinem eigenen Interesse ab. Jawohl, ich werde Ihnen, ehe sechs Monate vergangen sind, mehr Geld für die Artikel, die ich bei Ihnen bestelle, gezahlt haben als für Ihre unverkäufliche Lyrik!« – »Und der Ruhm?« rief Lucien.

Dauriat und Lousteau lachten auf.

»Alle Wetter«, sagte Lousteau, »der hat noch Illusionen.« – »Der Ruhm«, ließ sich Dauriat vernehmen, »bedeutet für den Verleger zehn Jahre Ausdauer und hunderttausend Francs Verlust oder Gewinn. Wenn Sie einen Narren finden, der Ihnen innerhalb eines Jahrs Ihre Gedichte druckt, steige ich in Ihrer Achtung, wenn Sie das Resultat Ihrer Unternehmung gesehen haben.« – »Haben Sie das Manuskript zur Hand?« fragte Lucien kühl. – »Hier ist es, lieber Freund«, erwiderte Dauriat, dessen Benehmen Lucien gegenüber schon auffallend freundlich geworden war.

Lucien nahm die Rolle, ohne nachzusehen, ob der Bindfaden verschoben worden war, so sehr erweckte Dauriat den Eindruck, als habe er die ›Margueriten‹ gelesen. Der Dichter war weder bestürzt noch unzufrieden, als er mit Lousteau hinausging. Dauriat begleitete die beiden Freunde in den Laden und sprach von seinem und Lousteaus Blatt. Lucien spielte nachlässig mit dem Manuskript der ›Margueriten‹.

»Glaubst du etwa, daß Dauriat deine Sonette gelesen hätte oder sie hätte lesen lassen?« flüsterte ihm Etienne zu. – »Ja«, sagte Lucien. – »Dann sieh dir mal das Siegel an.«

Lucien sah, daß Tinte und Bindfaden einander vollkommen deckten.

»Welches Sonett hat Ihnen denn besonders gefallen?« fragte Lucien den Verleger, bleich vor Zorn und Wut. – »Sie sind sämtlich bemerkenswert gut, lieber Freund«, sagte Dauriat, »aber das auf die Marguerite ist entzückend, es schließt mit einem sehr feinen, sinnreichen Gedanken ab. Daraus habe ich erkannt, welchen Erfolg Ihre Prosa haben muß. Ich habe Sie auch sofort an Finot empfohlen. Schreiben Sie uns Rezensionen, wir werden Sie gut bezahlen. Sehen Sie, an den Ruhm denken, das ist schön und gut, aber vergessen Sie nicht das Solide und nehmen Sie, was sich Ihnen bietet. Wenn Sie erst reich sind, können Sie getrost Verse machen.«

Der Dichter trat rasch in die Galerien hinaus, um nicht loszubrechen, denn er war ehrlich erzürnt. – »Aber, du Kind«, sagte Lousteau, der ihm folgte, »beruhige dich, nimm die Menschen als das, was sie sind – als Mittel. Willst du Revanche haben?« – »Um jeden Preis«, sagte der Dichter. – »Hier hast du ein Exemplar von Nathans Buch; Dauriat hat es mir gerade gegeben; die zweite Auflage erscheint morgen; lies es nochmals durch und schustere einen Verriß zusammen. Félicien Vernou kann Nathan nicht leiden; sein Erfolg schadet, wie er glaubt, dem zukünftigen Erfolg seines eigenen Buchs. Eine der fixen Ideen dieser kleinen Geister ist es, sich einzubilden, zwei Erfolge hätten nebeneinander keinen Platz unter der Sonne. Er wird deine Artikel in dem großen Blatt bringen, das er beherrscht.« – »Was ließe sich denn gegen das Buch sagen? Es ist doch schön!« rief Lucien. – »Ja, mein Lieber, lerne dein Handwerk«, sagte Lousteau lachend. »Wäre das Buch auch ein Meisterwerk, so müßte es unter deiner Feder zu einer albernen Nichtigkeit, einem gefährlichen und ungesunden Machwerk werden.« – »Aber wie denn?« – »Du verwandelst die Schönheiten in Schwächen.« – »Zu einem solchen Gewaltakt bin ich unfähig.« – »Mein Lieber, der Journalist ist ein Akrobat; du mußt dich schon an die Unannehmlichkeiten des Berufs gewöhnen. Warte mal, ich bin ein guter Kerl! Folgendermaßen würde ich bei einer solchen Gelegenheit verfahren. Paß auf! Du fängst damit an, das Werk schön zu finden, und du kannst dich dann damit amüsieren, zu schreiben, was du darüber denkst. Das Publikum wird sich dann sagen: ›Dieser Kritiker ist frei von Eifersucht; er ist sicher unparteiisch.‹ Das Publikum wird also deine Kritik für gewissenhaft halten. Nachdem du also die Achtung deiner Leser gewonnen hast, sprichst du dein Bedauern aus, daß du das System tadeln mußt, wie Bücher dieser Art in die französische Literatur hineingelangen wollen. Du sagst also etwa: ›Beherrscht nicht Frankreich die Intelligenz der ganzen Welt? Bis zum heutigen Tage, durch alle Jahrhunderte hindurch, haben die französischen Schriftsteller Europa auf den Bahnen der Analyse und der philosophischen Untersuchungen vermittels der Macht des Stils und der originellen Form gehalten, die sie den Ideen gaben.‹ Hier fügst du für den braven Bürger eine Lobrede auf Voltaire, Rousseau, Diderot, Montesquieu und Buffon ein. Du setzt auseinander, wie unbarmherzig in Frankreich die Sprache ist; du beweist, daß sie ein Firnis ist, der den Gedanken völlig überzieht. Du gibst Grundsätze von dir wie den folgenden: ›Ein großer Schriftsteller in Frankreich ist immer ein großer Mann; die Sprache zwingt ihn, unausgesetzt zu denken; das ist in den anderen Ländern nicht der Fall, usw.‹ Du beweist deine Behauptung, indem du Rabener[182], einen deutschen Moralsatiriker, mit La Bruyère[183] vergleichst. Nichts steht einem Kritiker so gut an, wie wenn er von einem fremden Autor spricht, den niemand kennt. Kant ist der Sockel von Cousin[184]. Bist du erst einmal auf diesem Gelände, so gibst du ein Wort von dir, das für die Laien das System unserer genialen Männer des letzten Jahrhunderts zusammenfaßt und erklärt: du bezeichnest ihre Literatur als Ideen-Literatur. Hast du erst einmal diese Formulierung, dann wirfst du den lebenden Schriftstellern alle berühmten Toten an den Kopf. Du erklärst, daß in unsern Tagen eine neue Literatur entsteht, die den Dialog (die leichteste aller literarischen Formen) und Schilderungen, die ein Ersatzmittel fürs Denken sind, zu ausgiebig anwendet. Du hältst die Romane von Voltaire, Diderot, Sterne, Lesage, die so konkret, so eindringlich sind, dem modernen Roman entgegen, in dem alles in Bildern ausgedrückt wird und den Walter Scott häufig allzu sehr ›dramatisiert‹ hat. In dieser Literaturgattung ist nur Raum für ihren Erfinder. Du sagst: ›Der Roman à la Walter Scott ist eine Abart, aber kein System.‹ Du wetterst gegen diese unheilvolle Abart, in der die Ideen verdünnt, in der sie zu Trivialitäten ausgewalzt werden, gegen diese Abart, die niemandem unzugänglich ist, in der jeder ohne große Unkosten Schriftsteller werden kann, und schließlich nennst du jene Abart die Imaginations-Literatur. Danach wendest du diese Argumentation gegen Nathan an, indem du darlegst, daß er ein Nachahmer ist und nur dem Anschein nach Talent hat. Der große, gedrängte Stil des achtzehnten Jahrhunderts fehle seinem Buch; du zeigst, daß sein Verfasser Ereignisse an die Stelle von Empfindungen gesetzt hat. Die Bewegung ist nicht das Leben, ein Bild ist keine Idee! Gib recht viele Sentenzen solcher Art von dir; das Publikum plappert sie nach. Das Werk erscheint dir also trotz seiner Verdienste als verhängnisvoll und gefährlich; es öffnet der Menge die Pforten des Ruhmestempels, und in der Ferne läßt du ein ganzes Heer kleiner Schriftsteller auftauchen, die sich beeilen, diese Form, die so überaus leicht zu handhaben ist, nachzuahmen. Hier kannst du dich in donnernden Klagen über den Verfall des Geschmacks auslassen und findest Gelegenheit, das Lob der Herren Etienne[185], Jouy[186], Tissot[187], Gosse[188], Duval[189], Jay[190], Benjamin Constant[191], Aignan[192], Baour-Lormian[193], Villemain[194] einzuschmuggeln, der Koryphäen der bonapartistisch-liberalen Partei, unter deren Patronat das Blatt Vernous steht. Du zeigst, wie diese heldenhafte Phalanx dem Eindringen der Romantiker Widerstand leistet, wie sie, gegen das ›Bild‹ und das Geschwätz, sich zur Idee und zum Stil bekennt, wie sie die Schule Voltaires fortführt und sich der englischen und deutschen Schule widersetzt, genauso wie die siebzehn Redner der Linken den Kampf für die Nation gegen die Ultras der Rechten führen. Unter dem Schutz dieser Namen, die von bei weitem den meisten Franzosen verehrt werden, die immer zur Opposition der Linken halten werden, kannst du Nathan vernichten, dessen Werk, obwohl es hervorragende Schönheiten enthält, einer Literatur ohne Ideen in Frankreich das Bürgerrecht verleiht. Von da an handelt es sich nicht mehr um Nathan und sein Buch, verstehst du? sondern um den Ruhm Frankreichs. Es ist Pflicht der ehrenhaften und tapferen Schriftsteller, sich dem Import aus dem Ausland mit ganzer Kraft entgegenzustemmen. Damit schmeichelst du den Abonnenten. Du sagst, Frankreich sei eine gewitzigte Dame; es sei nicht leicht, sie zu überrumpeln. Wenn der Verleger aus Gründen, die du nicht erörtern darfst, einen Erfolg erschlichen hat, so hat die wahre Leserschaft den Irrtum bald wieder gutgemacht, den die fünfhundert Tröpfe, seine Schutztruppe, zuwege gebracht haben. Du sagst, der Verleger bezeige eine allzu große Kühnheit, wenn er eine zweite Auflage drucke, weil er das Glück gehabt habe, eine erste Auflage zu verkaufen, und du bedauerst, daß ein so geschickter Buchhändler sich auf die Neigungen des Landes so schlecht verstehe. Da hast du die allgemeinen Umrisse. Bestreue mir diese Sätze mit dem Salz deines Geistes, mache sie mit einem Tropfen Essig pikanter, und Dauriat ist in der Artikelpfanne fertiggebraten. Aber vergiß nicht, zum Schluß zu tun, als bedauertest du, daß Nathan einen beklagenswerten Irrtum begangen habe; aber er sei ein Mann, dem die Literatur unserer Zeit, wenn er andere Bahnen einschlüge, noch schöne Werke zu verdanken haben werde.«

Lucien war aufs höchste betroffen, während er Lousteau zuhörte; bei den Worten des Journalisten fiel es ihm wie Schuppen von den Augen; er vernahm literarische Wahrheiten, von denen er noch nie etwas geahnt hatte.

»Aber was du da sagst«, rief er, »ist ja vollauf begründet und richtig.« – »Könntest du denn sonst Nathans Buch zusammenhauen?« fragte Lousteau. »Dies, mein Lieber, ist das erste Beispiel für einen Artikel, mit dem man ein Werk vernichten will: die Spitzhacke der Kritik. Aber es gibt noch sehr viele andere Methoden! Du wirst schon weiter ausgebildet werden. Wenn du unbedingt genötigt bist, über einen Mann zu schreiben, den du nicht magst, denn manchmal sind dem Besitzer oder dem Chefredakteur eines Blattes die Hände gebunden, dann bedienst du dich für deine negativen Absichten dessen, was wir als ›Leitartikel‹ bezeichnen. Als Überschrift setzt du den Titel des Buches, mit dem du dich zwangsweise auseinandersetzen mußt; du beginnst mit allgemeinen Betrachtungen, sprichst von den Griechen und Römern und sagst zuletzt: ›Diese Betrachtungen führen uns zu dem Buch des Herrn Soundso, von dem in einem zweiten Artikel die Rede sein wird.‹ Und der zweite Artikel erscheint nie. Man erstickt auf diese Weise das Buch zwischen zwei Besprechungen. Diesmal aber handelt es sich nicht um einen Artikel gegen Nathan, sondern gegen Dauriat; du mußt also die Spitzhacke benutzen. Einem schönen Buche schadet sie nichts, während sie einem schlechten bis ins Herz dringt; im ersten Fall verletzt sie nur den Verleger, im zweiten erweist sie dem Publikum einen Dienst. Diese Formen der literarischen Kritik werden auf die nämliche Weise in der Politik angewandt.«

Die grausame Lektion, die Etienne ihm gab, eröffnete der

Phantasie Luciens, der dieses Handwerk sehr gut begriff, ganz neue Perspektiven.

»Wir wollen auf die Redaktion gehen«, sagte Lousteau, »wir treffen dort unsere Freunde und verabreden einen allgemeinen Angriff gegen Nathan, und du wirst sehen, was für einen Spaß ihnen das macht.«

Als sie in der Rue Saint-Fiacre angelangt waren, stiegen sie zusammen in die Dachstube hinauf, in der das Blatt hergestellt wurde, und Lucien war ebenso überrascht wie entzückt, als er die lebhafte Freude sah, mit der seine Kollegen beschlossen, Nathans Buch den Garaus zu machen. Hector Merlin nahm ein Blatt Papier und schrieb folgende Zeilen, die er sofort in sein Blatt trug: ›Es wird eine zweite Auflage von Monsieur Nathans Buch angekündigt. Wir wollten über dieses Werk schweigend hinweggehen; aber dieser vorgebliche Erfolg zwingt uns, einen Artikel zu veröffentlichen, der sich weniger mit dem Buch als mit der Tendenz der jungen Literatur befassen soll.‹

An die Spitze der Scherze für die Nummer des nächsten Tages stellte Lousteau den Satz:

›Der Verleger Dauriat veröffentlicht eine zweite Auflage von Nathans Buch. Er scheint den juristischen Grundsatz nicht zu kennen: Non bis in idem[195]. Ehre dem Mute des Unglücklichen!‹

Die Worte Etiennes waren für Lucien wie eine Fackel gewesen, und das Verlangen, sich an Dauriat zu rächen, trat ihm an die Stelle des Gewissens und der echten Begeisterung. Drei Tage saß er in Coralies Zimmer am Kamin und ließ sich von Bérénice bedienen und von der ihn mit rücksichtsvoller Stille umgebenden Coralie in den Augenblicken, da er sich ausruhte, zärtlich umschmeicheln: dann hatte er einen kritischen Artikel von ungefähr drei Spalten ins reine geschrieben, in dem er sich zu einer erstaunlichen Höhe aufgeschwungen hatte. Abends um neun lief er zur Redaktion, fand die Kollegen dort und las ihnen seine Arbeit vor. Man hörte ihm ernsthaft zu. Félicien sagte kein Wort, nahm das Manuskript und hastete die Treppe hinunter.

»Was fällt ihm ein?« rief Lucien. – »Er bringt deinen Artikel zur Setzerei!« erwiderte Hector Merlin; »der ist nämlich ein Meisterstück, von dem nichts wegbleiben darf und dem keine Zeile hinzugefügt zu werden braucht.« – »Man muß dir nur den

Weg zeigen!« sagte Lousteau. – »Ich möchte das Gesicht sehen, das Nathan morgen schneidet, wenn er das liest«, sagte ein anderer Redakteur, auf dessen Miene frohe Genugtuung zu lesen war. – »Man muß Ihr Freund sein«, sagte Hector Merlin. – »Er ist also gut?« fragte Lucien lebhaft. – »Blondet und Vignon wird es übel zumute werden«, meinte Lousteau. – »Hier habe ich«, fing Lucien wieder an, »einen kleinen Artikel, den ich für euch geschrieben habe und der, wenn er Erfolg hat, eine Serie ähnlicher Stücke nach sich ziehen kann.« – »Lies ihn uns vor«, sagte Lousteau.

Lucien las ihnen nun einen der köstlichen Artikel vor, die das Glück dieses kleinen Blattes machen sollten; in zwei Spalten waren ein kleiner Zug des Pariser Lebens, eine Gestalt, ein Typus, ein gewöhnlicher Vorgang oder irgendeine Absonderlichkeit geschildert worden. Dieses Probestück, das ›In den Straßen von Paris‹ hieß, war in der neuen, originellen Manier geschrieben, in der der Gedanke sich aus dem Aneinanderprallen der Worte ergab; das Klirren der Adverbien und der Adjektive rief die Aufmerksamkeit wach. Dieser Artikel unterschied sich von dem ernsten und tiefen über Nathan ebenso sehr wie Montesquieus ›Perserbriefe‹ von seinem ›Geist der Gesetze‹.

»Du bist der geborene Journalist«, sagte Lousteau zu ihm. »Das wird morgen gebracht. Schreib davon, soviel du willst.« – »Hört mal«, sagte Merlin, »Dauriat ist wütend über die beiden Kartätschen, die wir ihm in den Laden geschossen haben. Ich komme eben von ihm; er hat Flüche gedonnert, er hat gegen Finot getobt, der ihm aber seelenruhig erklärt hat, er habe dir sein Blatt verkauft. Ich habe ihn beiseite genommen und ihm ins Ohr gesagt: Die ›Margueriten‹ kommen Sie teuer zu stehen! Ein talentvoller Mensch kommt zu Ihnen, und Sie schicken ihn weg, wenn wir ihn mit offenen Armen aufnehmen.« – »Dauriat wird von der Rezension, die wir eben angehört haben, niedergeschmettert sein«, sagte Lousteau zu Lucien. »Du siehst jetzt, mein Junge, was eine Zeitung ist. Deine Rache ist gut im Gange! Der Baron Châtelet hat heute morgen nach deiner Adresse gefragt; es hat ein blutiger Artikel gegen ihn im Blatt gestanden; dem Exgeck ist sehr unwohl, er ist ganz verzweifelt. Hast du das Blatt nicht gelesen? Der Artikel ist sehr spaßig. Sieh hier:

›Der Leichenzug des Reihers, den sein Stockfisch beweint.‹ Madame de Bargeton wird in der Gesellschaft nur noch der Stockfisch oder das Fischbein genannt, und Châtelet ist nur noch der Baron Reiher.«

Lucien nahm das Blatt und konnte sich das Lachen nicht verbeißen, als er dieses kleine Meisterstück der Bosheit las, das Vernou verfaßt hatte.

»Sie werden die Waffen strecken«, sagte Hector Merlin.

Lucien beteiligte sich in aufgeräumter Stimmung an der Abfassung einiger Scherze und Witze, mit der die Redaktionstätigkeit für heute abgeschlossen wurde. Man rauchte und plauderte, erzählte die Vorfälle des Tages, unterhielt sich über kleine Lächerlichkeiten der Kollegen oder über neue Einzelheiten zur Beleuchtung ihres Charakters. Diese Unterhaltung, die überaus spottlustig, witzig und boshaft geführt wurde, unterrichtete Lucien über die Sitten und Personalien der Literatur.

»Während das Blatt gesetzt wird«, sagte Lousteau, »will ich mit dir einen Rundgang machen, dich in den Theatern, die du zu besuchen hast, mit den Kontrolleuren und hinter den Kulissen bekannt machen; dann suchen wir Florine und Coralie im Panorama-Dramatique auf und amüsieren uns mit ihnen in ihren Garderoben.«

So schlenderten sie also Arm in Arm von Theater zu Theater, und Lucien wurde überall als Berichterstatter eingeführt, von den Direktoren beglückwünscht, von den Schauspielerinnen neugierig betrachtet; denn sie hatten alle gehört, welche Bedeutung ein einziger Artikel von ihm Coralie und Florine hatte zuteil werden lassen, von denen die eine mit zwölftausend Francs jährlich ans Gymnase und die andere mit achttausend ans Panorama engagiert worden war. Das waren lauter kleine Huldigungen, die Lucien in seinen eigenen Augen hoben und ihm seine Macht bewußt machten. Um elf langten die beiden Freunde im Panorama-Dramatique an, und Lucien trug jetzt eine freie, ungezwungene Miene zur Schau, die Wunder wirkte. Nathan war da, er streckte Lucien die Hand hin, der sie nahm und drückte.

»Oh! da sind ja meine Meister«, sagte er mit einem Blick auf Lucien und Lousteau, »Sie wollen mich also begraben.« – »Warte doch bis morgen, mein Lieber; da sollst du sehen, wie Lucien dich anpackt! Mein Wort darauf, du wirst zufrieden sein. Wenn die Kritik so ernsthaft ist, kann ein Buch nur Vorteil davon haben.«

Lucien wurde rot vor Scham.

»Ist es sehr hart?« fragte Nathan. – »Es ist ernst«, sagte Lousteau. – »Es wird mir also nicht schaden?« fragte Nathan nochmals. »Hector Merlin hat im Foyer des Vaudeville gesagt, der Artikel breche mir das Genick.« – »Lassen Sie es ihn getrost sagen, und warten Sie ab«, rief Lucien und flüchtete sich in die Garderobe Coralies, in die die Schauspielerin eben in ihrem entzückenden Kostüm von der Bühne eingetreten war.

Als Lucien am Tage darauf mit Coralie beim Frühstück saß, hörte er einen Wagen heranfahren, dessen Rasseln in der ziemlich verlassenen Straße ein elegantes Fahrzeug verkündete und dessen Pferd den freien Tritt und die besondere Art anzuhalten hatte, die auf reine Rasse schließen lassen. Als er ans Fenster trat, sah Lucien in der Tat das prächtige englische Pferd Dauriats und Dauriat selber, der seinem Groom die Zügel reichte und dann absprang.

»Es ist der Verleger«, rief Lucien seiner Geliebten zu. – »Er soll warten«, sagte Coralie sofort zu Bérénice.

Lucien lächelte über die Sicherheit dieses jungen Mädchens, das so wundervoll seine Interessen zu ihren eigenen machte, und küßte sie mit wahrem Gefühl: sie hatte Geist gezeigt. Die Schnelligkeit, mit der der übermütige Verleger, dieser Fürst der Scharlatane, zu Kreuze kroch, hing mit Umständen zusammen, die heute fast völlig vergessen sind, so sehr hat sich der Buchhandel in den letzten fünfzehn Jahren gewandelt. Zwischen 1816 und 1827 begannen die Lesekabinette, die zuerst nur für die Zeitungslektüre eingerichtet waren, damit, neue Bücher gegen eine Vergütung auszuleihen; zu diesem Zeitpunkt, als die Verschlechterung der fiskalischen Gesetze über die periodische Presse erst die Annoncen erzeugte, verfügte der Buchhandel über keine anderen Mittel der Bekanntmachung als die Artikel, die entweder in den Feuilletons oder im Hauptteil der Zeitungen veröffentlicht wurden. Bis 1822 erschienen die französischen Zeitungen in Bogen von so kleinem Umfang, daß das Format der großen Blätter kaum größer war, als das der kleinsten unter den heutigen Zeitungen. Um der Tyrannei der Journalisten Widerstand leisten zu können, erfanden Dauriat und Ladvocat als die ersten die Plakate, mit denen sie die Aufmerksamkeit der Pariser fesselten, indem sie phantastische Schriften, bizarre Farben, Vignetten und später Lithographien anwandten, die aus dem Plakat einen Genuß für die Augen und oft eine Enttäuschung für den Geldbeutel der Käufer machten. Die Plakate wurden so originell, daß heute einer der Monomanen, die man Sammler nennt, eine vollständige Sammlung jener Pariser Plakate besitzt. Dieses Mittel der Ankündigung, das zuerst nur in Paris in den Schaufenstern der Läden und auf den Boulevards angewandt wurde, sich aber später über ganz Frankreich ausdehnte, wurde von der Annonce verdrängt. Trotzdem wird es immer Plakate geben, die noch ins Auge springen, wenn die Annonce und oft das Werk selber bereits vergessen sind, besonders seit man darauf gekommen ist, die Plakate auf die Wände zu malen. Die Annonce, deren sich jeder, der Geld hat, bedienen kann und die die vierte Seite der Zeitungen in ein Feld verwandelt hat, das für den Fiskus ebenso fruchtbringend ist wie für die Spekulanten, entstand infolge der harten Bestimmungen der Stempelsteuer, der Postgebühren und der Kautionen. Diese Beschränkungen, die in der Zeit des Ministers de Villèle eingeführt wurden und die damals den Zeitungen hätten verderblich werden können, indem sie sie immer gemeiner machten, schufen im Gegenteil eine Art von Privilegien, da sie die Gründung eines Blattes fast unmöglich machten. Im Jahre 1821 hatten also die Zeitungen Gewalt über Leben und Tod der Schöpfungen des Gedankens und der Unternehmungen des Buchhandels. Eine Anzeige von wenigen Zeilen unter ›Vermischtes‹ war furchtbar teuer. Die Intrigen in den Redaktionsbüros und am Abend auf dem Kampfplatz der Druckereien, zu der Stunde, da der Umbruch über die Zulassung oder die Ablehnung eines bestimmten Artikels entschied, waren so vielfältig, daß die großen Verlagshäuser einen Schriftsteller in ihren Diensten hatten, der diese Artikelchen verfaßte, in denen man in wenig Worten viel sagen mußte. Diese unbekannten Journalisten, die erst nach der Veröffentlichung ihrer Arbeit bezahlt wurden, blieben oft die Nacht über in den Druckereien, um zu sehen, ob die großen Artikel, die sie, Gott weiß wie, durchgesetzt hatten, oder die paar Zeilen, die seitdem den Namen Reklamen erhielten, auch wirklich gedruckt wurden. Heutzutage sind die Sitten in der Literatur und dem Verlagsbuchhandel so völlig anders geworden, daß viele geneigt sein möchten, die ungeheuren Anstrengungen, die Verführungskünste, die Erbärmlichkeiten, die Intrigen, deren sich die Verleger, die Autoren, die Märtyrer des Ruhmes, alle die Verdammten, die zu lebenslänglichem Erfolg verurteilt worden sind, um dieser Reklamen willen bedienen mußten, als ins Reich der Fabel gehörig zu erklären. Diners, kleine Aufmerksamkeiten, Geschenke, all das mußte den Journalisten gegenüber versucht werden. Die folgende Anekdote erklärt besser als alle Behauptungen die enge Verbindung zwischen der Kritik und dem Verlagsbuchhandel.

Ein Mann mit großen Aspirationen, der darauf aus war, Staatsmann zu werden, war zu jener Zeit jung, galant und Redakteur eines großen Blattes. Er wurde Hausfreund in einem berühmten Verlagshaus. Eines Tages, am Sonntag, auf dem Landsitz, in dem der splendide Verleger die Chefredakteure der Zeitungen bewirtete, führte die Herrin des Hauses, die jung und hübsch war, den berühmten Schriftsteller in ihren Park. Der erste Kommis, ein kühler, gesetzter und methodischer Deutscher, der nur an die Geschäfte dachte, ging mit einem Feuilletonisten Arm in Arm im Park spazieren und plauderte über ein Unternehmen, über das er sich mit ihm beriet; das Gespräch führte sie aus dem Park heraus, und sie betreten ein Gebüsch. Im Dunkel eines Dikkichts sieht der Deutsche etwas, das aussieht wie seine Herrin; er nimmt seine Lorgnette, macht dem jungen Redakteur ein Zeichen, still zu sein und sich zurückzuziehen, und entfernt sich dann ebenfalls vorsichtig auf den Fußspitzen. »Was haben Sie denn gesehen?« fragte ihn der Schriftsteller. »Fast nichts«, antwortete er. »Unser großer Artikel wird erscheinen. Morgen haben wir mindestens drei Spalten in den ›Débats‹.«

Eine andere Tatsache möge die Macht jener Artikel erklären. Ein Buch Chateaubriands über den letzten Stuart[196] lag in einem Bücherlager aufgestapelt und ging nicht. Ein einziger Artikel, den ein junger Mann im ›Journal des Débats‹ schrieb, bewirkte, daß das Buch innerhalb einer Woche verkauft war. Zu einer Zeit, da man ein Buch, wenn man es lesen wollte, kaufen mußte und es nicht leihen konnte, wurden von gewissen liberalen Werken, die von allen Oppositionsblättern gerühmt wurden, zehntausend Exemplare abgesetzt; freilich existierte der belgische Nachdruck noch nicht. Die vorläufigen Angriffe von Luciens Freunden und sein Artikel bewirkten, daß der Verkauf von Nathans Buch ins Stocken kam. Nathan litt nur in seiner Eigenliebe; er hatte nichts zu verlieren, er war bezahlt; aber Dauriat konnte dreißigtausend Francs verlieren. Tatsächlich ist der Buchhandel, soweit er Neuheiten vertreibt, auf die folgende kaufmännische Formel zu bringen: Ein Ries Papier kostet fünfzehn Francs; ist es bedruckt, ist es je nach dem Erfolg hundert Sous oder hundert Taler wert. Ein Artikel pro oder contra entschied zu jener Zeit häufig die Finanzfrage. Dauriat, der fünfhundert Ries zu verkaufen hatte, eilte also herbei, um mit Lucien einen Friedensvertrag zu schließen. Der Verleger verwandelte sich aus einem Sultan in einen Sklaven. Nachdem er einige Zeit brummend gewartet, möglichst viel Lärm gemacht und mit Bérénice hin und her verhandelt hatte, setzte er es durch, Lucien sprechen zu dürfen. Der stolze Verleger nahm die lächelnde Miene der Schranzen an, wenn sie zu Hofe gehen, aber sein Ausdruck zeigte daneben noch immer eine Mischung aus Überheblichkeit und gutmütiger Herablassung.

»Laßt euch nicht stören, liebe Engel«, sagte er. »Was für zwei reizende Turteltauben seid ihr doch! Wer würde glauben, junge Dame, daß dieser Mann, der wie ein Mädchen aussieht, ein Tiger mit ehernen Klauen ist, der einem den guten Namen zerreißt, wie er Ihren Morgenrock zu zerreißen imstande wäre, wenn Sie ihn nicht schnell genug ausziehen.«

Und er fing zu lachen an, ohne seinen Spaß zu vollenden.

»Lieber Junge«, fuhr er fort und setzte sich zu Lucien ... Er unterbrach sich und sagte zu Coralie: »Mein Name ist Dauriat.«

Der Verleger hielt es für nötig, seinen imponierenden Namen zu nennen, da er meinte, daß Coralie ihn nicht so empfing, wie er es gewohnt war.

»Haben Sie schon gegessen, Monsieur? Wollen Sie uns Gesellschaft leisten?« fragte die Schauspielerin. – »Sehr gern. Bei Tisch plaudert es sich besser«, antwortete Dauriat. »Außerdem erlange ich, wenn ich am Essen teilnehme, das Recht, Sie mit meinem Freund Lucien zum Abendessen einzuladen; wir müssen doch jetzt Freunde werden wie Hand und Handschuh.« – »Bérénice! Austern, Zitronen, frische Butter und Champagner!« rief Coralie. – »Sie sind intelligent genug, um zu wissen, was mich herführt«, begann Dauriat und blickte Lucien an. – »Sie sind hergekommen, um mir meine Sonette abzukaufen?« – »Stimmt ganz genau«, antwortete Dauriat. »Legen wir also vor allem beide die Waffen nieder.«

Er zog ein elegantes Portefeuille aus der Tasche, legte drei Tausendfrancsscheine auf einen Teller, überreichte sie Lucien mit parodierter Geflissenheit und sagte: »Ist der Herr jetzt zufrieden?«

»Ja«, sagte der Dichter, der beim Anblick dieser nicht erhofften Summe eine ungekannte Seligkeit verspürte. Er hielt sich zurück, aber am liebsten hätte er gesungen und wäre umhergehüpft; er glaubte an Aladins Wunderlampe, an Zauberer; er glaubte endlich an sein Genie.

»Die ›Margueriten‹ gehören also mir?« fragte der Verleger. »Aber Sie werden fortan niemals wieder eines meiner Bücher angreifen?« – »Die ›Margueriten‹ gehören Ihnen; aber meine Feder kann ich nicht verpfänden; sie gehört meinen Freunden, wie die ihrige mir.« – »Na, Sie werden doch jetzt einer meiner Autoren. Alle meine Autoren sind meine Freunde. Also werden Sie meine Geschäfte nicht mehr schädigen, ohne mich vor dem Angriff zu warnen, damit ich ihm zuvorkommen kann.« – »Einverstanden.« – »Auf Ihren Ruhm!« sagte Dauriat und hob sein Glas. – »Ich sehe, Sie haben die ›Margueriten‹ gelesen«, sagte Lucien.

Dauriat ließ sich nicht aus der Fassung bringen.

»Freundchen, wenn ein Verleger die ›Margueriten‹ kauft, ohne sie zu kennen, ist das die schönste Schmeichelei, die er sich gestatten kann. Binnen eines halben Jahres sind Sie ein großer Dichter; Sie bekommen Artikel, werden gefürchtet, ich brauche nichts dazuzutun, um Ihr Buch zu verkaufen. Ich bin heute derselbe Geschäftsmann wie vor vier Tagen. Ich habe mich nicht verändert, aber Sie: in der vorigen Woche waren Ihre Sonette für mich Kohlblätter; heute sind sie durch die Stellung, die Sie sich erobert haben, zum Rang der ›Messéniennes‹[197] aufgestiegen.« – »Na ja«, sagte Lucien, den das Sultansvergnügen, eine schöne

Geliebte zu haben, und die Gewißheit seines Erfolges spottsüchtig und anbetungswürdig frech machten, »wenn Sie meine Sonette nicht gelesen haben, dann haben Sie meinen Artikel gelesen.« – »Freilich, lieber Freund, wäre ich sonst so rasch hergekommen? Er ist leider sehr schön, dieser schreckliche Artikel. Sie haben ein immenses Talent, mein Junge. Folgen Sie mir, nutzen Sie die Woge«, fügte er mit einer Biederkeit hinzu, die die tiefe Unverschämtheit des Ausspruchs verhüllte. »Aber haben Sie das Blatt schon bekommen, haben Sie es gelesen?« – »Noch nicht«, versetzte Lucien, »und dabei ist es das erstemal, daß ich ein größeres Prosastück veröffentliche; Hector wird es wohl in meine Wohnung nach der Rue Charlot geschickt haben.« – »Da, lies«, sagte Dauriat und ahmte dabei Talma im ›Manlius‹[198] nach. Lucien nahm das Blatt, aber Coralie entriß es ihm. – »Mir gehört die Jungfernschaft deiner Feder, das weißt du doch!« sagte sie lachend.

Dauriat gab sich sonderbar schmeichlerisch und geschmeidig; er fürchtete Lucien und lud ihn also mit Coralie zu einem großen Abendessen ein, das er gegen Ende der Woche den Journalisten gab. Er nahm das Manuskript der ›Margueriten‹ mit und sagte seinem Dichter, er solle, wenn er wolle, in den Galeries-de-Bois vorsprechen, um den Vertag zu unterzeichnen, den er bereithalten werde. Immer im Stil der königlichen Gepflogenheiten, mit denen er oberflächlichen Menschen zu imponieren und mehr als Mäzen denn als Verleger zu wirken versuchte, ließ er die dreitausend Francs da, ohne eine Empfangsbestätigung mitzunehmen, lehnte vielmehr die Quittung, die Lucien ihm anbot, mit einer unbekümmerten Geste ab, küßte Coralie die Hand und ging.

»Jetzt sag mal, Liebster, hättest du viele von diesen Lappen zu sehen bekommen, wenn du in deinem Loch in der Rue de Cluny geblieben wärst und deine alten Schmöker in der Bibliothek Sainte-Geneviève ausgeplündert hättest?« fragte Coralie Lucien, der ihr seine ganze Geschichte erzählt hatte. »Deine Freunde aus der Rue des Quatre-Vents scheinen rechte Einfaltspinsel zu sein!«

Seine Brüder vom ›Kreis‹ wurden als Einfaltspinsel bezeichnet! Und Lucien hörte sich dieses Urteil lachend an. Er hatte seinen Artikel gedruckt gesehen und gelesen, hatte die unsägliche Freude der Schriftsteller gekostet, den ersten Genuß des Selbstbewußtseins, der dem Geist nur ein einziges Mal auf diese Weise schmeichelt. Als er seinen Artikel wieder und wieder las, empfand er dessen Tragweite und Bedeutung besser. Der Druck ist für die Manuskripte, was das Theater für die Frauen ist: er bringt die Schönheiten und die Mängel zutage; er tötet ebenso, wie er lebendig macht; ein Fehler springt ebenso lebhaft in die Augen wie die guten Gedanken. Lucien war berauscht, und dachte nicht mehr an Nathan; Nathan war sein Sprungbrett, er schwamm in Wonne, er sah sich reich. Für einen halben Knaben, der noch vor kurzer Zeit schüchtern die Stufen von Beaulieu nach Angoulême hinabgestiegen und nach l'Houmeau in die Dachwohnung Postels zurückgekehrt war, wo die ganze Familie von zwölfhundert Francs jährlich lebte, bedeutete die Summe, die Dauriat gebracht hatte, ein Potosi[199]. Eine Erinnerung, die noch sehr lebhaft war und die dennoch in den fortgesetzten Vergnügungen des Pariser Lebens bald erlöschen mußte, führte ihn nach der Place du Mûrier zurück. Er dachte an seine schöne, edle Schwester Eve, seinen David und seine arme Mutter, und sofort schickte er Bérénice weg, damit sie einen Tausendfrancsschein wechsele, und schrieb inzwischen einen kurzen Brief an seine Familie; dann hetzte er Bérénice zur Posthalterei, als fürchte er, jede Verzögerung könne es unmöglich machen, die fünfhundert Francs abzuschicken, die er an seine Mutter sandte. Ihm und Coralie kam diese Rückerstattung wie eine edle Tat vor. Die Schauspielerin küßte Lucien, sie nannte ihn das Muster eines Sohns und Bruders, sie überhäufte ihn mit Zärtlichkeiten: denn ein Zug dieser Art entzückt stets diese guten Mädchen, die alle ein weiches Herz haben.

»Wir haben jetzt«, sagte sie zu ihm, »während der ganzen Woche alle Tage ein Abendessen. Wir wollen ein kleines Fest feiern, du hast genug gearbeitet.«

Coralie führte ihn als eine Frau, die die Schönheit eines Mannes, um den sie alle Frauen beneiden mußten, gänzlich auskosten wollte, zu Staub[200]; sie meinte, ihr Lucien sei nicht gut genug gekleidet. Von dort fuhr das Liebespaar in den Bois de Boulogne und begab sich dann zum Abendessen bei Madame du Val-

Noble, wo Lucien Rastignac, Bixiou, des Lupeaulx, Finot, Blondet, Vignon, den Baron Nucingen, Beaudenord, Philippe Bridau, den großen Musiker Conti, kurzum, die ganze Welt der Künstler, der Spekulanten, all der Leute antraf, die sich von großen Arbeiten durch große Erregungen erholen wollten. Sie alle nahmen Lucien mit offenen Armen auf. Lucien war selbstsicher und ließ seinen Geist spielen, als treibe er keinen Handel damit; er wurde für einen starken Mann erklärt: dies Lob war damals unter jenen Leuten, die halb und halb alle einer Clique angehörten, im Schwange. – »Oh, man muß abwarten, ob er Grips hat«, sagte Théodore Gaillard zu einem der vom Hof protegierten Poeten, der ein kleines royalistisches Blatt zu gründen plante, das später den Namen ›Le Réveil‹ erhielt.

Nach dem Essen begleiteten die beiden Journalisten ihre Geliebten in die Große Oper, wo Merlin eine Loge hatte, und die ganze Gesellschaft ging mit. So erschien Lucien im Triumph wieder dort, wo er vor wenigen Monaten eine so schwere Niederlage erlitten hatte. Er ging im Foyer Arm in Arm mit Merlin und Blondet auf und ab und sah den Dandys ins Gesicht, die sich unlängst über ihn lustig gemacht hatten. Er hatte Châtelet den Fuß auf den Nacken gesetzt! De Marsay, Vandenesse, Manerville, die Löwen jener Zeit, wechselten jetzt hochmütige Blicke mit ihm. Fraglos war in der Loge der Madame d'Espard, in der Rastignac einen langen Besuch machte, die Rede von dem schönen, eleganten Lucien; denn die Marquise und Madame de Bargeton musterten Coralie durchs Opernglas. Regte sich im Herzen der Madame de Bargeton ein Bedauern darüber, daß sie Lucien verstoßen hatte? Diese Frage beschäftigte den Dichter; als er die Corinne von Angoulême erblickte, verspürte er im Herzen wieder wie an dem Tage, da er der Verachtung dieser Frau und ihrer Kusine auf den Champs-Elysées ausgesetzt gewesen war, das Verlangen, sich zu rächen.

»Haben Sie, als Sie aus Ihrer Provinz kamen, ein Amulett mitgebracht?« fragte Blondet, als er ein paar Tage danach gegen elf Uhr bei Lucien eintrat, der noch nicht aufgestanden war. »Seine Schönheit«, sagte er zu Coralie, die er auf die Stirn küßte, »richtet vom Keller bis zum Dachboden, in den Tiefen und auf den Höhen Verheerungen an. – Ich muß Sie requirieren, mein

Lieber«, sagte er und schüttelte dem Dichter die Hand; »gestern, in der Italienischen Oper, verlangte die Gräfin de Montcornet, daß ich Sie ihr vorstelle. Sie werden doch eine entzückende junge Frau, bei der Sie die Elite der großen Welt finden, nicht abweisen?« – »Wenn Lucien nett ist«, sagte Coralie, »dann geht er nicht zu Ihrer Gräfin. Was hat er in der vornehmen Gesellschaft zu suchen? Er würde sich bloß langweilen.« – »Wollen Sie ihn gefangenhalten?« fragte Blondet. »Sind Sie auf sogenannte anständige Frauen eifersüchtig?« – »Ja«, rief Coralie, »die sind schlimmer als wir.« – »Woher weißt du das, mein Kätzchen?« fragte Blondet. – »Von ihren Männern«, antwortete sie. »Vergessen Sie nicht, daß ich ein halbes Jahr Marsays Geliebte war.« – »Glauben Sie, mein Kind«, sagte Blondet, »daß mir viel daran liegt, einen Mann, der so schön ist wie der Ihre, bei Madame de Montcornet einzuführen? Wenn Sie es nicht wollen, ist es, als hätte ich nichts gesagt. Aber es handelt sich, glaube ich, weniger um Frauen, als vielmehr darum, Lucien zu Frieden und Erbarmen gegenüber einem armen Teufel, der die Zielscheibe seines Blattes ist, zu bestimmen. Der Baron du Châtelet ist albern genug, Zeitungsartikel ernst zu nehmen. Die Marquise d'Espard, Madame de Bargeton und der Salon der Gräfin de Montcornet interessieren sich für den Reiher, und ich habe versprochen, Laura und Petrarca, Madame de Bargeton und Lucien, miteinander zu versöhnen.« – »Aha!« rief Lucien, dem in allen Adern frischeres Blut rollte und der die berauschende Wonne gestillter Rache genoß, »ich habe sie also unter meinen Füßen! Ihnen verdanke ich es, daß ich meine Feder, meine Freunde, die verhängnisvolle Macht der Presse anbete. Ich habe noch keinen Artikel über das Fischbein und den Reiher geschrieben. Ich werde hingehen, mein Lieber«, sagte er und legte den Arm um Blondet, »ja, ich werde hingehen, aber erst, wenn dieses Paar das ganze Gewicht dieses leichten Dinges verspürt hat!« Er nahm die Feder, mit der er den Artikel über Nathan geschrieben hatte, und schwang sie in der Luft. »Morgen werfe ich ihnen zwei kleine Spalten an den Kopf. Nachher werden wir sehen. Keine Angst, Coralie: es handelt sich nicht um Liebe, sondern um Rache, und ich will sie ganz.« – »Das nenne ich einen Mann«, sagte Blondet. »Wenn du wüßtest, Lucien, wie selten es ist, einen solchen Ausbruch in der blasierten Welt von Paris zu erleben, wie würdest du dich da erst fühlen. Du bist ein stolzer Kerl«, sagte er, wobei er sich eines noch stärkeren Ausdruckes bediente, »du bist auf dem Wege, der zur Macht führt.« – »Er kommt ans Ziel«, sagte Coralie. – »Na, er hat in sechs Wochen schon einen hübschen Weg zurückgelegt.« – »Und wenn er von seinem Zepter nur noch durch einen Raum getrennt ist, der nicht größer ist als ein Leichnam, so kann er sich aus Coralies Körper eine Stufe machen.« – »Ihr liebt einander wie im Goldenen Zeitalter«, sagte Blondet. »Ich gratuliere dir zu deinem großen Artikel«, fuhr er, zu Lucien gewandt, fort. »Es stehen mancherlei neue Dinge darin. Du bist jetzt unser Meister geworden.«

Lousteau kam mit Hector Merlin und Vernou, um Lucien zu besuchen, der sich überaus geschmeichelt fühlte, Gegenstand ihrer Aufmerksamkeiten zu sein. Félicien brachte Lucien hundert Francs als Honorar für seinen Artikel; die Zeitung hatte es für richtig gehalten, eine so treffliche Arbeit zu honorieren, um den Verfasser an sich zu binden. Als Coralie diese Journalistenversammlung sah, schickte sie nach dem ›Cadran-Bleu‹[201], dem nächstgelegenen Restaurant, um von dort ein Mittagessen holen zu lassen; dann, als Bérénice meldete, daß alles bereitstehe, lud sie alle ein, in ihr schönes Eßzimmer hinüberzugehen. Während des Essens, als der Champagner ihnen zu Kopf gestiegen war, kam der Grund zu dem Besuch, den seine Kollegen Lucien machten, zutage.

»Du willst dir doch«, fragte Lousteau ihn, »Nathan nicht zum Feinde machen? Nathan ist Journalist, er hat Freunde, er könnte dir bei deinem ersten Buche einen schlimmen Streich spielen. Du willst doch deinen ›Bogenschützen Karls IX.‹ verkaufen? Wir haben Nathan heute morgen getroffen, er ist völlig außer sich; du mußt jetzt einen Artikel schreiben, in dem du ihn tüchtig herausstreichst.« – »Wie? Nach meinem Artikel gegen sein Buch wollt ihr . . .?«

Emile Blondet, Hector Merlin, Etienne Lousteau, Félicien Vernou unterbrachen Lucien allesamt mit lautem Gelächter.

»Hast du ihn nicht auf übermorgen zum Souper hierhergeladen?« fragte ihn Blondet. – »Dein Artikel«, sagte Lousteau zu ihm, »ist nicht gezeichnet. Félicien, der kein solcher Neuling ist wie du, hat ein C. darunter gesetzt; damit kannst du in Zukunft deine Artikel in seinem Blatt, das abzuglos zur Linken gehört, unterzeichnen. Wir gehören alle zur Opposition. Félicien war taktvoll genug, deine künftige Parteirichtung nicht festzulegen. In der Bude Hectors, dessen Blatt zum rechten Flügel der Mitte gehört, kannst du mit L. zeichnen. Beim Angriff ist man anonym, aber es macht sich gut, wenn man das Lob unterzeichnet.« – »Die Unterschriften stören mich nicht«, sagte Lucien; »aber ich weiß nichts zugunsten des Buches zu sagen.« – »Du denkst also so, wie du geschrieben hast?« fragte Hector Lucien. – »Ja.« – »Ach, mein Lieber«, sagte Blondet, »ich hielt dich für stärker! Wahrhaftig, auf Ehrenwort! Wenn ich deine Stirn ansah, dachte ich, du hättest eine Allmacht wie die großen Geister, die samt und sonders über die Kraft verfügen, jedes Ding in seiner zwiefachen Gestalt zu sehen. Junger Freund, in der Literatur hat jede Idee ihre Vorderseite und ihre Rückseite: niemand kann mit Bestimmtheit sagen, welches ihre Vorderseite ist. Alles im Reich des Geistes hat zwei Seiten. Die Ideen bestehen aus zwei Einheiten. Janus ist die mythische Gestalt der Kritik und das Symbol des Geistes. Nur Gott ist dreifaltig! Was anders stellt Molière und Corneille so hoch über alle, als daß sie die Gabe besitzen, Alceste ›ja‹ und Philinte, Octave und Cinna ›nein‹ sagen zu lassen. Rousseau hat in seiner ›Neuen Heloïse‹ einen Brief für und einen gegen das Duell geschrieben; wagst du es zu sagen, welches seine wahre Meinung war? Wer von uns kann zwischen Clarissa und Lovelace, zwischen Hektor und Achill entscheiden? Wer von den beiden ist der Held Homers? Was war die Absicht Richardsons? Die Kritik muß die Werke von ihren sämtlichen Seiten betrachten. Kurz und gut, wir sind große Berichterstatter.« – »Sie nehmen also das, was Sie schreiben, wichtig?« fragte ihn Vernou mit spöttischer Miene. »Aber wir treiben doch mit unsern Phrasen Handel und leben von diesem Geschäft. Wenn Sie ein großes, schönes Werk schreiben, ein Buch, dann können Sie Ihre Gedanken und Ihre Seele hineinlegen, sich damit verbunden fühlen und es verteidigen; aber Zeitungsartikel werden heute gelesen und sind morgen vergessen; das Zeug ist in meinen Augen nicht mehr wert, als daß es einem bezahlt wird. Wenn Sie auf dergleichen Dummheiten Wert legen, dann bekreuzigen

Sie sich wohl und rufen den Heiligen Geist an, ehe Sie einen Waschzettel schreiben!«

Alle schienen erstaunt, bei Lucien Skrupel zu gewahren, und es gelang ihnen schließlich, seine unschuldige Kindertoga in Stücke zu reißen und ihm das Mannesgewand des Journalisten anzuziehen.

»Weißt du, mit welchem Ausspruch sich Nathan getröstet hat, als er deinen Artikel gelesen hatte?« fragte Lousteau. – »Wie soll ich das wissen?« – »Nathan hat gerufen: ›Die kleinen Artikel sind vergänglich, die großen Werke bleiben!‹ Der gute Mann kommt in zwei Tagen hierher zum Souper, er muß vor dir niederfallen, deinen Fuß küssen und dir sagen, du seiest ein großer Mann.« – »Das wäre komisch«, rief Lucien. – »Komisch!« versetzte Blondet, »notwendig ist es.« – »Liebe Freunde, mir wäre es schon recht«, sagte Lucien, der ein bißchen angeheitert war. »Aber wie soll ich es anstellen?« – »Ganz einfach«, sagte Lousteau, »schreibe für Merlins Blatt drei schöne Spalten und widerlege darin dich selber. Nachdem wir uns an der Wut Nathans geweidet haben, sagen wir ihm, daß er uns bald für die gedrängte Polemik Dank wissen soll, durch die sein Buch in acht Tagen vergriffen sein dürfte. Vorläufig bist du in seinen Augen ein Spion, eine Kanaille, ein Schuft; übermorgen wirst du ein großer Mann, ein starker Geist, eine Gestalt Plutarchs sein! Nathan wird dich als seinen besten Freund umarmen. Dauriat ist zu dir gekommen, du hast drei Tausendfrancsscheine: der Streich ist geglückt. Jetzt bedarfst du der Achtung und der Freundschaft Nathans. Der Hereingefallene darf nur der Verleger sein. Einzig unsere Feinde dürfen wir abschlachten und verfolgen. Wenn es sich um einen Mann handelte, der ohne uns einen Namen erlangt hätte, um ein unbequemes Talent, das man auslöschen müßte, würden wir eine solche Widerlegung nicht für erforderlich halten; aber Nathan ist einer unserer Freunde; Blondet hatte ihn lediglich im ›Mercure‹[202] angreifen lassen, um sich das Vergnügen zu machen, in den ›Débats‹ zu antworten. Daher ist die erste Auflage des Buches vergriffen!« – »Ihr Freunde, auf Ehrenwort, ich bin unfähig, zwei Worte des Lobes über dieses Buch zu schreiben ...« – »Du verdienst damit weitere hundert Francs«, sagte Merlin, »Nathan dürfte dir bereits zehn Louisdor eingebracht haben, ganz abgesehen davon, daß du einen Artikel für Finots Zeitschrift schreiben kannst, für den Dauriat dir hundert Francs zahlt, und die Zeitschrift ebenfalls hundert Francs: zusammen zwanzig Louisdor!« – »Aber was soll ich denn schreiben?« fragte Lucien. – »Du kannst dich folgendermaßen aus der Klemme ziehen, lieber Junge«, sagte Blondet und dachte nach: »›Der Neid, der, wie der Wurm an guten Früchten, an allen schönen Werken nagt, hat auch dieses Buch zu zerfressen versucht‹, wirst du schreiben. ›Um es mit Fehlern zu behaften, hat die Kritik eigens für dieses Buch Theorien erfinden müssen, in denen sie zwei Gattungen der Literatur unterscheidet: die eine, die sich den Ideen widmet, und die andere, die sich in Bildern verliert.‹ An dieser Stelle kannst du einfügen, daß es der Gipfel der literarischen Kunst sei, die Idee im Bilde auszudrücken. Indem du zu beweisen suchst, das Bild sei die ganze Poesie, jammerst du, wie wenig an Poesie unsere Sprache zuläßt, sprichst von den Vorwürfen, die uns die Ausländer über den Positivismus unseres Stils machen, und lobst Canalis und Nathan für die Dienste, die sie Frankreich dadurch erweisen, daß sie seine Sprache poetisch gestalten. Übertrumpfe deine vorige Beweisführung, indem du zeigst, daß wir über das achtzehnte Jahrhundert hinausgeschritten sind. Erfinde den ›Fortschritt‹ (eine wundervolle Mystifikation für den Bourgeois)! Unsere junge Literatur stellt Gemälde hin, in denen alle Gattungen der Komödie und des Dramas, die Schilderungen, die Charaktere, der Dialog, von den Verschlingungen einer interessanten Fabel gehalten, zusammengefaßt sind. Der Roman, der Gefühl, Stil und Bildhaftigkeit verlangt, ist die eminenteste moderne Schöpfung. Er tritt die Nachfolge der Komödie an, die mit ihren alten Gesetzen bei unsern modernen Sitten nicht mehr möglich ist. Er umfaßt die Tatsache und die Idee in seinen Erfindungen, und beides erfordert den Geist La Bruyères und dessen schneidende Moral, eine Behandlung der Charaktere, wie Molière sie gestaltete und wie wir sie aus den kolossalen Geisteswerken Shakespeares kennen, sowie die Wiedergabe der zartesten Nuancen der Leidenschaft, die der einzige Schatz ist, den uns unsere Vorgänger hinterlassen haben. Auch ist der Roman der kalten, mathematischen Diskussion, der trockenen Analyse des achtzehnten Jahrhunderts weit überlegen. ›Der Roman‹, so kannst du sentenziös sagen, ›ist ein amüsantes Epos.‹ Zitiere aus ›Corinne‹, stütze dich auf Madame de Staël. Das achtzehnte Jahrhundert hat alles in Frage gestellt, das neunzehnte hat die Aufgabe, Schlußfolgerungen zu ziehen: es zieht seine Schlüsse durch Wirklichkeiten, und zwar durch Wirklichkeiten, die lebendig und in Bewegung sind; es läßt die Leidenschaft spielen, ein Element, das Voltaire unbekannt war. Hier fügst du eine Tirade gegen Voltaire ein. Was Rousseau angeht, so hat er nur verkleidete Systeme und Beweisführungen zustande gebracht. Julie und Claire sind Entelechien; sie haben weder Fleisch noch Knochen. Hier kannst du vom Thema abbiegen und sagen, daß wir dem Frieden und somit den Bourbonen eine junge, originelle Literatur verdanken; denn du schreibst für ein Blatt des rechten Flügels der Mitte. Mach dich über alle lustig, die Systeme aufstellen. Zuletzt kannst du mit einer schönen Aufwallung ausrufen: ›Welche Irrtümer und Verhüllungen der Wahrheit finden sich bei unserm Kollegen! Und warum? Um ein schönes Werk herabzusetzen, um das Publikum zu täuschen und zu der Schlußfolgerung zu gelangen: ein Buch, das gut gekauft wird, ist unverkäuflich! *Proh pudor!*‹[203] Schrei: *Proh pudor!* Dieser biedere Fluch nimmt den Leser gefangen. Proklamiere schließlich den Verfall der Kritik! Schlußfolgerung: ›Es gibt nur eine einzige Literatur: die Unterhaltungsliteratur. Nathan hat einen neuen Weg eingeschlagen, er versteht seine Zeit und entspricht ihren Bedürfnissen. Das Bedürfnis der Zeit ist das Drama. Das Drama ist der Wunsch eines Jahrhunderts, in dem die Politik ein unaufhörliches Mimodrama ist. Haben wir nicht‹, fragst du, ›in zwanzig Jahren die vier Dramen der Revolution, des Direktoriums, des Kaiserreichs und der Restauration sich abspielen sehen?‹ Von da an verfällst du ganz von selbst in die überschwenglichen Lobeserhebungen, und die zweite Auflage ist abgesetzt. Nämlich so: am nächsten Samstag schreibst du einen Bogen in unserer Zeitschrift und unterzeichnest den Artikel mit deinem vollen Namen de Rubempré. In diesem letzten Artikel sagst du: ›Es ist das Eigentümliche schöner Bücher, daß sie tiefgehende Diskussionen hervorrufen. In dieser Woche hat das und das Blatt das und das über Nathans Buch gesagt, das und das andere hat ihm lebhaft erwidert.‹ Du kritisierst die beiden Kritiken C. und L., du sagst mir beiläufig ein freundliches Wort über den ersten Artikel, den ich in den ›Débats‹ gebracht habe, und am Schluß sagst du, ›Nathans Buch sei das schönste Buch der Gegenwart‹. Das ist gerade so viel, wie wenn du nichts gesagt hättest. Man sagt das von allen Büchern. Dabei hast du in einer Woche vierhundert Francs verdient und überdies noch das Vergnügen, an irgendeiner Stelle die Wahrheit gesagt zu haben. Gescheite Menschen werden entweder C. oder L. oder Rubempré oder vielleicht auch allen dreien recht geben! Die Mythologie, die sicher eine der größten Erfindungen der Menschheit ist, hat die Wahrheit auf den Grund eines Brunnens verwiesen; braucht man nicht Eimer, um sie wieder herauszuholen? Du gibst dem Publikum drei für einen. Da hast du, was du brauchst, mein Junge, und nun los!«

Lucien war wie betäubt. Blondet küßte ihn auf beide Backen und verabschiedete sich: »Ich gehe in meine Bude.«

Alle gingen sie nun in ihre Buden. Für diese ›starken‹ Männer war die Zeitung nur eine Bude. Sie wollten sich alle am Abend in den Galeries-de-Bois wiedertreffen, wo Lucien seinen Vertrag mit Dauriat unterzeichnen sollte. Florine und Lousteau, Lucien und Coralie, Blondet und Finot aßen im Palais Royal zu Abend, wo Du Bruel dem Direktor des Panorama-Dramatique ein Essen gab.

»Sie haben recht«, rief Lucien, als er mit Coralie allein war. »die Menschen dürfen in den Händen der Starken nur Mittel zum Zweck sein. Vierhundert Francs für drei Artikel! Doguereau wollte mir kaum soviel für ein Buch geben, an dem ich zwei Jahre lang gearbeitet habe.« – »Schreib Kritiken«, versetzte Coralie, »und amüsiere dich. Bin ich nicht heute abend in Andalusien und morgen eine Zigeunerin und an irgendeinem andern Tag ein Mann? Mach es wie ich. Gib ihnen Grimassen für ihr Geld und laß uns glücklich sein.«

Ihr paradoxes Wort gefiel Lucien über die Maßen, und er schwang seinen Geist auf diesen launigen Maulesel, den Sprößling des Pegasus und der Eselin Bileams[204]. Während seines Spazierganges im Bois galoppierte er auf den Gefilden des Gedankens und entdeckte in der These Blondets originelle Schönheiten.

Er aß zu Abend, wie glückliche Menschen es tun, unterzeichnete bei Dauriat einen Vertrag, durch den er ihm das Manuskript der ›Margueriten‹ mit allen Rechten abtrat, ohne daß er dagegen etwas eingewendet hätte; dann begab er sich für ein Weilchen auf die Redaktion, schrieb rasch zwei Spalten und kehrte in die Rue de Vendôme[205] zurück. Am nächsten Morgen zeigte es sich, daß die Gedanken vom Tage vorher in seinem Kopfe gekeimt hatten, wie es allen Geistern geschieht, die voller Jugendfrische und deren Gaben noch unerprobt sind. Lucien machte es Spaß, diesen neuen Artikel auszuarbeiten; er ging mit glühendem Eifer daran. Unter seiner Feder entstanden die Schönheiten, die der Widerspruch gebiert. Er war witzig und ironisch; er erhob sich sogar zu neuen, intelligenten Betrachtungen über die Empfindung, die Idee und das Bild in der Literatur. Er war klug und gewitzt genug, um, als er daranging, Nathan zu loben, auf die ersten Eindrücke zurückzugreifen, die er bei der Lektüre des Buches in jenem Lesekabinett gehabt hatte. Aus einem scharfen, herben Kritiker, aus einem lustigen Spötter verwandelte er sich in den Schlußsätzen in einen Dichter, und jener poetische Abschnitt am Schluß hatte einen majestätischen Schwung wie ein duftendes Weihrauchgefäß vor dem Altar.

»Hundert Francs, Coralie!« sagte er und wies auf die acht Blätter Papier, die er beschrieben hatte, während er sich ankleidete. In dem Schwung, der ihn gerade erfaßt hatte, schrieb er langsam und bedächtig auch gleich noch den schrecklichen Artikel, den er Blondet gegen Châtelet und Madame de Bargeton in Aussicht gestellt hatte. Er genoß an diesem Vormittag eine der stärksten geheimen Wonnen des Journalisten, nämlich die Bosheit zu schärfen, ihre kalte Klinge, die im Herzen des Opfers ihre Scheide finden soll, blank zu putzen und den Griff für das Publikum zu verzieren. Das Publikum bewundert die geistvolle Arbeit dieses Dolches; es merkt keine Bosheit; es weiß nicht, daß die Schärfe des Witzwortes von der Rache zugespitzt ist; daß der Dolch das Innere des Menschen, das erst gierig durchsucht worden ist, mit tausend Stichen trifft. Dieser furchtbare Genuß, der düster und einsiedlerisch ist, wenn er ohne Zeugen ausgekostet wird, ist wie ein Duell mit einem Abwesenden, der aus der Entfernung mit einem Federkiel getötet wird, wie wenn der Journalist über jene Zauberkraft verfügte, die in den arabischen Märchen die Wünsche derer erfüllt, die Talismane besitzen. Die Bosheit ist der Geist des Hasses, des Erben aller schlimmen Leidenschaften des Menschen, wie die Liebe alle seine guten Eigenschaften einschließt. Und daher gibt es keinen Menschen, der nicht Geist hätte, wenn er sich rächt, gerade wie es keinen gibt, dem Liebe nicht Genüsse spendete. Trotz der Leichtigkeit und Gewöhnlichkeit dieses Geistes in Frankreich ist er immer willkommen. Luciens Artikel mußte den Ruf, den das Blatt seiner Bosheit und Gehässigkeit wegen genoß, auf den Gipfel bringen und tat es auch; er verwundete diese beiden Herzen, Madame de Bargeton, seine ehemalige Laura, und den Baron du Châtelet, seinen Nebenbuhler, tödlich.

»Laß uns in den Bois fahren, die Pferde sind angespannt und stampfen vor Ungeduld«, sagte Coralie zu ihm; »du darfst dich nicht totarbeiten.« – »Wir könnten bei Hector Merlin vorbeifahren; ich will ihm den Artikel über Nathan bringen. Wahrhaftig, die Zeitung ist wie die Lanze des Achilles, die die Wunden heilte, die sie geschlagen hatte«, sagte Lucien, während er noch einige stilistische Verbesserungen vornahm.

Die beiden Liebenden fuhren los und zeigten sich in ihrem Glanze jenem Paris, das Lucien noch vor kurzem zurückgestoßen hatte und das jetzt anfing, sich mit ihm zu beschäftigen. Wenn man erst begriffen hat, was diese Stadt bedeutet und wie schwer es ist, in ihr etwas zu sein, erfüllt es den Menschen mit Wonne, daß Paris sich mit ihm beschäftigt, und Lucien war berauscht.

»Lieber Junge«, sagte die Schauspielerin, »wir wollen bei deinem Schneider vorfahren und darauf dringen, daß du deinen Anzug bekommst, oder du kannst ihn gleich anprobieren, wenn er schon soweit ist. Wenn du zu deinen vornehmen Damen gehst, will ich, daß du diesen gräßlichen Marsay, den kleinen Rastignac, die Ajuda-Pinto, die Maxime de Trailles, die Vandenesse, kurzum, all diese Stutzer ausstichst. Vergiß nicht, daß Coralie deine Geliebte ist! Aber du wirst mir doch keine Seitensprünge machen, wie?«

Zwei Tage später, am Abend vor dem Souper, das Lucien und Coralie ihren Freunden geben wollten, wurde im Ambigu ein neues Stück aufgeführt, über das Lucien berichten sollte. Nach dem Abendessen gingen Lucien und Coralie zu Fuß über den Boulevard du Temple, auf der Seite des Café Turc[206], die damals bei den Spaziergängern besonders beliebt war, über die Rue de Vendôme nach dem Panorama-Dramatique. Lucien hörte, wie sein Glück und die Schönheit seiner Geliebten gepriesen wurden. Die einen nannten Coralie die schönste Frau von Paris; die andern fanden, Lucien sei ihrer würdig. Der Dichter fühlte sich in seinem Element. Dies war sein Leben. Er dachte kaum noch an den ›Kreis‹ seiner früheren Freunde. Er fragte sich, ob diese großen Geister, die er noch vor zwei Monaten so sehr bewundert hatte, mit ihren Ideen und ihrem Puritanismus nicht ein wenig albern wären. Das Wort Einfaltspinsel, das Coralie so unbekümmert ausgesprochen hatte, war im Geiste Luciens aufgegangen und trug schon Früchte. Er brachte Coralie in ihre Garderobe und spazierte dann wie ein Sultan hinter den Kulissen auf und ab, und alle Schauspielerinnen umschmeichelten ihn mit brennenden Blicken und freundlichen Worten.

»Ich muß ins Ambigu und meinem Beruf nachgehen«, sagte er.

Im Ambigu war der Zuschauerraum besetzt. Es fand sich kein Platz mehr für Lucien. Er ging auf die Bühne und beklagte sich heftig, daß kein Platz für ihn reserviert worden sei. Der Regisseur, der ihn nicht kannte, sagte ihm, es seien seinem Blatt zwei Logenplätze geschickt worden, und schickte ihn weg.

»Ich werde über das Stück schreiben, was ich darüber höre«, sagte Lucien mit gekränkter Miene. – »Sie sind wohl nicht bei Trost!« sagte die jugendliche Liebhaberin zu dem Regisseur, »das ist doch der Freund Coralies!«

Sofort trat der Regisseur wieder auf Lucien zu und sagte: »Ich werde mit dem Direktor sprechen.«

So bewiesen die kleinsten Einzelheiten Lucien die ungeheure Macht der Presse und schmeichelten seiner Eitelkeit. Der Direktor kam und ersuchte den Herzog von Rhétoré und Tullia, die erste Ballerina, die sich in einer Proszeniumsloge befanden, sie möchten Lucien einen Platz einräumen. Der Herzog erkannte Lucien wieder und willigte ein.

»Sie haben zwei Menschen ganz verzweifelt gemacht«, sagte der junge Herr zu ihm und erzählte ihm von dem Baron du Châtelet und Madame de Bargeton. – »Wie wird das erst morgen aussehen?« erwiderte Lucien. »Bis jetzt haben meine Freunde die Rolle der Plänkler gegen sie gespielt, aber heute nacht fahre ich schweres Geschütz gegen sie auf. Morgen sollen Sie sehen, warum wir über Potelet spotten. Der Artikel trägt die Überschrift: ›Potelet von 1811 an Potelet von 1821.‹ Ich stelle Châtelet als den Typus der Leute hin, die ihren Wohltäter verleugnen und sich mit den Bourbonen versöhnt haben. Ich werde die beiden meine ganze Macht fühlen lassen, und dann gehe ich zu Madame de Montcornet.«

Lucien führte mit dem jungen Herzog eine geistsprühende Unterhaltung; es lag ihm viel daran, dem vornehmen Herrn zu zeigen, wie gröblich sich die Marquise d'Espard und Madame de Bargeton getäuscht hatten, als sie ihn mißachteten; aber die Stelle, an der er empfindlich war, trat zutage, als der Herzog von Rhétoré ihn boshafterweise Chardon nannte: er versuchte, sein Anrecht auf den Namen de Rubempré zu verfechten.

»Sie sollten Royalist werden«, sagte der Herzog zu ihm. »Sie haben sich als ein Mann von Geist erwiesen, zeigen Sie sich jetzt als ein Mann von Verstand. Der einzige Weg, einen Erlaß des Königs zu erlangen, der Ihnen den Titel und den Namen Ihrer mütterlichen Vorfahren gibt, ist, sie als Belohnung für Dienste zu erbitten, die Sie dem Hofe erweisen. Die Liberalen werden Sie niemals zum Grafen machen! Sehen Sie, die Restauration wird schließlich der Presse, der einzigen Macht, die zu fürchten ist, den Garaus machen. Es ist schon allzu lange gewartet worden; sie müßte einen Maulkorb angelegt bekommen. Nutzen Sie die letzten Augenblicke ihrer Freiheit aus, damit man Sie fürchtet. Binnen weniger Jahre sind ein Name und ein Titel in Frankreich sicherere Reichtümer als ein Talent. Sie können auf diese Weise alles haben: Geist, Adel und Schönheit; es kann Ihnen schlechthin alles zuteil werden. Seien Sie also in diesem Augenblick nur liberal, um Ihren Royalismus vorteilhaft verkaufen zu können.«

Der Herzog bat Lucien, er möge die Einladung zum Abendessen annehmen, die ihm der Gesandte, mit dem er bei Florine soupiert hatte, zugehen lassen würde. Lucien wurde im Handumdrehen von den Hinweisen des Edelmannes verführt und war entzückt, daß er die Türen der Salons sich vor ihm auftun sah, aus denen er sich noch vor wenigen Monaten verbannt geglaubt hatte. Er staunte über die Macht des Gedankens. Die Presse und die Intelligenz waren also das Mittel der heutigen Gesellschaft. Lucien begriff, daß Lousteau es vielleicht bereute, ihm die Pforten des Tempels geöffnet zu haben; er empfand bereits für seine eigene Person die Notwendigkeit, den Ehrgeizigen, die aus der Provinz nach Paris strömten, Schranken entgegenzustellen, die schwer zu übersteigen sein würden. Wäre zu ihm ein Dichter gekommen, wie er sich Etienne in die Arme geworfen hatte, wahrlich, er wagte sich nicht zu fragen, welchen Empfang er ihm bereitet hätte. Der junge Herzog bemerkte an Lucien den Ausdruck tiefen Nachdenkens und täuschte sich nicht über die Ursache: er hatte diesem Ehrgeizigen, ohne bestimmten Plan, aber nicht ohne Absicht, den ganzen weiten Horizont der Politik erschlossen, wie die Journalisten ihm von der Höhe des Tempels, gleich dem Versucher Christi, die Welt der Literatur und ihre Schätze gezeigt hatten. Lucien wußte nichts von der kleinen Verschwörung, die die Menschen gegen ihn angezettelt hatten, die seine Zeitung in diesem Augenblick beleidigte und in deren Welt der Herzog von Rhétoré heimisch war. Der junge Herzog hatte die Gesellschaft der Madame d'Espard erschreckt, als er von Luciens Geist berichtete. Madame de Bargeton hatte ihn ersucht, den Journalisten auszuhorchen, und er hatte gehofft, ihn im Ambigu-Comique zu treffen. Weder die Gesellschaft noch die Journalisten besaßen Tiefe; man glaube nicht an feingesponnene Ränke. Beide Teile machen keine Pläne, ihr Machiavellismus lebt sozusagen von der Hand in den Mund und besteht darin, immer auf dem Posten und zu allem bereit zu sein, bereit, das Schlimme wie das Gute auszunutzen und auf die Augenblicke zu lauern, wo die Leidenschaft ihnen einen Menschen überliefert. Während Florines Souper hatte der junge Herzog Luciens Charakter durchschaut; er hatte ihn bei seiner Eitelkeit gepackt und sich an ihm als künftiger Diplomat versucht. Als das Stück aus war, eilte Lucien nach der Rue Saint-Fiacre, um dort seinen Bericht zu schreiben. Seine Kritik war absichtlich scharf und bissig; es gefiel ihm, seine Macht zu zeigen. Das Melodrama war besser als das vom Panorama-Dramatique; aber er wollte wissen, ob er wirklich, wie gesagt, ein gutes Stück vernichten und einem schlechten zum Erfolg verhelfen könne. Als er am nächsten Morgen mit Coralie beim Frühstück saß, schlug er die Zeitung auf, nachdem er der Freundin gesagt hatte, er habe das Ambigu-Comique gehörig heruntergemacht. Man kann sich sein Erstaunen vorstellen, als er nach seinem Artikel über Madame de Bargeton und Châtelet einen Bericht über das Ambigu las, der über Nacht so abgeschwächt worden war, daß er zwar seine witzige Inhaltsangabe beibehielt, aber dennoch zu einem günstigen Schluß kam. Das Stück mußte dem Theater volle Häuser bringen. Seine Wut war unbeschreiblich; er nahm sich vor, ein Wörtchen mit Lousteau zu reden. Er hielt sich schon für unentbehrlich und beschloß, sich nicht wie ein beliebiger Tropf unterdrücken und ausbeuten zu lassen. Um seine Macht endgültig zu begründen, brachte er den Artikel zu Papier, in dem er für die Zeitschrift Dauriats und Finots alle Anschauungen, die über Nathans Buch veröffentlicht worden waren, zusammenfaßte und gegeneinander abwog. Dann verfaßte er noch, da er einmal im Schwung war, eine der geistreichen Schilderungen, die er dem Blättchen zugesagt hatte. In ihrer ersten Hitze schreiben die jungen Journalisten ihre Artikel mit Liebe und vergeuden dabei unvorsichtig genug die schönsten Blüten ihres Geistes. Der Direktor des Panorama-Dramatique brachte heute die Erstaufführung eines Vaudevilles, um Florine und Coralie ihren Abend zu lassen. Das Stück mußte vor dem Souper zu Ende sein. Lousteau kam, um den Artikel, den Lucien über dieses kleine Stück nach der Generalprobe im voraus verfaßt hatte, abzuholen; er wollte über seine nächste Nummer völlig beruhigt sein. Als Lucien ihm einen der reizenden kleinen Artikel über das Pariser Leben vorgelesen hatte, küßte ihn Etienne auf beide Augen und nannte ihn den guten Engel der Presse.

»Warum machst du dir aber dann den Spaß, den Sinn meiner Artikel ins Gegenteil umzukehren?« fragte Lucien, der diesen glänzenden kleinen Artikel einzig geschrieben hatte, um seinen Beschwerden mehr Nachdruck zu verleihen. – »Ich?« rief Lousteau. – »Ja, wer denn sonst hat meinen Artikel umgeschrieben?« – »Mein Lieber«, versetzte Etienne lachend, »du bist in den Geschäften noch nicht recht bewandert. Das Ambigu nimmt uns zwanzig Abonnements ab, von denen nur neun dem Direktor, dem Dirigenten, dem Regisseur, ihren Geliebten und drei Miteigentümern des Theaters zugestellt werden. Jedes der Boulevardtheater zahlt dem Blatt auf diese Weise achthundert Francs. Aber noch einmal soviel Geld bekommt Finot in Gestalt von Logen, ohne die Abonnements der Schauspieler und der Autoren zu rechnen. Der Kerl holt also achttausend Francs aus den Boulevardtheatern heraus. Schließe aus diesen kleinen Theatern auf die großen! Du verstehst: wir müssen also sehr nachsichtig sein.« – »Ich verstehe, daß ich nicht frei bin und schreiben kann, was ich denke.« – »Aber was kann dir denn daran liegen, wenn du dein Schäfchen dabei scherst?« rief Lousteau. »Sag mal, mein Lieber, was hast du gegen das Theater auf dem Herzen? Du mußt doch einen Grund dafür haben, das gestrige Stück zu verreißen. Wollten wir verreißen, um zu verreißen, so würden wir das Blatt kompromittieren. Wenn sich das Blatt in seinen Hieben nach der Gerechtigkeit richtete, würde es keine Wirkung erzielen. Hat es der Direktor an etwas fehlen lassen?« – »Er hatte mir keinen Platz reserviert.« – »Na, gut«, antwortete Lousteau. »Ich werde dem Direktor deinen Artikel zeigen, ich werde ihm sagen, wie ich ihn gemildert habe, und du stehst dann besser da, als wenn er erschienen wäre. Verlange morgen Billette von ihm, er wird dir monatlich vierzig unbezahlt bewilligen, und ich führe dich dann zu einem Manne, der sie für dich weiterverhökert; er nimmt sie alle miteinander mit fünfzig Prozent Ermäßigung auf den Preis der Plätze ab. Mit den Theaterbilletten wird derselbe Handel getrieben wie mit den Rezensionsexemplaren. Du sollst jetzt einen zweiten Barbet kennenlernen, einen Chef der Claque; er wohnt nicht weit von hier, wir haben Zeit, komm.« – »Aber, lieber Freund, Finot treibt doch ein niederträchtiges Gewerbe, wenn er auf den Gefilden des Geistes indirekte Steuern erhebt. Früher oder später . . .« – »Aber woher kommst du eigentlich?« entgegnete Lousteau. »Wofür hältst du Finot? Unter seiner falschen Gutmütigkeit, unter seiner Miene eines Turcaret[207], unter seiner Unwissenheit und Dummheit birgt sich alle Schlauheit eines kleinen Krämers, der mit Hüten handelt, und von so einem stammt er ja auch ab. Hast du nicht in seinem Verschlag im Büro des Blattes einen alten kaiserlichen Offizier gesehen, den Onkel Finots? Dieser Onkel ist nicht nur ein Ehrenmann, er hat auch das Glück, für einen Dummkopf zu gelten. Er ist der Mann, der sich in allen Geldgeschäften kompromittiert. In Paris ist ein Ehrgeiziger sehr glücklich zu preisen, wenn er ein Wesen neben sich hat, das bereit ist, sich kompromittieren zu lassen. Es gibt in der Politik wie im Journalismus viele Dinge, von denen die Chefs nie etwas wissen dürfen. Wenn aus Finot eine politische Persönlichkeit würde, verwandelte sich sein Onkel in seinen Sekretär und empfinge für seine Rechnung die Tribute, die in den Büros, in denen es sich um die Staatsangelegenheiten handelt, erhoben werden. Giroudeau, den man anfangs für einen Dummkopf zu halten geneigt ist, ist genauso pfiffig, wie es für einen Helfershelfer, aus dem nichts herauszubekommen ist, nötig ist. Er steht auf Posten, um zu verhindern, daß wir durch Geschrei, durch Neulinge und Beschwerden belästigt werden, und ich glaube nicht, daß es in einem andern Blatt seinesgleichen gibt.« – »Er spielt seine Rolle gut«, sagte Lucien, »ich habe ihn bei der Arbeit gesehen.«

Etienne und Lucien begaben sich in die Rue du Faubourg-du-Temple, wo der Chefredakteur vor einem stattlichen Hause stehenblieb.

»Ist Monsieur Braulard zu Hause?« fragte er den Portier.

»Wieso ›Monsieur‹?« fragte Lucien erstaunt. »Ist der Chef der Claque denn ›Monsieur‹?« – »Mein Lieber, Braulard hat zwanzigtausend Francs Einkommen; er hat die Boulevarddramatiker in der Hand, die alle ein Konto bei ihm haben wie bei einem Bankier. Die Freibillette der Autoren und der Begünstigten müssen verkauft werden. Diesen Handel betreibt Braulard. Nimm ein bißchen Statistik zu Hilfe; das ist eine recht nützliche Wissenschaft, wenn man sie nicht mißbraucht. Wenn du für jedes Theater fünfzig Freibillette annimmst, so kommst du auf täglich zweihundertfünfzig Billette; wenn sie durchschnittlich gerechnet jedes fünfzig Sous wert sind, so zahlt Braulard hundertfünfundzwanzig Francs täglich an die Autoren und kann ebensoviel daran verdienen. Allein schon die Billette der Autoren verschaffen ihm mehr als viertausend Francs monatlich, in Summa achtundvierzigtausend Francs jährlich. Kalkuliere zwanzigtausend Francs Verlust ein, denn er kann natürlich seine Billette nicht immer unterbringen.« – »Warum denn nicht?« – »Oh, es gibt Leute, die ihre Plätze an der Kasse kaufen; die haben vor den

Freibilletten den Vorzug, daß sie reserviert sind. Überdies gibt es Tage mit gutem Wetter und schlechten Stücken. So verdient Braulard vielleicht dreißigtausend Francs jährlich bei dieser Sache. Dann hat er seine Claque; das ist ein weiterer Industriezweig. Florine und Coralie sind ihm tributpflichtig; wenn sie ihn nicht bezahlten, hätten sie bei ihrem Auftreten und ihrem Abgehen keinen Beifall.«

Lousteau gab diese Erklärung halblaut, während sie die Treppe hinaufgingen.

»Paris ist eine merkwürdige Stadt«, sagte Lucien; in allen Winkeln lauerten interessante Dinge auf ihn.

Ein schmuckes Zimmermädchen führte die beiden Journalisten zu Monsieur Braulard. Der Billetthändler, der auf einem Schreibtischstuhl vor einem großen Zylinderbureau saß, erhob sich, als er Lousteau erblickte. Braulard trug einen Rock aus grauem Molton, Strumpfhosen und rote Pantoffeln, völlig wie ein Arzt oder ein Advokat. Lucien nahm in ihm das Urbild des reichen Emporkömmlings wahr: ein gewöhnliches Gesicht, überaus schlaue graue Augen, die Hände eines Claqueurs, einen Teint, den die Ausschweifungen zugerichtet hatten wie der Regen die Dächer, ergrauendes Haar und eine sehr gedämpfte Stimme.

»Sie kommen sicherlich für Mademoiselle Florine, und der Herr für Mademoiselle Coralie?« fragte er. »Ich kenne Sie gut. Seien Sie unbesorgt, lieber Herr«, sagte er zu Lucien, »ich kaufe die Klientel des Gymnase, ich werde Ihre Geliebte gut bedienen und sie warnen, wenn gegen sie Streiche geplant werden.« – »Wir wollen das nicht ablehnen, mein lieber Braulard«, sagte Lousteau; »aber eigentlich kommen wir um der Billette der Zeitung für alle Boulevardtheater willen: ich als Chefredakteur und der Herr als Berichterstatter über all diese Theater.« – »Ach ja, richtig, Finot hat sein Blatt verkauft. Ich habe von dem Geschäft gehört. Er macht seine Sache gut, der wackere Finot. Ich gebe ihm Ende der Woche ein Abendessen. Wenn Sie mir die Ehre und das Vergnügen machen wollen, zu kommen, dann können Sie Ihre Damen mitbringen; es wird lustig zugehen. Es werden da sein: Adèle Dupuis[208], Ducange[209], Frédéric Dupetit-Méré[210], Mademoiselle Millot, meine Geliebte; wir werden viel lachen und noch mehr trinken.« – »Ducange muß es schlecht gehen; er hat seinen Prozeß verloren.« – »Ich habe ihm zehntausend Francs geliehen; der Erfolg der ›Calas‹[211] wird sie mir wiedererstatten: ich habe tüchtig eingeheizt! Ducange ist ein geistvoller Mann; er kann etwas . . .« Lucien glaubte zu träumen, als er hörte, wie dieser Mann sich kritisch über das Talent von Schriftstellern äußerte. – »Coralie hat sich gebessert«, sagte Braulard mit der Miene eines kompetenten Richters zu ihm. »Wenn sie nett ist, unterstütze ich sie heimlich bei ihrem ersten Auftreten im Gymnase gegen Ränke. Hören Sie: ich will gutangezogene Männer für sie auf die Galerien setzen; die müssen dann schmunzeln und leise beifällig murmeln, um den Beifall hervorzurufen. Das ist ein kleiner Kunstgriff, um für eine Schauspielerin Stimmung zu machen. Coralie gefällt mir, und Sie dürfen mit ihr zufrieden sein, sie hat viel Gefühl. Ach, wenn ich will, kann ich jede durchfallen lassen . . .« – »Aber jetzt wollen wir auf das Geschäft mit den Billetten zu sprechen kommen«, fiel Lousteau ein. – »Na ja, ich lasse sie an den ersten Tagen jedes Monats bei dem Herrn abholen. Der Herr ist Ihr Freund, ich werde ihn behandeln wie Sie. Sie haben fünf Theater, also bekommen Sie an die dreißig Billette: das ergibt beiläufig fünfundsiebzig Francs den Monat. Vielleicht möchten Sie einen Vorschuß?« Damit ging der Billetthändler zu seinem Sekretär und zog eine Kasse hervor, die voller Taler war.

»Nein, nein«, sagte Lousteau, »diese Quelle bewahren wir uns für die schlimmen Tage auf . . .«

Braulard wandte sich wieder an Lucien: »Ich werde in diesen Tagen mit Coralie arbeiten, wir werden uns schon verständigen.«

Lucien sah sich nicht ohne tiefes Staunen im Arbeitszimmer Braulards um, in dem er einen Bücherschrank, Stiche und gute Möbel gewahrte. Als er durch das Wohnzimmer fortging, sah er, daß auch hier die Möbel gleichweit von der Dürftigkeit wie von übertriebenem Luxus entfernt waren. Das Eßzimmer schien ihm noch am besten eingerichtet zu sein; er machte einen Scherz darüber.

»Aber Braulard ist doch Feinschmecker«, sagte Lousteau; »seine Abendessen sind in der dramatischen Literatur berühmt, sie stehen im Einklang mit seiner Kasse.« – »Ich habe gute Weine«, versetzte Braulard bescheiden. »Aha! da kommen meine

Truppen«, rief er, als er heisere Stimmen und den Lärm von Tritten auf der Treppe hörte.

Beim Verlassen des Hauses sah Lucien die übelduftende Rotte der Claqueure und Billettverkäufer, lauter Leute mit Mützen, abgetragenen Hosen, fadenscheinigen Röcken, mit blauen oder grünlichen, schmutzigen oder durch Krankheit entstellten Gesichtern, mit langen Bärten, mit Augen, die zugleich wild und listig dreinblickten: ein gräßlicher Menschenschlag, wie er auf den Boulevards von Paris wuchert; am Vormittag verkaufen sie Sicherheitsketten und goldene Schmucksachen für fünfundzwanzig Sous; am Abend sitzen sie auf dem Olymp und klatschen, und im übrigen übernehmen sie alle schmutzigen Geschäfte, die es in Paris gibt.

»Das sind die Römer, die Herren Kenner!« sagte Lousteau lachend, »der Ruhm der Schauspielerinnen und der Dramatiker. Aus der Nähe gesehen, der ist auch nicht schöner als unserer.« – »Es ist schwer«, antwortete Lucien, der langsam zu sich kam, »sich in Paris über irgend etwas Illusionen zu bewahren. Es wird hier alles besteuert, alles verkauft, alles fabriziert, sogar der Erfolg.«

Die Gäste Luciens waren Dauriat, der Direktor des Panorama, Matifat und Florine, Camusot, Lousteau, Finot, Nathan, Hector Merlin und Madame du Val-Noble, Félicien Vernou, Blondet, Vignon, Philippe Bridau, Mariette, Giroudeau, Cardot und Florentine sowie Bixiou. Er hatte auch seine Freunde vom ›Kreis‹ eingeladen. Die Tänzerin Tullia, die, wie es hieß, die Freundin Du Bruels war, war ebenfalls dabei, allein, ohne ihren Herzog, und ferner die Besitzer der Zeitungen, für die Nathan, Merlin, Vignon und Vernou schrieben. Es waren insgesamt dreißig Personen; für mehr hatte Coralies Speisezimmer nicht Platz. Gegen acht Uhr nahmen beim Glanze der angezündeten Kronleuchter die Möbel, Wandbespannungen und Blumen in dieser Wohnung das festliche Aussehen an, das dem Pariser Luxus das Zauberische eines Traums verleiht. Lucien empfand ein undefinierbares Gemisch aus Glück, befriedigter Eitelkeit und Hoffnung, als er sich als den Herrn dieser Räume sah; er gab sich keine Rechenschaft mehr darüber, wie oder durch wen diese Verwandlung sich vollzogen habe. Florine und Coralie, die mit dem entzückenden Geschmack und dem künstlerischen Prunk der Schauspielerinnen gekleidet waren, lächelten unserem Provinzdichter wie zwei Engel zu, die das Amt hatten, ihm die Tore zum Palast der Träume zu öffnen. Lucien glaubte in Wolken zu schweben. Innerhalb weniger Monate hatte sein Leben so plötzlich ein neues Aussehen gewonnen, er war so jäh vom äußersten Elend zum größten Luxus hinübergewechselt, daß ihn manchmal, wie Menschen, die im Schlafe wissen, daß sie nur träumen, Unruhe überkam. Nichtsdestoweniger drückte sein Blick, wenn er auf diese schöne Wirklichkeit sah, eine Zuversicht aus, die von Neidischen vielleicht als abgeschmackter Hochmut bezeichnet worden wäre. Er selber hatte sich ebenfalls verändert. Da er alle Tage Wonnen genoß, war er blaß geworden, sein Blick hatte einen schmelzenden Ausdruck angenommen; kurz, er sah, wie Madame d'Espard sagte, wie einer aus, der geliebt wird. Aber seine Schönheit siegte über alles. Das Bewußtsein seiner Macht und Stärke sprach aus seinen von Liebe und Erfahrung verklärten Zügen. Er erblickte endlich die literarische Welt und die Gesellschaft von Angesicht zu Angesicht und glaubte, sich darin als Herr und Meister bewegen zu können. Für diesen Dichter, den immer nur die Last des Unglücks zum Nachdenken brachte, barg die Gegenwart keine Sorge. Der Erfolg blähte die Segel seines Bootes; er hatte die Werkzeuge zu seiner Verfügung, die für seine Pläne notwendig waren: ein vornehm eingerichtetes Haus, eine Geliebte, um die ganz Paris ihn beneidete, eine Equipage und schließlich unschätzbare Summen in seinem Tintenfaß. Seine Seele, sein Herz und sein Geist hatten sich in gleicher Weise gewandelt: angesichts so schöner Resultate dachte er nicht mehr daran, sich über die Mittel Skrupel zu machen. Das Leben, das er führte, und sein kostspieliger Haushalt werden den Volkswirtschaftlern, die die Tatsachen des Pariser Lebens kennen, mit Recht unglaublich vorkommen; und so wird es nicht unnütz sein, die nun freilich sehr gebrechliche Grundlage aufzuzeigen, auf der der materielle Wohlstand der Schauspielerin und ihres Dichters beruhte. Ohne seinerseits eine Verpflichtung einzugehen, hatte Camusot die Lieferanten Coralies dazu gebracht, ihr wenigstens während eines Vierteljahrs Kredit zu geben. Die Pferde, die Bedienung, das ganze Leben lief also für die beiden jungen Menschen, die auf den Genuß erpicht waren und die mit Wonne alles genossen, weiter wie durch Hexerei. Coralie nahm Lucien bei der Hand und zeigte ihm schon jetzt das Eßzimmer mit seinen glänzenden Gedecken, seinen Kandelabern, die vierzig Kerzen trugen, die ausgesuchten Leckerbissen des Nachtischs und die Speisenfolge, die Chevet geliefert hatte. Lucien küßte Coralie auf die Stirn und drückte sie an sein Herz.

»Ich hoffe, Geliebte«, sagte er zu ihr, »ich kann dich einmal für so viel Liebe und Aufopferung belohnen.« – »Pah!« sagte sie, »bist zu zufrieden?« – »Ich wäre sehr undankbar, wenn ich es nicht wäre.« – »Dein Lächeln ist mir Lohn genug«, erwiderte sie und drückte unter einer geschmeidigen Schlangenbewegung ihres Körpers ihre Lippen auf die seinen.

Sie trafen Florine, Lousteau, Matifat und Camusot gerade an, als diese die Spieltische aufstellten. Luciens Freunde langten an, – denn alle diese Leute nannten sich bereits Luciens Freunde. Es wurde von neun bis Mitternacht gespielt. Zu seinem Glück kannte Lucien kein Spiel; aber Lousteau verlor tausend Francs und borgte sie von Lucien, der glaubte, sie ihm nicht verweigern zu dürfen, als sein Freund ihn darum bat. Ungefähr um zehn Uhr traten Michel, Fulgence und Joseph ein. Lucien, der mit ihnen in einer Ecke plauderte, fand ihre Manieren recht kühl und ernst, um nicht zu sagen gezwungen. D'Arthez hatte nicht kommen können; er war dabei, sein Buch zu vollenden. Léon Giraud war mit der Veröffentlichung der ersten Nummer seiner Zeitschrift beschäftigt. Der ›Kreis‹ hatte seine drei Künstler entsandt, die sich bei solch einem Gelage weniger wie in der Fremde vorkommen mußten als die andern.

»Also, Kinder«, sagte Lucien und schlug dabei einen leicht überlegenen Ton an, »ihr sollt sehen, der kleine Witzbold kann ein großer Politiker werden.« – »Ich wünsche mir nichts Besseres, als daß ich mich getäuscht habe«, erwiderte Michel. – »Du lebst vorerst mit Coralie?« fragte ihn Fulgence. – »Ja«, erwiderte Lucien mit einem Gesicht, das harmlos sein sollte. »Coralie hatte einen armen, alten Kaufmann, der sie anbetete; sie hat ihn vor die Tür gesetzt. Ich bin glücklicher als dein Bruder Philippe, der nicht weiß, wie er mit Mariette fertig werden soll«, fügte er mit einem Blick auf Joseph Bridau hinzu. – »Kurz und gut«, sagte

Fulgence, »du bist jetzt ein Mensch wie ein anderer und wirst dein Glück machen.« – »Ein Mensch, der für euch derselbe bleibt, in welcher Lage er sich auch befinden möge«, antwortete Lucien.

Michel und Fulgence schauten einander an und tauschten ein spöttisches Lächeln aus. Lucien bemerkte es und spürte, daß er eine lächerliche Bemerkung gemacht hatte.

»Coralie ist wunderbar schön«, rief Joseph Bridau. »Was für ein herrliches Porträt könnte das geben!« – »Und gut«, versetzte Lucien. »Wahrhaftig, sie ist ein Engel; aber du sollst ihr Porträt malen; nimm sie, wenn du willst, als Modell für die Venezianerin, die von einem alten Weib dem Senator zugeführt wird.« – »Alle Frauen, die lieben, sind Engel«, sagte Michel Chrestien.

In diesem Augenblick stürzte Raoul Nathan mit einer wahren freundschaftlichen Wut auf Lucien zu, ergriff seine Hände und drückte sie.

»Liebster Freund, Sie sind nicht nur ein großer Mann, sondern Sie haben auch Herz, was heutzutage seltener ist als das Genie«, sagte er. »Sie sind ein wahrer Freund. Ich gehöre Ihnen auf Leben und Tod und werde nie vergessen, was Sie in dieser Woche für mich getan haben.«

Lucien fühlte sich auf dem Gipfel der Freude, als er sich von einem so berühmten Mann so schmeichelhaft behandelt sah, und blickte seine drei Freunde vom ›Kreis‹ mit einer gewissen Überlegenheit an. Die Begeisterung Nathans war dem Umstand zu verdanken, daß Merlin ihm einen Korrekturabzug des Artikels zugunsten seines Buches gezeigt hatte, der am folgenden Tag im Blatt erscheinen sollte.

»Ich habe nur unter der Bedingung eingewilligt, den Angriff zu schreiben«, flüsterte Lucien Nathan zu, »daß ich selber darauf antworten darf. Ich gehöre zu Ihren Freunden.«

Er war entzückt über diesen Vorfall, der seinen Satz, über den Fulgence gelächelt hatte, rechtfertigen mußte, und wandte sich in dieser Stimmung wieder seinen drei Freunden vom ›Kreis‹ zu.

»D'Arthez' Buch soll nur erscheinen; ich bin jetzt in der Lage, ihm nützlich zu sein. Diese Aussicht allein schon wäre mir Grund genug, bei der Presse zu bleiben.« – »Hast du da volle Freiheit?« fragte Michel. – »Soviel Freiheit, wie man haben kann, wenn man unentbehrlich ist«, erwiderte Lucien mit falscher Bescheidenheit.

Gegen zwölf setzten sich die Gäste zu Tisch, und das Gelage begann. Die Unterhaltung war bei Lucien zwangloser als bei Matifat, denn niemand ahnte, wie verschieden geartet die drei Abgesandten des ›Kreises‹ und die Vertreter des Journalismus waren. Diese jungen Geister, die von der Gewohnheit des Für und des Wider so verderbt waren, gerieten einander in die Haare und warfen sich die schrecklichsten Ausdrücke an den Kopf, die der Journalismus damals erzeugte. Claude Vignon, der der Kritik einen erhabenen Charakter bewahren wollte, wandte sich gegen die Neigung der kleinen Blätter zu persönlichen Stänkereien und sagte, die Schriftsteller würden bald soweit sein, daß sie sich selber in Mißkredit brächten. Lousteau, Merlin und Finot übernahmen offen die Verteidigung des Systems, das im Journalistenjargon die ›Blague‹ heißt, und behaupteten, das sei wie ein Stempel, mit dem man das Talent zeichne.

»Nur wer dieser Probe standhält, ist ein wahrhaft starker Mann«, sagte Lousteau. – »Und überdies«, rief Merlin, »bedarf es während der Huldigungen, die großen Männern dargebracht werden, wie bei den Triumphen der Römer, eines Schimpfkonzerts.« – »Haha«, lachte Lucien, »alle, die man verspottet, werden also glauben, sie seien Triumphatoren.« – »Könnte man nicht sagen, das sei dein Fall?« rief Finot. – »Und deine Sonette?« fragte Michel Chrestien, »sollten sie nicht soviel wert sein wie der Triumph Petrarcas?« – »Das Gold (l'or = Laure[212]) ist schon etwas wert«, sagte Dauriat; sein Wortwitz fand allgemeinen Beifall. – »Faciamus experimentum in anima vili[213]«, erwiderte Lucien lächelnd. – »Und wehe denen, die in der Zeitung nicht heruntergemacht werden und denen sie bei ihrem ersten Auftreten Kränze flicht; sie werden verworfen sein wie Heilige in ihrer Nische, und niemand wird ihnen die geringste Beachtung schenken«, rief Vernou. – »Man wird ihnen sagen, was Champcenetz dem Marquis von Genlis[214] sagte, als dieser seine Frau zu verliebt ansah: ›Gehen Sie weiter, guter Mann, Ihnen ist schon gegeben worden!‹« sagte Blondet. – »In Frankreich tötet der Erfolg«, meinte Finot. »Wir sind in unserm Lande zu eifersüchtig aufeinander, als daß wir nicht die Triumphe der andern vergessen und in Vergessenheit bringen möchten.« – »Der Widerspruch ist es tatsächlich, was der Literatur Leben gibt«, sagte Claude Vignon. – »Wie in der Natur, wo das Leben aus zwei einander feindlichen Prinzipien entsteht«, rief Fulgence. »Der Sieg des einen über den andern ist der Tod.« – »Wie in der Politik«, fügte Michel Chrestien hinzu. – »Wir sind eben dabei, es zu beweisen«, sagte Lousteau. »Dauriat wird in dieser Woche zweitausend Exemplare von Nathans Buch verkaufen. Warum? Das Buch, das angegriffen wurde, wird gut verteidigt werden.« – »Wie sollte ein solcher Artikel«, sagte Merlin und zog den Korrekturbogen seines Blattes aus der Tasche, »nicht eine Auflage unter die Leute bringen?« – »Lesen Sie mir den Artikel vor«, rief Dauriat. »Ich bin überall Verleger, sogar beim Souper.«

Merlin verlas Luciens glänzenden Artikel, der von der ganzen Versammlung mit dem größten Beifall aufgenommen wurde.

»Hätte nun dieser Artikel ohne den ersten geschrieben werden können?« fragte Lousteau.

Dauriat zog den Korrekturabzug des dritten Artikels aus der Tasche und las ihn vor. Finot folgte der Verlesung dieses Artikels, der für die zweite Nummer seiner Zeitschrift bestimmt war, sehr aufmerksam, und in seiner Eigenschaft als Chefredakteur legte er eine übertriebene Begeisterung an den Tag.

»Meine Herren«, sagte er, »wenn Bossuet[215] in unserem Jahrhundert lebte, hätte er nicht anders geschrieben.« – »Ich glaube es gern«, sagte Merlin. »Bossuet wäre heutzutage Journalist.« – »Auf das Wohl Bossuets II.!« rief Claude Vignon, hob sein Glas und trank Lucien ironisch zu. – »Auf meinen Christoph Columbus!« versetzte Lucien und hob sein Glas Dauriat entgegen. – »Bravo!« rief Nathan. – »Ist das ein Spitzname?« fragte Merlin boshaft und blickte dabei Finot und Lucien an. – »Wenn Sie so fortfahren«, sagte Dauriat, »können wir Ihnen nicht folgen, und diese Herren«, fügte er hinzu und deutete auf Matifat und Camusot, »können Sie nicht mehr verstehen. Der Scherz ist wie das Garn, das, wie Bonaparte gesagt hat, zerreißt, wenn es zu fein gesponnen wird.« – »Meine Herren«, sagte Lousteau, »wir sind Zeugen einer ernsten, unbegreiflichen, unerhörten, wahrhaft überraschenden Tatsache. Bewundern Sie nicht die Geschwindigkeit, mit der unser Freund sich aus einem Provinzler in einen Journalisten verwandelt hat?« – »Er ist der geborene Journalist«, sagte Dauriat. – »Liebe Kinder«, sagte jetzt Finot, der sich erhoben hatte und in der Hand eine Flasche Champagner hielt, »wir haben alle miteinander die Anfänge unseres liebenswürdigen Wirtes in einer Laufbahn unterstützt, in der er unsere Erwartungen übertroffen hat. In diesen beiden Monaten hat er mit den schönen Artikeln, die wir kennen, sein Probestück abgelegt: ich schlage vor, ihn jetzt feierlich als Journalisten zu taufen.« – »Einen Kranz aus Rosen, um seinen doppelten Sieg zu feiern«, rief Bixiou mit einem Blick auf Coralie. Coralie gab Bérénice einen Wink, die in den Schachteln der Schauspielerin alte künstliche Blumen suchen ging. Sowie die füllige Zofe sie gebracht hatte, wurde schnell ein Kranz aus Rosen geflochten, und mit den übrigen schmückten sich die in der Gesellschaft, die die Bezechtesten waren, grotesk genug heraus. Finot goß als Hohepriester einige Tropfen Champagner auf Luciens schönen Blondkopf und sprach dabei mit entzückender Würde die folgenden Einsetzungsworte: »Im Namen der Stempelsteuer, der Kaution und der Buße: ich taufe dich zum Journalisten. Mögen deine Artikel dir leicht werden!« – »Und mögen sie dir ohne Abzug der Halbzeilen bezahlt werden!« fügte Merlin hinzu.

In diesem Augenblick bemerkte Lucien die verdüsterten Gesichter von Michel Chrestien, Joseph Bridau und Fulgence Ridal, die ihre Hüte nahmen und fortgingen. Ein Sturm von Verwünschungen folgte ihnen.

»Sonderbare Heilige!« sagte Merlin. – »Fulgence war ein guter Junge«, versetzte Lousteau, »aber sie haben ihn mit Moral verdorben.« – »Wer?« fragte Claude Vignon. – »Ernste junge Männer, die sich in einem philosophischen und religiösen ›musico‹ in der Rue des Quatre-Vents versammeln; man zerbricht sich dort den Kopf über den allgemeinen Sinn der Menschheit«, antwortete Blondet. – »Oh! oh! oh!« – »Man untersucht dort«, fuhr Blondet fort, »ob sie sich um sich selbst dreht oder ob sie im Fortschreiten ist. Sie haben sehr lange zwischen der geraden und der gekrümmten Linie geschwankt; sie fanden den Unsinn des biblischen Dreiecks heraus, bis ihnen irgendein Prophet, ich weiß nicht welcher, erschien, der sich für die Spirale aussprach.« – »Wenn Menschen sich zusammentun, können sie noch gefährlichere Dummheiten aushecken«, rief Lucien, der den ›Kreis‹ verteidigen wollte. – »Du nimmst diese Theorien für müßige Worte«, sagte Félicien Vernou, »aber es kommt der Augenblick, da sie sich in Flintenschüsse oder in die Guillotine verwandeln.« – »Vorläufig sind sie nur dabei, zu erforschen, welchen Zweck die Vorsehung mit dem Champagner verfolgte, oder welcher humanitäre Gedanke im Tragen langer Hosen liegt, oder sie trachten das Geheimnis zu finden, das die Welt in Bewegung setzte. Sie richten große gefallene Männer wieder auf: Vico[216], Saint-Simon[217], Fourier[218]. Ich habe große Angst, daß sie meinem braven Joseph Bridau den Kopf verdrehen.« – »Sie sind daran schuld«, sagte Lousteau, »daß mein Landsmann und Studienfreund Bianchon mich links liegen läßt . . .« – »Lehrt man dort die Gymnastik und Orthopädie der Geister?« fragte Merlin. – »Schon möglich«, meinte Finot, »da Bianchon auf ihre Phantastereien eingeht.« – »Nun, er wird nichtsdestoweniger ein großer Arzt werden«, sagte Lousteau. – »Ist ihr sichtbares Haupt nicht d'Arthez«, fragte Nathan, »ein junger Mensch, der uns einmal alle in den Sack steckt?« – »Er ist ein Genie«, rief Lucien. – »Ein Glas Sherry ist mir lieber«, sagte Claude Vignon lächelnd.

Jetzt war der Zeitpunkt gekommen, da jeder seinem Nachbarn seinen Charakter erklären wollte. Wenn Leute von Geist erst dahin gelangt sind, sich selber zu erklären, den Schlüssel ihres Herzens zu geben, so steht es fest, daß die Betrunkenheit Herr über sie geworden ist. Eine Stunde später waren alle Gäste die besten Freunde der Welt und bezeichneten sich gegenseitig als große Männer, als starke Geister, als solche, denen die Zukunft gehöre. Lucien hatte sich in seiner Eigenschaft als Gastgeber noch einige Geistesklarheit bewahrt: er hörte Sophismen an, die ihn tief betroffen machten und das Werk seines moralischen Verfalls vollendeten.

»Kinder«, rief Finot, »die liberale Partei ist genötigt, sich mit Polemik wieder stärker ins Zeug zu legen, denn zur Zeit läßt sich nichts gegen die Regierung sagen, und so versteht ihr wohl, in welcher Verlegenheit sich die Opposition befindet. Wer von euch will eine Broschüre schreiben, in der die Wiederherstellung des Erstgeburtsrechts verlangt wird, damit wir gegen die geheimen Absichten des Hofes[219] losziehen können? Die Broschüre soll gut bezahlt werden.« – »Ich«, sagte Hector Merlin, »das trifft sich mit meinen Ansichten.« – »Deine Partei wird sagen, du kompromittierst sie«, erwiderte Finot. »Übernimm du diese Broschüre, Félicien; Dauriat wird sie verlegen, und wir wahren das Geheimnis.« – »Wieviel wird dafür bezahlt?« fragte Vernou. – »Sechshundert Francs! Du zeichnest ›Graf C . . .‹« – »Läßt sich hören!« sagte Vernou. – »Ihr laßt also die ›Ente‹ bis in die Politik aufsteigen?« ließ sich Lousteau vernehmen. – »Das heißt, den Fall Chabot[220] in die Sphäre der Ideen übertragen«, nahm Finot das Wort wieder auf. »Man schiebt der Regierung Absichten unter und entfesselt die öffentliche Meinung gegen sie.« – »Es ist doch erstaunlich, daß wir eine Regierung haben, die es uns Käuzen überläßt, die öffentliche Meinung zu machen«, sagte Claude Vignon. – »Wenn das Ministerium die Dummheit begeht, in die Arena hinabzusteigen, wird die Trommel gerührt; nimmt es sich zuviel heraus, dann wird der Unwille geschürt, die Massen werden aufgestachelt. Die Presse riskiert nie etwas, wogegen die Macht alles zu verlieren hat.« – »Frankreich ist inexistent bis zu dem Tag, da die Presse geknebelt wird«, fing Vignon wieder an. »Ihr macht von Stunde zu Stunde Fortschritte«, sagte er zu Finot. »Ihr seid die neuen Jesuiten, nur daß ihr keinen Glauben, keinen bleibenden Gedanken, keine Disziplin, keine Einigkeit besitzt.«

Alle setzten sich wieder an die Spieltische. Die Morgendämmerung ließ bald die Kerzen erblassen.

»Deine Freunde aus der Rue des Quatre-Vents waren trübselig wie zum Tode Verurteilte«, sagte Coralie zu ihrem Geliebten. – »Sie waren die Richter«, erwiderte der Poet. – »Richter pflegen amüsanter zu sein«, meinte Coralie.

Luciens Leben bestand einen Monat lang aus Soupers, Abendessen, Mittagessen und Abendgesellschaften; er wurde in einen unwiderstehlichen Wirbel von Vergnügungen und leicht zu bewältigender Arbeit hineingerissen. Er rechnete nicht mehr. Die Gabe, inmitten der Wechselfälle des Lebens rechnen zu können, ist ein Kennzeichen starker Willenskraft, die den Dichtern, den Schwachen und denen, die bloß Geist haben, abgeht. Wie die meisten Journalisten lebte Lucien von der Hand in den Mund, gab mehr Geld aus, als er einnahm, und dachte nicht an die regelmäßig wiederkehrenden Anforderungen des Pariser Lebens, die für diese Bohémiens so niederdrückend sind. Seine Kleidung und sein Auftreten wetteiferten mit denen der berühmtesten Dandys. Coralie setzte, leidenschaftlich verliebt, wie sie war, ihren Stolz darein, ihren Abgott zu schmücken; sie gab ihr Letztes, um ihrem geliebten Dichter all den Luxus der eleganten jungen Leute zu verschaffen, den er sich bei seinem ersten Spaziergang in den Tuilerien so sehnsüchtig gewünscht hatte. Lucien besaß jetzt wunderbare Spazierstöcke, eine entzückende Lorgnette, diamantenbesetzte Knöpfe, Ringe für seine Morgenkrawatten, Siegelringe und eine große Anzahl zauberhafter Westen, um stets zu den Farben des Anzugs, den er trug, eine passende aussuchen zu können. Er galt bald für einen Dandy. An dem Tag, da er der Einladung des deutschen Diplomaten folgte, erregte seine Metamorphose bei den jungen Leuten der Gesellschaft, die im Reich der Mode den Ton angaben, wie Marsay, Vandenesse, Ajuda-Pinto, Maxime de Trailles, Rastignac, dem Herzog von Maufrigneuse, Beaudenord, Manerville und anderen, verhaltenen Neid. Die Männer von Welt sind untereinander eifersüchtig wie Frauen. Die Gräfin de Montcornet und die Marquise d'Espard nahmen Lucien zwischen sich und überhäuften ihn mit Koketterien.

»Warum hatten Sie der Gesellschaft den Rücken gekehrt?« fragte ihn die Marquise. »Sie war so sehr geneigt, Sie gut aufzunehmen und zu feiern. Ich muß Ihnen Vorwürfe machen! Sie waren mir einen Besuch schuldig, und ich erwarte ihn noch immer. Neulich sah ich Sie in der Oper; Sie haben mich nicht begrüßt.« – »Ihre Kusine, Madame, hat mir so unmißverständlich den Abschied gegeben ...« – »Sie kennen die Frauen nicht«, unterbrach ihn Madame d'Espard. »Sie haben das Herz eines Engels und die zarteste Seele verletzt, die ich kenne. Sie wissen nicht, was alles Louise für Sie hatte tun wollen, und wie fein sie ihren Plan eingefädelt hatte. Oh! er wäre ihr geglückt«, sagte sie, als Lucien eine abwehrende Bewegung machte. »Mußte nicht ihr Mann, der jetzt wirklich, wie zu erwarten stand, an einer Verdauungsstörung gestorben ist, ihr früher oder später ihre

Freiheit wiedergeben? Glauben Sie, daß sie Madame Chardon heißen wollte? Der Titel einer Gräfin de Rubempré war es wert, erobert zu werden. Sehen Sie, die Liebe ist eine große Eitelkeit, und sie muß sich, besonders wenn es sich um die Ehe handelt, mit allen übrigen Eitelkeiten verständigen. Wenn ich Sie wahnsinnig liebte, das heißt, so sehr, daß ich Sie heiraten möchte, so würde es mir dennoch schwerfallen, Madame Chardon zu heißen. Geben Sie das zu? Sie kennen jetzt die Schwierigkeiten des Pariser Lebens, Sie wissen, wie viele Umwege man machen muß, um zum Ziel zu gelangen: gestehen Sie also, daß Louise eine für einen Unbekannten ohne Vermögen fast unmögliche Gunst zu erlangen hoffte und daß sie nichts außer acht lassen durfte. Sie haben viel Geist, aber wenn wir lieben, haben wir davon noch mehr als der geistreichste Mann. Meine Kusine wollte diesen lächerlichen Châtelet dazu einspannen ... Ich bin Ihnen Dank schuldig, Ihre Artikel gegen ihn haben mich zum Lachen gebracht«, unterbrach sie sich.

Lucien wußte nicht mehr, was er denken sollte. Er kannte die Tücken und Verrätereien des Journalismus; aber die der großen Welt waren ihm noch nicht vertraut. Er sollte trotz seiner Klugheit denn auch harte Lektionen bekommen.

»Wie denn, Madame«, sagte der Dichter, dessen Neugierde stark gereizt war, »steht der ›Reiher‹ nicht unter Ihrem Schutz?« – »Ich bitte Sie, in der Welt muß man oft seinen schlimmsten Feinden Höflichkeiten erweisen; man muß sich den Anschein geben, als amüsierten einen die, die einem langweilig sind; man muß oft Freunde opfern, um ihnen besser helfen zu können. Sie sind also noch ein rechter Neuling! Wie? Sie wollen schreiben, und die üblichen Betrügereien der großen Welt sind Ihnen unbekannt? Wenn meine Kusine so getan hat, als opfere sie Sie dem ›Reiher‹: mußte sie dann nicht so handeln, damit sie seinen Einfluß zu Ihren Gunsten ausnutzen konnte? Sie müssen wissen, daß der Baron beim jetzigen Ministerium gut angeschrieben ist. Im übrigen haben wir ihm klargemacht, daß ihm bis zu einem gewissen Grad Ihre Angriffe nützlich waren, damit man Sie beide eines Tages aussöhnen kann. Châtelet ist für Ihre Verfolgungen entschädigt worden. Wie des Lupeaulx zu den Ministern sagte: ›Solange die Zeitungen Châtelet lächerlich machen, lassen sie das

Ministerium in Ruhe.‹« – »Monsieur Blondet hat mich hoffen lassen, ich würde das Vergnügen haben, Sie bei mir zu sehen«, sagte die Gräfin Montcornet, während die Marquise Lucien seinen Gedanken überließ. »Sie werden einige Künstler bei mir treffen, Schriftsteller, und eine Dame, die den lebhaftesten Wunsch hat, Sie kennenzulernen, Mademoiselle des Touches, eins der seltensten Talente unseres Geschlechts. Sie werden sicherlich bei ihr verkehren. Mademoiselle des Touches, mit ihrem Schriftstellernamen Camille Maupin, führt einen der bedeutendsten Pariser Salons; sie ist außerordentlich reich. Es ist ihr berichtet worden, Sie seien ebenso schön wie geistreich, und sie hegt das brennendste Verlangen, Sie kennenzulernen.«

Lucien erging sich in Danksagungen und warf einen neidischen Blick auf Blondet. Es bestand ein so großer Unterschied zwischen einer Dame von der Art der Gräfin de Montcornet und Coralie wie zwischen Coralie und einer Straßendirne. Die Gräfin, jung und geistreich, besaß als besonderes Schönheitsmerkmal den schimmernd weißen Teint der nordischen Frauen; ihre Mutter war eine geborene Prinzessin Scherbelow; auch hatte ihr der Gesandte vor dem Essen besonders respektvolle Aufmerksamkeiten bezeigt. – Die Marquise hatte sich inzwischen mit verächtlicher Miene mit einem Hühnerflügel beschäftigt.

»Meine gute Louise«, sagte sie zu Lucien, »hegte eine so tiefe Neigung für Sie. Ich war von ihr eingeweiht, welch schöne Zukunft sie für Sie erträumte! Sie hätte um Ihretwillen vieles ertragen; aber was für eine Verachtung haben Sie ihr bezeigt, als Sie ihr ihre Briefe zurückschickten! Grausamkeiten verzeihen wir – um uns zu verwunden, muß man noch an uns glauben –, aber die Gleichgültigkeit! Die Gleichgültigkeit ist wie das Polareis, sie tötet alles. Gestehen Sie es nur ein, Sie haben sich durch Ihre eigene Schuld um Schätze gebracht. Warum einen Bruch herbeiführen? Auch wenn Sie verachtet worden wären: hatten Sie denn nicht Ihr Glück zu machen, sich Ihren Namen zu erobern? All das hat Louise bedacht.« – »Warum hat sie mir nichts davon gesagt?« fragte Lucien. – »Ich selber habe ihr geraten, Sie nicht ins Vertrauen zu ziehen. Als ich sah, wie schlecht Sie sich in die Welt zu schicken verstanden, hatte ich Angst um Sie! Ich fürchtete, daß Ihre Unerfahrenheit, Ihr unbesonnener Eifer

Louises Absichten und unsere Pläne vereiteln könnten. Können Sie sich heute noch daran erinnern, wie Sie damals waren? Gestehen Sie es doch ein, Sie würden meiner Meinung sein, wenn Sie heute Ihren Zwillingsbruder erblickten. Sie sind ein völlig anderer Mensch geworden. Einzig darin hatten wir unrecht gehabt. Aber unter tausend findet sich nicht einer, der mit so viel Geist eine so merkwürdige Fähigkeit zur Anpassung verbindet. Ich hätte nicht geglaubt, daß Sie eine solche Ausnahme sind. Sie haben sich so rasch verwandelt, sich der Pariser Art und Weise so leicht angeschmiegt, daß ich Sie vor einem Monat im Bois de Boulogne nicht erkannt habe.«

Lucien hörte der großen Dame mit unsagbarem Vergnügen zu. Sie brachte ihre schmeichelhaften Worte in einem so zutraulichen, kindlichen, schmollenden Ton vor, sie schien sich so angelegentlich für ihn zu interessieren, daß er an ein Wunder, ähnlich dem an seinem ersten Abend im Panorama-Dramatique, glaubte. Seit jenem glücklichen Abend lächelte ihm alle Welt zu; er vermeinte, seine Jugend stelle einen Talisman dar. So wollte er denn die Marquise auf die Probe stellen; er nahm sich vor, sich keinerlei Überraschung anmerken zu lassen.

»Und welches waren jene Pläne, Madame, die heute hinfällig geworden sind?« – »Louise wollte vom König einen Erlaß erlangen, der Ihnen gestattet hätte, Namen und Titel ›de Rubempré‹ zu tragen. Sie wollte den Chardon aus der Welt schaffen. Dieser Erfolg, der damals so leicht zu erlangen gewesen wäre und den Ihre Überzeugungen jetzt fast unmöglich gemacht haben, hätte ein großes Glück bedeutet. Sie werden dieser Auffassung keinen großen Wert beilegen; aber wir kennen uns im Leben ein wenig aus und wissen, welch solide Grundlage ein Grafentitel bildet, der von einem eleganten, schönen jungen Mann getragen wird. Je nachdem hier vor ein paar jungen englischen Millionärinnen oder Erbinnen ›Monsieur Chardon‹ oder der ›Herr Graf de Rubempré‹ gemeldet wird, ruft es eine völlig andere Wirkung hervor. Der Graf würde, wenn er verschuldet ist, offene Herzen finden; seine ins rechte Licht gesetzte Schönheit wäre wie ein Diamant in prächtiger Fassung; Monsieur Chardon würde man überhaupt nicht zur Kenntnis nehmen. Wir haben diese Anschauungen nicht geschaffen; wir finden, daß sie überall herrschen, selbst in der Bürgerklasse. Sie kehren in diesem Augenblick dem Glück den Rücken zu. Sehen Sie sich den hübschen jungen Mann dort an, den Vicomte Félix de Vandenesse; er ist einer der beiden Privatsekretäre des Königs. Der König schätzt junge Leute von Talent, und dieser hatte, als er aus der Provinz kam, ein ebenso leichtes Gepäck wie Sie; Sie jedoch haben tausendmal mehr Geist als er; aber gehören Sie einer großen Familie an? Haben Sie einen Namen? Sie kennen des Lupeaulx; sein Name lautet ähnlich wie der Ihre, er heißt Chardin; aber er würde sein Landgut des Lupeaulx nicht für eine Million verkaufen, denn eines Tages wird er Graf des Lupeaulx heißen, und sein Enkel wird vielleicht ein großer Herr sein. Wenn Sie auf dem falschen Wege weitergehen, auf den Sie geraten sind, dann sind Sie verloren. Sehen Sie, Emile Blondet ist viel vernünftiger als Sie; er ist an einem Blatt, das der Regierungspartei beisteht; er ist bei allen Machthabern wohlgelitten, er kann sich ohne Gefahr unter die Liberalen mengen, denn er hat die richtige Einstellung; auch er wird eines Tages zum Ziel gelangen; er hat sich seine Überzeugung und seine Gönner gut ausgewählt. Die hübsche junge Dame, die neben Ihnen sitzt, ist eine geborene de Troisville; sie hat zwei Pairs von Frankreich und zwei Abgeordnete in ihrer Familie; sie hat auf Grund ihres Namens eine reiche Heirat gemacht; sie führt ein großes Haus, hat großen Einfluß und wird die politische Welt für den kleinen Blondet in Bewegung setzen. Wohin aber gelangen Sie mit einer Coralie? Dazu, daß Sie in einigen Jahren von Schulden zugrunde gerichtet und von Genüssen erschöpft sein werden. Sie verschwenden Ihre Liebe und führen Ihr Leben verkehrt. Das hat mir neulich in der Oper die Frau gesagt, die zu kränken Ihnen Vergnügen zu machen scheint. Sie bedauerte den Mißbrauch, den Sie mit Ihrem Talent und Ihrer schönen Jugend treiben; aber sie hat dabei nicht an sich gedacht, sondern an Sie.« – »Ach, wenn Sie die Wahrheit sagten, Marquise!« rief Lucien. – »Und welch ein Interesse sollte ich daran haben, zu lügen?« versetzte die Marquise und warf Lucien einen hochmütigen, kalten Blick zu, der ihn ins Nichts zurückschleuderte.

Lucien war bestürzt und knüpfte die Unterhaltung nicht wieder an; die Marquise tat beleidigt und sprach nicht mehr mit ihm. Er ärgerte sich, aber er mußte einsehen, daß er ungeschickt gewesen sei; er nahm sich vor, es wieder gutzumachen. Er wandte sich Madame de Montcornet zu und sprach mit ihr über Blondet, wobei er das Verdienst dieses jungen Schriftstellers übertrieb. Er wurde von der Gräfin freundlich behandelt und auf ein Zeichen, das ihr Madame d'Espard gab, von ihr zu ihrem nächsten Gesellschaftsabend eingeladen; dabei fragte sie ihn, ob er Madame de Bargeton, die trotz ihrer Trauer da sein werde, nicht gern wiedersehen würde: es handle sich um keine große Gesellschaft, sondern nur um ihren kleinen Empfang, und man werde unter Freunden sein.

»Die Frau Marquise«, sagte Lucien, »behauptet, das ganze Unrecht sei auf meiner Seite; wäre es nicht an ihrer Kusine, mit den Freundlichkeiten zu beginnen?« – »Sorgen Sie dafür, daß die lächerlichen Angriffe, deren Zielscheibe sie ist und die sie noch dazu mit einem Manne kompromittieren, über den sie sich lustig macht, ein Ende nehmen; dann ist der Friede bald wieder hergestellt. Sie haben geglaubt, sie hätte Sie schlecht behandelt, ist mir gesagt worden; aber ich weiß, daß sie sehr traurig darüber gewesen ist, daß Sie sie verlassen haben. Stimmt es, daß sie mit Ihnen zusammen und um Ihretwillen ihrem Provinznest den Rücken gekehrt hat?«

Lucien sah die Gräfin lächelnd an, wagte aber nicht, eine Antwort zu geben.

»Wie konnten Sie Mißtrauen gegen eine Frau hegen, die solch ein Opfer für Sie gebracht hat? Und überdies hätten Sie eine Frau, die so schön und geistvoll ist, auch trotzdem noch lieben müssen. Madame de Bargeton liebt weniger Ihre Person als Ihre Talente. Glauben Sie mir, wir Frauen sind verliebt in den Geist, ehe wir die Schönheit lieben«, sagte sie und sah dabei verstohlen zu Emile Blondet hinüber.

Lucien lernte in diesem Gesandtenpalais den Unterschied zwischen der großen Welt und den unbürgerlichen Kreisen kennen, in denen er seit einiger Zeit lebte. Die Prunkentfaltung dieser beiden Bereiche war einander durchaus unähnlich; es gab keinerlei Berührungspunkte zwischen ihnen. Die Höhe und die Einteilung der Zimmer in dieser Wohnung, einer der reichsten im Faubourg Saint-Germain, die alten Vergoldungen der Salons, die Pracht der Schmuckstücke, die gediegene Kostbarkeit des gesamten Zubehörs, all das war ihm fremd und neu; aber es lag in seiner Natur, sich an Luxus jeglicher Art sehr schnell zu gewöhnen, und so verbarg er sein Erstaunen. Seine Haltung war ebensoweit entfernt von Dreistigkeit und Geckenhaftigkeit wie von Demut und Unterwürfigkeit. Der Dichter verfügte über ein gutes Benehmen und gefiel denen, die nicht Grund hatten, ihm feindlich gesinnt zu sein; die jungen Leute allerdings waren auf seine plötzliche Einführung in die vornehme Welt, seine Erfolge und seine Schönheit eifersüchtig. Als die Tafel aufgehoben wurde, bot Lucien der Marquise d'Espard den Arm, den diese annahm. Rastignac, der sah, wie Lucien von der Marquise ausgezeichnet wurde, trat an ihn heran, erinnerte ihn, daß sie Landsleute seien, und sprach von ihrem ersten Zusammentreffen bei Madame du Val-Noble. Der junge Aristokrat schien sich den großen Mann aus seiner Provinz verpflichten zu wollen; er bat ihn, bei ihm an einem der nächsten Tage zu Mittag zu essen; er erbot sich, Lucien dabei mit den jungen Modeherren bekannt zu machen. Lucien nahm die Einladung an.

»Der liebe Blondet wird ebenfalls kommen«, sagte Rastignac.

Der Gesandte trat zu der Gruppe, die aus dem Marquis de Ronquerolles, dem Herzog von Rhétoré, de Marsay, dem General de Montriveau, Rastignac und Lucien bestand.

»Es freut mich sehr«, sagte er zu Lucien mit der deutschen Gutmütigkeit, unter der er seine gefährliche Schlauheit verbarg, »daß Sie mit der Marquise d'Espard Frieden geschlossen haben. Sie ist von Ihnen entzückt, und wir wissen alle«, sagte er und blickte dabei die Männer an, die im Kreise herumstanden, »wie schwer es ist, ihr zu gefallen.« – »Ja, aber sie schwärmt für den Geist«, sagte Rastignac, »und mein berühmter Landsmann hat so viel davon, daß er ihn verkauft.« – »Er wird bald merken, was für ein schlechtes Geschäft er damit macht«, sagte Blondet lebhaft; »er wird zu uns kommen und bald einer der Unsrigen sein.«

Über dieses Thema redete nun der ganze Chor der Umstehenden auf Lucien ein. Die ernsten Männer äußerten einige schwerwiegende Sätze im Ton von Despoten; die jungen Leute scherzten über die liberale Partei.

»Ich bin mir sicher«, sagte Blondet, »er hat um Kopf oder

Adler gespielt, ob er zur Linken oder zur Rechten gehen sollte; aber jetzt wird er wählen.«

Lucien mußte lachen; er erinnerte sich an die Szene mit Lousteau im Luxembourg. »Sein Treiber«, fuhr Blondet fort, »war ein gewisser Etienne Lousteau, ein Revolverjournalist, für den eine Zeitungsspalte gleichbedeutend mit einem Hundertsousstück ist und dessen ganze Politik darin besteht, an die Rückkehr Napoleons und, was mir noch dümmer vorkommt, an die Dankbarkeit und den Patriotismus der Herren von der Linken zu glauben. Wenn Lucien ein Rubempré sein will, müssen seine Neigungen aristokratisch sein, und als Journalist muß er für die Regierung eintreten, sonst wird er kein Rubempré und kein Generalsekretär.«

Der Diplomat schlug Lucien vor, mit ihm Whist zu spielen, und der junge Dichter erregte das größte Erstaunen, als er gestand, das Spiel nicht zu kennen.

»Lieber Freund«, flüsterte Rastignac ihm zu, »kommen Sie an dem Tage, da Sie bei mir ein schlichtes Mittagsmahl essen sollen, recht früh; dann werde ich Ihnen das Whist-Spiel beibringen; Sie machen unserer königlichen Stadt Angoulême Schande, und ich wiederhole ein Wort Talleyrands, wenn ich Ihnen sage: Es wartet Ihrer ein sehr unglückliches Alter, wenn Sie dieses Spiel nicht kennen.«

Des Lupeaulx wurde gemeldet, ein vortragender Rat, der in Gunst stand und dem Ministerium allerlei geheime Dienste leistete; er war ein schlauer, ehrgeiziger Mann, der sich überall Zutritt verschaffte. Er begrüßte Lucien, den er schon bei Madame du Val-Noble getroffen hatte, und sein Gruß wirkte so freundschaftlich, daß Lucien getäuscht werden mußte. Als dieser Mann, der sich als Politiker zu jedermanns Freund machte, damit niemand es ohne sein Wissen zu etwas bringen konnte, den jungen Journalisten in dieser Gesellschaft antraf, war ihm sofort klar, daß Lucien in der vornehmen Welt ebensoviel Erfolg erringen würde wie in der Literatur. Er erblickte in diesem Dichter einen Ehrgeizigen und überschüttete ihn mit soviel Beteuerungen der Freundschaft und der Anteilnahme, als seien sie alte Freunde, und täuschte Lucien auf diese Weise über den Wert seiner Versprechungen und seiner Äußerungen. Des Lupeaulx verfolgte den Grundsatz, die, die er verderben wollte, wenn er in ihnen Nebenbuhler gewahrte, gründlich kennenzulernen. So wurde Lucien in der vornehmen Welt gut aufgenommen. Er erkannte, was er dem Herzog von Rhétoré, dem Gesandten, Madame d'Espard und Madame de Montcornet schuldig war. Er plauderte mit all diesen Damen ein paar Augenblicke, bevor er sich verabschiedete, und entfaltete für sie die ganze Anmut seines Geistes.

»Was für ein Geck!« sagte des Lupeaulx zur Marquise, als Lucien gegangen war. – »Er wird verderben, ehe er reif ist«, sagte de Marsay lächelnd zur Marquise. »Sie müssen geheime Gründe haben, daß Sie ihm so den Kopf verdrehen.«

Lucien fand in seinem Wagen, der im Hof auf ihn wartete, Coralie vor. Er war von dieser Aufmerksamkeit gerührt und erzählte ihr die Ereignisse des Abends. Zu seinem großen Erstaunen billigte die Schauspielerin die neuen Ideen, die bereits in seinem Kopfe ihr Wesen trieben, und ermunterte ihn mit Entschiedenheit, ins Lager der Regierungstreuen überzuschwenken.

»Bei den Liberalen hast du nur Nackenschläge zu erwarten; sie zetteln Verschwörungen an, sie haben den Herzog von Berry ermordet[221]. Werden sie die Regierung stürzen? Niemals! Durch sie bringst du es zu nichts, während du auf der andern Seite Graf de Rubempré wirst. Du kannst dich verdient machen, zum Pair von Frankreich ernannt werden, eine reiche Frau heiraten. Werde Ultra. Außerdem gehört das zum guten Ton«, fügte sie hinzu und gebrauchte damit ein Wort, das für sie die entscheidende Begründung war. »Die Val-Noble, bei der ich zum Abendessen war, hat mir gesagt, daß Théodore Gaillard bestimmt sein kleines royalistisches Blatt, das er den ›Réveil‹ nennt, herausgeben wird, um den Bosheiten eures Blattes und des ›Miroir‹ etwas entgegenzustellen. Wie er behauptet, werden Monsieur de Villèle und seine Partei, ehe ein Jahr um ist, am Ruder sein[222]. Suche diesen Umschwung zu benutzen und verbinde dich mit ihnen, solange sie noch nichts sind; aber sage Etienne und deinen Freunden nichts; sie wären imstande, dir einen schlimmen Streich zu spielen.«

Acht Tage später fand sich Lucien bei Madame de Montcornet ein. Er war heftig bewegt, als er die Frau wiedersah, die er so sehr geliebt und die er mit seinen Bosheiten ins Herz getroffen hatte. Auch Louise war eine andere geworden. Sie hatte sich in das verwandelt, was sie ohne ihren Aufenthalt in der Provinz immer gewesen wäre: eine große Dame. Ihre Trauerkleidung zeigte eine Anmut und so viel ausgesuchten Geschmack, daß man nur zu sehr merkte: sie war eine glückliche Witwe. Lucien glaubte, an dieser Koketterie nicht unbeteiligt zu sein, und er täuschte sich darin nicht; aber er hatte, wie der Menschenfresser im Märchen, frisches Fleisch gekostet und schwankte während des ganzen Abends zwischen der schönen, hingebenden, wollüstigen Coralie und der trockenen, hochmütigen, grausamen Louise. Er vermochte keinen Entschluß zu fassen und die Schauspielerin nicht der großen Dame zum Opfer zu bringen. Dieses Opfer nun aber erwartete Madame de Bargeton während des ganzen Abends; sie empfand jetzt Liebe für Lucien, als sie ihn so geistvoll und so schön sah; aber sie kam mit ihren versteckten Worten und koketten Mienen nicht auf ihre Kosten, und als sie später den Salon verließ, hatte sie den unwiderruflichen Vorsatz gefaßt, sich zu rächen.

»Sieh da, lieber Lucien«, sagte sie zu ihm mit der ganzen Anmut einer Pariser Liebenswürdigkeit und Vornehmheit, »Sie hätten mein Stolz sein sollen, und nun haben Sie aus mir Ihr erstes Opfer gemacht. Ich habe Ihnen verziehen, lieber Junge, weil ich meinte, in solch einer Rache müßte ein Rest von Liebe verborgen sein.«

Madame de Bargeton hatte durch diesen schönen Satz, den sie mit dem Lächeln einer Königin untermalte, den Sieg davongetragen. Lucien, der tausendmal recht zu haben geglaubt hatte, sah sich ins Unrecht versetzt. Es war keine Rede mehr von dem schrecklichen Abschiedsbrief, durch den er den Bruch herbeigeführt hatte, noch von dessen Beweggründen. Die Damen der großen Welt besitzen ein wunderbares Talent, das Unrecht, das sie begangen haben, durch einen Scherz aus der Welt zu schaffen. Sie können mit einem Lächeln, mit einer Frage, durch die sie die Erstaunte spielen, alles wieder auslöschen. Sie erinnern sich an nichts, erklären alles, sind erstaunt, fragen, kommentieren, werden weitschweifig, streiten, und schließlich haben sie ihr Unrecht beseitigt, wie man einen Flecken mit ein bißchen Seife auswäscht: sie waren ganz zweifellos schwarz, aber im Handumdrehen werden sie weiß und unschuldig. Und der Mann ist dann immer nur zu froh, daß das Verbrechen, das er begangen hat, nicht unsühnbar ist. In Blitzesschnelle hatten Lucien und Louise ihre Illusionen über sich selber wiedererlangt; sie führten wieder die Sprache der Freundschaft; Lucien jedoch, der von befriedigter Eitelkeit und von Coralie trunken war, die, geben wir es zu, ihm ein bequemes Leben schuf, brachte es nicht über sich, auf die Frage, die Louise mit einem versteckten Seufzer begleitete: »Sind Sie glücklich?« eine entscheidende Antwort zu geben. Ein melancholisches ›Nein‹ hätte sein Glück begründet. Er glaubte etwas recht Gescheites zu tun, als er zur Antwort begann, über Coralies Wesen zu sprechen; er sagte, er werde um seiner selbst willen geliebt, kurzum, er brachte sämtliche Dummheiten eines Verliebten vor. Madame de Bargeton biß sich auf die Lippen. Die Entscheidung war gefallen. Madame d'Espard trat mit Madame de Montcornet an ihre Kusine heran. Lucien sah sich sozusagen als den Helden des Abends: er wurde von den drei Damen, die ihn mit großer Kunstfertigkeit umgarnten, umschmeichelt und gefeiert. Sein Erfolg in dieser Welt der Schönheit und des Glanzes war nicht geringer als der in der Welt des Journalismus. Die schöne Mademoiselle des Touches, die unter dem Pseudonym Camille Maupin so bemüht war und der die Marquise d'Espard und Madame de Bargeton Lucien vorstellten, lud ihn für einen ihrer Mittwochabende zum Essen ein; sie schien von seiner vielgerühmten Schönheit stark beeindruckt zu sein. Lucien versuchte zu zeigen, daß sein Geist noch bedeutender sei als seine Schönheit. Mademoiselle des Touches drückte ihre Bewunderung mit der naiven Freude und den hübschen, oberflächlichen Freundschaftsbezeigungen aus, auf die alle die hereinfallen, die das Pariser Leben nicht von Grund auf kennen, in dem die Gewohnheit sich zu vergnügen so begierig nach neuem Genuß macht.

»Wenn ich ihr so gut gefiele, wie sie mir«, sagte Lucien zu Rastignac und de Marsay, »könnte der Roman schnell zustande kommen ...« – »Sie schreiben beide zu gute Romane, als daß

Sie einen miteinander erleben möchten«, erwiderte Rastignac. »Können Schriftsteller und Schriftstellerinnen einander lieben? Es kommt immer ein Augenblick, da man sich kleine Bosheiten sagt.« – »Die Sache wäre gar nicht so übel«, sagte de Marsay lachend zu ihm. »Das reizende Mädchen ist allerdings schon dreißig Jahre alt; aber es hat fast achtzigtausend Francs Jahreseinkommen. Sie ist anbetenswert launisch, und sie hat eine Schönheit von der Art, die sich lange hält. Coralie ist eine kleine Närrin, lieber Freund, und ist nur dazu gut, Ihnen ein gewisses Ansehen zu verleihen; denn ein hübscher Junge darf nicht ohne eine Geliebte sein; aber wenn Sie keine Schönheit in der vornehmen Welt eroberten, müßte die Schauspielerin Ihnen auf die Dauer zum Schaden gereichen. Also los, mein Lieber! Stechen Sie Conti aus, der jetzt gleich mit Camille Maupin singen wird. Zu allen Zeiten hat die Poesie vor der Musik den Vortritt gehabt.«

Als Lucien Mademoiselle des Touches und Conti zusammen nennen hörte, verflogen seine Hoffnungen.

»Conti singt zu gut«, sagte er zu des Lupeaulx.

Lucien trat wieder zu Madame de Bargeton; sie führte ihn in den Salon, in dem die Marquise d'Espard sich befand.

»Nun, wollen Sie sich nicht für ihn einsetzen?« fragte Madame de Bargeton ihre Kusine. – »Aber Monsieur Chardon«, erwiderte die Marquise mit einem Gesicht, das zugleich impertinent und freundlich war, »muß sich erst in eine Lage bringen, daß man ihn protegieren kann, ohne Unannehmlichkeiten zu haben. Muß er nicht, wenn er den königlichen Erlaß erlangen will, der ihm gestattet, den armseligen Namen seines Vaters mit dem seiner Mutter zu vertauschen, wenigstens einer der Unsrigen sein?« – »Ehe zwei Monate um sind, habe ich alles in Ordnung gebracht«, erwiderte Lucien. – »Vortrefflich«, sagte die Marquise; »ich suche meinen Vater und meinen Onkel auf, die im Dienst des Königs stehen; sie werden mit dem Kanzler über Sie sprechen.«

Der Diplomat und die beiden Damen hatten Luciens empfindliche Stelle nur zu gut herausgefunden. Der Dichter, der von dem aristokratischen Glanz geblendet war, fühlte sich unglaublich gedemütigt, wenn er sich Chardon nennen hörte, während er in diesen Salons nur Männer mit klangvollen Namen um sich sah, Namen, die in hohe Titel eingerahmt waren. Dieser Schmerz widerfuhr ihm seit einigen Tagen überall, wo er sich zeigte. Er verspürte übrigens das gleiche unangenehme Gefühl, wenn er in der großen Welt gewesen war, in der er dank der Equipage und der Bedienung Coralies angemessen aufzutreten in der Lage war, und dann am nächsten Tag wieder zu den Obliegenheiten seines Berufs hinuntersteigen mußte. Er nahm Reitunterricht, um neben dem Wagen der Marquise d'Espard, der Mademoiselle des Touches und der Gräfin Montcornet einhergaloppieren zu können, um welches Vorrecht er die vornehmen jungen Männer bei seiner Ankunft in Paris so sehr beneidet hatte. Finot verschaffte seinem Hauptmitarbeiter freudig freien Eintritt in der Großen Oper, in der Lucien viele Abende vergeudete, wenngleich er dafür von jetzt an zur eleganten Welt jener Zeit gehörte. Als der Dichter sich bei Rastignac und seinen Freunden mit einem glänzenden Mittagessen revanchierte, beging er den Fehler, es bei Coralie zu geben; denn er war zu jung, zu sehr Dichter und zu vertrauensselig, um sich auf gewisse Nuancen des Benehmens zu verstehen; und konnte denn eine Schauspielerin, die ein treffliches Mädchen war, aber keinerlei Bildung besaß, ihn das Leben kennen lehren? Der Provinzler verriet auf diese Weise jenen jungen Leuten, die im stillen alle schlecht auf ihn zu sprechen waren, die untrennbare Gemeinschaft auch in Geldangelegenheiten, die zwischen der Schauspielerin und ihm bestand; auf dergleichen ist jeder junge Mann heimlich neidisch, und untereinander lästerten sie alle darüber. Der noch am nämlichen Abend am grausamsten darüber spottete, war Rastignac; er hielt sich zwar durch ähnliche Mittel in der großen Welt, wußte aber den äußeren Anstand so gut zu wahren, daß er die böse Nachrede als Verleumdung hinstellen konnte. Lucien hatte das Whist rasch erlernt. Das Spiel wurde bei ihm zur Leidenschaft. Coralie wollte jede Eifersucht vermeiden und hütete sich, Lucien zu tadeln; sie begünstigte seine Neigung zum Verschwenden mit der Blindheit, wie sie allen leidenschaftlichen Naturen eigen ist; sie sehen nie etwas anderes als die Gegenwart und bringen dem Genuß des Augenblicks alles, selbst die Zukunft, zum Opfer. Die wahre Liebe besitzt in jeder Hinsicht die größte Ähnlichkeit mit der

Kindheit: sie hat all ihre Unbedachtsamkeit und Sorglosigkeit, ihre Verschwendung, ihr Lachen und Weinen.

Zu jener Zeit blühte eine Gesellschaft von jungen Leuten, die bald reich, bald arm, samt und sonders aber Müßiggänger waren und Lebemänner genannt wurden; sie lebten in der Tat mit einer unglaublichen Unbekümmertheit und waren starke Esser und noch stärkere Trinker. Als Verschwender führten sie eine nicht nur tolle, sondern wahnwitzige Existenz; die stärksten Späße waren ihnen gerade gut genug; sie schreckten vor keiner Unmöglichkeit zurück, prahlten mit ihren schlimmsten Streichen, die indessen doch in gewissen Grenzen blieben: was sie auch taten, in allem war Originalität, und es war unmöglich, ihnen irgend etwas nicht zu verzeihen. Nichts klagt so deutlich das Helotentum an, zu dem die Restauration die Jugend verdammt hatte. Die jungen Leute, die nicht wußten, was sie mit ihrer Kraft anfangen sollten, stürzten sich nicht nur in den Journalismus, in Verschwörungen, in die Literatur und die Kunst, sie verschwendeten sie auch in den absonderlichsten Ausschweifungen. Jugendübermut, Feuer und schäumende Kraft tobten im jungen Frankreich. Wenn sie arbeitete, wollte diese Jugend Macht und Liebesfreuden; war sie künstlerisch tätig, wollte sie Reichtum; war sie müßig, wollte sie ihre Leidenschaften anfachen; auf jede Weise wollte sie Raum, und die Politik gab ihr keinen. Die Lebemänner besaßen fast sämtlich ungewöhnliche Gaben; einige haben sie bei diesem aufreibenden Leben eingebüßt, andere haben ihm Widerstand geleistet. Der berühmteste und der geistvollste unter ihnen, Rastignac, lenkte schließlich unter der Leitung Marsays in eine ernsthafte Laufbahn ein und hat sich darin ausgezeichnet. Die Späße, in denen sich diese jungen Leute ergingen, sind so berühmt geworden, daß sie den Stoff zu mehreren Vaudevilles geliefert haben. Lucien, der durch Blondet in diese Gesellschaft von Verschwendern eingeführt worden war, glänzte dort neben Bixiou, einem der boshaftesten Geister und unermüdlichsten Spötter jener Zeit. Während des ganzen Winters lebte Lucien auf diese Weise in einem ununterbrochenen Rausch, der nur von den leicht zu bewältigenden journalistischen Arbeiten unterbrochen wurde; er setzte die Folge seiner kleinen Artikel fort und gab sich die größte Mühe, von Zeit zu Zeit ein paar schöne, kritische Seiten, die er ernsthaft durchdacht hatte, zu schreiben. Aber es war eine Ausnahme, wenn er zum ernsthaften Arbeiten kam; der Dichter befleißigte sich dessen nur, wenn die Notwendigkeit dazu zwang; die Mittagessen, die Abendessen, die Vergnügungen, die Abendgesellschaften der vornehmen Welt, das Spiel beanspruchten seine ganze Zeit, und was übrigblieb, beanspruchte Coralie. Lucien verbot sich, an den kommenden Tag zu denken. Er sah übrigens, daß seine vermeintlichen Freunde das gleiche Leben wie er führten; die Kosten wurden durch Waschzettel für Verleger bestritten, die hoch im Preis standen, Prämien, die für gewisse Artikel bezahlt wurden, wenn sie für waghalsige Spekulationen gebraucht wurden; man lebte von der Hand in den Mund und kümmerte sich wenig um die Zukunft. Nachdem Lucien in den Journalismus und die Literatur aufgenommen worden war und als gleichberechtigt behandelt wurde, merkte er, wie ungeheuer schwer der Sieg sein würde, wenn er höher steigen wollte: jeder war einverstanden, ihn als seinesgleichen neben sich zu sehen, aber keiner wollte ihn über sich sehen. Unmerklich verzichtete er also auf den literarischen Ruhm; er glaubte, in der Politik sei das Glück leichter zu erlangen.

»Die Intrige erweckt weniger Gegnerschaft als das Talent; ihre unterirdischen Schleichwege fallen niemandem auf«, sagte eines Tages Châtelet, mit dem Lucien sich wieder ausgesöhnt hatte, zu ihm. »Die Intrige ist überdies dem Talent überlegen: sie macht aus nichts etwas, während die ungeheuren Kräfte des Talents in den meisten Fällen den Menschen bloß unglücklich machen.«

In diesem Leben, in dem eine Ausschweifung der anderen folgte und die Arbeit immer auf den nächsten Tag verschoben wurde, verfolgte Lucien sein wichtigstes Anliegen: er hielt sich beständig in Kreisen der gehobenen Gesellschaft auf, machte Madame de Bargeton, der Marquise d'Espard, der Gräfin de Montcornet den Hof und ließ keinen Abend bei Mademoiselle des Touches aus; vor einer Lustbarkeit oder nach einem Abendessen, das von Schriftstellern oder Verlegern veranstaltet wurde, erschien er in der vornehmen Gesellschaft; er verließ die Salons und begab sich zu einem Souper, das das Ergebnis irgendeiner Wette war; das Anstrengende der Pariser Konversation und das

Spiel beanspruchten die paar Gedanken und Kräfte, die seine Ausschweifungen ihm übrig ließen. Der Dichter verfügte nicht mehr über den hellen Geist und den kühlen Kopf, der nötig ist, um seine Umgebung zu beobachten und den ausgesuchten Takt anzuwenden, dessen Emporkömmlinge in jedem Augenblick bedürfen; es war ihm unmöglich, wahrzunehmen, wann Madame de Bargeton sich ihm näherte oder sich verletzt von ihm abwandte, ihm verzieh oder ihn von neuem verdammte. Châtelet war sich klar über die Aussichten, die sein Nebenbuhler nach wie vor besaß, und schloß mit Lucien Freundschaft, um ihn das verschwenderische Leben weiterführen zu lassen, das seine Energie zugrunde richten mußte. Rastignac, der auf seinen Landsmann eifersüchtig war und überdies in dem Baron einen sicheren und nützlicheren Bundesgenossen fand als in Lucien, schloß sich Châtelets Racheplan an. Deswegen hatte Rastignac wenige Tage, nachdem der ›Petrarca und die Laura von Angoulême‹ wieder zusammengetroffen waren, den Dichter und den alten Gecken aus der Kaiserzeit gelegentlich eines üppigen Soupers im Rocher-de-Cancale miteinander ausgesöhnt. Lucien, der immer erst morgens nach Hause kam und spät am Tag aufstand, brachte keine Kraft zum Widerstand gegen die immer bereite Liebe auf, die ihn daheim erwartete. So wurde die Triebfeder seines Willens immer wieder von einer Trägheit geschwächt, die ihn die guten Vorsätze vergessen ließ, die er in dem Augenblick faßte, da er seine Lage in ihrem wahren Lichte sah; bald konnte er sich auch dem stärksten Druck des Elends nicht mehr entgegenstemmen. Coralie war anfangs sehr glücklich gewesen, daß Lucien ein Freudenleben führte; sie erblickte in diesem Taumel ein Unterpfand für die Dauer seiner Neigung, erkannte darin auch äußerlich Bande in Gestalt der Bedürfnisse, die dieses Leben mit sich brachte, und hatte ihn deshalb auf seinen Wegen ermuntert; aber schließlich brachte dies sanfte, zarte Mädchen dennoch den Mut auf, ihrem Geliebten anzuempfehlen, er solle die Arbeit nicht vergessen; oftmals war sie genötigt, ihm zu sagen, er habe in diesem Monat zu geringe Einnahmen gehabt. Der Dichter und seine Geliebte stürzten sich mit erschreckender Geschwindigkeit in Schulden. Die fünfzehnhundert Francs, der Rest des Honorars der ›Margueriten‹, und die ersten fünfhundert Francs, die

Lucien verdient hatte, waren rasch verzehrt gewesen. In einem Vierteljahr brachten ihm seine Artikel nur tausend Francs ein, und dabei glaubte er, gewaltig geschuftet zu haben. Aber schon hatte sich Lucien die heitere Weisheit der Lebemänner bezüglich der Schulden zu eigen gemacht. Schulden sind bei jungen Leuten von fünfundzwanzig Jahren etwas Reizendes; später verzeiht sie ihnen niemand. Es muß gesagt werden, daß gewissen wahrhaft poetischen Gemütern – die jedoch willensschwach sind und sich immer nur mit ihren Gefühlen befassen, damit sie ihre Eindrücke in Bilder umsetzen können – der moralische Sinn, der jede Beobachtung begleiten muß, fast gänzlich fehlt. Die Dichter empfangen lieber Eindrücke von außen her, als daß sie sich in andere hineinversetzen, um dort den Mechanismus der Empfindungen zu erkunden. So gab sich Lucien keine Rechenschaft über diejenigen der Lebemänner, die eines Tages verschwanden; er machte sich die Zukunft dieser vermeintlichen Freunde nicht klar, von denen die einen Erbschaften in Aussicht, die andern gewisse Hoffnungen, diese anerkannte Talente, jene den unerschütterlichsten Glauben an ihr Schicksal hatten oder mit der bewußten Absicht umgingen, die Gesetze zu umgehen. Lucien glaubte an seine Zukunft und vertraute den weisen Sprüchen Blondets: »Alles regelt sich schließlich von selbst. – Leute, die nichts haben, können auch nichts verlieren. – Wir können nur das Vermögen verlieren, das wir suchen! – Wer mit dem Strom schwimmt, landet schließlich irgendwo. – Ein Mann von Geist, der in der großen Welt Fuß gefaßt hat, macht sein Glück, wann er will!«

Diesen gänzlich mit Lustbarkeiten ausgefüllten Winter benutzten Théodore Gaillard und Hector Merlin dazu, das Kapital aufzutreiben, das zur Gründung des ›Réveil‹ erforderlich war; seine erste Nummer erschien erst im März 1822. Das Geschäft kam bei Madame du Val-Noble zustande. Diese elegante und geistvolle Kurtisane übte einen gewissen Einfluß auf die Bankiers, auf die vornehmen Herren und die Schriftsteller der royalistischen Partei aus; sie waren samt und sonders daran gewöhnt, in ihren prächtigen Räumen zusammenzukommen, um gewisse Geschäfte ins reine zu bringen, die nur hier erledigt werden konnten. Hector Merlin, dem der Chefredakteurposten des ›Réveil‹ versprochen worden war, sollte Lucien, der jetzt sein intimer Freund war, zu seiner rechten Hand machen; und ebenso war Lucien das Feuilleton eines der regierungstreuen Blätter zugesagt worden. Die Frontänderung Luciens bereitete sich langsam vor, während er sich den Genüssen des Lebens hingab. Der junge Mensch, fast noch ein Knabe, hielt sich für einen Politiker, wenn er diese plötzliche Schwenkung verheimlichte, und hoffte stark auf die ministerielle Freigebigkeit, um seine Schulden zu bezahlen und die heimlichen Sorgen Coralies verscheuchen zu können. Die Schauspielerin lächelte immer und verbarg ihren Kummer; aber Bérénice war beherzter und schenkte Lucien reinen Wein ein. Wie alle Dichter war das angehende Genie für kurze Zeit über dies Mißgeschick völlig trostlos, versprach zu arbeiten, vergaß indessen sein Versprechen wieder und ertränkte seine flüchtige Bekümmernis in Ausschweifungen. Sobald Coralie Wolken auf der Stirn ihres Geliebten gewahrte, schalt sie Bérénice aus und sagte ihrem Dichter, es werde schon alles in Ordnung kommen. Madame d'Espard und Madame de Bargeton wollten, wie sie sagten, die Schwenkung Luciens abwarten, um den Minister durch Châtelet um den ersehnten Erlaß zum Zweck der Namensänderung bitten zu lassen. Lucien hatte versprochen, seine ›Margueriten‹ der Marquise d'Espard zu widmen, und sie schien hocherfreut über eine Auszeichnung, die die Schriftsteller nur noch selten gewähren, seit sie eine Macht geworden sind. Wenn Lucien abends zu Dauriat ging und sich erkundigte, wie es mit seinem Buch stehe, brachte der Verleger schwerwiegende Gründe vor, warum die Drucklegung verzögert werden müsse, Dauriat plane diese und jene Unternehmung, die alle seine Zeit in Anspruch nehme: ein neuer Band von Canalis solle herauskommen, und Luciens Buch dürfe nicht gleichzeitig erscheinen; die zweiten ›Meditationen‹ Lamartines seien im Druck, und zwei bedeutsame Gedichtbücher dürften nicht zur gleichen Zeit auf den Markt geworfen werden; überhaupt solle der Dichter sich völlig auf seinen geschickten Verleger verlassen. Indessen wurde Luciens Notlage so dringend, daß er seine Zuflucht zu Finot nahm, der ihm einen Vorschuß auf Artikel gab. Als der Dichterjournalist am Abend beim Souper seinen Freunden, den Lebemännern, seine Lage darlegte, ertränkten sie seine Besorgnisse in Strömen von Champagner, den sie mit Späßen kühlten. Schulden! Es gibt keine starken Männer ohne Schulden! Schulden repräsentieren befriedigte Bedürfnisse, unumgängliche Laster. Ein Mann setzt sich nur durch, wenn er von der eisernen Hand der Notwendigkeit vorwärtsgetrieben wird.

»Den großen Männern das dankbare Leihhaus!« rief Blondet ihm zu. – »Alles wollen heißt: alles schulden«, sagte Bixiou. – »Nein. Alles schulden heißt: alles gehabt haben«, erwiderte des Lupeaulx.

Die Lebemänner bewiesen dem Knaben, seine Schulden seien der goldene Sporn, mit dem er die vor den Wagen seines Glücks gespannten Pferde anstachele. Dann kam Cäsar mit seinen vierzig Millionen Schulden aufs Tapet; dann Friedrich II.[223], der von seinem Vater einen Dukaten monatlich bekam, und immerfort die berühmten, verderblichen Beispiele der großen Männer, die in ihren Fehlern gezeigt werden und nicht in der Allmacht ihres Mutes und ihrer Gedankenwelt! Schließlich wurden der Wagen, die Pferde und die Möbel Coralies von mehreren Gläubigern gepfändet; die Summe, um die es sich handelte, belief sich auf viertausend Francs. Als Lucien zu Lousteau eilte, um die tausend Francs zurückzuerbitten, die er ihm geborgt hatte, zeigte Lousteau ihm Stempelpapiere, aus denen hervorging, daß es Florine ebenso ging wie Coralie; indessen schlug der dankbare Lousteau ihm vor, die erforderlichen Schritte zu unternehmen, um den ›Bogenschützen Karls IX.‹ unterzubringen.

»Wie ist Florine denn in diese Lage gekommen?« fragte Lucien. – »Matifat wollte nicht mehr mitmachen«, erwiderte Lousteau, »er hat uns sitzenlassen; aber wenn Florine will, soll er seinen Verrat teuer bezahlen! Ich erzähle dir die Geschichte später.«

Drei Tage nach dem vergeblichen Schritt, den Lucien bei Lousteau versucht hatte, saßen die beiden Liebenden traurig am Kamin ihres schönen Schlafzimmers beim Mittagessen; Bérénice hatte ihnen auf der Kaminplatte Eier gekocht; denn die Köchin, der Kutscher, alle Bedienten waren weg. Es war unmöglich, die gepfändeten Möbel einzulösen. Es gab in der Wohnung keinen goldenen oder silbernen Gegenstand und nichts mehr, was Wert hatte; das alles hatte sich in Pfandscheine verwandelt, die ein kleines, sehr lehrreiches Oktavbändchen bildeten. Bérénice hatte zwei Bestecke zurückbehalten. Das ›Kleine Blatt‹ leistete Lucien und Coralie unschätzbare Dienste, indem es durch seine Existenz dafür sorgte, daß der Schneider, die Schneiderin und die Modistin, die alle davor zitterten, es mit einem Journalisten zu verderben, der imstande war, ihre Geschäfte in schlechten Ruf zu bringen, nicht abtrünnig wurden. Während des Mittagessens kam Lousteau und rief: »Hurra! Es lebe der ›Bogenschütze Karls IX.‹ Ich habe für hundert Francs Rezensionsexemplare verkloppt, Kinder. Hier! Wir wollen teilen.«

Er reichte Coralie fünfzig Francs und schickte Bérénice weg, damit sie ein etwas kräftigeres Mittagessen hole.

»Gestern haben Hector Merlin und ich mit Verlegern zu Abend gegessen, und wir haben den Verkauf deines Romans durch pfiffige Erfindungen vorbereitet. Du stehst in Unterhandlungen mit Dauriat; aber er knickert, er will nicht mehr als viertausend Francs für zweitausend Exemplare geben, und du willst sechstausend. Wir haben dich als doppelt so groß wie Walter Scott hingestellt. Oh! du hast unvergleichliche Romane im Bauch! Du bietest nicht ein Buch an, sondern ein Geschäft; du bist nicht der Verfasser eines mehr oder minder genialen Romans: du bist eine ganze Serie! Dieses Wort Serie hat eingeschlagen. Also vergiß nicht deine Rolle. Du hast in deinem Schreibtisch: ›Die Grande Mademoiselle oder Frankreich unter Ludwig XIV.‹; ›Cotillon I. oder die ersten Tage Ludwigs XIV.‹; ›Die Königin und der Kardinal oder Paris zur Zeit der Fronde‹; ›Concinis Sohn oder eine Intrige Richelieus!‹ . . . Diese Romane werden auf dem Umschlag angekündigt. Wir nennen dieses Manöver: den Erfolg hochdrehen. Man läßt seine Bücher auf den Umschlägen den Leuten in die Augen springen, bis sie berühmt sind, und man ist dann weit größer durch die Werke, die man nicht schreibt, als durch die, die man zustande gebracht hat. Das ›In Vorbereitung‹ ist die literarische Hypothek! Also, Kinder, wir wollen vergnügt sein! Hier ist Champagner. Weißt du, Lucien, die Leute haben Augen gemacht, so groß wie deine Untertassen . . . Du hast doch noch Untertassen?« – »Die sind gepfändet«, sagte Coralie. – »Ich begreife und greife vor«, entgegnete Lousteau. »Die Buchhändler glauben an alle deine Manuskripte, wenn sie ein einziges davon zu sehen bekommen.

Im Verlagsbuchhandel will man das Manuskript sehen, man tut dann so, als wolle man es lesen. Lassen wir den Verlegern ihre Überheblichkeit: nie lesen sie Bücher, sonst würden sie nicht so viele veröffentlichen! Hector und ich haben durchblicken lassen, daß du für fünftausend Francs dreitausend Exemplare in zwei Auflagen bewilligen würdest. Gib mir das Manuskript des ›Bogenschützen‹; übermorgen frühstücken wir bei den Verlegern und seifen sie ein.« – »Welche sind es denn?« fragte Lucien. – »Zwei Kompagnons, tüchtige Kerle, recht erfahren im Geschäft; Fendant und Cavalier heißen sie. Der eine ist ein früherer erster Gehilfe der Firma Vidal & Porchon, der andere ist der geschickteste Reisende vom Quai des Augustins; seit einem Jahr sind sie etabliert. Anfangs haben sie einiges Kapital bei der Herausgabe von Romanen aus dem Englischen verloren; jetzt wollen es die guten Leute mit einheimischer Ware versuchen. Es geht das Gerücht, die beiden Händler in bedrucktem Papier riskierten nur Kapital anderer Leute; aber ich denke, es ist dir ziemlich gleichgültig, wem das Geld gehört, das dir gezahlt wird.«

Zwei Tage später waren die beiden Journalisten zum Mittagessen in der Rue Serpente eingeladen, in dem Stadtviertel, wo Lucien früher gehaust hatte und in dem Lousteau noch immer sein Zimmer in der Rue de la Harpe bewohnte. Und Lucien, der den Freund dort abholte, erblickte die Kammer noch im nämlichen Zustand, in dem sie sich an dem Abend seiner Einführung in die literarische Welt vorgefunden hatte; aber er wunderte sich nicht mehr darüber: seine Erfahrungen hatten ihn mit den Wechselfällen im Leben der Journalisten vertraut gemacht, und er verstand jetzt so etwas. Unser großer Mann aus der Provinz hatte das Honorar für mehr als einen Artikel bekommen und im Spiel draufgehen lassen und damit auch die Lust verloren, weitere zu schreiben; er hatte mehr als eine Spalte nach dem trefflichen Rezept geschrieben, das Lousteau ihm anvertraut hatte, während sie von der Rue de la Harpe nach dem Palais Royal hinabgeschlendert waren. Er war in Abhängigkeit von Barbet und Braulard geraten; er handelte mit Rezensionsexemplaren und Theaterbilletten; er schreckte jetzt vor keinem Lob und keinem Angriff mehr zurück; er empfand sogar in diesem Augenblick eine Art Freude, aus Lousteau noch jeden möglichen

Vorteil herauszuholen, bevor er den Liberalen den Rücken kehrte, die so trefflich anzugreifen er sich vornahm, wie er sie gründlich kennengelernt hatte. Lousteau seinerseits erhielt zu Luciens Nachteil von Fendant & Cavalier die Summe von fünfhundert Francs in bar als Kommissionsgebühr, weil er den beiden Verlegern, die auf der Suche nach einem französischen Scott gewesen waren, diesen künftigen Walter Scott zugeführt hatte.

Die Firma Fendant & Cavalier war eine der Verlagsbuchhandlungen, die sich ohne das geringste Kapital etablieren, wie es damals öfter geschah, und wie es immer geschehen wird, solange die Papierlieferanten und Drucker dem Verlagsbuchhandel für die Zeit Kredit geben, die für sieben oder acht jener Glücksspiele, die man Buchveröffentlichungen nennt, erforderlich ist. Damals wie heute wurden die Werke den Schriftstellern mit Wechseln auf sechs, neun oder zwölf Monate Ziel abgekauft; diese Art der Zahlung liegt in der Natur des Geschäfts begründet, das Buchhändler miteinander abschließen; denn sie müssen noch länger auf Zahlung warten. Die Buchhändler bezahlten die Papierlieferanten und die Drucker mit derselben Münze, und sie hatten auf diese Weise ein Jahr lang gratis einen ganzen Verlag in Händen, der aus zwölf oder zwanzig Werken bestand. Hatten davon zwei oder drei Erfolg, so bezahlte der Erlös der guten Geschäfte die schlechten, und sie hielten sich, indem sie Buch auf Buch pfropften Waren die Unternehmungen alle zweifelhaft oder bekamen sie es zu ihrem Unglück mit guten Büchern zu tun, die erst verkauft werden konnten, wenn das bessere Publikum auf den Geschmack gekommen war, wurde es schwer, ihre Wechsel einzulösen, oder machten sie sogar bankrott, dann zeigten sie unbesorgt ihre Zahlungseinstellung an; die Bilanz war im voraus für dieses Ende frisiert worden. So lagen alle Chancen zu ihren Gunsten; sie spielten auf dem grünen Tuch der Spekulation mit dem Geld anderer, nicht mit ihrem eigenen. Fendant & Cavalier waren in dieser Lage; Cavalier hatte seine Geschicklichkeit hineingesteckt, Fendant seinen Fleiß dazugegeben. Das Gesellschaftskapital verdiente diesen Namen durchaus, da es aus einigen tausend Francs bestand, den mühsam zusammengeschacherten Ersparnissen ihrer Geliebten; davon behielten sie sich beide sehr ansehnliche Gehälter vor, die gewissenhaft in Abendessen für Journalisten und Schriftsteller und im Besuch der Theater angelegt wurden, wo, wie sie sagten, die Geschäfte gemacht wurden. Diese halben Spitzbuben galten beide für gerieben; aber Fendant war schlauer als Cavalier. Cavalier war, wie es sich für einen Mann seines Namens in dieser Firma gehörte, der Reisende, Fendant erledigte die Geschäfte in Paris. Dieses Kompagniegeschäft war das, was es zwischen zwei Buchhändlern stets sein wird: ein Duell. Die Kompagnons hatten ihr Unternehmen im Erdgeschoß eines der alten, vornehmen Häuser der Rue Serpente untergebracht, und das Kontor der Firma erreichte man, nachdem man geräumige Wohnzimmer durchschritten hatte, die in Bücherlager umgewandelt worden waren. Sie hatten schon viele Romane veröffentlicht, wie zum Beispiel ›La Tour du Nord‹[224], ›Le Marchand de Bénarès‹[225], ›La Fontaine du Sépulcre‹[226], Tékéli‹[227] und die Romane von Galt[228], einem englischen Schriftsteller, der in Frankreich erfolglos geblieben ist. Die Erfolge Walter Scotts lenkten die Aufmerksamkeit des Buchhandels so stark nach England, daß die Verleger als echte normannische Räuber sämtlich mit der Eroberung Englands beschäftigt waren; sie suchten dort nach einem Walter Scott, wie man später in den kieselhaltigen Erdschichten Asphalt, in den Sümpfen Erdpech suchte und aus den projektierten Eisenbahnen Gewinn schlagen wollte. Zu den größten Dummheiten des Pariser Geschäftslebens gehört es, daß es den Erfolg im Ähnlichen sucht, wenn er im Entgegengesetzten zu finden ist. Nirgends so wie in Paris tötet ein Erfolg den anderen. Wenn also Fendant & Cavalier einen Roman mit dem Titel ›Les Strelitz, ou La Russie il y a cent ans‹ ankündigten, fügten sie wacker in großen Lettern hinzu: ›Nach Art Walter Scotts.‹ Fendant & Cavalier dürsteten nach einem Erfolg: ein gutes Buch konnte ihnen dazu verhelfen, ihre aufgehäuften Papierstapel loszuschlagen, und sie waren mit der Aussicht geködert worden, daß sie Artikel in den Zeitungen bekämen. Wir wissen, daß das damals die Hauptbedingung für den Absatz war, denn es geschieht überaus selten, daß ein Buch seines eigenen Wertes wegen gekauft wird; es wird fast immer aus Gründen veröffentlicht, die mit seiner Qualität nichts zu tun haben. Fendant & Cavalier erblickten in Lucien den Journalisten und in seinem Buch eine brauchbare Ware; denn der Verkauf der ersten Exemplare würde ihnen über einen Ultimo hinweghelfen. Die Journalisten trafen die Kompagnons in ihrem Kontor an, den Vertrag fix und fertig und die Wechsel unterzeichnet; diese Schnelligkeit setzte Lucien in Erstaunen. Fendant war ein kleiner, magerer Mann mit einem düsteren Gesicht: er sah wie ein Kalmücke aus, hatte eine niedrige Stirn, eine platte Nase, einen verkniffenen Mund, kleine, funkelnde Augen, gequälte Züge, einen galligen Teint, eine Stimme mit dem Klang einer zersprungenen Glocke; alles in allem: das Äußere eines ausgemachten Spitzbuben; aber er wog diese Nachteile durch seine honigsüßen Reden wieder auf und setzte in der Unterhandlung alles durch, was er wollte. Cavalier hingegen war ein rundlicher Kerl, den man eher für einen Postschaffner gehalten hätte als für einen Verleger; er hatte auffällig blondes Haar sowie das rote Gesicht, die plumpe Figur und die sprudelnde Schwatzhaftigkeit eines Geschäftsreisenden.

»Wir werden nicht erst zu verhandeln brauchen«, sagte Fendant zu Lucien und Lousteau. »Ich habe das Werk gelesen; es ist sehr literarisch und gefällt uns so gut, daß ich das Manuskript schon in Satz gegeben habe. Der Vertrag ist, wie vereinbart, aufgesetzt worden; übrigens gehen wir nie über die Punkte hinaus, die darin festgelegt sind. Unsere Wechsel laufen auf sechs, neun und zwölf Monate; Sie können sie leicht diskontieren; den Diskont ersetzen wir Ihnen. Wir haben uns das Recht vorbehalten, dem Werk einen andern Titel zu geben: ›Der Bogenschütze Karls IX.‹ gefällt uns nicht, er reizt die Neugier der Leser nicht genug; es gibt mehrere Könige, die Karl geheißen haben, und im Mittelalter gab es einen ganzen Haufen von Bogenschützen. Ja, wenn es hieße: ›Der Soldat Napoleons‹; aber ›Der Bogenschütze Karls IX.‹! . . . Cavalier müßte für jedes Exemplar, das er in der Provinz losschlägt, einen Geschichtsvortrag halten.« – »Wenn Sie die Leute kennten, mit denen wir Geschäfte machen müssen!« rief Cavalier. – »›Die Bartholomäusnacht‹ wäre besser«, schlug Fendant vor. – »›Katharina von Medici oder Frankreich unter Karl IX.‹«, sagte Cavalier, »klänge mehr wie ein Titel von Walter Scott.« – »Na, wir können uns darüber einigen, wenn das Werk gedruckt vorliegt«, meinte Fendant.

»Wie Sie wollen«, versetzte Lucien, »vorausgesetzt, daß der Titel mir gefällt.«

Der Vertrag wurde gelesen, unterschrieben, jeder Teil erhielt sein Exemplar, und Lucien steckte mit größter Befriedigung die Wechsel in die Tasche. Dann begaben sie sich alle vier zu Fendant, wo sie ein sehr gewöhnliches Mittagessen einnahmen: Austern, Beefsteaks, Nieren in Champagner und Brie-Käse; aber zu diesen Gerichten gab es köstliche Weine; Cavalier, der mit einem Weinreisenden bekannt war, hatte sie beschafft. Als sie sich gerade zu Tisch setzen wollten, trat der Drucker ein, dem der Druck des Romans anvertraut war, und überraschte Lucien mit den beiden ersten Korrekturbogen seines Buches.

»Wir haben Eile«, sagte Fendant zu Lucien; »wir versprechen uns etwas von Ihrem Buch; wir haben den Erfolg verteufelt nötig.«

Das Essen, das gegen zwölf Uhr mittags begonnen hatte, zog sich bis fünf Uhr hin.

»Wie komme ich jetzt zu barem Geld?« fragte Lucien, als er mit Lousteau wegging. – »Laß uns zu Barbet gehen«, erwiderte Etienne, »ich komme mit.«

Die beiden Freunde begaben sich ein wenig erhitzt und vom Wein erregt zum Quai des Augustins.

»Coralie ist über Florines schlimme Lage aufs äußerste überrascht. Florine hat ihr erst gestern davon erzählt und dir die Schuld an diesem Unglück zugeschrieben; sie schien so zornig, daß sie erklärte, sie wolle sich von dir trennen«, sagte Lucien zu Lousteau. – »So ist es«, erwiderte Lousteau, der seine Vorsicht außer acht ließ. »Mein Freund, denn du bist mein Freund, du bist ein guter Kerl, du hast mir tausend Francs geliehen und sie nur ein einziges Mal zurückverlangt: hüte dich vor dem Spiel. Wenn ich nicht spielte, wäre ich glücklich. Ich bin Gott und dem Teufel Geld schuldig. In diesem Augenblick habe ich die Häscher des Schuldgerichts auf den Fersen; und wenn ich ins Palais Royal gehe, bin ich genötigt, um sehr gefährliche Vorgebirge zu segeln.«

In der Sprache der Lebemänner bedeutet in Paris ›um ein Vorgebirge segeln‹ einen Umweg machen, entweder um nicht bei einem Gläubiger vorbeizugehen, oder um den Ort zu vermeiden, wo man ihn treffen könnte. Lucien, der ebenfalls nicht unterschiedslos durch alle Straßen ging, hatte das Manöver gekannt, ohne dessen Bezeichnung zu wissen.

»Du hast also viele Schulden?« – »Eine schauderhafte Menge«, antwortete Lousteau. »Tausend Taler könnten mich retten. Ich habe reinen Tisch machen und nicht mehr spielen wollen, und um meine Schulden zu tilgen, habe ich ein bißchen Chantage[229] getrieben.« – »Was ist denn das: Chantage?« fragte Lucien, dem dieses Wort unbekannt war. – »Die Chantage ist eine Erfindung der englischen Presse und erst vor kurzem nach Frankreich importiert worden. ›Chanteurs‹ sind Leute, die eine Stellung innehaben, kraft deren sie über Zeitungen verfügen können. Nie wird sich der Besitzer eines Blattes oder ein Chefredakteur in den Verdacht bringen lassen, er gebe sich mit Chantage ab. Man hat seinen Giroudeau, seinen Philippe Bridau. Diese Bravi gehen auf die Suche nach einem Menschen, der aus gewissen Gründen nicht wünscht, daß man sich mit ihm beschäftigt. Viele Leute haben mehr oder weniger schlimme kleine Sünden auf dem Gewissen. Es gibt viele Vermögen in Paris, die auf bedenklichen Wegen mit mehr oder weniger gesetzlichen Mitteln, oft durch strafbare Manöver, zusammengebracht worden sind und über die sich reizende Anekdoten erzählen ließen; da ist z. B. die Geschichte von der Gendarmerie Fouchés, die die Spitzel des Polizeipräfekten umstellte, welche nichts von dem Geheimnis der Fabrikation der falschen Noten der Bank von England wußten und gerade die geheimen Drucker festnehmen wollten, die im Dienste des Ministers standen; oder die Geschichte von den Diamanten des Fürsten Galathion, die Affäre Maubreuil[230], die Erbschaftssache Pombreton[231] usw. Der Chanteur hat sich irgendein Beweisstück, ein wichtiges Dokument verschafft und ersucht den Reichen um eine Besprechung. Wenn der Kompromittierte nicht eine bestimmte Summe zahlt, winkt ihm der Chanteur mit der Presse, die bereit ist, ihn anzugreifen und seine Geheimnisse zu enthüllen. Der Reiche hat Angst und blecht. Der Streich ist gelungen. Irgend jemand unternimmt eine gewagte Spekulation; sie kann durch ein paar Zeitungsartikel zu Fall gebracht werden; also schickt man ihm einen Chanteur, der ihm den Rückkauf der Artikel vorschlägt. Es gibt Minister, denen man Chanteure schickt; sie machen mit ihm aus, daß die

Zeitung ihre politischen Akte, nicht aber ihre Person angreift, oder die ihre Person preisgeben und Gnade für ihre Geliebte verlangen. Des Lupeaulx, der reizende vortragende Rat, den du kennst, ist dauernd mit dieser Art Verhandlungen mit den Journalisten beschäftigt. Der Bursche hat sich durch seine Beziehungen bei den Machthabern eine großartige Stellung geschaffen: er ist zugleich der Geschäftsträger der Presse und der Botschafter der Minister, er treibt ein richtiges Roßtäuschergeschäft mit Eitelkeiten; er dehnt diesen Handel sogar auf politische Angelegenheiten aus; er verlangt von den Zeitungen Schweigen über eine Anleihe oder über eine Konzession, die ohne Ausschreiben und ohne Öffentlichkeit vergeben worden sind und von denen die liberalen Wucherer und Bankiers einen Teil abbekommen. Du hast mit Dauriat ein klein bißchen Chantage getrieben; er hat dir tausend Taler gegeben, damit du Nathan nicht in Mißkredit bringst. Im achtzehnten Jahrhundert, als der Journalismus noch in den Windeln lag, wurde die Chantage mit Hilfe von Flugschriften betrieben, deren Vernichtung man sich dann von Mätressen und vornehmen Herren abkaufen ließ. Der Erfinder der Chantage ist Aretino, ein sehr großer Italiener, der die Könige besteuerte, wie in unseren Tagen eine Zeitung Steuern von den Schauspielern erhebt.« – »Was hast du denn gegen Matifat unternommen, um zu deinen tausend Talern zu kommen?« – »Ich habe Florine in sechs Zeitungen angreifen lassen, und Florine hat sich bei Matifat beschwert. Matifat hat Braulard gebeten, den Grund dieser Angriffe ausfindig zu machen. Braulard ist von Finot hinters Licht geführt worden. Finot, zu dessen Gunsten ich die Chantage durchführte, hat dem Drogisten gesagt, du rissest Florine im Interesse Coralies herunter Giroudeau hat Matifat aufgesucht und ihm vertraulich gesagt, daß alles in Ordnung komme, wenn er sein Sechstel, den Anteil an Finots Zeitschrift, für zehntausend Francs verkaufen würde. Finot sollte mir für den Fall des Erfolges tausend Taler geben. Matifat wollte den Handel abschließen und war glücklich, von seinen dreißigtausend Francs, die ihm sehr riskant angelegt schienen, zehntausend wiederzubekommen; denn seit einigen Tagen lag ihm Florine in den Ohren, die Zeitschrift Finots gehe nicht, es solle keine Dividende verteilt werden, es sei im

Gegenteil die Rede davon, das Betriebskapital zu erhöhen. Nun aber hatte der Direktor des Panorama-Dramatique, bevor er seine Insolvenz erklärte, den Wunsch, einige Gefälligkeitswechsel unterzubringen; und damit Matifat sie ihm unterbrachte, erzählte er ihm den Streich, den Finot ihm spielen wollte. Matifat, der ein guter Kaufmann ist, hat Florine sitzenlassen, sein Sechstel behalten und lacht uns jetzt aus. Finot und ich heulen vor Verzweiflung. Wir haben das Pech gehabt, einen Mann anzugreifen, der nicht zu seiner Geliebten hält, einen Erbärmlichen ohne Herz und Seele. Leider untersteht das Gewerbe, das Matifat betreibt, nicht dem Gerichtsstand der Presse. Er ist in seinen Interessen unangreifbar. Man kritisiert einen Drogisten nicht, wie man Hüte, Modeartikel, Theater und Kunst kritisiert. Kakao, Pfeffer, Farben, die Farbhölzer, Opium können nicht entwertet werden. Florine ist in Verzweiflung, das Panorama schließt morgen; sie weiß nicht, was jetzt werden soll.« – »Infolge der Schließung des Theaters tritt Coralie in einigen Tagen am Gymnase auf«, sagte Lucien, »vielleicht könnte sie sich für Florine verwenden.« – »Niemals!« erwiderte Lousteau. »Coralie ist nicht sehr gescheit, aber so dumm ist sie dennoch nicht, daß sie sich eine Rivalin auf den Hals lädt! Unsere Angelegenheiten sind greulich verpfuscht! Aber Finot hat es dermaßen eilig, sein Sechstel wiederzubekommen ...« – »Warum eigentlich?« – »Mein Lieber, es ist ein vorzügliches Geschäft. Es besteht Aussicht, das Blatt für dreihunderttausend Francs zu verkaufen. Finot hätte dann ein Drittel und dazu noch eine Kommissionsgebühr, die ihm seine Kompagnons bewilligt haben und die er mit des Lupeaulx teilen müßte. Ich will ihm daher ein Chantagestückchen vorschlagen.« – »Aber Chantage, das ist ja dasselbe wie: Geld oder Leben!« – »Nein, es ist weit besser«, sagte Lousteau. »Es bedeutet: das Geld oder die Ehre! Vorgestern hat ein kleines Blatt, dessen Besitzer man einen Kredit verweigert hatte, geschrieben, die diamantenbesetzte Repetieruhr, die einem berühmten Manne der Hauptstadt gehöre, sei auf überaus seltsame Weise in die Hände eines Soldaten der Königlichen Garde gekommen, und es versprach die Erzählung dieses Abenteuers, von dem es behauptete, es klinge wie ein Märchen aus ›Tausendundeiner Nacht‹. Der berühmte Mann hat sich beeilt, den Chefredakteur zum Abendessen einzuladen. Der Chefredakteur hat sicher bei der Sache etwas verdient; aber die Geschichte unserer Zeit hat die Anekdote mit der Uhr eingebüßt. Jedesmal, wenn du siehst, daß die Presse hinter ein paar mächtigen Leuten her ist, mußt du wissen, daß es sich um Anleihen handelt, die abgelehnt worden sind, oder andere Gefälligkeiten, die man nicht erweisen wollte. Diese Chantage hinsichtlich des Privatlebens fürchten die reichen Engländer am meisten; sie spielt in den geheimen Einkünften der englischen Presse, die unendlich viel korrumpierter ist als unsere, eine große Rolle. Wir sind Kinder! In England bezahlt man für einen kompromittierenden Brief fünf- bis sechstausend Francs, um ihn zurückzubekommen.« – »Was für ein Mittel hast du ausfindig gemacht, um Matifat schlechtzumachen?« fragte Lucien. – »Lieber Freund«, versetzte Lousteau, »dieser elende Krämer hat Florine die seltsamsten Briefe geschrieben: Orthographie, Stil, Gedanken, alles ist von vollendeter Komik. Matifat hat furchtbare Angst vor seiner Frau; wir können, ohne ihn zu nennen und ohne daß er Anklage erheben kann, ihn im Schoß seiner Laren und seiner Penaten treffen, wo er sich in Sicherheit glaubt. Stelle dir seine Wut vor, wenn er den ersten Abschnitt eines kleinen Sittenromans liest, der den Titel hat: ›Die Liebschaften eines Drogisten‹, wenn man ihm in durchaus loyaler Weise von dem Zufall Mitteilung macht, der den Redakteuren irgendeiner Zeitung Briefe in die Hände gespielt hat, in denen er von seinem kleinen Cupido spricht, in denen er von ›Romego und Guliga‹ schwärmt und in denen er von Florine sagt, er durchquere mit ihr die Wüste des Lebens, was so klingt, als halte er sie für ein Kamel. Kurz und gut, die Abonnenten können sich vierzehn Tage lang über diese hervorragend komische Korrespondenz totlachen. Man läßt ihn einen anonymen Brief fürchten, durch den seine Frau die Tatsachen erfährt, die dem Spaß zugrunde liegen. Aber wird Florine es auf sich nehmen wollen, daß es so aussieht, als ob sie Matifat verfolge? Sie hat noch Grundsätze, das heißt: noch Hoffnungen. Vielleicht behält sie die Briefe für sich, vielleicht will sie eine Beteiligung. Sie ist schlau, sie ist meine Schülerin. Aber wenn sie merkt, daß das Schuldgefängnis kein Spaß ist, wenn Finot ihr ein anständiges Geschenk oder die Hoffnung auf ein Engagement macht, wird sie mir die Briefe schon aushändigen, und ich überlasse sie Finot gegen harte Taler. Finot übergibt die Korrespondenz seinem Onkel, und Giroudeau wird den Drogisten dann zur Kapitulation zwingen.«

Diese vertraulichen Mitteilungen ernüchterten Lucien; sein erster Gedanke war, daß er überaus gefährliche Freunde habe; dann meinte er, man dürfte sich nicht mit ihnen veruneinigen, weil er ihren schrecklichen Einfluß für den Fall nötig haben könnte, daß Madame d'Espard, Madame de Bargeton und Châtelet nicht Wort hielten. Etienne und Lucien waren jetzt auf dem Kai vor dem schäbigen Laden Barbets angelangt.

»Barbet«, sagte Etienne zu dem Buchhändler, »wir haben fünftausend Francs von Fendant & Cavalier auf sechs, neun und zwölf Monate. Wollen Sie uns die Wechsel diskontieren?« – »Ich nehme sie für tausend Taler«, sagte Barbet mit unerschütterlicher Ruhe. – »Tausend Taler!« rief Lucien. – »Kein anderer wird Ihnen so viel geben«, erwiderte der Buchhändler. »Die beiden Herren machen bankrott, noch ehe ein Vierteljahr um ist; aber ich weiß, daß sie gute Werke haben, die jetzt noch nicht gehen; sie können nicht warten, also kaufe ich sie ihnen gegen bar ab und gebe ihnen ihre eigenen Wechsel zurück; auf diese Weise bekomme ich die Ware um zweitausend Francs billiger.« – »Willst du zweitausend Francs verlieren?« fragte Etienne Lucien. – »Nein«, rief Lucien, der noch kein solches Geschäft gemacht hatte. – »Du handelst falsch«, erwiderte Etienne. – »Sie werden Ihre Wechsel nirgendwo unterbringen«, sagte Barbet. »Ihr Buch ist der letzte Trumpf von Fendant & Cavalier, sie können es nur drucken, indem sie die Exemplare bei ihrem Buchdrucker deponieren; ein Erfolg rettet sie höchstens für ein halbes Jahr, früher oder später werden sie dennoch ruiniert sein! Diese Herren verkaufen nicht soviel Bücher, wie sie Schnäpse trinken! Für mich stellen ihre Wechsel ein Geschäft dar, und deshalb können Sie von mir mehr bekommen, als die Diskontierer geben, die sich lediglich fragen, was jede Unterschrift wert ist. Das Geschäft des Diskontierens besteht einzig darin, zu untersuchen, ob drei Unterschriften im Fall des Konkurses je dreißig Prozent geben. Sie aber bieten nur zwei Unterschriften an, und jede davon ist keine zehn Prozent wert.«

Die beiden Freunde sahen einander an; sie waren erstaunt, aus dem Mund dieses Trödelbuchhändlers eine Analyse zu hören, in der mit ein paar Worten der ganze Geist des Diskontgeschäfts ausgesprochen war.

»Keine Flausen, Barbet«, sagte Lousteau. »Zu welchem Diskontierer können wir gehen?« – »Der alte Chaboisseau am Quai Saint-Michel, wie Sie wissen, hat Fendant über den letzten Ultimo hinweggeholfen. Wenn Sie meinen Vorschlag ablehnen, versuchen Sie es bei ihm; aber Sie werden wiederkommen, und dann gebe ich Ihnen nur noch zweitausendfünfhundert Francs.«

Etienne und Lucien begaben sich in ein kleines Haus am Quai Saint-Michel, in dem jener Chaboisseau wohnte; er war einer der Diskontierer für den Buchhandel. Sie fanden ihn im zweiten Stock in einer Wohnung, die ziemlich originell eingerichtet war. Der kleine Bankier, der dennoch den Reichtum eines Millionärs besaß, hegte eine Vorliebe für den griechischen Stil. Das Fenstergesims des Zimmers zierten Mäander. Das Bett war mit einem purpurnen Stoff drapiert, der in griechischer Art die Wand entlanggezogen worden war und wie der Hintergrund eines Gemäldes von David wirkte; das Bett war ein Meisterstück aus der Kaiserzeit, als alles im Empire-Stil gearbeitet wurde. Die Lehnstühle, die Tische, die Lampen, die Leuchter und alle kleinen Zierstücke waren fraglos sämtlich mit großer Geduld bei den Möbelhändlern ausgesucht worden und zeigten alle die feine, schlanke, aber elegante Anmut der Antike. Diese mythologische, schwerelose Welt stand in absonderlichem Gegensatz zu den Geschäften und Gewohnheiten des Bankiers. Unter den Menschen, die Geldgeschäfte treiben, finden sich die wunderlichsten Originale. Diese Leute sind gewissermaßen Freibeuter der Bildung. Da sie sich alles leisten können und infolgedessen blasiert sind, geben sie sich ungeheure Mühe, aus ihrer Gleichgültigkeit herauszukommen. Wer sich darauf versteht, sie eingehend zu beobachten, entdeckt stets eine Manie, einen Winkel ihres Herzens, wo sie zugänglich sind. Chaboisseau schien im Altertum wie in einem uneinnehmbaren Lager verschanzt.

»Er paßt recht gut in seine Einrichtung«, sagte Etienne lächelnd zu Lucien.

Chaboisseau war ein kleiner Mann mit gepudertem Haar, einem grünlichen Rock und einer haselnußbraunen Weste; er trug schwarze Kniehosen, buntgewebte Strümpfe sowie Schuhe, die an den Füßen knarrten. Er nahm die Wechsel, sah sie prüfend an; dann gab er sie Lucien ernst zurück.

»Die Herren Fendant und Cavalier sind reizende Menschen, überaus gescheite junge Leute; aber ich habe leider augenblicklich kein bares Geld«, sagte er mit sanfter Stimme. – »Mein Freund macht des Diskonts wegen keine Schwierigkeiten«, erwiderte Etienne. – »Ich nehme diese Wechsel um keinen Preis«, sagte das Männlein, und seine Worte schnitten die Bemerkung Lousteaus ab, wie das Beil der Guillotine einen Menschenkopf.

Die beiden Freunde schickten sich zum Gehen an; als sie durch das Vorzimmer gingen, bis zu dem Chaboisseau sie höflich begleitete, bemerkte Lucien einen Stapel alter Bücher, die der Bankier, der früher Buchhändler gewesen war, gekauft hatte; unter ihnen gewahrte unser Romanschriftsteller plötzlich das Werk des Architekten Du Cerceau[232] über die königlichen Banken und die berühmten Schlösser Frankreichs, deren Grundrisse in diesem Buch mit großer Genauigkeit wiedergegeben werden.

»Würden Sie mir dieses Werk ablassen?« fragte Lucien. – »Ja«, sagte Chaboisseau, der sich aus einem Bankier in einen Buchhändler zurückverwandelte. – »Was soll es kosten?« – »Fünfzig Francs.« – »Das ist teuer, aber ich brauche es, und ich habe, um es zu bezahlen, nur die Wechsel, die Sie nicht haben wollen.« – »Sie haben einen Wechsel über fünfhundert Francs auf sechs Monate, den nehme ich Ihnen ab«, antwortete Chaboisseau, der ohne Zweifel Fendant & Cavalier von der letzten Abrechnung her noch gerade diese Summe schuldig war. Die beiden Freunde gingen zurück in das griechische Zimmer, und Chaboisseau machte auf einem Stück Papier eine Aufstellung von sechs Prozent Zinsen und sechs Prozent Kommissionsgebühr, was einen Abzug von dreißig Francs ergab; dann stellte er die fünfzig Francs, den Preis des Du Cerceau, in Rechnung und entnahm seiner Kasse, die voll schöner Talerstücke war, vierhundertzwanzig Francs.

»Aber, Monsieur Chaboisseau, die Wechsel sind entweder alle gut oder alle schlecht; warum diskontieren Sie uns die andern nicht?« – »Ich diskontiere nicht, ich mache mich für einen Verkauf bezahlt«, versetzte der Biedermann.

Etienne und Lucien lachten noch über Chaboisseau, ohne daß sie ihn hätten begreifen können, als sie bei Dauriat angelangt waren, wo Lousteau Gabusson bat, ihnen die Adresse eines Diskontierers anzugeben. Die beiden Freunde nahmen eine Droschke und fuhren zum Boulevard Poissonnière. Gabusson hatte ihnen einen Empfehlungsbrief mitgegeben und ihnen gesagt, sie würden das seltsamste und bizarrste Kuriosum treffen, wie er sich ausdrückte.

»Wenn Samanon Ihre Wechsel nicht nimmt«, hatte Gabusson gesagt, »dann diskontiert sie Ihnen kein Mensch.«

Samanon war im Erdgeschoß Antiquar, im ersten Stock Kleiderhändler, im zweiten Stock verkaufte er verbotene Kupferstiche, und außerdem war er noch Pfandleiher. Keine der Gestalten, die Hoffmann in seinen Romanen schildert, keiner der unheimlichen Geizhälse Walter Scotts kann mit dem verglichen werden, was soziales Milieu und Pariser Gesellschaft aus diesem Menschen gemacht hatten – sofern Samanon überhaupt ein Mensch war. Lucien konnte beim Anblick dieses kleinen, vertrockneten Alten, dessen Knochen die völlig lohfarbene Haut zu durchbohren schienen, eine Gebärde des Entsetzens nicht unterdrücken. Die Haut war mit zahlreichen grauen oder gelben Flecken übersät, wie ein Gemälde von Tizian oder Paolo Veronese, wenn man es aus der Nähe ansieht. Das eine Auge war unbeweglich und gläsern, das andere lebhaft und leuchtend. Der Geizige, der den Eindruck machte, als bediene er sich dieses toten Auges, wenn er diskontierte, und des anderen, wenn er seine obszönen Stiche verkaufte, trug eine kleine, flache Perücke, die schwarz sein sollte, aber fuchsrot schimmerte, und unter der sein weißes Haar zu sehen war; seine gelbe Stirn sprang drohend vor; seine Wangen waren durch die hervortretenden Backenknochen wie zu einem Viereck geschnitten; seine noch weißen Zähne standen über die Lippen vor wie bei einem Pferd, das das Maul aufsperrt. Der Kontrast der Augen und das Grinsen des Mundes, das alles verlieh ihm ein leidlich wildes Aussehen. Seine harten, spitzen Barthaare mußten stechen wie Nadeln. Ein fadenscheiniger Rock, der schon fast wie Zunder aussah, eine nahezu farblos gewordene, von seinem Bart abgewetzte schwarze Binde, die einen Hals sehen ließ, der runzelig war wie der eines Pastors, bewiesen, daß ihr Träger keinen Wert darauf legte, den Eindruck seiner furchtbaren Physiognomie durch Toilettenkünste zu mildern. Die beiden Journalisten fanden diesen Mann in einem gräßlich schmutzigen Kontor sitzen; er war damit beschäftigt, auf die Rücken einiger alter Bücher, die er wohl auf einer Versteigerung erstanden hatte, Schilder zu kleben. Mit einem raschen Blick tauschten sie die tausend Fragen aus, die der Anblick einer solchen Persönlichkeit aufwerfen mußte; dann grüßten Lucien und Lousteau und überreichten ihm den Brief Gabussons und die Wechsel von Fendant & Cavalier. Während Samanon las, betrat ein Mann von sehr geistvollem Aussehen den dunklen Raum. Er war mit einem sonderbaren, kurzen Rock bekleidet, der wie aus Zink geschnitten aussah, so fest war er durch die Legierung mit tausend fremden Stoffen geworden.

»Ich brauche meinen Frack, meine schwarze Hose und meine Atlasweste«, sagte er zu Samanon und überreichte ihm eine numerierte Karte.

Samanon zog an dem Kupfergriff einer Glocke, und sofort kam ein weibliches Wesen herunter, das, nach der frischen Gesichtsfarbe zu schließen, eine Normannin zu sein schien.

»Leih dem Herrn seine Kleider«, sagte er und streckte dem Schriftsteller die Hand hin. »Es ist ein Vergnügen, mit Ihnen zu arbeiten; aber einer Ihrer Freunde hat mir einen jungen Mann gebracht, der mich scheußlich 'reingelegt hat!« – »Den, und hineinlegen!« sagte der Künstler zu den beiden Journalisten und wies mit einer drolligen Handbewegung auf Samanon.

Wie die Lazzaroni, wenn sie vom Leihhaus ihre Feiertagskleider für einen Tag zurückerhalten, legte der große Mann dreißig Sous hin, die der Diskontierer mit seiner gelben, rissigen Hand erraffte und in die Kasse seines Kontortisches warf.

»Was für einen seltsamen Handel treibst du da?« fragte Lousteau den großen Künstler, der dem Opiumgenuß ergeben war und, wenn er in den Zauberpalästen geweilt hatte, weder arbeiten wollte noch konnte. – »Der Mann gibt für verpfändbare Dinge viel mehr als der Mont-de-Piété[233], und er hat überdies die große Gnade, sie einem für die Fälle, wo man gut angezogen sein muß, zur Verfügung zu stellen«, antwortete er. »Ich will heute abend mit meiner Freundin bei den Kellers[234] dinieren. Es fällt mir leichter, dreißig Sous aufzubringen als zweihundert Francs, und ich hole wieder mal meine Garderobe, die in einem halben Jahre diesem barmherzigen Wucherer hundert Francs eingebracht hat. Samanon hat schon Buch für Buch meine Bibliothek geschluckt.« – »Und Sou für Sou«, lachte Lousteau. – »Ich gebe Ihnen fünfzehnhundert Francs«, sagte Samanon zu Lucien.

Lucien zuckte zusammen, wie wenn der Diskontierer ihm ein glühendes Eisen ins Herz gestoßen hätte. Samanon sah die Wechsel prüfend an und stellte die Daten fest.

»Und vorher«, sagte der Händler, »muß ich erst noch zu Fendant gehen; er muß mir zur Sicherheit Bücher geben. Sie bieten keine besondere Garantie«, sagte er zu Lucien; »Sie leben mit Coralie, und Ihre Möbel sind gepfändet.«

Lousteau warf Lucien einen Blick zu; der nahm rasch seine Wechsel an sich, hastete aus dem Laden auf den Boulevard und rief: »Ist das der Teufel?« Der Dichter betrachtete ein paar Augenblicke lang den kleinen Laden, über den alle Vorübergehenden lächeln mußten, so armselig war er, und so kläglich und schmutzig sahen die kleinen Regale mit etikettierten Büchern aus. Jeder mußte sich fragen: Was für eine Art von Geschäft mag da betrieben werden?

Einige Augenblicke später verließ der große Unbekannte, der sich zehn Jahre später an dem ungeheuren, aber der Grundlage entbehrenden Unternehmen der Saint-Simonisten[235] beteiligen sollte, tadellos gekleidet den Laden; er lächelte den beiden Journalisten zu und schlug mit ihnen die Richtung nach der Panorama-Passage ein, um dort zur Vervollständigung seiner Toilette seine Stiefel putzen zu lassen.

»Wenn man Samanon bei einem Verleger, einem Papierhändler oder einem Drucker eintreten sieht, sind sie verloren«, sagte der Künstler zu den beiden Schriftstellern. »Samanon ist wie ein Leichenbeschauer, der kommt, um das Maß für den Sarg zu nehmen.« – »Du bekommst deine Wechsel nicht mehr diskontiert«, sagte jetzt Etienne zu Lucien. – »Wo Samanon ablehnt«, meinte der Unbekannte, »ist mit niemandem mehr was zu machen. Er ist die ultima ratio! Er ist einer der Gehilfen von Gigonnet, Palma, Werbrust, Gobseck und anderen Krokodilen, die in Paris herumschwimmen und mit denen jeder, dessen Vermögen aufzubauen oder zu vernichten ist, früher oder später zusammentreffen muß.« – »Wenn du deine Wechsel nicht mit fünfzig Prozent diskontieren kannst«, fing Etienne wieder an, »müssen sie gegen Taler umgetauscht werden.« – »Wie denn?« – »Gib sie Coralie, sie kann sie Camusot präsentieren. Du bist empört«, fuhr Lousteau fort, da Lucien indigniert zurückgetreten war. »Sei nicht so kindisch! Kannst du deine Zukunft an einer solchen Albernheit scheitern lassen?« – »Jedenfalls will ich das Geld einstweilen Coralie bringen«, versetzte Lucien. – »Eine weitere Dummheit«, rief Lousteau, »du kannst mit vierhundert Francs nichts anfangen, wo du viertausend brauchst. Laß uns etwas behalten, um im Falle des Verlusts trinken zu können, und laß uns spielen.« – »Der Rat ist gut«, sagte der große Unbekannte.

Sie waren kaum vier Schritte von Frascati entfernt, und so übten diese Worte eine magnetische Kraft aus. Die beiden Freunde bezahlten ihre Droschke und stiegen in die Spielsäle hinauf. Zuerst gewannen sie dreitausend Francs, dann sanken sie auf fünfhundert zurück und gewannen abermals dreitausendsiebenhundert; dann fielen sie auf hundert Sous, erholten sich wieder bis zu zweitausend Francs, riskierten sie auf Gerade, um sie mit einem Schlage zu verdoppeln. Gerade war seit fünf Runden nicht gekommen, aber es kam nochmals Ungerade. Lucien und Lousteau verließen den berühmten Pavillon, nachdem sie zwei Stunden in furchtbaren Aufregungen hingebracht hatten. Sie besaßen noch hundert Francs. Auf den Stufen des kleinen Peristyls, dessen zwei Säulen eine kleine Blechmarkise von außen stützte, die mehr als ein Auge innig oder verzweifelt betrachtet hat, sagte Lousteau, als er den glühenden Blick Luciens sah: »Laß uns noch fünfzig Francs riskieren!«

Die beiden Journalisten gingen wieder hinauf. Innerhalb einer Stunde waren sie bei tausend Talern angelangt; sie setzten die tausend Taler auf Rot, das fünfmal gekommen war; sie bauten auf den Zufall, dem sie ihren früheren Verlust verdankten. Schwarz kam. Es war sechs Uhr.

»Laß uns bloß für fünfundzwanzig Francs essen«, sagte Lucien.

Dieser neue Versuch dauerte nicht lange; die fünfundzwanzig Francs waren in zehn Runden verloren. Lucien warf wütend seine letzten fünfundzwanzig Francs auf die Ziffer, die der Zahl seiner Lebensjahre entsprach, und gewann: seine Hand zitterte furchtbar, als er den Rechen nahm, um die Taler aufzunehmen, die der Bankhalter einen nach dem andern hinwarf. Er gab Lousteau zehn Louisdor und sagte zu ihm: »Mach, daß du zu Véry kommst!«

Lousteau verstand Lucien, ging und bestellte das Abendessen. Lucien blieb da und spielte weiter. Er setzte seine dreißig Louisdor auf Rot und gewann. Er ließ sich von der geheimen Stimme, die die Spieler manchmal verstehen, Mut machen, ließ alles auf Rot und gewann; seine Eingeweide brannten wie glühende Kohlen! Trotz der innern Stimme setzte er die hundertzwanzig Louisdor auf Schwarz und verlor. Jetzt empfand er das köstliche Gefühl, das bei den Spielern ihren furchtbaren Aufregungen folgt, wenn sie nichts mehr zu riskieren haben und die Folterkammer verlassen, in der ihre flüchtigen Träume sich abgespielt haben. Er ging zu Lousteau, zu Véry, wo er sich wild aufs Essen stürzte und seinen Kummer im Wein ertränkte. Um neun Uhr war er so völlig betrunken, daß er nicht begriff, warum seine Pförtnerin in der Rue de Vendôme ihn nach der Rue de la Lune schickte.

»Mademoiselle Coralie hat ihre Wohnung aufgegeben und ist in das Haus gezogen, dessen Adresse hier auf dem Zettel steht.«

Lucien war zu betrunken, um sich über etwas zu wundern, stieg wieder in den Wagen, der ihn hergebracht hatte, und fuhr nach der Rue de la Lune. Unterwegs machte er im Selbstgespräch Witze über den Namen der Straße. An diesem Morgen hatte das Panorama-Dramatique seinen Konkurs erklärt. Die erschreckte Schauspielerin hatte sich beeilt, ihr ganzes Mobiliar mit Zustimmung ihrer Gläubiger dem alten Cardot zu verkaufen, der die Wohnung, um ihre Bestimmung nicht zu ändern, Florentine zur Verfügung stellte. Coralie hatte alles bezahlt, alles in Ordnung gebracht und alles mit dem Hausbesitzer erledigt. Während der Zeit, die diese Operation erforderte, die sie im Schauspielerjargon ›Großreinemachen‹ nannte, richtete Bérénice mit den nötigsten, beim Althändler erworbenen Möbeln im vierten Stock eines Hauses in der Rue de la Lune, zwei Schritte vom Gymnase, eine kleine Dreizimmerwohnung ein. Coralie erwartete dort Lucien; sie hatte aus diesem Schiffbruch ihre reine Liebe und ein Geldtäschchen mit zwölfhundert Francs gerettet. Lucien erzählte in seiner Trunkenheit Coralie und Bérénice seine unglücklichen Erlebnisse.

»Du hast recht getan, mein Engel«, sagte die Schauspielerin und schloß ihn in die Arme. »Bérénice wird deine Wechsel bei Braulard unterbringen.«

Am nächsten Morgen erwachte Lucien durch die Liebesbezeigungen, mit denen Coralie ihn überschüttete. Die Schauspielerin verdoppelte ihre Liebe und Zärtlichkeit, wie um die Dürftigkeit ihres neuen Heims mit den reichsten Schätzen ihres Herzens aufzuwiegen. Sie war von strahlender Schönheit, ihr Haar quoll unter einem Seidentuch hervor, das sie um den Kopf geschlungen hatte; sie war frisch und rosig, ihre Augen lachten, ihre Worte waren heiter wie die Strahlen der aufgehenden Sonne, die in die Fenster schien, gleichsam um dieses reizende Elend zu vergolden. Das Zimmer sah gar nicht so übel aus; es hatte eine meergrüne Tapete mit roter Borte, und es hingen zwei Spiegel da, der eine über dem Kamin, der andere über der Kommode. Ein alter Teppich, den Bérénice von ihrem ersparten Geld gegen den Willen Coralies gekauft hatte, bedeckte den kalten, nackten Fußboden. Zur Aufbewahrung ihrer Kleider und Wäsche hatten die beiden Liebenden einen Spiegelschrank und eine Kommode. Die Mahagonimöbel waren mit blauem Baumwollstoff ausgeschlagen. Bérénice hatte aus dem Zusammenbruch eine Standuhr und zwei Porzellanvasen, vier silberne Bestecke und sechs Kaffeelöffel gerettet. Das Eßzimmer, das an das Schlafzimmer anstieß, sah aus wie das eines kleinen Beamten mit zwölfhundert Francs Jahresgehalt. Die Küche lag auf der andern Seite des Flurs. Bérénice schlief in einer Dachkammer. Die Miete betrug nur hundert Taler. Dieses gräßliche Haus hatte einen blinden Torweg. Der Portier wohnte in einem Zwischenstock, von wo er mittels einer Luke siebzehn Mietparteien zu überwachen hatte. Ein solcher Bienenkorb wird in der Sprache der Notare ›une maison de produit‹[236] genannt. Lucien gewahrte einen Schreibtisch, einen Lehnstuhl, Tinte, Federn und Papier. Die Fröhlichkeit Bérénices, die auf das erste Auftreten Coralies im Gymnase baute, und die Heiterkeit der Schauspielerin, die in ihrer Rolle las, einem dünnen Heft, das mit einem blauen Bändchen geheftet war, verscheuchten die Unruhe und Traurigkeit des ernüchterten Dichters.

»Wenn man in der Gesellschaft nichts von diesem Absturz erfährt, sind wir bald wieder obenauf«, sagte er. »Schließlich haben wir viertausendfünfhundert Francs in Aussicht! Ich will meine neue Stellung in den royalistischen Zeitungen ausbeuten; morgen weihen wir den ›Réveil‹[237] ein; ich verstehe mich jetzt auf den Journalismus, es muß gelingen!«

Coralie hörte aus diesen Worten nur seine Liebe heraus und küßte die Lippen, die sie gesprochen hatten. Mittlerweile hatte Bérénice den Tisch in die Nähe des Kamins gerückt und ein bescheidenes Essen aufgetragen, das aus Rührei, zwei Kotelettes und Kaffee mit Rahm bestand. Es klopfte. Drei aufrichtige Freunde, d'Arthez, Léon Giraud und Michel Chrestien, zeigten sich den erstaunten Augen Luciens, der sehr gerührt war und sie bat, das Essen mit ihnen zu teilen.

»Nein«, sagte d'Arthez. »Wir kommen in ernsthafteren Angelegenheiten, als um bloß Trost zu spenden; wir wissen nämlich alles, wir kommen gerade aus der Rue de Vendôme. Sie kennen meine Anschauungen, Lucien. Lägen die Dinge anders, so hätte es mich gefreut, daß Sie sich meinen politischen Überzeugungen anschließen; aber in der Lage, in die Sie sich gebracht haben, indem Sie für die liberalen Zeitungen schrieben, können Sie nicht in die Reihen der Ultras übergehen, ohne Ihren Charakter für immer zu schänden und Ihr Leben zu beschmutzen. Wir kommen, um Sie im Namen unserer Freundschaft, so schwach sie auch geworden sein möge, zu beschwören, sich nicht so zu beflecken. Sie haben die Romantiker, die Rechte und die Regierung angegriffen; Sie können nicht jetzt die Regierung, die Rechte und die Romantiker verteidigen.« – »Die Gründe, die mein Handeln bestimmen, beruhen auf höheren Erwägungen; der Ausgang wird alles rechtfertigen«, sagte Lucien. – »Sie verstehen vielleicht die Lage nicht, in der wir uns befinden«, sagte Léon Giraud zu ihm. »Die Regierung, der Hof, die Bourbonen, die absolutistische Partei oder, wenn Sie alles in einem allgemeinen Ausdruck beisammen haben wollen, das System, das sich dem Konstitutionalismus entgegenstellt, teilt sich in mehrere Fraktionen; diese sind sehr verschiedener Meinung, wenn es sich um die Mittel zur Erstickung der Revolution handelt, sie sind sich aber wenigstens über die Notwendigkeit, die Presse zu unterdrücken, einig. Der ›Réveil‹, die ›Foudre‹[238] und der ›Drapeau blanc‹[239] sind gegründet worden, um auf die Verleumdungen, die Beschimpfungen und den Spott der liberalen Presse zu antworten, die ich in diesem Punkte mißbillige; – die Verkennung der Größe unseres heiligen Amtes hat uns dazu gebracht, ein würdiges und ernsthaftes Blatt herauszugeben, dessen Einfluß binnen kurzem bedeutungsvoll und spürbar sein wird, das Macht besitzen und dennoch seine Würde behaupten wird«, fügte er wie als Anmerkung hinzu; – »diese royalistische und ministerielle Artillerie ist also ein erster Versuch der Vergeltung, und mit ihr soll den Liberalen Streich um Streich, Wunde um Wunde heimgezahlt werden. Was, glauben Sie, wird kommen, Lucien? Die Mehrzahl der Abonnenten steht auf der Seite der Linken. In der Presse wie im Krieg ist der Sieg auf der Seite der großen Bataillone! Ihr werdet als Niederträchtige, Lügner und Volksfeinde bezeichnet werden. Die andern dagegen werden als Vaterlandsverteidiger, Ehrenmänner und Märtyrer gelten, obwohl sie vielleicht noch heuchlerischer, noch perfider sind als ihr. Dieses Mittel wird den verderblichen Einfluß der Presse verstärken, es wird ihre gehässigsten Ausschreitungen legitimieren und heiligen. Die Beleidigung und der Kampf gegen die Person werden eines ihrer öffentlichen Rechte, werden zugunsten der Abonnenten von beiden Parteien geübt und dadurch, daß der Brauch auf beiden Seiten derselbe ist, als unabänderlich und als zu Recht bestehend angesehen werden. Wenn das Übel sich in seiner ganzen Ausdehnung offenbart hat, werden die Restriktiv- und Prohibitivgesetze, die Zensur, die aus Anlaß der Ermordung des Herzogs von Berry[240] eingeführt und seit der Kammereröffnung aufgehoben wurde, wiederkommen. Wissen Sie, was das französische Volk aus diesem Streit für einen Schluß ziehen wird? Es wird die Unterstellungen der liberalen Presse für bare Münze nehmen; es wird glauben, daß die Bourbonen die materiellen Resultate, die die Revolution gebracht hat, antasten wollten; es wird sich eines schönen Tages erheben und die Bourbonen verjagen. Sie beflecken also nicht nur Ihr Leben, sondern Sie stehen eines Tages in den Reihen der besiegten Partei. Sie sind zu jung und noch zu neu in der Presse, Sie wissen zu wenig von ihrem geheimen Räderwerk und ihren Methoden; Sie haben zuviel Neid erregt, um sich gegen das allgemeine Zetergeschrei, das sich in den liberalen Blättern erheben wird, halten zu können. Sie werden von der Wut der Parteien, die noch im Paroxysmus des Fiebers stehen, fortgerissen werden; ihr Fieber ist aus dem Bereich der brutalen Handlungen von 1815 und 1816 in die Ideen, die Redeschlachten der Kammer und die Debatten der Presse übergegangen.« – »Liebe Freunde«, sagte Lucien, »ich bin nicht mehr der unerfahrene junge Dichter, den ihr in mir sehen möchtet. Was auch eintreten möge, ich werde einen Vorteil erringen, den der Sieg der liberalen Partei mir nicht verschaffen kann. Bis ihr den Sieg habt, habe ich mein Ziel längst erreicht.« – »Wir schneiden dir dann ... die Haare ab«, sagte Michel Chrestien lachend. – »Ich habe bis dahin Kinder«, erwiderte Lucien, »und wenn ihr mir dann den Kopf abschneidet, ist es, als wenn ihr mir gar nichts abschnittet.«

Die drei Freunde verstanden Lucien nicht; sie wußten nicht, daß seine Beziehungen zur vornehmen Gesellschaft in ihm im höchsten Maße den Adelsstolz und die Aristokrateneitelkeit geweckt hatten. Der Dichter erblickte übrigens mit Recht in seiner Schönheit und seinem Geist, wenn sie sich auf den Namen und den Titel eines Grafen de Rubempré stützten, die Grundlage zu einem ungeheuren Vermögen. Madame d'Espard, Madame de Bargeton und Madame de Montcornet hielten ihn an diesem Faden wie ein Kind einen Maikäfer. Lucien flog nur noch in einem begrenzten Kreise. Die Worte: »Er ist einer der Unseren, er denkt, wie sich's gehört!«, die vor drei Tagen in den Salons der Mademoiselle des Touches gefallen waren, hatten ihn berauscht, und ebenso beseligt hatten ihn die Glückwünsche, die er von den Herzögen von Lenoncourt, von Navarreins und von Grandlieu, von Rastignac, Blondet, der schönen Herzogin von Maufrigneuse, dem Grafen d'Esgrignon, von des Lupeaulx, von den einflußreichsten und am Hofe angesehensten Männern der royalistischen Partei eingeheimst hatte.

»Nun, dann ist nichts weiter zu sagen«, erwiderte d'Arthez.

»Es wird dir schwerer als jedem anderen sein, dich sauber zu erhalten und dir deine Selbstachtung zu bewahren. Ich kenne dich: du wirst viel zu leiden haben, wenn du dich erst von denen verachtet siehst, denen du dich widmest.«

Die drei Freunde verabschiedeten sich von Lucien, ohne ihm freundschaftlich die Hand zu drücken. Lucien war ein paar Augenblicke nachdenklich und traurig.

»Ach was! Laß doch diese dummen Kerle«, rief Coralie, setzte sich ihm auf den Schoß und legte ihre schönen Arme um seinen Hals; »sie nehmen das Leben ernst, und dabei ist das Leben doch ein Spaß. Und außerdem wirst du Graf Lucien de Rubempré werden. Ich werde, wenn es not tut, im Kanzleramt vorsprechen und sehr verführerisch auftreten. Ich weiß, wie man mit dem Lüstling des Lupeaulx, der deine Verfügung zur Unterschrift vorzulegen hat, umgehen muß. Habe ich dir nicht gesagt, du würdest, wenn du noch eine Stufe brauchst, um deine Beute zu fassen, Coralies Leiche zur Verfügung haben?«

Am Tage darauf ließ Lucien seinen Namen in die Zahl der Mitarbeiter des ›Réveil‹ aufnehmen. Jener Name wurde in dem Prospekt, der mit den Geldmitteln des Ministeriums in hunderttausend Exemplaren verbreitet wurde, wie eine Eroberung angekündigt. Lucien begab sich zu dem Siegesmahl, das bei Robert, zwei Schritte von Frascati[241], stattfand und das neun Stunden dauerte. Die Koryphäen der royalistischen Presse waren da: Martainville[242], Auger[243], Destains[244] und eine Menge Schriftsteller, die heute noch leben und die damals nach einem gebräuchlichen Ausdruck ›in Monarchie und Religion machten‹.

»Wir werden es den Liberalen heimzahlen«, sagte Hector Merlin. – »Meine Herren«, antwortete Nathan, der sich diesem banner angeschlossen hatte – er überlegte, daß es für ihn und seine Laufbahn als Bühnenschriftsteller besser sei, die Autorität, die über das Theater verfügte, für sich als gegen sich zu haben –, »wenn wir schon Krieg gegen sie führen, dann wollen wir es ernsthaft tun; wir dürfen uns nicht mit Kugeln aus Kork behelfen! Wir müssen ohne Unterschied des Alters oder des Geschlechts alle klassischen und liberalen Schriftsteller angreifen, müssen sie über die Klinge des Witzes springen lassen und keinen Pardon geben.« – »Wir wollen ehrenhaft bleiben und uns nicht durch die

Rezensionsexemplare, die Geschenke und das Geld der Verleger bestechen lassen. Wir müssen die Restauration des Journalismus durchführen.« – »Gut!« sagte Martainville. »*Justum et tenacem propositi virum!*[245] Wir wollen unversöhnlich und scharf sein. Ich werde aus Lafayette machen, was er im Grunde ist: Hasenfuß I.!« – »Ich«, sagte Lucien, »nehme die Helden des ›Constitutionnel‹, den Korporal Mercier[246], die Gesammelten Werke de Jouys[247], die berühmten Redner der Linken auf mich.«

Um ein Uhr morgens proklamierten die Schriftsteller einmütig den Kampf auf Leben und Tod, worauf sie sämtlich ihre verschiedenen Schattierungen und alle ihre Ideen in einem flammenden Punsch ertränkten.

»Wir haben uns eine famose monarchische und religiöse Hose angezogen«, sagte auf der Türschwelle einer der berühmtesten Schriftsteller der romantischen Literatur.

Dieses historische Wort, das von einem Verleger, der dem Diner beiwohnte, weitererzählt wurde, stand am nächsten Tage im ›Miroir‹; aber die Enthüllung wurde Lucien zugeschrieben. Dessen Abfall war das Signal zu einem furchtbaren Lärm in den liberalen Zeitungen. Lucien wurde ihre Zielscheibe; er wurde auf die grausamste Weise an den Pranger gestellt: die Leidensgeschichte seiner Sonette wurde breitgetreten und dem Publikum mitgeteilt, Dauriat würde lieber tausend Taler verlieren, als sie zu drucken; er wurde als der sonettenlose Dichter bezeichnet.

Eines Morgens las Lucien in demselben Blatte, in dem er so glänzend debütiert hatte, die folgenden Zeilen, die einzig und allein für ihn geschrieben schienen, denn das Publikum konnte ihre Bosheit schwerlich verstehen:

»Wenn der Verleger Dauriat fortfährt, die Sonette des künftigen französischen Petrarca nicht zu drucken, werden wir zeigen, daß wir edelmütige Feinde sind, und werden diesen Gedichten unsere Spalten öffnen. Nach dem folgenden zu urteilen, das uns ein Freund des Dichters vermittelt hat, scheinen sie sehr pikant zu sein.«

Unter dieser schrecklichen Ankündigung las der Dichter das folgende Sonett, über das er heiße Tränen vergoß:

Auf einem Beet in voller Blüte sproß
Ein Pflänzlein kümmerlich und zweifelhaft,
Das sich gebärdete, als ob sein Schaft
Ein Wunder künft'ger Farbenpracht umschloß.

So ließ man es denn stehn! Doch bald verdroß
Sein Üppigtun mit aufgeblähter Kraft
Die stolzen Schwestern, die ihm Raum verschafft,
Und alle harrten, daß es sich erschloß.

Da blühte es. Doch nie ward ein Patron
So überschüttet mit Gespött und Hohn,
Als man verlachte das gemeine Kraut.

Bald ward es ausgerissen, wie es Brauch,
Ein Esel schrie auf seinem Grabe laut,
Denn es war wirklich nur ein Distelstrauch[248].

Vernou schrieb von der Spielleidenschaft Luciens und machte im voraus darauf aufmerksam, sein Roman ›Der Bogenschütze‹ werde ein vaterlandsfeindliches Werk sein, in dem der Verfasser die Partei der katholischen Massenmörder gegen die kalvinistischen Opfer ergreife. Im Laufe von acht Tagen wurde diese Fehde immer giftiger. Lucien hatte sich auf seinen Freund Lousteau verlassen, der ihm tausend Francs schuldete und mit dem er geheime Vereinbarungen getroffen hatte; aber Lousteau wurde Luciens erklärter Feind, und zwar aus folgenden Gründen: Seit drei Monaten liebte Nathan Florine und wußte nicht, wie er sie Lousteau, dessen guter Engel sie übrigens war, abspenstig machen sollte. Angesichts der Verzweiflung und der Trostlosigkeit, in der sich diese Schaupielerin befand, da sie ohne Engagement war, suchte Nathan, in seiner Eigenschaft als Luciens Mitarbeiter, Coralie auf; er bat sie, Florine eine Rolle in einem seiner Stücke anzubieten, wobei er es auf sich nahm, der stellungslosen Schauspielerin ein Probeengagement am Gymnase zu verschaffen. Florine, die der Rausch des Ehrgeizes überkam, zögerte nicht. Sie hatte Zeit genug gehabt, Lousteau zu beobachten. Nathan war erfüllt von literarischem und politischem Ehrgeiz; er besaß ebensoviel Energie wie Bedürfnisse, während in Lousteau die Laster den Willen abtöteten. Die Schauspielerin, die in neuem

Glanz wieder auf der Bühne erscheinen wollte, lieferte Nathan die Briefe des Drogisten aus, und Nathan verkaufte sie gegen den Sechstelanteil der von Finot geleiteten Zeitschrift an Matifat. Florine hatte jetzt eine prächtige Wohnung in der Rue Hauteville und erkor Nathan zum Schirmherrn gegen den gesamten Journalismus und die Welt des Theaters. Lousteau wurde von diesem Ereignis so hart getroffen, daß er am Ende eines Diners, das seine Freunde ihm gaben, um ihn zu trösten, zu schluchzen anfing. Bei diesem Gelage fanden die Teilnehmer, daß Nathan lediglich seinen Vorteil wahrgenommen hätte. Einige Schriftsteller, wie Finot und Vernou, hatten von der Leidenschaft des Dramatikers für Florine gewußt; aber alle sagten sie, Lucien habe sich, indem er bei diesem Handel den Kuppler machte, gegen die heiligsten Gesetze der Freundschaft vergangen. Der Parteigeist, der Wunsch, seinen neuen Freunden zu dienen, waren keine Entschuldigungen für den neugebackenen Royalisten.

»Nathan ist von der Logik der Leidenschaft fortgerissen worden; aber dieser ›große Mann aus der Provinz‹, wie Blondet ihn nennt, folgt einzig seinen Berechnungen«, rief Bixiou.

So wurde denn die Unschädlichmachung Luciens, dieses Eindringlings, dieses Gernegroß, der alle Welt verschlingen wollte, einstimmig beschlossen und gründlich hin und her überlegt. Vernou, der Lucien haßte, versprach, im Kampf gegen ihn nicht lockerzulassen. Um Lousteau die tausend Taler nicht zahlen zu müssen, klagte Finot Lucien an, er habe ihn dadurch, daß er Nathan das Geheimnis der Operation gegen Matifat verriet, um einen Gewinn von fünfzigtausend Francs gebracht. Nathan jedoch hatte auf den Rat Florines hin dafür gesorgt, daß er Finots Beistand nicht einbüßte; er hatte ihm das Sechstelchen für fünfzigtausend Francs verkauft. Lousteau, der auf diese Weise seine tausend Taler verlor, verzieh Lucien diese ungeheure Schädigung seiner Interessen nicht. Die Wunden der Eigenliebe werden unheilbar, wenn das Oxyd des Geldes in sie eindringt. Kein Ausdruck, keine Schilderung kann die Wut wiedergeben, die über die Schriftsteller kommt, wenn ihre Eigenliebe leidet; und ebenso läßt sich die Energie nicht schildern, die sie in dem Augenblick zur Verfügung haben, da sie sich von den Giftpfeilen des Spottes getroffen fühlen. Die, deren Energie und deren Widerstand durch den Angriff auf der Stelle angestachelt werden, unterliegen schnell. Die Ruhigen, deren Plan erst nach dem völligen Vergessen gefaßt wird, dem ein beleidigender Artikel schnell verfällt, entfalten den wahren literarischen Mut. So scheinen die Schwachen im ersten Augenblick die Starken zu sein; aber ihr Widerstand dauert nur eine kurze Weile. In den ersten Tagen ließ Lucien voller Wut einen Hagel von Artikeln in den royalistischen Zeitungen los, in denen er das Amt der Kritik mit Hector Merlin teilte. Jeden Tag feuerte er von der Schanze des ›Réveil‹ aus all seinen Geist gegen seine Feinde ab; er wurde dabei übrigens von Martainville unterstützt, dem einzigen, der ihm ohne Hintergedanken beistand; er war nicht in das Geheimnis der Abmachungen eingeweiht worden, die mit allerlei Scherzen nach dem Trinken oder in den Galeries-de-Bois bei Dauriat und hinter den Kulissen zwischen den Journalisten beider Parteien, die die Kameradschaft heimlich miteinander verband, geschlossen worden waren. Wenn Lucien in das Foyer des Vaudeville kam, wurde er nicht mehr als Freund behandelt; nur die Leute seiner Partei gaben ihm die Hand, während Nathan, Hector Merlin, Théodore Gaillard, ohne sich zu genieren, mit Finot, Lousteau, Vernou und andern Journalisten, die man alle ›gute Kerle‹ nannte, schamlos fraternisierten. Damals war das Foyer des Vaudeville die Hauptstätte des Literaturklatsches, eine Art Boudoir, in dem Leute aller Parteien, Politiker und Beamte, verkehrten. Wenn in irgendeinem Beratungszimmer der Vorsitzende einem untergebenen Kollegen gegenüber den Tadel ausgesprochen hatte, er fege mit seiner Robe die Kulissen sauber, so traf es sich wohl, daß seine Robe mit der des Getadelten im Foyer des Vaudeville einträchtig zusammentraf. Lousteau reichte dort schließlich Nathan die Hand. Finot kam fast jeden Abend hin. Wenn Lucien Zeit hatte, ging er ebenfalls hin, um die Stimmung seiner Gegner kennenzulernen, und der unglückliche junge Mann gewahrte stets an ihnen eine unversöhnliche Kälte.

Zu jener Zeit erzeugte der Parteigeist weit ernsthaftere Gehässigkeiten als heutzutage. Heute hat sich im Lauf der Zeit infolge der zu großen Anspannung der Triebfedern alles milder gestaltet. Heute reicht die Kritik einem Manne, dessen Buch sie auf ihrem Altar geopfert hat, die Hand. Das Opfer muß den Opferpriester umarmen, wenn es nicht die Spießruten des Spottes über sich ergehen lassen will. Wenn ein Schriftsteller nicht so verfährt, gerät er in den Ruf der Unliebenswürdigkeit und wird als ein unverträglicher Mensch, ein krasser Egoist, ein unzulänglicher, gehässiger, nachtragender Bursche bezeichnet. Hat heutzutage ein Schriftsteller die Stiche des verräterischen Dolches in den Rücken bekommen, ist er den Netzen, die mit niederträchtiger Heuchelei gestellt worden sind, entronnen, ist er der schlimmsten Behandlung ausgesetzt gewesen, dann muß er zusehen und stillhalten, wenn seine Mörder ihm guten Tag sagen und Anspruch auf seine Achtung und sogar auf seine Freundschaft erheben. In einer Zeit, da man Tugend in Laster verwandelt, wie man gewisse Laster zu Tugenden erhoben hat, wird alles entschuldigt und gerechtfertigt. Von allen Freiheiten ist die Kameradschaft am meisten geheiligt worden. Politische Führer, die schroffe Gegner sind, sprechen zueinander in Worten ohne Schärfe oder mit höflichen Spitzen. Damals gehörte – vielleicht erinnert sich der eine oder andere noch daran – für manche royalistische und für manche liberale Schriftsteller Mut dazu, sich im selben Theater zu treffen. Man konnte die gehässigsten Herausforderungen zu hören bekommen. Die Blicke waren geladen wie Pistolen; der geringste Funke konnte den Lärm eines heftigen Streites auslösen. Wer hat nicht seinen Nachbarn in Verwünschungen ausbrechen hören, wenn einige Leute hereinkamen, die den Angriffen einer der beiden Parteien besonders ausgesetzt waren? Es gab damals nur zwei Parteien, die Royalisten und die Liberalen, die Romantiker und die Klassiker; es war derselbe Haß unter zwei verschiedenen Formen, ein Haß, angesichts dessen man die Schafotte der Konventszeit begriff. Lucien, der sich aus dem Liberalen und fanatischen Voltairianer, der er anfangs gewesen war, in einen wütenden Royalisten und Romantiker verwandelt hatte, stand also unter dem Gewicht der Feindseligkeit, die dem zu dieser Zeit von den Liberalen am meisten gehaßten Manne drohte: Martainville, dem einzigen, der ihn verteidigte und schätzte. Dieses Zusammenhalten schadete Lucien. Die Parteien sind gegen ihre Vorposten undankbar.

Sie nennen sie oft sentimental ihre ›verlorenen Söhne‹, aber sie geben sie willentlich preis. Insbesondere in der Politik müssen sich die, die sich durchsetzen wollen, zum Gros der Armee halten. Das Bösartigste, was die kleinen Blätter taten, war, Lucien und Martainville zusammenzubinden. Der Liberalismus trieb sie einander in die Arme. Diese angebliche oder wirkliche Freundschaft trug ihnen gallige Artikel ein; Félicien Vernou hatte sie geschrieben, der über die Erfolge, die Lucien in der vornehmen Gesellschaft errang, außer sich war und, wie alle früheren Kameraden des Dichters, an seine binnen kurzem bevorstehende Erhebung in den Adelsstand glaubte. Luciens angeblicher Verrat wurde jetzt als noch viel schlimmer hingestellt und mit erschwerenden Umständen ausgeschmückt. Lucien wurde der kleine Judas und Martainville der große Judas genannt; denn Martainville wurde mit Recht oder Unrecht beschuldigt, er habe während des Krieges den feindlichen Armeen die Brücke von Pecq[249] übergeben. Lucien machte des Lupeaulx gegenüber lachend den Scherz, was ihn angehe, so habe er ohne Zweifel die Eselsbrücke geliefert. Luciens üppiges Leben empörte seine Freunde, obwohl es hohl und lediglich auf Hoffnungen gegründet war; sie verziehen ihm weder seine Equipage – denn für sie fuhr er noch immer in der Equipage – noch den Glanz seiner Wohnung in der Rue de Vendôme. Alle fühlten instinktiv, daß ein Mann, der jung, schön, geistvoll und von ihnen verdorben worden war, es weit bringen mußte; daher waren ihnen alle Mittel recht, um ihn zu stürzen.

Einige Tage vor dem ersten Auftreten Coralies im Gymnase ging Lucien Arm in Arm mit Hector Merlin im Foyer des Vaudeville auf und ab. Merlin schalt seinen Freund aus, daß er Nathan in der Sache mit Florine beigestanden habe.

»Sie haben sich Lousteau und Nathan zu Todfeinden gemacht. Ich hatte Ihnen gute Ratschläge gegeben. Sie haben sie aber nicht befolgt. Sie sind mit Ihrem Lob verschwenderisch gewesen und haben Wohltaten um sich gestreut; Sie werden für Ihre guten Taten bitter bestraft werden. Florine und Coralie werden auf derselben Bühne nie gut miteinander auskommen: die eine wird immer die andere übertreffen wollen. Sie haben an Zeitungen, die für Coralie eintreten können, nur die unsrigen; Nathan jedoch verfügt außer dem Vorteil, den ihm sein Beruf als Dramatiker verschafft, in Theaterangelegenheiten über die liberalen Zeitungen, und er steht viel länger im Journalismus als Sie.«

Diese Worte bestätigten Luciens geheime Befürchtungen, denn er fand weder bei Nathan noch bei Gaillard die offene Freundschaft, auf die er Anspruch zu haben glaubte; aber er hatte keinen Grund zur Klage: er hatte ja erst konvertiert! Das ließ Gaillard Lucien deutlich fühlen; er sagte ihm, Neulinge müßten lange Zeit hindurch Pfänder geben, ehe die Partei ihnen völlig trauen könne. Der Dichter stieß in den Redaktionen der royalistischen und regierungstreuen Zeitungen auf eine Eifersucht, an die er nie gedacht hatte; auf die Eifersucht, die zwischen allen Menschen ausbricht, wenn es irgendeinen Kuchen zu teilen gibt: sie werden dann alle zu Hunden, die sich um einen Knochen streiten, geben dasselbe Knurren von sich, nehmen dieselbe Haltung ein und bekunden denselben Charakter. Diese Schriftsteller spielten einander im geheimen tausend schlimme Streiche, um sich gegenseitig bei den Machthabern zu schaden; jeder beschuldigte den andern, er sei lau, und sie nahmen ihre Zuflucht zu den niederträchtigsten Machenschaften, um sich eines Konkurrenten zu entledigen. Die Liberalen hatten keine derartige Ursache zu inneren Zwistigkeiten, da sie von der Macht und ihren Gnadenerweisen weit entfernt waren. Lucien hatte angesichts dieses unentwirrbaren Netzes von ehrgeizigen Manövern weder den Mut, den Degen zu ziehen und den Knoten zu durchhauen, noch die Geduld, ihn allmählich aufzulösen; er konnte weder der Aretino[250] noch der Beaumarchais[251] noch der Fréron[252] seiner Zeit sein. In ihm lebte jetzt nur der einzige Wunsch: seine königliche Verfügung zu bekommen; denn er sah ein, daß die Standeserhebung ihm auch zu einer glänzenden Heirat verhelfen würde. Sein Glück hing dann nur noch von einem Zufall ab, zu dem ihm seine Schönheit verhelfen konnte. Lousteau, der ihm so viel Vertrauen bezeigt hatte, kannte sein Geheimnis, und der Journalist wußte somit, wo der Dichter aus Angoulême tödlich zu treffen war; und so hatte er Lucien an dem Tag, wo Merlin mit ihm im Vaudeville auf und ab ging, eine schreckliche Falle gestellt, in der der junge Mensch sich fangen und zugrunde gehen mußte.

»Da ist ja unser schöner Lucien«, sagte Finot und trat mit des Lupeaulx, mit dem er gerade plauderte, zu Lucien hin, dessen Hand er mit täuschend nachgeahmter Freundschaftlichkeit drückte. »Ich kenne kein Beispiel eines so schnellen Glückes, wie er es gemacht hat«, sagte er und blickte abwechselnd Lucien und den vortragenden Rat an. »In Paris gibt es zweierlei Glück: das materielle, das Geld, das jeder an sich reißen kann, und das moralische, die Beziehungen, die Stellung, den Einlaß in eine gewisse Welt, die vielen Leuten, möge ihr materielles Vermögen auch noch so groß sein, verschlossen bleibt, und mein Freund...« – »Unser Freund«, sagte des Lupeaulx und warf Lucien einen liebevollen Blick zu. – »Unser Freund«, fuhr Finot fort und tätschelte zärtlich Luciens Hand, »hat in dieser Hinsicht hervorragendes Glück gehabt. Freilich, Lucien ist begabter und geistvoller als alle seine Neider, und überdies ist er im Besitz einer köstlichen Schönheit; aber seine ehemaligen Freunde verzeihen ihm seine Erfolge nicht, sie sagen, er habe bloß Glück gehabt.« – »Glück dieser Art«, sagte des Lupeaulx, »widerfährt nie Dummköpfen oder Unfähigen. Haha! Kann man die Laufbahn Bonapartes Glück nennen? Zwanzig kommandierende Generale standen über ihm, die die italienische Armee hätten befehligen können, wie es in diesem Augenblick hundert junge Leute gibt, die bei Mademoiselle des Touches Erfolg haben möchten; sie wird nämlich in der vornehmen Welt bereits als Ihre künftige Frau bezeichnet, lieber Freund!« sagte des Lupeaulx und klopfte Lucien auf die Schulter. »Oh! Sie stehen in großer Gunst. Die Marquise d'Espard, Madame de Bargeton und Madame de Montcornet sind ganz verliebt in Sie. Sind Sie nicht heute abend auf der Soirée der Madame Firmiani und morgen auf dem Rout der Herzogin von Grandlieu?« – »Allerdings«, sagte Lucien. – »Gestatten Sie mir, Ihnen einen jungen Bankier, Monsieur du Tillet, vorzustellen; er ist Ihrer wert, er hat es in kurzer Zeit zu einem großen Vermögen gebracht.«

Lucien und du Tillet begrüßten einander, kamen ins Gespräch, und der Bankier lud Lucien zum Abendessen ein. Finot und des Lupeaulx, die beide gleich durchtrieben waren und sich zur Genüge kannten, um immer Freunde zu bleiben, schienen ihre begonnene Unterhaltung fortzusetzen; sie überließen Lucien, Merlin, du Tillet und Nathan ihrem Geplauder und setzten sich auf einen der Diwane, die im Foyer des Vaudeville standen.

»Hören Sie, lieber Freund«, sagte Finot zu des Lupeaulx, »sagen Sie mir die Wahrheit! Wird Lucien ernsthaft protegiert? Er ist nämlich das rote Tuch aller meiner Mitarbeiter geworden; und ehe ich ihre Verschwörung begünstige, wollte ich mich mit Ihnen beraten, um zu hören, ob es nicht besser ist, sie zu vereiteln und auf Luciens Seite zu treten.«

Hier blickten der vortragende Rat und Finot einander einen Augenblick lang aufmerksam an.

»Aber, lieber Freund«, erwiderte des Lupeaulx, »können Sie ernstlich glauben, daß die Marquise d'Espard, Châtelet und Madame de Bargeton, die den Baron zum Präfekten der Charente und zum Grafen gemacht hat, um im Triumph nach Angoulême zurückzukehren, Lucien je seine Angriffe verzeihen werden? Sie haben ihn in die royalistische Partei hinübergelockt, um ihn zu vernichten. Jetzt suchen sie nach Auswegen, damit dem Knaben verweigert werden kann, was ihm versprochen worden ist. Machen Sie welche ausfindig! Dann haben Sie den beiden Damen einen großen Gefallen getan, und früher oder später werden sie sich daran erinnern. Ich kenne mich in den Geheimnissen der beiden Damen aus; sie hassen dieses Kerlchen in einem Maß, daß es mich überrascht hat. Dieser Lucien hätte seine grimmigste Feindin, Madame de Bargeton, loswerden können, wenn er seine Angriffe so lange fortgesetzt hätte, bis sie seinen Bedingungen gefügig gewesen wäre; alle Frauen erfüllen sie nur zu gern, Sie verstehen doch? Er ist schön, ist jung, er hätte diesen Haß in einem Strom von Liebe ertränkt, er wäre Graf de Rubempré geworden; sein Stockfisch hätte ihm eine Stelle im Haushalt des Königs und Sinekuren verschafft! Lucien wäre ein reizender Vorleser für Ludwig XVIII. gewesen. Er hätte irgendwo Bibliothekar, ein amüsanter vortragender Rat, Leiter irgendwelcher Hofbelustigungen werden können. Der Narr hat die Gelegenheit verpaßt. Vielleicht ist es das, was man ihm nicht verzeiht. Er hat keine Bedingungen gestellt, er hat welche angenommen. An dem Tage, da Lucien sich durch das Versprechen einer königlichen Verfügung hat fangen lassen, hat der Baron Châtelet einen großen Schritt vorwärts getan. Coralie hat den Knaben zugrunde gerichtet. Hätte er nicht die Schauspielerin zur Geliebten gehabt, dann hätte er seinen alten Stockfisch wiederhaben wollen und hätte ihn auch bekommen.« – »Also sind wir in der Lage, ihn abzutun«, sagte Finot. – »Wodurch?« fragte des Lupeaulx nachlässig; er wollte sich durch diesen Dienst bei der Marquise d'Espard in Gunst setzen. – »Er hat einen Vertrag, der ihn zwingt, an Lousteaus Blättchen mitzuarbeiten; wir werden ihn um so leichter dazu bringen, Artikel zu liefern, als er völlig mittellos ist. Wenn der Justizminister sich von einem boshaften Spottartikel getroffen fühlt und man ihm beweist, Lucien habe ihn verfaßt, wird er ihn für einen Menschen ansehen, der der Güte des Königs unwürdig ist. Damit dieser große Mann aus der Provinz noch ein bißchen mehr den Kopf verliert, haben wir den Sturz Coralies vorbereitet: seine Geliebte wird ausgezischt werden und künftig keine Rollen bekommen. Wenn erst die königliche Verfügung ins Ungewisse vertagt ist, verspotten wir unser Opfer seiner Aristokratenansprüche wegen, sprechen von seiner Mutter, die Hebamme ist, und von seinem Vater, der Apotheker war. Luciens Mut sitzt lediglich auf der Epidermis. Er bricht unbedingt zusammen, und wir schicken ihn wieder hin, wo er hergekommen ist. Nathan hat es durch Florine fertiggebracht, daß ich den Sechstelanteil der Zeitschrift, den Matifat besaß, in die Hände bekam; ich habe den Anteil des Papierfabrikanten kaufen können, ich bin jetzt mit Dauriat Alleinbesitzer; wir, Sie und ich, können uns verständigen, damit das Blatt sich dem Hof zur Verfügung stellt. Ich habe Florine und Nathan nur unter der Bedingung unterstützt, daß ich mein Sechstel wiederbekomme; sie haben es mir verkauft, ich muß ihnen gefällig sein; aber zuvor wollte ich über Luciens Aussichten Gewißheit haben ...« – »Sie verdienen Ihren Namen«, sagte des Lupeaulx lachend. »Aber ich liebe nun mal Menschen Ihrer Art ...« – »Können Sie also Florine ein endgültiges Engagement verschaffen?« fragte Finot den vortragenden Rat. – »Ja, aber schaffen Sie uns Lucien vom Halse; Rastignac und Marsay können seinen Namen schon nicht mehr hören.« – »Sie können ruhig schlafen«, sagte Finot. »Nathan und Merlin werden immer Artikel bereit haben, und Gaillard hat deren Veröffentlichung versprochen; Lucien wird nicht eine Zeile unterbringen können, und wir schneiden ihm so den Lebensunterhalt ab. Er hat dann nur noch Martainvilles Blatt, um sich und Coralie zu verteidigen: ein Blatt gegen alle, da ist kein Widerstand möglich.« – »Ich werde Sie wissen lassen, an welchen Stellen der Minister empfindlich ist; aber Sie müssen mir das Manuskript des Artikels liefern, zu dem Sie Lucien veranlassen«, erwiderte des Lupeaulx, der sich hütete, Finot zu sagen, daß die Verfügung Lucien nie im Ernst versprochen worden war.

Des Lupeaulx verließ das Foyer. Finot trat wieder zu Lucien und setzte ihm in dem gutmütigen Ton, von dem sich so viele Menschen fangen lassen, auseinander, weshalb er nicht auf die Mitarbeit, die Lucien ihm schuldig sei, verzichten könne. Finot wies den Gedanken an einen Prozeß weit von sich; ein solcher würde die Hoffnungen, die sein Freund auf die royalistische Partei setze, zerstören. Finot liebe Männer, die stark genug seien, kühn ihre Meinung zu ändern. Würden Lucien und er einander nicht noch oft im Leben treffen, könnten sie sich nicht noch tausend kleine Dienste erweisen? Lucien brauche einen sicheren Mann in der liberalen Partei, um die Regierungstreuen oder die Ultras angreifen zu lassen, die sich weigerten, ihm gefällig zu sein.

»Wenn man Sie zum besten hat, was wollen Sie dann tun?« fragte Finot schließlich. »Wenn irgendein Minister glaubt, er halte Sie am Halfter Ihres Renegatentums fest, Sie nicht mehr fürchtet und Sie zurückweist, ist es dann nicht erforderlich, daß Sie ein paar Hunde haben, die ihn in die Waden beißen? Mit Lousteau sind Sie tödlich verfeindet; er verlangt Ihren Kopf. Vernou und Sie sprechen nicht mehr miteinander. Ich allein bin Ihnen treu geblieben! Es ist einer der Grundsätze meines Berufs, mit wahrhaft starken Männern in gutem Einvernehmen zu stehen. Sie können mir in der vornehmen Gesellschaft, in der Sie verkehren, die Dienste vergelten, die ich Ihnen in der Presse erweise. Aber Geschäft ist Geschäft! Schicken Sie mir rein literarische Artikel, die werden Sie nicht kompromittieren; aber Ihren Verpflichtungen müssen Sie nachkommen.«

Lucien erblickte in diesen Worten Finots, dessen schmeichelhafte Reden ebenso wie die des Lupeaulx' ihn in gute Stimmung versetzt hatten, nur ein Gemisch aus Freundschaft und kluger Berechnung: er dankte Finot!

Im Leben der Ehrgeizigen und aller derer, die nur mit Hilfe der Menschen und der Dinge durch einen mehr oder weniger gut berechneten, befolgten und aufrechterhaltenen Plan ans Ziel gelangen können, kommt immer ein grausamer Augenblick, da irgendeine Macht ihnen schwere Prüfungen auferlegt: alles schlägt mit einemmal fehl, auf allen Seiten reißen die Fäden oder verwirren sich, es geht überall schief. Wenn einer in solch einem moralischen Zusammenbruch den Kopf verliert, ist er verloren. Nur diejenigen, die den erstmalig auftretenden feindlichen Verhältnissen Widerstand leisten, die dem Unwetter trotzen und es vorüberziehen lassen, die sich in Sicherheit bringen und sich mit gewaltiger Anstrengung in die oberen Sphären hinaufschwingen, sind die wahrhaft starken Männer. So hat jeder, wenn er nicht reich geboren ist, das, was man als seine Schicksalswoche bezeichnen muß. Für Napoleon war diese Woche der Rückzug von Moskau. Jetzt war für Lucien der grausame Augenblick gekommen. Sowohl in der großen Gesellschaft wie in der Literatur hatte sich für ihn alles zu günstig gefügt; er war zu glücklich gewesen; jetzt mußte er erleben, wie Menschen und Dinge sich gegen ihn wandten. Der erste Schmerz war der lebhafteste und grausamste von allen; er traf ihn da, wo er sich unverwundbar geglaubt hatte, nämlich in seinem Herzen und seiner Liebe. Coralie besaß keinen Geist; aber sie hatte eine schöne Seele und besaß die Gabe, sie durch jähe Aufwallungen und Gesten, die die großen Schauspielerinnen ausmachen, nach außen sichtbar werden zu lassen. Dieses Phänomen ist, solange es nicht durch lange Übung zu einer Art Gewohnheit geworden ist, den Launen des Charakters und oft einer wunderbaren Scham unterworfen, die bei den Schauspielerinnen, wenn sie noch jung sind, häufig anzutreffen ist. Coralie, die innerlich unschuldig und schüchtern, nach außen keck und leichtfertig war, wie es eine Komödiantin sein muß, erlebte jetzt, nun die Liebe hinzugekommen war, eine Rückwirkung ihres Frauenherzens auf ihre Komödiantinnenmaske. Die Kunst, die Gefühle wiederzugeben, diese erhabene Falschheit und Verstellungskunst, hatte in ihr noch nicht über die Natur gesiegt. Sie schämte sich, dem Publikum zu geben, was nur der Liebe gehörte. Ferner besaß sie eine Schwäche, die bei echten Frauen etwas Natürliches ist. Obwohl sie wußte, daß sie dazu berufen war, souverän auf der Bühne zu herrschen, hatte sie das Verlangen nach Erfolg. Sie war außerstande, einer Zuschauermenge, die ihr nicht willig folgte, zu trotzen; sie zitterte stets, wenn sie die Bühne betrat, und dann konnte die Kälte des Publikums sie zu Eis erstarren lassen. Dieses schreckliche Gefühl bewirkte es, daß für sie jede neue Rolle ein neues Debüt war. Der Beifall versetzte sie in eine Art Rausch, den zwar ihr Selbstgefühl nicht brauchte, der aber ihrem Mut unentbehrlich war; ein Murren der Unzufriedenheit oder das Schweigen eines kalten Publikums beraubte sie ihrer Mittel; ein voller, aufmerksamer Zuschauerraum, bewundernde, wohlwollende Blicke elektrisierten sie; sie stand dann in Verbindung mit den edlen Eigenschaften all dieser Herzen und verspürte die Macht in sich, sie zu erheben, sie zu rühren. Diese doppelte Wirkung zeugte von der Kraft ihrer Natur und ihrer genialen Anlage, verriet aber zugleich, wie zart und gebrechlich das arme Kind war. Lucien hatte nach und nach die Schätze, die dieses Herz barg, erkannt; er hatte gemerkt, wie sehr seine Geliebte noch ein junges Mädchen war. Coralie war untauglich zu den Falschheiten des Schauspielerdaseins und konnte sich gegen die Ränke und Kulissenmanöver, deren sich Florine bediente, nicht schützen. Diese war ein ebenso gefährliches wie verderbtes Mädchen, wie ihre Freundin schlicht und edelmütig war. Die Rollen mußten sozusagen Coralie nachlaufen; sie war zu stolz, bei den Autoren zu betteln und sich ihren ehrlosen Bedingungen zu fügen; sie war zu stolz, sich dem ersten besten Journalisten hinzugeben, der sie mit seiner Liebe und seiner Feder bedrohte. Das Talent, das in dieser außergewöhnlichen Kunst, der Schauspielerei, schon sehr selten geworden ist, ist nur eine der Vorbedingungen des Erfolgs; das Talent ist sogar auf geraume Zeit schädlich, wenn es nicht von einer gewissen Begabung zur Intrige begleitet wird, und die fehlte Coralie völlig. Lucien sah voraus, was für schlimme Dinge seiner Freundin bei ihrem ersten Auftreten im Gymnase warteten, und wollte ihr um jeden Preis einen Triumph verschaffen. Das Geld, das von den verkauften Möbeln übriggeblieben war, sowie das, was Lucien verdient hatte, war für die Kostüme, für die Einrichtung der Garderobe, für alle Kosten eines Debüts draufgegangen. Einige Tage, bevor Coralie auftreten sollte, entschloß sich Lucien aus Liebe zu ihr zu einem demütigenden Schritt: er nahm die Wechsel von Fendant & Cavalier, begab sich in die Rue des Bourdonnais, in das Seidenhaus ›Cocon d'or‹, um Camusot vorzuschlagen, sie ihm zu diskontieren. Der Dichter war noch nicht so verdorben, daß er sich zu diesem Gang kaltblütig hätte entschließen können. Er stand unterwegs bittere Schmerzen aus; bei jedem Schritt bestürmten ihn schreckliche Gedanken, und er sagte sich abwechselnd: »Ja! – Nein!« Aber dennoch sah er sich schließlich in dem kleinen, frostigen, geschwärzten, von einem Binnenhof aus sein Licht empfangenden Kontor, in dem in ernster Würde nicht mehr der Liebhaber Coralies, der Verschwender, der Taugenichts, der lustige, ungläubige Camusot saß, den er gekannt hatte, sondern der ernsthafte Familienvater, der listen- und tugendreiche Kaufmann mit der Maske der würdevollen Haltung eines Handelsrichters und in die kühle Gelassenheit des Chefs eines Handelshauses gehüllt. Kommis, Regale, grüne Schachteln, Rechnungen und Musterkarten umgaben ihn, und überdies fehlten seine Frau und seine sehr schlicht gekleidete Tochter nicht. Lucien zitterte von oben bis unten, als er auf ihn zutrat; denn der ehrenwerte Kaufmann warf ihm denselben Blick hochmütiger Gleichgültigkeit zu, den er schon in den Augen der andern Diskontierer gesehen hatte.

»Ich habe hier Wechsel; ich wäre Ihnen zu großem Dank verpflichtet, wenn Sie sie mir abnehmen wollten, Monsieur Camusot«, sagte er. Er stand dicht vor dem Kaufmann, der an seinem Pulte saß. – »Auch Sie haben mir etwas abgenommen«, versetzte Camusot, »ich habe es nicht vergessen.«

Lucien setzte mit leiser Stimme auseinander, in welcher Lage Coralie sich befinde; er flüsterte dem Seidenhändler ins Ohr, und dieser konnte das Herzklopfen des gedemütigten Dichters vernehmen. Camusot war nicht gesonnen, Coralie eine Niederlage erleiden zu lassen. Während er zuhörte, besah sich der Kaufmann die Unterschriften auf den Wechseln und lächelte; als Handelsrichter kannte er die Situation dieser beiden Verleger. Er gab Lucien viertausendfünfhundert Francs, stellte aber die Bedingung, daß Lucien in seinem Indossament die Worte schrieb: ›Wert in Seidenwaren empfangen.‹ Lucien ging schnurstracks zu Braulard und erledigte mit ihm alles aufs beste, so daß Coralie einen schönen Erfolg erwarten durfte. Braulard versprach, zur Generalprobe zu kommen, und tat es auch, um sich über die Stellen klar zu werden, wo seine Garde ihre aus Fleisch und Knochen bestehenden Trommelstöcke rühren und den Erfolg herbeiführen sollte. Lucien übergab Coralie den Rest seines Geldes, erzählte ihr aber nichts von dem Schritt, den er bei Camusot unternommen hatte; er beschwichtigte die Aufregung der Schauspielerin und Bérénices, die vor lauter Unruhe schon nicht mehr den Haushalt besorgen konnte. Martainville, der zu den Menschen gehörte, die damals am meisten vom Theater verstanden, war ein paarmal gekommen, um mit Coralie ihre Rolle durchzusprechen. Lucien hatte von mehreren royalistischen Redakteuren das Versprechen günstiger Artikel erhalten; er konnte also nichts Böses befürchten. Am Tage vor dem ersten Auftreten Coralies geschah etwas, das für Lucien schlimm war. D'Arthez' Buch war erschienen. Der Chefredakteur von Hector Merlins Zeitung gab das Werk Lucien, da man ihn für den Besten hielt, der darüber berichten konnte; er verdankte seinen fatalen Ruf auf diesem Gebiete den Artikeln, die er über Nathan geschrieben hatte. Es waren eine Menge Menschen auf der Redaktion, sämtliche Mitarbeiter hatten sich eingefunden. Martainville war ebenfalls erschienen: es war beschlossen worden, die royalistischen Zeitungen sollten gegen die liberalen Blätter auf der ganzen Linie den Kampf eröffnen, und er wollte sich über einen bestimmten Punkt unterrichten. Nathan, Merlin, alle Mitarbeiter des ›Réveil‹ sprachen über den Einfluß des halbwöchentlich erscheinenden Blattes Léon Girauds, der um so verderblicher war, als es eine kluge, vorsichtige und gemäßigte Sprache führte. Man fing an, von dem ›Kreis‹ der Rue des Quatre-Vents zu sprechen, man nannte ihn einen ›Konvent‹. Es war beschlossen worden, daß die royalistischen Zeitungen einen systematischen Kampf auf Leben und Tod gegen diese gefährlichen Gegner führen sollten; diese sollten tatsächlich den Anstoß zur Begründung der Partei der Doktrinäre geben, dieser verhängnisvollen Sekte, die von dem Tage an, da die erbärmlichste Rachsucht den glänzendsten royalistischen Schriftsteller dazu gebracht hatte, sich mit ihnen zu verbinden, begann, die Bourbonen zu stürzen. D'Arthez', dessen absolutistische Anschauungen unbekannt waren, sollte das erste Opfer des über den ›Kreis‹ verhängten Bannspruchs werden. Sein Buch sollte, nach dem klassischen Worte, verrissen werden. Lucien weigerte sich, den Artikel zu schreiben. Diese Weigerung erregte bei den angesehenen Männern der royalistischen Partei, die zu dieser Besprechung gekommen waren, das größte Ärgernis. Es wurde Lucien rund heraus erklärt, ein Neubekehrter habe keinen Willen; wenn es ihm nicht passe, der Monarchie und der Religion zu dienen, dann könne er in das Lager zurückkehren, aus dem er gekommen sei. Merlin und Martainville nahmen ihn beiseite und machten ihm freundschaftlich klar, daß er Coralie dem Haß preisgebe, den die liberalen Zeitungen ihr geschworen hätten, und daß sie die royalistischen und regierungstreuen Blätter verlöre, die für sie eintreten könnten. Die Schauspielerin würde, wenn er sich richtig verhielte, ohne Zweifel Gegenstand einer hitzigen Polemik werden, die ihr den Ruhm bringen würde, auf den alle Schauspielerinnen so begierig sind.

»Sie verstehen nichts davon«, sagte Martainville zu ihm; »sie wird drei Monate lang unter dem Kreuzfeuer unserer Artikel spielen und wird in den drei Monaten ihres Urlaubs in der Provinz dreißigtausend Francs verdienen. Um eines der Skrupel willen, die Sie, wenn Sie solche Bedenklichkeiten nicht völlig von sich abtun, immer hindern werden, ein Politiker zu sein, wollen Sie Coralie und ihre Zukunft töten und sich um Ihre Erwerbsquelle bringen.«

Lucien sah sich genötigt, zwischen d'Arthez und Coralie zu wählen: seine Geliebte war verloren, wenn er d'Arthez nicht in der großen Zeitung und im ›Réveil‹ abwürgte. Der arme Dichter ging nach Hause, den Tod im Herzen. Er begab sich in sein Zimmer, setzte sich an den Kamin und las das Buch, das zu den schönsten der modernen Literatur gehört. Er las mit nassen Augen Seite um Seite; er zögerte lange, aber endlich schrieb er einen boshaften Artikel, wie er sie so gut zu schreiben verstand; er nahm sich das Buch vor, wie die Kinder sich einen schönen Vogel nehmen, um ihm die Federn auszureißen und ihn zu quälen. Seine grimmigen Späße waren vollauf dazu angetan, dem Buche zu schaden. Als er noch einmal in dem schönen Werk las, erwachten alle seine guten Gefühle: nachts um zwölf Uhr machte er sich auf den Weg quer durch Paris und langte vor d'Arthez' Haus an. Durch die Scheiben sah er den Schein des reinen Lichts, das er so oft mit der Bewunderung gesehen hatte, die die edle Energie und Ausdauer dieses wahrhaft großen Mannes verdiente; er fühlte nicht die Kraft in sich, hinaufzugehen, und blieb ein paar Augenblicke auf einem Prellstein sitzen. Endlich brachte ihn sein guter Engel dazu, daß er hinaufging. Er klopfte an und fand d'Arthez in dem kalten, ungeheizten Zimmer beim Lesen.

»Was ist Ihnen?« fragte der junge Schriftsteller, als er Lucien sah. Er ahnte, daß nur ein großes Unglück ihn habe herführen können. – »Dein Buch ist herrlich!« rief Lucien mit Tränen in den Augen, »und sie haben mir befohlen, es zu verreißen.« – »Armer Junge, du ißt ein bitteres Brot!« sagte d'Arthez. – »Ich bitte Sie nur um eins, bewahren Sie Schweigen über meinen Besuch und lassen Sie mich in meiner Hölle, bei dieser Tätigkeit eines Verdammten. Vielleicht kommt man nur hoch, wenn man erst an den empfindlichsten Stellen des Herzens Schwielen bekommen hat.« – »Immer derselbe!« sagte d'Arthez. – »Hältst du mich für einen Feigling? Nein, d'Arthez, nein, ich bin ein liebestrunkener Junge.« Und er erklärte ihm seine Lage. – »Zeig den Artikel her«, sagte d'Arthez, der von allem, was Lucien ihm von Coralie berichtet hatte, ergriffen war.

Lucien reichte ihm das Manuskript, d'Arthez las es durch und konnte sich eines Lächelns nicht erwehren. – »Was für ein verhängnisvoller Mißbrauch des Geistes!« rief er. Aber er schwieg, als er sah, wie Lucien von echtem Schmerz überwältigt im Stuhle saß. »Wollen Sie es mich korrigieren lassen? Ich schicke es Ihnen morgen wieder«, sagte er. »Späße entehren ein Werk; eine ernste und gründliche Kritik ist manchmal ein Lob; ich kann Ihren Artikel für Sie und für mich ehrenhafter gestalten. Und überdies kenne nur ich alle meine Fehler!« – »Wenn man einen dürren Berghang hinansteigt, findet man manchmal eine Frucht, mit der man den brennenden Durst stillen kann; so geht es mir jetzt!« rief Lucien, warf sich d'Arthez in die Arme und weinte. Dann küßte er ihn auf die Stirn und sagte: »Mir ist es, als ob ich Ihnen mein Gewissen anvertraue, damit Sie es mir eines Tages wiedergeben.« – »In meinen Augen ist periodisch auftretende Reue eine große Heuchelei«, sagte d'Arthez feierlich, »die Reue ist dann eine Prämie, die den schlechten Handlungen beigegeben wird. Die Reue ist eine Jungfernschaft, die unsere Seele Gott schuldig ist: ein Mensch, der zweimal bereut, ist demnach ein ekelhafter Wolf im Schafspelz. Ich fürchte, du erblickst in deinen Reueanfällen lediglich Absolutionen.«

Diese Worte wirkten auf Lucien niederschmetternd; langsamen Schrittes begab er sich nach der Rue de la Lune zurück. Am Tage darauf trug der Dichter seinen Artikel in der überarbeiteten Fassung, in der er ihn von d'Arthez zurückerhalten hatte, auf die Redaktion; aber von diesem Tage an nagte an ihm eine Melancholie, die er nicht immer verbergen konnte. Als er am Abend den Zuschauerraum des Gymnase voll besetzt sah, empfand er die heftige Aufregung, die ein Debüt stets mit sich bringt, die aber bei ihm um die ganze Gewalt seiner Liebe verstärkt war. Seine Eitelkeit war im Spiel; sein Blick suchte alle Gesichter zu ergründen, wie der Blick eines Angeklagten die Mienen der Geschworenen und Richter ergründen will; ein Gemurmel brachte ihn zum Zittern; ein kleiner Zwischenfall auf der Bühne, Coralies Auftritte und Abgänge, die geringsten Schwankungen ihrer Stimme mußten ihn maßlos erregen. Das Stück, in dem Coralie zum erstenmal auftrat, war eines von denen, die durchfallen, sich dann aber wieder erholen – und das Stück fiel durch. Als Coralie die Bühne betrat, ertönte kein Beifall, und sie war über die Kälte des Parterres tief betroffen. In den Logen gab es keinen Beifall als den Camusots. Vom Balkon und den Galerien aus wurde das Händeklatschen des Kaufmanns niedergezischt. Als die Claqueure in allzu deutlich übertriebenen Beifall ausbrachen, wurden sie von der Galerie aus zum Schweigen gebracht. Martainville klatschte tapfer, und die heuchlerische Florine, Nathan und Merlin folgten seinem Beispiel. Nachdem das Stück endgültig durchgefallen war, strömte eine Menge Menschen in Coralies Garderobe; aber sie verschlimmerten das Übel durch den Trost, den sie ihr spendeten. Die Schauspielerin kam verzweifelt nach Hause, weniger um ihret- als um Luciens willen.

»Wir sind von Braulard verraten worden«, sagte er.

Coralie bekam ein schreckliches Fieber; sie war im Innersten getroffen. Am nächsten Tage war es ihr unmöglich zu spielen; sie sah ihre Laufbahn bedroht. Lucien hielt die Zeitungen vor ihr versteckt; er las sie im Eßzimmer. Alle Berichterstatter schrieben die Niederlage des Stückes Coralie zu: sie habe von ihrer Begabung eine zu hohe Meinung gehabt; sie, die das Entzücken des Boulevardpublikums gewesen, sei am Gymnase nicht am Platz; sie sei durch einen an sich löblichen Ehrgeiz dorthin gebracht worden, aber sie habe ihre Mittel falsch eingeschätzt und ihre Rolle falsch aufgefaßt. Lucien las jetzt Kritiken über Coralie, die in derselben heuchlerischen Art abgefaßt waren, wie er über Nathan geschrieben hatte. Eine Wut, die Milons von Kroton[253] würdig gewesen wäre, als dieser seine Hände in der Eiche gefangen fühlte, die er selber auseinandergerissen hatte, brach bei Lucien aus; er wurde leichenblaß: seine Freunde gaben Coralie mit wunderbar gütigen, freundlichen und teilnehmenden Worten die perfidesten Ratschläge. Es wurde ihr gesagt, sie müsse Rollen spielen, von denen die tückischen Verfasser dieser infamen Artikel wissen mußten, daß sie ihrem Talent gänzlich widerstrebten. So sah es in den royalistischen Zeitungen aus, deren Mitarbeiter sicherlich von Nathan beraten worden waren. Die liberalen Blätter und die kleinen Skandalblätter entfalteten die Perfidien und Bosheiten, die Lucien selber oft genug geübt hatte. Coralie hörte ein paar Seufzer; sie sprang aus dem Bett, erblickte die Zeitungen, wollte sie sehen und las sie. Dann legte sie sich wieder hin und sprach kein Wort mehr. Florine gehörte ebenfalls der Verschwörung an; sie hatte den Ausgang vorausgesehen und sich Coralies Rolle einstudiert. Nathan hatte ihr dabei geholfen. Die Direktion, die auf das Stück Wert legte, beschloß, Coralies Rolle an Florine zu geben. Der Direktor suchte die arme Schauspielerin auf, die er in Tränen und sehr niedergeschlagen antraf; aber nachdem er ihr vor Lucien gesagt hatte, Florine habe die Rolle bereits gelernt, und es sei unmöglich, das Stück am Abend nicht zu spielen, richtete sie sich auf und sprang aus dem Bett: »Ich selber werde spielen!« schrie sie.

Ohnmächtig sank sie hin. Florine spielte also die Rolle und gründete ihren Ruhm darauf, denn sie rettete das Stück; es wurden ihr in allen Zeitungen die größten Huldigungen dargebracht, und von nun an wurde sie die große Schauspielerin, die die Welt kennt. Florines Triumph brachte Lucien völlig außer sich.

»Dies Weibsbild, dessen Glück du begründet hast! Wenn das Gymnase will, kann es dein Engagement lösen. Ich werde Graf de Rubempré, werde reich und heirate dich.« – »Was für ein Unsinn!« sagte Coralie und warf ihm einen fahlen Blick zu. »Ein Unsinn?« rief Lucien. »In ein paar Tagen sollst du ein schönes Haus bewohnen, eine Equipage haben, und ich schreibe eine Rolle für dich.« Er steckte zweitausend Francs zu sich und eilte zu Frascati. Der Unglückliche blieb dort sieben Stunden. Wahnsinnige Gier zehrte an ihm; aber sein Gesicht blieb kalt und ruhig. Während dieses Tages und eines Teils der Nacht wechselten seine Chancen fortwährend: er brachte es bis zu dreißigtausend Francs und ging schließlich ohne einen Sou heim. Zu Hause fand er Finot vor, der auf ihn wartete, um nach seinen Artikelchen zu fragen. Lucien beging den Fehler, zu jammern.

»Ja, es ist nicht alles rosig«, antwortete Finot; »Sie haben Ihre Schwenkung so plötzlich gemacht, daß Sie die Unterstützung der liberalen Presse verlieren mußten, und die ist viel stärker als die regierungstreue und royalistische. Man sollte nie von einem Lager ins andere überwechseln, wenn man sich nicht vorher ein gutes Bett zurechtgemacht hat, in dem man sich über die Verluste tröstet, auf die man gefaßt sein muß; auf alle Fälle aber sucht ein kluger Mann seine Freunde auf, setzt ihnen seine Gründe auseinander und läßt sich von ihnen zu seinem Abfall raten. Dann werden sie zu Mitschuldigen, bedauern einen, und man vereinbart wie Nathan und Merlin mit seinen Kollegen, sich gegenseitig Dienste zu leisten. Eine Krähe hackt der andern kein Auge aus. Sie sind in dieser Sache mit der Unschuld eines Lammes vorgegangen. Sie werden genötigt sein, Ihrer neuen Partei die Zähne zu zeigen, wenn Sie Vorteil aus ihr ziehen wollen. So wie die Dinge jetzt liegen, hat man Sie selbstverständlich Nathan geopfert. Ich will Ihnen nicht verhehlen, wie groß der Lärm, die Entrüstung und das Geschrei über Ihren Artikel gegen d'Arthez ist. Marat ist im Vergleich mit Ihnen ein Heiliger. Es bereiten sich heftige Angriffe gegen Sie vor, Ihr

Buch wird auf der Strecke bleiben. Wie steht es mit Ihrem Roman?« – »Hier sind die letzten Fahnen«, sagte er und zeigte auf einen Stapel Korrekturen. – »Es werden Ihnen die nicht gezeichneten Artikel in den Blättern der Regierungstreuen und Ultras gegen den kleinen d'Arthez zugeschrieben. Jetzt richten sich alle Tage die Nadelstiche des ›Réveil‹ gegen die Männer aus der Rue des Quatre-Vents, und die Bosheiten sind um so wirksamer, weil sie witzig sind. Es steht eine ganze ernsthafte politische Richtung hinter Léon Girauds Blatt, eine Richtung, der früher oder später die Macht zufallen wird.« – »Ich habe seit acht Tagen keinen Fuß in die Redaktion des ›Réveil‹ gesetzt.« – »Nun, gut. Vergessen Sie meine Artikelchen nicht. Schreiben Sie gleich fünfzig, ich zahle sie Ihnen alle auf einmal; aber schreiben Sie in der Farbe des Blattes.«

Und Finot lieferte Lucien in lässigem Tone den Stoff zu einem Spottartikel gegen den Justizminister und erzählte ihm eine angebliche Anekdote, die, wie er sagte, in den Salons erzählt würde.

Um seinen Spielverlust auszugleichen, fand Lucien trotz seiner Erschöpfung Schwung, Jugendkraft und Witz und verfaßte dreißig Artikel von je zwei Spalten. Als er damit fertig war, ging er zu Dauriat, wo er sicher war, Finot zu treffen, dem er die Artikel heimlich übergeben wollte; außerdem hielt er es für angebracht, den Buchhändler über die Nichtveröffentlichung der ›Margueriten‹ zu einer Erklärung zu zwingen. Der Laden stand voll von seinen Feinden. Als er eintrat, entstand tiefes Schweigen, die Unterhaltungen stockten. Als Lucien sich so in den journalistischen Bann getan sah, fühlte er doppelten Mut in sich, und er sagte wie in der Allee des Luxembourg zu sich selbst: ›Ich werde siegen!‹ Dauriat war weder gönnerhaft noch freundlich; er gab sich spöttisch und zog sich hinter sein Recht zurück: er werde die ›Margueriten‹ publizieren, wann er wolle; er wolle abwarten, bis Lucien sich eine Stellung geschaffen habe; er habe das unbeschränkte Verlagsrecht erworben. Als Lucien einwendete, Dauriat sei durch die Natur des Vertrags und die Eigenschaft der Vertragschließenden verpflichtet, seine ›Margueriten‹ zu veröffentlichen, behauptete der Verleger das Gegenteil und sagte, daß er juristisch nicht zu einem Geschäft verpflichtet sein könne, das er für schlecht halte; er allein müsse über den günstigsten Zeitpunkt entscheiden. Es gebe übrigens eine Lösung, gegen die kein Gerichtshof der Welt etwas einwenden könne: es stehe Lucien frei, die tausend Taler zurückzuzahlen, sein Werk wieder in Empfang zu nehmen und es von einem royalistischen Verleger herausbringen zu lassen.

Lucien ging; er ärgerte sich mehr über den ruhigen Ton, den Dauriat angeschlagen hatte, als über das autokratische Protzen des Verlegers bei ihrer beider erstem Zusammentreffen. Die ›Margueriten‹ sollten also wohl erst in dem Augenblick veröffentlicht werden, in dem Lucien die Hilfstruppen einer mächtigen Clique für sich hatte oder von sich aus mächtig genug geworden war. Der Dichter ging langsam nach Hause; es war eine Mutlosigkeit über ihn gekommen, die ihn zum Selbstmord getrieben hätte, wenn die Tat dem Gedanken gefolgt wäre. Coralie lag blaß und leidend im Bett.

»Eine Rolle, oder sie stirbt«, sagte Bérénice zu Lucien, während er sich umkleidete, um in die Rue du Montblanc zu Mademoiselle des Touches zu gehen; sie gab eine große Abendgesellschaft, in der er des Lupeaulx, Vignon, Blondet, die Marquise d'Espard und Madame de Bargeton treffen sollte.

Der Abend fand zu Ehren des großen Komponisten Conti statt, der eine der berühmtesten Stimmen besaß, und für die Cinti[254], die Pasta[255], Garcia[256], Levasseur[257] und zwei oder drei berühmte Sängerinnen der Gesellschaft. Lucien schob sich langsam bis zu der Stelle hin, wo die Marquise, ihre Kusine und Madame de Montcornet saßen. Der unglückliche junge Mann setzte eine leichte, glückliche, zufriedene Miene auf; er scherzte, zeigte sich wie in den Tagen seines Glanzes; es sollte nicht so aussehen, als brauche er die große Welt. Er verbreitete sich über die Dienste, die er der royalistischen Partei erwies, und führte zum Beweis dessen das haßerfüllte Geschrei an, das die Liberalen ausstießen.

»Sie sollen reichlich dafür belohnt werden, lieber Freund«, sagte Madame de Bargeton und lächelte ihn holdselig an. »Gehen Sie übermorgen mit dem ›Reiher‹ und des Lupeaulx in die Staatskanzlei. Sie finden dort Ihre Verfügung mit der Unterschrift des Königs. Der Justizminister bringt sie morgen ins

Schloß; aber es findet ein Ministerrat statt, er wird erst spät zurückkommen; trotzdem werde ich, wenn ich das Resultat am Abend erfahre, zu Ihnen schicken. Wo wohnen Sie?« – »Ich werde selber kommen«, antwortete Lucien, der sich schämte, einzugestehen, daß in der Rue de la Lune wohne. – »Die Herzöge von Lenoncourt und Navarreins haben mit dem König über Sie gesprochen«, fügte die Marquise hinzu; »sie haben gerühmt, daß Sie eine der aufopferungsvollsten Naturen sind, die eine glänzende Belohnung verdienen, und damit dann für die Verfolgungen der liberalen Partei entschädigt werden. Außerdem werde der Name und der Titel de Rubempré, auf den Sie durch Ihre Mutter Anspruch haben, durch Sie berühmt werden. Der König hat am Abend Seiner Herrlichkeit gesagt, es solle ihm eine Verfügung vorgelegt werden, kraft deren Monsieur Lucien Chardon befugt sein solle, Namen und Titel der Grafen de Rubempré in seiner Eigenschaft als Enkel mütterlicherseits des letzten Grafen zu tragen. Meine Kusine hatte sich glücklicherweise Ihres Sonetts über die Lilie erinnert und es dem Herzog mitgegeben, und das hat dem König besonders gefallen. ›Wir wollen die Distelfinken (chardonnerets) des Pindus begünstigen‹, hat er gesagt. – ›Zumal da der König das Wunder vollbringen kann, sie in Adler zu verwandeln‹, hat der Herzog von Navarreins geantwortet.«

Lucien war so überströmend glücklich, daß eine Frau, die weniger tief gekränkt war als Louise d'Espard de Nègrepelisse, hätte gerührt sein müssen. Luciens Schönheit erregte ihren Rachedurst nur um so mehr. Des Lupeaulx hatte recht, es fehlte Lucien an Spürsinn: er ahnte nicht, daß die Verfügung, von der ihm berichtet worden war, lediglich einen der Scherze darstellte, wie die Marquise d'Espard sie gern machte. Er war durch diesen Erfolg und durch die schmeichelhafte Auszeichnung, die ihm Mademoiselle des Touches bezeigte, kühn geworden und blieb bis zwei Uhr morgens da, um mit ihr noch unter vier Augen sprechen zu können. Lucien hatte auf den Redaktionen der royalistischen Zeitungen gehört, Mademoiselle des Touches sei die ungenannte Mitarbeiterin an einem Stück, in dem das große Wunder der Zeit, die kleine Fay[258], auftreten sollte. Als die Salons leer waren, geleitete er Mademoiselle des Touches zu einem Sofa in ihrem Boudoir und erzählte ihr Coralies und sein Unglück auf eine so rührende Weise, daß das berühmte Mannweib ihm versprach, sie wolle die Hauptrolle Coralie geben.

Am Tag nach dieser Abendgesellschaft las Lucien, als er mit Coralie, die über das Versprechen der des Touches glücklich und dem Leben wiedergegeben war, beim Mittagessen saß, das Blatt Lousteaus, in dem der boshafte Bericht über die Anekdote stand, die über den Justizminister und seine Frau erfunden worden war[259]. Die schwärzeste Bosheit verbarg sich darin unter dem schneidendsten Witz. König Ludwig XVIII. spielte darin eine Rolle und war mit größter Kunst lächerlich gemacht worden, ohne daß das Gericht hätte einschreiten können. Es handelte sich um folgende Behauptung, der die liberale Partei den Mantel der Wahrheit umhängen wollte, während sie in Wirklichkeit nur die Zahl ihrer witzigen Verleumdungen vermehrt hat:

Die Leidenschaft Ludwigs XVIII. für einen galanten und poesieduftenden Briefwechsel voller Madrigale und hochtrabender Bilder wurde in dem Artikel als die letzte Ausdrucksform seiner Liebe gedeutet, die anfange, doktrinär zu werden, er gehe, hieß es, von der Tat zur Idee über. Die berühmte Mätresse, die Béranger so grausam unter dem Namen Octavia[260] angegriffen hatte, habe angefangen, die schlimmsten Befürchtungen zu hegen. Ihre Korrespondenz mit ihm sei nahe am Einschlafen. Je mehr Geist Octavia entfalte, um so kälter und matter werde ihr Geliebter. Octavia habe endlich die Ursache entdeckt, warum sie nicht mehr in Gunst stehe; ihre Macht sei von den Erstlingsblüten und duftenden Spezereien eines neuen Briefwechsels des königlichen Briefstellers mit der Frau des Justizministers bedroht. Man glaube von dieser trefflichen Dame, daß sie nicht imstande sei, auch nur ein kurzes Briefchen zu schreiben, sie müsse ganz einfach der verantwortliche Redakteur für einen verwegenen Ehrgeizigen sein. Wer könne sich unter diesem Unterrock verstecken? Nach einigen Forschungen habe Octavia entdeckt, daß der König mit seinem Minister korrespondiere. Ihr Plan ist fertig. Unterstützt von einem treuen Freund, sorgt sie eines Tages dafür, daß der Minister durch eine stürmische Diskussion in der Kammer zurückgehalten wird, und verschafft sich ein Tête-à-tête, in dem sie die Eitelkeit des Königs aufs höchste reizt. Ludwig XVIII. bekommt einen echt bourbonischen und königlichen Zornanfall; er wütet gegen Octavia, er zweifelt; Octavia schlägt einen sofortigen Beweis vor, indem sie ihn bittet, eine Zeile zu schreiben, die unverzüglich eine Antwort verlangt. Die unglückliche Frau, die so überrumpelt wird, will ihren Mann in der Kammer aufsuchen lassen; aber es war für alles vorgesorgt, und er stand in diesem Augenblick auf der Tribüne. Die arme Frau schwitzt Wasser und Blut, sucht all ihren Witz zusammen und antwortet mit dem bißchen Geist, das sie hat. – »Ihr Kanzler mag Ihnen das übrige sagen«, ruft Octavia und lacht über die Enttäuschung des Königs.

Obwohl dieser Artikel erlogen war, traf er den Justizminister, seine Frau und den König sehr empfindlich. Des Lupeaulx, dem Finot das Geheimnis immer bewahrt hat, hatte, wie es heißt, die Anekdote erfunden. Dieser witzige und giftige Artikel bereitete den Liberalen und der Partei ›Monsieurs‹[261] große Freude; Lucien amüsierte sich darüber, ohne etwas anderes darin zu erblicken als eine reizende ›Ente‹. Am nächsten Tage holte er des Lupeaulx und den Baron du Châtelet ab. Der Baron kam gerade von der Visite zurück, die er Seiner Herrlichkeit gemacht hatte, um seinen Dank abzustatten. Châtelet war zum außerordentlichen Staatsrat und zum Grafen ernannt und es war ihm versprochen worden, er solle die Präfektur der Charente erhalten, sobald der jetzige Präfekt noch die paar Monate seinen Dienst versehen hätte, die noch nötig waren, damit er mit voller Pension verabschiedet werden könne. Der Graf du Châtelet, denn das ›du‹ war ausdrücklich in die Verfügung aufgenommen worden, nahm Lucien in seinen Wagen und behandelte ihn sehr kameradschaftlich. Ohne die Artikel Luciens wäre er vielleicht nicht so rasch ans Ziel gelangt; die Verfolgung, die er von seiten der Liberalen erlitt, hatte ihm ein besonderes Ansehen gegeben. Des Lupeaulx war im Ministerium, im Arbeitszimmer des Generalsekretärs. Beim Anblick Luciens trat jener Beamte erstaunt zurück und sah des Lupeaulx an.

»Wie? Sie wagen es, hierher zu kommen?« fragte der Generalsekretär Lucien, der starr vor Staunen war. – »Seine Herrlichkeit hat Ihre Verfügung, die schon vorbereitet war, in Stücke zerrissen, da, sehen Sie!« Er wies auf das erste beste Stück Papier, das in vier Teile zerrissen war. »Der Minister wollte wissen, wer der Verfasser des entsetzlichen Artikels von gestern sei, und hier ist das Manuskript des Artikels.« Damit überreichte der Generalsekretär Lucien die geschriebenen Blätter des Artikels, den er verfaßt hatte. »Sie nennen sich Royalist, und dabei sind Sie Mitarbeiter dieses niederträchtigen Blättchens, das den Ministern graue Haare macht, die Männer der Mitte in Kummer und Ärger versetzt und uns dem Abgrund entgegenführt. Sie essen zu Mittag auf Kosten des ›Corsaire‹[262], des ›Miroir‹[263], des ›Constitutionnel‹[264], des ›Courrier‹[265]; Sie essen zu Abend auf Kosten der ›Quotidienne‹[266], des ›Réveil‹, und Sie soupieren mit Martainville, der der schrecklichste Gegner des Ministeriums ist und den König zum Absolutismus drängt, was ebenso schnell zur Revolution führen würde, wie wenn er sich der extremen Linken fügte! Sie sind ein sehr witziger Journalist, aber Sie werden nie ein Politiker werden. Der Minister hat Sie dem König als Verfasser des Artikels genannt, und der König hat in seinem Zorn den Herzog von Navarreins, seinen Ersten Kammerherrn, gehörig ausgescholten. Sie haben sich um so gefährlichere Feinde gemacht, je günstiger sie Ihnen gesinnt waren! Was bei einem Feind als natürlich anmutet, ist bei einem Freund entsetzlich.« – »Aber sind Sie denn ein Kind, mein Lieber?« rief des Lupeaulx. »Sie haben mich heillos kompromittiert. Die Marquise d'Espard, Madame de Bargeton und Madame de Montcornet, die für Sie gebürgt hatten, müssen wütend sein. Der Herzog hat sicher seinen Zorn an der Marquise ausgelassen, und die Marquise muß ihrer Kusine zürnen. Gehen Sie nicht hin! Warten Sie damit noch.« – »Da kommt Seine Herrlichkeit, gehen Sie!« rief der Generalsekretär.

Lucien stand auf der Place Vendôme, und ihm war, als habe er einen Schlag auf den Kopf bekommen. Er ging zu Fuß über die Boulevards und versuchte, wieder zu sich zu kommen. Er sah sich als den Spielball neidischer, gieriger und treuloser Menschen. Was war er in dieser Welt der Ehrsucht? Ein Kind, das hinter den Freuden und Genüssen der Eitelkeit herlief und ihnen alles opferte; ein Dichter ohne gründliche Überlegung, der wie ein Nachtfalter von Licht zu Licht flog, keinen festen Plan hatte, Sklave der Umstände war, richtig dachte und falsch handelte. Sein Gewissen war ein unbarmherziger Richter. Überdies hatte er kein Geld mehr und fühlte sich von Arbeit und Kummer aufgerieben. Seine Artikel erschienen erst nach denen Merlins und Nathans. So in Nachdenken versunken, ging er aufs Geratewohl weiter; in einigen Lesekabinetten, die anfingen, nicht bloß Zeitungen, sondern auch Bücher zur Lektüre auszulegen, sah er ein Plakat hängen, auf dem unter einem kuriosen Titel, der ihm völlig unbekannt war, sein Name stand: ›Von Lucien Chardon de Rubempré.‹ Sein Werk war erschienen; er hatte nichts davon gewußt, die Zeitungen schwiegen. Er blieb starr stehen, die Arme hingen ihm herunter, und er achtete nicht auf eine Gruppe höchst eleganter junger Leute, unter denen Rastignac, de Marsay und einige andere Bekannte waren. Er merkte nicht, daß Michel Chrestien und Léon Giraud auf ihn zutraten.

»Sind Sie Monsieur Chardon?« fragte Michel ihn in einem Ton, der Lucien im Innersten erbeben ließ. – »Kennen Sie mich nicht?« antwortete er. Er war blaß geworden. Michel spie ihm ins Gesicht. »Da haben Sie das Honorar für Ihre Artikel gegen d'Arthez. Wenn jeder in seiner eigenen oder in der Sache seiner Freunde meinem Beispiel folgte, bliebe die Presse, was sie sein soll: ein heiliges Amt, das geachtet wird und Achtung verdient.«

Lucien hatte gewankt; er stützte sich auf Rastignac und sagte zu ihm und de Marsay: »Meine Herren, Sie werden es nicht ablehnen, meine Zeugen zu sein. Aber zunächst habe ich dafür zu sorgen, daß das Spiel gleich zu gleich steht und die Sache einzig und allein durch ein Mittel in Ordnung gebracht werden kann.«

Damit gab Lucien Michel, der nicht darauf gefaßt war, eine heftige Ohrfeige. Die Stutzer und Michels Freunde warfen sich zwischen den Republikaner und den Royalisten, damit der Kampf nicht in eine Prügelei ausartete. Rastignac nahm Lucien beim Arm und führte ihn zu sich nach Hause; er wohnte Rue Taitbout, zwei Schritte vom Schauplatz dieser Szene, die sich auf dem Boulevard de Gand[267] zugetragen hatte. Es war gerade die Stunde des Abendessens, und diesem Umstande war es zu verdanken, daß keine der in solchen Fällen üblichen Ansammlungen stattfand. Monsieur de Marsay und Rastignac brachten Lucien dazu, daß er mit ihnen im Café Anglais vergnügt zu Abend speiste, wo sie stark dem Wein zusprachen.

»Können Sie gut fechten?« fragte ihn de Marsay. – »Ich habe

nie einen Degen in der Hand gehabt.« – »Und wie ist es mit der Pistole?« fragte Rastignac. – »Ich habe nie einen Schuß abgegeben.« – »Dann haben Sie den Zufall für sich, sind also ein schrecklicher Gegner und imstande, Ihren Widersacher umzulegen«, meinte de Marsay.

Glücklicherweise traf Lucien Coralie im Bett und schlafend an. Die Schauspielerin hatte in einem kleinen Stück rasch eine Rolle übernommen und ihre Revanche gehabt: sie hatte ehrlichen, nicht bezahlten Beifall gefunden. Dieser Abend, auf den sich ihre Feinde nicht hatten vorbereiten können, bestimmte den Direktor, ihr die Hauptrolle in dem Stück der Camille Maupin zu geben; denn er hatte schließlich die Ursache von Coralies Mißerfolg bei ihrem Debüt herausbekommen. Der Direktor war über die Intrigen Florines und Nathans gegen eine Schauspielerin, auf die er Wert legte, wütend und hatte Coralie den Schutz der Direktion versprochen.

Um fünf Uhr morgens holte Rastignac Lucien ab.

»Mein Lieber, Sie haben eine Wohnung, die dem Stil ihrer Straße entspricht«, sagte er ihm zur Begrüßung. »Wir wollen die ersten am Treffplatz auf dem Weg nach Clignancourt sein, das gehört zum guten Ton, und wir müssen ein gutes Beispiel geben.« – »Wir haben folgendes Programm«, sagte de Marsay, während der Wagen durch den Faubourg Saint-Denis rollte. »Sie schlagen sich auf Pistolen auf fünfundzwanzig Schritte Distanz; bis auf fünfzehn Schritte Distanz kann jeder nach Belieben sich dem andern nähern. Jeder hat fünf Schritte und darf drei Schüsse abgeben, nicht mehr. Wie auch das Ergebnis ist, Sie verpflichten sich beide, es dabei bewenden zu lassen. Wir laden die Pistolen Ihres Gegners, und seine Zeugen laden die Ihrigen. Die Waffen sind von den vier Zeugen gemeinschaftlich bei einem Waffenhändler ausgesucht worden. Ich versichere Ihnen, daß wir dem Zufall nachgeholfen haben: Sie schießen mit Kavalleriepistolen.«

Für Lucien war das Leben ein böser Traum geworden; es war ihm gleichgültig, ob er am Leben blieb oder starb. Der Mut, der den Selbstmördern eigen ist, verschaffte ihm also in den Augen der seinem Duell Beiwohnenden den Eindruck eines gleichgültig tapferen Auftretens. Er blieb, ohne sich vom Platz zu bewegen, stehen. Diese Unbekümmertheit galt für eine kühle Berechnung; man fand, dieser Dichter bezeige eine tadellose Haltung. Michel Chrestien schritt vor, so weit er durfte. Die beiden Gegner feuerten zu gleicher Zeit, denn die Beleidigungen waren auf beiden Seiten für gleich erklärt worden. Beim ersten Schuß streifte Chrestiens Kugel Luciens Kinn, während dessen Kugel zehn Fuß über dem Kopf seines Gegners wegflog. Beim zweiten Schuß blieb Michels Kugel im Rockkragen des Dichters stecken, der zum Glück mit Steifleinen gesteppt war. Beim dritten Schuß traf Lucien die Kugel in die Brust, und er fiel um.

»Ist er tot?« fragte Michel. – »Nein«, sagte der Wundarzt, »er kommt davon.« – »Um so schlimmer«, antwortete Michel. – »Oh! Ja! Um so schlimmer!« wiederholte Lucien und weinte bittere Tränen.

Gegen Mittag befand sich der unglückliche junge Mensch in seinem Zimmer und auf seinem Bett; man hatte fünf Stunden und große Vorsicht gebraucht, um ihn zu transportieren. Obwohl keine Gefahr zu befürchten stand, war Vorsicht geboten: das Wundfieber konnte schlimme Komplikationen bringen. Coralie unterdrückte ihre Verzweiflung und ihren Kummer. Solange ihr Freund in Gefahr schwebte, durchwachte sie mit Bérénice die Nächte und lernte ihre Rollen. Die Gefahr für Lucien dauerte zwei Monate. Das arme Mädchen spielte manchmal eine lustige Rolle, während sie sich innerlich sagen mußte: »In diesem Augenblick stirbt vielleicht mein geliebter Lucien.«

Während dieser ganzen Zeit wurde Lucien von Bianchon gepflegt; er verdankte sein Leben der Aufopferung dieses Freundes, der so stark gegen ihn eingenommen sein mußte, dem aber d'Arthez den geheimen Zusammenhang von Luciens Vorgehen gegen ihn zur Rechtfertigung des unglücklichen Dichters anvertraut hatte. In einem lichten Augenblick – denn Lucien hatte ein sehr gefährliches Nervenfieber –, befragte Bianchon, der d'Arthez im Verdacht einer großmütigen Unwahrheit hatte, seinen Patienten. Lucien sagte ihm, er habe keinen anderen Artikel über d'Arthez' Buch geschrieben als den ernsthaft kritischen, der in Hector Merlins Blatt gestanden hatte.

Am Ende des ersten Monats erklärte die Firma Fendant & Cavalier ihre Insolvenz. Bianchon bat die Schauspielerin, diesen schweren Schlag Lucien zu verheimlichen. Der schöne Roman ›Der Bogenschütze Karls IX.‹, der unter einem verrückten Titel veröffentlicht worden war, hatte nicht den mindesten Erfolg gehabt. Um sich vor der Eröffnung des Konkurses Geld zu verschaffen, hatte Fendant hinter dem Rücken Cavaliers die ganze Auflage an Krämer verkauft, die es mit Hilfe der Kolportage billig weiterverkauften. Jetzt zierte Luciens Buch die Brückenbrüstungen und die Kais von Paris. Die Buchhandlung am Quai des Augustins, die eine gewisse Zahl von Exemplaren des Romans übernommen hatte, verlor also infolge der plötzlichen Herabsetzung des Preises eine beträchtliche Summe: die vier Quartbände, für die sie vier Francs fünfzig Centimes bezahlt hatte, wurden für fünfzig Sous abgegeben. Der Buchhandel schrie laut auf, und die Zeitungen fuhren fort, das tiefste Stillschweigen zu bewahren. Barbet hatte dieses Verramschen nicht vorausgesehen; er glaubte an Luciens Talent. Gegen alle seine Gewohnheiten hatte er sich auf zweihundert Exemplare verstiegen; und die Aussicht auf einen Verlust machte ihn wütend. Er schimpfte entsetzlich auf Lucien. Barbet faßte einen heroischen Entschluß: er ließ in einem Trotz, der bei Geizhälsen nicht selten ist, seine Exemplare in einem Winkel seines Magazins liegen und überließ es seinen Kollegen, ihre Exemplare zu Spottpreisen zu verschleudern. Als später, im Jahre 1824, die schöne Vorrede von d'Arthez, der literarische Wert des Buches und zwei Artikel, die Léon Giraud schrieb, dem Werk zur rechten Geltung verholfen hatten, verkaufte Barbet seine Exemplare pro Stück zum Preis von zehn Francs. Ungeachtet der Vorsichtsmaßregeln Bérénices und Coralies ließ sich Hector Merlin nicht davon abhalten, seinen todkranken Freund zu besuchen. Und er ließ ihn Tropfen für Tropfen den bitteren Kelch dieser Bouillon trinken; ›Bouillon‹ nennt man nämlich im Pariser Buchhandel die klägliche Operation, die Fendant & Cavalier bei der Veröffentlichung dieses Buches eines Anfängers vorgenommen hatten. Martainville, der einzige, der Lucien treu geblieben war, schrieb einen prächtigen Artikel zugunsten des Werks; aber die Erbitterung gegen den Chefredakteur des ›Aristarque‹[268], der ›Oriflamme‹[269] und des ›Drapeau blanc‹ war bei Liberalen und Regierungstreuen dermaßen groß, daß der Beistand dieses tapferen Kämpen, der dem

Liberalismus für eine Beleidigung stets zehn zurückgab, Lucien nur schadete. Kein Blatt hob den Handschuh der Polemik auf, so lebhaft auch die Angriffe des royalistischen Bravos waren. Coralie, Bérénice und Bianchon versperrten allen sogenannten Freunden Luciens, die darüber sehr empört waren, die Tür; aber es war nicht möglich, sie den Gerichtsvollziehern zu verschließen. Der Konkurs des Verlags Fendant & Cavalier bewirkte, daß dessen Wechsel sofort fällig wurden; dieser Umstand ergibt sich aus einer Bestimmung des Handelsgesetzbuchs, welche die Rechte der Akzeptanten[270] schädigt, da durch die Zahlungsunfähigkeit des Ausstellers das ›Ziel‹[271] entfällt. Gegen Lucien wurde also von Camusot ein Wechselprozeß angestrengt. Als die Schauspielerin diesen Namen sah, durchschaute sie, welch schrecklichen, demütigenden Schritt ihr Dichter aus Liebe zu ihr getan hatte; sie liebte ihn darum zehnmal mehr und wollte Camusot nicht um Gnade bitten. Als die Häscher des Handelsgerichts ihren Gefangenen holen wollten, fanden sie ihn im Bett und sahen ein, daß sie ihn nicht mitnehmen konnten; bevor sie den Gerichtspräsidenten fragten, in welches Spital sie den Schuldner einliefern sollten, begaben sie sich zu Camusot. Dieser eilte sofort nach der Rue de la Lune. Coralie ging hinunter, und als sie wieder in ihrer Wohnung war, hielt sie die Wechsel in der Hand, auf Grund von deren Indossament[272] Lucien vor Gericht als Kaufmann erklärt worden war. Wie hatte sie diese Papiere von Camusot erhalten? Welches Versprechen hatte sie gegeben? Sie bewahrte darüber das düsterste Schweigen; aber sie war fast wie eine Tote wieder heraufgekommen.

Coralie spielte in dem Stück der Camille Maupin und trug viel zum Erfolg der berühmten Schriftstellerin bei. Die Darstellung jener Rolle war das letzte Aufleuchten dieser schönen Flamme. Bei der zwanzigsten Aufführung, zu der Zeit, da Lucien genesen war, anfing, umherzugehen und zu essen und davon sprach, er werde bald wieder arbeiten, wurde Coralie krank: ein geheimer Kummer zehrte an ihr. Bérénice hatte immer geglaubt, daß sie, um Lucien zu retten, versprochen habe, zu Camusot zurückzukehren. Die Schauspielerin mußte die Kränkung erleben, daß ihre Rolle an Florine gegeben wurde. Nathan erklärte für den Fall, daß Florine nicht die Nachfolgerin Coralies in der fraglichen Rolle werde, dem Gymnase den Krieg. Coralie spielte also die Rolle bis zum letzten Augenblick, um sie nicht ihrer Rivalin überlassen zu müssen, und überforderte ihre Kräfte. Das Gymnase hatte ihr während Luciens Krankheit einige Vorschüsse gegeben; sie konnte an der Theaterkasse nichts mehr verlangen; trotz allen guten Willens war Lucien noch nicht imstande, zu arbeiten; er pflegte überdies Coralie, um Bérénice die Arbeit zu erleichtern; der ärmliche Haushalt geriet jetzt also völlig in Verfall. Lucien hatte indessen das Glück, in Bianchon einen geschickten, aufopfernden Arzt zu besitzen, der ihm bei einem Apotheker Kredit verschaffte. Die Lage Coralies und Luciens wurde den Lieferanten und dem Hausbesitzer bald bekannt. Die Möbel wurden gepfändet. Die Schneiderin und der Schneider, die jetzt den Journalisten nicht mehr fürchteten, trieben energisch ihre Forderungen gegen die beiden Bohemiens ein. Schließlich gaben nur noch der Apotheker und der Metzger den unglücklichen jungen Menschen Kredit. Lucien, Bérénice und die Kranke bekamen fast eine Woche lang nichts als Schweinefleisch in der verschiedensten Beschaffenheit zu essen, wie der Schlächter es ihnen gerade gab. Das Schweinefleisch, das seiner Natur nach erhitzend wirkt, verschlimmerte die Krankheit der Schauspielerin. Lucien war gezwungen, in seiner Not zu Lousteau zu gehen, um die tausend Francs zurückzufordern, die dieser ehemalige Freund, der Verräter, ihm schuldete. In all seinem Unglück fiel dieser Schritt ihm am schwersten. Lousteau konnte seine Wohnung in der Rue de la Harpe nicht mehr betreten, er wohnte bei seinen Freunden, er wurde wie ein Hase verfolgt und umstellt. Lucien konnte den für ihn verhängnisvollen Mann, der ihn in die literarische Welt eingeführt hatte, nur bei Flicoteaux auftreiben. Lousteau aß an dem nämlichen Tisch, an dem Lucien ihn zu seinem Unglück an dem Tage getroffen, da er sich von d'Arthez losgelöst hatte. Lousteau lud ihn zum Mittagessen ein, und Lucien nahm an! Als beim Aufbrechen Claude Vignon, der an diesem Tage auch dort gegessen hatte, Lousteau, Lucien und der große Unbekannte, der seine Garderobe wieder zu Samanon gebracht hatte, ins Café Voltaire gehen wollten, um eine Tasse Kaffee zu trinken, konnten sie aus den Geldstücken, die sie alle miteinander in der Tasche hatten, nicht einmal dreißig Sous zusammenbringen. Sie bummelten ins Luxembourg, wo sie einen Buchhändler zu treffen hofften, und sie begegneten in der Tat einem der berühmtesten Drucker der Zeit, den Lousteau um vierzig Francs bat, die er auch von ihm erhielt. Lousteau teilte die Summe in vier gleiche Teile, und jeder der Schriftsteller nahm einen. Das Elend hatte bei Lucien jeden Stolz, jede Empfindung ausgelöscht; er weinte vor diesen drei Künstlern, als er ihnen seine Lage berichtete; aber seine Kollegen hatten ihm ein ebenso schreckliches Drama zu erzählen; und als jeder seine Lage dargelegt hatte, fand der Dichter, daß er von den vieren noch am wenigsten unglücklich sei. Und so verspürten sie alle das Verlangen, ihr Unglück und ihre Gedanken, die das Unglück verdoppelten, zu vergessen. Lousteau ging ins Palais-Royal, um dort mit den neun Francs, die ihm von seinen zehn geblieben waren, zu spielen. Der große Unbekannte ging, obwohl er eine himmlische Geliebte hatte, in ein schlechtes Haus, um dort im Pfuhl gefährlicher Wollust unterzutauchen. Vignon begab sich in den Petit-Rocher-de-Cancale in der Absicht, dort zwei Flaschen Bordeaux zu trinken, um für eine Weile Vernunft und Gedächtnis loszuwerden. Lucien verließ Claude Vignon auf der Schwelle des Restaurants; er wollte nicht mithalten. Der große Mann aus der Provinz drückte dem einzigen Journalisten, der ihm nicht feindlich gewesen war, die Hand; es war ihm entsetzlich weh zumute.

»Was soll ich tun?« fragte er ihn. – »Krieg ist Krieg«, erwiderte der große Kritiker. »Ihr Buch ist schön, aber es hat Ihnen Neider geschaffen; Sie werden einen langen, schweren Kampf vor sich haben. Das Genie ist eine schwere Krankheit. Jeder Schriftsteller trägt ein Scheusal in seinem Herzen, das, wie der Bandwurm in den Därmen, die Gefühle im Entstehen auffrißt. Wer wird siegen? Die Krankheit über den Menschen oder der Mensch über die Krankheit? Man muß ein großer Mensch sein, um den Ausgleich zwischen seinem Genie und seinem Charakter zu finden. Das Talent wächst, das Herz schrumpft ein. Wenn man nicht ein Koloß ist, wenn man nicht die Schultern des Herkules hat, bleibt man entweder ohne Herz oder ohne Talent zurück. Sie sind zart und schwächlich, Sie werden unterliegen«, sagte er noch und trat in das Wirtshaus ein.

Lucien dachte auf dem Heimweg über diesen schrecklichen Urteilsspruch nach, dessen tiefe Wahrheit ihn über das literarische Leben aufklärte.

»Geld!« rief eine Stimme in ihm.

Er stellte drei Wechsel über je tausend Francs auf ein, zwei und drei Monate Ziel an seine Order aus, auf denen er mit erstaunlicher Vollendung die Unterschrift David Séchards nachahmte; er indossierte sie und brachte sie dann am Tage darauf zu Métivier, dem Papierhändler in der Rue Serpente, der sie ihm ohne jede Schwierigkeit diskontierte. Lucien schrieb seinem Schwager einige Zeilen, um ihn von diesem Angriff auf seine Kasse zu benachrichtigen, und versprach ihm, wie üblich, am Verfalltag für die Einlösung zu sorgen. Die Schulden Coralies und Luciens wurden bezahlt; es blieben dreihundert Francs übrig, die der Dichter Bérénice einhändigte. Dabei sagte er ihr, sie solle ihm nichts geben, wenn er Geld verlange; er fürchtete nämlich, von der Spielleidenschaft gepackt zu werden. Lucien, der von einer düsteren, kalten und schweigenden Wut beseelt war, schrieb, während er bei Coralie wachte, beim Schein einer Lampe seine geistvollsten Artikel. Wenn er aufblickte, um nachzudenken, sah er die geliebte Frau, weiß wie Porzellan, die die Schönheit der Sterbenden besaß; sie lächelte ihm mit zwei blassen Lippen zu und sah ihn aus großen, glänzenden Augen an, wie sie die Frauen haben, die nicht allein an Krankheit, sondern zugleich an Kummer sterben. Lucien schickte seine Artikel an die Zeitungen; aber da er nicht auf die Redaktionen gehen und die Chefredakteure bearbeiten konnte, erschienen sie nicht. Als er sich entschloß, hinzugehen, empfing ihn Théodore Gaillard, der ihm Vorschüsse gegeben hatte und der später diese literarischen Kleinode benutzte, sehr frostig.

»Schonen Sie sich, mein Lieber, Sie haben keinen Geist mehr; lassen Sie sich nicht niederschlagen, geben Sie sich einen Ruck!« sagte er zu ihm. – »Lucien, dies Kerlchen, hatte nur seinen Roman und seine ersten Artikel im Kopf«, riefen Félicien Vernou, Merlin und alle, die ihn haßten, wenn bei Dauriat oder im Vaudeville von ihm die Rede war. »Er schickt uns jämmerliches Zeug.«

Wenn die Journalisten erst einmal dieses Wort gesprochen haben, daß einer nichts mehr im Kopf hat, ist es schwer, dagegen anzugehen. Diese Formel, die überall weitererzählt wurde, war für Lucien tödlich, ohne daß er es wußte, denn er hatte jetzt Sorgen, die über seine Kräfte gingen. Mitten in seinen aufreibenden Arbeiten wurde er wegen der fällig gewordenen Wechsel David Séchards verfolgt, und er mußte seine Zuflucht zu der Erfahrung Camusots nehmen. Der ehemalige Freund Coralies war großmütig genug, Lucien beizustehen. Diese Lage dauerte zwei Monate, in denen Lucien mit Stempelpapieren zu tun hatte, die er auf Camusots Empfehlung an Desroches, einen Freund Bixious, Blondets und des Lupeaulx' weiterleitete.

Anfang August sagte Bianchon dem Dichter, Coralie sei verloren, sie habe nur noch ein paar Tage zu leben. Bérénice und Lucien brachten diese furchtbaren Tage mit Weinen zu und konnten dem armen Mädchen, das um Luciens willen darüber verzweifelte, daß es sterben sollte, ihre Tränen nicht verbergen. Coralie kehrte wieder zu ihrem Kinderglauben zurück und verlangte, Lucien solle ihr einen Priester holen. Die Schauspielerin wollte sich mit der Kirche aussöhnen und in Frieden sterben. Sie hatte ein christliches Ende; ihre Reue war aufrichtig. Ihr Todeskampf und Sterben nahmen Lucien vollends Kraft und Mut. Der Dichter saß völlig zusammengebrochen auf einem Stuhl am Fußende von Coralies Bett und wandte den Blick nicht von ihr ab bis zu dem Augenblick, da die Hand des Todes ihr die Augen verdrehte. Es war fünf Uhr morgens. Ein Vogel setzte sich auf einen der Blumentöpfe, die vor dem Fenster standen, und sang ein Liedchen. Bérénice kniete vor dem Bett nieder und küßte Coralies Hand; unter ihren Tränen erkaltete sie. Es waren nur noch elf Sous in der Wohnung. Lucien verließ das Haus; die Verzweiflung sagte ihm, er müsse betteln gehen, um seine Geliebte begraben zu können, oder sich der Marquise d'Espard, dem Grafen du Châtelet, Madame de Bargeton, Mademoiselle des Touches oder dem schrecklichen Stutzer de Marsay zu Füßen werfen; er fühlte keinen Stolz und keine Kraft mehr in sich. Um Geld zu bekommen, hätte er sich als Soldat anwerben lassen! Er begab sich in der den Unglücklichen eigenen gebeugten Haltung in Camille Maupins Stadtpalais, betrat es, ohne auf den vernachlässigten Zustand seines Anzuges zu achten, und bat, empfangen zu werden.

»Das Fräulein hat sich um drei Uhr morgens hingelegt, und niemand darf wagen, sie zu stören, bevor sie geklingelt hat«, antwortete der Diener. – »Und wann klingelt sie Ihnen für gewöhnlich?« – »Nie vor zehn.«

Da schrieb Lucien einen der furchtbaren Briefe, in denen die vornehmen Bettler sich gänzlich preisgeben. Eines Abends hatte er die Möglichkeit einer derartigen Erniedrigung bezweifelt, als Lousteau ihm von den Bitten gesprochen hatte, die junge Talente an Finot richteten, und jetzt ging seine Feder vielleicht sogar über die Grenzen hinaus, bis zu denen das Elend seine Vorgänger gebracht hatte. Als er sinnlos und fiebernd über die Boulevards zurückging, ohne etwas von dem schrecklichen Meisterstück zu ahnen, das ihm die Verzweiflung eingeben sollte, begegnete er Barbet.

»Barbet, fünfhundert Francs!« rief er ihm zu und streckte die Hand aus. – »Nein, zweihundert«, erwiderte der Buchhändler. – »Ach! also haben Sie ein Herz?« – »O ja, aber ich habe auch ein Geschäft. Sie sind schuld daran, daß ich viel Geld verliere«, fügte er hinzu, nachdem er ihm von dem Konkurs von Fendant & Cavalier erzählt hatte, »Sie müssen mir also welches zu verdienen geben.«

Lucien durchschauerte es.

»Sie sind ein Dichter, Sie müssen sich auf jede Art von Versen verstehen«, fuhr der Buchhändler fort. »Ich brauche jetzt gerade schlüpfrige Chansons, die ich unter ein paar Lieder von verschiedenen Dichtern mischen kann; ich will nicht als Nachdrukker verfolgt werden, wenn ich eine nette Liedersammlung für zehn Sous auf den Straßen verkaufe. Wenn Sie morgen zehn feine Trinklieder oder ein bißchen was Saftiges schicken wollen ... ja, wahrhaftig, dann gebe ich Ihnen zweihundert Francs.«

Lucien ging heim. Coralie lag steif ausgestreckt auf einem Gurtbett; sie war in ein schäbiges Bettlaken gehüllt, das Bérénice unter Tränen zugenäht hatte. Die Normannin hatte an den vier Ecken des Bettes vier Kerzen angesteckt. Auf Coralies Gesicht leuchtete jene strahlende Schönheit, die zu den Lebenden so stark spricht und von einer vollkommenen Ruhe kündet; sie sah aus wie die jungen Mädchen, die die Bleichsucht haben; manchmal schien es, als ob ihre violetten Lippen sich öffneten und

›Lucien‹ flüstern wollten, den Namen, den sie zusammen mit dem Namen Gottes noch ausgesprochen hatte, bevor sie ihr Leben aushauchte. Lucien gab Bérénice den Auftrag, sie solle beim Beerdigungsinstitut ein Begräbnis bestellen, das, das Totenamt in der armseligen Kirche Bonne-Nouvelle[273] inbegriffen, nicht mehr als zweihundert Francs kosten dürfe. Sobald Bérénice gegangen war, setzte sich der Dichter an den Tisch neben die Leiche seiner armen Geliebten und schrieb die zehn Lieder nieder, die lustige Einfälle und volkstümliche Weisen verlangten. Er stand unerhörte Qualen aus, ehe er arbeiten konnte; aber er zwang schließlich seinen Geist in den Dienst der Notwendigkeit, als kenne er kein Leid. Er bestätigte bereits das schreckliche Urteil Claude Vignons über die Trennung von Herz und Hirn. Was war das für eine Nacht, in der der unglückliche junge Mensch neben dem Priester, der für Coralie betete, beim Schein der Wachskerzen Lieder für Straßensänger verfaßte! Am nächsten Morgen versuchte Lucien, der gerade mit seinem letzten Lied fertig geworden war, es einer Melodie anzupassen, die damals im Schwange war; als sie ihn singen hörten, fürchteten Bérénice und der Priester, er sei irrsinnig geworden:

Freunde! Nicht taugt die Moral
Zum Lied, längst schwor ich sie ab;
Wen schert Vernunft, der einmal
Sich ganz der Tollheit ergab!
Kein Lied ist zu schlecht,
Wenn mit Huren man zecht,
Epikur stellt es fest.
Wird Apollo bekränzt,
Wenn uns Bacchus kredenzt?
Trinkt, lacht!
Zum Teufel den Rest!

Hundert Jahre versprach
Hippokrates jedem Kumpan.
Wird auch das Bein schließlich schwach,
Was kommt es uns darauf an?
Wenn nur die Hand bis zuletzt,

die das Glas an die Lippe setzt,
Nicht locker läßt –.
Komme das Alter heran,
Stoßt mit mir an,
Trinkt, lacht!
Zum Teufel den Rest!

Wie er zur Welt kam, versteht
Vortrefflich ein jeder Wicht,
Aber fragst du, wohin er geht,
So weiß es der Klügste nicht.
Doch spar dir darob den Verdruß,
Überlaß dem Himmel den Schluß,
Daß wir sterben, steht fest.
Doch ist nicht minder gewiß,
Daß wir leben; das andre vergiß!
Trinkt, lacht!
Zum Teufel den Rest!

In dem Augenblick, da der Dichter diese gräßliche letzte Strophe fertig gesungen hatte, traten Bianchon und d'Arthez ein und fanden ihn im Paroxysmus der Verzweiflung. Er vergoß einen Strom von Tränen und hatte nicht mehr die Kraft, seine Lieder ins reine zu schreiben. Als er unter vielem Schluchzen seine Lage erklärt hatte, sah er in den Augen seiner Zuhörer Tränen.

»Dies«, sagte d'Arthez, »tilgt viele Schuld.« – »Wohl denen, die die Hölle hienieden finden«, sagte der Priester ernst.

Das Bild der schönen Toten, deren Lächeln schon aus der Ewigkeit stammte, der Anblick ihres Geliebten, der ihr mit frivolen Versen ein Grab kaufte, die Vorstellung, daß Barbet den Sarg bezahlte, die vier Kerzen um die Schauspielerin, deren kurzes Baskenröckchen und rote Strümpfe mit den grünen Zwickeln vor kurzem noch einen ganzen Zuschauerraum zu Beifallsausbrüchen hingerissen hatten, dann der Priester an der Tür, der sie mit Gott versöhnt hatte und jetzt zur Kirche ging, um für die, die viel geliebt hatte, eine Messe zu lesen, alle diese Hoheit und diese Niedrigkeit, dieses Leid, das von der Not verdrängt wurde, all das versteinerte den großen Schriftsteller und den großen Arzt; sie setzten sich nieder, ohne ein Wort herausbringen zu können. Ein Lakai kam herein und meldete Mademoiselle des Touches an. Das schöne Mädchen verstand alles, sie trat rasch auf Lucien zu, drückte ihm die Hand und gab ihm heimlich zwei Tausendfrancsscheine.

»Es ist zu spät«, sagte er und warf ihr einen schmerzlichen Blick zu.

D'Arthez, Bianchon und Mademoiselle des Touches gingen erst, nachdem sie alles getan hatten, was Luciens Verzweiflung durch die liebevollsten Worte zu mildern vermochte; aber in ihm war alles wie zerbrochen. Gegen Mittag fanden sich die Mitglieder des ›Kreises‹ außer Michel Chrestien, der indessen über das Maß von Luciens Schuld aufgeklärt worden war, in der kleinen Kirche Bonne-Nouvelle ein, wo außerdem noch Bérénice und Mademoiselle des Touches, zwei Statistinnen des Gymnase, Coralies Garderobiere und der unglückliche Camusot anwesend waren. Alle Männer begleiteten die Schauspielerin bis zum Friedhof Père-Lachaise. Camusot, der heiße Tränen vergoß, versprach Lucien feierlich, er werde ein Grab für ewige Zeiten kaufen und auf ihm eine Säule errichten lassen, auf der der Name

CORALIE

stehen sollte, und darunter:

GESTORBEN IM ALTER VON NEUNZEHN JAHREN

IM AUGUST 1822

Lucien blieb bis zum Sonnenuntergang allein auf dem Hügel, von dem aus er auf Paris herabblickte. »Wer wird mich nun lieben?« fragte er sich. »Meine wahren Freunde verachten mich. Ich hätte tun und treiben können, was ich wollte; der, die da unten liegt, wäre alles, was von mir kam, edel und gut vorgekommen! Ich habe nur noch meine Schwester, David und meine Mutter! Was mögen sie von mir in der Heimat denken?«

Der arme große Mann aus der Provinz kehrte nach der Rue de la Lune zurück; aber dort wurde ihm beim Anblick der leeren Wohnung so entsetzlich zumute, daß er sich in einem elenden Gasthof in der Straße einmietete. Die zweitausend Francs der

Mademoiselle des Touches deckten alle Schulden, nachdem der Erlös aus dem Mobiliar noch dazugekommen war. Bérénice und Lucien hatten jeder für sich hundert Francs, von denen sie zwei Monate lang lebten; Lucien verbrachte sie in einer krankhaften Niedergeschlagenheit: er konnte nicht schreiben und nicht denken, er überließ sich seinem Schmerz; Bérénice hatte Mitleid mit ihm.

»Wenn Sie in Ihre Heimat zurückkehren wollten, wie kämen Sie hin?« fragte sie und beantwortete damit einen Ausruf Luciens, der unausgesetzt an seine Schwester, seine Mutter und David Séchard dachte.

»Zu Fuß«, antwortete er. – »Aber auch dann muß man doch unterwegs essen und schlafen. Wenn Sie jeden Tag zwölf Meilen gehen, brauchen Sie mindestens zwanzig Francs.« – »Die werde ich schon auftreiben«, sagte er.

Er nahm seine Kleider und seine schöne Wäsche, behielt nur das absolut Notwendige zurück und ging zu Samanon, der ihm für seine ganze Garderobe fünfzig Francs anbot. Er bat den Wucherer, ihm soviel zu geben, daß er den Postwagen benutzen könne, konnte ihn indessen nicht erweichen. In seiner Wut ging Lucien, so wie er war, zu Frascati, versuchte sein Glück und kam ohne einen Heller wieder herunter. Als er in seiner elenden Kammer in der Rue de la Lune war, verlangte er von Bérénice Coralies Schal. Nachdem Lucien ihr seinen Spielverlust eingestanden hatte, wußte das gute Mädchen mit einem einzigen Blick, was der arme Dichter in seiner Verzweiflung vorhatte: er wollte sich erhängen.

»Sind Sie verrückt geworden?« fragte sie. »Gehen Sie spazieren und kommen Sie um Mitternacht wieder; ich beschaffe das Geld, das Sie brauchen; aber bleiben Sie auf den Boulevards und gehen Sie nicht an die Kais.«

Lucien lief auf den Boulevards umher. Der Schmerz hatte ihn fast stumpfsinnig gemacht. Er sah die Equipagen, die Spaziergänger und kam sich winzig und verlassen in dieser Menge vor, die von den tausenderlei Pariser Interessen gepeitscht einherwirbelte. In Gedanken sah er die Ufer der Charente, und etwas wie Sehnsucht nach den Freuden des Familienlebens überkam ihn. Er hatte jetzt einen seiner blitzartig plötzlichen Einfälle, die all diese femininen Naturen täuschen: er wollte das Spiel nicht aufgeben, ehe er sein Herz in das Herz David Séchards ausgeschüttet, ehe er den Rat der drei Schutzengel gehört hätte, die ihm geblieben waren. Als er so durch die Straßen schlenderte, sah er an der Ecke der Rue de la Lune auf dem schmutzigen Boulevard Bonne-Nouvelle Bérénice im Sonntagsstaat bei einem Mann stehen. Bei diesem Anblick stieg ihm ein furchtbarer Verdacht auf und er rief: »Was machst du da?« – »Hier sind zwanzig Francs, die vielleicht teuer zu stehen kommen, aber Sie können nun wenigstens heimwandern«, antwortete sie und steckte Lucien rasch vier Hundertsousstücke zu.

Bérénice lief davon, ohne daß Lucien sah, wo sie blieb; denn zu seinem Lobe muß gesagt werden, daß ihm dies Geld in der Hand brannte und er es zurückgeben wollte; aber er mußte es wie ein letztes Brandmal des Pariser Lebens behalten.

## Anmerkungen

Von Ernst Sander

1 Ein schöner Jüngling, Liebling des römischen Kaisers Hadrian, der nach seinem Tod ein Sternbild nach ihm benannte.

2 Die Rue Neuve-du-Luxembourg ist die heutige Rue Cambon.

3 Das Geschäft der Mme Herbault befand sich in der Rue Neuve-Saint-Augustin 8.

4 Wahrscheinlich ist Victorine Pierrard gemeint; ihr Geschäft lag in der Rue du Hasard 1; die Straße ist der Teil der heutigen Rue Thérèse, der zwischen der Rue Molière und der Rue Sainte-Anne liegt.

5 Berühmtes, von Balzac häufig erwähntes Luxusrestaurant jener Zeit.

6 Nachdem die ›Comédie-Italienne‹ sich 1791 aufgelöst hatte, gründete ein Teil der Truppe zusammen mit den Vaudeville-Autoren Pierre-Antoine Augustin, Chevalier de Piis (1755–1831) und Barré ein neues Theater, das sich ›Vaudeville‹ nannte und in der Nähe des Louvre, in der Rue de Chartres, am 12. Januar 1792 seine Vorstellungen begann. Es hatte anfangs durch die argwöhnische, strenge politische Zensur der Republik und des Kaiserreichs schwer zu kämpfen. 1838 brannte es ab und spielte an der Place de la Bourse im Gebäude der ›Nouveautés‹ ohne großen Erfolg. Erst 1868 siedelte es in den Boulevard des Capucines über.

7 Während der Restauration, die in dieser Hinsicht die Gepflogenheiten der früheren Monarchie wieder herstellte, galten die Theater sämtlich als den Vergnügungsstätten des Königs zugehörig und unterstanden der Verwaltung und Überwachung des Hofes, das heißt der Kammerherrn, die in jedem Theater ihre besondere Loge hatten.

8 ›Die Danaïden‹, Oper in fünf Akten von Tschudy und Rollet nach Calzabigi (eigentlich für Gluck bestimmt), Musik von dem Gluck-Schüler Antonio Salieri (1750–1825). Das am 26. April 1784 in Paris uraufgeführte Werk wurde aus Reklamegründen zunächst als eine Gemeinschaftsarbeit Glucks und Salieris angekündigt; erst nach dem großen Erfolg bekannte Salieri sich als der alleinige Autor.

9 Das Café Véry in den Tuilerien, Terrasse des Feuillants, gegründet 1805, siedelte 1808 ins Palais Royal über. Das Restaurant, eine der Luxusstätten der Pariser Gastronomie, blieb bis 1843 im Besitz der Familie Véry.

10 Großer Vogelkäfig, in dem einheimische, vielfach aber auch exotische Vögel gehalten wurden.

11 Maria-Aurora, Gräfin von Königsmarck (1662–1728), war die Geliebte König Augusts II. von Sachsen-Polen und wurde die Mutter des Marschalls Moritz von Sachsen. Sie starb als Pröpstin des Stifts zu Quedlinburg. Auf welches Begebnis Balzac hier anspielt, hat sich nicht feststellen lassen.

12 ›Ourika‹, ein Roman der Herzogin von Duras, erzählte anmutig und zart die Geschichte einer jungen Negerin, die in Frankreich in der besten Gesellschaft heranwächst und sich deren Gedanken und Gefühle aneignet; sie wird in ein Kloster gesteckt und stirbt vor Sehnsucht und Kummer. – Da ›Ourika‹ erst 1825 erschien, die Szene der ›Verlorenen Illusionen‹, in der der Roman erwähnt wird, sich indessen 1821 abspielt, hat Balzac einen kleinen Anachronismus begangen.

13 Kokette junge Frau in Molières ›Le Misanthrope‹.

14 Die fünfzig Töchter des Königs Danaos ermordeten, bis auf eine, in der Hochzeitsnacht ihre Gatten und wurden dazu verurteilt, im Hades ein Faß ohne Boden zu füllen, das sprichwörtlich gewordene ›Danaïden-Faß‹.

15 Der Schneider Staub wohnte 1821 Rue de Richelieu 92.

16 Verdier, der Spazierstockfabrikant, hatte seinen Laden Rue de Richelieu 95.

17 Das Modegeschäft der Mme Irlande-Lemaire bzw. dasjenige ihrer Nachfolgerin A. d'Arnaudin befand sich 1821 im Palais Royal, Galerie de Pierre 28.

18 Das Dekret zur Errichtung des Triumphbogens wurde von Napoleon am 18. Februar 1806 erlassen. Das Bauwerk wurde von François Chalgrin (1739–1811) entworfen und zunächst unter seiner Leitung, nach seinem Tode unter derjenigen seiner Schüler begonnen. Bei Napoleons Sturz standen erst die Imposte der Arkaden. Der Weiterbau wurde bis 1823 unterbrochen; in diesem Jahr befahl Ludwig XVIII. die Vollendung. Aber erst unter der Juli-Monarchie wurde der Triumphbogen vollendet; die Einweihung fand am 29. Juli 1836 statt.

19 Antoine-Quentin Fouquier-Tinville (1746–1795), öffentlicher Ankläger des Revolutionstribunals, gnadenloser Belieferer der Guillotine während der Schreckenszeit.

20 Restaurant im Palais-Royal, Galerie de Pierre 65.

21 Die Rue de Cluny heißt heute Rue Victor-Cousin; das Hotel, in dem Lucien wohnte, trägt die Nummer 8.

22 Römischer Komödiendichter († 184 v. Chr.).

23 Coteau = kleiner Weinberg.

24 Pariser Markthallen.

25 Das ›Ambigu-Comique‹, 1759 gegründet, spielte anfangs an der Foire Saint-Germain, später am Boulevard du Temple. Der Leiter, ein Schauspieler der ›Comédie-Italienne‹ namens Audinot, ließ zunächst Marionetten spielen und in der Folgezeit Kinder auftreten; er hatte so großen Erfolg, daß sogar der Besuch der Oper abnahm. 1827 wurde sein Theater durch einen Brand zerstört; Hittorf erbaute es neu an seiner jetzigen Stätte, Boulevard Saint-Martin 2. Bis zur Juli-Monarchie war das Theater eine Pflegestätte des Vaudeville und der leichten Komödie; heute spielt es Volksstücke und Melodramen.

26 Das ›Théâtre de la Gaîté‹ nahm diesen Namen erst 1792 an; es lag gleichfalls am Boulevard du Temple, und man spielte dort vorzugsweise Melodramen und Märchenstücke. 1808 erwies es sich als zu klein und wurde neu erbaut, 1835 nach einem Brand zum drittenmal errichtet: dabei bediente man sich ausgiebig der neuen Bauweise mittels Eisenkonstruktionen. 1862 fiel das Theater dem Durchbruch des Boulevard du Prince-Eugène zum Opfer und wurde in den Boulevard de Sébastopol verlegt.

27 Das ›Panorama-Dramatique‹, 1821 gleichfalls am Boulevard du Temple gegründet, spielte Dramen und Vaudevilles. 1823 wurden sein Spielplan und die Zahl der Schauspieler behördlich eingeschränkt, worauf die Direktion es schloß. Bald danach wurde das Gebäude abgerissen.

28 Jene Passage existiert auch heute noch in dem Häusergeviert, das durch die Rue Saint-André-des-Arts, die Rue de l'Ancienne-Comédie, den Boulevard Saint-Germain und die Rue de l'Éperon gebildet wird. Der Ausgang zur Cour du Commerce nach der Rue Saint-André wurde erst 1823 geöffnet. Das Lesekabinett von Blosse war in der Passage in dem Haus Nr. 7 untergebracht.

29 Das ›Vaudeville‹: siehe Anmerkung 6.

30 ›Les Variétés‹: das Theater wurde 1807 für die Truppe des Théâtre Montansier erbaut, die nicht länger im Palais-Royal spielen durfte. Es pflegte erfolgreich das Vaudeville sowie, zumal in seinen Anfängen, die derbe Komödie; einige politische Gewagtheiten führten 1809 zu einer Verwarnung durch den Polizeiminister.

31 Die ›Opéra-Comique‹, meist ›Feydeau‹ genannt, liegt Rue Feydeau Nr. 19. Das Theater wurde 1789 für eine italienische Sängertruppe erbaut. Es wurden dort italienische Buffoopern, französische Komödien, komische Opern und Vaudevilles gespielt. Die Truppe des Feydeau vereinigte sich 1801 mit der des Théâtre Favart. Obwohl das Theatergebäude in der Rue Feydeau 1830 abgerissen und die Opéra-Comique an die Place Boieldieu verlegt wurde, wo jetzt vorzugsweise lyrische und romantische Opern gespielt werden, ist der traditionelle Name noch immer im Schwange.

32 François-Joseph Talma (1763–1826), berühmter Tragöde, Lieblingsschauspieler Napoleons I.

33 Jean-François-Casimir Delavigne (1793–1843), Autor historischer Dramen, mit Eugène Scribe befreundet, Mitglied der Akademie, liberal eingestellt.

34 Abraham-Joseph Bénard, genannt Fleury (1751–1822), Schauspieler an der Comédie-Française, war erfolgreich in Rollen impertinenter großer Herren.

35 Nicolas (1761–1835) und Paul (1765–1839) Anselme, genannt Baptiste der Ältere und Baptiste der Jüngere, Komiker, debütierten beide unter der Gönnerschaft Beaumarchais' 1791 im Théâtre du Marais und beendeten ihre Bühnenlaufbahn an der Comédie-Française.

36 Antoine Michot (1768–1826), beleibter, jovialer Darsteller komischer Rollen an der Comédie-Française.

37 ›Le Solitaire‹, Roman von Charles-Victor Prévôt, Vicomte d'Arlincourt (1789–1856), legitimistischer Schriftsteller, Autor einer Fülle ›historischer Romane‹, bei denen das freie Schalten mit den Fakten und die Geschwollenheit des Stils nur noch durch die Extravaganz der Konzeption und die Absurdität der Gefühle übertroffen werden. ›Der Einsame‹, Held des Romans ›Le Solitaire‹ (1821) ist kein Geringerer als Karl der Kühne von Burgund, den d'Arlincourt der Katastrophe von Nancy entgehen und auf einem ›Mont Sauvage‹ hausen läßt.

38 ›Léonide ou la Vieille de Suresnes‹ (1823) ist einer der besten Romane von Victor Ducange (1783–1853), einem phantasiebegabten Schriftsteller, der seiner liberalen Anschauungen wegen während der Restauration Verfolgungen ausgesetzt war. Bekannter ist er als Dramatiker, dessen Stücke in der ›Gaîté‹ und im ›Ambigu‹ aufgeführt wurden.

39 ›Les Inductions morales et physiologiques‹ von Hilarion de Kératry (1769–1859) waren bereits 1817 erschienen. Der Autor sympathisierte anfangs mit der Revolution, hielt sich aber von 1795 bis 1815 im Hintergrund, wurde 1818 Abgeordneter, trug zum Sturz Karls X. und zur Einsetzung Louis-Philippes als König bei. Nach dem Staatsstreich von 1851 zog er sich ins Privatleben zurück.

40 Ladvocat (1790–1854), Buchhändler und Verleger. Sein Unternehmen befand sich im Palais-Royal, Galeries de Bois 197 und 198. Er war der Verleger der jungen romantischen Literatur. ›Er bezahlte ein gutes Buch, wie man heute einen Skandalroman bezahlt.‹ Die letzteren lehnte er ab, mochten sie noch so erfolgverheißend sein. 1830 verlegte er seine Geschäftsräume an den Quai Voltaire, wo er im folgenden Jahr Konkurs machte. Er hatte für 300 000 Francs sämtliche Werke Chateaubriands erworben und die ›Mémoires‹ von Vidocq abgelehnt. Er starb im Elend.
– François-Eugène Vidocq (1775–1857) versuchte bis 1796 vergeblich im Heeresdienst sein Glück und begann dann ein Abenteuerdasein hart am Rand der Gesetze. Nach einigen Delikten wurde er einer Urkundenfälschung wegen verhaftet, die er im Interesse eines Freundes begangen hatte. Er brach aus dem Zuchthaus aus, wurde ergriffen, brach abermals aus, wurde wiederum ergriffen und brach nochmals aus. Dieses ungewissen Lebens müde, bot er 1809 seine Dienste dem Polizeipräsidenten Baron Pasquier an, den er überzeugte, daß seine Kenntnisse und Erfahrungen mit Dieben und Zuchthäuslern sich ausnützen lassen würden. Tatsächlich wurde ihm eine Ermittlungsabteilung anvertraut, die zunächst aus vier, dann aus acht und schließlich aus vierundzwanzig ehemaligen Verbrechern bestand. Er führte die ihm übertragenen Aufträge erfolgreich durch. 1827 nahm er den Abschied, ertrug indessen die Untätigkeit nicht. 1830 gehörte er einige Zeit überzählig der politischen Polizei an. Im Verlangen, seine frühere Stellung wiederzugewinnen, zettelte er Machenschaften an, um den neuen Polizeipräfekten Gisquet zu zwingen, ihn anzustellen. Das Komplott wurde jedoch entdeckt. Eine Zeitlang leitete er ein privates Auskunftsbüro; er starb im Elend, nachdem er seinem Freund Balzac alle Hintergründigkeiten und Kniffe der politischen und der Kriminalpolizei anvertraut hatte. Bei der Redaktion seiner Lebenserinnerungen, die ein Sensationserfolg waren, ging Balzac ihm zur Hand.

41 ›Agathe ou le Petit Vieillard de Calais‹, 1819 veröffentlichter Roman von Ducange.

42 Louis-François Picard (1769–1828), Schauspieler und Theaterdirektor, war damals, abgesehen von dem Jugendroman ›Eugène de Senneville‹ (1787), lediglich mit einer Unzahl sehr heiterer Sittenkomödien hervorgetreten, die großen Beifall gefunden hatten. Später veröffentlichte er innerhalb von fünf Jahren sechs schwungvolle, angenehm zu lesende Romane, die heute vergessen sind.

43 Anne Radcliffe, geborene Ward (1764–1823), Verfasserin einiger phantastischer Romane, in denen das Schreckliche und das Wunderbare sich einen; der Schluß erklärt dann alles als natürlichen Ursachen entsprungen. Ihre Charaktere sind sorgfältig durchgeführt, ihre Prosa atmet ein lebendiges poetisches Gefühl, was ihr die Wertschätzung Sir Walter Scotts eintrug.

44 Rousseau.

45 Lateinisch: Bücher haben ihre Schicksale.

46 Robert Lefèvre (nicht Lefebvre, wie Balzac schreibt), 1756–1830, Schüler Regnaults, war zur Porträtmalerei übergegangen, weil er in der Historienmalerei erfolglos blieb. Sein Bildnis Napoleons entstand 1806. Er starb als Hofmaler des Königs.

47 Das ›Odéon‹ war 1782 auf Kosten des Grafen der Provence, des späteren Ludwigs XVIII., für die Truppe des Théâtre-Français erbaut worden. Während der Revolution hieß es nacheinander ›Théâtre de la Nation‹, ›Théâtre de l'Egalité‹ und seit 1796 ›Théâtre de l'Odéon‹. 1799 wurde es durch ein Feuer fast gänzlich zerstört, aber 1807 unter dem Namen ›Théâtre de l'Impératrice‹ wieder eröffnet. Während der Restauration nannte es sich ›Second Théâtre-Français‹. Am 20. März 1818 brannte es abermals ab. Auf diese Katastrophe spielt Balzac im folgenden an. Schon im nächsten Jahr erstand das ›Odéon‹ so, wie wir es heute kennen, aus den Ruinen.

48 Die ›Salle Louvois‹ lag in der Rue Louvois Nr. 8. Das Theater war 1791 erbaut worden. Während der Revolution wurde es von verschiedene Truppen bespielt, auch vom ›Théâtre-Français‹ und der ›Opéra-Italien‹. 1820 siedelte die Truppe der Oper dorthin über, die durch die Ermordung des Herzogs von Berry aus der ›Salle Richelieu‹ vertrieben worden war. Bald danach wurden die Theater Richelieu und Louvois abgerissen; an ihrer Stätte wurde eine Gedächtniskapelle für den Ermordeten erbaut. Diese ließ Louis-Philippe abbrechen; es entstanden der Square und der Brunnen, die heute die Place Louvois schmücken.

49 Georges-Louis Leclerc de Buffon (1707–1788), Naturforscher und Schriftsteller, Autor der berühmten ›Histoire naturelle‹ (1749

bis 1789). Sein nobler, majestätischer, gelegentlich pompöser Stil ließ seine Gegner behaupten, er arbeite nur mit Jabot und Spitzenmanschetten.

50 Diese kleine Straße verbindet auch heute noch die Rue de Seine mit dem Odéon.

51 Thérèse Levasseur, Geliebte Rousseaus.

52 Heldin des berühmten Romans ›Clarissa Harlowe‹ von Samuel Richardson (1689–1761).

53 Edon oder Hédon: Besitzer eines Restaurants in der Rue des Fossés-Saint-Germain (der heutigen Rue de l'Ancienne-Comédie), gegenüber dem ›Café Procope‹.

54 Es handelt sich um Louis Lambert, die Hauptgestalt von Balzacs Roman gleichen Titels.

55 Ältestes Pariser Krankenhaus, an der Place du Parvis-Notre-Dame gelegen, um 660 gegründet, anfangs Frauenkloster, dann Herberge für Pilger und Kranke. Das heutige Gebäude stammt aus den Jahren 1868–1878.

56 E. T. A. Hoffmann.

57 Laurence Sterne (1713–1768), der Autor des ›Tristram Shandy‹.

58 Georges Cuvier (1769–1832), Naturforscher; seine Untersuchungen über Fossilien wurden bahnbrechend für die wissenschaftliche Paläontologie; Cuvier lehnte den Entwicklungsgedanken ab.

59 Etienne-Geoffroy Saint-Hilaire (1772–1844), französischer Naturforscher; Professor für Zoologie an der Zentrallehranstalt für Naturwissenschaften; er entwickelte die Lehre von der Homologie und die Hypothese von der ›unité de plan‹, einem einheitlich das ganze Tierreich beherrschenden Entwicklungsplan. Cuvier widersprach dieser These, und Geoffroy unterlag zunächst, obgleich Goethe für ihn Partei ergriff. Erst Darwin griff die wissenschaftliche Erörterung der Abstammungslehre wieder auf.

60 Goethe.

61 Claude-Henri Graf de Saint-Simon (1760–1825), Begründer eines nach ihm benannten sozialistischen Systems, das erst nach seinem Tode zu der Doktrin einer politischen Partei weiterentwickelt wurde. Es bezweckte Verbesserung des moralischen, intellektuellen und physischen Loses der Armen durch Einführung des rein persönlichen Besitzes, Aufhebung des Erbrechts der Familie und

Übergabe des hinterlassenen Vermögens an den Staat, der es nach dem Grundsatz: ›Jedem nach seiner Befähigung, jedem nach seinen Bedürfnissen‹ verteilen sollte. Die Zeitung ›L'Organisateur‹ war während der Restauration das wichtigste Presseorgan der Saint-Simonisten; 1831–1832 folgte ihm ›Le Globe‹. Sehr bald spaltete sich die Partei: die einen wollten eine rein politische Bewegung mit dem Ziel, sich des Staates zu bemächtigen; die andern unter der Führung Enfantins verfochten eine religiös-mystische Tendenz: Aufhebung aller Privilegien durch Geburt, Gleichheit von Mann und Frau, Zerstörung der Familie, Einführung der Güter- und Frauengemeinschaft. Enfantin erklärte sich 1831 als ›männlichen Messias‹ und machte sich bei Empfängen, Festen und Bällen auf die Suche nach dem ›weiblichen Messias‹, ohne ihn entdecken zu können. Mit etwa vierzig Schülern gründete er 1832 in Ménilmontant eine ›Mustergesellschaft‹, in der er seine Lehren praktisch durchführen wollte. Jetzt griff die Polizei ein; die Versuche zur Gründung einer Saint-Simonistischen Gemeinschaft endeten vor dem Schwurgericht; Enfantin wurde zu einer Gefängnisstrafe verurteilt.

62 Carl Maria von Weber.

63 Pierre-Jean de Béranger (1780–1857), im 19. Jahrhundert einer der erfolgreichsten Dichter volkstümlicher Lieder.

64 Am 16. Mai 1831 starb Casimir Périer, der Ministerpräsident König Louis-Philippes, Vertreter einer reaktionären Politik, an der Cholera. Die von der konstitutionellen Monarchie enttäuschten Republikaner hielten ihre Stunde für gekommen. Am 5. Juni kam es bei der Bestattung des Ministers zu Zusammenrottungen, die einen sozialistischen Aufstand einleiteten. Die Bewegung war zunächst erfolgreich und beherrschte fast die gesamte östliche Hälfte von Paris; aber die republikanischen Führer lehnten es ab, an die Spitze des Aufstandes zu treten. Dadurch gewann die Regierung ihren Mut zurück; am 6. Juni zerstörte die Nationalgarde durch Artilleriebeschuß die letzte Barrikade der Aufständischen an der Ecke der Rue Saint-Merri und der Rue Saint-Martin. (Vgl. Balzacs Novelle ›Die Geheimnisse der Fürstin von Cadignan‹.)

65 La Fontaine, Fabeln, VIII, 11.

66 Die ›Revue Encyclopédique‹ erschien in Paris von 1819 bis 1853. Sie verfocht den politischen Liberalismus und bekannte sich zur klassischen Literatur. Ihren Titel verdiente sie, da sie bemüht war, tatsächlich die Summe des menschlichen Wissens zu vermit-

teln. Ihre Mitarbeiter waren die angesehensten Gelehrten und Literaten jener Zeit.

67 Hurenhäuser.

68 Die Rue Saint-Fiacre ist die heutige Rue Miollis, die den Boulevard Garibaldi mit der Rue Cambronne verbindet.

69 Die Tänzerin Mariette Godeschal; eine der Gestalten von Balzacs Roman ›Ein Lebensbeginn‹.

70 Benjamin Constant (1767–1830), Abkömmling protestantischer Réfugiés aus dem Waadtland, wurde erst unter dem Directoire naturalisierter Franzose. Er war zu jener Zeit einer der zahllosen Liebhaber der Mme de Staël und mit Siéyès und Talleyrand befreundet; als kluger und vorsichtiger Bekämpfer des Kaiserreichs 1802 von Napoleon verbannt, schloß er sich 1814 dem konstitutionellen Königtum an. 1819 wurde er Abgeordneter; der liberalen Opposition angehörend, bekämpfte er alle von den Ultras eingebrachten Gesetzesvorschläge, was ihn volkstümlich machte. Seine Reden waren paradox und ironisch, dabei glänzend und bissig. Als Schriftsteller zeichnete er sich durch seinen analytischen Roman ›Adolphe‹ aus.

71 Der General Maximilien-Sébastian Foy (1775–1825) hatte während der Republik unter den Generalen Masséna und Moreau gedient, während des Kaiserreichs an den Feldzügen in Spanien und Portugal teilgenommen und bei Waterloo mitgekämpft. Zur Zeit der Schreckensherrschaft war er als Girondist verhaftet gewesen. 1819 wurde er Abgeordneter des Départements Aisne. Er schloß sich der liberalen Opposition an und war ein erbitterter, redegewandter Gegner der reaktionären Minister König Ludwigs XVIII. Dadurch wurde er volkstümlich. Sein Tod wurde von der liberalen Presse als ein nationales Unglück bezeichnet. Eine Sammlung zugunsten seiner Kinder ergab sehr bald mehr als eine Million.

72 ›Le Solitaire‹, Roman des Vicomte d'Arlincourt, hatte damals einen unerhörten Erfolg. Über Autor und Werk vgl. Anmerkung 37.

73 Spottname der Drucker.

74 ›Germanicus‹, fünfaktige Verstragödie von Antoine-Vincent Arnault (1766–1834), einem mittelmäßigen Klassizisten und Günstling Napoleons, wurde am 22. März 1817 uraufgeführt und erregte eine wahre Rebellion, bei der es zu Prügeleien kam. Der

Autor, nach Napoleons Sturz proskribiert, 1816 von Ludwig XVIII. ins Exil geschickt, war damals noch in der Verbannung, und die Royalisten wollten in seinem Stück politische Anspielungen erblicken. Arnaults Sohn focht mit dem ultraroyalistischen Journalisten Martainville einen Zweikampf aus. Die weiteren Aufführungen wurden von der Polizei verboten.

75 Gemeint sind die ›drei Einheiten‹ des klassischen Dramas, die von Aristoteles gefordert wurden: Einheit der Zeit, Einheit des Ortes und Einheit der Handlung.

76 ›Das Maßliebchen‹ (›La Pâquerette‹) stammt wie das ›Die Kamelie‹ betitelte Sonett von Charles Lassailly (1812–1843), Balzacs Freund und zeitweiligem Sekretär. Das Sonett ›Die Marguerite‹ hat Mme de Girardin (Delphine Gay) geschrieben; das Sonett ›Die Tulpe‹ Théophile Gautier.

77 Anspielung auf Aristarchos von Samothrake, der im 2. Jahrhundert v. Chr. in Alexandria lebte; er war Stifter der bedeutendsten philologischen Schule des Altertums und befaßte sich hauptsächlich mit der Erklärung und Kritik griechischer Dichter; machte sich besonders um die Texte Homers verdient.

78 Anspielung auf die bouquinistes, die Antiquare am Seine-Ufer.

79 Das noch heute existierende Café lag bereits während der Restauration an der Place de l'Odéon.

80 Drei Spezialmittel, die der Parfümeur César Birotteau, Held von Balzacs Roman dieses Titels, erfunden und mit denen er sein Vermögen gewonnen hatte.

81 Der ›Constitutionnel‹ wurde während der ›Hundert Tage‹, der zweiten Regierungszeit Napoleons I., von ehemaligen Revolutionsmännern gegründet und durchlebte während mehrerer Monate mannigfache Wandlungen, ehe er unter seinem endgültigen Titel erscheinen konnte. Sogleich aber wurde er das Blatt des bürgerlichen, antiklerikalen Liberalismus. Seine Politik einer schüchternen, konstitutionellen Opposition, gemischt mit Erinnerungen an 1789 und bonapartistischen Sehnsüchten, schuf ihm seinen Erfolg während der Restauration. Die Juli-Revolution, die dem ›Constitutionnel‹ die Regierung seiner Träume gab, brachte ihm indessen Unglück; die Abonnentenzahl betrug 1830 22000; 1843 war sie auf 3500 abgesunken. Das Blatt kam in andere Hände, sicherte sich gute Mitarbeiter, brachte im Feuilleton die Romane der George Sand und Eugène Sues und nahm einen erstaunlichen Aufschwung. Bald begann Sainte-Beuve in der Zeitung seine ›Lundis‹

zu veröffentlichen. In der Literaturgeschichte wird der ›Constitutionnel‹ fortleben durch seine Proteste gegen die Romantik; in der Geschichte des Journalismus durch die Erfindung der ›Seeschlange‹, die, in andern Gestalten, noch heute die Presse durchspukt.

82 Die ›Quotidienne‹ wurde 1792 als Kampforgan gegen die Revolution gegründet; sie war zwischen 1793 und 1815 verboten. Nach ihrer Neugründung unter der Restauration vertrat sie ultraroyalistische Anschauungen. Seit 1822 war sie das Kampforgan der extremen Rechten und hatte dank der Witzigkeit ihrer Artikel großen Erfolg, zumal in der Provinz. Auch während der Juli-Revolution bestand sie als Organ der Reaktion weiter.

83 Das ›Journal des Débats et Décrets‹ wurde 1792 gegründet, ein kleines Blatt ohne Einfluß, heute nur von dokumentarischem Interesse, da es die getreuesten Berichte über alle Revolutionsversammlungen brachte. Erst ab 1799 wurde es unter dem Titel ›Journal des Débats‹ eine der wichtigsten politischen und literarischen Zeitungen Frankreichs. 1805 beschlagnahmte Napoleon sie und verlieh ihr einen amtlichen Charakter; 1811 konfiszierte er sie gänzlich. Erst 1814 gelangte sie wieder in die Hände ihrer früheren Besitzer, die zunächst einen gemäßigt oppositionellen Kurs einschlugen, sich dann aber unter dem Einfluß Chateaubriands den Ultras anschlossen. Später schwenkte die Zeitung zur liberalen Opposition über. Nach der Juli-Revolution wurde sie das Organ der Minister; ihre Redakteure standen in steter Verbindung zu den königlichen Prinzen. Seit 1848 kehrte die Zeitung der militanten Politik den Rücken und hielt sich während des Zweiten Kaiserreichs im Hintergrund.

84 ›Adolphe‹, Roman von Benjamin Constant (1816).

85 ›Corinne‹, Roman von Mme de Staël (1807).

86 ›Clarissa‹, Roman von Samuel Richardson (1747).

87 ›René‹, Novelle von Chateaubriand (1802, in ›Le Génie du christianisme‹).

88 ›Histoire du Chevalier des Grieux et de Manon Lescaut‹, Roman von Antoine-François Prévost d'Exiles, genannt Abbé Prévost (1753).

89 Italienisch: Klagen, Weinen.

90 ›Obermann‹, Roman von Pivert de Senancourt (1804), von Balzac häufig erwähnt und gerühmt.

91 Eine 1800 von dem Uhrmacher Bertrand-Guillaume Carcel (1750 bis 1812) erfundene Öllampe, die mittels eines komplizierten

Mechanismus das Öl auf gleichem Niveau mit dem von ihm gespeisten Docht hielt.

92 Ein von dem Pariser Apotheker Fumade erfundenes Phosphor-Feuerzeug.

93 Alte Bezeichnung für ein Pariser Stadtviertel (III. und IV. Arrondissement), in dem sich zahlreiche Adelspaläste befanden.

94 Paul de Kock (1794–1871), fruchtbarer, banaler Romanschriftsteller, der ziemlich amüsant das Leben der Grisetten und Kleinbürger schilderte.

95 Nicht gezeichnet; vom Künstler noch nicht beschrifteter und signierter Probeabzug.

96 Das betreffende Gemälde von Girodet, 1792 in Rom entstanden, hängt in der École de Médecine; es war von Massard in Kupfer gestochen worden.

97 Berühmter Delikatessenhändler, Hoflieferant.

98 Paul-Louis Courier de Méré (1772–1825), Gräzist und politischer Schriftsteller.

99 Pierre-François-Léonard Fontaine (1762–1833), Architekt und Innenarchitekt, zusammen mit Perrier maßgeblich an der Entwicklung des Empire-Stils beteiligt.

100 E. T. A. Hoffmann, der damals europäischen Ruhm genoß und eifrig ins Französische übersetzt worden war. ›Der Berliner Hoffmann‹ wird er von Balzac genannt, um ihn von François Hoffmann zu unterscheiden (siehe Anmerkung 114).

101 Die Kosmoramen, inspiriert von den Panoramen, die zu Beginn des Kaiserreichs so großen Erfolg hatten, waren um 1805 von dem Abbé Gazzara erfunden worden. Es wurde hinter großen optischen Gläsern, die die Illusion der Tiefe, der Perspektive und der Atmosphäre schufen, eine Folge großer Temperagemälde gezeigt, die die bemerkenswertesten Aussichten aller fünf Weltteile darstellten. Das erste Kosmorama wurde 1808 in der Glas-Galerie des Palais-Royal gezeigt und brachte bis 1828 glänzende Verdienste. Dann erforderte der Neubau der Glas-Galerie seine Übersiedlung in die Rue Vivienne, wo es vier Jahre später Konkurs machte.

102 Den Bauchredner Fitz-James erwähnt die Herzogin von Abrantès in ihren Memoiren unter den berühmten Mystifikatoren. Er fiel 1814 bei der Verteidigung der Barrière von Montmartre gegen die Verbündeten.

103 ›Smarra, ou les démons de la Nuit‹ von Graf Maxim Odin, aus dem Slavonischen übersetzt von Charles Nodier, 1821.

104 ›Peter Schlemihls wundersame Geschichte‹ von Adelbert v. Chamisso (1814).

105 ›Jean Sbogar‹, phantastischer Roman von Charles Nodier (1818).

106 ›Jocko‹, novellistische Episode aus ›Lettres inédites sur l'instinct des animaux‹ von Charles Pougens (1755–1833), erschien erst 1824 und nicht, wie Balzac vermuten läßt, schon 1821. Es handelt sich um die lächerlich sentimentale Geschichte eines Affen, aus der im folgenden Jahr ein im Théâtre de la Porte-Saint-Martin gespieltes, zweiaktiges Drama gemacht wurde: es erzielte mehr als eine Million Einnahmen.

107 Die ›Galeries-de-Bois‹ sind erst 1829 der ›Galerie d'Orléans‹ gewichen.

108 ›La Minerve littéraire‹, im November 1820 von Mme Dufresnay gegründet, erklärte Gegenspielerin des ›Conservateur‹ und liberal, blieb nur anderthalb Jahre am Leben: die Zeitschrift ging im März 1822 ein. Mit der letzten, der fünfundzwanzigsten Nummer hatte sie noch den Titel gewechselt und sich ›L'Abeille‹ genannt.

109 Alexis-Blaise Eymery (1774–1854), Verleger und Schriftsteller, hauptsächlich Verfasser von Kinder- und Jugendbüchern, zog sich erst 1830 vom Buchhandel zurück.

110 ›Le Conservateur‹, ultraroyalistisches Blatt, das nur zwei Jahre erschien (1818–1820). Einer seiner Chefredakteure war Chateaubriand; auch Lamartine arbeitete mit.

111 Jean-Joseph Dussault (1796–1824), Gegner der Revolution; später, während des Kaiserreichs und bis 1818, Mitarbeiter des ›Journal des Débats‹, wo er Geoffroy und Hoffmann in ihren literarischen Kämpfen unterstützte. In seinem Todesjahr erschienen seine Artikel unter dem Titel: ›Annales littéraires‹.

112 Joseph Fiévée (1767–1839), Autor von ›La Dot de Suzette‹, politischer Kritiker von lebendiger Intelligenz. Er erregte das Wohlgefallen des Ersten Konsuls, der ihn nach England schickte, um dort ›Augen und Ohren offenzuhalten‹. Später erhielt er vom Kaiser denselben Auftrag für Paris. Er erhielt die Leitung des ›Journal des Débats‹, behielt aber auch in dieser offiziösen Stellung seinen Freimut bei, was dem Herrscher schließlich mißfiel. Daher bekehrte Fiévée sich 1814 zur gemäßigten Monarchie und unterstützte deren Politik in seiner Zeitung. 1818 zog er sich

zurück und trat nur noch 1830/31 für kurze Zeit an die Öffentlichkeit.

113 Julien-Louis Geoffroy (1743–1814), zunächst royalistischer Journalist; unter dem Kaiserreich berühmter Theaterkritiker. Seine Rezensionen erschienen unter dem Titel ›Cours de Littérature dramatique‹.

114 François Hoffmann (1760–1828), der freimütigste, von allen politischen Mächten unabhängigste Kritiker seiner Zeit.

115 Claude Vignon: von Balzac erfundene Gestalt.

116 Eugène Scribe (1791–1861), fruchtbarer Bühnenschriftsteller.

117 Théodore Leclerq (1777–1851), Dramatiker, Autor von ›Proverbes‹, die Sainte-Beuve gerühmt hat.

118 Félicien Vernou: von Balzac erfundene Gestalt.

119 Antoine Jay (1770–1854), liberaler Journalist, schrieb vor allem in dem 1815 von ihm begründeten ›Constitutionnel‹, dessen Leitung er bis 1832 beibehielt. Seine politischen Artikel trugen ihm eine Gefängnisstrafe ein, seine literarischen Schriften die Feindschaft Sainte-Beuves.

120 Victor-Joseph Etienne, genannt de Jouy (1764–1846), begann nach abenteuerlicher Jugend unter dem Kaiserreich sich der Literatur zuzuwenden. Seine Erfolge unter der Restauration beruhten auf seiner liberalen Gesinnung. Seine Vaudevilles, Romane und Opernlibretti sind heute vergessen. Seine satirischen, indiskreten Plaudereien über Paris erschienen 1812–1814 unter dem Titel ›L'Hermite de la Chaussée d'Antin‹ und werden gelegentlich als Kuriosität noch gelesen.

121 Französische Druckerfamilie des 18. und 19. Jahrhunderts.

122 Die Gebrüder Baudouin (nicht Beaudouin, wie Balzac schreibt) waren Verlagsbuchhändler in der Rue de Vaugirard.

123 ›Les Chefs-d'oeuvre des Théâtres étrangers‹, ein Sammelwerk, das deutsche, englische, chinesische, dänische, spanische, holländische, indische, italienische, polnische, russische und schwedische Bühnenwerke enthielt. Unter den Übersetzern sind Benjamin Constant, Guizot, Charles Nodier und Visconti zu nennen. Das Werk erschien 1822/23 in dreiundzwanzig Oktavbänden.

124 ›Les Victoires et Conquêtes des Français‹, eine von den Generalen Beauvais, Thiébaut und Parisot verfaßte heroische Geschichte Frankreichs in 24 bzw. 34 Bänden. Der Riesenerfolg dieser Kompilation, die Panckoucke verlegte, beruhte nicht zuletzt auf der

Wiedergabe der im ›Moniteur‹ erschienenen ›Bulletins‹ der Großen Armee. Das Werk kam der liberalen Opposition zugute und bildet eine der Quellen der Napoleon-Legende.

125 Die ›Collection des Mémoires relatifs à la Révolution française‹ erschien ab 1822 in vierzig Oktavbänden.

126 Unübersetzbares Wortspiel mit des vers = Verse und des vers = Würmer.

127 Abbé Jacques Delille (1738–1813), Dichter.

128 Es handelt sich um den General Foy, dem Lucien bei Dauriat flüchtig begegnet. Über Foy siehe Anmerkung 71.

129 Chefredakteur der ›Minerve‹ war Antoine Jay (siehe Anmerkung 119). Über die Zeitschrift ›Minerve‹ siehe Anmerkung 108.

130 ›Le Solitaire‹, Roman von Vicomte d'Arlincourt (siehe Anmerkung 37).

131 Benjamin Constant war durch eine lange, tyrannische Leidenschaft an Mme de Staël gefesselt. Potemkin war der gefürchtete Günstling Katharinas II., vor dem sogar die Zarin Angst hatte.

132 Von Balzac erfundene Gestalt; anfangs Salathändler, dann Verleger.

133 Charles Potier (1775–1838), origineller, geistvoller Darsteller komischer Rollen, spielte abwechselnd in Les Variétés und in der Porte Saint-Martin. Er hatte im Vaudeville und im Schwank so große Erfolge, daß Talma ihn bewog, sich der hohen Komödie zuzuwenden; aber sein früher Tod vereitelte diesen Plan.

134 ›Bertram le Matelot‹, Drama in fünf Akten mit einem Prolog von Joseph Bouchardy, wurde zum erstenmal am 9. März 1847 im Théâtre de la Gaîté aufgeführt – also zu einem Zeitpunkt, der sehr viel später liegt, als der, zu dem die von Balzac geschilderte Begebenheit spielt.

135 Charles-Robert Maturin (1782–1824), geboren in Dublin, einer französischen Protestantenfamilie entstammend, wurde Geistlicher, schrieb Bühnenwerke und Schauerromane im Stil der Anne Radcliffe mit wüsten Verbrechen und Geistererscheinungen, die ihm den Spitznamen eines ›Ariost des Verbrechens‹ eintrugen. Sie wurden während der Restauration ins Französische übertragen und hatten großen literarischen Einfluß auf Balzac, der zu Maturins Hauptwerk ›Melmoth the Wanderer‹ eine Art Fortsetzung schrieb: ›Melmoth reconcilié‹.

136 Giuditta Pasta (1798–1865), berühmte italienische Sängerin, sang seit 1821 in Paris, von 1824–1827 abwechselnd in Paris und London, ging dann nach Italien zurück und entsagte 1840 der Bühne. Sie sang im Théâtre-Italien zusammen mit der Malibran; ihre größten Erfolge hatte sie in den weiblichen Hauptrollen von ›Othello‹, ›Tancredi‹, ›La Somnambula‹ und ›Norma‹. Sie wirkte weniger durch ihre Gesangskunst als durch ihre dramatische Darstellung.

137 ›Tancredi‹, Text von Rossi, Musik von Rossini, Uraufführung 1813 im Teatro Fenice zu Venedig, dann von der Opéra-Italien in Paris übernommen, erlebte über 200 Aufführungen.

138 Verworrenes Intrigenstück.

139 Bildungsschnitzer Florines: der Apollo von Belvedere befand sich schon damals im Vatikanischen Museum in Rom.

140 Anne-Louis Girodet de Roussy, genannt Girodet-Trioson (1767 bis 1824), David-Schüler, von Napoleon geschätzt.

141 Es gab zu jener Zeit zwei Rue du Coq: die Rue du Coq-Saint-Honoré, die heutige Rue Marengo, und die Rue du Coq-Saint-Jean; letztere verband die Rue de la Tixanderie (heute mit der Rue de Rivoli verschmolzen) mit der Rue de la Verrerie, zwischen der heutigen Rue du Temple und der Rue des Archives. Die Stätte jener kleinen Straße ist heute fast völlig zugebaut worden; nur der Impasse du Coq erinnert noch an sie. Es ist anzunehmen, daß Finots Vater in der Rue du Coq-Saint-Jean seinen Laden hatte.

142 Anne-Hippolyte Boutet, genannt Mars (1779–1847), bekannte Schauspielerin.

143 Siehe Anmerkung 132.

144 Pierre Bayle (1647–1706), der Autor des berühmten ›Dictionnaire historique‹. Nicht zu verwechseln mit Henri Beyle = Stendhal.

145 Seiner schlechten Weine wegen bekannter Restaurateur in der Rue Mauconseil, einer der ältesten, schon 1250 erwähnten Pariser Straßen.

146 Frau des Komikers Alphonse Perrin; sie spielte im Gymnase und an der Porte-Saint-Martin.

147 Zénaïde Fleuriet (1804–1823), junge, beliebte Schauspielerin am Gymnase.

148 Die Beurteilung der Gesellschaft Jesu war seit ihrer Gründung auch innerhalb des Katholizismus verschieden; 1773 hob Papst

Clemens XIV. den Orden auf, 1814 wurde er durch Pius VII. wieder zugelassen. 1901 wies Frankreich die Jesuiten aus. Balzac gebraucht den Begriff Jesuitismus im Sinne von Fanatismus.

149 Gemeint ist Charles-Henri Vicomte Dambray (1760–1829), ehemaliger Generaladvokat am Pariser Parlamentsgericht, der sich 1814 an Ludwig XVIII. anschloß, ihm 1815 nach Gent folgte und vom König zum Kanzler ernannt wurde. Er war Justizminister im ersten Kabinett Richelieu und behielt seine Funktionen als Kanzler bis zu seinem Tode bei.

150 Pierre-Philippe Thomire (1751–1844), der Bronzeschmied Ludwigs XVI., Hoflieferant des Grafen von Artois (des späteren Karl X.), des Herzogs von Berry usw., hatte sein Geschäft am Boulevard Poissonnière, seine Werkstätten in der Rue Boucherat.

151 Greisengestalt in Komödien von Corneille, Molière, Regnard usw.

152 Mit dem ›Vicomte Démosthène‹ ist Sosthène Vicomte de La Rochefoucauld, Herzog von Doudeauville (1785–1864), gemeint. Er war Mitglied der ›Chambre Introuvable‹ und von 1824–1827 ›Directeur des Beaux-Arts‹. In dieser Stellung machte er sich durch seine Verfügungen berühmt und lächerlich: er bestimmte, daß die Röcke der Tänzerinnen verlängert und daß die nackten Statuen im Louvre mit papierenen Weinblättern versehen werden müßten, was ihm eine Fülle boshafter Notizen in den kleinen Zeitungen eintrug. Einem der gehässigsten Witzbolde kaufte La Rochefoucauld für 1500 Francs Schweigen auf ein Jahr ab.

153 Der ›Vicomte d'A...‹ ist der Vicomte d'Arlincourt, der erfolgreiche Autor des ›Solitaire‹ (siehe Anmerkung 37).

154 Etienne-Denis Baron Pasquier (1767–1862) entging während der Revolution mehrmals mit knapper Not dem Tode und wurde unter Napoleon Staatsrat und Polizeipräfekt. Obwohl er sich von der Verschwörung Mallets hatte überraschen lassen, verblieb er in der Gunst des Kaisers; auch Ludwig XVIII., dem er seine Dienste anbot, bezeigte ihm Wohlwollen. Pasquier war gemäßigten Geistes, klarsichtig und geschickt, aber allzu geschmeidig; während der Restauration gehörte er allen Ministerien an, gleichgültig, wie sie zusammengesetzt waren, was ihm den Spitznamen ›l'inévitable‹ (= der Unvermeidliche), eintrug sowie ein Mindestmaß an Achtung aller Parteien. Zur Zeit der Ermordung des Herzogs von Berry (des Thronfolgers, Sohns Karls X.) war er Großsiegelbewahrer (Justizminister) und trat für die Abschaffung der Pressefreiheit ein; bei dieser Gelegenheit formulierte er eine

vortreffliche Theorie der wohltätigen Willkürherrschaft, die allen Regierungsformen notwendig, aber deren ehrenhafte Durchführung nur durch die erbliche Monarchie garantiert werden könne. 1821 trat er in die Pairskammer ein, deren Präsident er wurde; zugleich erfolgte seine Ernennung zum Herzog. Minister wurde er erst wieder unter der Juli-Monarchie. 1837 wurde er zum Kanzler ernannt, welches Amt 1830 abgeschafft worden war. 1848 zog er sich aus dem politischen Leben zurück. Seine ›Memoiren‹ sind von höchstem Interesse.

155 Elie Herzog von Decazes (1780–1861) war 1807–1810 Berater des Königs Louis von Holland gewesen, hatte sich dabei das Mißfallen Napoleons zugezogen, sich der Restauration angeschlossen und gegen die Hundert Tage protestiert. Nach der Rückkehr Ludwigs XVIII. aus Gent wurde er Polizeipräfekt. Am 24. Dezember 1815 folgte er Fouché als Polizeiminister nach. Fortan arbeitete er aufs engste mit dem König zusammen, dem sein Freimut und der Schwung seines Geistes gefielen und der nichts unternahm, ohne ihn zu befragen. Nach dem Rücktritt des Herzogs von Richelieu bildete er unter der Hand ein gemäßigtes Ministerium, dem er angehörte. Jenes Ministerium wurde am 19. November 1819 umgebildet, und Decazes wurde sein Präsident. Die Ermordung des Herzogs von Berry am 14. Februar 1820 führte zu seinem Sturz: er hatte die königliche Familie gegen sich, die auf seinen Einfluß eifersüchtig war, sowie die Ultras, die ihn beschuldigten, seine liberale Politik habe die Ermordung des Herzogs ermöglicht. Ludwig XVIII. mußte sich in die Trennung von Decazes schicken, den er ›sein Kind‹ zu nennen pflegte; er ernannte ihn zum Pair von Frankreich. Unter Louis-Philippe schloß Decazes sich dem neuen Regime an.

156 Dimitri Graf Osten-Sacken (nicht ›Saacken‹, wie Balzac schreibt; 1790–1864), russischer General.

157 Der Sprecher meint hier: keine freie Presse; in Deutschland herrschte die Zensur.

158 Antoine Mandelard, genannt Bobèche, Possenreißer, während der Restauration berühmt in der Rolle des Jocrisse, einer Gestalt aus der alten Jahrmarktskomödie, die um 1800 durch Dorvigny neu belebt wurde.

159 Nicolas-Toussaint Charlet (1792–1845) lernte in Gros' Atelier Zeichnen, brachte es aber trotz der Hilfe und Freundschaft Géricaults nicht fertig, sich die Technik der Malerei völlig anzueignen.

Daher widmete er sein Talent der damals mehr und mehr aufkommenden Lithographie (erfunden 1796 von Senefelder), die er bald meisterlich beherrschte und um des Gelderwerbs willen ausübte. Zunächst hatte er keinen Erfolg, da seine effektvolle, geistreiche Technik, die aber dem Geschmack der David-Schule widersprach, nicht als künstlerische Leistung gewürdigt wurde. Als er sich indessen patriotischen und bonapartistischen Themen zuwandte, errang er Erfolge, die beinahe denjenigen der Lieder Bérangers glichen. In welchem Zusammenhang der von Balzac zitierte Ausspruch getan wurde, ist unbekannt.

160 Diese kleine Straße existiert noch: sie verbindet die Rue Jean-Jacques-Rousseau mit der Rue Croix-des-Petits-Champs.

161 Von Balzac häufig erwähntes, berühmtes Restaurant in der Rue Montorgueil, dessen Besitzer der vielgepriesene Koch Borel war.

162 ›Le Cabinet des Fées‹, eine Märchensammlung in 39 Oktavbänden mit erlesenen Kupferstichen, deren Publikation 1785 begonnen hatte.

163 Valentin Colliau hatte sein Herrenmodengeschäft in der Rue Neuve-des-Petits-Champs, der heutigen Rue-des-Petits-Champs.

164 Sprichwörtlich für eine Zwangslage, aus der es ohne Demütigung keinen Ausweg gibt. 321 v. Chr. wurden die Römer bei den Kaudinischen Pässen von den Samniten geschlagen; sie erhielten freien Abzug, mußten aber auf alle Eroberungen verzichten und wurden Mann für Mann schimpflich unter dem Joch hindurchgeschickt.

165 Italienisch: Nichtstun.

166 Besonderes Kupferstichverfahren.

167 Rigaudin ist eine Gestalt in dem Vaudeville ›La Maison en loterie‹ von Picard und Radet; die Erstaufführung fand Ende 1837 statt.

168 Über Louis-François Picard siehe Anmerkung 42.

169 Letzter König der Lyder, regierte im 6. Jahrhundert v. Chr.; sein Reichtum war sprichwörtlich.

170 Komische Gestalt in einer Komödie von Dorvigny.

171 Es war üblich, daß die Verfasser von Melodramen diese belanglosen, aber leicht zu verfertigenden und einträglichen Werke nur mit ihrem Vornamen zeichneten. ›Frédéric‹ war derjenige Dupetits (1785–1827), des damaligen Direktors des ›Gymnase‹.

172 Regelmäßige Aufführungen italienischer Opern in Paris fanden erst seit 1789 statt. Léonard, der Friseur der Königin, hatte das

Privileg dazu erhalten; gespielt wurde von der ›Troupe de Monsieur‹, die der 10. August zersprengte. Nach einem fruchtlosen Versuch der Mlle Montansier, das Théâtre-Italien neu zu beleben, gelang es Picard 1804, die Truppe, die kurz vor dem Auseinandergehen stand, wieder zusammenzuführen. Er erhielt von der Regierung eine Subvention und ließ italienische Opern zunächst in der Salle Louvois, dann im Odéon spielen, wo er sich mit dem Théâtre-Français abwechselte. Während des Kaiserreichs hatten Spontini und Paër, während der Restauration die Catalani die Direktion des Théâtre-Italien inne. Die letztere hatte Mißerfolge und verzichtete 1819 auf ihr Privileg. Im folgenden Jahr wurde das Theater reorganisiert und spielte ab 1821 abwechselnd mit der Comédie-Fançaise in der Salle Louvois, dann im Odéon. Das war seine Glanzzeit: Rossini führte seine Opern mit der Pasta, der Malibran, der Fodor, der Grisi sowie mit Rubini auf. Von 1827 bis 1838 wurde in der Salle Favart gespielt, dann im ›Renaissance‹ und schließlich, 1845, in der Salle Ventadour, an deren Stelle heute die Filiale der Banque de France steht. Nach 1870 wurde das Théâtre-Italien für kurze Zeit wieder eröffnet.

173 Saix, genannt Bobino, berühmter Komiker, bejubelter Nebenbuhler Bobèches (siehe Anmerkung 158). Während der Restauration versuchte er immerfort, in die höheren Gattungen der Pantomime, der dialogisierten Farce überzuwechseln, was die Zensur untersagte: er solle Seiltänzer bleiben. Die Juli-Revolution befreite ihn von diesem Zwang, und er trat im Théâtre du Luxembourg erfolgreich in Pantomimen, Vaudevilles und Dramen auf. Das Théâtre du Luxembourg, das noch heute den traditionellen Namen ›Bobino‹ führt, liegt jetzt in der Rue de la Gaîté.

174 Die ›Funambules‹ waren zunächst, um 1815, eine Truppe von Equilibristen und Marionettenspielern, bis sie 1825 das Recht zur Aufführung von Pantomimen erhielten, und 1830, nach der Revolution, das Recht, dialogisierte Vaudevilles zu spielen. Damals debütierte der berühmte Debureau in dem kleinen Theater, das am Boulevard du Temple gelegen war, zwischen der Gaîté und dem Theater der Mme Saqui. Der Erfolg blieb diesem Schauspieler fünfzehn Jahre hindurch treu: das ganze literarische, künstlerische und mondäne Paris kam immer wieder und amüsierte sich über das exzentrische Talent dieses wunderbaren Schauspielers.

175 Mlle Lalanne, später verwitwete Saqui (1786–1866), Tochter eines Jahrmarktsakrobaten, berühmte Seiltänzerin, für die sogar Napoleon schwärmte, feierte Triumphe, die selbst die der italieni-

schen Sängerinnen ihrer Zeit übertrafen. Noch 1821 unternahm sie eine Europa-Tournee; mit 76 Jahren stieg sie zum letztenmal aufs Drahtseil. Wie das der ›Funambules‹ lag das Theater der Mme Saqui am Boulevard du Temple, gegenüber dem heutigen Théâtre Déjazet.

176 Louis-Gabriel-Ambroise, Vicomte de Bonald (1754–1840), Philosoph und Staatsmann.

177 Jacques-Claude Beugnot (1761–1835), während des Kaiserreichs zum Grafen ernannt, schloß sich der Restauration an, bereitete mit Talleyrand die Rückkehr der Bourbonen vor. Geistreicher, witziger Mann, der einige seiner glücklichen Wortprägungen dem Herzog von Angoulême und sogar Ludwig XVIII. überließ. Seine Memoiren wurden 1868 von seinem Enkel veröffentlicht.

178 Abgeordneter des Départements Lot, während der Restauration Staatsrat. Zielscheibe des Spottes des ›Figaro‹. Balzac hat ihn in seiner ›Monographie de la presse parisienne‹ verteidigt.

179 Nach dem Kanonischen Recht kann die Kirche allen ein kirchliches Begräbnis verweigern, die sie dessen unwürdig hält. Daraus wurde gefolgert, daß sie überhaupt die Bestattung auf einem Friedhof verweigern könne. Die liberale Opposition schlug während der Restauration daraus politisches Kapital.

180 Benjamin Franklin (1706–1790), amerikanischer Staatsmann und Physiker, tatkräftiger politischer Kämpfer für die Unabhängigkeit der Vereinigten Staaten, Erfinder des Blitzableiters.

181 Der Enzyklopädist Abbé Guillaume Raynal (1713–1796) ist nicht der alleinige Verfasser der ›Histoire philosophique et politique des établissements et du commerce des Européens dans les deux Indes‹, die 1770 ohne Verfassernamen zum erstenmal erschien. Raynal nahm sein Material, wo immer er es fand. Die besten Kapitel des Werks, das sich bis zur Restauration allgemeiner Anerkennung erfreute, stammen nach dem Zeugnis von La Harpe und Baron Grimm von Holbach, Naigeon und besonders Diderot.

182 Gottlieb Wilhelm Rabener (1714–1771), Satiriker, als ›deutscher Swift‹ gefeiert, befreundet mit Gärtner und Gellert; von Beruf Steuerbeamter.

183 Jean de La Bruyère (1645–1696), Moralist, Aphoristiker von Gedankenreichtum und hohen stilistischen Qualitäten.

184 Victor Cousin (1792–1867), spiritualistischer und eklektischer Philosoph, auch Politiker, Autor eines Werks ›Du vrai, du beau et du bien‹, häufig von Balzac erwähnt.

185 Guillaume Étienne (1777–1845), geschmeidiger Schriftsteller, Schöpfer zahlreicher Werke; schrieb zunächst Bühnenstücke, dankte indessen seine Popularität dem politischen Journalismus. Die Restauration strich ihn aus den Listen des Instituts und der Ehrenlegion, wodurch er der Opposition zugetrieben wurde. Er schrieb in den ›Débats‹ und im ›Constitutionnel‹, wo er den von ihm entdeckten Thiers unterbrachte. Fortan verschmolz seine Laufbahn mit dem Gedeihen des ›Constitutionnel‹, dessen Niedergang während der Juli-Monarchie er nicht überlebte.

186 Über Jouy siehe Anmerkung 120.

187 Pierre-François Tissot (1768–1854), in seinen Grundsätzen radikaler Revolutionär, maßvoll in seinen Handlungen. 1810 vertrat er den Dichter Abbé Jacques Delille und wurde 1813 dessen Nachfolger auf seinem Lehrstuhl für lateinische Dichtung. Die Restauration entließ ihn; die Juli-Monarchie setzte ihn wieder ein. Außer Artikeln in den liberalen Zeitungen hat er mehrere Werke veröffentlicht, darunter ›Études sur Virgile‹ und eine ›Histoire de la Révolution Française‹.

188 Étienne Gosse (1773–1834), Literat und Dramatiker, Autor von Schauspielen und Komödien, veröffentlichte unter Karl X. eine Zeitlang eine liberale Zeitung ›La Pandore‹, die gegen den König und dessen Minister gerichtet war.

189 Alexandre-Vincent Pineux-Duval (1767–1842), Dramatiker, hatte während der Restauration Bühnenerfolge, die teils durch die königliche Zensur, teils durch seine Polemik gegen die siegreich vordringende Romantik stark beeinträchtigt wurden; der Kummer darüber verkürzte sein Leben.

190 Über Jay siehe Anmerkung 119.

191 Über Benjamin Constant siehe Anmerkung 70.

192 Étienne Aignan (1773–1824), Mitglied der Akademie, Autor einiger Tragödien und einer Versübersetzung der ›Ilias‹.

193 Pierre Baour-Lormian (1770–1854), Mitglied der Akademie, Übersetzer des ›Ossian‹, hatte Napoleon besungen, schloß sich der Restauration an, aber nicht der Romantik, die er in einigen Satiren befehdete, was ihm Spottgedichte der jungen Dichter eintrug. Da diese besser als die seinen waren, blieben sie auch nach seinem Tode im Schwange.

194 Abel-François Villemain (1790–1870), Professor, Schriftsteller und Politiker, Mitglied der Akademie und während der Restauration Abgeordneter, Pair von Frankreich und Minister für

Öffentlichen Unterricht, schrieb zahlreiche historische und literaturkritische Werke.

195 Lateinisch: Nicht zweimal gegen das gleiche (Verbrechen gerichtlich vorgehen).

196 ›Les Quatre Stuarts‹, eine historisch-politische Studie, Karl X. gewidmet, erschien am Vorabend der Juli-Revolution.

197 ›Les Messéniennes‹, Elegien von Casimir Delavigne (1818).

198 ›Manlius Capitolinus‹, Tragödie von Lafosse, Erstaufführung im Théâtre-Français 1698, war dem Anschein nach durch Titus Livius inspiriert; tatsächlich ist es jedoch eine Nachahmung des ›Geretteten Venedig‹ von Thomas Otway (1652–1685), das durch Hofmannsthals freie Bearbeitung auch in die deutsche Literatur eingegangen ist. Die ausgezeichneten Darstellungen der Titelrolle durch Lekain und später durch Talma führten dazu, daß Lafosses Tragödie sich bis in die Restauration hinein auf der Bühne hielt.

199 Stadt in Bolivien, berühmt durch ihre Silber- und Zinnminen.

200 Balzacs Lieblingsschneider; er wohnte Rue Saint-Marc 15, später Rue de Richelieu 92.

201 Restaurant am Boulevard du Temple, Ecke Rue Charlot, von Balzac häufig erwähnt.

202 Liberale Zeitung, die gerade, 1823, gegründet worden war, um die Romantik zu befehden. Sie ging 1830 wieder ein.

203 Lateinisch; etwa: Schimpf und Schande!

204 Der heidnische Prophet Bileam besaß nach den Worten der Bibel eine sprechende Eselin.

205 Die Rue de Vendôme ist die heutige Rue Béranger.

206 Eine von den Familien gern besuchte Vergnügungsstätte am Boulevard du Temple, nahe der heutigen Place de la République, zwischen der Rue Charlot und der Passage de Vendôme.

207 Hauptgestalt der Komödie gleichen Titels von Alain-René Lesage: ein reicher, durchtriebener Steuerpächter.

208 Adèle Dupuis (Charlotte Bordes) (1813–1879), Schauspielerin an verschiedenen Pariser Theatern.

209 Victor-Joseph Brahain, genannt Ducange (1783–1833), Literat.

210 Frédéric Dupetit-Méré (1785–1827), Autor zahlreicher Melodramen, allein oder unter Mitarbeit von Ducange, Rougemont und Brazier.

211 ›Calas‹, Prosadrama in drei Akten, Uraufführung im Ambigu-Comique 1819, ist eins der Hauptwerke von Victor Ducange, ein

Stück, bei dem der gesamte Zuschauerraum von den Logen bis zur Galerie in Tränen schwamm.

212 Laura war die Geliebte Petrarcas; Laure und l'or (= Gold) wird im Französischen gleich ausgesprochen.

213 Lateinisch: Machen wir ein Experiment mit wohlfeilen Seelen.

214 Der Chevalier, genannt Marquis, de Champcenetz, geboren 1759, hatte anfangs mit Rivarol in Witzworten, leichtfertigen Chansons und satirischen Versen gewetteifert, wurde dann aber sein Mitarbeiter an den ›Actes des Apôtres‹, einer Zeitung, die Revolution und Revolutionäre sarkastisch bekämpfte. Weniger glücklich als Rivarol konnte Champcenetz Frankreich nicht beizeiten verlassen und wurde am 20. Juli 1794 – fünfunddreißig Jahre alt – guillotiniert.

215 Jacques Bénigne Bossuet (1627–1704), katholischer Theologe und Geschichtsschreiber; glänzender Prediger und Schriftsteller; verteidigte die Rechte der Gallikanischen Kirche gegen die Ansprüche des Papsttums.

216 Giovanni Battista Vico (1668–1744), Begründer der Geschichtsphilosophie. Sein großes Werk über die Gesetze der Kultur und die Entwicklung der Nationen erschien in Frankreich erst 1827, in einer Übersetzung Michelets, unter dem Titel ›Principes de la philosophie de l'Histoire‹. Die Saint-Simonisten nutzten Vicos Lehren schleunigst aus; Ballanche lieh ihnen den Zauber einer poetischen Allegorie.

217 Claude-Henri Graf de Saint-Simon (1760–1825), ein Verwandter des berühmten Autors der ›Mémoires‹, begann als Vierundzwanzigjähriger mit dem Studium der Geschichte und der Philosophie, in der Absicht, ›den Weg des menschlichen Geistes festzulegen, um danach an der Vervollkommnung der Zivilisation zu arbeiten‹. Seine Bemühungen, sich die dazu erforderlichen Kenntnisse zu erwerben, ruinierten ihn, noch ehe er etwas veröffentlicht hatte. Dennoch setzte er seine Studien fort und kämpfte gegen Not und Anonymität. Zwischen 1814 und 1825 publizierte er ›De la réorganisation de la Société moderne‹, ›Le Catéchisme des Industriels‹ und ›Le Nouveau Christianisme‹, worin er seine früheren Forschungen zusammenfaßte. Sein Ausgangspunkt war der Plan, die Lage der Armen zu verbessern; er hielt eine Neugliederung der Gesellschaft einzig auf der Basis der Hierarchie der Arbeit für möglich, der sich jeder entsprechend seinen Mitteln und Möglichkeiten unterziehen müsse. Seine Schüler versuchten, seine Theorien in die Praxis umzusetzen.

218 Charles Fourier (1772–1837) gewann aus seiner Praxis als Geschäftsmann die erste Idee zu seiner sozialen Doktrin, deren Prinzip die Organisation der Arbeit durch Gemeinschaft ist. Er schrieb verschiedene Werke über seine Lehre und versuchte 1838 mit völligem Mißerfolg deren praktische Durchführung durch Gründung eines ›Phalanstère‹. Seine Voraussagen über den Fortschritt der Erde und der Menschheit sind ans Lächerliche grenzende Phantastereien.

219 Sicherlich handelt es sich hier um den Gesetzesplan zur Wiederherstellung des Erstgeburtsrechts, also des Rechts für das Familienoberhaupt, völlig uneingeschränkt testamentarisch verfügen zu können. Das Gesetz wurde erst 1826 den Kammern vorgelegt, und zwar durch das Ministerium Villèle. Die Opposition bekämpfte es, und die Pairskammer brachte es zu Fall. Auf die Nachricht hin illuminierte Paris.

220 François Chabot (1759–1794), abtrünniger Kapuzinermönch, Mitglied des Konvents, einer der radikalsten Jakobiner.

221 Der Herzog von Berry, zweiter Sohn des Grafen von Artois, des späteren Karls X., und Thronfolger, war am 13. Februar 1820 beim Verlassen der Oper von dem Sattler Louvel ermordet worden. Dies Verbrechen rief eine heftige Reaktion hervor; das Ministerium Decazes mußte zurücktreten, da es, in den Augen der Rechten, durch seinen übertriebenen Liberalismus an der Ermordung des Thronerben mitschuldig geworden war.

222 Kleiner zeitlicher Irrtum Balzacs: Villèle wurde bereits am 14. Dezember 1821 Ministerpräsident.

223 Der spätere König Friedrich II. von Preußen wurde äußerst streng erzogen.

224 Dieser Roman ist in der ›Bibliographie de la France de 1800 à 1821‹ nicht nachweisbar. Nach Angabe der Balzac-Ausgabe der ›Bibliothèque de la Pléiade‹ hat Balzac sich an den Titel ›La Tour du Bog‹ (1819) von L.-P.-P. Legay Hubert angelehnt.

225 Nicht nachweisbar.

226 Titel einer Dichtung von Théophile Gautier.

227 ›Tékéli ou le Siège de Montgatz‹, Melodrama in drei Akten von Guilbert de Pixérécourt, 1803 im Ambigu-Comique aufgeführt, hatte beachtlichen Erfolg wegen der Ähnlichkeit des Schicksals seines ungarischen Helden mit dem des großen Vendée-Kämpfers Georges Cadoudal (1771–1804); dieser wurde damals als einer der Urheber des Attentats gegen den Ersten Konsul in der Rue Nicaise steckbrieflich verfolgt und 1804 hingerichtet.

228 John Galt (1779–1839), ein schottischer Autor, der reizvoll und wahrheitsgetreu das Leben der Mittelklassen seiner Heimat geschildert hat.

229 Versuch, durch Drohungen Geld zu erpressen.

230 Marie-Armand Graf de Guerri de Maubreuil, Marquis d'Orvault (1784–1864), französischer Abenteurer, der zunächst die Revolution in den Freischaren der Vendéer bekämpft, sich aber dann dem Kaiserreich angeschlossen hatte, dem er als Heereslieferant Dienste leistete. Gewisse Verwaltungsmaßnahmen Napoleons ruinierten ihn, und so beschloß er, sich zu rächen. Im Frühling 1814 hatte er eine Unterredung mit Talleyrand und empfing von diesem, wie er später behauptete, die Weisung, Napoleon und dessen Brüder Joseph und Jérôme zu ermorden und der Gattin des letzteren, der Königin Catherine von Westfalen, die Krondiamanten abzunehmen. Er ließ Napoleon ungeschoren; aber es gelang ihm, sich der Kleinodien der Königin zu bemächtigen, von denen er einen guten Teil für sich behielt. Auf die Forderung des Zaren hin wurde er deswegen verfolgt, aber freigesprochen, da das Gericht sich für unzuständig erklärte. Während der Hundert Tage wurde er abermals verhaftet, entkam jedoch und fiel der Polizei Ludwigs XVIII. in die Hände, der sich damals in Gent aufhielt. Wiederum entkam er. Während der zweiten Restauration kehrte er nach Frankreich zurück und konspirierte gegen die Prinzen des Königshauses. Nochmals wurde er verhaftet, entkam aufs neue und ging ins Ausland (1818). Von dort aus publizierte er Pamphlet auf Pamphlet, um das Verhalten Talleyrands bloßzustellen, Gerechtigkeit zu verlangen und die Regierung Ludwigs XVIII. zu erpressen. Später kehrte er nach Frankreich zurück und lebte eine Zeitlang zurückgezogen. Zu einem Prozeß kam es, als er Talleyrand in aller Öffentlichkeit während eines Gottesdienstes ohrfeigte: Er wurde zu fünf Jahren Gefängnis verurteilt und saß diesmal seine Strafe ab. In seinen Lebenserinnerungen versucht er, seine Meinung zu rechtfertigen. Die Juli-Regierung setzte ihm eine Pension aus, die ihn endlich zum Schweigen brachte.

231 Die Erbschaftssache Pombreton scheint ein frommer Betrug des Chevalier de Valois gewesen zu sein, der alles Interesse hatte, seine Mitbürger in Alençon nicht darüber aufzuklären. Siehe Balzacs Novelle ›Die alte Jungfer‹.

232 Jacques Androuet, genannt Du Cerceau (1515?–1584?), Architekt und Kupferstecher, vollendete das Schloß Saint-Germain.

233 Das städtische Leihhaus, jetzt ›Caisse de Crédit Municipal de Paris‹ genannt, 1777 gegründet, 1804 neu eingerichtet.

234 Von Balzac erfundene Bankier-Familie, deren einzelne Mitglieder häufig in der ›Menschlichen Komödie‹ auftreten.

235 Nach dem Tod des französischen Sozialkritikers Saint-Simon gründeten seine Anhänger eine Schule, die in entscheidenden Punkten von der Lehre ihres Meisters abwich. Sie traten für eine radikale Sozialisierung ein, mit Abschaffung des Erbrechtes und Sozialisierung der Produktionsmittel. Die Saint-Simonisten hatten um 1830 viele Anhänger in Frankreich; die Anschauungen eines ihrer bedeutendsten Vorkämpfer, Enfantin, über Ehe und Liebe führten jedoch 1831 zu einer Spaltung und später zum Zerfall der Schule.

236 Ein einträgliches Haus.

237 Der ›Réveil‹ ist eine von Balzac erfundene Zeitung.

238 Die Zeitung ›La Foudre‹ wurde am 10. Mai 1821 gegründet, hielt sich jedoch nur zweieinhalb Jahre. Sie war ein ultra-royalistisches Blatt, dessen satirische Angriffe dem Ministerium Villèle so lästig waren, daß es im November 1823 ›La Foudre‹ für 400 000 Francs aufkaufte.

239 ›Le Drapeau Blanc‹ (so betitelt nach dem weißen Lilienbanner der Bourbonen), ebenfalls eine ultra-royalistische Zeitung, war 1819 gegründet worden, nahm 1829 unter dem Ministerium Polignac, das sie protegierte, den Titel ›Démocrite‹ an und stellte am 26. Juli 1830 ihr Erscheinen ein.

240 Über die Ermordung des Herzogs von Berry siehe Anmerkung 221. Als nach dem Rücktritt des Kabinetts Decazes (Februar 1820) der Herzog von Richelieu wieder zum Ministerpräsidenten berufen wurde, schlug er ein Gesetz zur Unterdrückung der Pressefreiheit vor, das die liberalen Verfügungen von 1819 zunächst für fünf Jahre aufhob.

241 Das Café Frascati war unter dem Directoire von einem neapolitanischen Speiseeishändler gegründet worden und lag an der Ecke der Rue de Richelieu und des Boulevard. Es entwickelte sich bald zu einem Restaurant und zum aristokratischsten aller Spielsäle. Es war von vier Uhr nachmittags bis zwei Uhr nachts geöffnet. Anders als im Palais-Royal wurden den Eintretenden keine Nummern ausgehändigt. Auch Frauen waren zugelassen. Dafür war elegante Toilette Zwang. Gespielt wurden Roulette, Trente-et-quarante und ›Krebs‹. Auch Empfänge konnten dort veranstaltet

werden, und ebenso Soupers und Bälle. Frascati verschwand am 31. Dezember 1837, als alle Spielsäle verboten wurden.

242 Alphonse-Louis-Dieudonné Martainville (1776–1830), der stürmischste unter den royalistischen Polemikern der Restaurationszeit. Obwohl er die Republik bekämpft hatte, hielt er sich während des Kaiserreichs der Politik fern und begnügte sich damit, eine große Zahl schwungvoller, geistreicher Vaudevilles zu schreiben, die indessen nur geringen Erfolg hatten. Mit der Restauration gewann er den Elan seiner jungen Jahre wieder und wurde politischer Polemiker an verschiedenen Zeitungen, zuletzt an der ›Quotidienne‹, dem Blatt der Ultras. Da ihm sogar die ›Quotidienne‹ zu zahm war, gründete er 1818 eine eigene Zeitung, ›Le Drapeau Blanc‹ (siehe Anmerkung 239), in der er die Offensive ergriff. Er trotzte fröhlich der ihm feindlichen Volksstimmung, schlug Feinde und laue Freunde nieder und zog durch seinen bissigen Spott den Haß der Liberalen auf sich. Aber trotz seiner Kraft und seines großen Talents unterlag er; mit dem Ende der Regierungszeit Karls X. legte er die Feder nieder; er überlebte den Sturz der legitimen Monarchie nicht.

243 Louis-Simon Auger (1772–1829), Mitarbeiter der ›Biographie Michaud‹, durch königlichen Erlaß in die Akademie berufen, deren ständiger Sekretär er wurde.

244 Eugène Destains (1793–1830), gründete 1818 die ›Annales de la Littérature et des Arts‹ und wurde Chefredakteur der ›Gazette de France‹. Er ist der Übersetzer von ›Tausendundeiner Nacht‹.

245 Lateinisch: Den rechtschaffenen und zielbewußten Mann (Anfang von Horaz, Oden III 3, der sog. 3. Römerode).

246 Mercier, Korporal in der Nationalgarde und beauftragt, den Abgeordneten gleichen Namens am 4. März 1823 aus der Kammer herauszuholen, weigerte sich, diesen Befehl durch seine Leute ausführen zu lassen.

247 Victor-Joseph Étienne, genannt de Jouy (1764–1846), Dramatiker (siehe Anmerkung 120).

248 Die letzte Zeile des Gedichts lautet im Original: »Car ce n'était vraiment qu'un ignoble CHARDON!« Dadurch wurde der Name des Opfers den Kundigen preisgegeben (chardon = französisch: Distel).

249 Dorf im Département Seine-et-Oise, in der Nähe von Versailles.

250 Pietro Aretino (1492–1556), einer der bekanntesten italienischen Schriftsteller der Renaissance, setzte sich rücksichtslos durch und

wird oft als die Verkörperung seines verdorbenen Zeitalters betrachtet.

251 Pierre-Augustin Beaumarchais (1732–1799); unterrichtete vorübergehend die Töchter Ludwigs XV. im Harfenspiel; schrieb später die ›Hochzeit des Figaro‹, worin er die Günstlingswirtschaft, die Intrigen und die Korruption des Ancien régime anprangerte.

252 Abbé Élie Fréron (1718–1776), Publizist, Begründer der ›Année littéraire‹.

253 Griechischer Athlet des 6. Jahrhunderts v. Chr.

254 Cinthie Montalant (1801–1863), mit ihrem Bühnennamen Mlle Cinti, berühmte französische Sängerin. Die Weichheit ihrer Stimme brachte ihren Lehrer dazu, sie für das Théâtre-Italien vorzubereiten, wo sie 1819 debütierte. Das snobistische Publikum lehnte sie ihres französischen Ursprungs wegen lange ab; aber nach einem triumphalen Gastspiel in London setzte sie sich durch, zumal da sie von Rossini gefördert wurde. Von 1825 bis 1835 sang sie an der Großen Oper, dann an der Opéra-Comique, wo sie bis 1843 blieb. Sie war überdies Lehrerin am Conservatoire und hat eine schätzenswerte ›Méthode de Chant‹ verfaßt.

255 Über die Pasta siehe Anmerkung 136.

256 Manuel-Vicente Garcia (1775–1832), spanischer Sänger und Komponist, Vater der Malibran und der Viardot, mit Rossini befreundet. 1816, bei der Erstaufführung von Rossinis ›Otello‹ in Neapel, sang er die Rolle des Mohren; die Desdemona sang die Malibran: sie fürchtete dabei, ihr Vater erdrossele sie tatsächlich.

257 Nicolas-Prosper Levasseur (1791–1871), der berühmteste Bassist seiner Zeit, 1823–1828 am Théâtre-Italien, 1828–1845 an der Großen Oper. Meisterlicher Darsteller von Rollen Rossinis, Halévys und Meyerbeers.

258 Léontine Fay (1811–1876), Tochter eines Schauspielerehepaars, debütierte mit fünf Jahren in Frankfurt; der Beifall, den sie fand, bestimmte ihre Eltern, sie nach Paris zu bringen. Seit 1824 spielte sie am Gymnase, wo ihre Lebhaftigkeit und ihr Charme in kleinen Stücken, die Scribe und andere für sie schrieben, ihr zu großen Erfolgen verhalfen. 1829 heiratete sie den Schauspieler Volnys und folgte ihm 1835 ans Théâtre-Français. Zehn Jahre danach zog sie sich von der Bühne zurück, nachdem sie als Naive und später als Salondame Triumphe errungen hatte.

259 Jener Justizminister wird später als Kanzler bezeichnet, darf indessen nicht mit dem eigentlichen Kanzler verwechselt werden:

dieses Amt hatte während nahezu der ganzen Restauration der Vicomte Dambray inne. Justizminister war damals Peyronnet, und zwar bis zum 14. Dezember 1821; sein Geist und seine Heiterkeit waren denen Ludwigs XVIII. gewachsen.

260 Zoé Talon, Gräfin du Cayla (1784–1850), war dem König vorgestellt worden und hatte ihm durch ihre Schönheit und die Anmut ihres Geistes gefallen; wie die Dinge lagen, mußte seine Leidenschaft platonisch bleiben.

261 ›Monsieur‹ war der offizielle Titel des Grafen von Artois, des späteren Karls X., der während der Regierungszeit seines Bruders, Ludwigs XVIII., seine persönliche Politik trieb, seine eigene Hofhaltung im Pavillon de Marsan und sein geheimes Kabinett hatte. Er war ein Gegner des weisen, sehr royalistischen Herzogs von Richelieu, setzte sich indessen dafür ein, daß Richelieu im Februar 1820, nach dem Sturz Decazes', der nach der Ermordung des Herzogs von Berry erfolgte, die Ministerpräsidentschaft übernahm. Aber schon im folgenden Jahr, als Richelieu sich weigerte, Gesetze zugunsten der Emigranten vorzuschlagen, führte er den Sturz des Herzogs herbei; dessen Nachfolger wurde Villèle, der seine Politik nach derjenigen des Grafen von Artois ausrichtete; jener machte übrigens über die Gräfin du Cayla (siehe Anmerkung 260) seinen Einfluß auf den König geltend.

262 Der ›Corsaire‹ (so genannt nach Byrons damals vielgelesener Dichtung) wurde am 11. Februar 1823 gegründet und war eine der eifrigsten und lebendigsten unter den ›Kleinen Zeitungen‹ der Restauration, die unter dem Vorwand, der Literatur und der Sittenschilderung zu dienen, politische und zumal liberale Ideen einschmuggelten, was durch das Pressegesetz verboten war. Der ›Corsaire‹ ging 1852 ein, nachdem er häufig seine Richtung gewechselt hatte.

263 Von Balzac erfundene Zeitung.

264 Siehe Anmerkung 81. Organ der bürgerlichen und industriellen Opposition.

265 Der ›Courrier Français‹, zunächst einfach ›Courrier‹ betitelt, war von 1819–1820 doktrinär monarchistisch eingestellt, wandte sich dann aber dem Liberalismus zu und wurde das Organ der intellektuellen Opposition. Er ging in den Junitagen 1848 ein.

266 Siehe Anmerkung 82.

267 Der Boulevard de Gand, Treffpunkt der eleganten Gesellschaft, die nach ihm ›Gandins‹ (Genter, oder auch Gecken) genannt

wurde, war ein Teil des heutigen Boulevard des Italiens zwischen der Rue de Helder und der Rue Taitbout.

268 ›L'Aristarque français‹, Zeitung für Politik, Geschichte und Literatur, erschien vom 1. Mai 1815 bis zum 8. Januar 1827.

269 ›L'Oriflamme‹, Zeitung für Literatur, Kunst und Wissenschaft, Geschichte und religiöse und monarchistische Lehren, erschien zum erstenmal am 17. Juli 1824, also einige Jahre nach der Zeit, in der Balzacs Roman spielt. Sie wurde um Mitte Juli des folgenden Jahres vom Ministerium Villèle aufgekauft, zugleich mit ›La Foudre‹, ›Le Drapeau Blanc‹ und ›La Gazette de France‹. Es war zu diesem Zweck eine ›schwarze Kasse‹ gebildet worden. Das Ministerium gab auf diese Weise innerhalb einiger Jahre mehrere Millionen aus.

270 Kaufmännischer Ausdruck; Akzeptant = der zur Zahlung des Wechsels Verpflichtete.

271 Kaufmännischer Ausdruck; Ziel = Fälligkeitstermin.

272 Übertragung eines Wertpapiers auf einen Dritten.

273 Es handelt sich nicht um die heutige Kirche in der Rue de la Lune, die 1823 bis 1830 erbaut worden ist, sondern um die frühere, noch armseligere Kirche, deren Grundstein 1624 von Anna von Österreich gelegt worden war; von ihr wurde nur der Glockenturm stehengelassen.

# Die Leiden des Erfinders

## Vorbemerkung von Ernst Sander

Der dritte Teil der ›Verlorenen llusionen‹ (›Illusions perdues‹), ›Die Leiden des Erfinders‹ (›Les Souffrances de l'Inventeur‹), war bereits April 1839 angekündigt worden, wurde aber erst drei Jahre später niedergeschrieben. Er erschien erstmalig vom 9. bis 19. Juni 1843 unter dem Titel ›David Séchard ou les Souffrances de l'Inventeur‹ in ›L'État‹, alsdann vom 27. Juli bis 14. August 1843 in ›Le Parisien-l'État‹. Unmittelbar danach erfolgte die Buchveröffentlichung in Band VIII der ›Comédie Humaine‹ (›Scènes de la Vie de Province‹, 4. Band): jener Band vereinigte zum erstenmal alle drei Teile unter dem Titel ›Illusions perdues‹; freilich war der dritte Teil ›Eva und David‹ (›Ève et David‹) betitelt worden, welchen Titel einige ältere deutsche Übersetzungen aufgegriffen haben. Er erschien Ende 1843 oder Anfang 1844 nochmals gesondert unter dem Titel ›David Séchard‹.

Am Tag darauf ließ Lucien seinen Paß visieren, kaufte sich einen Ilexstock und nahm an dem Platz bei der Rue d'Enfer einen ›Coucou‹, der ihn für zehn Sous nach Longjumeau fuhr. In der ersten Nacht schlief er im Stall eines Pachthofs zwei Meilen von Arpajon. Als er Orléans erreicht hatte, war er schon sehr schlaff und erschöpft; aber ein Schiffer fuhr ihn für drei Francs nach Tours, und während der Fahrt brauchte er für seine Nahrung bloß zwei Francs. Von Tours nach Poitiers wanderte Lucien fünf Tage. Ein gutes Stück hinter Poitiers besaß er nur noch hundert Sous, raffte jedoch seine letzte Kraft zusammen und ging weiter. Einmal wurde er auf einer weiten Ebene von der Dunkelheit überrascht und beschloß, die Nacht im Freien zuzubringen, als er am Ende eines Hohlweges eine Kutsche erblickte, die den Hügel heraufkam. Ohne daß der Postkutscher, die Reisenden und ein auf dem Bock sitzender Diener es merkten, konnte er sich hinten zwischen zwei Koffern verstecken; er setzte sich so, daß die Stöße des Wagens ihn möglichst wenig behelligten, und schlief ein. Als ihn am Morgen die Sonne, die ihm in die Augen schien, und eine laute Stimme weckten, stellte er fest, daß er in Mansle sei, dem Städtchen, in dem er vor anderthalb Jahren, das Herz erfüllt von Liebe, Hoffnung und Freude, auf Madame de Bargeton gewartet hatte. Er sah sich mit Staub bedeckt und Neugierige und Postkutscher um sich herumstehen und merkte, daß er entdeckt war; er sprang auf die Füße und wollte gerade etwas sagen, als zwei aus dem Wagen gestiegene Reisende ihm das Wort abschnitten: er gewahrte den neugebackenen Präfekten der Charente, den Grafen Sixte du Châtelet, und seine Gattin Louise von Nègrepelisse.

»Wenn wir gewußt hätten, welchen Reisegefährten der Zufall uns beschert hat!« sagte die Gräfin. »Wollen Sie nicht zu uns einsteigen?«

Lucien grüßte das Paar kühl und warf ihm einen zugleich schüchternen und drohenden Blick zu; dann ging er auf einem Seitenweg davon, der aus Mansle hinausführte. Er wollte einen Bauernhof suchen, wo er Brot und Milch zum Frühstück bekommen, sich ausruhen und in Ruhe über seine Zukunft nachdenken konnte. Er besaß noch drei Francs. Der Dichter der ›Margueriten‹ lief, vom Fieber vorwärts getrieben, noch lange; er wanderte den Fluß entlang talabwärts und betrachtete die Wandlungen der Landschaft, die immer malerischer wurde. Gegen Mittag kam er an eine Stelle, wo der breite, von Weiden umstandene Wasserspiegel eine Art See bildete. Er blieb stehen und sah sich dies dichte, erfrischende Wäldchen an, dessen ländliche Anmut seiner Seele Eindruck machte. Zwischen den Wipfeln gewahrte er das Strohdach eines Hauses, das neben einer Mühle an einem Arm des Flusses gelegen war. Als einziger Schmuck standen einige Büsche Jasmin davor; Geißblatt und Hopfen rankten, und ringsherum wuchsen blühender Phlox und üppiges Sedum. Auf dem von plumpen Pfählen gestützten Mauerwerk, das die Straße vor dem Hochwasser schützen sollte, sah er Netze in der Sonne liegen. In dem klaren Teich neben der Mühle zwischen den beiden Wasserläufen, die brausend die Räder trieben, schwammen Enten. Die Mühle klapperte ohrenbetäubend. Auf einer ländlichen Bank sah der Dichter eine behäbige Frau sitzen; sie strickte und gab auf ein Kind acht, das die Hühner neckte.

»Liebe Frau«, sagte Lucien und trat zu ihr hin, »ich bin sehr müde, habe Fieber und besitze nur noch drei Francs; wollen Sie mich eine Woche lang auf dem Stroh schlafen lassen und mir Schwarzbrot und Milch geben? Mittlerweile kann ich meinen Verwandten schreiben; die schicken mir dann Geld oder holen mich ab.« – »Gern«, sagte sie, »falls mein Mann einverstanden ist. – He, Männchen, komm doch mal her!«

Der Müller kam heraus, sah Lucien an, nahm seine Pfeife aus dem Mund und sagte: »Drei Francs für eine Woche? Dann können wir Sie auch umsonst aufnehmen.«

»Vielleicht ende ich noch als Müllersknecht«, sagte der Dichter sich, als er, ehe er sich in das Bett legte, das ihm die Müllerin bereitet hatte, die entzückende Landschaft betrachtete. Dann schlief er ein, und er schlief so lange, daß seine Wirtsleute es mit der Angst bekamen.

»Courtois, sieh doch mal nach, ob der junge Mann tot oder lebendig ist; es sind jetzt vierzehn Stunden, daß er sich hingelegt hat, ich traue mich nicht hinaufzugehen«, sagte die Müllerin am nächsten Tag gegen Mittag. – »Ich glaube«, sagte der Müller und fuhr fort, seine Netze und sein Fischgerät in Ordnung zu bringen, »der hübsche junge Kerl könnte so ein Schwachmatikus von Schauspieler sein, der keinen Heller besitzt.« – »Woran siehst du denn das, Männchen?« fragte die Müllerin. – »Na, er ist weder ein Prinz noch Minister, noch Abgeordneter, noch Bischof; warum sind seine Hände also weiß wie die von einem, der nichts tut?« – »Es ist doch sonderbar, daß der Hunger ihn nicht weckt«, sagte die Müllerin, die für den Gast, den der Zufall ihr ins Haus geschickt, Essen bereitet hatte. »Ein Schauspieler?« wiederholte sie; »wohin sollte er denn wollen? Es ist noch nicht die Zeit für den Jahrmarkt in Angoulême.«

Der Müller und die Müllerin hatten keine Ahnung, daß es neben Schauspielern, Prinzen und Bischöfen eine Art Mensch gibt, der zugleich Prinz und Schauspieler ist und ein wundervolles heiliges Amt verwaltet: den Dichter, der nichts zu tun scheint und trotzdem, wenn es ihm gelungen ist, die Menschheit darzustellen, deren Herrscher ist.

»Was könnte er denn sonst sein?« fragte Courtois seine Frau. – »Am Ende war es gefährlich, ihn aufzunehmen«, meinte die

Müllerin. – »Pah! Diebe sind schlauer als der, da wären wir schon ausgeplündert«, versetzte der Müller.

»Ich bin weder Prinz noch Dieb, noch Bischof, noch Schauspieler«, sagte Lucien, der plötzlich hinzutrat und ohne Zweifel vom Fenster aus das Gespräch der Eheleute belauscht hatte, kläglich. »Ich bin ein armer, abgematteter junger Mensch und von Paris zu Fuß hierhergewandert. Ich heiße Lucien de Rubempré und bin der Sohn von Monsieur Chardon, dem Vorgänger von Postel, der die Apotheke in l'Houmeau hat. Meine Schwester hat David Séchard geheiratet, den Buchdrucker von der Place du Mûrier in Angoulême.« – »Warten Sie mal!« sagte der Müller. »Ist dieser Drucker nicht der Sohn des alten Schlaukopfs, der sein Gut bei Marsac bewirtschaftet?« – »Eben der«, antwortete Lucien. – »Ein kurioser Vater, muß ich sagen!« fuhr Courtois fort. »Er läßt, so heißt es, bei seinem Sohn alles versteigern, und dabei besitzt er über zweihunderttausend Francs in Grund und Boden, seine Sparbüchse gar nicht mitgerechnet.«

Wenn Seele und Leib nach einem langen, schmerzlichen Kampfe zusammengebrochen sind, dann folgt auf die Stunde, da die Kraft versagt, der Tod oder eine totenähnliche Vernichtung, in der jedoch die widerstandsfähigen Naturen neue Kräfte gewinnen. Lucien, der sich in einer solchen Krise befand, schien in dem Augenblick, da er die, wenn auch unbestimmte Nachricht von einer Katastrophe erhielt, die über seinen Schwager David Séchard hereingebrochen war, nahezu vernichtet zu sein.

»Oh, meine Schwester!« rief er; »mein Gott, was habe ich getan? Ich bin ein Schurke.«

Bleich und matt wie ein Sterbender sank er auf eine Holzbank; die Müllerin brachte ihm schnell einen Napf Milch und zwang ihn zu trinken; aber er bat den Müller, ihn zu stützen und ins Bett zu bringen, und bat ihn um Verzeihung, daß er ihm mit seinem Tod Ungelegenheiten mache; er glaubte nämlich, sein letztes Stündlein sei gekommen. Angesichts der Geistergestalt des Todes stiegen in dem leichtfertigen Dichter fromme Gedanken auf: er wollte, daß der Geistliche zu ihm komme, wollte beichten und die Sakramente empfangen. Diese Klagen, die ein Jüngling mit einem so liebreizenden Gesicht und von so einnehmender Gestalt mit schwacher Stimme stöhnte, rührten Madame Courtois.

»Hör mal, Männchen, steig zu Pferd und hole Marron, den Arzt von Marsac; er wird sehen, was der junge Mann hat, der mir gar nicht gefallen will, und du bringst auch gleich den Geistlichen mit. Vielleicht wissen sie besser als du, wie es mit diesem Drucker von der Place du Mûrier steht; Postel ist doch Marrons Schwiegersohn.«

Als Courtois weggeritten war, brachte die Müllerin, die wie alle Menschen vom Lande den festen Glauben hatte, wenn ein Mensch krank sei, müsse er tüchtig essen, Lucien, der alles mit sich geschehen ließ, sein Essen. Die heftigen Gewissensbisse, unter denen er litt, entrissen ihn, unterstützt durch den kräftigen Gegenreiz, den diese Art von Medizin bewirkte, seiner Niedergeschlagenheit.

Die Mühle der Eheleute Courtois war eine Meile von Marsac gelegen, der Kreisstadt, die auf dem halben Weg zwischen Mansle und Angoulême liegt. Daher war der wackere Müller mit dem Arzt und dem Geistlichen von Marsac bald wieder zur Stelle. Jene beiden Männer hatten von der Liebschaft Luciens mit Madame de Bargeton reden hören; da das ganze Département Charente in diesem Augenblick von der Vermählung dieser Dame und ihrer Rückkehr nach Angoulême mit dem neuen Präfekten, dem Grafen Sixte du Châtelet, schwatzte, waren der Arzt und der Geistliche, als sie hörten, Lucien sei bei dem Müller, sehr neugierig, etwas von den Gründen zu hören, die die Witwe Bargetons gehindert hatten, den jungen Dichter zu heiraten, mit dem sie seinerzeit geflohen war, und zu erfahren, ob er in die Heimat zurückkomme, um seinem Schwager David Séchard zu helfen. Neugier und Menschlichkeit vereinigten sich also, dem sterbenden Dichter schnelle Hilfe zu bringen. Und so hörte Lucien zwei Stunden, nachdem Courtois weggeritten war, auf dem steinigen Mühldamm das Kabriolett des Landarztes herbeirasseln. Die beiden Marrons – der Arzt war der Neffe des Geistlichen – traten sofort in Luciens Zimmer, so daß Lucien in diesem Augenblick Menschen vor sich sah, die zu dem Vater David Séchards in so naher Beziehung standen, wie sie Nachbarn in einem Winzerstädtchen eben haben können. Als der Arzt den Sterbenden gemustert, ihm den Puls gefühlt und seine Zunge angeschaut hatte, sah er die Müllerin an und lächelte in einer Weise, die jede Sorge zerstreute.

»Madame Courtois«, sagte er, »wenn Sie, wie ich nicht zweifle, eine gute Flasche Wein im Keller haben und in Ihrem Fischbehälter einen guten Aal, dann bringen Sie das Ihrem Patienten; dem fehlt weiter nichts, als daß er völlig erschöpft ist. Wenn er das überstanden hat, wird unser großer Herr schnell wieder auf den Beinen sein.« – »Ach, lieber Herr«, sagte Lucien, »mein Leiden sitzt nicht im Körper, sondern in der Seele; dieser wackere Mann hat etwas gesagt, das mich fast umgebracht hat, nämlich, daß es im Hause meiner Schwester, der Madame Séchard, schlimm steht! Um Gottes willen, klären Sie mich auf, ich habe von Madame Courtois gehört, daß Sie Ihre Tochter an Postel verheiratet haben; Sie müssen doch was von der Angelegenheit David Séchards wissen.« – »Ja, er wird wohl im Gefängnis sitzen«, antwortete der Arzt. »Sein Vater hat es abgelehnt, ihm zu helfen . . .« – »Im Gefängnis! Und warum?« – »Wegen Wechseln, die aus Paris kamen und die er sicherlich vergessen hatte; es heißt ja, er wisse nicht so recht Bescheid in seinen Geschäften«, erwiderte Marron. – »Ich bitte Sie, lassen Sie mich mit dem Geistlichen allein«, sagte der Dichter, dessen Gesichtsausdruck sich furchtbar verdüstert hatte.

Der Arzt, der Müller und seine Frau gingen hinaus.

Als Lucien mit dem alten Priester allein war, rief er: »Ich verdiene den Tod, und ich spüre ihn kommen. Ich bin ein erbärmlicher Mensch, dem nichts übrigbleibt, als sich in die Arme der Religion zu werfen. Ich, hochwürdiger Herr, bin der Henker meiner Schwester und meines Bruders, denn David Séchard steht zu mir wie ein Bruder! Ich habe die Wechsel gefälscht, die David nicht hat bezahlen können . . . Ich habe ihn ruiniert. Das schreckliche Elend, in dem ich mich befand, hat mich dies Verbrechen vergessen lassen. Die Prozesse, zu denen die Wechsel Anlaß gaben, sind durch das Eingreifen eines Millionärs niedergeschlagen worden, und ich hatte geglaubt, er habe sie eingelöst: es war also nicht der Fall!«

Und Lucien erzählte all sein Unglück. Als er seinen fieberhaften Bericht, der der Art nach, wie er gegeben wurde, eines

Dichters würdig war, beendet hatte, bat er den Geistlichen, nach Angoulême zu gehen und sich bei Eve, seiner Schwester, und Madame Chardon, seiner Mutter, über den wahren Stand der Dinge zu unterrichten, damit er erfahre, ob noch Hilfe möglich sei.

»Bis zu Ihrer Rückkehr, hochwürdiger Herr«, sagte er und vergoß dabei heiße Tränen, »werde ich durchhalten. Wenn meine Mutter, meine Schwester und David mich nicht von sich stoßen, werde ich nicht sterben.«

Die pariserische Beredsamkeit, die Tränen dieser erschreckenden Reue, der schöne, blasse Jüngling, der vor Verzweiflung fast starb, der Bericht von unglücklichen Ereignissen, die beinahe über Menschenkraft gingen, all das erregte das Mitleid und Interesse des Geistlichen.

»In der Provinz wie in Paris«, antwortete er, »darf man nur die Hälfte dessen glauben, was dahergeredet wird; erschrecken Sie also nicht über ein Gerücht, das drei Meilen von Angoulême irrig sein kann. Der alte Séchard, unser Nachbar, hat Marsac vor ein paar Tagen verlassen; vermutlich ist er also drauf und dran, die Angelegenheiten seines Sohnes zu ordnen. Ich gehe nach Angoulême und sage Ihnen, wenn ich zurückkomme, ob Sie in den Schoß Ihrer Familie zurückkehren können; Ihre Geständnisse und Ihre Reue werden mir helfen, für Sie einzutreten.«

Der Geistliche wußte nicht, daß Lucien seit anderthalb Jahren so oft bereut hatte, daß seine Reue, mochte sie noch so stark sein, keinen Wert hatte als den einer vollendeten und noch dazu guten Glaubens gespielten Theaterszene! Dem Geistlichen folgte der Arzt. Der Neffe, der erkannte, daß der Patient an einer Nervenkrise krankte, deren Gefährlichkeit schon zu schwinden begann, spendete ihm den gleichen Trost wie der Onkel und bestimmte seinen Kranken schließlich, etwas zu sich zu nehmen.

Der Geistliche, der das Land und seine Gewohnheiten kannte, war nach Mansle gefahren, wo der Wagen von Ruffec nach Angoulême bald vorbeikam; er stieg hinein. Der alte Priester wollte sich bei seinem Großneffen Postel, dem Apotheker von l'Houmeau, der früher der Nebenbuhler des Buchdruckers bei der schönen Eve gewesen war, über David Séchard erkundigen.

Auch ein Zuschauer mit wenig Scharfsinn müßte, wenn er gesehen hätte, wie behutsam der kleine Apotheker dem alten Herrn aus dem schrecklichen Rumpelkasten half, der damals den Verkehr zwischen Ruffec und Angoulême vermittelte, gemerkt haben, daß das Ehepaar Postel seinen künftigen Wohlstand sehr auf des alten Onkels Erbschaft gründete.

»Haben Sie schon zu Mittag gegessen? Darf ich Ihnen etwas bringen? Wir haben Sie nicht erwartet und sind angenehm überrascht.«

Es gab tausend Fragen auf einmal. Madame Postel war wie eigens von der Natur dazu ausersehen, die Frau eines Apothekers in l'Houmeau zu werden. Sie hatte die gleiche Figur wie der kleine Postel und das rote Gesicht eines auf dem Lande aufgewachsenen Mädchens; sie sah sehr gewöhnlich aus, und ihre ganze Schönheit bestand in der Jugendlichkeit ihres Wesens. Ihr rotes Haar war tief in die Stirn gekämmt; ihre Manieren und ihre Sprache paßten zu der Einfachheit, die sich in den Zügen ihres runden Gesichts, in dem Blick ihrer fast gelben Augen ausprägte; alles bewies, daß sie geheiratet worden war, weil sie Vermögen zu erwarten hatte. Daher führte sie denn auch ein Jahr nach der Heirat das Regiment und schien völlig die Herrin im Hause Postels geworden zu sein, der glücklich war, daß er diese Frau gefunden hatte. Madame Léonie Postel, geborene Marron, stillte einen Sohn, der der Liebling des alten Geistlichen, des Arztes und Postels war, ein sehr häßliches Kind, das seinen Eltern ähnelte.

»Na, lieber Onkel, was hat Sie denn nach Angoulême getrieben?« fragte Léonie. »Sie wollen nichts zu sich nehmen und sagen, Sie wollen gleich wieder fort, und dabei sind Sie kaum angekommen?«

Sowie der würdige geistliche Herr den Namen Eves und David Séchards ausgesprochen hatte, errötete Postel, und Léonie warf dem kleinen Mann einen Blick gewohnheitsmäßiger Eifersucht zu, wie es eine Frau, die völlig Herrin ihres Mannes ist, im Interesse ihrer Zukunft und um der Vergangenheit willen stets tut.

»Was gehen Sie denn diese Leute an, lieber Onkel, daß Sie sich in ihre Angelegenheiten mischen?« fragte Léonie mit unverkennbarem Ärger. – »Sie sind unglücklich, liebe Tochter«, versetzte der Geistliche und schilderte darauf Postel den Zustand, in dem sich Lucien bei den Courtois' befand. – »Oh! ist das die Equipage, in der er aus Paris zurückkommt?« rief Postel. »Der arme Junge! Geist hat er zwar, und ehrgeizig war er auch. Er hätte reich werden müssen, und nun kommt er am Bettelstab zurück. Aber was will er hier anfangen? Seine Schwester sitzt im tiefsten Elend, denn all diese Genies, David genauso wie Lucien, verstehen nichts vom Geschäft. Wir haben mit ihm vor Gericht zu tun gehabt, und als Richter habe ich sein Urteil unterzeichnen müssen . . . ! Das tut mir schrecklich leid! Ich weiß nicht, ob Lucien unter den jetzigen Umständen zu seiner Schwester gehen kann; jedenfalls aber ist das Kämmerchen, das er hier bewohnt hat, frei, und ich räume es ihm gern ein.« – »Gut, Postel«, sagte der Priester, setzte seinen Dreispitz auf, küßte das Kind, das auf Léonies Armen schlief, und schickte sich an, den Laden zu verlassen.

»Unter allen Umständen essen Sie mit uns, Onkel«, sagte Madame Postel; »Sie werden, wenn Sie die Angelegenheiten dieser Leute entwirren wollen, nicht so schnell fertig werden. Mein Mann fährt Sie dann mit seinem Wägelchen heim.«

Die beiden Gatten sahen ihrem kostbaren Großonkel nach, als er sich nach Angoulême begab.

»Er ist für sein Alter noch ganz gut auf den Beinen«, sagte der Apotheker.

Während der würdige Geistliche die Stufen nach Angoulême hinaufsteigt, dürfte es nützlich sein, die verworrenen Angelegenheiten, in die er hineingeriet, darzulegen.

Nach Luciens Abreise nach Paris wollte David Séchard – der dem tapferen und mit hoher Vernunft begabten Stier vergleichbar war, den die Maler dem Evangelisten zum Gefährten geben – schnell zu dem großen Vermögen gelangen, das er sich an jenem Abend am Ufer der Charente, als er mit Eve auf dem Damm gesessen und ihr Hand und Herz versprochen, weniger für sich als für Eve und Lucien gewünscht hatte. Seine Frau in die Sphäre der Eleganz und des Reichtums zu erheben, die ihr gebührte, mit seinem mächtigen Arm den Ehrgeiz seines Bruders zu stützen: das war das Programm, das mit feurigen

Lettern vor seinen Augen geschrieben stand. Die Zeitungen, die Politik, der gewaltige Aufschwung des Buchhandels, der Literatur und der Wissenschaften, die Neigung zur öffentlichen Erörterung aller Landesangelegenheiten, die ganze soziale Bewegung, die entstand, nachdem die Restauration festen Fuß gefaßt hatte: all das würde sicherlich eine Menge Papier erfordern, eine fast zehnfach so große wie die, auf die der berühmte Ouvrard[1], der sich von ähnlichen Motiven hatte leiten lassen, zu Beginn der Revolution spekuliert hatte. Aber im Jahre 1821 gab es in Frankreich allzu viele Papiermühlen, als daß man hätte hoffen können, sich zu ihrem alleinigen Besitzer zu machen, wie Ouvrard es getan hatte; er hatte sich der wichtigsten Fabriken bemächtigt, nachdem er zuvor ihre Erzeugnisse aufgekauft hatte. David besaß überdies weder die Kühnheit noch das Kapital, ohne die derartige Spekulationen nicht möglich sind. Gerade jetzt waren in England Maschinen, die Papier in jeder Länge herstellten, aufgekommen. Also war nichts notwendiger, als die Papierfabrikation den Bedürfnissen der französischen Zivilisation anzupassen, die in gefährlicher Weise dazu überging, die Diskussion auf alles und jedes auszudehnen und das individuelle Denken unablässig in den Vordergrund zu rücken – was ein rechtes Unglück ist; denn Völker, die sich Gedanken machen, handeln sehr wenig. So wollte es ein seltsamer Zufall, daß, während Lucien in das Räderwerk des ungeheuren Mechanismus des Journalismus hineingeriet und dabei Gefahr lief, seine Ehre zu verlieren und seine Geisteskraft zu zerstören, sich David Séchard in seiner Druckerei mit dem Aufschwung der periodischen Presse in bezug auf dessen materielle Konsequenzen beschäftigte. Er wollte die Wege ebnen zu einem Ziel, dem der Geist des Jahrhunderts zustrebte. Sein Gedanke, durch Herstellung billigen Papiers zu Vermögen zu gelangen, war durchaus richtig, und die Ereignisse haben seine Voraussicht gerechtfertigt. In den letzten fünfzehn Jahren sind der Behörde, die die Gesuche von Erfindern um Patenterteilung zu prüfen hat, mehr als hundert Denkschriften über angebliche Entdeckungen von Stoffen zugegangen, die für die Herstellung von Papier verwendet werden könnten. Er war sich mehr denn je über die Nützlichkeit dieser Entdeckung klar, die nichts Großartiges an sich hatte, aber ungeheuren Gewinn versprach; und er versenkte sich daher, nachdem sein Schwager nach Paris abgereist war, hartnäckig in die Untersuchungen, ohne die jenes Problem nicht zu lösen war. Da er alle seine Mittel erschöpft hatte, um heiraten und die Mittel für Luciens Reise nach Paris beschaffen zu können, sah er sich zu Beginn seiner Ehe in der tiefsten Armut. Er hatte für den Betrieb seiner Druckerei tausend Francs behalten und schuldete dem Apotheker für einen Wechsel den gleichen Betrag. So bestand für diesen tiefen Denker ein doppeltes Problem: er mußte ein billiges Papier erfinden und mußte es schnell erfinden; er mußte endlich den Nutzen seiner Entdeckung den Bedürfnissen seines Haushalts und seines Geschäfts anpassen. Wie soll man einen Kopf beschreiben, der imstande ist, die grausamen Sorgen abzuschütteln, der eine Notlage erträgt, die verheimlicht werden muß, und den Anblick einer Familie ohne ihr täglich Brot erduldet sowie die unausgesetzten Erfordernisse eines Berufs, der so viel Sorgfalt verlangt, wie der des Buchdruckers?; und der dabei die Gebiete des Unbekannten mit der Glut und dem Rausch eines Gelehrten durchforscht, der auf der Suche nach einem Geheimnis ist, das sich mit jedem Tag neu vor dem Nachdenken und den Forschungen des Eifrigen verbirgt? Ach, man wird sehen, daß Erfinder noch ganz andere Leiden zu erdulden haben, ganz abgesehen von der Undankbarkeit der Massen, denen die Müßigen und die Unfähigen über einen genialen Menschen einzureden pflegen: »Er war zum Erfinder geboren, er konnte gar nichts anderes tun. Man braucht ihm für seine Entdeckung so wenig Dank zu sagen wie einem Menschen, der zum Fürsten geboren ist! Er übt seine natürlichen Gaben aus! Und außerdem hat er ja seinen Lohn in der Arbeit selbst gefunden.«

Die Ehe verursacht in einem jungen Mädchen tiefgreifende geistige und körperliche Umwälzungen, und wenn es sich unter den bürgerlichen Bedingungen der Mittelklasse verheiratet, muß es überdies noch ganz neue Interessen kennenlernen und sich mit den Geschäften vertraut machen; für die junge Frau kommt also zunächst eine Zeit, da sie lernen muß und nicht handeln kann. Die Liebe Davids zu seiner Frau schob unglücklicherweise deren Unterrichtung hinaus; er wagte es am Tage nach der Hochzeit und an den folgenden Tagen nicht, ihr den Stand der Dinge einzugestehen. Trotz des großen Elends, zu dem ihn der Geiz seines Vaters verdammte, konnte er sich nicht entschließen, ihr die Flitterwochen durch langweiligen Unterricht in seinem mühsamen Gewerbe und durch Unterweisungen, deren die Frau eines Geschäftsmanns bedarf, zu vergällen. Daher gingen die tausend Francs, seine einzige Habe, mehr für den Haushalt als für das Geschäft drauf. Die Nachlässigkeit Davids und die Ahnungslosigkeit seiner Frau dauerten ganze vier Monate an! Das Erwachen war schrecklich. Als der Wechsel Postels, den David unterschrieben hatte, fällig wurde, war kein Geld im Haus, und Eve kannte die Entstehung dieser Schuld nur zu gut; also opferte sie ihren Brautschmuck und ihr Silberzeug, damit der Wechsel eingelöst werden konnte. Noch am Abend dieses Tages, an dem er bezahlt worden war, wollte Eve ihren Mann dazu bewegen, mit ihr über den Stand des Geschäftlichen zu sprechen, da sie bemerkt hatte, daß er der Erfindung wegen, von der er ihr einmal gesprochen hatte, seine Druckerei vernachlässigte. Seit dem zweiten Monat seiner Ehe verbrachte David den größten Teil seiner Zeit in dem Schuppen hinten im Hofe in einem kleinen Raum, den er zum Gießen seiner Walzen benutzte. Drei Monate nach seiner Ankunft in Angoulême hatte er an Stelle der Ballen, mittels deren die Lettern mit Druckerschwärze betupft wurden, den flachen und den zylinderförmigen Auftrageapparat eingeführt, der die Druckerschwärze mit Hilfe von Walzen, die aus Leim und Melasse zusammengesetzt sind, verteilt und aufträgt. Diese erste Verbesserung der Buchdruckerkunst war so unbestreitbar, daß die Gebrüder Cointet sie, nachdem sie ihre Wirkung gesehen hatten, sofort gleichfalls anschafften. David hatte an die Mittelwand dieser Art Küche einen Ofen mit einer Kupferpfanne angebaut und gesagt, er brauche auf diese Weise weniger Kohlen für den Umguß seiner Walzen, deren rostige Formen die Mauer entlang standen und die er in Wirklichkeit kaum zweimal umgoß. Er brachte an diesem Raume nicht nur eine starke eichene Tür an, die innen mit Eisenblech beschlagen war, sondern er ersetzte auch die schmutzigen Scheiben des Fensters durch neue Scheiben aus geripptem Glas, damit niemand von außen sehen könne, womit er sich beschäftige. Beim ersten Wort, das Eve zu David über ihrer beider Zukunft sprach, schaute er sie mit einem unruhigen Blick an und brachte sie mit folgenden Worten zum Verstummen: »Liebes Kind, ich weiß, welche Gedanken dir der Anblick einer verödeten Werkstatt und der geschäftliche Ruin, in dem ich bin, einflößen müssen, aber siehst du«, fuhr er fort, führte sie an das Fenster und zeigte ihr das geheimnisvolle Häuschen, »dort drin liegt unser Glück . . . Wir werden noch ein paar Monate leiden müssen; aber laß uns geduldig leiden und laß mich die industrielle Aufgabe lösen, von der du weißt, daß sie all unserem Elend ein Ende machen wird.«

David war ein so guter Mensch, in Anbetracht seiner Aufopferung mußte ihm so sehr aufs Wort geglaubt werden, daß die arme Frau, die, wie alle Frauen, sich lediglich um die täglichen Ausgaben kümmerte, sich vornahm, ihren Mann mit den Sorgen des Haushalts zu verschonen; sie verließ also das hübsche blau und weiße Zimmer, in dem sie sich bisher damit begnügt hatte, Näharbeiten zu machen und mit ihrer Mutter zu plaudern, und begab sich in einen der beiden Holzverschläge hinter der Druckerei, um die geschäftliche Seite des typographischen Betriebs kennenzulernen. War das nicht heroisch von einer Frau, die schon guter Hoffnung war? Während dieser ersten Monate hatte der Druckereibetrieb Davids nahezu gänzlich gestockt, und die Arbeiter, die er bis dahin für seinen Betrieb gebraucht hatte, waren einer nach dem andern weggeblieben Die Gebrüder Cointet hatten eine Menge Aufträge und beschäftigten nicht nur die aus dem Département stammenden Arbeiter, die durch die Aussicht, bei ihnen gut zu verdienen, angelockt wurden, sondern auch einige aus Bordeaux; von dort kamen hauptsächlich die Lehrlinge, die sich für geschickt genug hielten, um sich den harten Bedingungen der Lehrzeit zu entziehen. Als Eve untersuchte, worauf sich die Druckerei stützen könne, fand sie nur drei Personen. Zunächst Cérizet, jenen Lehrling, den David mit soviel Freude bei der Firma Didot ausgebildet hatte; es erging ihm wie fast allen Faktoren, die aus der großen Zahl der Arbeiter, denen sie vorstehen, immer einige auswählen, denen sie besonders zugetan sind; David hatte diesen Lehrling Cérizet mit nach Angoulême genommen, wo er sich vervollkommnet hatte. Dann Marion, die dem Hause ergeben war wie ein treuer Hund; und schließlich ein Elsässer namens Kolb, der früher bei der Firma Didot Laufbursche gewesen war. Kolb war dann zum Militär ausgehoben worden und währenddessen zufällig nach Angoulême in Garnison gekommen, wo David ihn, kurz bevor seine Militärzeit zu Ende ging, bei einer Parade erblickte. Kolb machte David einen Besuch und verliebte sich in die dicke Marion, bei der er alle Eigenschaften entdeckte, die ein Mann seiner Klasse von einer Frau verlangt: die strotzende Gesundheit, die die Wangen bräunt, die männliche Kraft, mit der Marion eine Form mit Lettern ohne Schwierigkeit hochheben konnte, die Frömmigkeit, auf die die Elsässer Wert legen, die Treue gegen die Herrschaft, die von einem guten Charakter zeugt, und schließlich die Sparsamkeit, der sie eine Summe von tausend Francs sowie Wäsche und Kleider verdankte, die so rein gehalten waren, wie es in der Provinz Brauch ist. Marion, die dick und fett und sechsunddreißig Jahre alt war, fühlte sich sehr geschmeichelt, Gegenstand der Aufmerksamkeit eines wohlgestalteten Kürassiers von fünf Fuß sieben Zoll Größe zu sein, der zudem ein kräftiger Kerl war, und brachte ihn natürlich auf den Gedanken, Drucker zu werden. In dem Augenblick, da der Elsässer endgültig aus dem Militärdienst entlassen wurde, hatten Marion und David aus ihm einen ansehnlichen ›Bären‹ gemacht, obwohl er zunächst weder lesen noch schreiben konnte. Es gab während dieser drei Monate nicht so übermäßig viel Akzidenzaufträge, daß Cérizet sie nicht hätte erledigen können. Cérizet war also zugleich Setzer, Metteur und Faktor der Druckerei und verwirklichte demnach, was Kant die Dreidimensionalität der Phänomene nennt: er setzte, korrigierte seinen Satz, trug die Aufträge ein und zog die Rechnungen aus; aber die meiste Zeit über hatte er nichts zu tun und las in seinem Verschlag Romane, bis wieder ein Plakat oder eine Einladungskarte bestellt wurde. Marion, die vom alten Séchard ausgebildet worden war, schnitt das Papier zurecht und befeuchtete es, half Kolb beim Drucken, hängte die Bogen zum Trocknen auf, beschnitt sie und besorgte nebenher auch noch die Küche, für die sie am frühen Morgen zum Markt ging.

Als Eve sich von Cérizet über das erste Halbjahr Bericht erstatten ließ, erfuhr sie, daß achthundert Francs eingenommen worden waren. Die Ausgaben beliefen sich, da Cérizet und Kolb täglich der erste zwei Francs und der zweite einen Franc bekamen, auf sechshundert Francs. Der Preis der Materialien, die für die hergestellten und gelieferten Arbeiten erforderlich waren, betrugen hundert und einige Francs; es mußte Eve somit klar werden, daß David in den ersten sechs Monaten seiner Ehe weder seine Miete noch die Zinsen für das Kapital, das der Wert seiner Einrichtungen und sein Patent darstellten, noch den Lohn für Marion, noch die Kosten der Druckerschwärze verdient hatte; ganz zu schweigen war dabei von den Gewinnen, die ein Buchdrucker machen muß, und den vielen Druckereiutensilien wie z. B. den Tuchen, d. h. den Seidenstoffen, die man braucht, um den Druck der Presse auf die Lettern dadurch abzumindern, daß man ein Stück Stoff (den Deckel) zwischen den Tiegel der Presse und das Papier, auf das gedruckt wird, einschiebt. Nachdem Eve im allgemeinen die Mittel der Druckerei und ihre Ergebnisse kennengelernt hatte, merkte sie, wie wenig Hilfsmittel dieses an Auszehrung leidende Unternehmen besaß im Vergleich zu der energischen Tätigkeit der Gebrüder Cointet, die zugleich Papierfabrikanten, Zeitungsherausgeber, privilegierte Drucker der bischöflichen Kanzlei und Lieferanten für den Magistrat und die Präfektur waren. Die Zeitung, die Séchard Vater und Sohn vor zwei Jahren für zweiundzwanzigtausend Francs verkauft hatten, brachte jetzt jährlich achtzehntausend Francs ein. Eve gewahrte die Berechnung, die sich unter der zur Schau getragenen Großmut der Brüder Cointet verbarg: sie ließen der Druckerei Séchard zwar genügend Aufträge, daß sie existieren konnte, aber nicht genug, um ihnen Konkurrenz zu machen. Als Eve die Leitung der Geschäfte übernahm, fing sie damit an, ein genaues Inventar von allem, was an Wertstücken vorhanden war, aufzunehmen. Sie ließ die Werkstatt von Kolb, Marion und Cérizet aufräumen, reinigen und alles in Ordnung bringen. Dann eines Abends, als David von einem Gang durch die Felder zurückkehrte – er hatte eine alte Frau bei sich, die einen umfangreichen Packen schleppte –, bat ihn Eve, er solle ihr raten, wie man die Trümmer, die ihnen der alte Séchard hinterlassen hatte, nutzbringnd verwenden könne, und versprach ihm dabei, sie wolle die Geschäfte allein führen. Auf den Rat ihres Mannes hin verwandte Madame Séchard das ganze Papier, das sie vorgefunden und nach Sorten geordnet hatte, dazu, auf zwei Spalten und nur auf einem Bogen die illustrierten volkstümlichen Legenden zu drucken, wie sie die Bauern in ihren Hütten an die Wände kleben: die Geschichte vom Ewigen Juden, Robert dem Teufel, der schönen Magelone und ein paar Wundergeschichten. Und nun machte sie Kolb zum Kolporteur. Cérizet verlor keinen Augenblick; er setzte diese naiven Seiten und ihre plumpen Ornamente vom Morgen bis zum Abend. Marion besorgte den Druck. Madame Chardon übernahm alle häuslichen Arbeiten, denn Eve kolorierte die Bilder. Binnen zweier Monate verkaufte Madame Séchard dank dem Fleiß und der Ehrlichkeit Kolbs in einem Bereich von zwölf Meilen rings um Angoulême dreitausend Blätter, deren Herstellung sie dreißig Francs kostete und die ihr, das Stück zu zwei Sous, dreihundert Francs einbrachten. Aber als alle Hütten und Wirtshäuser mit diesen Geschichten tapeziert waren, mußte an eine andere Spekulation gedacht werden; denn der Elsässer durfte nicht über das Département hinausreisen. Eve, die alles in der Druckerei durchwühlte, fand eine Sammlung von Illustrationen, die zum Druck eines Kalenders nötig waren, der ›Schäfer-Kalender‹ hieß und in dem die Gegenstände durch Zeichen, Bilder und Stiche in roter, schwarzer und blauer Farbe wiedergegeben waren. Der alte Séchard, der nicht lesen noch schreiben konnte, hatte früher einmal mit dem Druck dieses Buches, das für Analphabeten bestimmt ist, viel Geld verdient. Dieser Almanach, der einen Sou kostet, besteht aus einem Bogen, der sechsmal gefalzt wurde, so daß ein Buch mit hundertachtundzwanzig Seiten im Folioformat[2] entstand. Madame Séchard, die ganz glücklich war über den Erfolg ihrer fliegenden Blätter – einer Produktion, der sich die kleinen Provinzdruckereien mit Vorliebe widmen –, unternahm jetzt die Herausgabe des ›Schäfer-Kalenders‹ in großem Maßstabe und opferte diesem Geschäft ihre Gewinne. Das Papier des ›Schäfer-

Kalenders‹, von dem jedes Jahr in Frankreich ein paar Millionen Exemplare verkauft werden, ist gröber als das des ›Lütticher Boten‹[3] und kostet vier Francs das Ries[4]. Ist es bedruckt, so erbringt das Ries, aus fünfhundert Bogen, der Bogen zu einem Sou, fünfundzwanzig Francs. Madame Séchard entschloß sich, hundert Ries zu einer ersten Auflage zu verwenden, was fünfzigtausend Kalender und zweitausend Francs Gewinn bedeutete. Obwohl David zerstreut war, wie es ein geistig beständig so beschäftigter Mann sein mußte, überraschte es ihn, als er einen Blick in seine Werkstatt warf, doch, eine Presse knirschen zu hören und den unermüdlich tätigen Cérizet unter der Leitung von Madame Séchard setzen zu sehen. Als er einmal hineinging, um zu sehen, was Eve da eigentlich unternahm, bedeutete das Lob ihres Mannes, der die Sache mit dem Kalender vortrefflich fand, einen schönen Triumph für sie. Auch versprach David ihr seine Ratschläge für die Anwendung der verschiedenen Farben, die für die Bebilderung dieses Kalenders notwendig sind, in dem alles zum Auge spricht. Schließlich wollte er selber in seiner geheimnisvollen Werkstatt die Walzen gießen, um seine Frau, soviel er konnte, bei diesem wichtigen kleinen Unternehmen zu unterstützen.

In den Beginn dieser eifrigen Tätigkeit fielen die trostlosen Briefe, in denen Lucien seiner Mutter, seiner Schwester und seinem Schwager Mitteilung von seinem Mißerfolg und seiner elenden Lage in Paris machte. Man wird jetzt begreifen, daß Eve, Madame Chardon und David, als sie dem verwöhnten Knaben dreihundert Francs schickten, dem Dichter damit ein sehr großes Opfer brachten. Eve war von diesen Nachrichten niedergedrückt und ganz verzweifelt, daß sie aus ihrer tapferen Arbeit so wenig Gewinn zog, und so sah sie nicht ohne Bangen dem Ereignis entgegen, das sonst ein junges Paar auf den Gipfel der Freude erhebt. Als sie fühlte, daß sie Mutter werden sollte, sagte sie sich: »Wenn mein lieber David zur Zeit meiner Niederkunft das Ziel seiner Forschungen nicht erreicht hat, was soll dann aus uns werden . . . ? Und wer wird die aufblühenden Geschäfte unserer armen Druckerei führen?«

Der ›Schäfer-Kalender‹ mußte lange vor dem ersten Januar fertig werden; aber Cérizet, dem der ganze Satz überlassen war, arbeitete mit einer Langsamkeit daran, die Madame Séchard gerade deswegen zur Verzweiflung bringen mußte, weil sie nicht genug von der Druckerei verstand, um ihn tadeln zu können, sich vielmehr damit begnügen mußte, den jungen Pariser im Auge zu behalten. Cérizet war ein Findelkind, war im großen Pariser Findelhaus aufgezogen und dann bei der Firma Didot als Lehrling untergebracht worden. Zwischen seinem vierzehnten und siebzehnten Lebensjahr war er der getreue Knappe Séchards gewesen, der ihn der Obhut eines seiner geschicktesten Arbeiter anvertraut hatte; denn David interessierte sich natürlich für Cérizet, als er merkte, wie aufgeweckt der Junge war, und er gewann seine Zuneigung, als er ihm ein paar kleine Freuden verschaffte und ihm Leckereien zusteckte, die seine Armut ihm sonst versagt hätte. Cérizet mit seinem hübschen, schlauen Gesicht, seinem roten Haar und seinen etwas verschwommenen blauen Augen hatte die Sitten des Pariser Gassenjungen nach der Hauptstadt des Angoumois mitgebracht. Sein lebhafter, spöttischer Geist, seine boshafte Verschlagenheit machten ihn hier gefürchtet. Cérizet wurde in Angoulême von David weniger überwacht, sei es, weil er jetzt älter war und seinem Mentor mehr Zutrauen einflößte, oder sei es, weil der Drukker auf den Einfluß der Provinz baute; der junge Mensch war indessen, ohne daß sein Herr eine Ahnung davon hatte, der Don Juan im Miniaturformat von drei oder vier jungen Arbeitermädchen geworden und schon völlig verdorben. Seine in den Pariser Kneipen ausgebildete Moral erkannte den persönlichen Nutzen als einziges Gesetz an. Überdies sah Cérizet, der sich im nächsten Jahr zum Militärdienst stellen mußte, keine Aussichten vor sich; daher machte er Schulden und dachte, in einem halben Jahr würde er Soldat, und dann hätten seine Gläubiger das Nachsehen. David behielt über den Burschen einige Autorität, nicht weil er sein Meister war und nicht weil er sich für ihn interessierte, sondern weil der frühere Pariser Gassenjunge in ihm eine hohe Intelligenz witterte. Cérizet freundete sich bald mit den Arbeitern der Firma Cointet an, zu denen ihn der Korpsgeist trieb; dieser ist in den unteren Klassen vielleicht noch mächtiger als in den oberen. Bei diesem Umgang büßte Cérizet die paar guten Lehren, die David ihm eingeprägt hatte, vollends ein; dennoch nahm er, wenn er wegen des ›Holzplunders‹ in seiner Werkstatt, womit die ›Bären‹ die alten Pressen der Séchards meinten, verspottet wurde, und wenn ihm die zwölf prachtvollen eisernen Pressen gezeigt wurden, die in der Firma Cointet im Gange waren, wo nur noch einige Holzpressen für Korrekturabzüge in Benutzung waren, nach wie vor Davids Partei und schleuderte den Prahlhänsen stolz die Worte ins Gesicht: »Mit seinem Holzplunder wird mein Naivling weiterkommen als eure Chefs mit ihren eisernen Allerweltspressen, die nur Andachtsbücher von sich geben! Er forscht nach einem Geheimnis, das allen Druckereien in Frankreich und Navarra den Garaus macht . . . !« – »Inzwischen aber bist du ein elender Faktor mit vierzig Sous Lohn und hast eine Plätterin als Chef«, wurde ihm geantwortet. – »Na, sie ist wenigstens hübsch«, erwiderte Cérizet, »und ich sehe sie lieber als die schiefmäuligen Frauen.« – »Wirst du vom Anblick deiner Meisterin satt?« Diese freundschaftlichen Auseinandersetzungen, die sich in der Kneipe oder vor der Tür der Druckerei abspielten, mußten auch zu den Ohren der Gebrüder Cointet dringen und sie über die Lage der Druckerei Séchard aufklären; sie erfuhren also von der Spekulation, mit der es Eve versuchte, und hielten es für nötig, ein Unternehmen im Keime zu ersticken, das der armen Frau den Weg zum Wohlstand eröffnen konnte. – »Wir müssen ihr eins auf die Finger geben, um ihr den Geschmack an dem Geschäft zu verderben«, sagten sich die beiden Brüder.

Der eine der Brüder, der die Druckerei leitete, begegnete eines Tages Cérizet und trug ihm an, er solle für seine Druckerei Korrekturen lesen, vorläufig zur Probe, um den Korrektor zu entlasten, der mit dem Lesen ihrer Druckerzeugnisse nicht fertig werden konnte. Cérizet verdiente durch ein paar Stunden Nachtarbeit bei den Brüdern Cointet mehr als tagsüber bei David Séchard. Er ergaben sich Beziehungen zwischen den Cointets und Cérizet, dessen große Begabung erkannt und der bedauert wurde, daß er in einer Stellung sei, die seinen Anlagen so schlecht entsprach. – »Sie könnten«, sagte eines Tages der eine Cointet zu ihm, »Faktor einer großen Druckerei werden und sechs Francs täglich verdienen, und mit Ihrer Intelligenz brächten Sie es dazu, einmal am Geschäft beteiligt zu werden.« – »Was würde es mir nützen, daß ich ein guter Faktor bin?« antwortete Cérizet; »ich bin Waise, muß im nächsten Jahr zur Musterung, und wer würde mir, wenn das Los mich trifft, einen Ersatzmann stellen?« – »Wenn Sie sich nützlich machen«, erwiderte der reiche Drucker, »warum sollte man Ihnen dann die Summe, die dazu erforderlich ist, daß Sie freikommen, nicht vorstrecken?« – »Mein Meister tut es ganz bestimmt nicht«, antwortete Cérizet. – »Wer weiß! Vielleicht findet er das Geheimnis, das er sucht . . .« Dieser Satz war auf eine Art gesagt worden, die bei dem, der ihn hörte, die schlimmsten Gedanken wecken mußte; und so warf Cérizet dem Papierfabrikanten einen Blick zu, der eine unverschämte Frage aufwog. – »Ich weiß nicht, womit er sich beschäftigt«, antwortete er dann klüglich, als der ›Bourgeois‹ stumm blieb; »aber er ist nicht der Mann, der in seinem Setzkasten nach Kapital sucht!« – »Hören Sie mal, Freundchen!« sagte der Drucker und überreichte Cérizet sechs Bogen des Gebetbuches der Diözese, »wenn Sie uns das bis morgen korrigiert haben, bekommen Sie achtzehn Francs. Wir sind keine bösen Menschen, wir lassen den Faktor unseres Konkurrenten Geld verdienen! Wir könnten ja schließlich auch Madame Séchard sich in das Geschäft mit dem ›Schäfer-Kalender‹ stürzen und sich ruinieren lassen; aber wir sind gar nicht so: sagen Sie ihr also bitte, daß wir ebenfalls einen ›Schäfer-Kalender‹ herausbringen, und geben Sie ihr zu verstehen, daß sie auf dem Markt damit nicht die erste sein wird . . .« Jetzt ist wohl verständlich, warum Cérizet mit dem Setzen des Almanachs so langsam von der Stelle kam.

Als Eve erfuhr, daß die Cointets ihre armselige kleine Spekulation zunichte machen wollten, packte sie die Angst, und sie wollte in der Mitteilung, die Cérizet ihr recht heuchlerisch über das Konkurrenzunternehmen machte, das zu erwarten stand, einen Beweis seiner Anhänglichkeit erblicken; aber bald bemerkte sie bei ihrem einzigen Setzer Spuren einer zu lebhaften Neugier, die sie indessen seiner Jugend zuschreiben wollte.

»Cérizet«, sagte sie eines Morgens zu ihm, »Sie stellen sich in die Tür und warten, bis Monsieur Séchard vorbeikommt, um zu sehen, was er verbirgt; Sie sehen in den Hof hinaus, wenn er die Werkstatt verläßt, um die Walzen zu gießen, anstatt den Satz unseres Kalenders fertig zu machen. All das ist nicht gut, zumal da Sie sehen, daß ich, seine Frau, sein Geheimnis respektiere und mich abrackere, um ihm die Zeit zu lassen, sich seinen Arbeiten zu widmen. Wenn Sie nicht die Zeit vertrödelt hätten, wäre der Kalender fertig, Kolb würde ihn schon verkaufen, und die Cointets könnten uns nicht schädigen.«

»Ja, glauben Sie etwa, Meisterin«, antwortete Cérizet, »es sei nicht genug für die vierzig Sous, die ich hier täglich verdiene, wenn ich Ihnen für hundert Sous Satz mache? Läse ich nicht abends für die Gebrüder Cointet Korrekturen, müßte ich wahrhaftig Kleie essen.«

»Sie sind schon beizeiten undankbar, Sie werden Ihren Weg machen«, erwiderte Eve, die bis ins Herz getroffen war, und zwar weniger durch Cérizets Vorwürfe, als durch seinen groben Ton, seine drohende Haltung und durch seine frechen Blicke.

»Jedenfalls nicht, wenn ich eine Frau zum Meister habe, denn bei der hat der Monat nur selten dreißig Tage.«

Eve fühlte sich in ihrer Frauenwürde gekränkt, warf Cérizet einen verächtlichen Blick zu und stieg in die Wohnung hinauf. Als David zum Essen kam, sagte sie zu ihm: »Mein Lieber, traust du diesem Burschen, diesem Cérizet?« – »Cérizet!« sagte er. »Aber der ist doch mein Jungchen, ich habe ihn ausgebildet, er hat das Manuskript vorgelesen, wenn ich Korrekturen las, ich habe ihn an den Setzkasten gestellt, er verdankt mir alles, was er ist! Man könnte ebensogut einen Vater fragen, ob er seinem Sohn traut ...«

Eve teilte ihrem Manne mit, daß Cérizet für die Gebrüder Cointet Korrekturen las.

»Der arme Kerl, er muß schon sehen, daß er sich durchschlägt«, erwiderte David in dem demütigen Ton eines Meisters, der sich im Unrecht fühlt. – »Jawohl; aber, mein Lieber, zwischen Kolb und Cérizet besteht folgender Unterschied: Kolb legt alle Tage zwanzig Meilen zurück, gibt fünfzehn oder zwanzig Sous aus, bringt uns sieben, acht, manchmal neun Francs für verkaufte Blätter heim und verlangt, wenn er seine Auslagen erstattet bekommen hat, nie mehr als seine zwanzig Sous. Kolb würde sich lieber die Hand abhacken, als daß er bei den Cointets den Schwengel einer Presse anrührte, und er würde nicht in den Sachen herumschnüffeln, die du in den Hof wirfst, und wenn man ihm tausend Taler gäbe; Cérizet dagegen liest sie auf und untersucht sie.«

Schöne Seelen bringen es kaum je über sich, an die Undankbarkeit zu glauben; sie brauchen harte Lehren, ehe sie merken, wie weit die Verderbtheit des Menschen geht; und erst wenn ihre Erfahrung auf diesem Gebiete vollendet ist, schwingen sie sich zu einer Nachsicht auf, die die höchste Stufe der Verachtung ist.

»Ach was, das ist die pure Neugier eines Pariser Straßenjungen!« rief also David. – »Gut, mein Lieber, aber tu mir den Gefallen, geh in die Werkstatt, überzeuge dich, was dein Jungchen in einem Monat gesetzt hat, und dann sag mir, ob er in diesem Monat nicht mit unserm Kalender hätte fertig werden müssen...«

Nach dem Mittagessen stellte David fest, daß der Kalender innerhalb von acht Tagen hätte gesetzt sein können; als er dann erfuhr, daß die Cointets ihrerseits ebenfalls einen vorbereiteten, kam er seiner Frau zu Hilfe: er ordnete an, daß Kolb den Verkauf der Bilderbogen einstelle, und brachte alles in der Werkstatt in Ordnung; er setzte selber eine Form zusammen, von der Kolb und Marion Abzüge machen mußten, während er mit Cérizet die andere druckte, wobei er den Druck in verschiedenen Farben überwachte. Jede Farbe erforderte einen besonderen Arbeitsgang. Ein Bogen mit vier verschiedenen Farben muß also viermal durch die Presse gehen. Der ›Schäfer-Kalender‹ muß also viermal statt einmal gedruckt werden, und seine Herstellung kostet daher so viel, daß er ausschließlich in den Provinzdruckereien gedruckt wird, wo die Arbeit und die Zinsen des Kapitals, das in der Druckerei steckt. so gut wie keinen Wert darstellen. Dieses Werk, das so plump anmutet, wird also in den Druckereien, aus denen schöne Werke hervorgehen, nicht hergestellt. Zum erstenmal seit dem Rücktritt des alten Séchard sah man jetzt wieder in der alten Werkstatt zwei Pressen in Tätigkeit. Obgleich der Kalender in seiner Art ein Meisterwerk wurde, mußte Eve ihn für einen halben Sou vertreiben, denn die Gebrüder Cointet lieferten den ihren den Kolporteuren für drei Centimes; sie kam auf ihre Kosten durch die Kolportage, sie verdiente an dem Verkauf, den Kolb direkt bewerkstelligte; aber ihre Spekulation schlug fehl. Als Cérizet sah, daß seine schöne Meisterin ihm mißtraute, lehnte er sich innerlich gegen sie auf und sagte sich: »Du hast Verdacht gegen mich, also werde ich mich rächen!« Das liegt im Charakter der Pariser Gassenjungen. Cérizet nahm also von der Firma der Gebrüder Cointet Nebeneinkünfte an, die fraglos zu hoch für das Lesen der Korrekturen waren, die er jeden Abend in ihrem Kontor abholte und morgens zurückbrachte. Er plauderte täglich mehr mit ihnen, freundete sich dadurch an und erkannte schließlich die Möglichkeit, vom Militärdienst freizukommen, die ihm als Köder vorgehalten wurde; und die Cointets hatten es gar nicht nötig, ihn zu bestechen; sie bekamen vielmehr von ihm die erste Auskunft, die der Ausspionierung und Nutzbarmachung des Geheimnisses diente, das David suchte.

Eve, die voller Sorge durchschaute, wie wenig man Cérizet trauen konnte, und wie unmöglich es war, einen zweiten Kolb zu finden, beschloß, ihren einzigen Setzer, in dem sie mit der Hellsichtigkeit der liebenden Frau den Verräter witterte, zu entlassen; aber da das den Tod ihrer Druckerei bedeutet hätte, faßte sie einen männlichen Entschluß: sie schrieb an Métivier, den Pariser Geschäftsfreund David Séchards wie denjenigen der Cointets und fast aller Papierfabrikanten des Départements, einen Brief und bat ihn, in die Pariser Buchhändlerzeitung folgende Anzeige einzurücken: ›Zu verkaufen eine gutgehende Buchdruckerei mit Einrichtung und Patent in Angoulême. Der Bedingungen wegen wende man sich an Monsieur Métivier, Rue Serpente.‹

Nachdem die Cointets die Nummer des Blattes, in dem diese Anzeige stand, gelesen hatten, sagten sie sich: »Die kleine Frau ist nicht dumm. Es ist Zeit, uns zum Besitzer ihrer Druckerei zu machen und ihr so viel zu tun zu geben, daß sie davon leben kann; sonst könnte Davids Nachfolger ein ernsthafter Konkurrent werden, und es liegt in unserm Interesse, immer zu sehen, was in der Werkstatt da vorgeht.«

Auf Grund dieser Erwägungen suchten die Brüder Cointet David Séchard auf. Eve, an die die beiden Brüder sich wandten, empfand die lebhafteste Freude, als sie die schnelle Wirkung ihrer List sah; denn sie hielten nicht mit ihrem Plan hinterm Berg, Séchard vorzuschlagen, er solle auf ihre Rechnung drucken: sie seien mit Aufträgen überlastet, ihre Pressen könnten die Arbeit nicht schaffen, sie hätten Arbeiter in Bordeaux gesucht und machten sich anheischig, die drei Pressen Davids voll zu beschäftigen.

»Meine Herren«, sagte sie zu den beiden Brüdern Cointet, während Cérizet ging, um David den Besuch seiner Kollegen zu melden, »mein Mann hat bei der Firma Didot vortreffliche Gehilfen kennengelernt, die redlich und unternehmend sind; er wird sich wahrscheinlich seinen Nachfolger unter den Besten aussuchen ... Ist es nicht besser, sein Geschäft für zwanzigtausend Francs zu verkaufen, die uns tausend Francs Zinsen abwerfen, als tausend Francs jährlich bei dem Geschäft zu verlieren, das Sie uns gerade noch machen lassen? Warum haben Sie uns die armselige kleine Spekulation mit unserm Kalender stören müssen, der noch dazu von je in unserer Druckerei herausgebracht worden ist?«

»Aber, Madame Séchard, warum haben Sie uns keine Mitteilung davon gemacht? Dann wären wir Ihnen nicht in den Weg getreten«, sagte liebenswürdig der eine der beiden Brüder, der der ›große Cointet‹ genannt wurde.

»Gehen Sie doch, meine Herren! Sie haben Ihren Kalender erst angefangen, als Sie von Cérizet gehört hatten, daß meiner in Arbeit sei.«

Während sie diese Worte lebhaft hervorstieß, sah sie den großen Cointet an und brachte ihn dazu, die Augen niederzuschlagen. So erlangte sie die Gewißheit über Cérizets Verrat.

Dieser Cointet, der die Papierfabrikation und die Geldgeschäfte unter sich hatte, war ein viel geschickterer Kaufmann als sein Bruder Jean; der leitete zwar die Buchdruckerei mit großer Umsicht; aber seine Fähigkeiten ließen sich mit denen eines Obersten vergleichen, während Boniface ein General war, dem Jean das Oberkommando überließ. Boniface, ein dürrer, hagerer Mann mit einem Gesicht, das gelb wie eine Wachskerze und mit roten Flecken verunstaltet war, mit verkniffenem Mund und Augen, die denen einer Katze glichen, ließ sich niemals zum Zorn hinreißen; er hörte mit scheinheiliger Ruhe die größten Beschimpfungen an und antwortete dann mit sanfter Stimme. Er ging zur Messe, zur Beichte und zur Kommunion. Unter duckmäuserischen Manieren und einem fast weichlichen Äußeren verbarg er die Zähigkeit und den Ehrgeiz des Priesters und die Gier des Handelsmannes, der vom Durst nach Reichtum und Ehren verzehrt wird. Schon 1820 hatte der große Cointet alles gewollt, was die Bourgeoisie schließlich in der Revolution von 1830 erlangt hat. Von Haß gegen die Aristokratie erfüllt und in religiösen Angelegenheiten gleichgültig, war er ungefähr in der Weise fromm, wie Bonaparte ein Anhänger der Bergpartei gewesen war. Sein Rückgrat beugte sich mit bewunderungswürdiger Geschmeidigkeit vor dem Adel und den Verwaltungsbehörden; vor diesen machte er sich klein, demütig und dienstbeflissen. Für jeden, der sich auf die Geschäfte versteht, war ein Zug dieses Mannes auf der Stelle kennzeichnend: unter dem Vorwand, seine Augen vor der starken Lichtstrahlung in einer Stadt zu schützen, deren Erdboden und Bauwerke weiß sind und wo die Intensität des Tageslichts noch durch die hohe Lage gesteigert wird, verbarg er seinen Blick hinter einer blauen Brille. Obwohl nur von mittlerer Figur, wirkte er groß durch seine Magerkeit, die auf eine mit Arbeit überhäufte Natur und ein in beständiger Tätigkeit begriffenes Hirn schließen ließ. Seine jesuitische Physiognomie wurde vervollständigt durch eine platte, graue, lange, nach priesterlicher Art zugestutzte Frisur und eine Kleidung, die seit sieben Jahren aus einer schwarzen Hose, schwarzen Strümpfen, einer schwarzen Weste und einer ›Levite‹ (der südlichen Bezeichnung für einen Gehrock) aus maronenfarbenem Tuch bestand. Er wurde der ›große Cointet‹ genannt, um ihn von seinem Bruder zu unterscheiden, der als der ›dicke Cointet‹ bezeichnet wurde, und um den Gegensatz zum Ausdruck zu bringen, der sowohl zwischen den Gestalten als auch den Fähigkeiten der beiden Brüder bestand; sie waren übrigens beide in gleicher Weise zu fürchten. In der Tat stach der Eindruck Jean Cointets, der wie ein gutmütiger dicker Bursche aussah, auffallend von dem seines älteren Bruders ab. Er hatte ein flämisches, von der Sonne des Angoumois gebräuntes Gesicht, war kurz und stämmig, dickwanstig wie ein Sancho[5] und lächelte unaufhörlich. Er war nicht nur in Physiognomie und Verstandesanlagen seinem Bruder unähnlich, sondern auch in seinen politischen Anschauungen; sie waren nahezu liberal. Er bekannte sich zum linken Flügel der Mitte, ging nur des Sonntags zur Messe und stand auf bestem Fuß mit den liberalen Handeltreibenden. Einige Kaufleute in l'Houmeau behaupteten, daß diese Verschiedenheit der Ansichten zwischen den beiden Brüdern ein abgekartetes Spiel sei. Der große Cointet wußte sich der augenscheinlichen Biederkeit seines Bruders sehr geschickt zu bedienen; er schlug die Leute damit vor den Kopf. Jean übernahm die harten Worte und alle Betätigungen, die der Sanftmut seines Bruders widerstrebten. Er nahm die Zornesausbrüche auf sich, machte unannehmbare Vorschläge, die die seines Bruders noch milder erscheinen ließen, und so gelangten sie, früher oder später, zum Ziel.

Mit dem den Frauen eigentümlichen Feingefühl hatte Eve den Charakter der beiden Brüder nur zu bald durchschaut. Sie war demgemäß in Gegenwart so gefährlicher Gegner auf der Hut. David, der von seiner Frau schon eingeweiht worden war, hörte die Vorschläge seiner Gegner mit tief zerstreuter Miene an.

»Verständigen Sie sich mit meiner Frau«, sagte er zu den Cointets und öffnete die Glastür des Nebenzimmers, um in sein kleines Laboratorium zurückzukehren, »sie weiß mit meiner Druckerei besser Bescheid als ich. Ich bin mit etwas anderem beschäftigt, das einträglicher sein dürfte als dieses armselige Unternehmen, und das mir die Summen wieder einbringen wird, die ich mit Ihrer Hilfe verloren habe ...« – »Und auf welche Art?« fragte der dicke Cointet lachend.

Eve warf ihrem Mann einen Blick zu, der ihm Klugheit anraten sollte.

»Sie werden mir eines Tages tributpflichtig sein, Sie und alle, die Papier verbrauchen«, antwortete David. – »Und wonach forschen Sie?« fragte Benoit-Boniface Cointet.

Als Boniface mit sanftem Ton und einschmeichelnder Miene seine Frage vom Stapel gelassen hatte, blickte Eve ihren Mann abermals an, um ihn dazu zu bringen, nichts oder etwas Unverfängliches zu antworten.

»Ich bin dabei, Papier für fünfzig Prozent unter dem bisherigen Herstellungspreis zu fabrizieren ...«

Und er verließ das Zimmer, ohne den Blick zu beachten, den die Brüder Cointet austauschten und mit dem sie einander sagten: ›Dieser Mann mußte ein Erfinder sein; mit so breiten Schultern kann er nicht untätig bleiben!‹ – ›Dann müssen wir ihn eben ausnützen!‹ antwortete Boniface. – ›Und wie?‹ fragte Jean.

»David macht es mit Ihnen wie mit mir», sagte Madame Séchard. »Wenn ich die Neugierige spiele, ist er wahrscheinlich vor meinem Vornamen auf der Hut und wirft mir diesen Satz zu, der schließlich doch nur ein Programm ist.« – »Wenn Ihr Mann dieses Programm durchführt, kommt er sicherlich schneller zu Geld als mit der Druckerei; ich wundere mich nicht mehr, daß er sie vernachlässigt«, versetzte Boniface und wandte sich der verödeten Werkstatt zu, wo Kolb auf einem Holzbock saß und sein Brot mit einer Knoblauchzehe einrieb; »aber wir würden es ungern sehen, wenn diese Druckerei in die Hände eines tätigen, betriebsamen und ehrgeizigen Konkurrenten käme, und daher würden wir uns gern mit Ihnen verständigen. Wenn Sie zum Beispiel damit einverstanden sind, Ihre Einrichtung für eine bestimmte Summe einem unserer Gehilfen zu vermieten, der unter Ihrer Firma für uns arbeiten würde, wie das in Paris üblich ist, dann würden wir den betreffenden Mann so gut mit Aufträgen versehen, daß er Ihnen eine anständige Miete zahlen und zugleich kleine Gewinne erzielen könnte.« – »Es käme auf die Summe an«, antwortete Eve Séchard. »Was wollen Sie zahlen?« fügte sie hinzu und blickte Boniface auf eine Weise an, die ihm zu verstehen geben sollte, daß sie seinen Plan vollauf verstand. – »Was würden Sie denn verlangen?« fragte Jean Cointet lebhaft. – »Dreitausend Francs für ein halbes Jahr«, sagte sie. – »Aber liebe, kleine Frau, Sie sprachen doch davon, Ihre Druckerei für zwanzigtausend Francs zu verkaufen«, versetzte Boniface ganz sanft. »Die Zinsen von zwanzigtausend Francs betragen zu sechs Prozent nur zwölfhundert Francs.« Eve war einen Augenblick ganz benommen; sie merkte jetzt, wie wichtig es in Geschäften sei, schweigen zu können.

»Sie bedienen sich unserer Presse und unserer Schriften, mit denen ich, wie ich Ihnen bewiesen habe, noch mancherlei kleine Geschäfte machen kann», entgegnete sie, »und wir müssen dem Vater Séchard, der uns nicht gerade was schenkt, Miete zahlen.«

Nach zweistündigem Kampf setzte Eve zweitausend Francs für ein halbes Jahr durch, von denen tausend im voraus bezahlt werden sollten. Als alles abgemacht war, teilten ihr die beiden

Brüder mit, es sei ihre Absicht, die Pacht der Buchdruckerei dem jungen Cérizet zu übertragen. Eve konnte eine Geste der Überraschung nicht zurückhalten.

»Es ist doch wohl besser, jemanden zu nehmen, der die Werkstatt kennt!« sagte der dicke Cointet.

Eve verabschiedete die beiden Brüder, ohne darauf zu antworten, und nahm sich vor, Cérizet persönlich zu überwachen.

»So, jetzt sind also unsere Feinde in die Festung eingedrungen!« sagte David lachend zu seiner Frau, als sie ihm beim Abendessen die Schriftstücke zeigte, die zu unterzeichnen waren.

»Pah!« sagte sie, »ich bürge für die Anhänglichkeit Kolbs und Marions; die beiden werden auf alles ein Auge haben. Überdies schlagen wir viertausend Francs aus einer Werkstatt, die uns bisher nur Geld gekostet hat, und du hast ein Jahr vor dir, in dem du deine Hoffnungen verwirklichen kannst!« – »Du mußtest, wie du es mir an der Schleuse gesagt hast, die Frau eines Erfinders werden!« sagte Séchard und drückte seiner Frau zärtlich die Hand.

Der Hausstand Davids verfügte jetzt über eine hinreichende Summe, um über den Winter hinwegzukommen; aber er stand unter der Überwachung Cérizets und befand sich, ohne daß David es wußte, in Abhängigkeit vom großen Cointet.

»Wir haben sie!« hatte beim Fortgehen der Direktor der Papierfabrik zu seinem Bruder, dem Drucker, gesagt. »Die armen Teufel werden sich daran gewöhnen, die Miete für ihre Druckerei zu erhalten; sie werden damit rechnen und Schulden machen. In einem halben Jahr erneuern wir die Pacht nicht, und dann wollen wir sehen, was das Genie in seinem Sack hat; wir werden ihm dann nämlich vorschlagen, ihm aus der Verlegenheit zu helfen und uns an der Ausbeutung seiner Erfindung zu beteiligen.«

Wenn ein gewiegter Kaufmann den großen Cointet hätte sehen können, wie er das Wort ›beteiligen‹ aussprach, hätte er begriffen, daß vor dem Handelsgericht noch gefährlichere Verbindungen geschlossen werden können als vor dem Standesamt. War es nicht schon zuviel, daß diese wüsten Jäger ihrem Wild auf der Spur waren? Waren David und seine Frau mit Hilfe von Kolb und Marion imstande, sich der Ränke eines Boniface Cointet zu erwehren?

Als die Niederkunft der Madame Séchard herannahte, erlaubte es die Fünfhundertfrancsnote, die Lucien schickte, zusammen mit Cérizets zweiter Zahlung, alle Ausgaben zu bestreiten. Eve, ihre Mutter und David, die sich von Lucien vergessen geglaubt hatten, durchlebten jetzt eine Freude, die ebenso groß war wie die, die sie über die ersten Erfolge des Dichters hatten: seine glänzenden journalistischen Leistungen erregten in Angoulême noch mehr Aufsehen als in Paris.

Aber David, der sich auf diese Weise in einer trügerischen Sicherheit gewiegt hatte, war dem Umsinken nahe, als er von seinem Schwager die folgenden grausamen Zeilen erhielt:

»Lieber David.

Ich habe bei Métivier drei von Dir unterzeichnete Wechsel auf meine Order mit einem, zwei und drei Monaten Ziel[6] zu Geld gemacht. Ich hatte nur zwischen diesem Entschluß und dem Selbstmord zu wählen, und so habe ich etwas getan, was Dir ohne Zweifel sehr lästig fallen wird. Ich werde Dir erklären, in welcher Notlage ich bin, und werde überdies versuchen, Dir die Mittel zur Einlösung zu schicken.

Verbrenne diesen Brief, sage meiner Schwester und meiner Mutter nichts, denn ich gestehe, ich habe auf Deinen Heroismus gezählt, den so gut kennt

Dein verzweifelter Bruder Lucien de Rubempré.«

»Dein armer Bruder«, sagte David zu seiner Frau, die eben aus dem Wochenbett aufgestanden war, »ist in schrecklicher Verlegenheit; ich habe ihm drei Wechsel über je tausend Francs auf einen, zwei und drei Monate geschickt; notiere es.«

Dann begab er sich, um den Erklärungen auszuweichen, die seine Frau etwa verlangen würde, ins Freie. Als aber Eve mit ihrer Mutter sich über diese unheilverkündende Andeutung beriet, bekam sie, die ohnehin über das Schweigen ihres Bruders seit einem halben Jahre beunruhigt war, so schlimme Ahnungen, daß sie sich, um sie zu verscheuchen, entschloß, einen Schritt zu tun, wie die Verzeiflung ihn rät. Der junge Rastignac war für ein paar Tage zum Besuch seiner Familie eingetroffen, und er hatte über Lucien so schlecht gesprochen, daß diese Nachrichten aus Paris mit den Kommentaren aller der Zungen, die sie verbreitet hatten, auch zur Schwester und zur Mutter des Journalisten gedrungen waren. Eve ging zu Madame de Rastignac und bat, den Sohn sprechen zu dürfen. Sie erzählte von all ihren Befürchtungen und bat ihn, ihr über Luciens Lage in Paris die Wahrheit zu sagen. Eve erfuhr nun alles auf einmal: von der Liebschaft ihres Bruders mit Coralie, von seinem Duell mit Michel Chrestien auf Grund seines Verrats an d'Arthez; kurzum, sie erhielt Einblick in alle Einzelheiten von Luciens Leben in der giftigen Darstellung eines witzigen Stutzers, der seinem Haß und seinem Neid den Mantel des Mitleids, die freundschaftliche Form des über die Zukunft eines großen Mannes besorgten Lokalpatriotismus und die Farbe einer aufrichtigen Bewunderung für das Talent eines Landsmannes lieh, der sich so gräßlich kompromittiert habe. Er sprach von den Fehlern, die Lucien begangen hatte, die ihn um die Protektion der höchsten Persönlichkeiten gebracht hatten und die daran schuld seien, daß eine königliche Verfügung, die ihm das Wappen und den Namen ›de Rubempré‹ übertrug, zerrissen worden sei.

»Wenn Ihr Bruder gut beraten gewesen wäre, befände er sich heute auf dem Weg zu den größten Ehren und wäre Gatte der Madame de Bargeton. Aber was soll man sagen! Er hat sie verlassen und beschimpft. Sie ist zu ihrem großen Bedauern Gräfin Sixte du Châtelet geworden; denn sie liebte Lucien.« – »Ist es möglich . . . ?« rief Madame Séchard. – »Ihr Bruder ist ein junger Adler, den die ersten Strahlen des Luxus und des Ruhms geblendet haben. Wer kann sagen, wenn ein Adler fällt, in welchen Abgrund er stürzen wird? Der Sturz eines großen Mannes steht immer im Verhältnis zu der Höhe, zu der er gelangt ist.«

Voller Schrecken über diesen letzten Satz, der ihr wie ein Pfeil ins Herz gedrungen war, ging Eve nach Hause. Sie war an der empfindlichsten Stelle ihrer Seele getroffen und bewahrte das tiefste Schweigen über alles, was sie gehört hatte; aber mehr als eine Träne fiel auf die Wangen und die Stirn des Kindes, das sie stillte. Es ist so schwer, auf die Illusionen zu verzichten, die der Familiensinn erzeugt und die mit dem Leben geboren werden, daß Eve Eugène de Rastignac nicht glauben wollte; sie wollte die Stimme eines wahren Freundes hören. So schrieb sie denn an d'Arthez, dessen Adresse ihr Lucien in der Zeit gegeben hatte, da er für den ›Kreis‹ begeistert gewesen war, einen rührenden Brief und erhielt folgende Antwort:

»Madame,
Sie bitten mich um die Wahrheit über das Leben, das Ihr Bruder in Paris führt. Sie wollen über seine Zukunft klarsehen; und um mich zu zwingen, Ihnen offen zu antworten, wiederholen Sie mir, was Ihnen Monsieur de Rastignac darüber gesagt hat, und fragen mich, ob diese und jene Tatsachen auf Wahrheit beruhen. Was mich betrifft, so muß ich die Mitteilungen Rastignacs zu Luciens Vorteil richtigstellen. Ihr Bruder hat Gewissensbisse empfunden; er ist mit seiner Kritik meines Buches zu mir gekommen und hat mir gesagt, er könne sich nicht entschließen, sie zu veröffentlichen, obwohl der Ungehorsam gegen die Befehle seiner Partei große Gefahr für eine geliebte Person bedeutet hätte. Ach! es ist die Aufgabe eines Schriftstellers, die Leidenschaften zu verstehen; er setzt ja seinen Ruhm darein, sie zum Ausdruck zu bringen: ich habe also begriffen, daß bei der Wahl zwischen einer Geliebten und einem Freund der Freund geopfert werden mußte. Ich habe Ihrem Bruder seine Übeltat leichter gemacht, ich selber habe diesen ›libelliciden‹ Artikel durchkorrigiert und ihn voll und ganz gebilligt. Sie fragen mich, ob Lucien meine Achtung und meine Freundschaft behalten hat. Hier ist die Antwort schwierig. Ihr Bruder ist auf einem Weg, auf dem er in die Irre gehen wird. Augenblicklich bedaure ich ihn noch; bald werde ich ihn vergessen haben, nicht um dessentwillen, was er schon getan hat, sondern dessentwegen, was er noch zu tun gezwungen sein wird. Ihr Lucien ist ein poetischer Mensch, aber kein Dichter; er träumt, aber er denkt nicht; er ist leidenschaftlich, aber nicht schöpferisch. Kurzum, er ist, gestatten Sie mir das Wort, ein weibischer Mann, der den Schein liebt, und das ist der Hauptfehler der Franzosen. So wird Lucien immer der Lust, seinen Geist glänzen zu lassen, seinen besten Freund opfern. Er würde gern morgen einen Pakt mit dem Bösen abschließen, wenn jener Pakt ihm für einige Jahre ein glänzendes, üppiges Leben sicherte. Hat er nicht schon Schlimmeres getan, indem er seine Zukunft gegen die flüchtigen Wonnen eines Lebens eintauschte, das er ganz öffentlich mit einer Schau-

spielerin führt? Gegenwärtig verbergen ihm die Jugend, die Schönheit, die Hingebung dieser Frau, die ihn anbetet, die Gefahren einer Situation, die die Welt nie billigen wird, auch wenn er noch so viel Ruhm, Erfolg und Geld ernten würde. Bei jeder neuen Verlockung wird Ihr Bruder, wie jetzt, nur den Genuß des Augenblicks sehen. Sie mögen beruhigt sein, Lucien wird sich nie bis zum Verbrechen hinreißen lassen; dazu hat er nicht die Kraft; aber er würde ein vollendetes Verbrechen in Kauf nehmen, würde dessen Vorteile teilen, ohne dessen Gefahren geteilt zu haben, und das dünkt jedermann schrecklich, sogar Frevlern. Er wird sich verachten, er wird bereuen; aber wenn er wieder einmal in Not ist, wird er damit von neuem anfangen; er hat nämlich keinen Willen, er ist ohne Kraft gegen die Verführungen der Wollust, gegen die Verlockung jeder ersten besten seiner ehrgeizigen Regungen. Er ist faul wie alle poetischen Naturen und hält sich für gewandt, wenn er den Schwierigkeiten ausweicht, anstatt sie zu überwinden. Zu mancher Stunde wird er Mut haben, aber zu einer andern wird er feig sein. Und man darf ihm seinen Mut nicht hoch anrechnen und seine Feigheit nicht vorwerfen. Lucien ist eine Harfe, deren Saiten je nach den Schwankungen der Atmosphäre straff oder schlaff werden. Er wird imstande sein, in einer Stimmung der Wut oder des Glücks ein schönes Buch zu schreiben, und er wird sich dann nichts aus dem Erfolg machen, den er vorher heiß ersehnt hatte. In den ersten Tagen nach seiner Ankunft in Paris geriet er in Abhängigkeit von einem sittenlosen jungen Mann, dessen Gewandtheit und Erfahrung auf den Irrwegen des literarischen Lebens ihn blendeten. Dieser Gaukler hat Lucien völlig verführt; er hat ihn in ein würdeloses Leben gerissen, über das zu seinem Unglück die Liebe ihren täuschenden Schleier warf. Wenn die Bewunderung zu leicht gewährt wird, ist sie ein Zeichen der Schwäche: man darf einen Seiltänzer und einen Dichter nicht mit gleicher Münze bezahlen. Es hat uns allen weh getan, daß die Intrige und das literarische Strauchrittertum den Sieg über den Mut und die Ehre derer davongetragen haben, die Lucien rieten, den Kampf aufzunehmen, anstatt den Erfolg zu stehlen; sich in die Arena zu werfen, anstatt ein Trompeter zu werden. Die Gesellschaft, Madame, ist seltsamerweise voller Nachsicht für junge Menschen dieser Art; sie hätschelt sie, sie läßt sich von dem schönen Schein ihrer äußeren Gaben einnehmen; sie stellt keine Forderungen an sie, sie entschuldigt alle ihre Fehler, sie gewährt ihnen alle Vorteile vollkommener Naturen und will nur ihre Vorzüge sehen; kurzum, sie macht aus ihnen ihre verzogenen Kinder. Im Gegensatz dazu ist sie von einer grenzenlosen Strenge gegenüber allen starken, in sich geschlossenen Naturen. Dieses Verhalten der Gesellschaft, das so überaus ungerecht zu sein scheint, ist vielleicht vortrefflich. Sie amüsiert sich über die Spaßmacher, verlangt nichts von ihnen als Belustigung und vergißt sie schnell, während sie von der Größe, vor der sie das Knie beugen soll, eine fast göttliche Herrlichkeit verlangt. Alles hat sein eigenes Gesetz: der ewige Diamant muß fleckenlos sein, aber das Augenblicksgeschöpf der Mode hat das Recht, leicht, bizarr und ohne Bestand zu sein. Daher wird Lucien trotz seiner Irrtümer vielleicht wunderbares Glück haben; es bedarf dazu nur irgendeines glücklichen Umstands, der ihm zu Hilfe kommt, oder daß er in gute Gesellschaft gerät; aber wenn er einem bösen Engel begegnet, wird er bis zum Grund der Hölle hinabsinken. Man denke sich eine glänzende Vereinigung schöner Dinge, die auf einen zu leichten Grund gestickt sind, das Alter nimmt die Blumen weg, eines Tages bleibt nur das Grundgewebe übrig; und wenn das schlecht ist, dann ist es nur ein elender Lumpen. Solange Lucien jung ist, gefällt er; aber was wird geschehen, wenn er dreißig Jahre alt ist? Das ist die Frage, die alle sich stellen müssen, die ihn aufrichtig liebhaben. Wenn ich allein so über Lucien dächte, hätte ich mich vielleicht nicht entschlossen, Ihnen mit meiner Aufrichtigkeit so viel Kummer zu bereiten; aber abgesehen davon, daß es mir Ihrer, deren Brief ein einziger Angstschrei ist, und meiner, dem Sie so viel Vertrauen schenken, nicht würdig erschiene, den Fragen, die Ihre Besorgnis stellt, mit nichtssagenden Redensarten auszuweichen, sind meine Freunde, die Lucien kennen, in diesem Urteil sämtlich einmütig: ich habe also geglaubt, eine Pflicht zu erfüllen, wenn ich die Wahrheit sage, so schrecklich sie auch ist. Man kann von Lucien im Guten und im Schlimmen alles erwarten. Das ist in einem Satz unsere Meinung und der kurze Sinn dieses Briefes. Wenn die Zufälle seines Lebens, das jetzt voller Not und Gefahren ist, diesen Dichter wieder zu Ihnen zurückführen sollten, so benutzen Sie all Ihren Einfluß, um ihn im Schoß seiner Familie zu behalten; denn solange sein Charakter keine Festigkeit gewonnen hat, ist Paris immer gefährlich für ihn. Er hat Sie und Ihren Mann seine guten Engel genannt und hat Sie sicherlich vergessen; aber er wird in dem Augenblick, da der Sturm ihn zu Boden wirft und er als Zufluchtsstätte nur noch seine Familie hat, sich Ihrer erinnern; bewahren Sie ihm also Ihre Liebe, er wird sie brauchen.

Nehmen Sie, Madame, die aufrichtig ergebenen Grüße eines Mannes entgegen, dem Ihre schönen Eigenschaften bekannt sind und der Ihre mütterliche Besorgnis zu hoch schätzt, als daß er Ihrem Wunsche nicht hätte gehorchen müssen.

Ihr sehr ergebener d'Arthez.«

Zwei Tage, nachdem Eve diese Antwort gelesen hatte, mußte sie eine Amme nehmen; ihre Milch versiegte. Sie hatte aus ihrem Bruder einen Gott gemacht und sah ihn jetzt, nun er seine schönsten Gaben betätigt hatte, verdorben; für sie watete er im Schmutz. Dies edle Frauenwesen kannte bezüglich der Redlichkeit, der Herzensreinheit und all der häuslichen Tugenden, wie sie am Herd der Familie gepflegt werden, der in der Provinz noch sauber und makellos ist, keine Zugeständnisse. David hatte also mit seinen Befürchtungen recht behalten. Als Eve in einem der ernsten Gespräche, in denen zwei Liebende einander alles sagen können, ihrem Mann den Kummer anvertraute, der ihrer weißen Stirn eine bleibleiche Farbe gegeben hatte, fand David tröstliche Worte. Obwohl ihm die Tränen in den Augen standen, als er merkte, daß die schöne Brust seiner Frau infolge ihres Kummers vertrocknet war, und als er sie in Verzweiflung darüber sah, daß sie ihre Mutterpflicht nicht länger erfüllen konnte, beruhigte er Eve, indem er ihr einige Hoffnung einflößte.

»Siehst du, Kind, dein Bruder hat mit der Phantasie gesündigt. Es ist für einen Dichter etwas so Natürliches, sein Gewand aus Purpur und Himmelsblau zu wollen und stürmisch nach Festen zu begehren! Dieser Vogel liebt den Glanz und den Luxus und tut es mit so viel Gutgläubigkeit, daß Gott vielleicht verzeiht, was die Gesellschaft verdammt.« – »Aber er ruiniert uns . . . !« rief die arme Frau. – »Er ruiniert uns heute, wie er uns vor einigen Monaten rettete, als er uns von dem ersten, was er verdient hatte, etwas schickte«, erwiderte der gutmütige David, der wohl merkte, daß die Verzweiflung seine Frau maßlos machte und daß sie bald wieder zu ihrer Liebe zu Lucien zurückgelangen würde. »Mercier[7] hat vor ungefähr fünfzig Jahren in seinem ›Gemälde von Paris‹ ausgesagt, die Literatur, die Poesie, die schönen Künste und Wissenschaften, die Erzeugnisse des Gehirns könnten niemals einen Menschen ernähren! Und Lucien, der ein Dichter ist, hat der Erfahrung von fünf Jahrhunderten nicht geglaubt. Die Ernte der mit Tinte bewässerten Felder kann erst zehn oder zwölf Jahre nach der Aussaat erfolgen (sofern es überhaupt dazu kommt); Lucien nun aber hat das Unkraut für das Getreide gehalten. Er hat jetzt wenigstens das Leben kennengelernt. Erst ist er auf eine Frau hereingefallen, dann auf die vornehme Welt und die falschen Freunde. Er hat die gewonnene Erfahrung teuer bezahlt, das ist alles. Unsere Vorfahren sagten: Wenn ein Sohn nur seine beiden Ohren[8] und seine Ehre heil nach Hause bringt, ist alles gut ...«

»Seine Ehre ...!« rief die arme Eve. »Ach, gegen wie viele Tugenden hat Lucien sich vergangen ...! Gegen sein Gewissen schreiben! Seinen besten Freund angreifen ...! Das Geld einer Schauspielerin annehmen ...! Sich öffentlich mit ihr zeigen ...! Uns an den Bettelstab bringen ...!« – »Oh, das ist noch gar nichts ...!« rief David und unterbrach sich dann schnell.

Fast hätte er das Geheimnis der Wechselfälschung, die sein Schwager begangen hatte, verraten, und unglücklicherweise merkte Eve, daß er mit etwas hinterm Berge hielt, und verblieb in angstvoller Ungewißheit.

»Wie, das wäre nichts?« fragte sie. »Und wo nehmen wir das Geld her, um dreitausend Francs zu bezahlen?« – »Zunächst«, versetzte David, »werden wir den Pachtvertrag für die Benutzung unserer Druckerei durch Cérizet erneuern. Seit einem halben Jahr haben ihm die fünfzehn Prozent, die ihm die Cointets auf die Arbeiten, die er für sie macht, bewilligen, sechshundert Francs eingebracht, und weitere fünfhundert Francs hat er mit Akzidenzaufträgen verdient.« – »Wenn die Cointets das erfahren«, sagte Eve, »dann erneuern sie möglicherweise den Pachtvertrag nicht; sie werden Angst vor ihm bekommen; denn

Cérizet ist ein gefährlicher Mensch.« – »Ach, weißt du, das kümmert mich nicht«, rief Séchard; »in ein paar Tagen sind wir reiche Leute! Wenn Lucien erst reich ist, mein Engel, dann hat er nur noch Tugenden . . .« – »Ach, David, Liebster, Bester, was sagst du da? Du meinst also, wenn Lucien in Not sei, bringe er keine Kraft gegen das Böse auf? Du denkst gerade so von ihm wie Monsieur d'Arthez! Es gibt keine geistige Überlegenheit ohne Kraft, und Lucien ist schwach . . . Ein Engel, der nicht in Versuchung geführt werden darf – was ist denn das?« – »Nun, ich meine, das wäre dann ein Wesen, das nur in seiner Umgebung, in seiner Sphäre, in seinem Himmel schön ist. Lucien ist nicht zum Kämpfen geschaffen, also werde ich ihm den Kampf ersparen. Hier, sieh! Ich bin dem Ziel schon so nahe, daß ich dich in die Mittel einweihen darf.« Er zog mehrere Stücke weißes Papier von der Größe eines Oktavblattes aus der Tasche, schwang sie triumphierend in der Luft und legte sie seiner Frau in den Schoß. – »Ein Ries von diesem Papier im Großroyal-Format wird nicht mehr als fünf Francs kosten«, sagte er und ließ Eve die Proben befühlen. Sie sah ihn mit kindlicher Überraschung an. – »Und womit hast du diese Proben gemacht?« fragte sie. – »Mit einem alten Haarsieb, das ich bei Marion gefunden habe«, antwortete er. – »Aber du bist noch nicht völlig zufrieden?« fragte sie. – »Die Frage, um die es sich handelt, ist nicht die der Herstellung, sondern die des Einkaufspreises des Zeugs. Ach, liebes Kind, ich bin nur einer der letzten, die sich auf diesen schwierigen Weg begeben haben. Madame Masson[9] hat schon 1794 versucht, bedrucktes Papier in weißes zurückzuverwandeln; es ist ihr gelungen, aber zu welchem Preis! In England hat um 1800 der Marquis von Salisbury[10] und zur selben Zeit, 1801, in Frankreich Séguin[11] versucht, für die Papierfabrikation Stroh zu verwenden. Unser gemeines Schilfrohr (arundo phragmitis) hat das Material zu den Papierblättern geliefert, die du in der Hand hältst. Ich jedoch will Brennesseln und Disteln benutzen; denn will man die Rohstoffe billig haben, so muß man sich an pflanzliche Stoffe halten, die auf den Mooren und auf schlechtem Boden gedeihen; dann nämlich werden sie sehr billig sein. Das Geheimnis beruht völlig auf der Art und Weise, wie man jene Fasern weiterbehandelt. Jetzt ist mein Verfahren noch nicht einfach genug. Aber trotz dieser Schwierigkeit bin ich sicher, daß ich der französischen Papierfabrikation den Vorrang verschaffe, den unsere Literatur genießt, indem ich daraus ein Monopol für unser Land mache, wie die Engländer das Monopol für Eisen, Steinkohle oder wohlfeile Töpferwaren besitzen. Ich will der Jacquard[12] der Papierfabrikation sein.«

Eve stand auf, die Schlichtheit Davids versetzte sie in Begeisterung und Bewunderung; sie öffnete ihre Arme, schloß ihn an ihr Herz und legte den Kopf auf seine Schulter.

»Du belohnst mich, als wenn ich schon fertig wäre«, sagte er. Statt jeder Antwort hob Eve ihr schönes, ganz von Tränen überströmtes Gesicht und verharrte einen Augenblick so, ohne sprechen zu können.

»Ich umarme nicht das Genie«, sagte sie, »sondern den Tröster! Einem Ruhm, der gesunken ist, stellst du einen Ruhm entgegen, der aufsteigt. Dem Kummer, den mir die Erniedrigung eines Bruders verursacht, stellst du die Größe des Gatten gegenüber. Ja, du wirst groß sein wie Graindorge[13], Rouvet[14], van Robais[15], wie der Perser[16], der uns den Krapp als Färberröte geschenkt hat, wie alle die Männer, von denen du mir gesprochen hast, deren Namen im Dunkel bleiben, weil sie zwar eine Industrie vervollkommnet, es aber getan haben, ohne viel Wesen davon zu machen.«

»Was mögen sie jetzt wohl treiben?« fragte Boniface. Der große Cointet ging mit Cérizet auf der Place du Mûrier auf und ab und sah nach den Schatten des Ehepaars hin, die sich auf den Musselinvorhängen abzeichneten; er kam jede Nacht um zwölf her, um sich mit Cérizet zu besprechen, der den Auftrag hatte, jeden Schritt seines ehemaligen Chefs zu überwachen.

»Sicher zeigt er ihr die Papierproben, die er heute morgen angefertigt hat«, antwortete Cérizet. – »Was für Rohstoffe hat er dazu benutzt?« fragte der Papierfabrikant. – »Unmöglich, es herauszubekommen«, erwiderte Cérizet; »ich habe ein Loch ins Dach gemacht, bin hinaufgeklettert und habe gesehen, wie mein Meister in dem Kupferkessel seinen Brei gekocht hat; wie sehr ich auch nach den Vorräten hinsah, die in einer Ecke aufgehäuft waren, habe ich weiter nichts wahrnehmen können, als daß die Rohstoffe aussehen wie ein Haufen Hanf . . .« – »Gehen Sie nicht weiter«, sagte Boniface Cointet mit schmeichlerischer Stimme zu seinem Spion, »das wäre nicht ehrlich . . . ! Madame Séchard wird Ihnen vorschlagen, Sie sollten Ihren Pachtvertrag für die Benutzung der Druckerei erneuern; sagen Sie, Sie selber wollten Buchdrucker werden, bieten Sie die Hälfte dessen, was die Konzession und die Einrichtung wert sind, und wenn die Séchards zustimmen sollten, kommen Sie zu mir. Auf alle Fälle ziehen Sie die Sache in die Länge . . . Die Leutchen haben kein Geld?« – »Keinen Sou!« antwortete Cérizet. »Keinen Sou!« wiederholte der große Cointet. »Dann habe ich sie in der Tasche!« sagte er bei sich.

Die Firma Métivier und die Firma Gebrüder Cointet verbanden mit ihrem Beruf als Papierhändler und Drucker die Tätigkeit von Bankiers, hüteten sich aber, dafür eine Lizenz zu bezahlen. Der Fiskus hat noch nicht Mittel und Wege gefunden, die kaufmännischen Betriebe so gut zu kontrollieren, daß er alle, die heimlich Bankgeschäfte machen, zwingen kann, das Bankierpatent zu erwerben, das in Paris zum Beispiel fünfhundert Francs kostet. Aber wenn sie auch nur Winkelbankiers waren, so setzten die Gebrüder Cointet und Métivier nichtsdestoweniger im Vierteljahr an den Plätzen Paris, Bordeaux und Angoulême untereinander einige hunderttausend Francs um. An diesem nämlichen Abend nun aber hatte die Firma Gebrüder Cointet aus Paris die von Lucien ausgestellten falschen Wechsel über dreitausend Francs erhalten. Der große Cointet hatte sofort auf diese Schuldsumme einen Plan gebaut, der sich, wie man sehen wird, mit furchtbarer Gewalt gegen den armen, geduldigen Erfinder richtete.

Am nächsten Tag um sieben Uhr morgens ging Boniface Cointet an dem Wasserlauf entlang, der seine große Papiermühle trieb und dessen donnerndes Getöse das gesprochene Wort fast übertönte. Er wartete dort auf einen jungen Mann von neunundzwanzig Jahren, der seit sechs Wochen Advokat am Gericht erster Instanz in Angoulême war und Pierre Petit-Claud hieß.

»Sie waren zusammen mit David Séchard in Angoulême auf der Schule?« fragte der große Cointet, nachdem er den jungen Advokaten begrüßt, der natürlich nicht verfehlt hatte, der Aufforderung des reichen Fabrikanten Folge zu leisten. – »Freilich«, antwortete Petit-Claud und schloß sich dem weitergehenden großen Cointet an. – »Haben Sie die Bekanntschaft erneuert?« – »Wir sind einander höchstens zweimal seit seiner Rückkehr begegnet. Das konnte auch nicht anders sein: ich steckte an den Werktagen in meinem Büro oder im Gerichtsgebäude; und an den Sonn- und Feiertagen arbeitete ich an der Vervollständigung meiner Kenntnisse; ich erwartete alles von mir selbst . . .«

Der große Cointet nickte zum Zeichen der Billigung.

»Als David und ich einander wiedersahen, hat er mich gefragt, was aus mir geworden sei. Ich sagte ihm, daß ich, nach Vollendung meiner juristischen Studien in Poitiers, Bürovorsteher bei dem Advokaten Olivet geworden sei und daß ich hoffe, eines Tages dessen Praxis zu übernehmen . . . Lucien Chardon, der sich jetzt de Rubempré nennen läßt, den Geliebten der Madame de Bargeton, unsern großen Dichter, mit einem Wort: den Schwager David Séchards, habe ich viel besser gekannt.« – »Dann können Sie also David Mitteilung von Ihrer Ernennung machen und ihm Ihre Dienste anbieten.« – »Das wird nicht gehen«, meinte der junge Advokat. – »Er hat nie einen Prozeß geführt, er hat keinen Advokaten, aber es kann dazu kommen«, erwiderte Cointet und musterte den kleinen Advokaten hinter seiner Brille von oben bis unten.

Pierre Petit-Claud war der Sohn eines Schneiders in l'Houmeau, war von seinen Schulkameraden verachtet worden und schien einen ansehnlichen Teil übergetretener Galle im Blut zu haben. Sein Gesicht hatte eine schmutzige, schmierige Färbung und sah aus wie die Gesichter, die auf frühere Krankheiten, auf kümmerliche Verhältnisse mit durchwachten Nächten und fast immer auf bösartige Triebe schließen lassen. Die Umgangssprache hat einen Ausdruck, der diesen Menschen mit einem Wort bezeichnet: er war ein Giftnickel. Seine heisere Stimme paßte zu der Schärfe seiner Züge, zu seinem bösen Ausdruck und zu der unbestimmten Farbe seiner Elsternaugen. Elsternaugen sind nach einer Bemerkung Napoleons ein Zeichen der Unredlichkeit. »Sehen Sie den an«, sagte er auf Sankt-Helena zu Las Cases[16a] über einen seiner Vertrauten, den er wegen Veruntreuung entlassen mußte; »ich weiß nicht, wie ich mich so lange in ihm täuschen konnte, er hat

Augen wie eine Elster.« Als daher der große Cointet diesen mageren kleinen Advokaten mit dem blatternarbigen Gesicht, dem spärlichen Haar, das Stirn und Schädel schon ineinander übergehen ließ, genau angeschaut, als er festgestellt hatte, wie Petit-Claud schon dabei war, sein Gewissen zu beschwichtigen, sagte er sich: »Das ist mein Mann.« In der Tat war Petit-Claud, dem die Verachtung, der er überall begegnete, das Leben verbitterte, an dem die brennende Gier, in die Höhe zu kommen, zehrte, sehr kühn gewesen: Obwohl er kein Vermögen besaß, hatte er die Praxis seines Chefs für dreißigtausend Francs gekauft, wobei er auf eine Heirat rechnete, um jene Schuld bezahlen zu können; und wie es üblich ist, zählte er auf seinen Chef und hoffte, daß dieser eine Frau für ihn fände, denn der Vorgänger hat stets ein Interesse daran, seinen Nachfolger zu verheiraten, um zu seinem Geld zu kommen. Noch mehr jedoch rechnete Petit-Claud auf sich selber, denn es fehlte ihm nicht an einer gewissen geistigen Überlegenheit, die in der Provinz selten ist und die ihre Wurzel in seinem Haß hatte. Großer Haß, großer Antrieb. Es herrscht ein beträchtlicher Unterschied zwischen den Pariser Advokaten und denen der Provinz, und der große Cointet war schlau genug, sich die kleinen Regungen zunutze zu machen, denen diese Provinzadvokaten gehorchen. In Paris bedarf ein bedeutender Advokat, und dort gibt es deren viele, derselben Eigenschaften, die den Diplomaten auszeichnen: die große Zahl der Obliegenheiten, der Umfang der Interessen, die im Spiel sind, das weite Gebiet der Fragen, mit denen er sich abgeben muß: all das wirkt zusammen, daß er nicht einzig und allein im Prozeßverfahren das Mittel sehen muß, zu Vermögen zu gelangen. Gleichgültig, ob er den Kläger oder Beklagten vertritt, ist das Prozeßverfahren für ihn nicht mehr wie früher ein Weg zum Reichwerden. In der Provinz dagegen befassen sich die Advokaten vorwiegend mit dem, was man ›Kleinkram‹ nennt: mit einer Unzahl kleiner Urkunden, Protokolle und Aktenstücke, die die Kostenrechnungen in die Höhe treiben und Stempelpapier verbrauchen. Solcherlei Geschäftchen beschäftigen den Provinzadvokaten; er muß Wert darauf legen, dort Gebühren zu erheben, wo der Pariser Advokat sich lediglich um Honorare kümmert. Honorare sind das, was der Klient über die Kosten hinaus seinem Advokaten für die mehr oder weniger geschickte Führung seiner Sache zu zahlen hat. Der Fiskus bekommt die Hälfte der Kosten, während die Honorare ganz und gar dem Advokaten zufließen. Sagen wir es frei heraus: die Honorare, die wirklich bezahlt werden, stehen selten im rechten Verhältnis zu den Honoraren, die für die Dienste, die ein guter Advokat leistet, formell verlangt und berechnet werden. Die Pariser Advokaten und Ärzte sind, wie die Prostituierten gegenüber Gelegenheitsliebhabern, außerordentlich mißtrauisch, was die Erkenntlichkeit ihrer Klienten betrifft. Der Klient vor und nach dem Prozeß, das könnte zwei treffliche, eines Meissonier[17] würdige Genrebilder abgeben, um die sich ohne Frage die honorierten Advokaten reißen würden. Es besteht zwischen dem Advokaten von Paris und dem der Provinz noch ein anderer Unterschied.[18] Der Pariser Büroadvokat plädiert selten vor Gericht; er spricht nur manchmal, wenn es sich um Anträge zu vorläufiger Entscheidung handelt; aber im Jahre 1822 waren in den meisten Départements – seither haben sich die Gerichtsadvokaten stark vermehrt – die Büroadvokaten zugleich Gerichtsadvokaten und vertraten ihre Sache bei den Terminen selber. Aus diesem Doppelleben ergibt sich eine doppelte Arbeit, die von dem Büroadvokaten der Provinz die intellektuelle Verderbtheit des Gerichtsadvokaten fordert, ohne ihm die drückenden Geschäfte des Büroadvokaten abzunehmen. Der Büroadvokat in der Provinz wird ein Schwätzer und verliert die Klarheit des Urteils, die für die Führung der Prozesse so notwendig ist. Ein geistig überlegener Mensch, der sich auf diese Weise verdoppelt, birgt oft zwei Durchschnittsmenschen. In Paris kann sich der Büroadvokat, der sich nicht in Worten vor dem Gerichtshof auszugeben braucht, der nur selten das Für und Wider herüber und hinüber beschwatzt, die Geradheit seiner Gedanken bewahren. Wenn er die Ballistik des Rechts beherrscht, wenn er das Arsenal der Mittel durchwühlt, die ihm die Widersprüche der Jurisprudenz zur Verfügung stellen, behält er seine Überzeugung von der Sache, der zum Sieg zu verhelfen er bemüht ist. Kurz gesagt: das Denken benebelt weit weniger als das Reden. Wenn er immer nur redet, glaubt einer schließlich an das, was er sagt, während man gegen sein Denken handeln kann, ohne es zu verderben, und eine schlechte Sache zu gewinnen vermag, ohne zu behaupten, sie sei gut, wie es der plädierende Advokat tun muß. Daher kann der alte Pariser Büroadvokat viel eher als ein alter Gerichtsadvokat einen guten Richter abgeben. Aus mehr als einem Grund wird daher ein Provinzadvokat zu einem mittelmäßigen Menschen: er muß in seinem Innern kleinlich sein, er führt kleine Sachen, er lebt von der Gebührenerhebung, er mißbraucht die Strafprozeßordnung, und er plädiert! Kurzum, er hat viele Gebrechen. Wenn daher unter diesen Provinzadvokaten ein bemerkenswerter Mann auftaucht, ist er gleich ein sehr überlegener Kopf.

»Ich hatte gemeint, Sie hätten mich aus geschäftlichen Gründen herbestellt«, antwortete Petit-Claud und machte durch den Blick, den er auf die undurchdringlichen Brillengläser des großen Cointet richtete, aus dieser Bemerkung eine kleine Bosheit. – »Keine Umschweife«, gab Boniface zurück. »Hören Sie mal zu . . .«

Nach dieser Äußerung, die vertrauliche Enthüllungen erwarten ließ, setzte sich Cointet auf eine Bank und forderte Petit-Claud auf, seinem Beispiel zu folgen.

»Als Monsieur du Hautoy im Jahre 1804 durch Angoulême kam, um sich als Konsul nach Valencia zu begeben, lernte er hier Madame de Senonches kennen, die damals Mademoiselle Zéphirine hieß, und sie bekam von ihm ein Kind, ein Mädchen«, flüsterte Cointet sehr leise seinem Gesprächspartner zu. »Ja«, wiederholte er, als er sah, wie Petit-Claud eine erstaunte Bewegung machte, »die Verheiratung Mademoiselle Zéphirines mit Monsieur de Senonches ist dieser heimlichen Niederkunft schnell gefolgt. Jenes Mädchen nun, das auf dem Lande bei meiner Mutter aufgezogen wurde, ist Mademoiselle Françoise de la Haye und steht unter der Obhut der Madame de Senonches, die, wie es üblich ist, ihre Patin ist. Da meine Mutter, die die Pächterin der alten Madame de Cardanet, Zéphirines Großmutter, war, das Geheimnis der einzigen Erbin der Cardanets und der Senonches' älterer Linie kannte, hat man mir die kleine Summe, die Monsieur Francis du Hautoy seinerzeit seiner Tochter ausgesetzt hat, übergeben, damit ich sie anlegte. Ich bin mit Hilfe dieser zehntausend Francs, aus denen heute dreißigtausend Francs geworden sind, zu meinem Vermögen gekommen. Madame de Senonches wird ihrem Mündel Aussteuer, Silberzeug und einiges Mobiliar geben; und ich kann

Ihnen das Mädchen zur Frau verschaffen, mein Junge«, sagte Cointet und klopfte Petit-Claud vertraulich aufs Knie. »Wenn Sie Françoise de la Haye heiraten, bekommen Sie die Klientel eines großen Teils der Aristokratie von Angoulême. Diese Verbindung zur linken Hand eröffnet Ihnen eine glänzende Zukunft ... Die Lebensstellung eines Advokaten wird als gut genug erscheinen: man will nicht höher hinaus, ich weiß es.« – »Was muß ich tun?« fragte Petit-Claud gierig; »Sie haben doch Cachan als Advokaten ...« – »Daher werde ich Cachan nicht plötzlich Ihnen zuliebe aufgeben; Sie sollen mich erst später zum Klienten bekommen«, sagte der große Cointet pfiffig. »Was Sie tun müssen, mein Freund? Nun, die Geschäfte David Séchards müssen Sie besorgen. Dieser arme Teufel hat uns für tausend Taler Wechsel zu zahlen; das kann er nicht, und Sie sollen seine Sache gegen unsere Klage führen, und zwar so, daß riesige Kosten entstehen ... Sie können unbesorgt sein, immer weiter gehen und dafür sorgen, daß immer neue Schwierigkeiten und Zwischenfälle entstehen. Doublon, mein Gerichtsvollzieher, wird es übernehmen, ihn unter der Leitung Cachans gerichtlich zu belangen, und er wird ihn nicht mit Samtpfötchen anfassen ... Übrigens, ich weiß, wer gut zuhört, dem genügt eine Andeutung. Jetzt, junger Mann ...«

Es entstand eine beredte Pause, während deren die beiden Männer einander ansahen.

»Sie und ich haben uns niemals gesehen«, fuhr dann Cointet fort, »ich habe Ihnen nichts gesagt, Sie wissen nichts von Monsieur du Hautoy, von Madame de Senonches und von Mademoiselle de la Haye; Sie brauchen nur, wenn es so weit ist, in zwei Monaten, um die Hand der jungen Dame anzuhalten. Wenn wir uns treffen müssen, kommen Sie abends hierher.« – »Sie wollen also Séchard zugrunde richten?« fragte Petit-Claud. – »Nicht ganz und gar, aber er muß eine Zeitlang im Gefängnis bleiben ...« – »Und zu welchem Zweck?« – »Glauben Sie, ich sei so dumm, Ihnen das zu sagen? Wenn Sie gescheit genug sind, es zu erraten, werden Sie auch gescheit genug sein, den Mund zu halten.« – »Der alte Séchard ist reich«, meinte Petit-Claud. Er lebte schon in Bonifaces Gedankenwelt und faßte einen Umstand ins Auge, der störend sein konnte. – »Solange der Alte lebt, gibt er seinem Sohn keinen Liard, und dieser Ex-Buchdrucker hat vorerst noch keine Lust, seine Todesanzeige drucken zu lassen.« – »Also abgemacht!« sagte Petit-Claud, der sich schnell entschloß. »Ich fordere keine Bürgschaften von Ihnen, ich bin Advokat; verliere ich das Spiel, dann haben Sie es mit mir zu tun.«

Der Kerl wird's weit bringen, dachte Cointet und verabschiedete sich von Petit-Claud.

Am Tage nach dieser Besprechung, am dreißigsten April, ließen die Gebrüder Cointet den ersten der drei Wechsel, die Lucien angefertigt hatte, präsentieren. Unglücklicherweise wurde der Wechsel der armen Madame Séchard überreicht, die sofort merkte, daß Lucien die Unterschrift ihres Mannes gefälscht hatte, David herbeirief und ihm auf den Kopf zusagte: »Du hast diesen Wechsel nicht unterschrieben . . . !« – »Nein«, antwortete er. »Dein Bruder hatte es so eilig, daß er für mich unterzeichnet hat . . .«

Eve gab dem Kassenboten der Firma Gebrüder Cointet den Wechsel zurück und sagte: »Wir sind nicht in der Lage.«

Dann stieg sie, da sie fühlte, daß die Kräfte sie verließen, in ihr Zimmer hinauf, und David folgte ihr.

»Lieber«, sagte Eve mit gebrochener Stimme zu Séchard, »geh schleunigst zu den Herren Cointet, sie werden Rücksicht auf dich nehmen; bitte sie, zu warten, und gib ihnen überdies zu verstehen, daß sie dir bei der Erneuerung des Pachtvertrags mit Cérizet tausend Francs schuldig sind.«

David ging sofort zu seinen Feinden. Ein Faktor kann immer Buchdrucker werden, aber ein tüchtiger Buchdrucker ist nicht immer ein Geschäftsmann: so stand David, der von geschäftlichen Dingen nicht viel verstand, in großer Verlegenheit vor dem großen Cointet, als er von diesem, nachdem er mit erstickter Stimme und mit klopfendem Herzen schlecht und recht seine Entschuldigungen gestammelt und seine Bitte vorgebracht hatte, folgende Antwort erhielt: »Diese Sache geht uns gar nichts an; wir haben den Wechsel von Métivier, Métivier muß uns zahlen. Wenden Sie sich an Métivier.« – »Oh!« rief Eve, als ihr diese Antwort berichtet wurde, »wenn der Wechsel an Métivier zurückgeht, können wir ruhig sein.«

Am nächsten Tag um zwei Uhr, zu einer Stunde, da die Place du Mûrier voller Menschen ist, erhob Victor-Ange-Herménégilde Doublon, der Gerichtsvollzieher der Firma Cointet, Wechselprotest; und trotz der Mühe, die er sich gab, an der Haustür mit Marion und Kolb zu plaudern, war der Protest am Abend in der ganzen kaufmännischen Welt von Angoulême bekannt. Konnte überdies das heuchlerische Gehabe Doublons, dem der große Cointet die größte Rücksicht anempfohlen hatte, Eve und David vor der kaufmännischen Schande retten, die einer Zahlungsunfähigkeit auf dem Fuße folgt? Man urteile selbst! Die Längen der Darstellung dürften hier zu kurz erscheinen. Neunzig Leser von hundert werden von den Einzelheiten, die jetzt folgen, gepackt werden wie von der pikantesten Neuigkeit. Und so wird wieder einmal die Wahrheit des Grundsatzes bewiesen: Es gibt nichts Unbekannteres, als das, was jeder kennen müßte: das Gesetz!

Gewiß müßte für die ungeheure Mehrheit der Franzosen der Mechanismus eines der Räderwerke des Bankwesens in guter Schilderung genauso interessant sein wie ein Kapitel aus einer Reisebeschreibung. Wenn ein Kaufmann aus der Stadt, in der er sein Geschäft hat, einen Wechsel an jemanden schickt, der in einer anderen Stadt wohnt, wie es David, um Lucien zu dienen, sicherlich getan hatte, dann handelt es sich nicht mehr um einen einfachen Wechsel, der in derselben Stadt zur Erledigung eines kaufmännischen Geschäfts von einem Geschäftsmann an einen anderen gegeben wird, sondern um etwas, das wie der Wechselbrief aussieht, der von einem Platz auf den anderen gezogen wird. So war Métivier, als er Lucien die drei Wechsel abgenommen hatte, um den betreffenden Betrag einzukassieren, genötigt, sie der Firma Gebrüder Cointet, seinen Geschäftsfreunden, zu schikken. Daraus ergab sich für Lucien ein erster Verlust, der mit dem Namen ›Kommission für Versendung des Wechsels‹ bezeichnet wurde und der sich in soundso viel Prozent ausdrückt, die außer dem Diskont von jedem Wechsel abgezogen wurden. Séchards Wechsel waren also in die Kategorie der Bankgeschäfte übergegangen. Man sollte nicht glauben, in welchem Maß der Umstand, daß zu dem erhabenen Titel des Gläubigers noch die Eigenschaft des Bankiers kommt, die Lage des Schuldners verändert. So sind im Bankverkehr die Bankiers es einander schuldig, sobald ein Wechsel, der von dem Platz Paris nach dem Platz Angoulême gegangen ist, nicht bezahlt wird, sich das zu senden, was man eine Rikambio-Note nennt. Niemals haben Romanschreiber etwas Unwahrscheinlicheres erfunden, als was hier jetzt erzählt wird; denn man höre, welch wunderbare Späße ein Paragraph des Handelsgesetzbuches möglich macht; diese Auseinandersetzung möge zeigen, wieviel Entsetzliches unter dem schrecklichen Wort ›Gesetzlichkeit‹ verborgen ist.

Nachdem Doublon seinen Protest zu Protokoll genommen hatte, überbrachte er ihn persönlich der Firma Cointet. Der Gerichtsvollzieher führte ein Konto für diese Wucherer von Angoulême und gewährte ihnen einen Kredit von sechs Monaten, den der große Cointet durch die Art, wie er bezahlte, auf ein Jahr hinauszog, wobei er aber von Monat zu Monat seinen Wucherergehilfen fragte: »Doublon, brauchen Sie Geld?« Und das ist noch nicht alles. Doublon gewährte dieser mächtigen Firma einen Rabatt, so daß sie an jedem Akt etwas verdiente, ein winziges bißchen, etwa einen Franc fünfzig Centimes auf jeden Protest . . . ! Der große Cointet setzte sich ruhig an seinen Schreibtisch, nahm ein kleines Blatt Papier, das eine Stempelmarke über fünfunddreißig Centimes trug, und holte dabei aus Doublon Nachrichten über den Stand der Geschäfte der verschiedenen Kaufleute heraus.

»Nun, sind Sie mit dem kleinen Gannerac zufrieden . . . ?« – »Es geht nicht schlecht. Ein Speditionsgeschäft . . .« – »Ah! er dürfte in beträchtlichen Schwierigkeiten stecken! Es ist mir gesagt worden, seine Frau verursache ihm große Ausgaben . . .« – »Ihm . . . ?« rief Doublon und grinste.

Während dieses Gesprächs hatte der Wucherer sein Papier in Ordnung gebracht und schrieb nun in Rundschrift die unheilverkündende Überschrift und darunter die folgende Rechnung (sic!).

Rikambio-Note und Kosten

Für einen Wechsel über tausend Francs, datiert Angoulême den zehnten Februar eintausendachthundertzweiundzwanzig, ausgestellt von Séchard jr. auf die Order von Lucien Chardon, genannt de Rubempré, übergegangen an die Order von Métivier und auf unsere Order, fällig gewesen am dreißigsten April dieses Jahres, protestiert vom Gerichtsvollzieher Doublon am ersten Mai eintausendachthundertzweiundzwanzig.

| | | |
|---|---|---|
| Wechselbetrag | 1000 fr. | – c. |
| Protest | 12 fr. | 35 c. |
| Kommission zu 1/2 % | 5 fr. | – c. |
| Maklergebühr zu 1/4 % | 2 fr. | 50 c. |
| Stempel für unsern Rückwechsel und für Gegenwärtiges | 1 fr. | 35 c. |
| Zinsen und Briefporto | 3 fr. | – c. |
| | 1024 fr. | 20 c. |
| Platzkurs zu 1 1/4 % auf 1024.20 | 13 fr. | 25 c. |
| In Summa | 1037 fr. | 45 c. |

Eintausendsiebenunddreißig Francs fünfundvierzig Centimes, für welche Summe wir uns befriedigen durch unseren Sichtwechsel auf Monsieur Métivier, Rue Serpente in Paris, an die Order des Monsieur Gannerac in l'Houmeau.

Angoulême, den zweiten Mai eintausendachthundertzweiundzwanzig. Gebrüder Cointet

Unter diese kleine Rechnung, die mit all der Routine eines Geübten ausgefertigt wurde, denn der große Cointet plauderte dabei ununterbrochen mit Doublon, schrieb er die folgende Erklärung:

Wir Unterzeichneten, Postel, Apotheker in l'Houmeau, und Gannerac, Speditionskommissär, beide Kaufleute dieser Stadt, bescheinigen, daß der Kurs unseres Platzes auf Paris 1 1/4 % beträgt.

Angoulême, den 3. Mai 1822«

»Hier, Doublon, tun Sie mir den Gefallen und gehen Sie zu Postel und Gannerac, bitten Sie, daß man Ihnen diese Erklärung unterschreibt, und bringen Sie sie mir morgen früh wieder.«

Und Doublon, dem diese Folterinstrumente geläufig waren, ging, wie wenn es sich um die einfachste Sache von der Welt gehandelt hätte. Offenbar hätte, auch wenn der Protest, wie in Paris, in verschlossenem Umschlag übergeben worden wäre, ganz Angoulême jetzt von dem unglücklichen Stand der Geschäfte des armen Séchard Kenntnis erhalten. Und Gegenstand wievieler Vorwürfe war seine Geschäftsuntüchtigkeit. Die einen sagten, er habe sich durch die ausschweifende Liebe zu seiner

Frau ruiniert; die anderen beschuldigten ihn, er bezeige seinem Schwager zu viel Freundschaft. Und was für grausame Schlüsse zogen sie alle aus diesen Voraussetzungen! Man dürfe sich niemals der Interessen seiner Nächsten annehmen! Die Härte des alten Séchard gegen seinen Sohn wurde gebilligt, der Vater bewundert!

Ihr alle, die ihr es aus irgendwelchen Gründen unterlaßt, euren Verpflichtungen nachzukommen, prüft jetzt das völlig gesetzliche Verfahren, durch das man innerhalb von zehn Minuten im Bankverkehr ein Kapital von tausend Francs achtundzwanzig Francs Zinsen bringen läßt.

Der erste Punkt dieser Rechnung ist der einzige, der unbestreitbar ist.

Der zweite Punkt enthält den Anteil des Fiskus und des Gerichtsvollziehers. Die sechs Francs, die der Staat einstreicht, indem er die Not des Schuldners zu Protokoll nimmt und das Stempelpapier liefert, werden diesen Mißbrauch noch lange am Leben erhalten. Man erinnere sich überdies, daß dieser Punkt dem Bankier infolge des von Doublon bewilligten Rabatts einen Gewinn von einem Franc fünfzig Centimes einbringt.

Die Kommission von ½%, die den dritten Punkt bildet, wird unter dem schlauen Vorwand angerechnet, daß im Bankverkehr ›seine Zahlung nicht erhalten‹ dasselbe ist, wie einen Wechsel diskontieren. Obwohl das völlig entgegengesetzte Dinge sind, wird dennoch behauptet, es gebe keine größere Ähnlichkeit, als tausend Francs herauszurücken oder aber sie nicht einzukassieren. Jeder, der Wechsel zum Diskontieren präsentiert, weiß, daß der Diskontierer außer den gesetzlichen sechs Prozent soundso viel Prozent unter dem schlichten Namen ›Kommission‹ erhebt; sie stellen die Zinsen dar, die ihm über die gesetzliche Gebühr hinaus das Talent einbringt, mit dem er seine Kapitalien wuchern läßt. Je mehr Geld er verdienen kann, desto mehr verlangt er von einem. Man muß daher bei den Dummen diskontieren; da ist es billiger. Aber gibt es im Bankverkehr Dumme?

Das Gesetz verpflichtet den Bankier, die Höhe des Kurses durch einen Wechselmakler bestätigen zu lassen. In den Ortschaften, die so unglücklich sind, keine Börse zu haben, wird der Wechselmakler durch zwei Kaufleute ersetzt. Die sogenannte

Maklergebühr ist auf $^1/_4$% der in dem protestierten Wechsel genannten Summe festgesetzt. Es hat sich der Brauch eingebürgert, diese Kommissionsgebühr anzurechnen, als ob sie den Kaufleuten, die den Makler ersetzen, gegeben worden sei, und der Bankier steckt sie ganz einfach in seine Kasse. So erklärt sich der vierte Punkt dieser lieblichen Rechnung.

Der fünfte Punkt umfaßt die Kosten des Stempelpapiers, auf dem diese Rückrechnung abgefaßt ist, und des Stempels dessen, was man so erfinderisch den Rückwechsel nennt, das heißt des neuen Wechsels, den der Bankier auf seinen Kollegen zieht, um sich bezahlt zu machen.

Man prüfe nunmehr diese Rechnung genau, in der, ganz wie Policinello in dem neapolitanischen Lied rechnet, das Lablache[19] so entzückend vortrug, fünfzehn und fünf zweiundzwanzig machen! Offenbar war die Unterschrift Postels und Ganneracs bloße Gefälligkeit: die Cointets bestätigten im entsprechenden Fall für Gannerac, was Gannerac für die Cointets bestätigt hätte. Es war die praktische Anwendung des Sprichworts: ›Haust du meinen Juden, hau' ich deinen Juden.‹ Die Gebrüder Cointet, die mit Métivier in laufender Rechnung standen, hatten nicht nötig, einen Wechsel auf sie abzugeben. Bei ihrem Verkehr bedeutete ein zurückgegangener Wechsel nichts weiter als eine neue Zeile im Soll und Haben.

Diese Phantasierechnung hätte also in Wirklichkeit nicht mehr ausmachen dürfen als die tausend Francs, die Protestkosten in Höhe von dreizehn Francs und $^1/_2$% Zinsen für einen Monat Rückstand, im ganzen etwa eintausendundachtzehn Francs.

Wenn ein großes Bankhaus durchschnittlich alle Tage eine solche Rückrechnung über einen Wechsel von tausend Francs durchführt, dann verdient es täglich achtundzwanzig Francs durch die Gnade Gottes und die Gepflogenheiten der Bank, dieser furchtbaren Diktatur, die die Juden im zwölften Jahrhundert erfunden haben und die heute über Throne und Völker herrscht. Mit andern Worten bringen also tausend Francs dem betreffenden Bankhaus achtundzwanzig Francs täglich oder zehntausendzweihundertzwanzig Francs jährlich. Man verdreifache den Durchschnitt dieser Rückrechnungen, und man kommt auf eine Einnahme von dreißigtausend Francs, die diese fiktiven

Kapitalien einbringen. Daher wird nichts liebevoller betrieben als das System dieser Rückrechnungen. Wäre David Séchard am dritten Mai gekommen, um seinen Wechsel zu bezahlen, oder auch gleich am Tage nach dem Protest, dann hätten die Gebrüder Cointet ihm gesagt: »Wir haben Ihren Wechsel an Métivier zurückgeschickt!«, auch wenn der Wechsel noch auf ihrem Pulte gelegen hätte. Die Rückrechnung tritt schon am Abend nach dem Protest in Kraft. In der Sprache der Provinzbankiers nennt man das ›die Taler schwitzen lassen‹. Das Briefporto allein bringt der Firma Keller, die mit der ganzen Welt korrespondiert, einige zwanzigtausend Francs ein, und die Rückrechnungen tragen für die Baronin von Nucingen die Kosten der Loge in der Italienischen Oper, des Wagens und der Toilette. Das Briefporto ist ein um so furchtbarerer Mißbrauch, als die Bankiers in zehn Zeilen eines einzigen Briefs zehn Angelegenheiten erledigen. Seltsam! Der Fiskus hat an dieser Steuer, die dem Unglück auferlegt wird, ebenfalls seinen Anteil, und der Staatsschatz wird somit durch geschäftliches Mißgeschick bereichert. Und die Bank schleudert dem Schuldner von ihrem Kontor aus die begründete Frage zu: »Warum sind Sie nicht imstande zu zahlen?« Worauf man leider nichts zu antworten weiß. So ist die Rückrechnung ein Märchen voll schrecklicher Erfindungen, und die Schuldner, die über diese lehrreiche Seite nachdenken, werden künftig eine heilsame Scheu davor haben.

Am 4. Mai erhielt Métivier von den Gebrüdern Cointet die Rückrechnung mit dem Auftrag, Monsieur Lucien Chardon, genannt de Rubempré, in Paris aufs äußerste zu verfolgen.

Einige Tage später erhielt Eve in Beantwortung des Briefes, den sie an Métivier geschrieben hatte, die folgenden Zeilen, die sie völlig beruhigten.

»Monsieur Séchard jr., Drucker in Angoulême

Ich erhielt Ihr Geehrtes vom 5. dieses. Ich entnahm Ihren Erklärungen über den nichtbezahlten Wechsel vom 30. April, daß Sie Ihrem Schwager, Monsieur de Rubempré, eine Gefälligkeit erwiesen haben; aber dieser macht so viele Ausgaben, daß man Ihnen einen Dienst damit erweist, wenn man ihn zur Zahlung zwingt: in seiner Lage wird er sich nicht lange verfolgen lassen.

Sollte Ihr geehrter Herr Schwager nicht zahlen, so würde ich mich auf die Loyalität Ihres alten Hauses verlassen und zeichne wie immer

hochachtungsvoll ergebenst Métivier.«

»Tadellos«, sagte Eve zu David. »Mein Bruder erfährt auf diese Weise, daß wir nicht zahlen konnten.«

Von welcher Wandlung in Eve zeugte dieser Satz! Die wachsende Liebe, die ihr Davids Charakter, den sie immer besser kennenlernte, einflößte, war in ihrem Herzen an die Stelle der Liebe zu ihrem Bruder getreten. Aber von wieviel Illusionen nahm sie damit Abschied!

Verfolgen wir nunmehr den ganzen Weg, den die Rückrechnung auf dem Platz Paris machte. Ein dritter Inhaber, das heißt, wer den Wechsel durch Übertragung in Besitz hat, ist auf Grund des Gesetzes berechtigt, unter den verschiedenen Giranten[20] dieses Wechsels lediglich gegen den vorzugehen, von dem man annimmt, daß er am schnellsten zahlt. Auf Grund dieser Gesetzesbestimmung ging der Gerichtsvollzieher Métiviers gegen Lucien vor. Man höre nur die einzelnen Phasen dieses übrigens völlig unnützen Vorgehens. Métivier, hinter dem die Cointets steckten, wußte um die Zahlungsunfähigkeit Luciens; aber nach dem Geist des Gesetzes existiert die tatsächliche Zahlungsunfähigkeit rechtlich erst, nachdem sie festgestellt worden ist.

Man stellte also die Unmöglichkeit, von Lucien die Bezahlung des Wechsels zu erlangen, auf folgende Weise fest. Der Gerichtsvollzieher Métiviers zeigte am 5. Mai Lucien die Rückrechnung und den Protest von Angoulême an und lud ihn vor das Pariser Handelsgericht; hier sollte er sich eine Menge Dinge anhören, unter anderen, daß er als Kaufmann erklärt und als solcher zu Schuldhaft verurteilt werden solle. Als Lucien, der, wie wir wissen, in dieser Zeit das Leben eines gehetzten Hirschs führte, dieses unverständliche Zeug las, bekam er bereits die Ausfertigung eines Versäumnisurteils, das gegen ihn vom Handelsgericht erlassen worden war. Coralie, seine Geliebte, die keine Ahnung hatte, um was es sich handelte, und die glaubte, Lucien habe seinem Schwager einen Gefallen erwiesen, hatte ihm sämtliche Aktenstücke erst eingehändigt, als es schon zu spät war. Eine

Schauspielerin sieht in den Vaudevillestücken zu viele Schauspieler in der Rolle von Gerichtsvollziehern, als daß sie sich aus Stempelpapier etwas machte.

Lucien traten die Tränen in die Augen; Séchard tat ihm furchtbar leid; er schämte sich seiner Fälschung, und er wollte zahlen. Natürlich beriet er sich mit seinen Freunden, was er tun könne, um Zeit zu gewinnen. Aber bis Lousteau, Blondet, Bixiou und Nathan Lucien darüber belehrt hatten, daß ein Dichter sich gar nicht um das Handelsgericht, eine Einrichtung für Krämer, zu kümmern brauche, war gegen den Dichter schon die Exekution vollzogen worden. Er sah an seiner Tür den kleinen gelben Zettel kleben, der gewöhnlich auch die Portiersfrauen gelb vor Wut macht, der auf den Kredit die einschnürendste Wirkung ausübt, in das Herz der kleinsten Lieferanten Schrecken jagt, und der vor allem das Blut in den Adern der Dichter zum Stocken bringt; denn die sind so sentimental, daß sie Anhänglichkeit für die Holzstücke, Seidenlappen, Haufen farbiger Wolle und all das Brimborium hegen, das man Möbel nennt. Als die Leute kamen, um Coralies Möbel abzuholen, suchte der Dichter der ›Margueriten‹ einen Freund Bixious auf, einen Advokaten namens Desroches, der zu lachen anfing, als er sah, daß Lucien um einer solchen Kleinigkeit willen so aufgeregt war. – »Das ist ja nicht der Rede wert, mein Lieber. Sie wollen Zeit gewinnen?« – »So viel wie möglich.« – »Erheben Sie Einspruch gegen die Vollstreckung des Urteils. Gehen Sie zu einem meiner Bekannten, Monsieur Masson, der vor dem Handelsgericht plädiert, überbringen Sie ihm die Unterlagen; er wird den Einspruch erneuern, zu Ihrer Vertretung vor Gericht erscheinen und das Handelsgericht als inkompetent ablehnen. Das macht nicht die geringste Schwierigkeit, Sie sind ja zur Genüge als Journalist bekannt. Wenn Sie vor das Zivilgericht geladen werden, kommen Sie zu mir, da bin ich zugelassen: ich nehme es auf mich, die Leute gründlich abzuführen, die die schöne Coralie kränken wollen.«

Auf den 28. Mai war Lucien vor das Zivilgericht geladen und dort schneller verurteilt worden, als Desroches es geglaubt hatte; denn man ging mit großer Entschiedenheit gegen Lucien vor. Als eine neue Pfändung durchgeführt wurde, als von neuem der gelbe Zettel an der Flurtür Coralies prangte und die Möbel abgeholt werden sollten, legte Desroches, der sich ein wenig ärgerte, daß er sich von seinem Kollegen, wie er sich ausdrückte, hatte übers Ohr hauen lassen, dagegen Protest ein; er behauptete – übrigens mit Recht –, daß die Möbel Mademoiselle Coralie gehörten, und beantragte vorläufige Entscheidung. Der Gerichtspräsident lud daraufhin die Parteien zu einer Verhandlung über den Antrag auf vorläufige Entscheidung vor, und in dieser wurden die Möbel als Eigentum der Schauspielerin anerkannt. Métivier legte gegen dieses Urteil Berufung ein, die durch das Urteil vom 30. Juli verworfen wurde.

Am 7. August erhielt der Advokat Cachan mit der Post ein riesiges Aktenbündel, auf dem geschrieben stand: »Métivier gegen Séchard und Lucien Chardon.«

Das erste Stück war die folgende liebliche kleine Rechnung, für deren Genauigkeit wir bürgen. Sie ist Wort für Wort abgeschrieben worden:

| | |
|---|---|
| Wechsel vom 30. April ds. Js., ausgestellt von Séchard jr. auf die Order von Lucien de Rubempré (2. Mai) Rechnung für die Rücksendung . . . . . . . . . . . . | 1037 fr. 45 c. |
| (5. Mai.) Anzeige der Rückrechnung und des Protestes nebst Ladung vor das Handelsgericht von Paris zum 7. Mai . . . . . . . . . . . . . . . . . . . | 8 fr. 75 c. |
| (7. Mai.) Termin, Versäumnisurteil, mit der Befugnis zur Verhängung der Schuldhaft . . . . . . . . . . . . | 35 fr. – c. |
| (10. Mai.) Ausfertigung des Urteils . . . . . . . . | 8 fr. 50 c. |
| (12. Mai.) Gerichtliche Zahlungsaufforderung . . . . | 5 fr. 50 c. |
| (14. Mai.) Beschlagnahmeprotokoll . . . . . . . . . | 16 fr. – c. |
| (18. Mai.) Protokoll der Anbringung des Beschlagnahmesiegels . . . . . . . . . . . . . . . . . . . . | 15 fr. 25 c. |
| (19. Mai.) Anzeige in der Zeitung . . . . . . . . . | 4 fr. – c. |
| (24. Mai.) Protokoll der Inventarvergleichung vor Beschlagnahme der Möbel, ferner enthaltend den Einspruch gegen die Vollstreckung des Urteils von seiten des Monsieur Lucien de Rubempré . . . . . . . . . | 12 fr. – c. |
| (27. Mai.) Gerichtsurteil, das dem Gesuch Folge leistet und die Parteien auf Grund des gehörig wiederholten Einspruchs vor das Zivilgericht verweist . . . . . . | 35 fr. – c. |
| Übertrag | 1177 fr. 45 c. |

| | | |
|---|---|---|
| Übertrag | 1177 fr. | 45 c. |
| (28. Mai.) Ladung Métiviers an Rubempré, unverzüglich vor dem Zivilgericht zu erscheinen, unter Bestellung eines Sachwalters | 6 fr. | 50 c. |
| (2. Juni.) Nach Anhörung der Parteien Urteil, das Lucien Chardon verurteilt, die Summe der Rückrechnung zu bezahlen, und die vor dem Handelsgericht entstandenen Kosten dem Kläger auferlegt | 150 fr. | – c. |
| (6. Juni.) Ausfertigung dieses Urteils | 10 fr. | – c. |
| (15. Juni.) Gerichtliche Zahlungsaufforderung | 5 fr. | 50 c. |
| (19. Juni.) Protokoll zum Zweck der Beschlagnahme, ferner enthaltend den Einspruch der Mademoiselle Coralie hiergegen, die behauptet, daß die Möbel ihr gehören, und sofortige vorläufige Entscheidung für den Fall verlangt, daß zur Pfändung geschritten werde | 20 fr. | – c. |
| Verfügung des Präsidenten, die die Parteien zur mündlichen Verhandlung über den Antrag auf vorläufige Entscheidung lädt | 40 fr. | – c. |
| (19. Juni.) Urteil, das das Eigentum der Möbel der genannten Mademoiselle Coralie zuspricht | 250 fr. | – c. |
| (20. Juni.) Berufung Métiviers | 17 fr. | – c. |
| (30. Juni.) Bestätigung des Urteils | 250 fr. | – c. |
| In Summa | 1926 fr. | 45 c. |

| | | |
|---|---|---|
| Wechsel vom 31. Mai, Rückrechnung | 1037 fr. | 45 c. |
| Anzeige an Lucien | 8 fr. | 75 c. |
| In Summa | 1046 fr. | 20 c. |

| | | |
|---|---|---|
| Wechsel vom 30. Juni, Rückrechnung | 1037 fr. | 45 c. |
| Anzeige an Lucien | 8 fr. | 75 c. |
| In Summa | 1046 fr. | 20 c. |

Diese Aktenstücke waren von einem Brief begleitet, in dem Métivier dem Sachwalter Cachan in Angoulême den Auftrag gab, gegen David Séchard mit allen rechtlich zulässigen Mitteln vorzugehen. Victor-Ange-Herménégilde Doublon lud also David Séchard am 3. Juli vor das Handelsgericht von Angoulême wegen Zahlung der Gesamtsumme von 4018 Francs und 85 Centimes, das heißt, des Betrags der drei Wechsel und der bereits aufgelaufenen Kosten. An dem Tag, an dem Doublon Eve die gerichtliche Aufforderung, diese Summe zu zahlen, überbrachte, die für sie unerschwinglich war, hatte sie morgens den folgenden niederschmetternden Brief von Métivier erhalten:

»Monsieur Séchard jr., Drucker in Angoulême
Ihr Schwager, Monsieur Chardon, ist ein Mann, der nicht das mindeste Vertrauen verdient; er hat seine Möbel auf den Namen einer Schauspielerin, mit der er zusammenlebt, überschreiben lassen, und es wäre Ihre Schuldigkeit gewesen, mich von diesem Sachverhalt zu unterrichten, damit ich nicht einen unnützen Prozeß anstrenge. Sie haben aber meinen Brief vom 10. Mai d. J. nicht beantwortet. Sie können es mir daher nicht verdenken, wenn ich die unverzügliche Bezahlung der drei Wechsel und aller meiner Unkosten verlange.

Hochachtungsvoll Métivier.«

Eve, die nicht viel vom Handelsrecht verstand, hatte, da sie nichts mehr von der Sache hörte, geglaubt, ihr Bruder habe sein Verschulden wieder gutgemacht und die Wechsel eingelöst.

»Lieber«, sagte sie zu ihrem Mann, »geh schnell zu Petit-Claud, erkläre ihm unsere Lage und bitte ihn um seinen Rat.«

»Lieber Freund«, sagte der arme Drucker, als er in dem Büro seines Schulkameraden stand, zu dem er sofort geeilt war, »als du mir sagtest, du hättest dich als Anwalt niedergelassen, und mir deine Dienste anbotest, hätte ich nicht gedacht, daß ich sie so bald brauchen könne.«

Petit-Claud betrachtete das schöne Gesicht des Denkers, der da im Sessel vor ihm saß; denn er hörte nicht allzu sehr auf die Einzelheiten der Angelegenheit, von der er mehr wußte als der Mann, der sie ihm erklärte. Als er Séchard mit sorgenvoller Miene hatte eintreten sehen, hatte er sich gesagt: »Der Streich ist gelungen.«

Diese Szene spielt sich oft genug in den Anwaltsbüros ab. »Warum verfolgen ihn die Cointets?« fragte sich Petit-Claud. Es ist eine Eigenart der Anwälte, daß sie sowohl in die Seele ihrer Klienten wie in die der Gegner eindringen müssen: sie müssen die Rückseite des juristischen Gewebes genauso gut kennen wie die Vorderseite.

»Du willst Zeit gewinnen«, antwortete Petit-Claud endlich Séchard, als dieser fertig war. »Wie lange brauchst du? Etwa drei oder vier Monate?« – »Oh! vier Monate! Dann bin ich überm Berge!« rief David, dem Petit-Claud ein Engel zu sein schien. – »Also gut. Es soll keins deiner Möbelstücke angerührt, und du kannst nicht vor drei oder vier Monaten verhaftet werden ... Aber das wird dich eine Stange Geld kosten«, sagte Petit-Claud. – »Ach! was kann mir schon daran liegen?« rief Séchard. – »Du erwartest Eingänge; bist du sicher, daß sie nicht ausbleiben?« fragte der Anwalt. Er war über die Leichtigkeit, mit der sein Klient ins Netz ging, beinahe überrascht. – »In drei Monaten bin ich ein reicher Mann«, erwiderte David mit der Zuversicht des Erfinders. – »Dein Vater liegt noch nicht unterm Rasen«, entgegnete Petit-Claud, »er legt Wert darauf, noch ein bißchen in seinen Weinbergen herumzulaufen.« – »Rechne ich denn mit dem Tod meines Vaters?« fragte David. »Ich bin einem Fabrikationsgeheimnis auf der Spur, das es mir ermöglichen wird, ohne ein Fäserchen Baumwolle ein Papier herzustellen, das so fest ist wie das holländische und fünfzig Prozent billiger als der gegenwärtige Einkaufspreis des Baumwollzeugs.« – »Das bedeutet ein Vermögen!« rief Petit-Claud, der jetzt den Plan des großen Cointet begriff. – »Ein großes Vermögen, lieber Freund, denn binnen zehn Jahren wird zehnmal mehr Papier gebraucht werden als heute. Der Journalismus ist der Wahnsinn unserer Zeit.« – »Niemand kennt dein Geheimnis?« – »Niemand außer meiner Frau.« – »Du hast in deinen Plan, dein Programm nicht etwa jemanden eingeweiht ... zum Beispiel die Cointets?« – »Ich habe ihnen, glaube ich, in ganz unbestimmten Wendungen davon erzählt.«

Ein Schimmer von Edelmut blitzte jetzt in Petit-Clauds galliger Seele auf; er versuchte alles, die Interessen der Cointets, sein eigenes und das Séchards, miteinander in Einklang zu bringen.

»Hör mal, David, wir sind Schulkameraden; ich will deine Sache führen; aber sei dir klar darüber: dieser Prozeß gegen die Gesetze kostet dich fünf- bis sechstausend Francs ... ! Setz dein Vermögen nicht aufs Spiel. Ich glaube, es wird dir nichts übrigbleiben, als die Gewinne deiner Erfindung mit einem unserer Fabrikanten teilen zu müssen. Sieh mal, du wirst es dir sicherlich zweimal überlegen, ehe du eine Papiermühle kaufst oder bauen läßt ... Du wirst überdies ein Patent zur Ausbeutung der Erfindung nehmen müssen; all das kostet Zeit und kostet Geld. Die Gerichtsvollzieher überfallen dich vielleicht zu früh, trotz all der Umwege, die wir machen werden, um ihnen zu entgehen ...« – »Ich gebe mein Geheimnis nicht preis«, antwortete David mit der Weltfremdheit des Gelehrten. – »Gut denn. Dein Geheimnis soll deine Rettungsplanke sein«, fuhr Petit-Claud fort, der sich in seinem ersten ehrlichen Versuch, einen Prozeß zu vermeiden und einen Vergleich zu schließen, zurückgewiesen sah, »ich will es nicht wissen; aber höre, was ich dir sage: Arbeite im Innern der Erde, damit dich niemand sieht und niemand den Mitteln, die du anwendest, auf die Spur kommt; denn die Planke, die deine Rettung sein soll, würde dir sonst unter den Füßen weggestohlen werden ... Unter der Haut eines Erfinders steckt oft der Einfaltspinsel! Ihr denkt zuviel an eure Geheimnisse, als daß ihr an alles denken könnt. Irgendwer wird schließlich herausbekommen, womit du dich beschäftigst; du bist von Fabrikanten umringt! So viele Fabrikanten, so viele Feinde! Du bist wie der Biber inmitten der Jäger; laß ihnen nicht dein Fell ...« – »Danke, lieber Kamerad, das alles habe ich mir auch schon gesagt«, rief Séchard; »aber ich bin dir dankbar, daß du mir so viel Vorsicht und Eifer bezeigst! Es handelt sich bei diesem Unternehmen nicht um mich. Mir würden zwölfhundert Francs jährlich genügen, und mein Vater muß mir ja eines Tages mindestens dreimal soviel hinterlassen ... Ich lebe von der Liebe und von meinem Denken ... ein himmlisches Leben! ... Es handelt sich um Lucien und meine Frau, für sie arbeite ich ...« – »Gut also, unterzeichne diese Vollmacht und kümmere dich nur noch um deine Erfindung. Kommt es so weit, daß du dich der Schuldhaft wegen verborgen halten mußt, dann gebe ich dir am Tag zuvor Nachricht; man muß an alles denken. Und vergiß nicht: laß niemand zu dir, dessen du dir nicht so gewiß bist wie deiner selbst.« – »Cérizet hat den Pachtvertrag zur Benutzung meiner Druckerei nicht erneuern wollen, und daher stammen unsere kleinen Geldsorgen. Ich habe also nur noch Marion bei mir und Kolb, einen Elsässer, der treu wie ein Pudel ist, meine Frau und meine Schwiegermutter.« – »Hör auf mich«, sagte

Petit-Claud, »mißtraue dem Pudel ...« – »Du kennst ihn nicht!« rief David; »Kolb ist mein zweites Ich.« – »Darf ich ihn auf die Probe stellen?« – »Ja«, antwortete Séchard. – »Dann leb wohl; aber schick mir deine schöne Frau; wir brauchen auch von ihr eine Vollmacht. Und vergiß nicht, lieber Freund, daß du in einer gefährlichen Lage bist«, sagte Petit-Claud zu seinem Kameraden und warnte ihn damit vor allem juristischen Unglück, das über ihn hereinbrechen sollte.

»Jetzt sitze ich also zwischen zwei Stühlen«, sagte sich Petit-Claud, nachdem er seinen Freund David Séchard bis zur Tür des Büros begleitet hatte.

David ließen die Geldsorgen keine Ruhe; der Zustand seiner Frau, die wegen Luciens Ruchlosigkeit schwere Qualen ausstand, bekümmerte ihn sehr; unablässig beschäftigte er sich mit seinem Problem; und so hatte er, während er von seinem Heim zu Petit-Claud ging, in der Zerstreuung an einem Brennesselstiel gekaut, den er mit andern Stielen ins Wasser gelegt hatte, um dadurch eine Verrottung der Pflanzenfasern zu erreichen, die den Grundstoff seines Papierbreis bilden sollten. Er wollte die unterschiedlichen Zermürbungen, wie das Entschlichten auf der Bleiche, das Weben und den Gebrauch all dessen, was aus Garn und Leinwand gemacht und schließlich zu Lumpen wird, durch entsprechende Prozeduren ersetzen. Als er, ziemlich zufrieden mit der Besprechung mit seinem Freund Petit-Claud, durch die Gassen ging, spürte er etwas Kugeliges zwischen den Zähnen: es war wie Teig, er nahm es heraus und legte es auf die Hand, strich es breit und sah einen Papierbrei, der besser war als sämtliche Zusammensetzungen, die ihm bisher gelungen waren; denn die Hauptfehler der Breie, die man aus pflanzlichen Stoffen gewinnt, ist ihr Mangel an Geschmeidigkeit. So ergibt Stroh ein sprödes, fast metallisches und hart raschelndes Papier. Solche Zufälle begegnen nur den kühnen Erforschern der natürlichen Ursachen. – »Ich werde«, sagte er sich, »das Verfahren, das ich eben mechanisch und unwillkürlich eingeschlagen habe, durch eine Maschine und ein chemisches Agens ersetzen.« Und er trat in der Freude seines Glaubens an den Sieg vor seine Frau.

»Mach dir keine Sorgen, mein Engel!« sagte David, der sah, daß Eve geweint hatte. »Petit-Claud garantiert uns einige Monate Ruhe. Das wird zwar Kosten mit sich bringen; aber er hat mir, als er mich hinausbegleitete, gesagt: ›Jeder Franzose hat das Recht, seine Gläubiger warten zu lassen, wenn er ihnen nur schließlich Schuldsumme, Zinsen und Unkosten bezahlt . . .‹ Gut also! wir werden zahlen . . .« – »Und wovon leben . . . ?« fragte die arme Eve, die an alles dachte. – »Ja, richtig!« antwortete David und kratzte sich verlegen hinterm Ohr. – »Meine Mutter kann unseren kleinen Lucien nehmen, und ich kann wieder zu arbeiten anfangen«, sagte sie. »Eve! O liebe Eve!« rief David und drückte seine Frau ans Herz. »Eve, ganz in der Nähe, in Saintes, hat im sechzehnten Jahrhundert einer der größten Männer Frankreichs gelebt, er war nämlich nicht nur der Erfinder der Schmelzglasur, er war auch der glorreiche Vorgänger von Buffon und Cuvier, er entdeckte vor ihnen die Wissenschaft der Geologie, dieser einfache, großartige Kerl! Bernard Palissy[21] machte alle Leiden eines Erfinders durch; aber er mußte es auch erleben, daß seine Frau, seine Kinder und sein ganzer Marktflecken gegen ihn standen. Seine Frau verkaufte ihm seine Werkzeuge . . . Er irrte im Lande umher, niemand verstand ihn . . . ! Er wurde gehetzt; man zeigte auf ihn mit dem Finger . . . ! Ich jedoch werde geliebt . . .« – »Sehr geliebt!« antwortete Eve und legte in das Wort all die Ruhe der Liebe, die ihrer selbst sicher ist. – »Dann kann man alles ertragen, was der arme Bernard Palissy durchmachen mußte, der Erfinder der Fayencen von Ecouen; Karl IX. hat ihn in der Bartholomäusnacht verschont, im Alter war er reich und geehrt und hat, eine europäische Berühmtheit, öffentliche Vorträge über seine ›Wissenschaft der Erdschichten‹, wie er es nannte, gehalten.« – »Solange meine Finger die Kraft haben, ein Bügeleisen zu halten, soll es dir an nichts fehlen!« rief die arme Frau mit dem Ausdruck innigster Opferwilligkeit. »Als ich bei Madame Prieur Vorarbeiterin war, hatte ich ein sehr kluges junges Mädchen zur Freundin, eine Kusine Postels, Basine Clerget; vorhin hat mir nun Basine, als sie mir meine Wäsche brachte, gesagt, sie übernehme das Geschäft der Madame Prieur; ich könnte bei ihr arbeiten . . .« – »Oh, nicht lange!« versetzte Séchard, »ich habe etwas gefunden . . .«

Zum erstenmal wurde der erhabene Glaube an den Erfolg, der die Erfinder aufrechthält und ihnen den Mut gibt, in den Urwäldern des Landes der Entdeckungen weiterzuwandern, von Eve mit einem fast traurigen Lächeln aufgenommen, und David senkte düster den Kopf.

»Lieber, ich spotte nicht, ich lächle nicht, ich zweifle nicht!« rief die schöne Eve und warf sich vor ihrem Manne auf die Knie. »Aber ich sehe, wie sehr du recht hattest, über deine Versuche, über deine Hoffnungen das tiefste Schweigen zu bewahren. Ja, Liebster, die Erfinder müssen die schweren Geburtswehen ihres Ruhmes vor allen Menschen verbergen, sogar vor ihren Frauen ... ! Eine Frau ist und bleibt eine Frau. Deine Eve hat sich des Lächelns nicht erwehren können, als sie dich zum siebzehnten Mal in einem Monat hat sagen hören: ›Ich habe etwas gefunden!‹ «

David lachte so herzlich über sich selber, daß Eve nach seiner Hand langte und sie innig küßte. Es war ein köstlicher Augenblick, eine der Rosen der Liebe und der Zärtlichkeit, die am Rande der steinigsten Wege der Not und manchmal am Rand der Abgründe blühen.

Eves Mut verdoppelte sich, als sie sah, wie die Wut der Mißgeschicke sich verdoppelte. Die Größe ihres Mannes, seine Reinheit und Unschuld, die Tränen, die diesem Mann von Herz und Poesie manchmal in den Augen standen, das alles brachte in ihr eine unerhörte Widerstandskraft zur Entfaltung. Noch einmal nahm sie zu dem Mittel Zuflucht, das ihr früher bereits so gut geglückt war. Sie schrieb an Métivier, er solle die Druckerei zum Verkauf ausschreiben; sie teilte ihm mit, er solle von dem Preis, der sich erzielen lasse, bezahlt werden, und bat ihn, David nicht mit unnützen Kosten zugrunde zu richten. Auf diesen prächtigen Brief hin stellte Métivier sich tot; sein Prokurist antwortete, in Abwesenheit des Herrn könne er es nicht auf sich nehmen, in das Verfahren einzugreifen; das sei nicht die Gewohnheit seines Chefs in geschäftlichen Dingen. Eve schlug vor, die Wechsel sollten prolongiert werden; David Séchard wolle alle Kosten tragen; damit war der Prokurist einverstanden, sofern der Vater David Séchards die Wechselbürgschaft übernehme. Da ging Eve in Begleitung ihrer Mutter und Kolbs zu Fuß nach Marsac. Sie trat dem alten Winzer unerschrocken entgegen, sie war reizend, und sie brachte es fertig, sein altes Antlitz aufzuheitern; aber als sie mit zitterndem Herzen von der Wechselbürgschaft sprach, nahm das weingerötete Gesicht des alten Trinkers mit einem Schlag einen völlig anderen Ausdruck an.

»Wenn ich meinem Sohn erlaubte, meine Lippen zu berühren und mit den Fingern über den Rand meiner Kasse zu streichen, so würde er mir die Hand bis in die Eingeweide stecken und alles herausholen«, schrie er. »Kinder wollen ja stets das Geld des Vaters aufessen. Und wie habe ich es gemacht? Ich habe meine Eltern nie einen Liard gekostet. Eure Druckerei liegt brach. Die einzigen Spuren von Tätigkeit darin stammen von den Mäusen und Ratten ... Du bist sehr hübsch, ich mag dich leiden; du bist eine arbeitsame, fleißige Frau; aber mein Sohn ...? Weißt du, was David ist? Was? Ein gelehrter Faulenzer ist er. Hätte ich ihn aufwachsen lassen, wie ich aufgewachsen bin, ohne die leiseste Ahnung von Bildung, und hätte ich einen ›Bären‹ aus ihm gemacht, wie sein Vater einer war, dann hätte er Einkünfte ... Oh, der ist ein Kreuz, dieser Junge, glaub mir das! Und leider steht er ganz einzig da. Von so was gibt es keine zweite Auflage! Der Mensch macht dich unglücklich . . .« (Eve protestierte mit einer sehr entschiedenen Handbewegung.) »Doch«, antwortete er auf diese Geste, »du mußtest eine Amme nehmen, vor Kummer ist dir die Milch ausgeblieben, ich weiß alles, siehst du! Man schleppt euch vor Gericht und hat eure Schande in der ganzen Stadt ausgetrommelt. Ich war nur ein ›Bär‹, ich bin kein Gelehrter, ich war nicht Faktor bei der Firma Didot, dem Ruhm der Buchdruckerkunst; aber nie ist ein Zahlungsbefehl in mein Haus gekommen! Weißt du, was ich mir sage, wenn ich zwischen meinen Reben herumgehe, sie pflege und ernte und all die kleine Arbeit tue? Ich sage mir: ›Armer, alter Kerl, du plagst dich ab, legst Taler auf Taler, hinterläßt ein schönes Anwesen, und das alles ist dann für die Gerichtsvollzieher und für die Advokaten . . . oder für Hirngespinste . . .‹ Siehst du, liebes Kind, du bist die Mutter des kleinen Burschen, der mir, als ich ihn mit deiner Mutter über die Taufe hielt, so aussah, als habe er den Zinken seines Großvaters mitten im Gesicht, siehst du, denk weniger an Séchard und mehr an das Kerlchen . . . Ich habe nur zu dir Vertrauen . . . Du könntest verhüten, daß meine Güter unter den Hammer kommen ... meine schönen, lieben Güter!«

»Aber, lieber Papa Séchard, dein Sohn wird dein Ruhmestitel werden, und eines Tages wirst du sehen, wie er aus eigener Kraft reich wird und das Kreuz der Ehrenlegion im Knopfloch trägt...« – »Wie sollte er dazu kommen?« fragte der Winzer. – »Du wirst schon sehen! Aber würden inzwischen tausend Taler dich zugrunde richten? Mit tausend Talern könntest du dem Zwangsverfahren ein Ende machen ... Gut denn, wenn du zu ihm kein Vertrauen hast, dann borg sie mir, ich gebe sie dir zurück, du kannst sie auf meine Mitgift, auf meine Arbeit anrechnen ...« – »David Séchard wird also exekutiert!« rief der Winzer, der erstaunt vernahm, daß, was er für eine Verleumdung gehalten hatte, auf Wahrheit beruhe. »Das kommt davon, wenn man seinen Namen schreiben kann ...! Und meine Miete? Oh, mein Töchterchen, ich muß schleunigst nach Angoulême, mich ins Bild setzen und meinen Advokaten Cachan zu Rate ziehen ... Du hast sehr recht daran getan, herzukommen ... Wer Bescheid weiß, gilt für zwei!«

Nach zweistündigem Kampf mußte Eve abziehen, geschlagen durch das unbesiegliche Argument: »Frauen verstehen nichts von Geschäften.« Sie war mit einer unbestimmten Hoffnung auf Erfolg gekommen und ging jetzt in größter Niedergeschlagenheit von Marsac nach Angoulême zurück. Sie langte gerade zur rechten Zeit daheim an, um die Zustellung in Empfang zu nehmen, die Séchard verurteilte, Métivier alles zu zahlen. In der Provinz ist ein Gerichtsvollzieher vor einer Haustür ein Ereignis; und Doublon kam seit einiger Zeit viel zu oft, als daß die Nachbarschaft nicht darüber geredet hätte. So wagte es Eve kaum mehr, auszugehen, aus Furcht, Getuschel zu hören.

»O Bruder, Bruder!« rief die arme Frau, als sie durch den Flur ging und die Treppe hinaufstieg, »ich könnte dir nur verzeihen, wenn es sich um dein...« – »Ach«, sagte Séchard, der ihr entgegenkam, »es handelte sich darum, seinen Selbstmord zu verhüten.« – »Reden wir also nicht mehr davon«, antwortete sie sanft. »Die Frau, die ihn in diesen Höllenschlund Paris geführt hat, hat eine große Schuld auf sich geladen ...! Und dein Vater, lieber David, ist sehr unbarmherzig! Wir müssen jetzt schweigend leiden.«

Ehe noch David das zärtliche Wort sprechen konnte, das ihm

auf den Lippen schwebte, klopfte es leise an die Tür, und es erschien Marion, die den großen, schweren Kolb durch das vordere Zimmer hinter sich herzog.

»Madame«, sagte sie, »Kolb und ich wissen, daß Sie beide viel durchzumachen haben; und da wir zusammen elfhundert Francs Ersparnisse haben, dachten wir, wir könnten sie nicht besser anlegen als in Ihren Händen ...« – »In Ihren«, wiederholte der Elsässer begeistert. – »Kolb«, rief David Séchard, »wir verlassen einander nie! Trag tausend Francs als Anzahlung zu Cachan, aber verlange eine Quittung; das übrige behalten wir. Kolb, keine menschliche Macht darf dir ein Wort über das entreißen, was ich tue, über die Stunden meiner Abwesenheit, über das, was ich nach Hause bringe, und wenn ich dich zum Pflanzenholen schicke, du weißt schon, darf kein menschliches Auge dich sehen! Guter Kolb, es wird versucht werden, dich zu bestechen; es werden dir vielleicht tausend, zehntausend Francs angeboten werden, damit du den Mund auftust ...« – »Und wenn sie mir Millionen bieten, ich sage kein Wort! Ich bin doch Soldat gewesen.«[22] – »Du weißt jetzt, was zu tun ist, geh und bitte Monsieur Petit-Claud, bei der Übergabe dieses Betrags an Cachan zugegen zu sein.« – »Ja«, sagte der Elsässer, »ich hoffe, ich bin eines Tages reich genug, um es diesem Justizmenschen heimzahlen zu können. Mir gefällt sein Gesicht nicht.« – »Kolb ist ein guter Mensch«, sagte die dicke Marion, »stark wie ein Türke und sanft wie ein Hammel. Mit dem wird eine Frau glücklich! Er hat von sich aus den Gedanken gehabt, unsere Ersparnisse so anzulegen; er sagt dazu: ›Gischparts‹. Der arme Kerl! Er hat eine schauderhafte elsässische Aussprache, aber gute Gedanken, ich verstehe ihn trotzdem. Er hat vor, anderswo zu arbeiten, damit er uns nichts kostet ...«

»Man müßte allein schon deswegen reich werden, um diese wackeren Menschen belohnen zu können«, sagte Séchard und schaute seine Frau an.

Eve fand das alles ganz in Ordnung, es wunderte sie nicht, Menschen zu begegnen, die ebenso hochherzig waren wie sie. Ihre Haltung hätte den stumpfsten Geschöpfen und selbst einem Gleichgültigen die ganze Schönheit ihres Charakters zeigen müssen.

»Sie werden reich, lieber Herr, Sie haben die besten Aussichten. Ihr Vater hat eben wieder ein Gut hinzugekauft; das wird schon mal was abwerfen ...«

Diese Worte Marions, die sie bei dieser Gelegenheit sprach, um das Verdienstliche ihres Tuns zu mindern, verrieten mehr als alles andere ihre Gutherzigkeit und ihr Zartgefühl. –

Wie alle menschlichen Dinge hat das französische Prozeßverfahren seine Fehler; trotzdem dient es wie eine zweischneidige Waffe sowohl zur Verteidigung wie zum Angriff. Außerdem hat es das Vergnügliche an sich, daß ein Prozeß, wenn zwei Advokaten sich verständigen – und sie können sich verständigen, ohne zwei Worte miteinander sprechen zu müssen, sie verstehen sich schon durch die Prozeßmittel, die sie anwenden –, alsdann einem Krieg gleicht, wie ihn der erste Marschall von Biron[23] führte; diesem hatte sein Sohn[24] bei der Belagerung von Rouen ein Mittel vorgeschlagen, wie man die Stadt innerhalb zweier Tage nehmen könne: »Du hast es wohl sehr eilig«, sagte er zu ihm, »dich aufs Land zurückzuziehen?« Zwei Feldherren können den Krieg verewigen, indem sie nichts anders tun als jede Entscheidung zu vermeiden und ihre Truppen zu schonen; sie handeln wie die österreichischen Generale, die der Hofkriegsrat niemals tadelt, daß sie eine gute Gelegenheit verfehlt hätten, weil sie ihre Soldaten in Ruhe ihre Suppe essen lassen wollten. Cachan, Petit-Claud und Doublon benahmen sich noch besser als österreichische Generale; sie nahmen sich einen Österreicher des klassischen Altertums, Fabius Cunctator[25], zum Muster.

Petit-Claud, der boshaft wie ein Maulesel war, hatte bald alle Vorteile seiner Stellung herausgefunden. Sobald der große Cointet dafür gebürgt hatte, daß sämtliche Kosten bezahlt werden würden, nahm er sich vor, alle Listen anzuwenden und seinen Geist in den Augen des Papierfabrikanten glänzen zu lassen, indem er Zwischenfälle schuf, die Métivier Kosten verursachten. Aber zum Unglück für den Ruhm dieses jungen Figaro der Justiz muß der Historiker über das Gebiet seiner Taten eilig hinweggehen. Eine einzige Kostenrechnung wie die in Paris aufgestellte genügt ohne Zweifel für die Geschichte der Sitten unserer Zeit. Ahmen wir also den Stil der Bulletins der großen

Armee nach; denn je kürzer der Bericht über die Taten Petit-Clauds ist, um so besser für das Verständnis wird diese ausschließlich juristische Seite der Erzählung ausfallen.

Auf den 3. Juli war David vor das Handelsgericht in Angoulême geladen und erschien nicht; es erging Versäumnisurteil, das ihm am 8. Juli zugestellt wurde. Am 10. teilte Doublon den gerichtlichen Zahlungsbefehl mit und versuchte am 12. eine Pfändung, gegen die Petit-Claud Einspruch erhob, indem er Métivier nach vierzehn Tagen nochmals vorlud. Métivier seinerseits fand diese Zeit zu lang, lud die Gegenpartei unverzüglich zum nächsten Tag und erlangte am 19. ein Urteil, das Séchard mit seinem Einspruch abwies. Dieses Urteil wurde sehr schnell am 21. zugestellt; am 22. erfolgte der Zahlungsbefehl, die Mitteilung des gewaltsamen Vorgehens am 23. und ein Pfändungsprotokoll am 24. Diese Pfändungswut wurde von Petit-Claud gezügelt, der Einspruch erhob und Berufung bei der höheren Instanz einlegte. Diese Berufung wiederholte die vom 15. Juli, und Métivier wurde nach Poitiers vorgeladen. – »So!« sagte Petit-Claud, »da bleiben wir nun eine Weile.« Nachdem das Appellationsgerichts, dem Petit-Claud seine Instruktionen gab, abgelenkt war, ließ dieser doppelgesichtige Verteidiger David Séchard durch dessen Frau auf Gütertrennung verklagen. Er setzte es durch, daß er das Urteil auf Gütertrennung schon am 28. Juli erlangte; er ließ es im ›Courrier de la Charente‹ veröffentlichen, gab es vorschriftsmäßig bekannt, und am 1. August wurde von einem Notar eine Aufstellung des eingebrachten Guts der Madame Séchard gemacht, auf Grund deren ihr Mann ihr nur die kleine Summe von zehntausend Francs schuldig war, die der verliebte David ihr im Ehevertrag als Mitgift vorbehalten hatte und für deren Zahlung er ihr die Einrichtung seiner Druckerei und der gemeinsamen Wohnung abtrat. Während Petit-Claud auf diese Weise die Habe des Ehepaars vor Zugriffen schützte, verhalf er in Poitiers der Behauptung, auf die er seine Berufung gegründet hatte, zum Siege. Danach konnte David um so weniger für die Kosten haftbar sein, die in Paris in dem Verfahren gegen Lucien de Rubempré entstanden waren, als das Zivilgericht des Seine-Départements sie in seinem Urteil Métivier auferlegt hatte. Dieser Auffassung schloß sich der Gerichtshof an, und es erging ein Urteil, das die Verurteilung Séchards jr. vor dem Handelsgericht von Angoulême bestätigte, aber eine Summe von sechshundert Francs von den Pariser Kosten abzog; diese mußte Métivier tragen, da die Parteien mit Rücksicht auf den Grund, der die Berufung Séchards motivierte, dazu verurteilt wurden, einen Teil der Kosten zu gleichen Teilen zu tragen. Dieses Urteil wurde Séchard jr. am 17. August zugestellt, verwandelte sich am 18. in eine gerichtliche Aufforderung, das Kapital, die Zinsen und die ihm auferlegten Kosten zu zahlen, und am 20. folgte das Pfändungsprotokoll. Hier erhob Petit-Claud im Namen der Madame Séchard Einspruch und erklärte, daß das Mobiliar der Ehefrau gehöre, die ordnungsmäßig Gütertrennung habe durchführen lassen. Ferner ließ jetzt Petit-Claud Séchard sen. auftauchen, der sein Klient geworden war. Man höre, wieso. Am Tage nach dem Besuch, den seine Schwiegertochter ihm gemacht hatte, war der Winzer bei seinem Anwalt in Angoulême, Cachan, erschienen und hatte ihn zu Rate gezogen, wie er zu seiner Miete kommen könne, die in der Klemme, in der sein Sohn stecke, gefährdet sei.

»Ich kann nicht die Interessen des Vaters vertreten, wenn ich gegen den Sohn vorgehe«, entgegnete ihm Cachan; »aber gehen Sie zu Petit-Claud; der ist sehr geschickt, und er wird Ihnen vielleicht mehr nützen können als ich.«

Im Gerichtsgebäude sagte Cachan zu Petit-Claud: »Ich habe den alten Séchard zu dir geschickt, übernimm die Sache für mich und gib mir gelegentlich etwas anderes.«

Sowohl in der Provinz wie in Paris ist diese Art gegenseitiger Dienstleistung unter Anwälten sehr häufig.

Einen Tag, nachdem der alte Séchard Petit-Claud seine Sache übertragen hatte, suchte der große Cointet seinen Helfershelfer auf und sagte zu ihm: »Wir wollen mal dem alten Séchard eine Lektion erteilen! Er ist ein Mann, der es seinem Sohn nie verzeiht, wenn dieser ihn tausend Francs kostet; und eine solche Auslage wird in seinem Herzen jede edelmütige Anwandlung, wenn sie je möglich wäre, austilgen!« – »Gehen Sie ruhig wieder in Ihren Weinberg«, sagte Petit-Claud zu seinem neuen Klienten, »es geht Ihrem Sohne nicht gut, Sie dürfen ihm jetzt nicht zur Last fallen. Ich werde Sie rufen, wenn es an der Zeit ist.«

So behauptete also Petit-Claud im Namen Séchards, daß die Pressen, die versiegelt waren, um so mehr von Haus aus zu den Immobilien gehörten, als das Haus seit der Regierung Ludwigs XIV. eine Druckerei sei. Cachan entrüstete sich im Namen Métiviers, der erst in Paris Luciens Möbel im Besitz Coralies gesehen habe, und jetzt in Angoulême Davids Einrichtung im Besitz der Frau und des Vaters finde – hübsche Dinge wurden über diesen Punkt bei der Verhandlung gesagt –, und lud Vater und Sohn vor, damit diese Behauptungen zu Fall kämen. – »Wir wollen«, rief er, »die Ränke dieser Menschen entlarven, die die schrecklichsten Verteidigungsmittel der Unredlichkeit anwenden; die aus den unschuldigsten und klarsten Gesetzesparagraphen spanische Reiter zu ihrer Verteidigung machen! Und wogegen verteidigen sie sich? Gegen die Zahlung von dreitausend Francs, die woher stammen? Aus der Kasse des armen Métivier. Und man wagt es, Beschuldigungen gegen die Diskontierer auszusprechen! In welchen Zeiten leben wir! Wahrhaftig, wir sind schon so weit, daß jeder das Geld seines Nächsten einstecken kann! Der hohe Gerichtshof darf keinen Einspruch anerkennen, der die Unmoral in die Justiz einführen würde!« Das Gericht von Angoulême ließ sich von dieser schönen Rede Cachans rühren und fällte nach Anhörung der Parteien das Urteil, wonach das Eigentumsrecht an den eigentlichen Möbeln Madame Séchard zustand, die Ansprüche von Séchard sen. aber abgewiesen wurden und er zur Zahlung von vierhundertvierunddreißig Francs fünfundsechzig Centimes Kosten verurteilt wurde.

»Der alte Séchard ist gut«, sagten die Anwälte lachend zueinander, »er hat aus der Schüssel mitessen wollen, also soll er zahlen!«

Am 26. August wurde dieses Urteil zugestellt, so daß die Pressen und die übrigen Einrichtungsgegenstände der Druckerei am 28. August gepfändet werden konnten. Die gelben Zettel wurden angeklebt! Auf Gesuch wurde ein Urteil erlangt, daß an Ort und Stelle versteigert werden durfte. Die Versteigerungsanzeige erschien in den Zeitungen, und Doublon schmeichelte sich, er könne am 2. September zur Inventarvergleichung und zur Versteigerung schreiten. In diesem Augenblick schuldete David Séchard durch regelrechtes Urteil und durch vollstreckbare Titel Métivier eine Gesamtsumme von fünftausendzweihundertfünfundsechzig Francs fünfundzwanzig Centimes, ohne die Zinsen. Er schuldete Petit-Claud zwölfhundert Francs und das Honorar, dessen Höhe mit dem edelmütigen Vertrauen, wie es die Kutscher bezeigen, die einen in der Stadt herumfahren, seiner Großmut überlassen war. Madame Séchard schuldete Petit-Claud ungefähr dreihundertfünfzig Francs und das Honorar. Der alte Séchard schuldete seine vierhundertvierunddreißig Francs fünfundsechzig Centimes, und Petit-Claud verlangte von ihm hundert Taler Honorar. So belief sich die Gesamtsumme auf zehntausend Francs. Abgesehen von der Nützlichkeit dieser Dokumente für Ausländer, die daraus ersehen können, wie die juristische Artillerie in Frankreich beschaffen ist, dürfte es angebracht sein, daß der Gesetzgeber, wenn er überhaupt Zeit zum Lesen hat, erfahre, wie weit der Mißbrauch der Prozeßordnung getrieben werden kann. Müßte man nicht schleunigst ein kleines Gesetz erlassen, durch das in gewissen Fällen den Anwälten verboten würde, höhere Kosten zu berechnen, als die Summe des Streitobjekts beträgt? Liegt nicht etwas Lächerliches darin, dieselben Formalitäten für einen Quadratmeter Land anzuwenden wie für ein Terrain, das eine Million wert ist? Man ersieht aus dieser sehr trockenen Darstellung aller Phasen, durch die der Streit hindurchging, was die Worte: die Form, die Justiz, die Kosten bedeuten, von denen die übergroße Mehrheit der Franzosen keine Ahnung hat. Das nennt man in der Sprache, die in den Gerichtsgebäuden gesprochen wird: die Geschäfte eines Mannes in Grund und Boden prozessieren. Das Letternmaterial der Druckerei, das fünfzig Zentner wog, war neu nicht mehr als zweitausend Francs wert. Die drei Pressen hatten einen Wert von sechshundert Francs. Die übrige Einrichtung wäre als altes Eisen und altes Holz verkauft worden. Die Wohnungseinrichtung hätte höchstens tausend Francs gebracht. So war der Besitz, der Séchard jr. gehörte und eine Summe von ungefähr viertausend Francs repräsentierte, von Cachan und Petit-Claud zum Anlaß genommen worden, siebentausend Francs Kosten entstehen zu lassen – ohne von der Zukunft zu reden, der die Blüte noch schöne Früchte versprach, wie man sehen wird. Gewiß werden die Anwälte von Frankreich und Navarra, und sogar die der Normandie, Petit-Claud ihre Achtung und ihre Bewunderung zollen; aber wird nicht, wer ein Herz hat, für Kolb und Marion eine Träne des Mitgefühls aufbringen?

Während dieses Krieges saß Kolb, wenn David ihn nicht brauchte, vor der Haustür auf einem Stuhl und erfüllte die Pflichten eines Zerberus. Er nahm die juristischen Aktenstücke in Empfang, wobei er übrigens immer von einem Schreiber Petit-Clauds überwacht wurde. Als die öffentlichen Anschläge die Versteigerung einer Druckereieinrichtung ankündigten, riß Kolb sie ab, sowie der Zettelanschläger sie angeklebt hatte, lief durch die Stadt, um sie überall abzureißen, und rief dabei: »Die Spitzbuben! Einen braven Mann so zu quälen! Und das nennen sie Justiz!« Marion verdiente am Vormittag mit dem Drehen einer Maschine in einer Papierfabrik ein Zehnsousstück und verwandte es zu den täglichen Ausgaben. Madame Chardon hatte, ohne zu murren, ihre ermüdende Tätigkeit als Krankenpflegerin wieder aufgenommen und brachte der Tochter am Ende jeder Woche ihren Verdienst. Sie hatte schon zwei Novenen[26] gehalten und wunderte sich, daß Gott für ihre Gebete taub und für den Glanz der Kerzen, die sie ihm anzündete, blind blieb.

Am 2. September erhielt Eve den einzigen Brief, den Lucien nach jenem geschrieben hatte, in dem er seinem Schwager von den drei Wechseln, die er in Umlauf gesetzt, Mitteilung gemacht und den David vor seiner Frau geheimgehalten hatte.

»Das ist nun der dritte Brief, den ich von ihm seit seiner Abreise bekomme«, sagte sich die arme Schwester und zögerte, das verhängnisvolle Schreiben zu öffnen.

Sie gab gerade ihrem Kinde zu trinken, sie ernährte es mit der Flasche, da sie gezwungen gewesen war, um der Ersparnis willen die Amme zu entlassen. Man kann sich denken, in welchen Zustand sie und ebenso David, den sie weckte, der folgende Brief versetzte. Der Erfinder hatte sich, nachdem er die ganze Nacht mit der Herstellung seines Papiers beschäftigt gewesen war, gegen Morgen hingelegt.

»Paris, 29. August

Liebe Schwester!

Vor zwei Tagen gegen fünf Uhr früh hat eins der schönsten Geschöpfe Gottes das Leben ausgehaucht. Sie war vielleicht das einzige weibliche Wesen, das mir gut sein konnte, wie Du, wie David und meine Mutter mir gut sind, und sie fügte diesen uneigennützigen Gefühlen noch hinzu, was Mutter und Schwester nicht geben können: alle Seligkeiten der Liebe! Die arme Coralie hat mir alles geopfert und ist vielleicht für mich gestorben! Für mich, der ich in diesem Augenblick nicht einmal die Mittel besitze, sie beerdigen zu lassen . . . Sie hätte mich über das Leben getröstet; Ihr allein, geliebte Menschen, könnt mich über ihren Tod trösten. Diesem reinen Geschöpf ist, glaube ich, von Gott verziehen worden; sie ist christlich gestorben. O Paris . . . ! Liebe Eve, Paris ist der ganze Ruhm und die ganze Schmach Frankreichs. Ich habe hier schon viele Illusionen verloren, und jetzt werde ich noch weitere verlieren, wenn ich das bißchen Geld zusammenbettle, das ich brauche, um den Leib eines Engels in geweihter Erde zu bestatten.

Dein unglücklicher Bruder Lucien

P.S. Ich habe Dir mit meinem Leichtsinn gewiß viel Sorgen gemacht, Du wirst einmal alles erfahren und wirst mir verzeihen. Überdies darfst Du ruhig sein: ein wackerer Kaufmann, dem ich einen grausamen Schmerz zugefügt hatte, Monsieur Camusot, hat es, als er Coralie und mich so verfolgt sah, auf sich genommen, die Sache in Ordnung zu bringen.«

»Der Brief ist noch feucht von seinen Tränen«, sagte sie zu David und sah ihn mit so viel Mitgefühl an, daß in ihren Augen etwas von ihrer alten Liebe zu Lucien zu lesen war.

»Der arme Junge! Er hat viel leiden müssen, wenn er so geliebt worden ist, wie er sagt«, rief Eves glücklicher Gatte.

Und beide, der Mann wie die Frau, vergaßen all ihre Leiden vor diesem Aufschrei höchsten Schmerzes. In diesem Augenblick stürzte Marion herein: »Madame, sie sind da . . . sie sind da . . . !« – »Wer denn?« – »Doublon und seine Leute, dieser Teufel! Kolb prügelt sich mit ihnen. Es soll versteigert werden.« – »Nein, nein, es soll nicht versteigert werden, beruhigen Sie sich!« rief Petit-Claud, dessen Stimme aus dem Vorzimmer in das Schlafzimmer hineintönte, »ich habe eben die Berufung unterzeichnet. Wir dürfen uns nicht unter ein Urteil beugen, das uns der Unredlichkeit zeiht. Es ist mir nicht eingefallen, mich in diesem Punkt zu verteidigen. Damit Sie Zeit gewinnen, habe ich Cachan schwätzen lassen; ich bin sicher, zum zweitenmal in Poitiers zu siegen . . .« – »Aber wieviel wird uns dieser Sieg kosten?« fragte Madame Séchard. – »Mein Honorar, wenn Sie siegen, und tausend Francs, wenn wir verlieren.« – »Du großer Gott«, rief die arme Eve, »ist da nicht das Heilmittel schlimmer als das Übel . . . ?«

Als Petit-Claud diesen Ruf der Unschuld hörte, die im Feuer der Justiz aufgeklärt worden war, konnte er kein Wort antworten, so schön dünkte ihn Eve. Inzwischen trat Papa Séchard ein, den Petit-Claud bestellt hatte. Die Anwesenheit des alten Mannes im Schlafzimmer seiner Kinder, in dem sein Enkel in der Wiege zu all dem Elend lächelte, vervollständigte diese Szene.

»Papa Séchard«, sagte der junge Anwalt, »Sie schulden mir siebenhundert Francs für meinen Einspruch; aber die werden Sie von Ihrem Sohn zurückverlangen – zusammen mit der Summe der Mieten, die Ihnen geschuldet werden.«

Der alte Winzer verstand die beißende Ironie, die Petit-Claud in seine Mienen und in den Ton seiner Worte legte.

»Es hätte dich weniger gekostet, wenn du für deinen Sohn gebürgt hättest!« sagte Eve zu dem Alten und trat von der Wiege weg, um ihn zu begrüßen . . .

David, der von dem Anblick der Menschenansammlung vor seinem Hause, die dem Kampf zwischen Kolb und Doublons Leuten zusah, völlig verwirrt war, streckte dem Vater die Hand hin, ohne ihm guten Tag zu sagen.

»Und wieso bin ich Ihnen siebenhundert Francs schuldig?« fragte der Alte Petit-Claud. – »Ganz einfach, weil ich Ihre Vertretung übernommen habe. Da es sich um Ihre Mieten handelt, kann ich mich an Sie wie an Ihren Schuldner halten. Wenn Ihr Sohn mir die Kosten nicht zahlt, dann zahlen Sie mir sie . . . Aber lassen wir das jetzt: in ein paar Stunden wird Ihr David wahrscheinlich ins Gefängnis gesteckt, werden Sie das zugeben?«

– »Wieviel ist er schuldig?« – »So etwa fünf- bis sechstausend Francs, ohne zu rechnen, was er Ihnen und seiner Frau schuldig ist.«

Der alte Mann, der ganz Mißtrauen geworden war, besah sich das rührende Bild, das sich in diesem blau und weißen Zimmer seinen Augen darbot: eine weinende schöne Frau neben einer Wiege, David, der endlich unter der Last seines Kummers zusammenbrach, der Advokat, der ihn vielleicht hierhergelockt hatte wie in eine Falle; der ›Bär‹ glaubte jetzt, man habe seine väterlichen Gefühle ausnützen wollen; er hatte Angst, ausgebeutet zu werden. Er ging zu der Wiege und streichelte den kleinen Jungen, der ihm seine Händchen entgegenstreckte. Das Kind, das trotz all dieser Sorgen gepflegt wurde wie das eines Pairs von England, hatte ein rosagefüttertes, gesticktes Häubchen auf dem Kopf.

»Ach was! David soll sich aus der Schlinge ziehen, wie er kann; ich denke nur an das Kind!« rief der alte Großvater, »und seine Mutter wird mir da recht geben. David ist so gelehrt, daß er wissen muß, wie man seine Schulden zahlt.« – »Ich will Ihnen Ihre Gefühle etwas deutlicher machen«, sagte der Anwalt mit spöttischer Miene. »Hören Sie mal zu, Papa Séchard: Sie sind eifersüchtig auf Ihren Sohn. Ich sage Ihnen die Wahrheit! Sie haben David in diese Lage, in der er sich befindet, gebracht, indem Sie ihm Ihre Druckerei für das Dreifache ihres tatsächlichen Wertes verkauft haben. Sie haben ihn zugrunde gerichtet, damit Sie diesen wucherischen Preis bekamen. Nein, schütteln Sie nicht den Kopf! Die Zeitungen, die Sie den Cointets verkauften und deren Kaufpreis Sie ungeteilt in die Tasche steckten, stellte den einzigen Wert Ihrer Druckerei dar . . . Sie hassen Ihren Sohn, nicht nur weil Sie ihn übervorteilt haben, sondern auch, weil Sie aus ihm einen Mann gemacht haben, der über Ihnen steht. Sie geben sich den Anschein, als liebten Sie Ihren Enkel über die Maßen, um den Bankrott Ihrer Gefühle für Ihren Sohn und Ihre Schwiegertochter zu maskieren, die Sie hic et nunc[27] Geld kosten würden, während Ihr Enkel Ihre Liebe nur in extremis[28] braucht. Sie lieben das Kerlchen da, um so dazustehn, als liebten Sie überhaupt jemanden aus Ihrer Familie, und um nicht als gefühllos zu gelten. So sieht der Boden

Ihres Sackes aus, Vater Séchard ...« – »Haben Sie mich herbestellt, damit ich mir das anhören soll?« fragte der alte Mann in drohendem Ton und blickte der Reihe nach seinen Anwalt, seine Schwiegertochter und seinen Sohn an.

»Aber Monsieur Petit-Claud«, rief die arme Eve, »wollen Sie uns denn ganz und gar zugrunde richten? Niemals hat sich mein Mann über seinen Vater beklagt ...« Der Winzer sah die Schwiegertochter tückisch an. – »Hundertmal hat er mir gesagt, daß Sie ihn auf Ihre Weise liebhätten«, sagte sie zu dem alten Manne, dessen Mißtrauen sie zu verstehen vermochte.

Den Instruktionen des großen Cointet entsprechend war jetzt Petit-Claud dabei, den Vater und den Sohn völlig miteinander zu verfeinden, damit der Vater David nicht aus seiner grausamen Lage befreien konnte.

»An dem Tag, an dem wir David im Gefängnis haben«, hatte der große Cointet tags zuvor zu Petit-Claud gesagt, »werden Sie Madame de Senonches vorgestellt.«

Das helle Verstehen, das die Liebe mit sich bringt, hatte Madame Séchard ein Licht aufgesteckt. Sie erriet diese auf Bestellung hervorgerufenene Feindschaft, wie sie schon hinter den Verrat Cérizets gekommen war. Man kann sich ohne weiteres Davids erstauntes Gesicht vorstellen, er konnte ja nicht wissen, woher Petit-Claud seinen Vater und seine Angelegenheiten so gut kannte. Der ehrliche Drucker wußte nichts von der Verbindung seines Anwalts mit den Cointets, und ebensowenig ahnte er, daß die Cointets hinter Métivier steckten. Davids Schweigen war für den alten Winzer kränkend; und so benutzte der Anwalt die Verblüffung seines Klienten, um den Schauplatz zu verlassen.

»Leben Sie wohl, lieber David, Sie sind gewarnt; gegen die Schuldhaft ist keine Berufung zulässig; es steht Ihren Gläubigern nur noch dieser Weg offen, und sie werden ihn einschlagen. Bringen Sie sich also in Sicherheit ...! Oder noch besser, wenn Sie mir folgen wollen, ja, dann suchen Sie die Brüder Cointet auf; die haben Kapital, und wenn Ihre Erfindung so weit ist, wenn sie hält, was sie verspricht, assoziieren Sie sich mit ihnen; es sind doch schließlich treffliche Menschen ...« – »Was ist das für eine Erfindung?« fragte der alte Séchard. – »Aber halten Sie denn Ihren Sohn für so töricht, daß er seine Druckerei im Stiche läßt, ohne an etwas anderes zu denken?« rief der Anwalt; »er ist im Begriff, hat er mir gesagt, eine Methode zu entdecken, durch die man das Ries Papier, das jetzt zehn Francs kostet, für drei Francs herstellen kann.« – »Also ein weiterer Versuch, mich zu fangen!« rief der alte Séchard. »Ihr steht alle miteinander im Bund, wie die Spitzbuben auf dem Jahrmarkt. Wenn David das herausgefunden hat, braucht er mich nicht mehr, dann ist er Millionär! Adieu, Freunde, guten Abend!«

Damit ging der Alte die Treppe hinunter.

»Vergessen Sie nicht, sich zu verstecken«, sagte Petit-Claud zu David und lief hinter dem alten Séchard her, um ihn noch mehr zu reizen.

Der kleine Advokat holte den mürrisch vor sich hinbrummenden Winzer auf der Place du Mûrier ein, begleitete ihn bis nach l'Houmeau und verließ ihn mit der Drohung, er werde der Kosten wegen, die er zu beanspruchen habe, einen Vollstreckungsbefehl erwirken, wenn er nicht noch in dieser Woche bezahlt werde.

»Ich bezahle Sie, wenn Sie mir die Mittel angeben, meinen Sohn zu enterben, ohne meinen Enkel und meine Schwiegertochter zu schädigen . . .!« sagte der alte Séchard und ließ den Anwalt stehen.

»Wie der große Cointet seine Leute kennt . . .! Er hatte es mir ja gleich gesagt: diese siebenhundert Francs werden den Vater daran hindern, die siebentausend Francs für seinen Sohn zu bezahlen«, rief der kleine Advokat, als er wieder nach Angoulême hinaufstieg. »Trotzdem lassen wir uns von dem alten, verschmitzten Papierfabrikanten nicht über den Löffel barbieren; es ist Zeit, von ihm was anderes als Worte zu verlangen.«

»Nun, David, Lieber, was gedenkst du zu tun . . .?« fragte Eve ihren Mann, nachdem der alte Séchard und der Anwalt weggegangen waren. – »Kind, setz deinen größten Topf aufs Feuer«, sagte David zu Marion, »ich gehe jetzt an die Arbeit!«

Als Eve diese Worte vernahm, griff sie in fieberhafter Hast zu ihrem Hut, ihrem Schal und ihren Schuhen.

»Ziehen Sie sich an, lieber Freund«, sagte sie zu Kolb. »Sie sollen mich begleiten, ich muß wissen, ob es ein Mittel gibt, dieser Hölle zu entrinnen . . .« – »Monsieur«, rief Marion, als Eve gegangen war, »seien Sie doch vernünftig, die Frau stirbt uns sonst vor Kummer; verdienen Sie Geld, um Ihre Schulden zu bezahlen; nachher können Sie in aller Ruhe nach Ihren Schätzen suchen.« – »Sei still, Marion«, antwortete David, »die letzte Schwierigkeit wird jetzt überwunden. Ich nehme zugleich das Patent für die Erfindung und das für die Verbesserung.«

Das Kreuz der Erfinder in Frankreich ist das Patent für die Verbesserung. Es verbringt jemand zehn Jahre seines Lebens damit, ein Fabrikationsgeheimnis, eine Maschine zu erfinden oder irgendeine Entdeckung zu machen; er nimmt ein Patent und glaubt, die Sache gehöre ihm; ihm folgt ein Konkurrent, der, wenn jener nicht alles vorausgesehen hat, seine Erfindung durch irgendeine Schraube verbessert und sie ihm auf diese Weise aus den Händen windet. Und so war damit, daß jemand billiges Zeug zur Papierfabrikation erfand, noch nicht alles getan. Andere konnten das Verfahren verbessern. David Séchard wollte alles voraussehen, damit ihm nicht ein Vermögen entrissen werden konnte, an dessen Begründung er unter so viel Widerwärtigkeiten arbeitete. Das ›Papier de Hollande‹ (Holländisches Papier) – dieser Name verbleibt dem Papier, das ganz aus Hadern[29] hergestellt wird, obwohl Holland keins mehr fabriziert – ist leicht geleimt; aber es muß Bogen für Bogen mit der Hand geleimt werden, und das verteuert das Papier. Wenn es möglich wäre, den Papierbrei in der Bütte zu leimen, und zwar mit einem Klebemittel, das nicht viel kostet – was übrigens heutzutage geschieht, wennschon noch unvollkommen –, dann bliebe keine Verbesserung mehr zu erfinden. Seit einem Monat also suchte David den Brei seines Papiers in der Bütte zu leimen. Er hatte zwei Erfindungen zugleich ins Auge gefaßt.

Eve ging zu ihrer Mutter. Durch einen glücklichen Zufall pflegte Madame Chardon die Frau des ersten stellvertretenden Staatsanwalts, die dem Geschlecht der Milaud de Nevers einen Erben geschenkt hatte. Eve, die allen Beamten mißtraute, war auf den Gedanken gekommen, den gesetzlich bestellten Verteidiger der Witwen und Waisen in ihrer Lage anzurufen und ihn zu fragen, ob sie David dadurch befreien könne, daß sie sich verbürge und ihre Ansprüche verkaufe; aber sie hoffte auch, die Wahrheit über das zweideutige Verhalten Petit-Clauds zu erfahren. Der Beamte, der von der Schönheit Madame Séchards überrascht war, behandelte sie nicht nur mit der Rücksicht, die man einer Dame schuldig ist, sondern sogar mit einer Art Liebenswürdigkeit, an die Eve nicht gewöhnt war. Die arme Frau sah in den Augen dieses Beamten den Ausdruck, den sie seit ihrer Verheiratung nur noch bei Kolb gefunden hatte und der für schöne Frauen wie Eve ein Kennzeichen bildet, auf Grund dessen sie die Männer beurteilen können. Wenn eine Leidenschaft, wenn das Interesse oder das Alter in den Augen eines Mannes das Funkeln unbedingten Gehorsams, das darin in jungen Jahren zu leuchten pflegt, ausgelöscht hat, dann mißtraut eine Frau einem solchen Manne und fängt an, ihn kritisch zu beobachten. Von den Cointets, Petit-Claud, Cérizet, all den Leuten, in denen Eve Feinde gewittert hatte, war sie mit trockenen, kalten Blicken angeschaut worden; sie fühlte sich daher bei dem stellvertretenden Staatsanwalt wohl aufgehoben; dieser aber, so freundlich er ihr auch entgegentrat, zerstörte mit ein paar Worten alle ihre Hoffnungen.

»Es ist nicht sicher«, sagte er zu ihr, »daß das Appellationsgericht das Urteil ändert, durch das die Eigentumsübertragung, die Ihr Mann mit allem, was er besaß, zu Ihren Gunsten vorgenommen hat, um Ihr eingebrachtes Gut zu sichern, auf die Wohnungseinrichtung beschränkt worden ist. Ihr Vorrecht darf nicht dazu dienen, einen Betrug zu decken. Aber da Sie in Ihrer Eigenschaft als Gläubigerin bei der Teilung des Erlöses für die gepfändeten Gegenstände zugelassen werden; da ferner Ihr Schwiegervater in gleicher Weise sein Vorrecht für die ihm geschuldeten Mieten ausüben darf, so kann, nachdem das Urteil des Gerichts einmal gefällt ist, im Zusammenhang mit dem, was wir in der juristischen Sprache die Ausschüttung nennen, sich Gelegenheit zu weiteren Rechtsstreitigkeiten ergeben.« – »Monsieur Petit-Claud richtet uns also zugrunde?« rief sie. – »Das Verhalten des Anwalts«, erwiderte der Beamte, »entspricht dem Mandat, das Ihr Gatte ihm gegeben hat; wie sein Advokat sagt, will er Zeit gewinnen. Meiner Meinung nach wäre es vielleicht besser, von der Berufung abzusehen und dafür zu sorgen, daß Sie und Ihr Schwiegervater bei der Versteigerung in den Besitz der für Ihren Betrieb notwendigsten Maschinen und Werkzeuge gelangen: Sie in den Grenzen dessen, worauf Sie Anspruch haben, er für den Betrag seiner Mieten. Aber damit käme man zu schnell ans Ziel. Die Advokaten bringen Sie um Hab und Gut!« – »Ich wäre dann in den Händen meines Schwiegervaters, dem ich auf diese Weise die Miete für die Pressen und für das Haus schuldete; mein Mann bliebe nichtsdestoweniger den Verfolgungen Métiviers ausgesetzt, da dieser so gut wie nichts bekäme.« – »Sie verstehen mich ganz recht.« – »Aber dann wäre unsere Lage ja noch schlimmer als jetzt.« – »Die Kraft des Gesetzes steht letztlich auf Seiten des Gläubigers. Sie haben dreitausend Francs bekommen; es kann nicht anders sein, als daß Sie sie zurückzahlen.« – »Sie trauen uns doch nicht etwa zu, daß wir . . .«

Eve hielt inne; sie merkte, in welche Gefahr ihre Rechtfertigung ihren Bruder bringen konnte.

»Oh, ich weiß wohl«, versetzte der Beamte, »daß diese Sache sowohl auf der Seite der Schuldner, die redliche, edelmütige, sogar große Menschen sind, wie auf der Seite des Gläubigers, der nur ein Aushängeschild darstellt, dunkel ist.«

Eve erschrak und schaute den Beamten ängstlich an.

»Sie können sich wohl denken«, fuhr er fort und warf ihr einen sehr klugen Blick zu, »daß wir, während wir dasitzen und den Reden der Herren Advokaten zuhören müssen, Zeit genug haben, über das nachzudenken, was vor unsern Augen geschieht.«

Eve ging in Verzweiflung, nicht helfen zu können, nach Hause zurück.

Abends um sieben Uhr brachte Doublon den Zahlungsbefehl, in dem die bevorstehende Verhängung der Schuldhaft angekündigt war. Jetzt war also das Verfahren auf seinem Höhepunkt angelangt.

»Von morgen an«, sagte David, »kann ich nur noch bei Dunkelheit ausgehen.«

Eve und Madame Chardon brachen in Tränen aus. In ihren Augen war es eine Schande, sich versteckt zu halten. Als Kolb und Marion erfuhren, daß die Freiheit ihres Herrn bedroht sei, beunruhigten sie sich um so mehr, als sie ihn seit langem für völlig arglos hielten; und sie zitterten dermaßen für ihn, daß sie unter dem Vorwand, sie wollten hören, was sie Nützliches tun könnten, zu Madame Chardon, Eve und David ins Zimmer gingen. Sie kamen in dem Augenblick herein, als die drei Menschen, deren Leben bisher so einfach verlaufen war, angesichts der Notwendigkeit, David zu verbergen, in Tränen ausbrachen. Aber wie sollte man den unsichtbaren Spionen entgehen, die von jetzt an die geringsten Schritte dieses Mannes, der leider so zerstreut war, beobachten würden?

»Wenn Madame ein Viertelstündchen warten will«, sagte Kolb, »werde ich im feindlichen Lager rekognoszieren. Und Sie sollen sehen, daß ich das Geschäft verstehe, wenn ich auch wie ein Deutscher aussehe; so wahr ich ein Franzose bin, ich bin nicht dumm.« – »Oh, Madame«, sagte Marion, »lassen Sie ihn gehen; er denkt an nichts anderes, als Monsieur zu beschützen. Kolb ist kein Elsässer, er ist ein wahrer Neufundländer.« – »Gehen Sie, guter Kolb«, sagte David, »wir haben noch Zeit genug, einen Entschluß zu fassen.«

Kolb eilte zu dem Gerichtsvollzieher, bei dem Davids Feinde Kriegsrat hielten und über das Mittel berieten, wie man sich seiner bemächtigen könne.

Die Verhaftung eines Schuldners ist in der Provinz, wenn es überhaupt je dazu kommt, ein ganz außergewöhnlicher Fall. Zunächst kennen sich alle untereinander zu gut, als daß jemand ein so gehässiges Mittel anwenden würde. Gläubiger und Schuldner stehen einander das ganze Leben hindurch persönlich gegenüber. Und ferner, wenn ein Kaufmann, ein Pleitemacher, um die Sprache der Provinz anzuwenden, die bei dieser Art gesetzlichen Diebstahls keine Milde kennt, einen großen Konkurs plant, dann dient ihm Paris als Zuflucht. Paris ist gewissermaßen das Belgien der Provinz: man findet dort Verstecke, die fast unauffindbar sind, und das Mandat des Gerichtsvollziehers, der die Exekution zu machen hat, erlischt an den Grenzen seiner Zuständigkeit. Überdies gibt es noch andere entscheidende Hindernisse. So gilt das Gesetz, das die Unverletzlichkeit der Wohnung verbürgt, in der Provinz ohne jede Ausnahme; der Gerichtsvollzieher hat dort nicht, wie in Paris, das Recht, in ein drittes Haus einzudringen, um den Schuldner herauszuholen. Der Gesetzgeber hat geglaubt, Paris ausnehmen zu müssen, weil hier dauernd mehrere Familien im selben Hause beisammen wohnen. Aber in der Provinz muß der Gerichtsvollzieher, wenn er in die Wohnung des

Schuldners eindringen will, sich vom Friedensrichter begleiten lassen. Der Friedensrichter nun aber, dem die Gerichtsvollzieher unterstellt sind, hat es nahezu uneingeschränkt in der Hand, ob er seine Mitwirkung bewilligen oder verweigern will. Zum Lob der Friedensrichter muß gesagt werden, daß jene Verpflichtung sie drückt; sie wollen nicht blinder Leidenschaft oder der Rachsucht dienen. Es gibt noch andere, nicht weniger ernste Schwierigkeiten, die gleichfalls dazu dienen, die völlig unnütze Grausamkeit des Gesetzes über die Schuldhaft durch das Sichauswirken der Sitten zu mildern, die oft die Gesetze bis zu dem Grade umwandeln, daß sie hinfällig werden. In den großen Städten gibt es genug Elende, Verkommene, Leute ohne Treu und Glauben, die man als Spione einsetzen kann; aber in den kleinen Städten kennen alle einander zu gut, als daß ohne weiteres einer in den Sold eines Gerichtsvollziehers träte. Jeder, der in der unteren Klasse so tief gesunken wäre, würde gezwungen sein, die Stadt zu verlassen. Da also die Verhaftung eines Schuldners nicht, wie in Paris oder den großen Industrie- und Handelsstädten, zum Gegenstand des privilegierten Gewerbes der Häscher des Handelsgerichts geworden ist, wird sie zu einem überaus schwierigen Verfahren, zu einem Kampf zwischen der Schlauheit des Schuldners und derjenigen der Gerichtsvollzieher, von deren Listen in den Pariser Zeitungen manchmal hübsche Berichte zu lesen waren. Der ältere Cointet hatte nicht hervortreten wollen; aber der dicke Cointet, der jetzt sagte, Métivier habe ihm diesen Auftrag erteilt, war mit Cérizet, der sein Faktor geworden war und der gegen das Versprechen eines Tausendfrancsscheins seine Mitwirkung zugesagt hatte, zu Doublon gegangen. Doublon konnte auf zwei seiner Gehilfen rechnen. So verfügten die Cointets bereits über drei Spürhunde zur Überwachung ihrer Beute. Im Augenblick der Verhaftung konnte Doublon überdies die Gendarmerie einsetzen, die nach dem Wortlaut der Urteile dem Gerichtsvollzieher, der sie dazu auffordert, Beistand leisten muß. Diese fünf Leute waren also in diesem Augenblick im Arbeitszimmer des Gerichtsvollziehers Doublon versammelt, das im Erdgeschoß des Hauses neben dem Büro lag.

Beim Betreten dieses Büros mußte man einen ziemlich langen, mit Fliesen belegten Korridor durchschreiten. Das Haus hatte ein einfaches, nicht allzu großes Tor, auf dessen beiden Seiten die vergoldeten amtlichen Schilder angebracht waren; in ihrer Mitte war in schwarzen Buchstaben zu lesen: Gerichtsvollzieher. Die beiden Fenster des Büros, die auf die Straße gingen, waren mit starken Eisenstangen vergittert. Das Arbeitszimmer, in dem die fünf saßen, gestattete den Blick auf einen Garten hinaus, in dem der Gerichtsvollzieher, ein Verehrer der Pomona[30], mit großem Erfolg Spalierobst züchtete. Die Küche lag dem Arbeitszimmer gegenüber, und hinter der Küche befand sich die Treppe, auf der man in das obere Stockwerk gelangte. Das Haus war in einer kleinen Straße hinter dem neuen Justizpalast gelegen, der damals im Bau begriffen war und erst nach 1830 fertig geworden ist. Diese Einzelheiten sind für das Verständnis dessen, was Kolb erlebte, nicht unnütz. Der Elsässer hatte sich ausgedacht, sich dem Gerichtsvollzieher gegenüber des Vorwands zu bedienen, er wolle ihm seinen Herrn verraten, um so zu erfahren, welche Fallen David gestellt würden, und ihn davor zu schützen. Die Köchin öffnete ihm. Kolb sprach den Wunsch aus, Monsieur Doublon in Geschäftssachen zu sprechen. Die Köchin war ärgerlich, daß sie, während sie ihr Geschirr abwusch, gestört wurde; sie öffnete die Tür zum Büro und sagte zu Kolb, den sie nicht kannte, er solle dort auf den Monsieur Doublon warten, der im Augenblick in seinem Arbeitszimmer eine Besprechung habe; dann teilte sie ihrem Herrn mit, ›ein Mann‹ wolle ihn sprechen. Dieser Ausdruck ›ein Mann‹ galt gemeinhin für einen Bauern, und so sagte Doublon: »Er soll warten!« Kolb setzte sich an die Tür zum Arbeitszimmer.

»Also, wie wollen Sie vorgehen? Denn wenn wir ihn morgen früh erwischen können, wäre Zeit gewonnen«, sagte der dicke Cointet. – »Er trägt seinen Namen ›Naivling‹ nicht umsonst; nichts ist leichter als das«, rief Cérizet.

Als Kolb die Stimme des dicken Cointet erkannte, hauptsächlich aber, als er jene beiden Sätze hörte, erriet er sofort, daß es sich um seinen Herrn handelte, und sein Staunen wuchs, als er die Stimme Cérizets hörte.

»Und dieser Lümmel hat sein Brot gegessen!« rief er entsetzt.

»Liebe Leute«, sagte Doublon, »hört, was wir tun müssen. Wir stellen unsere Leute in großen Abständen zwischen der Rue de Beaulieu und der Place du Mûrier in allen Himmelsrichtungen auf, so daß sie dem Naivling, dieser Spitzname gefällt mir, folgen können, ohne daß er es merkt. Wir lassen ihn nicht aus den Augen, bis er in das Haus getreten ist, wo er sich geborgen glaubt; wir gönnen ihm ein paar Tage Sicherheit; dann treffen wir ihn dort eines schönen Tages vor Sonnenaufgang oder nach Sonnenuntergang.« – »Aber was tut er in diesem Augenblick? Er könnte uns entkommen«, sagte der dicke Cointet. – »Er ist zu Hause«, sagte Doublon; »wenn er ausginge, würde ich es erfahren. Einer meiner Gehilfen steht auf der Place du Mûrier auf der Lauer, ein anderer an der Ecke des Justizpalastes und ein dritter dreißig Schritte von meinem Hause. Wenn unser Mann fortginge, würden sie pfeifen; und er hätte noch keine drei Schritte getan, ohne daß ich es auf diesem telegraphischen Wege erfahren hätte.«

Die Gerichtsvollzieher geben ihren Bütteln den ehrbaren Namen ›Gehilfen‹.

Kolb hatte auf einen so günstigen Zufall nicht gerechnet; er verließ leise das Büro und sagte zu dem Mädchen: »Monsieur Doublon hat sicher noch lange zu tun; ich komme morgen früh wieder.«

Der Elsässer, der früher bei der Kavallerie gedient hatte, war auf einen Gedanken gekommen, den er sofort ausführte. Er eilte zu einem Pferdevermieter, einem seiner Bekannten, suchte sich bei ihm ein Pferd aus, ließ es satteln und lief in größter Eile zu seinem Herrn zurück. Er fand Madame Eve in tiefster Niedergeschlagenheit.

»Was gibt es, Kolb?« fragte der Drucker, als er an dem Elsässer eine zugleich freudige und erschreckte Miene bemerkte. – »Sie sind von Spitzbuben umstellt. Das Sicherste ist, meinen Meister zu verstecken. Hat Madame daran gedacht, ihn irgendwo hinzubringen?«

Der wackere Kolb gab Aufschluß über den Verrat Cérizets, über die Überwachungsposten in der Nähe des Hauses, über den Anteil, den der dicke Cointet an der Sache nahm, und so war nicht mehr zu bezweifeln, daß Menschen dieser Art jede List gegen David anwenden würden. Sie sahen ein, daß er sich in einer schlimmen Lage befand.

»Die Cointets sind es, die hinter dir her sind«, rief die arme Eve völlig außer sich, »und deswegen hat Métivier sich so hart bezeigt ... Sie sind Papierfabrikanten, sie wollen dein Geheimnis.« – »Aber was tun, um ihnen zu entkommen?« rief Madame Chardon. – »Wenn Madame einen guten Ort weiß, wo man den Meister unterbringen könnte«, sagte Kolb, »verspreche ich, ihn hinzubringen, ohne daß es je einer erfährt.« – »Geht zu Basine Clerget, aber nur bei Dunkelheit«, antwortete Eve, »ich werde alles mit ihr besprechen. In dieser Lage kann ich mich ganz auf Basine verlassen.« – »Die Spione werden dir nachgehen«, sagte endlich David, der wieder etwas Geistesgegenwart bekam; »es handelt sich darum, ein Mittel zu finden, Basine zu benachrichtigen, ohne daß einer von uns hingeht.« – »Madame kann getrost hingehen«, sagte Kolb. »Ich hab' mir das so gedacht: ich gehe mit Monsieur aus, und wir locken die Pfeifspione hinter uns her. Während dieser Zeit kann Madame zu Mademoiselle Clerget gehen; es wird ihr keiner nachsteigen. Ich habe ein Pferd, Monsieur kann hinten aufsitzen, und das müßte mit dem Teufel zugehn, wenn man uns erwischte.« – »Lebe wohl denn, Liebster«, rief die arme Frau und warf sich ihrem Manne in die Arme; »keiner von uns wird dich besuchen, denn sonst könnten wir sie auf deine Spur bringen. Wir müssen uns für die ganze Zeit verabschieden, die diese freiwillige Gefangenschaft dauert. Wir schreiben uns durch die Post. Basine besorgt deine Briefe, und ich schreibe dir unter ihrem Namen.«

Bei ihrem Fortgehen hörten David und Kolb das Pfeifen und führten die Spione bis zum Palet-Tor hinunter, wo der Pferdeverleiher wohnt. Dort nahm Kolb seinen Herrn hinter sich aufs Pferd und empfahl ihm, sich gut an ihm festzuhalten.

»Pfeift, pfeift, liebe Freunde! Ich pfeife auf euch alle!« rief Kolb; »einen alten Kavalleristen werdet ihr schwerlich erwischen.«

Und der alte Kavallerist gab dem Pferd die Sporen und galoppierte ins Land hinaus, so daß die Spione ihnen unmöglich folgen konnten und nicht einmal wußten, wo sie hingekommen waren.

Eve begab sich unter dem nicht übel erdachten Vorwand, seinen Rat einzuholen, zu Postel. Nachdem sie die Schmach eines Mitleids, das nur mit Worten verschwenderisch ist, über sich hatte ergehen lassen, verließ sie das Ehepaar Postel und konnte nun, ohne gesehen zu werden, das Haus Basines erreichen, der sie ihren Kummer anvertraute und die sie um Beistand und Schutz bat. Basine, die Eve, damit sie ganz ungestört reden konnten, in ihr Schlafzimmer geführt hatte, öffnete die Tür zu einer anstoßenden kleinen Kammer, die ihr Licht nur durch eine kleine Luke erhielt, so daß das Auge keines Menschen hineinsehen konnte. Die beiden Freundinnen brachten einen kleinen Kamin in Ordnung; sein Rohr ging in den Kamin der Werkstätte, in dem die Arbeiterinnen Feuer für ihre Bügeleisen unterhielten. Eve und Basine legten Decken auf den Fußboden, um den Schall zu dämpfen, wenn David aus Versehen Geräusch machte; sie stellten ein Gurtbett zum Schlafen auf, einen Ofen für seine Experimente, einen Tisch und einen Stuhl zum Sitzen und Schreiben. Basine versprach, ihm nachts zu essen zu geben; und da niemals jemand in ihr Schlafzimmer kam, konnte David allen seinen Feinden und sogar der Polizei trotzen.

»Endlich«, sagte Eve und umarmte die Freundin, »ist er in Sicherheit.«

Eve begab sich noch einmal zu Postel, um, wie sie sagte, noch einen Zweifel aufzuklären, über den ihr ein so kluger Handelsrichter Auskunft geben könne; und dann ließ sie sich von ihm zurückbegleiten und hörte seine Klagen an. – »Wenn Sie mich geheiratet hätten, stünde es dann auch so schlimm um Sie ...?« Dieses Gefühl lag allem zugrunde, was der kleine Apotheker sagte.

Als Postel wieder nach Hause kam, zeigte sich seine Frau sehr eifersüchtig auf die wunderbare Schönheit der Madame Séchard; und die über die Freundlichkeit ihres Mannes erboste Léonie ließ sich nur durch die Behauptung des Apothekers beruhigen, kleine, blonde und rothaarige Frauen taugten mehr als große, brünette, die, wie er sagte, schönen Pferden glichen, die nie aus dem Stalle kämen. Er gab ihr wohl einige Beweise für die Aufrichtigkeit dieser Worte, denn am nächsten Tag war seine Frau sehr zärtlich zu ihm.

»Wir können beruhigt sein«, sagte Eve zu ihrer Mutter und Marion, die, wie Marion sich ausdrückte, noch ganz ›weg‹ waren. – »Oh, sie sind auf und davon«, sagte Marion, als Eve sich mechanisch im Zimmer umsah.

»Wohin geht die Reise ...?« fragte Kolb, als er auf der Landstraße nach Paris eine Meile geritten war. – »Nach Marsac«, antwortete David. »Da du mich auf diesen Weg gebracht hast, will ich einen letzten Versuch machen, das Herz meines Vaters zu erweichen.« – »Ich würde lieber eine Batterie Kanonen erstürmen; Ihr Herr Vater hat kein Herz.«

Der alte Drucker glaubte nicht an seinen Sohn; er beurteilte ihn, wie eben das Volk urteilt: nach den Ergebnissen. Zunächst glaubte er David nicht übervorteilt zu haben; alsdann sagte er sich, ohne die gewandelten Zeiten zu bedenken: »Ich habe ihm eine Druckerei gegeben, wie ich selber sie bekommen habe; und er, der tausendmal mehr davon versteht als ich, ist nicht weiter gekommen!« Er war außerstande, seinen Sohn zu verstehen; er verurteilte ihn und fühlte eine Art Überlegenheit über diesen hohen Geist, indem er sich sagte: »Von mir bekommt er später einmal sein Brot.« Nie werden die Moralisten den ganzen Einfluß, den die Gefühle auf den Eigennutz haben, klarlegen können. Jener Einfluß ist ebenso mächtig, wie der des Eigennutzes auf die Gefühle. Alle Naturgesetze haben eine doppelte Wirkung in zwei entgegengesetzten Richtungen. David seinerseits verstand seinen Vater und war mild genug, nachsichtig zu sein.

Kolb und David langten um acht Uhr in Marsac an und überraschten den Alten beim Abschluß seiner Mahlzeit, die er heute notgedrungen kurz vor dem Schlafengehen einnehmen mußte.

»Dich schickt die Justiz zu mir«, sagte der Vater mit bitterem Lächeln zu seinem Sohn. – »Wie können Sie meinem Meister und Ihrem Sohn so begegnen ...? Er wohnt in den Wolken, und Sie sind immer in Ihren Reben ...!« rief Kolb entrüstet. »Zahlen Sie, zahlen Sie! Das ist Ihre Pflicht als Vater ...« – »Schon gut, Kolb, geh; bring das Pferd zu Madame Courtois, wir wollen meinem Vater nicht damit zur Last fallen; und merk dir, daß die Väter immer recht haben.«

Kolb ging; er brummte wie ein Hund, den der Herr seiner Wachsamkeit wegen gescholten hat, und der noch im Gehorchen protestiert. David schlug jetzt seinem Vater vor, ohne sein Geheimnis preiszugeben, er wolle ihm den sichersten Beweis für seine Entdeckung geben; er wolle ihn an diesem Geschäft gegen die Höhe der Summen, die er brauche, beteiligen, sowohl um sofort frei zu werden, wie auch um sein Geheimnis auszubeuten.

»So? Und wie willst du mir beweisen, daß du aus Nichts schönes Papier machen kannst, das nichts kostet?« fragte der alte Buchdrucker und warf seinem Sohn einen Blick zu, aus dem hervorging, daß er nicht mehr ganz nüchtern war, und der dennoch Schlauheit und Habsucht verriet. Es nahm sich aus, wie wenn ein Blitz aus einer vollen Regenwolke schießt; denn der alte ›Bär‹ ging nie schlafen, ohne sich für die Nacht zurechtgemacht zu haben. Seine Schlafmütze bestand aus zwei Flaschen trefflichen alten Weins, die er, nach seinem Ausdruck, ›süffelte‹.

»Nichts einfacher als das«, erwiderte David. »Ich habe kein Papier bei mir. Ich bin auf der Flucht vor Doublon auf den Weg nach hier geraten; und als ich sah, daß ich auf dem Wege nach Marsac sei, dachte ich, ich könnte ebensogut mit dir verhandeln wie mit einem Wucherer. Ich habe nichts auf dem Leib als meine Kleider. Bring mich in einen wohlverschlossenen Raum, zu dem niemand Zutritt hat, in dem mich niemand sehen kann, und ...« – »Wie?« sagte der Alte und warf dem Sohn einen schrecklichen Blick zu, »du willst mich nicht sehen lassen, was du machst?« – »Lieber Vater«, antwortete David, »du hast mir gezeigt, daß es in Geschäftsdingen keinen Vater gibt.« – »Ah, du mißtraust dem, der dir das Leben gegeben hat!« – »Nein, nur dem, der mir die Mittel zum Leben genommen hat.« – »Jeder für sich, du hast recht!« sagte der Alte. »Gut, ich bringe dich in meine Vorratskammer.« – »Ich gehe mit Kolb hinein; du schaffst mir einen Kessel, in dem ich meinen Brei kochen kann«, versetzte David, ohne auf den Blick zu achten, den ihm sein Vater zuwarf; »dann bringst du mir Artischockenstengel, Spargelkraut, Brennesseln und Schilfrohr; das kannst du am Ufer eures Baches abschneiden. Morgen früh komme ich aus deiner Vorratskammer, und du sollst ein prächtiges Papier sehen.« – »Wenn das möglich ist ...«, rief der Alte zwischen etlichen Rülpsern, »gebe ich dir vielleicht ... will ich sehen, ob ich dir geben kann ... Ja, dann gebe ich dir wahrscheinlich fünfundzwanzigtausend Francs – unter der Bedingung, daß ich jedes Jahr genauso viel daran verdiene.« – »Stell mich auf die Probe, ich bin einverstanden«, rief David. »Kolb, steig aufs Pferd, reite nach Mansle, kauf dort bei einem Schäffler ein großes Haarsieb und bei einem Spezereihändler Leim, und komm schleunigst zurück.« – »Da, trink!« sagte der Vater und stellte vor den Sohn eine Flasche Wein, Brot und einen Teller mit kaltem Fleisch hin, der noch auf dem Tisch stand. »Sammle Kräfte, ich gehe und hole dir das grüne Lumpenzeug, das du brauchst; denn grün sind sie, deine Lumpen! Ich fürchte sogar, sie sind ein bißchen zu grün.«

Zwei Stunden später, gegen elf Uhr nachts, schloß der Alte seinen Sohn und Kolb in einen kleinen Raum ein, der an seine Vorratskammer angebaut und mit Hohlziegeln bedeckt war. Es befanden sich darin die Utensilien, die man zum Brennen der Weine des Angoumois braucht; man weiß ja, daß sie alle die Branntweine liefern, die angeblich aus Cognac stammen.

»Aber hier bin ich ja wie in einer Fabrik, Holz und Kessel sind da!« rief David. – »Also, bis morgen«, sagte der alte Séchard; »ich schließe euch jetzt ein und lasse meine beiden Hunde los; ich bin sicher, daß euch niemand Papier bringt. Zeig mir morgen deinen Bogen, dann erkläre ich, daß ich dein Teilhaber werde; das Geschäft ist dann klar und geht in Ordnung . . .«

Kolb und David ließen sich einschließen und verbrachten etwa zwei Stunden damit, die Stengel zu zerknicken und vorzubereiten, wobei sie sich zweier Bohlen bedienten. Das Feuer loderte, das Wasser kochte. Gegen zwei Uhr morgens hörte Kolb, der weniger beschäftigt war als David, ein Geräusch, das weniger wie ein Seufzen als wie das Rülpsen eines Trunkenen klang. Er nahm eine der beiden Kerzen und hielt überall Umschau; endlich gewahrte er das blaurote Gesicht des alten Séchard in einer kleinen, viereckigen Öffnung, die sich über der Tür befand, durch die man aus dem Vorratsraum in die Brennkammer gelangte und die durch leere Fässer verstellt war. Der boshafte Alte hatte seinen Sohn und Kolb durch die äußere Tür, durch die die Fässer zur Ablieferung hinausgerollt wurden, in die Brennkammer geführt. Jene zweite, innere Tür diente dazu, die Fässer aus dem Vorratsraum in die Brennkammer zu rollen, ohne daß der Umweg über den Hof gemacht zu werden brauchte.

»Oha, Papa«, rief Kolb, »so haben wir nicht gewettet, Sie wollen Ihren Sohn begaunern . . . Wissen Sie, was Sie tun, wenn Sie eine Flasche Wein trinken? Sie geben einem Halunken was zu saufen!« – »Aber, Vater!« sagte David. – »Ich wollte bloß wissen, ob ihr was braucht«, brachte der Winzer kleinlaut und beinahe ernüchtert heraus. – »Und aus purer Anteilnahme an uns haben Sie eine kleine Leiter genommen . . . ?« fragte Kolb und öffnete die Tür, nachdem er den Eingang frei gemacht und den Alten im Hemd auf einer kleinen Leiter hatte stehen sehen. – »Du setzt deine Gesundheit aufs Spiel!« rief David. – »Ich glaube, ich bin ein Nachtwandler«, sagte der Alte, der beschämt herunterstieg. »Weil du deinem Vater nicht getraut hast, habe ich schlechte Träume gehabt; mir träumte, du seiest mit dem Teufel im Bund, um das Unmögliche möglich zu machen.« – »Der Teufel, das ist Ihre Leidenschaft für die kleinen Goldfüchse«, rief Kolb. – »Leg dich wieder hin, Vater«, sagte David; »schließ uns ein, wenn du willst; aber spar dir die Mühe, wiederzukommen: Kolb wird Wache stehen.«

Am nächsten Tage um vier Uhr verließ David die Brennkammer; er hatte alle Spuren seiner Arbeit entfernt und brachte seinem Vater dreißig Bogen Papier, deren Feinheit, Weiße, Festigkeit und Stärke nichts zu wünschen übrigließen und die als Wasserzeichen die ungleich starken Striche von den Drähten des Haarsiebs zeigten. Der Alte nahm die Muster und prüfte sie als alter ›Bär‹, der seit jungen Jahren gewöhnt war, die Papiere auf diese Weise zu untersuchen, mit der Zunge; er fuhr mit der Hand darüber, zerknüllte sie, faltete sie, unterwarf sie all den Proben, die die Drucker anwenden, um die Qualität des Papiers festzustellen; und obwohl er nichts zu tadeln fand, wollte er sich nicht als besiegt erklären.

»Man müßte sehen, was unter der Presse daraus wird«, sagte er, um den Sohn nicht loben zu müssen. – »Komischer Kerl!« rief Kolb.

Der Alte, der kaltblütig geworden war, tarnte die Unentschlossenheit, die er nur spielte, durch väterliche Würde.

»Ich will dich nicht täuschen, Vater; dieses Papier, so scheint mir, stellt sich noch zu teuer; ich will noch das Problem lösen, es in der Bütte zu leimen . . . Nur diesen Vorteil muß ich noch erobern ...« – »Aha, du möchtest mich 'reinlegen!« – »Würde ich es dir dann sagen? Ich leime zwar schon in der Bütte; aber bis jetzt verbindet sich der Leim nicht gleichmäßig mit meinem Brei; das Papier wird rauh wie eine Bürste.« – »Schön. Vervollkommne das mit dem Leimen in der Bütte; dann bekommst du mein Geld.« – »Mein Meister wird Ihr Geld nie zu sehen bekommen!«

Offenbar wollte der Alte David für die Beschämung strafen, die er in dieser Nacht erlitten hatte, und so behandelte er ihn mehr als kalt.

»Vater«, sagte David, der Kolb hinausgeschickt hatte, »ich bin dir nie böse gewesen, daß du deine Druckerei zu einem unmäßigen Preis eingeschätzt hast und daß du sie mir lediglich nach deiner Schätzung verkauft hast; ich habe immer den Vater in dir gesehen. Ich habe mir gesagt: ›Mag der alte Mann, der sich viel geplagt und der mich bestimmt auf einen höheren Platz gehoben hat, als es meiner Herkunft entsprach, in Frieden und auf seine Weise die Frucht seiner Arbeit genießen.‹ Ich habe dir sogar das eingebrachte Gut meiner Mutter gelassen und mich, ohne zu murren, in das mit Schulden belastete Leben gefügt, das du mir bereitet hast. Ich habe mir vorgenommen, ein schönes Vermögen zusammenzubringen, ohne dich zu behelligen. Meine Entdeckung habe ich inmitten des größten Elends gemacht. Ich hatte kaum Brot im Hause und wurde wegen Schulden verfolgt, die nicht die meinen sind ... Ja, ich habe geduldig gekämpft und bin nicht müde geworden, bis meine Kräfte erschöpft waren. Vielleicht bist du mir Hilfe schuldig ...! Aber denk nicht an mich, denk an meine Frau und das kleine Kind ...« (hier konnte David seine Tränen nicht zurückhalten) »und gewähre ihnen Beistand und Schutz. Solltest du tiefer als Marion und Kolb stehen, die mir ihre Ersparnisse gegeben haben?« rief der Sohn, als er seinen Vater kalt wie eine marmorne Preßplatte sah. – »Und das hat dir nicht genügt ...?« rief der Alte, ohne die geringste Scham zu verspüren. »Du könntest ja ganz Frankreich aufzehren ...! Gute Nacht! Ich für mein Teil bin zu ungebildet, mich in die Ausbeutung eines Unternehmens einzulassen, bei dem nur ich der Ausgebeutete wäre. Der ›Affe‹ soll den ›Bären‹ nicht auffressen«, sagte er und spielte dabei auf ihre

Werkstattspitznamen an. »Ich bin Winzer und kein Bankier. Und außerdem, weißt du, Geschäfte zwischen Vater und Sohn, das tut nicht gut. Wir wollen essen; siehst du, du sollst nicht sagen, daß ich nichts für dich übrig habe . . . «

David war einer der Menschen mit Herzenstiefe, die ihre Leiden so verbergen können, daß sie denen, die sie liebhaben, nicht sichtbar werden. Wenn daher bei ihnen der Schmerz überströmt, ist der Höhepunkt ihrer Qual erreicht. Eve verstand diesen schönen, männlichen Charakter. Aber der Vater sah in dem Schmerz, der jetzt aus der Tiefe an die Oberfläche quoll, den gewöhnlichen Jammer der Kinder, die ihren Vater ›herumkriegen‹ wollen, und er hielt die Niedergeschlagenheit des Sohnes für Schamgefühl über den Mißerfolg. Vater und Sohn trennten sich in Unfrieden. David und Kolb kamen ungefähr um Mitternacht nach Angoulême zurück und gingen zu Fuß und so vorsichtig durch die Stadt, als seien sie Diebe auf einem Raubzug. Um ein Uhr morgens betrat David die Wohnung der Mademoiselle Basine Clerget, ohne daß jemand es gesehen hätte, und wurde in dem unzugänglichen Asyl untergebracht, das seine Frau für ihn vorbereitet hatte. Dort sollte David nun von dem erfinderischsten Mitgefühl, das es gibt, von dem einer Grisette, bewacht werden. Am nächsten Morgen rühmte sich Kolb, er habe seinem Herrn zu Pferde zur Flucht verholfen und ihn erst verlassen, nachdem er ihn auf ein Schiff gebracht, das ihn in die Nähe von Limoges bringen würde. Es war bei Basine eine genügende Menge von Rohmaterialien untergebracht, so daß Kolb, Marion, Madame Séchard und ihre Mutter keinerlei unmittelbaren Verkehr mit Mademoiselle Clerget zu unterhalten brauchten.

Zwei Tage nach dem Auftritt mit seinem Sohn kam der alte Séchard, der noch zwanzig Tage Zeit hatte, bevor er mit der Weinlese anfangen mußte, zu seiner Schwiegertochter; die Habgier hatte ihn hingeführt. Er hatte keinen Schlaf mehr gefunden; er wollte wissen, ob die Erfindung Aussicht auf Reichtum biete; er wollte, wie er sich ausdrückte, sehen, dabei seinen Schnitt zu machen. Er bezog über der Wohnung seiner Schwiegertochter eine der beiden Dachkammern, die er sich vorbehalten hatte, und tat so, als ob er von der Geldnot im Haushalt seines Sohnes nichts bemerke. Man schuldete ihm die Mieten, man konnte ihm also wohl zu essen geben! Er fand es nicht weiter sonderbar, daß die Bestecke aus verzinntem Eisen waren.

»So habe auch ich angefangen«, antwortete er seiner Schwiegertochter, als sie sich entschuldigte, daß sie ihm keine silbernen Bestecke hinlege.

Marion mußte sich bei den Kaufleuten für alles verbürgen, was im Haushalt verbraucht wurde. Kolb war Handlanger bei Maurerarbeiten und verdiente täglich zwanzig Sous. Die arme Eve, die um ihres Kindes und Davids willen ihr Letztes hergab, damit der Winzer gut bewirtet wurde, hatte bald nur noch zehn Francs. Sie hoffte immer, ihre Schmeicheleien und ihre respektvolle Freundlichkeit oder wenigstens ihr entsagungsvolles Leben würden den Geizhals rühren; aber er blieb unzugänglich. Schließlich wollte sie, da sie den kalten Blick der Cointets, Petit-Clauds und Cérizets an ihm wahrnahm, seinen Charakter ergründen und seine Absichten erraten; aber das war vergebliche Mühe! Der alte Séchard befand sich stets zwischen zwei kleinen Räuschen und war dahinter unangreifbar. Die Trunkenheit ist ein doppelter Schleier. Unter ihrem Schutz – sie war ebenso oft vorgetäuscht wie wirklich – versuchte der Alte, Eve Davids Geheimnis zu entlokken. Bald schmeichelte er seiner Schwiegertochter, bald drohte er ihr. Als Eve ihm antwortete, sie wisse nichts, sagte er zu ihr: »Ich vertrinke mein ganzes Vermögen, oder ich gebe es auf Leibrenten . . .« Diese schmählichen Kämpfe ermatteten das arme Opfer; um dem Schwiegervater nicht respektlos zu begegnen, hatte Eve sich schließlich aufs Schweigen verlegt. Als sie eines Tages zum Äußersten getrieben war, sagte sie zu ihm: »Aber, Vater, es gibt eine sehr einfache Art, alles zu erfahren: bezahl Davids Schulden, dann kommt er wieder, und ihr könnt euch miteinander verständigen.« – »Ach so, weiter wollt ihr nichts von mir! Gut, daß ich das weiß.«

Der alte Séchard, der nicht an seinen Sohn glaubte, glaubte an die Cointets. Die Cointets, an die er sich wandte, streuten ihm absichtlich Sand in die Augen und sagten ihm, es handle sich bei den Forschungen seines Sohnes um ein Millionenobjekt.

»Wenn David beweisen kann, daß ihm seine Versuche gelungen sind, dann zögere ich nicht, meine Papierfabrik in eine Gesellschaft umzuwandeln und Ihrem Sohne seine Entdeckung in entsprechendem Werte anzurechnen«, sagte der große Cointet zu ihm.

Der mißtrauische Alte trank mit den Arbeitern dann und wann ein Gläschen und zog dabei viele Erkundigungen ein; er stellte sich dumm und fragte Petit-Claud so gut aus, daß ihm schließlich der Verdacht kam, die Cointets steckten hinter Métivier; er vermutete, sie planten, die Druckerei Séchard zu ruinieren und sich von ihm bezahlen zu lassen, indem sie ihn mit der Entdeckung köderten; denn der alte Mann aus dem Volke konnte nicht ahnen, daß Petit-Claud mit im Komplott war; er kam nicht auf den Gedanken, daß all die Netze lediglich gestellt waren, damit die Verschwörer sich früher oder später des schönen Fabrikationsgeheimnisses bemächtigen konnten. Eines Tages endlich beschloß der Alte, der außer sich war, daß er das Schweigen seiner Schwiegertochter nicht brechen konnte und daß er nicht einmal von ihr zu erfahren vermochte, wo David sich verborgen hielt, die Tür zu der Werkstatt, die zum Gießen der Walzen bestimmt war, zu erbrechen; er hatte schließlich herausbekommen, daß sein Sohn dort seine Versuche angestellt habe. Am frühen Morgen stieg er in den Hof hinab und fing an, an dem Schloß herumzufingern.

»Na, was treiben Sie denn da, Papa Séchard?« rief ihm Marion zu, die morgens immer sehr früh aufstand, um in ihre Fabrik zu gehen, und nun mit einem Satz an der Anfeuchtkammer war. – »Bin ich hier etwa nicht zu Hause, Marion?« antwortete der Alte, der sich schämte, ertappt worden zu sein. – »So? Werden Sie auf Ihre alten Tage etwa zum Dieb? Und dabei sind Sie doch nüchtern ... Ich erzähle alles brühwarm Madame.« – »Halt den Mund, Marion«, sagte der alte Mann und zog ein Sechsfrancsstück aus der Tasche. »Da, nimm ...« – »Ich werde nichts sagen; aber versuchen Sie es nicht noch einmal!« sagte Marion und drohte ihm mit dem Finger, »sonst erzähle ich es ganz Angoulême.«

Sowie der alte Mann gegangen war, stieg Marion zu ihrer Herrin hinauf.

»Denken Sie nur, ich habe Ihrem Schwiegervater sechs Francs abgeluchst; da sind sie ...« – »Und wie hast du das fertiggebracht ...?« – »Er wollte wahrhaftig die Kessel und die Vorräte vom Meister sehen, als ob er damit hinter das Geheimnis gekommen wäre. Ich habe ganz genau gewußt, daß in der kleinen Küche nichts mehr war; aber ich habe ihm Angst gemacht, als habe er seinen Sohn bestehlen wollen, und er hat mir einen Doppeltaler gegeben, damit ich den Mund hielte ...«

In diesem Augenblick brachte Basine ihrer Freundin freudig einen Brief Davids; sie übergab ihn ihr heimlich. Er war auf herrlichem Papier geschrieben und lautete:

»Liebste Eve!

Du bist die erste, der ich auf dem ersten Bogen Papier schreibe, das mir auf Grund meines Verfahrens gelungen ist. Ich habe das Problem, den Brei in der Bütte zu leimen, gelöst! Das Pfund Zeug kommt auf fünf Sous, selbst wenn ich annehme, daß für die Pflanzen, die ich brauche, guter Boden in Kultur genommen werden muß. Also wird für das Ries von zwölf Pfund für drei Francs geleimtes Zeug gebraucht. Ich bin sicher, daß ich das Gewicht der Bücher um die Hälfte vermindern kann. Der Umschlag, der Brief, die Proben sind verschiedene Fabrikate. Ich küsse Dich; wir werden glücklich sein; nichts hat uns gefehlt als ein bißchen Geld.«

»Hier«, sagte Eve zu ihrem Schwiegervater und reichte ihm die Proben, »gib deinem Sohn den Erlös deiner Weinernte und laß ihn sein Glück machen, er gibt dir zehnfach wieder, was du ihm gibst; die Erfindung ist gelungen!«

Der alte Séchard eilte spornstreichs zu den Cointets. Dort wurde jede Probe untersucht und peinlich genau geprüft; die einen waren geleimt, die andern ohne Leim; ihr Preis war mit drei Francs bis zu zehn Francs pro Ries bezeichnet; die einen waren von metallischer Härte, die anderen weich wie Chinapapier; alle möglichen Schattierungen des Weiß waren vertreten. Juden, die Diamanten prüfen, hätten nicht gierigere Augen machen können, als die der Cointets und des alten Séchard es waren.

»Ihr Sohn ist auf dem richtigen Wege«, sagte der dicke Cointet. »Gut, dann bezahlen Sie ihm seine Schulden«, versetzte der alte Drucker. – »Sehr gern, wenn er uns zu Teilhabern nehmen will«, antwortete der große Cointet. – »Sie sind mir die Rechten«, rief der ehemalige ›Bär‹, »Sie verfolgen meinen Sohn unter dem

Namen Métivier und wollen, daß ich Sie bezahle, weiter nichts. So dumm bin ich nicht, ihr Herren!«

Die beiden Brüder sahen einander an; aber es gelang ihnen, ihre Überraschung über den Scharfsinn des Geizhalses zu unterdrücken.

»Wir haben noch nicht Millionen genug, um das Diskontgeschäft zum Vergnügen zu betreiben«, erwiderte der dicke Cointet; »wir wären schon glücklich, wenn wir unsere Lumpen bar bezahlen könnten; aber wir geben unserm Händler nach wie vor Wechsel.« – »Es müßte ein Versuch im großen gemacht werden«, fügte der große Cointet kühl hinzu, »denn was in einem Suppentopf gelingt, mißglückt vielleicht, wenn es im großen hergestellt werden soll. Verschaffen Sie ihrem Sohn die Freiheit.« – »Ja, aber wird mein Sohn, wenn er in Freiheit ist, mich als Teilhaber nehmen?« fragte der alte Séchard. – »Das ist nicht unsere Sache«, sagte der dicke Cointet. »Glauben Sie, guter Mann, daß es genügt, wenn Sie Ihrem Sohne zehntausend Francs geben? Ein Erfinderpatent kostet zweitausend Francs. Es müssen Reisen nach Paris gemacht werden; darum wäre es klug, wie mein Bruder gesagt hat, tausend Ries zu fabrizieren und ganze Bütten zu riskieren, damit kein Zweifel bleibt, ehe man sich auf das Unternehmen einläßt. Sehen Sie, gegen nichts muß man mißtrauischer sein als gegen Erfinder. Ich für meinen Teil«, sagte der große Cointet, »habe nur für Brot was übrig, das ausgebacken ist.«

Der Alte überlegte die ganze Nacht das Dilemma hin und her. »Bezahle ich Davids Schulden, dann ist er frei; und wenn er frei ist, braucht er mich nicht als Teilhaber. Er weiß genau, daß ich ihn mit unserer ersten Teilhaberschaft 'reingelegt habe; er wird sich nicht zum zweitenmal darauf einlassen wollen. In meinem Interesse wäre es also, daß der Unglücksmensch ins Gefängnis kommt.«

Die Cointets kannten den alten Séchard gut genug, um zu wissen, daß sie das Geschäft gemeinsam machen würden. Also sagten die drei Männer: »Um eine Gesellschaft zu gründen, die auf dem Fabrikationsgeheimnis basiert, bedarf es der Versuche; und um diese Versuche durchzuführen, muß David Séchard zur Freiheit verholfen werden. Ist David aber frei, so entkommt er uns.« Jeder hatte überdies einen kleinen Hintergedanken. Petit-Claud sagte sich:

»Nach meiner Verheiratung bin ich von der Verbindung mit den Cointets frei; aber bis dahin halte ich sie fest.« Der große Cointet sagte sich: »Ich hätte David lieber hinter Schloß und Riegel; dann wäre ich Herr und Meister.« Der alte Séchard sagte sich: »Wenn ich seine Schulden bezahle, sagt mein Sohn ›danke schön‹, und damit fertig.« Eve, die von dem Winzer bestürmt wurde und der er drohte, sie werde aus dem Hause gejagt, wollte weder das Asyl ihres Mannes verraten noch auch nur ihm vorschlagen, in freies Geleit einzuwilligen. Sie war nicht sicher, ob sie David ein zweites Mal ebenso gut verstecken könne, und deswegen antwortete sie ihrem Schwiegervater: »Mach deinen Sohn frei, dann erfährst du alles.« Die vier Interessenten standen also vor einem gedeckten Tisch, und keiner wagte, sich zum Mahl zu setzen, weil jeder fürchtete, es könne ihm einer zuvorkommen; alle beobachteten und mißtrauten einander.

Ein paar Tage nach Séchards Verschwinden hatte Petit-Claud den großen Cointet in seiner Papiermühle aufgesucht.

»Ich habe mein Bestes getan«, sagte er zu ihm, »David hat sich freiwillig in ein Gefängnis begeben, das uns unbekannt ist, und sucht dort in Ruhe seine Erfindung zu verbessern. Wenn Sie Ihr Ziel nicht erreicht haben, ist es nicht meine Schuld; halten Sie Ihr Versprechen?« – »Ja, wenn wir ans Ziel kommen«, antwortete der große Cointet. »Der alte Séchard ist seit kurzem hier; er hat uns mit Fragen über die Papierfabrikation überschüttet; der alte Geizhals ist hinter die Erfindung seines Sohnes gekommen, er will Nutzen davon haben; es besteht also einige Hoffnung, die Gründung einer Gesellschaft durchzusetzen. Sie sind der Anwalt von Vater und Sohn . . .« – »Wenden Sie sich an den heiligen Geist, daß er sie Ihnen verrät«, fügte Petit-Claud lachend hinzu. – »Wenn es Ihnen gelingt, David entweder ins Gefängnis oder durch einen Gesellschaftsvertrag in unsere Hände zu bringen, sollen Sie Mademoiselle de La Haye heiraten.« – »Ist das Ihr Ultimatum?« fragte Petit-Claud. – »Yes«, versetzte Cointet, »da wir schon in fremden Sprachen reden.« – »Hören Sie meins in gutem Französisch«, entgegnete Petit-Claud trocken. – »Also heraus mit der Sprache«, versetzte Cointet mit neugieriger Miene. – »Stellen Sie mich morgen Madame de Senonches vor, sorgen Sie dafür, daß ich etwas Positives höre; kurzum, halten Sie Ihr Versprechen, oder ich bezahle Séchards Schulden und werde sein Teilhaber, indem ich meine Praxis wieder verkaufe. Ich will mich nicht foppen lassen. Sie haben unverhohlen zu mir gesprochen; ich rede in der nämlichen Sprache. Ich habe getan, was ich sollte; tun Sie jetzt das Ihrige. Sie haben alles, ich habe nichts. Wenn ich nicht ein Unterpfand Ihrer Aufrichtigkeit habe, spiele ich dasselbe Spiel wie Sie.«

Der große Cointet nahm seinen Hut, seinen Regenschirm, setzte sein Jesuitengesicht auf, wendete sich zum Gehen und sagte zu Petit-Claud, er solle mitkommen.

»Sie sollen sehen, lieber Freund, ob ich Ihnen den Boden vorbereitet habe oder nicht«, sagte der Kaufmann zu dem Advokaten.

Im Handumdrehen hatte der durchtriebene und geriebene Papierfabrikant die Gefahr erkannt, in der er schwebte. Er sah ein: Petit-Claud war ein Mann, den man ehrlich bedienen mußte. Er hatte schon, um sich auf alles vorzubereiten und um sein Gewissen zu beruhigen, einige Andeutungen gemacht, unter dem Vorwand, dem ehemaligen Generalkonsul Rechenschaft über die Finanzlage der Mademoiselle de La Haye zu geben.

»Ich habe etwas für Françoise«, hatte er gesagt, »mit dreißigtausend Francs Mitgift kann ein Mädchen heutzutage keine großen Ansprüche stellen.« – »Wir können darauf zurückkommen«, hatte Francis du Hautoy geantwortet. »Durch die Abreise der Madame de Bargeton hat sich die Stellung Madame de Senonches' von Grund auf geändert: wir können Françoise mit irgendeinem braven Landedelmann verheiraten.« – »Dabei kommt nichts Gutes heraus«, hatte der Papierfabrikant geantwortet und eine frostige Miene aufgesetzt. »Nein, verheiraten Sie sie lieber mit einem ehrgeizigen, fähigen jungen Mann, den Sie protegieren können und der seiner Frau eine angenehme Stellung verschafft.« – »Wir werden sehen«, hatte Francis geantwortet; »vor allem muß die Patin befragt werden.«

Nach dem Tod Bargetons hatte Louise de Nègrepelisse das Haus in der Rue du Minage verkaufen lassen. Madame de Senonches, die sich in ihrer Wohnung eingeengt fühlte, bestimmte ihren Mann, dieses Haus, das die Wiege der ehrgeizigen Wünsche Luciens war und in dem dieser Roman begonnen hat, zu kaufen.

Zéphirine de Senonches hatte den Plan gefaßt, das Erbe des königlichen Regiments anzutreten, das Madame de Bargeton ausgeübt hatte, einen Salon zu haben, kurz und gut: die große Dame zu sein. In der vornehmen Gesellschaft von Angoulême war seit dem Duell Bargetons mit Chandour eine Spaltung eingetreten. Auf der einen Seite standen die, die an die Unschuld Louises de Nègrepelisse glaubten; auf der andern Seite alle, die an den Verleumdungen Stanislas' de Chandour festhielten. Madame de Senonches erklärte sich für die Bargetons und gewann als erstes alle Anhänger dieser Partei für sich. Als sie dann in das Stadtpalais Bargeton übergesiedelt war, machte sie sich die Gewohnheiten vieler zunutze, die seit so vielen Jahren dorthin zum Spielen gegangen waren. Sie empfing jeden Abend und lief entschieden Amélie de Chandour, die sich zu ihrer Rivalin aufgeworfen hatte, den Rang ab. Die Hoffnungen Francis' de Hautoy, der sich im Mittelpunkt der Aristokratie von Angoulême sah, verstiegen sich so weit, daß er Françoise mit dem alten Monsieur de Séverac verheiraten wollte, den Madame du Brossard nicht für ihre Tochter hatte kapern können. Die Rückkehr der Madame de Bargeton, die Präfektin von Angoulême geworden war, steigerte noch die Ansprüche Zéphirines für ihr geliebtes Patenkind. Sie sagte sich, die Gräfin Sixte du Châtelet würde ihren Einfluß für die verwenden, die sich zu ihrer Vorkämpferin aufgeworfen hatte. Der Papierfabrikant, der sein Angoulême in- und auswendig kannte, durchschaute sofort all diese Ungelegenheiten. Aber er beschloß, sich mit einer Kühnheit, wie nur Tartuffe[31] sie sich erlaubt hätte, aus der Schwierigkeit, die sich aufgetan hatte, zu befreien. Der kleine Anwalt, der über die Loyalität seines Partners in diesem Ränkespiel höchst überrascht war, überließ ihn, während sie von der Papiermühle nach der Rue du Minage wanderten, seinem Nachdenken. An der Treppe wurden die beiden Eindringlinge mit den Worten aufgehalten: »Die Herrschaften sind beim Mittagessen.« – »Melden Sie uns trotzdem«, antwortete der große Cointet.

Der fromme Kaufmann wurde, sobald sein Name gemeldet worden war, hereingebeten und stellte den Advokaten der preziösen Zéphirine vor, die traulich mit Francis du Hautoy und Mademoiselle de La Haye beim Essen saß. Monsieur de Senonches war wie stets zu Monsieur de Pimentel gefahren, zur Eröffnung der Jagd.

»Hier, Madame, bringe ich Ihnen den jungen Advokaten, von dem ich Ihnen erzählt habe und der es auf sich nehmen will, Ihrem schönen Mündel zur Mündigkeit zu verhelfen.«

Der Diplomat sah Petit-Claud prüfend an, und dieser musterte von der Seite das ›schöne Mündel‹. Zéphirines Überraschung, da ihr weder Cointet noch Francis je ein Wort gesagt hatten, war derart, daß ihr die Gabel aus der Hand fiel. Mademoiselle de La Haye, die mit ihrem sauertöpfischen Gesicht wie der Vogel aussah, den man ›Würger‹ nennt, hatte eine wenig anmutige Gestalt, war mager und mit ihrem faden blonden Haar alles andere als hübsch. Trotz des aristokratischen Airs, das sie sich gab, war sie schwer unter die Haube zu bringen. Die Worte: ›Vater und Mutter unbekannt‹ in ihrer Geburtsurkunde schlossen sie aus der Sphäre aus, in die die Zuneigung ihrer Patin und Francis' sie hineinbringen wollte. Mademoiselle de La Haye, die von alledem nichts wußte, war schwierig: sie hätte den reichsten Kaufmann von l'Houmeau zurückgewiesen. Cointet sah um die Lippen des kleinen Petit-Claud denselben nur zu deutlichen Ausdruck, der im Gesicht der Mademoiselle de La Haye beim Anblick des schmächtigen Advokaten zu lesen war. Madame de Senonches und Francis schienen zu überlegen, wie man Cointet und seinen Schutzbefohlenen loswerden könne. Cointet, der sich alles dessen bewußt war, bat Monsieur du Hautoy, ihm einen Augenblick Gehör zu schenken, und ging mit dem Diplomaten ins Wohnzimmer hinüber.

»Monsieur«, sagte er ohne Umschweife zu ihm, »die Vaterliebe macht Sie blind. Sie bringen Ihre Tochter sehr schwer an den Mann; und in Ihrer aller Interesse habe ich Ihnen den Rückzug unmöglich gemacht; denn Françoise liegt mir am Herzen wie ein Pflegekind. Petit-Claud weiß alles . . .! Sein übergroßer Ehrgeiz verbürgt Ihnen das Glück Ihrer lieben Kleinen. Françoise wird aus ihrem Mann alles machen, was sie will; Sie aber werden mit Hilfe der Präfektin, die wir bekommen, einen Königlichen Staatsanwalt aus ihm machen. Es steht fest, daß Milaud nach Nevers versetzt wird. Petit-Claud wird seine Praxis verkaufen, Sie bekommen leicht für ihn die Stelle des zweiten, stellvertretenden

Staatsanwalts, und dann wird er bald Königlicher Staatsanwalt, und dann Gerichtspräsident, Abgeordneter ...«

Nachdem sie ins Eßzimmer zurückgekehrt waren, behandelte Francis den Bewerber seiner Tochter bestrickend liebenswürdig. Er blickte Madame de Senonches auf eine gewisse Art an und machte dieser Antrittsvisite ein Ende, indem er Petit-Claud für den nächsten Tag zum Abendessen einlud; man könne bei dieser Gelegenheit über Geschäftliches sprechen. Dann geleitete er den Kaufmann und den Anwalt bis in den Hof, wobei er zu Petit-Claud sagte, er sei ebenso wie Madame de Senonches geneigt, alles zu bestätigen, was der Vermögensverwalter der Mademoiselle de La Haye für das Glück des kleinen Engels angebahnt habe.

»Oh, wie häßlich sie ist!« rief Petit-Claud. »Ich bin überrumpelt!« – »Sie sieht sehr aristokratisch aus«, antwortete Cointet; »aber würde sie Ihnen gegeben werden, wenn sie schön wäre? Mein Lieber, es gibt mehr als einen kleinen Grundbesitzer, dem dreißigtausend Francs, die Protektion der Madame de Senonches und der Gräfin du Châtelet nur gelegen kämen; und zwar um so mehr, als Monsieur Francis du Hautoy sich nie verheiraten wird und diese Tochter seine Erbin ist... Ihre Verehelichung ist beschlossene Sache.« – »Und wie ist das zugegangen?« – »Folgendes habe ich ihm gesagt«, versetzte der große Cointet und erzählte dem Anwalt seinen kühnen Streich. »Mein Lieber, es heißt, Milaud sei zum Königlichen Staatsanwalt in Nevers ernannt worden. Sie müssen Ihre Praxis verkaufen, und in zehn Jahren sind Sie Justizminister. Sie sind kühn genug, um vor keinem der Schritte, die der Hof verlangen kann, zurückzuschrecken.« – »Also gut, seien Sie morgen um halb fünf auf der Place du Mûrier«, entgegnete der Advokat, den die Möglichkeiten dieser Zukunft begeisterten; »bis dahin habe ich mit dem alten Séchard gesprochen, und wir machen einen Gesellschaftsvertrag, in dem Vater und Sohn sich mit dem heiligen Geist der Cointets zusammentun sollen.« –

Gerade als der alte Pfarrer von Marsac die Stufen von Angoulême hinaufstieg, um Eve Mitteilung von dem Zustand zu machen, in dem ihr Bruder sich befand, war David seit elf Tagen zwei Häuser weit von dem versteckt, das der würdige Priester eben verlassen hatte.

Als der Abbé Marron die Place du Mûrier betrat, fand er dort drei Männer vor, von denen jeder in seiner Art bemerkenswert war und die mit all ihrem Gewicht auf die Zukunft und die Gegenwart des armen freiwilligen Gefangenen drückten: den alten Séchard, den großen Cointet und den kleinen, schmächtigen Anwalt. Drei Menschen, dreierlei Habgier! Aber drei Arten Habgier, die ebenso verschieden waren wie die Menschen. Der eine war darauf gekommen, seinen Sohn, der andere, seinen Klienten zu verschachern, und der große Cointet wollte all diese Niederträchtigkeiten kaufen und schmeichelte sich, nichts dafür zahlen zu brauchen. Es war gegen fünf Uhr, und die meisten Leute, die zum Essen nach Hause gingen, blieben einen Augenblick stehen und musterten die drei Männer. – »Was zum Teufel haben der alte Séchard und der große Cointet miteinander zu bereden ...?« fragten die Neugierigsten. – »Es handelt sich sicherlich um den armen Unglücksmenschen, der seine Frau, seine Schwiegermutter und sein Kind ohne Brot läßt«, wurde geantwortet. – »Da soll man seine Kinder nach Paris schicken, damit sie was lernen!« meinte ein heller Provinzkopf. – »Nanu, was wollen Sie denn hier, Herr Pfarrer?« rief der Winzer, der den Abbé Marron gewahrte, als dieser auf den Platz einbog. – »Ich will zu Ihren Angehörigen«, erwiderte der alte Mann. – »Wieder eine neue Idee meines Sohns ...«, sagte der alte Séchard. – »Es würde Sie wenig kosten, alle glücklich zu machen«, entgegnete der Priester und wies nach dem Fenster, an dem der schöne Kopf der Madame Séchard zwischen den Gardinen zu sehen war.

Eve beruhigte gerade ihr schreiendes Kind; sie hob es hoch und sang ihm ein Lied vor.

»Bringen Sie Nachrichten von meinem Sohn?« fragte der Vater, »oder noch besser Geld?« – »Nein«, antwortete Marron, »ich bringe der Schwester Nachrichten vom Bruder.« – »Von Lucien ...!« rief Petit-Claud. – »Ja. Der arme junge Mensch ist zu Fuß von Paris nach hier gekommen. Ich fand ihn bei den Courtois', wo er vor Ermattung und Elend zusammengebrochen war«, erwiderte der Priester ... »Oh, er ist sehr übel dran!«

Petit-Claud grüßte den Priester, faßte den großen Cointet unter den Arm und sagte laut: »Wir müssen zu Madame de Senonches zum Abendessen; es wird Zeit, daß wir uns umziehen!« Und als sie zwei Schritte weg waren, flüsterte er ihm zu: »Sie wissen: hat man das Kind, hat man bald auch die Mutter. Wir haben David...« – »Ich habe Sie verheiratet, versorgen Sie jetzt mich«, erwiderte der große Cointet mit einem hinterhältigen Lächeln. – »Lucien ist mein Schulkamerad, wir waren dicke Freunde...! In acht Tagen werde ich mancherlei aus ihm herausgeholt haben. Sorgen Sie dafür, daß das Aufgebot bestellt wird, und ich bürge Ihnen dafür, David ins Gefängnis zu bringen. Meine Mission ist mit seiner Verhaftung zu Ende.« – »Ach!« sagte der große Cointet leise, »das Schönste wäre, wenn wir das Patent auf unsern Namen eintragen lassen könnten!«

Den kleinen, schmächtigen Advokaten durchschauerte es, als er diese Worte hörte.

In diesem Augenblick traten bei Eve der Abbé Marron, der eben mit einer einzigen Bemerkung das Justizdrama zur Entscheidung gebracht hatte, und ihr Schwiegervater ein.

»Hier«, sagte der alte ›Bär‹ zu seiner Schwiegertochter, »kommt unser Pfarrer; er wird uns schöne Dinge über deinen Bruder zu erzählen haben.« – »Oh!« rief die arme Eve voller Schrecken, »was mag ihm nur zugestoßen sein?«

Dieser Ausruf zeugte von so viel erlittenem Kummer, von so viel Befürchtungen aller Art, daß der Abbé Marron sich beeilte zu sagen: »Beruhigen Sie sich, er lebt!« – »Wärst du wohl so gut, Vater«, sagte Eve zu dem alten Winzer, »meine Mutter zu holen: auch sie soll hören, was der Herr Pfarrer uns von Lucien zu berichten hat.«

Der alte Mann holte Madame Chardon; er sagte zu ihr: »Sie werden mit dem Abbé Marron nicht so schnell fertig sein; er ist übrigens ein guter Kerl, obwohl er ein Priester ist. Auf alle Fälle wird verspätet gegessen werden; ich komme in einer Stunde wieder.«

Und der alte Mann, der gegen alles stumpf war, was nicht wie Gold klang oder glänzte, ließ die alte Frau stehen und ging weg, ohne sich um die Wirkung des Schlags zu kümmern, den er ihr versetzt hatte. Das Unglück, das auf ihren beiden Kindern lastete, das Scheitern der Hoffnungen, die auf Lucien gesetzt worden waren, die unvorhergesehene Wandlung eines Charakters, den man so lange für energisch und redlich gehalten hatte, kurzum: sämtliche Ereignisse der letzten anderthalb Jahre hatten bereits bewirkt, daß Madame Chardon kaum noch zu erkennen war. Sie war nicht nur von edler Abkunft, sie besaß auch ein edles Herz und vergötterte ihre Kinder: so hatte sie in den vergangenen sechs Monaten mehr Schmerzen durchlitten als seit dem Tod ihres Mannes. Lucien hatte Aussicht gehabt, durch eine Verfügung des Königs ein Rubempré zu werden, jene Familie von neuem zu beginnen, ihren Titel und ihr Wappen wieder zu beleben, groß zu werden. Und nun war er in den Schmutz gesunken! Denn sie war strenger gegen ihn als die Schwester und hatte Lucien an dem Tag für verloren angesehen, da sie die Sache mit der Wechselfälschung erfahren hatte. Mütter wollen sich manchmal täuschen; aber sie kennen die Kinder, die sie genährt und nie von ihrem Herzen gelassen haben, immer gut, und bei den Gesprächen, die David und seine Frau über Luciens Pariser Aussichten geführt, hatte es zwar immer geschienen, als ob Madame Chardon Eves Illusionen über ihren Bruder teilte; im Innern jedoch hatte sie gezittert, David könne recht haben, weil er sprach, wie sie ihr mütterliches Gewissen sprechen hörte. Sie wußte, wie feinfühlig ihre Tochter war, und konnte daher ihr gegenüber ihren Kummer nicht ausdrücken, und so mußte sie ihn schweigend hinunterwürgen, wie nur liebende Mütter es können. Eve ihrerseits gewahrte mit Schrecken die Verheerungen, die der Kummer in ihrer Mutter anrichtete; sie sah, wie sie immer hinfälliger und altersschwach wurde. Mutter und Tochter belogen einander also in der edlen Weise, die niemanden täuscht. Im Leben dieser Mutter waren die Worte des grausamen Winzers der Tropfen gewesen, der den Leidenskelch füllte, und Madame Chardon fühlte sich ins Herz getroffen!

Als daher Eve zu dem Priester gesagt hatte: »Da kommt meine Mutter«, als der Abbé dieses eingefallene Gesicht sah, das einer alten Nonne, das in der Umrahmung des völlig weißen Haars und mit dem schönen, sanften und ruhigen Ausdruck, wie ihn Frauen haben, die sich fromm ergeben und sich in den Willen des Herrn, wie man sagt, gefügt haben, durchschaute er, welches Leben die beiden armen Frauen geführt hatten. Der Priester empfand kein Mitleid mehr für den Schuldigen, für Lucien; ihn schauderte bei dem Gedanken an all die Leiden, die die Opfer durchgemacht haben mußten.

»Mutter«, sagte Eve und trocknete sich die Augen, »mein armer Bruder ist ganz nah bei uns, er ist in Marsac.« – »Und warum nicht hier?« fragte Madame Chardon.

Der Abbé Marron erzählte alles, was Lucien ihm über die Beschwernisse seiner Reise und die unglücklichen Geschehnisse seiner letzten Tage in Paris gesagt hatte; er schilderte die Qualen, die den Dichter durchrüttelt hatten, als er erfuhr, welche Wirkung seine Torheiten für seine Familie gehabt hatten; und er erwähnte auch Luciens Befürchtungen hinsichtlich des Empfangs, der ihn in Angoulême vielleicht erwartete.

»Ist es so weit mit ihm gekommen, daß er an uns zweifelt?« fragte Madame Chardon. – »Der arme Mensch ist zu Fuß heimgegangen, und er hat die schrecklichsten Entbehrungen durchgemacht; er hat sich vorgenommen, demütig die bescheidensten Wege des Lebens zu wandeln ... und seine Fehler wieder gutzumachen.« – »Herr Abbé«, sagte die Schwester, »trotz des Elends, das er über uns gebracht hat, liebe ich meinen Bruder, wie man die Leiche eines Menschen liebt, der nicht mehr ist; und wenn ich ihn so liebe, liebe ich ihn immer noch mehr, als viele Schwestern ihren Brüdern zugetan sind. Er hat uns sehr arm gemacht; aber er mag kommen, er kann den Bissen Brot, den wir noch haben, den er uns gelassen hat, mit uns teilen. Oh, wenn er uns nicht verlassen hätte, hätten wir unsere teuersten Güter nicht verloren.« – »Und die Frau, die ihn uns geraubt hat, hat ihn heimgefahren. In der Kutsche der Madame de Bargeton ist er fortgereist, und hinten auf ihrem Wagen ist er wiedergekommen!« – »Womit kann ich Ihnen in Ihrer Lage nützlich sein?« fragte der brave Pfarrer, der eine Abgangsphrase suchte. – »Herr Abbé«, antwortete Madame Chardon, »Geldmangel ist keine Krankheit, an der man stirbt, heißt es wohl; aber er ist eine Krankheit, in der kein Arzt, nur der Kranke selber helfen kann.« – »Wenn Sie so viel Einfluß hätten, meinen Schwiegervater zu bestimmen, daß er seinem Sohn hilft, würden Sie eine ganze Familie retten«, sagte Madame Séchard. – »Er hat kein Vertrauen zu Ihnen, und er schien mir sehr aufgebracht gegen Ihren Mann«, versetzte der alte Pfarrer, der aus den Äußerungen des Winzers den Eindruck gewonnen hatte, Séchards Geschäfte seien ein Wespennest, das er nicht anrühren wollte.

Seine Mission war zu Ende; der Priester begab sich zum Essen zu seinem Großneffen Postel, der den geringen guten Willen seines alten Onkels noch vollends wankend machte, indem er, wie ganz Angoulême, dem Vater gegen den Sohn recht gab.

»Verschwendern kann immer noch irgendwie geholfen werden«, sagte der kleine Postel zum Schluß; »aber mit denen, die Experimente machen, würde man sich zugrunde richten.«

Die Neugier des Pfarrers von Marsac war völlig befriedigt, und sie ist ja in allen französischen Provinzen der Hauptgrund für eine außergewöhnliche Anteilnahme, die man einander bezeigt. Abends berichtete er dem Dichter alles, was sich bei den Séchards zugetragen hatte, wobei er von seiner kleinen Reise wie von einer Mission sprach, zu der ihn die reinste Barmherzigkeit veranlaßt hätte.

»Sie haben Ihre Schwester und Ihren Schwager in zehn- bis zwölftausend Francs Schulden gestürzt«, sagte er zum Schluß; »und, lieber Herr, niemand kann eine solche Summe seinem Nächsten leihen, wenn es auch nur eine Kleinigkeit ist. Wir hier im Angoumois sind nicht reich. Ich hatte gemeint, als Sie mir von Ihren Wechseln erzählten, es handele sich um viel weniger.«

Der Dichter dankte dem alten Pfarrer für seine Freundlichkeit und sagte: »Das Wort der Verzeihung, das Sie mir bringen, ist für mich wertvoll genug.«

Am nächsten Morgen brach Lucien beizeiten von Marsac auf und kam gegen neun Uhr nach Angoulême. Er hatte einen Stock in der Hand, trug ein kurzes Jackett, das von der Wanderschaft ziemlich mitgenommen war, und eine recht abgescheuerte schwarze Hose. Seine schadhaften Stiefel sagten überdies deutlich genug, daß er zur armseligen Klasse der Fußwanderer gehörte. Deshalb verhehlte er sich auch nicht, welche Wirkung der Gegensatz zwischen seiner Abreise und seiner Rückkehr auf seine Landsleute ausüben mußte. Aber das Herz schlug ihm noch immer ob der Gewissensbisse, die der Bericht des alten Priesters in ihm ausgelöst hatte, und so nahm er für den Augenblick diese Strafe auf sich und war entschlossen, den Blicken seiner Bekannten zu trotzen. Er sagte sich: »Ich bin ein Held!« All diese Dichternaturen fangen damit an, sich selber zu betrügen. Mit jedem Schritt, den er in l'Houmeau tat, schwankte seine Seele heftiger zwischen der Schande dieser Heimkehr und der Poesie seiner Erinnerungen. Sein Herz klopfte, als er an Postels Tür vorbeiging, aber zu seinem Glück war Léonie Marron mit ihrem Kind allein im Laden. Erfreut stellte er fest – so sehr hatte seine Eitelkeit ihre alte Stärke bewahrt –, daß der Name seines Vaters nicht mehr dastand. Bald nach seiner Eheschließung hatte Postel das Haus neu streichen und über dem Laden, wie es in Paris üblich ist, das Wort ›Apotheke‹ anbringen lassen. Als Lucien die Treppe am Palet-Tor hinaufstieg, spürte er Heimatluft wehen; er spürte die Last seines Unglücks nicht mehr und sagte sich mit Wonne: »Ich soll sie also wiedersehen!« Er gelangte auf die Place du Mûrier, ohne jemandem begegnet zu sein. Dieses Glück hatte er kaum erhofft, er, der früher als Triumphator durch seine Stadt gewandelt war! Marion und Kolb, die an der Tür Wache standen, stürzten mit dem Ruf: »Da ist er!« die Treppe hinauf. Lucien sah die alte Werkstatt und den alten Hof wieder; auf der Treppe kamen ihm Mutter und Schwester entgegen. Sie küßten einander und vergaßen dabei für eine Weile all ihr Elend. In der Familie schließt man fast immer mit dem Unglück einen Vergleich; man schafft es sich zu einem Lager um, und die Hoffnung macht dessen Härte erträglich. Wenn Lucien ein Bild der Verzweiflung darbot, so sah er auch wieder poetisch aus: die Sonne der Landstraßen hatte ihm die Haut gebräunt; die tiefe Melancholie, die sich seinen Zügen aufgeprägt hatte, warf ihre Schatten auf seine Dichterstirn. Diese Verwandlung sprach von so vielen Leiden, daß beim Anblick der Spuren, die das Elend auf seinen Zügen hinterlassen hatte, kein anderes Gefühl möglich war als Mitleid. Der Dichter fand bei der Rückkehr in den Schoß seiner Familie eine trübselige Wirklichkeit vor. Eve hatte in ihrer Freude ein Lächeln, wie es die Heiligen in ihrem Martyrium haben. Stets verklärt Kummer das Gesicht einer sehr schönen jungen Frau. Der Ernst, der in dem Gesicht der Schwester an die Stelle der mädchenhaften Unschuld getreten war, die sich bei seiner Abreise nach Paris darin ausgeprägt hatte, sprach zu beredt zu Lucien, als daß er davon nicht einen schmerzlichen Eindruck empfangen hätte. So folgte denn dem ersten starken Ausbruch der Gefühle, der so natürlich war, auf beiden Seiten ein Rückschlag: jeder scheute davor zurück zu sprechen. Indessen konnte sich Lucien nicht enthalten, mit einem suchenden Blick nach dem Umschau zu halten, der bei diesem Zusammensein fehlte. Eve verstand jenen Blick und brach in Tränen aus, und Lucien überkam ebenfalls lautes Schluchzen. Madame Chardon indessen stand leichenblaß da und wirkte ungerührt. Eve stand auf; um ihrem Bruder ein hartes Wort zu ersparen, ging sie hinunter und sagte zu Marion: »Mein Kind, Lucien ißt so gern Erdbeeren, besorg doch welche . . .!« – »Oh, ich dachte mir schon, daß Sie Monsieur Luciens Ankunft feiern würden. Nur unbesorgt, Sie bekommen ein hübsches kleines Mittagessen und auch ein gutes Abendessen.« – »Lucien«, sagte Madame Chardon zu ihrem Sohn, »du hast hier viel wieder gutzumachen. Du bist fortgegangen, um der Stolz deiner Familie zu werden, und du hast Elend über uns gebracht. Du hast das Werkzeug zur Erlangung von Geld und Gut in den Händen deines Bruders fast zerbrochen, von Geld und Gut, auf das er nur für seine neue Familie erpicht war. Und nicht nur das hast zu zerbrochen . . .«, sagte die Mutter. Es entstand eine schreckliche Pause. Lucien nahm die mütterlichen Vorwürfe schweigend hin. »Schlage den Weg der Arbeit ein«, fuhr Madame Chardon sanft und langsam fort. »Ich tadle dich nicht, daß du versucht hast, die edle Familie, der ich entstamme, wiederaufleben zu lassen; aber zu solch einem Unternehmen bedarf es vor allem des Vermögens und des inneren Stolzes: du hast von alledem nichts besessen. Du bist schuld, daß dem Glauben an dich jetzt das Mißtrauen gefolgt ist. Du hast den Frieden unserer arbeitsamen, bescheidenen Familie, die hier auf schwierigen Wegen vorwärtskommen wollte, zerstört . . . Den ersten Fehlern ist man ein erstes Verzeihen schuldig. Fang nicht wieder damit an. Wir sind hier in einer bedenklichen Lage; sei vorsichtig, hör auf deine Schwester. Das Unglück ist ein Lehrmeister, und sein harter Unterricht hat bei ihr gut angeschlagen: sie ist ernst geworden, sie ist Mutter, sie trägt um unseres lieben David willen die ganze Last des Hausstandes; mit einem Wort: sie ist durch deine Schuld mein einziger Trost geworden.« – »Du hättest noch strenger sein können«, sagte Lucien und küßte seine Mutter. »Ich nehme deine Verzeihung an, sie soll die einzige sein, die ich jemals brauche.«

Eve kam zurück, und an der demütigen Haltung ihres Bruders

sah sie, daß Madame Chardon ihm ins Gewissen geredet hatte. Sie war gütig genug, daß sie ihm zulächelte, und Lucien antwortete mit unterdrückten Tränen. Die leibliche Gegenwart übt etwas wie einen Zauber aus; sie verwandelt die feindlichsten Stimmungen zwischen Liebenden wie zwischen Familienangehörigen, so stark auch die Gründe zur Unzufriedenheit sein mögen. Hinterläßt herzliche Zuneigung Bahnen in der Seele, die man gern nochmals geht? Gehört dies Phänomen dem Gebiet des animalischen Magnetismus an? Gebietet die Vernunft, man dürfe einander entweder nie wiedersehen oder aber man müsse einander verzeihen? Möge diese Wirkung der Überlegung, einer physischen Ursache oder der Seele angehören: jeder hat wohl erfahren, daß die Blicke, die Gebärden, die Bewegungen eines geliebten Menschen bei denen, die er noch so sehr gekränkt, in Kummer versetzt oder mißhandelt hat, auf Spuren von Zärtlichkeit stoßen. Der Geist vergißt schwer; die Eigenliebe leidet noch, aber das Herz hat trotz allem schon wieder die Knechtschaft auf sich genommen. So war denn die arme Schwester, als sie bis zur Stunde des Mittagessens die Bekenntnisse des Bruders anhörte, nicht Herrin ihrer Augen, wenn sie ihn ansah, und nicht Herrin ihres Stimmklangs, wenn sie ihr Herz sprechen ließ. Sie lernte jetzt die Grundlagen des Pariser literarischen Lebens kennen und begriff, wieso Lucien in dem Kampf hatte unterliegen können. Die Freude des Dichters, als er mit dem Kind der Schwester spielte, seine kindlich-frohen Einfälle, das Glück, die Heimat und die Seinen wiederzusehen, dazu der tiefe Kummer, daß David sich versteckt halten mußte, die melancholischen Worte, die Lucien entschlüpften, seine Rührung, als er sah, daß seine Schwester sich in all ihren Nöten seiner Leckerzunge erinnerte und Erdbeeren besorgt hatte: all das, eingeschlossen die Verpflichtung, den verlorenen Sohn unterzubringen und sich um ihn zu kümmern, machte aus diesem Tag ein Fest. Es war wie eine Rast im Elend. Nicht einmal der alte Séchard machte die Gefühle der beiden Frauen wankend, als er sagte: »Ihr feiert ihn, als ob er Hunderttausende mit nach Hause brächte . . .«

»Aber was hat denn mein Bruder getan, daß wir ihn nicht feiern sollten . . .?« rief Madame Séchard, die ängstlich darauf bedacht war, Luciens schmähliche Tat zu verbergen.

Trotzdem drangen, nachdem der erste Überschwang sich gelegt hatte, die wahren Farben durch. Lucien merkte bald, wie anders Eve ihn jetzt liebte als früher. David wurde aufs tiefste verehrt, während Lucien nur ›trotz alledem‹ geliebt wurde, wie man eine Geliebte trotz allem Unheil, dessen Ursache sie ist, liebhat. Die Achtung, die Grundlage, deren all unsere Gefühle bedürfen, ist der feste Stoff, der ihnen eine gewisse Sicherheit, eine Verläßlichkeit leiht, die wir zum Leben benötigen. Sie fehlte zwischen Madame Chardon und deren Sohn und auch zwischen Bruder und Schwester. Lucien fühlte, daß er nicht mehr das unbedingte Vertrauen besaß, das man in ihn gesetzt hätte, wenn seine Ehre fleckenlos geblieben wäre. Die Auffassung, die d'Arthez' Brief ausgesprochen hatte, war die seiner Schwester geworden, und sie verriet sich in den Gebärden, in den Blicken, im Tonfall. Lucien wurde bedauert; aber er hatte einmal der Ruhm, der Stolz der Familie, der Held des heimischen Herdes werden wollen, und all diese schönen Hoffnungen waren rettungslos dahin. Sein Leichtsinn wurde so sehr gefürchtet, daß das Asyl, in dem David lebte, vor ihm geheimgehalten wurde. Eve war gegen die Zärtlichkeiten, mit denen Lucien die Äußerungen seiner Neugier begleitete, unerschütterlich; er wollte den Bruder sehen; aber sie war nicht mehr die Eve von l'Houmeau, für die einst ein einziger Blick Luciens einen unwiderstehlichen Befehl bedeutet hatte. Lucien sprach davon, er wolle sein Unrecht wieder gutmachen; er vermaß sich, David zu retten. Eve antwortete ihm: »Mische dich nicht ein; unsere Gegner sind die perfidesten und geschicktesten Menschen.« Lucien warf den Kopf zurück, wie wenn er sagen wollte: Ich habe mit Parisern gekämpft . . ., aber seine Schwester antwortete mit einem Blick, der bedeutete: Du bist besiegt worden.

Sie haben mich nicht mehr lieb, dachte Lucien. In der Familie wie in der Gesellschaft ist also der Erfolg alles. Schon am zweiten Tag überkamen den Dichter, als er versuchte, sich das geringe Vertrauen seiner Mutter und seiner Schwester zu erklären, Gedanken, in denen zwar kein Haß lag, aber hochmütiger Kummer. Er legte den Maßstab des Pariser Lebens an dieses zurückgezogene Provinzleben an und vergaß, daß die geduldige Enge dieses entsagungsvollen Heims sein eigenes Werk war. – »Sie sind kleinbürgerlich, sie können mich nicht verstehen«, sagte er sich und schied sich auf diese Weise von der Schwester, der Mutter und Séchard ab; er konnte sie jetzt nicht mehr über seinen Charakter und über seine Zukunft täuschen.

Eve und Madame Chardon, deren Ahnungssinn durch so viele Schläge und Mißgeschicke geschärft worden war, errieten Luciens geheimste Gedanken, fühlten sich falsch beurteilt und sahen, wie er sich von ihnen entfernte.

»Paris hat ihn sehr verändert«, sagten sie sich. Sie pflückten jetzt die Frucht des Egoismus, den sie selber großgezogen hatten. Auf beiden Seiten mußte dieser leichte Keim des Unfriedens weitergären, und er tat es. Vor allem freilich bei Lucien, der fühlte, wie sehr er die Vorwürfe verdiente. Eve war eine der Schwestern, die einem Bruder, der gefehlt hat, sagen können: »Vergib mir *dein* Unrecht . . .« Wenn das Band der Seelen vollkommen gewesen ist, wie zu Beginn des Lebens, das Eve und Lucien miteinander geführt hatten, wird jede Verletzung dieses schönen Bundes zu einer tödlichen Wunde. Wo Ruchlose sich nach Dolchstichen wieder vertragen, da überwerfen sich Liebende um eines Blickes, um eines Wortes willen unwiderruflich. Auf solcherlei Erinnerungen an die vermeintliche Vollkommenheit eines Herzensbundes beruht das Geheimnis von Trennungen, die oft unerklärlich aussehen. Man kann mit einer Enttäuschung im Herzen leben, wenn nicht die Vergangenheit das Bild einer reinen, ungetrübten Gemeinschaft bietet; aber für zwei Wesen, die einmal völlig eins waren, wird das Leben unerträglich, wenn bei jedem Blick und bei jedem Wort Vorsicht vonnöten ist. So lassen denn auch die großen Dichter ihre Paul und Virginie[32] jung sterben. Könnte man sich Paul und Virginie miteinander zerstritten vorstellen . . .? Zum Lobe Eves und Luciens muß gesagt werden, daß die persönlichen Interessen, die so stark verletzt waren, diese Wunden keineswegs schlimmer machten: bei der makellosen Schwester wie bei dem Dichter, der gefehlt hatte, war alles Gefühl; daher konnte das geringste Mißverständnis, der kleinste Streit, ein neuer Fehler Luciens sie auseinanderbringen oder einen Streit hervorrufen, der genügte, die Familie unwiderruflich zu spalten. Geldangelegenheiten lassen sich wieder in Ordnung bringen; Gefühle jedoch sind unbarmherzig.

Am nächsten Tage erhielt Lucien eine Nummer der Angoulêmer Zeitung und wurde vor Freude blaß, als er sah, daß er Gegenstand einer der ersten Nachrichten aus Angoulême in diesem achtbaren Blatte war, das, wie die Akademien der Provinz, als wohlerzogenes Mädchen nach Voltaires Ausspruch nie von sich reden machte:

»Mag die Franche-Comté stolz darauf sein, Victor Hugo, Charles Nodier[33] und Cuvier[34] geboren zu haben; die Bretagne Chateaubriand und Lamenais[35]; die Normandie Casimir Delavigne[36]; die Touraine auf den Verfasser der ›Eloa‹[37]: heute braucht das Angoumois, wo schon unter Ludwig XIII. der berühmte Guez, der unter dem Namen de Balzac[38] bekannt war, unser Landsmann gewesen ist, diese Provinzen nicht mehr zu beneiden; und ebensowenig das Limousin, das Dupuytren[39] hervorgebracht hat, oder die Auvergne, die Heimat Montlosiers[40], nach Bordeaux, das das Glück gehabt hat, so viele große Männer hervorzubringen; auch wir haben einen Dichter! Der Verfasser der schönen Sonette, die den Titel ›Margueriten‹ führen, genießt zugleich den Ruhm des Lyrikers und den des Romanschriftstellers, denn wir verdanken ihm auch den prächtigen Roman ›Der Bogenschütze Karls IX.‹. Eines Tages werden unsere Nachkommen stolz darauf sein, daß sie Lucien Chardon, einen Rivalen Petrarcas, als Landsmann haben ...«

In den Provinzzeitungen der damaligen Zeit glichen die Huldigungen den Hurrarufen, mit denen man in England die Speeches bei den Meetings begrüßt.

»Ungeachtet seiner glänzenden Erfolge in Paris hat sich unser junger Dichter erinnert, daß das Stadtpalais Bargeton die Wiege seiner Triumphe gewesen ist, daß die Aristokratie des Angoumois als erste seinen Dichtungen zugejubelt hat; daß die Gattin des Grafen du Châtelet, des Präfekten unseres Départements, seine ersten Schritte auf der Laufbahn der Musen ermutigt hat: und er ist zu uns zurückgekehrt ...! Ganz l'Houmeau war freudig erregt, als unser Lucien de Rubempré sich gestern wieder eingefunden. Die Nachricht von seiner Rückkehr hat überall das lebhafteste Aufsehen erregt. Es darf als gewiß gelten, daß die Stadt Angoulême sich nicht in den Ehren überflügeln lassen will, mit denen, wie verlautbart, der Mann begrüßt werden soll, der in der Presse wie in der Literatur unsere Stadt in Paris so glorreich vertreten hat. Lucien, der zugleich religiöser Dichter und Royalist ist, hat der Wut der Parteien getrotzt; er ist, wie es heißt, zu uns gekommen, um sich von den Anstrengungen eines Ringens auszuruhen, das noch stärkere Athleten hätte ermatten können, als es Poeten und Träumer sind.

Eine überaus politische Überlegung, der wir unsern Beifall zollen und die, wie man sagt, die Frau Gräfin du Châtelet als erste gehabt hat, beabsichtigt, unserm großen Dichter den Titel und Namen der berühmten Familie de Rubempré zu verleihen, deren einzige Erbin Madame Chardon, seine Mutter, ist. Indem man so durch Talente und neuen Ruhm die alten Familien, die nahe am Verlöschen sind, verjüngt, gibt der unsterbliche Urheber der Verfassung einen neuen Beweis für seinen beständigen Wunsch, der in den Worten ausgedrückt ist: Einigkeit und Vergessen.

Unser Dichter ist bei seiner Schwester, Madame Séchard, abgestiegen.«

In der Rubrik der Lokalnachrichten aus Angoulême fanden sich noch die folgenden Mitteilungen:

»Unser Präfekt, der Herr Graf du Châtelet, der bereits zum ordentlichen Kammerherrn Seiner Majestät ernannt worden, ist soeben außerordentlicher Staatsrat geworden.

Gestern haben alle hohen Beamten dem Herrn Präfekten ihre Aufwartung gemacht.

Die Frau Gräfin Sixte du Châtelet empfängt alle Donnerstage.

Der Maire von l'Escarbas, Monsieur de Nègrepelisse, Repräsentant des jüngeren Zweiges der d'Espard und Vater der Madame du Châtelet, der jüngst zum Grafen, zum Pair von Frankreich und zum Kommandeur des Königlichen Ordens vom heiligen Ludwig[41] ernannt worden ist, soll dazu ausersehen sein, bei den nächsten Wahlen dem großen Wahlkollegium von Angoulême zu präsidieren.«

»Da, lies«, sagte Lucien zu seiner Schwester und reichte ihr das Zeitungsblatt. Eve las den Artikel aufmerksam und gab dann das Blatt mit nachdenklichem Gesicht an Lucien zurück. »Was sagst du dazu . . .?« fragte Lucien, erstaunt über ihre Zurückhaltung, die fast wie Kälte anmutete. – »Mein Lieber«, antwortete sie, »diese Zeitung gehört den Cointets. Sie haben es völlig in der Hand, was für Artikel darin erscheinen, und nur von der Präfektur oder von der bischöflichen Kanzlei kann ein Druck auf sie ausgeübt werden. Hältst du deinen früheren Nebenbuhler, unsern jetzigen Präfekten, für so edelmütig, daß er dermaßen dein Lob singt? Vergißt du, daß die Cointets uns unter dem Namen Métivier den Prozeß machen und zweifellos David dazu bringen wollen, sie an seinen Erfindungen zu beteiligen . . .? Von welcher Seite auch dieser Artikel kommen möge, er beunruhigt mich. Du hast hier nichts als Haß und Eifersucht erregt; du bist verleumdet worden, und zwar auf Grund des Sprichworts: ›Der Prophet gilt nichts in seinem Vaterland‹, und nun soll alles in einem Augenblick anders geworden sein . . .?« – »Du kennst die Eitelkeit der Provinzstädte nicht«, erwiderte Lucien; »in einer kleinen Stadt des Südens ist ein junger Mann, den man bei der alljährlichen Preisverteilung der Schulen mit einer ehrenvollen Erwähnung bedachte, an den Toren im Triumph begrüßt worden, weil man in ihm den künftigen großen Mann sah.« – »Hör mich an, lieber Lucien, ich will dir keine Predigt halten, ich sage dir alles in einem Satz: Hier mußt du auch bei den kleinsten Dingen Mißtrauen haben.« – »Du hast recht«, sagte Lucien, war aber betroffen, daß seine Schwester so geringe Begeisterung zeigte.

Der Dichter war vor Freude außer sich, daß sich seine klägliche, schmähliche Rückkehr nach Angoulême in einen Triumph verwandelt hatte.

»Ihr glaubt nicht an das bißchen Ruhm, das unsereinen so teuer zu stehen kommt!« rief Lucien, nachdem er eine Stunde lang geschwiegen hatte. Inzwischen hatte es sich wie ein Gewitter in seinem Herzen zusammengeballt.

Statt jeder Antwort sah Eve Lucien an, und dieser Blick genügte, daß er sich seiner Beschuldigung schämte.

Kurz nach dem Essen brachte ein Bürojunge der Präfektur einen Brief, der an Monsieur Lucien Chardon adressiert war und der die Sache zugunsten der Eitelkeit des Dichters zu entscheiden schien; die vornehme Welt schien ihn der Familie abspenstig machen zu wollen.

Der Brief enthielt die folgende Einladung:

»Graf Sixte du Châtelet und Gräfin du Châtelet bitten Monsieur Lucien Chardon, am 15. September ihnen die Ehre zu geben, bei ihnen zu Abend zu essen.

U. A. w. g.«

Diesem Brief lagt folgende Visitenkarte bei:

Graf Sixte du Châtelet
Ordentlicher Kammerherr des Königs
Präfekt der Charente, Staatsrat

»Sie stehen in Gunst«, sagte der alte Séchard. »In der Stadt wird von Ihnen wie von einem großen Tier gesprochen... Angoulême und l'Houmeau liegen sich in den Haaren, wer Ihnen Kränze flechten soll.« – »Liebe Eve«, sagte Lucien der Schwester ins Ohr, »ich bin wieder in genau derselben Lage wie in l'Houmeau an dem Tag, da ich zu Madame de Bargeton gehen sollte: ich habe für das Abendessen beim Präfekten keinen Anzug.« – »Du willst also diese Einladung annehmen?« rief Madame Séchard erschrocken.

Es entstand über die Frage, ob er zur Präfektur gehen solle oder nicht, ein Streit zwischen Bruder und Schwester. Der klare Verstand der Frau aus der Provinz sagte Eve, man dürfe sich in der großen Welt nur mit lachendem Gesicht, in gewählter Kleidung und tadelloser Haltung zeigen; aber sie wollte ihren wahren Gedanken verbergen: Wohin würde das Abendessen beim Präfekten Lucien führen? Was konnte die große Welt von Angoulême für ihn sein? War nicht irgend etwas gegen ihn im Werke? Lucien sagte schließlich, bevor er schlafen ging, zu seiner Schwester: »Du kennst meinen Einfluß nicht! Die Frau des Präfekten fürchtet den Journalisten; und überdies steckt in der Gräfin du Châtelet nach wie vor Louise de Nègrepelisse! Eine Frau, die so viel Gunst erlangt hat, kann David retten! Ich werde ihr von der Erfindung, die mein Bruder gemacht hat, erzählen, und es wird eine Kleinigkeit für sie sein, im Ministerium eine Beihilfe von zehntausend Francs zu erlangen.«

Um elf Uhr nachts wurden Lucien, seine Schwester, seine Mutter, der alte Séchard, Marion und Kolb von der Stadtmusik geweckt, der sich die Regimentskapelle angeschlossen hatte. Die Place du Mûrier stand voller Menschen. Die jungen Leute von Angoulême brachten Lucien Chardon de Rubempré ein Ständchen. Lucien stand am Fenster seiner Schwester und sprach nach dem letzten Stück unter tiefem Schweigen der Menge die folgenden Worte: »Ich danke meinen Landsleuten für die Ehre, die sie mir erweisen; ich will versuchen, ihrer würdig zu sein; verzeihen Sie mir, daß ich nichts weiter sage, ich bin so bewegt, daß ich nicht fortfahren kann.« – »Hoch lebe der Dichter des ›Bogenschützen Karls IX.‹ . . .!« – »Hoch lebe der Dichter der ›Margueriten‹!« – »Hoch Lucien de Rubempré!«

Nach diesen drei Salven, die von einigen Stimmen abgegeben worden waren, wurden drei Kränze und Sträuße geschickt zum Wohnungsfenster hineingeworfen. Zehn Minuten später war die Place du Mûrier leer und lag in tiefem Schweigen.

»Zehntausend Francs wären mir lieber«, sagte der alte Séchard und drehte die Kränze und die Sträuße mit grinsendem Gesicht hin und her. »Aber Sie haben ihnen Margueriten geschenkt und bekommen jetzt Sträuße dafür: ein richtiges Blumengeschäft.« – »Das also ist Ihre Achtung vor den Huldigungen, die mir meine Mitbürger darbringen!« rief Lucien, auf dessen Mienen nichts mehr von Melancholie zu sehen war; er strahlte förmlich vor Genugtuung. »Wenn Sie die Menschen kennten, Papa Séchard, dann wüßten Sie, daß es im Leben schwerlich zwei solcher Augenblicke gibt. Nur einer wahrhaften Begeisterung verdankt man solche Triumphe . . .! Dies, liebe Mutter, gute Schwester, tilgt vielen Kummer.«

Lucien umarmte Mutter und Schwester, wie man sich in Augenblicken umarmt, da die Freude so überströmend groß wird, daß man sie in das Herz eines geliebten Menschen ausströmen lassen muß. (»Wenn ein Schriftsteller, den der Erfolg berauscht«, hatte eines Tages Bixiou gesagt, »gerade keinen Freund zur Hand hat, umarmt er seinen Portier.«) »Aber, liebes Kind«, sagte er zu Eve, »warum weinst du denn? Ach so, vor Freude . . .« – »Ach«, sagte Eve, als sie wieder allein waren und schlafen gingen, zu ihrer Mutter, »in so einem Dichter steckt, glaube ich, etwas von einer hübschen Frau zweifelhafter Sorte . . .« – »Du hast recht«, antwortete die Mutter und nickte. »Lucien hat schon alles vergessen; nicht nur sein Unglück, sondern auch unseres.«

Mutter und Tochter trennten sich, ohne daß sie wagten, einander alles zu sagen, was sie dachten.

In den Ländern, die von der sozialen Insubordination verzehrt werden, die sich unter dem Wort ›Gleichheit‹ versteckt, ist jeder Triumph eins der Wunder, das nicht, wie manche Wunder früherer Zeiten, ohne Mithilfe geschickter Maschinisten zustande kommt. Von zehn Huldigungen, die zehn lebenden Männern dargebracht und vom Vaterlande vergeben werden, kennen in neun Fällen die ruhmreich Gekrönten die Ursachen nicht. War nicht der Triumph Voltaires auf den Brettern des Théâtre-Français der Triumph der Philosophie seines Jahrhunderts? In Frankreich wird einem nur ein Triumph zuteil, wenn die ganze Welt sich selbst zugleich mit dem Haupte des Triumphators krönt. Und so hatten die beiden Frauen mit ihren Ahnungen recht. Der Erfolg des großen Mannes der Provinz stand zu sehr in Widerspruch mit den starren Sitten von Angoulême, als daß er nicht von persönlichen Interessen oder von einem passionierten Maschinisten in Szene gesetzt sein mußte, und eins davon ist so nichtswürdig wie das andere. Eve war, wie übrigens die meisten Frauen, aus dem Gefühl heraus, und ohne sich darüber Rechenschaft ablegen zu können, mißtrauisch. Sie fragte sich vor dem Einschlafen: »Wer hat hier meinen Bruder so gern, daß er die Leute für ihn in Aufregung versetzt hat . . .? Und überdies sind die ›Margueriten‹ noch gar nicht veröffentlicht. Wie kann man ihn eines Erfolges wegen bejubeln, der erst kommen soll . . .?«

Jener Triumph war in der Tat das Werk des kleinen Petit-Claud. An dem Tage, an dem der Pfarrer von Marsac ihm Luciens Rückkehr mitgeteilt hatte, war der Advokat zum erstenmal zum Abendessen bei Madame de Senonches, bei der er offiziell um die Hand ihres Mündels anhalten mußte. Es war eins der Essen im Familienkreis, deren Feierlichkeit sich mehr durch die Toiletten als durch die Zahl der Gäste bekundet. Man ist zwar unter sich, aber man weiß, daß etwas Bedeutungsvolles vorgeht, und hinter aller würdevollen Haltung lugen die Absichten hervor. Françoise war gekleidet, als ob sie zur Schau gestellt werden sollte. Madame de Senonches hatte die Flaggen ihrer ausgesuchtesten Toilette gehißt. Monsieur du Hautoy war im schwarzen Frack. Monsieur de Senonches war von seinem Jagdaufenthalt bei Monsieur de Pimentel zurückgekehrt, als ihm seine Frau die Ankunft der Madame du Châtelet, die zum erstenmal zu ihr kommen sollte, und den Antrittsbesuch eines Bewerbers für Françoise gemeldet hatte.

Cointet, der seinen schönsten maronenbraunen Frack von geistlichem Schnitt trug, stellte auf seiner Brust einen Diamanten im Wert von sechstausend Francs zur Schau, der die Rache des reichen Kaufmanns an der armen Aristokratie bedeutete. Petit-Claud hatte sich zwar rasiert, das Haar gefärbt und mit Seife gewaschen; aber seine kleine, vertrocknete Miene hatte er nicht abwaschen können. Unwillkürlich mußte man diesen schmächtigen, in seine Kleider eingezwängten Advokaten mit einer kalten Schlange vergleichen; aber die Hoffnung erhöhte die Lebhaftigkeit seiner Elsternaugen so sehr, es prägte sich in seinem Gesicht so viel hochmütige Kälte und so viel Steifheit in seinem Wesen aus, daß er es gerade noch zu der würdevollen Art eines ehrgeizigen kleinen Staatsanwalts brachte. Madame de Senonches hatte ihre Getreuen gebeten, von dem ersten Besuch eines Bewerbers um die Hand ihres Mündels und von dem Erscheinen der Präfektin nirgendwo ein Wort verlauten zu lassen, und sie konnte sich daher darauf verlassen, ihre Salons gefüllt zu sehen. Der Präfekt und seine Frau hatten nämlich ihre offiziellen Antrittsbesuche durch Karten erledigt[42] und sich die Ehre ihres persönlichen Besuchs als ein Mittel von besonderer Wirkung aufgespart. So war denn die Aristokratie von Angoulême von einer so starken Neugier besessen, daß mehrere dem Lager der Chandours Angehörenden sich vornahmen, ins Stadtpalais Bargeton zu kommen – denn man sträubte sich hartnäckig dagegen, dieses Haus als das Stadtpalais Senonches zu bezeichnen. Die Beweise des Einflusses der Gräfin du Châtelet hatten mancherlei Ehrgeiz wachgerufen; und überdies, hieß es, habe sie sich dermaßen zu ihrem Vorteil verändert, daß jedermann sich davon überzeugen wollte. Als Petit-Claud unterwegs von Cointet die große Nachricht von der Begünstigung Zéphirines hörte, die der Präfektin den Künftigen der lieben Françoise vorstellen durfte, kam ihm der Gedanke, er könnte aus der schiefen Lage, in die Luciens Rückkehr Louise de Nègrepelisse gebracht hatte, Vorteil ziehen.

Das Ehepaar Senonches hatte, als es das Haus kaufte, so drükkende Verpflichtungen auf sich genommen, daß es den beiden als echten Provinzmenschen nicht eingefallen war, die geringste Veränderung vorzunehmen. Daher war das erste Wort Zéphirines zu Louise, als sie ihr, um sie zu empfangen, entgegenging: »Liebe

Louise, sehen Sie ... Sie sind hier nach wie vor zu Hause ...!« Dabei wies sie auf den kleinen Kronleuchter mit den Kristallgehängen, auf das Holzgetäfel und die Möbel hin, die Lucien einst so entzückt hatten. – »Liebste, daran möchte ich am allerwenigsten erinnert werden«, sagte die Frau Präfektin mit anmutiger Liebenswürdigkeit und schaute sich prüfend in der Versammlung um.

Alle mußten sich gestehen, daß Louise de Nègrepelisse sich völlig verwandelt hatte. Die Pariser Welt, in der sie anderthalb Jahre zugebracht hatte, das erste Glück der Ehe, das die Frau ebenso verändert, wie Paris die Provinzlerin umgestaltet hatte, die besondere Art der Würde, die die Macht verleiht, all das machte die Gräfin du Châtelet zu einer Frau, die der Madame de Bargeton von damals nicht die Spur mehr glich, als ein zwanzigjähriges Mädchen seiner Mutter ähnlich sieht. Sie trug ein entzückendes Häubchen aus Spitzen und Blumen, das graziös mit einer Diamantnadel befestigt war. Ihr à l'anglaise gescheiteltes Haar stand ihr gut zu Gesicht und verjüngte sie, da es die scharfen Linien verbarg. Sie trug ein Kleid aus Foulardseide mit einer Spitzentaille und entzückenden Fransen, dessen Schnitt von der berühmten Victorine stammte und ihre Figur trefflich zur Geltung brachte. Ihre Schultern waren von einem Spitzentuch bedeckt und unter einem Florschal kaum zu sehen, der sehr geschickt um ihren zu langen Hals geschlungen war. Sie spielte mit den reizenden Sächelchen, mit denen die Provinzfrauen nie umzugehen verstehen: ein Riechdöschen pendelte an einer Kette von ihrem Armreif herunter; in der Hand hielt sie ihren Fächer und ihr zerknittertes Taschentuch, ohne sich irgendwie dadurch gehemmt zu zeigen. Der erlesene Geschmack der geringsten Kleinigkeiten, die Haltung und die Manieren, die sie der Marquise d'Espard abgeguckt hatte, alles ließ erkennen, daß Louise eine gelehrige Schülerin des Faubourg Saint-Germain gewesen war. Den alten Empiregeck hatte die Ehe so heruntergebracht, daß man ihn den Melonen vergleichen konnte, die gestern noch grün waren und in einer einzigen Nacht gelb geworden sind. Als man auf dem blühenden Gesicht seiner Frau die Frische gewahrte, die er eingebüßt hatte, flüsterte man sich die üblichen Provinzspäße ins Ohr und tat das mit um so größerem Vergnügen, als alle Frauen über die neue Überlegenheit der früheren Königin von Angoulême außer sich waren: der zähe Eindringling mußte für seine Frau büßen. Ausgenommen Monsieur de Chandour und dessen Frau, den seligen Bargeton, Monsieur de Pimentel und die Rastignacs war in dem Salon ungefähr dieselbe Gesellschaft versammelt wie damals, als Lucien dort seine Vorlesung gehalten hatte; denn auch der Bischof kam mit seinen Generalvikaren. Petit-Claud, der von dem Anblick der Aristokratie des Angoumois, in die hineinzukommen er noch vor vier Monaten nicht hatte hoffen können, geradezu erschüttert war, fühlte, wie sein Haß gegen die oberen Klassen sich legte. Er fand die Gräfin du Châtelet entzückend und sagte sich: »Das ist die Frau, die mich zum stellvertretenden Staatsanwalt machen kann.« Louise plauderte mit jeder der anwesenden Damen, wobei sie den Ton ihrer Unterhaltung je nach der Bedeutung der Person und nach der Art, wie sie sich bei ihrer Flucht mit Lucien verhalten hatte, abstufte, und zog sich dann später mit dem Bischof ins Boudoir zurück. Zéphirine nahm jetzt Petit-Claud, der Herzklopfen hatte, beim Arm und führte ihn in jenes Boudoir, in dem Luciens Unglück begonnen hatte und in dem es sich vollenden sollte.

»Hier ist Monsieur Petit-Claud, meine Liebe; ich empfehle ihn dir um so lebhafter, als alles, was du für ihn tust, sicherlich meinem Mündel nützen wird.« – »Sie sind Anwalt, Monsieur Petit-Claud?« fragte die erhabene Tochter der Nègrepelisse und maß Petit-Claud mit den Augen. »Leider ja, Frau Gräfin.« (Niemals in seinem ganzen Leben hatte der Schneiderssohn aus l'Houmeau Gelegenheit gehabt, diese beiden Worte auszusprechen; es schien aber auch, als sei ihm der Mund ganz voll davon.) »Jedoch«, fuhr er fort, »hängt es von der Frau Gräfin ab, mich zur Staatsanwaltschaft zu bringen. Es heißt, Monsieur Milaud gehe nach Nevers...« – »Aber«, erwiderte die Gräfin, »wird man nicht zunächst zweiter und dann erster stellvertretender Staatsanwalt...? Ich möchte, daß Sie gleich erster werden... Damit ich mich für Sie interessiere und Ihnen diese Gunst verschaffe, brauche ich einige Gewißheit über Ihre Treue gegen die Legitimität, die Religion und vor allem gegen Monsieur de Villèle.« – »Oh, Frau Gräfin«, versetzte Petit-Claud und näherte sich ihrem Ohre, »ich gehöre zu denen, die dem König absoluten Gehorsam leisten.« – »Eben das brauchen wir heutzutage«, erwiderte sie und trat zurück, um ihm nahezulegen, daß sie nichts mehr ins Ohr gesagt zu haben wünsche. »Wenn Sie Madame de Senonches immer zusagen, können Sie auf mich rechnen«, fügte sie hinzu und machte mit ihrem Fächer eine königliche Bewegung. – »Frau Gräfin«, sagte Petit-Claud, der Cointet an der Tür des Boudoirs auftauchen sah, »Lucien ist hier.« – »Na, und . . .?« antwortete die Gräfin in einem Ton, der jedes weitere Wort in der Kehle eines gewöhnlichen Menschen erstickt hätte. – »Frau Gräfin verstehen mich nicht«, erwiderte Petit-Claud und bediente sich dabei der respektvollsten Formel, »ich möchte einen Beweis meiner Ergebenheit ablegen. Wie wünschen Frau Gräfin, daß der große Mann, den Frau Gräfin geschaffen haben, in Angoulême aufgenommen wird? Es gibt kein Mittelding. Er muß hier entweder ein Gegenstand der Verachtung oder des Ruhmes sein.«

Louise de Nègrepelisse hatte an dies Dilemma nicht gedacht; sie war daran offenbar mehr der Vergangenheit als der Gegenwart wegen interessiert. Von der Stimmung aber, die die Gräfin zur Zeit Lucien gegenüber hegte, hing das Gelingen des Plans ab, den der Advokat geschmiedet hatte, um Séchard verhaften zu können.

»Monsieur Petit-Claud«, sagte sie und nahm eine hochmütige und würdevolle Haltung an, »Sie wollen in den Dienst der Regierung treten; beachten Sie, daß das erste Regierungsprinzip sein muß, nie unrecht gehabt zu haben, und daß die Frauen noch besser als die Regierungen den Instinkt der Macht und das Gefühl ihrer Würde haben.« – »Gerade das hatte ich gedacht, Frau Gräfin«, antwortete er lebhaft, wobei er die Gräfin mit ebenso gründlicher wie kaum wahrnehmbarer Aufmerksamkeit musterte. »Lucien kehrt im größten Elend heim. Aber wenn er hier eine Huldigung empfangen soll, so kann ich ihn auch, gerade auf Grund der Huldigung, zwingen, Angoulême, wo seine Schwester und sein Schwager David Séchard den heftigsten gerichtlichen Verfolgungen ausgesetzt sind, zu verlassen.«

Louise de Nègrepelisse ließ auf ihrem Gesicht eine leichte Regung erkennen, die gerade dadurch hervorgebracht wurde, daß sie die Freude, die ihr diese Worte bereiteten, unterdrücken wollte. Sie war überrascht, daß sie so gut verstanden wurde, und sah

Petit-Claud über ihren Fächer hinweg an; denn eben trat Françoise de La Haye ein, und sie hatte somit Zeit, sich auf eine Antwort zu besinnen.

»Monsieur«, sagte sie mit einem bezaubernden Lächeln, »Sie werden bald Königlicher Staatsanwalt sein ...«

War damit nicht alles gesagt, ohne daß sie sich kompromittierte?

»Oh, Frau Gräfin«, rief Françoise und trat näher, um der Präfektin zu danken, »Ihnen verdanke ich also das Glück meines Lebens.« Sie flüsterte ihrer Gönnerin, während sie sich mit der Bewegung eines halbwüchsigen Mädchens zu ihr neigte, zu: »Als Frau eines Provinzadvokaten wäre ich bei kleinem Feuer verbrannt worden ...«

Wenn Zéphirine sich auf diese Weise Louise an den Hals warf, so war es Francis gewesen, der sie dazu gebracht hatte; ihm fehlte es nämlich nicht an einer gewissen Kenntnis der bürokratischen Welt.

»In den ersten Tagen ihres Regierungsantritts, mag es sich um einen Präfekten, um eine Dynastie oder um einen industriellen Betrieb handeln«, hatte der ehemalige Generalkonsul zu seiner Freundin gesagt, »sind die Leute immer Feuer und Flamme, einem gefällig zu sein; aber bald merken sie die Unbequemlichkeiten der Protektion und erstarren zu Eis. Heute tut Louise für Petit-Claud Schritte, die sie in einem Vierteljahr nicht einmal mehr für ihren Mann tun würde.«

»Bedenken Frau Gräfin«, sagte Petit-Claud, »alle Verpflichtungen, die mit dem Triumph unseres Dichters zusammenhängen? Frau Gräfin werden Lucien im Laufe der zehn Tage, die unsere Narrheit dauert, zu sich einladen müssen.«

Die Präfektin nickte zur Verabschiedung Petit-Clauds und erhob sich, um mit Madame de Pimentel zu plaudern, deren Kopf in der Boudoirtür erschien. Die Marquise war von der Nachricht über die Erhebung des kleinen, alten Nègrepelisse zur Pairswürde überrascht worden, und sie hielt es für nötig, einer Frau zu schmeicheln, die geschickt genug gewesen war, durch Begehung quasi eines Fehltritts ihren Einfluß zu erhöhen.

»Sagen Sie mir doch, Liebste, warum Sie sich die Mühe gemacht haben, Ihren Vater in die Pairskammer zu bringen«, fragte die

Marquise in einem vertraulichen Gespräch, in dem sie vor der Überlegenheit ›ihrer lieben‹ Louise das Knie beugte. – »Liebste, diese Gunst ist mir um so lieber bewilligt worden, als mein Vater keine Söhne hat und immer für die Krone stimmen wird; wenn ich jedoch Söhne bekomme, denke ich wohl, daß meinem Ältesten der Titel, das Wappen und die Pairswürde seines Großvaters zugesprochen werden ...«

Madame de Pimentel sah mit Kummer, daß eine Frau, deren Ehrgeiz sich schon auf ihre künftigen Kinder erstreckte, ihr bei der Verwirklichung ihres Verlangens, ihrem Mann die Pairswürde zu verschaffen, schwerlich beistehen würde.

»Ich habe die Präfektin«, sagte Petit-Claud beim Fortgehen zu Cointet, »und ich verspreche Ihnen Ihren Gesellschaftsvertrag. In einem Monat bin ich erster Staatsanwaltsstellvertreter, und Sie bekommen Séchard in die Hand. Helfen Sie mir jetzt einen Nachfolger für meine Praxis suchen; ich habe sie innerhalb von fünf Monaten zur ersten von Angoulême gemacht.« – »Sie brauchten bloß in den Sattel gesetzt zu werden«, sagte Cointet, der beinahe neidisch auf sein Werk war.

Jeder kann jetzt durchschauen, wie der Triumph Luciens in seiner Vaterstadt zustande gekommen war. Nach der Art jenes Königs von Frankreich, der für das, was dem Herzog von Orléans widerfahren war, keine Rache zu nehmen gedachte, wollte Louise sich nicht an die Beleidigungen erinnern, denen in Paris Madame de Bargeton ausgesetzt gewesen war. Sie wollte die Gönnerin Luciens spielen, ihn mit ihrer Protektion erdrücken und ihn auf anständige Weise loswerden. Petit-Claud, der von der ganzen Intrige, die in Paris gespielt, durch den Klatsch Kenntnis bekommen hatte, ahnte nur zu gut den Haß, den Frauen gegen den Mann empfinden müssen, der es nicht verstanden hat, sie in der Stunde zu lieben, da sie Lust hatten, sich lieben zu lassen.

Am Tage nach der Huldigung, die die Vergangenheit Louises de Nègrepelisse rechtfertigte, fand sich Petit-Claud bei Madame Séchard ein, um Lucien vollends zu benebeln und ihn in die Hand zu bekommen; er erschien an der Spitze von sechs jungen Leuten aus der Stadt, lauter früheren Schulkameraden Luciens.

Diese Deputation war an den Verfasser der ›Margueriten‹ und des ›Bogenschützen Karls IX.‹ von seinen Mitschülern abgesandt worden, um ihn zu bitten, dem Bankett beizuwohnen, das sie dem großen Mann geben wollten, der aus ihren Reihen hervorgegangen war.

»Bist du's wirklich, Petit-Claud?« rief Lucien. – »Deine Heimkehr«, sagte Petit-Claud zu ihm, »hat unsere Selbstliebe angeregt; unser Ehrgeiz fühlte sich angestachelt, wir haben uns zusammengetan und bereiten ein großartiges Festmahl für dich vor. Unser Direktor und unsere Lehrer werden kommen, und wie die Dinge stehen, werden sicher auch die Behörden nicht fehlen.« – »Und an welchem Tag?« fragte Lucien. – »Kommenden Sonntag.« – »Das wäre mir unmöglich«, antwortete der Dichter. »Ich kann nur annehmen, wenn es heute in zehn Tagen ist . . . aber dann nur zu gern . . .« – »Gut, ganz wie du wünschst«, versetzte Petit-Claud; »also in zehn Tagen.«

Lucien war reizend mit seinen alten Kameraden, die ihm eine fast respektvolle Bewunderung bezeigten. Er plauderte ungefähr eine halbe Stunde lang mit vielem Geist; schließlich stand er auf einem Piedestal und wollte die Meinung seiner Vaterstadt rechtfertigen: er hatte die Hände in den Hosentaschen und sprach ganz und gar als ein Mann, der die Dinge von der Höhe aus betrachtet, auf die seine Mitbürger ihn gestellt haben. Er war bescheiden und gutmütig wie ein Genie im Hausrock. Er erging sich in den Klagen eines Athleten, den die Kämpfe in Paris ermattet, besonders aber enttäuscht hatten; er gratulierte seinen Kameraden, daß sie in ihrer braven Provinz geblieben seien usw. Als sie gingen, waren sie von ihm hingerissen. Er nahm Petit-Claud beiseite und erkundigte sich nach der Wahrheit von Davids Geschäftsangelegenheiten, wobei er ihm über die Haft, in der sein Schwager sich faktisch befand, Vorwürfe machte. Lucien wollte sich gegenüber Petit-Claud recht schlau verhalten. Petit-Claud gab sich Mühe, seinem alten Kameraden die Meinung beizubringen, er, Petit-Claud, sei ein armseliger, kleiner Provinzanwalt ohne den mindesten Scharfblick. Die gegenwärtige Verfassung der Gesellschaft, deren Räderwerk unendlich viel komplizierter ist als das der antiken Gesellschaften, hat bewirkt, daß in den Gaben der Menschen eine tiefer gehende Teilung eingetreten ist. Früher mußten die hervorragenden Menschen universell sein, und daher traten sie bei den antiken Völkern in kleiner Zahl und wie leuchtende

Fackeln hervor. Als später die Fähigkeiten sich spezialisierten, mußte die Begabung sich dennoch nach wie vor in Beziehung zur Gesamtheit der Dinge halten. So konnte ein Mann, der es ›faustdick hinter den Ohren hatte‹, wie es Ludwig XI. nachgesagt wurde, seine List auf alles erstrecken; aber heutzutage hat sich auch diese Eigenschaft in verschiedene Teile gespalten. Und so gibt es so viele verschiedene Listen, wie es Berufe gibt. Ein listiger Diplomat kann in einer Geschäftssache, die in der Provinz spielt, von einem mäßigen Advokaten oder von einem Bauern überlistet werden. Der abgefeimteste Journalist kann in geschäftlichen Angelegenheiten sehr dumm handeln. Und so mußte Lucien zum Spielball Petit-Clauds werden. Der kluge Advokat hatte natürlich selber den Artikel geschrieben, durch den die Stadt Angoulême infolge der beständigen Eifersucht auf ihre Vorstadt l'Houmeau genötigt wurde, Lucien zu feiern. Die Mitbürger Luciens, die auf die Place du Mûrier gezogen waren, waren die Arbeiter der Druckerei und der Papiermühle der Cointets im Verein mit den Schreibern von Petit-Claud und Cachan und einigen Schulkameraden gewesen. Der Advokat, der für den Dichter wieder der Schulfreund geworden war, dachte nicht zu Unrecht, sein Kamerad werde gelegentlich das Geheimnis von Davids Versteck ausplaudern. Und wenn David durch Luciens Schuld ins Gefängnis kam, konnte der Dichter sich nicht mehr in Angoulême behaupten. Daher spielte der Anwalt, um desto mehr zu erreichen, Lucien gegenüber den Dummen.

»Wie hätte ich nicht mein Bestes tun sollen?« fragte Petit-Claud Lucien. »Es handelt sich doch um die Schwester meines Schulkameraden; aber vor Gericht gibt es Lagen, in denen man verlieren muß. David hat mich am 1. Juni gebeten, ihm drei Monate lang seine Ruhe zu gewährleisten; nun ist er also erst im September in Gefahr; außerdem habe ich seinen Gläubigern seine ganze Habe zu entziehen verstanden; ich werde nämlich den Prozeß in der zweiten Instanz gewinnen; ich werde ein Urteil erwirken, das besagt, daß das Vorrecht der Frau etwas Unbedingtes ist und daß es im vorliegenden Fall keinerlei Betrug deckt . . . Du, mein Freund, kommst zwar im Unglück zurück, aber du bist ein genialer Mensch . . .« (Lucien machte eine Bewegung wie ein Mann, dem das Weihrauchfaß zu dicht unter die Nase kommt.)

»Ja, mein Lieber«, fuhr Petit-Claud fort, »ich habe den ›Bogenschützen Karls IX.‹ gelesen, und er ist mehr als ein Buch, er ist eine schriftstellerische Leistung! Die Vorrede konnten nur zwei Männer schreiben: Chateaubriand oder du!«

Lucien nahm dieses Lob an, ohne zu sagen, daß jene Vorrede von d'Arthez stamme. Von hundert französischen Schriftstellern hätten es neunundneunzig genauso gemacht.

»Ja, und hier hat kein Mensch getan, als ob er dich kenne«, fuhr Petit-Claud fort und spielte den Entrüsteten. »Als ich die allgemeine Gleichgültigkeit sah, habe ich mir vorgenommen, all diese Menschen in Bewegung zu setzen. Ich habe den Artikel geschrieben, den du gelesen hat . . .« – »Was, der ist von dir . . .?« rief Lucien. »Von mir persönlich . . .! Angoulême und l'Houmeau waren an ihrer Rivalität gepackt; ich habe die jungen Leute, deine alten Schulkameraden, zusammengetrommelt und habe das Ständchen von gestern abend organisiert; und dann, nachdem wir einmal in der Begeisterung waren, haben wir die Sammlung für das Festessen zustande gebracht. Wenn David sich versteckt hält, soll wenigstens Lucien Kränze bekommen, habe ich mir gesagt. Ich bin noch weiter gegangen; ich habe die Gräfin du Châtelet kennengelernt und ihr begreiflich gemacht, daß sie es sich schuldig ist, David aus seiner Lage zu erretten; sie kann es und soll es. Wenn David wirklich das Geheimnis entdeckt hat, von dem er mir sprach, wird es die Regierung nicht umbringen, wenn sie ihn unterstützt. Und wie groß steht ein Präfekt da, wenn es aussieht, als habe er durch die geglückte Protektion, die er dem Erfinder gewährt, das halbe Verdienst an einer so großen Entdeckung! Auf die Weise bringt er es dahin, daß von ihm als von einem aufgeklärten Verwaltungsbeamten gesprochen wird . . . Deine Schwester ist durch das Hin und Her unserer juristischen Schießereien ängstlich geworden! Sie hat Angst vor dem Pulverrauch . . . Der Krieg im Justizpalast ist ebenso teuer wie der auf den Schlachtfeldern; aber David hat seine Stellung behauptet, er ist Herr seines Geheimnisses; man kann ihn nicht verhaften!« – »Ich danke dir, mein Lieber, ich sehe, ich kann dir meinen Plan anvertrauen; du wirst mir helfen, ihn durchzuführen.« Petit-Claud starrte Lucien an und gab dabei seiner pfropfenzieherförmigen Nase das Aussehen eines Fragezeichens. – »Ich will

Séchard retten«, sagte Lucien und warf sich dabei in die Brust. »Ich bin die Ursache seines Unglücks, ich werde alles wieder in Ordnung bringen ... Ich habe mehr Macht über Louise ...« – »Welche Louise ...?« – »Die Gräfin du Châtelet!« (Petit-Claud machte eine Bewegung.) »Ich habe über sie mehr Macht, als sie selber glaubt«, fuhr Lucien fort; »nur, mein Lieber, Macht über die Menschen, die euch regieren, habe ich zwar; aber ich habe nichts anzuziehen ...«

Petit-Claud machte eine zweite Bewegung, wie wenn er ihm seine Börse zur Verfügung stellen wollte.

»Danke«, sagte Lucien und drückte Petit-Claud die Hand. »Heute in zehn Tagen mache ich der Frau Präfektin einen Besuch und erwidere den deinen.«

Und sie trennten sich mit freundschaftlichem Händedruck.

»Er muß ein Dichter sein«, sagte sich Petit-Claud, »denn er ist verrückt.« – »Man kann sagen, was man will«, dachte Lucien, als er zu seiner Schwester ging, »Schulkameraden sind doch immer die besten Freunde.«

»Lucien«, sagte Eve zu ihm, »was hat dir denn Petit-Claud versprochen, daß du so nett zu ihm warst? Hüte dich vor ihm!« – »Vor ihm?« rief Lucien. »Hör mal, Eve«, fuhr er fort und schien nachdenklich zu sein, »du glaubst nicht mehr an mich, du mißtraust mir, du kannst auch Petit-Claud mißtrauen; aber in zwölf bis vierzehn Tagen wirst du anderer Meinung sein.«

Er setzte eine hochmütige Miene auf, ging in sein Zimmer und schrieb dort folgenden Brief an Lousteau:

»Lieber Freund!

Von uns beiden kann ich allein mich der tausend Francs erinnern, die ich Dir geliehen habe: aber leider kenne ich die Lage, in der Du beim Öffnen dieses Briefes sein dürftest, zu gut, um nicht sofort hinzuzufügen, daß ich sie nicht in Gold- oder Silberstücken von Dir verlange; nein, ich erbitte sie in Kredit, wie man sie von Florine in Liebesfreuden erbäte. Wir haben denselben Schneider, Du kannst mir also in kürzester Frist einen Gesellschaftsanzug machen lassen. Ich bin zwar nicht geradezu im Adamskostüm, aber ich kann mich nicht sehen lassen. Hier erwarteten mich zu meinem großen Staunen die Ehren, die die

Provinz den Pariser Berühmtheiten zukommen läßt. Ich bin der Held eines Banketts, nicht mehr und nicht minder als ein Deputierter der Linken: verstehst Du jetzt die Notwendigkeit eines schwarzen Fracks? Versprich die Zahlung; nimm sie auf Dich, laß die Reklame spielen; verfasse oder entdecke in Molières Nachlaß eine neue Szene zwischen Don Juan und Monsieur Dimanche, denn ich brauche um jeden Preis einen eleganten Anzug. Ich habe nur noch Lumpen: bedenke das! Wir haben August, es ist prächtiges Wetter; sorge also dafür, daß ich zu Ende dieser Woche im Besitz eines tadellosen Straßenanzugs bin. Ich brauche einen kurzen Rock in dunklem Orangegrün, drei Westen, eine schwefelgelb, die zweite eine schottische Phantasieweste, die dritte ganz weiß; dann drei Paar Hosen, die das Entzücken der Frauen sein müssen, eine aus weißem englischem Stoff, die zweite aus Nanking, die dritte aus schwarzem Kaschmir; endlich einen schwarzen Frack und eine schwarze Atlasweste für den Abend. Hast Du irgendeine neue Florine gefunden, dann empfehle ich mich ihr für zwei Phantasiehalsbinden. Das ist eine Kleinigkeit; ich rechne auf Dich, auf Deine Geschicklichkeit: der Schneider macht mir weiter keine Sorge. Lieber Freund, wir haben es so oft bejammert: die Intelligenz des Elends, das sicher das stärkste Gift ist, von dem der Mensch par excellence, der Pariser, geplagt wird, diese Intelligenz, deren Stärke und Energie selbst Satan überraschen müßte, hat noch nicht das Mittel gefunden, einen Hut auf Kredit zu bekommen! Wenn wir erst einmal Hüte in Mode gebracht haben, die tausend Francs kosten, werden die Hüte erschwinglich sein; aber bis dahin müssen wir immer so viel Geld in der Tasche haben, um einen Hut bezahlen zu können. Oh! was hat uns die Comédie-Française für einen Schaden getan mit diesem ›Lafleur, du mußt Geld in meine Taschen tun!‹ Ich empfinde also tief all die Schwierigkeiten, die sich der Ausführung der folgenden Bitte entgegenstellen: füge der Sendung des Schneiders ein Paar Stiefel, ein Paar Schuhe, einen Hut und sechs Paar Handschuhe hinzu! Ich weiß, ich verlange Unmögliches. Aber ist nicht das literarische Leben die zur Regel, nämlich zum regelrechten Geldabknöpfen gemachte Unmöglichkeit ...? Ich gebe Dir nur den einen Wink: vollziehe das Wunder, indem Du einen großen Artikel oder eine kleine Niedertracht schreibst, und dann bist Du Deiner Schuld gegen mich quitt und ledig. Und es ist eine Ehrenschuld, mein Lieber, die schon zwölf Monate ansteht: Du müßtest darüber rot werden, sofern Du überhaupt erröten könntest. Mein lieber Lousteau, Scherz beiseite, ich bin in einer sehr ernsten Lage. Urteile darüber nur aus diesem kurzen Wort: der ›Stockfisch‹ hat Fett angesetzt, ist die Frau des ›Reihers‹ geworden, und der Reiher ist Präfekt von Angoulême. Dieses schreckliche Paar kann viel für meinen Schwager tun, den ich in eine furchtbare Lage gebracht habe: er soll des Wechsels wegen in Schuldhaft kommen und lebt in einem Versteck ... Ich muß mich vor der Frau Präfektin sehen lassen können und um jeden Preis Einfluß auf sie gewinnen. Ist es nicht grauenhaft, zu denken, daß das Schicksal David Séchards von einem hübschen Paar Stiefel, grauseidenen, durchbrochenen Strümpfen – vergiß sie nicht! – und von einem neuen Hut abhängt? Ich werde mich für krank und leidend ausgeben, mich ins Bett legen wie Duvicquet[43], um dem Eifer meiner Mitbürger auszuweichen. Meine Mitbürger haben mir ein sehr hübsches Ständchen gebracht. Ich frage mich, wie viele Dumme dazu gehören, damit dieses Wort ›meine Mitbürger‹ seine volle Bedeutung erhält, seit ich weiß, daß die Anführer dieser Begeisterung der Hauptstadt des Angoumois einige meiner Schulkameraden gewesen sind.

Wenn Du einige Zeilen über meinen hiesigen Empfang unter den ›Pariser Neuigkeiten‹ bringen wolltest, würdest Du meinen Ruhm hier noch um einige Zoll erhöhen. Ich könnte dann wenigstens dem ›Stockfisch‹ zeigen, daß, wenn ich auch keine Freunde, so doch ein gewisses Ansehen in der Pariser Presse habe. Da ich noch auf keine meiner Hoffnungen verzichtet habe, werde ich Dir das vergelten. Wenn Du für irgendein Unternehmen einen schönen, tiefgründigen Artikel brauchen solltest, so habe ich genügend Zeit, einen auszudenken. Ich sage Dir nur noch ein Wort, lieber Freund: ich rechne auf Dich, so wie Du jederzeit rechnen kannst auf Deinen

Lucien de R.

P. S. Adressiere alles mit Eilpost, postlagernd.«

Dieser Brief, in dem Lucien wieder den Ton der Überlegenheit anschlug, zu dem sein Erfolg ihn innerlich berechtigte, rief ihm Paris wieder in die Erinnerung. Nachdem er sechs Tage in der absoluten Ruhe der Provinz hingebracht hatte, kehrten seine Gedanken zu der guten Zeit seines Pariser Elends zurück; ein vages Bedauern stieg in ihm auf; eine ganze Woche lang dachte er an kaum etwas anderes als an die Gräfin du Châtelet; er maß seinem Wiedererscheinen so viel Wichtigkeit bei, daß er das ganze Bangen der Ungewißheit verspürte, als er bei einbrechender Dunkelheit nach l'Houmeau hinunterging, um an der Abgabestelle nach den Paketen zu fragen, die er aus Paris erwartete wie eine Frau, die ihre letzte Hoffnung auf eine Toilette gesetzt hat und daran verzweifelt, sie zu bekommen.

»O Lousteau! Ich verzeihe dir deinen Verrat«, sagte er sich, als er an der Form der Pakete sah, daß sie alles enthalten mußten, was er erbeten hatte.

In der Hutschachtel fand er den folgenden Brief:

»In Florines Wohnzimmer

Lieber Junge!

Der Schneider hat sich sehr gut benommen; doch wie Dein rückwärts gewandter Scharfblick richtig erraten hat: die Krawatten, der Hut, die seidenen Strümpfe haben unsere Herzen aufgerüttelt, denn in unserer Börse gab es nichts aufzurütteln. Wir sagten mit Blondet: ›Man könnte reich dabei werden, wenn man ein Geschäft gründete, wo junge Leute für billiges Geld finden, was sie brauchen. Denn wir zahlen schließlich sehr teuer, was wir anfangs überhaupt nicht bezahlen.‹ Der große Napoleon, der auf seinem Marsch nach Indien aus Mangel an einem Paar Stiefel aufgehalten wurde, hat übrigens gesagt: ›Mit leichten Dingen wird man nie fertig!‹ Es ging also alles glatt bis auf das Schuhwerk ... Ich sah Dich in vollem Wichs ohne Hut! mit eleganter Weste ohne Schuhe! und ich war schon drauf und dran, Dir ein Paar Mokassins zu schicken, die ein Amerikaner der Kuriosität halber Florine geschenkt hat. Florine hat einen Grundstock von vierzig Francs gespendet, mit denen wir für Dich gespielt haben. Nathan, Blondet und ich hatten Glück, da wir einmal nicht für uns selber spielten, so daß wir des Lupeaulx' alte Flamme, den ›Zitterrochen‹, mit zum Nachtessen nehmen konnten. Das war uns Frascati wohl schuldig Florine hat die Einkäufe besorgt; sie legt noch drei schöne Hemden bei. Nathan schickt Dir einen Stock; Blondet, der dreihundert Francs gewonnen hat, eine goldene Kette; der ›Zitterrochen‹, die Torpille, macht Dir eine goldene Uhr zum Geschenk, die so groß ist wie ein Vierzigfrancsstück, aber leider nicht geht; sie hat sie von irgendeinem Halbidioten. ›Sie funktioniert nicht, wie alles, was er an sich hatte‹, hat sie gesagt. Bixiou, der uns in den Rocher-de-Cancale nachgekommen ist, wollte der Sendung, die Dir Paris macht, noch eine Flasche Eau de Portugal beilegen. Unser erster Komiker sagte: ›Wenn das sein Glück machen kann, sei's drum . . .!‹ mit der tiefen Baßstimme und den Bourgeoisallüren, die er so gut kopiert. Dies alles, lieber Junge, beweist Dir, wie sehr man seine Freunde im Unglück liebt. Florine, der zu verzeihen ich schwach genug war, bittet Dich, uns einen Artikel über Nathans letztes Buch zu schicken. Leb wohl, mein Sohn! Ich kann Dich nur bedauern, daß Du wieder in das Nest zurückgekehrt bist, aus dem Du geschlüpft warst, als Du der alte Kamerad wurdest

Deines Freunds Etienne L.«

»Die armen Kerle! Sie haben für mich gespielt«, sagte er sich ganz gerührt.

Er kam aus den ungesunden, von jenen Dünsten erfüllten Ländern, die den Wohlgerüchen des Paradieses gleichen. In einem einförmigen Dasein ist die Erinnerung an Leiden ein undefinierbarer Genuß. Eve war starr vor Erstaunen, als ihr Bruder in seinen neuen Kleidern herunterkam; sie erkannte ihn nicht wieder.

»So, ich kann jetzt in Beaulieu spazierengehen«, sagte er; »es wird nicht von mir heißen: ›Er ist in Lumpen zurückgekommen!‹ Da, eine Uhr, ich gebe sie dir, sie gehört mir zu Recht; außerdem gleicht sie mir: es ist an ihr etwas entzwei.« – »Was für ein Kind du bist . . .!« sagte Eve. »Man kann dir über nichts böse sein.« – – »Glaubst du denn, liebes Kind, daß ich mir das alles in der lächerlichen Absicht habe kommen lassen, um in den Augen Angoulêmes zu glänzen? Daraus mache ich mir gerade so viel!« sagte er und strich mit seinem Spazierstock, der einen goldenen

Knauf hatte, durch die Luft. »Ich will wieder gutmachen, was ich verdorben habe; deshalb habe ich Waffen angelegt.«

Der Erfolg Luciens als Elegant war der einzige wirkliche Triumph, den er erlangte; aber dafür war er auch vollkommen. Der Neid löst die Zungen, die die Bewunderung erstarren macht. Die Frauen vernarrten sich in ihn, die Männer machten ihn schlecht, und er konnte rufen, wie der Bänkelsänger: ›O mein Frack, wie hab' ich dir zu danken!‹[44] Er gab in der Präfektur zwei Karten ab und machte Petit-Claud einen Besuch, traf ihn aber nicht daheim. Am folgenden Tag, an dem das Bankett stattfand, standen in allen Pariser Zeitungen unter der Rubrik ›Angoulême‹ die folgenden Zeilen: »Angoulême. Die Rückkehr eines jungen Dichters, dessen erstes Auftreten so verheißungsvoll war, des Verfassers des ›Bogenschützen Karls IX.‹, des einzigen historischen Romans in Frankreich, der keine Nachahmung von Walter Scott ist und dessen Vorrede ein literarisches Ereignis bedeutet, ist durch eine Huldigung ausgezeichnet worden, die für Monsieur de Rubempré wie für die Stadt gleich schmeichelhaft ist. Die Stadt hat sich beeilt, ihm zu Ehren ein patriotisches Bankett zu geben. Der kürzlich ernannte neue Präfekt ist der öffentlichen Kundgebung beigetreten, die den Dichter der ›Margueriten‹ feiern soll, dessen Talent schon bei seinen ersten Proben von der Frau Gräfin du Châtelet so beifällig aufgenommen worden ist.«

Wenn in Frankreich einmal der erste Anstoß gegeben worden ist, kann niemand mehr den Schwung aufhalten. Der Regimentsoberst stellte das Musikkorps. Der Hotelwirt der ›Glocke‹, dessen getrüffelte Puten in kostbaren Porzellangefäßen bis nach China verschickt werden, dieser berühmte Gastwirt von l'Houmeau, der die Bereitung des Mahls übernommen, hatte seinen großen Saal mit Tüchern drapiert, auf denen Kränze von Lorbeeren mit Blumensträußen abwechselten und sich zu prächtiger Wirkung vereinten. Um fünf Uhr waren vierzig Personen, alle in feierlicher Gewandung, dort versammelt. Eine Menschenmenge von einigen hundert Einwohnern, die hauptsächlich von der Musik angezogen worden war, repräsentierte die Mitbürgerschaft.

»Ganz Angoulême ist da!« sagte Petit-Claud, als er ans Fenster trat. – »Ich weiß nicht, was los ist«, sagte Postel zu seiner

Frau, die erstaunt nach der Musik hinhörte. »Wie? der Präfekt, der Obersteuereinnehmer, der Oberst, der Direktor der Pulverfabrik, unser Abgeordneter, der Bürgermeister, der Direktor des Lyzeums, der Direktor der Gießerei von Ruelle, der Präsident, der Königliche Staatsanwalt Monsieur Milaud, alle Spitzen der Gesellschaft sind da . . .!«

Als zu Tisch gegangen wurde, spielte die Militärmusik Variationen über die Melodie ›Heil dem König, Frankreich Heil!‹, die nicht populär geworden ist. Es war fünf Uhr nachmittags. Um acht Uhr gab ein Dessert von fünfundsechzig Platten, das sich durch einen Olymp aus Zuckerwerk auszeichnete, auf dem eine Frankreich darstellende Figur aus Schokolade thronte, das Zeichen zu den Trinksprüchen.

»Meine Herren!« sagte der Präfekt und erhob sich: »Auf den König . . .! die Legitimität! Verdanken wir nicht dem Frieden, den die Bourbonen uns zurückgebracht haben, die Generation der Dichter und Denker, die den Händen Frankreichs das Zepter der Literatur sichert . . .?« – »Es lebe der König!« riefen die Gäste, unter denen die Regierungstreuen in der Überzahl waren. Der ehrwürdige Direktor des Lyzeums stand auf.

»Auf den jungen Dichter«, sagte er, »den Helden des Tages, der die Anmut und Kunst eines Petrarca – ein Genre, das Boileau als so schwierig bezeichnete – mit dem Talent des Prosaschriftstellers zu vereinigen wußte!« – »Bravo, bravo!«

Der Oberst stand auf.

»Meine Herren, auf den Royalisten! Denn der Held dieses Festes hat den Mut gehabt, die guten Prinzipien zu verteidigen.« – »Bravo!« sagte der Präfekt, der den Ton für den Beifall angab.

Petit-Claud stand auf.

»Alle Kameraden Luciens trinken auf den Ruhm des Lyzeums von Angoulême, auf den ehrwürdigen Direktor, der uns so teuer ist und dem wir den Tribut für den Anteil zollen, den er an unsern Erfolgen hat . . .!«

Der alte Schuldirektor, der diesen Trinkspruch nicht vermutet hatte, wischte sich die Augen. Lucien stand auf, tiefste Stille trat ein, und der Dichter erblaßte. In diesem Augenblick setzte ihm der alte Direktor, der zu seiner Linken saß, einen Lorbeerkranz auf. Man klatschte in die Hände. Lucien kamen Tränen in die Augen und in die Stimme.

»Er ist betrunken«, sagte der künftige Königliche Staatsanwalt von Nevers zu Petit-Claud. – »Aber nicht vom Wein«, antwortete der Advokat.

»Liebe Mitbürger, liebe Kameraden«, sagte Lucien endlich, »ich möchte, ganz Frankreich wäre Zeuge dieser Szene. Das ist die Art, wie man Männer erhebt und in unserem Lande große Werke und große Taten hervorruft. Aber wenn ich das wenige bedenke, das ich getan habe, und die großen Ehren, die ich dafür empfange, so fühle ich mich verwirrt und muß es der Zukunft anheimstellen, die Aufnahme, die Sie mir heute bereiten, zu rechtfertigen. Die Erinnerung an diesen Augenblick wird mir in neuen Kämpfen Kräfte verleihen. Gestatten Sie mir, daß ich Ihre Huldigungen auf diejenige übertrage, die meine erste Muse und Gönnerin war, und daß ich auch auf meine Geburtsstadt mein Glas erhebe und rufe: Auf das Wohl der schönen Gräfin Sixte du Châtelet und der edlen Stadt Angoulême!«

»Er hat sich nicht schlecht aus der Affäre gezogen«, sagte der Staatsanwalt und nickte zum Zeichen der Zustimmung; »denn unsere Trinksprüche waren vorbereitet, und der seine ist improvisiert.«

Um zehn Uhr brachen die Gäste in Gruppen auf. Als David Séchard die ungewöhnliche Musik hörte, fragte er Basine: »Was geht denn in l'Houmeau vor?« – »Ihrem Schwager Lucien wird ein Fest gegeben . . .«, antwortete sie. – »Es hat ihm sicher leid getan, daß ich nicht dabei war!« meinte er.

Um Mitternacht begleitete Petit-Claud Lucien bis auf die Place du Mûrier. Dort sagte Lucien zu dem Advokaten: »Mein Lieber, unter uns gesagt, es geht auf Leben und Tod.« – »Morgen«, sagte der Advokat, »wird bei Madame de Senonches mein Heiratsvertrag mit ihrem Mündel, Mademoiselle de La Haye, unterzeichnet; mach mir die Freude und komm hin. Madame de Senonches hat mich gebeten, dich aufzufordern, und du triffst dort die Präfektin, die sich gewiß über deinen Trinkspruch, von dem ihr doch sicher erzählt worden ist, sehr geschmeichelt fühlt.« – »Ich hatte so meine Absichten dabei«, sagte Lucien. – »Du wirst David ganz bestimmt retten!« – »Ich bin dessen sicher«, antwortete der Dichter.

In diesem Augenblick tauchte wie durch Hexerei David auf. Das kam so. Er befand sich in einer recht schwierigen Lage: Seine Frau hatte ihm streng verboten, Lucien zu empfangen oder ihm seinen Zufluchtsort mitzuteilen, während Lucien ihm die zärtlichsten Briefe schrieb und ihm versicherte, er würde in wenigen Tagen allen Schaden wieder gutgemacht haben. Nun hatte Mademoiselle Clerget David die beiden hier folgenden Briefe zugestellt und ihm gesagt, was das Fest, dessen Musik an sein Ohr gedrungen war, zu bedeuten habe:

»Geliebter, tu, als ob Lucien nicht hier wäre; beunruhige Dich über nichts und präge Deinem lieben Kopf den Satz ein: unsere Sicherheit beruht ganz und gar darauf, daß Deine Feinde nicht wissen, wo Du bist. Leider kann ich zu Kolb, Marion und Basine mehr Vertrauen haben als zu meinem Bruder. Ach! mein Bruder Lucien ist nicht mehr der unschuldige, zarte Dichter, als den wir ihn früher gekannt haben! Gerade weil er sich in Deine Angelegenheiten einmischen will und sich einredet, er müsse unsere Schulden bezahlen – (aus Stolz, liebster David ...!) –, fürchte ich ihn. Er hat aus Paris schöne Anzüge und fünf Goldstücke in einer schönen Börse bekommen. Er hat sie mir zur Verfügung gestellt, und wir leben von diesem Geld. Wir haben endlich einen Feind weniger: Dein Vater hat unser Haus verlassen, und wir verdanken sein Fortgehen Petit-Claud, der die Absichten Papa Séchards gemerkt und sie sofort vereitelt hat, indem er ihm sagte, Du würdest nichts mehr ohne ihn unternehmen; er, Petit-Claud, ließe Dich nichts von Deiner Erfindung ohne vorhergehende Zahlung von dreißigtausend Francs abtreten: die ersten fünfzehntausend Francs, um Dich schuldenfrei zu machen, und weitere fünfzehntausend, die Du auf alle Fälle, ob nun die Sache Erfolg hat oder nicht, bekommen solltest. Petit-Claud ist mir ein Rätsel. Ich küsse Dich, wie eine Frau ihren unglücklichen Mann küßt. Unserem kleinen Lucien geht es gut. Es ist seltsam, zu sehen, wie diese Blume mitten in unserem häuslichen Unglück aufblüht und gedeiht! Meine Mutter betet für Dich wie immer und küßt Dich so zärtlich wie

Deine Eve.«

Petit-Claud und die Cointets hatten sich, wie ersichtlich, da sie die Bauernschlauheit des alten Séchard fürchteten, seiner entledigt, und das war ihnen um so leichter gelungen, als die Weinlese ihn nach Marsac rief.

Der Brief Luciens, der dem Eves beigeschlossen war, lautete folgendermaßen:

»Lieber David!

Alles geht gut. Ich bin von Kopf bis Fuß gewappnet; heute beginne ich den Feldzug; in zwei Tagen werde ich ein gutes Stück vorangekommen sein. Mit welcher Freude will ich Dich umarmen, wenn Du frei bist und nicht mehr meiner Schulden wegen verfolgt wirst! Aber das Mißtrauen, das meine Schwester und meine Mutter mir noch immer entgegenbringen, kränkt mich tödlich. Weiß ich nicht schon, daß Du Dich bei Basine verborgen hältst? Jedesmal, wenn Basine ins Haus kommt, bekomme ich Nachricht von Dir und Deine Antwort auf meine Briefe. Es ist überdies klar, daß die Schwester sich auf niemand als auf ihre Arbeitskollegin verlassen konnte. Heute werde ich sehr nahe bei Dir und sehr betrübt sein, daß Du nicht an dem Fest teilnehmen kannst, das mir gegeben wird. Die Eitelkeit von Angoulême hat mir einen kleinen Triumph eingebracht, der in wenigen Tagen völlig vergessen sein wird: wärst Du dabei, wäre Deine Freude die einzig aufrichtige. Wie auch immer, noch wenige Tage, und Du verzeihst alles dem, der jedem Ruhm der Welt vorzieht zu sein

Dein Bruder Lucien.«

Davids Herz wurde von diesen beiden Kräften, so ungleich sie waren, hin und her gezerrt: er vergötterte seine Frau, und seine Freundschaft für Lucien hatte sich um so viel verringert, als er ihn weniger achten konnte. Aber in der Einsamkeit verwandelt sich die Kraft der Gefühle. Wenn jemand allein ist und von Gefühlen und Gedanken bestürmt wird wie David, dann gibt er Stimmungen nach, gegen die er im gewöhnlichen Gang des Lebens gefeit wäre. Als er daher den Brief Luciens las und dazu die Fanfaren dieses unerwarteten Triumphes hörte, war er tief gerührt, in jenen Zeilen die Reue ausgedrückt zu lesen, die er erwartet hatte. Schöne Seelen vermögen keinen Widerstand gegen solcherlei Gefühlswallungen aufzubringen, die sie bei anderen für ebenso mächtig halten wie bei sich selbst. Es ist schon so: wenn der Krug voll ist, läuft er über . . ., und so konnte gegen Mitternacht Basine mit allen flehentlichen Bitten David nicht davon abhalten, Lucien aufsuchen zu wollen.

»Niemand«, sagte er zu ihr, »ist zu dieser Stunde in den Straßen von Angoulême zu finden; ich werde nicht gesehen, bei Nacht kann ich nicht verhaftet werden; und sollte ich gesehen werden, kann ich mich noch immer des Mittels bedienen, das Kolb erfunden hat, um in mein Versteck zurückzukehren. Überhaupt ist es viel zu lange her, daß ich Frau und Kind nicht geküßt habe.«

Basine gab all diesen recht einleuchtenden Gründen nach und ließ David hinaus. Und so rief er in dem Augenblick »Lucien!«, da Lucien und Petit-Claud einander guten Abend sagten. Schluchzend sanken die beiden Brüder einander in die Arme. Es gibt im Leben nicht viele solche Augenblicke. Lucien fühlte eine Freundschaft ›trotz alledem‹ in sich einströmen, eine von denen, auf die man nicht hoffen konnte und die getäuscht zu haben man sich vorwirft. David verspürte das Verlangen, zu verzeihen. Der großmütige, edle Erfinder wollte vor allem Lucien ermahnen und die Wolken verscheuchen, die zwischen Schwester und Bruder getreten waren. Vor diesem Drang des Gefühls waren alle Gefahren, die der Geldmangel erzeugt hatte, hingeschwunden.

Petit-Claud sagte zu seinem Klienten: »Gehen Sie nach Hause, benutzen Sie wenigstens Ihre Unvorsichtigkeit, küssen Sie Frau und Kind, aber lassen Sie sich ja nicht sehen!« – »Wie schade!« sagte Petit-Claud sich, als er allein auf der Place du Mûrier stand. »Wenn jetzt Cérizet da wäre . . .!«

Als der Advokat so mit sich selbst sprach und den Bretterzaun entlangging, der um den Platz herum errichtet war, wo sich heute der stolze Justizpalast erhebt, hörte er hinter sich ein Geräusch auf einem der Bretter, wie wenn einer mit dem Finger an eine Tür klopft.

»Ich bin es«, sagte Cérizet, dessen Stimme aus der Ritze zwischen zwei schlecht gefugten Brettern hervorkam. »Ich habe David von l'Houmeau herkommen sehen. Ich argwöhnte schließlich, wo er sich versteckt hielt; jetzt weiß ich es sicher und weiß auch, wo er zu erwischen ist; aber um ihm eine Falle zu stellen, muß ich etwas von Luciens Plänen erfahren, und Sie müssen dafür sorgen, daß Sie bei mir vorbeikommen! Bleiben Sie zumindest unter irgendeinem Vorwand hier in der Nähe. Wenn David und Lucien kommen, führen Sie sie so, daß sie bei mir vorbeikommen; sie werden glauben, sie seien allein, und ich höre dann die letzten Worte, mit denen sie sich verabschieden.« – »Du bist ein Teufelskerl«, sagte Petit-Claud ganz leise. – »Zum Donnerwetter!« rief Cérizet, »was täte man nicht, um zu bekommen, was Sie mir versprochen haben.«

Petit-Claud verließ den Bretterzaun und ging auf der Place du Mûrier auf und ab, sah nach den Fenstern des Zimmers, in dem die Familie beisammen war, und dachte an seine Zukunft, wie um sich Mut zu machen; denn die Gewandtheit Cérizets erlaubte ihm nunmehr, den letzten Schlag zu führen. Petit-Claud war eine der durch und durch verschlagenen und verräterisch-doppelzüngigen Naturen, die sich niemals vom Köder des Gegenwärtigen und von der Lockspeise irgendeiner momentanen Verbindung gefangennehmen lassen, da sie den Wankelmut des menschlichen Herzens und die Strategie des Interessenkampfes kennen. Daher hatte er zuerst wenig auf Cointet gerechnet. Für den Fall, daß das Unternehmen seiner Verheiratung gescheitert wäre, ohne daß er das Recht gehabt hätte, den großen Cointet der Verräterei zu beschuldigen, hatte er sich bereits gerüstet, ihm das Spiel zu verderben; aber seit seinem Erfolg im Stadtpalais Bargeton spielte Petit-Claud offenes Spiel. Sein Plan, den er im Hinterhalt gehalten hatte und der nun unnütz geworden war, wäre für die politische Rolle, die er anstrebte, verhängnisvoll gewesen. Die Grundlage, auf der er seine künftige Macht hatte aufbauen wollen, war diese: Gannerac und einige Großkaufleute hatten angefangen, in l'Houmeau ein liberales Komitee zu bilden, das sich auf Grund der bestehenden Handelsbeziehungen mit den Führern der Opposition in Verbindung gesetzt hatte. Die Einsetzung des Ministeriums Villèle, das Ludwig XVIII. als Sterbender gebilligt hatte, war die Veranlassung zu einem Frontwechsel der Opposition geworden; seit dem Tod Napoleons hatte sie auf das gefährliche Mittel der Verschwörungen verzichtet. Die liberale Partei organisierte in allen Provinzen ihr System des gesetzlichen Widerstandes; sie war bestrebt, sich der Wählermassen zu bemächtigen, um durch die Überzeugung der Menge zu ihrem Ziel zu gelangen. Petit-Claud war – als wütender Liberaler und aus l'Houmeau stammend – der Förderer, die Seele und der geheime Ratgeber der Opposition der Unterstadt, die sich von der Aristokratie der Oberstadt unterdrückt fühlte. Er war der erste, der auf die Gefahr hinwies, daß die Cointets für sich allein über die Presse im Département Charente verfügten, wo die Opposition ebenfalls ein Organ haben müsse, um nicht hinter andern Städten zurückzubleiben.

»Jeder von uns gebe Gannerac fünfhundert Francs, dann haben wir einige zwanzigtausend Francs zum Ankauf der Druckerei Séchard, deren Herren wir dann sind, indem wir dem Käufer ein Darlehen geben«, hatte Petit-Claud gesagt.

Der Advokat hatte diesen Gedanken vorgebracht, um seine doppelte Stellung gegenüber Cointet und Séchard zu verstärken, und er hatte natürlich seine Augen auf eine Art Mensch wie Cérizet geworfen, um aus ihm den Mann zu machen, der der ergebene Diener der Partei sein sollte.

»Wenn du deinen alten Meister ausfindig machen und mir in die Hände spielen kannst«, hatte er zu Séchards früherem Faktor gesagt, »werden dir zwanzigtausend Francs geliehen, damit du seine Druckerei kaufen kannst, und wahrscheinlich wirst du der Leiter eines Blattes werden. Also los!«

Petit-Claud war sich der Energie und Schlauheit eines Menschen wie Cérizet sicherer als der Tätigkeit aller Doublons der Welt; und somit hatte er dem großen Cointet versprochen, Séchard würde verhaftet werden. Aber seitdem Petit-Claud die Hoffnung hegte, die Beamtenlaufbahn einzuschlagen, sah er die Notwendigkeit voraus, den Liberalen den Rücken zu kehren; aber er hatte die Geister in l'Houmeau so gut bearbeitet, daß das zur Erwerbung der Druckerei erforderliche Kapital zusammengebracht worden war.

»Ach was!« sagte er sich, »Cérizet wird sich irgendein Preßvergehen zuschulden kommen lassen, und das werde ich dann benutzen, um zu zeigen, was ich kann . . .«

Er ging zur Tür der Druckerei und sagte zu Kolb, der Posten stand: »Sag David, er solle die Stunde benutzen und machen, daß er fortkomme; aber seid recht vorsichtig; ich gehe nach Hause, es ist ein Uhr.«

Als Kolb von der Tür wegging, nahm Marion seine Stelle ein. Lucien und David kamen herunter, Kolb ging ihnen hundert Schritte voraus, und Marion folgte ihnen hundert Schritte hinterher. Als die beiden Brüder den Bretterzaun entlanggingen, sprach Lucien hitzig auf David ein.

»Mein Lieber«, sagte er zu ihm, »mein Plan ist überaus einfach; aber wie sollte ich vor Eve davon sprechen, da sie für solche Mittel nie Verständnis aufbringen würde? Ich bin sicher, daß Louise im Grunde ihres Herzens ein Verlangen birgt; ich werde es wecken, ich will sie einzig und allein haben, um mich an diesem albernen Präfekten zu rächen. Wenn wir uns lieben, und sei es auch nur für eine Woche, werde ich dafür sorgen, daß im Ministerium eine Unterstützung von zwanzigtausend Francs für dich erwirkt wird. Morgen soll ich diese Kreatur in dem kleinen Boudoir wiedersehen, in dem unsere Liebe begonnen hat und in dem sich, wie Petit-Claud sagt, nichts verändert hat. Dort spiele ich dann die Komödie. Ich werde dir also übermorgen früh durch Basine eine Zeile schicken, aus der du erfährst, wie die Sache steht ... Wer weiß, vielleicht wirst du frei! Verstehst du jetzt, warum ich einen Anzug aus Paris brauchte? In Lumpen kann man nicht die Rolle des ersten Liebhabers spielen.«

Um sechs Uhr morgens war Cérizet bei Petit-Claud.

»Morgen mittag kann Doublon zum Schlag ausholen; er kann unseren Mann fassen, ich bürge dafür«, sagte der Pariser zu ihm; »ich habe mir eine der Arbeiterinnen der Mademoiselle Clerget gesichert, verstehen Sie?«

Petit-Claud hörte Cérizets Plan an und eilte dann zu Cointet.

»Sorgen Sie dafür, daß Monsieur du Hautoy sich bis heute abend entschließt, Françoise das bloße Eigentum seiner Güter ohne die Nutznießung zu übertragen; dann unterzeichnen Sie binnen zweier Tage einen Gesellschaftsvertrag mit Séchard. Ich heirate erst acht Tage nach dem Vertrag; wir halten uns also an die Bedingungen unsrer Abmachung: Zug um Zug. Aber wir müssen heute abend herausbekommen, was bei Madame de

Senonches zwischen Lucien und der Gräfin du Châtelet vorgeht; darauf kommt alles an . . . Wenn Lucien die Hoffnung hat, bei der Präfektin Glück zu haben, gehört David mir.« – »Sie werden, glaube ich, noch Justizminister«, sagte Cointet. – »Und warum nicht? Monsieur de Peyronnet[45] ist es ja auch!« sagte Petit-Claud, der die liberale Haut noch nicht ganz abgestreift hatte.

Ihrem zweifelhaften Zivilstand verdankte es Mademoiselle de La Haye, daß bei der Unterzeichnung ihres Ehevertrags fast der ganze Adel von Angoulême anwesend war. Die Armut dieses künftigen Haushalts – Françoise hatte nicht einmal den üblichen Brautkorb bekommen – belebte das Interesse, das die Welt zu bezeigen liebt; denn es ist mit der Wohltätigkeit wie mit den Triumphen: man übt gern eine Barmherzigkeit, die der Eitelkeit wohltut. So hatten die Marquise de Pimentel, die Gräfin du Châtelet, Monsieur de Senonches und zwei oder drei Stammgäste des Hauses Françoise ein paar Geschenke gemacht, von denen in der Stadt viel geredet wurde. Diese hübschen Kleinigkeiten, zusammen mit der Aussteuer, die Zéphirine seit einem Jahre vorbereitet hatte, mit den Schmucksachen des Paten und den üblichen Geschenken des Bräutigams, trösteten Françoise und entfachten die Neugier mehrerer Mütter, die ihre Töchter mitgebracht hatten. Petit-Claud und Cointet hatten bereits festgestellt, daß die Adligen von Angoulême sie beide als ein notwendiges Übel auf ihrem Olymp duldeten: der eine war der Vermögensverwalter, der Mitvormund von Françoise; der zweite war zur Unterzeichnung des Ehevertrags erforderlich wie der Gehängte bei einer Hinrichtung; aber am Tag nach der Eheschließung hätte zwar Madame Petit-Claud noch das Recht gehabt, zu ihrer Patin zu kommen; doch für den Gatten konnte es schwer werden, Zutritt zu erlangen, und er gelobte sich, sich aus dieser hochmütigen Welt nicht vertreiben zu lassen. Der Advokat schämte sich seiner armen Eltern und hatte daher seine Mutter, die nach Mansle übersiedelt war, veranlaßt, dort zu bleiben, zu sagen, sie sei krank, und ihre Zustimmung schriftlich zu geben. Petit-Claud, der recht gedemütigt gewesen wäre, bei dem Akt ohne Verwandte, ohne Gönner, ohne Unterschrift von seiner Seite zu bleiben, war also sehr glücklich, in dem berühmten

Mann einen Freund mitzubringen, mit dem man sich sehen lassen konnte und den die Gräfin wiederzusehen wünschte. Deswegen holte er Lucien in seinem Wagen ab. Für diesen denkwürdigen Abend hatte der Dichter eine Toilette gemacht, die ihm eine unbestreitbare Überlegenheit über alle Männer geben mußte. Madame de Senonches hatte überdies angekündigt, der Held des Tages werde kommen; und die Wiederbegegnung zwischen zwei Liebenden, die in Unfrieden auseinandergegangen sind, stellt eine Szene dar, auf die man in der Provinz besonders erpicht ist. Lucien war ein Salonlöwe geworden: es hieß, er sei so schön, so verändert, so wunderbar geworden, daß die Frauen des aristokratischen Angoulême begierig waren, ihn wiederzusehen. Nach der Mode jener Zeit, der man den Übergang von der alten, seidenen Kniehose zu den häßlichen Beinkleidern unserer Tage verdankt, trug er enganliegende schwarze Hosen. Die Männer ließen zur großen Verzweiflung der Mageren oder schlecht Gebauten ihren Körperbau noch sehen; und der Luciens war der eines Apoll. Seine grauen, durchbrochenen Seidenstrümpfe, seine eleganten Schuhe, seine schwarze Atlasweste, seine Halsbinde, alles stand ihm wundervoll und wirkte, als gehöre es zu ihm. Sein blondes, üppiges Haar hob sich schön von seiner weißen Stirn ab, auf die mit entzückender Anmut die Locken niederfielen. Seine strahlenden Augen blickten stolz und kühn drein. Seine kleinen Frauenhände, die unter dem Handschuh noch schön waren, brauchten sich nicht enthüllt zu zeigen. Er ahmte in seiner Haltung de Marsay nach, den berühmten Pariser Stutzer, hielt in der einen Hand Stock und Hut, die er nicht ablegte, und machte mit der anderen hin und wieder eine Geste, um seiner Rede Nachdruck zu verleihen. Lucien wäre am liebsten, nach dem Beispiel der berühmten Männer, die sich aus falscher Bescheidenheit unter der Porte Saint-Denis bücken möchten, unbemerkt in den Salon getreten. Aber Petit-Claud, der nur diesen einen Freund hatte, verdarb ihm das. Förmlich pomphaft führte er Lucien durch die ganze Gesellschaft bis zu Madame de Senonches. Beim Hindurchgehen hörte der Dichter ein Gemurmel, durch das er früher den Kopf verloren hätte, das ihn aber jetzt kalt ließ; er war davon überzeugt, daß er allein so viel wert sei wie der ganze Olymp von Angoulême.

»Madame«, sagte er zu Madame de Senonches, »ich habe meinen Freund Petit-Claud, der aus dem Holz ist, aus dem Justizminister geschnitzt werden, bereits dazu beglückwünscht, daß er jetzt zu Ihnen gehört, wie schwach auch das Band zwischen einer Patin und ihrem Patenkind sein möge.« (Das war mit einer gewissen spöttischen Miene gesagt, die sämtliche Damen, die zuhörten – obwohl sie sich den Anschein gaben, als ob sie es nicht täten –, nur zu sehr bemerkten.) »Aber ich für mein Teil«, fuhr er fort, »muß einen Umstand segnen, der mir erlaubt, Ihnen meine Huldigungen darzubringen.«

Das wurde ohne Verlegenheit und mit der Haltung eines großen Herrn gesagt, der bei kleinen Leuten zu Besuch ist. Lucien warf, während er sich Zéphirines gewundene Antwort anhörte, einen Siegerblick über den Salon, um seine Wirkung vorzubereiten. Dabei konnte er mit Grazie und fein abgestuftem Lächeln Francis du Hautoy und den Präfekten begrüßen, die ihm dankten; und schließlich ging er zu Madame du Châtelet, wobei er so tat, als ob er sie jetzt erst bemerke. Diese Begegnung war so sehr das Ereignis des Abends, daß darüber der Ehevertrag vergessen wurde, unter den die hervorragenden Personen ihre Unterschrift setzen sollten, zu welchem Zwecke sie bald vom Notar, bald von Françoise ins Schlafgemach geleitet wurden. Lucien ging ein paar Schritte auf Louise de Nègrepelisse zu, und dann sagte er mit der pariserischen Anmut, nach der sie sich seit ihrer Rückkehr gesehnt hatte, ziemlich laut zu ihr: »Madame, verdanke ich Ihnen die Einladung, die mir die Freude verschafft, übermorgen zum Abendessen in der Präfektur zu sein...?« – »Sie verdanken sie einzig und allein Ihrem Ruhm«, erwiderte Louise trocken; sie war etwas betroffen über die angriffslustige Formulierung des Satzes, den Lucien sich ausgedacht hatte, um dem Hochmut seiner früheren Freundin eins zu versetzen. – »Oh, Frau Gräfin«, sagte Lucien und setzte dabei eine Miene auf, die zugleich fein und herablassend war, »es ist mir unmöglich, Ihnen zugleich den Menschen ins Haus zu bringen, wenn er bei Ihnen in Ungnade steht.« Und ohne eine Antwort abzuwarten, wandte er sich ab, um den Bischof, den er gerade zu gewahren schien, sehr respektvoll zu grüßen.

»Bischöfliche Gnaden waren beinahe ein Prophet«, sagte er in überaus verbindlichem Ton, »und ich will versuchen, Sie ganz und gar dazu zu machen. Ich schätze mich glücklich, heute abend hier zu sein, da ich Sie begrüßen und Ihnen meine Verehrung aussprechen darf.«

Lucien verwickelte den Bischof in eine Unterhaltung, die zehn Minuten dauerte. Alle Frauen staunten ihn wie eine wunderbare Erscheinung an. Seine unerwartete Dreistigkeit hatte Madame du Châtelet sprachlos gemacht. Sie sah, wie Lucien Gegenstand der Bewunderung aller Damen war; sie folgte von Gruppe zu Gruppe dem Bericht, den jede der anderen über die Worte, die sie mit ihm gewechselt, zuflüsterte, wonach Lucien sie gleichermaßen mundtot gemacht und eine Miene aufgesetzt hätte, als ob er sie verachte. Ihr Herz zog sich vor gekränkter Eigenliebe zusammen.

Wenn er nach dem, was er gesagt hat, nicht in die Präfektur käme, was für ein Skandal wäre das! dachte sie. Woher rührt dieser Stolz? Sollte sich Mademoiselle des Touches in ihn verliebt haben ...? Er ist so schön! Es heißt, sie sei nach dem Tode der Schauspielerin in Paris zu ihm geeilt ...! Vielleicht ist er nach hier gekommen, um seinen Schwager zu retten, und hat in Mansle nur durch einen Zufall, wie er auf der Reise vorkommen kann, hinten auf unserer Kutsche gesessen. An jenem Morgen hat Lucien Sixte und mir einen seltsamen Blick zugeworfen.

Myriaden von Gedanken gingen Louise durch den Kopf, und zu ihrem Unglück sah sie, während sie ihnen nachhing, immer auf Lucien, der mit dem Bischof plauderte, als sei er der König des Salons: er grüßte niemanden und wartete, bis man zu ihm kam, sah sich mit einem mannigfach abgestuften Ausdruck überall um, mit einer heiteren Leichtigkeit, die de Marsays, seines Vorbildes, würdig gewesen wäre. Er wandte sich nicht einmal von dem Bischof ab, um Monsieur de Senonches zu begrüßen, der ganz in seiner Nähe stand.

Nach zehn Minuten hielt es Louise nicht mehr aus. Sie erhob sich, trat auf den Bischof zu und sagte zu ihm: »Womit unterhält man Sie denn, Monseigneur, daß Sie so häufig lächeln?«

Lucien trat einige Schritte zurück, um Madame du Châtelet diskret mit dem Prälaten allein zu lassen.

»Ach, Gräfin, der junge Mann hat viel Geist ...! Er hat mir

auseinandergesetzt, wie er Ihnen all seine Kraft verdankt ...« – »Ich bin nicht undankbar, Madame!« sagte Lucien und warf der Gräfin einen vorwurfsvollen Blick zu, der sie entzückte. – »Verständigen wir uns«, sagte sie und berief Lucien mit einem Wink ihres Fächers an ihre Seite. »Kommen Sie mit Monseigneur hier herein ...! Seine Bischöfliche Gnaden sollen unser Richter sein.«

Und sie wies auf das Boudoir und führte den Bischof hinein.

»Sie läßt Monseigneur ein kurioses Handwerk treiben«, sagte eine Dame aus dem Lager der Chandours so laut, daß es gehört werden mußte.

»Unser Richter ...!« sagte Lucien und blickte nacheinander auf den Prälaten und die Präfektin; »gibt es denn hier einen Schuldigen?«

Louise de Nègrepelisse setzte sich auf das Kanapee ihres früheren Boudoirs. Sie ließ Lucien und den Bischof links und rechts von sich Platz nehmen und begann zu sprechen. Lucien erwies seiner früheren Geliebten die Ehre, die Überraschung und das Glück, nicht zuzuhören. Er hatte die Haltung, die Gesten der Pasta[46] in ›Tancredi‹[47], wenn sie singt: ›O patria ...!‹ Seine Mienen schienen die berühmte Kavatine del Rizzo zu singen. Und schließlich brachte der Schüler Coralies es fertig, daß ihm ein paar Tränen in die Augen traten.

»Ach, Louise, wie habe ich dich geliebt!« sagte er leise zu ihr in dem Augenblick, da er sah, daß seine Tränen von der Gräfin gesehen worden waren, ohne sich um den Prälaten oder das Gespräch zu kümmern. – »Trocknen Sie Ihre Tränen, oder Sie richten mich hier in diesem Boudoir zum zweitenmal zugrunde«, sagte sie und beugte sich so nahe zu ihm hinüber, daß der Bischof ganz betreten war. – »Und einmal genügt«, versetzte Lucien lebhaft. »Dieses Wort der Kusine der Marquise d'Espard müßte alle Tränen einer Magdalena trocknen. Mein Gott! ich habe für einen Augenblick meine Erinnerungen, meine Illusionen, meine zwanzig Jahre wiedergefunden, und Sie wollen sie mir ...«

Der Bischof stand rasch auf und ging in den Salon zurück. Er sah ein, daß seine Würde zwischen diesem Paare gefährdet werden könne. Alle ließen absichtlich die Präfektin und Lucien allein in dem Boudoir. Aber eine Viertelstunde später ging Sixte, dem die Reden, das Kichern und die Art, wie die Damen sich immer wieder dem Eingang zum Boudoir näherten, mißfielen, mit einer mehr als bekümmerten Miene hinein und fand Lucien und Louise in sehr angeregtem Gespräch.

»Du kennst«, flüsterte Sixte seiner Frau leise zu, »Angoulême besser als ich; möchtest du dich nicht auf die Frau Präfektin und auf die Regierung besinnen?« – »Mein Lieber«, sagte Louise und sah ihren verantwortlichen Redakteur mit einem solchen Hochmut von oben bis unten an, daß er erbebte, »ich spreche mit Monsieur de Rubempré von Dingen, die für dich wichtig sind. Es handelt sich darum, einen Erfinder zu retten, der zum Opfer der niedrigsten Ränke ausersehen ist, und du mußt uns dabei helfen . . . Was nun aber jene Damen angeht, und was sie von mir denken, so sollst du gleich sehen, was ich tue, damit das Gift auf ihren Zungen gefriert.«

Sie verließ, auf Luciens Arm gestützt, das Boudoir und führte ihn zur Unterzeichnung des Ehevertrags. Mit dem ganzen Hochmut der großen Dame rauschte sie an seinem Arm durch den Salon.

»Wir wollen zusammen unterschreiben«, sagte sie und reichte Lucien die Feder.

Lucien ließ sich von ihr die Stelle zeigen, wo sie unterschreiben wollte, damit ihre Unterschriften nebeneinander zu stehen kämen.

»Monsieur de Senonches, hätten Sie Monsieur de Rubempré noch erkannt?« fragte die Gräfin und zwang den anmaßenden Jägersmann, Lucien zu begrüßen.

Sie führte Lucien in den Salon zurück und veranlaßte ihn, sich zwischen sie und Zéphirine auf das gefürchtete Kanapee in der Mitte des Raumes zu setzen. Dann begann sie, wie eine Königin auf ihrem Thron, zunächst mit leiser Stimme eine lebhafte Unterhaltung, an der sich einige ihrer alten Freunde und mehrere Damen, die ihr den Hof machten, beteiligten. Bald wurde Lucien der Held eines Kreises; die Gräfin brachte ihn dazu, über das Leben in Paris zu sprechen, und er stellte es mit unglaublichem Witz satirisch dar. Er streute Anekdoten über die Berühmtheiten ein und verteilte wahre Leckerbissen von der Art, auf die die Provinzler so erpicht sind. Der Geist wurde bewundert wie vorher der Mann. Die Gräfin schaute so beglückt drein, sie spielte so gut die Frau, die über ihr Werkzeug entzückt ist, sie antwortete ihm so geschickt, sie suchte mit so kompromittierenden Blicken Anerkennung für ihn, daß mehrere Frauen begannen, in der gleichzeitigen Rückkehr Luciens und Louises eine tiefe Liebe erblicken zu wollen, die über irgendein doppeltes Mißverständnis den Sieg davongetragen hatte. Vielleicht hatte ein Verdruß zu der unseligen Heirat mit Châtelet geführt, gegen die jetzt der Rückschlag gekommen war.

»Also«, sagte Louise um ein Uhr morgens leise zu Lucien, ehe sie sich erhob, »auf übermorgen. Bitte seien Sie recht pünktlich.«

Die Präfektin verabschiedete sich von Lucien, indem sie ihm überaus freundschaftlich zunickte, und sagte ein paar Worte zum Grafen Sixte, der daraufhin seinen Hut holte.

»Wenn das, was meine Frau mir eben gesagt hat, wahr ist, lieber Lucien, dann zählen Sie auf mich«, sagte der Präfekt, als er später der Gräfin folgte, die, wie es in Paris üblich ist, ohne ihn weggegangen war. »Von heute abend an kann sich Ihr Schwager als frei betrachten.« – »Der Herr Graf ist mir das wohl schuldig«, erwiderte Lucien lächelnd. – »Jetzt haben wir verspielt ...«, sagte Cointet leise zu Petit-Claud, der Zeuge dieser Verabschiedung gewesen war.

Petit-Claud war durch Luciens Erfolg wie vor den Kopf geschlagen und durch den Glanz seines Geistes und durch die Anmut, die er entwickelte, geradezu verblüfft. Er sah auf Françoise de La Haye und las auf ihren Mienen Bewunderung für Lucien; sie schien ihrem Geliebten zu sagen: »Sei wie dein Freund.«

Ein Freudenstrahl überflog Petit-Clauds Gesicht.

»Das Abendessen beim Präfekten ist erst übermorgen; wir haben noch einen Tag Zeit, ich bürge für alles.«

»Na, mein Lieber«, sagte Lucien um zwei Uhr morgens zu Petit-Claud, als sie zu Fuß heimgingen, »ich kam, sah und siegte! In ein paar Stunden ist Séchard ein glücklicher Mensch.« – Jetzt weiß ich alles, was ich brauche, dachte Petit-Claud. »Ich hatte gemeint, du seist bloß ein Dichter, und dabei bist du auch ein Lauzun[48], und das heißt, noch einmal ein Dichter sein«, antwortete er dann und schüttelte Lucien die Hand – zum letztenmal.

»Liebe Eve«, sagte Lucien, der seine Schwester geweckt hatte, »gute Nachricht! In einem Monat hat David keine Schulden mehr . . . !« – »Wieso denn?« – »Ja, siehst du, Madame du Châtelet barg unter ihrem Kleid meine alte Louise; sie liebt mich mehr denn je und läßt über unsere Entdeckung durch ihren Mann einen Bericht ans Ministerium abgehen . . . ! So haben wir also nur noch einen Monat zu leiden, die Zeit, in der ich mich an dem Präfekten rächen und ihn zum glücklichsten Ehemann machen will.« (Eve glaubte noch zu träumen, als sie ihren Bruder so reden hörte.) »Als ich den kleinen grauen Salon wiedersah, in dem ich vor zwei Jahren wie ein Kind gezittert habe; als ich diese Möbel, die Gemälde und die Gesichter überblickte, fiel es mir wie Schuppen von den Augen! Wie Paris einen doch verwandelt!« – »Ist das ein Glück . . . ?« fragte Eve, die endlich ihren Bruder zu verstehen anfing. – »Gute Nacht, du schläfst noch; morgen beim Frühstück reden wir weiter«, antwortete Lucien. –

Cérizets Plan war ganz einfach. Obwohl er zu dem Rüstzeug gehört, dessen sich die Gerichtsvollzieher in der Provinz bedienen, um ihre Schuldner zu packen, und obwohl sein Erfolg im allgemeinen zweifelhaft ist, mußte er diesmal gelingen; denn er beruhte ebenso sehr auf der Kenntnis der Charaktere Luciens und Davids wie auf ihren Hoffnungen. Unter den jungen Arbeiterinnen, deren Don Juan der im Augenblick in außerordentlichen Diensten beschäftigte Faktor der Cointets war und die er beherrschte, indem er die eine gegen die andere ausspielte, befand sich eine der Plätterinnen Basine Clergets, ein Mädchen, das fast ebenso schön war wie Madame Séchard. Sie hieß Henriette Signol, und ihre Eltern waren kleine Winzer, die auf ihrem Besitz an der Straße nach Saintes wohnten, zwei Meilen von Angoulême entfernt. Die Signols waren, wie alle Landleute, nicht reich genug, um ihre einzige Tochter bei sich zu behalten; sie hatten sie also dazu bestimmt, in einen Haushalt einzutreten, das heißt, Zofe zu werden. In der Provinz muß eine Zofe waschen und plätten können. Madame Prieur, deren Nachfolgerin Basine geworden war, hatte in so gutem Ruf gestanden, daß die Signols ihr die Tochter in die Lehre gaben und Kost und Logis bezahlten. Madame Prieur war eine der alten Dienstherrinnen der Provinz, die an ihren Schutzbefohlenen Mutterstelle vertreten. Sie lebte mit ihren Lehrmädchen, als seien sie ihre Töchter, führte sie zur Kirche und überwachte sie sorgsam. Henriette, eine schöne, schlanke, kräftige Brünette mit kühnem Blick und üppigem, langem Haar, hatte eine lichte Gesichtsfarbe wie die Töchter des Südens, licht wie eine Magnolie. So war Henriette eins der ersten Wäschermädchen, auf die Cérizet ein Auge warf; aber da sie die Tochter ehrbarer Landleute war, ergab sie sich erst, nachdem sie durch Eifersucht, schlechtes Beispiel und das verführerische Wort: ›Ich heirate dich!‹ – das Cérizet ihr gesagt hatte, als er zweiter Faktor bei der Firma Cointet geworden war – übertölpelt worden war. Als der Pariser erfuhr, daß die Signols für einige zehn- bis zwölftausend Francs Weinberge und ein recht wohnliches Häuschen besaßen, beeilte er sich, dafür zu sorgen, daß Henriette nicht die Frau eines andern werden konnte. So weit war es mit der Liebe der schönen Henriette und des jungen Cérizet gediehen, als Petit-Claud ihm sagte, er solle der Besitzer der Druckerei Séchard werden, wobei er ihm eine Art stiller Teilhaberschaft mit einer Beteiligung von zwanzigtausend Francs in Aussicht stellte: dies sollte der Halfter werden, an dem sie ihn hielten. Diese Zukunft blendete den Faktor und verdrehte ihm den Kopf. Mademoiselle Signol schien ihm für seinen Ehrgeiz ein Hindernis, und er vernachlässigte das arme Kind. Henriette klammerte sich in ihrer Verzweiflung um so enger an den jungen Faktor der Cointets, der sie verlassen zu wollen schien. Als der Pariser entdeckte, daß David bei Mademoiselle Clerget versteckt war, änderte er seine Absichten mit Henriette, aber nicht sein Verhalten; denn er nahm sich vor, sich die Art Wahnsinn zunutze zu machen, die ein Mädchen befällt, wenn sie, um ihre Schande zu verbergen, ihren Verführer heiraten muß. Am Morgen des Tags, an dem Lucien seine Louise wiedererobern sollte, teilte Cérizet Henriette das Geheimnis Basines mit und sagte ihr, ihr Glück und ihre Eheschließung hingen von der Entdeckung des Ortes ab, wo David versteckt sei. Nachdem Henriette so weit unterrichtet war, machte es ihr keine Mühe, herauszubekommen, daß der Buchdrucker nur in dem Ankleidezimmer Mademoiselle Clergets sein könne; sie glaubte, nicht das mindeste Schlimme getan zu haben, als sie sich zu dieser Spionage hergab; aber Cérizet hatte sie mit dieser ersten Beihilfe schon in seinen Verrat verwickelt.

Lucien schlief noch, als Cérizet, der das Ergebnis des Abends herausbekommen wollte, bei Petit-Claud den Bericht der wichtigen kleinen Ereignisse vernahm, die Angoulême in Aufruhr bringen mußten.

»Hat Ihnen Lucien seit seiner Rückkehr schon irgend etwas geschrieben?« fragte der Pariser, der zum Zeichen, daß er mit dem Bericht des Advokaten zufrieden war, nickte. – »Ich habe nur dies hier«, antwortete der Anwalt und gab ihm einen Brief, in dem Lucien auf dem Briefpapier, dessen sich seine Schwester bediente, ein paar Zeilen geschrieben hatte. – »Gut«, sagte Cérizet, »zehn Minuten vor Sonnenuntergang soll Doublon am Palet-Tor im Hinterhalt liegen, er soll seine Gendarmen verstecken und seine Leute verteilen: sie sollen unsern Mann haben.« – »Bist du deiner Sache sicher?« fragte Petit-Claud und blickte Cérizet forschend an. – »Ich verlasse mich auf den Zufall«, erwiderte Cérizet mit einem Grinsen, das an die Zeit erinnerte, da er noch der Pariser Gassenjunge gewesen war; »aber der ist ein komischer Herr, er mag die ehrlichen Leute nicht.« – »Es muß gelingen«, sagte der Anwalt trocken. – »Ich werde es schon schaffen«, sagte Cérizet. »Sie haben mich in diesen Schmutzhaufen gestoßen, Sie können mir getrost ein paar Scheine zum Abtrocknen geben . . . Aber hören Sie«, sagte der Pariser, der auf dem Gesicht des Advokaten einen Ausdruck wahrnahm, der ihm nicht gefiel, »wenn Sie mich getäuscht haben, wenn Sie mir nicht binnen acht Tagen die Druckerei kaufen: wissen Sie, dann hinterlassen Sie eine junge Witwe«, sagte er leise und warf ihm einen mörderischen Blick zu. – »Wenn wir David um sechs Uhr im Gefängnis haben, dann sei um neun Uhr bei Gannerac; da wird dann dein Geschäft in Ordnung gebracht«, antwortete der Advokat im Tone der Unumstößlichkeit. – »Abgemacht. Sie sollen gut bedient werden, Meister«, sagte Cérizet.

Cérizet verstand damals schon die Kunst, die heute die Interessen des Fiskus in Gefahr bringt, nämlich aus dem Papier Tinte zu entfernen. Er löschte die vier Zeilen, die Lucien geschrieben hatte, und schrieb an ihrer Stelle die folgenden, wobei er die Schrift mit einer Vollendung nachahmte, die ein trostloses Licht auf die Zukunft des Faktors warf:

»Lieber David! Du kannst ohne Furcht zum Präfekten gehen, Deine Sache ist in Ordnung; überdies kannst Du zu dieser Stunde ausgehen, ich komme Dir entgegen, um Dir zu erklären, wie Du Dich dem Präfekten gegenüber zu verhalten hast.

Dein Bruder Lucien«

Gegen Mittag schrieb Lucien einen Brief an David, in dem er ihm den Erfolg des Abends mitteilte, ihn der Protektion des Präfekten versicherte, der, so schrieb er, noch am gleichen Tag einen Bericht über die Erfindung, von der er begeistert sei, ans Ministerium abgehen lasse. In dem Augenblick, da Marion Basine unter dem Vorwand, ihr die Hemden Luciens zum Waschen zu geben, diesen Brief überbrachte, holte Cérizet, dem Petit-Claud gesagt hatte, jener Brief werde wahrscheinlich kommen, Mademoiselle Signol ab und ging mit ihr am Ufer der Charente spazieren. Es gab sicherlich ein heftiges Hinundher, bei dem die Ehrenhaftigkeit Henriettes sich lang sträubte, denn der Spaziergang dauerte zwei Stunden. Nicht nur das Interesse eines Kindes, sondern überdies eine ganze glückliche Zukunft, ein Vermögen standen auf dem Spiel; und was Cérizet verlangte, war eine Kleinigkeit; er hütete sich übrigens, ein Wort von dem verlauten zu lassen, was eben jene Kleinigkeit zur Folge haben würde. Nur der außerordentlich hohe Preis, der für diese Kleinigkeit bezahlt werden sollte, schreckte Henriette ab. Dennoch setzte Cérizet schließlich bei seiner Geliebten durch, daß sie sich seinem Kriegsplan zur Verfügung stellte. Um fünf Uhr sollte Henriette weggehen, und bei der Rückkehr sollte sie Mademoiselle Clerget sagen, Madame Séchard lasse sie bitten, sofort zu ihr zu kommen. Dann sollte sie eine Viertelstunde nach Basines Weggehen hinaufgehen, an die Kammertür pochen und David den gefälschten Brief Luciens geben. Was weiter geschehen würde, überließ Cérizet dem Zufall.

Zum erstenmal seit über einem Jahre fühlte Eve den eisernen Reif, mit dem die Not sie umklammerte, lockerer werden. Endlich faßte sie Hoffnung. Auch sie wollte nun ihres Bruders froh werden, sich am Arm des Mannes zeigen, der in seiner Vaterstadt gefeiert, von den Frauen angebetet, von der stolzen Gräfin du Châtelet geliebt wurde. Sie zog sich schön an und wollte nach dem Essen Arm in Arm mit dem Bruder in Beaulieu spazierengehen. Um diese Stunde ergeht sich dort im September ganz Angoulême.

»Ach nein! das ist ja die schöne Madame Séchard«, sagten einige Stimmen beim Erblicken Eves. – »Das hätte ich nie von ihr gedacht«, sagte eine Frau. – »Der Mann versteckt sich, die Frau zeigt sich!« sagte Frau Postel so laut, daß die arme Frau es hörte. »Oh! laß uns nach Hause gehen; es war falsch von mir«, sagte Eve zu ihrem Bruder.

Ein paar Minuten nach Sonnenuntergang drang von der Treppe, die nach l'Houmeau hinabführt, ein Lärm her wie von einer Menschenansammlung. Lucien und seine Schwester wurden neugierig und gingen hin, weil sie hörten, daß einige Menschen, die von l'Houmeau kamen, untereinander sprachen, als sei irgendein Verbrechen aufgedeckt worden.

»Wahrscheinlich ist ein Dieb verhaftet worden ... er ist leichenblaß«, sagte ein Vorübergehender zu den Geschwistern, als sie zu der immer größer werdenden Menge hineilten.

Weder Lucien noch seine Schwester hatten die geringste Vorahnung. Sie betrachteten die etwa dreißig Kinder und die alten Weiber, die Arbeiter, die aus der Werkstatt kamen, wie sie vor den Gendarmen hergingen, deren Litzenhüte aus der Hauptgruppe hervorglänzten. Jene Gruppe, der eine Menge von ungefähr hundert Menschen folgte, näherte sich wie eine Gewitterwolke.

»O weh!« rief Eve, »es ist mein Mann!« – »David!« schrie Lucien. – »Seine Frau!« flüsterte die Menge und wich zurück. – »Was hat dich dazu gebracht, daß du ausgingst?« fragte Lucien. – »Dein Brief!« antwortete David, der leichenblaß war. – »Ich habe es ja gewußt!« rief Eve und sank ohnmächtig um.

Lucien richtete seine Schwester auf, und zwei Männer halfen ihm, sie nach Hause zu tragen, wo Marion sie zu Bett brachte. Kolb stürzte fort, um einen Arzt zu holen. Bei der Ankunft des Doktors war Eve noch nicht wieder zu sich gekommen. Lucien mußte jetzt seiner Mutter gestehen, daß er die Schuld an Davids Verhaftung trage; er konnte ja von der Verwechslung, die durch den falschen Brief hervorgerufen worden war, nichts wissen. Lucien empfing einen niederschmetternden Blick seiner Mutter und erkannte darin ihren Fluch; er stieg in sein Zimmer hinauf und schloß sich ein.

Wenn man den folgenden Brief liest, den Lucien mitten in der Nacht schrieb, langsam, sich immer wieder unterbrechend, Satz für Satz einzeln hingeworfen, kann man sich eine Vorstellung von der seelischen Erschütterung machen, in der er sich befand.

»Meine geliebte Schwester!

Wir haben einander jetzt zum letztenmal gesehen. Mein Entschluß ist unwiderruflich. Höre: in vielen Familien gibt es einen Unseligen, der für seine Angehörigen wie eine Krankheit ist. So einer bin ich für Euch. Diese Bemerkung stammt nicht von mir, sondern von einem Mann, der viel von der Welt gesehen hat. Wir saßen eines Abends in einem Kreis von Freunden im Rocher-de-Cancale beim Nachtessen. Unter den tausend Späßen, die hin und her gingen, machte jener Diplomat die Bemerkung, dies und jenes andere junge Mädchen, von dem man sich wunderte, daß sie nicht heiratete, sei sterblich verliebt in ihren Vater. Und dann setzte er uns seine Theorie über die Familienkrankheiten auseinander. Er erklärte uns, wie ohne eine gewisse Mutter eine gewisse Firma gut vorangekommen wäre; wie ein gewisser Sohn seinen Vater zugrunde gerichtet, wie wiederum ein Vater die Zukunft und das Ansehen seiner Kinder zerstört. Obwohl man dieses Gesellschaftsprinzip lachend erörterte, wurde es binnen zehn Minuten mit so vielen Beispielen belegt, daß ich ganz betroffen war. Diese Wahrheit entschädigt für all die verrückten, aber witzig bewiesenen Paradoxe, mit denen die Journalisten sich untereinander amüsieren, wenn sich niemand findet, der angeführt werden kann. Ich nun aber bin das Unheil unserer Familie. Mein Herz ist voller Zärtlichkeit, aber ich handle wie Euer Feind. Auf all Eure Opfer habe ich mit Schlimmem erwidert. Der letzte Streich ist, obwohl unwillentlich vollbracht, der grausamste von allen. Während ich in Paris ein würdeloses Leben voller Genuß und Elend führte, während ich die Clique für Freundschaft hielt, echte Freunde um einiger Menschen willen aufgab, die mich ausbeuten wollten und mußten, während ich Euch vergaß und mich nur an Euch erinnerte, um Euch Kummer zu machen, verfolgtet Ihr den bescheidenen Weg der Arbeit und gingt mit Mühe, aber sicher, dem Glück entgegen, das ich so rasend überwältigen wollte. Während Ihr besser wurdet, nahm mein Leben eine unheilvolle Wendung. Ja, ich trage maßlosen Ehrgeiz in mir, und der hindert mich, mich in ein bescheidenes Leben zu fügen. Ich habe Neigungen und Gelüste; und die Erinnerung an das, was ich genossen habe, vergiftet mir die Freuden, die für mich erreichbar sind und die mich früher befriedigt hätten. Oh, geliebte Eve, ich beurteile mich strenger als irgend jemand. Denn ich verdamme mich ganz und gar, ohne Gnade. Der Kampf in Paris verlangt Ausdauer, und mein Wille funktioniert nur im Übermaß, mein Hirn setzt manchmal aus. Die Zukunft schreckt mich so, daß ich keine will, und die Gegenwart ist mir unerträglich. Ich habe Euch wiedersehen wollen; allein ich hätte besser getan, meine Heimat für immer zu meiden. Aber Verbannung ohne Existenzmittel wäre eine Torheit, und ich werde sie nicht auch noch zu all den andern hinzufügen. Der Tod erscheint mir besser als ein verpfuschtes Leben; in welche Lage ich mich auch hineinversetze, meine maßlose Eitelkeit müßte mich zu immer neuen Torheiten bringen. Manche Menschen sind wie Nullen; sie brauchen eine Zahl, die vor ihnen steht, und ihr Nichts erlangt dann zehnfachen Wert. Ich könnte nur durch eine Vermählung mit einem starken, unbarmherzigen Willen Wert erlangen. Madame de Bargeton wäre meine Frau geworden und wäre die rechte gewesen; ich habe mein Leben verpfuscht, als ich Coralie nicht um Louises willen verließ. David und Du, Ihr könntet treffliche Lotsen für mich sein; aber Ihr seid nicht stark genug, um meine Schwäche zu zwingen, die sich irgendwie gegen Beherrschtwerden auflehnt. Ich liebe ein leichtes Leben ohne Sorgen; und wenn es gilt, eine Widerwärtigkeit loszuwerden, bin ich von einer Erbärmlichkeit, die mich zu Schlimmem treiben kann. Ich bin zum Prinzen geboren. Mein Geist besitzt mehr Gewandtheit, als man braucht, um ans Ziel zu gelangen. Aber ich verfüge über ihn nur für den Augenblick, und der Preis in einer Rennbahn, in der so viele Ehrgeizige laufen, gehört dem, der nur so viel

Geist einsetzt, wie nötig ist, und der am Ende des Tages immer noch etwas übrig hat. Ich täte, wie ich es hier getan habe, das Schlimme mit den besten Absichten von der Welt. Es gibt Menschen wie Eichbäume; ich bin vielleicht nur ein eleganter Zierstrauch und erhebe den Anspruch, eine Zeder zu sein. Hier hast Du meine Bilanz und meine Bankrotterklärung. Dieses Mißverhältnis zwischen Können und Wollen, dieser Mangel an Gleichgewicht wird immer und ewig mein Ringen vergeblich machen. In der Klasse der Intellektuellen gibt es viele solche Charaktere: es herrscht ein dauerndes Mißverständnis zwischen dem Geist und dem Charakter, dem Wollen und dem Begehren. Was wäre mein Schicksal? Ich kann es voraussehen, wenn ich mich an einige alte Pariser Berühmtheiten erinnere, die ich in völliger Vergessenheit gesehen habe. Kaum an der Schwelle des Alters, wäre ich älter als meine Jahre, ohne Glück und ohne Ansehen. Mein ganzes jetziges Sein wendet sich voller Entsetzen von einem solchen Alter ab; ich will nicht ein weggeworfener Lumpen der Gesellschaft sein. Liebe Schwester, die ich um ihrer Härte während der letzten Zeit ebenso liebe wie früher um ihrer Zärtlichkeiten willen! Wenn wir die Freude, die mir das Wiedersehen mir Dir gemacht hat, teuer bezahlt haben, dann werdet Ihr, Du und David, später vielleicht denken, daß kein Preis für die letzten Freuden eines armen Jungen, der Euch liebhatte, zu hoch war . . . ! Stellt keine Nachforschungen nach mir an; sucht nicht zu erfahren, was aus mir geworden ist: wenigstens soll mein Geist mir zur Durchführung meines Willens dienen. Die Entsagung, lieber Engel, ist ein täglicher Selbstmord; ich aber habe nur Entsagung für einen Tag, ich will sie heute üben...

2 Uhr

Ja, ich bin fest entschlossen. Lebe wohl für immer, geliebte Eve. Ich verspüre eine sanfte Freude bei dem Gedanken, von jetzt ab nur noch in Euren Herzen zu leben. Da wird mein Grab sein . . . ich will kein anderes. Noch einmal: Lebe wohl! es ist das letzte von Deinem Bruder

Lucien.«

Nachdem Lucien diesen Brief geschrieben hatte, stieg er geräuschlos die Treppe hinunter, legte ihn auf die Wiege seines Neffen, drückte auf die Stirn seiner schlafenden Schwester einen letzten, tränenfeuchten Kuß und ging. Es dämmerte; er löschte seine Kerze, sah das alte Haus noch ein letztes Mal an und öffnete ganz leise die Haustür; aber trotz seiner Vorsicht weckte er Kolb, der auf seiner Matratze auf dem Fußboden der Werkstatt schlief.

»Wer ist da?« rief Kolb. – »Ich bin es«, erwiderte Lucien. »Ich gehe fort, Kolb.« – »Sie hätten besser getan, niemals zu kommen«, sagte Kolb vor sich hin, aber laut genug, daß Lucien es hörte. – »Ich hätte besser getan, nie zur Welt zu kommen«, antwortete Lucien. »Lebe wohl, Kolb, ich bin dir eines Gedankens wegen, den ich selbst hege, nicht böse. Sag David, meine letzte Regung sei mein Bedauern gewesen, ihn nicht umarmen zu können.«

Als der Elsässer aufgestanden war und sich angezogen hatte, hatte Lucien die Haustür geschlossen. Er stieg über die Beaulieu-Promenade zum Ufer der Charente hinab, als ob er zu einem Feste gehe, denn sein Leichentuch war sein Pariser Anzug und seine reizende Dandymontur. Betroffen über Luciens Ton und seine letzten Worte wollte Kolb sich erkundigen, ob seine Herrin um die Abreise ihres Bruders wisse und ob sie sich von ihm verabschiedet habe; doch als er merkte, daß im ganzen Hause tiefes Schweigen herrschte, dachte er, dies Verschwinden sei sicherlich verabredet worden, und legte sich wieder hin.

Bedenkt man den Ernst dieses Gegenstands, so muß gesagt werden, daß über den Selbstmord sehr wenig geschrieben worden ist; man hat sich nicht eingehend damit befaßt. Vielleicht entzieht sich diese Krankheit der Beobachtung. Der Selbstmord ist die Auswirkung eines Gefühls, das man, wenn man will, als Selbstachtung bezeichnen kann, damit es nicht mit dem Wort Ehre verwechselt wird. An dem Tag, da der Mensch sich verachtet, an dem Tag, da er sich verachtet sieht, in dem Augenblick, da die Wirklichkeit des Lebens nicht mehr mit seinen Hoffnungen übereinstimmt, bringt er sich um und huldigt damit der Gesellschaft, in der er, seiner Tugenden oder seines Glanzes entkleidet, nicht verbleiben will. Man mag darüber sagen, was man will, unter den Atheisten – der Christ begeht keinen Selbstmord – ertragen nur

Feiglinge ein schimpfliches Leben. Es gibt dreierlei Arten von Selbstmord: zunächst den Selbstmord, der nur der letzte Anfall einer langen Krankheit ist und der sicher ins Bereich der Pathologie gehört; dann den Selbstmord aus Verzweiflung, und schließlich den Selbstmord aus Überlegung. Lucien wollte sich aus Verzweiflung und Überlegung das Leben nehmen; das sind die beiden Arten, von denen man abstehen kann; denn unwiderruflich ist nur der pathologische Selbstmord; aber oft treffen die drei Ursachen zusammen wie bei Jean Jacques Rousseau[49]. Nachdem Lucien einmal seinen Entschluß gefaßt hatte, fing er an, die Art der Ausführung zu überlegen. Der Dichter wollte poetisch enden. Anfangs hatte er geplant, sich einfach in die Charente zu stürzen; aber als er zum letztenmal die Stufen von Beaulieu hinabstieg, hatte er im voraus den Skandal in den Ohren, den sein Selbstmord entfachen würde, sah er das scheußliche Bild seiner entstellten Leiche, wie sie wieder aus dem Wasser in die Höhe kam und Gegenstand einer gerichtlichen Untersuchung wurde: er besaß, wie manche Selbstmörder, eine posthume Eitelkeit. An dem Tag, den er in der Mühle von Courtois verbrachte, war er den Fluß entlanggewandelt und hatte nicht weit von der Mühle eine der runden, teichartigen Wasserflächen bemerkt, wie sie sich bei kurzen Wasserläufen finden, Teiche, deren ruhige Oberfläche eine außerordentliche Tiefe anzeigt. Das Wasser ist nicht mehr grün oder blau oder licht oder gelb: es ist wie ein Spiegel aus glänzendem Stahl. An den Ufern jener Ausbuchtung hatten keine Schwertlilien und blauen Blumen mehr gestanden; die breiten Blätter der Seerose waren nicht mehr auf dem Wasser zu sehen gewesen; das Gras auf der Böschung war kurz und dicht, und malerisch hatten hie und da Gruppen von Trauerweiden gestanden. Es war ihm die Ahnung einer tiefen, mit Wasser gefüllten Schlucht aufgestiegen. Wer den Mut aufbrachte, seine Taschen mit Steinen zu füllen, mußte dort unausweichlich zu Tode kommen und konnte nie wieder gefunden werden. Als der Dichter diese reizende Landschaft bewundert, hatte er sich gesagt: »Das ist eine Stätte, die den Wunsch erweckt, sich zu ertränken.«

Diese Erinnerung kam ihm in dem Augenblick, als er in l'Houmeau angelangt war. Er wanderte also nach Marsac, überließ sich seinen letzten düsteren Gedanken und war fest entschlossen, auf diese Weise das Geheimnis seines Todes zu schützen, nicht Gegenstand einer Untersuchung, nicht bestattet, nicht in dem furchtbaren Zustande gesehen zu werden, in dem die Ertrunkenen sich befinden, wenn sie wieder an die Oberfläche kommen. Bald kam er an den Fuß eines der Hügel, die auf den Straßen Frankreichs und zumal zwischen Angoulême und Poitiers so häufig anzutreffen sind. In schneller Fahrt näherte sich der Postwagen der Linie Bordeaux–Paris; gewiß würden die Reisenden aussteigen, um diese lange Anhöhe zu Fuß hinaufzugehen. Lucien, der nicht gesehen werden wollte, schlug einen kleinen Seitenweg ein und pflückte in einem Weinberg Blumen. Als er wieder auf die Landstraße zurückkehrte, hielt er einen großen Strauß Sedum in der Hand, die gelbe Blume, die auf dem steinigen Grund der Weinberge wächst. Unmittelbar vor ihm ging ein Reisender, der ganz in Schwarz gekleidet war. Sein Haar war gepudert; an den Schuhen trug er silberne Schnallen. Sein Gesicht war braun und so mit Narben bedeckt, als sei er als Kind ins Feuer gefallen. Dieser so augenfällig wie ein Geistlicher wirkende Reisende schritt langsam einher und rauchte eine Zigarre. Als der Unbekannte hörte, wie Lucien aus den Reben heraus auf die Straße sprang, drehte er sich um und schien von der melancholischen Schönheit des Dichters, seinem symbolischen Strauß und seiner eleganten Kleidung betroffen zu sein. Der Reisende glich einem Jäger, der eine lange vergebens gesuchte Beute findet. Er ließ, um es seemännisch auszudrücken, Lucien zu sich heransegeln und ging langsamer, wobei er tat, als betrachte er den Abhang des Hügels. Lucien, der ebenfalls hinblickte, sah dort einen kleinen, mit zwei Pferden bespannten Reisewagen und einen Postillion zu Fuß.

»Sie haben den Postwagen wegfahren lassen; Sie verlieren Ihren Platz, wenn Sie nicht in meinen Wagen steigen, um ihn einzuholen; wir fahren schneller als der Postwagen«, redete der Reisende Lucien an. Er sprach diese Worte mit einem unverkennbaren spanischen Akzent und brachte das Anerbieten mit ungemeiner Freundlichkeit vor.

Ohne Luciens Antwort abzuwarten, zog der Spanier ein Zigarrenetui aus der Tasche und hielt es Lucien geöffnet hin, damit er sich eine Zigarre nehme.

»Ich bin kein Reisender«, antwortete Lucien, »und bin zu

nahe am Ziel meines Weges, um mir das Vergnügen des Rauchens zu gestatten.« – »Sie sind sehr streng gegen sich«, versetzte der Spanier; »obwohl ich Ehrenkanonikus der Kathedrale von Toledo bin, genehmige ich mir von Zeit zu Zeit eine kleine Zigarre. Gott hat uns den Tabak gegeben, damit wir unsere Leidenschaften und unsere Schmerzen einschläfern. Sie scheinen mir Kummer zu haben; wenigstens tragen Sie das Zeichen des Kummers in der Hand, wie der traurige Gott der Ehe. Nehmen Sie doch . . . all Ihr Kummer wird mit dem Rauch verwehen . . .« Und der Priester hielt noch einmal sein aus Stroh geflochtenes Etui verführerisch hin, wobei er Lucien mit einem teilnehmenden Blick bedachte. – »Verzeihen Sie, ehrwürdiger Vater«, versetzte Lucien hart, »Zigarren können meinen Kummer nicht verscheuchen«; und während er das sagte, traten ihm Tränen in die Augen. – »Oh! junger Mann, war es also die göttliche Vorsehung, die mir den Wunsch eingab, mit einer kleinen Fußwanderung den Schlaf abzuschütteln, der am Morgen alle Reisenden befällt, damit ich Ihnen Trost bringen und so meine Aufgabe hienieden erfüllen könnte? Und was für einen großen Kummer können Sie in Ihrem Alter haben?« – »Ihr Trost, ehrwürdiger Vater, wäre sehr unnütz: Sie sind Spanier, ich bin Franzose; Sie glauben an die Gebote der Kirche, ich bin Atheist . . .« - »Santa Virgen del Pilar . . .[50]! Sie sind Atheist?« rief der Priester und legte mit mütterlicher Zärtlichkeit seinen Arm auf den Luciens. »Wahrhaftig! das ist eine der Sehenswürdigkeiten, die ich in Paris aufsuchen wollte. Wir in Spanien glauben nicht an die Atheisten . . . Nur in Frankreich kann man mit neunzehn Jahren solche Anschauungen hegen.« – »Ich bin ganz und gar Atheist; ich glaube weder an Gott noch an die Gesellschaft, noch an das Glück. Sehen Sie mich doch mal richtig an; in ein paar Stunden bin ich nicht mehr . . . Diese Sonne ist die letzte, die ich sehe . . .!« sagte Lucien pathetisch und wies gen Himmel. – »Wie? was haben Sie denn getan, daß Sie sterben müssen? Wer hat Sie zum Tode verurteilt?« – »Das höchste Gericht, ich selber!« – »Kind«, rief der Priester, »haben Sie einen Menschen umgebracht? Wartet das Schafott auf Sie? Überlegen wir mal ein bißchen. Wenn Sie, wie Sie es nennen, ins Nichts zurückkehren wollen, dann ist Ihnen wohl alles auf Erden gleichgültig?« (Lucien neigte den Kopf zum Zeichen der Zustimmung.)

»Dann können Sie mir also erzählen, was Sie quält . . .? Gewiß macht Ihnen eine Liebschaft Kummer . . .?« (Lucien zuckte mit bezeichnender Gebärde die Achseln.) »Wollen Sie sich umbringen, um der Schande zu entgehen, oder weil Sie am Leben verzweifeln? Gut. Sie können sich ebensogut in Poitiers das Leben nehmen wie in Angoulême, und in Tours ebensogut wie in Poitiers. Der Triebsand der Loire gibt seine Opfer nicht wieder her . . .« – »Nein, ehrwürdiger Vater«, antwortete Lucien, »ich habe schon meinen Platz. Vor zwanzig Tagen habe ich das entzückendste Ufer gesehen, von dem aus ein Mensch, der dieser Welt überdrüssig ist, die andere Welt ansteuern kann . . .« – »Eine andere Welt? Jetzt sind Sie kein Atheist mehr.« – »Oh! was ich mit der andern Welt meine, ist meine künftige Verwandlung in ein Tier oder eine Pflanze . . .« – »Haben Sie eine unheilbare Krankheit?« – »Ja, ehrwürdiger Vater.« – »Ah, da haben wir's«, rief der Priester, »und welche?« – »Die Armut.«

Der Priester schaute Lucien lächelnd an und sagte zu ihm überaus anmutig und mit einem fast ironischen Lächeln: »Der Diamant kennt seinen Wert nicht.« – »Nur ein Priester kann einem armen Menschen, der in den Tod gehen will, noch schmeicheln . . .!« rief Lucien. – »Sie sollen nicht sterben«, sagte der Priester in entschiedenem Ton. – »Ich habe zwar sagen hören«, versetzte Lucien, »daß man die Leute auf der Landstraße ausgeplündert hat; ich habe aber nicht gewußt, daß man sie dort reicher macht.« – »Sie sollen es erfahren«, erwiderte der Priester, nachdem er sich vergewissert hatte, daß der Wagen noch weit genug weg war, so daß sie noch einige Schritte allein zurücklegen konnten. »Hören Sie mir mal zu«, sagte der Priester und kaute an seiner Zigarre, »Ihre Armut wäre kein Grund, zu sterben. Ich brauche einen Sekretär, der meine ist unlängst in Barcelona gestorben. Ich bin in der Lage, in der der Baron Görz war[51], der berühmte Minister Karls XII., der, als er nach Schweden reiste, wie ich nach Paris fahre, in einer kleinen Stadt ohne Sekretär ankam. Der Baron traf den Sohn eines Goldschmieds, der sich durch eine Schönheit auszeichnete, die der Ihrigen schwerlich gleichkam . . . Der Baron stößt bei dem jungen Menschen auf Intelligenz, wie ich finde, daß Ihnen die Poesie auf der Stirn geschrieben steht; er nimmt ihn in seinen Wagen, wie ich Sie in meinen nehmen werde; und aus diesem jungen Menschen, der bisher dazu verdammt gewesen war, in einer kleinen Provinzstadt, wie Angoulême eine ist, Bestecke zu polieren und Schmucksachen herzustellen, macht er seinen Günstling, wie Sie der meine sein sollen. In Stockholm angelangt, bringt er seinen Sekretär unter und überhäuft ihn mit Arbeit. Der junge Sekretär verbringt die Nächte mit Schreiben; und wie alle, die stark arbeiten, verfällt er in eine Gewohnheit: er fängt an, Papier zu kauen. Der verstorbene Monsieur de Malesherbes[52] hatte die Gewohnheit, die Leute mit ›Nasenstübern‹[53] zu bedenken, und er tat das, nebenbei bemerkt, auch mit einer gewissen Persönlichkeit, deren Prozeß von seinem Bericht abhing. Unser schöner junger Mann fängt mit unbeschriebenem Papier an, aber er gewöhnt sich daran und geht bald zu beschriebenem Papier über, das er schmackhafter findet. Man rauchte damals noch nicht, wie man es heute tut. Endlich kommt unser junger Mann immer mehr auf den Geschmack und fängt an, Pergamente zu zerkauen und sie zu essen. Damals wurde der Friedensvertrag zwischen Rußland und Schweden ausgearbeitet, den die Stände Karl XII. auferlegen wollten, wie 1814 Napoleon gezwungen werden sollte, Frieden zu schließen. Die Grundlage der Verhandlungen war der Vertrag, den die beiden Mächte über Finnland abgeschlossen hatten. Görz vertraut seinem Sekretär das Original an; aber als es so weit ist, den Plan den Ständen vorzulegen, ergibt sich die kleine Schwierigkeit, daß der Vertrag nicht zu finden ist. Die Stände kommen auf die Vermutung, der Minister habe dieses Stück, um den Leidenschaften des Königs dienstbar zu sein, verschwinden lassen wollen. Der Baron Görz wird angeklagt, und sein Sekretär gesteht, den Vertrag aufgegessen zu haben. Ein Prozeß wird angestrengt, die Tatsache wird bewiesen, der Sekretär wird zum Tode verurteilt. Aber da Sie noch nicht so weit sind, nehmen Sie eine Zigarre und rauchen Sie sie, bis unser Wagen kommt.«

Lucien nahm eine Zigarre und steckte sie an, wie es in Spanien üblich ist, nämlich an der Zigarre des Priesters. Er sagte sich: »Er hat recht; ich habe immer noch Zeit, mich umzubringen.«

»Es geschieht oft«, fuhr der Spanier fort, »daß in dem Augenblick, da die jungen Leute am meisten an ihrer Zukunft verzweifeln, ihr Glück beginnt. Das hatte ich Ihnen sagen wollen;

ich zeigte es Ihnen aber lieber an einem Beispiel. Der schöne, zum Tode verurteilte Sekretär befand sich in einer um so verzweifelteren Lage, als der König von Schweden ihn nicht begnadigen konnte, weil sein Urteil von den schwedischen Ständen gesprochen worden war; aber er drückte ein Auge zu und ließ ihn entfliehen. Der hübsche junge Sekretär rettet sich mit ein paar Talern in der Tasche und kommt an den kurländischen Hof. Görz hatte ihn dem Herzog empfohlen und ihm das Abenteuer und die Manie seines Schützlings auseinandergesetzt. Der Herzog bringt den schönen Jungen als Sekretär bei seinem Verwalter unter. Der Herzog war ein Verschwender, hatte eine hübsche Frau und einen Intendanten, das sind drei Gründe zum Ruin. Wenn Sie glauben, der hübsche Mensch, der zum Tode verurteilt worden war, weil er den finnländischen Vertrag aufgegessen hatte, habe seine perverse Neigung aufgegeben, dann wissen Sie nichts von der Herrschaft des Lasters über den Menschen; die Todesstrafe hält es nicht auf, wenn es sich um einen erreichbaren Genuß handelt! Woher rührt diese Herrschaft des Lasters? Ist sie eine Macht, die ihm eigen ist, oder entstammt sie der menschlichen Schwäche? Gibt es Neigungen, die an der Grenze des Wahnsinns heimisch sind? Ich kann mich nicht des Lachens über die Moralisten erwehren, die solche Krankheiten mit schönen Worten bekämpfen wollen ...! Es gab einen Moment, in dem der Herzog, der erschreckt darüber war, daß sein Verwalter ihm ein Ersuchen um Geld abschlägig beschieden hatte, Abrechnung verlangte, – was eine Dummheit war! Es gibt nichts Leichteres, als eine Rechnung zu schreiben; das macht nie eine Schwierigkeit. Der Verwalter übergab seinem Sekretär alle Stücke, damit er eine Aufstellung über die Zivilliste von Kurland anfertigte. Mitten in der Nacht, als er dabei war, seine Arbeit fertigzustellen, merkt unser kleiner Papieresser, daß er eine Quittung des Herzogs über eine beträchtliche Summe zerkaut: die Angst packt ihn, mitten in der Unterschrift hält er inne, er läuft spät in der Nacht zur Herzogin, wirft sich ihr zu Füßen, erklärt ihr seine Manie, fleht den Schutz der Fürstin an und fleht und fleht mitten in der Nacht. Die Schönheit des jungen Sekretärs machte einen solchen Eindruck auf jene Frau, daß sie ihn, als sie Witwe geworden war, heiratete. So wurde im achtzehnten Jahrhundert in einem Lande, wo der Adel regierte, ein Goldschmiedesohn souveräner Fürst ... Und er ist noch etwas Besseres geworden ...! Er war beim Tode der ersten Katharina Regent, er beherrschte die Zarin Anna und wollte der Richelieu Rußlands sein. Und nun, junger Mann, hören Sie, was ich sage: Sie sind schöner als Biron[54], und ich bin, obwohl ich ein einfacher Kanonikus bin, viel mehr wert als der Baron Görz. Also steigen Sie ein! Wir finden für Sie in Paris ein Herzogtum Kurland, und in Ermangelung des Herzogtums werden wir ganz sicher die Herzogin finden.«

Der Spanier legte Lucien die Hand unter den Arm und zwang ihn buchstäblich, in seinen Wagen zu steigen, worauf der Postillion den Schlag zuwarf.

»Jetzt reden Sie, ich höre zu«, sagte der Kanonikus von Toledo zu dem verblüfften Lucien. »Ich bin ein alter Priester, dem Sie ohne Gefahr alles sagen können. Sie haben wahrscheinlich noch nichts durchgebracht als Ihr väterliches Erbe oder das Geld der Frau Mama. Wir sind heimlich durchgebrannt und haben Ehre bis in die Spitzen unserer reizenden Stiefelchen ... Also los, beichten Sie keck, es wird genauso sein, wie wenn Sie mit sich selbst sprechen.«

Lucien befand sich in der Lage jenes Fischers aus – ich weiß nicht mehr aus welchem arabischen Märchen, der sich im Meere ertränken will und in unterseeische Länder fällt und dort König wird. Der spanische Priester wirkte so wahrhaft liebevoll, daß der Dichter nicht zögerte, ihm sein Herz zu eröffnen: er erzählte ihm also zwischen Angoulême und Ruffec sein ganzes Leben, ließ keine seiner Verfehlungen aus und schloß mit dem letzten Unheil, das er verschuldet hatte. Als er mit diesem Bericht zu Ende war, den er um so poetischer vorbrachte, als er ihn seit vierzehn Tagen schon zum drittenmal machte, fuhr der Wagen an der Stelle vorbei, wo an der Straße, in der Nähe von Ruffec, die Besitzung der Familie Rastignac gelegen ist, bei deren Namen, als Lucien ihn zum erstenmal nannte, der Spanier eine unwillige Geste vollführte.

»Von hier«, sagte Lucien, »ist der junge Rastignac ausgegangen; er taugt sicher weniger als ich, hat aber mehr Glück gehabt.« – »Siehe da!« – »Ja, dieser armselige Edelhof ist das Haus seines

Vaters. Er ist, wie ich Ihnen sagte, der Geliebte der Madame de Nucingen geworden, der Frau des berühmten Bankiers. Ich habe mich der Dichtkunst hingegeben; er war geschickter und hat sich ans Positive gehalten.«

Der Priester ließ seinen Reisewagen halten, er wollte aus Neugier die kleine Allee hinaufgehen, die von der Straße zu dem Hause führte, und betrachtete alles mit mehr Interesse, als Lucien von einem spanischen Priester erwartet hätte.

»Sie kennen also die Rastignacs ...?« fragte ihn Lucien. – »Ich kenne ganz Paris«, sagte der Spanier und stieg wieder in sein Fahrzeug. »Also weil Ihnen zehn- oder zwölftausend Francs fehlten, wollten Sie sich umbringen? Sie sind ein Kind, Sie kennen weder die Menschen noch die Dinge. Ein Schicksal ist so viel wert, wie der Mensch es einschätzt; und Sie veranschlagen Ihre Zukunft nur auf zwölftausend Francs. Gut, ich kaufe Sie gleich für mehr. Was die Gefangensetzung Ihres Schwagers angeht, so ist das eine Lappalie. Wenn der gute Monsieur Séchard tatsächlich eine Erfindung gemacht hat, so wird er reich werden. Wer reich ist, hat noch nie in Schuldhaft gesessen. Sie scheinen mir nicht allzu bewandert in der Weltgeschichte zu sein. Es gibt zweierlei Arten von Weltgeschichte: die offizielle, verlogene Geschichte, die gelehrt wird, also die Geschichte ad usum delphini[55]; und alsdann die geheime Geschichte, die die wirklichen Zusammenhänge der Geschehnisse berichtet, eine schmachvolle Geschichte. Lassen Sie mich Ihnen in Kürze ein anderes Histörchen erzählen, das Sie sicherlich nicht kennen: Ein ehrgeiziger junger Priester will in den öffentlichen Dienst treten, er kriecht vor dem Favoriten, dem Günstling einer Königin; der Günstling interessiert sich für den Priester und verschafft ihm den Rang eines Ministers und einen Sitz im Staatsrat. Eines Abends schreibt einer der Menschen, die einen Dienst zu erweisen glauben – erweisen Sie nie einen Dienst, den man nicht von Ihnen begehrt! –, dem jungen Ehrgeizigen, das Leben seines Wohltäters sei bedroht. Der König ist wütend geworden, daß er einen Herrn und Meister hat; morgen soll der Günstling, wenn er sich in den Palast begibt, ermordet werden. Nun, junger Mann, was hätten Sie nach Empfang dieses Briefes getan?« – »Ich hätte auf der Stelle meinen Wohltäter gewarnt!« rief Lucien lebhaft. –

»Sie sind noch ganz das Kind, das aus Ihrem Lebensbericht spricht«, antwortete der Priester. »Unser Mann sagte sich: ›Wenn der König bis zum Verbrechen geht, ist mein Wohltäter verloren; ich muß diesen Brief zu spät bekommen haben!‹ Und er schlief bis zu der Stunde, da der Günstling ermordet worden war . . .« – »Das ist ein Scheusal«, sagte Lucien, der den Priester im Verdacht hatte, er wolle ihn auf die Probe stellen. – »Alle großen Menschen sind Scheusale; dieses war der Kardinal von Richelieu«, erwiderte der Kanonikus, »und sein Wohltäter war der Marschall d'Ancre[56]. Sie sehen, Sie kennen Ihre französische Geschichte nicht. Hatte ich nicht recht, als ich Ihnen sagte, daß die Geschichte, die in den Schulen gelehrt wird, eine höchst zweifelhafte Sammlung von Daten und Tatsachen ist, aber nicht den geringsten Sinn hat? Was nützt Sie das Wissen, daß es eine Jeanne d'Arc gegeben hat? Haben Sie je den Schluß daraus gezogen, daß, wenn Frankreich damals die Anjou-Linie der Plantagenets anerkannt hätte, die beiden vereinigten Völker heute die Weltherrschaft innehätten und daß die beiden Inseln, auf denen die politischen Unruhen des Kontinents geschmiedet werden, zwei französische Provinzen wären . . . ? Oder haben Sie sich Gedanken darüber gemacht, mit welchen Mitteln die Medici, einfache Kaufleute, dazu gelangt sind, Großherzöge von Toskana zu werden?« – »Ein Dichter«, erwiderte Lucien, »ist in Frankreich nicht verpflichtet, so gelehrt wie ein Benediktiner zu sein.« – »Na ja, junger Mann, sie sind Großherzöge geworden wie Richelieu Minister. Hätten Sie in der Geschichte die menschlichen Ursachen der Ereignisse gesucht, anstatt die Etiketten auswendig zu lernen, dann hätten Sie daraus Lehren für Ihre Lebensführung ziehen können. Aus dem, was ich eben aus der Sammlung der wirklichen Tatsachen beliebig herausgegriffen habe, ergibt sich das Gesetz: Sehen Sie in den Menschen und zumal in den Frauen nur Werkzeuge; aber sorgen Sie dafür, daß sie es nicht merken. Verehren Sie den wie einen Gott, der höher gestellt ist als Sie und Ihnen nützlich sein kann, und verlassen Sie ihn erst, wenn er Ihnen Ihre Demut sehr teuer bezahlt hat. Im Umgang mit der Welt seien Sie gierig wie ein Jude und kriecherisch: tun Sie um der Macht willen alles, was jener um des Geldes willen tut. Aber kümmern Sie sich nicht mehr um einen, der gefallen ist; tun Sie, als habe er nie existiert. Wissen Sie, warum Sie so handeln sollen? Sie wollen die Welt beherrschen, nicht wahr? Also müssen Sie damit anfangen, der Welt zu gehorchen und sie gut zu studieren. Die Gelehrten studieren die Bücher, die Politiker studieren die Menschen: ihre Interessen, die treibenden Ursachen ihrer Handlungen. Die Welt nun aber, die Gesellschaft, die Menschen als Ganzes genommen, sind Fatalisten: sie beten die Tatsachen an. Wissen Sie, warum ich Ihnen diesen kleinen Geschichtsvortrag halte? Lediglich, weil ich Sie für maßlos ehrgeizig halte.« – »Ja, ehrwürdiger Vater!« – »Ich habe es wohl gesehen«, fuhr der Kanonikus fort. »Aber in diesem Augenblick sagen Sie sich: Dieser spanische Priester erfindet Anekdoten und plündert die Geschichte, um mir zu beweisen, daß ich zu tugendhaft gewesen bin . . .« (Lucien lächelte, als er seine Gedanken so gut erraten sah.) »Gut denn, junger Mann, lassen Sie uns noch ein paar Tatsachen betrachten, die ganz banal geworden sind«, sagte der Priester. »Eines Tages war Frankreich von den Engländern fast gänzlich erobert worden; der König besaß nur noch eine Provinz. Aus der Tiefe des Volkes erheben sich zwei Gestalten: ein armes junges Mädchen, eben die Jeanne d'Arc, von der wir sprachen; und zweitens ein Bürgersmann namens Jacques Coeur[57]. Die eine leiht ihren Arm und den Nimbus ihrer Jungfräulichkeit, der andere gibt sein Gold: das Königreich ist gerettet. Aber das Mädchen ist gefangen! Der König, der sie auslösen kann, läßt sie bei lebendigem Leibe verbrennen. Den heldenhaften Bürger läßt der König von seinen Höflingen, die es nach seinem Reichtum gelüstet, der schwersten Verbrechen bezichtigen. Das Hab und Gut des Unglücklichen, der von der Justiz gehetzt, umstellt und niedergeworfen wird, bereichert fünf Adelshäuser . . . Und der Vater des Erzbischofs von Bourges verläßt das Reich, um nie wieder zurückzukehren, nimmt von seinen Besitzungen in Frankreich keinen Heller mit und hat für sich weiter kein Geld als das, was er den Arabern und Sarazenen in Ägypten anvertraut hatte. Sie können immer noch sagen: Diese Beispiele liegen sehr weit zurück; seit all diesen Undankbarkeiten haben wir dreihundert Jahre öffentlichen Unterrichts gehabt und die Gestalten jenes Zeitalters sind für uns Fabelwesen. Meinetwegen, junger Mann, aber glauben Sie an den letzten Halbgott Frankreichs, an Napoleon? Einer seiner Generale stand bei ihm in Ungnade, er hat ihn nur unwillig zum Marschall gemacht, nie hat er sich seiner gern bedient. Dieser Marschall heißt Kellermann. Wissen Sie, warum ...? Kellermann hat Frankreich und den ersten Konsul bei Marengo durch einen kühnen Angriff, der inmitten von Blut und Feuer bejubelt wurde, gerettet. In dem Bulletin war von diesem heldenhaften Angriff nicht mit einem Wort die Rede. Die Ursache von Napoleons Kälte gegen Kellermann ist auch die Ursache der Ungnade Fouchés[58] und des Fürsten von Talleyrand[59]: es ist die Undankbarkeit König Karls VII., Richelieus, die Undankbarkeit ...« - »Aber, ehrwürdiger Vater, angenommen, daß Sie mir das Leben retten und mein Glück begründen«, sagte Lucien, »machen Sie mir mit solcherlei Gründen die Dankbarkeit sehr leicht.« – »Kleiner Schlaukopf«, sagte der Abbé lächelnd und zog Lucien mit einer fast königlichen Vertraulichkeit am Ohr, »wenn Sie undankbar gegen mich wären, dann wären Sie ein sehr starker Mann, und ich würde mich vor Ihnen beugen; aber so weit sind Sie noch nicht; Sie sind vorerst ein Schüler und hatten zu früh Meister sein wollen. Das ist der Fehler aller Franzosen in unserer Zeit. Sie sind samt und sonders durch Napoleons Beispiel verwöhnt und verdorben worden. Sie reichen Ihre Entlassung ein, weil Sie nicht die Offiziersschulterstücke bekommen können, die Sie sich wünschten ... Aber haben Sie jemals all Ihr Wollen, all Ihr Handeln einer Idee gewidmet ...?« – »Leider nein«, sagte Lucien. – »Sie waren, was die Engländer ›inconsistent‹[60] nennen«, fuhr der Kanonikus lächelnd fort. – »Was liegt daran, was ich gewesen bin, wenn ich nichts mehr werden kann?« antwortete Lucien. – »Wenn hinter all Ihren schönen Eigenschaften eine Kraft semper virens[61] steht«, sagte der Priester, der wohl gern zeigte, daß er ein wenig Latein konnte, »dann wird Ihnen nichts in der Welt widerstehen. Ich habe Sie schon jetzt recht gern ...« (Lucien lächelte mit einer ungläubigen Miene.) »Ja«, der Unbekannte erwiderte Luciens Lächeln, »Sie interessieren mich, wie wenn Sie mein Sohn wären, und ich bin mächtig genug, daß ich zu Ihnen offen reden kann, wie Sie zu mir gesprochen haben. Wissen Sie, was mir an Ihnen gefällt ...? Sie haben in sich selbst reinen Tisch gemacht, und

Sie können sich daher jetzt eine Moralvorlesung anhören, wie sie nirgendwo gehalten wird; denn wenn die Menschen in einer gewissen Anzahl beisammen sind, dann sind sie noch heuchlerischer, als wenn ihr Interesse sie zwingt, Komödie zu spielen. So verbringt man einen guten Teil seines Lebens damit, auszujäten, was man in der Jugend in seinem Herzen hat aufsprießen lassen. Diese Operation nennt man: Erfahrungen machen.«

Lucien hörte dem Priester zu und sagte sich: »Das ist ein alter Politiker, dem es Vergnügen macht, sich auf der Reise zu amüsieren. Er gefällt sich darin, einen armen Kerl, den er am Rande des Selbstmords trifft, umzustimmen, und wenn er mit seinem Spaß zu Ende ist, läßt er mich laufen ... Aber er versteht sich gut auf die Paradoxie, und er kommt mir ebenso gewitzt vor wie Blondet oder Lousteau.« Trotz dieser klugen Überlegung bohrte sich die Verderbnis, mit der es der Diplomat gegen ihn versuchte, tief in Luciens Seele ein, die dafür gut vorbereitet war, und wirkte in ihr um so verheerender, als sie sich auf berühmte Beispiele stützte. Lucien war von dem Reiz dieser zynischen Unterhaltung gefesselt und klammerte sich um so williger ans Leben, als er sich von einem starken Arm aus dem Abgrund seiner Selbstmordabsichten emporgehoben fühlte. Was das betraf, so hatte der Priester offenbar triumphiert. Deswegen hatte er denn auch von Zeit zu Zeit seine historischen Sarkasmen mit einem boshaften Lächeln begleitet.

»Wenn Ihre Art, die Moral zu lehren, Ähnlichkeit mit Ihrer Geschichtsauffassung hat«, sagte Lucien, »wäre ich neugierig, zu erfahren, was in diesem Augenblick die Triebfeder Ihrer zur Schau getragenen Barmherzigkeit ist.« – »Das, junger Mann, ist der letzte Punkt meiner Predigt, und Sie müssen mir gestatten, ihn mir aufzusparen; das setzt voraus, daß wir einander heute noch nicht verlassen«, antwortete er mit der geistigen Feinheit eines Priesters, der sieht, daß sein Plan gelingt. – »Gut also, predigen Sie mir Moral«, entgegnete Lucien, der sich innerlich sagte: »Ich will ihn zum besten haben.« – »Die Moral, junger Mann, beginnt mit dem Gesetz«, fing der Priester an. »Wenn es überall Religion gäbe, wären die Gesetze unnötig: die religiösen Völker haben wenig Gesetze. Über dem bürgerlichen Gesetz steht das politische Gesetz. Wollen Sie nun wissen, was für jemanden, der ein Politiker ist, auf der Stirn Ihres neunzehnten Jahrhunderts geschrieben steht? Die Franzosen haben im Jahre 1793 die Souveränität des Volkes erfunden; sie hat in einem absoluten Kaiser gegipfelt. So viel für die Geschichte Ihrer Nation. Zu den Sitten: Madame Tallien[62] und Madame de Beauharnais haben dasselbe Leben geführt; Napoleon heiratete die eine und machte sie zur Kaiserin; die andere aber hat er nie empfangen wollen, obwohl sie eine Prinzessin war. Napoleon ist 1793 Sansculotte und setzt sich 1804 die eiserne Krone auf. Die wilden Liebhaber der Gleichheit, die 1792 ›Die Gleichheit oder den Tod!‹ rufen, werden 1806 die Verbündeten einer Aristokratie, die durch Ludwig XVIII. legitimiert worden ist. Im Ausland hat die Aristokratie, die heute in ihrem Faubourg Saint-Germain thront, Schlimmeres getan: sie hat Wucher, sie hat Handel getrieben; sie hat kleine Pasteten gebacken, sie war Köchin, Pächterin und Schafhirtin. In Frankreich hat also das politische Gesetz ebenso wie das Moralgesetz, hat all und jeder seinen Beginn im gleichen Augenblick, da er ans Ziel gelangte, verleugnet, seine Anschauungen durch das Verhalten, oder das Verhalten durch die Anschauungen. Es gab keine Logik, weder bei der Regierung noch bei den Privatleuten. Und daher habt ihr keine Moral mehr. Heutzutage ist bei euch der Erfolg die letzte Erklärung für alles, was getan wird, was es auch sei. Die Tatsache ist also nichts mehr an sich, sie existiert ausschließlich in der Idee, die die andern sich von ihr bilden. Daraus, junger Mann, ergibt sich eine zweite Regel: Habe ein schönes Äußeres! Verbirg die Kehrseite deines Lebens und zeige eine glänzende Außenseite! Die Verschwiegenheit, die Regel unseres Ordens, ist auch die Regel der Ehrgeizigen: Machen Sie die Verschwiegenheit zu Ihrer Regel. Die Großen begehen fast genauso viele Gemeinheiten wie die, denen es schlecht geht; aber sie begehen sie im Dunkeln und tragen ihre Tugenden zur Schau: sie bleiben groß. Die Kleinen über ihre Tugenden im Dunkeln und lassen ihr Elend und ihre Kläglichkeit alle Welt sehen: also werden sie verachtet. Sie haben Ihre Größe verborgen und haben Ihre Wunden gezeigt. Sie hatten vor aller Öffentlichkeit eine Schauspielerin zur Geliebten, Sie haben bei ihr und mit ihr gelebt;

man konnte Ihnen daraus keinen Vorwurf machen; jeder fand, Sie beide hätten völlige Freiheit; aber Sie boten den Anschauungen der Gesellschaft Trotz, und Sie genossen nicht das Ansehen, das die Gesellschaft denen zukommen läßt, die ihren Gesetzen gehorchen. Hätten Sie Coralie jenem Monsieur Camusot gelassen, hätten Sie Ihre Beziehungen zu ihr verhehlt, dann hätten Sie Madame de Bargeton geheiratet, wären Präfekt von Angoulême und Marquis de Rubempré. Sie müssen Ihre Lebensführung umkehren, Sie müssen Ihre Schönheit, Ihre Anmut, Ihren Geist, Ihre Poesie nach außen kehren. Wenn Sie sich kleine Gemeinheiten erlauben, dann tun Sie es zwischen Ihren vier Wänden. Auf diese Weise laden Sie nicht mehr die Schuld auf sich, Flecken auf die Dekorationen des großen Theaters zu bringen, das Welt und Gesellschaft heißt. Napoleon nennt das: seine schmutzige Wäsche daheim waschen. Aus der zweiten Regel ergibt sich die Anmerkung: Alles liegt an der Form. Verstehen Sie recht, was ich als die Form bezeichne! Es gibt ungebildete Leute, die, von der Not getrieben, einem andern irgendeinen Betrag gewaltsam wegnehmen; sie werden als Verbrecher bezeichnet, und sie machen mit der Justiz Bekanntschaft. Ein armes Genie entdeckt ein Geheimnis, dessen Ausbeutung ein Vermögen bedeutet, Sie leihen ihm dreitausend Francs – so wie die Cointets, die Ihre dreitausend Francs in die Finger bekamen und Ihren Schwager jetzt plündern werden –, Sie foltern ihn so, daß er Ihnen sein Geheimnis ganz oder teilweise abtreten muß, Sie haben es nur mit Ihrem Gewissen zu tun, und Ihr Gewissen schleppt Sie nicht vors Kriminalgericht. Die Feinde der Gesellschaftsordnung nutzen diesen Gegensatz aus, um gegen die Justiz zu kläffen und im Namen des Volkes darüber zu toben, daß man einen, der nachts in eine geschlossene Wohnung einbricht, auf die Galeeren schickt, während man einen Menschen, der durch betrügerischen Bankrott ganze Familien zugrunde richtet, kaum für ein paar Monate ins Gefängnis steckt; aber diese Heuchler wissen ganz gut, daß die Richter, wenn sie den Dieb verurteilen, die Schranke zwischen den Armen und den Reichen schützen, die nicht beseitigt werden darf, weil sonst das Ende der Gesellschaftsordnung gekommen wäre; während der Bankrotteur, der geschickte Erbschleicher, der Bankier, der ein Geschäft zu seinem Vorteil durchführt und dabei über Leichen geht, nur Verschiebungen der Vermögen zuwegebringen. Aus diesem Grunde, mein Sohn, ist die Gesellschaft gezwungen, ihrerseits zu unterscheiden, was Sie für sich ebenfalls auseinanderhalten sollten. Die große Hauptsache ist, sich der ganzen Gesellschaft gleichzustellen. Napoleon, Richelieu, die Medici haben sich ebenso hoch wie ihr Jahrhundert eingeschätzt. Sie nun aber schätzen sich auf zwölftausend Francs ... ! Ihre Gesellschaft betet nicht mehr den wahrhaftigen Gott an, sondern das goldene Kalb. So ist die Religion Ihrer Verfassung beschaffen; denn die berücksichtigt in der Politik nur noch das Eigentum. Heißt das nicht, allen Untertanen sagen: Seht zu, daß ihr reich werdet ... ! Wenn Sie auf gesetzlichem Wege ein Vermögen erworben haben, ein reicher Mann und Marquis de Rubempré sind, dann können Sie sich den Luxus der Ehre erlauben. Sie können dann so viel Feingefühl in Gelddingen an den Tag legen, daß niemand wagen wird, Sie zu beschuldigen, es habe Ihnen je daran gemangelt – wenn es Ihnen auch daran gefehlt haben möchte, während Sie noch auf dem Weg zu Ihrem Vermögen waren, was ich Ihnen aber nicht raten möchte.« Dabei ergriff der Priester Luciens Hand und tätschelte sie. »Was müssen Sie sich also in Ihren hübschen Kopf setzen ... ? Lediglich den folgenden Vorsatz: Man stecke sich ein glänzendes Ziel und verberge die Mittel, mit denen man es erreicht; man verberge seinen Weg. Sie haben wie ein Kind gehandelt. Seien Sie ein Mann, seien Sie ein Jäger, stellen Sie sich auf den Anstand, suchen Sie sich in der Welt von Paris einen Hinterhalt, warten Sie auf eine Beute und einen Zufall, wahren Sie weder Ihre Person noch das, was man Würde nennt; denn wir gehorchen alle irgend etwas, einem Laster, einer Notwendigkeit; aber wahren Sie das höchste Gesetz: das Geheimnis.« – »Sie erschrecken mich!« rief Lucien. »Das klingt mir wie die Theorie des Straßenraubs.« – »Da haben Sie recht«, sagte der Kanonikus, »aber sie stammt nicht von mir. Nach dieser Regel haben sich alle gerichtet, die emporgekommen sind, das Haus Österreich und das Haus Frankreich. Sie haben nichts, Sie sind in der Lage der Medici, Richelieus, Napoleons zu Beginn ihrer ehrgeizigen Laufbahn. Diese Leute, Freundchen, bezahlen ihre Zukunft mit dem Preis der Undankbarkeit, des Verrats und der heftigsten Widersprüche. Man muß alles wagen, um alles zu bekommen. Überlegen wir: Wenn Sie Hasard spielen, wenn Sie sich an den Bouillotte-Tisch setzen, diskutieren Sie da über die Bedingungen? Die Regeln sind gegeben, Sie akzeptieren sie.«

Siehe da, dachte Lucien, er kennt das Bouillotte-Spiel.

»Wie benehmen Sie sich beim Bouillotte ...?« fragte der Priester, »üben Sie da die schönste aller Tugenden, die Aufrichtigkeit? Sie halten nicht nur Ihr Spiel verborgen, sondern Sie suchen auch, wenn Sie sicher sind zu gewinnen, den Glauben zu erwecken, daß Sie alles verlieren werden. Mit einem Wort: Sie heucheln, nicht wahr ...? Sie lügen, um fünf Louisdor zu gewinnen ...! Was würden Sie zu einem Spieler sagen, der so großmütig wäre, dem andern mitzuteilen, er habe drei gleich hohe Karten? Der Ehrgeizige aber, der den Vorschriften der Tugend gemäß in einem Wettstreit kämpfen will, während sich seine Gegner ihrer entschlagen, ist ein Kind, zu dem die alten Politiker dasselbe sagen, was die Spieler zu einem sagen, der seine Trümpfe nicht ausnutzt: Lieber Herr, spielen Sie nie Bouillotte! Haben Sie die Spielregeln des Ehrgeizes aufgestellt? Warum habe ich Ihnen gesagt, Sie müßten sich der Gesellschaft gleichsetzen? Weil heutzutage, junger Mann, die Gesellschaft sich unmerklich so viel Rechte über die Individuen angemaßt hat, daß das Individuum sich genötigt sieht, die Gesellschaft zu bekämpfen. Es gibt keine Gesetze mehr, es gibt nur noch Sitten, das heißt: Verstellung und immer wieder die Form.« (Lucien tat eine Geste des Erstaunens.) »Oh! mein Kind«, sagte der Priester, der fürchtete, Luciens Unschuld aufgebracht zu haben, »erwarten Sie denn in einem Abbé, der alle schlimmen Ränke der Diplomatie durchzuführen hat – ich bin der Vermittler zwischen Ferdinand VII. und Ludwig XVIII., zwei großen ... Königen, die alle beide die Krone sehr starken ... Kombinationen verdanken –, glauben Sie denn in mir den Erzengel Gabriel zu finden? Ich glaube an Gott, aber ich glaube noch mehr an unsern Orden, und unser Orden glaubt nur an die weltliche Macht. Um die weltliche Macht sehr stark zu machen, stützt unser Orden die apostolische katholische und römische Kirche, das heißt das Gesamt der Gefühle, die das Volk im Gehorsam halten. Wir sind die Tempelherren unserer Zeit: wir haben eine

Lehre. Wie der Templerorden wurde unser Orden zerstört[63], und zwar aus den nämlichen Gründen: er hatte seinen Wert der Welt gleichgestellt. Wollen Sie Soldat werden, so will ich Ihr Hauptmann sein. Gehorchen Sie mir, wie eine Frau ihrem Manne, ein Kind seiner Mutter gehorcht, und ich garantiere Ihnen, daß Sie in weniger als drei Jahren Marquis de Rubempré sind. Sie heiraten eine der vornehmsten Töchter des Faubourg Saint-Germain und sitzen eines Tages in der Pairskammer. Wenn ich Sie nicht in diesem Augenblick mit meiner Unterhaltung aufgeheitert hätte, was wären Sie? Eine Leiche, die unauffindbar in einem tiefen Schlammbett liegt; also strengen Sie einmal Ihr Dichterkönnen an . . . !« (Hier musterte Lucien seinen Gönner neugierig.) »Der junge Mann, der hier in dieser Reisekutsche neben dem Abbé Carlos Herrera sitzt, dem Ehrenkanonikus des Kapitels von Toledo, dem geheimen Botschafter Seiner Majestät Ferdinands VII. an Seine Majestät den König von Frankreich, der diesem eine Depesche bringt, in der vielleicht steht: ›Wenn Sie mich befreit haben, lassen Sie alle, denen ich in diesem Augenblick schmeichle, insbesondere aber meinen Botschafter, damit er wahrhaft verschwiegen sei, aufhängen[64]‹ – dieser junge Mann«, sagte der Unbekannte, »hat nichts mehr mit dem Dichter gemein, der jetzt gestorben ist. Ich habe Sie aufgefischt, ich habe Ihnen das Leben wiedergeschenkt, und Sie gehören mir wie das Geschöpf dem Schöpfer, wie in den orientalischen Märchen der Ifrit dem Geist, wie der Itschoglan dem Sultan[65], wie der Körper der Seele! Ich will Sie mit mächtiger Hand auf dem Wege der Macht halten; ich verspreche Ihnen trotzdem ein Leben der Genüsse, der Ehren, der unaufhörlichen Feste . . . Niemals wird es Ihnen an Geld mangeln . . . Sie werden glänzen, Sie werden prangen, während ich, in den Schmutz der Fundamente gebückt, das glänzende Gebäude Ihres Glückes sichere. Ich für mein Teil liebe die Macht um der Macht willen! Ich werde mich immer über Ihre Genüsse, die mir versagt sind, freuen. Kurzum: ich will mit Ihnen eins werden! Und wenn Ihnen einmal der Pakt zwischen Mensch und Dämon, zwischen Kind und Diplomat nicht mehr zusagt, können Sie immer noch ein Fleckchen aufsuchen wie das, von dem Sie sprachen, und sich ins Wasser stürzen: ein bißchen mehr oder ein bißchen weniger werden Sie sein, was Sie heute sind: unglücklich oder entehrt.« – »Für einen würdigen Geistlichen in höheren Jahren nicht gerade die Homilie des Erzbischofs von Granada[66]!« rief Lucien. Der Wagen hielt an einer Poststation. – »Ich weiß nicht, welchen Namen Sie dieser kurzen Unterweisung geben wollen, mein Sohn. Ich nenne Sie meinen Sohn, denn ich adoptiere Sie und mache Sie zu meinem Erben. Was ich Ihnen sagte, ist das Gesetzbuch des Ehrgeizes. Es gibt nur eine kleine Zahl auserwählter Kinder Gottes. Von zwei Dingen eines: entweder muß man in ein Kloster gehen – und da finden Sie oft die große Welt im kleinen! – oder man muß sich diesem Gesetzbuch fügen.« – »Vielleicht wäre es besser, nicht so klug zu sein«, sagte Lucien, der versuchte, der Seele dieses schrecklichen Priesters auf den Grund zu gehen. – »Wie?« versetzte der Kanonikus, »nachdem Sie gespielt haben, ohne die Spielregeln zu kennen, geben Sie jetzt die Partie auf, nun Sie stark geworden sind und sich mit einem kräftigen Helfer einstellen...? Und haben nicht einmal das Verlangen, Revanche zu nehmen? Wie? Sie haben keine Lust, die zu Ihren Füßen zu sehen, die schuld daran sind, daß Sie aus Paris verjagt wurden?«

Lucien durchschauerte es, wie wenn ein bronzenes Instrument, ein chinesischer Gong, seine schrecklichen Töne von sich gegeben hätte, die die Nerven erzittern lassen.

»Ich bin nur ein schlichter Priester«, fuhr der Mann fort, und auf seinem Gesicht, das von der Sonne Spaniens kupferfarben geworden war, zeigte sich ein schrecklicher Ausdruck, »aber wenn Menschen mich gedemütigt, gefoltert, verraten, verkauft hätten, wie es Ihnen von den Leuten geschehen ist, von denen Sie mir erzählten, so verhielte ich mich wie der Araber der Wüste...! Jawohl, Leib und Seele weihte ich der Rache. Ich würde mir nichts daraus machen, mein Leben am Galgen, in der Garotte[67], am Pfahl oder, wie bei Ihnen zu Lande, unter der Guillotine zu enden; aber ich gäbe meinen Kopf nur her, nachdem ich meine Feinde mit den Stiefelabsätzen zertreten hätte.«

Lucien blieb still; er verspürte keine Lust mehr, diesen Priester aufzuziehen.

»Die einen stammen von Abel ab, die andern von Kain«, fuhr der Kanonikus fort; »ich bin von gemischtem Geblüt; Kain für meine Feinde, Abel für meine Freunde; und wehe dem, der Kain erweckt . . . ! Schließlich. Sie sind Franzose, ich bin Spanier und noch dazu Kanonikus . . . !«

»Was für eine Arabernatur!« sagte sich Lucien und schaute den Schutzherrn an, den der Himmel ihm geschickt hatte.

Der Abbé Carlos Herrera trug keine Kennzeichen an sich, die den Jesuiten oder überhaupt den Ordensgeistlichen verraten hätten. Er war breit und stämmig, hatte mächtige Hände, eine gedrungene Gestalt, eine herkulische Kraft, einen schrecklichen Blick, der nur durch eine gewisse angenommene Sanftmut gemildert wurde; dazu kam die bronzene Hautfarbe, die nichts aus dem Innern nach außen durchschimmern ließ. Das alles stieß mehr ab, als es anzog. Langes, schönes, gepudertes Haar in der Art, wie der Fürst von Talleyrand es trug, gab dem seltsamen Diplomaten das Aussehen eines Bischofs, und auch das blaue, weiß eingefaßte Band, an dem ein goldenes Kreuz hing, verkündete einen geistlichen Würdenträger. Seine schwarzseidenen Strümpfe schmiegten sich eng an wahrhaft athletische Beine. Sein peinlich sauberes Gewand sprach von der Sorgfalt, die er auf seine Person verwandte, was die einfachen Priester, zumal in Spanien, nur selten tun. Auf dem Vordersitz des Wagens, der das spanische Wappen trug, lag ein Dreispitz. Obwohl der Mann so viel Abstoßendes an sich hatte, schwächten seine Manieren, die zugleich gewalttätig und schmeichlerisch waren, den Eindruck seiner Physiognomie ab; und für Lucien hatte sich der Priester offenbar liebenswürdig, sanft und fast katzenartig gestellt. Lucien betrachtete die geringsten Kleinigkeiten mit sorgenvoller Miene. Er fühlte: es handelte sich in diesem Augenblick um Leben oder Tod. Sie waren schon auf der zweiten Umspannstation hinter Ruffec angelangt. Die letzten Sätze des spanischen Priesters hatten viele Saiten in seinem Herzen zum Mitschwingen gebracht, und zur Schande Luciens und des Priesters, der das schöne Gesicht des Dichters scharf im Auge behielt, sei gesagt: jene Saiten waren die schlechtesten, waren die, die nur erzittern, wenn entartete Gefühle sie bestürmen. Lucien sollte Paris wiedersehen, er sollte die Zügel der Herrschaft, die seinen ungeschickten Händen entfallen waren, wieder ergreifen, er sollte sich rächen! Der Vergleich zwischen dem Provinzleben und dem Leben in Paris, dieser Vergleich, der ihn gequält hatte, der eine der stärksten Ursachen zu seinen Selbstmordgedanken gewesen war, schwand hin: er sollte wieder in sein Element gelangen, aber unter dem Schutz eines tiefen Politikers, der ruchlos wie Cromwell war.

»Ich war allein, wir werden zu zweit sein«, sagte er sich. Je mehr Fehler der Geistliche in Luciens früherem Leben entdeckt hatte, um so mehr Interesse hatte er bezeigt. Die Teilnahme dieses Mannes hatte sich im Verhältnis des Unglücks vermehrt; und über nichts hatte er sich gewundert. Dennoch fragte sich Lucien, welches der Beweggrund dieses Mittelsmannes königlicher Intrigen sein konnte. Er begnügte sich zunächst mit einer sehr landläufigen Begründung: die Spanier sind großmütig! Der Spanier ist großmütig, wie der Franzose leichtsinnig, der Deutsche offen, der Jude hinterhältig und der Engländer edel ist. Man kehre diese Behauptungen um, und man gelangt zur Wahrheit. Die Juden haben Vermögen geschaffen, sie schreiben ›Robert den Teufel‹[68], sie spielen ›Phädra‹[69], sie singen ›Wilhelm Tell‹[70], sie bestellen Bilder, sie errichten Paläste, sie schreiben die ›Reisebilder‹[71] und wundervolle Gedichte, sie sind mächtiger denn je; ihre Religion ist anerkannt, und schließlich geben sie dem Papst Kredit! In Deutschland wird ein Fremder bei den geringsten Kleinigkeiten gefragt: ›Haben Sie wenigstens einen Vertrag abgeschlossen?‹, so vielen Schikanen ist man dort ausgesetzt. In Frankreich werden seit fünfzehn Jahren auf der Bühne nationale Dummheiten beklatscht; man trägt nach wie vor die grotesken Hüte, und die Regierung wechselt nur unter der Bedingung, daß sie stets dieselbe bleibt . . .! England entfaltet angesichts der ganzen Welt Perfidien, deren Abscheulichkeit nur mit seiner Habgier verglichen werden kann. Der Spanier, der einmal das Gold beider Indien gehabt hat, besitzt nichts mehr. Es gibt kein Land der Erde, in dem weniger Giftmorde vorkommen als in Italien, und in dem gefälligere und freundlichere Sitten herrschten. Die Spanier haben vielfach vom Ruf der Mauren gezehrt.

Als der Spanier wieder in den Reisewagen stieg, sagte er leise zu dem Postillion: »Ich muß im Eilposttempo[72] fahren; ich zahle drei Francs Trinkgeld.« Lucien zögerte einzusteigen; der Priester sagte zu ihm: »Los, kommen Sie!« Und Lucien stieg ein, wobei er sich einredete, er wolle gegen ihn ein argumentum ad hominem[73] loslassen.

»Ehrwürdiger Vater«, sagte er, »ein Mann, der so kaltblütig Lehren entwickelt hat, die viele gute Bürger für äußerst unmoralisch halten würden ...« – »Und die es auch sind«, fiel der Priester ein; »darum wollte Jesus Christus, daß das Ärgernis in der Welt sei, mein Sohn; und darum zeigt die Welt einen so großen Abscheu vor dem Ärgernis.« – »Ein Mann Ihrer Art wird sich nicht groß über die Frage wundern, die ich ihm jetzt stellen werde!« – »Nur zu, mein Sohn ... !« versetzte Carlos Herrera, »Sie kennen mich nicht. Glauben Sie, ich stellte einen Sekretär an, ehe ich nicht wüßte, ob er Prinzipien hat, die zuverlässig genug sind, daß ich keinen Schaden erleide? Ich bin mit Ihnen zufrieden. Sie haben noch die ganze Unschuld eines Jünglings, der sich mit zwanzig Jahren umbringen will. Ihre Frage ...?« – »Warum interessieren Sie sich für mich? Welchen Preis wollen Sie für meinen Gehorsam ... ? Warum geben Sie mir alles? Was ist dabei Ihr Anteil?«

Der Spanier blickte Lucien an und lächelte.

»Warten wir ab, bis es bergauf geht; dann können wir aussteigen, zu Fuß gehen und im Freien sprechen. Das Innere eines Wagens ist nicht der rechte Ort für solche Enthüllung.«

Es trat einige Zeit Schweigen zwischen den beiden Reisegefährten ein, und die Schnelligkeit der Fahrt trug noch zu der moralischen Betäubung Luciens bei.

»Jetzt kommt die Steigung«, sagte Lucien, der wie aus einem Traum erwachte. – »Gut, dann wollen wir zu Fuß gehen!« sagte der Priester und rief mit lauter Stimme dem Postillion zu, er solle halten. Sie stiegen beide aus und wanderten auf der Landstraße weiter. – »Kind«, sagte der Spanier und legte seinen Arm auf den Luciens, »hast du mal über das ›Gerettete Venedig‹ von Otway[74] nachgedacht? Hast du die tiefe Freundschaft zwischen Mann und Mann verstanden, die Pierre und Jaffiere verbindet, jene Freundschaft, die für sie eine Frau zu einer unbedeutenden Kleinigkeit macht und die alle sozialen Unterschiede zwischen ihnen aufhebt ...? Das gelte für den Dichter.« – »Der Kanonikus kennt auch das Theater«, sagte Lucien sich. »Haben Sie

Voltaire gelesen ... ?« fragte er ihn. – »Ich habe Besseres getan«, erwiderte der Domherr, »ich setze ihn in Wirklichkeit um.« – »Glauben Sie also nicht an Gott ... ?« – »Sieh da, jetzt bin *ich* der Atheist!« sagte der Priester lächelnd. »Halten wir uns an das Positive, Kleiner«, fuhr er fort und legte ihm den Arm um die Taille. »Ich bin sechsundvierzig Jahre alt, bin der natürliche Sohn eines spanischen Granden, also sozusagen ohne Familie, und ich habe ein Herz ... Aber lerne dies eine, grabe es in dein Hirn ein, das noch so weich ist: der Mensch hat ein Grauen vor der Einsamkeit. Und von allen Einsamkeiten ist die innere die schrecklichste. Die ersten Einsiedler lebten mit Gott, sie bewohnten die Welt, die am bevölkertsten ist, die geistige Welt. Die Geizigen bewohnen die Welt der Phantasie und der Genüsse. Der Geizige hat alles in seinem Hirn, sogar sein Geschlechtsleben. Der erste Gedanke des Menschen, sei er ein Aussätziger oder ein Galeerensträfling, ein Frevler oder ein Kranker, ist: einen Schicksalsgenossen zu haben. Um diesem Trieb, der das Leben an sich ist, zu genügen, setzt er alle Kräfte ein, alle Macht, die gesamte Energie seines Lebens. Hätte ohne dieses alles beherrschende Verlangen Satan Gefährten finden können? Darüber wäre eine ganze Dichtung zu schreiben, und die wäre dann das Vorspiel zum ›Verlorenen Paradies‹, denn das ist ja nichts anderes als die Apologie der Empörung.« – »Und jenes neue Gedicht wäre dann die Ilias der Verderbtheit«, meinte Lucien. – »Gut also, ich bin allein, ich lebe allein! Ich trage das Gewand, habe aber nicht das Herz eines Priesters. Mich drängt es, mich aufzuopfern; das ist mein Laster. Ich lebe von der Aufopferung; darum bin ich Priester. Ich fürchte die Undankbarkeit nicht, und ich bin dankbar. Die Kirche ist für mich nichts; sie ist eine Idee. Ich habe mich dem König von Spanien geweiht; aber den König von Spanien kann man nicht schätzen oder lieben. Er ist mein Schirmherr, er schwebt über mir. Ich aber will mein Geschöpf lieben, will es modeln, es zu meinem Dienst zurechtkneten, um es zu lieben, wie ein Vater sein Kind liebt. Ich werde neben dir in deinem Tilbury fahren, mein Junge, werde mich an deinen Erfolgen bei den Frauen laben, werde sagen: Dieser schöne junge Mensch bin ich! Diesen Marquis de Rubempré habe ich geschaffen und in die Welt der Aristokratie gestellt; seine Größe ist mein Werk; er schweigt oder spricht mit meiner Stimme; er berät sich mit mir über alles. Dasselbe war der Abbé de Vermond[75] für Marie Antoinette.« – »Er hat sie aufs Schafott gebracht!« – »Er hat nicht die Königin geliebt . . . !« erwiderte der Priester, »er hat einzig und allein den Abbé de Vermond geliebt.« – »Soll ich die Verzweiflung hinter mir lassen?« fragte Lucien. – »Ich habe Schätze, du kannst daraus schöpfen.« – »In diesem Augenblick täte ich mancherlei, wenn ich Séchard die Freiheit verschaffen könnte«, entgegnete Lucien mit einer Stimme, die nicht mehr nach Selbstmord klang. – »Sprich ein Wort, mein Sohn, und er bekommt morgen früh die Summe, die zu seiner Befreiung erforderlich ist.« – »Wie? Sie wollten mir zwölftausend Francs zur Verfügung stellen . . . ?« – »Hör zu, mein Kind! Du siehst, wir legen vier Meilen in der Stunde zurück. Wir sind zum Abendessen in Poitiers. Wenn du dort den Pakt besiegeln, wenn du mir einen einzigen Beweis des Gehorsams geben willst – er ist groß, ich will ihn! –, dann trägt die Eilpost nach Bordeaux fünfzehntausend Francs zu deiner Schwester . . .« – »Wo sind sie?«

Der spanische Priester antwortete nichts, und Lucien sagte sich: »Jetzt habe ich ihn; er hat sich über mich lustig gemacht.« Kurz danach waren der Spanier und der Dichter schweigend wieder in den Wagen gestiegen. Schweigend steckte der Priester die Hand in die Wagentasche, zog den in drei Fächer geteilten ledernen Sack heraus, den alle Reisenden so gut kennen, und entnahm ihm, indem er dreimal seine breite Hand hineinsteckte, die jedesmal mit Gold gefüllt wieder auftauchte, hundert Portugaleser.

»Vater, ich gehöre Ihnen«, sagte Lucien, der von diesem Goldstrom geblendet war. – »Kind«, versetzte der Priester und küßte Lucien zärtlich auf die Stirn, »das ist nur der dritte Teil des Goldes, das in diesem Säckchen steckt. Dreißigtausend Francs, ohne das Reisegeld.« – »Und Sie reisen allein . . . ?« rief Lucien. – »Was bedeutet das?« versetzte der Spanier, »ich habe für mehr als hunderttausend Taler Wechsel auf Paris bei mir. Ein Diplomat ohne Geld ist dasselbe wie das, was du eben noch gewesen bist: ein Dichter ohne Willen.«

In dem Augenblick, da Lucien mit dem angeblichen spanischen

Diplomaten in den Wagen stieg, stand Eve auf, um ihrem Kinde zu trinken zu geben. Sie fand den verhängnisvollen Brief und las ihn. Kalter Schweiß brach ihr aus, es wurde ihr dunkel vor den Augen, sie rief Marion und Kolb.

Auf die Frage: »Ist mein Bruder fortgegangen?« antwortete Kolb: »Ja, vor Tagesanbruch!« – »Bewahrt tiefstes Stillschweigen über das, was ich euch jetzt anvertraue«, sagte Eve zu den beiden Bediensteten; »mein Bruder ist sicherlich weggegangen, um seinem Leben ein Ende zu machen. Eilt beide fort, zieht vorsichtig Erkundigungen ein und seht euch am Flußufer um.«

Eve verblieb in einem entsetzlichen Zustand der Erstarrung. Während sie sich in dieser furchtbaren Verfassung befand, kam um sieben Uhr morgens Petit-Claud, um mit ihr Geschäftliches zu besprechen. In solchen Lagen hört man alles und jeden an.

»Madame«, sagte der Anwalt, »unser armer lieber David sitzt im Gefängnis, und es ist nun zu dem gekommen, was ich von Anfang an vermutet hatte. Ich riet ihm damals, sich zur Ausbeutung der Entdeckung mit seinen Konkurrenten, den Cointets, zusammenzutun; denn die haben die Mittel in Händen, um zu verwirklichen, was bei Ihrem Mann noch im Zustand der Konzeption ist. Als ich also gestern abend die Nachricht von seiner Verhaftung erhielt, was habe ich da getan? Ich habe die Herren Cointet aufgesucht, in der Absicht, sie zu Bedingungen zu bewegen, mit denen Sie einverstanden sein könnten. Wenn Sie selber diese Erfindung ausnutzen wollen, wird Ihr Leben bleiben, was es jetzt ist: ein Leben unter Schikanen, denen Sie unterliegen müssen, oder Sie machen schließlich erschöpft und aufgerieben, vielleicht zu Ihrem Nachteil, mit einem Geldmann, was Sie, wie ich rate, gleich heute mit der Firma Gebrüder Cointet tun sollten. Sie ersparen sich auf diese Weise die Entbehrungen und Qualen des Kampfes, den der Erfinder gegen die Habgier der Kapitalisten und die Gleichgültigkeit der Gesellschaft führen muß. Passen Sie auf: wenn die Herren Cointet Ihre Schulden bezahlen; wenn sie, nachdem die Schulden bezahlt sind, Ihnen noch eine Summe geben, die Ihnen gewährt wird, gleichgültig, welchen Wert, welche Zukunft oder Ausbeutungsmöglichkeiten die Erfindung besitzt; wenn sie Ihnen, wohlverstanden, außerdem noch einen bestimmten Anteil an den Gewinnen des Unternehmens bewilligen, wären Sie dann nicht glücklich ...? Sie, Madame, werden Eigentümerin der Druckereieinrichtung, und die werden Sie fraglos verkaufen. Das bringt Ihnen zwanzigtausend Francs; zu diesem Preis garantiere ich Ihnen einen Käufer. Wenn Sie durch einen Gesellschaftsvertrag mit Cointet fünfzehntausend Francs bekommen, haben Sie ein Vermögen von fünfunddreißigtausend Francs, und zum gegenwärtigen Zinsfuß bringt Ihnen das zweitausend Francs Einkommen. Mit zweitausend Francs kann man in der Provinz leben. Beachten Sie bitte, daß Sie möglicherweise noch auf Erträge aus Ihrer Assoziation mit der Firma Cointet rechnen können. Ich sage: möglicherweise, denn man muß auch mit einem Mißerfolg rechnen. Ich bin in der Lage, Ihnen folgendes vorzuschlagen: Erstens Bezahlung sämtlicher Schulden Davids, zweitens fünfzehntausend Francs Entschädigung für seine Forschungen; diesen Betrag bekommt er, ohne daß die Herren Cointet ihn auf irgendeine Weise zurückverlangen können, auch wenn die Erfindung nichts einbringt; schließlich soll zwischen David und den Herren Cointet zur Ausbeutung des noch zu nehmenden Erfinderpatents eine Gesellschaft gegründet werden, nachdem zuvor gemeinsam und im geheimen ein Experiment über seine Herstellungsmethode gemacht worden ist. Folgendes sollen die Grundlagen des Vertrags sein: Der Anteil Davids besteht in dem Patent, das er einbringt, und er bekommt den vierten Teil der Gewinne. Sie sind eine einsichtige, urteilsfähige Frau, was bei so schönen Frauen selten ist; denken Sie über diese Vorschläge nach, dann werden Sie sie annehmbar finden.« – »Ach, Monsieur Petit-Claud«, rief die arme Eve voller Verzweiflung und weinend, »warum sind Sie nicht schon gestern abend gekommen und haben mir dies Geschäft vorgeschlagen? Dann wäre uns die Schande erspart geblieben und ... Schlimmeres ...« – »Meine Verhandlung mit den Cointets, die sich, wie Sie sich wohl haben denken können, hinter Métivier verstecken, war erst um Mitternacht zu Ende. Aber was hat denn seit gestern abend geschehen können, was schlimmer ist als die Verhaftung unseres armen David?« fragte Petit-Claud. – »Diese schreckliche Botschaft habe ich beim Erwachen vorgefunden«, antwortete sie und reichte Petit-Claud Luciens Brief. »Sie beweisen mir in diesem

Augenblick, daß Sie an uns Anteil nehmen, Sie sind Davids und Luciens Freund, ich brauche Sie nicht um Verschwiegenheit zu bitten ...« – »Seien Sie unbesorgt«, sagte Petit-Claud, nachdem er den Brief gelesen hatte, »Lucien bringt sich nicht um. Nun er die Ursache zur Verhaftung seines Schwagers geworden war, brauchte er einen Vorwand zum Verschwinden. Und ich betrachte das als eine Abgangsphrase im Kulissenstil.«

Die Cointets hatten ihr Ziel erreicht. Sie hatten den Erfinder und seine Familie lange genug gequält; jetzt nahmen sie den Augenblick wahr, da die Ermattung den Wunsch nach Ruhe schafft. Nicht alle Erforscher von Geheimnissen sind wie die Bulldogge, die mit der Beute zwischen den Zähnen stirbt, und die Cointets hatten den Charakter ihrer Opfer klug studiert. Für den großen Cointet war die Verhaftung Davids die letzte Szene des ersten Akts dieses Dramas. Der zweite Akt begann mit dem Vorschlag, den Petit-Claud soeben gemacht hatte. Als großer Jurist betrachtete der Advokat Luciens tollen Streich als eine der unverhofften Chancen, die beim Spiel die Entscheidung herbeiführen. Er sah Eve von diesem Ereignis so niedergeschlagen, daß er beschloß, es sich zunutze zu machen, um ihr Vertrauen zu gewinnen, schließlich hatte er ja gemerkt, welchen Einfluß die Frau auf den Mann besaß. Anstatt also Madame Séchard noch tiefer in die Verzweiflung zu tauchen, versuchte er, sie zu beruhigen; sehr geschickt brachte er sie dazu, in der Geistesverfassung, in der sie sich befand, zum Gefängnis zu gehen. Er meinte, jetzt würde sie David dazu bestimmen, den Gesellschaftsvertrag mit den Cointets abzuschließen.

»Madame, David hat mir gesagt, er wünschte einzig für Sie und für Ihren Bruder zu Vermögen zu gelangen. Es muß Ihnen doch klar sein, daß es eine Torheit wäre, Lucien reich machen zu wollen. Der Junge wäre imstande, drei Vermögen durchzubringen.«

Eves Haltung besagte zur Genüge, daß ihre letzte Illusion über den Bruder verflogen war; und so machte der Anwalt eine Pause, um das Schweigen seiner Klientin in eine Art Zustimmung zu verwandeln.

»Es handelt sich also in dieser Sache«, fuhr er dann fort, »nur noch um Sie und Ihr Kind. Sie müssen wissen, ob zweitausend

Francs Einkommen, ohne die Erbschaft des alten Séchard zu rechnen, Ihnen zu Ihrem Glück genügen. Ihr Schwiegervater hat seit langem ein Einkommen von sieben- bis achttausend Francs, ganz abgesehen von den Zinsen, die er aus seinen Kapitalien zieht, also haben Sie alles in allem eine schöne Zukunft vor sich. Warum wollen Sie sich quälen?«

Damit verließ der Advokat Madame Séchard, damit sie über diese Aussicht, die der große Cointet am Tage vorher so geschickt vorbereitet hatte, nachdenken könne.

»Lassen Sie die Möglichkeit durchblicken, daß die Leute irgendeine Summe in die Hand bekommen«, hatte der große Spekulant von Angoulême gesagt, als der Advokat ihm die Mitteilung von der Verhaftung gemacht hatte; »und wenn sie sich an den Gedanken gewöhnt haben, eine Summe einzuheimsen, gehören sie uns: wir feilschen ein bißchen, und allmählich bringen wir sie zu dem Preis, den wir für das Geheimnis zahlen wollen.«

Dieser Satz enthielt in Kürze den Inhalt des zweiten Akts dieses Finanzdramas.

Als Madame Séchard, voller Angst über das Schicksal ihres Bruders, sich angezogen hatte und die Treppe hinabging, um sich zum Gefängnis zu begeben, suchten sie bei dem Gedanken, allein durch die Straßen von Angoulême gehen zu müssen, Angstgefühle heim. Ohne sich um die Beklommenheit seiner Klientin zu kümmern, kam Petit-Claud zurück und bot ihr den Arm. Ein ziemlich machiavellistischer Gedanke hatte ihn dazu angetrieben, und er erhielt den Lohn für seine Aufmerksamkeit, für die Eve überaus erkenntlich war; er ließ sich nämlich dafür danken, ohne ihr ihren Irrtum zu benehmen. Jene kleine Aufmerksamkeit von seiten eines so harten, rauhen Menschen und in einem solchen Augenblick änderte die Meinung, die Madame Séchard bisher über Petit-Claud gehegt hatte.

»Ich führe Sie«, sagte er zu ihr, »auf dem längsten Wege, aber da begegnen wir niemandem.« – »Dies ist das erstemal, daß ich nicht das Recht habe, mit erhobenem Kopfe durch die Straßen zu gehen; das ist mir gestern sehr hart beigebracht worden ...« – »Es wird das erste- und das letztemal sein.« – »Oh, ich bleibe sicher nicht in dieser Stadt ...« – »Wenn Ihr Mann in die Vorschläge, die zwischen den Cointets und mir so gut wie fest vereinbart worden sind, einwilligt«, sagte der Anwalt zu Eve, als sie am Gefängnis angelangt waren, »dann lassen Sie es mich wissen; ich komme dann sofort mit einer von Cachan ausgefertigten Ermächtigung, die David gestattet, auszugehen; und wahrscheinlich wird er dann nicht ins Gefängnis zurück müssen . . .«

Diese Worte, die Eve mit dem Gefängnis vor Augen anhörte, waren, was die Italiener eine combinazione[76] nennen. Bei ihnen bedeutet dieses Wort den undefinierbaren Akt, in welchem eine Mischung aus Recht und Perfidie, erlaubtem Betrug im günstigen Zeitpunkt und einem wohlvorbereiteten, sozusagen gesetzlichen Schurkenstreich einander begegnen; nach ihrer Ausdrucksweise ist die Bartholomäusnacht eine politische Kombination.

Aus den oben angeführten Gründen kommt die Schuldhaft in der Provinz so selten vor, daß es in den meisten Städten Frankreichs kein besonderes Arresthaus für diesen Zweck gibt. In einem solchen Fall wird der Schuldner ins Gefängnis eingeliefert, wo man ihn mit den ›Verdächtigen‹, ›Beschuldigten‹, ›Angeklagten‹ und ›Verurteilten‹ zusammen einsperrt. Das sind die unterschiedlichen Namen, die bei uns in Frankreich auf Grund des Gesetzes nacheinander die bekommen, die das Volk von vornherein ›Verbrecher‹ nennt. Daher wurde David in einer der niedrigen Zellen des Gefängnisses von Angoulême untergebracht, die vielleicht irgendein Verurteilter, der seine Zeit abgesessen hatte, gerade verlassen hatte. Nachdem David eingeliefert war und die Summe erhalten hatte, die das Gesetz für die Verpflegung eines Gefangenen während eines Monats bewilligt, sah er sich einem dicken Mann gegenüber, der über die Gefangenen eine unumschränktere Gewalt ausübt, als der König sie besitzt: dem Gefängniswärter! In der Provinz gibt es keine mageren Kerkermeister. Einmal ist dieser Posten nahezu eine Pfründe; des weiteren aber ist ein Gefangenenwärter in der Lage eines Gastwirts, der für sein Haus keine Miete zu zahlen hat; er ernährt sich sehr gut dadurch, daß er seine Gefangenen, denen er übrigens, wie es der Gastwirt tut, je nach ihren Mitteln Zimmer anweist, sehr schlecht ernährt. Er kannte David, hauptsächlich durch dessen Vater, dem Namen nach und schenkte ihm so viel Vertrauen, daß er ihn, obwohl er keinen Sou bei sich hatte, für eine Nacht gut unterbrachte. Das Gefängnis von Angoulême stammt aus dem Mittelalter und hat genauso wenig Veränderungen erlitten wie die Kathedrale. Es heißt noch immer Justizgebäude und stößt an das ehemalige Landesgericht an. Die Einlaßpforte ist typisch: eine starke, abgenutzte, niedrige Tür; sie macht um so mehr einen zyklopischen Eindruck, als das runde Fenster, durch das der Kerkermeister die Leute sehen kann, bevor er öffnet, anmutet wie ein einziges Auge auf einer Stirn. Im Erdgeschoß zieht sich parallel mit der Front ein Flur entlang, und an diesem Flur liegen mehrere Kammern, deren hohe, vergitterte Fenster vom Gefängnishof ihr Licht erhalten. Der Gefängniswärter hat eine Wohnung inne, die von diesen Kammern durch ein Gewölbe getrennt ist, das das Erdgeschoß in zwei Teile teilt und an dessen Ende man von der Eingangspforte aus ein Gitter gewahrt, das den Gefängnishof abschließt. David wurde von dem Kerkermeister in eine Kammer geführt, die neben dem Gewölbe lag und deren Tür sich seiner Wohnung gegenüber befand. Der Gefängniswärter wollte einen Mann zum Nachbarn haben, der ihm in Anbetracht seiner besonderen Lage Gesellschaft leisten konnte.

»Es ist die beste Kammer«, sagte er, als er sah, daß David beim Anblick dieses Raumes starr war.

Die Wände jenes Gelasses waren aus Stein und ziemlich feucht. Die Fenster lagen sehr hoch und waren mit starken Eisenstangen vergittert. Die Steinfliesen des Fußbodens strömten grimmige Kälte aus. Man hörte den regelmäßigen Schritt der Schildwache, die im Flur auf und ab ging. Dies Geräusch, das eintönig war wie das der anrollenden Flut, bewirkt, daß einen keinen Augenblick lang der Gedanke verläßt: Du wirst bewacht! Du bist nicht mehr frei! Alle diese Einzelheiten und der Gesamteindruck versetzen anständige Menschen in eine gräßliche Stimmung. David sah ein abscheuliches Bett; aber die Gefangenen sind in der ersten Nacht so aufgeregt, daß sie die Härte ihres Lagers erst in der zweiten bemerken. Der Wärter war freundlich und schlug natürlich seinem Festgenommenen vor, bis zum Anbruch der Nacht auf dem Hof spazierenzugehen. Davids Qual begann erst, als er schlafen ging. Es war verboten, den Gefangenen Licht zu geben; es bedurfte der Erlaubnis des Staatsanwalts, damit der in Schuldhaft Sitzende von der Gefängnisordnung, die nur für die eines Verbrechens Überführten aufgestellt worden war, ausgenommen wurde. Der Kerkermeister nahm zwar David mit in seine Wohnung; aber schließlich mußte er zur Schlafenszeit eingeschlossen werden. Eves armer Mann lernte jetzt die Schrecknisse des Gefängnisses und die empörende Roheit seiner Einrichtungen kennen. Aber es trat eine Gegenwirkung ein, wie sie den Denkern vertraut ist: er zog sich in die Einsamkeit zurück und rettete sich aus ihr in einen der Träume, in denen die Dichter auch im Wachen leben können. Schließlich richtete der Unglückliche seine Gedanken auf seine Angelegenheiten. Das Gefängnis befähigt in hohem Maße zu scharfer Gewissensprüfung. David überlegte, ob er seine Pflichten als Hausvater erfüllt habe. In welcher Verzweiflung mußte seine Frau sein! Warum hatte er nicht, wie Marion ihm geraten, erst so viel Geld verdient, bis er in Muße seiner Erfindung nachgehen konnte?

»Wie«, fragte er sich, »können wir nach einem solchen Skandal in Angoulême wohnen bleiben? Was soll aus uns werden, wenn ich aus dem Gefängnis komme? Wo sollen wir hin?« Sogar über das Verfahren, das er entdeckt hatte, kamen ihm einige Zweifel. Das war eine der Angstbeklemmungen, in die sich nur Erfinder hineindenken können! Von Zweifel zu Zweifel sah David seine Lage immer klarer, und er sagte sich, was die Cointets dem alten Séchard gesagt hatten, was Petit-Claud eben Eve gegenüber geäußert hatte: »Vorausgesetzt, daß alles gut geht: wie wird es nachher mit der praktischen Anwendung stehen? Ich brauche ein Erfinderpatent, dazu ist Geld nötig . . . ! Ich brauche eine Fabrik, in der ich meine Versuche im großen machen kann, und das hieße, mein Geheimnis preisgeben! Oh, wie recht Petit-Claud doch gehabt hat! (Die dunkelsten Gefängnisse spenden sehr lebhafte Erleuchtungen.) Ach was!« sagte David, als er im Begriff war, auf dem primitiven Feldbett, das eine schreckliche Matratze aus sehr grobem braunen Stoff hatte, einzuschlafen, »sicher wird Petit-Claud mich morgen früh besuchen.«

David hatte sich also von sich aus darauf vorbereitet, die Vorschläge anzuhören, die seine Frau ihm von seiten seiner Feinde überbrachte. Nachdem sie ihren Mann geküßt und sich auf das Bett gesetzt hatte, denn es stand nur ein einziger, sehr gewöhnlicher Holzstuhl da, fiel der Blick der armen Frau auf den gräßlichen Kübel, der in einer Ecke stand, und auf die Wände, auf die Davids Vorgänger in großer Zahl ihre Namen und allerlei Sprüche geschrieben hatten. Jetzt stürzten aus ihren vom Weinen ohnehin geröteten Augen von neuem die Tränen hervor, als sie ihren Mann wie einen Verbrecher untergebracht sah.

»Dahin also kann das Verlangen nach Ruhm führen!« rief sie aus. »O mein Engel, verlaß diesen Weg ... Wir wollen zusammen auf der breiten Landstraße wandern, wir wollen nicht plötzlich zu großem Vermögen zu kommen trachten ... Ich brauche wenig zum Glücklichsein, zumal, nachdem ich so viel gelitten habe ...! Und wenn du wüßtest ...! Diese schimpfliche Verhaftung ist nicht unser größtes Unglück ...! Lies!«

Sie reichte ihm Luciens Brief, den David bald gelesen hatte; und um ihn zu trösten, berichtete sie ihm die häßliche Bemerkung des Advokaten über Lucien.

»Wenn Lucien sich das Leben genommen hat, ist es jetzt geschehen«, sagte David; »und wenn es jetzt nicht geschehen ist, wird er sich auch nicht das Leben nehmen: er kann, wie er selber gesagt hat, nicht länger als einen Morgen lang Mut aufbringen ...« – »Aber kann man denn in dieser Angst verbleiben?« rief die Schwester, die bei dem Gedanken an den Tod schon beinahe alles verziehen hatte.

Sie berichtete ihrem Mann die Vorschläge, die Petit-Claud angeblich von den Cointets erhalten hatte, und David nahm sie sofort mit sichtlicher Freude auf.

»Wir werden in einem Dorf in der Nähe von l'Houmeau, wo die Fabrik der Cointets gelegen ist, unser Auskommen finden, und ich will nichts mehr als Ruhe!« rief der Erfinder. »Wenn Lucien sich durch den Tod bestraft hat, haben wir genügend Einnahmen, um die Erbschaft meines Vaters abwarten zu können; und wenn Lucien am Leben ist, wird der arme Junge lernen müssen, sich unsern bescheidenen Verhältnissen anzubequemen ... Die Cointets werden sicher mit meiner Erfindung Geld verdienen; aber was bin ich schließlich im Vergleich zu meinem Vaterland ...? Ein einzelner Mensch. Wenn meine Erfindung allen nützt, will ich zufrieden sein. Siehst du, liebe Eve, wir sind beide nicht zu Kaufleuten geschaffen. Wir kennen beide weder die Liebe zum Gewinn, noch wissen wir um die Schwierigkeiten, irgendwelche Summen zu gewinnen, auch wenn das Geld noch so ehrlich verdient ist; und das sind vielleicht die Tugenden des Kaufmanns, denn man nennt diese beiden verschiedenen Formen des Geizes Vorsicht und Geschäftsgeist.«

Eve war entzückt über diese Übereinstimmung der Ansichten, die eine der köstlichsten Blüten der Liebe ist; denn die Interessen und der Geist brauchen bei zwei Menschen, die einander lieben, nicht im Einklang zu stehen. Sie bat den Gefängniswärter, an Petit-Claud ein paar Zeilen gelangen zu lassen, durch die sie ihm mitteilte, er solle für Davids Freilassung sorgen, da sie beide mit den Grundlagen der geplanten Vereinbarung einverstanden seien. Zehn Minuten später trat Petit-Claud in Davids schreckliches Gemach und sagte zu Eve: »Gehen Sie nach Hause, Madame, wir kommen nach ... – Nun, lieber Freund«, sagte er dann zu David, »du hast dich also schnappen lassen! Wie konntest du nur so unvorsichtig sein, auszugehen?« – »Wie hätte ich denn nicht ausgehen sollen? Sieh hier, was mir Lucien geschrieben hat.«

David übergab Petit-Claud den Brief Cérizets; der Advokat nahm ihn, las ihn, strich über das Papier und plauderte über Geschäftliches, während er den Brief wie aus Zerstreuung zusammenfaltete und in die Tasche steckte. Dann faßte er David unter den Arm und ging mit ihm ins Freie, denn während dieses Gesprächs war die Erlaubnis des Gerichtsvollziehers dazu dem Gefängniswärter überbracht worden. David glaubte sich, als er wieder daheim war, im Himmel. Er weinte wie ein Kind, als er seinen kleinen Lucien küßte und sich nach zwanzig Tagen des Gewahrsams, dessen letztes Stadium nach der Auffassung der Provinz so schimpflich gewesen war, wieder in seinem Schlafzimmer befand. Kolb und Marion waren zurückgekommen. Marion hatte in l'Houmeau erfahren, Lucien sei jenseits von Marsac auf der Straße nach Paris gesehen worden. Seine stutzerhafte Kleidung war den Landleuten, die ihre Produkte in die Stadt fuhren, aufgefallen. Kolb war auf die Straße hinausgeritten und hatte schließlich in Mansle erfahren, daß Lucien, den Marron erkannt hatte, in einem Reisewagen mit Postpferden gesessen habe.

»Was habe ich euch gesagt?« rief Petit-Claud, »der Junge ist kein Dichter, er ist ein endloser Roman mit Fortsetzungen.« – »Mit Postpferden?« rief Eve, »und wo will er diesmal wieder hin?« – »Jetzt«, sagte Petit-Claud zu David, »kommen Sie mit zu den Herren Cointet; Sie werden erwartet.« – »Ach, Monsieur Petit-Claud«, rief die schöne Madame Séchard, »bitte, wahren Sie unsere Interessen gut; unsere ganze Zukunft liegt in Ihrer Hand.« – »Madame«, antwortete Petit-Claud, »wollen Sie, daß die Konferenz lieber hier bei Ihnen stattfindet? Ich lasse Ihnen David. Die Herren können heute abend hierher kommen, und Sie sollen sehen, ob ich Ihre Interessen zu verteidigen weiß.« – »Ach, das wäre mir sehr recht«, erwiderte Eve. – »Gut«, sagte Petit-Claud, »heute abend um sieben hier.« – »Ich danke Ihnen«, erwiderte Eve mit einem Blick und einer Betonung, die dem Advokaten bewiesen, welche Fortschritte er inzwischen im Vertrauen seiner Klientin gemacht hatte.

»Sie brauchen keine Angst zu haben! Sie sehen ja, ich hatte recht«, fügte er hinzu. »Ihr Bruder ist dreißig Meilen vom Selbstmord entfernt. Und schließlich werden Sie vielleicht noch heute abend im Besitz eines kleinen Vermögens sein. Es hat sich ein ernsthafter Reflektant auf Ihre Druckerei gefunden.« – »Wenn das so wäre«, sagte Eve, »warum wollen wir dann nicht warten, bevor wir uns mit den Cointets einlassen?« – »Sie vergessen«, antwortete Petit-Claud, der die Gefahr witterte, die in seiner Mitteilung lag, »daß Sie nicht in der Lage sind, Ihre Druckerei zu verkaufen, bevor Sie Herrn Métivier bezahlt haben; Ihre ganze Einrichtung ist nämlich nach wie vor gepfändet.«

Zu Hause ließ Petit-Claud Cérizet kommen. Als der Faktor in das Arbeitszimmer eingetreten war, führte er ihn in eine Fensternische.

»Du bist morgen abend Eigentümer der Druckerei Séchard und hast genügend Protektion, um die Übertragung des Druckereipatents durchzusetzen«, sagte er leise zu ihm; »aber du willst doch nicht auf den Galeeren enden?« – »Was? was . . . ? auf den Galeeren?« rief Cérizet. – »Dein Brief an David ist eine Fälschung, und er ist in meiner Hand . . . Wenn nun Henriette verhört würde, was würde sie dann aussagen . . . ? Ich will dich nicht zugrunde richten«, fügte Petit-Claud schnell hinzu, als er

Cérizet blaß werden sah. – »Wollen Sie noch was von mir?« rief der Pariser. – »Jawohl, folgendes erwarte ich von dir«, fuhr Petit-Claud fort. »Hör gut zu! Du wirst binnen zwei Monaten Drucker in Angoulême sein ... aber du mußt den Kaufpreis deiner Druckerei schuldig bleiben, und du darfst ihn auch in zehn Jahren noch nicht bezahlt haben! Du wirst lange für deine Geldgeber arbeiten, und überdies wirst du genötigt sein, den Strohmann der liberalen Partei zu spielen ... Ich fasse deinen Gesellschaftsvertrag mit Gannerac zusammen ab; ich setze ihn so auf, daß du eines Tages die Druckerei für dich allein besitzt ... Aber wenn sie eine Zeitung gründen, wenn du ihr verantwortlicher Verleger bist, und wenn ich hier erster Staatsanwaltsvertreter bin, mußt du dich mit dem großen Cointet verständigen, daß du in dein Blatt Artikel aufnimmst, die dazu führen, daß es beschlagnahmt und verboten wird ... Die Cointets werden dich gut bezahlen, wenn du ihnen diesen Dienst leistest. Ich weiß ganz genau, du wirst verurteilt werden, du wirst ins Gefängnis kommen, aber du wirst als ein bedeutender Mann gelten, der ungerecht verfolgt wird. Du wirst zu einer Persönlichkeit im Lager der Liberalen, ein Mercier[77], ein Paul-Louis Courier[78], ein Manuel[79] im Miniaturformat. Ich werde nie beantragen, daß dir dein Patent entzogen wird. Und schließlich: an dem Tag, da die Zeitung verboten wird, verbrenne ich diesen Brief vor deinen Augen ... Dein Vermögen wird dich nicht viel kosten.«

Die Leute aus dem Volke haben sehr irrtümliche Vorstellungen über die Urkundenfälschungen, die das Gesetz unterscheidet, und Cérizet, der sich schon auf der Anklagebank vor dem Schwurgericht sah, atmete auf.

»Ich bin innerhalb dreier Jahre Königlicher Staatsanwalt in Angoulême«, fuhr Petit-Claud fort; »du könntest mich brauchen, vergiß mich nicht.« – »Abgemacht!« sagte Cérizet; »aber Sie kennen mich nicht. Verbrennen Sie den Brief schon jetzt vor meinen Augen«, fügte er hinzu, »verlassen Sie sich auf meine Dankbarkeit.«

Petit-Claud sah Cérizet an. Es war eines der Duelle von Auge zu Auge, in dem der Blick dessen, der beobachtet, wie ein Skalpell wirkt, mit dem er die Seele zu eröffnen versucht, und in den Augen dessen, der seine Tugenden zur Schau stellt, sich ein ganzes Drama abspielt.

Petit-Claud antwortete nichts; er zündete eine Kerze an und verbrannte den Brief, wobei er sich sagte: »Er hat ein Vermögen in Aussicht.«

»Die Seele eines Verdammten steht Ihnen zur Verfügung«, sagte der Faktor.

David sah der Besprechung mit einer unbestimmten Ungeduld entgegen: ihn beschäftigte weder die Erörterung seiner Interessen noch der Vertrag, der geschlossen werden sollte, sondern die Meinung, die die Fabrikanten von seinen Arbeiten haben würden. Er war in der Lage des Dramatikers vor seinen Kritikern. Der Erfinderstolz und seine Angst in dem Augenblick, da er vielleicht am Ziel angelangt war, drängten jede andere Empfindung zurück. Endlich um sieben Uhr abends, genau zu der Zeit, da die Gräfin du Châtelet sich unter dem Vorwand der Migräne ins Bett legte und ihren Mann seine Gäste allein empfangen ließ – so sehr hatten sie die widersprechenden Nachrichten angegriffen, die über Lucien im Umlauf waren –, traten der große und der dicke Cointet mit Petit-Claud bei ihrem Konkurrenten ein, der sich ihnen, an Füßen und Händen gebunden, ausgeliefert hatte. Es erhob sich zunächst die Schwierigkeit: wie sollte ein Gesellschaftsvertrag abgeschlossen werden, ohne daß die andere Seite Davids Verfahren kannte? Wenn jedoch Davids Verfahren bekannt war, befand er sich völlig in Cointets Händen. Petit-Claud setzte durch, daß der Vertrag vorher aufgesetzt würde. Der große Cointet bat jetzt David, ihm einige der von ihm hergestellten Papiere zu zeigen, und der Erfinder überreichte ihm die letzten Bogen, die er angefertigt hatte und für deren Fabrikationspreis er sich verbürgte.

»Na, also«, sagte Petit-Claud, »damit ist ja die Grundlage des Vertrags schnell gefunden: Sie können sich auf Grund dieser Proben assoziieren und können für den Fall, daß die Bedingungen des Patents bei der fabrikmäßigen Herstellung nicht eingehalten werden, eine Klausel einfügen, wonach das Vertragsverhältnis aufgelöst wird.« – »Sehen Sie, Monsieur Séchard«, sagte der große Cointet, »es ist ganz etwas anderes, im kleinen in seinem Zimmer mit einer kleinen Form Papierproben herzustellen, als die Fabrikation in großem Maßstab zu betreiben. Bedenken Sie eine einzige Tatsache! Wir stellen farbige Papiere her und kaufen, um sie zu färben, große Posten Farbstoff von derselben

Farbe. Der Indigo also, mit dem wir unser Muschelpapier bläuen, wird aus einer Kiste genommen, deren Stücke sämtlich zu gleicher Zeit hergestellt worden sind. Wir haben aber trotzdem nie zwei Bütten von genau derselben Farbe bekommen können ... In der Verarbeitung der Rohstoffe gehen Phänomene vor sich, die wir nicht verstehen und nicht beeinflussen können. Die Menge und die Qualität des Breies können alles verändern. Wenn Sie in einem Kessel einen Teil Ihrer Zutaten haben, die ich gar nicht zu kennen wünsche, sind Sie darüber Herr; Sie können auf alle Teile gleichmäßig einwirken, können sie verbinden, durcharbeiten, nach Belieben kneten und aus ihnen eine einheitliche Masse machen. Aber wer kann Ihnen garantieren, daß es bei einer Bütte von fünfhundert Ries genauso ist und daß Ihr Verfahren gelingt?«

David, Eve und Petit-Claud sahen einander an und sagten sich mit diesem Blick mancherlei.

»Nehmen Sie ein Beispiel, bei dem es einigermaßen entsprechend zugeht«, fuhr der große Cointet nach einer Pause fort. »Sie machen auf einer Wiese etwa zwei Bündel Heu, und Sie bringen sie ordentlich zusammengepreßt in Ihr Zimmer, ohne daß das Gras in Glut geraten ist, wie die Bauern sagen; die Gärung geht vor sich, aber es passiert dabei nichts. Wollten Sie sich auf dieses Experiment stützen und zweitausend Bündel in einer Holzscheuer fest zusammenpacken? Sie wissen doch ganz genau, daß dieses Heu sich entzünden und daß Ihre Scheuer wie ein Streichholz niederbrennen würde. Sie sind ein Gelehrter«, sagte Cointet zu David, »ziehen Sie daraus Ihren Schluß ... Sie haben bisher zwei Bündel Heu geschnitten, und wir fürchten, unsere Papierfabrik in Brand zu stecken, wenn wir zweitausend hineinstopfen. Wir können, mit anderen Worten, mehr als eine Bütte verlieren, Verluste erleiden, viel Geld ausgeben, ohne schließlich ein Resultat in Händen zu haben.«

David war niedergeschmettert. Die Praxis sprach ihre positive Sprache zur Theorie, deren Wort immer der Zukunft gehört.

»Hol' mich der Teufel, wenn ich einen solchen Gesellschaftsvertrag unterzeichne«, rief der dicke Cointet grob. »Du kannst dein Geld verlieren, wenn du willst, Boniface; ich behalte meins. Ich bin bereit, Monsieur Séchards Schulden und sechstausend Francs zu zahlen ... Aber dreitausend Francs davon in Wechseln«, verbesserte er sich, »mit einer Laufzeit von zwölf und fünfzehn Monaten... Das ist genug Risiko... Wir haben zwölftausend Francs für Métiviers Rechnung zu übernehmen; das macht fünfzehntausend Francs...! Aber mehr zahle ich nicht für das Geheimnis, und dann will ich die Erfindung für mich allein ausbeuten. Das ist also die Entdeckung, von der du mir was vorgeredet hast, Boniface...? Ich bedanke mich, ich hatte dich für gescheiter gehalten. Nein, das kann man nicht als ein Geschäft bezeichnen...« – »Die Frage für Sie«, sagte jetzt Petit-Claud, der sich von diesem Ausbruch nicht schrecken ließ, »ist folgende: Wollen Sie zwanzigtausend Francs riskieren, um ein Geheimnis zu kaufen, durch das Sie reich werden können? Bedenken Sie, meine Herren, das Risiko steht immer im Verhältnis zum Gewinn. Es handelt sich um einen Einsatz von zwanzigtausend Francs, um ein Vermögen zu verdienen. Der Spieler setzt einen Louis, um dafür beim Roulett sechsunddreißig zu bekommen; aber er weiß, daß sein Louis unter Umständen verloren ist. Machen Sie es ebenso.« – »Ich verlange Bedenkzeit«, sagte der dicke Cointet; »ich bin nicht so gescheit wie mein Bruder. Ich bin ein beschränkter, aufrichtiger Mensch, der nur eine einzige Sache versteht: ein Gebetbuch für zwanzig Sous herstellen und für vierzig Sous verkaufen. Ich sehe in einer Erfindung, die nicht über den ersten Versuch hinausgekommen ist, den Anfang des Ruins. Man hat Erfolg mit einer ersten Bütte, bei der zweiten geht es schief, man hört nicht auf, man läßt sich weiterreißen, und wenn man erst mit dem Arm in das Räderwerk gekommen ist, wird der Körper nachgezogen...« Er erzählte die Geschichte eines Kaufmanns aus Bordeaux, der nach einem Rezept eines Gelehrten die Heide urbar machen wollte und sich dabei zugrunde gerichtet hatte; er fand in der Umgegend, in den Départements Charente und Dordogne, sechs ähnliche Beispiele in Industrie und Landwirtschaft; er wurde hitzig, wollte nichts mehr hören, und die Einwände Petit-Clauds steigerten seinen Unwillen, anstatt ihn zu beruhigen.

»Ich kaufe lieber eine sichere Sache teurer als diese Erfindung, wenn ich auch nur einen kleinen Nutzen daran habe«, sagte er zu seinem Bruder. »Meiner Meinung nach ist die Sache nicht weit genug gediehen, um ein Geschäft zu versprechen«, rief er schließlich. – »Aber Sie sind doch schließlich hierher gekommen, um etwas auszurichten«, warf Petit-Claud ein. »Was bieten Sie?« – »Monsieur Séchards Schulden zu bezahlen und ihm für den Fall des Erfolges dreißig Prozent vom Gewinn zu geben«, antwortete der dicke Cointet lebhaft. – »Aber, Monsieur Cointet«, sagte nun Eve, »wovon sollen wir denn während der ganzen Zeit leben, die die Versuche dauern? Mein Mann hat nun einmal die Schande der Verhaftung auf sich nehmen müssen; er kann wieder ins Gefängnis gehen, die Schande wird darum nicht größer und nicht kleiner, und wir bezahlen unsere Schulden ...«

Petit-Claude sah Eve an und legte den Finger auf die Lippen. »Sie überlegen nicht richtig«, sagte er zu den beiden Brüdern. »Sie haben das Papier gesehen; der alte Séchard hat Ihnen gesagt, daß sein Sohn in einer einzigen Nacht, als er ihn eingeschlossen hatte, aus Stoffen, die nicht viel kosten, vortreffliches Papier gemacht hat ... Sie sind doch hier, um zu einem Abschluß zu kommen. Wollen Sie die Erfindung erwerben, ja oder nein?« – »Also«, sagte der große Cointet, »ob mein Bruder will oder nicht, ich für mein Teil riskiere die Bezahlung von Monsieur Séchards Schulden; ich zahle überdies sechstausend Francs in bar, und Monsieur Séchard bekommt dreißig Prozent vom Gewinn; aber verstehen Sie wohl: wenn er im Zeitraum eines Jahres die Bedingungen nicht erfüllt hat, die er selber in den Vertrag setzen will, muß er uns die sechstausend Francs zurückzahlen, das Patent gehört uns, und wir sehen, was wir damit anfangen können.« – »Bist du deiner Sache sicher?« fragte Petit-Claud David, den er beiseite genommen hatte. – »Ja!« antwortete David. Er ließ sich von der Taktik der beiden Brüder fangen und fürchtete, diese Besprechung, von der seine Zukunft abhing, könne am Widerstand des dicken Cointet scheitern.

»Gut, dann will ich den Vertrag aufsetzen«, sagte Petit-Claud zu den Cointet und zu Eve; »jeder von Ihnen bekommt noch heute abend ein Exemplar; Sie können es sich morgen den ganzen Vormittag überlegen; morgen nachmittag um vier Uhr, nach Schluß der Gerichtssitzung, können Sie unterzeichnen. Sie, meine Herren, ziehen die Wechsel von Métivier zurück. Ich schreibe an das Berufungsgericht, um den Prozeß zum Abschluß zu bringen, und wir unterzeichnen unsere gegenseitigen Verzichtleistungen.«

Folgendes war der Inhalt der Verpflichtungen, die Séchard auf sich nahm:

»Zwischen den Unterzeichneten usw.
Monsieur David Séchard jr., Drucker in Angoulême, behauptet, ein Verfahren gefunden zu haben, das Papier in der Bütte gleichmäßig zu leimen, und das Mittel, den Herstellungspreis für jede Art Papier um mehr als fünfzig Prozent zu verringern; dies soll durch Einmengung von pflanzlichen Stoffen in den Papierbrei geschehen, in der Weise, daß sie den Lumpen, die bisher verwendet wurden, beigemischt oder daß sie ohne Zutat von Lumpen benutzt werden. Es hat sich zur Ausbeutung des Erfinderpatents, das auf Grund dieses Verfahrens genommen werden soll, zwischen Monsieur David Séchard jr. und den Gebrüdern Cointet auf Grund der folgenden Bestimmungen und Bedingungen eine Gesellschaft gebildet . . .«

Ein Artikel des Vertrags beraubte David Séchard völlig seiner Rechte für den Fall, daß er die Versprechungen, die in diesem Schriftstück niedergelegt waren, nicht erfüllte. Der große Cointet hatte diese Punkte sorgfältig ausgearbeitet, und David hatte zugestimmt.

Als Petit-Claud am nächsten Morgen um halb acht David den Vertrag überbrachte, teilte er den beiden Gatten mit, Cérizet biete zweiundzwanzigtausend Francs in bar für die Druckerei. Der Kaufvertrag könne noch am Abend unterzeichnet werden.

»Aber«, sagte er, »wenn die Cointets von diesem Verkauf erführen, wären sie imstande, Ihren Vertrag nicht zu unterzeichnen, Sie weiter zu drangsalieren und hier alles versteigern zu lassen . . .« – »Sind Sie sicher, daß die Zahlung geleistet wird?« fragte Eve, die erstaunt war, daß ein Geschäft, das sie nicht mehr erhofft hatte und das vor drei Monaten alles gerettet hätte, jetzt zustande kommen sollte. – »Ich habe den Betrag bei mir zu Hause«, antwortete er kurz. – »Aber das ist ja Hexerei«, rief David und bat Petit-Claud, ihm dieses Glück zu erklären. – »Nein, es ist ganz einfach; die Handelsherren von l'Houmeau wollen eine Zeitung gründen«, sagte Petit-Claud. – »Aber das habe ich doch nicht fertiggebracht«, rief David. – »Sie freilich . . . Aber Ihr Nachfolger . . . Überdies«, fuhr er fort, »beunruhigen Sie sich über nichts, verkaufen Sie, stecken Sie das Geld ein und überlassen Sie es Cérizet, wie er mit den Verkaufsklauseln zurechtkommen will; er wird sich schon herauswickeln.« – »Ach ja«, sagte Eve. – »Wenn Sie auch Ihr Blatt in Angoulême nicht hatten halten können«, fuhr Petit-Claud fort, »Cérizets Geldgeber werden es in l'Houmeau schon machen.«

Eve, die von der Aussicht, dreißigtausend Francs zu besitzen und aus aller Not heraus zu sein, geblendet war, betrachtete den Gesellschaftsvertrag nur noch als eine Hoffnung zweiten Ranges. Und so gab das Ehepaar Séchard in einem Punkte des Vertrags nach, der noch zum Gegenstand einer letzten Erörterung wurde. Der große Cointet verlangte das Recht, das Erfinderpatent auf seinen Namen zu nehmen. Es gelang ihm, die Bestimmung durchzusetzen, daß dann, wenn Davids Nutzungsrechte in dem Übereinkommen endgültig festgelegt worden seien, das Patent auf den Namen jedes der Teilhaber angemeldet werden könne. Sein Bruder sagte schließlich: »Er gibt das Geld für das Patent, er trägt die Reisekosten, und das sind noch einmal zweitausend Francs! Er soll es auf seinen Namen nehmen, oder es wird nichts aus der Sache.« Der Wucherer triumphierte also auf der ganzen Linie. Der Gesellschaftsvertrag wurde um halb fünf unterzeichnet. Der große Cointet bat Madame Séchard galant, von ihm sechs Dutzend Tischservietten in Filetarbeit und einen schönen Ternaux-Schal[80] anzunehmen, sozusagen als Nadelgeld, damit sie, wie er sagte, die Unannehmlichkeiten der Auseinandersetzung vergesse. Kaum waren die unterzeichneten Verträge ausgetauscht, kaum hatte Cachan Petit-Claud die Quittungen und die Schriftstücke sowie die drei schrecklichen, von Lucien gefälschten Wechsel zurückgegeben, als Kolbs Stimme auf der Treppe erscholl, nachdem vorher der betäubende Lärm eines Postpackwagens vernehmlich gewesen war, der vor der Tür gehalten hatte.

»Frau! Frau! Fünfzehntausend Francs . . .!« rief er. »In barem Silber hat Monsieur Lucien sie aus Poitiers geschickt.« – »Fünfzehntausend Francs!« rief Eve und hob die Arme hoch. – »Ja, Madame Séchard«, sagte der Packmeister, der jetzt eintrat, »fünfzehntausend Francs, mit der Eilpost nach Bordeaux sind sie gekommen, und die hat wahrhaftig genug daran zu schleppen gehabt! Ich habe zwei Leute unten, die die Säcke heraufbringen. Die Sendung ist von Monsieur Lucien de Rubempré aufgegeben worden ... Ich bringe Ihnen außerdem ein Ledersäckchen mit; darin sind für Sie fünfhundert Francs in Gold und wahrscheinlich ein Brief.«

Eve glaubte zu träumen, als sie folgenden Brief las:

»Liebe Schwester!

Hier erhältst Du fünfzehntausend Francs. Anstatt mich umzubringen, habe ich mein Leben verkauft. Ich gehöre mir nicht mehr; ich bin nicht der Sekretär eines spanischen Diplomaten: ich bin seine Kreatur.

Ich beginne von neuem ein schreckliches Dasein. Vielleicht wäre es besser gewesen, mich ins Wasser zu stürzen.

Lebt wohl! Jetzt wird David freigelassen werden, und für viertausend Francs kann er sicherlich eine kleine Papiermühle kaufen und zu Vermögen kommen.

Denkt nicht mehr, ich will es, an

Euren armen Bruder Lucien.«

»Es ist schon so«, rief Madame Chardon, die dazukam, als die Säcke abgeladen wurden, »daß mein armer Sohn immer Unglück bringt, wie er schrieb, sogar wenn er Gutes tut.«

»Wir sind mit knapper Not davongekommen«, rief der große Cointet, als er auf der Place du Mûrier war. »Eine Stunde später hätte der Glanz jener Silberstücke den Vertrag beleuchtet, und Séchard hätte sich die Sache überlegt. In drei Monaten wissen wir, wie er uns versprochen hat, woran wir uns zu halten haben.«

Abends um sieben kaufte Cérizet die Druckerei und bezahlte sie, wobei er auch die Miete des letzten Vierteljahrs übernahm. Am nächsten Tag brachte Eve dem Obereinnehmer vierzigtausend Francs, um im Namen ihres Mannes Staatsrentenpapiere zu zweitausendfünfhundert Francs Zinsen zu kaufen. Dann schrieb sie ihrem Schwiegervater, er solle ihr in Marsac ein kleines Anwesen im Wert von zehntausend Francs ausfindig machen; darin wollte sie ihr persönliches Vermögen anlegen.

Der Plan des großen Cointet war erschreckend einfach. Zunächst hielt er das Leimen in der Bütte für unmöglich. Die Vermengung billiger pflanzlicher Stoffe mit dem Lumpenbrei schien ihm das wahre, das einzige Mittel zu sein, zu Vermögen zu kommen. Er nahm sich daher vor, die Billigkeit des Zeugs gar nicht zu betonen und außerordentlich großen Wert auf das Leimen in der Bütte zu legen. Und zwar aus folgendem Grund. Die Papierfabrikation in Angoulême beschäftigte sich damals fast ausschließlich mit der Fertigung von Schreibpapieren, die den Namen Schildpapier, Briefpapier, Konzeptpapier und Muschelpapier führten, und die sind natürlich alle geleimt[81]. Diese Papiere bildeten lange Zeit den Ruhm der Angoulêmer Papierindustrie. So gab die Spezialisierung, die seit langen Jahren das Monopol der Fabrikanten von Angoulême war, den Ansprüchen der Cointets gewonnenes Spiel; jenes geleimte Papier brachte er aber, wie man sehen wird, bei seiner Spekulation gar nicht in Anschlag. Der Bedarf an Schreibpapieren ist überaus begrenzt, während der an nichtgeleimten Druckpapieren fast unbegrenzt ist. Auf der Reise, die der große Cointet nach Paris machte, um dort das Patent auf seinen Namen eintragen zu lassen, bereitete er Geschäftsabschlüsse vor, die in seiner Fabrikationsweise große Veränderungen hervorbringen mußten. Er wohnte bei Métivier und gab ihm Anweisungen, die dazu führen mußten, binnen eines Jahres den Papierhändlern, die bisher die Zeitungen mit Papier versorgt hatten, die Lieferung abzunehmen; dies wurde erreicht, indem man den Preis für das Ries so billig bemaß, daß keine Fabrik konkurrieren konnte; dabei wurde allen Zeitungen eine weiße Färbung und sonstige Eigenschaften versprochen, die allen bisher verwendeten Sorten überlegen waren. Da die Verträge der Zeitungen sämtlich für eine bestimmte Frist laufen, bedurfte es einer gewissen Zeit, in der die Geschäftsleitungen unterirdisch bearbeitet wurden, damit jenes Monopol wirklich durchgeführt werden konnte; aber Cointet rechnete damit, daß es für ihn der Zeit bedurfte, Séchard abzuschütteln; unterdessen konnte Métivier die Verträge mit den wichtigsten Pariser Zeitungen abschließen, deren Bedarf damals zweihundert Ries täglich betrug. Cointet beteiligte natürlich Métivier mit einem gewissen Prozentsatz an diesen Lieferungen, um einen geschickten Vertreter in Paris zu haben und seine Zeit nicht mit Reisen zu verlieren. Das Vermögen Métiviers, das zu den beträchtlichsten im Papierhandel gehört, stammt aus diesem Geschäft. Zehn Jahre lang besaß er, ohne daß eine Konkurrenz möglich war, das Monopol für die Papierlieferung an die Pariser Zeitungen. Der große Cointet kehrte, ohne über die künftigen Aussichten auf Absatz ein Wort fallen zu lassen, gerade rechtzeitig nach Angoulême zurück, um der Hochzeit Petit-Clauds beizuwohnen, dessen Praxis verkauft worden war und der die Bestätigung seines Nachfolgers abwartete, um die Stelle Milauds einzunehmen; sie war dem Schützling der Gräfin du Châtelet fest zugesagt. Der zweite Staatsanwaltsstellvertreter von Angoulême wurde zum ersten in Limoges ernannt, und der Justizminister versetzte einen seiner Schützlinge an die Staatsanwaltschaft von Angoulême, wo der Posten des ersten Staatsanwaltsstellvertreters zwei Monate lang frei war. Diese Zwischenzeit waren Petit-Clauds Flitterwochen. Während der Abwesenheit des großen Cointet verfertigte David zunächst eine erste Bütte ohne Leim, die ein Zeitungspapier ergab, das dem bisher von den Zeitungen verwendeten sehr überlegen war; dann eine zweite Bütte mit prächtigem Velinpapier, das für schöne Drucke bestimmt war und von der Druckerei Cointet für eine Ausgabe des Gebetbuches der Diözese benutzt wurde. Die Materialien waren von David selbst im geheimen zugerüstet worden, denn er duldete keine anderen Arbeiter bei sich als Kolb und Marion.

Als der große Cointet zurückgekehrt war, nahm alles ein anderes Aussehen an. Er besah sich die Proben der hergestellten Papiere und war damit nur mäßig zufrieden.

»Lieber Freund«, sagte er zu David, »die Hauptsache für unsern Papierhandel in Angoulême ist das Schreibpapier, zumal unser Muschelpapier. Es handelt sich vor allem darum, ein möglichst schönes Muschelpapier fünfzig Prozent unter dem Preis des jetzigen herzustellen.«

David versuchte eine Bütte Muschelpapier zu fabrizieren, und das Ergebnis war ein Papier, das rauh wie eine Bürste war und in dem der Leim überall in kleinen Klümpchen saß. An dem Tag, an dem der Versuch zu Ende war und David einen der Bogen in der Hand hielt, ging er in einen Winkel; er wollte allein sein, um seinen Gram hinunterzuschlucken; aber der große Cointet suchte ihn auf und war zu ihm bezaubernd liebenswürdig. Er tröstete seinen Teilhaber.

»Lassen Sie den Mut nicht sinken«, sagte Cointet, »machen

Sie immer weiter! Mit mir kann man reden, ich verstehe Sie und halte bis zum Ende durch . . .!«

»Wahrhaftig«, sagte David zu seiner Frau, als er zum Essen nach Hause kam, »wir haben es mit wackeren Leuten zu tun; ich hätte den großen Cointet nie für so großmütig gehalten!«

Und er erzählte seine Unterhaltung mit seinem perfiden Teilhaber.

Drei Monate gingen über Versuchen hin. David schlief in der Papierfabrik; er beobachtete die Ergebnisse der verschiedenen Zusammensetzungen seines Zeugs. Bald schrieb er seinen Mißerfolg dem Gemenge aus Lumpen und seinen Pflanzenstoffen zu und stellte eine Bütte her, die nur aus seinen Stoffen zusammengesetzt war; und bald versuchte er, eine Bütte zu leimen, die nur aus Lumpen zusammengesetzt war. Und so verfolgte er sein Werk weiter, mit bewundernswerter Hartnäckigkeit und stets unter den Augen des großen Cointet, gegen den der Bedauernswerte kein Mißtrauen hegte; er schritt von Zusammensetzung zu Zusammensetzung, bis er seine sämtlichen verschiedenen Gemenge mit allen verschiedenen Leimen durchprobiert hatte. Während der ersten sechs Monate des Jahres 1823 lebte David Séchard mit Kolb in der Fabrik, wenn das leben heißen konnte; denn er vernachlässigte seine Ernährung, seine Kleidung und sich selber. Er schlug sich so verzweifelt mit den Schwierigkeiten herum, daß es für andere Menschen als die Cointets ein erhabenes Schauspiel gewesen wäre; kein Gedanke an Eigennutz wohnte in diesem tapferen Kämpfer. Zu dieser Zeit wünschte er nichts als den Sieg. Er beobachtete mit wunderbarem Scharfsinn die absonderlichen Ergebnisse der Stoffe, die vom Menschen nach seinem Gefallen in Produkte verwandelt werden, in denen die Natur, trotz allen geheimen Widerständen, die sie leistet, bis zu einem gewissen Grade gezähmt ist; und er leitete daraus schöne Gesetze für die Industrie ab, indem er beobachtete, daß man zu dieser Art von Schöpfungen nur gelangen konnte, wenn man den sonstigen Beziehungen der Dinge gehorchte, dem, was er die zweite Natur der Stoffe nannte. Endlich gelang es ihm im August, ein in der Bütte geleimtes Papier zu fertigen, das dem, das die Industrie gegenwärtig herstellt und das in den Druckereien in Korrekturabzügen benutzt wird, völlig ebenbürtig war. Aber die Sorten dieses Papiers fallen nie gleich aus, und ihre Leimung ist auch nicht immer zuverlässig. Dieses Resultat, das im Jahre 1823 in Anbetracht des Standes der Papierfabrikation hervorragend war, hatte zehntausend Francs verschlungen, und David hoffte, die letzten Schwierigkeiten des Problems lösen zu können. Aber jetzt verbreiteten sich in Angoulême und in l'Houmeau sonderbare Gerüchte: David Séchard solle drauf und dran sein, die Gebrüder Cointet zu ruinieren. Nachdem er dreißigtausend Francs für Experimente verpulvert habe, sei es ihm schließlich, so hieß es, gelungen, ein sehr schlechtes Papier herzustellen. Die andern Fabrikanten waren ängstlich und hielten sich an ihr altes Verfahren; und aus Eifersucht auf die Cointets verbreiteten sie das Gerücht von dem bevorstehenden Zusammenbruch jener ehrgeizigen Firma. Der große Cointet seinerseits ließ Maschinen zur Herstellung des Papiers ohne Ende kommen, wobei er durchblicken ließ, diese Maschinen seien für David Séchards Versuche notwendig. Aber der ›Jesuit‹ mengte in sein Zeug die Zutaten, die er durch Séchard kennengelernt hatte, und drängte ihn immer weiter, sich nur um das Leimen in der Bütte zu kümmern, während er selber an Métivier Tausende von Ries an Zeitungspapier expedierte.

Im September nahm der große Cointet David Séchard beiseite, und als er von ihm hörte, der Erfinder überlege ein Experiment, das ihm endlich den Sieg bringen müsse, riet er ihm, den Kampf nicht fortzusetzen.

»Lieber David, besuchen Sie mal Ihre Frau in Marsac und verschnaufen Sie sich von Ihren Anstrengungen; wir wollen uns doch nicht ruinieren«, sagte er freundschaftlich. »Was Sie als einen großen Sieg ansehen, ist immer wieder bloß ein Anfang. Wir wollen jetzt ein bißchen warten, ehe wir weitere Experimente wagen. Seien Sie gerecht! Sie sehen ja, wie weit wir es gebracht haben. Wir sind nicht nur Papierfabrikanten: wir sind Drucker, Bankiers, und es heißt, Sie ruinierten uns ...« (David Séchard machte eine rührend naive Handbewegung, um seine ehrlichen Absichten zu beteuern.) »Wenn wir fünfzigtausend Francs in die Charente werfen, sind wir noch längst nicht ruiniert«, fuhr der große Cointet als Antwort auf Davids Handbewegung fort; »aber wir wollen nicht um der Verleumdungen willen, die über uns im

Umlauf sind, genötigt sein, alles in bar zu zahlen; das würde unsere Bewegungsfreiheit lähmen. Wir müssen uns also an die Bestimmungen unseres Vertrags halten, daran müssen beide Teile denken.«

»Er hat recht«, sagte sich David, der sich nur um seine großen Versuche gekümmert und auf das, was sonst in der Fabrik vorging, nicht geachtet hatte.

Und er ging wieder einmal nach Marsac, wo er seit einem halben Jahre jeden Samstagabend Eve besucht hatte, um Dienstag früh wieder wegzufahren. Eve hatte, von dem alten Séchard wohlberaten, ein Haus gekauft, das La Verberie hieß. Es lag unmittelbar vor den Weinbergen des Schwiegervaters, und es gehörten drei Morgen Gartenlandes und ein Weinberg dazu, der von dem Weingut des alten Séchard umschlossen war. Sie lebte mit ihrer Mutter und Marion sehr sparsam, denn sie hatte für dieses reizende Anwesen, das hübscheste in ganz Marsac, noch ein Restkaufgeld von fünftausend Francs zu bezahlen. Das Haus, das zwischen Hof und Garten lag, war aus weißem Tuff gebaut, mit Schiefer gedeckt und mit plastischem Zierwerk geschmückt, das man sich, da der Tuffstein sich leicht bearbeiten läßt, ohne große Kosten hatte erlauben können. Die hübschen Möbel, die aus Angoulême stammten, wirkten auf dem Lande, wo damals in diesen Gegenden niemand den geringsten Luxus entfaltete, noch hübscher. Hinter dem Haus, im Garten, standen eine Reihe Granat- und Orangenbäume und seltene Pflanzen, die der frühere Besitzer, ein alter General, der an der Behandlung durch Marron gestorben war, selber gepflanzt hatte. David spielte mit Eve und dem kleinen Lucien unter einem Orangenbaum, und sein Vater stand dabei, als der Gerichtsvollzieher von Mansle ihm eine Aufforderung der Gebrüder Cointet an ihren Teilhaber zur Einberufung des Schiedsgerichts brachte, dem nach den Bestimmungen ihres Gesellschaftsvertrages ihre Streitigkeiten vorgelegt werden sollten. Die Gebrüder Cointet verlangten Rückzahlung der sechstausend Francs und das Eigentum des Patents und ebenso die etwaigen künftigen Ergebnisse von dessen Ausbeutung als Entschädigung für die ungeheuren Ausgaben, die sie ergebnislos gehabt hätten.

»Die Leute reden, du richtetest sie zugrunde!« sagte der alte

Winzer zu seinem Sohn. »Tatsächlich, das ist von allem, was du gemacht hast, das einzige, was mir gefällt.«

Am nächsten Morgen um neun waren Eve und David im Vorzimmer Petit-Clauds, der der Verteidiger der Witwen und der Vormund der Waisen geworden war und dessen Ratschlägen allein sie folgen wollten. Der Beamte empfing seine früheren Klienten mit größter Liebenswürdigkeit und wollte durchaus, daß das Ehepaar Séchard ihm die Freude machte, mit ihm zu Mittag zu essen.

»Die Cointets verlangen sechstausend Francs von Ihnen?« fragte er lächelnd. »Wieviel schulden Sie noch vom Kaufpreis von La Verberie?« – »Fünftausend Francs; aber zweitausend davon habe ich«, antwortete Eve. – »Behalten Sie Ihre zweitausend Francs«, versetzte Petit-Claud. »Also fünftausend ...! Und zehntausend Francs täten Ihnen noch gut, um Ihren Landsitz hübsch wohnlich zu machen! Also gut! In zwei Stunden sollen Ihnen die Cointets fünfzehntausend Francs bringen ...«

Eve tat eine Geste der Überraschung.

»Gegen Ihren Verzicht auf alle Gewinne aus dem Gesellschaftsvertrag, den Sie durch gütliche Vereinbarung lösen«, fuhr der Beamte fort. »Ist Ihnen das recht?« – »Und würden wir damit gesetzlich handeln?« fragte Eve. – »Durchaus gesetzlich«, sagte der Beamte lächelnd. »Die Cointets haben Ihnen genug zugesetzt, ich will ihren Ansprüchen ein Ende machen. Hören Sie, ich bin jetzt Beamter, ich schulde Ihnen die Wahrheit. Die Wahrheit ist, daß die Cointets Sie in diesem Augenblick übers Ohr hauen; aber Sie sind in ihren Händen. Wollen Sie den Kampf aufnehmen, so können Sie den Prozeß, der Ihnen angehängt werden soll, gewinnen. Aber es bestände Gefahr, daß Sie nach zehn Jahren noch kein Urteil erlangt hätten. Man würde endlos Sachverständige vernehmen und Gutachten einholen, und Sie müßten mit den Zufällen der einander widersprechenden Ansichten rechnen ... Und«, fügte er lächelnd hinzu, »ich sehe keinen Anwalt, der Ihre Sache hier führen könnte. Mein Nachfolger taugt nichts. Ich meine also, ein magerer Vergleich ist besser als ein fetter Prozeß ...« – »Jeder Vergleich, der uns Ruhe gibt, soll mir recht sein«, sagte David. – »Paul«, rief Petit-Claud seinem Diener zu, »holen Sie Monsieur Ségaud, meinen Nachfolger! – Während wir zu Mittag essen, soll er zu den Cointets gehen«, sagte er zu seinen alten Klienten, »und in ein paar Stunden kehren Sie nach Marsac zurück, zwar betrogen, aber Sie können zufrieden sein. Die zehntausend Francs bringen Ihnen noch weitere fünfhundert Francs Zinsen, und in Ihrem hübschen kleinen Anwesen leben Sie glücklich.«

Nach Ablauf zweier Stunden brachte der Advokat Ségaud, wie Petit-Claud es vorausgesagt hatte, von den Cointets in aller Form unterzeichnete Schriftstücke und fünfzehn Tausendfrancsscheine.

»Wir verdanken dir viel«, sagte Séchard zu Petit-Claud. – »Aber ich habe euch doch gerade eben um ein Vermögen gebracht«, sagte Petit-Claud seinen erstaunten früheren Klienten. »Ich habe euch um ein Vermögen gebracht, ich wiederhole es, ihr werdet es mit der Zeit schon merken; aber ich kenne euch, ihr bleibt besser in eurer bescheidenen Lage, als daß ihr um ein Vermögen kämpftet, das vielleicht zu spät in eure Hände käme.« – »Wir sind nicht geldgierig; wir danken Ihnen, daß Sie uns die Mittel zum Glück verschafft haben«, sagte Eve, »und wir werden Ihnen immer dankbar dafür sein.« – »Mein Gott! segnen Sie mich bloß nicht noch . . .«, rief Petit-Claud, »Sie verursachen mir Gewissensbisse; aber ich glaube, heute alles ausgeglichen zu haben. Euch verdanke ich es, daß ich Beamter geworden bin, und wenn einer erkenntlich sein muß, dann bin ich es . . . Lebt wohl!«

Mit der Zeit änderte der Elsässer seine Meinung über den alten Séchard, der seinerseits den Elsässer liebgewann, weil er, gleich ihm, nicht lesen und schreiben konnte und sich gern einen antrank. Der alte ›Bär‹ lehrte den alten Kürassier im Weinberg arbeiten und dessen Erträge verkaufen; er bildete ihn in dem Gedanken aus, seinen Kindern einen vernünftigen Menschen zu hinterlassen; denn in seinen letzten Tagen gab er sich über das Schicksal seines Landbesitzes kindischen Befürchtungen hin. Der Müller Courtois war sein Vertrauter geworden.

»Sie werden schon sehen«, pflegte er zu ihm zu sagen, »wie bei meinen Kindern alles gehen wird, wenn ich unter der Erde bin. Ach, lieber Gott, ich zittere, wenn ich an ihre Zukunft denke.«

Im März des Jahres 1829 starb der alte Séchard und hinterließ für ungefähr zweihunderttausend Francs Liegenschaften, die, mit La Verberie vereinigt, ein prächtiges Gut ergaben; Kolb hatte es schon seit zwei Jahren sehr gut verwaltet. David und seine Frau fanden im Hause des Vaters fast hunderttausend Taler in Gold vor. Die Volksstimme vergrößerte, wie immer, den Schatz des alten Séchard dermaßen, daß im ganzen Département Charente von einer Million geredet wurde. Eve und David hatten ungefähr dreißigtausend Francs Einkünfte, wenn sie ihr kleines Vermögen mit dieser Erbschaft zusammentaten; sie warteten einige Zeit, ehe sie ihr Kapital anlegten, und konnten es nach der Juli-Revolution in Staatspapiere umsetzen. Erst um diese Zeit erfuhren das Département Charente und David Séchard, wie es mit dem Vermögen des großen Cointet bestellt war. Der große Cointet ist mehrfacher Millionär, ist Abgeordneter und Pair von Frankreich geworden und wird, wie verlautbart, im nächsten Ministerium Handelsminister werden. Im Jahre 1842 hat er die Tochter eines der einflußreichsten Staatsmänner der Dynastie geheiratet, Mademoiselle Popinot, die Tochter Monsieur Anselme Popinots, der Deputierter von Paris und Maire eines Arrondissements ist.

Die Erfindung David Séchards ist in die französische Papierindustrie eingegangen wie die Nahrung in einen großen Körper. Dank der Einführung von Ersatzstoffen für Lumpen kann Frankreich das Papier billiger als irgendein Land Europas herstellen. Aber es gibt, wie David Séchard vorausgesagt hatte, kein Holländisches Papier mehr. Früher oder später wird ohne Zweifel eine königliche Papiermanufaktur errichtet werden müssen, wie Les Gobelins, Sèvres, die Teppichfabrik Savonnerie und die Königliche Druckerei errichtet worden sind, die bisher allen Schlägen trotzen konnten, die ihnen die räuberischen Bourgeois versetzt haben.

David Séchard wird von seiner Frau geliebt, ist Vater von zwei Söhnen und einer Tochter und hat den guten Geschmack besessen, von seinen Versuchen nie zu sprechen. Eve war klug genug, ihn dazu zu bewegen, auf die furchtbare Laufbahn der Erfinder, dieser Mosesnaturen, die von ihrem feurigen Busch auf dem Horeb verzehrt werden, zu verzichten. Er beschäftigt sich nur zur Erholung wissenschaftlich und führt sonst das glückliche, behagliche Leben eines Grundbesitzers, der sein Gut bewirtschaftet. Nachdem er dem Ruhm ein für allemal den Rücken gekehrt hatte, begab er sich tapfer in die Reihen der Träumer und Sammler: er widmete sich der Entomologie[82], studiert die bisher so wenig bekannten Metamorphosen der Insekten, die die Wissenschaft nur in ihrem letzten Stadium kennt.

Alle Welt hat von den Erfolgen Petit-Clauds als Generalstaatsanwalt gehört, er ist der Rivale des berühmten Vinet[83] aus Provins, und sein Ehrgeiz geht dahin, erster Präsident des Appellationsgerichts in Poitiers zu werden.

Cérizet wurde oftmals wegen politischer Vergehen verurteilt und hat viel von sich reden gemacht. Er war der kühnste unter den vorgeschobenen Posten der liberalen Partei und wurde ›der tapfere Cérizet‹ genannt. Als der Nachfolger Petit-Clauds ihn zwang, seine Druckerei in Angoulême zu verkaufen, suchte er auf der Bühne in der Provinz eine neue Existenz, die sein schauspielerisches Talent zu etwas Glänzendem hätte gestalten können. Eine jugendliche Liebhaberin zwang ihn, nach Paris zu gehen, um bei der medizinischen Wissenschaft Mittel gegen die Folgen der Liebe zu suchen; dort versuchte er, aus der Gunst der liberalen Partei Kapital zu schlagen.

Was Lucien betrifft, so gehört seine Rückkehr nach Paris dem Bereich der ›Szenen aus dem Pariser Leben‹ an.

## Anmerkungen

Von Ernst Sander

1 Gabriel-Julien Ouvrard (1770–1846), berühmter, genialer Finanzmann, der sich zunächst als Heereslieferant, dann als Staatsbankier der Republik, dem Kaiserreich und der Restauration nützlich machte. Doch die Wichtigkeit der geleisteten Dienste und die Kühnheit, mit der er seine Geschäfte durchführte, machten ihn allen Regierungsformen verdächtig, und sie bedienten sich seiner mit kaum getarntem Mißtrauen.

2 Buchformat mit 45 Zentimeter Höhe.

3 ›L'Almanach de Liège‹, begründet 1636, ist einer der ältesten Kalender und sicherlich der volkstümlichste: deshalb erscheint er in seiner alten Gestalt. Der Umschlag besteht nach wie vor aus dunkelblauem Papier. Er ist am ehesten unserm ›Lahrer hinkenden Boten‹ zu vergleichen.

4 Papiermaß: 1 Ries = 500 Bogen.

5 Sancho Pansa, der Diener und Gefährte Don Quijotes.

6 Ausdruck der Handelssprache; soviel wie: in einem, zwei und drei Monaten zahlbar.

7 Louis-Sébastian Mercier (1740–1814), Literat, Autor des ›Tableau de Paris‹.

8 Das Abschneiden eines Ohrs oder beider durch den Henker war eine der Strafen des Mittelalters für Übeltäter geringerer Art.

9 Über diese Madame Masson war nichts zu erfahren.

10 Welches Mitglied des Geschlechtes Salisbury hier gemeint ist, läßt sich nicht feststellen.

11 Marc Séguin erhielt 1801 ein Patent auf sein Fabrikationsverfahren von Papier aus Stroh und andern pflanzlichen Stoffen.

12 Joseph-Marie Jacquard (1752–1834), Erfinder des nach ihm benannten Webstuhls.

13 André Graindorge, ein Weber, der im 16. Jahrhundert in Caën lebte, erfand ein Verfahren zum Weben von Figuren in Leinen, das sein Sohn Richard verbesserte.

14 Jean Rouvet lebte im 16. Jahrhundert und ist der problematische ›Erfinder‹ des Flößens von Holz auf Flüssen.

15 Jean van Robais errichtete auf Colberts Bitte 1665 in Abbeville eine Tuchfabrik, deren Produkte bald die aus Spanisch-Flandern übertrafen.

16 Jean Althen, ein Perser, der sich zu Beginn des 18. Jahrhunderts in Frankreich niedergelassen hatte, führte mit größtem Erfolg den Krapp (rotes Färbemittel) im Comtat ein.

16a Emmanuel, Graf de Las Cases (1766–1842), französischer Historiker, begleitete Napoleon ins Exil und schrieb das berühmte ›Mémorial de Sainte-Hélène‹. Nach der Juli-Revolution Abgeordneter.

17 Ernest Meissonier (1815–1891), Historien- und Genremaler; vgl. die Schilderung, die Maupassant in den ›Sonntagen eines Pariser Bourgeois‹ von ihm gibt.

18 Hier muß zum Verständnis des deutschen Lesers bemerkt werden, daß es in Frankreich zwei Arten von Advokaten gibt: der eine, der ›avoué‹, vertritt die Interessen des Klienten in seinem Büro durch Aufnahme von Aktenstücken, Protokollen, durch gute Ratschläge usw.; der andere, der ›avocat‹, plädiert vor Gericht. Petit-Claud war ein ›avoué‹, und alles, was bisher gesagt wurde, bezog sich auf die ›avoués‹ in der Provinz und in Paris. (Hedwig Lachmann)

19 Louis Lablache (1794–1858), berühmter Sänger des Pariser Théâtre-Italien, wo er erst 1830 debütierte, war ausschließlich am Conservatorio della Pietà de Turchini zu Neapel, seiner Geburtsstadt, ausgebildet worden; dies erklärt, daß er lediglich in Werken italienischer Meister auftrat, zumal in denjenigen Rossinis. Er triumphierte als Buffo sowie als Darsteller tragischer Rollen.

20 Ein girierter (= in Umlauf gesetzter) Wechsel ist ein von einem Inhaber auf einen zweiten übertragener Wechsel; Girant oder Indossant nennt man denjenigen, der den Wechsel in Umlauf setzt.

21 Bernard Palissy (1510?–1590?), Keramiker, Emailleur, Schriftsteller und Gelehrter. Seine kostbaren Arbeiten finden sich heute in allen großen Museen der Welt; sie weisen reiche, bunt bemalte, plastische Verzierungen auf, zumeist Blumen, Früchte und Tiere, zumal Reptilien. Er machte überdies mineralogische und chemische Entdeckungen. Bei den Experimenten, die zur Entdeckung seines Verfahrens führten, heizte er seinen Brennofen mit seinen Möbeln und schließlich sogar mit den Holzfußböden seines Hauses. 1589 wurde er als Hugenotte verhaftet; im gleichen oder im folgenden Jahr starb er in der Bastille. Seine Schriften über Keramik gab Anatole France 1880 neu heraus.

22 Balzac läßt Kolb in elsässisch gefärbtem Französisch sprechen; es ist darauf verzichtet worden, dieses etwa alemannisch wiederzugeben.

23 Armand de Gontaut, Baron de Biron (1524–1592), Marschall von Frankreich, diente tapfer Heinrich IV. und fiel bei der Belagerung von Épernay.

24 Charles, Herzog von Biron (1562–1602), Marschall von Frankreich, verfocht unerschrocken die Sache Heinrichs IV., war aber skrupellos und geldgierig. Da er sich für seine Dienste zu gering belohnt glaubte, konspirierte er mit dem Herzog von Savoyen und mit Spanien gegen Frankreich; er wurde zum Tode verurteilt und im Hofe der Bastille enthauptet.

25 Fabius Maximus Cunctator (der ›Zauderer‹, † 203 v. Chr.), nach der Niederlage am Trasimenischen See (217 v. Chr.) zum Diktator ernannt, verstand er es, durch seine vorsichtige Taktik Hannibal hinzuhalten und die punischen Truppen zu zermürben, so daß der Krieg endlich für die Römer entschieden werden konnte.

26 Novene = neuntägige Andacht.

27 Lateinisch: hier und sofort.

28 Lateinisch: im äußersten Falle.

29 Lumpen.

30 Römische Göttin des Obstbaus und der Gärten.

31 Titelgestalt einer Komödie von Molière.

32 Hauptgestalten des Romans ›Paul et Virginie‹ (1787) von Jacques Henri Bernardin de Saint-Pierre (1737–1814), von Balzac häufig erwähnt.

33 Charles Nodier (1780–1844), vielseitiger, phantasievoller Dichter; sein Salon in Paris wurde die Geburtsstätte der französischen romantischen Schule.

34 Georges de Cuvier (1769–1832), bedeutender französischer Naturforscher, machte sich speziell durch seine biologischen Untersuchungen verdient; errichtete unter Napoleon zahlreiche Akademien; 1819 geadelt und 1831 zum Pair von Frankreich erhoben.

35 Hugues Félicité Robert de Lamenais (1782–1854), philosophischer, theologischer und politischer Schriftsteller; wurde 1816 Priester, trat jedoch bald für die Trennung von Kirche und Staat, Demokratie und Deismus ein; schließlich Vertreter pantheistischer und sozialistischer Ideen.

36 Casimir Delavigne (1793–1843), französischer Dichter; besonders als Dramatiker bekannt; schrieb 1830 das Revolutionslied ›La Parisienne‹.

37 Dichtung von Alfred de Vigny in ›Poèmes antiques et modernes‹, 1826. Kleiner Anachronismus Balzacs: denn sein Roman spielt 1822.

38 Jean-Louis Guez de Balzac (1597–1654), Prosaautor, der ungeachtet seines etwas emphatischen Stils viel zur Ausbildung der klassischen Sprache beigetragen hat.

39 Guillaume, Baron Dupuytren (1777–1835), berühmter Chirurg am Hôtel-Dieu.

40 François-Dominique de Reynaud, Graf de Montlosier (1755–1838), Politiker und Schriftsteller, fanatischer Gegner der Jesuiten und der Kongregation.

41 Der ›Orden des heiligen Ludwig‹ wurde 1693 von Ludwig XIV. gestiftet, und zwar nur für katholische Offiziere. Die Revolution schaffte ihn ab; 1814 wurde er abermals gestiftet und 1831 endgültig abgeschafft. Die alten Ritter behielten jedoch das Recht, das Ordenskreuz am roten Band auch weiterhin zu tragen.

42 Die Sitte erlaubte es hochgestellten Personen mit vielen Verpflichtungen, lediglich ihre Visitenkarte abzugeben oder abgeben zu lassen, was soviel wie ein Antrittsbesuch galt.

43 Pierre Duvicquet (1766–1835) wurde durch Fouché in die politische Polizei der Republik eingestellt und betätigte sich während der Schreckensherrschaft vor allem in Lyon. Während des Kaiserreichs zog er sich ins Privatleben zurück und wurde 1814 als Nachfolger Geoffroys Theaterkritiker an den ›Débats‹, wo er sich durch Theaterinstinkt und unparteiisches Urteil auszeichnete. Auf welche Anekdote Balzac hier anspielt, ist unbekannt.

44 Erster Vers eines Versdramas von Michel-Jean Sedaine (1719–1797), von Balzac ungenau aus dem Gedächtnis zitiert.

45 Pierre-Denis, Graf de Peyronnet (1778–1854), Minister der Restauration. War schon in jungen Jahren als Anwalt und Richter in seiner Vaterstadt Bordeaux tätig. Er gehörte einem hochgebildeten, lebensfreudigen Royalistenkreis an. Sein Eifer für die Sache der Bourbonen und seine juristischen Fähigkeiten führten dazu, daß ihm im Kabinett Villèle (1821–1828) das Amt des Justizministers, im Kabinett Polignac (1830) das des Innenministers anvertraut wurde. Seine Teilnahme an der Abfassung der berüchtigten ›Juli-Ordonnanzen‹ von 1830 führte 1831 zu seiner Verurteilung durch die Pairskammer.

46 Giuditta Pasta (1798–1867), berühmte italienische Sängerin.

47 ›Tancredi‹ (›Tankred‹), Oper von Rossini, Uraufführung im Teatro la Fenice zu Venedig 1813.

48 Antoine Nompar de Caumont, Herzog von Lauzun (1632–1723), flößte Louise d'Orléans, Herzogin von Montpensier (1627–1693), genannt La Grande Mademoiselle, einer Kusine Ludwigs XIV., eine heftige Liebesleidenschaft ein. 1670 erhielt sie vom König die Erlaubnis, Lauzun zu heiraten, aber Ludwig XIV. widerrief sehr bald seinen Entschluß. (Mme de Sévigny berichtet in ihren Briefen darüber.) Im nächsten Jahr wurde Lauzun in der Bastille gefangengesetzt und dann nach Pignerol gebracht, wo er acht Jahre lang als Gefangener weilte. 1680 erhielt er die Freiheit wieder und heiratete die Herzogin. Die Ehe war unglücklich; sie prügelten sich und mußten sich sehr bald trennen, ohne einander je wiederzusehen.

49 Es wurde gelegentlich angenommen, Rousseau habe durch Selbstmord geendet; diese Auffassung gehört indessen ins Reich der Legende; Rousseau erlag einem Gehirnschlag.

50 Spanisch: Heilige Jungfrau von Pilar ...!

51 Georg-Heinrich Schlitz, Baron Görz (1668–1719), Minister Karls XII. von Schweden, nach dessen Tod hingerichtet.

52 Chrétien-Guillaume de Lamoignon de Malesherbes (1721–1794), Staatsminister Ludwigs XVI., den er vor dem Konvent verteidigte. Er wurde guillotiniert.

53 Jene ›Nasenstüber‹ (camouflets) bestanden darin, daß ein Raucher jemand anders mit dem Munde oder zusammengefaltetem Papier den Rauch ins Gesicht blies. Die Anspielung bezieht sich vielleicht auf Ludwig XVI.

54 Der Günstling der Zarin Anna Iwanowna hieß in Wirklichkeit Ernst-Johann von Büren; die Zarin ermächtigte ihn, Namen und Wappen des berühmten französischen Geschlechts de Biron anzunehmen. Büren war gebürtiger Kurländer (was Balzac als Anekdote berichtet, ist Legende); er lebte von 1690 bis 1772, hat, zweimal nach Sibirien verbannt, das Herzogtum Kurland maßvoll und weise regiert und es seinem Sohn Peter hinterlassen.

55 Lateinisch: ›zum Gebrauch des Dauphins‹; soviel wie: von allem Anstößigen gereinigt.

56 Ein italienischer Abenteurer namens Concini, Günstling der Maria de Medici, die er durch seine Frau Leonora Dori, genannt Galigaï, beherrschte. Er nahm den Namen d'Ancre an. Ludwig XIII. erhob ihn zum Minister und ernannte ihn zum Marschall. D'Ancre kenn-

zeichnete eine Habgier und Unfähigkeit, die zu Revolten des Adels führte. 1617 wurde er von dem Hauptmann der königlichen Garde Vitry ermordet. Im gleichen Jahr wurde seine Frau als Hexe lebendig verbrannt.

57 Jacques Cœur (um 1395–1456), reicher Kaufmann aus Bourges, der Karl VII. die Mittel zu seinem Krieg gegen die Engländer zur Verfügung stellte, aber auf Grund eines Komplotts der Gegner des Finanzmanns vom König ausgewiesen wurde. Ludwig XI. sorgte für die Rehabilitierung seines Namens.

58 Fouché, der bereits seit 1804 Polizeiminister war, wurde 1809 zum Herzog von Otranto ernannt und überdies mit dem Ministerium des Innern betraut; eine der Intrigen, die seine Manie waren, verstimmte den Kaiser, der ihm beide Portefeuilles nahm und ihn zunächst nach Rom und dann, 1810, als Gouverneur der Illyrischen Provinzen nach Laibach (Ljubljana) schickte. Die Ungnade hat Fouché dem Kaiser nie verziehen, auch nicht, als er ihm während der ›Hundert Tage‹ aufs neue sein Vertrauen schenkte.

59 Talleyrand fiel gleich nach seiner Erhebung zum Erzkanzler des Kaiserreichs wegen seines Widerstands gegen den Spanienkrieg (1809) in Ungnade. Talleyrands Rache wie die Fouchés bestand darin, daß beide sich 1814 zusammentaten, um für die Wiedereinsetzung der Bourbonen zu wirken.

60 Unbeständig.

61 Lateinisch: immer frisch, immer rüstig.

62 Thérésa Cabarrus (1773–1835), Frau des Konventsmitglieds Jean-Lambert Tallien (1767–1820), später Prinzessin Chimay, bekannt durch ihren Geist, wurde ›Notre-Dame-de-Thermidor‹ (Monat, in dem Robespierre unter Mitwirkung Talliens gestürzt wurde) genannt; sie führte während des Direktoriums die ›griechische‹ Damenkleidung ein.

63 Herrera tut hier, als gehöre er der ›Gesellschaft Jesu‹ an; der Jesuitenorden war durch Papst Clemens XIV. am 21. Juli 1773 aufgelöst worden. Pius VII. stellte ihn am 7. August 1814 wieder her; 1818 erschienen die Jesuiten aufs neue in Frankreich.

64 Dieser Ferdinand VII. zugeschriebene Satz findet seine Bestätigung durch das Verhalten des Königs gegenüber dem Admiral Gayetano Valdez und Felipe Henarez, Herzog von Soria, nach der Einnahme von Cadiz (1823). (Siehe Balzacs Roman ›Memoiren zweier Jungvermählter‹.)

65 In den arabischen Märchen ist der Ifrit ein untergeordneter, den

Dschinni dienstbarer Geist. Der Itschoglan ist ein Palastoffizier des Sultans.

66 Anspielung auf das dritte Kapitel des VII. Buches von Lesages ›Gil-Blas‹.

67 Spanisches Hinrichtungsinstrument: Würgpfahl.

68 ›Robert le Diable‹, große Oper von Giacomo Meyerbeer (1791–1864), Text von Scribe und Delavigne, Uraufführung in Paris am 21. November 1831.

69 Elisa Félix, genannt Rachel (1821–1858), große Schauspielerin, spielte Racines ›Phèdre‹ zum erstenmal am 12. Januar 1843 in der Comédie-Française.

70 Anspielung auf einen nicht nachweisbaren jüdischen Sänger der Titelrolle von Rossinis Oper.

71 Heinrich Heine.

72 Die Eilpost (malle-poste) setzte leichtere und schnellere Wagen ein, als die ›gewöhnlichen‹ Postkutschen (diligences) es waren; sie diente vorzugsweise der Beförderung von Eilnachrichten (dépêches), nahm aber notfalls auch einige Fahrgäste mit.

73 Lateinisch, etwa: Schluß auf den Menschen.

74 ›Venice Preserved‹ (1682), Tragödie von Thomas Otway (1652–1685), von Hofmannsthal bearbeitet (1905). Otway gestaltete auch Werke von Racine und Molière nach und schrieb einen ›Don Carlos‹. Er lebte in Elend und Armut.

75 Mathieu-Jacques de Vermond (nicht: Vermont; 1735 – um 1795), wurde von Loménie nach Wien geschickt, um der Erzherzogin Marie Antoinette, der Verlobten des Dauphin, Unterricht im Französischen zu erteilen; auch nach der Übersiedlung der Prinzessin nach Frankreich (1770) blieb er ihr Lehrer, und zwar ein strenger Lehrer. Aus Unzufriedenheit mit seiner Schülerin verließ er 1779 den Hof, wurde indessen zurückberufen. Nach diesem Eclat war sein Einfluß auf Marie Antoinette noch stärker; er dehnte sich auf Ludwig XVI. aus, der ihn indessen nicht mochte. Vermond war es, dem Brienne seine Berufung zum Finanzminister verdankte. Er trieb den Hof zum Widerstand gegen die Revolution an, emigrierte jedoch schon bei den ersten Wirren im Jahre 1789.

76 Kombination, Berechnung.

77 Mercier, Sergeant in der Nationalgarde, bekam am 4. März 1823 den Befehl, den Abgeordneten gleichen Namens aus der Kammer

herauszuholen, und weigerte sich, diesen Befehl durch seine Leute ausführen zu lassen.

78 Paul-Louis Courier (1772–1825), Gräzist und politischer Schriftsteller.

79 Jacques-Antoine Manuel (1775–1827), während der Revolution Offizier, dann Advokat in Aix, war während der ›Hundert Tage‹ Abgeordneter von Barcelonnette. 1818 schickte das Département Vendée ihn in die Kammer, wo er als Republikaner in der Gruppe der fortschrittlichen Liberalen hervortrat. Unter dem Ministerium Villèle bekämpfte er wütend den Spanischen Interventionskrieg; es kam zu einem Skandal, und er wurde am 3. März 1823 aus der Kammer ausgeschlossen. Danach zog er sich aus dem politischen Leben zurück.

80 Guillaume-Louis Ternaux (1765–1833), Tuchfabrikant und während des Kaiserreichs Präsident der Handelskammer, versuchte 1819, Tibet-Ziegen in Frankreich zu akklimatisieren, um aus ihrer Wolle Schals herzustellen, die billiger waren als die indischen Kaschmirschals. Der Versuch mißlang; die Ziegen blieben zwar am Leben, aber ihre Wolle büßte die flaumige Feinheit und Weichheit ein, die den begehrten indischen Kaschmir ausgezeichnet hatten. Dennoch fuhr Ternaux mit der Fabrikation fort, und es gelang ihm, zu relativ wohlfeilen Preisen französischen Kaschmir herzustellen.

81 Ungeleimtes Papier hat eine rauhe Oberfläche, die gar nicht oder nur schlecht mit Tinte zu beschreiben ist. Ein geleimtes Papier dagegen hat eine glatte, geschlossene Oberfläche. Es geht hier um die Frage, ob man die zwei Arbeitsgänge, die Herstellung des Papiers und seine Leimung, in einem Arbeitsgang zusammenfassen kann. Heute wird der Leim der Papiermasse in der Bütte beigemischt, ein Verfahren, das damals erst entdeckt werden mußte.

82 Wissenschaft von den Gliedertieren, im engeren Sinn: Wissenschaft von den Insekten.

83 Von Balzac erfundene Gestalt.

GOLDMANN VERLAG

# Hans Hellmut Kirst

**Mit diesen meinen Händen**
Roman. (8367)

**Aufstand der Soldaten**
Roman. (6895)

**Kultura 5 und der Rote Morgen**
Roman. (6844)

**Kein Vaterland**
Roman. (6823)

**Kameraden**
Roman. (6789)

**Verdammt zum Erfolg**
Tatsachenroman. (6779)

**Die Wölfe**
Roman. (6624)

**Held im Turm**
Roman. (6615)

**Letzte Station Camp 7**
Roman. (6605)

**Faustrecht**
Roman. (6597)

**Fabrik der Offiziere**
Roman. (6588)

**Der Nachkriegssieger**
Roman. (6545)

**Gott schläft in Masuren**
Roman. (6444)

**Hund mit Mann**
Bericht über einen Freund. (6434)

**Generalsaffären**
Roman. (3906)

**Keiner kommt davon**
Roman. (3763)

**Glück läßt sich nicht kaufen**
Roman. (3711)

**Die Nacht der Generale**
Roman. (3538)

**08/15 in der Kaserne**
Roman. Teil 1 der »08/15«-Trilogie. (3497)

**08/15 im Krieg**
Roman. Teil 2 der »08/15«-Trilogie. (3498)

**08/15 bis zum Ende**
Roman. Teil 3 der »08/15«-Trilogie. (3499)

**08/15 heute**
Der Roman der Bundeswehr. (1345)

# Bernt Engelmann

(Hrsg., mit Walter Jens)
**Klassenlektüre**
106 Autoren stellen sich vor mit von ihnen selbst ausgewählten Texten. (6796)

**Im Gleichschritt marsch**
Wie wir die Nazizeit erlebten. 1933—1939
(6727)

**Bis alles in Scherben fällt**
Wie wir die Nazizeit erlebten 1939—1945
(6786)

**So deutsch wie möglich — möglichst deutsch**
Hintergründliches in unserer Sprache. (6707)

**Einig gegen Recht und Freiheit**
Deutsches Anti-Geschichtsbuch.
(6683)

**Die goldenen Jahre**
Die Sage von Deutschlands glücklicher Kaiserzeit.
(6665)

**Die Macht am Rhein**
Meine Freunde, die Geldgiganten.
Band I: Der alte Reichtum.
(6649)

**Die Macht am Rhein**
Meine Freunde, die Geldgiganten
Band II: Die neuen Reichen.
(6650)

**Meine Freunde, die Manager**
Ein Beitrag zur Erklärung des deutschen Wunders.
(6609)

**Meine Freunde, die Millionäre**
(6608)

**O wie oben**
Wie man es schafft, ganz 'O' zu sein. (6590)

**Auf gut deutsch**
Ein Bernt-Engelmann-Lesebuch.
(6539)

**Wie wir wurden, was wir sind**
Von der bedingungslosen Kapitulation bis zur unbedingten Wiederbewaffnung. (6388)

**Die vergoldeten Bräute**
Wie Herrscherhäuser und Finanzimperien entstanden. (6363)

(Hrsg.) **Literatur des Exils**
Eine P.E.N.-Dokumentation.
Mit einem Verzeichnis der Mitglieder des P.E.N.-Zentrums Bundesrepublik Deutschland.
(6362)

**Eingang nur für Herrschaften.**
Karrieren über die Hintertreppe.
(3699)

**Krupp**
Die Geschichte eines Hauses — Legenden und Wirklichkeit.
(11924)

**Preußen**
Land der unbegrenzten Möglichkeiten.
(11300)